BASTEI
LÜBBE

# THOMAS GIFFORD

# ASSASSINI

DER
VATIKAN-THRILLER

Ins Deutsche übertragen von
Wolfgang Neuhaus
unter Mitarbeit von Dörthe Emig

BASTEI
LÜBBE

BASTEI-LÜBBE-TASCHENBUCH
Band 25 526

1. Auflage: November 1999


Deutsche Hardcover-Lizenzausgabe 1991
by Gustav H. Lübbe Verlag GmbH, Bergisch Gladbach
Deutsche Lizenzausgabe 1994
by Bastei-Verlag Gustav H. Lübbe GmbH & Co.,
Bergisch Gladbach
Originaltitel: The Assassini
Umschlaggestaltung: Gisela Kullowatz
Titelbild: Image Bank
Satz: KCS GmbH, Buchholz/Hamburg
Druck und Verarbeitung: Elsnerdruck, Berlin
Printed in Germany

ISBN 3-404-25526-7

***Für Elizabeth***

# Vorbemerkung des Verfassers

Neun Jahre an einem Buch zu schreiben und Recherchen anzustellen ist eine außerordentlich entmutigende Aufgabe. Zahlreiche Menschen, sowohl aus kirchlichen Kreisen als auch Laien, haben mir geholfen oder mir Steine in den Weg gelegt. Jeder von ihnen hatte zweifellos gute Gründe, das zu tun, was er oder sie für richtig hielt, mag es auf Selbstlosigkeit oder Mißachtung zurückzuführen sein. Doch für jeden, der die Fertigstellung dieses Buches zu verhindern versucht hat, gab es sehr viele andere, die ihre Zeit, ihre Kraft und ihre Kenntnisse gegeben haben, mir zu helfen. Diese Leute wissen, wer sie sind und was: gleichermaßen Helden und Schurken. Drei Menschen jedoch waren unentbehrlich:

Charles Hartman, der meine Arbeit in jeder Hinsicht gefördert hat. Ohne ihn wäre dieses Buch nicht erschienen. Er war eine Quelle ständiger Ermutigung; er war unermüdlich, als ich mit meinem Latein am Ende war; in den finstersten Zeiten, als die Hindernisse unüberwindbar schienen, hat er mich nicht im Stich gelassen.

Kathy Robbins, die sich mit diplomatischem Geschick, Feingefühl und Klugheit den Weg durch einen unglaublich dichten Dschungel aus Emotionen, bürokratischen Hindernissen und sich widersprechenden Zielen und Interessen gebahnt hat. Fast neun Jahre lang erschlug sie einen Drachen nach dem anderen, selbst dann, als die Drachen auf der Siegerstraße zu sein schienen.

Beverly Lewis schloß sich uns an, als die Schwierigkeiten ihren Höhepunkt erreicht hatten, um mitzuhelfen, sie mit der wachen Intelligenz und Entschlossenheit eines Jesuiten zu bereinigen.

Ihre Fähigkeiten als Lektorin werden nur von einer Eigenschaft übertroffen, welche die wirklich großen Lektoren vom Rest unterscheidet – ihre Achtung vor den und ihr Verständnis für die Intentionen des Autors.

Was immer Ihnen an diesem Buch nicht gefallen mag – geben Sie mir die Schuld; was immer Ihnen gefällt, haben Sie diesen dreien und mir zu verdanken.

Thomas Gifford
London

# Prolog

*Oktober 1982*
*New York City*

Er sah wie ein großer schwarzer Raubvogel aus, der hinabstößt auf silbern schimmerndes Eis. Es war ein älterer Herr. Er war ein sehr guter Schlittschuhläufer.

Es bereitete ihm Vergnügen, das Zischen der Kufen zu hören, wenn sie saubere, präzise Muster ins Eis schnitten; er genoß es, die frische herbstliche Brise auf seinem Gesicht zu spüren. Seine Sinne waren außergewöhnlich wach und geschärft, wie immer an so wichtigen Tagen. Die Aufgabe, die vor ihm lag, belebte ihn auf einzigartige Weise: An Tagen wie diesem war er eins mit seiner Bestimmung, eins mit seinem Gott. An solchen Tagen wurde ihm der Sinn der Existenz des Herrn offenbar.

Und auch der Blick auf das Diesseits wurde klarer. Alles Irdische verlor sein Geheimnis. An solchen Tagen verstand er. Der Morgennebel hatte sich aufgelöst, und die Sonnenstrahlen fielen zwischen den weißen Wolkenbergen hindurch. Die Türme des Rockefeller Center ragten über ihm auf, und der Takt der Musik, die aus den Lautsprechern drang, bestimmte die Geschwindigkeit seines Dahingleitens; er konnte sich vollkommen in die Anmut und Kraft seiner Schritte versinken lassen, konnte mit ihrer Hilfe beinahe durch die Zeit in seine eigene Vergangenheit reisen.

Das Schlittschuhlaufen hatte er als Junge auf den gefrorenen Grachten Den Haags gelernt. Die tristen Häuser, die verschneiten Parks, der bleierne Himmel mit den schweren dunklen Wolken, der düster und drohend über der alten Stadt und den Deichen und den Windmühlen lastete: All diese Eindrücke hatten sich mit der eigentümlichen Beharrlichkeit, die Kindheitserinnerungen innewohnt, tief in sein Gedächtnis eingegraben; es waren Dinge, die man niemals vergaß. Es spielte keine Rolle, daß in dieser alten niederländischen Stadt die meisten Windmühlen längst schon verschwunden waren. In seiner Erinnerung gab es sie noch und würde es sie immer geben, diese uralten Mühlen, deren Flügel sich langsam im Wind drehten. Das Bild der behäbig rotierenden Windmühlenflügel und das scharfe, zischende Geräusch der Schlittschuhkufen hatten schon von jeher eine beruhigende Wirkung auf ihn ausgeübt. An einem Tag wie heute, wenn eine wichtige Aufgabe vor ihm lag, bereitete er sich immer durch körperliche und geistige Entspannung darauf vor. Eine jüngere Generation mochte es als Meditation bezeichnen, aber es lief im Grunde auf das gleiche hinaus: Man will eine Bewußtseinsebene so tiefer, vollkommener Konzentration erreichen, daß man darüber vergißt, diesen Zustand willentlich angestrebt zu haben. Er war nun fast soweit. Das Schlittschuhlaufen brachte ihn diesem Ziel näher und näher. Bald würde er zu existieren aufhören, würde sich in ein einziges, allsehendes Auge verwandeln, dem nichts entgehen konnte; in eine allbewußte Wesenheit, die fähig war, eins zu sein mit ihrer Aufgabe und mit Gottes Ratschlüssen. Bald. Sehr bald.

Er trug einen schwarzen Anzug mit Priesterkragen und einen schwarzen Regenmantel, der wie ein Umhang hinter ihm herflatterte, während er sich geschickt und anmutig durch die Menge der anderen Läufer bewegte, größtenteils Teenager. Der Gedanke, daß der wehende schwarze Mantel ihm ein befremdliches, ja bedrohliches Aussehen verleihen könnte, war ihm nie gekommen. In solchen Kategorien dachte er nicht. Das war ihm zu banal. Er war Geistlicher. Er war die Kirche. Er besaß ein außergewöhnlich gewinnendes, freundliches Lächeln. Er verkörperte das Gute; man brauchte ihn nicht zu fürchten. Dennoch neigten die meisten der anderen Schlittschuhläufer dazu, ihm auszuweichen; sie betrachteten ihn beinahe verstohlen, als befürchteten sie, er könnte auf den Grund ihrer Seele blicken. Ein größerer Irrtum hätte ihnen nicht unterlaufen können.

Er war hochgewachsen, mit gewelltem weißem Haar, das er aus der hohen, geraden Stirn straff nach hinten gekämmt hatte. Sein Gesicht war schmal, die Nase lang, der Mund breit und dünnlippig. Es war ein Gesicht, auf dem sich tiefe Erfahrung spiegelte, ein duldsames Gesicht, wie das eines gestandenen Landarztes, der das Leben zu begreifen gelernt hatte und den Tod nicht mehr fürchtete. Seine Haut war von einer fast durchscheinenden Blässe, geboren in einem langen, priesterlichen, abgeschiedenen Leben, das er größtenteils in dämmrigen Kapellen und Klosterzellen verbracht hatte. Eine Blässe, geboren in endlosen Stunden des Betens. Er trug eine schlichte Brille mit stählerner Fassung. Das Schlittschuhlaufen, die innere Versenkung zauberten ein leichtes Lächeln auf seine dünnen Lippen. Er war schlank und noch immer sehr gut in Form. Er war siebzig Jahre alt.

Während er über das Eis glitt, hielt er die Arme vorgestreckt und die Hände geöffnet, als würde er mit einer unsichtbaren Partnerin tanzen. Er trug hautenge schwarze Lederhandschuhe. Aus den Lautsprechern drang Musik von einer zerkratzten Schallplatte. Eine Mädchenstimme sang ein Lied aus einem Film, den er während des Fluges mit der 747 der Alitalia hierher nach New York gesehen hatte.

Er kurvte elegant zwischen den Gruppen von Kindern hindurch, die sich unbeholfen auf dem Eis bewegten, und zwischen den hübschen jungen Mädchen in engen Jeans, langem, wehendem Haar und strammen Hinterteilen. Mädchen in einem gewissen Alter hatten ihn immer an herumtollende, übermütige Fohlen erinnert. Er hatte noch nie eine nackte Frau gesehen. Er hatte an derlei Dinge ohnehin kaum jemals einen Gedanken verschwendet.

Er streckte ein Bein leicht vor und glitt auf nur einer Kufe dahin, wechselte geschickt auf das andere Bein, hielt mit vorgestreckten Armen das Gleichgewicht, während er saubere, präzise Kreise zog; seine Augen waren zu Schlitzen verengt, sein Gesicht zeigte den Ausdruck äußerster Konzentration, als blicke er ins Herz der Zeit, während sein Körper über das schimmernde Eis dahinflog, vorangetrieben durch die Kraft der Erinnerung. Seine Augen waren starr nach vorn gerichtet und schienen in weite Fernen zu blicken. Sie waren eisblau, klar wie Kristall und von unergründlicher Tiefe wie stille Seen hoch oben in den Bergen. Keinerlei Regung spiegelte sich darin wider. Seine Augen nahmen jetzt kaum noch Anteil an dem, was um ihn herum geschah.

Ein paar Mädchen flüsterten miteinander und kicherten leise, während sie den alten Mann im schwarzen Priestergewand beobachteten, der in der bunten Menge so ernst, so asketisch und feierlich wirkte; dennoch lag ein Hauch von Respekt in den Augen seiner heimlichen Zuschauer, ein Respekt, der seinen Schlittschuhkünsten galt, der Kraft und Eleganz seiner Bewegungen.

Er aber nahm kaum Notiz von den Menschen. Er war zu sehr damit beschäftigt, über den vor ihm liegenden Tag nachzudenken.

Plötzlich stürzte vor ihm ein hübsches junges Mädchen von etwa vierzehn Jahren aufs Eis und blieb auf dem Hosenboden sitzen, dem Gelächter ihrer Freundinnen preisgegeben. Sie schüttelte zornig den Kopf, daß ihr Pferdeschwanz flog.

Er glitt heran, griff ihr von hinten unter die Arme und stellte sie in einer glatten, fließenden Bewegung auf die Beine, ohne im Laufen innezuhalten. Er sah den Ausdruck der Verblüffung auf ihrem Gesicht, als er wie ein mächtiger schwarzer Rabe an ihr vorüberhuschte. Dann legte sich ein Lächeln auf ihre Lippen, und sie rief ihm ein Dankeschön hinterher. Er nickte ihr ernst über die Schulter zu.

Kurz darauf blickte er auf die Uhr. Er verließ die Eisfläche, gab die geliehenen Schlittschuhe zurück und ließ sich an der Gepäckaufbewahrung seine Aktentasche aushändigen. Sein Atem ging schwer, doch er fühlte sich entspannt und gelöst.

Er stieg die Treppe hinauf, die aus dem Eisstadion führte. Er kaufte sich eine heiße Brezel, strich ein bißchen Senf darauf und aß sie im Stehen, langsam und methodisch; dann warf er die Papierserviette in einen Mülleimer. Er ging die Ladenzeile zur Fifth Avenue entlang, überquerte die Straße, hielt inne und blickte zur St. Patrick's Cathedral auf. Er war kein sentimentaler Mensch, aber der Anblick großer Kirchenbauten – insbesondere einer vergleichsweise jungen Kirche wie dieser – bewegte unweigerlich etwas in ihm. Er hatte gehofft, noch die Zeit zu finden, in St. Patrick's ein Gebet zu sprechen, aber das Schlittschuhlaufen hatte zu viel Zeit in Anspruch genommen; außerdem konnte er in seinem Herzen beten.

Er war von weither gekommen, um seine Verabredung einzuhalten.

Es war Zeit, sich auf den Weg zu machen.

Der Mann im Bett schaute dem Fußballspiel nicht zu, das auf dem Bildschirm des Fernsehers flimmerte. Einer seiner Sekretäre hatte eine Kassette mit der Aufzeichnung des Spiels in den Videorecorder eingeschoben, das Gerät eingeschaltet und sich zurückgezogen, aber der Mann im Bett hatte in letzter Zeit das Interesse am Fußball verloren. Wenn er überhaupt einmal daran dachte, dann in Form verblaßter Erinnerungen an Spiele, für die er sich als junger Bursche vor vielen, vielen Jahren in Turin begeistert hatte. Was die Aufzeichnung auf der Kassette betraf, die erst vor kurzem per Kurier aus São Paulo geschickt worden war – sie interessierte ihn einen feuchten Kehricht. Der Weltpokal der Vereinsmannschaften spielte in seinen Plänen weiß Gott keine Rolle mehr.

Der Mann im Bett dachte an seinen baldigen Tod – aber mit jener Fähigkeit zur Distanz und Objektivität, die ihm sein Leben lang so dienlich gewesen war. Als junger Mann hatte er es gar soweit gebracht, von sich selbst in der dritten Person denken zu können: als Salvatore di Mona. Ein Teil seines Ichs hatte damals, gewissermaßen als außenstehender Beobachter, mit erstauntem Lächeln Salvatore di Monas ehrgeizigen, unaufhaltsamen Aufstieg in der kirchlichen Rangordnung verfolgt, hatte anerkennend genickt, als Salvatore di Mona Bündnisse mit mächtigen Männern aus Politik und Wirtschaft geschmiedet hatte, und war Zeuge gewesen, wie Salvatore di Mona schließlich den höchsten Gipfel der kirchlichen Hierarchie erklommen hatte, damals, als Salvatore di Monas Existenz gewissermaßen erlosch: Als er den Namen Calixtus angenommen hatte und Oberhirte der katholischen Kirche geworden war, Statthalter Christi auf Erden, der Heilige Vater – Papst Calixtus IV.

Acht Jahre war er nun schon Oberhaupt der Christenheit. Er war weder ein sonderlich genügsamer Mensch noch ein durchgeistigter Theologe, aber er war ein außerordentlich geschickter Praktiker, der zudem immer eine glückliche Hand bewiesen hatte. Für den übertriebenen, pompösen Hokuspokus, der mit seinem hohen Amt einherging, hatte er nicht viel übrig; seine Karriere hatte er schon immer wie die eines erfolgreichen Managers betrachtet, der zum Aufsichtsratsvorsitzenden eines multinationalen Konzerns aufgestiegen war.

Natürlich entsprach es den Tatsachen, daß auf dem Planeten Erde nur der Kaiser von Japan ein älteres Amt innehatte als er selbst, und Calixtus war sich seiner päpstlichen Würde durchaus bewußt, aber er hatte zum Beispiel nie daran geglaubt, daß Gott wahrhaftig und buchstäblich seinem Willen durch die Worte, Schriften und Taten jenes Mannes Ausdruck verlieh, der einst Sal di Mona gewesen war, ältester Sohn eines wohlhabenden Turiner Fiat-Händlers. Nein, Mystizismus war ›nicht seine Tasse Tee‹, wie Monsignore Knox es einmal auf seine charmante englische Art ausgedrückt hatte.

Calixtus IV. war ein praktischer Mann, kein Mann der verwickelten Intrigen. Dafür zu sorgen, vom Konklave der Kardinäle zum Papst gewählt zu werden, hatte nur eine vergleichsweise simple, ja plumpe Transaktion erfordert, die aber keinen Zweifel am Erfolg ließ: Mit Hilfe des einflußreichen amerikanischen Laien Curtis Lockhardt waren große Geldsummen nach einem ausgeklügelten System unter bestimmten Kardinälen aufgeteilt worden. Salvatore Kardinal di Mona hatte auf diese Weise einen geschlossenen Block sicherer Wähler unter Führung Kardinal D'Ambrizzis gegossen. Mit Geldern zu arbeiten – Bestechungsgeldern, um der Sache den richtigen Namen zu geben – war eine alte Tradition, die schon mehr als einem ehrgeizigen *papabile* geholfen hatte, sein Ziel zu erreichen. Seit er Papst geworden war, hatte er allerdings versucht, das Verschwörertum und die Pfuscherei und die Verleumdungen und die Heimlichtuerei in der Kurie zu ersticken, so gut es ihm möglich war. Aber er mußte zugeben, daß er in einer stickigen Treibhausgemeinschaft wie der des Vatikans in diesem Kampf auf verlorenem Posten stand. Man konnte die menschliche Natur nicht ändern; ganz bestimmt nicht in einem Palast mit mindestens tausend Zimmern. Calixtus war es nie gelungen, genaue Zahlen zu erfahren, aber das spielte auch keine Rolle: Die offensichtliche Realität war schlichtweg die, daß sich in einigen dieser tausend Zimmer immer und unvermeidlicherweise irgend jemand befand, der nichts Gutes im Schilde führte. Über die Jahre hinweg hatte es sehr an seinen Kräften gezehrt, ständig wenigstens den Anschein zu erwecken, die Intrigen und Machenschaften der Kurie in Grenzen halten zu wollen. Dennoch war dieses Unterfangen fast genauso oft erheiternd wie enttäuschend gewesen. Jetzt aber war es ganz und gar nicht mehr erheiternd.

Das Bett, auf dem er lag – einst die Ruhestätte des Borgia-Papstes Alexander VI. – war ein prunkvolles Stück, über dessen lange, wechselhafte Geschichte nachzudenken Calixtus stilles Vergnügen bereitete. Alexander VI. hatte dieses Bett zweifellos zu besseren, vergnüglicheren Zwecken benutzt, als er es getan hatte, aber so, wie die Dinge lagen, würde er, Calixtus, immerhin in diesem Bett sterben. Die übrigen Einrichtungsgegenstände des päpstlichen Schlafgemachs konnten nur als chaotisches apostolisches Sammelsurium bezeichnet werden – einige schwedische Möbel jüngeren Datums, die einst im Besitz Pauls VI. gewesen waren; ein Fernseher und ein Videorecorder; riesige gotische Bücherschränke mit gläsernen Türen, die einst Pius' XII. umfangreiche Sammlung von Nachschlagewerken beherbergt hatten; Tische und Stühle und ein Schreibtisch sowie ein Betschemel, der in einer Vorratskammer aufgestöbert worden war, bedeckt vom Staub zweier oder dreier Jahrhunderte. Es war eine seltsame Umgebung, doch in den vergangenen acht Jahren hatte Calixtus sie sein Heim genannt. Als er dies alles jetzt mit mürrischem Blick betrachtete, empfand er eine gewisse Erleichterung, daß er diesen Kram nicht mit dorthin nehmen mußte, wo er bald ein neues Heim finden würde.

Langsam schwang er die Beine über die Bettkante und schob die nackten Füße in die Gucci-Slipper. Er erhob sich, schwankte leicht, hielt sich jedoch mit Hilfe eines Gehstocks mit Goldknauf auf den Beinen, den ein afrikanischer Kardinal ihm in weiser Voraussicht vor einem Jahr zum Geschenk gemacht hatte. Er war nicht sicher, welche seiner beiden Krankheiten für welche Symptome verantwortlich waren, aber die Benommenheit führte er eindeutig auf den Hirntumor zurück. Inoperabel, selbstverständlich. Soviel er den Diagnosen der altersschwachen, tatterigen, vatikanerprobten Knochensäger, die ihn behandelten, entnehmen konnte, würde es ein Fotofinish um die Entscheidung geben, welches seiner beiden erkrankten Organe ihn schließlich ins Jenseits befördern durfte: das Herz oder das Hirn. Was Calixtus betraf, war es ihm vollkommen gleichgültig.

Doch in der Zeit, die ihm verblieb, mußten noch einige Dinge erledigt werden.

Wer wurde sein Nachfolger?

Und was konnte er tun, um diesen Nachfolger zu bestimmen?

Schwester Valentine weinte; der Tränenstrom schien nicht versiegen zu wollen, und das widerte sie an. Sie hatte in ihrem Leben schon einige leichtsinnige Dinge getan; sie hatte die Gefahr gesucht und mehr als genug davon gefunden, und sie hatte gelernt, was es heißt, Angst zu haben, wirkliche Angst. Doch es war jene Angst gewesen, die sich aus einer bestimmten Situation ergab; eine spontane, plötzliche Angst, die jeder von Valentines damaligen Freunden und Kollegen gekannt hatte: die Angst, auf einer einsamen Landstraße von einer Gewehrkugel getroffen zu werden, zum Beispiel; die Angst, einer der Todesschwadronen in die Hände zu fallen, die Angst, daß Regierungstruppen oder Guerillas aus dem Hügelland hervorbrachen auf der Suche nach Beute, Kampf, Blut. In einigen Ländern der Erde gehörte diese Angst zum täglichen Leben. Valentine hatte gelernt, mit dieser Angst zu leben; sie hatte gewußt, welche Gefahren in El Salvador auf sie zukommen würden, sie hatte gewußt, daß sie diese Angst kennenlernen würde, und dennoch war sie in ihrem Entschluß, nach Mittelamerika zu gehen, nicht wankend geworden.

Die Angst aber, die sie jetzt verspürte, war ganz anderer Natur: Sie attackierte wie ein gierig wucherndes Krebsgeschwür ihren Willen, ihr Nervensystem. Diese Angst wurzelte in ferner Vergangenheit, doch sie lebte noch immer, hatte sich auf die Suche nach einem Opfer begeben und hatte sie, Valentine, auserwählt. Und nun trat Schwester Valentine bald die Heimreise nach Princeton an, weil sie diese bohrende Angst nicht mehr allein ertragen konnte. Ben würde wissen, was zu tun war. Irgendwie hatte er immer einen Ausweg gewußt.

Aber erst einmal mußte sie jetzt aufhören, zu weinen und zu zittern und sich wie eine Verrückte aufzuführen.

Sie stand am Rand des Innenhofs; ihre Zehen versanken im feuchten Gras, und sie blickte hinauf zum silbernen, narbigen Antlitz des Mondes am schwarzblauen Himmel. Wolkenfetzen zogen daran vorüber; es war ein Bild, das sie an die Hülle einer Schallplatte erinnerte, die sie als Kind besessen hatte: die Mondschein-Serenade. Das Geräusch der Brandung an der Küste Malibus drang von tief unten an ihre Ohren, wurde über den Rand der Felsklippen hinaufgetragen vom Wind, der vom Meer herüberwehte und ihre nackten Beine umschmeichelte. Valentine wischte sich mit dem Ärmel ihrer Robe über die Augen, zog sie straff und ging dann über den Rasen zum weißen Zaun hinüber, der am Rand der Klippe entlang verlief. Sie blickte hinunter auf die schäumende Brandung, die gegen die Felsen anrannte, gischtend und breit auffächernd, dann zurückflutete und wieder anstürmte. Einige einsame Topplichter von Ozeandampfern wanderten weit draußen auf der pazifischen Küstenstraße langsam vorüber. In der Ferne, getrübt durch den Dunst, schimmerten schwach die Lichter Malibus. Nebelschwaden zogen aufs Meer hinaus.

Sie ging am Zaun entlang, bis sie die Stelle erreichte, an der sie die abklingende Hitze der Kohlen spürte, über denen sie und Curtis als spätes Abendessen Seebarsch gegrillt hatten. Nur sie beide, eine Flasche Roederer Cristal und Seebarsch und heißes, knuspriges Sauerteigbrot. Eine Mahlzeit, begleitet von den gleichen Gesprächen, die sie beide während der letzten anderthalb Jahre schon in Rom, Paris, New York und Los Angeles geführt hatten. Valentine fühlte sich Curtis ausgeliefert wie ein Wellenbrecher, welcher der Flut keinen Widerstand entgegenzusetzen vermag, aber sie kämpfte darum, daß die Dämme nicht brachen; sie war noch nicht bereit, sich vom Ansturm zerschmettern zu lassen. Aber, in Gottes Namen, sie *wollte* sich seinem Drängen nicht länger entgegenstemmen, sie wollte sich *ihm* hingeben und nicht der Kirche, aber sie konnte es nicht. Noch nicht. Noch nicht ganz. Verdammt. Sie weinte schon wieder.

Valentine wandte sich um und ging zu dem ausgedehnten Landsitz zurück, am Swimmingpool und am Tennisplatz vorüber, überquerte den mit steinernen Platten ausgelegten Innenhof, hielt vor der großen gläsernen Wand mit der Schiebetür inne und blickte hindurch auf das Bett. Vor einer Stunde hatten sie sich in diesem Bett geliebt.

Curtis Lockhardt war ein großer, kräftiger, entschlossener Mann mit dem Gesicht einer gutmütigen Bulldogge. Sein graues Haar war kurz geschnitten und stets sorgfältig frisiert. Er trug einen dunkelblauen Pyjama mit weißer Paspelierung und dem Monogramm *CL* auf der Brusttasche. Sein rechter Arm lag ausgestreckt auf dem Bett, dort, wo sie vorhin gelegen hatte. Er schlief. Sie wußte so viel über ihn, mehr, als sie jemals über ihren Beruf wissen würde. Aber sie war schließlich schon immer eine unkonventionelle Ordensschwester gewesen. Genauer gesagt, war sie als Nonne ein verdammtes Ärgernis. Für die Kirche, für ihren Orden. Sie wußte, was richtig war, und sie wußte, was falsch war, und sehr oft hatten ihre Ansichten in krassem Widerspruch zu denen der Kirche gestanden. Sie war ihren eigenen Weg gegangen und hatte die *Kirche* gezwungen, etwas dagegen zu unternehmen. Sie war an die Öffentlichkeit getreten; sie hatte zwei Bestseller geschrieben; sie war in den Augen vieler Menschen eine Art Heldenfigur, und ihre Publicity hatte ihr Schutz und Sicherheit gewährt. Sie hatte es gewagt, die Kirche herauszufordern, hatte sie zum Bekenntnis zwingen wollen, daß sie zu kleinlich, zu engstirnig, zu niederträchtig, zu schäbig und zu geizig sei – und die Kirche hatte klein beigegeben. Valentine hatte sich selbst zu einem unentbehrlichen Mittelstück in der riesigen Fassade der römisch-katholischen Kirche gemacht, und sie dort herauszumeißeln war die einzige Möglichkeit, sie jemals wieder loszuwerden.

Aber alles das war geschehen, bevor Valentine jene Nachforschungen aufgenommen hatte, die sie seit nunmehr zwölf Monaten beschäftigten. Jetzt, dachte sie mit bitterer Ironie, wischte sich erneut über die Augen und zog die Nase hoch, stellte sich heraus, daß all die damaligen Auseinandersetzungen nur eine Art Aufwärmen gewesen waren. Andererseits hätte sie sich nicht besser auf dieses zurückliegende Jahr vorbereiten können, auf die im Zuge ihrer Recherchen ständig gewachsene Angst. Sie hatte geglaubt, das Böse in all seinen Formen und Verkleidungen zu kennen – und auch ziemlich viel Gutes. Aber sie hatte sich geirrt. Sie hatte rein gar nichts über Gut und Böse gewußt, aber, bei Gott, sie hatte viel darüber gelernt.

Vor achtzehn Monaten hatte Curtis Lockhardt ihr gesagt, daß er sie liebe. Sie waren in Rom gewesen, dem Ausgangspunkt der Recherchen für ihr neues Buch, das die Rolle der Kirche im Zweiten Weltkrieg behandeln sollte. Curtis war in den Vatikan gerufen worden, weil man seine Hilfe brauchte, um den ausufernden Skandal um die Vatikan-Bank zu vertuschen, der geradezu unglaubliche Delikte umfaßte, über Erpressung, Unterschlagung, Betrug bis hin zum Mord. Lockhardt war einer der wenigen Laien, den die Kirche – in diesem Falle Calixtus IV. – in extremen Krisensituationen zu Rate zog. Die meisten Laien konnten sich nicht einmal vorstellen, welch eiserne Härte und Rücksichtslosigkeit erforderlich waren, um einen so vielarmigen Polypen wie die Kirche unter Kontrolle zu halten. Lockhardt besaß diese Fähigkeit: Er hatte seine Karriere auf genau jene Eigenschaften gegründet, die dazu notwendig waren, während er andererseits ein höchst sympathischer, charmanter und frommer Mann geblieben war. Lockhardt war dem Mittelpunkt des Mittelpunkts der Kirche innerhalb der Kirche sehr nahe, wie Calixtus es gern auszudrücken pflegte.

Valentine kannte Lockhardt schon ihr Leben lang. Als sie vor dreißig Jahren noch Val Driskill gewesen war, die als Zehnjährige auf dem Rasen vor dem Haus der Eltern in ihrem Badeanzug unter den rotierenden Wasserstrahlen der Berieselungsanlage herumtollte, war Lockhardt ein junger Anwalt und Banker gewesen, der sich der Wertschätzung sowohl der Rockefellers als auch der Chase Manhattan Bank erfreute. Er hatte das Haus der Driskills in Princeton häufig besucht, um mit Vals Vater finanzielle und kirchliche Dinge zu besprechen. Während Val, die gebräunte Haut naß glitzernd im Sonnenlicht, herumhüpfte und tollte und lachte, bemüht, die allgemeine Aufmerksamkeit auf sich zu ziehen, hatte sie das Eis in den Gläsern klirren hören und Vater und Lockhardt aus dem Augenwinkel in weißen Korbstühlen auf der Veranda sitzen sehen. »Mit zehn warst du eine bezaubernde Elfe«, hatte Curtis ihr damals in jener Nacht in Rom gesagt. »Und mit fünfzehn warst du ein reizendes, temperamentvolles junges Mädchen. Hättest mich beinahe beim Tennis geschlagen.«

»Weil du nur Augen für mich hattest und nicht für den Ball.« Sie grinste ihn an, in Erinnerungen versunken. O ja, sie hatte schon damals sehr wohl gewußt, daß er sie begehrenswert fand, wie sie mit wehendem Rock über den Tennisplatz rannte, während der kühle Wind den Schweiß auf ihrem Gesicht trocknete, bis sie die kleinen salzigen Kristalle auf der Stirn spüren konnte, wenn sie mit der Hand darüberstrich. Sie hatte Lockhardt gern gehabt, bewundert. Sein Einfluß hatte sie fasziniert – ein Laie, der die Macht besaß, hohe Geistliche nach seiner Pfeife tanzen zu lassen. Er war damals fünfunddreißig gewesen, und sie hatte sich gefragt, warum er noch nicht verheiratet war.

»Als du zwanzig warst, hatte ich eine Heidenangst vor dir. Angst vor deiner Ausstrahlung, der Wirkung, die du auf mich gehabt hast – jedesmal, wenn ich dir begegnet bin. Ich kam mir wie ein großer Dummkopf vor. Und dann... kannst du dich noch an den Tag erinnern, als ich dich zum Abendessen ins Plaza ausgeführt habe? Und als du mir gesagt hast, wie deine Pläne für die Zukunft aussehen – erinnerst du dich? An den Tag, als du mir gesagt hast, daß du dem Orden beitreten wolltest? Mein Herz hätte fast einen Auerbachsalto geschlagen. Ich kam mir wie ein zurückgewiesener Liebhaber vor – und dabei war ich mir über die Lage völlig im klaren, ich meine, ich habe dich als Mädchen betrachtet, als Hugh Driskills Tochter, als Kind, nicht als mögliche Geliebte...

Aber, um ehrlich zu sein – ich war natürlich nicht bei klarem Verstand. Ich war verliebt. Und ich bin verliebt geblieben, Val. Ich habe dich nie aus den Augen verloren, habe deine Karriere verfolgt, und als du nach Los Angeles gekommen bist, wußte ich sofort, daß ich dich wiedersehen mußte.« Er zuckte jungenhaft die Achseln, und sein Alter schien plötzlich wie eine Kruste von ihm abzufallen. »Der Nachteil war nur, daß ich nun in eine Ordensschwester verliebt war, aber das Gute an der Sache war, daß das Warten sich gelohnt hatte.«

Ihre Romanze hatte in jener Nacht in Rom begonnen, in Curtis' Apartment hoch über der Via Veneto. In dieser Nacht war er zu einem Feldzug aufgebrochen mit dem Ziel, sie zu überreden, aus dem Orden auszutreten und ihn zu heiraten. Val dazu zu bringen, ihr Gelübde zu brechen – mit ihm ins Bett zu gehen – war eine rasch gewonnene Schlacht dieses Feldzugs gewesen. Ihr Gelübde hatte Val schon immer als aufgezwungene Bürde ihres Berufs betrachtet, als notwendiges Übel, als Preis, den sie für die Möglichkeit zahlen mußte, der Kirche dienen zu dürfen, um den Menschen mit deren gewaltigem Machtapparat zu helfen. Aber den Orden zu verlassen, ganz aus dem Rahmen herauszutreten, in den sie ihr Leben eingefügt hatte – das war für sie noch immer undenkbar.

Und heute, vor einer Stunde erst, war es wegen ihrer beiderseitigen Enttäuschung zum Streit gekommen. Beide hatten sich Unfähigkeit vorgeworfen, den Standpunkt des anderen zu verstehen. Aber die Liebe zueinander hatte noch immer Bestand und würde immer Bestand haben, und so, endlich, hatten sie Trost in der Leidenschaft gefunden. Und dann hatte er geschlafen und sie gewacht, bis sie leise aus dem Bett gestiegen und nach draußen gegangen war, um nachzudenken. Um mit den Gedanken allein zu sein, die sie ihm nicht anzuvertrauen wagte.

Ein Stück voraus sah sie das Flattern von Flügeln, schemenhaft im Dunkel der Nacht und den Nebelfetzen, und dann stieß eine Möwe herab und landete auf den steinernen Platten des Innenhofs. Sie stolzierte ein paar Schritte herum, beäugte sich in der gläsernen Wand und hob dann die Flügel, als würde ihr Spiegelbild sie ängstigen. Val glaubte genau zu wissen, was das Tier empfand.

Spiegelbilder. Sie mußte an ihre beste Freundin denken, Schwester Elizabeth in Rom, in deren Persönlichkeit Val gewisse Spiegelungen ihrer selbst gesehen hatte. Auch Elizabeth war Amerikanerin, einige Jahre jünger als Val, aber ungeheuer klug, verständig und scharfsinnig. Elizabeth war ebenfalls eine Ordensschwester mit modernen Ansichten, eine Nonne, die ihre Arbeit so tat, wie sie es für richtig hielt; aber sie war keine Unruhestifterin wie Val. Sie hatten sich in Georgetown kennengelernt, als Schwester Valentine an ihrer Dissertation arbeitete und Schwester Elizabeth eine aufgeschlossene, heitere, sehr junge Anwärterin auf den Magistergrad gewesen war. Sie hatten ein Band der Freundschaft geschmiedet, das seit nunmehr zehn Jahren bestand, einer Dekade extremer innerkirchlicher Spannungen. Und in Rom war es damals Schwester Elizabeth gewesen, die Val geraten hatte, Lockhardts Heiratsantrag gründlich zu überdenken. Elizabeth hatte sich geduldig die ganze Geschichte angehört, bevor sie sich äußerte.

»Du mußt improvisieren. Gemäß dem Motto: der Situation angepaßte Moral«, sagte sie schließlich. »Falls du diesen Vorschlag als Haarspalterei betrachten solltest, dann schreibe ihn meinem grundsätzlich jesuitischen Naturell zu. Denke an dein Gelübde, aber *überdenke* es auch – du bist keine Gefangene, weißt du. Niemand hat dich in eine Klosterzelle eingeschlossen und den Schlüssel weggeworfen, damit du in deiner Zelle verrottest.«

Ein guter Rat, und wenn Elizabeth jetzt in Malibu gewesen wäre, hätte sie gewiß noch mehr gute Ratschläge parat gehabt. Nur – welche?

»Wenn du weiter mit ihm schlafen möchtest, Val«, hatte sie gesagt, »mußt du aus dem Orden austreten. Der Weg, den du jetzt gehst, hat kein Ziel. Vielleicht hältst du das für Prinzipienreiterei, aber sieh den Tatsachen ins Gesicht. Es ist keine bloße Formsache. Du hast ein Gelübde abgelegt. Jeder kann sich mal einen Ausrutscher erlauben. Aber Ausrutscher dürfen nicht zur Gewohnheit werden. Das geht nicht. Das wäre dumm und unehrenhaft. Du weißt es, und ich weiß es, und der da oben weiß es auch.«

Als sie sich jetzt an die Bestimmtheit erinnerte, mit der Schwester Elizabeth dies gesagt hatte, überkam sie wieder ein Gefühl der Leere und der Angst. Und die Furcht verdrängte alle anderen Empfindungen.

Alles hatte mit den Recherchen für das Buch angefangen. Das gottverdammte Buch! Wäre sie doch nie auf die Idee gekommen, dieses Buch zu schreiben. Aber jetzt war es zu spät, sich den Kopf darüber zu zerbrechen. Jetzt war es passiert. Jetzt war die Angst ihr ständiger Begleiter, die Angst, die sie zuerst zurück in die Staaten getrieben hatte und die sie nun nach Hause, nach Princeton, führen würde. Es war diese Angst gewesen, die sie so zögerlich in allen Entscheidungen hatte werden lassen – was Curtis und die Liebe und die Frage betraf, im Orden zu bleiben oder nicht... Man konnte einfach keinen klaren Gedanken mehr fassen, wenn man so sehr von Angst erfüllt war. Sie hatte sich bei ihren Nachforschungen zu weit vorgewagt, hatte tiefer und tiefer gebohrt, und das noch zu einem Zeitpunkt, als sie schon längst hätte erkannt haben müssen, daß es besser gewesen wäre, die Recherchen auf der Stelle abzubrechen, die Finger von der Sache zu lassen, nach Hause zu reisen. Was sie bereits herausgefunden hatte, hätte sie in ihrem Innern verschließen sollen; sie hätte sich um ihr eigenes Leben kümmern sollen, um Curtis.

Und sie fürchtete nicht nur um sich selbst. Eine noch viel größere, tiefere Angst überschüttete alles andere: die Angst um die Kirche.

Sie war mit der Absicht nach Amerika zurückgekehrt, Curtis all das anzuvertrauen. Aber irgend etwas hatte sie davor gewarnt, hatte ihr gesagt: Laß es bleiben; irgend etwas, das sie nicht genau erkennen konnte. Sie hatte eine wahre Höllenmaschine entdeckt, eine Bombe, deren Zeitzünder schon sehr, sehr lange tickte. Entweder wußte auch Curtis Lockhardt um dieses infernalische Instrument der Zerstörung, war vielleicht sogar – Gott stehe ihm bei – ein Teil davon, oder er wußte nichts darüber. Nein, sie konnte es ihm nicht sagen. Er stand der Kirche viel zu nahe; er war Teil der Kirche.

Aber es *gab* diese Zeitbombe, und Val hatte sie entdeckt. Das erinnerte sie an einen Vorfall in ihrem Elternhaus in Princeton, als ihr Bruder Ben auf der Suche nach den alten Hickory-Golfschlägern aus Vaters Jugendtagen im Keller herumgestöbert hatte und dabei auf die sieben Büchsen Schwarzpulver gestoßen war, die von einem Feuerwerk zur Feier des Unabhängigkeitstages übriggeblieben waren. Val war Ben die Treppe hinunter gefolgt, an all den jahrzehntelang gewachsenen Bergen aus Erinnerungsstücken an die Familiengeschichte vorüber, und dann hatte sie plötzlich seine Stimme gehört, zu einem Flüstern gesenkt. Sie solle, verdammt noch mal, verschwinden, hatte Ben ihr gesagt, denn das Haus könne jeden Moment in die Luft fliegen, weil sich Schwarzpulver in den Büchsen befinde, das so alt sei, daß es bei der leisesten Berührung explodieren könne. Und der Warmwasserbereiter, der sich im gleichen Kellerraum befand, hatte einen Kurzschluß und sprühte blaue, elektrische Funken. Val wußte nichts über Schwarzpulver, aber sie kannte ihren Bruder Ben, und der hatte es sehr, sehr ernst gemeint.

Er hatte dafür gesorgt, daß Val hinter einer Mauerecke in Deckung gegangen war, während er langsam und vorsichtig, am ganzen Körper schwitzend, eine Büchse nach der anderen aus dem Keller getragen hatte, dann über den Rasen hinter dem Haus, an der Familienkapelle vorbei und durch den Obstgarten bis zum Ufer des kleinen Teichs, an den ihr Grundstück grenzte. Als Ben die Polizei in Princeton angerufen hatte, wurden daraufhin einige Feuerwehrmänner geschickt, und der Polizeichef persönlich war in seinem schwarzen DeSoto gekommen, und dann hatten sie sämtliche Dosen Schwarzpulver im Teich versenkt, und Ben war nach dieser Geschichte ein richtiger Held gewesen. Die Polizisten gaben ihm so etwas wie eine Ehrenmedaille, und ungefähr eine Woche später hatte Ben seiner kleinen Schwester diese Medaille geschenkt, weil auch sie ein so tapferer Soldat gewesen war und den Befehlen so folgsam gehorcht hatte. Sie war zuerst überrascht gewesen, hatte dann vor Freude geweint, hatte die Medaille den ganzen Sommer über jeden Tag getragen und sie vor dem Zubettgehen unters Kopfkissen gelegt. Val war damals sieben gewesen, Ben vierzehn. Nach dieser Geschichte war sie immer zu Ben gegangen, wenn sie einen Helden gebraucht hatte. Wie jetzt.

Denn nun hatte auch sie eine Bombe gefunden, hochbrisant und mit einer Sprengkraft, die so groß war, daß sie sogar die bevorstehende Papstwahl in tausend Stücke zerfetzen konnte. Gottlob würde sie bald nach Hause zurückkehren und mit Ben darüber sprechen. Nicht mit Curtis, nicht mit ihrem Vater – jedenfalls noch nicht. Aber mit Ben, das stand fest. Sie mußte immer lächeln, wenn sie an Ben dachte. Bruder Ben, den abtrünnigen – ›auf die Schnauze gefallenen trifft es besser‹, pflegte er immer zu sagen – Katholiken. Sie würde ihm die ganze Geschichte erzählen, würde ihm berichten, was in den Torricelli-Papieren und den Geheimen Archiven ans Licht gekommen war. Er würde zuerst über ihre Zwangslage lachen und dann ernst werden und dann wissen, was zu tun war. Und er würde wissen, was sie ihrem Vater sagen sollten, auf welche Weise sie ihm die Sache nahebringen konnten...

*New York*

Der Rolls-Royce stand bereits abfahrbereit am Kennedy-Flughafen, als Lockhardts Privatjet landete. Der Wagen brachte sie durch den nur mäßigen Verkehr direkt in die Innenstadt. Sie erreichten ihr Ziel eine halbe Stunde früher als geplant. Lockhardt erteilte seinem Fahrer die Anweisung, ihn am Rockefeller Plaza abzusetzen, das sich zwischen dem RCA Building und dem Eisstadion im Rockefeller Center befand. Bevor er ausstieg, blickte er Val in die Augen und nahm ihre Hand. »Bist du sicher, daß du mir nicht doch noch etwas sagen möchtest?«

Hinter dieser schlichten Frage verbarg sich viel mehr, als es den Anschein hatte. Denn er hatte Val nicht von dem Anruf erzählt, den er vor einer Woche, als sie noch in Ägypten gewesen war, von einem Freund aus dem Vatikan erhalten hatte. Hohe kirchliche Würdenträger waren besorgt über das, was Val tat, über die Richtung, in die ihre Nachforschungen sie geführt hatten, und über ihre Entschlossenheit, diese Spur weiter zu verfolgen. Lockhardts Freund im Vatikan hatte ihn gebeten, Val zu fragen, was sie bis jetzt herausgefunden hatte und sie davon zu überzeugen, daß es besser sei, die Recherchen aufzugeben.

Lockhardts Respekt vor Vals Arbeit und den Absichten, die sie verfolgte, waren jedoch zu groß, als daß er ihr über die Sorgen und die Neugierde gewisser Kirchenmänner berichtet hätte. Die Macht des Vatikans vermochte Schwester Valentine ohnehin nicht zu beeindrucken. Aber Curtis Lockhardt. Aus diesem Grunde war er wegen der telefonischen Anfrage seines vatikanischen Freundes geradezu verängstigt. Der Anruf wäre unterblieben, hätte es sich um eine Nichtigkeit gehandelt. Irgend etwas schien irgend jemanden ganz gewaltig zu beunruhigen, und dieser jemand hatte die Order erteilt, Curtis Lockhardt anzurufen. Aber Curtis konnte und wollte Val nicht unter Druck setzen. Sie würde ihm schon noch sagen, was sie vorhatte; er mußte ihr nur Zeit lassen.

Val lächelte verkrampft und schüttelte den Kopf. »Nein, wirklich nicht«, beantwortete sie seine Frage. »Du hast im Moment ganz andere Sorgen, als dir über irgendwelche Nebensächlichkeiten Gedanken zu machen. Calixtus liegt im Sterben. Und du, mein Lieber, mußt entscheiden, wer der nächste Papst wird. Die Aasgeier versammeln sich schon.«

»Komme ich dir wie ein Aasgeier vor?«

»Unsinn. Ganz und gar nicht. Du kommst den Aasgeiern zuvor, wie üblich.«

»Vergiß nicht: Was Calixtus' Nachfolger betrifft, habe ich kein Stimmrecht.«

»Stell dein Licht nicht unter den Scheffel. Hat die *Times* dich nicht als Kardinal ohne Purpur bezeichnet?« Sie grinste, als sie den Ausdruck des Unmuts auf seinem Gesicht sah. »Du kannst viel mehr Gewicht in die Waagschale werfen als eine Wählerstimme im Konklave. Du hast schon den letzten Papst benannt...«

»Mit Hilfe deines Vaters, Schwester Valentine.« Er lachte. »Und wir hätten es schlechter treffen können...«

»Kaum«, sagte sie.

»Mein Gott, ich liebe dich, Schwester.«

»Du bist in einer Position, die es dir erlaubt, den nächsten Papst zu bestimmen. So ist es doch, wenn wir mal ehrlich sind. Und ich liebe dich auch. Für einen älteren Herrn bist du gar nicht so übel.«

»Eigentlich solltest du bei deinem Berufsstand keine Vergleiche ziehen können«, sagte er.

»Kann ich auch nicht, glaube mir.«

Er nahm ihre Hand. »Val, ich wünschte, du würdest mir auch vertrauen. Dein schreckliches Geheimnis – es bringt dich noch um den Verstand. Du bist mit den Kräften am Ende. Was immer es sein mag, es macht dir offensichtlich schlimm zu schaffen. Du bist mager geworden, du bist müde, du siehst erschöpft aus...«

»Und bist sehr redegewandt. Aber ich werde dir trotzdem nichts sagen.«

»Du weißt schon, was ich meine. Nimm dir diese Sache nicht so zu Herzen, sprich mit Ben darüber. Du mußt dir das, was dich bedrückt, endlich von der Seele reden.«

»Hör jetzt auf, Curtis, ja? Ich möchte nicht als Dummkopf dastehen, falls meine Phantasie mit mir durchgegangen ist. Das alles kann bis morgen warten. Dann werde ich dir vielleicht die ganze Geschichte erzählen.« Sie drückte seine Hand. »Geh jetzt zu Andy.« Sie beugte sich vor und küßte ihn zärtlich, spürte seine Hand in ihrem Haar, an ihrer Wange. Seine Lippen strichen sanft über ihr Ohr.

Curtis stieg aus, blieb auf dem Gehsteig stehen und beobachtete, wie sie ihm zuwinkte, als der Wagen wieder anrollte. Dann hob sich die getönte Seitenscheibe, und Val war verschwunden. Nächste Station Princeton.

Curtis hatte so viele Jahre seines Lebens auf den Machtetagen verbracht, daß er berufliche Zufriedenheit und zurückhaltende Freundschaften lange Zeit mit Glück verwechselt hatte. Bis Val ihm die Geheimnisse des vollkommenen Glücks offenbarte. Er war fest davon überzeugt, daß er und Val zusammenblieben.

Diese Gedanken beschäftigten ihn immer noch, als er nachdenklich auf die Schlittschuhläufer hinunterblickte, die auf der Eisfläche ihre Bahnen zogen. Ja, es stimmte, er machte sich Sorgen um Val. Sie war im Zuge ihrer Recherchen in Rom, Paris, sogar in Alexandria, Ägypten, gewesen. Er hatte versucht, sich einen Reim darauf zu machen. Er wußte, daß Val auch in den Geheimen Archiven des Vatikans Nachforschungen angestellt hatte. Und dann hatte er diesen verdammten Anruf aus Rom bekommen.

Von seinem Aussichtspunkt am Geländer oberhalb der Kunsteisbahn lächelte er beim Anblick eines alten Priesters, der sich voller Anmut und Würde zwischen all den jungen Menschen übers Eis bewegte. Lockhardt bezweifelte, jemals ein Gesicht gesehen zu haben, auf dem sich so viel Ernst, innerer Friede und Heiterkeit spiegelten.

Er blickte auf die flache, goldene Patek Philippe an seinem Handgelenk. Monsignore Heffernan, erst zweiundvierzig und schon in fünf bis zehn Jahren Anwärter auf den Kardinalspurpur, erwartete ihn. Als rechte Hand von Erzbischof Kardinal Klammer hatte Heffernan bereits beträchtlichen Einfluß in einem der wohlhabendsten Erzbistümer der Kirche errungen. Er hatte sich einen Ruf als Macher erworben, als Mann der Tat. Und obwohl er eine plump-vertrauliche Art besaß, war er ein Bastard, der auf Pünktlichkeit Wert legte und sie auch von anderen erwartete.

Es war an der Zeit, sich auf den Weg zu machen.

Die historische und wirtschaftliche Verflechtung der Kirche mit dem quadratischen Häuserblock unmittelbar im Osten der St. Patrick's Cathedral bestand seit dem späten neunzehnten Jahrhundert, als dort ein architektonisch ziemlich langweiliges Gotteshaus errichtet worden war, das St. John's, und zwar auf jenem Grundstück, auf dem später – nachdem die Kirche es verkauft hatte – die berühmten Villard-Häuser entstanden waren, deren Bauweise einige Betrachter an die schmucklosen florentinischen Wohnsitze der Medici-Prinzen erinnerte. Da diese Häuser nach dem Zweiten Weltkrieg zu teuer geworden waren, als daß sie in Privatbesitz hätten bleiben können, wurden die geschichtsträchtigen Gebäude geräumt und stellten eine Zeitlang nichts weiter als mondäne, leere Erinnerungen an eine versunkene Epoche dar.

Im Jahre 1948 entschloß sich Francis Kardinal Spellman, Erzbischof von New York, der die leerstehenden Häuser von seinem Amtssitz in St. Patrick's auf der gegenüberliegenden Seite der Madison Avenue Tag für Tag sehen konnte, sie zurückzuerwerben. In kürzester Zeit breitete sich die Kirche mit ihren zahllosen Zweigen in diesen altehrwürdigen Gebäuden aus. Das Goldene Zimmer im Hause 451 Madison Avenue wurde zum Versammlungssaal der bischöflichen Berater umfunktioniert. Ein ehemaliges Empfangszimmer mit prächtiger Aussicht auf die Madison wurde der Konferenzraum des Tribunals der Erzdiözese. Das einstige Speisezimmer wurde in den Gerichtssaal des Tribunals umgewandelt, und die ehemalige Bibliothek wurde zur Kanzlei. In den Räumen, auf den langen Fluren wucherte der vielgestaltige kirchliche Organismus.

Doch die Zeiten änderten sich. In den siebziger Jahren hatte der Immobilienboom der sechziger einen katastrophalen Einbruch erlitten, und die Kirche sah sich außerstande, die Villard-Häuser abzustoßen. Wieder wurden sie geräumt und standen leer. Ihre einzige Bedeutung war eine jährliche steuerliche Belastung in Höhe von siebenhunderttausend Dollar. Sie wurden zu einem akuten finanziellen Problem.

Die Gebäude wurden schließlich von Harry Helmsley vor dem drohenden Abriß gerettet. Er unterbreitete der Kirche das Angebot, die Villard-Häuser und die dazugehörigen kirchlichen Besitztümer zu mieten, um dort ein Hotel zu errichten. Die Erzdiözese unterstützte Helmsley bei der Lösung der bürokratischen Probleme, so daß die Häuser schließlich unversehrt erhalten blieben. Das Grundstück blieb nach wie vor im Besitz der Kirche, und Helmsley hatte einen langfristigen Mietvertrag abgeschlossen. Um die Villard-Häuser herum ließ er sein Hotel errichten.

Wie ein Renaissancefürst gab er ihm den Namen ›The Helmsley Palace‹.

Und diesen Palast betrat nun Curtis Lockhardt von der Fünfzigsten Straße aus. Er durchquerte die stille, prunkvolle Eingangshalle mit ihren Spiegeln und der französischen Walnußholzvertäfelung, wandte sich dann nach rechts und ging in den kleinen, abgetrennten Raum, in dem sich der Schreibtisch des Concierge und die gesonderten Aufzüge befanden, die in die obersten Etagen führten.

Es war typisch für Andy Heffernan, daß er die rundum verglaste, luxuriöse und vor allem diskrete Penthouse-Wohnung, die sich in kirchlichem Besitz befand, als Treffpunkt gewählt hatte. Curtis Lockhardt war auch in der großen Politik zu Hause und somit eine von Monsignore Heffernans weltlichen Trumpfkarten; aus diesem Grunde wollte der Geistliche die Sicherheits- und Geheimhaltungsvorkehrungen so streng wie möglich halten. Es ging in den bevorstehenden Gesprächen um eine derart große Summe, daß man es sich nicht leisten konnte, auch nur das leiseste Gerücht an die Öffentlichkeit dringen zu lassen. Die Wahl des nächsten Papstes stand bald bevor, und mit nichts anderem hatte das Geld zu tun, über das die beiden Männer reden wollten. Hätte man sich auf der gegenüberliegenden Straßenseite getroffen, in St. Patrick's – die Gerüchteküche hätte sofort zu brodeln begonnen. Macht, Luxus, Weltlichkeit und Verschwiegenheit; das alles verkörperte Monsignore Heffernan.

Lockhardt wußte, daß die Dunhill-Monte-Cruz-200-Zigarren

und der R,my-Martin-Cognac, Andys Lieblingsmarken, schon bereitstanden. Monsignore Heffernan pflegte öfters – in kleinerem Kreise und ganz im Vertrauen – zu bemerken, daß man alle Vergünstigungen in Anspruch nehmen müsse, die man bekommen könne, und je mehr man sich davon nehme, desto mehr bekomme man.

Auf der fünfundvierzigsten Etage stieg Lockhardt aus dem Lift und ging über den tiefen, flauschigen Teppichboden zum Ende eines langes Korridors, der parallel zur Madison Avenue verlief. Nichts wies darauf hin, daß sich hinter einer der Türen irgend etwas Außergewöhnliches befand. Er drückte auf den Türsummer und wartete. Aus dem kleinen Lautsprecher sagte eine Stimme: »Kommen Sie herein, Lockhardt, alter Junge.« Es klang fast so, als hätte der gute Monsignore sein Mittagessen bereits in Form eines doppelten Martini genossen.

Obwohl an Luxus gewöhnt, war Lockhardt immer wieder von dem Anblick beeindruckt, der sich ihm nun bot. Er stand oben auf dem Absatz einer Wendeltreppe mit einem kunstvoll geschnitzten Handlauf. Das riesige Zimmer unter ihm war zwei Stockwerke hoch und rundum verglast, so daß sich ein atemberaubender Ausblick auf Manhattan bot, das sich dem Betrachter von hier oben wie eine Reliefkarte präsentierte.

Das Empire State Building, die eigenwillige Spitze des Chrysler Building, die moderne, kühle Sachlichkeit der beiden Türme des World Trade Center; weit draußen auf der Bucht die Freiheitsstatue, Staten Island, die Küstenlinie Jerseys...

Radio City, Rockefeller Center, der hell leuchtende Fleck der Kunsteisbahn... und fast genau unter ihnen lag St. Patrick's; ihre beiden Kirchtürme erhoben sich majestätisch über der Fifth Avenue.

Curtis hatte plötzlich das Gefühl, auf einer dünnen Wolke über der Stadt zu schweben. Unwillkürlich krampfte er die Linke um den Handlauf der Treppe, während er langsam die mit flauschigem Teppich belegten Stufen hinunterstieg. Er konnte sich kaum von dem Anblick losreißen.

»Ich bin mal eben pinkeln.« Heffernans Stimme drang hinter einer geschlossenen Tür hervor. »Muß meinen kleinen Freund noch zwei-, dreimal schütteln, dann komme ich zu Ihnen.«

Lockhardt wandte sich wieder den riesigen Glasfenstern zu. Er war wie verzaubert von der Klarheit und Weite der Aussicht. Er mußte fast die Nase ans Glas drücken, um hinunter auf St. Patrick's schauen zu können, einen so atemberaubenden Blick auf diese Kirche zu genießen, wie ihn sich ihre Erbauer in ihren kühnsten Träumen nicht hätten vorstellen können.

»Gott segne unser kleines Heim.« Monsignore Heffernan, ein hochgewachsener Mann mit dünnem rotem Haar und einer Nase, die er von einem Zirkusclown gestohlen zu haben schien, kam mit schweren Schritten auf Lockhardt zu. Er hatte einen Sonnenbrand; seine Haut war rot und schälte sich an einigen Stellen. Er trug ein schwarzes Hemd mit steifem, hohem Priesterkragen, eine schwarze Hose und schwarze Pantoffeln mit Troddeln. Seine wäßrigen blauen Augen blinzelten hinter einer Wolke aus Zigarrenqualm. Aufgewachsen in der Armut des irischen Viertels im Süden Bostons, hatte er sich seinen Weg nach oben hart erkämpft. Er war schon jetzt ein sehr wichtiger, einflußreicher Mann in seiner Welt, und er weitete seine Macht immer mehr aus, indem er sein Bündnis mit dem großen amerikanischen Königsmacher festigte. Allerdings konnten diese Männer sich gegenseitig von Nutzen sein – was beiden sehr gelegen kam und was der Monsignore als eine gute Umschreibung des Begriffes Freundschaft betrachtete. Andy Heffernan war ein glücklicher Mensch.

»Für einen reichen Mann sehen Sie ausgesprochen tugendhaft aus, Curtis. Nehmen Sie sich eine Zigarre.« Er wies auf eine kleine Holzkiste, die auf einem Tisch mit schwerer, fünf Zentimeter dicker Glasplatte stand.

»Sie haben mich überredet«, sagte Lockhardt. Er zündete sich eine Monte Cruz mit einem Dunhill-Zigarrenfeuerzeug an, nahm einen Zug und genoß das würzige Aroma. »Wo haben Sie sich den Sonnenbrand geholt? Sie sehen ja aus wie ein Hummer.«

»Florida. Bin erst gestern von einem einwöchigen Wohltätigkeits-Golfturnier zurückgekehrt. Wundervolle Woche.« Heffernan ging zu einem Stuhl hinter dem Tisch und setzte sich. Vor ihm lagen mehrere Aktenmappen, ein Notizblock, die Zigarrenkiste; daneben standen das Telefon und ein schwerer Aschenbecher. Lockhardt nahm ihm gegenüber Platz. »Und prächtige Jungs«, fuhr Heffernan fort. »Jackie Gleason, Johnny und Tom und Jack. Allesamt prächtige Jungs. Es gibt eine Menge netter Burschen unten in Florida. Tun für die Kirche einfach alles. Hat ganz schön was eingebracht für das Kinderheim Unserer Lieben Frau des Friedens. Und dann erst das Golfturnier! Sie werden es nicht glauben, aber ich habe es geschafft, einmal aus weniger als zehn Zentimetern nicht einzulochen. Stellen Sie sich das mal vor! Hätte man glatt im Fernsehen zeigen müssen – zehn Scheißzentimeter. Ist mir schon mal in Schottland passiert, in Muirfield... ach, glückliche Zeiten. Was kann ein Mann mehr verlangen, Curtis? Genießen Sie das Leben! Tot sind wir lange genug...«

»Wobei es keine Rolle spielt, ob es ein Leben nach dem Tod gibt?«

»Nun hören Sie schon auf mit Ihren theologischen Anspielungen. Man muß auch in dieser Welt jede Chance nutzen. Nehmen Sie, was Sie kriegen können, Curtis.« Heffernan lachte in der ihm eigenen Weise – laut und ordinär, womit er immer den Eindruck zu erwecken glaubte, einem Gesprächspartner gegenüber so offen zu sein wie ein Freudenhaus am Samstagabend.

»Wozu auch die zehn Millionen gehören?« Lockhardt lächelte sein Gegenüber an und blies einen Rauchring aus. Diese Summe war so groß, daß sie ihre Wirkung auf Heffernan nie verfehlte, zumal sie bei den Gesprächen, welche die beiden Männer geführt hatten, nur selten genannt worden war.

»Zehn Millionen...« Heffernans Gelächter erstarb von einem Moment zum anderen. So viel Geld war eine sehr ernsthafte Angelegenheit – sogar für die rechte Hand des Erzbischofs Kardinal Klammer. Lockhardt fragte sich immer wieder, was im Kopf dieses Mannes vorgehen mochte, wenn er von einer Golfpartie mit Johnny Miller erzählte und derart ordinär lachte. Er schien nie richtig bei der Sache zu sein und trotzdem niemals einen Fehler zu machen.

»Zehn Millionen«, sagte Heffernan leise. Er schien es zu genießen, diese Zahl auszusprechen. Er tippte mehrmals die Fingerspitzen beider Hände aneinander. »Glauben Sie, daß zehn Millionen reichen, um die Angelegenheit zu regeln?«

»Mehr oder weniger. Ich kann allerdings ohne weiteres eine noch größere Summe aufbringen. Mir stehen jederzeit ergiebige Quellen offen.«

»Wie Hugh Driskill, zum Beispiel?«

Lockhardt zuckte die Achseln. »Sie können so viele Vermutungen anstellen, wie Sie wollen, Andy. Aber müssen Sie das denn wirklich wissen? *Wollen* Sie das wirklich wissen? Das bezweifle ich doch sehr.«

»Ganz, wie Sie meinen. Sie bringen das Geld auf, und ich werde Ihnen dabei helfen, daß es in die richtigen Taschen fließt.« Heffernan seufzte. »Aber dieser Klammer bringt mich noch ins Grab, Curtis. Der ganze Scheißdreck von wegen Nichteinmischung, sein ewiges Gefasel von wegen Gottesverleugnung...«

»Amerikanische Kardinäle sind eben aus besonderem Holz geschnitzt. Sie neigen dazu, ihre Stimme bei der Papstwahl als etwas Geheiligtes zu betrachten, nicht als Handelsware. Ich nehme an, Klammer möchte sich aus dieser Sache heraushalten. Er möchte gar nichts davon wissen. Schon der Gedanke an Bestechungsgelder macht solchen Männern angst...«

»Geschenke! Spenden!« Heffernan machte ein mürrisches Gesicht. »Dieses Wort mit B darf Ihnen niemals über die Lippen kommen. Zehn Millionen Dollar Spendengelder. Was bekommen wir denn nun wirklich für das Geld, Sie und ich?«

»Ein geschlossenes, solides amerikanisches Stimmenkontingent sowie die Stimmen Fangios und derjenigen Kardinäle, die Calixtus benannt hat und die in unserer Schuld stehen... Es geht doch darum, Andy, daß wir den nächsten Papst bestimmen. Die Kirche soll ihrer Linie treu bleiben, und wir werden dafür sorgen.« Für einen Moment stockten seine Gedanken, und er hörte Schwester Valentine, hörte, wie sie ihm sagte, daß das, was sie entdeckt hatte, die Wahl des nächsten Papstes beeinflussen könne...

»Und es gibt keine Überläufer?«

»Warum sollte es die geben? Saint Jack ist sechsundsiebzig Jahre alt. Er wird nicht ewig leben, und dann... nun, bis dahin werden Sie den Kardinalshut tragen, und die Kirche wird sich rühmen können, einen großen Mann zum Papst gehabt zu haben. Und die alte Kirche wird sich gewandelt und den Erfordernissen angepaßt haben, die das einundzwanzigste Jahrhundert an sie stellen wird – indem sie den einzigen Weg eingeschlagen hat, den sie beschreiten kann, wenn sie überleben will. Es kommt eine neue Welt, Andy, und die Kirche muß dann auf festem Boden stehen.«

»Sie machen es einfach, das muß man Ihnen lassen. Und das Geld ist uns sicher?«

»Auf unsichere Geschäfte lasse ich mich niemals ein, Andy.«

»Tja, das alles verlangt nach einem Trankopfer.« Monsignore

Heffernan griff nach der Flasche R,my Martin, die auf einem Tablett neben zwei kostbaren Schwenkern aus Baccarat-Kristall stand. Er schenkte sich selbst ein, dann Lockhardt, und reichte ihm den Schwenker. »Auf gut angelegtes Geld.«

Die beiden Männer traten an die riesige Panoramascheibe und brachten vor dem ehrfurchtgebietenden Hintergrund des tief unter ihnen liegenden Manhattan einen Toast aus. Es war, als stünden sie auf dem Gipfel eines von Menschenhand aufgetürmten Berges, eines Gipfels, den sie gemeinsam erklommen hatten und bei dessen Ersteigung Lockhardt der Seilschaftsführer seines getreuen Monsignore gewesen war.

»Auf den guten alten Saint Jack«, sagte Lockhardt leise.

»Auf die Zukunft«, erwiderte der Monsignore vielsagend.

Heffernan sah ihn zuerst. Er leckte sich über die Lippen, schaute auf und erblickte einen alten Priester. Irgendwie war der Mann ungesehen und ungehört hier hereingekommen und die Treppe heruntergestiegen, während Heffernan und Lockhardt die Aussicht genossen und auf den Erfolg angestoßen hatten. Monsignore Heffernan legte fragend den Kopf schief; auf seinem roten Gesicht erschien ein freundliches Lächeln. »Ja, Father? Was kann ich für Sie tun?«

Jetzt wandte sich auch Lockhardt um und sah den Geistlichen. Es war der Schlittschuhläufer. Lockhardt lächelte, als er sich an die Szene auf der Kunsteisbahn erinnerte. Dann sah er, wie die behandschuhte Hand des Mannes sich hob. Er hielt irgend etwas in der Faust...

Als Lockhardt erkannte, was es war, strömten innerhalb eines Sekundenbruchteils alle Kräfte aus seinem Körper und wichen einem lähmenden Schock. Er versuchte zu begreifen, was hier vor sich ging. Der alte Priester war hier völlig fehl am Platze. Er kam nicht aus Curtis Lockhardts Machtetagen. Und er hielt einen Revolver in der Faust.

Lockhardt hörte ein seltsam dumpfes Geräusch, als würde ein Pfeil in eine nasse Zielscheibe schlagen.

Andy Heffernan wurde zurückgeschleudert und prallte gegen das Panoramafenster, bildete einen Schattenriß im Gegenlicht; seine Arme waren wie die des Gekreuzigten zur Seite ausgestreckt, als wartete er darauf, daß Nägel durch die Handflächen getrieben würden. Dann ertönte das dumpfe Geräusch noch einmal, und das sonnenverbrannte Gesicht Heffernans zerplatzte – wurde zerrissen, endgültig, unwiderruflich; in Lockhardts Hirn rasten die Gedanken, während er beobachtete, was geschah, starr vor Entsetzen, nicht fähig, sich zu bewegen, fortzulaufen, sich auf den Revolverschützen zu stürzen. Das Gesicht, das er seit so vielen Jahren kannte, wurde in einer Explosion aus Blut und Knochen zerfetzt. Ein spinnenwebartiges Netz feiner Risse erschien auf der blutbespritzten Glaswand, in dessen Zentrum sich ein Loch befand, das die Größe einer Männerfaust besaß.

Lockhardt starrte auf das hinunter, was von seinem Freund übriggeblieben war, starrte auf die schmierigen, blutroten Schlieren, die der zu Boden rutschende Körper auf dem Glas hinterlassen hatte. Lockhardt löste sich aus seiner Erstarrung, tastete sich an der Kante der Tischplatte entlang, bewegte sich langsam, wie in einem Alptraum, auf den Leichnam Heffernans zu. Sein Körper gehorchte ihm nicht richtig. Alles schien so weit entfernt, undeutlich und getrübt, als blickte er durch einen langen Tunnel.

Langsam drehte der Priester sich zu ihm um, die Waffe im Anschlag.

»Gottes Wille geschehe«, sagte er, und Lockhardt versuchte zu begreifen, versuchte, den Sinn dieser Worte zu entschlüsseln. »Gottes Wille geschehe«, flüsterte der alte Priester noch einmal.

Lockhardt starrte in die Mündung der Waffe, blickte in die Augen des alten Mannes, doch er sah etwas ganz anderes: ein kleines Mädchen in einem geblümten Badeanzug, das fröhlich lachend unter den Regenbogenstrahlen einer Berieselungsanlage tanzte, auf feuchtem, frisch gemähtem Rasen, die gebräunte Haut naß glänzend im Sonnenlicht.

Lockhardt vernahm seine eigene Stimme, konnte aber nicht hören, nicht begreifen, was er sagte. Vielleicht rief er dem kleinen Mädchen etwas zu, rief ihren Namen, wollte zu ihr kommen, bevor es zu spät war, wollte in den Schutz der Vergangenheit fliehen...

Der Priester wartete; auf seinem Gesicht lag ein freundlicher, beinahe besänftigender Ausdruck, als wollte er Curtis die Gelegenheit geben, sich wieder zu fangen, sich zu beruhigen.

Dann drückte der alte Geistliche ab.

Lockhardt stürzte zu Boden; sein Kopf ruhte am kühlen Glas des Panoramafensters. Er erstickte am eigenen Blut, das seine Lungen füllte. Vor seinen Augen verschleierte sich alles, wurde undeutlich und dunkel und schemenhaft, immer schneller, immer schneller, als würde sich im Zeitraffertempo die Dämmerung herabsenken, und das Bild des tanzenden Mädchens war kaum mehr zu erkennen. Statt dessen konnte er die Umrisse von St. Patrick's sehen, tief unter ihm, verwaschen und nebelhaft. Die Türme schienen sich ihm entgegenzustrecken, schienen wie riesige Finger auf ihn zu zeigen.

Er sah ein schwarzes Hosenbein neben seinem Gesicht. Er spürte, wie irgend etwas Stumpfes, Rundes gegen seinen Hinterkopf gedrückt wurde.

Curtis Lockhardt blinzelte angestrengt, versuchte noch einmal, ein letztes Mal, die Gestalt des tanzenden Mädchens zu sehen, doch sein allerletzter Blick fiel auf die Türme von St. Patrick's.

# Erster Teil

## 1 DRISKILL †

Ich kann mich an den ersten Tag noch ziemlich genau erinnern.

Ich war von Drew Summerhays zum Mittagessen in dessen Club eingeladen worden. Er war die graue Eminenz unserer florierenden Anwaltskanzlei Bascomb, Lufkin und Summerhays. Er besaß den schärfsten Verstand, der mir je bei einem Menschen begegnet war, und er war von so hoher geistiger Beweglichkeit, daß die meisten unserer Tischgespräche sowohl informativ als auch unterhaltsam verliefen. Und es gab immer irgendein Thema. Summerhays war in diesem Jahr zweiundachtzig geworden, so alt wie das Jahrhundert, aber er wagte sich noch fast jeden Tag hinunter zur Wall Street. Er war unsere lebende Legende, Freund und Berater jedes Präsidenten seit Franklin Roosevelts erster Amtsperiode, ein Held des Zweiten Weltkriegs, wenngleich hinter den Kulissen, als hochrangiger Geheimdienstmann, und schon immer Vertrauter der Päpste. Aufgrund seiner engen Verbindung zu meinem Vater kannte ich ihn mein Leben lang.

Gelegentlich – auch schon, bevor ich der Kanzlei beigetreten und in der Folgezeit Partner geworden war –, hatte Summerhays mir wohlgemeinte Ratschläge erteilt. Den wichtigsten gab er mir kurz vor Antritt meines Noviziats bei den Jesuiten, einen Rat, den ich aber aus Mangel an Voraussicht ignoriert hatte. Seltsamerweise war er sein Leben lang begeisterter Footballfan gewesen, was in krassem Widerspruch zu seinem kühlen, nüchternen, geschäftsmännischen Erscheinungsbild stand; insbesondere war er ein Fan meiner Wenigkeit. Er hatte mir den Rat gegeben, ein paar Jahre als Profifootballer mein Brot zu verdienen, sobald ich am Notre Dame meinen Abschluß gemacht hatte. Die Jesuiten, erklärte er, würde es auch dann noch geben, wenn ich einst meine Profikarriere beendete. Aber nur, wenn ich sofort zugreifen würde, hätte ich die einmalige Chance, meine Fähigkeiten in der nächsthöheren Spielklasse zu beweisen. Er hatte damals gehofft, daß ich mit etwas Glück meinen Weg bis in die Mannschaft der New York Giants machen würde. Ich nehme an, diese Möglichkeit bestand tatsächlich. Aber ich war jung und wußte ja alles besser.

Während der Studienjahre am Notre Dame spielte ich als Stürmer in der Footballmannschaft, wühlte in Schlamm und Scheiße und Blut und schwitzte und prügelte und fluchte mehr, als meiner Erziehung nach ziemlich gewesen wäre. Zweieinhalb Zentner Zerstörungskraft in einem zwei Zentner schweren Körper. Reichlich überspannter Unsinn aus der Feder eines Sportjournalisten, gewiß, aber Red Smith hat das mal über mich geschrieben. Und damals war ich tatsächlich ein gefährlicher, harter Bursche.

Heute bin ich auf meine Weise ein recht zivilisierter Zeitgenosse, dessen Persönlichkeit durch die zerbrechliche Membrane psychologischer Natur von jener Welt getrennt wird, in der das Böse und die Unvernunft regieren. Durch die Ausübung des Anwaltsberufs, durch den Einfluß, den meine Familie auf mich hat – sowie der Name meiner Familie und ihre Tradition – bin ich, wie ich glaube, ein relativ funktionsfähig gebliebenes und vergleichsweise harmloses Exemplar der Gattung Mensch.

Summerhays hatte damals die schlichte Wahrheit nicht begriffen, daß ich verloren hatte, was ich je an Begeisterung für das Footballspiel aufzubringen vermochte. Und mein Vater wollte, ja bestand darauf, daß ich Ordensgeistlicher wurde. Summerhays war immer schon der Meinung gewesen, daß mein Vater es mit dem katholischen Glauben ernster nahm, als gut für ihn war. Drew Summerhays war nüchterner Papist. Mein Vater hingegen war, wie Drew es mal ausdrückte, ein wahrhaft Gläubiger.

Jedenfalls hatte ich mich gegen Summerhays' Rat entschlossen, in den Jesuitenorden einzutreten und kein Profifootballer zu werden. Es war das letzte Mal, daß ich eine Entscheidung traf, die sich auf einen Rat meines Vaters gründete und, soweit ich mich erinnern kann, gleichzeitig das letzte Mal, daß ich einen Vorschlag Drew Summerhays' ignoriert habe. Der Preis, den ich für meinen Mangel an Urteilsvermögen zahlen mußte, war hoch. Wie sich herausstellte, war die Gesellschaft Jesu der Hammer und die Kirche der Amboß, und der einstige Footballstürmer war jenes Werkstück, das geschmiedet werden mußte. Bing, bong, bing.

Nun, ich wurde kein solcher Jesuit, wie mein Vater ihn sich erhofft hatte – der junge Father Ben Driskill, Sohn des großen Hugh, der beim Wohltätigkeitsbasar mit alten Damen herumschäkert, um ihnen das Geld aus der Tasche zu ziehen; der mit den schwer erziehbaren Jungen aus der Gegend Basketball spielt, um Meßdiener aus ihnen zu machen; der dem stinkenden alten Saufbruder Mister Leary die Letzte Ölung gibt; der mit den Kindern den Reigentanz zu Erntedank probt; der zu Weihnachten in der Kirche den Lobgesang anstimmt, wenn niemand laut zu singen anfängt – das alles war nichts für mich. Nein. Ich verabschiedete mich von all dem, packte meinen Rosenkranz ein, hängte die gute alte Geißel an den Nagel, schnürte das härene Gewand zusammen und sagte den Brüdern Lebwohl.

Ich habe seit zwanzig Jahren keine katholische Kirche mehr betreten, mit einer Ausnahme: zu Ehren meiner Schwester Valentine, die jenes Banner ergriff, das ich zu Boden geworfen hatte, und Ordensschwester geworden war. Schwester Val: eine jener unkonventionellen Nonnen der neuen Generation, von denen man immer wieder liest oder hört und die auf so manche Weise ziemlichen Wirbel – und ziemlichen Ärger – machen und die Kirche zur Verzweiflung treiben. Val hatte es sogar bis auf die Titelseiten von *Time* und *Newsweek* und *People* gebracht. Old Hugh hatte – wie er hin und wieder zu seiner äußersten Bestürzung feststellen mußte – eine rebellische Unruhestifterin gezeugt.

Normalerweise machten Val und ich uns darüber lustig, wie unser alter Herr auf ihre ›Eskapaden‹ reagierte, zumal Val meinen Standpunkt kannte. Sie war in den Orden eingetreten und hatte auf einen Blick erkannt, daß die Maschinerie der Kirche so hochtourig lief, daß die Lager vor Hitze glühten. Sie wußte, daß ich bei den Jesuiten das Knistern und Brutzeln auch gehört hatte. Und sie wußte, daß ich mich an dem glühenden Räderwerk verbrannt hatte. Sie verstand mich, und ich verstand sie. Ich wußte, daß sie mehr Entschlossenheit aufbringen konnte als ich, daß sie mehr Mumm besaß.

Um wieder auf Drew Summerhays zurückzukommen: Das einzige Thema, über das ich mich nicht gern mit ihm unterhielt, war Football. Unglücklicherweise aber hatte er an diesem Spätoktobertag, wie ich es schon befürchtet hatte, wieder mal nichts als Football im Kopf. Er erging sich in aller Ausführlichkeit über den Verlauf der Saison, als wir uns zu Fuß auf den Weg zu seinem Club machten. Er trug seinen maßgeschneiderten Chesterfield-Mantel mit dem sorgfältig gebürsteten Samtkragen und einen blaßgrauen Homburg; die metallene Spitze seines fest zusammengerollten Brigg-Regenschirms klickte auf dem schmalen Bürgersteig, auf dem sich die wimmelnden Massen der Angestellten des Banken- und Börsenviertels auf wundersame Weise zu teilen schienen wie das Rote Meer vor den Israeliten, um Summerhays eine Gasse zu bahnen. Es war ein naßkalter, stürmischer Tag über Manhattan geworden; schwere, dunkle Regenwolken, die wie schmutzige Daumenabdrücke aussahen, zogen über den Himmel, nachdem der Morgen so klar und heiter gewesen war. Ein erster leiser Hauch von Winterkälte breitete sich über der Insel aus. Drohende graue Wolkenschleier drückten auf Brooklyn und legten sich über den East River.

Als wir uns setzten und mit dem Mittagessen begannen, berichtete Summerhays mit seiner klaren, präzisen Stimme über ein lange zurückliegendes Footballmatch in Iowa City, bei dem ich gegen die Hawkeyes gespielt hatte. Ich hatte damals ohne Unterstützung aus den eigenen Reihen siebenmal den Ball von einem gegnerischen Spieler erkämpfen können und war zweimal mit Zeitstrafen belegt worden, und das war schon was, aber der alte Herr erinnerte sich nur an eine ganz bestimmte Szene gegen Ende des Spiels. Ich wollte einen Paß abfangen und dann versuchen, mich durch zwei gegnerische Verteidigungsblöcke zu kämpfen. Wir lagen sechs Punkte vor, und wenn der Paß vom Gegner abgefangen worden wäre, hätten die Hawkeyes den Spieß noch umdrehen können, denn es waren nur noch wenige Sekunden zu spielen. Der Paß kam viel zu hoch. Und dann stieß ich mich mit aller Kraft aus dem Schlamm ab und bekam den Ball doch noch zu fassen. Jeder halbwegs gute Footballspieler hätte das geschafft. Es war purer Zufall, daß ich in diese Situation geraten war. Zu Beginn des letzten Viertels hatte ich mir die Nase gebrochen, und das Blut aus einer Rißwunde an der Stirn lief mir in die Augen und blendete mich fast, aber ich hatte Glück und bekam den verdammten Ball zwischen die Finger. Mehr nicht. Doch dieser Paß und mein Auffangen wurden zur Legende in der Geschichte der Notre-Dame-

Footballmannschaft, jedenfalls für den Rest der damaligen Saison, und ausgerechnet Drew Summerhays wollte diese ganze langweilige Geschichte jetzt noch einmal durchkauen.

Während er also diese uralte Suppe wieder aufwärmte, erinnerte ich mich daran, welches Gefühl ich gehabt hatte, als mir bei einem ganz bestimmten Spiel in einem längst vergangenen Sommer schlagartig klar geworden war, daß ich das Spiel *verstand*. Ich konnte plötzlich alles erkennen, als wäre es ein einziges großes, geschlossenes Gefüge: Ich sah den Angriffsführer des gegnerischen Teams über die gekrümmten Rücken und Helme der ihn umringenden Verteidiger und Stürmer hinweg beim Mannschaftsschwur; ich sah, wie seine Augen sich bewegten; ich hörte den anfeuernden Klang seiner rauhen, heiseren Stimme, ja ich konnte seine Stimme irgendwie *sehen*; ich sah, wie die Schultern der Spieler sich strafften; ich sah, wie die Fänger ihr Gewicht verlagerten, zitternd vor Ungeduld den Spielbeginn erwartend; ich sah, wie die Verteidiger fieberhaft über die Aufstellung ihrer Abwehrblöcke nachdachten. Ich konnte in den Kopf des Angriffsführers hineinblicken; ich wußte, was er dachte, wußte, welchen Verlauf das Spiel nehmen würde, wußte, wie ich mich darauf einzustellen hatte.

Und von diesem Tag an verstand ich das blutige Spiel, sah die Entwicklung, den Verlauf eines jeden Matches wie in Zeitlupe. Ich begriff das Wesen des Spieles in allumfassender Weise; begriff dessen innere Natur und wurde zu einem ausgezeichneten Footballspieler, wurde von *Look* in die US-Auswahlmannschaft gewählt und schüttelte Bob Hope vor den Fernsehkameras die Hand. Football.

Viele Exfootballer behaupten später, daß dieses Spiel sie so manches über das Leben gelehrt hat, und vielleicht stimmt das. Man hat den Schmerz kennengelernt und auch den verrückten, blutrünstigen, geifernden, wild dreinschauenden Schweinehund, der im stinkenden Schlamm auf dem Grund der eigenen Psyche wühlt; man hat den derben Sportlerhumor im Umkleideraum kennengelernt und die alten Semester, die einen anpflaumen, wenn man das verdammte Spiel verloren hat; man hat gelernt, daß man die Blondinen mit den großen Titten, die in der *Bob Hope Show* auftreten, nicht einfach deshalb abschleppen kann, weil man Footballspieler ist. Falls *dies* aber das Leben sein sollte – nun, dann, denke ich, kann man vom Football tatsächlich etwas fürs Leben lernen.

Aber seit jenem denkwürdigen Augenblick, als ich das Wesen des Footballspiels so klar und deutlich erkannte, ist mir bei allem, was ich seitdem lernen mußte, nie wieder etwas Ähnliches widerfahren. Drew Summerhays jedenfalls kannte das wahre Wesen des Footballspiels nicht. Aber er kannte etwas anderes, etwas, das ich nie begriffen habe. Summerhays wußte um das Wesen der Kirche.

Ich beobachtete, wie er den letzten säuberlichen, fast chirurgisch präzisen Schnitt an der Dover-Seezunge vollführte und die beiden Stückchen auf die Gabel spießte. Er hatte seine Mahlzeit bedächtig und ohne jegliche Beilagen zu sich genommen: kein Salat, kein Gemüse, kein Brot, keine Butter. Nur ein einziges Glas Mineralwasser. Bei diesen Eßgewohnheiten hatte der Mann zweifellos eine hohe Lebenserwartung. Ich musterte ihn und fragte mich, wie der Name jener Person lauten mochte, die seine Hemden wusch, bügelte und stärkte. Ich hatte nie zuvor derart makellos glatte Hemden gesehen wie bei Summerhays. Niemals eine Falte, und immer strahlend weiß wie ein jungfräuliches Schneefeld. Ich kam mir wie ein Bauerntrampel vor, als ich mit einem Stück Brot die Sauce vom Teller stippte. Drews Gesicht war ausdruckslos; allenfalls spiegelte sich ein Hauch von erzwungener Geduld gegenüber meinem gesunden Appetit auf seiner Miene wider. Er drängte mir einen auserlesenen Fladgate Port auf, und der Weinkellner eilte in die Kellerräume des Clubs. Summerhays zog eine goldene Sprungdeckeluhr aus der Westentasche, warf einen Blick darauf und kam auf den eigentlichen Grund unseres Mittagessens zu sprechen, und der hatte nichts mit dem Notre Dame und Erinnerungen an längst vergangene Footballspiele zu tun.

»Curtis Lockhardt kommt heute in die Stadt, Ben. Kennen Sie ihn näher?«

»Nur flüchtig. Ich bin ihm nur ein paarmal begegnet. Jedenfalls, seit ich erwachsen bin. Früher, als Val und ich noch Kinder waren, hat er sich öfters bei uns zu Hause rumgetrieben.«

»So kann man es auch ausdrücken. Ich würde ihn eher als Protegé, Ihres Vaters bezeichnen. Fast schon als Familienmitglied. So oder ähnlich hätte ich mich jedenfalls über ihn geäußert.« Er fuhr sich mit dem Knöchel eines Fingers über die Oberlippe, ließ dann aber etwaige Andeutungen unausgesprochen, aus denen ich Genaueres über die Beziehung meiner Schwester zu Lockhardt hätte entnehmen können. Wie immer die auch aussehen mochte. Aber es ging mich nichts an, wie moderne, unkonventionelle Nonnen zu Fragen der Sexualität standen.

»Er wird sich selbstverständlich mit mir treffen«, fuhr Summerhays fort. »Und auch mit Ihrem Vater... ah, danke, Simmons. Genau den hatte ich für Mister Driskill gewünscht.« Simmons stellte die Flasche auf den Tisch und gönnte mir das Privileg, mir selbst einschenken zu dürfen. Ich ließ den Wein im Glas kreisen und kostete. Der Port hatte es in sich, das mußte ich zugeben. Dann kam Simmons noch einmal, mit einer Davidoff und einem Zigarrenabschneider. Zumindest was den Lunch betraf, hatte es sich gelohnt, die Erinnerungen an das Footballspiel in Iowa aufzufrischen.

»Und ich möchte«, fuhr Summerhays leise fort, »daß auch Sie ein wenig Zeit mit ihm verbringen. Ich habe den Eindruck, daß dies der Kanzlei gewisse Vorteile einbringen könnte...« Vielleicht hatte er die Achseln gezuckt. Aber die Bewegung war so unmerklich, daß ich mir das möglicherweise nur eingebildet hatte.

»Was für Vorteile, Drew?«

»Ich will gar nicht erst versuchen, um den heißen Brei herumzureden«, sagte er. »Es geht um die Kirche. Aber, Ben, die Kirche ist Geschäft, und Geschäft ist Geschäft und bleibt Geschäft.«

»Moment mal, bitte, Drew. Habe ich das richtig verstanden? Geschäft ist Geschäft, sagten Sie?«

»Sie haben den Kern der Sache erfaßt.«

»Das hatte ich befürchtet.«

»Zwei Rechtsanwälte«, sagte er, »und noch dazu ausgezeichnete.« Ein Lächeln huschte über seine dünnen Lippen. »Haben Sie eigentlich schon gehört, daß der Heilige Vater erkrankt ist?«

Jetzt war es an mir, die Achseln zu zucken.

»Aus diesem Grunde kommt Lockhardt in die Stadt. Er ist geschäftlich unterwegs. Genauer gesagt, geht es um die Wahl von Calixtus' Nachfolger. Möglich, daß er unseren Rat einholen will...«

»Meinen nicht«, sagte ich. »Höchst unwahrscheinlich.«

»...und ich möchte, daß Sie bei dieser Sache voll und ganz auf dem laufenden sind. Es ist wichtig für das Unternehmen, daß wir genug zeitlichen Spielraum haben, wenn die Entscheidung über den neuen Papst getroffen wird. Oder wenn zumindest eine Kandidatur ernsthaft in Erwägung gezogen wird.«

Ich ließ meine Zunge von einem etwa zehn Dollar teuren Schluck Port verwöhnen. Ich paffte ein bißchen an der Zigarre herum, während er mit unerschütterlicher Gelassenheit auf meine Antwort wartete. »Ich war bisher der Meinung, daß immer noch das zum Konklave zugelassene Kardinalskollegium den Papst wählt. Hat man die Regelung geändert und vergessen, mich zu benachrichtigen?«

»Man hat gar nichts geändert. Die Päpste werden genauso gewählt, wie es schon seit fast tausend Jahren der Fall ist. Wissen Sie, Ben, Sie sollten Ihre antiklerikale Einstellung mal kräftig an die Kandare nehmen. Das nur als wohlgemeinter Ratschlag.«

»Ich bin bis jetzt ganz gut damit gefahren.«

»Die Dinge ändern sich. Fast alles ändert sich. Nur nicht die Kirche, nicht in ihrem Wesen, ihrem Innersten. So ist es nun mal. Sie dürfen nicht glauben, daß ich Sie jemals auffordern würde, mit Ihren Prinzipien zu brechen.«

»Und dafür danke ich Gott, Drew.«

Diesmal prallte meine ironische Bemerkung offensichtlich an ihm ab, denn er fuhr nüchtern fort: »Aber die Kanzlei arbeitet eng mit der Kirche zusammen. Sie sollten sich mit bestimmten Sachverhalten vertraut machen... gewissen Dingen, die ein wenig aus dem Rahmen des Üblichen fallen. Warum fangen Sie nicht mit unserem Freund Lockhardt an, als Test gewissermaßen?«

»Weil die Kirche mein Feind ist. Deutlicher kann ich es wohl nicht ausdrücken.«

»Sie verlieren Ihren Sinn für Humor, Ben. Und Ihr gesundes Einschätzungsvermögen. Meine Bitte läuft ja nicht darauf hinaus, daß Sie auf irgendeine Weise die Kirche unterstützen sollen. Ich möchte nichts weiter, als daß Sie zuhören, um sich noch besser mit unseren geschäftlichen Verflechtungen vertraut zu machen. Vergessen Sie Ihre persönlichen Probleme mit der Kirche. Denken Sie daran, Geschäft...«

»Ist Geschäft.«

»So ist es, Ben. Kurz und bündig.«

An diesem Tag schien die Kirche mich auf Schritt und Tritt zu verfolgen.

Als ich in mein Büro zurückkehrte, erwartete mich dort Father Halloran. Ich spürte, wie ein epochaler Seufzer in mir aufstieg. Halloran war Jesuit, ungefähr in meinem Alter, und ich kannte ihn seit langem. Der Orden hatte ihm vor einiger Zeit die Aufgabe übertragen, die Abwicklung des Letzten Willens und des Testaments der verblichenen Lydia Harbaugh mit Wohnsitzen in Oyster Bay, Palm Beach und Bar Harbor zu übernehmen. Es war ein weitestgehend verrücktes Dokument, in dem Mrs. Harbaugh den Großteil ihres riesigen Vermögens der Gesellschaft Jesu vermachte. Was Wunder, daß drei übers Ohr gehauene Erben aufsässig reagierten. Und was Wunder, daß die Herren Ordensgeistlichen von großer Besorgnis erfüllt waren, ob sie dieser offenen Herausforderung juristisch standzuhalten vermochten.

»Weißt du, Ben, die gütige alte Dame aus Oyster Bay hat zwei ihrer Söhne in die Obhut unseres Ordens gegeben. Ist es da verwunderlich, wenn sie nun Wert darauf legt, daß wir Jesuiten mit einem Großteil der Erbmasse bedacht werden? Was aus ihrem Testament klar hervorgeht, wie ich in aller Deutlichkeit hinzufügen möchte. Beim Heiligen Vater, es ist ja nicht so, daß die drei anderen Sprößlinge... Sind sie dir schon einmal begegnet, Ben? Gottes grausamstes Gesicht, kann ich dir sagen. Der Herr muß sie in einer schwarzen Stunde erschaffen haben. Sie werden doch reichlich bedacht! Sie bekommen ein paar Millionen pro Kopf. Diese geldgierigen kleinen Bastarde.«

Ich hatte Vinnie lediglich fünfmal in meinem Leben in Priestertracht gesehen. Heute trug er eine Harris-Tweedjacke, ein gestreiftes Hemd und Fliege. Er blickte mich an, in der Hoffnung, in seiner Meinung bestärkt zu werden.

»Die Erben werden in Kürze eine Menge Beweismittel erbringen, daß die gütige alte Dame eine verrückte alte Dame gewesen ist«, gab ich ihm zu verstehen. »Sie hing seit zwanzig Jahren an der Flasche. Aus meiner Sicht ist das eine sehr überzeugende Argumentation der Gegenseite. Und sie hat ihren Letzten Willen sowohl unter jesuitischem als auch unter Alkoholeinfluß verfaßt. Ein offensichtlich vollkommen sinnloser, lächerlicher Letzter Wille. Jesuiten haben rund um die Uhr an ihrem Sterbebett gewacht. Und so weiter, und so weiter.«

»Und was gedenkst du als *unser* Anwalt zu tun?« Vinnie stammte aus einer schwerreichen Familie, und darum hatte Geld –

entgegen der landläufigen Meinung, was Ordensgeistliche betrifft – einen sehr hohen Stellenwert in seiner Weltordnung. Verglichen mit dem Driskill-Geld in Princeton und New York nahm sich das Halloran-Geld in Pittsburgh zwar recht bescheiden aus, aber es reichte allemal, um gewisse Gewohnheiten anzunehmen, die nur sehr schwer wieder abzulegen sind, auch für einen Diener Gottes.

»Ist das wirklich der Platz, den die Kirche dir zugewiesen hat, Vincent? Über den äußerst zweifelhaften Letzten Willen trunksüchtiger alter Damen zu wachen?«

»Komm mir nicht auf die moralisch-ethische Tour, Ben«, sagte er kühl. »Die Welt da draußen ist bestimmt vom Kampf alles gegen allem.«

»Aller gegen alle«, korrigierte ich ihn.

»Die Kirche unterscheidet sich nicht gravierend von anderen großen Organisationen. Das weißt du. Die Kirche und die Jesuiten, beide müssen auf sich selbst achtgeben, weil niemand anderer es für sie tut. Das ist so sicher wie das Jüngste Gericht. Ich trage meinen Teil dazu bei, indem ich hier und da überzähliges Kleingeld zusammentrage. Die Kirche muß sich nehmen...«

»Vinnie, Vinnie, ich bin's, Ben. Die Kirche hat sich seit den Tagen Konstantins genommen, was sie wollte. Sie ist wie eine Hure – immer auf der Suche nach Freiern. Und wenn sie einen ausgenommen hat, steht sie am nächsten Morgen wieder an der Straßenecke.«

»Himmel und Hölle, Junge, du bist offenbar der Antichrist, von dem wir alle so viel gehört haben. Was für ein Freudentag für mich... Trotzdem, aus dir könnte immer noch der perfekte Jesuit werden, würdest du nicht so eifrig für deine lächerliche kleine Version der allumfassenden Wahrheit kämpfen. Du hast nie gelernt, deinen Teil zu sagen und dann den Mund zu halten. Noch schlimmer, du hast nie begriffen, um was es der Kirche wirklich geht. Du hast es nie geschafft, das niedliche kleine Lämmchen des Idealismus zu zwingen, sich neben den grimmigen Löwen der Realität zu legen und schön artig zu sein. Und *nur darum* geht es der Kirche.«

»Was für ein beneidenswert praktisch denkender Mensch du doch bist.«

»Muß ich auch sein. Ich bin Priester.« Er lehnte sich zurück und grinste mich an. »Ich muß mit dieser Schweinerei leben. Und es ist eine Schweinerei, wirklich. Die Kirche ist ein unreiner, unsauberer Ort. Weil auch die Menschen niemals rein und sauber sind. Wir alle laufen einfach durchs Leben und geben unser Bestes, und wenn wir nur zu einundfünfzig Prozent recht handeln, dann... na ja, mehr kann man nicht verlangen. Glaub mir, die Witwe Harbaugh hat wirklich und wahrhaftig den Wunsch gehabt, dem Orden die Piepen zu vermachen. Und sollte das nicht der Fall gewesen sein, hätte die alte Wachtel diesen Wunsch haben *müssen.*«

Was diesen und all die anderen Vinnies betraf: Sie waren *Gläubige.* Hallorans Verhältnis zu Gott war ungetrübt. Er hatte mir immer wieder gesagt, daß ich irgendwo in meinem Innern ein ›Glaubensgeschwür‹ habe. Sein Glaube und sein Vertrauen galten indes nicht nur dem Herrgott – vielleicht nicht einmal hauptsächlich dem Herrgott –, sondern der Kirche selbst. Und was das betraf, waren wir einer Meinung. Ich hatte all die Vinnies bei der Arbeit beobachtet und gelernt, daß man Gott in irgendeiner zweckmäßigen mythischen Gestalt finden oder daran glauben konnte, daß er im Spülwasser lebte oder während einer Trockenperiode zu einem sprach – das alles spielte keine Rolle. Aber man tat besser daran, an die Kirche zu glauben, bei Gott.

Nach dem Mittagessen stand ich in dem Büro, in dem ich seit fast zehn Jahren meine Arbeit tat, am Fenster und blickte hinaus auf den Battery Park und die beiden Türme des World Trade Center und die Freiheitsstatue, die durch den Smog und den Dunst, die sich wie immer am frühen Nachmittag verdichteten, nur schemenhaft zu erkennen war. Das Büro entsprach den Erwartungen, die ein Außenstehender in das Büro des Sohnes von Hugh Driskill gesetzt hätte, und derartige Erwartungen waren ein wichtiger Bestandteil des Geschäftslebens bei Bascomb, Lufkin und Summerhays. Da stand, zum Beispiel, ein englischer Schreibtisch aus dem neunzehnten Jahrhundert, dann ein Louis-XV-Eßtisch, darauf eine Epstein-Büste von Brancusi, und an der Wand hing ein Paul Klee. Sehr eindrucksvoll. Man konnte das große Zittern kriegen, wenn man sich nicht ganz schön selbstsicher fühlte. Geschenke von meinem Vater und meiner Exfrau Antonia, alle absolut dem Zeitgeist entsprechend und schweineteuer. Das *New York Magazine* hatte einst eine Serie über ›Schaltstellen der Macht‹ veröffentlicht, und unter anderem war auch mein Büro als eine solche vorgestellt worden, und es hatte ziemlich lang gedauert, bis ich diese Sache durch tadellosen Lebenswandel wiedergutgemacht hatte. Ich selbst hatte immerhin den Teppichboden meines Büros ausgesucht, und sowohl Hugh als auch Antonia hatten sich dahingehend geäußert, daß er wie der Boden des Kanarienvogelkäfigs aussähe. Bei dieser Gelegenheit waren die beiden, soweit ich mich erinnern kann, zum ersten und einzigen und letzten Mal einer Meinung gewesen. Zum Schluß hatten Antonia und ich nur noch eins gemeinsam: unser tiefes Mißtrauen der römisch-katholischen Kirche gegenüber, aber diese eine Gemeinsamkeit hatte nicht gereicht, um unsere Ehe zu retten. Ich konnte mich des Eindrucks nicht erwehren, daß Antonias gespanntes Verhältnis zur Kirche angeboren gewesen war, während ich das meine auf herkömmliche Art und Weise erworben hatte: Ich hatte es mir redlich verdient.

Von Staten Island her wogte der Nebel in immer dichteren Schwaden heran, und vertraute Orientierungspunkte wurden zu schemenhaften Gebilden – als würden sich Wolken der Erinnerung über die Banalitäten des Alltags schieben. Wenn man erst die Mitte des Lebens erreicht hatte, bestand eine der Offenbarungen in bestimmten Erinnerungen – jedenfalls hatte ich den Eindruck. Sie schienen so wichtig zu sein, daß man sie niemals zur Seite schieben konnte. Sie machten ihre Rechte geltend, und man begann sich zu fragen, ob die Erinnerungen vielleicht die Schlüssel waren, mit denen sich all die verschlossenen Türen der eigenen Psyche öffnen ließen. Es war ein bißchen unheimlich.

In unserem Elternhaus hatten sich immer ziemlich viele Priester aufgehalten, als Val und ich dort unsere Kindheit verlebten. Als Vater im Sommer 1945 aus dem Krieg nach Hause kam, war ich zehn Jahre alt. In jenen Jahren, da Vater außer Landes gewesen war und wir ihn nur während seines Heimaturlaubs zu sehen bekamen, gab es einen älteren Geistlichen mit dichtem, vollem weißem Haar, der großen Eindruck auf mich machte. Das war Father Polanski, der in unserer Familienkapelle die Heilige Messe las. Manchmal schlenderte er mit meiner Mutter und mir durch den Garten, und einmal schenkte er mir sogar einen eigenen Pflanzstock, aber wir kannten ihn eigentlich nicht besser als zum Beispiel den Mann, der sich um den Teich kümmerte, auf dem wir im Winter Schlittschuh liefen, oder die Jungs, die das Grundstück pflegten, den Rasen mähten und das Gras zusammenharkten und die Bäume im Obstgarten beschnitten.

Erst als Vater aus dem Krieg heimkam, lernten Val und ich, einen Priester als menschliches Wesen zu betrachten, und zwar gezwungenermaßen, denn Vater brachte einen Geistlichen mit, einen Italiener, der Englisch sprach, allerdings mit einem starken Akzent. Val und ich begriffen aber irgendwie, daß Father – oder war er Monsignore – Giacomo D'Ambrizzi in seiner Soutane und den hochschäftigen, ausgebeulten schwarzen Schuhen mit der dicken Sohle eine Kriegstrophäe war, die Vater auf irgendeine seltsame Art und Weise erlegt hatte – ähnlich wie der verstaubte, mottenzerfressene, ausgestopfte Bär, der in einer Ecke der Rumpelkammer stand, oder wie der Löwen- und der Nashornkopf an den Wänden des Ferienhauses in den Adirondacks.

Auf irgendeine kindliche Art und Weise betrachteten die kleine Val, damals fast vier, und auch ich Father D'Ambrizzi nach einiger Zeit als Familienmitglied. Er schien sich über unsere Zuneigung zu freuen, ja sie zu genießen. Ich kann unmöglich sagen, wie viele Huckepackritte er ertragen mußte, wie viele Dame- und Stadt-Land-Fluß- und Krocketspiele er in diesem Sommer mit uns gespielt hat, wie viele Stunden er im ersten Herbst dieses Friedensjahres mit uns verbrachte, als er Ausflugsfahrten im Heuwagen mit uns unternahm, als er Kürbislaternen schnitzte und draußen auf dem Teich hinter dem Obstgarten versuchte, das Schlittschuhlaufen zu lernen. Er schien so unschuldig zu sein, wie Val es war, und wie ich es damals sicherlich gewesen bin. Hätten alle Priester, die ich kennengelernt habe, seine Tugenden vorweisen können, wäre auch ich jetzt Geistlicher, nehme ich an, aber solcherart Spekulation ist inzwischen zu einer ziemlichen Sackgasse geworden.

Father D'Ambrizzi arbeitete gern handwerklich, und ich saß dann oft stundenlang neben ihm und beobachtete fasziniert, was er gerade tat. So baute er zum Beispiel draußen im Obstgarten eine Schaukel, indem er zwei Seile und ein Brett an dem dicken Ast eines Apfelbaums befestigte. Ich hatte so etwas Schönes noch nie zuvor gesehen – aber dann übertraf er sich selbst, als er ein Baumhaus baute, das man über eine Strickleiter erreichen konnte. Und ihn dabei zu beobachten, wenn er mauerte, war sogar noch eindrucksvoller; die Art und Weise, wie er den Mörtel auftrug und ihn mit der Kelle glattstrich und Stein auf Stein setzte, in perfektem Lot. Diese Maurerarbeiten verrichtete er in unserer Hauskapelle, wo die Wände an einigen Stellen schadhaft waren. Ich war sprachlos. Bald folgte ich ihm auf Schritt und Tritt, außer wenn er sich in sein Zimmer zurückzog und die Tür verschloß, um seine ›Arbeit‹ zu verrichten. Ich wußte, daß seine Arbeit furchtbar wichtig war. Niemals hat ihn irgend jemand gestört, wenn er in seinem Zimmer arbeitete.

Doch wenn er dann wieder zum Vorschein kam, stand ich bereits ungeduldig wartend im Flur, und er nahm mich in seine langen, behaarten, affenartigen Arme, als wäre ich eine Puppe. Sein Haar war dick und schwarz und gelockt und kurz geschoren, so daß es wie eine Wollmütze auf seinem kantigen Schädel saß. Seine Nase war groß und lang und krumm, und die Lippen waren wie die eines Prinzen auf einem Renaissancegemälde verächtlich geschürzt. Er war gut fünfzehn Zentimeter kleiner als mein Vater und hatte eine Figur wie Edward G. Robinson, wie meine Mutter zu sagen pflegte. Ich fragte sie einmal, was sie damit meine, und sie dachte kurz nach und sagte: »Na ja, weißt du, Benji, er sieht halt wie ein Gangster aus, mein Schatz.«

Mein Vater konnte nicht so leicht und unbeschwert mit Kindern umgehen wie D'Ambrizzi. Er wird damals sicher hin und wieder Stiche der Eifersucht verspürt haben, weil Val und ich eine so liebevolle Zuneigung zu dem Italiener entwickelt hatten. Nie waren wir auf den Gedanken gekommen, uns die Frage zu stellen, wie und warum er eigentlich bei uns aufgetaucht war; wir waren glücklich, ihn bei uns zu haben und ihn vergöttern zu können. Und dann, eines Tages, war er verschwunden, über Nacht verschwunden wie ein Traum; es schien fast, als wäre er nur ein Gebilde unserer Phantasie gewesen. Aber er ließ Val und mir zwei aus Knochen geschnitzte Kreuze als Geschenke zurück, Vals so zart und filigran wie aus Spitzen, meines dagegen schwer, massiv und männlich.

Val trägt dieses Kreuz noch heute. Meines ist seit langer Zeit verschwunden.

Kurz darauf sprach Vater mit uns über D'Ambrizzi, und er hatte sich zu diesem Anlaß eine für seine Verhältnisse ziemlich geschickte Taktik zurechtgelegt. Er erwähnte kein einziges Mal D'Ambrizzis Namen – Val und ich tauschten nur einen raschen Blick, weil wir natürlich sofort wußten, über wen er sprach. Vater erklärte uns, warum wir Priester – ›Männer Gottes‹ – nicht mit dem Herrn selbst verwechseln dürften. Während die einen, die Priester, auf tönernen Füßen stehen, erklärte er, hat der liebe Gott gar keine Füße, jedenfalls weiß niemand, wie sie aussehen, so er denn welche hat. Auf diese schlichte Erkenntnis lief es in etwa hinaus, obwohl Vater sehr lange mit uns sprach. Ich kann mich erinnern, daß ich danach immer wieder durch den Türspalt auf die Füße der Geistlichen gespäht habe, die mit Vater in der Bibliothek einen Scotch tranken oder zur Kapelle gingen, um für Mutter die Messe zu lesen. Nie sah ich einen mit tönernen Füßen, und das brachte mich damals ziemlich durcheinander.

Val ging das Problem ›tönerne Füße‹ praktischer an. In ihrer stillen, kleinmädchenhaften Art fertigte sie aus Knetgummi eine ziemlich bemerkenswerte künstlerische Interpretation derselben an. Mutter kam ins Spielzimmer, stutzte, schaute verständnislos drein und fragte dann, was das darstellen solle. Val piepste hell und klar: »Tönerne Füße!« Mutter fand das außerordentlich amüsant, und dann war auch Vater gekommen, um sich die Füße anzusehen.

Später brachte Mutter eine Freundin aus der Kirche mit nach Hause, damit sie das Kunstwerk betrachten konnte, aber Val sagte, sie hätte die Füße inzwischen ›zermatscht‹ und etwas anderes daraus geknetet. Ich wußte, daß das nicht stimmte. Sie hatte die tönernen Füße im Innern ihrer großen Blechtrommel versteckt, auf deren Seitenverkleidung Clowns gemalt waren. Sie hatte eins der Segmente herausgebrochen, die Füße in den Hohlraum gelegt und das Ganze wieder zugeklebt. Es war ihr allergeheimstes Versteck. Erst Jahre später erfuhr sie, daß ich ihr Geheimnis kannte. Ich hatte nie einen so großartigen Platz gefunden, um irgend etwas zu verstecken, allerdings hatte ich auch nie sonderlich große Geheimnisse. Val war die wißbegierigere von uns beiden, diejenige, die oft irgendwelche Dinge verbarg, die sie entdeckt hatte.

Ich sah Val vor mir, wie sie als kleines Mädchen auf dem zugefrorenen Teich mit einer natürlichen, angeborenen Mühelosigkeit das Schlittschuhlaufen lernte, während ich mich wie ein Verrückter abstrampelte, kalt und naß und zerschunden und wütend auf

Gott und die Welt. Wintersport war für mich immer eine unheilvolle Beschäftigung gewesen, ein sinnloses Streben, eine Strafe für namenlose Vergehen. Val allerdings hielt mich schlichtweg für einen Trottel.

Und ich glaube, das war ich auch.

Ich dachte immer noch an Val, als Miss Esterbrook, meine Sekretärin, ins Büro kam und sich hinter mir räusperte. Ich wandte mich vom Fenster, vom Nebel und den Erinnerungen ab.

»Ein Anruf von Ihrer Schwester, Mister Driskill.«

Sie verließ das Büro, und ich setzte mich an den Schreibtisch und wartete einen Augenblick, bevor ich den Hörer abnahm. Ich traue keinem Zufall. »Hallo, Val? Wo steckst du? Was ist los?«

Meine Schwester hörte sich irgendwie seltsam an, und das sagte ich ihr auch. Sie lachte und nannte mich einen Trottel, aber ich spürte, daß ihre Fröhlichkeit nur aufgesetzt war. Irgend etwas stimmte nicht, aber sie sagte nichts, bat mich lediglich, am Abend nach Princeton zu kommen, wo sie sich in unserem Elternhaus mit mir treffen wollte, um etwas mit mir zu besprechen.

»Ich dachte, du bist in Paris«, sagte ich.

»Dort war ich auch. Unter anderem. Das ist eine lange Geschichte. Ich bin erst heute nachmittag zu Hause angekommen. Ich bin mit Curtis hergeflogen. Kannst du heute abend kommen, Ben? Es ist wichtig.«

»Bist du krank?«

»Ich bin ein bißchen ängstlich. Nicht krank. Ben, laß uns das alles heute abend besprechen, ja?«

»Sicher, sicher. Ist Dad da?«

»Nein. Er ist auf einer Vorstandssitzung in Manhattan.«

»Gut.«

»Was soll das heißen?«

»Nur das übliche. Ich möchte gern gewappnet sein, falls er mir im Dunkeln auflauert, um mich aus dem Hinterhalt zu überfallen.«

»Halb neun, Ben. Und... Ben. Ich liebe dich, auch wenn du ein großer Trottel bist.«

»Vor ein paar Stunden hat Vinnie Halloran mich als den Antichristen bezeichnet.«

»Vinnie hat schon immer zu leichten Übertreibungen geneigt.«

»Ich liebe dich auch, Schwesterchen. Nicht mal, daß du Nonne bist, kann etwas daran ändern.«

Ich hörte sie seufzen; dann legte sie auf. Ich saß eine Weile nachdenklich hinter meinem Schreibtisch und versuchte mich zu erinnern, ob ich Val schon mal so ängstlich erlebt hatte, daß die Furcht sich in ihrer Stimme niederschlug. Nein. Noch nie.

Ich verließ mein Büro früher als üblich. Ich wollte noch duschen und mich umziehen, bevor ich mich hinter das Steuer meines Mercedes klemmte, um nach Princeton zu fahren.

An der Ecke Siebenunddreißigste Straße und Madison stieg ich aus dem Taxi. Der Nebel war so dicht geworden, daß die Lichter der Stadt kaum durchdrangen und nur noch verwaschene Flecke bildeten. Die Straßenlaternen waren bereits eingeschaltet und tauchten ihre Umgebung in trübes Zwielicht. Ich ging zum Park hinüber und versuchte immer noch, mir einen Reim darauf zu machen, was mit meiner Schwester los sein mochte. Die Straßen waren rutschig und glänzten vor Nässe. Die Footballsaison war erst vor gut einer Woche zu Ende gegangen, aber von einem Tag auf den anderen waren fast winterliche Temperaturen eingebrochen, und der Sprühregen verwandelte sich in beißende kleine Schrotkörner.

Schwester Val... Ich wußte, daß sie nach Rom geflogen war, um dort mit einem neuen Buch zu beginnen; dann hatte sie mir eine Ansichtskarte aus Paris geschickt. Ich hatte nicht damit gerechnet, sie vor Weihnachten in Princeton zu treffen. Sie war viel zu intensiv mit ihren Recherchen für ihr neues Buch beschäftigt gewesen. Und jetzt war sie hier, zu Hause, hatte ihre Arbeit unterbrochen. Was hatte ihr solche Angst eingejagt, daß sie nach Princeton geflüchtet war?

Nun, es sah so aus, als sollte ich es am heutigen Abend erfahren. Bei meiner Schwester Val konnte man nie sicher sein, was für einen Wirbel sie verursacht hatte. Ich wußte nur, daß sie Nachforschungen über die Rolle der Kirche im Zweiten Weltkrieg angestellt hatte. War das der Grund für ihre plötzliche Rückkehr? Hing ihre Angst damit zusammen? Das war schwer vorstellbar. Aber bei Val wußte man nie. Sie war so ganz anders als die spröden Ordensschwestern, die wir zum Beispiel an der Columbkille's-Grundschule kennengelernt hatten. Bei diesem Gedanken mußte ich lächeln, und ich grinste immer noch wie ein Dämlack, als ich an meinem Reihenhaus ankam. Es gab nichts, was Val und ich nicht in den Griff kriegen konnten. Zumindest hatte es so etwas noch nie gegeben.

Ich überquerte den Hudson auf der George-Washington-Brücke und fuhr dann in Richtung Princeton. Feuchtigkeit und Kälte sowie die Muskelanspannung beim Gasgeben ließen mich nach einer Weile wieder den alten Schmerz im rechten Bein spüren; ein Andenken aus den Tagen meines Jesuitendaseins. Ja, die Jesuiten hatten ihre Spuren hinterlassen, an Körper und Seele. Der Verkehr ebbte allmählich ab, und dann war ich allein mit dem rhythmischen Geräusch der Scheibenwischer und dem Cellokonzert von Edward Elgar. Es war ein stürmischer, scheußlicher Abend geworden; der Regen hatte sich in Schneematsch verwandelt, und die Straßen waren tückisch glatt.

Mir kam ein ähnlicher Abend wie dieser in den Sinn, der etwa zwanzig Jahre zurücklag. Damals war es allerdings gegen Ende des Winters gewesen, und die Straßen hatten nicht schmutziggrau ausgesehen, sondern strahlend weiß, aber mich hatten ähnlich trübe Gedanken gequält. Auch damals war ich auf der Rückfahrt nach Princeton gewesen, und mir hatte das bevorstehende Gespräch mit meinem Vater schwer im Magen gelegen. Ich hatte ihm nicht beichten wollen, was geschehen war, und ganz bestimmt hatte er es nicht hören wollen. Wenn es jemanden gab, der nichts für rührselige Geschichten und das Eingeständnis von Mißerfolgen übrig hatte, dann mein Vater, waren sie in seinen Augen doch nichts anderes als ein Zeichen für Feigheit. Je näher ich Princeton gekommen war, desto weiter weg hatte ich mich gewünscht. Ja, so war es gewesen; an einem Abend, den Bulwer-Lytton vielleicht als dräuend-finster-sturmgepeitscht beschrieben hätte; inmitten von Eis und Schnee und Kälte, auf der Flucht wie ein Dieb in der Nacht aus der bedrückenden, düsteren, steil aufragenden, zinnenbewehrten Festung, in deren Mauern ich den gescheiterten Versuch unternommen hatte, ein Jesuit zu sein. Versucht hatte, ein Mann zu sein, wie mein Vater ihn sich immer gewünscht hatte.

O ja, Hugh Driskill hätte sein eigen Fleisch und Blut gern unter den Jesuiten gesehen. Es hätte ihm gefallen, mich eingebunden zu wissen in die strenge körperliche und geistige Disziplin des

Ordens, in das gottgeweihte, asketische Leben. Er hätte es gern gesehen, wenn ich meinen Platz in einer Welt eingenommen hätte, die er begreifen konnte, eine Welt, die mein Vater innerhalb gewisser Grenzen mitbeherrschen zu können glaubte. Auf seine egozentrische Weise war er überzeugt, wegen seines Reichtums und seines Einflusses und seiner Frömmigkeit sowie aufgrund seiner Hingabe zu Gott und wegen seiner guten Taten ein mitbestimmender Teil der Kirche innerhalb der Kirche zu sein. Ich hatte immer das Gefühl gehabt, daß mein Vater sich zu hoch einschätzte, aber Teufel noch mal, was wußte ich denn schon?

Später erst wurde mir deutlicher, daß er vielleicht doch eine ziemlich präzise Einschätzung seines Einflusses und seiner Bedeutung vorgenommen hatte. Drew Summerhays hatte mir im Laufe der Jahre einige Informationen anvertraut, die den Schluß zuließen, daß mein Vater sich, auch was die Kirche betraf, zu Recht für einen sehr wichtigen Mann hielt. Summerhays war lange Zeit der Mentor meines Vaters gewesen, so wie Dad später der väterliche Freund und Ratgeber des allgegenwärtigen Curtis Lockhardt gewesen war. Und momentan schmiedeten, wie Summerhays mir gesagt hatte, mein Vater und Lockhardt gemeinsam Pläne, den nächsten Papst zu bestimmen.

Natürlich konnte ich mich auch auf eigene Erinnerungen stützen, die mir die Macht meines Vaters verdeutlichten und seine hohe Selbsteinschätzung gerechtfertigt erscheinen ließen. Als ich noch ein Junge war, kam Kardinal Spellman – er muß damals Bischof oder Erzbischof gewesen sein, wer kann das noch so genau sagen – oft zum Dinner von New York nach Princeton herüber, was ein Indiz dafür war, daß unsere Familie etwas Besonderes darstellte. Spellman war sowohl nach Princeton als auch in unser mondänes Zweifamilienhaus an der Park Avenue gekommen, das wir nach Mutters Tod verkauft hatten. Manchmal habe ich gehört, wie meine Eltern ihn mit ›Frank‹ anredeten, und einmal, als er mir sagte, daß er Schuhe aus Krokodilleder trage, habe ich geradezu Bauklötze gestaunt. Wahrscheinlich hatte Spellman mir nur deshalb über die Beschaffenheit seiner Schuhe Auskunft gegeben, weil ich auch bei ihm vergeblich nach tönernen Füßen gesucht hatte.

Mehr als zwanzig Jahre lag das jetzt zurück, aber nun war alles wieder gegenwärtig: die Erinnerungen an Spellman und meinen

Vater und die Jesuiten und an jenen längst vergangenen Abend, als ich über die glatten Straßen nach Hause gefahren war und mich gefragt hatte, wie mein Vater wohl auf die neueste Enttäuschung reagieren mochte, die ich für ihn parat hatte.

Als ich damals am frühen Morgen, als der Schneefall fast aufgehört hatte und die Dunkelheit der Nacht dem ersten Grau des neuen Tages wich, aufwachte, war die Highway Patrol die Straßen abgefahren, um nach möglichen Opfern des Sturms zu suchen. Sie hatten meinen Chevy gefunden, den ich an einem Baum zu Schrott gefahren hatte. Totalschaden: der Wagen, der Baum und um ein Haar auch ich selbst, und es hatte keinen Hinweis darauf gegeben, daß ich versucht hatte, den Wagen auf der verschneiten Fahrbahn zum Stehen zu bringen. Darum war den Polizisten sofort klar, daß ich am Steuer eingeschlafen sein mußte. So was kommt schließlich vor. Nur – diese Theorie war Scheißdreck. Ich hatte mir ein Bein gebrochen und war halb erfroren, aber das wirklich Entscheidende war: Mir war mitten in der Nacht klar geworden, daß ich lieber sterben wollte, als meinem Vater von den Jesuiten und meinem Versagen zu berichten.

Göttliche Offenbarung. Es war der erste und einzige Augenblick in meinem Leben gewesen, an dem mir eine wirkliche Offenbarung zuteil geworden war. Natürlich kannte mein Vater die Wahrheit, wie sich später herausstellte. Natürlich wußte er, was ich in jener Nacht versucht hatte. Es war in seinen Augen zu sehen, in den lodernden Flammen unauslöschlicher Verzweiflung, die mich wie Leuchtfeuer an einer dunklen und tückischen Küste nach Hause lockten, nach Hause. Er wußte es. Er wußte, daß ich einen Selbstmordversuch unternommen hatte, die schlimmste aller Todsünden – und damit eine weitere Sünde, die er mir niemals vergeben würde.

*Gott sei Dank gibt es Val.* Das hatte er mir tatsächlich gesagt, damals, im Krankenhaus. Nicht als Anschuldigung mir gegenüber, auch nicht, um mich zu demütigen; er hatte es als schlichte Feststellung vor sich hin gemurmelt. Doch von nun an – nachdem ich bewußt versucht hatte, meinem Leben ein Ende zu machen, weil ich den Wünschen meines Vaters nicht hatte nachkommen wollen und können, nachdem ich mich für ein Leben ohne Gott entschieden hatte –, traf ich meine Entscheidungen selbst, in Eigenverantwortung und ohne jeden Einfluß meines Vaters, und es war mir vollkommen gleichgültig, wie er darüber dachte und was er davon hielt. Das waren mein Trost und mein Triumph.

Ich umging die Außenbezirke Princetons, bog in die zweispurige Asphaltstraße ein, wo ich mit Vaters Lincoln die ersten Fahrversuche gemacht hatte, und bevor ich mich versah, stachen die Scheinwerfer auch schon durch den Vorhang aus Schneeregen und Dunst und hoben die verschwommenen Umrisse des Hauses aus der Dunkelheit. Die lange Auffahrt, die an einer Gebäudeseite zwischen zwei Reihen Pappeln hindurchführte, war von Schneematsch bedeckt, auf dem die Reifen des Wagens ein leises, schmatzendes Geräusch erzeugten. Der kiesbedeckte Wendeplatz war gelb und schmutzig, die Rosensträucher trostlos, einsam und verlassen, als wäre in diesem Jahrhundert niemand zu Hause gewesen. Die niedrige Garage mit dem Giebeldach kauerte bedrückend und finster auf einer Seite des Vorhofs. Niemand hatte zur Begrüßung die Außenbeleuchtung eingeschaltet. Das Wohnhaus selbst lag zu meiner Linken; die Feldsteine der Außenmauern glitzerten im Licht der Scheinwerfer wie Kiesel auf dem Grund eines Bachbetts. Das Haus war dunkel und die Nacht war schwarz, undurchdringlich, durchtränkt von Feuchtigkeit. In der Ferne flimmerten die Lichter Princetons blaßrosa im Schneeregen über den kahlen Baumwipfeln.

Als ich die dunkle Eingangshalle betrat, rieselten Kälteschauer über meinen Rücken. Ich kam mir hier fremd und einsam vor. Doch als ich den Lichtschalter drehte, flammten die Lampen auf, und alles war so, wie es schon immer gewesen war: der gebohnerte Fußboden aus Eichenparkett, der cremefarbene Stuck, die olivgrünen Wände, die goldgerahmten Spiegel. Ich durchquerte das Foyer und stieg die beiden Stufen zum Long Room hinauf, jenem Zimmer, in dem wir die meiste Zeit gemeinsam zu verbringen pflegten, wenn wir uns hier aufhielten.

Der Long Room. Einst war er die Schankstube eines aus dem achtzehnten Jahrhundert stammenden Wirtshauses gewesen, um die herum das Wohnhaus erbaut worden war, so daß sie jetzt dessen Zentrum bildete. Einiges erinnerte noch immer an diese längst vergangenen Zeiten: die rauchgeschwärzten Deckenbalken zum Beispiel, oder der verkratzte, von Narben bedeckte, rußige Kamin, ein Meter achtzig hoch und drei Meter breit, oder die schmiedeeisernen Wandhaken für Töpfe und Pfannen. Aber der Raum hatte im Laufe der Jahre immer mehr von seiner Ursprünglichkeit verloren; es war dieses und jenes hinzugekommen: die geblümten Schonbezüge der Möbel zum Beispiel, die Bücherschränke, die scharlachroten und senffarbenen Teppiche, der Kohlenkasten, die hellgelben, ledernen Ohrensessel, die vor dem Kamin standen, die Messinglampen mit den gelben Schirmen, die großen Schalen und kupfernen Töpfe voller Blumen und Zimmerpflanzen und – am hinteren Ende des Zimmers, von wo man auf den Obstgarten und den Bach hinausblicken konnte – die Staffelei, an der mein Vater einige seiner Bilder gemalt hatte. Die zur Zeit dort aufgespannte Leinwand war sehr groß und mit einem kleinen Vorhang abgedeckt.

Es war kühl im Zimmer; die feuchte Kälte sickerte von draußen herein. Die Asche auf dem Kaminrost war längst erloschen und feucht und roch nach Herbst, nach Vergänglichkeit und Tod. In früheren Zeiten hätte jetzt geschäftiges Leben und Treiben geherrscht; William und Mary hätten für Licht und Wärme und Herzlichkeit gesorgt, hätten das Feuer im Kamin entfacht, mich mit einem Grog begrüßt und das Haus zum Leben erweckt. Aber William war inzwischen tot, und Mary verbrachte ihren Lebensabend in Scottsdale; und das Ehepaar, das mein Vater als neue Hausangestellte beschäftigte, wohnte in Princeton und nicht mehr in den Zimmern im Ostflügel.

Ich wußte, Val war nicht da. Ich rief dennoch ihren Namen, nur um die trostlose Stille zu durchbrechen, aber meine Stimme verhallte ohne Antwort. Ich ging zum Fuß einer der Treppen, die ins Obergeschoß führten, und rief noch einmal ihren Namen. Ich hörte das altvertraute leise Rascheln von dort oben an meine Ohren dringen wie das Geräusch einer Zeitung, die vom Wind an einem Rinnstein entlanggeweht wird. Die Kälte und der Regen hatten die Feldmäuse aus den Dachvorsprüngen ins Haus getrieben, und jetzt flitzten sie dort oben über die Korridore und versuchten sich zu erinnern, wo sie sich befanden. Ich kannte die Antwort: an einem Ort, den schon ungezählte Generationen ihrer Vorfahren bewohnt hatten.

Als wir Kinder waren, haben Val und ich fest daran geglaubt, daß dieses Geräusch, das aus den Wänden zu dringen schien, von einem Gespenst verursacht würde, dessen Geschichte wir sogar ziemlich gut kannten. Vor vielen, vielen Jahren hatte ein Junge einen englischen Offizier hinter den Frontlinien getötet und war dann nach wilder Flucht entkommen. Ein vor langer Zeit verstorbener Ben Driskill hatte ihn in einer der Dachstuben seines Hauses versteckt, doch eine Woche darauf war ein britischer Suchtrupp zum Anwesen der Driskills gekommen und hatte das Haus durchforscht. Sie hatten den Jungen gefunden, furchtsam in einer dunklen Ecke der Mansarde zusammengekauert, halb tot von einer Lungenentzündung, und ihn auf der Stelle schuldig gesprochen. Die Soldaten des Trupps hatten dem längst verstorbenen Ben Driskill erklärt, daß sie ihn neben dem Jungen aufhängen würden, als abschreckendes Beispiel für die Bewohner der ganzen Gegend, eine Drohung, die Bens Frau Hannah auf den Plan gerufen hatte. Sie war mit einer Donnerbüchse in der Tür erschienen und hatte gerufen, daß sie ein paar Unzen heißes Blei in die Brust jenes Rotrocks jagen werde, der diese Drohung ausgesprochen hatte, falls er sich nicht mit dem einen Gefangenen zufriedengebe und sich schleunigst aus dem Staub mache. Der Brite verbeugte sich, ermahnte Ben, es sich in Zukunft zweimal zu überlegen, ob er einem Feind des geliebten König George Hilfe und Unterkunft gewähre, und war mit dem Mörder im Schlepptau davonmarschiert. Sie hatten den jungen Burschen in den Obstgarten geführt und ihn dort mit einem Stück Seil, das den Driskills gehörte, am Ast eines Apfelbaums, der den Driskills gehörte, aufgehängt. Kurz nachdem sie davongezogen waren, hatte Ben den Toten vom Seil geschnitten und ihn in der Nähe des Baumes begraben. Sein Grab war immer noch zu sehen; wir hatten oft dort gespielt. Und wir hatten mit großen Augen fasziniert der Geschichte vom Tod dieses tapferen Rebellen gelauscht, dessen Geist fortan in unseren Mauern spukte.

Ich stieg die Treppe hinauf, an deren Fuß ich gestanden hatte, aber niemand – weder das Gespenst noch die Feldmäuse, noch meine Schwester – gab Antwort. Ich hatte plötzlich das Bild meiner Mutter vor Augen, wie sie in einem ihrer langen, weiten, spitzenbesetzten Nachthemden auf dem Flur stand, die Hand ausgestreckt, als wollte sie versuchen, mich über eine große Entfernung hinweg zu berühren. Wie lange war das jetzt schon her? Ihre Lippen formten Worte, die ich damals gehört haben mußte, die ich mir aber nicht mehr ins Gedächtnis rufen konnte... Warum konnte ich mich nicht mehr entsinnen, was sie gesagt hatte, wo ich doch den Duft ihres Kölnisch Wassers und ihres Puders so deutlich in Erinnerung hatte? Und warum sah ihr Gesicht in den Schatten des Korridors so verschwommen aus? War sie jung? Oder schon ergraut? Wie alt war ich gewesen, als sie auf mich zugekommen war, die Hand ausgestreckt, und irgend etwas gesagt hatte, versucht hatte, mir irgend etwas zu erklären?

Ich stieg die Treppe wieder hinunter, griff nach einem Schirm und ging nach draußen. Der Regen wurde jetzt vom Wind schräg vor sich her gepeitscht; die Schwaden schimmerten geisterhaft im Licht der Außenbeleuchtung. Ich schlug den Kragen meines Trenchcoats hoch und wandte mich in Richtung der kleinen Unterführung, die sich zwischen zwei Flügeln des Hauses befand, und ging geduckt hindurch. Der Wind rüttelte an den Fenstern und den Dachrinnen über mir, fegte immer größere, dichtere Massen von Schneeregen vor sich her, die sich allmählich in Eis verwandelten und die schon bald das Fallrohr der Dachrinne verstopfen würden. Manche Dinge änderten sich einfach nie.

Ich überquerte den matschigen braunen Rasen, auf dem wir früher Krocket und Badminton gespielt hatten. Die Lichter, die aus den Fenstern des Long Room fielen, stachen wie gelbe Finger durch die Dunkelheit; wie Finger, die den Weg zur Kapelle zu weisen schienen.

Natürlich hatten wir unsere eigene kleine Kirche. Mein Großvater hatte sie in den zwanziger Jahren errichten lassen, um wenigstens einen der verrückten Wünsche zu erfüllen, die meine Großmutter sich so eisern in den Kopf gesetzt hatte. Die Kapelle war ›im Stil der Zeit‹ erbaut worden, wie es in den Reiseführern hieß, aus Feldstein und Ziegeln und mit schmuckloser schwarzer und weißer Außenfassade. Meine Großmutter hatte die Kapelle ›ein sehr schönes Kirchlein, das nicht zu stolz auf sich selbst ist‹, genannt. Allerdings war das Kirchlein auch nicht zu stolz, seit seiner Erbauung ständig reparaturbedürftig zu sein. Meine Familie gehörte zwar nicht zu den Neuengland-Katholiken wie die Leute in den Romanen von Evelyn Waugh, und wir hatten auch keinen festangestellten Hausgeistlichen, aber wir haben den Priestern, die an der St. Mary's in der nahe gelegenen Kleinstadt New Prudence die Gemeinde betreuten, immer großzügige finanzielle Unterstützung gewährt. Als Junge hielt ich die Tatsache, daß wir eine eigene

Kirche besaßen, für schlichtweg verrückt, aber ich hatte lernen müssen, mir an dahingehenden Äußerungen nicht die Zunge zu verbrennen. Und als ich auf die St.-Augustin-Schule kam, mußte ich zudem feststellen, daß eine eigene Kirche ein gar nicht so furchtbar außergewöhnliches Zeichen von Wohlstand war. Einige meiner Mitschüler saßen im gleichen Boot.

Jetzt plätscherte der Regen vom Dach der Kapelle. Es war ein Bild, wie man es auf einem alten englischen Friedhof draußen auf dem Lande finden mochte oder in einem Gedicht. Das kleine Gebäude stand still und dunkel und geheimnisvoll da. Das Gras mußte dringend gemäht werden. Die Halme schienen wie mit einer dünnen Eisschicht lackiert. Ich erreichte die Kapelle, hielt mich am Geländer fest und stieg die Stufen zu der eisenbeschlagenen Eichentür hinab. Der ringförmige Türgriff quietschte leise, als ich daran zog. Eine einsame Kerze flackerte im Luftstrom, der durch die geöffnete Tür wehte. Das Innere der Kapelle war stockdunkel und schwarz hinter dem flimmernden Lichtkranz der Kerze, beinahe so, als wäre dort nichts als Leere. Val mußte hier unten gewesen sein und diese Kerze an gezündet haben. Und dann hatte sie die Kapelle wieder verlassen.

Ich ging zum Haus zurück und knipste die Lichter aus. Ich konnte mich nicht mit dem Gedanken anfreunden, hier zu warten, es mir ohne Val in diesem ungastlichen Haus gemütlich zu machen. Seltsam. Es war gar nicht Vals Art, jemanden warten zu lassen. Aber es war ein scheußlicher Abend, und sie hatte vielleicht noch Besorgungen machen wollen. Vielleicht war sie irgendwo aufgehalten worden. Sie würde schon noch kommen.

Ich war hungrig und brauchte einen Drink. Ich stieg in den Wagen, warf einen kurzen Blick zurück auf das stille, dunkle Haus und fuhr nach Princeton.

Das leise Stimmengemurmel in der Schankstube des Nassau Inn hatte eine beruhigende Wirkung auf mich. Die Theke stand voll. An der Wand hingen die altbekannten gerahmten Fotos von Hobe Baker und anderen Helden eines versunkenen Zeitalters. Die zahlreichen Einkerbungen in den Tischplatten erinnerten an Generationen von Tigers. Es war wie ein Eintauchen in die Vergangenheit.

Ich ließ mich auf die Bank in einer Nische sinken, bestellte einen doppelten trockenen Rob Roy und spürte erst jetzt, wie nervös und verkrampft ich war. Es lag an Val und an der Furcht, die ich so deutlich in ihrer Stimme gehört hatte, und nicht zuletzt an der bangen Frage, wo sie jetzt sein mochte. Ihre Stimme hatte sich am Telefon so drängend angehört. Und jetzt? Keine Spur von Val.

Mir wurde gerade mein Cheeseburger serviert, als ich jemanden meinen Namen rufen hörte. »Ben! Ben, alter Junge, du Schatten aus der Vergangenheit!«

Ich sah auf und blickte in das jungenhafte Gesicht von Terence O'Neale – Father Terence O'Neale, der altersmäßig zwischen mir und Val anzusiedeln war, irgendwie aber immer noch wie ein Erstsemester aussah. Jeder hier nannte ihn ›Peaches‹, weil er tatsächlich eine fast vollkommene Pfirsichhaut besaß, ewig jugendlich, immer unschuldig. Wir kannten Peaches, solange wir denken konnten. Wir hatten zusammen Tennis und Golf gespielt, und er behauptete immer, daß ich es gewesen sei, der ihn zum erstenmal betrunken gemacht habe, draußen in unserem Obstgarten. Er lächelte auf mich hinunter, und seine blauen Augen funkelten wie eh und je.

»Setz dich, Peaches«, sagte ich, und er stellte sein Bierglas auf den Tisch. Er hatte eigentlich gar nicht Priester werden wollen; das war zum großen Teil Vals Werk. Golf und Motorräder und den Weltrekord im Biertrinken – das hatte der junge Terence O'Neale damals wohl eher vor Augen gehabt, wenn er in die Zukunft geblickt hatte. Das und eine Frau und einen Stall voller Kinder und vielleicht einen Job in der Wall Street. Val war eine Zeitlang als zukünftige Mrs. O'Neale im Gespräch gewesen. Mir hatte das damals gefallen. Inzwischen hatte ich Peaches seit vier oder fünf Jahren nicht mehr zu Gesicht bekommen, aber er hatte sich nicht verändert. Er trug ein weißes Buttondown-Hemd und eine Tweedjacke. Vinnie Halloran hätte dieser Aufzug bestimmt gefallen.

»Was hat dich denn an den Ort unserer Verbrechen zurückgetrieben?« fragte ich.

»Ich bin Diener des Herrn, Ben. Drüben in New Pru. Ich bin Kaplan an der St. Mary's.« Er grinste beim Gedanken an Gottes unergründliche Wege.

»Seit wann? Warum hast du mich nicht mal angerufen?«

»Erst seit diesem Sommer. Ich habe deinen Vater getroffen. Du hättest sein Gesicht sehen sollen. Er mußte zweimal hingucken, bevor ihm klar geworden ist, daß ich's leibhaftig bin. Ich hatte eigentlich erwartet, dich erst Weihnachten zu treffen. Val hat mir erzählt, daß sie vielleicht bei euch auf dem Teich hinterm Obstgarten eine Schlittschuhparty veranstaltet. Sie hat gesagt, ich soll bloß nicht damit rechnen, dich in der Christmette anzutreffen.«

»Da hat sie recht. Ich war seit zwanzig Jahren nicht mehr in der Kirche, wie du verdammt gut weißt.«

Er nahm sich ein Pommes frites von meinem Teller. »Was treibst du dann hier? Dein Vater sagte mir, dich zieht's nicht sonderlich nach Hause.«

»Allerdings. Wahrscheinlich fragt er sich immer noch, ob ich wirklich sein Sohn bin. Vielleicht hat es auf der Entbindungsstation ja eine Verwechslung gegeben. Das ist die einzige Hoffnung, die ihm geblieben ist.«

»Du bist schrecklich sauer auf deinen alten Herrn, nicht wahr?«

»Nein. Jedenfalls bin ich nicht hierher gekommen, um ihn zu treffen. Val hat mich heute nachmittag von zu Hause angerufen. Hat sich ziemlich geheimnisvoll angehört. Und dringend. Nur deshalb bin ich bei diesem Scheißwetter hierher gefahren. Und was passiert? Sie ist nicht da.« Ich zog die Schultern hoch. »Wann hast du sie getroffen? Was hat es mit dieser Schlittschuhparty auf sich? Ich hasse Schlittschuhlaufen...«

»Als sie auf dem Weg nach Rom letzten Sommer hier Station gemacht hat, sind wir essen gegangen. In Erinnerung an alte Zeiten.« Er nahm sich noch ein Pommes frites. »Ich glaube, du hast recht, was das Geheimnisvolle angeht – da ist irgendwas im Gange, sie hat offenbar ziemlich brisante Nachforschungen angestellt... Sie hat mir aus Rom geschrieben, dann aus Paris.« Sein Gesicht verdüsterte sich für einen Augenblick. »Sie schreibt an diesem monströsen Buch, Ben. Der Zweite Weltkrieg und die Kirche.« Er verzog das Gesicht. »Nicht gerade eine jener Epochen, mit denen die Kirche sich brüsten kann...«

»Aus gutem Grund«, sagte ich.

»Ich wasche meine Hände in Unschuld. Ich habe nichts damit zu tun. Pius war Pius, und ich war nur ein kleiner Junge in Princeton, New Jersey.«

Er nahm die letzten Pommes frites von meinem Teller und grinste mich an. Ich fühlte eine Woge der Zuneigung und Wärme in mir aufsteigen. Val hatte es damals ziemlich ernst mit Peaches gemeint, hatte gesagt, daß sie ihn vielleicht heiraten werde. Die beiden wurden ein Paar, als Val siebzehn war.

Val, das streng katholisch erzogene junge Mädchen, hatte ziemliche Gewissensbisse gehabt, als sie in einer Sommernacht draußen im Obstgarten ihre Unschuld an Peaches verlor. Später, als sie dann ernsthaft über die Kirche und ein Leben als Nonne nachzudenken begann, hielt Peaches dies für eine vorübergehende Erscheinung. Dann, als Vals Pläne konkretere Formen annahmen, glaubte er, sie würde nur dem Druck nachgeben, den mein Vater auf sie ausübte. Und schließlich gelangte er zu der Ansicht, sie sei schlicht und einfach durchgedreht. Aber Val wollte aus ihrem Leben etwas Besonderes machen – für sich selbst, für die Welt, in der sie lebte, für die Kirche. Kennedy war in Dallas erschossen worden, und Peaches sagte, Himmel noch mal, wenn du die Welt retten willst, dann tritt ins Peace Corps ein. Sie hatte sich gar nicht erst mit ihm herumgestritten. Es gehe nicht darum, daß sie die Kirche brauche, hatte sie gesagt, sondern die arme alte Kirche brauche sie. Val hatte mit ihrem Selbstwertgefühl noch nie Schwierigkeiten gehabt.

Die Ansichten, die Johannes XXIII. vertrat, entsprachen ihren eigenen Vorstellungen, was einen Neubeginn der Kirche nach der Amtszeit Pius' betraf, den sie als Peinlichkeit für die Kirche betrachtete. Aber dann schien Johannes' Nachfolger Paul VI. einen Kurs einzuschlagen, bei dem alles das, was man gewonnen hatte, wieder verlorenging; er schien damit zufrieden zu sein, daß die Kirche wieder in den erstarrten Formen der Vergangenheit versank. Val sah, wie die Welt sich veränderte und die Kirche nicht; aber die Kirche mußte bewegt werden, mußte in eine neue, menschlichere Rolle hineinwachsen. Val hatte Kennedy und Martin Luther King und Papst Johannes erlebt und wollte sich in deren Geiste für eine bessere Welt einsetzen. Und Peaches, nun ja, wenn er Val nicht haben konnte, wollte er erst gar keine andere haben. So faßte er den Entschluß, die Priesterlaufbahn einzuschlagen. Diese Geschichte zeigt, daß man niemals sicher sein kann, wie bestimmte Dinge sich entwickeln.

Peaches und ich gingen gerade zum Tresen, als er den Mann, auf den er offensichtlich gewartet hatte, im Türeingang stehen sah. Er zog mich mit hinüber zu ihm. »Ben, ich möchte dir einen Freund vorstellen.«

Der Mann im Türeingang trug einen verblichenen alten Regenmantel und einen dunkelolivfarbenen Hut mit einem schmalen ledernen Band. Buschige graue Brauen wölbten sich über tief in den Höhlen liegenden blaßgrauen Augen in einem Gesicht mit rosigen Wangen. Eine Ecke seines weißen Priesterkragens lugte unter dem dunkelgrauen Schal hervor, den er um den Hals geschlungen hatte. Er war etwa ein Meter siebzig groß und mochte Anfang sechzig sein. Die Lachfalten in den Mund- und Augenwinkeln verliehen ihm das Aussehen Barry Fitzgeralds, der in vielen Spielfilmen der vierziger Jahre Priester dargestellt hatte. Fitzgerald hatte außerdem in *Bringing Up Baby* einen verschrobenen Iren und in *And Then They Were None* einen mit allen Wassern gewaschenen alten Rächer gespielt: Ich konnte beide Charaktere auch in dem Gesicht erkennen, das ich nun vor mir sah. Ein kühler, abweisender Ausdruck lag in seinen grauen Augen, der irgendwie nicht zum Rest des faltigen, lächelnden Gesichts zu passen schien, das mir von Pressefotos her vertraut war.

»Ben Driskill, das ist Father Artie Dunn, der lorbeerumkränzte Poet der Kirche.«

»Hölle und Verdammnis«, sagte Dunn. »Vergeben Sie dem jungen O'Neale, Mister Driskill. Sie sind nicht zufällig Hugh Driskills Sohn?«

»Sie kennen meinen Vater?«

»Dem Namen nach, natürlich. Ich habe mir sagen lassen, daß er nicht zu meinen Lesern gehört.« Dunns Gesicht verzog sich zu einem flüchtigen Grinsen. Er nahm den Hut ab und präsentierte eine rosafarbene Glatze und einen dünnen grauen Haarkranz.

»In seinem Alter kann er Sex, Gewalt und christlichen Glauben nur noch häppchenweise verdauen.« Ich schüttelte ihm die Hand. »Vielleicht werde ich ihm Ihre gesammelten Werke zu Weihnachten schenken.«

Ich hatte Father Dunn einmal bei einem Fernsehauftritt erlebt, als er über einen seiner Romane interviewt worden war, und er hatte das Gespräch irgendwie so gelenkt, daß eine seiner Leidenschaften zur Sprache gekommen war: Baseball. Phil Donahue hatte ihn gefragt, ob er, wie viele andere Spieler, irgendwelche abergläubischen Bräuche pflege. »Nur die der katholischen Kirche«, war Dunns Antwort gewesen, und schon hatte er das Publikum in der Tasche gehabt.

»Dann geben Sie sich nicht mit Paperbacks zufrieden«, sagte er. »Die Hardcover-Ausgaben meiner Bücher sind Wort für Wort genauso unanständig.«

Peaches kicherte. »Der Priester, der wie Tom Selleck aussieht, wird von einem halbnackten Joan-Collins-Verschnitt vernascht.«

Dunn sagte: »Warum leisten Sie uns nicht ein wenig Gesellschaft, Mister Driskill?«

»Darf ich das vielleicht auf ein andermal verschieben? Ich bin mit meiner Schwester verabredet...«

»Ah, eine *seriöse* Autorin. Eine wahre Gelehrte, Jüngerin und Aktivistin zugleich. Eine einzigartige Verbindung.«

»Ich werde Val von Ihrer hohen Meinung berichten.«

Ich verabschiedete mich von den beiden und ging zurück zum Wagen. Es paßte zu Peaches, daß er mit Father Dunn bekannt war, dem bilderstürmerischen Priester und Romancier, dessen Bücher allesamt Bestseller waren – eine Tatsache, die der Kirche ziemlich zu schaffen machte. Dunn hatte einen Stil entwickelt, mit dem es ihm gelang, Romane zu schreiben, die so etwas wie moralischer Anschauungsunterricht waren, verpackt in Geschichten, die sich vorwiegend um Sex, Macht und Geld drehten. Mein Vater war zweifellos der Meinung, daß Dunn eben dadurch, daß er die Kirche entweihte, ein reicher Mann geworden war. Nun, ob ›Entweihung‹ oder nicht – weil Dunn ein Diözesanpriester war, dem es freistand, sein selbstverdientes Geld zu behalten oder nicht, war er sicherlich wohlhabend. Und wie meine Schwester war auch er in der Öffentlichkeit so bekannt, daß die Kirche sich im Umgang mit ihm beträchtliche Zurückhaltung auferlegen mußte.

Draußen fiel immer noch Schneeregen, und die Bürgersteige waren tückisch glatt. Aus den Schaufenstern starrte aller möglicher Schnickschnack für das bevorstehende Halloween hinaus in die Nacht. Hexen ritten auf Besenstielen; Schüsseln quollen über von Bonbons und Süßigkeiten; Kürbisköpfe grinsten mich mit zahnlosen Mündern an. Ich schlug den Weg nach Hause ein, wollte endlich mit Val vor dem brennenden Kamin im Long Room sitzen und versuchen, ihr dabei zu helfen, ihre Probleme aus der Welt zu schaffen.

Das Haus lag noch immer still und dunkel da. Der gefrierende Schneeregen hatte die Auffahrt in eine Rutschbahn verwandelt. Ich parkte den Wagen mit der Schnauze zur Garage, ging im Scheinwerferlicht zu den Fenstern hinüber und blickte hindurch. In der Garage stand ein Wagen. Ich öffnete die Torflügel und ging hinein. Der Wagen war noch naß. Aber es hatte seit Stunden geregnet, und der Motor war abgekühlt. Ich ging zu meinem Wagen zurück, fuhr zum Haus und stieg aus. Es war halb elf, und allmählich begann ich mir Sorgen um Val zu machen.

Ich weiß nicht genau, warum ich in den Obstgarten ging. Vielleicht hatte ich das Verlangen nach einem Spaziergang, zumal der Regen sich jetzt endgültig in Schnee verwandelt hatte, den ersten Schnee des Jahres. Die Stille war unwirklich nach dem Lärm im Nassau Inn.

Ich verhielt meine Schritte und rief Vals Namen, aber meine Bemühungen wurden nur dadurch belohnt, daß irgendwo in der Ferne ein Hund zu bellen begann.

Und dann stand ich im Obstgarten, bevor es mir so recht bewußt geworden war, und als ich mich umschaute, stellte ich fest, daß ich unter dem Baum stand, an dem sich vor langer Zeit ein Priester aufgehängt hatte. Es schien mir plötzlich, als hätte ich mein ganzes Leben mit den Geschichten verbracht, die sich um das Haus und den Obstgarten rankten – Geschichten über Geistliche, die aus den Wirren des Zweiten Weltkriegs hierhergekommen waren, und über Geistliche, die im Garten arbeiteten und die Messe für Mutter lasen, und über Geistliche, die mit meinem Vater Scotch getrunken hatten, und über den einen armen Teufel, der sich hier an diesem Baum erhängt hatte. All das waren Geschichten, denen die Kraft von Mythen innewohnte, Geschichten, in denen sich meine Familie widerspiegelte, ihre eigene Geschichte und ihre Sorgen und Freuden und – unvermeidlicherweise – ihre Einstellung zur Religion.

Der Obstgarten hatte in den Familiengeschichten schon immer eine große Rolle gespielt, aber ich hatte dieses Fleckchen Erde nie sonderlich gemocht. Daß Val den Garten liebte, war der einzige Grund, warum ich mich so oft hier aufgehalten hatte. Als sie vier Jahre alt war, hatte ich ihr hier draußen – außer Sichtweite des Hauses – das Pokern beigebracht. Aber einmal hatte ich in einen Apfel gebissen und dann festgestellt, daß ich einen halben Wurm mitgegessen hatte, und seitdem war mein Verhältnis zum Obstgarten doch ziemlich getrübt.

Wir hatten Fritz, den Gärtner, dazu gebracht, uns den Apfelbaum zu zeigen, an dem sich der Priester erhängt hatte. Ich konnte mich genau erinnern: Wir starrten den Baum an, als Fritz uns jenen Ast zeigte, über den der Unglückliche das Seil geworfen hatte, und dann hatte Fritz das Gesicht zu einer gräßlichen Grimasse verzogen und die Zunge ganz weit herausgestreckt und wild mit den Augen gerollt, und dann hatte er gelacht und gesagt, daß der Obstgarten vielleicht genauso verhext sei wie die Dachkammern, durch die unser Gespenst spukte. Ich hatte nie einen Zeitungsartikel oder ein Foto über die Tragödie und den armen, toten, in alle Ewigkeit verdammten Priester zu Gesicht bekommen. Einmal hatte ich meine Mutter danach gefragt, aber sie hatte die Frage rasch beiseite gewischt und gesagt: »Das alles ist vor Millionen von Jahren passiert, es war einfach furchtbar traurig, Benji«, und mein Vater hatte gemeint, daß es Pech für uns gewesen sei. »Er hätte sich den Obstgarten von jemand anderem aussuchen können, den Baum von jemand anderem. Eine Schande, daß er sich für unseren entschieden hat.«

Allmählich kam es mir dumm vor, hier im Schneegestöber zu stehen und an den Priester zurückzudenken, der sich vor fast fünfzig Jahren hier aufgeknüpft hatte, und ich fragte mich, wo zum Teufel, meine Schwester stecken mochte.

Ich ging ein Stück zurück und blieb vor dem kleinen Gotteshaus stehen, das jetzt von Schnee bedeckt war und wie ein kleines Zauberschloß aus einem Märchen aussah. Der Wind hatte sich gedreht, pfiff nun über den Bach hinweg und ließ die Zweige der Bäume rascheln.

Ich stieg ein zweites Mal die glatten Stufen zur Eingangstür der Kapelle hinunter, öffnete sie und starrte in die feuchte, kalte, dunkle Stille. Die kleine Kerze war erlöschen. Ich ließ die Tür offen, um das spärliche Licht von draußen hereinfallen zu lassen, tastete an der Wand nach den Lichtschaltern und knipste den ersten an, den ich erwischte. Der Eingang der Kapelle wurde in trübes Licht getaucht; alles wirkte grau und vorsintflutlich. Ich kam mir wie ein Taucher in den Tiefen einer Unterwasser-Ruine vor. Ich drehte den zweiten Schalter, und ein zweites Paar schummriger Lampen erfüllte das Innere der Kapelle mit Dämmerlicht. Ich hörte die trockenen, ledernen Flügelschläge von einer oder zwei Fledermäusen irgendwo über mir in der Dunkelheit.

Es gab nur zehn Kirchenbänke, die durch den Mittelgang getrennt waren. Ich machte zwei zögernde Schritte nach vorn, rief ihren Namen. Nie war ein Raum so leer gewesen. Die eine Silbe, *Val*, hallte von den Wänden und den Bleiglasfenstern wider. Ich hörte das leise Plätschern von Wassertropfen, die durch ein paar lecke Stellen im Dach drangen. Dach und Turm waren schon wieder reparaturbedürftig.

Dann sah ich, zwischen der ersten und zweiten Reihe, etwas Rotes schimmern. Ein Ärmel aus roter Wolle mit blauem Lederbesatz; er gehörte zu einer Jacke. Ich erkannte sie sofort. Es war meine alte Schuljacke mit dem Emblem von St. Augustin. Auf der linken Brustseite mußten die ineinander verschlungenen Buchstaben *S A* zu sehen sein. Die Jacke hatte auf dem Fußboden der Kapelle nichts zu suchen.

In den St.-Calixtus-Katakomben, tief unter der Via Appia, befindet sich die Gruft, aus der Papst Paschalis I. im neunten Jahrhundert die Gebeine der heiligen Cäcilia hatte bergen lassen. Er bettete ihre sterblichen Überreste in einen Sarkophag aus weißem Marmor um, der unter dem Altar der Kirche der heiligen Cäcilia in Trastevere steht, einem Stadtteil Roms. Vor vielen Jahren hatte ich die Katakomben des Calixtus besichtigt und war irgendwo aus dem dunklen Stollen in einen See aus Licht eingetaucht, in dem der Körper eines Mädchens lag, so still und friedlich wie im Schlaf. Für einen winzigen Augenblick hatte ich das Gefühl, ein Eindringling zu sein, der sie in ihrer Ruhe gestört hatte. Aber dann sah ich sie natürlich als das, was sie war: als das Werk des Bildhauers Stefano Maderna, der den Körper Cäcilias so geschaffen hattc, wic cr Kardinal Sfondrati im Traum erschienen war. Es war ein außerordentlich wirklichkeitsnahes Kunstwerk, und als ich nun auf den Körper der Frau hinunterblickte, der in unserer Kapelle lag, hatte ich das Gefühl, als würde nun ich, wie Jahrhunderte zuvor der Kardinal, in einem Traum gefangen sein.

Sie lag auf der Seite, in verkrümmter Haltung. Sie war an jener Stelle zu Boden gestürzt, wo sie gekniet und gebetet hatte. Sie lag ganz still da, wie Madernas Skulptur, ganz ruhig und friedlich; ihr Gesicht war dem Boden zugewandt, und das eine Auge, das ich sehen konnte, war geschlossen. Ich berührte ihre Hand, den

Rosenkranz in ihren kalten Fingern. Sie hatte meine alte Jacke übergezogen, als sie vom Haus herüber zur Kapelle gegangen war. Die Wolle war feucht. Ich hielt ihre Hand. Die Finger waren kalt und starr.

Meine Schwester Val, der immer tapfere, kleine Soldat, immer von jenem Mut beseelt, den ich nicht besaß und nie besitzen würde, war tot.

Ich weiß nicht, wie lange ich dort gekniet habe. Dann streckte ich die Hand aus, um ihr Gesicht zu berühren, das nun so leer war, bar ihrer Seele, ihrem wachen Geist, und ich sah sie als kleines Mädchen, hörte die glückliche, beschwingte Fröhlichkeit ihres Lachens, und als ich ihr Haar streichelte, spürte ich das verkrustete Blut, spürte, wie das versengte Haar bei der Berührung zu Staub zerfiel, sah die blutverschmierte Wunde, wo die Kugel eingedrungen war. Sie hatte hier im Gebet gekniet, und irgend jemand hatte eine Waffe, nur Zentimeter von ihrem Kopf entfernt, abgedrückt. Ich war sicher, daß sie nichts gespürt hatte. Vielleicht – aus einem unerklärlichen Grund – hatte sie ihrem Mörder vertraut.

Meine Hand war klebrig von ihrem Blut und der Asche ihres Haares. Val war tot; ich hatte Mühe, wieder zu Atem zu kommen. Ich drehte ihren Kopf behutsam so, wie er gelegen hatte. Meine Schwester, mein liebster, bester Freund, der Mensch, den ich wie niemanden auf der Welt geliebt hatte, lag tot zu meinen Füßen.

Ich setzte mich auf die Kirchenbank und hielt noch immer ihre Hand in dem verzweifelten und verrückten Versuch, sie zu wärmen. Mein Gesicht war vor Schmerz und Kummer wie eingefroren, und ich wehrte mich nicht dagegen; ich wollte nicht aufstehen, ich wollte nichts tun, ich wollte... nichts.

Ein Anflug von Kälte, ein Windhauch nur, ließ irgend etwas flattern, irgend etwas, das sich unter einem Splitter an einer Kante der hölzernen Bank festgeklemmt hatte. Ich zog es hervor. Ein dreieckiger Stoffetzen, schwarz, imprägniert, als stammte er von einem Regenmantel. Ich schenkte ihm kaum Beachtung, hielt ihn einfach fest, damit auch meine andere Hand etwas zu tun hatte.

Ich hörte, wie die Tür der Kapelle in den Angeln quietschte; dann erklangen Schritte auf dem Steinfußboden.

Die Schritte näherten sich, verstummten neben mir, während ich noch versuchte, mein Zittern zu unterdrücken. Ich hoffte, Vals Mörder war zurückgekommen, um sich nun an mir zu versuchen.

Ich würde ihn mit bloßen Händen töten. Ich hätte mein Leben dafür gegeben, ihn zu töten. Ich blickte auf.

Peaches starrte auf mich hinunter. Es hatte nur eines kurzen Blickes bedurft, und jetzt spiegelten sich all seine Gefühle auf seinem Gesicht wider. Er war leichenblaß, ganz und gar nicht mehr die ewige Pfirsichhaut. Sein Mund war geöffnet, das Kinn hing schlaff herunter; er brachte keinen Laut hervor.

Neben ihm stand Father Dunn und starrte ebenfalls auf Val. Sie sah ungeheuer einsam aus. »O Scheiße«, flüsterte er mit einer Stimme, in der unendliche Traurigkeit lag.

Ich glaubte, er habe diese Bemerkung auf den Tod meiner Schwester bezogen, aber da irrte ich. Er beugte sich hinunter und nahm mir den schwarzen Stoffetzen aus der Hand.

Es dauerte nicht lange, bis die Maschinerie des Todes klirrend und rasselnd auf Touren kam. Sam Turner, der Polizeichef, erschien mit einigen seiner Beamten, und kurz darauf trafen auch die Ambulanz und der Arzt mit seiner schwarzen Tasche ein. Sam Turner war, solange ich denken konnte, ein Freund unserer Familie. Man hatte ihn offensichtlich aus dem Bett und hinaus in diese kalte, höllische Nacht geholt: Sein fast weißes Haar stand ihm wirr um den Kopf, und ein grauer Bartschatten hob die schlaffen Altersfalten seines Gesichts hervor. Er trug ein kariertes Hemd, Windjacke und Kordsamthose und grüne Gummistiefel. Er drückte mir die Hand, und ich wußte, daß auch er Schmerz und Trauer verspürte. Er hatte Val schon als kleines Mädchen gekannt und hatte sie aufwachsen sehen, und jetzt war er durch Schnee und Regen und Kälte zur Kapelle hinübergestapft, nur um sehen zu müssen, welches Ende sie gefunden hatte.

Peaches, mit schmalen Lippen und blassem Gesicht, machte Kaffee und brachte ihn in den Long Room. Er und Dunn hatten sich kurz entschlossen auf den Weg hierher gemacht, weil sie feststellen wollten, ob Val schon zurückgekehrt war: Peaches hatte sich Sorgen gemacht, weil bei diesem Wetter die Möglichkeit eines Autounfalls nicht auszuschließen war. Dann hatten sie das Licht in der Kapelle gesehen, waren hereingekommen und hatten mich dort sitzen sehen, wie ich die Hand meiner toten Schwester hielt. Während Peaches und ich Kaffee tranken, ging Dunn mit

Sam Turner noch einmal zur Kapelle hinüber. Vielleicht erhoffte Dunn sich Anregungen für eine Szene seines neuen Romans.

Turner war naß und durchgefroren, als die beiden zurückkamen. Er nahm sich eine Tasse dampfenden schwarzen Kaffee und schlürfte ihn geräuschvoll. Durch die Fenster sah ich, wie man Vals Körper, der auf einer Trage lag, eingewickelt in einen Leichensack aus Plastik, in den Notarztwagen schob. Die Schneeflocken schwebten langsam durch die Lichtbahnen, die aus dem Zimmer über den Vorhof fielen.

»Großer Gott, es gibt nicht viel zu sagen, Ben. Ich werde die Tür der Kapelle versiegeln lassen und Spurensicherungsspezialisten aus Trenton anfordern. Sie haben nicht zufällig einen Verdacht, was passiert sein könnte, oder?«

»Ich weiß nur das, was ich gesehen habe«, sagte ich.

Ich mußte an Vals psychische Verfassung denken, als sie mich angerufen hatte, aber ich konnte mir nicht vorstellen, daß das der richtige Ausgangspunkt war, um im Gespräch mit Turner irgendwie weiter zu kommen. »Sie ist heute erst eingetroffen. Sie hat mich in New York angerufen und mich gebeten, hierherzukommen. Sie wollte mit mir reden.« Ich schüttelte den Kopf. »Als ich kam, war sie nicht da. Ich bin davon ausgegangen, daß sie sich verspätet hatte oder daß sie noch irgendwelche Besorgungen machen wollte. Ich bin in die Stadt gefahren, um einen Happen zu essen, dann wieder hierher, habe mich umgesehen und sie gefunden. Das ist alles.«

Turner schneuzte sich in ein rotes Taschentuch und rieb sich die Nase. »Wenn das mal keine Grippe wird«, murmelte er. »Es ist seltsam. Mich hat sie auch angerufen. Heute nachmittag. Hat sie Ihnen das gesagt?«

»Nein. Was hat sie denn gewollt?«

»Tja, das ist ja das Verrückte. Sie würden nie drauf kommen. Sie hat mich gefragt, was ich über den Priester weiß, der sich in eurem Obstgarten erhängt hat, neunzehnsechsunddreißig oder siebenunddreißig oder wann das gewesen ist. Ich war damals im ersten Jahr hier im Polizeidienst. Etwa zu der Zeit, als Sie geboren wurden. Der Selbstmord wurde als einer jener rätselhaften Fälle betrachtet, wie sie halt schon mal vorkommen. Ein Priester erhängt sich im Obstgarten der Driskills. Armes Schwein. Val hat mir nicht gesagt, aus welchem Grund sie sich danach erkundigte.

Sie wollte nur wissen, ob wir eine Akte darüber haben.« Er schüttelte den Kopf und rieb sich über die grauen Stoppeln auf seinem Kinn.

»Und? Habt ihr eine Akte?«

»Verflixt noch mal, Ben, ich weiß es nicht. Ich habe ihr gesagt, der Teufel soll mich holen, wenn ich je eine Akte über den Selbstmord gesehen hätte, aber ich habe ihr versprochen, mal in den alten Kisten herumzuwühlen, die im Keller des Reviers stehen. Immerhin *könnte* es ja eine Akte geben. Aber die Sache liegt sehr lange zurück. Entsprechende Unterlagen sind möglicherweise schon vor Jahren vernichtet worden.« Er schneuzte sich wieder. »Ich habe mir die Sache durch den Kopf gehen lassen, als Val und ich unser Gespräch beendet hatten. Der alte Rupert Norwich ist mir in diesem Zusammenhang eingefallen. Er war damals Deputy Chief. War so was wie mein Lehrmeister. Anschließend war er fünfundzwanzig Jahre lang Polizeichef – Mann, Sie müssen sich doch noch an den alten Rupe erinnern können, Ben.«

»Er hat mir meinen ersten Strafzettel wegen Geschwindigkeitsübertretung verpaßt«, sagte ich.

»Tja, Rupe ist jetzt über achtzig, wohnt unten an der Küste, in der Gegend von Seabright. Ist immer noch ganz gut beieinander. Ich habe mich gefragt, ob ich Rupe wegen dieser Sache mal anrufen sollte... aber dafür dürfte es jetzt wohl keinen Grund mehr geben, verdammt noch mal. Wir wissen ja nicht einmal, was Schwester Val mit dieser Akte anfangen wollte, sofern sie existiert.« Er seufzte.

»Warum suchen Sie nicht trotzdem danach?« wollte ich wissen. »Sie kennen Val; sie hat nie etwas getan, ohne einen Grund dafür zu haben.«

»Na ja, könnte nichts schaden.« Er musterte mich von oben bis unten. »Sie müssen sich hundeelend fühlen, Ben. So ein verdammter Schock...«

»Es geht schon. Wissen Sie, Sam, so wie ich die Sache sehe – seitdem Val dieses eine Jahr in El Salvador verbracht hat, war ihre Uhr abgelaufen – sie hatte lange Zeit einen guten Schutzengel. Und der hat sie heute abend im Stich gelassen.«

»Da haben Sie wohl recht. Sie hat in gewisser Weise ein Leben am Abgrund geführt.« Turner trat ans Fenster. »Ach, verdammt, es ist eine Schande, Ben. Eine gottverfluchte Schande.« Er hielt inne.

»Oh, sieht so aus, als käme Ihr Vater nach Hause. Himmel noch mal, jemand muß es ihm sagen... Ich hasse so eine Scheiße.« Seine Augen waren blutunterlaufen, und sein nasses Haar klebte am Schädel. Er nahm seine Brille ab und rieb die Gläser mit dem schmutzigen Taschentuch trocken. »Möchten Sie, daß ich es ihm sage, Ben?«

»Nein, Sam«, erwiderte ich. »Das ist ein Job für Superman.«

Mein Vater.

Sie wären sehr schnell pleite, würden Sie Ihr Geld darauf setzen, daß irgend etwas meinen Vater schockieren könnte. Oder ihn verängstigen oder aus der Fassung bringen oder gar zerbrechen. Er war einfach nicht der Typ, den eine psychische Belastung, die andere normalerweise in die Knie zwingt, zu erschüttern vermochte. Sein Leben war für jemanden, der wie er von der Verschwiegenheit geradezu besessen ist, außerordentlich bewegt gewesen. Er war vierundsiebzig Jahre alt und wußte sehr genau, daß er kaum älter als sechzig aussah. »Es sei denn, man kommt zu nahe an mich heran«, pflegte er zu sagen. Derjenige, der nahe an meinen Vater herankommt, hat einen Orden verdient. So oder ähnlich hatte sich auch meine arme, pflichtbewußte Mutter ein- oder zweimal darüber geäußert.

Er war Anwalt und Bankier und Diplomat und Verwalter des Familienvermögens. In den fünfziger Jahren war er sogar einmal als Vizepräsidentschaftskandidat im Gespräch gewesen, was er aber schnell abgewürgt hatte, weil er gläubiger Katholik war und jedermann wußte, was mit Al Smith passiert war. Averell Harriman hatte Gespräche mit ihm geführt und dabei erörtert, ob und wie man ankündigen sollte, daß Hugh Driskill sein Vizepräsident sein würde, falls die Demokraten Harriman nominierten, aber letztendlich hatte mein Vater abgelehnt; ein Leben hinter den Kulissen passe besser zu ihm. In Wahrheit aber setzte mein Vater kein Vertrauen in die Wählerschaft. Er pflegte zu sagen, er lasse die Wähler ja auch nicht darüber entscheiden, welche Krawatte er tragen solle, warum also sollten sie darüber befragt werden, wer ins Weiße Haus kam und wer nicht.

Als aufstrebender junger Anwalt hatte er vor dem Krieg in Rom gearbeitet, Ende der dreißiger Jahre, und hatte die meiste Zeit damit verbracht, sich um die Investitionen kirchlicher Gelder in amerikanische Firmen, Banken und Immobilien zu kümmern. Einige dieser Investitionen waren nicht ganz sauber, und es war daher ratsam, daß die Verstrickung des Vatikans in diese Geschäfte im Verborgenen blieb. Er kümmerte sich auch darum, und als Ergebnis dieser Bemühungen entwickelten sich eine ganze Reihe von Freundschaften mit Würdenträgern aus kirchlichen Kreisen; allerdings machte er sich auch den ein oder anderen Feind. »Dieser ganze Zeitraum«, hatte er mir einmal gesagt, »diente dazu, Erfahrungen zu sammeln. Ich war klug genug zu erkennen, daß die Religion nur die eine Seite war, ihre weltliche Gestalt aber etwas ganz anderes, etwas, das ums Überleben kämpfen mußte. Ich wollte lernen, wie die Maschinerie der Kirche funktioniert. Allerdings war die Welt damals noch viel einfacher, in jenen Jahren, als Mussolini den Vatikan als Deckmantel für seine Spionageunternehmungen benutzte. Und ich rede hier von Erfahrungen sammeln! Es war so, als würde man den Doktortitel in ›Wirklichkeitssinn für Fortgeschrittene‹ erwerben. Den Idealismus muß man sich für die Religion bewahren. Die Kirche selbst besteht nur aus Mechanismen.«

Sein Leben lang war mein Vater äußerst wohlhabend und klug und besonnen und diskret gewesen. Und sehr, sehr mutig war er, mein alter Herr. Er hatte viel Zeit in Washington verbracht, als jedermann schon wußte, daß die Staaten in den Krieg eintreten würden. Seine Kenntnisse darüber, auf welche Weise die italienischen Faschisten ihre Spione unter die Schirmherrschaft des Vatikans brachten, kam Regierungsstellen und Militärs sehr gelegen und machte seinen Namen in gewissen, ziemlich mysteriösen Kreisen bekannt. Dort lief er auch einem irischen Landsmann über den Weg: Wild Bill Donovan. Als Donovan das Office of Strategic Services, den militärischen Geheimdienst, aufbaute, war einer der ersten jungen Männer, die er sich an Land zog, Hugh Driskill. Donovan war Katholik, und in jenen frühen, aufregenden Tagen, als das Schicksal der Welt am seidenen Faden hing, sammelte Donovan eine Truppe aus guten katholischen Jungs um sich, denen er vertrauen konnte. Sein engster Mitarbeiterkreis erlangte sogar eine ziemliche Berühmtheit und war unter der Bezeichnung ›Tempelritter‹ – aufgrund der Tatsache, daß es sich ausschließlich um Katholiken handelte – weithin bekannt. Mein Vater war einer von Wild Bills Tempelrittern.

Als der Krieg in Europa zu Ende ging, genau zu der Zeit, als Dad mit Monsignore D'Ambrizzi im Schlepptau in Princeton erschien, traf sich Jack Warner, Chef der Warner Brothers Filmstudios, mit dem Produzenten Milton Sperling, dem Regisseur Fritz Lang und dem Drehbuchautor Ring Lardner, Jr., und wahrscheinlich haben sie am Swimmingpool eines dieser Herren über die Möglichkeit gesprochen, einen Film über das OSS zu drehen, mit dem Ziel, der noch unbesungenen Arbeit unserer Geheimdienste ein Denkmal zu setzen. Sie wollten einen interessanten, charaktervollen Helden schaffen, einen Mann in exponierter, gefährlicher Position, der hinter den feindlichen Linien kämpfte, eine Allzweck-Geschichte, die sie dann im unnachahmlichen Warner-Brothers-Stil verfilmen wollten. Dieser geplante Film war der Grund dafür, daß Bill Donovan uns in Princeton besuchte, um mit Vater darüber zu reden.

Wie sich herausstellte, war die geplante Heldenfigur des Films eine nur dürftig verschleierte Ausgabe von Hugh Driskill. Eines seiner Abenteuer im besetzten Frankreich sollte der Aufhänger für die Handlung sein, irgendeine Geschichte über einen Burschen, der in die Freiheit geschmuggelt wird.

Für mich wurde es erst spannend, als an einem Wochenende plötzlich Gary Cooper in Princeton auftauchte. Er war als Hauptdarsteller vorgesehen, und ich drehte fast durch vor Aufregung. Ich kann mich erinnern, wie ich mit einem großen Glas Limonade auf der Treppe der Veranda saß und Cooper, Donovan und meinem Vater zuhörte, als sie sich über Filme und den Krieg unterhielten, und wie Cooper und ich anschließend zu den Tennisplätzen hinausfuhren, wo wir versuchten, meinen Aufschlag zu verbessern. Mein Gott, Sergeant York und Lou Gehrig halfen mir, an meiner Aufschlagtechnik zu feilen! Cooper erzählte mir, Bill Tilden hätte ihm gesagt, ein gutes Service wäre zu neunzig Prozent auf den richtigen Winkel beim Hochwerfen des Balles zurückzuführen. An jenem Abend holte der Schauspieler ein Skizzenbuch hervor und porträtierte mich und die kleine Val, und dann auch Vater und Donovan und D'Ambrizzi. Er erzählte mir, er habe immer vorgehabt, Cartoonist zu werden, bis er – mehr durch Zufall – zur Schauspielerei gekommen sei.

Ich habe ihn nie wieder gesehen, außer in seinen Filmen. So auch in *Cloak and Dagger*, der dann ein Jahr später, 1946, in die Kinos kam. Das Seltsame war – der Mann, den er in diesem Film verkörperte, erinnerte mich tatsächlich stark an Vater. Hollywood fügte der Geschichte den üblichen Anteil an Liebe und Schmalz hinzu, und zwar in Gestalt der jungen Schauspielerin Lilli Palmer, die ihr Debut gab.

Meinem Vater kamen immer mehr Zweifel hinsichtlich der Qualität des geplanten Films, denn ihm war zu Ohren gekommen, daß im Drehbuch mehr und mehr typische Hollywood-Elemente eingebaut wurden. Ich kann mich an einen Sommernachmittag erinnern, als Vater, sein Protegé, Curtis Lockhardt und Donovan auf der Veranda saßen. Ich hockte auf den Stufen und nuckelte an einer Flasche Kool-Aid. Donovan machte sich über meinen Vater lustig. Ich höre ihn noch lachen und sagen: »Tja, Hugh, dann können wir nur hoffen, daß man dich nicht als zu großes Arschloch hinstellt.« Vater grunzte und erwiderte: »Cooper würde man nie ein Arschloch spielen lassen.« Donovan sagte: »Erklären Sie's ihm, Lockhardt, sagen Sie ihm, daß er an diese Sache glauben muß.« Lockhardt nickte. »Das stimmt, Hugh. Glauben!« Ich hörte ihnen zu und beobachtete meine kleine Schwester, die in ihrem neuen roten Badeanzug unter den Wasserstrahlen der Rasensprenganlage herumtollte und die allgemeine Aufmerksamkeit auf sich zu ziehen versuchte. Schon als Kind hatte sie ein Auge auf Lockhardt geworfen.

Hinter mir hörte ich meinen Vater sagen: »Mein Glaube stand nie außer Frage, meine Herren. Es sind Mister Warner und dessen Speichellecker, an die ich nicht glaube. Ihrem Aussehen nach bezweifle ich sehr, daß sie gute Katholiken sind.«

Donovan brach in schallendes Gelächter aus. Dann wechselte man das Thema und wandte sich der Frage zu, ob Mister Cooper sexuelle Beziehungen zu Miss Palmer unterhalte, die anscheinend eine ziemlich verschlossene junge Dame war. Ausgerechnet da wurde ich in den Garten gerufen, um Mutter zu helfen, die zwischen den Blumenbeeten kauerte und einen Schlapphut aus Stroh trug und eine Chesterfield rauchte und einen Martini trank und Unkraut jätete.

Es stimmt, daß mein Vater in seinem Leben sehr viele Feuerproben durchstehen mußte und daß er entsprechend gestählt war, doch an diesem späten Abend, als die Nachricht von Vals Tod über ihn hereinbrach, sah ich tiefer in ihn hinein als je zuvor, sah durch den Panzer aus Härte und Willenskraft, den er sich durch seine

Erfahrungen und seine Lebenspraxis erworben hatte. All das half ihm, sich nach außen hin in der Gewalt zu behalten, aber es war sein Glaube, der nie in Frage gestellte Glaube, der ihn vor dem Zusammenbruch bewahrte. Das mußte ich dem alten Bastard lassen. Er nahm es wie ein Mann.

Er kam mit fragendem Gesichtsausdruck zur Eingangstür herein und sah riesig und zu allem bereit aus. Er war über einsneunzig groß und wog fast zweieinhalb Zentner, sein dichtes graues Haar war straff nach hinten gekämmt. Er sah mich und hinter mir Sam Turner und sagte: »Oh, hallo, Ben. Das ist aber eine Überraschung, Sam... Na, was habt ihr denn für ein Problem?«

Ich berichtete ihm und er beobachtete mich; seine klaren blauen Augen blickten starr in die meinen. Als ich geendet hatte, sagte er: »Gib mir deine Hand, Sohn. Jetzt ist es an der Zeit, daß wir zusammenhalten, Ben.« Ich spürte seine Kraft, als wäre sie körperlich greifbar; ein Strom, der sich in mein Inneres ergoß. »Sie hat das Leben gelebt, das sie sich gewünscht hat, und sie wußte, daß wir sie geliebt haben. Sie hat Gott gedient, und ein besseres Leben kann man nicht führen. Sie war nicht krank, und sie hat nie die Schwächen und Gebrechlichkeiten des Alters kennengelernt. Sie lebt jetzt an einem besseren Ort, Ben, vergiß das nie. Und eines Tages werden wir alle wieder vereint sein, auf ewig. Gott hat deine Schwester wahrhaftig geliebt.« Seine Stimme war fest und klar, und er legte einen Arm um meine Schultern. Ich bin selbst einssiebenundachtzig und ein ziemlich schwerer Brocken, aber ich kam mir winzig vor. Alles, was er gesagt hatte, war Scheißdreck, sicher, aber es half mir trotzdem, mich zusammenzureißen, und ich wußte, daß ich über Vals Tod hinwegkommen würde. Irgendwann. Ich wußte, ich konnte damit fertig werden.

»Sam«, fragte mein Vater, »wer hat meine Tochter ermordet?« Er wartete gar nicht erst auf eine Antwort, sondern ging uns voran in den Long Room, ließ den Blick über die dort Versammelten schweifen, sagte: »Ich brauche einen kräftigen Schluck.« Und öffnete eine Flasche Laphroaig.

Der arme Sam Turner wußte nicht, wer meine Schwester getötet hatte. Er redete eine Zeitlang leise mit meinem Vater. Peaches hatte im verrußten Kamin ein großes Feuer entfacht. Father Dunn war zu einer Randfigur degradiert, seit Peaches ihn meinem Vater vorgestellt hatte.

Peaches sagte, er wolle gern über Nacht bleiben, einfach mit mir zusammensitzen und reden, falls ich es wünsche, aber ich lehnte dankend ab. Ich glaube, der wirkliche Grund für seinen Vorschlag war der, daß er nicht zurück in sein Pfarrhaus in New Pru wollte, um dort die Nacht einsam mit seinen Erinnerungen verbringen zu müssen. Aber schließlich machte Sam Turner sich auf den Heimweg, und Peaches und Father Dunn leerten ihre Gläser und schlossen sich ihm an, gemeinsam, so wie sie auch gekommen waren. Ich stand am Fenster und beobachtete, wie die beiden abfuhren. Father Dunn, der millionenschwere Romancier, in einem neuen Jaguar XJS, Peaches in einem alten Dodge-Kombi mit einer Beule an einem Kotflügel.

Als ich mich umwandte, goß mein Vater gerade wieder Scotch über frische Eiswürfel in unseren Gläsern. Sein Gesicht war von der Hitze, die der Kamin abstrahlte, leicht gerötet. Er reichte mir mein Glas. »Es wird eine lange Nacht. Das hier wird dir vielleicht guttun. Was wolltest du überhaupt hier?«

Ich erzählte ihm, was sich den Tag über ereignet hatte, spürte, wie der Whisky durch meine Adern strömte und die zitternden Nervenenden beruhigte. Ich ließ mich in einen der senffarbenen Ledersessel sinken und streckte die Beine zum Kaminfeuer hin aus.

Er blickte auf mich hinunter, ließ die bernsteinfarbene Flüssigkeit im Glas kreisen und schüttelte den Kopf. »Verdammt. Was hatte das Mädchen auf dem Herzen?«

»Es hatte irgendwas mit ihren Nachforschungen zu tun. Irgend etwas, das sie entdeckt hat oder auf das sie zufällig gestoßen ist – vielleicht in Paris oder... Tja, ich weiß es auch nicht...«

»Du willst mir doch wohl nicht weismachen, daß sie Angst bekommen hat, nur weil sie in einem Stapel muffigem altem Schund aus dem Krieg herumgewühlt hat!« Er wurde plötzlich wütend. »Zweiter Weltkrieg! Was soll das denn damit zu tun haben, daß man sie hier in Princeton ermordet hat?« Seine Trauer entlud sich jetzt in hilflosem Zorn.

»Beruhige dich«, sagte ich.

»Das ist doch alles völlig lächerlich. Nein, ich bin sicher, du siehst Zusammenhänge, die es gar nicht gibt. Du vergißt, daß wir in Zeiten leben, in denen jeden Tag Menschen völlig grundlos ermordet werden. Sie ist in die Kapelle gegangen, um zu beten, und hat irgendeinen Verrückten aus der Kälte und dem Sturm herbeigelockt. Ein völlig sinnloser Tod!«

Ich hielt ihn nicht davon ab, sich selbst einzureden, daß Val zufällig von einem Geisteskranken getötet worden war und daß nichts weiter dahintersteckte. Mein Vater hatte die Furcht in Vals Stimme nicht gehört. Sie war zu ängstlich gewesen, als daß ihr Tod ein Zufall gewesen sein könnte.

»Sie hat mich«, erklärte er mir, »gestern aus Kalifornien angerufen und mir gesagt, daß sie und Lockhardt heute nach New York kommen. Sie wollte den Abend hier verbringen und voraussichtlich morgen weiterreisen. Ich hatte heute eine Versammlung in New York; ich war nicht mal sicher, ob ich heute abend noch zurückkommen würde. Sie hat kein Wort darüber verloren, daß ihr irgend etwas angst gemacht hätte.« Er zog sein Jackett aus und legte es über die Lehne eines der alten Holzstühle. Er lockerte den Knoten seiner Krawatte und rollte die Hemdsärmel hoch. »Weißt du, was mir Sorgen gemacht hat, Ben? Ich hatte das unbestimmte Gefühl, daß sie hierherkommen wollte, um mir zu sagen, daß sie aus dem Orden austritt, um Curtis zu heiraten. Oder bin ich verrückt? Ist das zu weit hergeholt?«

»Keine Ahnung. Aber entsprach Curtis denn nicht deinem Idealbild von Schwiegersohn?«

»Das alles hat doch nichts mit Curtis zu tun.« Mein Vater verzog das Gesicht. »Gebrauche deinen Verstand, Ben. Es geht um Val. Sie war Nonne, und es war ihre Bestimmung, Nonne zu sein...«

»So wie ich dazu bestimmt war, Jesuit zu werden?«

»Gott allein weiß, was deine Bestimmung war. Aber Val, sie war dazu bestimmt, sie war für die Kirche geschaffen!«

»Wer sagt das? Die Kirche jedenfalls nicht, es sei denn, ich habe die falschen Zeitungen gelesen. Ich hatte eher den Eindruck, die Kirche konnte sie nicht schnell genug loswerden. Und überhaupt, ist es nicht Vals Sache, was sie mit ihrem Leben anfängt? Kann sie nicht frei darüber verfügen?« Mir wurde gar nicht bewußt, daß ich die falsche Zeitform benutzte. Vals Leben gab es nicht mehr.

»Ich habe damit gerechnet, daß du diesen Standpunkt einnimmst. Es ist sinnlos, darüber zu diskutieren. Val und ich sind Katholiken...«

»Ich auch. Komisch, daß du ausgerechnet mich, den einzigen, der so viele Narben wie der Gekreuzigte...«

»An deiner Stelle, Ben, würde ich mir kein Urteil darüber anmaßen, was für Narben andere Menschen vielleicht zu verbergen versuchen. Und kannst du nicht ein einziges Mal, wenigstens heute nacht, deine arme, ramponierte Seele aus dem Spiel lassen?«

Ich mußte lachen. Val hätte auch gelacht. Dad und ich schlugen inzwischen unsere altbekannte Schlacht, und wir wußten beide, daß es keinen Sieger geben konnte.

»Was diese Sache zwischen Curtis und Val betrifft«, sagte er schließlich, »vermute ich da richtig?«

»Darüber hat sie nie mit mir gesprochen.«

»Ist ja auch egal. Du hättest ihr jedenfalls zugeraten, Curtis zu heiraten.« Plötzlich bedeckte er die Augen mit einer Hand, und ich bemerkte, wie nahe er den Tränen war. Es war nicht leicht, nicht mal für diesen alten Krieger. Er stand auf und stocherte halbherzig in den brennenden Holzscheiten im Kamin herum. Funken regneten auf die steinernen Platten.

Die Uhr auf dem Kaminsims schlug zweimal, ein dünnes, durchdringendes Geräusch wie von einem alten Cembalo. Zwei Uhr früh. Ich erhob mich, nahm mir eine Zigarre aus der Feuchtekiste, zündete sie an, ging zur gegenüberliegenden Seite des Zimmers, trat ans Fenster und blickte hinaus in diese gräßliche Nacht. Ich mußte plötzlich an Jake denken, unseren Labrador, der immer, wenn er einen Baseball zu Gesicht bekam, wie ein Verrückter versucht hatte, ein Stück herauszubeißen. Als der Hund starb, bestand Val darauf, einen Baseball, aus dem wir die Luft herausgelassen hatten, mit in sein Grab zu legen, damit er im Hundehimmel in alle Ewigkeit darauf herumkauen konnte.

Vater gähnte und sagte irgend etwas über Lockhardt, und ich wandte mich mit fragendem Blick um. »Calixtus liegt im Sterben. Ich kenne die ärztlichen Bulletins nicht, aber er hat nicht mehr lange zu leben. Curtis macht sich mit seinem typischen Eifer daran, den Sieger der bald bevorstehenden Papstwahl zu unterstützen. Den Sieger *auszusuchen*. Er möchte mit mir reden. Du kannst darauf wetten, daß er Geld beschaffen soll.«

»Wer ist sein Favorit?« fragte ich.

»Jemand, der die Kirche ins einundzwanzigste Jahrhundert führt. Was immer das heißen soll.«

»Nun, dann wünsche ich ihm viel Glück.«

»Bei Curtis kann man nie wissen. Ich vermute, es läuft auf ein Rennen zwischen D'Ambrizzi und Indelicato hinaus. Und vielleicht Fangio als Kompromißlösung.« Er machte in diesem Moment den Eindruck, als wäre es ihm gleichgültig, doch der Schein trog. Er war nur zu erschöpft.

»Und wer ist dein Favorit?«

Er zuckte die Achseln. Er hatte zeit seines Lebens oft und hoch gepokert. O ja, er hatte einen Kandidaten, ein Trumpf-As, um es im letzten Moment auszuspielen.

»Ich habe dir diese Frage nie gestellt«, sagte ich, »aber warum hast du D'Ambrizzi damals nach dem Krieg mit hierhergebracht? Ich meine, für Val und mich war es großartig, er war ein wunderbarer Spielgefährte, aber was waren deine Beweggründe? Hast du ihn schon während des Krieges gekannt?«

»Das ist eine lange Geschichte, Ben. Er brauchte einen Freund. Laß es dabei bewenden.«

»Eine deiner OSS-Geschichten? Eine, von denen du uns nie...«

»Laß uns davon aufhören, Ben.«

»Mir soll's recht sein.« D'Ambrizzi, Indelicato, Fangio. Es waren Namen für mich, nichts weiter. Abgesehen von meinen Erinnerungen an D'Ambrizzi.

Schon immer hatte mir der Gedanke an die geheimnisvollen Jahre, die Vater als OSS-Mitarbeiter verbracht hatte, leichtes Unbehagen verursacht. Das alles war so lange her, und dennoch hütete er die Erinnerungen wie ein Staatsgeheimnis. Einmal hatten er und Mutter uns in den Sommerferien mit nach Paris genommen. In gewisser Hinsicht war der Höhepunkt der Reise – und das soll kein Wortspiel sein – ein Besuch des Eiffelturms, bei dem uns einer von Vaters alten Freunden aus seinen OSS-Tagen begleitete. Bischof Torricelli war schon damals ein ziemlich alter Mann. Er hatte die längste, ausgeprägteste Hakennase, die ich jemals gesehen hatte, und wie ich erfuhr, war sein Spitzname Shylock. Er hatte eine Tüte mit kleinen Anisbonbons dabei. Val war ihm aus diesem Grunde sehr zugetan. Er erzählte uns den Witz über Jacques und Pierre, die zwanzig Jahre lang drei-, viermal die Woche im gleichen, abgelegenen Restaurant zu Mittag aßen, bis Jacques sich schließlich bei Pierre erkundigte, warum sie eigentlich seit zwanzig Jahren immer das gleiche Restaurant besuchten, und Pierre antwortete: »Weil, *mon ami*, dieses Restaurant das einzige in ganz Paris ist, von dem aus man den verdammten Eiffelturm nicht sehen kann.« Wir kapierten den Witz nicht, aber Val lachte wie eine Verrückte, weil sie Geschmack an den Bonbons gefunden hatte.

Ich hörte, wie mein Vater und Torricelli Erinnerungen über jene Zeit austauschten, als Paris noch von den Nazis besetzt war, und Torricelli machte Witze darüber, wie Vater einmal aus einem Kohlenkeller zum Vorschein gekommen war, in dem er sich zwei Wochen lang vor der Gestapo versteckt gehalten hatte, und wie er dann den Mund öffnete, um irgendwas zu sagen, und dabei ziemliche Ähnlichkeit mit dem Folksänger Al Jolson gehabt hatte, so schwarz wäre sein Gesicht vom Kohlenstaub gewesen. Doch ungeachtet aller Scherze: Es mußte damals wirklich eine ziemlich bewegte Zeit gewesen sein, gefahrvoll und aufregend. Aber er war mein Vater, verdammt noch mal, ganz einfach mein Vater, und ich konnte ihn mir nur schwer als Spion vorstellen, der durch die Nacht schlich, um Elektrizitätswerke oder Munitionslager in die Luft zu jagen.

»Weißt du, Ben«, sagte er langsam, fast schleppend, da sein Hirn inzwischen zur Hälfte in einen kleinen See aus Laphroaig eingetaucht war, »wenn ich nur daran denke, daß ich Curtis erzählen muß, was hier vorgefallen ist, wird mir schon übel. Er hat bisher, alles in allem, ein glückliches Leben geführt.«

»Tja, dann ist er mal an der Reihe, einen Schlag in den Nacken zu bekommen.« Mir war Curtis Lockhardt, mit Verlaub, scheißegal. Er war einer von *ihnen*. Und selbst an meinen Vater, der ungefähr so verletzlich war wie die wasserspeienden Monster an den Fassaden von Notre Dame, verschwendete ich nicht allzuviel Mitgefühl. Mir tat meine kleine Schwester leid, Val.

»Ich werde es ihm morgen sagen.«

»Ach, darüber würde ich mir nicht den Kopf zerbrechen. Man wird's in den Zeitungen und im Fernsehen bringen. Val ist eine Berühmtheit. Nein, er wird es erfahren haben, bevor wir in die Verlegenheit kommen, es ihm sagen zu müssen. Wir werden seine Tränen aufwischen müssen. Aber ich kann nicht behaupten, daß ich mich darauf freue.«

Vater starrte mich über den Rand des Glases mit seinem Röntgenblick an. »Manchmal kannst du ein widerwärtiger Mistkerl sein, Ben.«

»Wie der Vater, so der Sohn?«

»Wahrscheinlich«, sagte er nach einer längeren Pause, »sehr wahrscheinlich.« Er räusperte sich und leerte sein Glas. »Ich bin reif fürs Bett.«

»Um den Dämonen der Finsternis gegenüberzutreten.«

»So in etwa.« An der Tür wandte er sich noch einmal um und winkte mir kurz zu.

»Übrigens, Dad...«

»Ja? Was denn?« Die Schatten in der Eingangshalle schienen ihn zu verschlucken.

»Sam Turner hat mir gesagt, daß Val ihn heute angerufen und ihm Fragen über den Priester gestellt hat, der sich in unserem Garten aufgehängt...«

»Wovon redest du denn da?«

»Von dem Priester, der sich in unserem Obstgarten erhängt hat. Wir hatten doch nur den einen, oder? Was hältst du davon, daß Val sich bei Sam danach erkundigt hat? Hat sie dir auch irgendwelche Fragen darüber gestellt?«

»Sam Turner ist ein geschwätziges altes Waschweib.« Mein Vater stieß die Worte zornig hervor. »Woher sollte ich irgend etwas darüber wissen? Nein, sie hat mir gegenüber nichts von dieser alten Geschichte erwähnt.«

»Was meinst du mit... ›Geschichte‹? Es ist doch tatsächlich passiert.«

»Das ist längst schon Vergangenheit. Begraben und vergessen. Denk nicht mehr daran. Wir werden nie erfahren, was Val mit dieser Frage bezweckt hat, und das ist gut so. So, und jetzt gehe ich zu Bett.« Er wandte sich um.

»Dad?«

»Ja?«

»Falls du nicht einschlafen kannst – ich bleibe wach. Ich bin auf meinem Zimmer. Wenn du Gesellschaft brauchst...« Ich zuckte die Achseln.

»Danke für das Angebot«, sagte er. »Ich glaube, ich werde ein Gebet sprechen. Darf ich dir das auch vorschlagen? Sofern du dich erinnerst, wie das geht, natürlich.«

»Ich kann's ja mal versuchen.«

»Nun, es ist nie zu spät, wie ich gern zu sagen pflege.« Ich konnte sein Gesicht zwar nicht mehr erkennen, aber dem Klang seiner Stimme war die Andeutung eines Lächelns zu entnehmen. »Nicht einmal für eine verlorene Seele wie die deine, Ben.«

Dann war er verschwunden, und ich brauchte lange, um den Tisch abzuräumen. Dann rauchte ich meine Zigarre auf und knipste das Licht aus.

In der Kapelle brannten noch immer die trüben Lampen.

Mein verletztes Bein bestrafte mich für meine Sünden, und der Scotch hatte nicht geholfen. Ich humpelte die Stufen hinauf, dann über den dunklen, zugigen Korridor und in mein altes Schlafzimmer. Die gerahmte Fotografie von Joe DiMaggio mit dem Autogramm und der Widmung für meinen Vater und mich hing über meinem Bett. Ich betrachtete den vertrauten braunen Wasserfleck an der Decke, dort, wo es eines Nachts durch ein Loch geregnet hatte, das ein Eichhörnchen auf der Suche nach einem Versteck für Nüsse in die Schindeln genagt hatte.

Ich knipste die Nachttischlampe an. Der Schneeregen klatschte gegen die Fensterscheiben. Gary Coopers Zeichnungen von Val und mir standen noch immer in ihren silbernen Rahmen auf der Kommode. Seltsam. Ich war der einzige von uns dreien, der am Leben geblieben war.

Ich schluckte eine Handvoll Aspirin, um die Schmerzen in meinem Bein zu lindern, und versuchte, den Todesfeen der Erinnerungen zu entkommen, die sich auf dem Rasen draußen vor dem Fenster versammelten. Ich drehte und wälzte mich herum, um mein Bein in eine Lage zu bringen, in der es nicht mehr so stark schmerzte; dann fiel ich in einen unruhigen Halbschlaf, in dem wirre Gedanken an die Vergangenheit und Träume und gräßliche Bildcr mcincr Phantasic hcrumspukten. Und dann, irgendwie, befand ich mich wieder bei den Jesuiten, wie bei einem außerkörperlichen Erlebnis...

Die schwarzuniformierte Armee, in der ich einst gedient hatte, brach aus der Nacht hervor und fiel über mich her, als wären die Gestalten versessen darauf, meine Verteidigungspositionen zu überrennen und mich als einen der ihren zu vereinnahmen. Was aber so kraß nicht der Fall gewesen war, jedenfalls an den meisten Tagen nicht. Eigentlich hatte mir das Leben als Novize in gewisser Weise sogar Spaß gemacht. Vom ersten Tag an hatte ich meinen festen Platz in diesem Truppenkontingent aus Klugscheißern gefunden.

Berufsmäßige Klugscheißer, jawohl, die mehr ihres rebellischen Geistes denn ihrer Frömmigkeit wegen geschätzt wurden. Die ersten Wochen der Grundausbildung nahmen rasch den Charakter einer Herausforderung an – einer Herausforderung an unsere noch vorhandene Individualität, die in Demut und Gebet abgeschliffen werden sollte, eingetaucht in die Langeweile des täglichen Einerleis, in die permanente Geschäftigkeit, die Geräusche und Gerüche eines religiösen Männerwohnheims.

Dann kam jener Tag, da uns Bruder Fulton, der nur ein paar Jahre länger dabei war als wir anderen, zu einem Gespräch zusammenrief.

»Sie werden sich über einige der etwas fremdartigen Eigenheiten unseres kleinen, glücklichen Ordens gewiß schon Ihre Gedanken gemacht haben«, begann er. Bruder Fulton war ein klassischer jesuitischer Klugscheißer: strähniges blondes Haar, verschmitztes Gesicht und hellbraune Augen, die zu leugnen schienen, daß es irgend etwas geben könne, das man *zu* ernst nehmen müsse. »Wir betrachten sie als Bußübungen. Es ist nichts, wovor man sich fürchten muß, weil wir allesamt artige Jungs sind und der Gesellschaft Jesu nur unser Wohlergehen am Herzen liegt. Uns muß es vor allem um die Kraft des Geistes gehen, um die Lebendigkeit und die Entschlossenheit und die Stärkung der Seele. Dennoch...«

Er lächelte die Gruppe der aufmerksamen Männer an, die auf seine weiteren Ausführungen warteten. »Dennoch brauchen wir unser physisches Selbst nicht völlig zu ignorieren. Wir haben hier in Castle Skull – das nur als ein kleines Beispiel jesuitischen Humors, Brüder – die Erfahrung gemacht, daß ein klein wenig Kasteiung des Fleisches noch niemandem geschadet hat, daß es gelegentlich sogar von Nutzen sein kann. Schmerz, das kann ich euch versichern, vermag den Geist auf wundersame Weise zu schärfen. Aber der Schmerz dient lediglich dazu, uns an unsere wirklichen Aufgaben und Ziele zu erinnern. Es genügt wohl, wenn ich sage, daß euer Geist, wenn ihr Schmerz verspürt – und falls es so ist, wie es sein soll – sich in ein Werkzeug zur Meditation verwandelt, das allerdings nur in einem Maße verwendbar ist, die eurer Liebe zu Gott entspricht. Habt ihr das begriffen?«

Seine lebhaften braunen Augen huschten von einem pflichtschuldig nickenden Kopf zum anderen. »Meine Herren, schauen Sie sich einmal diese kleinen Dinger an.« Aus einer Schublade seines Schreibtisches nahm er zwei Gegenstände und legte sie auf eine Kladde. »Na los, kommen Sie. Fassen Sie sie an. Machen Sie sich mit ihnen vertraut.«

Ich nahm erst das geflochtene weiße Seil der Geißel in die Hand, beobachtete, wie es einer kostbaren Halskette gleich in meinen Fingern baumelte. Die Berührung der Kette indes war seltsam erregend, erschien mir beinahe anstößig. Ich griff wieder nach dem Seil und hielt es ganz behutsam, als könnte es plötzlich zum Leben erwachen und mir ins Gesicht peitschen, während Bruder Fulton fortfuhr.

»Diese kleinen jesuitischen Werkzeuge, eine Geißel und eine Beinkette, werden Ihnen hilfreich sein. Sie werden es Ihnen leichter machen, über ihre Hingabe und Ihre Liebe zu Gott nachzudenken. Und Ihre Gehorsamspflicht. Die Geißel und die Kette haben eine tiefe symbolische Bedeutung. An jedem Montag- und Mittwochabend werden Sie sich bis zur Hüfte entkleiden und sich neben Ihren Betten niederknien. Die Lichter werden gelöscht sein. Sie werden das Läuten der Glocke hören. Dann werden Sie beginnen, auf Ihren Rücken einzuschlagen, über die Schulter hinweg. Und zwar für die Dauer eines Vaterunsers. Keine große Sache.«

»Und was ist hiermit?« Ich schwenkte die Kette.

»Ah, ja«, sagte Bruder Fulton. »Sie werden kleine Schilder auf dem Schwarzen Brett vorfinden, wenn Sie auf Ihre Zimmer zurückkehren. ›Die Geißel heute abend, die Kette morgen früh.‹ Eine alte jesuitische Regel. Benjamin, fällt Ihnen irgend etwas Ungewöhnliches an der Kette auf?«

»Die Kettenglieder«, sagte ich. »Eine Seite ist abgefeilt und sehr scharfkantig. Dic andere Seite ist stumpf und abgerundet.«

Wieder nickte Bruder Fulton. »Und welche Seite dieser Kette – nicht lange nachdenken, sagen Sie's auf Anhieb – soll um Ihre Beine gelegt werden? Die stumpfe oder die scharfe?«

»Demnächst schaffen Sie noch eine Eiserne Jungfrau heran«, sagte Vinnie Halloran.

»Das bewahren wir uns für das Jüngste Gericht auf«, bemerkte Bruder Fulton glückselig lächelnd. »Sie werden diese Gegenstände – die Geißel und die Kette – unter Ihrem Kopfkissen aufbewahren. Die Kette wird Ihnen Schmerzen bereiten, das kann ich

Ihnen versichern. Sie werden sie um den Oberschenkel legen, direkt unterhalb der Hose, und zwar am Morgen des Dienstag und des Donnerstag.« Er stand auf und gab damit zu verstehen, daß wir entlassen waren. »Sie sehen ja die Schnappverschlüsse. Sie werden also wissen, wie Sie sich die Kette umzulegen haben. Ach ja, noch etwas. Straff. Ziehen Sie die Kette straff. Es gibt nichts Schlimmeres als das Gefühl, daß die Kette einem von den Beinen rutscht und auf den Boden klirrt.« Er hielt in der Tür inne, bevor er das Zimmer verließ. »Sollte Ihnen das passieren, werden Sie sich wie ein richtiges Arschloch vorkommen. Merken Sie sich meine Worte.«

Ich stürzte mich mit der mir eigenen Entschlossenheit in die Kasteiung des Fleisches. Die Kette erwies sich als ein äußerst widerliches Objekt. Man legte sich das Ding um den Oberschenkel, zog es straff und riß sich dabei die Haare aus der Haut. Die Zacken stachen ins Fleisch, und dann ließ man die Verschlüsse zuschnappen. Das alles geschah, ohne daß man die Beine bewegte, und darum war es gar nicht so schlimm. Aber wenn man dann die ersten Schritte tat und die Muskeln sich spannten, fraßen sich die scharfen Zacken wie eine Säge ins Fleisch.

Novize McDonald hielt die ganze Sache für irrsinnig, rasierte sich die Haare von den Oberschenkeln und befestigte die Kette, die er übrigens locker ließ, mit Klebeband. Für alle anderen war das Thema Kette tabu. Man redete einfach nicht darüber. Es war ein Kampf, den jeder allein ausfechten mußte, so gut er eben konnte.

Am schlimmsten waren die Schmerzen, wenn man sich hinsetzen mußte. Bei der heiligen Messe. Beim Frühstück. Beim Unterricht. Wenn die Schenkel sich unter dem Körpergewicht dehnten und die Sägezähne blutige Furchen zogen. Alles für die gute Sache. Mein Vater wäre stolz auf mich gewesen. *Ad Majorem Dei Gloriam.* Du lieber Himmel. Die Gesellschaft Jesu. Der heilige Ignatius von Loyola. *Sanctus Pater Noster.* Gehorche und diene. Aber ich wollte über alles erhaben sein. Wollte es schaffen. Verdammt sollte ich sein, wenn ich es nicht schaffte.

Wir waren beim Schwimmen, als Vinnie Halloran mich ansprach. »He, Ben, sieh dir mal dein Bein an. Wirf mal 'nen Blick drauf.« Ich weigerte mich. Ich hatte den Anblick schon mehrere Wochen ertragen müssen. »Du solltest das lieber behandeln lassen, Mann. Ehrlich, was du da machst, ist nicht richtig. Rohes Fleisch. Und die Wunden sind entzündet und eitern ja schon. Sieh dir mein Bein an. Nur kleine rote Stiche. Weißt du, daß McDonald sich sogar Wundmale auf den Schenkel pinselt? Im Ernst! Aber dir läuft ja schon der Eiter raus. Du holst dir noch 'ne Infektion!« Vinnie schauderte.

Aber ich wollte nicht aufgeben. Nicht wegen einer beschissenen jesuitischen Kette. Nicht Ben Driskill. So dachte ich damals.

Aus der Entzündung entwickelte sich ein Wundbrand. Schließlich fand Bruder Fulton mich bewußtlos auf der Toilette, inmitten einer Pfütze meines eigenen Erbrochenen. Die Ärzte im St.-Ignatius-Krankenhaus retteten das betroffene Bein, und ich war heilfroh darüber. Meinem Vater von einer Beinamputation berichten zu müssen wäre Mord gewesen. Und ich wollte mit dem Schmerz leben, der hin und wieder im Bein aufloderte.

Aber das Wichtigste und Schönste an der ganzen Sache war, daß ich nicht aufgegeben hatte. Manchmal verlor ich zwar einen Kampf, wie es jedem von uns schon mal passiert. Aber nicht die Schlacht. Ich ließ mich niemals unterkriegen. Niemals. Nicht mal von den Jesuiten. Nicht mal von meinem Vater.

Als ich erwachte, sah ich schummriges, trübes graues Licht draußen vor dem Fenster, und in meinem Schlafzimmer war die Luft so kalt, daß mein Atem Wölkchen bildete. Trockener Schnee fegte über den Fenstersims, wehte durch das einen Spaltbreit geöffnete Fenster. Irgendwo in der Ferne hörte ich ein Telefon klingeln. Es schellte viermal und verstummte dann. Ich blickte auf die Uhr: Es war Viertel vor sieben. Ich schlief wieder ein und wachte um acht Minuten nach sieben wieder auf. Ich hatte noch den Schrei von irgend jemandem im Ohr, ein Schrei, den ich in meinem Traum gehört hatte.

Aber es war kein Traum gewesen. Der Schrei war Wirklichkeit, und es war kein Schrei, sondern mehr ein erstickter Ruf, und er dauerte wahrscheinlich nicht länger als eine Sekunde, vielleicht zwei. Und dann hörte ich ein lautes Krachen.

Mein Vater lag am Fuß der Treppe. Sein Morgenrock hatte sich um seinen Körper gewickelt; seine Arme waren zur Seite ausgestreckt; sein Gesicht war dem Boden zugewandt; er lag reglos auf dem Fußboden der Eingangshalle. Der Augenblick schien sich zur Ewigkeit zu dehnen, und dann kniete ich neben ihm nieder. Er sah wie ein Fremder aus, wie ein alter Mann, der ein Auge geschlossen hielt, während das andere zu mir hinaufstarrte. Dann blinzelte dieses Auge.

»Dad? Kannst du mich hören?« Ich bettete ihn in meine Arme. Eine Hälfte seines Mundes verzog sich zu einem Lächeln. Die andere Hälfte blieb reglos, wie tot. »Telefon«, sagte er einigermaßen deutlich. »Erzbischof...« Er sog die Luft durch einen Mundwinkel ein. »Kardinal... Klammer...« Nur gut, daß Klammer nicht noch mehr Titel hatte. Eine Träne tropfte aus dem geschlossenen Auge und versickerte im Teppich.

»Hat er angerufen? Was hat er gewollt?«

»Lockhardt... Heff-Heffernan...« Das Sprechen fiel ihm unendlich schwer. Das war nun aus Hugh Driskill geworden: ein hilfloser alter Mann, der am Fuß einer Treppe am Boden lag und mühsam Satzfetzen aus dem Mundwinkel sabberte.

»Lockhardt und Heffernan«, half ich ihm nach. Wer, zum Teufel, war Heffernan?

»Tot...« jetzt war es ein Flüstern, als würde die letzte Kraft aus ihm herausströmen wie aus einer alten, ersterbenden Batterie.

»Mein Gott... Sie sind tot? Lockhardt ist tot?«

»Ermordet... ges-gestern...« Er blinzelte wieder. Die Finger der einen Hand umkrampften meine Hüfte. Dann verlor er das Bewußtsein.

Ich rief im Krankenhaus an. Dann ging ich wieder zurück und setzte mich neben meinen Vater, nahm seine Hand zwischen die meinen und versuchte, meine Lebensenergie in ihn einströmen zu lassen.

Ich versuchte, meinen Vater durch reine Willenskraft am Leben zu halten.

## 2

Schwester Elizabeth joggte zurück zu dem modernen Hochhaus an der Via Veneto und hielt in der marmornen Eingangshalle, um wieder zu Atem zu kommen, während sie auf den Lift wartete. Schweiß tropfte von der Spitze ihrer Stupsnase. Das brünette, schulterlange Haar hatte sie im Nacken mit einem grünen Band zu einem Pferdeschwanz zusammengebunden. Sie nahm die Kopfhörer des Walkman ab, und die Musik – eine alte Pink-Floyd-Aufnahme – verstummte abrupt. Sie wischte sich mit dem Ärmel ihres grauen Sweatshirts über die Stirn.

Sie war fünf Kilometer gerannt und wollte nun zum Swimmingpool auf dem Dach des Hauses. Sie stieg im achtzehnten Stock aus dem Aufzug, ging in ihr Apartment, zog die durchgeschwitzte Kleidung aus, streifte sich ihren Badeanzug über, legte sich den dicken Frottee-Bademantel um und rannte die drei Treppen zum Dach hinauf. Sie hatte den Pool für sich allein und schwamm ruhig und methodisch dreißig Bahnen. Die Sonne war ein purpurner Ball, der sich über den Horizont quälte, beinahe erschreckend anzusehen durch all den Staub und den Smog, der über Rom lag.

Als sie schließlich in der Küche stand und Kaffee kochte, war es halb sieben. Sie war bereits seit fünf Uhr auf den Beinen, hatte gebetet und gejoggt und war geschwommen, und jetzt war es an der Zeit, mit dem Herumtändeln aufzuhören. Jetzt galt es, sich den anstehenden Aufgaben zuzuwenden und den Tag in den Griff zu bekommen.

Schwester Elizabeth liebte ihr Leben als Nonne. Sie hatte den Schritt, dem Orden beizutreten, nicht voller überschwenglicher, naiver Begeisterung getan; sie war sich von Anfang an darüber klar gewesen, welche Anforderung das Leben als Nonne stellte, und sie hatte es auf ihre ruhige, systematische Weise überdacht, und dann hatte sich auch alles in ihrem Sinne entwickelt. Der Orden war stolz auf sie. Das Apartment an der Via Veneto gehörte Curtis Lockhardt. Er hatte persönlich mit Schwester Celestine gesprochen, die solche Angelegenheiten für den Orden in ihrem Büro erledigte, das sich in einem Gebäude am oberen Ende der Spanischen Treppe befand. Die Erlaubnis, dieses Apartment zu bewohnen, hatte Elizabeth sehr schnell bekommen. Der Orden sah seine Mitglieder als erwachsene, eigenverantwortliche Menschen an, denen man Vertrauen und Achtung schenken konnte.

Schwester Valentine hatte Elizabeth damals mit Curtis Lockhardt bekannt gemacht und Lockhardt den Vorschlag unterbreitet, Elizabeth das Apartment zu überlassen. Lockhardt hatte in der Folgezeit auch zu Elizabeth ein freundschaftliches Verhältnis entwickelt; außerdem hatte er sich als wertvolle Informationsquelle für Elizabeth im Hinblick auf ihre Arbeit als Journalistin der Ordenszeitschrift erwiesen. Es war ein perfektes Beispiel einer Symbiose, welche in einer so festgefügten, ja erstickenden Gemeinschaft wie der Kirche das Leben sehr viel angenehmer machte. Der ganze Trick bei der Sache war immer nur der, daß man die Maschinerie so einsetzen mußte, daß sie für und nicht gegen einen arbeitete. Elizabeth hatte, wenn nötig – und es war oft nötig – das Talent zur Verschwiegenheit. Sie war ehrlich gegenüber sich selbst und ehrlich gegenüber dem Orden, und das war die Voraussetzung dafür, diese Maschinerie in Schwung zu bringen. Auf die richtigen Knöpfe drücken, hatte Schwester Val es genannt. Ja, sie beide wußten, wie man das machte, obwohl sie auf unterschiedliche Knöpfe drückten.

Sie trank Kaffee und aß Toast und sah dabei ihren Terminkalender für den heutigen Tag durch. Um neun Uhr stand ein Treffen mit einer Delegation französischer Feministinnen auf dem Programm, katholischen Laien aus Lyon, die sich seit langem in einem Guerillakrieg gegen den Vatikan befanden und einen ausführlichen Artikel über ihre Ansichten in der Zeitschrift wünschten. Gott steh' ihr bei...

Sie war jetzt drei Jahre Chefredakteurin bei der *New World*, der vierzehntägig erscheinenden Zeitschrift, die vom Orden ins Leben gerufen worden war. Die ursprüngliche Leserschaft hatte vorwiegend aus katholischen Frauen bestanden, auf dem Höhepunkt der sozialen und religiösen Umwälzungen in den sechziger Jahren. Es hatte nicht lange gedauert, bis die Zeitschrift eine deutlich liberale Haltung annahm; dies wiederum hatte zu wüsten Angriffen seitens konservativer Kreise wegen angeblicher ›marxistischer Einflüsse‹ geführt, mit dem Ergebnis, daß sich die liberale Haltung der Zeitschrift in eine radikale wandelte - was wiederum zur Folge hatte, daß die *New World* ein Sprachrohr nicht nur der wirklichen Linken, sondern auch der meisten hysterischen Verrückten der gesamten christlichen Welt wurde. Der darauf folgende Schrei der Entrüstung hatte schließlich Calixtus aus seinem pontifikalen Schlummer gerissen, und er hatte den Ordensoberen unter Ausschluß der Öffentlichkeit das Gebot erteilt, diesem ganzen Spuk endlich ein Ende zu machen. Im eigenen Interesse.

Kurz darauf wurde Schwester Elizabeth Chefredakteurin der *New World*, die erste US-Bürgerin, die mit diesem Job betraut wurde. In den vergangenen drei Jahren hatte sie vorsichtig und behutsam laviert, hatte die wichtigsten Streitfragen, mit denen die Kirche sich konfrontiert sah, auf unparteiische Weise abgehandelt, war aber niemals einem Thema ausgewichen: Geburtenkontrolle, verheiratete Priester und weibliche Priester, Fragen der Abtreibung, das Problem des linksgerichteten Klerus in den Ländern der Dritten Welt, die Rolle der Kirche auf der internationalen politischen Bühne, die Skandale um die Vatikan-Bank – kurz gesagt, alles und jedes. *New World* hatte ihre Leserschaft vervierfacht und war eine Art Debattierforum für viele hochrangige Kirchenleute geworden.

Den ganzen Sommer und Herbst über wußte sie bereits wie alle anderen Journalisten in Rom, daß Papst Calixtus' Tage gezählt waren. Die Atmosphäre gespannter Erwartung, die in der Stadt herrschte, erinnerte sie an unschuldigere Zeiten, an ihren Großvater zu Hause in Illinois, in einer kleinen Stadt namens Oregon, die Elizabeth jeden Sommer besucht hatte. Es erinnerte sie an die Aufregung und den Nervenkitzel, wenn sie mit Großvater zum Zirkus gefahren war.

Zirkus – das war eine perfekte Metapher. Der Papst würde bald sterben, und mit seinem Tod begann der Zirkus tatsächlich: mit dem mißtönenden Gedudel der Drehorgel und mit Affen an Ketten, mit der Trompetenfanfare eines Fellini-Films; und die Clowns und die Mißgeburten und die Luftakrobaten hielten sich bei den Händen und tanzten und tollten über die Leinwand. Immer mit ein paar Priestern darunter, als Referenz an das Lokalkolorit. Ja, Rom befand sich gegenwärtig in einem Zustand wie vor Beginn der Zirkusvorstellung. Elizabeth erinnerte sich daran, wie ihre Großmutter sie früh weckte, wie ihr Großvater den Lieferwagen auftankte, und wie sie dann in der kühlen, wolkenlosen und blauen Morgendämmerung, die einen weiteren heißen Tag versprach, hinausfuhren zum Zirkusplatz. Großvater wollte, daß sie zu sehen bekam, was alles geschah, bevor der Zirkusdirektor die Peitsche knallen ließ und die Vorstellung eröffnet wurde, wollte ihr die Erfahrung vermitteln, daß einige der interessantesten Dinge, die mit dem Zirkus zu tun hatten, sich dann ereigneten, wenn noch niemand da war, um zuzuschauen. Die Tiger und die Elefanten – die einen, wie sie unruhig herumstrichen, die anderen, wie sie den Boden erbeben ließen, wie sie auf ihren säulenartigen Hinterbeinen standen und sich hoch in die Luft erhoben, wie sie posierten... der Zirkus, bevor er die Pforten öffnete.

In diesem Stadium befand sich Rom zur Zeit. Die *papabili*, die Männer, deren Augen mißtrauisch auf das große Ziel gerichtet waren, auf die einzigartige und einmalige Gelegenheit, Papst zu werden, Macht zu erlangen, Unsterblichkeit durch eine Zeile in den Geschichtsbüchern – sie alle versammelten sich wie die riesigen Elefanten und die gefährlichen Tiger, die sie ja auch waren. Der Boden der Arena erbebte unter ihren Schritten, sie strichen umher mit einem grausigen Lächeln, bei dem sie die Säbelzähne bleckten. Die Kardinäle. jene Männer, die taten, was getan werden mußte, damit einer von ihnen den Thron Petri besteigen konnte. Und auch ihre Handlanger waren hier und die Drahtzieher und die Geschäftemacher und die Schieber. Elefanten, Tiger, Horden von Hyänen und Schakalen, aber weit und breit kein Lamm.

Mein Gott, es war eine aufregende Zeit.

Elizabeth gefiel die Beobachtung des Politisierens, des Intrigierens, wenn die Nerven der Kandidaten durch die Haut schimmerten, die aufgerauht war vom Nahkampf; die Blicke über die Schulter, die Angst vor dem symbolischen Dolch im Rücken, in der Dunkelheit des Beichtstuhls; ein falscher Schritt, ein Wort ins falsche Ohr, und eine Karriere ging zum Teufel. Wer verstand es am besten, die Versammlung der Kardinäle zu manipulieren? Wer konnte am besten drohen und schmeicheln und schöntun? Würden die Amerikaner versuchen, ihre Macht und ihr Geld in die Waagschale zu werfen? Wer war der Bestechlichste, wenn die eine oder andere Versprechung gemacht wurde? Wer kannte die besten Oberkellner in den besten Restaurants von Rom? Wer wurde zu den wichtigsten Partys eingeladen? Wer mochte zu lange gewartet haben, bevor er zuschlug? Wen würden bloße Gerüchte vernichten?

An diesem Morgen trug Schwester Elizabeth die marineblaue Jacke mit der scharlachroten Rosette am Revers, dem Symbol des Ordens. Sie war hochgewachsen und schmalgliedrig, mit schönen, geraden Beinen und einer sehr attraktiven Figur. Kardinal D'Ambrizzi fand, daß sie in der Uniform sehr sexy aussah, und er war auch nicht zu schüchtern gewesen, ihr das zu sagen.

Sie ging gutgelaunt zur Messe, heiter und erwartungsvoll, durchströmt von einem Gefühl der Dankbarkeit. Sie würde heute noch D'Ambrizzi und einen amerikanischen Bankier, der den Kardinal besuchte, auf einer der Stadtrundfahrten begleiten, für die D'Ambrizzi berühmt war. Das war zudem eine gute Gelegenheit, D'Ambrizzi näher in Augenschein zu nehmen: Sie arbeitete an einem längeren Artikel über die *papabili*, der veröffentlicht werden sollte, sobald Calixtus gestorben war, und in dem die Meinungen eines Insiders über die wahrscheinlichen Favoriten umrissen werden sollten, unter denen der Name D'Ambrizzi heller erstrahlte als jeder andere. Sie schätzte die Chancen der Spitzenkandidaten wie beim Pferderennen auf zwei zu eins, oder acht zu fünf, wenn man das gesamte Startfeld berücksichtigte. Einer der Spitzenkandidaten war D'Ambrizzi, Saint Jack, wie Schwester Val ihn nannte.

Sie hörte wie üblich die Morgenandacht in der kleinen Kirche, zündete eine Kerze an und sprach ein Gebet für Schwester Valentine. Elizabeth war geradezu begierig darauf, von Valentine zu hören, weil sie sich ernsthafte Sorgen um Val machte, seit diese ihre Recherchen aufgegeben hatte. Val mußte zur Zeit Höllenqualen erleiden, und das lag nicht nur an dieser Lockhardt-Geschichte. Elizabeth schätzte auch hier die Chancen auf etwa acht zu fünf, daß Val aus dem Orden austrat und diesen Mann heiratete. Möge Gott ihr Kraft geben. Nein, es war nicht diese Lockhardt-Geschichte.

Der Grund für Vals Qualen lag irgendwo in all dem alten Zeug verborgen, über das sie nur vage Andeutungen gemacht hatte.

Nachdem die Französinnen gegangen waren, hatte Elizabeth ein paar Stunden zur freien Verfügung. Sie verbrachte sie an ihrem Schreibtisch. Sie hatte die Rouleaus zum Schutz vor dem grellen Sonnenlicht heruntergezogen, und ihre Chefin vom Dienst, Schwester Bernadine, nahm im Vorzimmer sämtliche Anrufe entgegen. Elizabeth breitete die Akten, die sie über die *papabili* angelegt hatte, vor sich auf dem Schreibtisch aus. Langsam las sie ihre Notizen über die beiden chancenreichsten Kandidaten durch. Dann las sie das Textprogramm in ihren Apple II ein und wählte eine zweispaltige Darstellung auf dem Monitor. Schließlich tippte sie die Namen der beiden Männer ein und begann mit einer kurzen Charakterisierung.

GIACOMO KARDINAL D'AMBRIZZI

Vatikanischer Finanzmann, verantwortlich für Investitionen und Beteiligungen, Einfluß in der Vatikan-Bank, aber kein offizieller Mitarbeiter, daher nicht in den Skandal verwickelt; Mann von bekanntermaßen großem diplomatischen Geschick; Pragmatiker, kultiviert, sieht aber wie ein Bauer aus; untersetzter, muskulöser alter Klotz *à la* Johannes XXIII. u. macht aus seiner weltlichen Einstellung keinen Hehl, stellt sie im Gegenteil nach besten Kräften zur Schau; geselliger, freundlicher Mann mit Krokodilslächeln und schweren Lidern; eiserner Wille; betont oft die Notwendigkeit, in Krisenzeiten Gelassenheit zu wahren; starker Esser und Trinker u. liebt das süße Leben.

Pragmatischer Progressiver, was die Problemkreise Geburtenregelung, Rechte für Homosexuelle, weibliche Geistliche betrifft – er ist Vorschlägen zugänglich und diskussionsbereit; es kursieren glaubwürdige Gerüchte, daß er die Absicht hat, einige der moralisch fragwürdigsten Investitionen der Kirche

MANFREDI KARDINAL INDELICATO

Besäße der Vatikan einen CIA/KGB, wäre er der Geheimdienstchef; hochgewachsen, dünn, asketisch, düster, glattes schwarzes Haar (gefärbt?); trägt sehr schlichte schwarze Anzüge – kein Pomp, kein Prunk, kein Aufhebens; zurückgezogenes Leben; nur von seiner Clique umgeben; in der Laienwelt kaum bekannt; während des Krieges treuer Gefolgsmann Pius'; in den dreißiger Jahren Verbindungen zu Mussolini. Vornehm, altehrwürdige Familie mit langer Ahnenreihe von Geistlichen; Bruder war hohes Tier in der Industrie, wurde von den Roten Brigaden ermordet; Schwester ist mit der Filmschauspieler-Legende Octavio Russo verheiratet; Indelicatos private Kunstsammlung ist von unschätzbarem Wert (Nazibeute?); sein Hobby: Schach, spielt mit Vorliebe berühmte Großmeisterpartien nach. Konservativer Traditionalist, sogar die Kurie fürchtet ihn; Fürsprecher einer reichen, mächtigen Kirche, die tief in der Welt der Realpolitik verwurzelt ist; er und D'Ambrizzi

rückgängig zu machen; unterstützt tatkräftig Organisationen und Gruppierungen, die in totalitären Staaten für die Menschenrechte eintreten; in gewissen Kreisen befürchtet man, daß er auf seine alten Tage zu weich/liberal geworden ist. Alter Freund des katholischen amerikanischen Finanzmagnaten H. Driskill. Was hat er im Haus der Driskills in Princeton nach dem Krieg gemacht? *Ein Geheimnis.*
Welcherart waren seine Beziehungen zu Driskill während des Krieges? Hat die Kriegsjahre bei Torricelli in Paris verbracht.

standen sich in den Vorkriegsjahren, als beide ihre Karriere begannen, ziemlich nahe. D'Ambrizzi hat sich mehr zum Humanisten hin entwickelt, während Indelicato seinen ursprünglichen Idealen verhaftet geblieben ist und sie eher noch schärfer vertritt. Ein Jünger Pius', nach dessen Vorbild er eine Eigenschaft besonders stark entwickelt hat: Arroganz. Hat den Krieg an Pius' Seite in Rom verbracht; hat nach eigener Aussage daran mitgearbeitet, gemeinsam mit Pius Rom zu ›retten‹.

Während sie sich noch fragte, was sich hinter den fragmentarischen Hinweisen auf Charakter und Werdegang dieser beiden Männer verbergen mochte, wurde sie von Schwester Bernadine wieder an den Terminkalender erinnert. Unten vor der Tür wartete Monsignore Sandanato mit der Limousine.

Sie fuhren in einem Mercedes mit vatikanischem Kennzeichen – Kevin Higgins, ein Bankier aus Chicago mit Beziehungen zu höheren Kreisen, Kardinal D'Ambrizzi, Schwester Elizabeth und Monsignore Sandanato, der hinter dem Steuer des Wagens saß. Higgins war ein alter Freund von Elizabeth' Vater und begrüßte sie herzlich. Er hatte Rom seit vielen Jahren nicht mehr besucht, und es hätte keine größere Freude für ihn geben können, als in Begleitung des Kardinals und der Tochter seines Freundes diese Stadt wiederzusehen, wie er betonte.

D'Ambrizzi hatte Elizabeth mit einer onkelhaften Umarmung

begrüßt, während Sandanatos Begrüßung förmlich, korrekt und zurückhaltend gewesen war. Der Kardinal hatte neben der schwarzen Limousine gestanden, das breite Gesicht der Sonne zugewandt, in angeregter Unterhaltung mit Higgins, als der Monsignore Elizabeth zum Wagen geleitete.

Die Fahrt durch das Verkehrsgewühl auf den heißen, staubigen Straßen wurde immer wieder durch Pausen mit längeren Spaziergängen an verschiedenen Sehenswürdigkeiten unterbrochen. D'Ambrizzi hakte Elizabeth unter, als wäre sie eine Stellvertreterin Vals, die ihn so oft begleitet hatte, und wanderte langsam und gemächlich umher, unermüdlich redend und erklärend; Higgins unter Sandanatos Obhut im Gefolge. Der Monsignore war wie ein dunkler Schatten, stets bereit, eine Tür zu öffnen oder eine Bank abzuwischen oder dem Kardinal Feuer für dessen schwarze, ägyptische Zigaretten zu geben.

»Ich liebe diese Stadt nicht nur«, hatte D'Ambrizzi in seinem vorzüglichen, wenn auch durch einen schweren Akzent gefärbten Englisch erklärt, als sie losgefahren waren, »ich *bin* diese Stadt. Manchmal habe ich das verrückte Gefühl, schon hier gewesen zu sein, als Romulus und Remus von der Wölfin gesäugt wurden, und seitdem diese Stadt nicht mehr verlassen zu haben – kein besonders christlicher Gedanke, aber es ist nun mal die Wahrheit. Ich fühle es in meiner Seele. Ich war hier mit Caligula, mit Konstantin. Ich war hier mit Petrus und den Medici und Michelangelo, ich spüre sie, ich kenne sie.« Er blickte verträumt zwischen den Falten seiner schwerlidrigen Augen hindurch: Es lag irgend etwas Zeitloses und Unbegreifliches auf seinem Gesicht; dann lächelte er plötzlich, als erfreue er sich an einem geheimen Scherz oder einem Zaubertrick, den er den Kindern nicht erklären konnte. In solchen Augenblicken sah Elizabeth all die Dinge in ihm, die Val ihr beschrieben hatte: wie D'Ambrizzi mit Val und ihrem Bruder in den ersten Monaten nach Kriegsende in Princeton gespielt hatte. »Wie schon Montaigne«, hatte D'Ambrizzi während der Fahrt gesagt, »kann ich wohl behaupten, die heidnischen Tempel des alten Rom besser zu kennen als die kirchlichen Paläste der Gegenwart. Ich kann sie sehen, ich kann die Stimmen der Konsuln und Senatoren auf dem Kapitolinischen Hügel hören, als alles noch Größe und Glorie war... und ich kann den gleichen Hügel mehr als tausend Jahre später sehen, als die Monumente zu Staub zerfallen waren und die Ziegen an den Sträuchern knabberten, die auf den Ruinen wuchsen. Ah, da sind wir ja – lassen Sie uns aussteigen und einen kleinen Spaziergang machen.«

Sie stiegen den Kapitolinischen Hügel hinauf – den Campidoglio, wie er heute genannt wird –, das religiöse und politische Zentrum des antiken Rom, und überall sahen sie die unsterbliche Chiffre, die so weit vor Christus zurückdatierte: S.P.Q.R., *Senatus Populusque Romanus*. So, wie der Kardinal in seiner Selbstbetrachtung, verknüpfte diese ehrwürdige Inschrift über die Jahrhunderte hinweg die heidnische mit der christlichen Epoche in dieser Stadt. Und eben dies war Quelle und Herzstück der Faszination, die diese Stadt immer auf Val ausgeübt hatte, sowohl als Historikerin wie auch als Nonne: Daß dieser einzige und einzigartige Punkt auf dem Planeten Erde einst das Zentrum der antiken Welt gewesen war, daß in der Tat alle Wege nach Rom geführt hatten, bevor das Christentum aufgekommen war, und daß diese Stadt auch in den darauffolgenden Jahrhunderten wiederum zum Mittelpunkt geworden war: zur Quelle und zum Herzen der christlichen Welt.

Überall um sie herum pulsierte das Leben, in den Geräuschen und Gerüchen und Farben; die Zeit schien hier grenzenlos, schien zurückzureichen in die dunkle, heidnische Vergangenheit und war doch zugleich lebendige Gegenwart, alles in einem und eines in allem; Christentum und Heidentum waren hier so unentwirrbar verknüpft, bildeten eine so feste Einheit, daß das Trennende bedeutungslos wurde. Schwester Elizabeth verspürte wie immer eine seltsame Benommenheit, ein Gefühl tiefer Ehrfurcht und grenzenlosen Erstaunens gegenüber der betörenden Sinnlichkeit dieser Stadt, die so heiter und gelassen mit der heidnischen Vergangenheit und den strengen Regeln der Kirche und der verschiedenen Orden leben konnte.

Der Verkehrslärm von der Piazza Venezia verklang in der Stille auf dem Kapitol. Sie durchquerten den freundlichen, gepflegten kleinen Garten, der die Via San Marco von der Piazza d'Aracoeli trennte. Mit einer weit ausholenden Armbewegung wies D'Ambrizzi auf die Paläste und die Piazza, und er sagte nur ein Wort: »Michelangelo.« Er zuckte glücklich lächelnd die Achseln und führte die Gruppe weiter zur Piazza del Campidoglio.

Dort stand, in helles Sonnenlicht gebadet, das berühmte Reiterstandbild des Mark Aurel, dahinter lag, in leuchtendem Gold, der Palazzo del Senatore. Als Michelangelo diese Skulptur, diesen Überlebenden einer versunkenen Welt, zum erstenmal zu Gesicht bekam, war er angeblich so bewegt von seiner lebendigen Ausstrahlung, daß er ihm zugerufen hatte, loszureiten. Sie legten jetzt eine Pause ein und betrachteten das Standbild, und D'Ambrizzi sagte: »Es ist auf einen Irrtum zurückzuführen, daß dieses Meisterwerk noch existiert, wissen Sie. Im Mittelalter, als religiöser Fanatismus hin und wieder in blindwütigen Vandalismus ausartete, hielt man dieses Werk für das Standbild des ersten christlichen Kaisers Konstantin, und nur deshalb blieb ihm der Schmelztiegel erspart. Hätte man damals gewußt, daß es sich um ein Abbild des Markus Aurelius handelte, wäre die Statue längst verschwunden wie so viele andere.«

Er wartete, während Monsignore Sandanato ihm eine weitere Zigarette anzündete. »Wie Ihre Heimatstadt Chicago, Kevin, wurde Rom auf einem Fundament aus Legenden errichtet. Von dieser Statue heißt es, daß das Ende der Welt bevorsteht, wenn sie eines Tages vergoldet, wie sie in der Antike gewesen ist, wieder erscheint, und daß dann aus dem Stirnhaar des Pferdes die Stimme des Jüngsten Gerichts erschallen wird.« Er atmete rasselnd ein und fuhr dann fort: »Das Standbild hat eine recht bewegte Vergangenheit. Es hat zu vielen kuriosen Zwecken gedient. Einmal wurde es bei einem Bankett benützt, und aus der einen Nüster des Pferdes floß Wein, aus der anderen Wasser. Und einst hat ein zorniger Papst einen Stadtpräfekten an den Haaren daran aufhängen lassen.« Er lachte; es war wie ein tiefes Grollen in der Brust. Er wandte sich an Higgins. »Sie haben mir gesagt, daß Sie sich für die Frage der Gewalt in der römischen Geschichte interessieren.« Der Bankier zuckte unsicher die Achseln. »Nun, im Mittelalter fanden unter anderem auf diesem Platz die Hinrichtungen statt. Man hat die Verurteilten an allen möglichen Orten Roms abgeschlachtet. Das änderte sich je nach Lust und Laune.«

Schwester Elizabeth roch den Duft der Zypressen und Oleanderblüten in der hitzeflirrenden Luft. Sie wandte sich um, bemerkte, daß Sandanato sie aus großen, dunklen Augen anstarrte. Sie lächelte ihn an, aber er wandte nur den Kopf zur Seite und blickte wieder über den herrlichen Garten.

D'Ambrizzi schien besonders daran interessiert zu sein, Higgins die Spuren jener Welt zu zeigen, die der christlichen vorausging. Sie gelangten zum Passagio del Muro Romano, wo D'Ambrizzi auf einige klobige, verwitterte graue Steinblöcke wies, die kaum eines Kommentars wert zu sein schienen.

»Was Sie hier vor sich sehen, ist alles, was vom Tempel des Jupiter Capitolinus übrig geblieben ist. Gestatten Sie mir den Rückgriff auf das sechste Jahrhundert vor Christus. Zu jener Zeit verrichteten die Römer ihre Riten noch unter freien Himmel, an Altären, die aus Grassoden errichtet waren. Aber der unsterbliche Livius hat uns überliefert, daß die Soldaten ihre Beute hier an diese Stelle brachten und sie unter eine Eiche legten. Und so entschlossen sich die römischen Könige schließlich, an dieser Stelle den Tempel des Jupiter errichten zu lassen.« Er blickte sich aufmerksam um, als hätte er irgend etwas Vertrautes gehört oder gesehen. »Hier an dieser Stelle wurden die großen Triumphe abgehalten, die Feiern der zahllosen Siege. Der Körper des siegreichen Heerführers wurde blutrot bemalt, und man zog ihm eine purpurne, geblümte Tunika über, eine purpurne Toga, die mit Gold bestickt war. Er trug einen Lorbeerkranz und hielt ein Zepter aus Elfenbein sowie einen Lorbeerzweig in den Händen.« Die schwerlidrigen Augen D'Ambrizzis waren jetzt weit geöffnet, als könnte er das Schauspiel in diesem Moment vor sich sehen: Elizabeth spürte seine Erregung auf sich überspringen.

»Dort stand er, gekleidet als Gott, und bot Jupiter ein Opfer dar – und seine Feinde, die im Mamertinischen Kerker schmachteten, dort drüben, unter der Kirche San Giuseppe dei Falegnami, wurden mit dem Schwert gerichtet... Meine liebe Schwester Elizabeth«, er flüsterte jetzt heiser, »diese heidnischen Siegesfeiern übersteigen meine Schilderungskraft. Betrachten wir sie einfach als Ausdruck von Größe und Erhabenheit, wenn die Sieger in ihren purpurnen Roben bei den Opferriten den Vorsitz führten, Riten, bei denen Schweine und Ziegen und Ochsen dargebracht wurden, und der Geruch von Blut war überall, so durchdringend, daß Menschen bewußtlos wurden, daß ihre Togen feucht wurden, wie überliefert ist, und die Schreie der sterbenden Tiere erfüllten die Luft, die geschwängert war vom Rauch, der den Duft bratenden Fleisches mit sich trug, und der öffentliche Platz schwamm in Strömen von Blut... unsere Ahnen... wo wir jetzt stehen, standen einst sie, und sie glaubten an ihre Götter, wie wir an die unseren glauben. Wir sind eins mit ihnen... wir sind dieselben.« Seine Stimme war kaum mehr verständlich, und die Bilder, die D'Ambrizzi mit solcher Leidenschaft beschrieben hatte, bewegten, ja erschütterten Elizabeth. Higgins beugte sich vor, lauschte angestrengt der leisen Stimme D'Ambrizzis.

Später standen sie im kühlen Schatten eines kleinen Gartens, von dem aus sie die mächtigen, kahlen Ruinen des Forum Romanum durch den Dunst und den Smog sehen konnten. Higgins sprach leise auf D'Ambrizzi ein, und Elizabeth hörte den Satzfetzen: »...hat mich schon immer interessiert, das Paradoxon, die Widersprüche in sich... das Böse, das Gute, im Einklang. So ähnlich wie Ihr Interesse an den heidnischen Vorläufern des Christentums.«

Sandanato stand ein Stück abseits von ihnen und roch an den Blumen, die im hellen Sonnenlicht all ihre Schönheit erstrahlen ließen. »Widersprüche in sich«, sagte D'Ambrizzi. »Genau sie sind es, mit denen sich auch die Kirche auseinandersetzen muß. Zwei Seiten, zwei widersprüchliche, sich bekämpfende Auffassungen vom Leben, die ständig kommunizieren, um überleben zu können... Ich habe versucht, die verschiedenen Komponenten in Einklang zu bringen. Wir Kirchenleute sind ja schließlich keine Vereinigung von Asketen, nicht wahr? Ja, gewiß, in der Kirche gibt es natürlich Menschen, die nur dem Gebet und der Askese leben, beispielsweise in den Klöstern. Nun, diese Menschen beten so viel, daß es für uns alle reicht, meinen Sie nicht auch? Ich habe nie mehr Zeit im Gebet verbracht, als es mein Amt erfordert hat.« Kräuselnd stieg Rauch von der Zigarette auf, die er zwischen seinen nikotingelben Wurstfingern hielt. »Schwester Elizabeth, Sie neigen doch auch nicht dazu, an die wundertätige Wirkung des Gebets zu glauben, nicht wahr?«

»Ich fürchte, nein. Nicht an eine wundertätige Wirkung.« Sie lächelte.

»Ich wußte es«, sagte er zufrieden. »Sie und ich, wir haben die gleiche Geisteshaltung, Schwester. Schauen Sie sich unseren Monsignore Sandanato an. Er ist Fachmann, was Klosterbauten und das klösterliche Leben betrifft, er liebt Klöster, verfallene Klöster, verlassene Klöster, von Ungläubigen oder anderen Heimsuchungen zerstörte, bis auf die Grundmauern niedergebrannte Klöster. Er sieht es nicht gern, daß einer wie ich so viel Gewicht auf weltliche Dinge legt. Auf Geld und Macht.« Er bedachte jeden der Anwesenden mit einem strahlenden Lächeln.

Kaum hatten sie die angenehme Kühle des Schattens verlassen, überflutete sie das grelle Sonnenlicht. Sandanato wartete geduldig am Wagen, eine schlanke schwarze Gestalt.

»Auch im Interesse der Kirche muß jemand um Macht und Geld kämpfen«, sagte Elizabeth und nahm den schweren, süßen Duft des Gartens in sich auf. »Oder die Welt verschlingt uns. Das Böse könnte triumphieren und die rote Farbe und die purpurne Toga tragen.«

D'Ambrizzi nickte heftig. »Einige Menschen sind vielleicht der Ansicht, daß die Welt uns bereits verschlungen hat. Jedenfalls ist es eine Schlacht, die nach den weltlichen Regeln geschlagen wird, nicht nach den unseren. Und genau das versuche ich, und ich überlasse es anderen wie meinem getreuen Pietro, sich vollkommen den geistigen Dingen zuzuwenden. Die Kirche ist groß genug für uns alle.« Seine Augen funkelten unter den schweren Lidern.

Später führte ihr Weg eine steile, antike römische Straße hinauf, den Clivus Argentarius, vorbei an der Basilika Argentaria, wo sich einst das Handelszentrum der römischen Welt befunden hatte. Die Sonne stand inzwischen so tief, daß die Gruppe sich die meiste Zeit im Schatten von Gebäuden befand. Als sie auf die Via del Tulliano einbogen, fragte Elizabeth sich, welche Gründe D'Ambrizzi zu dieser Besichtigungstour bewogen haben mochten. War es ein Versuch, dem Amerikaner – und auch ihr – Schauer über den Rücken zu jagen? Oder hatte er tatsächlich die Absicht gehabt, den Rundgang als eine Art Lehrstunde abzuhalten, die zeigen sollte, daß die heidnische und christliche Welt auf immer und unlösbar miteinander verbunden waren? Nein, vermutlich ging es ihm, wie er ja sclbst gesagt hatte, bei dieser Tour nur darum, über sein Verhältnis zur Ewigen Stadt nachzudenken. Doch was immer D'Ambrizzis Absicht sein mochte – in Elizabeth' Hirn wirbelten die Bilder und Einblicke, die der Kardinal wachgerufen hatte, wild durcheinander.

»Die Kirche dort an der Ecke«, sagte er und blieb stehen, um Atem zu holen, »ist San Giuseppe dei Falegnami. An sich nichts Besonderes, aber unter der Kirche befinden sich der Mamertinische Kerker und ein faszinierendes Gewölbe, die Kapelle San Pietro in Carcere – geweiht als jener Kerker, in dem Nero den heiligen Petrus gefangenhielt. Kommen Sie mit!« Er überquerte die Straße, Higgins, der allmählich ein wenig erschöpft wirkte, an seiner Seite; Elizabeth und Sandanato folgten den beiden. »Erzählen Sie ihnen die Geschichte, Pietro.« Der Kardinal war offensichtlich müde. Die riesige Nase warf einen tiefen Schatten über den vollen Mund, der immer wie zu einem Grinsen verzogen schien, bei dem er seine gelben Zähne entblößte. Die schwarze Zigarette mit der goldenen Banderole hing schlaff in seinem fleischigen Mundwinkel; die Augen verschwanden fast hinter den Fettwülsten, als er durch die zitternde Säule aus Rauch blinzelte.

»Seine Eminenz hat eine besondere Vorliebe für einige der schauerlichsten Gesichter Roms«, sagte Monsignore Sandanato, »aber geben Sie die Hoffnung nicht auf, wir nähern uns dem Ende. Nun, der Carcer Tullianum, ursprünglich eine Zisterne, war sozusagen die untere Etage des Mamertinischen Kerkers. Hier war, wie Sie gewiß aus Ihrer Kenntnis der römischen Geschichte wissen, die letzte Heimstätte so berühmter besiegter Feinde wie Jugurtha oder Vercingetorix, die meist den Hungertod starben. In der oberen Etage, dem eigentlichen Carcer Mamertinus, wurden... nun, heute würde man sagen, Staatsfeinde inhaftiert, zum Beispiel während der Catilinischen Verschwörung. Diese Gefangenen wurden wahrscheinlich stranguliert. Jedenfalls hielt der gewaltsame Tod hier reiche Ernte.«

Sie stiegen die erst in neuerer Zeit errichtete Doppeltreppe zum Eingang der Kapelle hinunter. Elizabeth spürte plötzlich, wie ihr Herz schneller zu schlagen begann und ihr Atem kürzer ging; Schweißtropfen traten ihr auf Stirn und Oberlippe. Vor ihren Augen erschien ein wogender Schleier aus schwarzen Punkten. Fast wäre sie gestürzt. Sie blieb einen Moment stehen und klammerte sich am Geländer fest. Der heiße Tag und das Einsetzen ihrer Periode, der lange Fußmarsch, die zahlreichen Eindrücke, die Intensität, mit der D'Ambrizzi seine Vision Roms dargestellt hatte, die Schrecken und Absurditäten, die er beschrieben hatte – all dies schien jetzt mit einemmal auf sie einzustürzen, drohte sie zu überwältigen. Sie wollte nur einen Moment ausruhen, nur einen Augenblick, um nicht schlapp zu machen. Die Gestalten der drei Männer vor ihr wurden schemenhaft, nebulös, und sie spürte, wie sie unwillkürlich nickte, um Aufmerksamkeit vorzutäuschen, und dabei die Hände so unauffällig wie möglich um das Geländer krampfte. In der Kapelle herrschte schummriges, trübes Halbdunkel. Sie schloß die Augen, versuchte, sich zur Ruhe zu zwingen, betete und haßte sich selbst ihrer Schwäche wegen.

»Aus dem Tullianum gab es nur einen einzigen Ausgang, und zwar genau hier, wo wir uns jetzt befinden. Dieser Ausgang war gleichzeitig ein Kanalisationsrohr, das zur Cloaca Maxima führte. Es heißt, daß dieser Abfluß zu manchen Zeiten von den verwesenden Leichen der Hingerichteten verstopft war. Über dem Altar sehen Sie ein Relief, das den heiligen Petrus bei der Taufe seines Kerkermeisters darstellt...«

Es schienen Stunden vergangen zu sein, als sie den Mercedes schließlich wieder erreicht hatten. Jetzt, als Elizabeth die kühlende Brise des Tiber auf dem erhitzten Gesicht spürte, während der Kardinal seltsam bedrückt aus dem Fenster starrte, und nachdem sie den Bankier an dessen Hotel abgesetzt hatten, war die Besichtigungstour vorüber. Elizabeth war erschöpft, als sie nun in Richtung Via Veneto fuhren, aber sie spürte, wie ihr inneres Gleichgewicht allmählich wiederkehrte.

Sie lächelte, als sie daran dachte, Schwester Val von diesem Nachmittag zu berichten und ihre Meinung darüber zu hören, aus welchen Gründen der Kardinal diese Stadtrundfahrt wohl unternommen hatte. Saint Jack. Vielleicht der nächste Papst...

Und dann nahm Saint Jack ihre Hand in seine großen, fleischigen Pranken und hielt sie sanft fest, um zu verhindern, daß sie zusammenbrach, und teilte ihr mit, daß Schwester Valentine ermordet worden war.

## 3 DRISKILL †

Ich saß in der Cafeteria des Krankenhauses und versuchte erneut, mir darüber klarzuwerden, was sich eigentlich abspielte.

In einer Ecke stand ein Fernseher, und über die Morde an Curtis Lockhardt und Monsignore Andrew Heffernan wurde großer Wirbel gemacht, aber der Nachrichtensprecher der *Today*-Show hatte nur herzlich wenig Konkretes zu berichten. Ich kannte den Grund, denn ich wußte genug darüber, auf welche Weise die Erzdiözese bestimmten Informationen einen Riegel vorzuschieben oder sie zurechtzubiegen vermochte. Das New York Police Department hatte eine Erklärung verbreiten lassen, die ganze vier Sätze umfaßte. Der Inhalt des Statements war nichts weiter als ein schnell zusammengeschusterter Nachruf auf Lockhardt und eine kurze Würdigung Heffernans.

Die Nachricht von Schwester Valentines Ermordung war bisher nicht an die Öffentlichkeit gedrungen. Das würde noch schnell genug der Fall sein; ich konnte mir schon vorstellen, wie die Fernsehkommentatoren zwei und zwei zusammenzählten. Um bestimmte Verbindungen zwischen den Morden zu sehen, bedurfte es wahrlich keines scharfen Verstandes.

Ich starrte durch das Panoramafenster der Cafeteria hinaus in die Welt des Halloween auf den Fluren, ließ den Blick gedankenversunken über die von Kindern angebrachten Dekorationen schweifen, schaute über all die orangefarbenen und schwarzen Hexen auf Besenstielen und grinsenden Kürbisgesichter hinweg. Je mehr ich über die Morde nachdachte, um so deutlicher schien ich irgend etwas Grauenhaftes, unversöhnlich Böses sehen zu können, wie eine Armee von Goten oder Vandalen, die am Horizont aufmarschierte. Doch da war nur ein kleiner Bestand von Bäumen mit knorrigen, nackten Ästen, von den Stürmen kahlgeschoren, ein hoffnungslos unzureichender Windschutz gleich hinter dem Parkplatz. Aber in meiner Phantasie sammelte sich der gespenstische, namenlose Feind hinter diesen trostlosen, jämmerlichen Bäumen. Meine Schwester war eingebunden gewesen in das schmutzige Geschäft namens Kirche. Und die Kirche hatte es verstanden, sich auch in mein Leben wieder hineinzumogeln und darin herumzupfuschen.

Schließlich kamen zwei Ärzte, die meinen Vater schon eine halbe Ewigkeit kannten, in die Cafeteria und strichen sich übers Kinn wie zwei Schauspieler in einer Probevorstellung von *Magnificent Obsession.* Mein Vater hatte einen schweren Herzinfarkt erlitten. Es sah nicht gut aus. Aber es hätte schlimmer sein können. Jetzt hieß es erst einmal: warten. Momentan ging es den Ärzten vor allem darum, die Presse im Zaum zu halten. Es müsse vermieden werden, daß das Krankenhaus zum Tummelplatz von Heerscharen sensationslüsterner Reporter wurde, die aus erster Hand erfahren wollten, ob Hugh Driskill seinen Geist aufgab oder nicht.

Das Krankenhauspersonal wußte noch nichts von der Ermordung meiner Schwester, und ich hatte auch nicht die Absicht, ein Wort darüber zu verlieren. Sie konnten es in den Nachrichten verfolgen wie alle anderen. Gegen Mittag verließ ich das ›Doktorheim‹, wie Val das Krankenhaus als kleines Mädchen bezeichnet hatte, und fuhr durch den gefrierenden Schneematsch zum elterlichen Haus zurück.

Das Ehepaar Garrity, das meinem Vater den Haushalt führte, war bereits zur Stelle und erwartete mich mit betretenen Mienen und tröstlicher Behaglichkeit. Ich hatte sie vom Krankenhaus aus angerufen und ihnen die traurige Geschichte erzählt, und sie hatten sich sofort auf den Weg gemacht, um etwas zu kochen und Ordnung zu schaffen für den Fall, daß Gäste kamen und über Nacht blieben. Sie bereiteten Schinken und Truthahn und Gott weiß was alles zu, und dann waren sie verschwunden, und ich war allein. Ich erledigte noch ein paar unumgängliche Telefonate, unter anderem rief ich mein Büro und das meines Vaters an. Als ich den Hörer auflegte, war ich so allein wie noch nie zuvor im Leben.

Es war später Nachmittag, und das graue Tageslicht wich allmählich der Dämmerung. Ich saß im Long Room, ohne mich dazu aufraffen zu können, das Licht einzuschalten oder die sorgfältig im dunklen Kamin aufgeschichteten Holzscheite zu entzünden. Ich ließ in Gedanken noch einmal die schrecklichen, verworrenen Ereignisse der vergangenen vierundzwanzig Stunden vor meinem geistigen Auge Revue passieren. Ich kam mir vor wie ein Goldsucher, der inmitten eines öden, kargen Landstrichs verzweifelt und ohne Hoffnung nach dem Schimmer eines kleinen Stück Goldes Ausschau hält. Dann durchzuckte mich ein Gedanke.

Ich stieg die Treppe hinauf, blieb im dämmrigen Korridor stehen. Ich hatte Sam Turner vom Krankenhaus aus angerufen, um ihn von dem Zusammenbruch meines Vaters zu unterrichten. Sam hatte mir gesagt, daß er am Morgen die Leute von der Spurensicherung hierher geschickt hatte. Und die Garritys hatten mir erzählt, daß die Beamten tatsächlich draußen in der Kapelle und im Haus alles durchsucht hätten. Aber ich sah keinerlei Hinweise auf dahingehende Bemühungen. Die Tür zu Vals Schlafzimmer war geöffnet. Hatten die Beamten wirklich alles durchstöbert, was Val dabeigehabt hatte?

Der Flur, lang und dunkel und bedrückend still, machte auf mich den Eindruck einer menschenleeren Galerie in einem Museum, in dem kaum mehr zu identifizierende, längst verblaßte Bilder und Eindrücke ausgestellt wurden, an die man sich nur ganz verschwommen zu erinnern vermochte; Erinnerungen an meine Mutter, Fragen, auf die es keine Antworten gab: Warum hatte sie auf solche Weise sterben müssen, und was hatte sie mir damals sagen wollen, als sie hier gestanden und die Hand mit zitternden Fingern nach mir ausgestreckt hatte? Es war ein Museum der Enttäuschungen, der geflüsterten Fragen ohne Antworten, so als wären in den Rahmen nur Bruchstücke der Bilder erhalten, und es blieb dem Betrachter selbst überlassen herauszufinden, wie das unversehrte Bild ausgesehen haben mochte, welche Bedeutung es gehabt hatte. Unser Elternhaus war immer schon ein Museum der Bruchstücke gewesen, ein Palast der Ziellosigkeit, in dem alle Flure in unbestimmbare Richtungen führten und in dem alle Gegenstände nicht genau das waren, wofür man sie hielt. Ich hatte sehr lange in diesem Haus gewohnt, ohne jemals richtig verstanden zu haben, was sich alles hier abgespielt hatte. Und jetzt war Val tot, und mein Vater lag vielleicht im Sterben, und ich war allein, und ich verstand dies alles um keinen Deut besser als damals.

Eine Stunde später stand ich in Vals Schlafzimmer vor dem Inhalt zweier Koffer, den ich auf dem Bett ausgebreitet hatte: Röcke, Pullover, Blusen, ein Strickkleid, Unterwäsche, Toilettenartikel, Kosmetik, Nylonstrümpfe, Kniestrümpfe, ein Paar Slipper, ein Paar Pumps, Jeans, Strickhosen, zwei Paperback-Ausgaben von Eric-Ambler-Romanen, eine kleine, lederne Schmuckschatulle...

Ich hatte jede Schublade durchsucht, den Wandschrank durchwühlt, unter der Matratze nachgesehen. Ich stand mitten im Zimmer und begann zu schwitzen. Etwas ganz Entscheidendes fehlte.

Der Aktenkoffer war nicht da. Es gab keine Notizbücher. Keinen Schreibblock. Kein Tagebuch. Keinen Terminkalender. Kein Adreßbuch, kein einziges Blatt Papier. Aber vor allem – keinen Aktenkoffer. Vor einigen Jahren hatte ich Val einen großen Vuitton-Aktenkoffer mit Messingschloß geschenkt. Er war zu einem bleibenden Bestandteil ihres täglichen Lebens geworden. Ihr nicht wegzudenkender Vuitton-Koffer. Für gewöhnlich war er bis zum Bersten voll mit Akten und Schriftstücken und Notizen, und sie hatte ihn immer bei sich gehabt. Ich konnte einfach nicht glauben, daß sie ihn diesmal vergessen oder aus irgendeinem Grund nicht mit nach Hause gebracht hatte. Außerdem hatte sie an einem neuen Buch geschrieben. Nein, sie hätte sich niemals, erst recht nicht von hier aus, ohne den Koffer auf den Weg gemacht. Sie mochte vielleicht irgendwelche Akten mit Materialien, die sie im Zuge ihrer Nachforschungen gesammelt hatte, in einem Büro irgendwo in Rom zurückgelassen haben – aber den Aktenkoffer hätte sie bei sich gehabt, und wenn sie ihn sich ans Handgelenk hätte ketten müssen.

Aber er war verschwunden. Jemand hatte ihn mitgenommen.

Es war kurz nach sechs Uhr am frühen Abend und draußen schon völlig finster, als ich im Long Room den Hörer auflegte und ein Feuer im Kamin entfachte. Der Zustand meines Vaters war unverändert. Er war noch immer nicht bei Bewußtsein. Der Arzt war am Telefon höflich-zurückhaltend gewesen und hatte mir sein Beileid wegen Vals Ermordung ausgesprochen. Es hatte sich also schon herumgesprochen.

Die Flammen im Kamin schlugen allmählich höher, leckten an der trockenen Rinde, züngelten um die Anzündhölzer und die dicken Holzscheite. Ich ließ mich in den tiefen Sessel sinken, in dem mein Vater in der Nacht zuvor gesessen hatte: ich spürte seine Gegenwart überall um mich herum. Ich roch das Aroma seiner Zigarren, das sich mit dem Geruch nach Holz und Harz vermischte, der aus dem Kamin drang. In den Schatten am Ende des Zimmers stand Vaters Staffelei mit dem durch den Vorhang verdeckten Gemälde, an dem er zuletzt gearbeitet hatte. Das Geräusch eines Wagens auf dem Vorhof riß mich aus meinen Gedanken. Das Licht von Scheinwerfern stach durch das Fenster.

Ich öffnete die Tür, und Father Dunn trat ein, gefolgt von einem plötzlichen eisigen Windhauch. Er sah mitgenommen und müde aus. Er grüßte freundlich, zog seinen Trenchcoat aus und legte ihn sich über den Arm. Darunter trug er seine schwarze Priesterkleidung mit dem weißen Kragen. »Wie geht es Ihrem Vater?«

»Unverändert«, sagte ich, »Aber woher wissen Sie davon?« Ich hielt auf dem Weg zum Long Room abrupt inne, und er ging an mir vorbei und warf seinen Mantel über einen der Holzstühle am Tisch.

»Kardinal Klammer. Sie haben ihn angerufen, nicht wahr?«

»Nein. Er hat mit meinem Vater gesprochen und ihm von Lockhardt und Heffernan berichtet. Dann ist es passiert.«

»Nun, ich habe einige Stunden mit Klammer verbracht und versucht, ihn davon abzuhalten, nackt über die Fifth Avenue zu rennen und hinauszuschreien, daß er nichts mit all dem zu tun hat. Seine Eminenz und Lockhardt waren nicht gerade befreundet, wissen Sie. Darum betrachtet Klammer sich absurderweise als Tatverdächtigen. Er ist ein bißchen verrückt. Klammer lebt noch im sechzehnten Jahrhundert, müssen Sie wissen, als Männer noch Männer waren. Darf ich Sie um einen kleinen Tropfen von dem Laphroaig bitten?« Ich schenkte ihm ein Glas ein, on the rocks, und er leerte es zur Hälfte. »Darum ist Klammer nicht gerade derjenige, der den beiden am meisten nachtrauert, aber ein Mord – sozusagen in seinem Vorzimmer – erfordert ein rasches Wechseln der Unterwäsche.« Dunn ließ ein rasches Lächeln aufblitzen. Ich schenkte auch mir einen Drink ein. »Ich habe ihm von Schwester Valentine berichtet. Ich mußte es tun – ich darf wohl behaupten, daß sie an Klammers Reaktion ihre helle Freude gehabt hätte. Unser Kardinal Erzbischof setzte seine traurigste Miene auf, biß die Zähne zusammen. Klammers Gesicht sah wie das eine Schafes aus, das ein verborgenes, unerforschliches Leid mit sich herumträgt, wie unser unsterblicher Wodehouse es vielleicht ausgedrückt hätte. Er hat wortwörtlich gesagt: ›Warum ich, o Herr, warum ich?‹ Ein erbärmlicher teutonischer Schwachkopf, durch und durch. Jedenfalls habe ich ein paar Neuigkeiten, Ben. Ich habe einen bewegten Tag hinter mir.«

»Was tun Sie eigentlich *wirklich*?« fragte ich. »Ich meine, für die Kirche?«

»Heute habe ich mich eingehend umgehört, zum Beispiel. Und ich bin ein guter Zuhörer. Nachdem ich bei Klammer war, habe ich in New York Randolph Jackson aufgesucht, den Kriminalbeamten, der für die Ermittlungen in den Mordfällen zuständig ist. Ich kenne ihn seit zwanzig Jahren. Er konnte mir so einiges berichten...« Er bedachte mich mit einem durchdringenden Blick.

»Dürfte ich Sie um eine Zigarre bitten?« Ich nickte, reichte ihm eine und wartete ungeduldig, während er die Spitze abknipste, die Zigarre anzündete und den Rauch ausstieß. »Eine Sache wie diese erscheint geradezu absurd. Zwei Leichen im Palace Hotel – mein Gott! Nun, Jackson hat mit den Vernehmungen begonnen. Bei Leuten, die in der Nähe des Tatorts arbeiten. Und die Aussagen weisen auf einen Zusammenhang mit der Ermordung Ihrer Schwester hin, Ben – ich hoffe, Sie sitzen gut?«

»Weisen auf einen Zusammenhang mit der Ermordung meiner Schwester hin...«, murmelte ich. Die Vandalen und Goten rückten näher heran, wurden schneller.

»Ein Sekretärin Heffernans hat den Mörder gesehen.« Dunn beobachtete mich, während ich diese Information zu schlucken versuchte. »Sie war am anderen Ende des Flurs in ihrem Büro, hat am Computer gesessen und im Auftrag Heffernans irgendwelche Daten eingetippt. Als sie Heffernan ein paar Fragen stellen mußte, hat sie ihr Büro verlassen und ist den Flur hinunter zu seiner Penthousewohnung gegangen. Sie sah den Mörder aus der Tür kommen und zum Aufzug gehen. Sie hat sich am Türlautsprecher gemeldet. Keine Antwort. Dann hat sie von ihrem Büro aus versucht, Heffernan telefonisch zu erreichen. Wieder keine Antwort. Und schließlich hat sie das Penthouse einfach betreten – wo sie die größte Überraschung ihres Lebens erwartete.«

»Und? Der Mörder?«

»Sie sagt, daß es sich um einen Priester gehandelt hat.« Ein verdrießliches Grinsen legte sich auf sein Gesicht, wie bei einem Mann, der gerade einen schlechten Witz mit einer noch schlechteren Pointe erzählt hat.

»Ein Priester. Vielleicht ein Mann, der wie ein Priester gekleidet war?«

»Die Sekretärin behauptet, sie könne einen echten Priester auf Anhieb erkennen – sie arbeitet seit fünfundzwanzig Jahren für die Diözese. Sie ist Ordensschwester.«

»Und es könnte sich nicht um einen Protestanten...«

»Nicht in diesem Fall, fürchte ich.«

Der Wind frischte auf und rüttelte an den Fensterläden, und durch die Ritzen und Fugen drang ein kalter Hauch, der die Vorhänge gespenstisch bewegte und die Flammen im Kamin aufflackern ließ.

»Sie ist absolut sicher«, sagte Dunn. »Aber sie behauptet, sie könne den Mann nicht identifizieren. Oder ihn auch nur beschreiben. Sie sagt, für sie sähen alle Priester gleich aus. In diesem Falle sind ihr allerdings zwei Einzelheiten aufgefallen. Der Mann hatte silbernes Haar. Es war ein älterer Mann mit silbernem Haar.«

»Wie soll man diesen Kerl bei einer so dürftigen Beschreibung in New York finden?« Ich schüttelte den Kopf. Hoffnungslos.

»Er ist nicht in New York. Er war gestern hier. Hier in Princeton. Ich glaube, er hat Ihre Schwester ermordet, Ben.«

Mein Gesicht war naß vor Schweiß. »Ich bin auch schon zu dem Schluß gekommen, daß es ein und derselbe Mörder gewesen sein muß. Drei bekannte Katholiken. Der kurze zeitliche Abstand. Da muß es irgendeinen Zusammenhang geben. Das war ein Aufwasch, sozusagen.«

»Gestern abend in der Kapelle, Sie werden sich noch erinnern... Sie hielten etwas in der Hand. Sie standen noch so unter Schock, daß Sie es gar nicht richtig bemerkt haben. Es war ein Stoffetzen, der sich an einer der Kirchenbänke verklemmt hatte. Ich war so gut wie sicher, um was es sich handelte. Und ich hatte recht.«

Er zog etwas aus der Tasche, schlenkerte es vor meinen Augen hin und her. Ein kleines Stück schwarzer Stoff. Ich sagte: »Ich verstehe nicht...«

»Dieser Fetzen wurde von einem Regenmantel abgerissen. Einem schwarzen Regenmantel. Ich habe Tausende solcher Mäntel gesehen. Es ist der Regenmantel eines Priesters. Das zumindest habe ich mit dieser alten Nonne gemein. So etwas erkenne ich auf Anhieb.«

Peaches rief an und bestand darauf, daß wir zum Abendessen zu ihm hinüber nach New Prudence ins Pfarrhaus von St. Marys kamen. Widerspruch war zwecklos.

Wir fuhren mit Dunns Jaguar. Als wir in New Pru ankamen, waren zahllose zwergenhafte Gespenster und Skelette und Kobolde auf der Jagd nach Süßigkeiten unterwegs. Die Eltern standen auf den Gehsteigen und warteten, während ihre Kinder von Haus zu Haus zogen und Marsriegel und Popcorn und kleine Bonbontüten einheimsten. Es war windig und diesig, und der

Abend war erfüllt von Schreien und Rufen und Gekreische.

Edna Hanrahan, Peaches' Haushälterin, empfing uns an der Eingangstür und ließ uns in das alte viktorianische Gebäude mit den hohen Fenstern, dem schmiedeeisernen Zaun und dem Giebeldach ein. Peaches war gerade von einer Heuwagenfahrt mit den Kindern der Gemeinde zurückgekehrt. Was sich im Erdgeschoß des Pfarrhauses abspielte, glich einem Inferno, wie ich es seit meiner Kindheit nicht mehr erlebt hatte. Peaches tollte mit den acht- bis zwölfjährigen Kindern herum. Als er Dunn und mich endlich bemerkte, kam er zu uns herüber, mit Stroh im Haar und Niesanfällen vom Staub; das ganze wirkte wie ein Werbefilm für den Priesterberuf.

Er legte mir den Arm um die Schulter und grinste traurig. Seine Augen waren voller Mitgefühl. »Wie geht es deinem Dad?« fragte er. Jeder schien Bescheid zu wissen.

»Wir müssen abwarten. Jedenfalls ist er noch nicht tot.«

Peaches nickte, entschuldigte sich und wandte sich wieder der Meute der herumtollenden Kinder zu. Hübsche junge Mütter trugen das Essen auf. Dunn und ich trafen uns bei den Hot Dogs, bedienten uns und schauten kauend dem Höllenspektakel der Kinder zu. Peaches hatte ein Händchen für Kinder und war bei ihnen offensichtlich beliebt. Schließlich konnte auch Father Dunn dem beharrlichen Drängen eines etwa zehnjährigen blonden Mädchens mit Zöpfen nicht mehr standhalten: Sie zerrte ihn hinüber zum Blindekuhspiel, band ihm ein Tuch vor die Augen und kicherte fröhlich, als er mit vorgestreckten Armen lostappte.

Peaches kam zu mir herüber und sagte: »Laß uns nach draußen gehen, Ben. Ich brauch' mal 'ne Pause.«

Wir gingen hinter der Kirche über den Rasen, der zu einem kleinen Bach hinunter führte. Der Mond versteckte sich zeitweilig hinter dunklen Wolken, und feuchte Nebelschwaden wehten mir kalt ins Gesicht. Peaches kickte gegen vereiste, festgefrorene Zweige, die aus der mürben, dünnen Schneeschicht ragten.

»Ich bin absolut nicht in der Stimmung für diese Halloween-Party«, seufzte er. »Berufsrisiko. Mein Vorgänger an St. Mary's hat sie immer veranstaltet, also kam ich nicht drum herum. Du hast gesehen, welchen Spaß es den Kindern macht.«

»Du kannst mit Kindern umgehen«, sagte ich.

»Ja. Ja, wirklich.« Wir konnten die Kinder bis hierher lachen und rufen und schreien hören. »Val und ich, wir hätten prächtige Kinder gehabt, Ben.«

Ich nickte. Darauf gab es nichts zu sagen.

»Verdammt noch mal, warum hat sie sich damals nicht anders entschieden? Dann wäre sie jetzt nicht tot. Ich bin wirklich ein schlechter Geistlicher, Ben. Ich hab's nicht weit gebracht, ich bin nicht wie Artie Dunn. Ich habe keine einflußreichen Kumpel in Rom wie er, keine Beziehungen. So sieht's nun mal aus... Aber ich wäre ein guter Ehemann geworden. Ein prima Vater. Verflucht. Wir hätten es so schön haben können, wir wären glücklich gewesen und gemeinsam alt geworden. Aber statt dessen ist Val jetzt tot, und ich veranstalte eine blöde Halloween-Party für die Kinder anderer Leute.« Er wischte sich über die Augen. »Tut mir leid, Ben. Aber das mußte ich einfach mal loswerden.«

Wir schlenderten gemächlich am Bachufer entlang, machten dann langsam kehrt und gingen wieder zur Kirche zurück. Ich erzählte Peaches, was Dunn mir berichtet hatte. Daß der Mörder ein Priester gewesen war.

Peaches schüttelte den Kopf. »Ich kenne einige Geistliche, die in ihrem Herzen Mörder sind, aber das... weißt du, das hört sich ein bißchen zu verrückt an. Ein Priester ermordet Lockhardt, Heffernan und Val? Sicher, niemand weiß, in was für einer teuflischen Sache Val herumgestochert hat – aber warum wurden Lockhardt und Heffernan ermordet? Das ist doch verrückt.«

»Dunn scheint es ziemlich ernst zu meinen.«

»Priester«, sagte Peaches. »Da fällt mir was ein. Ich möchte, daß du erfährst, was Mrs. Hanrahan mir heute erzählt hat. Bitte, warte, bis die Party vorbei ist.«

Edna Hanrahan hatte eine Kanne frischen Kaffee gekocht. Sie stellte einen Teller mit Pfefferminzplätzchen auf den Tisch. Sie hatte graues Haar, und ihr Gesicht war von Lachfalten zerfurcht. Ihre Augen funkelten forsch und lebhaft hinter dicken Brillengläsern. Sie hatte abgearbeitete Nonnenhände, die die Geschichte von viel, viel heißem Wasser und Zentnern von Karbolseife erzählten. Sie war keine Nonne, aber sie führte seit nunmehr fünfunddreißig Jahren den Haushalt der Priester von St. Mary's. In den späten dreißiger Jahren hatte sie als junges Mädchen eine kirchliche Privatschule besucht und einen Lehrer gehabt, dessen Name mir noch nie begegnet war: Father Vincent Governeau. Was konnte sie zu berichten haben?

»Erzählen Sie ihnen von Father Governeau, Edna«, sagte Peaches. »Das, was Sie mir heute nachmittag erzählt haben.«

»Nun, Sie wissen ja alle, wie dumm junge Mädchen sein können, und er war ein so hübscher Kerl, er sah aus wie ein Filmschauspieler. Wie Victor Mature, würde ich sagen.« Sie streichelte über ein Plätzchen, als wäre es eine Reliquie. »Dunkles Haar, dunkler Teint. Wirklich hübsch. Und immer ein so netter Gesprächspartner. Sehr *feinfühlig*. Er war unser Kunstlehrer. Seine Vorliebe galt Gemälden, hauptsächlich religiösen Motiven. Er liebte diese Gemälde, und er wußte fast alles über die Männer, die sie geschaffen hatten. Er hat uns auch Bilder von Päpsten gezeigt, Portraits, und er hat so geredet, als würde er auch sie kennen. Er war so ungezwungen. Wir alle waren hingerissen.« Sie räusperte sich. »Ein Plätzchen?«

Ich nahm eins, und sie seufzte dankbar.

»Weiter. Worüber habt ihr Mädchen noch gesprochen? Ihr dummen Mädchen?« Peaches grinste – ein meisterhafter Vernehmungsbeamter.

»Tja, wir fanden ihn einfach hinreißend. Und er schien uns auch zu mögen, und darum haben wir ihm schöne Augen gemacht, schamlos, wie wir jungen Dinger eben waren – aber das alles war gar nichts, nur ein harmloser Spaß, Sie wissen schon. Aber einen Priester wie ihn hatten wir eben noch nie gesehen.« Sie nippte an ihrer Tasse Kaffee, schwelgte in den Erinnerungen, die so lange zurücklagen. »Und dann gab es da eine Nonne, Schwester Mary Teresa. Sie war bildhübsch. Nun, wir haben gesehen, wie die beiden sich oft unterhielten und unter den Bäumen spazierengingen. Sie waren ein wunderschönes Paar. Wir alle hielten es für einen Jammer, daß die beiden nicht heiraten durften. Und einige von den Jungs sagten immer, daß Father Governeau ein, na ja, *Verhältnis* habe... und wir Mädchen haben uns gefragt, ob... mit unserer Schwester Teresa, und wir hätten natürlich zu gern gewußt, *wie* überhaupt, in Gottes Namen...« Sie bedachte jeden von uns mit einem wehleidigen Blick, als hoffte sie, wir würden nicht ihr die Schuld für diese alte Geschichte in die Schuhe schieben. »Tja, also, wir hätten natürlich nicht unsere Nasen in anderer Leute

Dinge stecken sollen. Nun, dann machten wir unseren Abschluß, und vorbei war's mit der glücklichen Schulzeit. Ich bin nach Trenton gezogen, wissen Sie, das Leben ging ja schließlich weiter.«

»Und dann?« fragte Peaches sie drängend.

»Ich habe Father Governeau nie wieder gesehen.« Edna nahm sich noch ein Plätzchen vom Teller, drehte es langsam in ihren rauhen Fingern hin und her und starrte es an. »Bis ich sein Foto im Trentonian gesehen habe. Er war tot... Ich konnte es einfach nicht glauben.«

»Auch Priester müssen sterben«, sagte ich.

»Aber nicht so! Von eigener Hand! Das hätte ich niemals für möglich gehalten.« Sie blickte mich an. »Ich hatte eigentlich erwartet, Sie wüßten alles über Father Governeau, Mister Driskill.«

»Wie kommen Sie denn darauf, Edna? Ich höre seinen Namen heute zum erstenmal.«

»Er hat sich doch im Obstgarten Ihres Vaters erhängt. Ich dachte, das wüßten Sie. Natürlich waren Sie damals noch ein kleiner Junge...«

»Wir haben nie darüber gesprochen«, sagte ich.

Gefrorener Reif trübte die Windschutzscheibe, und wir fuhren mit eingeschaltetem Warmluftgebläse und hin- und herzuckenden Scheibenwischern zurück nach Princeton.

Ich sagte: »Warum hat sich Val für diesen Father Governeau interessiert? Ja, sicher, er hat sich in unserem Obstgarten erhängt, aber Val hat vorher nie etwas über ihn in Erfahrung zu bringen versucht. Und jetzt, Jahre später, taucht sie hier auf und erkundigt sich bei Sam Turner, ob es noch Unterlagen über diesen Selbstmord gibt.«

Dunn starrte nach vorn auf die glatte Straße. »Wenn ich mal den Schriftsteller herauskehren darf, dann würde ich sagen, dieser selbstmörderische Priester könnte eine falsche Spur sein, ein Ablenkungsmanöver...«

»Aber Tatsache ist, Val hat darum gebeten, die Akte einsehen zu dürfen. Und da ist noch etwas. Dieser alte Mann, Ihr mörderischer Priester, wenn Sie bei dieser Theorie bleiben, der Mann, der meine Schwester getötet hat, hat auch ihren Aktenkoffer gestohlen, was immer sie an Notizen und Unterlagen darin aufbewahrt haben mag. Notizen für ihr neues Buch, was weiß ich. Der Aktenkoffer ist jedenfalls verschwunden.«

»Woher wissen Sie das?«

Ich erzählte es ihm, und er nickte. »Sie würden nicht glauben, wie viele Notizen und Entwürfe sich bei meinen Büchern angesammelt haben. Wie der unsterbliche Wodehouse einmal gesagt hat: Die Notizen für jeden seiner Romane hätten jeweils eine vielbändige Ausgabe des späteren Buches ergeben.« Er summte für einen Moment unmelodisch vor sich hin. »Ein Priester, der sich erhängt hat. Gut vierzig Jahre später erkundigt ihre Schwester sich nach diesem Priester, und ein anderer Priester ermordet sie und stiehlt ihren Aktenkoffer. Und? Wo ist der Zusammenhang, mein Freund? Wir wissen nicht genug. Wenn man im Nebel herumirrt, im Niemandsland, wenn man nicht sehen kann, in welche Richtung man geht oder wo man gerade noch gewesen ist, dann ist das in etwa die gleiche Situation, in der Sie sich jetzt befinden ... dann muß man darauf achten, den Fuß nicht auf eine Tretmine zu setzen. Sie müssen sich jetzt ganz langsam voranbewegen, ganz vorsichtig. Oder dieser Priester kommt wie ein Schatten aus der Nacht über Sie und tötet Sie auch.«

Als wir auf den Zufahrtsweg einbogen, der zum Haus führte, war der Wind so heftig geworden, daß er den Wagen durchschüttelte und beinahe zur Seite drückte.

»Ich habe Sie beim Blindekuhspielen beobachtet«, sagte ich. »Ich hatte den Eindruck, Sie könnten durchs Tuch schauen. Wie haben Sie das gemacht?«

»Auf die einzig mögliche Weise. Ich habe geschwindelt. Kinder sind leicht hereinzulegen. Es gefällt ihnen. Von einem Priester erwarten sie es sogar, und ich wollte sie natürlich nicht enttäuschen. Das alles gehört zur großen Verführung... So haben wir Geistlichen es schon immer gemacht, das wissen Sie. Nimm eine junge Seele, einen jungen Geist, der noch in der Entwicklung begriffen ist« – er lächelte mich an, hielt die Reifen in der gefrorenen Fahrspur, während die Schneeflocken im Licht der Scheinwerfer aufglühten – »und verführe ihn. Dann gehört er für immer dir.«

Auf dem Vorderhof stand ein Polizeifahrzeug geparkt. Ein Beamter winkte uns mit einer roten Signallampe. »Was ist hier los?« fragte ich ihn, als wir heran waren.

»Ach, Sie sind's, Mister Driskill. Chief Turner meinte, wir sollten das Haus besser für ein paar Tage unter Beobachtung halten. Wir wechseln uns so ungefähr alle vier Stunden ab.« Er schien zu frieren, und seine Nase war rot.

»Warum gehen Sie denn nicht hinein?«

»Ist schon in Ordnung, Sir. Im Wagen ist es warm. Außerdem hat der Chief gesagt, wir sollen im Wagen bleiben. Ich hab' mir 'ne Thermoskanne Kaffee mitgebracht. Ist alles okay.«

»Wie Sie meinen. Und vielen Dank.«

Dunn blickte dem Beamten hinterher, als dieser zurück zu seinem Wagen ging. »Wir haben uns seit gestern abend nur blutige Nasen geholt, Ben. Wissen Sie, was mein Vater früher immer zu mir gesagt hat? Wenn ich aus der Schule kam und wieder mal gerauft hatte, da hat er gesagt: ›Artie, an einer blutigen Nase ist noch keiner gestorben.‹ Darum sollten Sie jetzt ein wenig schlafen. Gehen Sie morgen ausgeruht ans Werk.«

Ich ging ins Haus. Die Stille war wie die auf einem Segelboot nachts auf dem Long Island Sound. Es ächzte, stöhnte, knarrte, schien beinahe unter meinen Füßen zu schwanken. Das Kaminfeuer war zu einem Haufen schwach glühender Kohlen heruntergebrannt. Ich legte ein paar Holzscheite nach, zog einen der Ledersessel näher an den Kamin heran und beobachtete, wie das Feuer wieder zum Leben erwachte.

Father Dunns Bemerkungen darüber, daß er die Kinder beschwindelt hatte, und wie einfach das gewesen sei, und daß die Kirche in ähnlicher Weise versuche, die Seelen, den Geist junger Menschen zu verführen, fielen mir wieder ein, und ich mußte lächeln. Dunn war ein alter Gauner. Und er hatte beharrlich verschwiegen, was nun eigentlich sein Job war. Jedenfalls hatte er offenbar einen heißen Draht zu Erzbischof Kardinal Klammer. Und zu Polizeibeamten, die ihm vertrauliche Informationen lieferten. Und wie hatte Peaches sich noch ausgedrückt? Dunn hat ›einflußreiche Kumpel‹ in Rom...

Ich spürte die Anziehungskraft der Kirche, sah deren Finger mich heimtückisch winkend heranlocken, spürte die Versuchung. Meine Gedanken waren wirr und ungeordnet, ein bunt zusammengewürfeltes Kaleidoskop, und wanderten vom Vuitton-Aktenkoffer weiter zu dem Priester, der am Ast eines Apfelbaumes in unserem Obstgarten baumelte, und weiter zu einem anderen Priester, der lautlos an meine Schwester herantrat und ihr schweigend den Lauf einer Waffe an den Hinterkopf hielt, und noch weiter zu einem anderen Priester, der Kinder beim Blindekuhspiel betrog. Ich war zu erschöpft, um gegen das Chaos in meinem Gehirn anzukämpfen.

Es war lange her, daß ich mich für einen wirklichen Katholiken gehalten hatte. Sehr lange her, daß ich ein echter Katholik gewesen war. Verdammt. Meine Beziehung zur Kirche war von Anfang an von Liebe und Haß geprägt gewesen.

Es war weniger ein Traum denn eine Erinnerung, die sich an die Oberfläche meines Bewußtseins drängte. Zwischen Wachen und Schlafen sah ich den schwarzen Vogel und konnte den Geruch nach feuchter Wolle wahrnehmen. Die Jahre rasten an mir vorüber, in die Vergangenheit, und führten mich zu einem düsteren Nachmittag im März. Es war lange her, so lange her.

Ein nasser, kalter Tag; der Frühling hatte sich noch nicht durchgesetzt. Aus dem Fenster des Klassenzimmers sah ich, wie die grauschwarzen, von Schmutz gefleckten Schneeverwehungen schmolzen, wie das Schmelzwasser im Schlamm und im naßglänzenden Kies versickerte, mit dem die gewundene Auffahrt bedeckt war, die von der Allee hinauf zur Schule führte. Die Wolken hingen schwer und dunkel über der Stadt. Das Klassenzimmer war überhitzt, aber ich spürte den Wind, konnte den Regen riechen.

Ich war acht Jahre alt und hatte eine Heidenangst. Ein paar Stunden zuvor hatte ich in meinem Katechismus herumgekritzelt, und Schwester Mary Angelina hatte das gesehen und war mit schnellen Schritten zu mir herübergekommen, durch den Mittelgang zwischen den Pulten, mit zusammengekniffenem Mund, weit aufgerissenen Augen und dem dreieckigen, metallenen Lineal in ihrer weißen, knochigen Hand. Ich hatte die Augen nicht von ihren dünnen, blutleeren Lippen wenden können, dem blassen, glatten Gesicht. Es war plötzlich so leise gewesen, daß ich die Heizkörper hatte zischen hören, und meine Klassenkameraden hatten sich mit gewichtigen Mienen und Neugier in den Augen zu mir umgewandt, froh, daß es mich getroffen hatte und nicht sie.

Ich hatte ihre Stimme gehört, vor lauter Angst aber gar nicht begriffen, was sie mich gefragt hatte. Ich stotterte; Tränen schossen mir in die Augen. Das metallene Lineal blitzte auf und sauste herab, und die Haut über meinen Handknöcheln platzte. Ich sah eine dünne rote Linie, die sich über die gesamte Breite der Hand erstreckte. Ich spürte, wie mir vor Zorn und Schmerz die Röte ins Gesicht schoß. Ich weinte. Ich schluckte verzweifelt, um einen Aufschrei zu unterdrücken, und das Ergebnis war ein klägliches Wimmern.

Ich quälte mich schweigend und trübselig durch den Rest des Vormittags, hielt die Augen gesenkt, versuchte, jeglichen Blickkontakt mit Schwester Mary Angelina zu vermeiden. Doch die Furcht und ein Gefühl, das ich allmählich als Abscheu zu erkennen begann, steigerten sich in dem Achtjährigen zu einem Crescendo, und dann stand ich, am ganzen Körper zitternd, auf der Jungentoilette und ließ kaltes Wasser über meine Knöchel laufen. Nach dem Mittagessen kehrte ich in die Klasse zurück. Mein Plan stand fest. Benji Driskill hatte die Nase voll. Ich hatte alles überdacht, hatte mir alle möglichen Konsequenzen vor Augen geführt, hatte aber nichts entdecken können, das schlimmer war als die endlose Kette von Demütigungen durch Schwester Mary Angelina.

Während der Nachmittagspause schlich ich mich hinter das Schulgebäude, das hoch in den grauen Himmel ragte und nur aus Erkern und Türmchen und Fensterhöhlen zu bestehen schien, in denen gelbes, schummriges Licht glomm. Eine Festung. Und ich war im Begriff, aus dieser Festung zu fliehen.

Ich wartete im Gebüsch in der Nähe eines alten, unbenutzten Wagenschuppens. Der Nachmittag zog sich schleppend dahin, Stunde um Stunde, aber niemand kam, um nach mir zu sehen. Dann endete der Schultag, und die anderen Kinder stürmten aus den Türen und rannten nach Hause oder zu wartenden Autos. Als der Schulhof sich geleert hatte, Schüler und Nonnen verschwunden waren, verspürte ich ein wundervolles Gefühl der Freiheit. Bodennebel krochen über das feuchte Gras und legten sich wie geisterhafte Hände um die Stämme der Fichten.

Während ich zitternd im Gebüsch stand, verrann eine weitere

Stunde. Allmählich verdrängte die Dunkelheit das bleiche Licht des Nachmittags, und ich stellte erst jetzt fest, daß mein Plan unvollkommen gewesen war. Ich war nur Schwester Mary Angelina entronnen, mehr nicht. Die Freude über meinen Triumph legte sich zusehends. Es wurde Zeit, nach Hause zu gehen, um dort die Suppe auszulöffeln, die ich mir eingebrockt hatte. Ich schlich an dem hohen, schwarzen eisernen Zaun entlang, als ich den Vogel sah.

Er war auf einer der pfeilförmigen Spitzen aufgespießt, die sich oben an den Stäben des Zauns befanden. Er war tot, war bereits in Verwesung übergegangen; er bestand aus kaum mehr als einer Handvoll zerzauster, blutiger Federn, die an den Überresten des winzigen, dürren Gerippes klebten. Er hing dort an der eisernen Spitze; eines der Augen war geöffnet und starrte mich boshaft an.

Für mich war der tote Vogel wie die Verkörperung des Bösen schlechthin. Ich war noch immer wütend und beschämt wegen der Bestrafung durch Schwester Mary Angelina, und ich sah plötzlich das Gemälde über der Tür zum Zimmer der dritten Klasse vor mir, das den ausgezehrten, gekreuzigten, von furchtbaren Schmerzen gequälten, blutüberströmten Christus zeigte. Ja, dieser tote Vogel war über alle Maßen böse, war der schreckliche Höhepunkt dieses an Grausamkeiten und Demütigungen so reichen Tages.

Ich wußte, ich konnte Schwester Mary Angelina nicht mehr gegenübertreten, in ihre schwarzen Augen blicken, die hinter den runden, flachen Brillengläsern brannten, in das blasse, ja weiße Gesicht, das mich an die Maske eines Clowns erinnerte und mich anstarrte und bis in meine Träume hinein verfolgte.

Ich rannte los, rutschte auf dem glatten Rasen aus, stürzte, rappelte mich wieder auf, rannte weiter. Ich erreichte den kiesbedeckten Zufahrtsweg, stürmte hinunter zu dem hoch aufragenden schmiedeeisernen Tor und der Freiheit, die dahinter lag, weg von den Nonnen, weg von dem toten Vogel.

Keuchend und schweißnaß blickte ich auf, als ich mich dem Tor näherte. Meine Mutter kam den Weg hinauf. Sie sah nicht gerade freundlich aus.

Ich warf mich herum und rannte in blinder Panik zurück zum Schulgebäude.

Und plötzlich war ich in einer Wolke aus schwerer, feuchter, schwarzer Wolle gefangen. Der Geruch, der davon ausging, raubte mir den Atem wie ein Gas, wie der Bodennebel. Ich schlug auf den Umhang ein, wollte mich aus dem harten Griff befreien, aber starke Arme umklammerten mich, hielten mich fest. Ich weinte, ängstlich und schamerfüllt und wütend.

Es war Schwester Mary Angelina.

Als ich ihr Gesicht durch den Tränenschleier vor meinen Augen erkannte, konnte ich nur die stechenden schwarzen Pupillen hinter den Brillengläsern sehen... es war der Blick des Vogels, der auf der Spitze des Zauns aufgespießt war, der blutende Christus, die Dunkelheit der Klassenzimmer... ich sah den Haß, den Abscheu und die Furcht, sah all die Frauen mit den kalkweißen Gesichtern, diese Nonnen in den langen schwarzen Umhängen, diese Raben, die auf mich herabstießen...

»Benji, Benji, ist ja alles wieder gut, mein Kleiner, alles ist wieder gut, nicht weinen...«

Die Stimme von Schwester Mary Angelina war leise und sanft. Sie kniete neben mir auf dem nassen, schmutzigen Kies. Der Druck des Arms, der um meine Schultern lag, ließ nach, wurde schwächer, und durch die Finger hindurch, die ich vors Gesicht gelegt hatte, sah ich, daß sie freundlich lächelte, und ihre Augen strahlten Herzlichkeit und Güte aus. Ich versuchte zu sprechen, brachte aber nur ein Husten hervor und bekam einen Schluckauf. Sie barg mich wieder in den Armen, gab mir Schutz und Wärme, klopfte mir sanft auf den Rücken und flüsterte mir ins Ohr: »Nicht weinen, Benji, du hast keinen Grund zu weinen, du brauchst um nichts zu weinen, um gar nichts...«

Alles in meinem kleinen Universum geriet in einen rasenden Wirbel, nichts schien mehr an seinem gewohnten Ort zu sein, aber ich konnte ihre liebevolle Umarmung nicht wegleugnen, ihre sanfte, freundliche Stimme.

Sie schien so jung zu sein, keine alte Frau mehr. Sie schien jemand anderer zu sein, eine andere Schwester Mary Angelina. Sie bedeutete meiner Mutter zu warten und redete weiter beruhigend auf mich ein. Ihr wollener Umhang schleifte über den Kies, wurde naß und schmutzig, doch es schien ihr nichts auszumachen.

Ich lehnte mich an ihre Schulter, barg mein Gesicht in der warmen Feuchtigkeit der Wolle. Ich wußte nicht warum, aber unerklärlicherweise war alles wieder gut, genau wie sie es gesagt hatte. Schwester Mary Angelina war ein Mensch aus Fleisch und Blut und hatte Gefühle. Als mir das plötzlich bewußt wurde, bedeutete dies das Ende meiner ersten Rebellion gegen die Kirche.

Irgendwie war alles anders gewesen, als es den Anschein gehabt hatte.

Haß und Abscheu waren von Güte, Wärme und Freundlichkeit besiegt worden. Und Schwester Mary Angelina hatte sich verwandelt. Sie war zu jemandem geworden, dem man vertrauen konnte. Ich wollte ihr plötzlich nahe sein, ganz nahe, wollte mich an sie klammern, ihre Wärme, ihre Zuneigung, ihre Umarmung spüren.

Ich habe lange gebraucht, um zu erkennen, daß damals, in diesen Minuten, die große Verführung begonnen hatte.

Ich war im Halbschlaf, als ich das Klopfen an der Haustür vernahm. Ich riß mich von den Gedanken an die Vergangenheit los, gähnte, und wankte auf schwankenden Beinen unsicher durch den Long Room in die Eingangshalle. Der Polizist rief meinen Namen, während ich mich schlaftrunken der Tür näherte.

Als ich öffnete, spürte ich, wie mein Herz einen Schlag aussetzte.

In den Schatten hinter dem Polizisten stand eine Gestalt, deren Umrisse jetzt deutlicher hervortraten, als sie von den Scheinwerfern des Taxis, das gerade wendete, von hinten angestrahlt wurde. Es war die Gestalt einer Frau. Ich konnte ihr Gesicht nicht erkennen, aber sie erschien mir sehr vertraut.

»Sie sagt, sie ist aus Rom gekommen, Mister Driskill«, erklang die Stimme des Polizisten, aber ich hörte gar nicht, was er sagte.

Ich starrte auf die Gestalt, die hinter ihm stand.

Es war Val. Doch irgend etwas stimmte nicht, und ich blinzelte, versuchte, einen klaren Kopf zu bekommen. Der Schattenriß des Haares, die Größe, die Figur, die Frau, die dort stand und jetzt wieder in Dunkel getaucht wurde, als die Scheinwerfer des Taxis vorübergehuscht waren: Val.

Sie trat vor, in das Licht der Eingangshalle.

»Ben«, sagte sie. »Ich bin's, Schwester Elizabeth.«

## 4 DRISKILL † Schwester Elizabeth.

Wir standen uns im Long Room gegenüber. Das Licht der Flammen im Kamin tanzte über ihr Gesicht, zeichnete die Konturen nach, leuchtete in ihren grünen Augen. Sie nahm meine Hand, sagte ein paar Worte über Val, schüttelte den Kopf; ihr dichtes Haar wogte. Irgend etwas an ihrer körperlichen Präsenz schien das ganze Zimmer auszufüllen und alles andere in den Schatten zu drängen. Sie war hochgewachsen und breitschultrig und trug einen dicken, langen Pullover, der bis weit über die Hüften reichte, einen dunklen Rock und hohe, dunkle Stiefel. Ihre Augen waren ruhig und fest auf mein Gesicht gerichtet, voller Aufrichtigkeit, Offenheit und Energie.

Sie erzählte mir, daß Kardinal D'Ambrizzi ihr die schreckliche Nachricht überbracht hatte, daß sie die redaktionelle Betreuung der Zeitschrift in die Hände ihrer Kollegin gelegt und ihre Reisetasche gepackt hatte und in die erstmögliche Maschine nach New York gestiegen war. Am Flughafen hatte sie sich in ein Taxi gesetzt und war sofort nach Princeton gefahren. »Ich sterbe vor Hunger«, sagte sie schließlich. »Ich könnte ein ganzes Pferd essen und den Reiter als Nachtisch.«

Zehn Minuten später saßen wir am Küchentisch. Elizabeth gehörte nicht zu den Frauen, die sich vornehme Zurückhaltung auferlegten, wenn es ums Essen ging. Sie blickte vom Teller auf. »Es ist sozusagen schon morgen früh für mich, wegen der Zeitverschiebung.« Sie schien sich ein vierstöckiges Sandwich aufzutürmen. »Sie sehen, ich finde immer wieder Ausreden für meinen gesegneten Appetit. Das war jahrelang ganz einfach. Ich brauchte ja nur zu sagen, ich wäre noch im Wachstum begriffen. Aber seit ich über dreißig bin, mußte ich mir immer wieder etwas Neues einfallen lassen. Sie haben nicht zufällig eine Cola?« Sie machte sich über den Senftopf her.

»Ich fürchte, nein.«

»Macht nichts. Dann vielleicht ein Bier?«

Ich holte ihr eine Flasche und machte mir selbst auch ein Sandwich. Als ich fertig war, sagte sie: »Vielleicht darf ich mir noch ein letztes Sandwich genehmigen. Oder wenigstens ein halbes, okay?«

»Sie haben einen Bierbart, Schwester.«

»Passiert mir doch immer. Pete's Tavern. Irvin Place. Kann mich noch erinnern.«

»Sie auch? Das überrascht mich.«

»Ach? Wissen Sie, ich bin zwar Nonne, aber ich bin auch ein Mensch und dafür bekannt, daß ich dem Weltlichen zugetan bin. Ich amüsiere mich gern mal, und ich denke auch gern daran zurück. Ben...« Sie öffnete eine weitere Flasche Rolling Rock und schenkte sich nach.

Meine Schwester war vor zwei, drei Jahren nach New York gekommen, um irgendeine Auszeichnung entgegenzunehmen, die ihr von einer nationalen Frauenvereinigung verliehen worden war. Sie hatte im Waldorf Astoria in einem Saal mit goldenen Säulen eine Rede gehalten, dem gleichen Saal, in dem ich mal an einem Abendessen teilgenommen hatte, mit dem die Yankees nach der Rückkehr aus ihrem Frühjahrs-Trainingslager nach New York begrüßt wurden. Val bewegte sich mit der Souveränität eines Profi-Entertainers aus Las Vegas durch den Saal und schleppte mich in ihrem Kielwasser hinter sich her.

Nach dem Abendessen und nach ihrer Rede hatte sie es irgendwie geschafft, die Zeit zu finden, mich einer anderen Nonne vorzustellen, einer Freundin aus den Tagen in Georgetown und später in Rom. Sie nahm mich bei der Hand. »Du mußt sie einfach kennenlernen. Ihr beide werdet euch hassen!« hatte sie mir mit einem verschmitzten Lächeln erklärt.

Die Freundin erwies sich als Schwester Elizabeth, und als erstes fiel mir damals die große Ähnlichkeit zwischen den beiden auf, als sie nebeneinander in der dunkelblauen Lobby des Waldorf vor mir standen. Dichtes, gewelltes Haar, glänzende Augen, beide sonnengebräunt und wie das blühende Leben. Vals Gesicht war ovaler, zarter als das herzförmige, etwas vollere ihrer Freundin. Schwester Elizabeth und ich schüttelten uns die Hand, und als sie mich anlächelte, hatte sie diesen klugscheißerischen, jesuitischen Ausdruck im Gesicht; sie legte den Kopf ein wenig schief, als wollte sie mich herausfordern. Val beobachtete uns erwartungsvoll; zwei Menschen, die ihr sehr viel bedeuteten. Schwester Elizabeth musterte mich interessiert und sagte schließlich: »So, dann habe ich den gefallenen Jesuiten also doch noch kennengelernt.«

Ich warf einen raschen Blick zu Val. »Offensichtlich hat meine schwatzhafte Schwester unsere ganze Familiengeschichte ausgebreitet.«

Elizabeth lachte, und ihre Ironie wurde von Herzlichkeit überdeckt. »Wir werden Val nicht den Gefallen tun und uns hassen, einverstanden?«

»Gern. Aber wir sind für alle Fälle gewarnt.«

Nach den offiziellen Feierlichkeiten landeten wir auf einer Cocktailparty, die von einem Freund einiger Jesuiten gegeben wurde, die sich als glühende Verehrer meiner Schwester erwiesen. Vom Apartment aus hatte man einen herrlichen Blick auf den Gramercy Park. Die Luft war geschwängert mit Rauch, der Wein floß in Strömen, und Witze über den Papst machten die Runde. Und die arme Val stand im Mittelpunkt des allgemeinen Interesses.

Ich fühlte mich zum kühlenden Windhauch hingezogen, der aus einem spaltweit geöffneten Fenster drang. Thanksgiving war gerade erst vorbei, aber schon jetzt hatte es heftig geschneit. Der Gramercy Park hatte das Aussehen eines für Weihnachten dekorierten Schaufensters angenommen. Schwester Elizabeth kam zu mir herüber und schlug vor, einen kleinen Spaziergang durch den Schnee zu machen. Father John Sheehan, S.J., den ich seit Jahren kannte, bedachte Elizabeth mit einem ganz und gar nicht priesterlichen Blick, als wir durch den Flur zur Tür gingen, und dann nickte er anerkennend und bildete mit Daumen und Zeigefinger einen Kreis: Klassefrau. Er hatte keine Ahnung, daß Elizabeth Ordensschwester war.

Der Schnee war tief, und sie benahm sich so übermütig wie ein kleines Mädchen, das länger aufbleiben durfte, kickte mit ihren ledernen Boots in die Schneeverwehungen und warf Schneebälle gegen die Bäume hinter dem eisernen Zaun. Der Gramercy Park hatte sich in eine verschneite Traumlandschaft verwandelt. Wir schlenderten an den gedämpften Lichtern vorüber, die aus den Fenstern des Players Club strahlten, gingen dann hinunter zum Irving Place, wo die geparkten Wagen sich langsam in eine niedrige Hügelkette aus Schnee verwandelten.

Wir kehrten bei Pete's ein und tranken an der verkratzen, ehrwürdigen alten Theke ein Bier; das Foto Frank Sinatras blickte wie eine Ikone auf uns nieder oder wie das Portrait des Abts eines ganz besonderen Ordens. Elizabeth erzählte mir von ihrem Job bei der Zeitschrift in Rom, und ich gestand ihr, wie seltsam ich mich in der

Gesellschaft so vieler gläubiger Katholiken fühlte, weil ich das seit Jahren nicht mehr erlebt hatte. Sie erkundigte sich nach meiner Frau, Antonia, und ich erzählte ihr, daß wir geschieden seien. Sie nickte nur und trank einen Schluck Bier. Auf ihrer Oberlippe blieb ein weißer Bart aus Schaum zurück.

Als wir Pete's verließen, liefen wir Val und Sheehan in die Arme. Wir gingen gemeinsam die ganze Lexington Avenue bis in die Innenstadt, lachend und herumalbernd. In diesen Minuten entdeckten wir alle die Kindheit wieder und taten so, als würde sich letztlich immer alles zum Guten wenden. Aber das war nicht der Fall, und jetzt war meine Schwester tot.

»Ben, lassen Sie uns zur Sache kommen. Ich habe ihre Schwester geliebt. Aber ich habe noch keine Träne um sie geweint. Ich weiß auch nicht warum.« Schwester Elizabeth wischte sich den Schaum von der Oberlippe und knüllte die Papierserviette zu einem festen kleinen Ball zusammen.

»Ich habe auch noch keine Träne um Val vergossen. Wahrscheinlich würde sie das auch nicht wollen...«

»Das sagen die Leute immer. Vielleicht stimmt es. Ich bin jedenfalls viel zu wütend, um weinen zu können.«

»Sie sprechen mir aus der Seele, Schwester.«

Elizabeth wollte alles wissen, und ich erzählte es ihr. Lockhardt, Heffernan, Val, mein Vater. Father Dunn und dessen Theorie vom Killer-Priester. Alles.

»Tja«, sagte sie, »was den Aktenkoffer betrifft, haben Sie recht. Er war sozusagen Vals Version meines Terminkalenders. Sie hat ihn überallhin mitgenommen. Sie hatte ihn auch bei sich, als ich sie das letzte Mal gesehen habe. Proppenvoll mit Unterlagen, Papieren, Notizbüchern, Fotokopien, Schreibzeug, historischen Atlanten, Schere, Klebstoff – sie hatte ihre gesamte Arbeitswelt in dem Aktenkoffer verstaut.«

Ich sagte: »Man hat sie ermordet und den Aktenkoffer gestohlen. Womit hat sie sich beschäftigt, daß dessen Inhalt so wichtig gewesen sein könnte?«

»Und wichtig für wen? Und warum stellten offenbar auch Heffernan und Lockhardt eine solche Bedrohung wie Val dar?«

»Was hatten Lockhardt und Heffernan eigentlich vor?«

Elizabeth sah mich erstaunt an. »Sie haben wirklich jeden Kontakt zur Kirche verloren. Die beiden haben über die Wahl des nächsten Papstes gesprochen, was denn sonst! Ganz Rom redet nur noch darüber, und Lockhardt und Heffernan *waren* Rom, wohin sie auch gingen. Ich frage mich nur, welchen Kandidaten wollten die beiden unterstützen? Lockhardt hatte sicher einen bestimmten Mann im Auge, und er wußte, wie man so etwas anpackt, ich habe verschiedene Leute sagen hören, daß er der ausschlaggebende Mann ist, was die Papstwahl betrifft. Im Ernst.«

»Aber wie paßt Val ins Bild? War ihre Ermordung dann sozusagen der Todeskuß für einen bestimmten Kandidaten?«

Sie zuckte die Achseln. »Hängt davon ab. Natürlich hatte sie enge Beziehungen zu D'Ambrizzi, schon seit ihrer Kindheit, euer Vater und Saint Jack, diese ganze alte Geschichte...«

»Ich kann nicht glauben, daß sie sich in päpstliche Politik eingemischt hat.«

»Aber das war Lockhardts Betätigungsfeld.«

»Aber es war *Vals* Aktenkoffer.«

»Stimmt«, gab sie zu. »Das stimmt allerdings.«

»Möglicherweise war Heffernan nur ein zufälliger Zeuge. Vielleicht hatte man es nur auf Val und Lockhardt abgesehen.«

»Wenn das der Fall war, wenn es um Lockhardt ging, warum hat man ihn dann nicht an einem Ort getötet, wo es für den Mörder einfacher gewesen wäre? Und bedenken Sie noch etwas, Ben – woher wußte der Mörder von der Verabredung Lockhardts mit Heffernan im Palace? Fällt Ihnen nichts auf? Hier existiert ein innerer Zusammenhang.« Sie redete schnell, machte alle möglichen Gedankensprünge, und ich versuchte, ihr zu folgen. »Und die Sekretärin, die so überzeugt ist, daß es sich um einen Priester gehandelt hat? Nun, wahrscheinlich hat sie recht. Wer, außer einem Priester, jemand aus dem innerkirchlichen Bereich, hätte von einem Treffen zwischen so hohen Tieren wie Lockhardt und Heffernan wissen können? Val sagte, Lockhardt sei der verschwiegenste Mann der Welt gewesen, abgesehen vielleicht von Ihrem Vater. Und bei der Sache, mit der Lockhardt befaßt war, *mußte* er verschwiegen sein.« Sie holte tief Atem, fuhr dann hastig fort: »Wir können also davon ausgehen, daß Lockhardt niemandem etwas von diesem Treffen erzählt hat. Und was Heffernan betrifft – auch er konnte schweigen wie ein Grab. Nein, das war die Tat eines Insiders.« Elizabeth hielt inne, als wäre sie plötzlich betroffen über die eigene Schlußfolgerung, als wäre sie in einen

Hinterhalt geraten, den sie sich selbst gelegt hatte. »Jedenfalls hat Mord eine lange kirchliche Tradition. Aber irgendwie hält man solche Methoden für Geschichte. Man kann einfach nicht glauben, daß es so etwas heutzutage noch gibt, nicht wahr?«

»Val hatte Angst, als sie mich anrief. Sie wollte irgend etwas mit mir besprechen. Peaches hat gesagt, daß sie irgendwelche... brisanten Nachforschungen angestellt hat, die ihr Sorgen bereitet haben. Sie, Schwester, standen ihr näher als sonst irgend jemand. Wovor hatte sie Angst? Hat sie jemals irgendwelche Andeutungen gemacht?«

»Als ich sie zum letzten Mal zu sehen bekam, hielt sie sich in Rom auf. Das war vor ungefähr drei Wochen. Sie war wie besessen von ihren Nachforschungen. In Paris, in Rom. In der Vatikanischen Bibliothek, den Geheimen Archiven. Es ist alles andere als einfach, dort Zugang zu bekommen. Sie hat mir nicht gesagt, womit sie sich beschäftigt hat, aber es waren alte Unterlagen, ich meine, wirklich *alte* Sachen, vierzehntes und fünfzehntes Jahrhundert. Mehr hat sie nicht darüber gesagt.«

»Aber wie kann das der Grund für ihre Ermordung sein? Was hat sie in Paris gemacht? Ich dachte, ihr geplantes Buch sollte die Rolle der Kirche im Zweiten Weltkrieg behandeln...«

»Val hat fast den ganzen Sommer in Paris gearbeitet. Sie hatte sich dort eine Wohnung genommen. Wenn sie nach Rom kam, dann nur, um in den Geheimen Archiven herumzustöbern, und anschließend sofort wieder nach Paris zurückzukehren. Wie gesagt, ich habe sie vor drei Wochen zum letzten Mal gesehen. Kurz darauf ist sie nach Ägypten gereist. Alexandria. Ich habe sie Wüstenfuchs genannt, nach Rommel, und wegen dem ganzen alten Plunder aus dem Zweiten Weltkrieg, in dem sie herumgewühlt hat.«

»Das vierzehnte Jahrhundert, der Zweite Weltkrieg, der Priester, der sich in unserem Obstgarten erhängt hat – hat sie diesen Selbstmörder Ihnen gegenüber mal erwähnt?«

»Nie.«

»Aber sie kommt nach Hause, hat dieses ganze andere Zeug im Kopf, und dann erkundigt sie sich als erstes bei Sam Turner nach dieser alten Geschichte.«

»Kurz bevor sie nach Ägypten gereist ist, habe ich sie regelrecht bedrängt, mir zu sagen, welcher Sache sie auf der Spur ist, bis sie schließlich genug von meinen lästigen Fragen hatte. Sie sagte, ich sollte endlich damit aufhören. Es wäre besser für mich, nichts davon zu wissen. »Es ist ungefährlicher, Elizabeth«, hat sie zu mir gesagt, »du bist sicherer, wenn du nichts darüber weißt.« Sie wollte mich schützen – aber wovor? Wohl davor, ermordet zu werden, wie sich jetzt herausgestellt hat. Es hat irgend etwas mit der Kirche zu tun.« Sie biß auf dem Fingerknöchel herum, ihre Augen wurden schmal. »Irgend etwas *innerhalb* der Kirche... irgendwas sehr Schlimmes – und Val hatte etwas darüber herausgefunden...«

»Aus dem vierzehnten Jahrhundert?« fragte ich. »Irgend jemand streckt sozusagen aus dem vierzehnten Jahrhundert den Arm nach ihr aus und tötet sie? Oder, um die andere Theorie aufzugreifen: Ein paar Verrückte, die Papst werden wollen, lassen sie aus dem Weg räumen? Also wirklich, Schwester.«

»Wenn es sich um die Kirche handelt, Ben, kann man niemals sicher sein. Sie ist wie ein Oktopus. Wenn ein Tentakel Sie nicht packen kann, dann erwischt Sie ein anderer. Das war übrigens der Titel, den Vals neues Buch tragen sollte: *Oktopus*.«

Ich stieß einen Seufzer aus, der die Dachsparren erzittern ließ. »Wenn wir nur einen halbwegs greifbaren Hinweis darauf hätten, was Val aufgedeckt hat, ließe sich vielleicht ein Motiv finden. Sie hat es Ihnen verschwiegen, weil sie geglaubt hat, Sie sonst in Gefahr zu bringen. Und mir wollte sie es sagen, aber ihr Mörder kam ihr zuvor. Aber sie muß es Lockhardt erzählt haben...«

»Oder der Mörder und seine Hintermänner sind nur davon ausgegangen, daß sie es ihm erzählt hat. Was allerdings in der Konsequenz auf das gleiche hinausläuft.«

»Dann glauben diese Leute möglicherweise, daß ich *doch* etwas erfahren habe. Am Telefon, zum Beispiel. Ein wirklich ermutigender Gedanke. Lockhardt und Val – wie eng war eigentlich ihr Verhältnis?«

»Ich glaube, daß Val aus dem Orden ausgetreten wäre und ihn geheiratet hätte. Er war ein netter Mann. Er hat alles besessen, was für Val wichtig war: Macht, Einfluß, Verbindungen, die ihr die Freiheit zum Schreiben und Reisen und Recherchieren ermöglicht hätten. Er war zwar ein bißchen unheimlich, aber...«

»Was meinen Sie damit?«

»Na ja, er hatte so viel Einfluß. Und all die Geheimnisse, in die er eingeweiht war. Ich finde das ein bißchen unheimlich. Val war da anderer Meinung. Ihr gefiel es. Und Lockhardt... Er hat auch mir sehr geholfen. Hat mir eine Wohnung in Rom zur Verfügung gestellt, hat mich mit vielen hochrangigen Kirchenleuten bekannt gemacht – sogar mit Kardinal Indelicato, an den man nur sehr, sehr schwer herankommt. Und außerdem war er natürlich ein enger Vertrauter von D'Ambrizzi.« Sie hob die Hände und zählte an den Fingern ab: »Lockhardt, D'Ambrizzi und dessen Schatten, Sandanato. Und Val. Immer wenn Lockhardt in Rom war, hingen diese vier zusammen. Es gab wirklich nur eine Sache, die Val davon abgehalten hat, Lockhardt zu heiraten...«

»Unser Vater.«

»Stimmt. Sie wußte nicht, wie sie es ihm beibringen sollte.«

»Sie brauchte seinen Segen nicht...«

»Sie *wollte* ihn aber, Ben.«

Es war fast zwei Uhr morgens, und der Nachtwind heulte ums Haus.

Elizabeth fragte: »Wie ist Artie Dunn eigentlich in diese Sache hineingeraten?«

»Durch Zufall.« Ich erzählte ihr, wie ich Peaches und Dunn im Nassau Inn getroffen hatte. »Warum ziehen Sie so ein Gesicht?«

»Dunn. Er ist ein Hans Dampf in allen Gassen. Steckt seine Nase überall rein.«

»Kennen Sie ihn?«

»Ich habe ihn mal in Rom interviewt. Über seine Romane, und wie sie sich mit seiner Auffassung vom Beruf des Priesters vereinbaren lassen. Er ist sehr intelligent und zungenfertig und hat ausgezeichnete Verbindungen. Aber er tritt immer wie ein Allerweltspriester auf, wenn er mal in Rom ist. Und dann schickt ihm kein Geringerer als D'Ambrizzi eine Limousine vorbei und läßt ihn abholen. Er kennt fast alle hohen Kirchenleute. Auch den Heiligen Vater. Es fällt mir schwer zu glauben, daß bei Artie Dunn irgend etwas auf Zufall beruht.«

»Glauben Sie mir, ich habe ihn wirklich rein zufällig...«

»Da bin ich sicher. Was *Sie* betrifft. Aber bei Dunn trügt der Schein. In ihm verbirgt sich viel mehr, als es den Anschein hat. Und ich habe noch niemanden getroffen, der mir sagen konnte, was Dunn *wirklich* macht.«

»Ich habe ihm gestern abend genau diese Frage gestellt, ohne eine Antwort zu bekommen.«

Wir waren beide erschöpft. Wir räumten die Küche auf; dann nahm ich ihre Reisetasche und brachte sie zu einem der Gästezimmer. Ich stand noch in der Tür, als Elizabeth sich umwandte, mich auf die Wange küßte und sagte: »Es ist gut, Sie wiederzusehen, Ben. Und das alles tut mir so furchtbar leid.«

Ich schloß die Tür und ging zu Bett.

Nach meiner ersten Begegnung mit Elizabeth – die Erinnerung an Pete's Tavern und den verschneiten Gramercy Park noch frisch im Gedächtnis –, hatte ich mich mit Val zum Frühstück im Waldorf getroffen. Elizabeth war noch nicht aufgestanden. Val wollte wissen, ob ich mich am vergangenen Abend gut amüsiert hätte, und das konnte ich ihr nur bestätigen.

»Und warum machst du dann so ein langes Gesicht?« fragte sie.

Ich tat die Frage mit einem Achselzucken ab. »Der nächste Morgen führt einen in die rauhe Wirklichkeit zurück. Vielleicht habe ich mich gestern abend zu gut amüsiert. Vielleicht ärgert es mich, daß ich es nicht schaffe, immer so gut gelaunt zu sein. Vielleicht ärgert es mich, daß ich älter werde.«

»Du und Elizabeth, ihr scheint euch gut zu verstehen.« Sie lächelte strahlend. »Das freut mich. Elizabeth und ich sind uns so nahe, weißt du. Sie ist wie mein anderes Ich.«

»Vor allem ist sie hübsch. Wie du.« Ich grinste.

»Männer«, sagte sie. »Immer haben's die Kerle auf Elizabeth abgesehen. Du wärst nicht der erste, der sich in sie verknallt. Ist nicht ihre Schuld, aber es hat sie vorsichtig gemacht. Sie ist die Schönheit der gesamten römischen Presse. Daß sie Nonne ist, macht es für die Kerle nur noch verlockender und aufregender, mit ihr zu flirten. Das macht ihr ganz schön zu schaffen. Und darum freue ich mich so, daß sie gestern mal ausgehen konnte und ein bißchen Spaß gehabt hat.«

»Wird sie Nonne bleiben?«

Meine Schwester ließ sich mit der Antwort Zeit, knabberte nachdenklich an einem Stück Croissant herum. »Die eigentliche Frage ist, ob wir *alle* Nonnen bleiben, Ben. Wir sind die ersten einer neuen Generation von Ordensschwestern. Ohne tiefe Bindungen an die alten, eingefahrenen Wege. Wir haben uns dafür entschieden, in der Ordenswelt zu leben – aber nach den Regeln der wirklichen Welt. Auf die eine oder andere Weise sind wir allesamt Aktivistinnen, und keine von uns weiß, ob oder wie lange die Kirche uns noch für in ihrem Sinne vertretbar hält. Wir sorgen dafür, daß alle Bürokraten in der Kurie Magengeschwüre bekommen. Wir zwingen die Kirche, sich zu wandeln, und wir legen uns dabei keine Zurückhaltung auf, sondern machen kräftig Druck... aber die Kirche kann jederzeit Gegendruck ausüben. Wenn sie erst mal wütend genug auf uns ist, dann sollten wir lieber auf der Hut sein. Jeder, der diesem Koloß in die Quere kommt – auf welche Weise auch immer – sollte auf der Hut sein.«

»Und was ist mit dir? Wirst du im Orden bleiben?«

»Das hängt vom Druck ab, dem man ausgesetzt ist, nicht wahr? Du hast damals die Nase voll gehabt und bist gegangen. Mein Gefühl sagt mir, daß Elizabeth Nonne bleiben wird. Sie denkt in den Kategorien von Recht und Unrecht, Gut und Böse, und sie glaubt, daß die Kirche grundsätzlich gute Ziele verfolgt – aber ich? Ich weiß es nicht. Mir fehlt ihr intellektuelles Engagement, ihre philosophische Verzahnung mit der Kirche. Ich bin eine Unruhestifterin, ein egoistischer kleiner Hohlkopf, eine Giftziege. Wenn die Kirche mich so bleiben läßt, wie ich bin – so was wie ein quietschendes Rad im Getriebe – na ja, dann bleibe ich vielleicht bis zu meinem Tod Nonne.« Aus irgendeinem Grund streckte sie die Hand aus und ergriff die meine, als wollte sie mich schon jetzt trösten für einen Schmerz, der eines Tages auf mich zukommen würde. Ich sagte, sie solle lieber die Eier essen, bevor sie kalt wurden, weil sie mich satte zehn Dollar das Stück kosteten. Etwas später gab ich ihr einen Abschiedskuß und kehrte in mein Büro in der Wall Street zurück.

*Wir sorgen dafür, daß die Kurie Magengeschwüre bekommt. Wir zwingen die Kirche, sich zu wandeln, und wir legen uns dabei keine Zurückhaltung auf, sondern machen kräftig Druck... aber die Kirche kann jederzeit Gegendruck ausüben. Wenn sie erst mal wütend genug auf uns ist, dann sollten wir lieber auf der Hut sein. Jeder, der diesem Koloß in die Quere kommt – auf welche Weise auch immer – sollte auf der Hut sein...*

Ich stieg langsam aus meinen Träumen und Erinnerungen an Val und Elizabeth empor und kämpfte mich an die Oberfläche des

Bewußtseins. Es war sechs Uhr morgens, dunkel und windig. Es zog aus allen Ritzen und Fugen. Ich zog die Bettdecke bis zum Kinn. Ich hatte von Val geträumt, verschwommen, nebelhaft, hatte ihre Stimme aus der Vergangenheit gehört. Die Angst, die in ihrer Stimme gelegen hatte, als sie mich anrief, ließ mich immer mehr zu der Überzeugung gelangen, daß Vals Entdeckung – was immer es sein mochte – noch schlimmer war, als sie befürchtet hatte.

Befanden sich die Antworten auf all die Fragen in ihrem Aktenkoffer?

Wenn das, was sie gewußt hatte, so ungeheuer wichtig war, und wenn Val Angst davor gehabt hatte, daß sie – *sie* – hinter ihr her waren, warum hatte sie dann nicht irgendwie verhindert, daß sie an den Aktenkoffer kamen? Warum hatte Val ihn nicht irgendwo in Sicherheit gebracht?

Als ich Vals Handlungsweise nachzuvollziehen versuchte, entdeckte ich die Widersprüchlichkeit meines Gedankengangs. Sie hatte gewußt, daß sie in Gefahr schwebte. Sie mußte auch gewußt haben, daß sich so etwas wie Dynamit in ihrem Aktenkoffer befand. Val war kein unschuldiges Geschöpf gewesen. Auch sie hatte Tricks und Schliche gekannt. Sie mußte entdeckt haben, wo die sprichwörtliche Leiche im Keller lag – und dennoch hatte sie ihren Mördern den Aktenkoffer überlassen?

Nein, sie mußte irgendeine Rückversicherung hinterlassen haben! Im Falle eines natürlichen Todes, eines Unfalles, ihrer Ermordung, beim Verlust des Aktenkoffers...

Ich setzte mich ruckartig auf! Sie hatte ein Versteck gebraucht, an dem der Mörder niemals suchen würde.

Ich schoß aus dem Bett, streifte mir, zitternd vor Kälte, meinen alten karierten Morgenmantel über, stieß mit dem Zeh schmerzhaft gegen die Spiegelkommode und tastete mit fliegenden Fingern nach dem Lichtschalter.

Das Spielzimmer!

Es roch muffig und leer; die Rouleaus waren heruntergelassen; ein Stück Tapete hatte sich gelöst und hing von der Wand. Die Tür schwang auf wie eine Pforte zur Vergangenheit. Ich konnte Val beinahe vor mir sehen, in einem kurzen taillierten Kleidchen und Turnschuhen und weißen Strümpfen, dort drüben in der Ecke, wo sie ihre Bücher und ihre Malsachen aufbewahrt hatte. Wie oft hatte ich dort mit meiner Plastik-Baseballmannschaft gespielt, hatte dem winzigen Joe DiMaggio meine Pässe zugespielt und der kleinen Val gesagt, sie solle endlich aufhören, mich zu stören...

Irgendwo in den Schatten erklang ein huschendes, trippelndes Geräusch. Ein Eichhörnchen schoß über den Fußboden, hielt inne, spähte in den leeren Kamin und verschwand dann hinter ein paar Kisten, in denen sich einige von Vals alten Spielsachen befanden. Sie standen in Vals Lieblingsecke zwischen dem Bücherschrank und dem Fenster. Ich schaltete die Deckenlampe ein. Die schattenhaften Umrisse verwandelten sich in ein Tretauto, das einem alten Buick-Modell nachgebildet war, zwei Fahrräder, eine Wandtafel, aufgestapelte Kisten voller Bücher, die große Blechtrommel, die einst unter einem Weihnachtsbaum gestanden hatte. Val hatte mit Begeisterung auf das Ding eingeschlagen und einen Höllenlärm veranstaltet. Und dann hatte sie eine bessere Verwendung dafür gefunden...

Ich durchquerte das Zimmer und kniete mich neben die Trommel auf den staubigen Boden. Irgend jemand war vor mir hier gewesen. Val. Sie hatte irgend etwas in ihr altes Versteck gelegt, dorthin, wo es sicher war.

Auf der Blechbespannung lag eine dicke Staubschicht, aber ein Segment der Seitenverkleidung mit den aufgemalten grinsenden Clowns war saubergewischt. Ich bekam meine Fingerspitzen nicht unter das dünne Stück Holz, darum schüttelte ich die verdammte Trommel, schlug sie gegen die Wand und machte ein Heidenspektakel. Und dann, endlich, löste sich das Segment.

Ich riß es los und schob eine Hand in die Öffnung – und all meine Hoffnungen zerplatzten wie eine Seifenblase.

Der Hohlraum war leer. Aber das konnte nicht sein. Val war hier gewesen. Sie hatte sich neben die Trommel gekniet; sie hatte das Segment saubergewischt; sie hatte ihre Fingerabdrücke im Staub hinterlassen. Sie hatte ihr altes Versteck benutzt...

Dann fand ich es.

Es saß in einem Spalt im Innern der Trommel fest. Ich zog es heraus.

»Was tun Sie da? Schlagzeug üben?«

Schwester Elizabeth stand in der Tür. Sie trug einen weiten, gestreiften Pyjama, rieb sich die Augen und gähnte.

»Ich sterbe vor Hunger«, sagte sie. Sie spähte in den Kühlschrank und machte Inventur. »Eier. Schinken, Truthahn, Gorgonzola, Zwiebeln, Butter. Daraus ließe sich was machen. Ja, klar. Muffins.« Sie ließ den Blick durch die Küche schweifen. Ich hatte ihr einen alten Morgenmantel von mir gegeben. Sie hatte dieser Zusammenstellung ein Paar von Vals Kniestrümpfen hinzugefügt. Sie entdeckte die Omelettpfanne, die an einem Wandhaken hing. »O ja, Apfel. Ich werde auch noch ein paar Apfelstückchen dazugeben.« Sie lächelte mich an. »Sicher wissen Sie, daß das Frühstück die wichtigste Mahlzeit des Tages ist, und um Ihrer Frage zuvorzukommen: Zu Hause esse ich nicht soviel.« Sie fing an, die Eier aufzuschlagen. »Nun, was meinen Sie zu dem Foto?«

Ich saß am Küchentisch und starrte die Aufnahme an, die ich in der Trommel gefunden hatte. Sehr alt, vergilbt, zerknittert wie die Fotos, die mein Vater und meine Mutter 1936 am Lago Maggiore gemacht hatten. Nur, daß auf dem Bild nicht Mutter und Vater zu sehen waren.

Das Foto zeigte vier Männer. Der winzige Stempel auf der Rückseite des Bildes war in französischer Sprache. Es war eine Erinnerung aus dem Fotoalbum eines Unbekannten.

»Es sagt mir rein gar nichts. Vier Männer an einem Tisch. Vor langer Zeit. Wände aus Ziegelstein, Kerzen in Weinflaschen, jede Menge Schatten. Sieht wie eine von den Pariser Künstlerkneipen aus. Vier Kerle.«

Elizabeth zerkleinerte schnell und geschickt Zwiebeln und Apfel auf dem Hackbrett. Sie reckte den Hals, um noch einen Blick auf das Foto zu werfen. »Fünf.«

»Vier«, sagte ich.

»Ich wette, derjenige, der die Aufnahme gemacht hat, gehörte zu den vieren.« Sie blickte mich an, und ich nickte. »Und einen von den Männern kennen Sie. Der neben dem vierten sitzt. Wer dieser vierte Mann ist, ist unmöglich festzustellen, weil man ja praktisch nur den Hinterkopf sieht. Aber Nummer drei, von links aus gesehen, ist im Profil zu erkennen. Schauen Sie mal genau hin. Erkennen Sie diesen Zinken?«

Sie hatte recht. Der Mann kam mir irgendwie bekannt vor; es war jemand, den ich hätte erkennen *müssen*. Aber ich konnte ihn einfach nicht unterbringen.

»Tja«, sagte sie, »ich genieße das Privileg, diesen Mann ziemlich oft zu Gesicht zu bekommen. Eine solche Nase verändert sich nicht.« Sie hatte die Zwiebeln und Äpfel jetzt zerhackt, und ich konnte die Butter riechen, die in der Pfanne brutzelte, vermischt mit dem Duft frisch gekochten Kaffees. Sie verquirlte in einer Schüssel ein halbes Dutzend Eier mit einem Schuß Wasser. »Das ist Giacomo D'Ambrizzi in früheren Jahren.«

»Natürlich! Ohne Bart – er hatte einen dichten schwarzen Schnurrbart wie ein Bandit, als Vater ihn nach dem Krieg mit nach Hause gebracht hat. Sie sind sehr scharfsinnig, Schwester. Was für eine Bedeutung hat das Foto Ihrer Meinung nach?«

»Ich bin nur der Koch.« Sie war gerade dabei, die Apfel- und Zwiebelstücke in die brutzelnde Butter einzurühren. Sie wandte mir den Rücken zu, hantierte wie eine berufsmäßige Köchin herum. »Aber eines wissen wir sicher. Das Foto hat irgendeine besondere Bedeutung. Val hat es vor der ganzen Welt versteckt – außer vor uns beiden.«

»Tja, ich kann jedenfalls nichts damit anfangen«, sagte ich.

»Und Val hat ja nicht mal gewußt, daß ich von der Trommel wußte, von ihrem Versteck. Darum konnte sie nicht davon ausgehen, daß ich dort nachsehen würde.«

»Da irren Sie sich. Val hat mir viel von Ihnen erzählt. Wie Sie das Schwarzpulver im Keller gefunden haben, oder...«

»Sie wollen mich auf den Arm nehmen!«

»Sie hat mir von den berühmten tönernen Füßen erzählt; sie hat mir erzählt, wie sie mal Ihr Weihnachtsgeschenk in der Trommel versteckt hat; sie hat mir erzählt, daß Sie dahintergekommen sind, wo ihr Lieblingsversteck gewesen ist, aber sie hat Ihnen immer verschwiegen, daß sie wußte, daß Sie es wußten. Val hat sogar bestimmte Gegenstände in der Trommel versteckt, weil sie *wollte*, daß Sie sie finden – es war wie ein Spiel, Ben. Sie waren der ältere Bruder, der seiner kleinen Schwester oft einen Streich gespielt hat, aber mit der Trommel konnte sie es Ihnen heimzahlen...« Sie hielt unvermittelt inne. »Ben, sie hat das Foto dort hineingelegt, weil Sie und niemand sonst es finden sollten, falls ihr irgend etwas zustieß. Und Sie haben es gefunden. Es ist der Schlüssel.« Sie wandte sich wieder dem Herd zu, rührte die Eier in die Pfanne.

»Ein altes Foto von D'Ambrizzi ist der *Schlüssel*?«

Der Duft aus der Pfanne stieg mir in die Nase. Dieses unglaubliche Geschöpf schaffte es tatsächlich, daß ich schon wieder hungrig wurde.

»Vielleicht ist D'Ambrizzi gar nicht so wichtig«, sagte sie.

»Sie glauben, es sind die drei anderen?«

»Vier. Vergessen Sie nicht den, der das Foto geschossen hat.«

Um neun Uhr morgens kam Margaret Korder, die Sekretärin meines Vaters, und nahm das Heft in die Hand. Sie schirmte mich sofort ab, schützte mich vor den Forderungen und Ansprüchen der Außenwelt – genau das, was sie dreißig Jahre lang für meinen Vater getan hatte.

Sam Turner kam mit einem Freund Father Dunns, Randolph Jackson vom New York Police Department, einem Farbigen, der einst als Halbstürmer bei den Giants gespielt hatte. Sie blieben von zwölf bis kurz nach zwei Uhr nachmittags. Es war mehr eine Plauderei als eine offizielle Befragung. Jackson trank Orangensaft und warf die Frage auf, welche Verbindung zwischen ›seinen‹ Mordfällen in New York und dem Sams in Princeton bestehen mochte. Ich gelangte zu der Überzeugung, daß es zwecklos war, den durch die Tatsachen vorgegebenen Weg zu verlassen. Also ließ ich die Kirche aus dem Spiel, ebenso Vals Verhältnis mit Lockhardt; ich erwähnte nicht einmal den Aktenkoffer oder Vals geplantes neues Buch oder das vierzehnte Jahrhundert und den Zweiten Weltkrieg und den Priester, der sich vor so langer Zeit in unserem Obstgarten erhängt hatte. Es gab keinen Grund, Turner und Jackson mit Spekulationen zu konfrontieren, die die Kirche betrafen; sie würden ohnehin nicht wissen, was man in dieser Hinsicht unternehmen konnte. Ich wiederum wußte nicht, wie ich ihnen das alles hätte beibringen und wo ich mit der verwickelten Geschichte überhaupt hätte anfangen sollen.

Als sie zum Aufbruch rüsteten und Jackson noch ein paar Worte mit Schwester Elizabeth wechselte, nahm Sam Turner mich beiseite und sagte, daß er nichts über den Priester hatte finden können, der sich in unserem Garten erhängt hatte. »Aber der Name ist mir wieder eingefallen«, sagte er. »Franzose. Governeau. Father Vincent. Ich habe übrigens auch mit dem alten Rupe Norwich telefoniert. Es hat ihm furchtbar leid getan, von dem Mord an Ihrer Schwester erfahren zu müssen, Ben. Und was die Akte über den

Priester betrifft – Rupe hat gesagt, er habe sie mitgenommen, als er in den Ruhestand ging. Ich konnte das nicht glauben. Er war immer ein Paragraphenreiter, der alte Rupe. Ich habe ihm gesagt, daß das gesetzwidrig sei. Und er hat erwidert, ich könne ja vorbeikommen und ihn in den Knast stecken. Das ist vielleicht ein Kauz, der gute alte Rupe.«

Jackson und Turner hatten kaum das Grundstück verlassen, als Schwester Elizabeth und ich auch schon in meinem Wagen saßen und in Richtung Jersey-Küste losfuhren, die etwa eine Autostunde entfernt lag. Es war ein grauer, kalter Tag. Die Straßen waren von gefrorenen Pfützen übersät, und der Wind fegte wütend aus den Gräben und über die Felder, die jetzt, nach dem frühen Wintereinbruch, braun und trostlos wirkten.

Sandschleier wehten von den Dünen, als wir nach kurzer Suche Rupe Norwichs Holzhaus erreichten. Die salzhaltige Seeluft hatte den Außenanstrich zerfressen und stellenweise abblättern lassen, aber dennoch strahlte das Haus jene gefällige, unaufdringliche Sauberkeit aus, die man oft bei den Häusern alter Leute antrifft, die im Ruhestand und nicht recht ausgelastet sind. Norwich war ungefähr achtzig Jahre alt und freute sich aufrichtig, Besuch zu bekommen. Er kannte mich von Kindesbeinen an. Er war todtraurig wegen Val und erkundigte sich nach dem Befinden meines Vaters. Er schien fast so etwas wie Schuldgefühle wegen Vals Tod und meines Vaters Kummer und Krankheit zu empfinden, weil er selbst nach einem langen Leben noch so rüstig war.

»Ich bin nicht so wie dein Vater. Ich hab' nicht die Macht, über das Schicksal der Welt und der Kirche mitzubestimmen«, sagte er, hakte die Daumen unter die Hosenträger und führte uns ins Wohnzimmer, das mit Möbeln vollgestopft und völlig überheizt war. »Aber ich sorg' schon dafür, daß keine Langeweile aufkommt. Man muß sein Hirn fit halten. Videospiele«, sagte er und wies auf seinen IBM-Personalcomputer, »das ist heutzutage die große Masche. Teufel noch mal, ich fliege Kampfeinsätze, spiele Golf, Baseball, ich geh' gar nicht mehr aus dem Haus. Computer sind schon 'ne tolle Sache. Und ich versuche, auf dem laufenden zu bleiben, ich hör' mir viel Musik an, U2 und die Beastie Boys und Bruce Springsteen natürlich, er ist schließlich ein Junge aus Jersey. Na ja, ab und zu leg' ich natürlich auch meine alten achtundsiebziger Ted-Weem-Platten auf, mit Perry Como als Sänger. Tja, ihr seht hier einen zweiundachtzigjährigen Mann vor euch, der versucht, seine achtundzwanzigjährige Enkelin davon zu überzeugen, daß er noch weiß, was in ist, wie man heute so sagt.« Er plapperte munter vor sich hin, augenscheinlich froh darüber, mit jemandem reden zu können. »Ihre Mutter hat vor ein paar Jahren diese Alzheimer-Sache bekommen und ist daran gestorben, aber ich bin, weiß der Henker, viel zu beschäftigt mit meinem ganzen Zeug hier – tja, ihr habt sicher schon bemerkt, was für ein geschwätziger alter Knacker ich bin, was? Ich kann einfach nicht mehr aufhören zu reden, wenn ich erst mal angefangen hab', muß immer meinen Senf dazugeben. Sam Turner hat mir erzählt, daß dich die alte Geschichte mit diesem Vincent Governeau interessiert, Ben. Armer Teufel.«

Er wartete, bis wir auf dem Sofa Platz genommen hatten, und setzte sich dann in einen Schaukelstuhl. Er war mager und trug einen Pullover und Reebok-Jeans. Er musterte Schwester Elizabeth neugierig: Er hatte zweimal hingeguckt, als ich sie ihm als Nonne vorgestellt hatte.

»Sam hat gesagt, daß Sie vielleicht noch die Akte Governeau haben«, sagte ich.

»Ich hab' sie mitgenommen, als ich vor fünfzehn Jahren in Pension ging, weil ich nicht wollte, daß Sam wegen der Sache noch Schwierigkeiten kriegt. Dann hab' ich mir gedacht, zum Teufel damit, paß auf, daß dir die alte Geschichte nicht *selbst* noch Schwierigkeiten einbringt. Also hab' ich die Akte verbrannt.« Er brach plötzlich in Gelächter aus. »Hab' den Beweis zerstört.«

»Den Beweis wofür?« fragte Schwester Elizabeth.

»Den Beweis für eine Geschichte, die man heute als Vertuschung bezeichnen würde. Ich bin nie drüber weggekommen, war immer 'n ehrlicher Polizist. Liegt an meiner Erziehung. Man hat mich gelehrt, meinen Platz in der Welt richtig einzuschätzen. Es gibt 'ne Menge Leute, die wichtiger sind als ein kleiner Cop aus Princeton. War aber 'ne wertvolle Lektion, alles in allem.« Er lächelte bei diesem Gedanken friedlich vor sich hin. Man konnte erkennen, daß ihn mittlerweile so schnell nichts mehr aus der Ruhe bringen konnte.

»Und was ist vertuscht worden?«

»Tja, Schwester, es ging nicht nur darum, was vertuscht wurde. Es drehte sich auch darum, *wer* die Sache vertuschen wollte. Ben, ich glaub' nicht, daß dein Vater jemals gewußt hat, was sich da alles hinter den Kulissen abgespielt hat. Er hat mir irgendwie leid getan. Wahrscheinlich war es das einzige Mal in seinem Leben, daß er nicht Bescheid wußte. Ich war Deputy Chief, und Clint O'Neill war Chief, und dann stürzte das alles aus heiterem Himmel über uns herein und ist auf Clint gelandet – und der war ein sturer Bock, das hat's ihm so schwer gemacht. Einmal hatte Clint abends einige Bierchen zuviel intus und hat zugegeben, daß er drauf und dran war, von dieser Governeau-Geschichte lebendig begraben zu werden. Aber er mußte nach anderer Leute Pfeife tanzen, er mußte mitspielen – gegen 'nen Gouverneur, 'nen Senator, 'nen Erzbischof, gegen mehr Schwergewichtler, als man bei 'nem Weltmeisterschaftskampf findet, kommt man als Cop nicht an...«

»Und das alles, weil ein Priester, der jungen Mädchen Kunstunterricht gegeben hat, durchgedreht ist und sich erhängt hat?« Ich blickte ihn skeptisch an. »Um was ging es wirklich?«

»Das Problem war, mein Junge, er hat keinen Selbstmord begangen – es sei denn, er hatte 'ne Möglichkeit gefunden, sich erst den Hinterkopf mit einem Hammer einzuschlagen und sich dann als Leiche eigenhändig aufzuhängen. Aber genauso *muß* es passiert sein – nach der offiziellen Version. Sofern es kein Mord war, und natürlich war es Mord. Was denn sonst.«

»Und die Wahrheit ist niemals ans Licht gekommen?«

»Nie.« Er grinste und fuhr sich mit einer Hand durch seinen weißen Bürstenhaarschnitt. »Und das wird auch nicht mehr der Fall sein. Die ganze Sache ist niemals untersucht worden. Sie wanderte sofort als Selbstmord in die Akten. Wie ich schon sagte, dein Dad hatte plötzlich 'ne Leiche am Hals, weil sich dieser Priester in eurem Obstgarten erhängt hat, und dann kamen die Gerüchte, du weißt ja, wie die Leute sich die Mäuler zerreißen, und das hat ihn ziemlich fertiggemacht. Aber was konnten wir Cops schon tun?«

»Was für Gerüchte?«

»Verzeihen Sie, Schwester, aber ich bin sicher, Sie können sich vorstellen, was damals...«

»Schwangere Nonnen versteckt man in Klöstern«, sagte sie. »Ging es um so etwas?«

»Genau, genau«, sagte Rupe Norwich, »was denn sonst? Und

über so was klatschen die Leute nun mal gern, stimmt's?«

»Aber man hat doch bestimmt nicht vermutet, eine Nonne hätte ihn ermordet?«

»Nein, Ben. Einige Leute glaubten, er hätte eine Schülerin geschwängert, und der Vater des Mädchens hätte sich gerächt. Alles leeres Geschwätz. Wir haben nie 'ne Tatwaffe gefunden – wir haben auch nie nach einer gesucht. Hab' ich mich verständlich genug ausgedrückt? Es war *Selbstmord.*«

»Kein Wunder, daß mein Vater nie darüber reden wollte. Das Getratsche hat ihn sicher bis zur Weißglut geärgert.« Der Gedanke amüsierte mich. »Aber warum hat Val sich jetzt nach dieser Geschichte erkundigt?« Es war eine rhetorische Frage, aber Rupert Norwich hatte eine Antwort parat.

»Es könnte doch sein, daß sie irgend etwas darüber herausgefunden hatte«, sagte er. »Oder eine Vermutung hatte, oder nicht? Eine Theorie, einen Verdacht vielleicht. Fast fünfzig Jahre ist das jetzt her – 'ne verdammt lange Zeit. Alle Spuren sind längst erkaltet.« Er zuckte die schmalen, knochigen Schultern. »Kommt mir so vor, als wäre es erst gestern gewesen. Armer Teufel. Ganz schönes Pech, wenn man ermordet wird und nie jemand nach dem Täter gesucht hat und man als Selbstmörder in die Akten wandert. Verdammtes Pech, findet ihr nicht auch? Besonders für einen Priester, nicht wahr?«

Als wir nach Hause kamen, hatte Margaret Korder alles fest im Griff. Einige Freunde der Familie hatten angerufen, und sie hatte jedem berichtet, was es zu berichten gab. Auch die Vorbereitungen für das Begräbnis Vals waren im Gange: Der Leichnam wurde am nächsten Tag freigegeben; die Beisetzung sollte am übernächsten stattfinden. Der Mann vom Beerdigungsunternehmen hatte sein Kommen angekündigt, um mit mir die Wahl des Sarges zu besprechen. Ich sagte Margaret, ein schlichter Sarg würde genügen, und sie solle alles nach eigenem Ermessen regeln. Sie hatte sich vor schon Jahren schon um die Beerdigung meiner Mutter gekümmert. Sie wußte, was zu tun war – auch in diesem Fall.

Father Dunn hatte aus New York angerufen und wollte sich noch einmal melden. Auch Peaches hatte angerufen. Zwei Anrufe aus Kardinal D'Ambrizzis Büro in Rom eingegangen, ein weiterer war aus dem Sekretariat des Heiligen Vaters gekommen; man hatte meiner Familie ein herzliches Beileid ausgesprochen, aber laut Margaret hatte der Anrufer sich nicht so angehört, als würde er sich noch einmal melden, um mit mir persönlich zu sprechen.

»Sie brauchen sich um nichts zu kümmern«, sagte Margaret. »Alles ist soweit geregelt. Ich habe den automatischen Anrufbeantworter eingeschaltet mit dem Hinweis, bei Gesprächen nach Geschäftsschluß die Nummer in meinem Zimmer im Nassau Inn anzuwählen. Ich bin dort für die Zeit abgestiegen, bis das alles vorüber ist. Ihr Vater liegt noch auf der Intensivstation. Er wird ärztlich hervorragend betreut. Er ist eine Zeitlang wach gewesen, war ziemlich erschöpft und schläft jetzt wieder. Sollte irgendeine Veränderung eintreten, wird man Sie sofort benachrichtigen. Tja, das wäre vorerst alles.«

»Margaret, Sie sind ein Wunder.«

»Dafür werde ich bezahlt, Ben«, erwiderte sie mit einem kühlen Lächeln. Sie hatte die Kriege zwischen meinem Vater und mir miterlebt und niemals Partei ergriffen. Und sie hatte mir immer nur gute Ratschläge erteilt. »Jetzt ist es erst einmal wichtig, nicht den Mut zu verlieren, Optimismus zu bewahren und Ihrem Vater in jeder Hinsicht zu helfen, damit er bald wieder auf die Beine kommt.«

»Und herauszufinden, wer meine Schwester ermordet hat«, sagte ich.

»Aber wir sollten uns zuerst um die Lebenden kümmern«, sagte sie und wandte sich an Elizabeth. »Möchten Sie eine Tasse Tee, Schwester? Ich habe die Garritys nach Hause geschickt. Die Leutchen haben für mein Empfinden zu viel Unruhe verbreitet. Sie sind ein wenig überfordert, fürchte ich. Die Frau fing immer wieder zu schluchzen an. Ehrlich gesagt, ich konnte es nicht mehr ertragen. Vielleicht macht eine Tasse Tee mich wieder munter.«

»Ich trinke gern eine Tasse mit«, sagte Elizabeth, und die beiden gingen in die Küche. Elizabeth, in Hosen, Pumps und dunkelblauem Pullover, erinnerte mich mehr und mehr an Val. Das war einerseits gut und andererseits schlecht.

Ich ging nach oben und nahm ein ausgiebiges heißes Bad und dachte über das Foto nach, das Val in der Trommel versteckt hatte, und darüber, daß unser selbstmörderischer Priester in Wirklichkeit ermordet worden war. Warum hatte man die ganze Sache vertuscht? Hatte das Foto etwas mit dem Mord zu tun? Hatte es irgendeine Bedeutung, daß das Bild einen französischen Stempel trug? Wer waren die Männer auf dem Foto? D'Ambrizzi, ja, aber wer waren die anderen? Was hatte Val zu ihrer praktisch letzten Handlung auf Erden veranlaßt, dem Anruf bei Sam Turner, bei dem sie sich nach einer Akte über den vermeintlich selbstmörderischen Priester erkundigt hatte? Worüber hatte sie mit mir sprechen wollen? Und wer hatte gemeint, daß es nicht genügte, sie zu töten, sondern daß außerdem ihr Aktenkoffer verschwinden mußte?

Als ich wieder nach unten kam, hatte Margaret sich auf den Weg zum Nassau Inn gemacht, und Elizabeth schaute sich die Abendnachrichten im Fernsehen an. Sie blickte auf. »Man hat Sie aus dem Büro des Papstes angerufen? Ich weiß nicht, ob ich beeindruckt oder entsetzt sein soll. Val gehörte nicht gerade zu den Lieblingen des Heiligen Vaters.«

»Nein, aber mein Vater. Mehr oder weniger. Haben Sie Hunger?«

»Ich nehme an, das soll eine rhetorische Frage sein.« Sie erhob sich und trug die Teetassen in die Küche. »Die Polizei hat die Kapelle wieder freigegeben. Dürfte ich wohl ein paar Minuten dort verbringen? Es dauert wirklich nicht lange, aber ehrlich gesagt brauche ich ein wenig Hilfe – Hilfe, wie ich sie nur dort bekommen kann.«

»Dafür ist die Kapelle schließlich gedacht. Soll ich Sie begleiten?«

»Nein, danke, ist schon in Ordnung. Wir essen zu Abend, sobald ich zurück bin, einverstanden?«

Während sie in der Kapelle war, fuhr Father Dunn vor.

»Ich habe heute schon angerufen«, sagte er, »aber Sie waren nicht da. Sie haben einen Hausgast, wie ich gehört habe. Bemerkenswertes Mädchen. Wo haben Sie gesteckt?« Es war kalt draußen und er ging zum Kamin im Long Room hinüber, um sich sich aufzuwärmen. Er warf der kleinen Hausbar einen sehnsüchtigen Blick zu, und ich schraubte die Flasche Laphroaig auf. »Gute Idee«, sagte er. »Für mich bitte einen Doppelten.«

»Ich habe einige Nachforschungen angestellt«, sagte ich.

»Was das Leben von Father Governeau betrifft?«

»Nur was seinen Tod betrifft.« Ich reichte ihm den Drink und schenkte auch mir ein Glas ein. »Ich habe einige unerquickliche Dinge aus der Vergangenheit ans Licht gezerrt.«

»*A la* Valentine Driskill – und? Was haben Sie herausbekommen?« Er bedachte mich mit seinem Barry-Fitzgerald-Blick; sein Gesicht legte sich in tausend Falten.

»Es war kein Selbstmord«, sagte ich. »Der Mann, der hier damals Deputy Chief gewesen ist, behauptet, es wäre Mord gewesen. Und eine Vertuschungsgeschichte. Betrieben vom damaligen Gouverneur, vom Senator, vom Erzbischof und was weiß ich von wem. Darum wurden keine Nachforschungen angestellt.«

Dunn starrte mich über den Rand seines Scotchglases hinweg an. Er schürzte die Lippen und setzte sich, trank einen Schluck. »Diese verdammte Sache wird immer schlimmer. Es kommt mir beinahe so vor, als würde jemand die Bruchstücke einer Geschichte verstreuen, und nun liegt es an uns, daraus den Handlungsrahmen zu rekonstruieren. Es macht Ihnen doch nichts aus, daß ich wie ein Schriftsteller rede?« Seine grauen Augen waren ruhig und unbewegt. »Ich bin in New York gewesen. Auch von dort gibt es keine erfreulichen Nachrichten, es sei denn, es ist mir entgangen, was man als erfreulich bezeichnen könnte. Aber falls wir irgendwelche Zweifel hatten, können wir sie vergessen. Ihre Schwester, Heffernan und Lockhardt wurden mit ein und derselben Waffe getötet.« Er nahm noch einen Schluck, blickte auf und grinste, aber der Ausdruck seiner Augen blieb unverändert. »Wenn ich nicht so mutig wäre, würde ich vielleicht auch schon den heißen Atem des Mörders im Nacken spüren.«

»Nun, es freut mich, daß Sie so mutig sind, Father. Aber der Gedanke an ein Mordkomplott, das sich über ein halbes Jahrhundert erstreckt und dem meine Schwester vor achtundvierzig Stunden zum Opfer gefallen ist, jagt *mir* jedenfalls höllische Angst ein. Ach ja, was sagen Sie zu diesem Foto? Hat es irgendeine Bedeutung für Sie?« Ich zog die Aufnahme aus der Brusttasche meines Hemds und reichte sie ihm.

Er nahm das Bild entgegen, warf einen kurzen Blick darauf, ging dann zum Tisch hinüber und hielt es unter das Licht. »Woher haben Sie das, um alles in der Welt?«

Ich erzählte es ihm.

Er schüttelte den Kopf, und mit Bewunderung in der Stimme sagte er: »Sie hat es in der *Trommel* versteckt. Frauen sind erstaunliche Geschöpfe. Einfallsreich. Ich frage mich, wie sie an dieses Foto gekommen ist...«

»Sagt Ihnen das Foto irgend etwas?«

»Sicher. Der Kerl mit der Banane anstelle einer Nase ist Giacomo D'Ambrizzi, ganz eindeutig. Das Foto ist auf französischem Papier abgezogen. Es ist ungefähr vierzig Jahre alt, würde ich sagen. Also vermutlich aus dem Zweiten Weltkrieg. Paris.«

»Sie entnehmen einem zerknitterten alten Schnappschuß ja eine ganze Menge...«

Dunn zuckte die Achseln. »D'Ambrizzi war während des Krieges in Paris. Ich war in der Armee, als Feldgeistlicher. Ich kam erst nach der Befreiung nach Paris. Dort habe ich D'Ambrizzi kennengelernt. Daher meine Vermutungen, was das Foto betrifft. Ich habe ihn allerdings nur einmal getroffen und dann erst wieder viele Jahre später. Die anderen Männer? Ich habe keine Ahnung.«

»Warum war das Foto für Val so wichtig?«

Dunn reichte es mir zurück. »Da bin ich überfragt.«

Die Eingangstür wurde geöffnet, und Elizabeth kam in den Long Room. Ihr Gesicht war von Wind und Kälte gerötet.

»Schwester Elizabeth, meine Liebe!« Dunn ging zu ihr hinüber. Die verschiedensten Gefühle spiegelten sich auf ihrem Gesicht, als sie ihn erkannte, und sie rang sich ein dünnes Lächeln ab. »Es tut mir so leid um Schwester Valentine.« Er nahm ihre Rechte in beide Hände.

»Father Dunn«, sagte sie kühl. »Ausgerechnet.«

»Sexbesessen«, sagte Dunn, während er an einem Schinkenbrötchen kaute. Er betrachtete den letzten Schluck Scotch in seinem Glas, rülpste leise und sagte: »Ich werde mich auf Milch umstellen. Vielleicht für den Rest meines Lebens.« Er ging zum Spülstein, kippte den Rest Whisky weg, spülte das Glas aus und schenkte sich Milch ein. »Ja, sexbesessen. Das ist ein Zitat. Keine Ausflüchte, Schwester. Ich hab's schwarz auf weiß gelesen. Ich wette, Sie haben Schwester Elizabeth' Rezension meines letzten Buches nicht gelesen, Ben, aber Autoren lesen sämtliche Kritiken...«

»Und vergessen die schlechten nie«, sagte ich.

Schwester Elizabeth beugte sich vor, die Ellbogen auf der Tischplatte, das Kinn auf die Handflächen gestützt. »Würden Sie es als schlechte Kritik bezeichnen, Father?«

»Gott bewahre, nein. Ich würde es sogar als verkaufsfördernde Rezension bezeichnen. Hätte sie selbst nicht besser schreiben können. Und ich hatte den Eindruck, daß einige meiner Kollegen mich mit wiedererwachtem Respekt betrachtet haben.«

»Meine Kollegen mich auch«, sagte sie. »Ich habe den Verdacht, Ihre Bücher werden in manchen Nonnenklöstern geradezu verschlungen. Sex ist ein gutes Geschäft. Also sind Sie mir etwas schuldig.«

»Aber haben Sie das wirklich so gemeint, Schwester?«

»Das mit dem ›sexbesessen‹? Na, hören Sie mal, Father, warum sollte ich lügen? Mir scheint eher die Frage zu sein, ob ich damit recht habe. Sie scheinen auf diesem Gebiet, zumindest literarisch, ausgesprochen versiert zu sein.« Sie zuckte herausfordernd die Achseln. »Vielleicht haben Sie auch nur eine sehr lebhafte Phantasie.« Sie zwinkerte mir zu.

»Die Phantasie kann sehr hilfreich sein, finden Sie nicht auch? Sie haben gerade Klöster erwähnt, zum Beispiel – aber was, frage ich mich, wissen *Sie* über das klösterliche Leben?«

»Genug, Father.« Sie grinste. »Gerade soviel, wie ich wissen muß.«

Nach diesem Geplänkel sprachen wir zwangsläufig über die Morde, insbesondere über den Mord an Val, und versuchten, Gefühle aus dem Spiel zu lassen. Aber immer wieder musterte Elizabeth Father Dunn mit einem ihrer abschätzenden Blicke. »Ich verstehe nur nicht so recht, wie Sie in diese ganze Geschichte hineingeraten sind«, sagte sie schließlich. »Haben Sie Val gekannt? Oder liegt es an irgendwelchen Verbindungen, die Sie nach Princeton haben?«

»Ich habe Schwester Valentine nie persönlich kennengelernt. Ben ist mein erster Driskill, sozusagen. Und ich bin rein zufällig hier. Nur ein kleiner Leuchtpunkt auf dem Radarschirm, aber wie sich herausgestellt hat, kenne ich den Mann in New York, der mit der Untersuchung der Morde betraut ist. Ich dachte, ich könnte Ben vielleicht eine Hilfe sein. Natürlich habe ich auch Curtis Lockhardt flüchtig gekannt...«

»Verzeihen Sie, Father, aber haben Sie eine Gemeinde? Ein Büro? Sie müssen doch irgendeine Aufgabe...«

»Oh, offiziell bin ich der New Yorker Erzdiözese unterstellt. Kardinal Klammer, Gott hab' ihn selig – nein, nein, schauen Sie nicht so besorgt drein, er ist nur *hirntot*, Schwester – Klammer macht sich meine Ratschläge zunutze. Er braucht alle Ratschläge, die er bekommen kann, weiß Gott. Vielleicht sollte ich mal eine Komödie darüber schreiben.« Er lächelte Elizabeth freundlich an. »Wissen Sie, Schwester, ich bin manchmal ein etwas schwieriger Mensch, doch unsere Kirchenoberen machen das Beste daraus. Ich wohne hier in Princeton und habe eine Eigentumswohnung in New York. Wie gesagt, in gewisser Weise bin ich ein unbequemer Zeitgenosse, aber ich besitze jene Fähigkeit, die die Kirche immer brauchen kann...«

»Und was für eine Fähigkeit ist das?«

»Verschlagenheit? Unter den gegenwärtigen Umständen könnte man sagen, daß ich als Kardinal Klammers Augen und Ohren diene. Haben Sie noch weitere Fragen, Schwester? Dann stellen Sie sie jetzt, und wir haben sie vom Tisch.« Er lächelte immer noch, aber ein wenig verkrampft.

»Ich bin nur neugierig«, sagte sie. »Zwei Leben zu führen, das eines Priesters und das eines Romanschriftstellers, muß anstrengend sein.« Sie ließ nicht etwa locker, weil er Geistlicher war und zudem ein Mann. Sie und Val mußten in der Tat die Geißel aller männlichen römischen Chauvinisten gewesen sein. Die Kirche hatte Frauen mit Einfluß und dem nötigen Prestige, um diesen Einfluß auch geltend zu machen, schon immer nur schwer toleriert. Aber Dunn schien der verbale Schlagabtausch richtig Spaß zu machen.

»Ich tue mein Bestes, das unter einen Hut zu bringen«, sagte er. »Ich studiere die Kirche beinahe wie ein Wissenschaftler ein Insekt auf dem Objektträger seines Mikroskops.«

»Aber einem Wissenschaftler wird nicht vorgeschrieben, auch den Schmutz auf dem Objektträger in Kauf zu nehmen.«

»Ah, ein Punkt für Sie, Schwester. Und dennoch studiere ich die Kirche. Wie sie auf Druck reagiert, zum Beispiel. Nehmen wir nur meine eigene Person. Ich habe beobachtet, wie der kirchliche Mechanismus im allgemeinen und die Individuen im besonderen mit mir verfahren sind. Wegen meiner Bücher. Dann habe ich beobachtet, wie beide mit den Aktivisten verfahren sind, von den Berrigans über Schwester Valentine bis hin zu denjenigen, die sich für die Rechte der Homosexuellen stark machen... Die Kirche ist ein riesiger Organismus. Treten Sie ihn, und er krümmt und windet sich. Fordern Sie ihn heraus, bedrohen Sie ihn, und er wehrt sich mit Zähnen und Klauen. In den letzten paar Tagen ist die Kirche ziemlich kräftig getreten worden.« Er hob die buschigen grauen Augenbrauen und blinzelte. »Artie Dunn. Beobachter und Student der Kirche. Es ist eine Lebensaufgabe.«

»Die Kirche ist also getreten worden, wie Sie es nennen«, sagte ich. »Vermutlich von Val. Sie hat dafür gesorgt, daß dieser Organismus sich krümmt und windet – um Ihr Bild zu benutzen, Father. Oder war es noch mehr? Hat die Kirche sich mit Zähnen und Klauen gegen Val gewehrt?«

Schwester Elizabeth schüttelte den Kopf. »Gott weiß, daß ich keine Apologetin der Kirche bin, das können Sie mir glauben. Aber ich kann mir nicht ernsthaft vorstellen, daß die Kirche Mord sanktioniert. Nicht im zwanzigsten Jahrhundert. Die Kirche *hat* keinen Killer geschickt, damit er diese entsetzlichen Dinge tut...«

»Was ist die Kirche?« fragte ich. »Menschen. Einige von ihnen haben viel zu verlieren.«

»Aber es gibt so viele andere Möglichkeiten, mit Problemen fertig zu werden...«

»Ach, hören Sie auf, Elizabeth! Die Kirche hat immer schon Menschen getötet«, sagte ich. »Freunde und Feinde. Die bisher vorliegenden Beweismittel lassen den Schluß zu, daß es ein Priester war, der...«

»Es muß nicht unbedingt ein Priester gewesen sein. Das kann Gott weiß wer getan haben«, sagte sie, »ungeachtet der Aussage, die diese Nonne gemacht hat. Wir dürfen nicht so leichtgläubig sein! Es gibt immer jemanden, der versucht, die Kirche anzuschwärzen...«

»Aber«, sagte ich, »wer hätte es sonst auf Vals Leben abgesehen haben können? Wem war sie ein Dorn im Auge, außer der Kirche?«

»Das ist es ja gerade – *wir wissen es nicht, Ben!*«

»Schauen Sie«, sagte Dunn, »ich habe versucht, die Sache so zu betrachten, als wäre sie die Handlung eines meiner Romane. Wir sollten uns vielleicht die Zeit nehmen, die Geschichte einmal gründlich zu überdenken. Was halten Sie davon?« Die Wanduhr über dem Kühlschrank tickte laut. Draußen hatte wieder Schneeregen eingesetzt; der Wind rüttelte an den Fenstern. »Lassen Sie uns einfach mal resümieren, was wir an Informationen haben.«

Ich erklärte mich einverstanden und blickte Elizabeth an. Dunns Anwesenheit störte sie, und sie hatte Vorbehalte, ihn in ihr – unser – Vertrauen zu ziehen. Ich bemerkte außerdem, daß sie uns beide – sich und mich –, die wir Val geliebt hatten und von ihr geliebt worden waren, als Einheit betrachtete. Sie wollte nicht, daß Father Dunn mich auf unbekannte, gefährliche Pfade führte. Sie wollte nicht, daß er unsere Einheit zerbrach.

»Na gut«, sagte sie schließlich dennoch. »Wenn ihr meine Hilfe wollt, könnt ihr sie haben.«

Wir gingen hinüber in den Long Room. Ich schob die CD mit dem Cellokonzert von Elgar in die Stereoanlage und drückte auf die Wiederholungstaste. Während die schwermütige Musik das Zimmer erfüllte, setzten wir uns um den großen Tisch: ein Anwalt, eine Journalistin, ein Romanschriftsteller; drei Menschen, die von ihrer Fähigkeit lebten, lückenhafte Informationen zu sammeln, zu ordnen und vielleicht zu einem Bild zusammenzufügen.

Wir begannen mit Vals Reiseroute. Paris. Rom. Alexandria, Ägypten. Los Angeles. New York. Princeton. Sie war mit der Limousine weitergefahren, als Lockhardt an der Kunsteisbahn am Rockefeller Center ausgestiegen war. Aus den Unterlagen ging hervor, daß sie vorgestern nachmittag um Viertel vor vier hier angekommen war.

Sie hatte zwei Telefonate geführt. Eines mit Sam Turner, bei dem sie sich nach Father Governeau erkundigt hatte, und eines mit mir in New York. Zu diesem Zeitpunkt waren Lockhardt und Heffernan bereits von dem todbringenden ›Priester‹ ermordet gewesen. Schwester Elizabeth bestand darauf, das Wort in Anführungszeichen zu setzen.

Irgendwann hatte Val dann das Foto – in Paris während des Krieges aufgenommen, sofern Dunns Vermutung zutraf – in der Trommel versteckt, wahrscheinlich in der Annahme, daß ich das Foto dort suchen und finden würde, wenn ihr etwas zustoßen sollte: Val mußte gemerkt haben, daß sie sogar in Princeton in Gefahr schwebte, und sie verließ sich darauf, daß ich irgend etwas unternehmen würde, sobald ich das Foto gefunden hatte. Es zeigte vier Männer; einer von ihnen war D'Ambrizzi. Der fünfte Mann, der das Bild aufgenommen hatte, gehörte nach Elizabeth' Vermutung ebenfalls zu der Gruppe. Warum, um alles in der Welt, war dieser Schnappschuß so wichtig? Würde D'Ambrizzi sich daran erinnern können?

Dann ging Val in die Kapelle – vermutlich gegen halb sechs oder sechs Uhr – wo sie mit derselben Waffe ermordet wurde, mit der man auch Lockhardt und Heffernan erschossen hatte. Der Mörder war zweifelsohne ein und derselbe Mann. Dieser hatte in der Kapelle einen Fetzen seines schwarzen Regenmantels zurückgelassen, von dem Dunn behauptete, daß es sich um den Regenmantel eines Priesters handle.

Der Killer war dann ins Haus eingedrungen, hatte Vals Aktenkoffer gefunden und ihn mitgenommen.

Und schließlich hatten wir von Rupe Norwich erfahren, daß der selbstmörderische Priester im Jahre 1936 in Wirklichkeit ermordet worden war und daß es sich hierbei um eine Vertuschungsgeschichte gehandelt hatte, die von einflußreichen Männern betrieben worden war – Männern, die darauf gedrängt hatten, den Mord als Selbstmord hinzustellen. Wovor hatten sie Angst gehabt? Und wer hatte geschützt werden sollen?

Am Ende waren wir keinen Schritt weiter. Father Dunn brachte es auf den Punkt: Die uns bekannten Tatsachen konnten tausend verschiedene Geschichten erzählen.

Das Feuer im Kamin war fast heruntergebrannt, der Polizeibeamte stand draußen wie gewohnt auf Posten, und es gab nichts weiter zu tun, als den Versuch zu unternehmen, ein wenig Schlaf zu finden.

## 5 DRISKILL †

## I

Die Rolle paßt zu ihm. Das war mein erster Gedanke, als ich Monsignore Pietro Sandanato kennenlernte. Ja, die Rolle paßte zu ihm, als wäre durch eine Laune der Physiognomie sein Lebenslauf von vornherein festgelegt gewesen, als wäre ihm eine freie Entscheidung durch die schlichte Tatsache, daß sein Gesicht eben so und nicht anders war, verweigert worden. Er sah wie ein gefolterter Renaissance-Heiliger aus, wie sie auf ungezählte Leinwände gemalt worden waren, die in ungezählten Museen hingen. Empfindsam, sorgenvoll, müde, mit purpurnen Ringen unter den wie Glanzkohle glitzernden Augen mit den schweren, dunklen Lidern. Gleichzeitig erinnerte er mich aber auch an einen Schläger der Mafia, dem ich vor langer Zeit begegnet war. Er hatte das Aussehen einer Plastik von Giacometti, hager und ausgezehrt, aber mit einem jungenhaft weichen Gesicht von dunkler Hautfarbe, glattem schwarzem Haar, einer Pockennarbe auf der linken Wange, die wie ein Brandmal den ansonsten vollkommenen Teint verunzierte. Er trug Amtstracht, einen schwarzen Mantel um die Schultern und einen weichen schwarzen Borsalino; die schwarzen Glacéhandschuhe streifte er ab, als Father Dunn ihn ins Foyer führte und uns einander vorstellte. Es war Nachmittag, und Dunn hatte ihn am Kennedy Airport abgeholt und ihn den langen Weg bis hierher nach Princeton gefahren.

»Mister Driskill«, sagte Sandanato leise; seine Stimme war heiser, und er schien müde zu sein von der Zeitverschiebung. »Ich möchte Ihnen im Namen des werten Freundes und Verehrers Ihrer Schwester, Kardinal D'Ambrizzi, sowie im Namen Seiner Heiligkeit, Papst Calixtus, unser aller tiefstes Mitgefühl aussprechen. Die Tragödie hat uns mehr als betroffen gemacht. Auch ich, der ich Ihre Schwester sehr gut kannte, möchte Ihnen mein Beileid aussprechen.«

Ich bat beide Herren in den Long Room, und Schwester Elizabeth kam aus Margaret Korders Kommandoposten ins Zimmer. Sandanato drückte ihr die Hand. »Welch eine Tragödie, Schwester«, murmelte er.

Mrs. Garrity servierte Kaffee. Nachdem Sandanato das Angebot, zu Mittag zu essen, abgelehnt hatte, saß ich bei den dreien und hörte ihrem Gespräch zu. Kirchenprofis. Ich schenkte dem, was sie sagten, kaum Aufmerksamkeit. Sandanato würde für einige Tage mein Gast sein, und ich versuchte, mir ein Bild von ihm zu machen. Ich konnte mich nicht erinnern, jemals einen so verkrampften, nervösen Menschen gesehen zu haben. Das Gesicht, das Auftreten, die gehetzten Blicke aus den unsteten Augen riefen Erinnerungen in mir wach, Erinnerungen an Plastiken und Gemälde, die gefolterte Heilige in Todesqualen zeigten; Erinnerungen an das Gesicht Christi mit der Dornenkrone und dem blutüberströmten Antlitz, das am Ende des dunklen Korridors über der

Tür zum Klassenzimmer gehangen hatte, Erinnerungen an die bedrückende Statue Giacomettis. Das Haar des Monsignore schimmerte wie schwarzes Glas. In dem Zeitraum, während ich ihn beobachtete, rauchte er drei Zigaretten. Seine Hand zitterte leicht und vermittelte den Eindruck, jemanden vor sich zu haben, der so verkrampft war, daß jeden Augenblick eine Sprungfeder in seinem Innern zerbrechen und eine Katastrophe auslösen konnte.

Schließlich brachte Mrs. Garrity Sandanatos Taschen hinauf in sein Zimmer, und mein Gast folgte ihr; ein dunkles Gespenst in Gucci-Halbschuhen. Ich erkundigte mich bei Artie Dunn: »Schlafen Sie eigentlich nie?«

»Vier Stunden pro Nacht reichen mir völlig. Der Schlaf der Gerechten. So, und jetzt muß ich mich leider verabschieden. Hairball fordert sein Recht.«

»Wer?« fragte Elizabeth.

»Hairball«, sagte Dunn. »Meine Katze. Sie heißt Hairball. Sie hatte zwei Jahre lang keinen Namen – bis mir dann dieser eingefallen ist. Außerdem hat sie wirklich gewisse Ähnlichkeit mit einem Haarknäuel.« Er lächelte sie an. »Ich muß den kleinen Schlingel jetzt füttern.«

Als er gegangen war, wandte Elizabeth sich zu mir um. »Was für ein seltsamer Mann! Geradezu furchteinflößend. Er teilt sich seinen Tagesablauf offenbar völlig frei ein. Ich gäbe wer weiß was darum zu erfahren, was er eigentlich treibt. Irgend etwas an ihm macht mir angst.«

»Da wir gerade von ›seltsam‹ oder ›furchteinflößend‹ reden«, sagte ich, »erzählen Sie mir etwas über Sandanato. Was für ein Mensch ist er?«

»Ich habe ihn niemals ohne D'Ambrizzi gesehen. Er ist gewissermaßen D'Ambrizzis Geschöpf; D'Ambrizzi hat ihn aus einem Waisenhaus geholt, hat ihn zu dem gemacht, was er ist. Er verläßt sich völlig auf ihn. Sandanato ist seine rechte Hand im Kampf gegen Kardinal Indelicato.«

»Und um was geht es bei diesem Kampf?«

»Um die Zukunft der Kirche, das Wesen der Kirche. Die beiden gehen sich schon seit Beginn ihrer Karriere gegenseitig an die Kehle: fünfzig Jahre Kleinkrieg, Schüsse aus dem Hinterhalt, jedenfalls behauptet man das. Und jetzt... na ja.« Elizabeth zuckte die Achseln und begann, einen Strauß getrockneter Blumen umzustecken, die in einer Kupferkanne auf dem Sideboard standen.

»Was – und jetzt? Ich weiß, ich gehöre nicht zum inneren Kreis der katholischen Kirche. Ich habe meine Mitgliedskarte verloren, aber Sie können mir vertrauen...«

»Ich wollte damit nur sagen, wie seltsam es ist, daß die beiden nach fünfzig Jahren, nach all den Kämpfen, Siegen und Niederlagen und Rückzügen, diesen Punkt erreicht haben – zwei alte Männer und für beide ist das ganz große Ziel, der größte Triumph, in Reichweite: der Papstthron.«

»Sind sie eigentlich nicht zu alt? Keiner der beiden kann die Kirche noch ins einundzwanzigste Jahrhundert führen.«

»Sie sind beide noch sehr dynamisch und vital«, sagte sie, »und das Alter ist eigentlich gar nicht so wichtig. Es geht darum, Prioritäten zu setzen, die Kirche auf eine bestimmte Linie einzuschwenken. Und ehrlich gesagt, kann ihnen keiner der jüngeren Bewerber das Wasser reichen. Allenfalls Federico Scarlatti, aber der ist zu jung, gerade erst fünfzig.«

»Würden Sie Sandanato als eine Art Wahlkampfmanager D'Ambrizzis bezeichnen?«

»Sie wissen, daß dieser Vergleich hinkt, Ben.«

»Nein, verdammt noch mal. Und dieser alte Jesuit D'Ambrizzi ist es nicht wert, daß Sie seinetwegen auf die Parteilinie einschwenken, Elizabeth.«

Sie bedachte mich mit einem nachsichtigen Lächeln. »Sie sind unmöglich, und ich vermute, Sie sind auch noch stolz darauf. Na ja, Sandanato ist mehr so was wie ein Stabschef. Und wenn Sie unbedingt den Begriff Wahlkampfmanager auf jemanden anwenden möchten, dann war für D'Ambrizzi wohl Curtis Lockhardt dieser Mann. Das ist zwar nur eine Vermutung meinerseits, aber wenn man berücksichtigt, daß Lockhardt sich mit Heffernan getroffen hat, scheint es eine recht naheliegende Vermutung zu sein.«

»Welche Schlußfolgerungen läßt das zu? Daß jemand, der D'Ambrizzi als Verlierer sehen möchte...«

»Mein Gott, man *gewinnt* die Papstwürde nicht! Das ist kein Footballspiel!«

»Natürlich gewinnt man sie, und natürlich ist es ein Spiel, Schwester. Hat jemand vielleicht Lockhardt und Heffernan ermordet, um D'Ambrizzi aus dem Rennen zu werfen? Halten Sie das für möglich?«

»Ich halte das für absurd! Wirklich, Ben, wir sind hier doch nicht in einem von Dunns Thrillern.«

»Absurd? Ich halte es für absurd, daß drei Menschen kaltblütig ermordet wurden. Aber ich halte die Angelegenheit nicht für derart absurd, daß diese Menschen ohne Grund ermordet wurden. *Das* wäre absurd. Es gibt ein Motiv, Schwester. Glauben Sie mir. Und darauf bin ich verdammt neugierig. Ich will, daß der Mann, der meine Schwester getötet hat, dafür bezahlt – aber bevor wir sein Motiv nicht kennen, wissen wir nicht, nach wem wir suchen sollen. Jedenfalls dürfte das Amt des Papstes in der kirchlichen Welt durchaus ein paar Morde wert sein.«

Ich war verletzt und hatte meinem Zorn länger und heftiger freien Lauf gelassen als beabsichtigt. Meine Wut brach sich Bahn, und das überraschte sogar mich selbst.

Elizabeth hatte die Arme vor der Brust verschränkt. Hinter ihrer Stirn überschlugen sich offensichtlich die Gedanken, und schließlich schüttelte sie so heftig den Kopf, daß die braunen Haare flogen. Ihr Gesicht nahm einen sanfteren Ausdruck an.

»Trotzdem«, sagte sie, »es *klingt* absurd. Ich kenne diese Männer. Es sind keine Mörder, Ben. Ich will nicht so tun, als wüßte ich, was hier vor sich geht, aber ich kann mich den Schlußfolgerungen, die Sie und Artie Dunn anscheinend so sehr faszinieren, nicht anschließen. Ich möchte es mal so ausdrücken: Ich versuche, eine vorurteilsfreie Position einzunehmen.«

»Ich würde eher sagen, gar keine«, sagte ich.

Sie lachte und erinnerte mich dabei schmerzhaft an Val. »Sie suchen offenbar Streit«, stellte sie fest.

»Da haben Sie recht«, erwiderte ich. »Da haben Sie verdammt noch mal recht.«

»Na, dann bin ich jetzt gewarnt. Immerhin sind Sie Vals Bruder.«

»Und meines Vaters Sohn. Vergessen Sie das nicht. In mir steckt ein rücksichtsloser Mistkerl.« Ich ließ mich auf einen Stuhl sinken und versuchte, die innere Spannung abzuschütteln. »Ich bin mit dem, was geschehen ist, einfach noch nicht fertig. Mir ist nicht einmal richtig zu Bewußtsein gekommen, daß Val tot ist. Und ich weiß noch nicht, was ich unternehmen werde. Ich glaube es zwar zu wissen, aber ich bin mir noch nicht ganz sicher – bitte, leisten Sie mir noch ein bißchen Gesellschaft. Reden Sie einfach mit mir, erzählen Sie mir mehr über Sandanato, und dann werde ich Ihnen sagen, was mir an ihm aufgefallen ist.«

Elizabeth seufzte. »Nun, was den guten Monsignore betrifft, da bin ich mir nicht so ganz im klaren. Manchmal habe ich den Eindruck, er ist der perfekte Vatikan-Insider, der kühle Technokrat, nüchtern und überlegt, der Mann, der weiß, wo's langgeht und der das Instrument der Kirche wie eine Stradivari spielen kann. Und dann wieder erscheint er mir vollkommen religiös, durchgeistigt, wie ein Mönch. Er ist von Klöstern fasziniert, und vielleicht wäre dort sein eigentlicher Platz. Aber so oder so – für Sandanato ist die Kirche die Welt, und die Welt ist die Kirche. Das ist der Unterschied zwischen ihm und D'Ambrizzi. Der Kardinal ist sich sehr wohl bewußt, daß es eine Kirche *und* eine Welt gibt, die der Politik, der Macht, des Geldes, und er handelt danach, und was noch wichtiger ist: Er weiß, daß die Kirche innerhalb dieser Welt existieren muß, als deren Bestandteil. Kardinal D'Ambrizzi ist wahrscheinlich der weltlichste Mensch, der mir je begegnet ist.«

»Das scheint mir ja ein seltsames Gespann zu sein.«

»Außerdem habe ich den Eindruck«, sagte sie und starrte aus dem Fenster auf die Kapelle, die sich öde und trostlos und mit weißem, rauhreifbedecktem Dach über dem gefrorenen Rasen erhob, »glaube ich, daß Sandanato so etwas wie D'Ambrizzis Gewissen ist. Val hielt Sandanato natürlich für einen religiösen Fanatiker, einen Verrückten.« Sie lächelte beim Gedanken an Val.

Im Zimmer breitete sich Schweigen aus. Draußen war es düster, bedrückend; die Schatten sammelten sich wie eine feindliche Armee vor dem Angriff. Ich dachte an Val und versuchte mir vorzustellen, was für ein Schweinehund es fertiggebracht haben konnte, sie so kaltblütig zu ermorden. Ich dachte darüber nach, was ich tun würde, sollte ich ihn finden.

Elizabeth knipste eine Lampe an, dann noch eine. Ein Windstoß fuhr wispernd durch den Schornstein in den Kamin; Asche und Funken wirbelten aus der Feuerstelle.

»Sie wollten mir doch erzählen, was Ihnen an Sandanato aufgefallen ist«, sagte sie leise.

»Oh – sicher. Er ist in Sie verliebt, Schwester Elizabeth.«

Sie öffnete den Mund, schloß ihn wieder und errötete schlagartig. Für einen Augenblick war sie sprachlos. »Also, das ist absurd,

Ben Driskill. Und lächerlich! Und verrückt! Ich weiß wirklich nicht, wie Sie auf einen so idiotischen Gedanken...«

»Nur mit der Ruhe, Schwester. Ich hab's beobachtet. Es ist ganz offensichtlich. Länger als fünf Sekunden konnte er den Blick nicht von Ihnen nehmen. Ich fand es ganz lustig.«

»Oh! Val hat mir mal gesagt, daß Sie ein ziemliches Scheusal sein können, aber das...«

»Schwester, ich habe nicht gesagt, daß *Sie* in ihn verliebt sind. Sie brauchen sich also überhaupt nicht aufzuregen.«

Sie funkelte mich an; ihr Gesicht war immer noch gerötet. »Sie müssen noch die eine oder andere Lektion lernen, Freundchen.« Sie ging zur Tür und blieb dort stehen, um mir noch einen giftigen Blick zuzuwerfen. Ein paar passende Worte fielen ihr offensichtlich nicht mehr ein; sie wandte sich abrupt um und verließ das Zimmer. Ich hörte, wie sie die Treppe hinaufstieg.

Mein eigener Zorn war vorerst verraucht. Ich wandte meine Gedanken wieder dem Mörder zu. Wer immer er sein mochte. Wo immer er sein mochte.

Mein Vater lag völlig regungslos unter den frischen weißen Bettlaken; sein Gesicht war grau wie Asche. Seine Augen waren geschlossen, aber die Lider flatterten ganz leicht, wie winzige Flügel. Das Zimmer sah aus wie die Dekoration für ein Fernseh-Melodram, bis hin zu den EKG- und EEG-Monitoren, die leise, rhythmische Pieptöne von sich gaben. Es war natürlich ein Privatzimmer, nüchtern und auf Zweckmäßigkeit ausgerichtet, und es war das Beste und Komfortabelste, was dieses Krankenhaus zu bieten hatte. Obwohl er an die Apparaturen angeschlossen war, am Tropf hing und mehr tot als lebendig aussah, war Dad noch immer ein imponierendes Exemplar der Gattung Mensch: groß, schwer und massig. Dabei hatte ich fast erwartet, einen alten, zerbrechlichen, schwachen Mann zu Gesicht zu bekommen; denn ich hatte noch das Bild vor Augen, wie er kraftlos und eingefallen am Fuß der Treppe in meinen Armen gelegen hatte. Aber ich hatte mich geirrt. Er schien bereits wieder in besserer Verfassung zu sein. Dennoch war er nur ein Schatten seiner selbst.

Aber es war nicht der Anblick meines Vaters, der mich beunruhigte. Es war die Nonne in der schwarzen Robe, die sich wie ein

Engel des Todes über ihn beugte und ihm irgend etwas zuzuflüstern schien.

Die Krankenschwester, die mich den Flur hinuntergeführt hatte, war eine große, kräftige und nüchtern-unnahbare Frau. Sie trat an das Krankenbett und flüsterte etwas, und die Nonne, eine ältere Dame, nickte und huschte an mir vorüber. Sie war von dem sauberen Geruch nach Seife umgeben, der mich an die Nonnen aus meiner Kindheit erinnerte. Als sie an mir vorbeiglitt, glaubte ich zu hören, wie sie meinen Namen sagte, nur *Ben*, aber dann war sie schon aus dem Zimmer, und die Krankenschwester sprach mit leiser, beruhigender Stimme auf mich ein.

»Ihr Vater ist hier bestens aufgehoben. Und es geht ihm schon viel besser. Er ist aus dem Koma erwacht, schläft aber noch oft und lange. Über diese Geräte hier« – sie wies mit der Hand auf die piepsenden Monitore – »können wir ihn draußen auf der Station ständig unter Beobachtung halten. Es bestand wirklich keine Veranlassung mehr, ihn noch auf der Intensivstation zu behalten. Dr. Morris wird mit Ihrem Vater schon in ein oder zwei Tagen die ersten Gehversuche unternehmen. Der Doktor wird es sehr bedauern, daß er heute nicht selbst mit Ihnen sprechen konnte, Mister Driskill. Nun«, fuhr sie fort, überprüfte die Kabel, die vom Körper meines Vaters zu den Geräten führten, und richtete sich dann auf, »ich werde Sie jetzt ein paar Minuten allein lassen.«

»Schwester, Sie haben doch den Priester gesehen, der mich begleitet hat, nicht wahr? Er würde meinen Vater gern sprechen...«

»Oh, ich fürchte, das dürfen nur Familienmitglieder.«

»Können Sie mir dann vielleicht verraten, in welcher verwandtschaftlichen Beziehung ich zu der Nonne stehe, die eben hier im Zimmer war?«

»Oh, wissen Sie... dazu kann ich Ihnen nichts sagen. Sie ist jeden Tag hier gewesen, morgens und nachmittags. Ich bin davon ausgegangen... ich weiß auch nicht. Ich dachte, sie hätte von irgend jemandem die Erlaubnis erhalten...«

»Der Priester, der mich begleitet, ist aus Rom gekommen. Er ist ein persönlicher Gesandter Seiner Heiligkeit Papst Calixtus. Ich glaube nicht, daß wir ihn sozusagen mit leeren Händen nach Rom zurückschicken sollten – oder was denken Sie?«

»Selbstverständlich nicht, Mister Driskill.«

»Und ich wäre Ihnen zu Dank verpflichtet, wenn Sie über diese Nonne Erkundigungen einzögen.«

»Selbstverständlich, Mister Driskill.«

»Und jetzt lassen Sie mich bitte mit meinem Vater allein.«

Sie schloß die Tür hinter sich, und ich stand mit dem Rücken zum Fenster und beobachtete ihn; mein Schatten lag auf seinem Gesicht.

»Das ist genau die richtige Sprache für diese aufdringliche alte Schachtel. Gut gemacht, Ben.« Das linke Auge meines Vaters öffnete sich ein wenig. »Ich möchte dir einen dringenden Rat geben: Sieh zu, daß du nie einen Herzinfarkt bekommst. Das ist ein Gefühl, als würde ein Marschflugkörper in deine Brust einschlagen. Laß es also lieber sein, oder gib gleich den Löffel ab.«

»So wie du redest, scheinst du wieder ganz gut dabei zu sein«, sagte ich. »Du hast mich fast zu Tode erschreckt.«

»Als ich die Treppe hinuntergefallen bin?«

»Nein. Jetzt gerade, als du so laut und deutlich zu sprechen angefangen hast. Ich hatte nicht damit gerechnet...«

»Ist alles nur Theater.«

»Was ist nur Theater?«

»Mein Gefasel. Ich fühle mich scheußlich. Wenn ich einen Arm heben will, bedeutet das einen halben Tag Arbeit. Ich rede nicht viel mit den Ärzten. Die wollen mich aus dem Bett holen und auf der Stelle treten lassen, diese verdammten Sadisten.« Er atmete flach und schnell, erzeugte dabei ein rasselndes Geräusch in der Brust. »Ben, ich habe immer wieder von Val geträumt... kannst du dich an den Tag erinnern, als Gary Cooper die Skizze von ihr gezeichnet hat, von euch beiden?«

»Ich habe noch vor kurzem daran gedacht.«

»Meine Träume sind erfüllt von den Toten, verdammt noch mal. Val, Gary Cooper, deine Mutter...« Er hustete leise. »Ich bin froh, daß du hier bist, Ben. Gib deinem Vater einen Kuß.«

Ich beugte mich über ihn und legte meine Wange an die seine. Seine Haut fühlte sich warm und trocken an, und ich konnte die Bartstoppeln spüren, die vielleicht dazu beitrugen, daß sein Gesicht so grau aussah. »Nimm meine Hand, Ben«, sagte er, und ich tat ihm den Gefallen. »Du bist ein schwieriger Kerl, Ben. Das weißt du. Schwierig. Das wirst du immer sein, nehme ich an.« Ich beugte mich zurück und sagte ihm, daß ich die Ecken und Kanten meiner Persönlichkeit als Teil meines natürlichen Charmes betrachtete. »Das glaube ich dir, das glaube ich dir gern«, sagte er.

»Ich möchte dir die erfreuliche Mitteilung machen, daß draußen der Gesandte des Papstes wartet. Er möchte mit dir reden.«

»Oh, mein Gott, ist es so schlecht um mich bestellt?«

»Er ist auch wegen Val gekommen. Schlägt zwei Fliegen mit einer Klappe.«

»Ben, du bist ein frevlerischer Mensch. Ich fürchte, ein Sünder.«

»Er wird nicht eher gehen, bis du ihn empfangen hast.«

»Das ist anzunehmen. Tja, Ben, hast du dich jetzt davon überzeugt, daß ich noch gesund und munter bin?« Ich nickte. »Tu nicht so unbeteiligt. Ich hatte mich schon gefragt, wann du vorbeischaust.«

»Man hat mir gesagt, du liegst im Koma.« Ich lächelte ihn an. »Du kannst also von Glück sagen, daß ich überhaupt vorbeigeschaut habe.«

»Wieder mal Pech gehabt.« Er grinste schwach.

»Wer ist eigentlich deine Privat-Nonne, die sich hier dauernd herumtreibt?«

Er schüttelte den Kopf. »Wasser, Ben. Bitte.«

Ich hielt ihm den Plastikbecher hin, während er am Trinkhalm saugte. Dann sagte er: »Schick mir jetzt den päpstlichen Gesandten herein. Ich bin hundemüde. Und besuch mich bald wieder, Ben.«

»Mach ich«, sagte ich. Ich hatte das Zimmer schon fast verlassen, als er sich noch einmal zu Wort meldete.

»Ben... hat man schon einen Verdacht, wer der Mörder war? Val, Lockhardt, Andy – hat man jemanden verhaftet?«

Ich schüttelte den Kopf. »Es war dieselbe Waffe, das steht fest. Und derselbe Killer.«

Er schloß die Augen. Ich ging zurück in den Warteraum.

Sandanato rauchte am Fenster eine Zigarette und starrte hinaus auf den Hof des alten Ziegelsteingebäudes. Wieder hatte Schneeregen eingesetzt, und draußen waren in der herabsinkenden Dämmerung die Laternen eingeschaltet worden. Er hatte zwar ein wenig geschlafen, sah aber nicht ausgeruhter und gelöster aus als vorher. »Er ist jetzt wach«, sagte ich. »Sie sollten die Gelegenheit nutzen.«

Er bemerkte mich erst jetzt, nickte, drückte die Zigarette aus und ging den Flur hinunter.

Elizabeth betrat den Warteraum; die Nonne, die ich im Krankenzimmer meines Vaters gesehen hatte, war an ihrer Seite. Der Kontrast war frappierend. Es waren nicht nur zwei unterschiedliche Frauen unterschiedlichen Alters, sie schienen auch zwei völlig verschiedenen Welten anzugehören. Elizabeth blickte mich an, sprach aber mit der Nonne. »Dann kennen Sie also dieses vom Glauben abgefallene Individuum.«

»O ja«, sagte diese. Ihr Gesicht war so zart, die Konturen so fein gezeichnet, daß es aus Porzellan hätte sein können, das durch sein Alter noch kostbarer geworden war. Ihr Haar war von der Haube verborgen, die ihr Antlitz weiß umrahmte. Sie war noch immer so reizvoll, daß ich mich bei dem Gedanken ertappte, wie schön sie einst gewesen sein mochte. Ich hatte anscheinend immer das Glück, auf die Hübschen zu treffen. Die mit den Warzen auf der Nase oder dem Damenbart schienen mir erspart zu bleiben. »Ich kenne Ben seit vierzig Jahren.« In ihren Augen lag ein leiser Vorwurf. »Aber er scheint mich vergessen zu haben.«

Es fiel mir gerade noch rechtzeitig ein; ein Aufflackern der Erinnerung.

»Sie vergessen? Schwester Mary Angelina? Wie könnte ich! Schwester Mary Angelina hat mir durch die allererste Glaubenskrise meines Lebens geholfen.«

Elizabeth sagte: »Zu schade, daß die Schwester Sie nicht durch ihr ganzes bisheriges Leben begleiten konnte, um Ihnen immer wieder aufzuhelfen, wenn Sie gestrauchelt waren.« Sie lächelte liebreizend, aber ihre Augen funkelten.

»Was meinen Sie damit, Ben?« Schwester Mary Angelina betrachtete mich voller Neugierde. »Ich muß es vergessen haben. Helfen Sie mir auf die Sprünge.«

»Es war in der Schule. Eines Tages hatte ich die Nase gestrichen voll. Sie hatten mir mit einem Lineal auf die Handknöchel geschlagen, und dann bin ich davongerannt, habe mich auf dem Schulhof versteckt, und als ich zu türmen versuchte, haben Sie mich geschnappt. Ich dachte, das Spiel ist aus. Ich hab' damit gerechnet, die schlimmste Tracht Prügel meines Lebens zu bekommen. Aber statt dessen haben Sie mich in die Arme genommen und mir gesagt, alles würde wieder gut. Ich bin nie so richtig darüber hinweggekommen. Und ich habe nie so recht begriffen, was damals eigentlich mit mir passiert ist. Darum können Sie sicher sein, daß ich Sie nie vergessen werde, Schwester.«

»Es ist seltsam«, sagte sie. »Ich kann mich nicht daran erinnern. Überhaupt nicht. Nun, ich bin fast siebzig, und vielleicht fällt bei mir schon die eine oder andere Tasse aus dem Schrank.«

»Ich nehme an, für Sie war es damals eine ganz alltägliche Geschichte.«

»Na ja, über die Jahre hinweg hat man sehr, sehr viele Schüler.«

»Ich wußte gar nicht, daß Sie meinen Vater so gut kennen.«

»Ihren Vater und Ihre Mutter. Ja, wir waren schon immer befreundet. Als ihr Vater den Infarkt erlitten und man ihn hierher gebracht hat, war ich gerade bei Mrs. Francis zu Besuch – die Nachricht war ein furchtbarer Schock. Ihr Vater... wissen Sie, man kann einfach nicht glauben, daß Männern wie Hugh Driskill so etwas zustößt. Man hält sie irgendwie für unzerstörbar.« Sie suchte meinen Blick, wandte sich dann an Elizabeth. »Es gibt solche Männer. Männer, bei denen man den Eindruck hat, daß ihnen das Sterblichkeitsgen fehlt... aber natürlich sitzen wir alle im gleichen Boot, wenn es erst mal soweit ist, nicht wahr?« Sie seufzte lächelnd. »Es ist schön, Sie zu sehen, Ben. Und ich möchte Ihnen mein tiefstes Beileid aussprechen. Schwester Valentine, sie war ein so liebes Kind. Aber wenigstens scheint Ihr Vater auf dem Weg der Besserung zu sein. Ich werde Sie, euch alle, in meine Gebete einschließen.«

Schwester Elizabeth zog mich am Jackenärmel, als wir allein waren. Ich wandte mich um und sah, daß sie mich schüchtern anlächelte.

»Val hat mich auch immer am Ärmel gezupft«, sagte ich.

»Entschuldigung«, erwiderte sie und ließ den Ärmel los.

»Nein, nein«, sagte ich. »So war das nicht gemeint. Es hat mir gefallen. Es war... schön.«

»Werden Sie sich von nun an benehmen?« Ihre Stimme war ganz sanft.

»Warum sollte ich jetzt damit anfangen?« fragte ich. »Dazu ist es viel zu spät.«

Wir saßen schon im Wagen, als mir ein Gedanke durch den Kopf ging.

»Schwester Mary Angelina«, sagte ich. »Ob sie wohl Father Governeau gekannt hat? Falls sie damals schon hier in der Gegend gelebt hat, und falls er tatsächlich weiblicher Gesellschaft zugetan war, hat sie ihn vielleicht gekannt. Oder ist das zu weit hergeholt?«

»Das frage ich mich auch«, sagte sie.

Sie ließ mich nicht schlafen. Sie brannte ein Loch in die Nacht um mich herum, in die Dunkelheit, verscheuchte den bloßen Gedanken an Ruhe, Schlaf, Entspannung. Ich schloß die Augen, und da war sie, ihr Gesicht, beinahe so, als käme sie in einem Traum zu mir, in mein Inneres. Aber es war kein Traum. Ich war hellwach, und Val wollte genau das.

Es schien, als würde sie mir das Tageslicht zugestehen, damit der Schock über ihren Tod verblassen konnte. Doch in den Nächten kam sie zu mir und stellte Forderungen. Genug getrauert, schien sie mir zuzurufen. Nun, großer Bruder, was wirst du jetzt unternehmen? Irgendein dreckiger Bastard hat mir das Hirn aus dem Schädel gepustet. Und was gedenkst du zu tun? In meiner Vorstellung forderte sie mich heraus. Sie meinte es ernst: Sie wollte eine Antwort. Ich habe meinen Teil getan, sagte sie mir, ich bin die Risiken eingegangen, ich bin ermordet worden, weil ich jemandem Angst eingejagt habe, und habe dir genug Hinweise hinterlassen, um einen ganzen Kriminalroman zu füllen. Ich habe das Geheimnis um Father Governeau entdeckt, und ich habe das Bild in der Trommel verborgen, für dich... und jetzt um Himmels willen, nimm den Ball auf und spiele das Spiel weiter... O Ben, mein großer Bruder, warum kann ich es dir nicht begreiflich machen, du bist ein solcher Dummkopf... Sei mutig, Ben, für mich, und kämpfe meinen Kampf weiter!

Gegen Mitternacht – das Haus lag in tiefem Schlaf – hatte ich so ziemlich genug von meiner toten Schwester. Sogar ihr Geist war lautstark. Ich hätte es wissen müssen. Im Tod war sie so lebendig wie eh und je, beharrlich, entschlossen.

Ich schwang mich aus dem Bett und streifte den Morgenmantel über. Sie ließ mich einfach nicht in Ruhe; auch als ich Selbstgespräche führte, unterbrach sie mich. Morgen begräbst du mich, Ben, du begräbst mich... und dann werde ich wirklich fort sein, verschwunden, verschwunden, für immer und ewig...

»Das ist nicht wahr«, murmelte ich. »Ich werde niemals frei von dir sein, kleine Schwester, und das wissen wir beide, und wir möchten es auch gar nicht anders.« Ich konnte hören, wie sie mich einen Dummkopf nannte; dann verhallte ihre Stimme allmählich.

Ich brauchte einen Brandy. Vielleicht würde der mir helfen, Schlaf zu finden oder Val einschlafen zu lassen, falls sie – als Geistwesen – eine Projektion meiner eigenen Psyche war. Ich ging die Treppe hinunter und hörte, wie das Haus im Wind knarrte und ächzte; heute waren offenbar alle Gespenster unterwegs.

Im Long Room brannte Licht.

Sandanato saß in einem der senffarbenen Ledersessel, mit dem Rücken zum erloschenen Kamin.

»Hier ist es ja eiskalt«, sagte ich.

Auf dem Tisch neben ihm stand eine Flasche Brandy. Auf seinem Schoß hielt er mit beiden Händen einen Cognacschwenker. Im Ascher qualmte eine Zigarette. Er blickte langsam auf, schaute mich an. Seine Lider waren schwer, und sein Gesicht wirkte eingefallen. Mein plötzliches Erscheinen schien ihn nicht zu überraschen.

»Ich konnte nicht schlafen«, sagte er. »Und ich fürchte, ich habe den Brandy gefunden. Habe ich Sie geweckt?«

»Nein, nein, ich konnte auch nicht schlafen. Ich habe an das morgige Begräbnis gedacht. Es wird hier sehr lebhaft zugehen. Die Hälfte der Trauergäste wird damit rechnen, daß meine Schwester von den Toten aufersteht und allen guten Katholiken die Errettung der Seelen verkündet, und die andere Hälfte ist sowieso der Meinung, daß sie einen Pakt mit dem Satan geschlossen hat und schon längst im ewigen Feuer der Hölle schmort. Mehr oder weniger. Ich bin mit den Nerven ziemlich am Ende.«

Er nickte. »Das hört sich so an, als hätten Sie fast so viele Probleme wie ich selbst – darf ich Ihnen einen Schluck von Ihrem Brandy anbieten, Mister Driskill?«

»Selbstverständlich dürfen Sie das.« Er schenkte mir großzügig ein, doch ich bat ihn um noch mehr. »Und... halt.« Er reichte mir den Schwenker. »Danke, Monsignore. Möge der Schlaf rechtzeitig über uns kommen.« Wir prosteten uns zu.

»Sind Sie der Maler, wenn ich fragen darf? Es ist eine bemerkenswerte Arbeit. Wirklich bemerkenswert. Eine sehr lebendige Stimmung. Es zeugt von einer tiefen Spiritualität.«

Für einen Moment hatte ich nicht die leiseste Ahnung, wovon er sprach; dann nahm er einen Zug an der Zigarette und deutete zum anderen Ende des Zimmers. Da wußte ich, was er meinte. Er hatte den kleinen Vorhang von der Leinwand gezogen, die auf der Staffelei stand. Natürlich konnte er nichts von der heftigen Abneigung meines Vaters gegen Leute wissen, die einen Blick auf Gemälde warfen, an denen er noch arbeitete. Ich strengte meine Augen an, um durch das trübe Licht der Tischlampe etwas erkennen zu können.

»Mein Vater. Mein Vater ist der Maler.«

»Ein ausgeprägter Sinn für das Theatralische. Und ein bewundernswertes Einfühlungsvermögen, was die Kirchengeschichte betrifft. Hat er schon mal eine der großartigen Klosterruinen gemalt? Es gibt einige unglaublich dramatische Perspektiven... Aber dieses Bild ist wirklich sehr schön. Haben Sie es vorher schon mal gesehen?«

»Ehrlich gesagt, nein. Er zeigt uns seine Arbeiten immer erst dann, wenn sie abgeschlossen sind.«

»Dann soll es unser Geheimnis bleiben. Die Eitelkeit des wahren Künstlers.« Er erhob sich aus dem Sessel; sein Profil zeichnete sich im Licht der Tischlampe ab. Seine Nase war leicht gebogen, beinahe wie eine Hakennase. Auf seinem Gesicht lag ein feiner Schweißfilm, obwohl es im Zimmer so kalt war. »Kommen Sie, werfen Sie einen näheren Blick darauf. Sie werden das Gemälde, glaube ich, ausgesprochen faszinierend finden – sofern Sie noch immer einen Blick für den katholischen Geist haben, in welcher Form er sich auch zeigen mag.« Er atmete aus, und eine zitternde Rauchwolke verbarg seine Gesichtszüge.

»Noch immer?«

»Ihre Schwester hat einmal erwähnt, daß Sie eine Zeitlang Jesuit gewesen sind. Und dann«, er zuckte die Achseln, »haben Sie es sich anders überlegt.«

»Wie feinfühlig Sie das formulieren.«

»Ah. Ich muß gestehen, sie hat es etwas drastischer ausgedrückt. Ihre Schwester hat – hatte – eine sehr große Palette an Ausdrucksmöglichkeiten.«

»Ich würde wetten, daß sie es anders ausgedrückt hat.«

»Sagen Sie, warum haben Sie den Orden verlassen?«

»Wegen einer Frau.«

»War sie es Ihrer Meinung nach wert?«

»Steht das nicht in meinem Dossier?«

»Aber, aber. Was soll das heißen? Es gibt kein Dossier...«

»Schon gut. Nicht wichtig. Ist mir nur so rausgerutscht.«

»Und? War diese Frau es wert?«

»Wer weiß? Vielleicht werde ich eines Tages die Antwort darauf finden.«

»Irre ich mich, oder habe ich da eine Unterton der Reue gehört?«

»Ich glaube eher, Sie haben mich völlig mißverstanden, Monsignore. Ich habe den Orden wegen der heiligen Jungfrau verlassen. Ich konnte an sie und an all das andere Brimborium nicht mehr glauben.«

»Und jetzt fragen Sie sich, ob die Mutter Gottes ein guter Grund war, aus dem Orden auszutreten?«

»Ich bereue nur, daß ich sie als Vorwand benutzt habe. Es gab viel bessere Gründe.«

Sein Lächeln hatte den Ausdruck der Unnahbarkeit verloren. »Soviel zu Ihrer Autobiographie. Kommen Sie, schauen Sie sich das Gemälde Ihres Vaters an.«

Ich ging zur Staffelei hinüber und knipste eine weitere Lampe an, und dann sah ich Kaiser Konstantin, wie er das Zeichen am Himmel erblickte. In seinem kraftvollen, naiven Stil hatte mein Vater jenen Augenblick eingefangen, der die Geschichte der abendländischen Welt für alle Zeiten verändert hatte. Monsignore Sandanato betrachtete die Leinwand, das Kinn auf eine Hand gestützt, und blinzelte durch den Rauch, der von der Zigarette aufstieg, und dann begann er zu reden, als wäre ich gar nicht mehr anwesend, als würde er einem Heiden darüber berichten, was vor langer, langer Zeit an einer Straße nach Rom passiert war. Er redete über die blutige, bewegte Geschichte der Kirche...

Die Kirchengeschichte, so Sandanato, war schon immer wie ein überladener, verwirrender Bildteppich gewesen – voll schreiender, qualvoll verzerrter Gesichter und gehäutetem Flleisch, vollgesogen im Dreck aus hemmungslosem Ehrgeiz und Habgier und Bestechlichkeit, aus Intrigen und Ranken und Verschwörertum, Blut und Gewalt und marschierenden Armeen. Es war immer notwendig gewesen, ein Gleichgewicht herzustellen zwischen der

Güte, dem Glauben und der Hoffnung einerseits, die die Kirche den Menschen darbot, und andererseits den Verlockungen des weltlichen Lebens, dem Bösen und der Macht. Hoffnungen und Versprechungen machten eine ansonsten unerträgliche Existenz irgendwie erträglich. Gleichgültig, wen die Kirche zu irgendeinem Zeitpunkt foltern und töten ließ – es waren *Menschen*, die diese grausame Arbeit verrichteten, Menschen und nicht der Glaube, für den die Kirche stand. Gute und schlechte Menschen hat es immer gegeben und wird es immer geben, aber der Glaube daran, daß Christus für unsere Sünden gestorben ist, daß die Menschen in ihrer Schwäche und Sündhaftigkeit auf ewig von Christus erlöst worden sind und Rettung in ihm finden können – die Heilsbotschaft war immer das Entscheidende gewesen. Das Gute ist stärker, immer und ewig, so lehrt man uns, aber zu manchen Zeiten wird diese Botschaft angezweifelt. Wie mir persönlich schien, eher zu den meisten Zeiten.

»Bis zum siebenundzwanzigsten Oktober des Jahres dreihundertundzwölf«, sagte Sandanato, »wußte jeder, der sich zum christlichen Glauben bekannte, nur zu gut, was ihn erwarten mochte. Die Fronten zwischen Heidentum und Christentum waren klar abgesteckt. Man konnte einem Löwen zum Fraß vorgeworfen werden oder sein Leben an Hand- und Fußgelenken angekettet verbringen; vielleicht wurde man vom römischen Pöbel als Zeitvertreib und zur Belustigung auf offener Straße zu Tode geprügelt, oder man wurde als abschreckendes Beispiel am Rande einer römischen Straße gekreuzigt, aber man konnte jedenfalls sicher sein, wie es zwischen einem Christen und dem Rest der Welt bestellt war. Reichtum, Macht und Müßiggang verkörperten das Böse – und Armut, das Vertrauen in Gott und der Glaube an die Heilsbotschaft waren die bestimmenden Dinge schon des frühchristlichen Lebens.« Dieser Vortrag war vielleicht Sandanatos Vorstellung von einem angeregten mitternächtlichen Gespräch unter Männern, nicht die meine, aber ich mußte zugeben, daß all dies verschüttet geglaubte Erinnerungen in mir wachrief. Es vermittelte mir ein seltsam tröstliches Gefühl, da gab es nichts zu leugnen. Ich nippte an meinem Cognac und hörte Sandanato weiter zu.

27. Oktober 312.

Konstantin, einunddreißig Jahre alt, der sechs Sprachen fließend beherrschte, wie überliefert ist, ein heidnischer Kriegerkönig, der das Weströmische Reich von Schottland bis zum Schwarzen Meer regierte, bereitete sich auf die entscheidende Schlacht gegen Maxentius vor, der Rom besetzt hielt – die Schlacht an der Milvischen Brücke. Bei Einbruch der Dämmerung, wohl wissend, daß der nächste Morgen Blut und Tod und Greuel bringen würde, hatte Konstantin eine Vision... und die Welt war seit jener Stunde ein vollkommen anderer Ort. Am Himmel, rötlich-golden im Glanz der untergehenden Sonne, sah er das Kreuz Jesu, und er hörte eine Stimme, so wie Paulus sie einst auf der Straße nach Damaskus vernommen hatte. ›*In hoc signo vinces* – In diesem Zeichen wirst du siegen.‹ Als er am Morgen zur Schlacht antrat, war auf den Schilden seiner Soldaten und den Stirnen ihrer Pferde das Zeichen das Kreuzes gemalt. Und er siegte, wie es ihm in der Vision prophezeit worden war. Rom gehörte Konstantin; nun war er endgültig Beherrscher des Weströmischen Reiches. Und er wußte: Die Macht Jesu hatte ihm zum Sieg verholfen.

28. Oktober 312.

Noch immer schweißgebadet, vom Blut der Feinde und vom Schmutz der Schlacht besudelt, befahl der Kaiser, nach Trastevere geleitet zu werden, einem Stadtteil Roms, wo ihm ein von schrecklicher Angst erfüllter, kleiner brauner Mann vorgeführt wurde, ein Afrikaner: Miltiades, der Papst. Miltiades hatte sein Leben im Verborgenen verbracht, in ständiger Furcht vor der Gefangennahme und der unabwendbaren Hinrichtung, und er rechnete mit dem Schlimmsten. Er war so ungebildet, daß er bat, einen Dolmetscher kommen zu lassen, denn er verstand kein Wort von Konstantins perfektem höfischem Latein. Er stand zitternd vor dem hünenhaften blonden Cäsaren. Aber die Botschaft Konstantins war unmißverständlich, und sie änderte den Lauf der Weltgeschichte.

Von nun an war alles anders, neu, besser. Rom wurde christlich. Der Kaiser ließ einen Nagel aus dem Kreuz Jesu in seine Krone einarbeiten, ein anderer wurde in ein Gebißstück am Zaum seines Pferdes eingeschmiedet, so daß er ihn in jede Schlacht begleitete.

Am folgenden Tag ritten Konstantin, Miltiades und dessen Nachfolger Silvester an der Arena des Caligula und den Tempeln des Apoll und der Cybele vorüber zum Friedhof auf dem Vatikanhügel, wo Konstantin über den Gebeinen des Petrus und Paulus kniete, im Gebet versunken. Als die Gruppe anschließend über das

Friedhofsgelände schlenderte, legte Konstantin seine Pläne dar: Hier, über den sterblichen Überresten Petri, sollte eine Basilika errichtet werden, die den Namen des Apostels trug, und Pauli Gebeine sollten an jene Stelle an der Straße nach Ostia überführt und dort beigesetzt werden, wo er den Märtyrertod gestorben war, und auch dort sollte eine Basilika erbaut werden. Aber das war noch nicht alles. Konstantin hatte sich zu einem Mann gewandelt, der eine Mission zu erfüllen hatte. Die Gruppe ging zum Lateranhügel, auf dem sich die Paläste einer uralten römischen Familie befanden, der Laterani. Konstantin öffnete die Tore: »Fortan ist dies das Heim des Miltiades und jedes Nachfolgers des heiligen Apostels Petrus.«

Fünfzehn Monate später war Miltiades verstorben, und Silvester war Papst, von Konstantin gekrönt. Silvester, der erste wirklich weltliche Papst, begriff mit einer geistigen Schärfe, welche die des Miltiades bei weitem übertraf, die neue und unabänderliche Zukunft der Kirche. Es war Silvester, der das Band zwischen Kirche und Kaisertum schmiedete und der auf diese Weise die erste weltumspannende Kirche schuf, weil das Christentum sich über das gewaltige Straßennetz des römischen Kaiserreichs verbreiten ließ, bis in den entlegensten Winkel des riesigen Herrschaftsgebiets. Es war Silvester, der Konstantin die Beichte abnahm. Es war Silvester, der den Siegeszug des Christentums erlebte, ohne daß erst auf die Wiederkunft Jesu gewartet werden mußte. Jesus Christus konnte sein Reich nun mit Hilfe der Macht Roms über die ganze damals bekannte Welt ausbreiten, ein Reich, das von den Nachfolgern auf dem Thron des heiligen Petrus regiert wurde.

»Drei Jahrhunderte lang war unsere Existenz der Welt praktisch verborgen geblieben«, sagte Sandanato, »waren die Christen doch gejagt und gefoltert worden und hatten ein Leben in Angst und Dunkelheit gefristet. Jetzt hatte Silvester die einzigartige Gelegenheit, die Kirche und ihre Botschaft in die Welt zu tragen und sie gemäß den Aufgaben zu formen, die die Welt an die Kirche stellte. Jesus hatte zu Konstantin gesprochen, hatte ihn bekehrt, und Konstantin war das Mittel, den Rest der Welt zu bekehren. Das Geistige vermählte sich mit Reichtum und Prunk und militärischer Macht. Mit Konstantins Hilfe konnte Silvester jetzt zurückgreifen auf das, was Jesus einst auf dem Berge Hermon zu Petrus gesagt hatte.« Sandanato hielt inne und blickte mich an, als erwartete er von mir, daß ich die entsprechende Bibelstelle aus den Tiefen meines Gedächtnisses hervorkramte. Also suchte ich, und ich fand sie auch.

»›Ich will dir die Schlüssel des Himmelreichs geben,‹« zitierte ich. »›Alles, was du auf Erden binden wirst, wird auch im Himmel gebunden sein, und alles, was du auf Erden lösen wirst, soll auch im Himmel gelöst sein.‹«

»Exakt«, sagte Sandanato. »Zum erstenmal in der Geschichte hatte der Nachfolger Petri weltliche Macht. Doch Silvester, und mit ihm seine Kirche, ließen sich von dieser Macht verleiten. Mehr als je zuvor wurden wir in den darauffolgenden Jahrhunderten zum Opfer von Gewalt, und so sollte es fortan bleiben.

Es war der Preis, den die Kirche für die von Konstantin errungene Bedeutung zahlen mußte«, fuhr Sandanato fort. »Wir hatten uns weltliche Macht angeeignet, also mußten wir auch den weltlichen Preis dafür bezahlen. Mit der Macht kamen die Machtgierigen, die Herausforderer, diejenigen, die uns unserer militärischen Bündnisse und der immensen Reichtümer beraubten, welche uns zur Verfügung standen. Unsere Geschichte ist die Geschichte der Drohungen, die gegen uns erhoben wurden, der Kompromisse, die wir eingehen mußten. Aber bis jetzt, Mister Driskill, haben wir immer gewußt, wer unsere Feinde waren. Selbst dann, wenn die Herausforderungen dramatische Formen annahmen. Sie werden sich aus Ihrer Kenntnis der Geschichte gewiß an den schrecklich heißen August des Jahres 1870 erinnern...«

Wie es der Zufall wollte, konnte ich mich tatsächlich erinnern, jedenfalls in dem Maße, wie es von einem Seminaristen erwartet worden war. Damals wandte die weltliche Macht sich endgültig gegen die Kirche. Doch was in diesem langen, qualvollen Sommer vor über hundert Jahren deutlich wurde, hatte in Wahrheit schon im Jahre 1823 begonnen und sich über dreiundzwanzig Jahre hinweg erstreckt, während der Pontifikate Leos XII., Pius' VIII. und Gregors XVI.: dreiundzwanzig Jahre päpstlicher Tyrannei und Diktatur in der Stadt Rom und im Kirchenstaat, in dem diese Papst-Könige regierten. Annähernd eine Viertelmillion Menschen wurden hingerichtet, zu lebenslanger Kerkerhaft verurteilt oder wegen politischer Vergehen ins Exil verbannt – mit anderen Worten: weil sie den Unwillen der Kirche auf sich gezogen hatten. Bücher wurden zensiert, Versammlungsverbote erteilt, Reisebeschränkungen auferlegt, und kirchliche Tribunale verhängten schwerste Strafen über die Angeklagten. Die Verhandlungen wurden ausschließlich in lateinischer Sprache geführt; aus diesem Grunde verstand kaum ein Angeklagter, welches Verbrechens er überhaupt beschuldigt wurde. Unter diesen Päpsten erloschen Justiz und Recht, wurden durch Willkürakte verdrängt; die Wiedereinsetzung der Inquisition mit ihren unmenschlichen Folterungen unter Leo XII. ist nur ein Beispiel. Die Päpste entfremdeten sich den Menschen, denen sie doch als Stellvertreter Christi galten, immer mehr. Auf jedem öffentlichen Platz wurde ein Galgen als ständige Drohung errichtet, und der Henker stand stets bereit, diejenigen zu hängen, die mit der Kirche in Konflikt geraten waren.

Es bildeten sich Geheimbünde, die rasch an Zulauf gewannen. Attentate und Aufstände waren an der Tagesordnung. Doch immer wieder wurden – wie das Beispiel Bolognas drastisch belegt – Rebellionen brutal niedergeschlagen, und zwar mit Hilfe ausländischer Truppen. Doch schließlich spülte der Strom der Geschichte diese Terrorherrschaft hinweg, und im Jahre 1843 eroberten die Bürger Roms – in den Augen der Kirche der Pöbel – die Stadt.

1846 wurde Pius IX. zum Papst gewählt, und es war eine verzweifelte Welt, die dieser christliche Oberhirte erbte, jedenfalls aus seiner Sicht: Garibaldi und Mazzini rasselten mit den Säbeln, marschierten schließlich gegen Rom, und schon 1848 flüchtete Pius heimlich aus der Stadt; inkognito gelangte er bis Gaeta ins Königreich beider Sizilien, derweil in Rom die Republik ausgerufen und symbolisch vom Papst befreit wurde; hohe Geistliche wurden ermordet, Kirchen geplündert. Erst 1850 konnte Pius nach Rom zurückkehren, als die französische Armee die Stadt eroberte, Mazzini in die Schweiz flüchtete und Garibaldi sich in die Berge zurückzog. Pius IX. saß wieder auf dem Papstthron, gewiß, aber durch die Hilfe und getragen von einer fremden Macht.

Als Pius sein Amt angetreten hatte, war er noch von einer Woge der Beliebtheit getragen worden, und er hatte die Sympathien erwidert, indem er den Menschen gab, was sie forderten: Er schloß die Jesuiten aus der Gemeinschaft der Gläubigen aus, erlaubte die

Veröffentlichung einer allgemeinen, unabhängigen Zeitung, ließ das Armenviertel abreißen und den Kirchenstaat an das wachsende Eisenbahnnetz anschließen; er verkündete eine bürgerlichrechtliche Verfassung – alles in dem Bemühen, die Schrecken des letzten Vierteljahrhunderts vergessen zu lassen. Doch es war vergeblich. Die geschichtliche Entwicklung überrollte ihn. Die Menschen wollten die Zukunft, nicht die Vergangenheit, und die Zukunft lag nicht darin, sich zum Papst und dessen Kirchenstaat zu bekennen, sondern zur neuen italienischen Nation.

Mit dem Mordanschlag auf den Ministerpräsidenten des Kirchenstaates, Pellegrino Graf Rossi, war ein Höhepunkt erreicht. Als Rossi an einem Novembertag des Jahres 1848 den Haupteingang am Ende der berühmten Treppe vor dem Quirinalspalast verließ, hatte sich dort eine Menschenmenge versammelt. Plötzlich blitzte ein Dolch in der Hand eines jungen Mannes auf; die Klinge fuhr Rossi in die Kehle, und sein Blut spritzte über die Stufen; der Pöbel jubelte vor schierem Haß... und hinter dem Fenster seines Arbeitszimmers stand Pius und mußte diese Szene hilflos mit ansehen.

Nun gab es keine weltliche Zuflucht mehr, kein Heer, das man gegen Feinde vorrücken lassen konnte, die die Macht des Papsttums angriffen. Silvester I., Leo II., Gregor VIII., Clemens VII. – sie alle konnten der weltlichen Herausforderung standhalten, indem sie militärische Hilfe herbeiriefen.

Im Jahre 1869 schließlich war das Papsttum *de facto* zur Bedeutungslosigkeit herabgesunken. Die Londoner *Times* bezeichnete es als ›den endgültigen Niedergang dieser ehrwürdigen Institution‹.

Nur selten in all den Jahrhunderten, die vergangen waren, seit Konstantin seine Vision gehabt hatte, war die Kirche in einer so ernsten Situation gewesen; aber Pius hatte noch eine Trumpfkarte, und es blieb ihm keine Wahl, als sie nun auszuspielen. Er berief sich auf die Macht, die Jesus dem Petrus übertragen hatte, die Macht des Heiligen Geistes. Am 18. Juli 1870 wurde auf der Schlußsitzung des Ersten Vatikanischen Konzils das Dogma der Unfehlbarkeit verkündet: Der Papst, als Nachfolger Petri, trifft unter Beihilfe des Heiligen Geistes irrtumsfreie Lehrentscheidungen in Sachen des Glaubens und der Sitten. Pius betrachtete sich von nun an als Stimme Gottes in Moral- und Glaubensfragen, eine Stimme, die sich nicht irren *konnte*; er war die höchste Instanz, der man zu Gehorsam verpflichtet war. Und als Folge des zweiten Dogmas, des Universalepiskopats, wurde dem Papst die ordentliche und unmittelbare Gewalt über die *ganze* Kirche und sämtliche Einzelkirchen zugesprochen. Damit hatte das Konzil den Papst zum obersten geistigen Führer und zur höchsten Autorität auf Erden ernannt.

Dennoch haftete diesen Dogmen ein unglaubwürdiger Beigeschmack an, und niemand wußte das besser als Pius. Und wenn auch die geistige Schlacht gewonnen sein mochte – in der diesseitigen Welt hatte man die Schlacht mit den weltlichen Mächten ohnehin verloren.

Diese Aussage war keine bloße Metapher. Diese Schlacht hatte tatsächlich stattgefunden, und die Franzosen, die vor dem preußischen Vormarsch im deutsch-französischen Krieg 1870/71 zurückweichen mußten, räumten Rom am 19. August 1870. General Kanzlers Armee – weniger als viertausend Mann – war die einzige Streitmacht, die noch zwischen der Bastion des letzten Papst-Königs und General Cadornas italienischer Nationalarmee stand, die sechzigtausend Mann stark war und weniger als einen Tagesmarsch vor den Mauern Roms stand. Pius, in eine ausweglose Lage gedrängt und ohne Fluchtmöglichkeit, gab den Befehl, nur symbolischen Widerstand zu leisten und dann zu kapitulieren.

König Viktor Emanuel, Oberhaupt des neuen italienischen Staates, hatte gesiegt. Rom wurde Hauptstadt Italiens. Am 20. August, bei Sonnenaufgang, eröffneten die italienischen Kanonen das Feuer.

Weniger als fünf Stunden später wehte die weiße Kapitulationsflagge von der Kuppel des Petersdoms. Um der Eroberung Roms keinen legalen Anstrich zu geben, lehnte Pius Verhandlungen mit Vertretern des neuen Italien ab; er zog sich in den Vatikan zurück.

Im Oktober 1870 wurde im Kirchenstaat eine Volksbefragung durchgeführt. 132681 Stimmberechtigte sprachen sich für einen Beitritt zur Republik Italien aus, bei nur 1505 Gegenstimmen. Die italienische Regierung erließ im Mai 1871 ein Garantiegesetz: Die Person des Papstes wurde für souverän und unverletzlich erklärt, doch er war nun Herrscher in einer arg geschrumpften Welt, die fortan nur noch aus dem Vatikan, dem Lateran und der Sommerresidenz Castel Gandolfo bestand, wobei dies alles Pius nur zur Nutzung und nicht zum Eigentum überlassen wurde.

Erst 1929, als Pius XI. durch die Unterzeichnung der Lateranischen Verträge zu einer Verständigung mit Benito Mussolini gelangte, bekam die Kirche wieder die Möglichkeit, in der Welt der Macht, der Wirtschaft und der Politik tätig zu werden, denn mit den Lateranverträgen wurde die Vatikanstadt zum souveränen Staat.

Sandanatos kleines goldenes Feuerzeug flammte auf; ich konnte das Aroma der Gauloise riechen und spürte den warmen Zigarettenrauch über mein Gesicht streichen.

»Gewalt ist nichts Neues«, sagte er, »das wissen wir beide. Gewalt innerhalb der Kirche hat eine große Faszination auf Ihre Schwester ausgeübt. Jedenfalls hat seine Eminenz mir das berichtet. Wir haben immer unter Gewalt gelitten, aber nun scheint sie auszuufern, Amok zu laufen, nicht wahr? Und wir können den Gegner nicht identifizieren. In der Vergangenheit haben wir immer gewußt, wer der Gegner war. Jetzt aber stehen wir fassungslos vor drei Ermordeten, und wir wissen, daß es keine Armee gibt, die wir zu Hilfe rufen können und die sich in die Schlacht stürzt, um uns zu retten. Diese Zeiten sind vorbei. Nun sind wir ganz allein, unbewaffnet, in einer sich verdüsternden Welt.« Ich sah, daß er trotz seiner ernsten Worte traurig lächelte. Er schien sich immer dann zu entspannen, wenn das Thema Gewalt zur Sprache kam. Vielleicht wollte er es einfach loswerden, wollte es sich von der Seele reden. Er hob sein Brandyglas. Es war fast vier Uhr früh an jenem Morgen, an dem meine Schwester beerdigt wurde, und ich war endlich müde, würde schlafen können.

»Tod unseren Feinden«, sagte er.

Ich blickte ihn fest an. »Und ob, mein Freund, und ob.«

Die Beerdigung meiner Schwester zog in einem verschwommenen Nebel aus Aktivitäten an mir vorüber. Alles schien in einiger Entfernung von mir stattzufinden, beinahe so, als wäre ich ein außenstehender Beobachter. Ich spielte die Rolle, die ich zu spielen hatte, und zu meiner ziemlichen Überraschung schaffte ich das recht glaubwürdig. Nicht schlecht, steckte ich doch bis über beide Ohren inmitten mich aufmerksam beobachtender, scharfäugiger Katholiken und nahm an ihrer ebenso unsinnigen wie verlogenen feierlichen Messe teil. Ich hatte mich schon immer gefragt, was es bei einer Totenmesse eigentlich zu feiern gab. Natürlich kannte ich die Standard-Antwort: Man feierte das nun ewige Leben des jüngst dahingegangenen Ehrengastes. Seit fast einem Vierteljahrhundert erschien mir diese Argumentation als Schwachsinn erster Güte. Darum hatte ich seit der Beerdigung meiner Mutter auch nicht mehr an einer solchen Feierlichkeit teilgenommen. Was mich betraf, war es damals wirklich kein Grund zum Feiern gewesen, als dieses arme und einsame und zum Schluß verrückt gewordene alte Mädel unter die Erde gekommen war.

Vals Begräbnis indes war anders. Sie hatte ein Leben gelebt, das einer Feier würdig war – und sie war einen Tod gestorben, der nach Rache schrie.

Peaches las die Messe in der kleinen Kirche in New Prudence. Wir hatten die Zahl der Trauergäste erfolgreich niedrig zu halten versucht. Es waren zwischen fünfzig und sechzig Personen gekommen, die meisten davon aus den Reihen der Mächtigen, noch Mächtigeren und Mächtigsten. Der Abgesandte aus dem Weißen Haus, zwei Gouverneure, drei Senatoren, einige Kabinettsmitglieder und Anwälte und Finanzmagnaten, die ihre Macht und ihr Geld für alle möglichen legalen und illegalen Manipulationen nutzten, und der ganze Rest dieses Gesindels, das so restlos davon überzeugt ist, allein dafür verantwortlich zu sein, daß die Erde sich weiter dreht. Fünf oder sechs Fernsehstationen hatten Aufnahmeteams geschickt, die von der Staatspolizei in Schach gehalten wurden. Wir taten unser Bestes, alles im Griff zu behalten, Margaret und Father Dunn und Schwester Elizabeth und ich – was aber nicht verhindern konnte, daß der Feierlichkeit dennoch der Hauch des Makels anhaftete, ein ›Medienspektakel‹ zu sein.

Ich hatte Peaches vorher noch nie in Ausübung seines Amtes erlebt, und ich war beeindruckt. Es muß eine Qual für ihn gewesen sein. Der Geruch des Weihrauchs erfüllte das Innere der Kirche. Der Sarg schimmerte matt wie brüniertes Gold, und dann folgte das ganze Geschwafel, all das Brimborium, an das ich mich aus längst vergangenen Jahren erinnern konnte. Ich empfing die Heilige Kommunion, zum erstenmal seit Urzeiten, und es war ganz anders als früher – man mußte sich nicht mehr auf die Stufen vor dem Altar knien wie damals, und man empfing nicht nur die Hostie, sondern auch das Blut Christi. Daß man stehenbleiben durfte, empfand ich als Fortschritt, denn so ging es schneller; das alles war mir nämlich ziemlich egal. Denn, meine Güte, da oben im Sarg lag meine kleine Schwester.

Ich hielt die Grabrede: der ältere Bruder, der die jüngere Schwester überlebt, in der Blüte ihres Lebens dahingerafft, und so weiter und so weiter. Gottes Wege sind unergründlich und ähnliches Blabla. Den gelegentlichen Schluchzern und – an den entsprechenden Stellen – dem wehmütigen Lächeln und Kopfnicken meiner Zuhörer nach zu urteilen, konnte ich die Rede als erfolgreich einstufen. Ich sorgte dafür, daß meine Anmerkungen auf Armlänge außer Reichweite meiner Gefühle blieben. Val hätte ihre helle Freude daran gehabt, meine scheinheiligen Worte zu hören. Ein kleiner Scherz unter uns, Val, wie es so viele gegeben hatte, nicht wahr? Auf eine andere Weise hätte ich es jedenfalls nicht geschafft, hätte ich nicht durchgehalten. Dieser Meute hätte ich meine bloßliegende Seele um keinen Preis präsentiert. Nach meiner Ansprache wurde ein Lied gesungen, und die Trauergäste marschierten nacheinander aus der Kirche; der schlimmste Teil der Show war somit geschafft.

Val wurde auf dem Friedhof beigesetzt, der sich unmittelbar an die kleine Kirche anschloß. Die Inschriften auf den ältesten Grabsteinen führten in ferne Zeiten zurück. Hier, auf diesem Friedhof, befand sich die Familiengrabstätte der Driskills. Meine Mutter ruhte hier und die Eltern meines Vaters. Und jetzt Val. Es blieb noch reichlich Platz für meinen Vater und mich. Die Driskills verzichteten auf monumentale Denkmäler: statt dessen nur schlichte, strenge Grabsteine. Unsere Werke, pflegte mein Vater zu sagen, sind unser Denkmal. Dieser Ausspruch ließ mich immer an ein Gedicht denken, das ich in der Schule hatte auswendig lernen müssen, ›Ozymandias‹: Schaut auf meine Werke, ihr Mächtigen, und verzweifelt...

Der Wind war kalt und schneidend, und verdammt sollte ich sein, wenn ich hier mit klappernden Zähnen stehenblieb, während die Tränen, die mir übers Gesicht liefen, zu Eis gefroren, und das alles nur, um dabei zuzuschauen, wie die Kiste in der Erde verschwand. Ich war schon verzweifelt und wütend genug wegen des irrationalen Hasses, den ich verspürte, weil Val hier und jetzt zur letzten Ruhe gebettet wurde: ein Haß, der sich auf die kindische, aber nichtsdestoweniger erschreckende Vorstellung gründete, daß eine noch lebende Val hier bei vollem Bewußtsein beigesetzt wurde, in den vielen dunklen, kalten Nächten allein gelassen wurde, die in diesem Winter bevorstanden. Ich verließ die kleine

Gruppe enger Familienfreunde, die am Grab ausharrten, um den letzten Akt des Dramas über sich ergehen zu lassen, und schlenderte davon. Schwester Elizabeth und Margaret Korder blieben bei den anderen.

Und dann stand ich unter den dunkelgrauen Wolken an der schwarz gestrichenen Eisenumzäunung, welche die Grenze des Friedhofsgeländes markierte. Jenseits des Zauns waren einige überwucherte, offenbar alte Begrenzungsmarkierungen zu erkennen. Dann entdeckte ich das Tor. Ich öffnete es und trat hindurch. Mir waren die kleinen, traurigen Grabsteine noch nie aufgefallen, auf die ich nach wenigen Schritten stieß, aber irgend etwas zog mich – mein Unterbewußtsein oder vielleicht das Schicksal – zu ihnen hin.

Father Vincent Governeaus ungepflegtes Grab war fast völlig überwuchert von Disteln und Fingergras; der Grabstein war eine einfache Tafel auf dem Boden; der eingemeißelte Name und das Geburts- und Todesjahr waren verwittert und kaum noch zu entziffern: 1902–1936. Der angebliche Selbstmörder hatte nicht in geweihter Erde beerdigt werden dürfen.

Ich muß dort länger gestanden haben, als mir bewußt war, denn Schwester Elizabeth gesellte sich zu mir, nachdem die Begräbniszeremonie für Val offenbar beendet war. Sie kniete nieder, um zu sehen, was meine Aufmerksamkeit erregt hatte. Sie trug ein abgewandeltes Modell der traditionellen alten Ordenstracht, ein Kleidungsstück, das sie in Vals Wandschrank gefunden hatte. Zuerst hatte es mich ziemlich aus dem Konzept gebracht, als ich sie so gekleidet gesehen hatte. Sie sah wie jemand anders aus, wie eine hübsche junge Frau in einem fast normalen Kostüm. Als sie den Namen auf der Grabplatte entziffert hatte, schlug sie die Hand vor den Mund. »O mein Gott!«

»Der arme Kerl«, sagte ich. »Sie können sich sicher vorstellen, welche Art von Begräbnis seine lieben Kollegen ihm haben zukommen lassen. Die haben sein ganzes Leben unter den Teppich gekehrt, ihn in ein Erdloch geworfen, es schnellstens zugeschaufelt und so getan, als hätte er nie existiert. Weil er ein Selbstmörder war. Obwohl er in Wirklichkeit ermordet wurde. Schwester, er gehört drüben auf den Gottesacker, nicht hierhin zu den Verdammten...«

Als wir über den Friedhof zurückgingen, nahm sie meinen Arm.

»Sie haben sich sehr gut gehalten, und Ihre Rede war schön, Ben. Val wäre...«

»Sie hätte sich krumm und schief gelacht. Nehmen Sie sich nicht selbst auf die Schippe.«

»Trotzdem, Sie waren sehr gut. Val wäre stolz gewesen.«

»Möchten Sie was Komisches hören?«

»Was denn?«

»Ich kann mich überhaupt nicht daran erinnern, was ich gesagt habe.«

»Oh, Ben, Wenn Sie nur halb so grob wären, wie Sie sich geben, würde ich Sie hassen.«

»Dann nehmen Sie mich lieber nicht zu genau unter die Lupe, Elizabeth. Val wußte die Wahrheit über mich. Darum hat sie das Foto zurückgelassen.«

»Ich frage mich...«

»Val hat ihr ganzes Leben damit verbracht, für Ideale zu kämpfen, die sie für gut und richtig hielt. Aber wer sich's mit ihr verdorben hatte, der konnte einen Racheengel kennenlernen. Sie war sehr viel härter und stärker als ich.«

»Vielleicht habe ich sie nie richtig gekannt.«

»Sie haben Val gekannt. Sie *haben* sie gekannt. Es ist besser, wenn Sie das vor sich selbst zugeben. So, und jetzt bereiten Sie sich lieber auf den Rummel vor, der uns im Haus meines Vaters erwartet.«

»Haben Sie Schwester Mary Angelina gesehen?«

»Ich habe so gut wie gar nichts gesehen.«

»Sie ist direkt von Ihrem Vater gekommen. Er wollte, daß sie nach der Beerdigung sofort zu ihm zurückkäme, um ihm zu berichten, wie alles verlaufen ist...«

»Nanu, was soll denn das, Schwester? Eine Romanze zwischen November und Dezember?«

Das Haus war zum Bersten voll mit Leuten, die ich kaum kannte. Ich bezweifelte, daß Val mehr als jeden zehnten Gast gekannt hätte: Es waren zumeist Freunde und alte Bekannte meines Vaters. Herren von der Bankiersvereinigung; ehemalige CIA-Mitarbeiter; einstige Kommilitonen von der Princeton University; ehemalige und derzeitige Aspiranten auf das Präsidentschaftsamt; Vertreter der Kirche, der Justiz – all die Herrschaften schlangen Truthahn und Schinken herunter und kippten Wein, Bier und Schnäpse in sich hinein wie Sozialhilfeempfänger im Schlaraffenland. Die Garritys hatten Hilfskräfte kommen lassen und so viel aufgefahren, daß sich die Tische bogen. Es war einfach unmöglich.

Father Dunn führte den hünenhaften Erzbischof Kardinal Klammer von Gruppe zu Gruppe wie einen Elefanten in einem frühen Stadium der Dressur. Peaches, Sam Turner und einige andere Hiesige versuchten, all diese Veteranen aus *Meet the Press* und *Face the Nation* nicht allzu auffällig anzugaffen. Schwester Elizabeth ging Margaret Korder zur Hand – zwei Zirkusdirektorinnen, die dafür sorgten, daß die Vorstellung halbwegs reibungslos ablief.

Nur der Mann, den ich suchte, war nicht da.

Der einzige Ort, an den man sich am heutigen Tag zurückziehen konnte, war die Bibliothek. Dort würde ich ihn finden.

Drew Summerhays stand an einem Fenster in dem von Bücherwänden gesäumten Zimmer und blätterte in der Erstausgabe von *Ashenden*, in die Somerset Maugham eine persönliche Widmung für meinen Vater geschrieben hatte. Summerhays hatte die beiden in Cap D'Antibes miteinander bekannt gemacht, in einem längst vergangenen Sommer, und Vater und Maugham hatten sich auf Anhieb gut verstanden – zwei Männer vom gleichen Schlag.

Summerhays blickte von dem Buch auf, als ich ins Zimmer kam. Er lächelte mich mit seinem dünnlippigen, blutlosen Mund an. Er war erbarmungswürdig hager und trug einen dunkelgrauen Anzug mit Weste, einen Anhänger der studentischen Elitevereinigung Phi Beta Kappa an einer goldenen Kette – Harvard, natürlich –, das kleine scharlachrote Band der Légion d'Honneur im Knopfloch, blitzblank gewienerte schwarze Halbschuhe aus der Jermyn Street, eine schwarze Strickkrawatte, ein blütenweißes Hemd und einen Siegelring am kleinen Finger der rechten Hand. *Der* Anwalt.

»Habe ich Ihnen schon mal gesagt, daß Maugham mein Lieblingsautor ist, Ben?«

»Äh, nein, ich glaube nicht.«

»Willie hat ziemlich gestottert, wissen Sie. Als Junge hatte ich das gleiche Leiden. Ich habe das meine geheilt, er hat das seine geheilt. Reine Willenssache. Ein Grund so gut wie jeder andere, daß er mein Lieblingsautor ist. Ihr Vater mochte Willie. Die beiden haben Spionagegeschichten ausgetauscht. Aus zwei verschiedenen Kriegen natürlich. Was gibt's Neues über Ihren Vater zu berichten, Ben?«

»Er versucht, sich seinen Kummer und Schmerz nicht anmerken zu lassen. Er wird es schaffen, Drew. War ein ziemlicher Schock.«

»Ihren Vater kann so leicht nichts schockieren.«

»Ich habe das auf mich bezogen. Ich war schockiert. Ich bin sehr leicht zu schockieren.«

»Sie und Ihr Vater...«, begann er nachdenklich, hielt dann aber inne und verzichtete auf die mir altbekannte Phrase. Er war der Meinung, mein Vater und ich wären uns, trotz allem, ähnlicher, als wir einander einzugestehen wagten. Das jedenfalls hatte Drew in der Vergangenheit immer wieder behauptet.

»Sie sind also leicht zu schockieren. Sie hören sich eher wie ein Mann an, der sich in falscher Bescheidenheit gefällt. Oder wie ein Mann, der mich hereinzulegen versucht, Sie Gauner.«

»Wenn schon ein Gauner, dann bin ich allenfalls ein neugieriger Gauner. Ich habe Sie gesucht, Drew.«

»Ich habe mich vor der Meute da draußen hierher zurückgezogen. Beerdigungen und der unvermeidliche Smalltalk am kalten Buffet sind mir ein Greuel – mir ist zu deutlich bewußt, daß ich eines gar nicht allzu fernen Tages selbst die Hauptattraktion bei einer derartigen Veranstaltung sein werde. Die arme kleine Val. Was für ein trauriger Tag heute...«

»Gehörten Sie zu denjenigen, die Val unterstützt haben?«

»Ich weiß zuviel, als daß ich irgend jemanden auf eine Weise unterstützen könnte, auf die Sie anspielen. Ich habe ihre Ansichten respektiert, habe ihr alles Glück der Welt gewünscht. Und... ja, gelegentlich habe ich finanzielle Mittel für ihre Arbeit aufgebracht.«

»Haben Sie einen Verdacht, wer sie ermordet haben könnte, Drew?«

»Zuerst müssen Sie das *Warum* herausfinden, Ben. Dann erst das *Wer.*«

»Ich weiß. Das habe ich mir auch schon überlegt. Also: Warum hat jemand meine Schwester ermordet? Wegen ihrer kritischen Haltung der Kirche gegenüber?«

»Das glaube ich nicht – nicht wegen ihrer philosophischen Überzeugungen, nicht einmal wegen der Versuche, ihre Vorstellungen in die Tat umzusetzen. Aber das ist meine ganz persönliche

Meinung. Man müßte einen außerordentlich genauen Blick auf Vals Leben werfen... nach dem *Warum* suchen. Und wer gewissenhaft sucht, der wird es finden. Aber Sie haben während der letzten Tage gewiß schon intensiv genug über das alles nachgedacht. Sie betrachten die Dinge allerdings mit den Augen eines Anwalts, wie mir scheint. Aber Sie haben keine Wahl, nicht wahr? Beweise sammeln, den Fall rekonstruieren – den Elefanten neu errichten.« Er sah das Unverständnis auf meinem Gesicht. »Sie wissen nicht, was Rodin geantwortet hat, als man ihn fragte, wie er einen Elefanten bildhauern würde? Er sagte, er würde mit einem sehr großen Steinblock beginnen und alles wegmeißeln, was *nicht* zu einem Elefanten gehört. Tja, Sie stehen gewissermaßen auf einem Boden, auf dem die weggemeißelten Bruchstücke verstreut liegen, aus denen Vals Leben bestanden hat. Fügen Sie sie zusammen, und Sie werden die Umrisse eines Mörders sehen. Val wird das nicht zum Leben erwecken, aber Sie werden herausfinden, wer der Mörder ist.« Er wandte sich um und schob das Buch ins Regal zurück.

»Ich möchte mehr über Curtis Lockhardt erfahren. Und über Heffernan. Der Tod dieser beiden Männer steht in irgendeinem Zusammenhang mit Vals Ermordung. Val hatte erwogen, aus dem Orden auszutreten und Lockhardt zu heiraten, und Lockhardt und Heffernan wiederum...«

»Heffernan spielt keine Rolle, Ben. Er wurde wegen Lockhardt getötet. Er war genau das, als was er sich gern selbst zu bezeichnen pflegte – nur einer von vielen irischen, profitgierigen, karrieresüchtigen Priestern. Holen Sie mir meinen Mantel, Ben. Lassen Sie uns einen Spaziergang machen. Lassen Sie uns über den verblichenen Mister Lockhardt reden.«

Er trug einen weichen Homburg, einen schwarzen Schal aus Kaschmirwolle, schwarze Handschuhe und einen schwarzen, in den Schultern breit geschnittenen Chesterfield-Mantel. Die Bügelfalten seiner Hose waren so scharf, daß er einem Mann damit die Kehle hätte durchschneiden können. Sein schmales Gesicht war vom Wind gerötet, der braune Blätter über den gefrorenen Rasen wirbelte. Wir gingen an der Kapelle vorüber und durch den Obstgarten bis zum dahinter liegenden kleinen Teich, auf dem Val und ich vor Jahrzehnten Schlittschuh gelaufen waren.

»Curtis Lockhardt«, begann Summerhays, kaum daß wir das Stimmengewirr, das aus dem Haus drang, nicht mehr hören konnten, »hat viele bedeutende Rollen auf verschiedenen großen Bühnen gespielt, wie ein Schauspieler, der von einem Theater und einem Stück zum anderen wechselt. Aber im Grunde seines Herzens wußte er, daß er nur ein altmodischer Kapitalist war, wenn ich mal so sagen darf, dessen Familiengeschichte sich bis ins Boston nach den Jahren des Amerikanischen Befreiungskrieges zurückverfolgen läßt. Man könnte sagen, daß die Lockhardts schon immer zu jenen gehört haben, die ihre Macht und ihr Geld dazu benutzten, Menschen und Ereignisse in ihrem ureigenen Sinne zu manipulieren, durch ihren Einfluß etwas aufzubauen, wie andere Menschen es mit den Händen tun...«

Summerhays zeichnete das Bild eines Mannes, der schon immer zu jenen gehört hatte, welche die ›geheime Regierung‹, die ›Regierung innerhalb der Regierung‹ und die ›Kirche innerhalb der Kirche‹ gebildet hatten. Lockhardt hatte unverkennbar seine Lektionen auf den Knien meines Vaters gelernt.

»Aber«, fuhr Summerhays fort, als wir unter den laublosen, kahlen Bäumen im Obstgarten standen, wo mein Vater einst Father Governeau gefunden hatte, wie er in der Schlinge an einem Ast baumelte, »Curtis hat es immer als seine größte Leistung betrachtet, daß er sich den kleinen Salvatore di Mona genommen und ihn als Calixtus IV. auf den Papstthron gesetzt hat. Und das hat er getan – das muß man ihm lassen, das muß man ihm wirklich lassen. Er hatte es sich zum Ziel gesetzt, einen Papst zu kaufen, und, bei Gott, er hat es geschafft.«

Es war folgendermaßen dazu gekommen. Curtis hatte seinerzeit dem Verwaltungsrat der Conway-Stiftung in Philadelphia angehört. Er hatte voll fassungslosem Erstaunen miterlebt, wie Ord Conway – von seinen Angestellten der ›alte Furz‹ genannt – eines Tages verkündete, daß er seinen ›eigenen‹ Papst wolle.

Schließlich hatte Ord sich an Lockhardt gewandt, und dieser hatte nach schwierigen Transaktionen für 5,8 Millionen Dollar und ein paar Zerquetschte einen Papst erworben – für immerhin fünfzehn Millionen Dollar weniger, als Nelson Doubleday für die Mannschaft der New York Mets hätte hinblättern müssen. Nur sehr, sehr wenige Menschen wissen, daß man einen Papst *kaufen* kann.

Ord lebte nur noch zwei Jahre unter seinem privaten Oberhirten Calixtus IV., aber es ist ja nichts Neues, daß es im Leben von amüsanten und ironischen Begebenheiten nur so wimmelt.

Eine Zeitlang hatte Lockhardt Ord Conway als eine Art gemäßigten, traditionellen alten Faschisten eingeschätzt, als schwaches Endstück einer langen Ahnenreihe Gleichgesinnter. Ord Conway mochte die Kirche ganz einfach so, wie sie in seiner Kindheit gewesen war, als er noch seinen Katechismus gebüffelt hatte. Lockhardt beobachtete die Entwicklung und spürte, in welchem Maße dieser Mann sich verpflichtet fühlte, einige kirchliche Reformen rückgängig zu machen, um die Entwicklung hin zu einer, wie er sie nannte, ›demokratischen Kirche‹ wieder umzukehren. Ord hatte immer betont, Demokratie sei ›schon in Ordnung‹, aber nur dort, wo sie hingehöre, und in der Kirche habe ›Demokratie gottverdammt noch mal nichts zu suchen‹. »Von Katholiken«, pflegte Ord Conway zu sagen, »wird schließlich nicht erwartet, daß sie darüber abstimmen, an wen oder was sie glauben sollen. In der Kirche haben sie jedenfalls kein Stimmrecht – und einzig und allein darum geht es.«

Lockhardt arbeitete einen Plan aus. Er war sich darüber im klaren, daß Conway nur versuchte, die alten Zeiten wieder zum Leben zu erwecken und Frieden mit seiner eigenen Psyche zu schließen, und das machte den alten Mann zum perfekten Werkzeug für Lockhardts eigene Pläne. Die einzelnen Elemente besaßen eine wunderbare Symmetrie: Conway hielt an seiner Hoffnung fest, daß er die Wiederauferstehung der Kirche erleben würde, wie er sie aus den Tagen seiner Kindheit kannte. Monsignore Andy Heffernan wollte sich auf jenen Weg begeben, an dessen Ende das Kardinalspurpur auf ihn wartete. Und Lockhardt wollte den Status quo bewahren – mehr oder weniger. All das würde ziemlich viel Geld kosten, aber das war kein Problem: Ord Conway bettelte geradezu darum, von einigen seiner Reichtümer befreit zu werden. Und es lag in der Natur der Sache, daß alles auf streng geschäftlicher Basis abgewickelt werden mußte. Curtis Lockhardt war in seinem Element.

Das Institut für Geburtenregelung in Bolivien war der perfekte Deckmantel, dieses Geschäft zu tätigen. Das Institut war liberal, aber nicht *zu liberal* – ein Anzeichen dafür, wie sehr die Dinge sich verändert hatten. Viele Katholiken in Machtpositionen, wenn nicht sogar in der römischen Kurie selbst, dieser Bastion des bürokratischen Konservativismus – hielten das Institut für eine wichtige und vor allem gesellschaftlich und moralisch vertretbare Einrichtung, deren Ziele nicht mehr im Widerspruch zu den kirchlichen Lehren standen, seit Papst Paul die 1962 von Johannes XXIII. eingesetzte Pontifikalkommission zu Fragen der Familie ausgeweitet und in seinem Sinne eingespannt hatte – eins der zentralen Ereignisse in der jüngeren Geschichte der Kirche, ein Dreh- und Angelpunkt – allerdings ein sehr umstrittener, führte dies doch letztendlich zur Verkündung der Enzyklika *Humanae Vitae.*

Curtis Lockhardt erkannte jedenfalls die Möglichkeit, Pauls VI. arme, in den Streitigkeiten mit der Pontifikalkommission zerschundene Seele als Hebel in der Conway-Affäre zu benutzen, wie er sie später nannte.

Wie erwähnt, hatte es mit Johannes XXIII. angefangen, mit seiner Kommission für Geburtenkontrolle, die dann zusammen mit Amt und Würden auf Paul VI. überging, der die Größe dieser Institution auf 68 Mitglieder erweiterte und sie dem Einflußbereich des Vatikanischen Konzils entzog, wodurch er der Kommission außerordentliche Bedeutung verlieh. Die Katholiken dieser Welt hatten sich seit Beginn der sechziger Jahre der Pille bedient – somit hatten ein paar hundert Millionen Menschen die offiziellen Lehren der Kirche mißachtet. Pauls Ausschuß hatte nun den Auftrag erhalten, einen Weg zu finden, aus all denen, die mit Verhütungsmitteln ›eigenmächtig‹ Geburtenregelung praktizierten, womit sie gegen die gültigen Doktrinen verstießen, wieder sündenfreie Katholiken machen zu können.

Im Bericht der Kommission wurde dem Papst – in groben Zügen – empfohlen, die Haltung der katholischen Kirche in Sachen Geburtenregelung zu liberalisieren und den Gebrauch von Verhütungsmitteln zu sanktionieren, insbesondere die Benutzung der ›Pille‹ zu erlauben.

*Das* war der entscheidende doktrinäre Durchbruch, der die Kirche nach Lockhardts Ansicht in das einundzwanzigste Jahrhundert hätte führen können und der viele Gläubige zurück in den Schoß der Kirche gehoben hätte.

Doch Pauls Gewissen – sowie die Intrigen hinter den Kulissen, die von den erzkonservativen Kräften im Vatikan mit dem Ziel betrieben wurden, auf die endgültige Entscheidung des Papstes einzuwirken – hatte ihn schließlich dazu bewogen, die richtungweisenden Vorschläge der Kommission zu ignorieren. Seine Enzyklika *Humanae Vitae* wies sie in umfassender Weise zurück und versetzte der Kirche einen Schlag, von dem sie sich noch immer nicht erholt hat. Dennoch war *Humanae Vitae* in Lockhardts Augen ein Wendepunkt, der das Ende der alten, konservativen Kirche markiert hatte. Sie stand nun vor der Entscheidung, den Weg nach vorn oder zurück zu beschreiten. Entweder würde die Kirche in den Händen der Konservativen verbleiben und zu Staub zerfallen, oder sie würde von den gemäßigten und liberalen Kräften bestimmt werden, die die Vision einer neuen Zukunft und einer veränderten, anpassungsfähigen und wandelbaren Kirche hatten.

Doch diese Entscheidung war noch längst nicht gefallen – der ›Wendepunkt‹ konnte schließlich jahrelang, wenn nicht jahrzehntelang dauern – als die erwähnte Conway-Affäre an einem Nachmittag bei einer Verwaltungsratssitzung der Conway-Stiftung ihren Anfang nahm.

»Genau an diesem Punkt«, sagte Summerhays, als wir am Ufer des zugefrorenen Sees standen und über die Eisfläche hinweg zum grauen Horizont blickten, »wandte Lockhardt sich an zwei andere Mitglieder des Verwaltungsrats – Ihren Vater und mich – und machte den Vorschlag, uns nach Ende der Sitzung auf einen Drink zu treffen. Lockhardt glaubte in aller Bescheidenheit, daß nur Hugh Driskill und ich Fähigkeiten besäßen, die den seinen gleichkämen.«

Die drei Männer trafen sich in einem Club, den Lockhardt in Philadelphia des öfteren besuchte. Hugh Driskill hatte Lockhardts Ausführungen schweigend zugehört und dann gesagt: »Die Frage, Curtis, ist schlicht die: Können Sie Ord Conway davon überzeugen, daß es möglich ist, ein Institut für Geburtenregelung in Bolivien und sechs Millionen Dollar sozusagen gegen seine Vorstellung von einem konservativen Papst einzutauschen?«

»Das kann ich.«

»Also gut, Curtis«, sagte Hugh Driskill und warf Summerhays einen raschen Blick zu. »Sagen Sie uns wie.«

Es war ausgesprochen einfach, wie so viele brillante Ideen. Conway würde der Kirche sechs Millionen Dollar zum Geschenk machen, und zwar über einen ganz bestimmten Kanal: Monsignore Heffernans ›Büro für Spendendienste‹ in New York. Das Geld würde offiziell für das bolivianische Institut für Geburtenregelung bestimmt sein, wodurch man sich der Unterstützung und Sympathie bestimmter fortschrittlicher, gemäßigter Kardinäle und einiger Intellektueller in Europa versicherte. Aber in Wirklichkeit diente das Geld als Nebenbürgschaft für ein Darlehen einer römischen Bank an eine Bank in Panama und wurde von dort an die bolivianische Regierung weitergeleitet. Auf diese Weise existierten Conways sechs Millionen zweimal, in den Bürgschaftsunterlagen sowie in verkleideter Gestalt, und somit betrug die Summe insgesamt zwölf Millionen Dollar. Oder noch mehr. Wichtig war nun, daß Männer wie Lockhardt und Hugh Driskill und Summerhays und Kardinal D'Ambrizzi, die im Auftrag des Papstes das *L'Instituto per le Opere di Religione* überwachten, wie die Vatikan-Bank verschleiernd und beschönigend genannt wurde, wußten, wie man Geschäfte tätigen mußte, wenn der Vatikan im Spiel war.

»Wofür waren die zweiten sechs Millionen bestimmt?« stellte Summerhays die rhetorische Frage und gab auch gleich die Antwort: »Um einen Papst zu kaufen. Ihr Vater und ich stimmten zu, Ben. Der Plan trug den Stempel eines Meisters.«

Zur damaligen Zeit führte Octavia Kardinal Fangio den Vorsitz der Bischofskongregation, die ihren Sitz an einem kleinen, öffentlichen Platz in unmittelbarer Nähe des Petersdoms hatte. Fangio war ein pragmatischer, ziemlich habgieriger Mann, der bei Ernennungen von Bischöfen mehr Einfluß hatte als jeder andere. Verschiedene Päpste zogen ihn als Berater hinzu, und Fangio verstand es, seiner Stimme Gehör zu verschaffen. Aus den Reihen seiner Günstlinge kamen aber nicht nur Bischöfe, sondern auch Erzbischöfe und Kardinäle. Fangio hatte seine Absichten auf das Amt des Papstes erkennen lassen – somit war er einer der *papabili* –, aber er war zu jung, und das wußte er. In zehn oder zwanzig Jahren aber war Fangio alt genug, und bis dahin konnte er sich eine große Zahl von Freunden geschaffen haben.

Bei Hugh Driskill fiel zuerst der Groschen. »Sie wollen Fangio die sechs Millionen zur Verfügung stellen?«

»In gewisser Weise«, sagte Lockhardt. Es ging darum, daß Fangios Bruder Giovanni ein gescheiterter Anwalt in Neapel war, der beträchtliche Investitionen in den Sand gesetzt hatte. Sogar die

Villa in den Bergen, der angestammte Familiensitz, lief Gefahr verlorenzugehen. Eine gewisse Summe – von den sechs Millionen abgezweigt –, würde die Villa retten und dem armen Giovanni wieder auf die Beine helfen.

»Und dann«, murmelte Hugh Driskill, »verlangen Sie eine kleine Gegenleistung von Kardinal Fangio.«

So war es. Der Papst hatte kurz zuvor die Bildung eines neuen Kardinalskollegiums verkündet – und die Wahl von einundzwanzig neuen Kardinälen, um die gelichteten Reihen der älteren Herren wieder aufzufüllen. Lockhardt schlug vor, daß er, Hugh Driskill und Summerhays mit Kardinal Fangio und einigen Freunden aus der Kurie über die voraussichtlichen neuen Kardinäle Gespräche führten, um etwa fünfzehn für beide Seiten akzeptable Kandidaten zu bestimmen. Als Gegenleistung würde Fangio seinem Bruder aus der Klemme helfen und sich zudem bereits in jungen Jahren ein Kontingent von potentiellen Wählern schaffen können, wenn er sich dereinst selbst um das Amt des Papstes bewerben würde, sobald Lockhardts aktueller Kandidat von der Bildfläche verschwunden war. Bis dahin aber mußten die fünfzehn Kardinäle von Lockhardts Gnaden nach Fangios Pfeife tanzen und bei der Papstwahl so stimmen, wie Fangio es ihnen ›vorschlug‹. Und Monsignore Heffernan konnte mit Fangio einen unschätzbar wertvollen Freund gewinnen – auf einem sehr kurzen Weg zum Kardinalspurpur. Jeder würde profitieren, einschließlich Ord Conway, der somit tatsächlich den Papst bestimmt hatte – auf Vorschlag von *Lockhardt*, natürlich.

Summerhays wandte sich um und starrte durch den trostlos wirkenden Obstgarten zum Haus hinüber. Dunkelheit senkte sich um uns. »Lockhardt verbrachte etwa ein Jahr damit, die ganze Angelegenheit zu regeln. Fangios Kardinäle erwiesen sich als gehorsame Soldaten. Und so kam es, Ben, daß Sal di Mona, ein Organisationstalent, ein guter Zuhörer, ein Gemäßigter, Papst Calixtus IV. wurde. Und vor einigen Tagen ist Curtis Lockhardt nach New York gekommen, um sich mit Andy Heffernan zu treffen, weil Calixtus im Sterben liegt und Curtis wußte, daß das gleiche Spiel wie damals im Gange war, verstehen Sie? Nur wird er diesmal nicht erfahren, wie das alles ausgeht. Dennoch hatte Curtis, das kann man wohl behaupten, ein glückliches, ausgefülltes Leben.« Er seufzte und blickte auf die Uhr. »Ich muß mich langsam auf den

Weg machen. Und, Ben, wenn ich Ihnen noch einen guten Rat geben darf: Vergessen Sie das alles so schnell wie möglich – Vals Tod, meine ich. Sie ist nicht mehr, Ben, und auch sie hat ein glückliches, ausgefülltes Leben gehabt. Begreifen Sie nicht? Es geht hier um ein gefährliches Geschäft, an dem äußerst skrupellose Leute beteiligt sind. Halten Sie sich da lieber heraus. Erinnern Sie sich an den Vergleich mit dem Elefanten? Versuchen Sie besser nicht, aus den Bruchstücken auf dem Boden ein Bild zu rekonstruieren. Sie werden es nie schaffen, Sie werden niemals auch nur die Umrisse von Vals Mörder sehen können. Es ist ein kirchliches Problem, es sind die Katholiken, Ben, und es ist besser, die Lösung ihrer Probleme ihnen selbst zu überlassen. Das Leben ist ohnehin kurz genug.«

Er nahm meinen Arm. Auf dem Weg zurück zum Haus zeigte ich ihm das Foto, das Val hinterlassen hatte. Er schüttelte den Kopf und behauptete, es sage ihm nichts. Er erkannte D'Ambrizzi, aber in seinen Gedanken war er mit ganz anderen Dingen beschäftigt. Was bedeutete da schon ein altes, vergilbtes, zerknittertes Foto?

## 6 DRISKILL †

Der Tag nach der Beerdigung meiner Schwester war klar und kalt und strahlend. Es war nicht leicht gewesen, aber es war mir in der Nacht zuvor gelungen, schließlich doch noch irgendwann einzuschlafen. Meine nervlichen Schaltkreise waren überlastet, und im Gerichtssaal meines Verstandes war Drew Summerhays der letzte Zeuge gewesen, der ausgesagt hatte. Bevor ich eingeschlafen war, hatte ich die Entscheidung darüber getroffen, wie ich weiter vorgehen wollte – und dabei war mir klar geworden: Es hatte nie einen Zweifel daran gegeben, was ich tun wollte, nicht den geringsten.

Monsignore Sandanato war in New York und stattete Erzbischof Kardinal Klammer einen Höflichkeitsbesuch ab. Schwester Elizabeth flog am heutigen Nachmittag zurück nach Rom. Ich wollte ihr von meinem Plan erzählen, um, wenn möglich, ihre Hilfe zu gewinnen. Ich war nur nicht darauf vorbereitet, daß alles schiefgehen sollte.

Wir warteten auf Father Dunn, der Elizabeth abholen wollte. Er hatte sich erboten, sie zum Kennedy Airport zu bringen. Das Haus war still, und im Long Room heiterten nur die vielen Vasen und Töpfe mit frischen Blumen die bedrückende Atmosphäre ein wenig auf. Gleißendes, grelles Sonnenlicht fiel durch die Fenster. Draußen war es bitterkalt, der Boden weiß und gefroren. Wir näherten uns einem neuen Minustemperaturrekord. Ich hatte die Garritys gegen Mittag nach Hause geschickt, und Margaret widmete sich in ihrem Hauptquartier im Nassau Inn den anfallenden Aufgaben. Momentan versorgte sie dort die Journalisten von Presse und Fernsehen mit Informationen. Sam Turner hatte noch immer den einsamen Polizeibeamten draußen vor dem Haus postiert. Er hatte die Absicht, die Bewachung so lange aufrechtzuerhalten, bis der Sturm sich gelegt hatte, um seine Worte zu benützen.

»Ben, es hat gutgetan, bei Ihnen zu sein«, sagte sie. Sie trug die Reisekleidung, mit der sie am Abend des Halloween hier angekommen war. »Ich wünschte, nicht schon abreisen zu müssen... alles ist irgendwie so unfertig. Aber ich muß zurück ins Büro. Calixtus kann jeden Tag sterben, und Sie können sich vorstellen, was das in meiner Welt bedeutet – ich muß dann an Ort und Stelle sein. Aber« – sie legte mir die Hand auf den Arm und suchte mit ihren faszinierenden grünen Augen meinen Blick – »ich mache mir Sorgen um Sie. Ich habe darüber nachgedacht, was Sie gesagt haben... Daß Sie rücksichtslos wären, daß Sie der Sohn Ihres Vaters wären. Darüber habe ich mir den Kopf zerbrochen.« Sie ließ die Hand rasch fallen und trat von mir zurück, als wäre es ihr plötzlich peinlich, mir so nahe gekommen zu sein, körperlich und im übertragenen Sinne. »Tja, ich nehme an, Sie werden auch wieder an die Arbeit gehen...« Der Klang ihrer Stimme hatte sich verändert, war nüchterner, kühler geworden.

»Ich werde noch einige Zeit aussetzen«, sagte ich. »Urlaub machen. Ich habe heute morgen mit meinen Geschäftspartnern telefoniert. Sie haben recht, Schwester. Die ganze Sache ist unfertig. Ich werde sie zu Ende führen.«

Sie blickte mich an, verblüfft, bestürzt, als hätte ich soeben aufgeschrien. »Was meinen Sie damit?«

»Ich werde herausfinden, wer meine Schwester ermordet hat.«

»Wie denn? Was können Sie denn schon tun?«

»Val hätte von mir erwartet, daß ich es zumindest versuche. Darum hat sie das Foto für mich versteckt. Ich werde sie nicht enttäuschen. Das ist alles.«

»Das stimmt nicht, und Sie wissen es«, erwiderte sie voller Überzeugung. »Val hätte niemals von Ihnen erwartet, daß Sie Ihr Leben in Gefahr bringen. Oh, das hört sich gut und richtig an, und ich mache Ihnen auch keinen Vorwurf – Sie wollen sich auf den Weg machen und Vals Tod rächen. Aber sehen Sie den Tatsachen ins Auge, Ben. Sie haben keine Chance. Der Mörder ist verschwunden, und es gibt nicht die kleinste Spur...«

»Ich weiß, was ich tue.«

»O Ben! Lassen Sie das bleiben, bitte! Ich habe auch darüber nachgedacht. Ich habe die ganze Nacht gegrübelt, und mir ist jetzt erst richtig klar geworden, daß Val *ermordet* wurde. Drei Menschen sind getötet worden – und vielleicht hing das alles mit Vals Nachforschungen zusammen, oder was immer ihr Geheimnis war. Sie, Ben, auch noch zu töten, würde diesen Leuten nicht das geringste ausmachen. Ich kenne sie so wenig wie Sie, aber diese Leute beobachten Sie – merken Sie das denn nicht? Die können Sie beseitigen, wo und wann immer sie wollen.« Sie bedachte mich mit einem bestürzten Blick, als wäre ich ein geistig zurückgebliebener Schuljunge. »Glauben Sie etwa, diese Leute zögern auch nur eine Sekunde, Sie zu ermorden, wenn Sie Ihre Nase zu tief in diese Sache stecken, Ben? So begreifen Sie doch, das ist wie in einem von Dunns Romanen... Bitte, lassen Sie die Finger davon, Ben, lassen Sie um Himmels willen die Finger davon!«

»Ich habe nicht die Absicht, mit Ihnen darüber zu diskutieren, Schwester. Ich werde diese Sache zu Ende bringen. Wir brauchen uns gar nicht erst darüber zu streiten.«

»Also gut. Mal angenommen, Sie haben Erfolg – was dann? Mal angenommen, Sie finden heraus, was hier gespielt wird? Dann wird man Sie töten. Basta. Überlegen Sie doch, Val wußte, in was sie hineingeraten war, sie kannte die Risiken, aber sie glaubte, die Sache sei es wert. Um Himmels willen, Ben, Sie wissen ja nicht einmal, was Val für so wichtig hielt, daß sie...«

»Sie verschwenden Ihren Atem«, sagte ich.

»Ich wünschte, Sie hätten es den Behörden überlassen.«

»Die haben nicht die geringste Hoffnung gesehen, und das wissen Sie. Glauben Sie ernsthaft, es wäre in Vals Sinn, wenn ich die Sache einfach auf sich beruhen ließe?«

»Val ist tot, Ben. Sie ist aus dem Spiel. Hören Sie mir zu. Val... war... unbesonnen. Sie war mutig, aber sie war auch tollkühn – und das bin ich nicht. Und ich hoffe bei Gott, daß auch Sie es nicht sind. Ich habe mich immer zurückgehalten. Ich habe nur beobachtet, habe meine Artikel geschrieben, während Val auf die Barrikaden gegangen ist. Und nur weil sie es zu weit getrieben hat, weil sie in irgend etwas zu tief eingedrungen ist, hat man sie umgebracht. Aber das bedeutet doch nicht, daß es sozusagen Ehrensache für uns ist, in ihre Fußstapfen zu treten. Ich kenne mich, und ich weiß, daß ich nicht aus dem Holz geschnitzt bin, daß ich für meine Prinzipien sterben würde. Sie etwa? Wirklich?«

»Mir geht es nicht um irgendwelche Prinzipien. Es ist mir scheißegal, was meine Schwester über Ihre gottverdammte Kirche herausgefunden hat!«

»Es ist ja möglich, daß es innerhalb der Kirche einen verrückten Mörder gibt. Aber deshalb darf man nicht die Kirche insgesamt verteufeln! Das höre ich mir nicht an, Ben, ich werde es nicht zulassen, daß Sie...«

»Also gut! Irgend jemand hat meine Schwester erschossen, und irgend jemand wird dafür bezahlen! Warum begreifen Sie das nicht, Elizabeth? Das ist doch ganz einfach.«

»Und warum begreifen Sie nicht, daß höchstwahrscheinlich Sie selbst es sein werden, der bezahlen muß?«

»Dann haben Sie also Ihren Entschluß gefaßt«, sagte ich. »Sie werden die Sache einfach auf sich beruhen lassen.«

»Was soll das heißen? Was erwarten Sie denn von mir?«

Ich zuckte die Achseln.

»Ja«, sagte sie, »ich werde die Sache auf sich beruhen lassen – weil ich nicht auch noch sterben möchte. Ich will das Leben weiterführen, das ich bisher geführt habe. Ich will leben. Die Polizei kann diesen Fall vielleicht doch zu einem Abschluß bringen, und auch die Kirche hat ihre Möglichkeiten... Wenn Sandanato in Rom seinen Bericht vorlegt und wenn man dort hört, was Father Dunn zu dieser Sache beitragen kann, dann ist die Kirche verpflichtet, etwas zu unternehmen.«

»Sie könnten doch einen Artikel darüber schreiben. Sie waren Vals beste Freundin. Und Ihre Zeitschrift...«

»Soll ich in einem Artikel etwa wilde Vermutungen über Killerpriester anstellen? Über schwarze Stoffetzen, die von Regenmänteln abgerissen wurden, und über vergilbte, uralte Fotos? Oder über einen Priester, der gleichzeitig Bestsellerautor ist und der zufällig in eine Mordgeschichte hineingeraten ist, bei der niemand weiß, um was es eigentlich geht? Erwarten Sie das ernsthaft von mir? Jetzt machen Sie aber einen Punkt, Ben! Als Journalist muß man auf dem Boden der Tatsachen bleiben. Mitten in der Nacht an einem Tisch zu sitzen und über Motive und andere Hintergründe von Mordfällen zu spekulieren ist eine Sache. Aber es ist etwas völlig anderes...«

»Die ganze Geschichte ist Ihnen schlicht und einfach gleichgültig geworden, nicht wahr? Sie ist Ihnen lästig...«

»Wie können Sie nur so gemein sein, Ben! Nein, ich hatte einfach nicht genug Zeit zum Nachdenken. Es ist alles noch zu frisch, als daß ich es nüchtern und sachlich betrachten könnte.«

»Dann«, sagte ich und fühlte mich enttäuscht, kalt, betrogen, »gibt es nichts mehr zu bereden, Schwester.« Die Katholiken und ihre verdammte hehre Kirche, das ist der Grund, sagte ich mir. Ich hatte den Fehler gemacht, mich Elizabeth zu sehr zu nähern, menschlich, persönlich. Ich hatte Vertrauen in sie gesetzt, das nicht gerechtfertigt gewesen war. Die alte Verführung.

Father Dunn hatte darauf bestanden, sie zum Flughafen zu fahren. Als er kam, um sie abzuholen, war unser Abschied alles andere als herzlich. Die Lippen zusammengepreßt, ohne ein Wort, nur ein flüchtiger, rascher Blick, ein kurzes Nicken, und sie war fort. Es mochte sein, daß alles, was sie gesagt hatte, richtig war. Aber ich wollte es trotzdem nicht wahrhaben.

Wenn ich mich von ihr hätte überzeugen lassen, wenn nun alles vorüber gewesen wäre und ich einen Schlußstrich gezogen hätte, wenn ich nicht weiter der Frage hätte nachgehen wollen, wer der Mörder meiner Schwester war, wenn alles so geendet hätte wie ein halbes Jahrhundert zuvor bei Father Governeau – ich hätte mir selbst nicht mehr in die Augen blicken können. Es ging nicht darum, was ich tun wollte. Es ging darum, was ich tun mußte.

Denn wenn nicht ich, wer sollte dann für die Toten eintreten?

Ich verbrachte den Rest des Nachmittags damit, mich in eine zutiefst miese Stimmung zu versetzen. Der Streit mit Elizabeth machte mir schwer zu schaffen; sie hatte mir eine so grundsätzliche Absage erteilt, wie ich es niemals erwartet hätte. Für mich war nur noch die Tatsache von Bedeutung, daß Val ermordet worden war; für Elizabeth hingegen bestand die Zukunft darin, wieder in ihr gewohntes Leben zurückzukehren – ihr Leben in Rom, ihr Leben für die Kirche in der Überzeugung, die Dinge so belassen zu sollen, wie sie waren. Ich hatte gehofft – nein, ich war davon *ausgegangen* – daß unsere gemeinsame Liebe zu Val uns konsequenterweise zu engen Verbündeten auf der Suche nach ihrem Mörder machte. Ich war sogar überzeugt, daß Elizabeth selbst es gewesen war, die mir dieses Gefühl vermittelt hatte, und ich wußte, daß dies nicht bloße Einbildung war. Aber ich hätte nie auf ihre Hilfe zählen dürfen, nicht bei einer Nonne, nicht bei einer von *denen.* Denn wenn es um die Kirche ging, waren große Worte billig; doch sobald die Kirche in Morde verwickelt zu sein schien, wollte Schwester Elizabeth nichts damit zu tun haben.

Als Sandanato aus New York zurückkehrte, traf er mich im Long Room an. Ich saß vor der Staffelei und betrachtete das Gemälde meines Vaters, während das trübe Licht des Nachmittags langsam der Dunkelheit wich. Ich blickte auf, als er seinen Mantel über einen Stuhl legte und hinüber zum Kamin ging, um sich die Hände zu wärmen. Ich sagte ihm, er sähe ein wenig angegriffen aus, was in Anbetracht meiner Stimmung eine höchst lächerliche Bemerkung war. Er nickte nur und ließ sich in einen Sessel fallen. Auf sein dunkles, gehetztes Gesicht legte sich ein trübseliges Lächeln.

»Klammer«, sagte er, »ist in der Tat ein anstrengender Mensch. Ich weiß gar nicht, wie Father Dunn das aushält. Es ist schon schwierig, mit diesem Mann überhaupt ein Gespräch zu führen. Keine seiner Bemerkungen hat irgendeinen logischen Bezug zur vorherigen. Ich bin müde. Und mir ist kalt. Mir ist kalt, seit ich hierher in die Staaten gekommen bin. Klammer hat mich zu einem Spaziergang überredet. Fifth Avenue, Rockefeller Center, die Schlittschuhläufer. Wunderschön. Aber kalt.« Er fröstelte und rückte näher zum Kamin. »Sie machen auch nicht gerade den glücklichsten Eindruck.«

»Ein mieser Tag«, sagte ich. Ich brauchte einen Freund, einen

Kumpel. Zum erstenmal fühlte ich mich in Sandanatos Gesellschaft wohl, und das überraschte mich. Bei Dunn war das einfach; seine ganze Persönlichkeit machte es einem leicht, ermunterte beinahe dazu. Doch die Aura der inneren Spannung, der Unrast, die Sandanato umgab, hatte mich bisher eine gewisse Distanz zu ihm wahren lassen. Aber jetzt – ich wußte es selbst nicht, vielleicht war es auch auf die Tatsache zurückzuführen, daß ich den Nachmittag über in den Kategorien eines Katholiken gedacht hatte.

»Wo ist Schwester Elizabeth? Ich hatte mich schon den ganzen Tag auf eine gemütliche Cocktailstunde mit Ihnen und ihr gefreut, nur wir drei.« Ich mußte daran denken, was ich Elizabeth gesagt hatte, und fragte mich erneut, ob Sandanato sie liebte.

»Sie ist abgereist.« Ich sah, wie sein Lächeln schwand. »Dunn hat sie zum Kennedy Airport gebracht. Sie ist schon auf dem Weg nach Rom.«

»Ah. Sie muß wieder an die Arbeit, natürlich. Die Tyrannei ihres Terminkalenders.«

»Sie hat mir diesen Tag vermiest.«

»Ach, wirklich? Ich dachte, Sie beide sind gute Freunde?«

»Tja, ich vermute, diese Freundschaft hat heute ihr Ende gefunden.« Er war neugierig, und ich wollte mit jemandem reden, also erzählte ich ihm, was zwischen Elizabeth und mir vorgefallen war, wie sie auf meine Entschlossenheit reagiert hatte, den Grund für Vals Ermordung herauszufinden. Er hörte mir geduldig zu, verständnisvoll. Als ich schließlich endete und schweigend in die Flammen starrte, ließ er sich Zeit mit einer Erwiderung. Er schenkte zwei Gläser Scotch mit Soda ein, kam zu mir herüber und blieb nachdenklich vor dem Gemälde meines Vaters stehen.

»Frauen.« Er seufzte. »Sie sehen die Dinge anders, nicht wahr? Wir sind die Rächer, sie die Heilenden. Es ist so, wie es sein sollte. Schwester Elizabeth möchte, daß das Leben weitergeht, wie man so schön sagt. Sie betrachtet den Tod ihrer Schwester als einen schrecklichen Irrtum, über den man nicht länger nachgrübeln sollte, weil es sinnlos ist. Trauer, keine Rache. Sie verstehen? Aber ein Mann, ja, er muß etwas tun, wenn seine Schwester ermordet wird... Ich bin Italiener, ich weiß, wie Sie fühlen... aber, aber, aber...«

»Aber was?«

»Schwester Elizabeth hat die Vernunft auf ihrer Seite.« Er

zuckte resigniert die Achseln. »Sie müssen das doch einsehen. Man könnte Sie töten, das ist offensichtlich.«

»Man? Wer ist man?«

»Wer weiß? Ich halte es für möglich, daß wir das niemals erfahren.«

»Sie irren sich. Ich werde es herausfinden.«

»Sie sind Ihrer Schwester sehr ähnlich. Ich kann Schwester Valentine sehen, wenn ich Sie anschaue, mein Freund. Ich kann sie hören, wenn Sie sprechen. Und wie Ihre Schwester sind Sie sowohl im Unrecht als auch furchtlos. Das ist eine gefährliche Verbindung. Ihre Schwester war wie ein Faß Dynamit, an dem bereits die Lunte brannte. Dieser Vergleich trifft auch auf Sie zu.«

»Sie würden an meiner Stelle das gleiche empfinden.«

»Ja, und Sie würden mir an meiner Stelle ebenfalls sagen, daß ich keine Chance habe. Ihre Gefühle töten Sie, mein Freund. Denken Sie daran – *die anderen* kennen Sie, nicht Sie *die anderen.* Das ist doch das einzige, was wirklich zählt, nicht wahr?«

»Nein. Mein Leid ist größer, mein Wille stärker, und meine Motive sind gerechter als die der... anderen.«

»Ach. Woher wollen Sie das wissen? Sie kennen doch ihre Ziele nicht, Sie wissen nicht, um welche Einsätze die anderen spielen, oder?«

Darauf ging ich gar nicht erst ein. Logische Überlegungen waren so ziemlich das letzte, womit ich mich jetzt befassen wollte. »Was halten Sie von Dunns Theorie? Daß ein Priester der Mörder ist?«

»Ich muß gestehen, ich weiß nicht, wozu ihr Amerikaner wirklich fähig seid. Aber immer sind es Feuerwaffen, Schießereien, Mord. Ja, ja, vielleicht war es ein verrückter Priester.« Der Gedanke schien ihm nicht sonderlich zu gefallen. Verständlich.

»Es war kein verrückter Priester«, sagte ich. »Irgend etwas Schreckliches spielt sich innerhalb der Kirche ab. Ein Geschwür ist aufgeplatzt und hat drei Menschen getötet – die Kirche ist in Schwierigkeiten, und irgend jemand versucht, das Problem mit einer Waffe zu lösen.« Ich entschloß mich, meiner Neugierde freien Lauf zu lassen. Elizabeth hatte gesagt, daß Sandanato entweder ein technokratischer Vatikan-Insider oder ein durchgeistigter Mönch sei. Mein Verdacht ging dahin, daß er beides war. Sie hatte ihn außerdem als D'Ambrizzis Gewissen bezeichnet. »Also, was spielt sich innerhalb der Kirche ab? Ein Mann in Ihrer Position müßte es doch wissen. Der Papst liegt angeblich im Sterben... und hier sind erst vor ein paar Tagen drei Morde verübt worden. Gibt es da irgendeine Verbindung? Zerfleischt die Kirche sich selbst? Ist es eine Art Bürgerkrieg?«

»Die Kirche hat sich schon immer selbst zerfleischt.« Er hielt eine Gauloise in seinen nikotingelben Fingern. Eine Strähne seines schwarzen Haares war ihm in die Stirn gefallen, und er strich sie fahrig zurück. Wie alt mochte er sein? Fünfunddreißig? Vierzig? Ich fragte mich, wie lange er ein solches Leben durchhalten würde. Er machte auf mich den Eindruck eines Mannes, der sich selbst verzehrte. Elizabeth hatte gesagt, daß Val Sandanato für einen religiösen Fanatiker gehalten hatte, sogar für einen Verrückten. Das erschien mir unwahrscheinlich: Val hatte damit zweifellos nur in ihrer manchmal etwas übertriebenen Ausdrucksweise darauf angespielt, daß er nicht mit ihr übereingestimmt hatte, was ihre Ansichten über die Kirche betraf. Ich fragte mich, was er wirklich über meine Schwester dachte, als er über sie zu reden begann.

»Ihre Schwester ist ein typisches Beispiel«, sagte er. »Niemand konnte die Aufrichtigkeit ihres Glaubens und ihrer Überzeugungen in Frage stellen, obwohl viele ihre Vernunft anzweifelten. Sie war zu einem unberechenbaren Faktor geworden. Die Publicity, die Bücher... sie war von Natur aus jene Art Mensch, der am Gebäude der Kirche rüttelt und zerrt. Sie war von dem Gedanken besessen, die Kirche zu verändern.«

»Ich nehme an, auch Sie haben ihre Vernunft angezweifelt.«

»Ihre Schwester und ich haben die Kirche mit verschiedenen Augen betrachtet. Ich bin von der Arbeit der Kirche fasziniert, von den Lehrgebäuden und Formen des Glaubens, von der Kirche als solche, so wie sie war und schon immer gewesen ist. Ihre Schwester war im Herzen zuallererst ein Humanist, erst an zweiter Stelle ein Katholik. Ich weiß, daß die Kirche gewissermaßen eine geschlossene Gesellschaft ist. Ihre Schwester hingegen glaubte, daß die grundsätzlichen Positionen der Kirche auf demokratische Art und Weise verändert werden könnten oder müßten. Mein Anliegen galt immer der menschlichen Seele und der Frage, was die Kirche zu ihrer Errettung tun kann. Ihre Schwester jedoch betrachtete die Kirche als eine Art riesige Wohlfahrtseinrichtung, dazu bestimmt, sich um das irdische Heil ihrer Kinder zu kümmern.«

»Sie aber glauben, daß jedem Menschen das selbst überlassen ist?«

»Auch der Macht der Kirche sind Grenzen gesetzt«, sagte er lächelnd und weigerte sich, nach dem Köder zu schnappen, »und vorrangig muß sie sich mit den Fragen des Seelenheils und der Ordnung der göttlichen Dinge beschäftigen. Das ist schließlich der eigentliche Grund für die Existenz der Kirche, nicht wahr? Die Regierungen sind dazu da, sich um die Lebensbedingungen ihrer Staatsbürger zu kümmern. Nicht die Kirche. Vor allem nicht in einem Maße, daß sie sich in solche Betätigungen derart verwickelt, daß sie ihre Rolle als *moralische* Führungsinstanz schwächt. Die Kirche ist nicht für das *Jetzt* bestimmt. Sie ist für das *Immer* bestimmt. Heutzutage neigen die Menschen dazu, dies allzu schnell zu vergessen; sie wollen ein besseres Leben, sie wollen Mitsprache... Man wendet sich mit einem Gebet an Gott, nicht mit einem Stimmrecht. Um ein Stimmrecht geltend zu machen, gibt es andere Institutionen.«

»Also standen Ihre Ansichten in krassem Widerspruch zu denen meiner Schwester.«

»Sie sollten dieser Sache nicht zuviel Gewicht beimessen«, sagte er. »Manchmal bin auch ich anderer Meinung als mein Vorgesetzter, Kardinal D'Ambrizzi. Heutzutage sind Meinungsunterschiede innerhalb der Kirche die Regel...«

»Dann glauben Sie also nicht, daß meine Schwester ihrer Überzeugungen wegen ermordet wurde?«

»Ich habe keine Ahnung, aus welchem Grund sie oder Lockhardt oder Heffernan ermordet wurden.«

Ich dachte über Val nach, über Sandanato und darüber, was Drew Summerhays mir über Lockhardts Betätigungen berichtet hatte. Wie hatten sie alle so tief, so vollkommen, so total in *ein und dieselbe* Kirche eingebunden sein können? Für mich hatte es den Anschein, als hätte jeder von ihnen einer anderen, seiner ureigenen Kirche gedient.

»Ich werde es herausfinden.« Meine Stimme hörte sich an, als käme sie von einer zerkratzten Schallplatte. Vielleicht wollte ich mit dieser Bemerkung zu verstehen geben, daß ich enträtseln wollte, wessen Kirche für die wahre Kirche stand... oder wessen Kirche dazu bestimmt war, den Sieg davonzutragen. Vielleicht konnte ich das Kaleidoskop anhalten, wenigstens lange genug, um das Muster deutlich erkennen zu können.

»In diesem Falle muß ich Ihnen den gleichen Rat erteilen wie Schwester Elizabeth, mein Freund. Überlegen Sie sich Ihre Entscheidung reiflich – und überdenken Sie sie dann noch einmal. Sollten Sie versuchen, den Mörder Ihrer Schwester zu finden, müßten Sie sich in einer Welt bewegen, die Sie nicht kennen. Sie würden sich auf eine Sache einlassen, bei der Sie nicht die kleinste Chance haben, sie auch nur zu begreifen. Falls Sie es aber bleibenlassen, wird das Problem sich von selbst lösen.« Er drückte seine Zigarette aus. »Aber wenn Sie so fest entschlossen sind, warum kommen Sie dann nicht nach Rom? Begleiten Sie mich dorthin. Stellen Sie Ihre Fragen, reden Sie mit Kardinal D'Ambrizzi – wie ich gehört habe, kennen Sie ihn aus Ihrer Kindheit. Ich bin sicher, er wäre erfreut, Sie wiederzusehen.«

»Schon möglich, daß meine Suche mich nach Rom führt«, sagte ich, »aber jetzt noch nicht. Ich lege keinen Wert darauf, von allen hohen Würdenträgern gesagt zu bekommen, das alles zu vergessen und mich um meine eigenen Angelegenheiten zu kümmern.«

»Tut mir leid«, sagte er. »Sie wissen, wie es ist. Was ihre Geheimnisse angeht, ist die Kirche äußerst streng und mißtrauisch.«

»Ich bedaure das auch, aber für mich ist es ein Muß, in dieser Sache...«

»Wir alle müssen uns daran beteiligen, die Wahrheit darüber herauszufinden, was geschehen ist.«

»Da liegt der Unterschied. Es ist wie beim Schinken mit Ei. Für das Schwein ist es ein Muß. Das Huhn ist nur beteiligt.«

Die Implikation wurde ihm sofort deutlich, trotz seiner nur schulmäßigen Kenntnis der englischen Sprache, und er zeigte mir durch sein Lächeln und sein Kopfnicken, daß er begriffen hatte, was ich meinte.

Sandanato machte keinen Hehl aus seinen Standpunkten. Er hatte keine Vorbehalte, mir zu berichten, wie und warum Val und er sich entzweit hatten. Ich war ihm dankbar für seine Bereitwilligkeit, mich ins Bild zu setzen – wenngleich es ein Bild aus seiner Warte war. Sandanato lebte, das mußte ich eingestehen, wirklich für den Vatikan. Er war ein Mensch, der seine Meinungen über die Rolle der Kirche von seinen privaten menschlichen Beziehungen und den damit verbundenen Emotionen trennen konnte, doch wenn es zur Interessenkollision kam, würde er sich immer voll und ganz hinter die Kirche stellen, da war ich sicher. Er führte gern Streitgespräche, kreuzte mit einem Gegner gern die geistigen Klingen, und das beherrschte er, weiß Gott. Er konnte Theorie und Praxis miteinander verschmelzen, ins Gleichgewicht bringen, und das immer zum Wohle der Kirche. Aber schließlich war er nicht nur D'Ambrizzis Gewissen: Elizabeth hatte gesagt, er sei außerdem so etwas wie der Stabschef des Kardinals, und D'Ambrizzi war ein bekanntermaßen weltlicher Mensch. Es erleichterte mich jedenfalls, nach meinem unerfreulichen Streit mit Schwester Elizabeth mit Sandanato zu reden. Bei *ihm* wußte ich wenigstens, wo er stand. Aber nichts konnte meine Meinung ändern, und ich ließ Monsignore Sandanato auch nicht im Zweifel darüber.

Wir fuhren gemeinsam nach Princeton, holten Margaret Korder ab und aßen in einem kleinen französischen Restaurant zu Abend. Wir redeten vor allem über die beharrlichen Bemühungen der Presse, an meinen Vater und an mich heranzukommen. Doch gottlob gaben ja auch die Morde in New York den Journalisten Stoff für ihre Reportagen. Sandanato verabschiedete sich in der Eingangshalle des Nassau Inn von Margaret und verlieh seiner Hoffnung Ausdruck, sie irgendwann einmal in Rom wiederzusehen. Ich verabschiedete mich ebenfalls von ihr – bis zum nächsten Morgen; dann wollten wir uns im Haus meines Vaters treffen.

Es war ein klirrend kalter und klarer Abend. Der Mond war wie ein silberner Bühnenscheinwerfer. Die Sterne funkelten in den endlosen Tiefen des schwarzblauen Himmels. Sandanato wollte am morgigen Tag abreisen. Nachdem wir zum Haus zurückgekehrt waren, ging er nach oben, um zu packen. Ich hatte die Absicht, meinem Vater morgen einen Besuch abzustatten und ihm zu berichten, daß ich die Spuren zurückverfolgen wollte, die Val während der letzten Wochen hinterlassen hatte – meine erste Station sollte Alexandria sein. Ich mußte in Erfahrung bringen, was sie in jenen letzten Tagen ihres Lebens in Ägypten unternommen hatte. Ich dachte noch über meine Reiseroute nach, als Sandanato die Treppe herunterkam.

Er blieb mit einem verlegenen Lächeln vor mir stehen, ein paar alte Schlittschuhe in den Händen. »Die habe ich in einem Wandschrank gefunden. Ich bin allerdings erst ein einziges Mal Schlittschuh gelaufen. Damals war ich zehn; mein Vater hatte uns in den Ferien mit in die Schweiz genommen. Seitdem habe ich nicht mehr auf den Kufen gestanden. Sollen wir mal hinausgehen und es versuchen?« Er blickte auf seine Armbanduhr. »Es ist zehn. Wahrscheinlich werde ich nie wieder eine solche Gelegenheit bekommen. Und ich glaube, es würde mir guttun. Ich könnte dann besser schlafen.«

Der Vorschlag war so verrückt und kam so unerwartet, daß ich aufsprang und sagte, warum nicht, einverstanden, na klar. Der Teich, der von einem Bach gespeist wurde, der sich in zahllosen Wendungen und Kehren und Schleifen durch die gesamte umliegende Gegend schlängelte, war zugefroren. Ich hatte sogar ein paar Kinder auf dem Teich Schlittschuh laufen sehen, als Summerhays und ich unseren Spaziergang gemacht hatten. Zum erstenmal seit Tagen fühlte ich mich ein bißchen fröhlicher, unbekümmerter. Ich stöberte in einem Berg alter Sport- und Wetterkleidung, der in einer Abstellkammer lag, ebenfalls ein Paar Schlittschuhe auf, und dann machten wir uns auf den Weg zum Teich. O ja, das hätte Val verstanden. Als wir Seite an Seite über den gefrorenen, knirschenden Rasen schritten, konnte ich sie beinahe über uns lachen hören.

Der Dreiviertelmond schien hell vom wolkenlosen Himmel, und der Teich lag wie ein schimmernder Silberdollar hinter den schwarzen Silhouetten der Bäume und Sträucher im Obstgarten. Die Kapelle, von Mondlicht übergossen, sah aus wie auf einem alten Gemälde. Aber ich versuchte, alle Assoziationen zu ignorieren: meine Schwester, gekrümmt am Boden liegend hinter einer hölzernen Kirchenbank; der Baum, an den ein Mörder den Leichnam Father Governeaus gehängt hatte.

Am Ufer des Teiches setzten wir uns auf den steinhart gefrorenen Boden und zogen die Schlittschuhe an, lachten über uns selbst und machten Scherze darüber, wer wohl der schlechtere Schlittschuhläufer sei. Über die Eisfläche wehte ein feiner Schleier aus Pulverschnee. Meine Finger schmerzten und waren taub vor Kälte, als ich schließlich die Schnürsenkel der Schlittschuhe straffzog. Das Eis war ziemlich eben und wies schimmernde Rillen auf, dort, wo die Kinder die Strecke von New Pru bis hierher mit Schlittschuhen über den gefrorenen Bach gelaufen waren. Dankenswerterweise hatten sie den Bereich unmittelbar vor uns vom Schnee gereinigt und glattgefegt.

Wir erhoben uns schwankend und unsicher und stützten uns gegenseitig, als wir uns vorsichtig aufs Eis begaben, zwei lächerliche Gestalten: Sandanato in seinem schwarzen Überzieher und ich in meinem Trenchcoat; unbeholfen und überängstlich versuchten wir die ersten Schritte auf dem schimmernden, glatten Untergrund.

Ich stieß mich mit dem rechten Fuß ab und glitt ein paar Meter übers Eis; taumelnd und mit ausgestreckten Armen, doch ohne zu stürzen. Nach wenigen Minuten brach mir ob der ungewohnten körperlichen Anstrengung der Schweiß aus; ich hörte mich schnaufen und keuchen, hörte irgendwo in meinem Innern, aus weiter Ferne, das helle Lachen Vals. Allmählich schien sich wenigstens meine Muskulatur an den grundlegenden Bewegungsablauf zu erinnern. Als ich schließlich erschöpft die Hände auf die Knie stützte, mich vom Schwung tragen ließ und langsam zum Stehen kam, sah ich, wie Sandanato sich erstaunlich elegant übers Eis bewegte, bis er plötzlich zu taumeln begann und grotesk mit den Armen ruderte; und dann plumpste er hart auf den Allerwertesten und blickte zum Himmel auf, als würde er seinen Big Boss um Hilfe bitten. Er strampelte und rutschte und schlitterte, als er versuchte, wieder auf die Kufen zu kommen, und ich fuhr auf wackligen Beinen zu ihm hinüber, reichte ihm die Hand und half ihm auf, und wie zwei Männer in einem Stummfilm wurden wir beide zu Opfern unserer Tolpatschigkeit und stürzten gemeinsam zu Boden, hockten mit ausgestreckten Beinen auf dem Eis, rangen nach Atem, lachten. Schließlich schafften wir es, wieder auf die Füße zu kommen. Feuchte weiße Schwaden drangen aus des Monsignores Nase und Mund und zerfaserten im Abendwind.

»Mutter Gottes«, sagte er atemlos, »wer ist bloß auf diese Idee gekommen?« Er wühlte in seiner Hosentasche, brachte eine Schachtel Gauloises zum Vorschein, zündete sich keuchend eine Zigarette an und steckte das kleine goldene Feuerzeug zurück in die Tasche. Er warf mir einen Blick zu, in dem wilde Entschlossenheit stand, stieß sich wieder ab und schaffte es, auf den Kufen zu bleiben, bis seine Silhouette allmählich schwand und schließlich mit dem dunklen Hintergrund verschmolz.

Der trockene Pulverschnee biß mir ins Gesicht, und ich spürte, wie der Schweiß auf meiner Haut zu trocknen und zu gefrieren begann; er platzte wie eine hauchfeine Eiskruste, als auch ich mich wieder in Bewegung setzte. Sandanatos Gestalt war auf der gegenüberliegenden Seite des Teichs schemenhaft im Mondlicht zu erkennen, und ich beobachtete ihn einen Moment lang und hoffte, daß ihm das Schlittschuhlaufen soviel Spaß machte, wie er es sich gewünscht hatte. Dann konzentrierte ich mich wieder auf die eigenen Bemühungen, spürte, wie meine Muskeln sich im Rhythmus der Schritte spannten und wieder entspannten. Mein Gott, Val war immer regelrecht hysterisch geworden, wenn sie mich beim Schlittschuhlaufen beobachtet hatte. Einen dressierten Bären hatte sie mich genannt. Ich war schon wieder schweißgebadet, als ich zufällig einen weiteren Mann sah, der irgendwo aus der Finsternis gekommen war, um an der Eröffnung der diesjährigen Eislaufsaison teilzunehmen.

Sandanato und ich befanden uns noch immer auf den gegenüberliegenden Seiten des fast rechteckigen Teichs. Ich konnte ihn kaum erkennen. Seine Bewegungen waren langsam und gemessen, als sei er darauf bedacht, nicht zu stürzen.

Ich lief auf der Seite, wo der Bach in unseren Teich mündete. Der Neuankömmling war etwa zwanzig Meter entfernt im Mondlicht zu sehen, und er kam genau auf mich zugefahren; seine Arme pendelten leicht im Rhythmus der Schritte, als er sich näherte. Ich verlangsamte mein Tempo, beobachtete ihn, beneidete ihn um seine Anmut. Er war ein sehr guter Schlittschuhläufer. Ich drehte langsam einige weite Kreise, stolz darauf, daß ich dabei nicht zu Boden stürzte, obgleich ich ziemlich bedenklich ins Wanken geriet, als ich mein Gewicht so verlagerte, daß ich dem Ankömmling zuwinken konnte.

Er hob lässig eine Hand, um meinen Gruß zu erwidern. Er war ein viel besserer Schlittschuhläufer als ich und kam unbeirrt auf mich zu. Der Wind erfaßte seinen Mantel; er flatterte wie ein Schleier hinter dem Fremden her. Er trug einen schwarzen Filzhut, und als er nur noch ein paar Meter entfernt war, sah ich das Mondlicht auf seinen Brillengläsern funkeln.

»Schöner Abend«, sagte ich, als er mich schließlich erreicht hatte und mich umkreiste. Mein Atem ging schwer. Das Gesicht des Mannes war vom Wind gerötet. Er war schon älter; tiefe Furchen und Falten hatten sich in sein Antlitz gegraben; er hatte ein markantes Gesicht mit ausgeprägter Nase und einem breiten, dünnen Mund.

»Ja, schöner Abend«, sagte er, und ich konnte nicht begreifen, warum er nicht anhielt, sondern weiter auf mich zugefahren kam. Es war ein dämlicher Gedanke, aber für einen Moment dachte ich, daß er vielleicht nicht wußte, wie man auf Schlittschuhen bremste. Und dann, innerhalb eines Sekundenbruchteils, erkannte ich, daß etwas nicht stimmte.

Er hielt irgend etwas in der Hand, tief in den Falten seines schwarzen Mantels verborgen. Es schimmerte im Mondlicht.

Ich drehte mich um zu Sandanato, der sich nach wie vor mühte, auf den Kufen zu bleiben; er war noch immer auf der gegenüberliegenden Seite des Teichs, gut zwanzig Meter von mir entfernt. Ich gab meinen Muskeln den Befehl, sich zu bewegen; ich wollte weg hier, weg, weg von diesem Mann, aber es ging nicht, ich kam keinen Schritt voran, ich schlitterte und rutschte, ohne Raum zu gewinnen, wie in einem Alptraum, und dann stiegen Angst und Entsetzen in mir auf, und ich spürte den kalten, gefrorenen Schweiß auf der Haut, und ich kam nicht fort, nicht fort, und dann spürte ich seine Hand auf meiner Schulter, o Gott, o Jesus, er schlug mich nicht nieder, nein, er versuchte mich festzuhalten, mir festen Stand zu verschaffen... o mein Gott, mir festen Stand für die schimmernde Klinge zu verschaffen...

Ich versuchte zu schreien, wollte Sandanato auf mich aufmerksam machen, und vielleicht schrie ich auch, und dann spürte ich den Schmerz, der von unterhalb meines rechten Arms über den Rücken raste, kalter, klarer Schmerz, so als würde ein Eiszapfen durchs Fleisch rasen, ein Bolzen aus Silber, und ich merkte, wie ich stürzte, sah die Eisfläche auf mein Gesicht zukommen, versuchte mich zu wehren, wollte nach dem Mann treten, wollte ihn zu Fall bringen, doch er hielt mich mit eisernem Griff gepackt, und ich stürzte nicht, er hielt mich auf den Beinen, und dann hörte ich seine Stimme, hörte ihn murmeln, *kleinen Moment noch, Mister Driskill, ruhig, ganz ruhig,* und ich hörte den Stoff seines Mantels rascheln, als er den Arm hob und noch einmal die Klinge schwang, und er stieß nicht zu, er schlitzte, ich hörte, wie die Klinge sich durch den Stoff meines Trenchcoats fraß, und dann sah ich die Eisfläche auf mich zukommen, versuchte, mich auf den Rücken zu drehen, war aber plötzlich sämtlicher Kräfte beraubt...

Ich knallte mit dem Gesicht aufs Eis und hörte das Knacken, als mein Nasenbein brach, schmeckte den hervorschießenden Blutschwall; mein Kopf war leicht zur Seite gedreht; ein Auge war aufs Eis gedrückt, und mit dem anderen sah ich die Kufen seiner Schlittschuhe dicht vor meinem Gesicht. Ich mühte mich, den Kopf so weit zu drehen, daß ich ihn sehen konnte, dieses Gesicht sehen konnte, und ich schaffte es. Ich starrte in die flachen Gläser seiner Brille, und sie schienen bodenlos tief zu sein, leer, und während ich zu ihm hochblickte und spürte, wie es warm und feucht über meinen Rücken lief, wehte der Wind ihm den schwarzen Filzhut vom Kopf, und der Hut segelte langsam, wie in Zeitlupe, auf das Eis, und ich sah das silberne, straff zurückgekämmte Haar des Mannes; es war leicht gewellt und schimmerte unglaublich silbern im Mondlicht.

Dann bückte er sich und hob den Hut auf und war von einem Moment zum anderen verschwunden, und ich hörte das sanfte, seidene Flüstern der Kufen, als er sich mit federleichten Schritten entfernte; das alles hatte vielleicht zehn Sekunden gedauert, und ich konnte mich einfach nicht bewegen, und dann kam der arme Sandanato herübergestolpert, taumelnd und keuchend, und rutschte die letzten Meter auf den Knien zu mir. Ich sah eine Träne auf seinem Hosenbein glitzern, und ich vernahm seine Stimme: *Können Sie mich hören, können Sie mich hören?*, und ich antwortete ihm wieder und wieder, aber er schien mich überhaupt nicht hören zu können, und dann wurde seine Stimme leiser und leiser, bis sie verstummte, und dann spürte ich nur noch die beißende Kälte des Eises auf meinem Gesicht...

# Zweiter Teil

# I

## 1 Der Moralische.

So hatte ihre Mutter es immer bezeichnet. Elizabeth war nie der Typ gewesen, der schnell vom Moralischen befallen wurde – dazu war sie zu aktiv, zu beschäftigt, zu interessiert an allem, was in der Welt vor sich ging –, aber jetzt, während des Rückflugs nach Rom in der 747, mußte sie sich eingestehen, daß sie ihm doch zum Opfer gefallen war. Dem Moralischen.

Es hatte nichts mit dem Schock und dem Kummer zu tun, die Vals Tod ihr bereitet hatten. Man konnte sein Bestes geben, um darüber hinwegzukommen, um mit all dem fertig zu werden. Die religiöse Schulung und Erfahrung halfen einem, sich gegen Emotionen zur Wehr zu setzen. Aber der Moralische, der ging einem unter die Haut; er sickerte einem auf eine Art und Weise ins Blut, daß nicht einmal der Glaube an Gott und die Kirche und die Selbstdisziplin dies verhindern konnten; er nahm Besitz von einem, wenn man auch nur einen winzigen Moment nicht auf der Hut war – und dann war es zu spät. Dann mußte man bitter dafür büßen.

Es war das kleine Mädchen unter den Fluggästen, die dem Moralischen jene Gestalt verlieh, die Elizabeth erkennen konnte und sie zu seinem Opfer machte. Das kleine Mädchen in der Reihe vor ihr, sechs oder sieben Jahre alt, das über die Lehne hinweg spähte und Elizabeth im dunklen Passagierraum beobachtete. Vielleicht waren sie, abgesehen von der Crew, die beiden einzigen an Bord der Maschine, die nicht schliefen. Das kleine Mädchen mit den großen, dunklen, schimmernden Augen, der winzigen breiten Nase, einem sehr ernsten Ausdruck um den Mund und einem blau-goldenen Schleifchen um den Pferdeschwanz: Es war mitten in der Nacht, irgendwo über dem Atlantik, und Elizabeth spürte die Augen der Kleinen auf sich ruhen.

Sie lächelte ihr ins ernste Gesicht, in das plötzlich Leben kam. Das Mädchen bettete das Kinn auf die Oberkante der Kopfstütze. »Ich heiße Daphne. Mein Daddy sagt Daffy zu mir. Ich muß flüstern, weil ich meine Mom nicht wecken möchte. Wie heißt du?«

»Elizabeth.«

»Meine Mom hat einen leichten Schlaf. Darum muß ich immer leise und artig sein. Warum schläfst du nicht?«

»Ich habe nachgedacht.«

»Ich auch.« Der kleine Kopf nickte wissend. »Ich hab' über meine Freunde nachgedacht. Ich werde sie morgen alle treffen. Worüber hast du denn nachgedacht?«

»Über Freunde, genau wie du.«

»Triffst du sie auch morgen?«

»Ich fürchte, nein.«

»Wohnst du in Rom?«

»Ja. Du auch?«

»Eigentlich wohnen wir in Chicago, aber mein Daddy arbeitet so oft in Rom, daß wir da auch ein Haus haben. Wo wohnst du denn in Rom?«

»In der Via Veneto.«

Das kleine Gesicht hellte sich auf. »Ich weiß, wo das ist. Via Veneto. Hast du eine Tochter? Sie und ich könnten ja zusammen spielen...«

»Oh, tut mir leid, ich habe... ich möchte...«

»Was? Was möchtest du denn, Elizabeth? Möchtest du gern eine kleine Tochter?«

»Ja, Daphne. Ich hätte gern eine kleine Tochter. Eine wie dich.«

»Ehrlich?« Sie kicherte hinter vorgehaltener Hand.

»Ehrlich.«

»Du kannst Daffy zu mir sagen, wenn du willst.«

Und diese paar Worte hatten genügt. Der Moralische. Es wurde eine lange Nacht für Schwester Elizabeth.

Sie hatte in diesen endlosen Stunden das Gefühl, als würde Vals Geist auf sie einstürmen. Irgend etwas quälte sie: Val versuchte, ihr etwas zu sagen, aber es drang nicht recht zu Elizabeth durch. Sie setzte die Kopfhörer auf und schob eine Kassette nach der anderen in ihren Walkman. Billie Holiday, Stan Getz, Astrud Gilberto, Moody Blues, Jefferson Airplane, Mozarts Jupitersymphonie, Bachs Cembalokonzert in F und C, gespielt von Gustav Leonhardt; eine Kassette nach der anderen wanderte aus ihrer Reisetasche in den Walkman und wieder zurück, während ihr Bleistift über die Seiten ihres Terminkalenders huschte und ihr Geist irgendwo auf der Suche nach Val umherirrte.

Val. Elizabeth bemühte sich verzweifelt, ihre Signale zu empfangen, die von einem unendlich weit entfernten Sender ausgestrahlt zu werden schienen, aber sie schaffte es nicht. Valentine versuchte, sie an irgend etwas zu erinnern. Es würde ihr schon noch einfallen, sagte sie sich, es mußte ihr einfallen.

Das alles war schon schlimm genug, aber als sie ihre Gedanken Ben Driskill zuwandte, wurde alles nur noch schlimmer. Sie kam sich schäbig vor, daß sie auf eine solche Weise Abschied von ihm genommen hatte. Sie haßte sich für ihr Benehmen, ärgerte sich über den Streit. Denn in Wahrheit hatte Ben ja recht gehabt, vollkommen recht, und sie fragte sich, warum sie alles vermasselt hatte.

Sie *hatte* ihm doch helfen wollen, hatte mit ihm gemeinsam herausfinden wollen, was Val entdeckt hatte, warum sie ermordet worden war; die ganze Geschichte war einerseits zwar tragisch, andererseits aber so aufregend für sie gewesen, daß es ihr sogar geholfen hatte – Gott möge ihr verzeihen –, besser mit Vals Tod fertig zu werden: Als sie und Ben den pensionierten Polizisten an der trostlosen, kalten, novemberlichen Küste aufgestöbert hatten, zum Beispiel, als sie die Wahrheit über den vor so langer Zeit ermordeten Priester erfahren hatten, oder als sie und Ben und Father Dunn bis tief in die Nacht Mordtheorien entworfen hatten...

Warum also hatte alles ein so unschönes Ende nehmen müssen, nur weil sie, Elizabeth, die Kirche so frömmlerisch in Schutz genommen hatte? Was war an diesem Nachmittag und Abend nur in sie gefahren? Vielleicht war es einfach die schiere Angst gewesen, die sie überfallen hatte. Denn die geballte Faust der Erkenntnis hatte sie hart getroffen, mit einem wuchtigen Schlag: Val war tot. Ermordet, als hätte die Wahrheit, die sie gesucht hatte, sich gegen sie gewandt und sie vernichtet.

Angst. Sie hatte Angst um sich selbst, falls sie Vals Nachforschungen weiter verfolgte, Angst um Ben, falls er so entschlossen blieb, den Mörder aufzuspüren. Ihre beste Freundin war tot, und ihr war übel von der eigenen Feigheit; sie haßte sich dafür. Ja, sie war ein Feigling gewesen, aber... aber sie hatte es einfach nicht glauben können, nicht glauben wollen, daß die Kirche ihre Hand im Spiel gehabt und Val getötet hatte, um sich selbst zu schützen. Sie traute der alten, narbigen, von zahllosen Kriegen gezeichneten Kirche viel Schlechtes und Unrechtes zu, aber nicht *so etwas*.

Aber sie war auch nie eine artige, zahme, linientreue Fürsprecherin der römisch-katholischen Kirche gewesen, ihre Apologetin. Genausowenig wie Val. Sie war nie ein solcher Mensch gewesen, wie Ben es ihr zum Vorwurf gemacht hatte. Seine Beschuldigungen waren aus der Luft gegriffen. Es war ungerecht, wenn er so über sie dachte... *ungerecht*!

Und dann war Daphnes kleiner Kopf über dem Sitz aufgetaucht, und sie hatten ihr kurzes Schwätzchen gehalten, und nun hatte Elizabeth ihren Moralischen. Aber das hatte nichts mit Val zu tun, wirklich nicht, und auch nichts mit der Kirche. Zumindest nicht direkt.

Daphne. Daffy. Ihretwegen mußte Elizabeth jetzt an kleine Mädchen denken – und an die Liebe. Als sie in die großen, strahlenden Augen der Kleinen geblickt hatte, hatte sie sich selbst darin gesehen – voller Neugier, voller Hoffnung und Erwartung, wie damals vor vielen Jahren in Illinois, als das Leben noch wie eine immerwährende bunte Zirkusvorstellung vor ihr zu liegen schien. Sie hatte in die Augen des Kindes geblickt und gespürt, wie ihr Pulsschlag sich beschleunigte, wie sie Herzklopfen bekam; sie hatte den Schimmer der Liebe gesehen, wie es die Schnulzentexter in Schlagern beschrieben. Daphne. Die kleine Hand vor dem kichernden Mund. Mom hatte einen leichten Schlaf, und Daphne wünschte sich, Elizabeth hätte eine kleine Tochter...

Liebe.

Liebe war ein Problem für Elizabeth. Denn wenn sie nicht auf der Hut war, konnte die Liebe sie überfallen wie aus dem Hinterhalt, ihr Herz erfüllen, Tränen der Sehnsucht in ihre Augen treten lassen. Das Schlimme war, daß diese Gefühle immer aus dem Nichts kamen, wenn es passierte – aber es passierte nicht oft; sie verstand es geschickt, sich abzulenken, sich zu beschäftigen, auf Trab zu bleiben, sich gegen diese Gefühle zur Wehr zu setzen, sich selbst zu sagen, daß solche Empfindungen nur Komplikationen hervorriefen, die sie weder wollte noch gebrauchen konnte... aber wenn es passierte, war es wie eine Krankheit, wie ein Fieber, das ihre Lebenskraft schwächte und tagelang andauern konnte. O ja, sie schmerzte, diese Sehnsucht nach Wärme, nach Berührung, nach Hinwendung und Vertrauen zu einem anderen menschlichen Wesen. Und was war das anderes als der Wunsch nach Liebe, dessen Erfüllung ihr schlicht und einfach ihres Berufes, ihres Gelübdes wegen untersagt war?

Es gab Zeiten, da diese Sehnsucht Besitz von ihr ergriff. Wie jetzt, zum Beispiel. Da ihr bewußt wurde, nie eine kleine Tochter haben zu können wie Daphne. Oder am Küchentisch zu sitzen und Ben Driskill zu betrachten, wie er ihr gegenübersaß und sie ansah.

*Ben Driskill betrachten, wie er sie ansah.*

O ja, es war schön gewesen, als sie damals den verschneiten Abend im Gramercy Park mit ihm verbracht und in Pete's Tavern ein Bier mit ihm getrunken hatte. Und es war auch in den zurückliegenden paar Tagen schön gewesen, bei ihm zu sein, mit ihm gemeinsam die Zeit zu verbringen, ungeachtet der tragischen Begleitumstände. Unter einem Dach mit ihm zu wohnen, ihn zu hören – seine Schritte, seine Stimme – selbst wenn er sich in einem anderen Zimmer befand; gemeinsam mit ihm am Kamin zu sitzen, gemeinsam den alten Polizisten aufzusuchen, miterlebt zu haben, wie Ben das alte Foto in Vals Trommel gefunden hatte... seine Ironie und seine Bitterkeit zu spüren, wenn die Katholiken und die Kirche zur Sprache kamen, ja, sogar den Zorn zu verspüren, der ihr, Elizabeth, gegolten hatte... Er war *Leben*, er war dort draußen auf dem Schlachtfeld und kämpfte, er war bereit, Risiken auf sich zu nehmen, sich Gefahren auszusetzen...

Ach, verdammt. Ihre Phantasie ging mit ihr durch, aber... aber...

Aber sie hatte Ben zum Narren gehalten; denn sie hatte sich ja mit ihm zusammentun, hatte ihm ja helfen wollen. Und natürlich hatte es in den paar Tagen, die sie gemeinsam verbracht hatten, ein Spannungsverhältnis sexueller Natur gegeben. Wie hätte es auch anders sein können?

Und das durfte eben nicht sein. Gar keine Frage.

O ja, und sie war wirklich wütend gewesen, als er ihr erklärt hatte, daß Monsignore Sandanato offensichtlich in sie verliebt sei. Hatte er sich über sie lustig machen wollen? Seine Bemerkung war so dumm gewesen, so lächerlich. Ja, er *hatte* sich über sie lustig gemacht, der verdammte Kerl. Eine Nonne als Ziel der Begierde eines Monsignore. Ha, ha. Sehr komisch.

Dennoch. Ben Driskill war ein netter Kerl. Sie hatte ihm gegenüber jene leisen Gefühle verspürt, die eine Nonne nicht verspüren sollte, und sie hatte geglaubt, daß Ben dies ebenfalls gespürt, sich aber nur über ihren Mangel an Erfahrung amüsiert hatte, ihre Befangenheit.

War das der Grund für ihre zum Schluß so abweisende Haltung gewesen? Hatte sie ihn deshalb angegriffen? Ihm deshalb ihre Hilfe verweigert?

Hatte sie die Kirche deshalb so vehement verteidigt? Hatte sie deshalb seine Pläne und Ziele verleugnet, die sie die ganze Zeit über doch unterstützt hatte – lag es daran, daß sie das Gefühl gehabt hatte, von ihm gedemütigt worden zu sein?

Oder lag es einfach daran, daß sie Angst davor hatte, sich in ihn verliebt zu haben?

Eine andere Frau wäre wohl kaum auf den Gedanken gekommen, daß ein einziger, lange zurückliegender Abend wie der im Gramercy Park sowie ein paar gemeinsam verbrachte Tage, zudem noch getrübt von der Trauer um einen geliebten Menschen, dazu führen konnten, tiefere Gefühle zu entwickeln, sich gar zu verlieben. Aber diese Frage war müßig. Sie, Elizabeth, war Nonne. Und eine Nonne war darauf vorbereitet worden, mit Männern – ohnehin zumeist Geistlichen – in einer bestimmten Weise zu verkehren, in einer sehr bestimmten Weise, in der Romantik und Gefühle keinen Platz hatten. So man denn Gefühle hatte.

Aber ihre Gefühle für Ben waren anderer Natur.

Und darum hatte sie Streit mit ihm gesucht und dafür gesorgt, daß er sie nun verachtete.

Gute Arbeit, Schwester.

Als das Flugzeug in Rom landete, war Elizabeth völlig erschöpft. Sie hatte tiefe Ringe unter den Augen, und ihr Herz klopfte wild. Daphne umarmte sie zum Abschied, und wieder spürte Elizabeth die geradezu magnetische Anziehungskraft dieser großen, glänzenden Kinderaugen. Natürlich konnten weder Daphne noch ihre Mutter ahnen, daß Elizabeth Ordensschwester war.

Im Taxi sah sie ihren Terminkalender und die Notizen durch, die sie während des Fluges gemacht hatte; dann hielt der Wagen vor dem Hochhaus an der Via Veneto. In ihrem Apartment zog sie ihren Jogginganzug an, schob eine Kassette in den Walkman – *White Album* von den Beatles –, und machte einen flotten, anstrengenden, dreiviertelstündigen Lauf, brachte sich in Schweiß, versuchte, die trüben Gedanken und die Müdigkeit zu verscheuchen.

Nach einer eiskalten Dusche blickte sie niedergeschlagen in den Spiegel über dem Waschbecken. Kein Make up, das Haar verschwitzt und ungepflegt, die Wangen eingefallen, die Augen stumpf und glanzlos. Das Gesicht, das ihr aus dem Spiegel entgegenstarrte, ließ sie an einen Ausspruch von Schwester Claire denken, damals während ihres Noviziats. Claire hatte eine Revlon-Vertreterin gebeten, die ›Saatkrähen‹, wie sie sich und die anderen Nonnen nannte, zu besuchen, um sie in der Kunst der dezenten, aber dennoch wirkungsvollen Benutzung von Kosmetika zu unterweisen. »Wie kann man erwarten, daß jemand hinaus in die Welt geht und das Wort Gottes verkündet«, hatte Claire gesagt, »wenn er aussieht, als wäre er der Hölle entsprungen?« Letzteres war denn doch ziemlich übertrieben gewesen, aber der Schminkunterricht hatte den gewünschten Erfolg gebracht. Na ja, es gab keinen Zweifel, daß sie momentan tatsächlich so aussah, als wäre sie der Hölle entsprungen, aber zehn Minuten später hatte sie die Schäden der schlaflosen Nacht zumindest ausgebessert und war bereit, hinauszugehen und sich der Welt zu stellen, wenn nicht sogar dem Teufel.

Stunden später, als der geschäftige erste Arbeitstag nach der Reise in die Staaten sich seinem Ende zuneigte, saß sie allein in ihrem Büro und gönnte sich eine Pause, um in sich zu gehen, einfach nur ein wenig nachzudenken. Sie nippte an einer Tasse kalten Kaffee, schob einen Stapel Fotokopien, Manuskripte und Agenturberichte, die noch durchgesehen werden mußten, zur Seite und schloß die Augen. Den ganzen Tag schon hatte ihr Unterbewußtsein sich zu Wort melden wollen, hatte versucht, Vals beiläufige Bemerkung, die Elizabeths Erinnerung entglitten war, an die Oberfläche zu spülen, und nun entspannte sie sich, lauschte in sich hinein.

Plötzlich schlug sie die Augen auf. Sie hatte eine Stimme gehört.

Es dauerte nur den Bruchteil einer Sekunde, bis ihr bewußt wurde, daß sie mit sich selbst gesprochen hatte... nein, das stimmte nicht ganz, sie hatte mit Val geredet, und zu ihrem Erschrecken hatte Val geantwortet... Natürlich war es nur eine Erinnerung, eine kleine Zeitreise: Eines Abends hatten sie beide hier im Büro gesessen und auf Curtis Lockhardt gewartet, der sie mit dem Wagen abholen wollte, und dann waren sie zum Abendessen gefahren, in einen exklusiven Nachtclub, den Lockhardt am liebsten besuchte, und Val war schrecklich aufgeregt gewesen, voller Ungeduld. Elizabeth hatte sie gefragt, was denn los sei, doch Val hatte nur den Kopf geschüttelt und gegrinst und hatte erklärt, sie könne es ihr nicht sagen – aber fast wäre sie dennoch mit der Neuigkeit herausgeplatzt, so sehr hatte es sie danach gedrängt. Beim Abendessen hatte Lockhardt einen seiner Bekannten erwähnt, der vor kurzem gestorben war, jemanden, der irgend etwas mit der Kirche zu tun gehabt hatte – verdammt, Elizabeth konnte sich nicht an den Namen erinnern. War es nicht ein irischer Name gewesen? Soviel jedenfalls schien in ihrem Gedächtnis haften geblieben zu sein – und Vals Blick hatte sich ganz kurz mit dem ihren getroffen, und dann hatte Val gesagt: »Damit sind's fünf«, und Lockhardt war ganz plötzlich stutzig geworden und hatte gefragt: »Wie war das?«, und Val hatte erwidert: »Das sind dann fünf in einem Jahr«, und Lockhardt hatte gesagt, dies sei wohl kaum der richtige Ort und die richtige Zeit oder so ähnlich, und darauf hatte Val Gilda Radner im guten alten *Saturday Night Live* nachgeahmt und gesagt: »Ist ja schon gut, ist ja schon gut...«

*Fünf in einem Jahr...*

Dann wurde Elizabeth schlagartig von der Erschöpfung übermannt, und sie wachte erst Stunden später an ihrem Schreibtisch auf. Sie ging nach Hause, legte sich ins Bett und schlief zehn Stunden tief und fest durch.

An den folgenden Tagen wurde sie völlig von ihrer Arbeit in Anspruch genommen.

Es war schlimmer als je zuvor; sie mußte sich jeden Tag genauestens einteilen, um wenigstens ein paar Stunden Schlaf zu bekommen. Es galt Interviews zu führen, an Redaktionssitzungen und Gesprächen mit der Herstellung teilzunehmen; es mußten Termine mit Druckereien abgesprochen und Berichte in letzter Minute fertiggestellt werden; es galt, Übersetzer zu besänftigen, weil sie Überstunden einlegen mußten; Pressekonferenzen mußten abgehalten werden, und in der Zentrale des Ordens an der Spanischen Treppe traf sie sich mit politischen und kirchlichen Würdenträgern zum Tee, und mit der einen oder anderen Delegation aus Afrika oder Los Angeles oder Tokio zum Abendessen. Aus aller Welt strömten sie in die Heilige Stadt, ruhelos, zahllos, unaufhörlich, all die Pilger, die reichen und die verarmten, die Heiligen und die Zyniker, die Gläubigen und Ungläubigen, die Selbstlosen und die Habgierigen, und sie trugen die Hoffnungen und Segnungen ihrer Kirche mit sich, beteten, daß die bald anstehende Papstwahl in ihrem Sinne ausging oder kamen mit der Absicht, sich die Taschen füllen zu lassen oder anderen die Taschen zu füllen, oder waren entschlossen, ihren Einfluß geltend zu machen und dem riesigen, sich windenden Organismus der römisch-katholischen Kirche ihren Willen aufzuzwingen. Und Elizabeth recherchierte, berichtete, kommentierte das Tun diese Pilger, ihr Kommen und Gehen. Und sie hielt die Ohren auf; immer hielt sie die Ohren auf.

In den Tagen nach ihrer Rückkehr drehten sich die Gespräche, wohin sie auch kam, vorwiegend um den Gesundheitszustand des Papstes. Einige Journalisten hatten sogar Wetten darauf abgeschlossen, wie lange Calixtus noch leben würde. Das Interesse an derlei Wetten ebbte jedoch entsprechend der neuesten Gerüchte ab oder stieg wieder an. Und immer wieder machte die Meldung die Runde, daß der Gesundheitszustand Seiner Heiligkeit sich dramatisch verändert habe – ob zum Schlechten oder zum Guten, hing von der jeweiligen Informationsquelle ab. Die Chancen der Anwärter auf den Papstthron, der *papabili*, stiegen und fielen wie die Notierungen am Aktienmarkt. D'Ambrizzi und Indelicato waren die klaren Favoriten, aber auch anderen räumte man durchaus noch Chancen ein.

Ein anderes vieldiskutiertes Thema waren die Morde an Schwester Val, Lockhardt und Heffernan im weit entfernten Amerika, wo solche Greuel ja bekanntlich an jeder Straßenecke passieren konnten. Dennoch waren die Morde sogar für amerikanische Verhältnisse eine ziemliche Sensation. Elizabeth wurde mit Fragen bestürmt. Sie wehrte sie ab, so gut sie konnte. Sie stellte sich dumm. Sie sprach zu niemandem über die Theorie vom Killerpriester: In Rom war das eine Lunte, die man besser nicht anzünden sollte, wie sie sehr gut wußte. Dahingehende Fragen und Bemerkungen waren ihr bisher auch nicht begegnet, und sie hatte nicht die Absicht, zur Quelle eines so brisanten Gerüchts zu werden. Infolge dessen aber – *weil* sie sich niemandem anvertrauen konnte und durfte – ging ihr die Geschichte vom mordenden Priester nicht mehr aus dem Kopf, ließ sie nicht mehr los, quälte sie, und sie entwickelte allmählich ein Gefühl, als säße sie in einer Falle – durfte sie doch das, von dem sie *wußte*, daß es der Wahrheit entsprach, niemandem anvertrauen.

Sie brauchte jemanden, mit dem sie darüber reden konnte. Es war so seltsam, daß Val nun nicht mehr da war... und Elizabeth wollte wissen, was es mit den ›fünf in einem Jahr‹ auf sich hatte. Fünf *Tote* in einem Jahr...

Beinahe wäre sie der Versuchung erlegen, Ben anzurufen, weil sie seine Stimme hören wollte, weil sie ihn um Verzeihung bitten wollte, aber sobald sie die Hand nach dem Hörer ausstreckte, zog sie sie wieder zurück; nein, sie würde ihn morgen anrufen. Morgen.

Es war ein Alptraum, das wußte er genau, und so fand er sich im Laufe der Zeit damit ab, ähnlich, wie man sich an eine schreckliche, eiternde Wunde gewöhnen mochte, etwas, für das es keine Heilung gab, etwas Übelriechendes, das den Rest des Lebens infizierte und verpestete und einen gesunden Menschen zu einem fast verrückten, neurotischen, hilflosen Kranken machte.

Sogar in jenen Augenblicken vor dem Erwachen, in den nebelhaften Schleiern des langsam erwachenden Bewußtseins, wenn man fast schon wieder fähig ist, die Bestie in seinem Innern zu bändigen, hatte Sandanato den Eindruck, wirklich und wahrhaftig an jenem dunklen Ort umherzuwandeln, der jede Nacht auf ihn wartete. Manchmal gelang es ihm, diesem Ort zu entfliehen. Manchmal nicht. Er bewegte sich lautlos von Zimmer zu Zimmer, aber hinter einigen Türen und Torbögen, die er durchschnitt, befanden sich keine Zimmer, sondern Kammern mit Fußböden aus brennendem Sand; kupferrote Wände aus Stein erhoben sich um ihn herum; Tausende von Stufen waren in das Antlitz der schroffen Klippen gehauen; eine Scheibe aus sengendem Weiß stand hoch über ihm am blauen Himmel; ein Bild, wie es sich einem Mensch bieten mochte, der in alle Ewigkeit auf dem Grunde eines vergifteten Brunnens gefangen war...

In seinen Träumen befand er sich immer auf der Sohle einer tiefen Schlucht, ohne die kleinste Möglichkeit, einen Weg hinaus zu finden; allein, einsam und von Schmerzen geplagt, taumelte er durch die Finsternis; der Himmel über ihm war in unermeßlich weiten Fernen, schien ihn zu verhöhnen, war unerreichbar. Und immer war sein Traum durchdrungen vom schwachen Duft nach Weihrauch und dem eigentümlichen Geruch des brennenden, windgepeitschten Sandes und dem Gestank von schwelendem Gestrüpp, das nie einen Tropfen Regen gesehen hatte. In seinem Traum war es immer ein namenloser, dunkler Ort, dröhnend und bebend aus eigener, unheiliger Kraft, pulsierend vom schwarzen Blut, das fortwährend aus Quellen strömte, die wie Wunden in die Felswände geschnitten waren.

Und dann geschah das Unerklärliche. Das Wunder.

Der Boden des Tales begann unter seinen Füßen zu erzittern, das schwarze Blut rauschte und schäumte aus den rot glänzenden schroffen Klippen, und dann wurde die Wand vor ihm auseinandergerissen, und er sah den Weg hinaus, den Weg in die Freiheit, den Pfad, der durch den Berg geschnitten war, und dahinter unermeßliche Weite... eine Wüste in schreiend bunter Blüte, und am Horizont, gebadet in einen schimmernden Nebel aus Sonnen- und Mondlicht – unerklärlich, weil es ein Traum war – lag eine Burg, ein vollkommen sicherer und heiliger Ort...

Und in seinem Traum war er nicht mehr einsam, sondern umringt von vermummten Brüdern, die er kannte, irgendwie, irgendwoher, und die er aus ihrem gemeinsamen Gefängnis bis zum Fuß der zerfurchten, windumtosten Felswände führte. Er war wieder gesund, besaß einen neuen, starken Körper, war getauft worden im heißen schwarzen Blut, war endlich ein Krieger geworden, ein Gladiator eines atavistischen Ordens, der sich aufmachte, eine heilige Mission zu erfüllen.

Das Tal der Tränen. Diesen Namen hatte er jenem höllischen Ort gegeben, dem er wieder einmal entronnen war.

Und dann verblaßten all diese Bilder, und der Ort des schwarzen Blutes tauchte hinab in sein Unterbewußtsein, wo er schlummerte.

Sandanato öffnete die Augen; sein Körper und die Laken waren naß von Schweiß, und der neue Tag begann.

Es war vier Uhr morgens am zweiten Tag der Rückkehr Monsignore Sandanatos nach Rom.

Giacomo Kardinal D'Ambrizzi hatte den größten Teil seines Lebens in Verschwiegenheit verbracht, und vier Uhr morgens war eine sehr verschwiegene Stunde.

Hinter dem Steuer des Wagens sitzend, musterte Monsignore Sandanato das Gesicht seines alten Mentors im Innenspiegel. Der Kardinal saß in lässiger Haltung auf der Rückbank des unauffälligsten Wagens, der die Zulassungsnummer der Vatikanstadt trug – ein blauer Fiat mit einem rostenden Kratzer an einem der hinteren Kotflügel. Es war vier Uhr früh an einem dunklen, kühlen Herbstmorgen. Sandanato lenkte den Wagen über die zu dieser Stunde ungewohnt stillen Seitenstraßen Roms, die zum Teil so eng waren, daß die tristen Wohnhäuser sich über die Straße hinweg die Hände zu reichen schienen wie gebrechliche, uralte Freunde. Es war, als würde man durch einen Tunnel fahren.

Der Kardinal nahm gedankenversunken eine seiner schwarzen ägyptischen Zigaretten aus einem alten Etui mit Lederrücken, schob sie sich in den Mundwinkel und zündete sie an. Er inhalierte tief, und Sandanato sah die Finger des Kardinals, kurz und stummelig und fleckig von Nikotin; die Finger eines Bauern. D'Ambrizzis Gesicht, das voller Konzentration auf einen Sherlock-Holmes-Roman gerichtet war, den er in der Linken hielt, war das Gesicht eines Mannes, der den Luxus liebt, die Annehmlichkeiten des Lebens; ein Borgia. Seine Lippen waren dick, die Zähne unregelmäßig und gelb vom vielen Rauchen, seine Augen aber blau und klar und lebendig unter den fleischigen Lidern.

Der Kardinal trug Zivilkleidung. Auch das war ein Auswuchs seiner Manie, was die Verschwiegenheit betraf. Und selbst jetzt, da D'Ambrizzi schweigend auf der Rückbank des kleinen Wagens saß, würde dieser alte Mann mit dem betagten Borsalino – einem Teil seiner Tarnung – kein lautes Wort von sich geben: weil er Angst hatte, daß irgendwo im Wagen eine Wanze angebracht sein könnte. Bei einem Spiel, bei dem es um so hohe Einsätze geht, ist alles möglich: So hätte D'Ambrizzi es ausgedrückt. Reden ist Silber, Schweigen ist Gold. Dieser Spruch hatte für ihn seine Richtigkeit.

Er hatte sich den Hut tief in die Stirn gezogen. Das einst so dichte schwarze Haar war jetzt weiß; es lag flach wie eine Kappe um den massigen Schädel. Der unscheinbare graue Anzug war ihm etwas zu klein und spannte in den Schultern. D'Ambrizzi war ein untersetzter, vierschrötiger Mann von kräftigem Körperbau, und sogar jetzt noch, Mitte der siebzig, eine einschüchternde Erscheinung. Als Halbwüchsiger in Triest hatte er den Ruf besessen: schneller Verstand, noch schnellere Fäuste.

Über all die Jahre hatte Sandanato sehr viel Zeit gehabt, diesen Mann zu studieren, dessen angeborene Gabe zur Verstellung, aus der er schon so viel Nutzen gezogen hatte. D'Ambrizzi besaß das irreführende, scheinbar lose Mundwerk eines schwatzhaften alten Klatschmauls – wenn er wollte. Er war von Natur aus nachlässig, was sein Äußeres betraf. Aus diesem Grunde sah er immer ein wenig ungepflegt aus, gleichgültig, wie er gekleidet war und zu welchem Anlaß, mochte er noch so wichtig sein. Es war fast unmöglich, sich D'Ambrizzi als gepflegte und ordentliche Erscheinung vorzustellen, selbst wenn genau das auf ihn zutraf. Aber das alles war nur Tarnung. Hinter dem Gesicht eines alternden Sybariten strahlte ein wacher, scharfer Geist, gepaart mit einem untrüglichen Instinkt. Giacomo Kardinal D'Ambrizzi, einer der verschwiegensten Menschen – aber vor Monsignore Sandanato hatte er nur wenige Geheimnisse wahren können.

Von Anfang an hatte Sandanato gewußt, daß der Kardinal in die weltlichsten Angelegenheiten der Kirche verwickelt war. D'Ambrizzi besaß den kühlen, berechnenden Intellekt, der erforderlich war, um sich mit solchen Problemen auseinanderzusetzen, und jene Männer, die vor vielen Jahren an den Schaltstellen der kirchlichen Macht saßen, hatten diese Eigenschaften sehr schnell in dem jungen Mann aus Triest erkannt. Geld war schon immer dasjenige gewesen, mit dem er am besten umzugehen verstand. So hatte er seine Karriere auch damit begonnen, Geld aufzutreiben; später war er damit betraut worden, große Summen gewinnbringend anzulegen. Mehr als jeder andere Mensch auf der Welt hatte er das Vermögen der Kirche gemehrt, indem er ihre Reichtümer geschickt verwaltete.

Nach und nach hatte D'Ambrizzi erkannt, wie formbar die Kirche war, wie empfänglich und sensibel gegenüber der Berührung durch einen Liebhaber. D'Ambrizzi hatte die Fähigkeit entwickelt, die Kirche nach seinem Willen zu beeinflussen, sie zu bewegen, das zu tun, was er von ihr verlangte. Und mehr als alles andere wollte er die Kirche schützen und bewahren, wollte sie gegen alles Böse, gegen die Feinde innerhalb und außerhalb der Mauern ihres gigantischen Gebäudes verteidigen. Es war eine gewaltige Aufgabe, aber er hatte sich immer als der richtige Mann erwiesen. Und Pietro Sandanato war während der Jahrzehnte, in denen die Macht D'Ambrizzis gewachsen und gereift war, an dessen Seite gewesen.

Der Kardinal hatte ihm oft von jener Zeit erzählt, als er seine Berufung erkannt hatte, als ihm klar geworden war, auf welche Weise er der Kirche am besten dienen konnte. Es war in einem heruntergekommenen Büro in Neapel gewesen, das er vor etwa fünfzig Jahren besucht hatte. Bröckelndes, rissiges Linoleum; der Geruch nach Schweiß; Teller voll eingetrockneter Spaghettisoße, an der Ecke eines wackeligen Tisches aufeinandergestapelt. Das Büro eines biederen, frommen, ungebildeten Magnaten, dessen Hoffnungen, was die Zukunft der Kirche betraf, mit denen des jungen D'Ambrizzi übereingestimmt hatten. Father D'Ambrizzi hatte es geschafft, dem schmuddeligen kleinen Mann in seinem schweißfleckigen Hemd hunderttausend Dollar zu entlocken. So hatte es angefangen, vor langer Zeit. Seitdem hatte D'Ambrizzi immer gewußt, in welche Kanäle er das Geld hatte fließen lassen müssen.

Monsignore Sandanato lenkte den Fiat in eine versteckte schmale Gasse, parkte vor dem Hintereingang eines alten Krankenhauses und schaltete die Scheinwerfer aus. Es war ein schäbiges, düsteres Gebäude, das in der Dunkelheit fast baufällig wirkte; auf dem Hof lagen Berge von Müll und altem Gerümpel. Die Patienten waren arm und anspruchslos, und kein Mensch wäre auf die Idee gekommen, daß ein Kardinal seinen Fuß in dieses Gebäude setzte – was natürlich genau der Grund dafür war, daß D'Ambrizzi dieses Krankenhaus gewählt hatte. Erst vor drei Wochen war ein Politiker hier vor dem Haupteingang von den Roten Brigaden niedergeschossen worden, und man hatte ihn daraufhin in eine zwanzig

Fahrminuten entfernte Klinik gebracht. Dieses armselige alte Krankenhaus war für D'Ambrizzis Zwecke ideal.

Die dämmrige Eingangshalle war bis auf zwei Männer in blutbefleckten Kitteln menschenleer. Niemand schenkte dem gutaussehenden Priester und dem schmuddelig wirkenden alten Mann auch nur die geringste Aufmerksamkeit. Sie betraten ein kleines Zimmer, das hinter einer dunklen Ecke des Flurs lag, und nahmen auf zwei wackligen Stühlen Platz. Der Kardinal zog den Sherlock-Holmes-Roman hervor und fuhr fort zu lesen – seine Lippen formten lautlos die englischen Worte. Sandanato saß steif und aufrecht da. Sie warteten.

Dr. Cassoni kam ins Zimmer und entschuldigte sich. Sein zerfurchtes Gesicht war ernst. Er und D'Ambrizzi kannten sich ein halbes Menschenalter, und eben das war der Grund dafür, daß Cassoni bei dem heimlichen Spiel mitmachte, das der Kardinal seit einigen Monaten betrieb. Der Arzt schüttelte entmutigt den Kopf.

»Sie sehen schrecklich aus«, sagte D'Ambrizzi. »Sie sollten mal zum Arzt gehen.« Er kicherte ironisch, schob sich eine Zigarette in den Mundwinkel und ließ sich von Sandanato Feuer geben.

»Ach, Giacomo, mir geht es wirklich nicht besonders gut.« Cassoni seufzte und setzte sich auf die Kante des altersschwachen Tisches. »Und das liegt ganz und gar nicht an dieser unchristlichen Stunde.«

Guillermo Cassoni war Papst Calixtus' Leibarzt. D'Ambrizzi hatte dem Heiligen Vater, als dessen Krankheit vor zwei Jahren mit heftigen Kopfschmerzen begann, Cassoni empfohlen.

»Es sieht schlimm aus«, sagte Cassoni. »Wir haben unser Spiel, *Ihr* Spiel verloren, Eminenz. Der Hirntumor des Papstes hat sich rapide verschlimmert.« Er zuckte die Achseln. »Es wundert mich, daß der Heilige Vater noch immer bei... na ja, klarem Verstand ist. Er gehört schon längst ins Krankenhaus. Ich weiß, ich weiß, er muß bleiben, wo er ist. Er muß so lange durchhalten wie möglich. Wir müssen eben die Dosierungen erhöhen, die Behandlung intensivieren, aber es ist nur noch eine Frage von Wochen. Er hat noch einen Monat, sechs Wochen, bis Weihnachten vielleicht...«

»Das genügt nicht«, sagte der Kardinal.

Dr. Cassoni lachte heiser. »Was soll ich machen, Giacomo? Für Wunder seid ihr Geistlichen zuständig. Und seine Heiligkeit braucht ein Wunder.«

»Jeder muß sterben, mein Freund. Der Tod ist nichts. Aber der *Zeitpunkt* des Todes kann von Bedeutung sein. Bis Calixtus stirbt, bleibt noch so viel zu tun...«

»Und nur so wenig Zeit«, sagte Cassoni. »Wie oft bekommt man das als Arzt zu hören. Jeden Tag! Immer kommt der Tod zum ungünstigsten Zeitpunkt.«

Der Kardinal kicherte leise, nickte.

Monsignore Sandanato beschränkte sich aufs Zuhören, als die beiden Männer sich ausführlich über Calixtus' Krankheit, Behandlungsmethoden, Medikamente und deren Nebenwirkungen unterhielten. So kühl und sachlich, daß er am liebsten laut geschrien hätte. Aber er schwieg, hörte zu. Er und die beiden anderen Männer hier in diesem kleinen Zimmer, in diesem heruntergekommenen Krankenhaus, waren die drei einzigen Menschen in Rom, die wirklich wußten, wie es um die Gesundheit des Papstes bestellt war. Nicht einmal Calixtus selbst war so gut informiert. Doch es war ungeheuer wichtig für sie, möglichst genau Bescheid zu wissen. Die verbleibende Zeit war viel zu gering. Bald, sehr bald würde es einen neuen Papst geben. Und es mußte der richtige Mann sein.

Als D'Ambrizzi und Sandanato das Krankenhaus verließen, war der Morgen noch immer trist und grau, doch in der Luft lag ein feiner Nebelhauch, in dem sich das erste Licht des neuen Tages brach. »Lassen Sie uns aufs Land fahren, Pietro«, sagte der Kardinal. »Zum Campo di Maggiore.«

D'Ambrizzi hatte schon immer den Anblick Roms im frühen Morgenlicht genossen. Sie fuhren am Castel Sant'Angelo vorbei, in dem Papst Clemens VII. im Jahre 1527 Zuflucht vor seinen Feinden gesucht hatte. Der Kardinal hatte immer eine gewisse Sympathie für den armen alten Clemens empfunden, der von französischen Armeen und Gott weiß wem sonst noch bedrängt worden war. Dabei hatte Clemens nur seine Macht erhalten wollen wie alle Päpste vor und nach ihm. Doch auch jetzt wurde die Kirche wieder bedrängt; Feinde stürmten mit Schwertern und Hellebarden gegen die Mauern an. D'Ambrizzi gingen die Morde durch den Kopf, die mit der Erschießung der drei Amerikaner ihren vorläufigen Höhepunkt gefunden hatten. Sind das Gottes unerforschliche Wege? fragte er sich bitter.

Vom Rücksitz aus sah der Kardinal, daß Sandanato ihn im Spiegel beobachtete. D'Ambrizzi lächelte, faltete die Hände im Schoß und blickte hinaus auf die vorübergleitende Landschaft, ohne sie bewußt in sich aufzunehmen. Er schloß die Augen, um nachzudenken, um sich von keinem äußeren Eindruck stören zu lassen. Er kannte die Landschaft; er sah sie auch mit geschlossenen Augen. Den Sherlock-Holmes-Roman hatte er neben sich auf den Sitz gelegt.

Er dachte an Sandanato, dem er vertraute wie keinem anderen Menschen. Er war stolz auf den jüngeren Mann, wie ein Bildhauer auf eine besonders gelungene Skulptur stolz sein mochte, die er mit eigenen Händen geformt hatte, die ganz und gar sein Werk war, die seinen Hoffnungen und Erwartungen entsprach. Ja, Sandanato war sein Werk. Blindes Vertrauen schenkte D'Ambrizzi selbst ihm jedoch nicht, wußte er doch, daß man niemandem blind vertrauen durfte. Niemals. Wer zuviel Vertrauen in einen anderen Menschen setzte, konnte sehr schnell tot sein.

Es war ein mühseliger Aufstieg von der Straße aus über die Flanke des Hügels gewesen.

Alles – der Wagen, die Bäume, die Straße, die Kleidung der beiden Männer – war mit einer dünnen Staubschicht gepudert wie damals auf Sizilien, wo D'Ambrizzi einige Jahre seines Lebens verbracht hatte. Nur war der Staub dort ockerfarben und rot und heiß von der Sonne gewesen.

Sandanato ergriff rasch den Arm des Kardinals, als dieser über einen Stein stolperte und zu stürzen drohte, und dann stiegen die beiden Männer höher und höher hinauf, bis sie im Schatten eines knorrigen Baumes, der so alt war wie die Christenheit, auf dem harten Boden Platz nahmen. Hicr im Schatten war es kühl, und das Tal unter ihnen erstrahlte im hellen Morgenlicht; ein Flußlauf schlängelte sich blau und schimmernd durch die Weite der Landschaft; an beiden Ufern erstreckten sich ausgedehnte grüne Wiesen. Es war eine stille, friedliche Idylle.

»Möchten Sie ein Glas Wein?« fragte Sandanato. »Oder ein Bier? Oder etwas anderes?«

»Nein, danke. Lassen Sie uns einfach hier sitzen und entspannen. Sie brauchen Ruhe – Sie haben anstrengende Tage hinter sich.« D'Ambrizzis Bemerkung galt Sandanatos Amerikareise.

»Sie sollten bei solchen Gelegenheiten immer einen Kriminalroman mitnehmen, Pietro. Er vertreibt die Zeit schneller als Ihr Studium des Meßbuchs oder Ihre philosophischen Betrachtungen über die ewigen Wahrheiten. Einen Krimi zu lesen, ist nicht so anstrengend, man kann gleichzeitig lesen und nachdenken. Aber das habe ich Ihnen ja schon mehr als einmal gesagt. Und jetzt« – er blickte sich nach allen Seiten um – »sind wir allein. Außerhalb der Reichweite von Mikrophonen und Abhörgeräten, nicht wahr? Jetzt möchte ich alles über Ihre Reise nach Princeton erfahren.«

Vor zwanzig Jahren waren sie zum erstenmal hier an diesem wunderschönen Fleckchen Erde gewesen. Doch die Geschichte nimmt auf Schönheit keine Rücksicht. Im sechzehnten Jahrhundert hatte sich hier eine grausige Begebenheit abgespielt. Ein neapolitanischer Gesandter, Bernardo di Maggiore, war in einen Hinterhalt geraten, den Anhänger des Hauses Aragon ihm gelegt hatten, die im Streit mit dem Papst lagen. Bernardo war beschuldigt worden, auf seiten des Papstes zu stehen und somit ein Feind der Aragoneser zu sein. Man hatte ihn an einem Olivenbaum gekreuzigt, ihm den Bauch aufgeschlitzt und die Eingeweide herausgerissen, als Warnung an all jene, die sich gegen das Haus Aragon stellten. Wegen seines letzten und höchsten Dienstes für den Papst war er heiliggesprochen und zum Märtyrer erklärt worden – und nach und nach in Vergessenheit geraten.

In der sanften Brise, die aus dem Tal hinaufwehte, glaubte Sandanato beinahe die Schreie Bernardo di Maggiores hören zu können; er stellte sich die verzerrten Gesichter seiner Peiniger und den ausgeweideten Körper des Heiligen vor; geschundenes, blutiges Fleisch, das einst ein Mensch gewesen, nun aber *mehr* als ein Mensch war, etwas im Tode Geborenes, Unsterbliches. Vielleicht war Bernardo sogar für irgend etwas Wichtiges gestorben, für eine bedeutende Idee, einen großen Gedanken, und dennoch erinnerte sich heute kaum jemand mehr an ihn. Aber um Unsterblichkeit zu erlangen, bedurfte es schließlich keiner großen Ideen.

Der Kardinal ließ sich von Sandanato berichten. Während er ihm zuhörte, öffnete er eine Flasche Chianti, schenkte ihnen beiden ein und schnitt zwei Scheiben von einem frischen Laib Brot ab. Und während sie aßen und tranken, redete Sandanato leise weiter. Der Kardinal blieb nach außen hin gelassen, aber die Geschichte erfüllte ihn mit Zorn und Trauer. Diese Morde raubten ihm so vieles. Lieber hätte er seinen eigenen Tod in Kauf genommen als den Tod seiner Hoffnungen, der Verpflichtungen, die er vor so langer Zeit der Kirche gegenüber eingegangen war. Er trank einen kräftigen Schluck Wein und wischte sich über den Mund. Jetzt galt es, schnell zu handeln, bevor die Maschinerie aus den Geleisen geriet und klirrend und dröhnend in der Dunkelheit verschwand. Er blickte Sandanato an, als dieser geendet hatte.

»Also gut«, sagte er, stützte die Ellbogen auf die Knie und bildete mit Daumen und Zeigefingern ein Dreieck vor dem Gesicht. »Jetzt erzählen Sie mir von diesem Ben Driskill... und welche Rolle unsere Schwester Elizabeth in dieser gefährlichen Angelegenheit spielt. Aus einer solchen Geschichte sollte eine Frau sich besser heraushalten, Pietro.«

»Soll das etwa heißen, Sie haben tatenlos danebengestanden, als dieser Priester ihn niedergestochen hat?« In Elizabeth' Stimme lagen Zorn und Bestürzung.

Der Wind, der über die Piazza wehte, ließ die Bespannung der Sonnenschirme knattern, die an den Tischen standen, und rauschte in den Blättern der Palmen. Die Autoabgase lagen wie ein dünner blauer Nebel über dem Verkehrsstrom. Die für diese Jahreszeit ungewöhnlich warme Mittagssonne schimmerte blaß durch den Dunstschleier. Das Straßencafé, war gut besucht, aber die verhaltene Stille, die hier herrschte, war wie eine Oase der Ruhe im Verkehrslärm Roms.

Monsignore Sandanato hatte Elizabeth am Tag zuvor aus seinem Büro im Vatikan angerufen, und sie hatte seine Einladung zum Mittagessen nur zu bereitwillig angenommen. Jetzt saß sie mit offenem Mund da, schockiert von der Geschichte, mit der Sandanato sie überfallen hatte. Er sah ruhig und gelassen aus, aber seine Augen, die noch tiefer als gewöhnlich in den dunklen Höhlen lagen, verrieten seine innere Anspannung; als Elizabeth eingetroffen war, hatte er bereits eine halbe Flasche Wein getrunken. Er wählte seine Worte mit Bedacht, sprach langsam und wohlüberlegt. Mit den Geistlichen war es immer das gleiche: In Elizabeth' Gegenwart waren sie vorsichtig – sie war Journalistin und eine Frau, zwei der größten Gefahren, die es für einen Priester gab.

»Nein, nein, ich war auf der gegenüberliegenden Seite des Teiches. Ich habe das alles erst bemerkt, als es schon zu spät war. Ich sah nur noch, wie jemand auf Schlittschuhen davonlief.« Er nahm sich mit der Gabel ein kleines Stück von dem Fisch in Kräutersauce und schob es in den Mund. Kauend fuhr er fort: »Als ich bei Ben ankam, war der Mann in der Dunkelheit verschwunden. Ben lag blutend auf dem Eis. Ich half ihm ins Haus. So viel Blut...«

»Aber jetzt geht es ihm wieder gut? Sie sind in Princeton geblieben, um dafür zu sorgen...«

»Ja, ja, natürlich. Es geht ihm schon viel besser, aber es war eine gefährliche Wunde.« Er wies zaghaft auf seinen Rücken und seine Hüfte. »Glücklicherweise wurde kein inneres Organ verletzt... und auch sein Vater erholt sich zusehends. Aber er ist ein alter Mann, da ist es problematischer.«

Als sie aufblickte, stellte sie fest, daß Sandanato ihr entschlossen in die Augen starrte. Irgend etwas tief in seinem Innern schien jetzt dicht unter der Oberfläche zu schlummern, als würde ihm die leiseste Berührung eine Art lähmenden Schmerz verursachen. Was suchte er in ihren Augen? Was ließ er unausgesprochen? Elizabeth erinnerte sich, was Ben Driskill gesagt hatte: Er liebt Sie.

»Es war also ein Priester, der ihn niedergestochen hat?«

»Ich kann nur wiedergeben, was Driskill gesagt hat. Ich war zu weit weg, um etwas erkennen zu können. Driskill hat erklärt, daß es der Priester gewesen sei, den man auch im Helmsley Palace gesehen hat, der Mann mit dem silbernen Haar. Driskill sagt, es *müsse* derselbe Mann gewesen sein.« Er zuckte die Achseln.

»Aber Sie haben ihn nicht gesehen?«

»Nein. Als es passiert ist, war ich zu weit weg, und als ich bei Driskill angelangt bin, war der Mann verschwunden.«

Schwester Elizabeth seufzte und legte das Besteck zur Seite. Sie hatte kaum einen Bissen von ihrem delikaten Kalbsschnitzel gegessen. Sie trank einen Schluck Orvieto, senkte die Augen, wich Sandanatos Blick aus, der starr auf ihr Gesicht gerichtet war. Märtyreraugen, leidend, gequält.

»Die ganze Sache wird immer verrückter«, sagte sie. »Wer hatte denn überhaupt die glorreiche Idee, Schlittschuh zu laufen? Ben hat mir mal gesagt, er hasse diesen Sport.«

»Es war meine Idee, zugegeben. Ich hielt es...«

»Ich weiß. Sie hielten es für eine gute Idee. Aber von dem kleinen Zwischenfall mal abgesehen, Mrs. Lincoln – wie hat Ihnen die Aufführung gefallen?«

»Wie meinen Sie das?«

»Schon gut. Ein schlechter Scherz. Es war also Ihre Idee.«

»Ich konnte nicht schlafen. Mister Driskill auch nicht. Und das Eislaufen war für uns beide die Möglichkeit, einen klaren Kopf zu bekommen. Wie konnte jemand damit rechnen, daß so etwas passiert?«

»Ich frage mich nur, Monsignore, woher der Priester wußte, daß Ben Driskill zu dieser Stunde noch Schlittschuh laufen ging.«

»Das konnte er bestimmt nicht wissen, Schwester. Ich habe mir darüber auch den Kopf zerbrochen. Er muß die Absicht gehabt haben, Ben Driskill im Haus zu überfallen – und dann sah er ihn auf dem Teich, erkannte seine Chance und nutzte sie. An die Schlittschuhe heranzukommen, war einfach – sie lagen vor der Hintertür im Innern des Hauses, und diesen Weg kannte er ja bereits.« Die Sonne war weiter gewandert und stand jetzt hoch am Himmel, schien auf Sandanatos dichtes schwarzes Haar und ließ es schimmern, warf einen dreieckigen Schatten über seine Stirn, der wie ein großes Muttermal aussah.

»Als er ins Haus eingebrochen ist und Vals Aktenkoffer gestohlen hat – ja. So muß es gewesen sein. Aber was für ein Glück Ben hatte, mein Gott!«

»Das kommt ganz darauf an«, sagte Sandanato nachdenklich. »Vielleicht gibt es jetzt einen Silberstreif am Horizont. Es war eine schlimme Verletzung. Er hätte sterben können, aber er ist mit dem Leben davongekommen. Kann sein, daß er nun seine Meinung ändert.«

»Seine Meinung ändert?«

»Ja. Und die Jagd nach dem Mörder aufgibt. Denn das ist der helle Wahnsinn.«

»Ist das Ihre ehrliche Meinung, Monsignore?«

»Er hätte keine Chance. Allenfalls hätte ein anderer Killer eine Chance gegen diesen Mann. Vielleicht hat Driskill seine Meinung geändert, weil er so knapp davongekommen ist.«

»Das ist die Frage...«

»Nun, ich jedenfalls würde es mir sehr gründlich überlegen, wenn mir jemand ein Messer in den Rücken gestoßen hätte.«

»Glauben Sie, daß ihn das abschreckt? Er ist dickköpfig und

stur. Könnte es nicht eher so sein, daß der Anschlag Ben in seiner Entschlossenheit bestärkt, den Mörder zu jagen?«

»Mein Gott, ich hoffe nicht. Er würde sterben und niemals erfahren, wer ihn ermordet hat und warum. Er würde niemals erfahren, ob es einen Grund gab...«

»Welchen Grund könnte es denn geben? Ihn umzubringen, meine ich?«

»Und so, wie es jetzt aussieht«, fuhr Sandanato fort, als hätte er ihre Frage überhört, »wird sein Vater ihn zu Hause brauchen. Ben hat mir erzählt, daß Sie versucht haben, ihn zu überreden, die Jagd nach dem Mörder aufzugeben und die Angelegenheit den Behörden zu überlassen.«

»Das habe ich allerdings versucht – und damit das genaue Gegenteil erreicht.«

Sandanato zuckte resigniert die Achseln. »Dann kann ich nur hoffen, daß er sich das alles noch einmal durch den Kopf gehen läßt.«

»Es ist aber leider so, daß die Behörden in Princeton und New York gar nicht imstande sind, all diesen Dingen auf den Grund zu gehen – in dieser Hinsicht wird nichts geschehen. Die Polizei wird es nicht schaffen, tief genug in die Kirche selbst vorzudringen, um diesen Mann finden zu können, und...«

»Sie gehen also davon aus, daß der Mörder *tatsächlich* ein Priester ist?«

»Lassen Sie mich fortfahren. Die Kirche wird eine Art Wagenburg errichten, um sich gegen Angriffe zu schützen, und es vorerst dabei belassen. Man wird keinem einzigen Polizisten erlauben, in diese Wagenburg vorzudringen, falls der Mörder ein Priester ist. Was also wird geschehen? Nun, wir kennen beide die Antwort. Die Kirche wird ihre eigenen Nachforschungen anstellen, auf ihre eigene Weise, und sollten der Mörder und seine Hintermänner in kirchlichen Kreisen zu finden sein, dann könnte es passieren, daß *sie selbst* diese Nachforschungen leiten.« Elizabeth lehnte sich im Stuhl zurück und trank einen Schluck Mineralwasser. Wegen der smog- und abgasverpesteten Luft waren ihr Mund trocken und ihre Kehle rauh geworden. Der Herbstwind, der über die Piazza wehte, wurde merklich kühler.

»Ihr Zynismus ist vollkommen überflüssig«, sagte Sandanato.

»Ach, wirklich? Wirklich? Nun, Sie sind Mitglied der kirchlichen Kreise, von denen ich gesprochen habe. Welche Nachforschungen wird man denn Ihrer Meinung nach anstellen?«

»Einen Moment bitte, Schwester. Wir können doch nicht einfach davon ausgehen, daß ein Geistlicher der Mörder ist.«

»Und wenn es nun doch so ist? Wie sieht dann Ihr Standpunkt aus? Und wer ist dieser Priester? Wer kennt seine Identität? Wer erteilt ihm die Befehle? Oder handelt er auf eigene Faust, sucht sich selbst die Opfer aus? Schon diese Fragen sind erschreckend.«

»Das kann doch nicht Ihr Ernst sein, Schwester! Das Opfer ist die Kirche! *Unsere* Leute sind ermordet worden!«

»Gleich werden Sie mir noch weismachen wollen, daß Kardinal D'Ambrizzi gar nicht an den Vorfällen interessiert ist.«

»Sie können mir glauben, daß er genug andere Sorgen hat. Es ist wohl kaum damit zu rechnen, daß die Kirche jemals von immer neuen Anfeindungen und Skandalen verschont bleibt.«

»Das«, sagte sie lächelnd, »ist weiß Gott keine Neuigkeit.«

Sandanato räusperte sich. Sie wußte, was jetzt kam. »Da wir gerade von Neuigkeiten reden – haben Sie die Absicht, in irgendeiner Form in Ihrer Zeitschrift über die Vorfälle zu berichten?«

»Ich kann auf längere Sicht ja wohl kaum so tun, als wäre Schwester Valentine gesund und munter, oder? Sie wissen, wie populär sie war.« Elizabeth beobachtete, wie er plötzlich unruhig auf seinem Stuhl hin und her ruckte. »Aber ich *weiß* ja nichts. Was also sollte ich schreiben?« Sie sah, wie er sich wieder entspannte. Sie genoß die Gelegenheit, seine Reaktionen fast nach Belieben lenken zu können. »Aber ich hätte da eine Frage. Eigentlich stammt diese Frage von Schwester Valentine.«

»Und worum geht es?«

»Val hat einmal den Tod eines prominenten irischen Laien erwähnt... jedenfalls glaube ich, daß es ein Laie war, aber der Name will mir einfach nicht mehr einfallen. Jedenfalls hat sie in diesem Zusammenhang gesagt: ›Das macht dann fünf in einem Jahr‹. Was hat sie damit gemeint? Fünf Todesfälle? Welcherart Todesfälle? Fünf Katholiken? Wer waren diese fünf Personen? Was hat sie damit sagen wollen?«

»Ich habe nicht die leiseste Ahnung, Schwester.«

Die Antwort war so schnell, ja hastig gekommen, daß er gar nicht darüber hatte nachdenken können – fast noch in die Frage Elizabeth' hinein. Sie kannte diese Reaktion von zahlreichen vorherigen. Seine Augen verdüsterten sich, schienen durch Elizabeth hindurchzublicken, sobald sie einen bestimmten Punkt überschritten hatte. Als Frau würde sie immer ein Außenseiter bleiben, wenn es um *ernste* Angelegenheiten innerhalb der Kirche ging.

An manchen Morgen fühlte sich Seine Heiligkeit Papst Calixtus IV. einigermaßen wohl. Er spürte, daß die schmerzlindernde Wirkung der Medikamente von Tag zu Tag mehr nachließ, und darum erfreute er sich an einem solchen Morgen, sofern Freude überhaupt noch eine Rolle für ihn spielte: Vor allem ging es ihm darum, irgend etwas zu tun, bevor die Schmerzen wieder einsetzten, was meist nach einer, spätestens zwei Stunden der Fall war; dann kehrten das Stechen und Pochen in Brust oder Kopf zurück, die er mit einer weiteren Dosis von Medikamenten zu bekämpfen versuchte, und so fort, bis er schließlich das Bewußtsein verlor. Also galt es, die wenigen schmerzfreien, bewußt erlebten Stunden zu nutzen. An diesem Morgen ging es ihm einigermaßen gut. Er hatte die Männer zu sich bestellen lassen, mit denen er sprechen wollte, und nun wartete er auf ihr Eintreffen und versuchte, sich zu entspannen.

Er stand am Fenster seines Büros im dritten Stock des Vatikanpalastes und beobachtete, wie die Sonne über den Hügeln der Ewigen Stadt aufging, sich über den glitzernden Strom des Tiber erhob und die dunstigen Schleier am Horizont durchbrach. Zu seinem Erstaunen überkam ihn ein Anflug von Wehmut. Er war nie ein sonderlich gefühlsbetonter Mensch gewesen, und mit dem bloßen Betrachten der Welt, so wie jetzt, hatte er sich nie zufrieden gegeben. Und das war vermutlich auch einer der Gründe dafür gewesen, warum er aus der Gruppe der *papabili* aufgestiegen und *il papa* geworden war. Über viele, viele Jahre hinweg war er immun gewesen gegen Unruhe, Angst, Gefühlsausbrüche, Begierden, und sogar gegenüber dem schlimmsten aller Übel, dem Fortschreiten des Unglaubens, der Gottesverleugnung. Aber das alles war nun anders, da er bald die letzte Station seines Lebens erreicht hatte. Während er die Schönheit des Sonnenaufgangs betrachtete, fragte er sich, ob einer seiner Vorgänger jemals soviel Angst vor dem gehabt hatte, was jenseits des Fensters lag. Natürlich war ihm klar, daß dies eine dumme Überlegung war. Er wußte nur zu gut, daß er lediglich der vorläufig letzte in der langen Reihe von Angst verfolgter Päpste war.

Er war entsetzt über die Morde. Diese Greueltat, die unlängst in New York geschehen war... und der Mord an dieser aufsässigen, lästigen Nonne. Wann würde das ein Ende nehmen? Wohin würde das noch führen?

Er seufzte und goß sich aus einer silbernen Kanne eine Tasse starken schwarzen Kaffee ein. Ein Teller mit belegten Brötchen stand unangetastet auf dem Tisch. Vom Fenster aus konnte er den Stadtteil Roms sehen, wo er als Student gewohnt hatte. Es war ein beunruhigender Gedanke, sich vorzustellen, daß in diesem Augenblick von einem der namenlosen Gebäude an den Hängen der Hügel ein Mann mit einem modernen, weittragenden Gewehr auf das Fenster zielte, auf Calixtus IV., Bischof von Rom, und daß der Schütze nur auf diesen Moment gewartet hatte, da der Papst vor dem Fenster stehenblieb, verzaubert vom Anblick der aufgehenden Sonne – und dann drückte der Mann ab, und das Hirn des Heiligen Vaters spritzte durch das Büro.

Aber nein, jetzt wurde er melodramatisch. Noch war keines der Opfer mit einem Gewehr erschossen worden. Zumindest bis jetzt noch nicht.

Er hatte gerade seinen Kaffee ausgetrunken, als seine Piaget-Armbanduhr – eine Spezialanfertigung, die ein berühmter Filmstar ihm geschenkt hatte – einen rhythmischen Piepton aussandte, der Calixtus daran erinnerte, daß der erste seiner Besucher im Vorzimmer darauf wartete, eingelassen zu werden.

Er zog eine antike Cloisonné-Pillendose aus der Tasche und grübelte über die Ironien des menschlichen Verhaltens nach. Er hatte schon immer über Mehrdeutigkeiten, Ironien, Absurditäten siniert; das brachte sein Amt mit sich. Nicht zum erstenmal glaubte er, daß er als gottesfürchtiger, frommer Mann besser dran gewesen wäre, zumal er sich dann leichter mit der absurden Natur des päpstlichen Amtes hätte abfinden können. Aber Gottesfürchtigkeit und Frömmigkeit waren keine Bedingungen im Rahmen der Tätigkeitsbeschreibung für einen Papst im ausgehenden zwanzigsten Jahrhundert.

Der Kaffee war ein Anregungsmittel, auf das er nicht verzichten wollte, das aber zumeist die Wirkung hatte, seine Angst zu steigern. Bei den Tabletten in der kostbaren kleinen Schachtel handelte es sich um Beta-Blocker, ein Medikament namens Propranolol. Diese Substanz verlangsamte die Pulsfrequenz, verhinderte, daß seine Hände feucht wurden und zitterten, und sorgte dafür, daß seine Stimme fest und entschlossen klang. Zudem verhinderte sie, daß er in schwierigen, entscheidenden Situationen nervös wurde. Er nahm eine Tablette, spülte sie mit einem Schluck kaltem Wasser hinunter und machte eine kurze Eintragung auf einer Liste, die er dann zurück in die Tasche schob. Er hatte jetzt seine Herztabletten, ein blutdrucksenkendes Medikament und den Beta-Blocker genommen.

Du hättest der erste synthetische Papst werden können, wenn dir noch ein bißchen mehr Zeit verblieben wäre, dachte er mit einem Anflug von Galgenhumor.

Er griff nach dem Telefonhörer und sagte zu seinem Sekretär: »Führen Sie Seine Eminenz jetzt bitte herein.«

Manfredi Kardinal Indelicato hatte den kleinen Mann schon immer eingeschüchtert, der nichts weiter als der unbedeutende Padre di Mona gewesen war, als Indelicato in den vierziger Jahren schon ein gutes Stück auf der Karriereleiter des Vatikans hinaufgestiegen war, damals, als der strenge, asketische Pius noch an der Spitze der kirchlichen Hierarchie gestanden hatte. Einige Leute waren der Meinung, daß Indelicato seine Persönlichkeit ganz an der des seligen Pius orientiert und sie entsprechend herausgebildet habe, aber hierin irrten sie. Indelicato war im Unterschied zu Pius von hoher Geburt; der Stammbaum der vornehmen, äußerst wohlhabenden Familie Indelicato ließ sich bis ins frühe Mittelalter zurückverfolgen. Der Kardinal war ein Mann von unglaublichem Reichtum, dem unter anderem eine riesige Villa gehörte, der ein Heer von Bediensteten unterhielt und dennoch das Leben eines Asketen führte. Von Intelligenz, Charakter, Herkunft, Erscheinen und Auftreten her gesehen, schien er der geeignetere Mann. Geeigneter als Pius und als di Mona. Aber Sal di Mona war der Papst, und nur das allein zählte. Wenn di Mona sich das nur immer in Augenblicken, in denen es darauf ankam, bewußt machen könnte!

Er schaute auf, blickte in Indelicatos bleiches Gesicht, auf das straff zurückgekämmte schwarze Haar, das der Kardinal wahrscheinlich färbte, in die Augen, die einen so starren und durchdringenden Ausdruck hatten wie die Augen eines Raubvogels, aufmerksam, geduldig lauernd, ständig bereit, blitzschnell mit dem Schnabel zuzustoßen, um irgend etwas Kleines und Pelziges und Ängstliches aufzuspießen. »Heiligkeit«, sagte er leise, und dennoch klang dieses Wort aus seinem Munde irgendwie bedrohlich. Indelicato besaß die Fähigkeit, mit jeder Geste, jedem Wort Bedrohlichkeit auszustrahlen.

»Nehmen Sie Platz, Manfredi. Stehen Sie hier nicht so bedeutsam herum.« Calixtus versuchte wie immer, die Spannung dadurch zu lockern, indem er den Kardinal mit Vornamen anredete und ihn mit zurückhaltender Herablassung und sanftem Spott behandelte. Indelicato setzte sich und schlug die langen, dünnen Beine übereinander. »Ihr Freund Saint Jack wird in ein paar Minuten eintreffen. Haben Sie getan, worum ich Sie gebeten habe?«

Die Andeutung eines Nickens war Indelicatos ganze Antwort.

»Dann würde ich gern Ihren Bericht hören.« Der Papst nahm ebenfalls Platz, lehnte sich zurück und faltete die Hände im Schoß. Er fragte sich, ob es zu spät war, Manfredi Indelicato, den gefürchtetsten Mann des Vatikans, Leiter des vatikanischen Sicherheits- und Geheimdienstes, endlich zu lehren, daß man von Zeit zu Zeit den Ring des Papstes zu küssen hatte. Natürlich war es dafür zu spät. Aber es wäre eine höchst erfreuliche Angelegenheit gewesen. Nur sehr wenige Menschen hatten die Möglichkeit, den Schwarzen Mann zu etwas zu zwingen.

»Ich habe die entsprechenden Personen observieren lassen, Heiligkeit. Dr. Cassoni ist, wie sich herausgestellt hat, selbstverständlich in jeder Hinsicht ein Vorbild an Diskretion – bis auf eine Ausnahme. Gestern ist er mitten in der Nacht zu einem völlig heruntergekommenen alten Krankenhaus gefahren, das sich inmitten eines Elendsviertels befindet. Er hatte dort eine Verabredung, und wie ich befürchte, liegt der Schluß nahe, daß Sie der Gesprächsgegenstand waren.«

Es war von großer Wichtigkeit, daß Berichte über den Gesundheitszustand des Papstes nur auf die althergebrachte Weise an die Öffentlichkeit drangen – nach Zensur durch den Vatikan, deren Maßstäbe von der Kurie und Calixtus selbst bestimmt wurden. Es war Kardinal Indelicato gewesen, der vorgeschlagen hatte, den Leibarzt des Papstes unter strenger Beobachtung zu halten.

»Ich möchte keine vagen Aussagen, Manfredi. Ich möchte konkrete Informationen. Mit wem hat Cassoni sich getroffen?«

»Darf ich Ihnen eine Frage stellen, Heiligkeit? Wie ist Cassoni Ihr Leibarzt geworden?«

»D'Ambrizzi hat ihn mir empfohlen.«

»Darauf hätte ich kommen müssen«, murmelte Indelicato mit leisem Selbstvorwurf.

»Nicht einmal von Ihnen kann man erwarten, alles zu wissen.«

»Damit haben Sie vermutlich recht. Aber es war D'Ambrizzi, mit dem der gute Doktor sich getroffen hat.«

Der Papst schwieg, und als er aufblickte, fragte er sich, ob das leichte Zucken, das er in den Winkeln des breiten, schmalen Mundes Indelicatos gesehen hatte, ein Lächeln gewesen war.

Nachdem Kardinal D'Ambrizzi das Büro betreten und den Papst begrüßt hatte, wandte er sich an Kardinal Indelicato. »Fredi, Fredi, was machen Sie für ein langes Gesicht? Sie glauben, Sie stecken in Schwierigkeiten. Ha! Was ich Ihnen so alles erzählen könnte!« Er trat einen Schritt zurück und musterte den hochgewachsenen, hageren Mann in der perfekt geschnittenen Kleidung eines gewöhnlichen Priesters. D'Ambrizzi grinste, streckte die Hand aus und prüfte den Stoff von Indelicatos Jacke zwischen seinen fetten Fingern. »Ein schöner Anzug, sehr schön. Von Ihrem Haus- und Hofschneider? Was mich betrifft – ich brauche keinen. Die Arbeitskraft eines guten Schneiders in Anspruch zu nehmen, wäre bei meiner Figur glatte Verschwendung. Je weiter das Gewand, desto besser sehe ich aus, was, Fredi?«

Indelicato blickte auf den kleineren D'Ambrizzi hinunter. »Giacomo. Wir sollten uns öfter sehen. Ich vermisse Ihren vielgepriesenen Humor.« Er wandte sich an D'Ambrizzis Schatten. »Ah, Monsignore Sandanato, wie schön, daß Sie uns heute morgen mit Ihrer Anwesenheit beehren.«

Frischer Kaffee und belegte Brötchen wurden hereingebracht, während der Papst darauf wartete, daß die beiden Kardinäle mit ihrem Geplänkel aufhörten. Für jemanden, der den wahren Charakter dieser beiden Männer nicht kannte, mochte es so aussehen, als würden sich Don Quichote und Sancho Pansa Beleidigungen an den Kopf werfen. Indelicato nahm sich eine Tasse schwarzen Kaffee, setzte sich und trank hin und wieder einen kleinen Schluck, während D'Ambrizzi den Kaffee mit reichlich Milch und

Zucker versah. Sandanato beschränkte sich darauf, in seine Tasse zu starren. Jahrzehntelang waren Indelicato und D'Ambrizzi von Beobachtern der vatikanischen Szene immer wieder miteinander in Verbindung gebracht worden – als gegensätzliche Charaktere, als Widersacher, vor allem aber als Kollegen mit einem gemeinsamen Ziel: der Kirche zu dienen.

»Acht«, sagte der Papst in das Schweigen und beobachtete, wie sich aller Augen auf ihn richteten. »Wir sind mit acht Mordfällen konfrontiert. Acht Morde innerhalb unserer Kirche. Wir wissen nicht, warum diese Morde verübt wurden. Wir wissen nicht, wer sie begangen hat. Es ist nicht einmal ein Muster, ein System erkennbar; wir können also nicht voraussagen, wer das nächste Opfer sein wird. Aber wir können ziemlich sicher sein, daß es weitere Opfer geben wird.« Er hielt inne. »Wir haben die möglichen Täter in Betracht gezogen: Extremisten. Unsere Freunde, die Mafia. Opus Dei. Propaganda Due.«

Indelicato schüttelte den Kopf. »Meine Ermittler haben keine Hinweise darauf entdecken können, daß eine der genannten Organisationen in die Morde verstrickt ist.«

»Also will uns keine von ihnen eine Lektion erteilen?«

»So ist es, Heiligkeit. Jedenfalls keine dieser Gruppierungen.«

»Tatsache ist«, knurrte D'Ambrizzi, »daß all diese Leute sich immer über irgend etwas ärgern. Die Jesuiten fühlen sich übervorteilt, weil sie glauben, daß Sie, Heiligkeit, ihnen das Opus Dei vorziehen und sie dadurch benachteiligt werden. Und den Zorn des Opus Dei haben wir deshalb auf uns gezogen, weil Sie, Heiligkeit, dessen autonomistischen Bestrebungen einen Riegel vorschieben, zum Beispiel hinsichtlich der Frage der Loslösung aus der bischöflichen Kontrolle. Die Marxisten wiederum betrachten uns als kapitalistische Tyrannen, die hier im Vatikan ihre Fäden ziehen. Die Konservativen schließlich halten den Vatikan für eine Brutstätte kommunistischer Bastarde, die das Ziel haben, die Kirche zu zerstören. Gott allein weiß, welche Haltung Propaganda Due uns gegenüber einnimmt, doch der Herr im Himmel sollte sich was schämen – diese Organisation jagt sogar mir Angst ein. Aber was Morde innerhalb der Kirche betrifft – da kommt auch diese Organisation nicht in Frage.« Er schüttelte den Kopf. »Da ist zum Beispiel die Tatsache, daß die Mörder ihre Opfer scheinbar blindlings und wahllos töten, ohne Rücksicht auf deren kirchliche, moralische oder philosophische Standpunkte. Habe ich irgend jemanden ausgelassen, Heiligkeit?«

Calixtus machte eine resignierende Geste. »Stellen Sie drei beliebige Priester an eine Straßenecke, und schon bildet sich eine neue Splittergruppe, die mit irgend etwas unzufrieden ist. Aber werden sie deshalb gleich zu Mördern? Nein... Aber sagen Sie, was ist das für eine Geschichte, die mir über einen *Priester* zu Ohren gekommen ist, der die drei Morde in Amerika begangen haben soll?«

D'Ambrizzi weitete die Augen unter der tief gefurchten Stirn. »Darf ich fragen, Heiligkeit, von wem Sie so etwas gehört haben?«

»Giacomo, bitte. Ich bin der *Papst.*«

D'Ambrizzi nickte. »Ich verstehe. Verzeihung.«

»Und? Was ist wahr an der Geschichte?«

D'Ambrizzi sagte: »Pietro?«

Sandanato berichtete eingehend, was er wußte, und als er endete, bedankte Calixtus sich mit einem unverbindlichen Grunzen. »Wir müssen dieser Sache auf den Grund gehen. Dem muß ein Ende gemacht werden.«

»Selbstverständlich, Heiligkeit«, sagte D'Ambrizzi. »Aber diese Angelegenheit wirft Probleme auf.«

»Aber, aber, aber...» Indelicato schien widersprechen zu wollen, gab sich aber schließlich geschlagen und sagte: »Er hat recht. Wir können es immerhin versuchen.«

»Ich wünsche, daß es aufhört. Falls diese Sache von innerkirchlichen Kreisen ausgeht, muß dem ein Ende gemacht und jede Spur verwischt werden. Die Frage, *wer* die Mörder sind, macht mir noch die wenigsten Sorgen... wir werden uns zu gegebener Zeit um sie kümmern.« Calixtus blinzelte, kämpfte gegen die plötzlich aufkommenden Kopfschmerzen an. »Es geht mir vor allem um das *Warum.* Auf diese Frage will ich eine Antwort!« Er holte tief Atem. »Und ich wünsche nicht, daß irgendeiner weltlichen Behörde Raum für irgendwelche Nachforschungen innerhalb unserer Kirche gegeben wird – weder hier in Rom noch in Amerika, noch sonstwo. Haben Sie mich verstanden? Es handelt sich hier um eine *kirchliche Angelegenheit*!« Er stöhnte laut auf und preßte die Hände an die Schläfen.

»Heiligkeit!« D'Ambrizzi sprang auf und eilte zu ihm hinüber.

»Ich bin plötzlich sehr müde, Giacomo. Das ist alles. Ich muß mich hinlegen.«

Gestützt von D'Ambrizzi und Indelicato ließ Calixtus sich aus dem Sessel helfen und langsam zu seinem Bett führen.

Schwester Elizabeth verfluchte sich selbst. Sie hatte vor lauter Arbeit so vieles nicht gründlich genug überdenken können. Immer wieder kamen ihr Dinge in den Sinn, die ihr schon Tage zuvor hätten einfallen müssen.

Sie war auf dem Weg zur Schwester Oberin, einer Nonne Ende Vierzig – die oberste Verwaltungsinstanz des Ordens. Sie wohnte und arbeitete in dem pfirsichfarbenen Gebäude oben an der Spanischen Treppe, das teils Kirche, teils Kloster, teils Schloß war. Sie war Französin. Sie hatte Schwester Valentine sehr gemocht. Elizabeth kannte sie seit nunmehr fast zehn Jahren. Die Äbtissin konnte Wärme und Zuneigung ausstrahlen, aber sobald man diese Gefühle erwiderte, wurde sie geschäftsmäßig, kehrte die Ordensregeln heraus und ließ einen wissen, wer die Herrin im Hause war, wer in der Welt, in der sie, Elizabeth und die anderen Ordensschwestern lebten, das Sagen hatte.

Das Büro der Oberin wurde von den Farben Pfirsich, Creme und einem zarten Grau beherrscht; an der Wand hing ein modernes Kruzifix, das einige Zentimeter davor angebracht war, so daß es zu schweben schien und einen eindrucksvollen, dramatischen Schatten warf, da es von einem versteckt angebrachten Strahler indirekt beleuchtet wurde. Vom Fenster konnte man die Menschen beobachten, die im strahlenden Sonnenlicht in schier endloser Prozession die berühmte Spanische Treppe hinauf- oder hinunterstiegen. Die Oberin stand mit gefalteten Händen an diesem Fenster und blickte hinaus. Als Elizabeth das Büro betrat, wandte sie sich um. Sie hatte verblüffende Ähnlichkeit mit der Schauspielerin Jane Wyman.

»Sie möchten über unsere liebe Schwester Valentine mit mir reden?«

»Ich hätte schon vor Tagen zu Ihnen kommen sollen«, erwiderte Elizabeth, »aber es gibt im Moment so viel zu tun, daß ich einfach nicht die Zeit gefunden habe. Ich... habe mich eigentlich nur erkundigen wollen, ob Sie Schwester Valentine in den vergangenen sechs Monaten häufiger zu Gesicht bekommen haben.«

»Aber ja, natürlich. Sie hat hier gewohnt, meine Liebe.«

»Sie hat sich aber doch meist in Paris aufgehalten.«

»Darüber weiß ich nicht viel. Ich hatte den Eindruck, daß sie sich ihre Zeit sehr genau eingeteilt hat. Ansonsten war sie fröhlich wie immer und verschlossen, was ihre Nachforschungen betraf, so wie wir alle sie in Erinnerung haben.« Sie lächelte traurig und steckte die Blumen in einer kristallenen Vase um. »Ich habe ihr hier im Ordenshaus eins unserer großen Schlafzimmer zur Verfügung gestellt, und wir haben ihr einen Schreibtisch aufs Zimmer gebracht. Sie hat viel gearbeitet. Wie immer.«

»Haben Sie das Zimmer schon räumen lassen?«

»Noch nicht, Schwester. Es ist eine so traurige Aufgabe... ich habe es bis jetzt nicht übers Herz bringen können. Um ehrlich zu sein, ich hatte ohnehin die Absicht, Sie damit zu betrauen, sich um Schwester Valentines Hinterlassenschaft zu kümmern... die Papiere, die Akten, die Bücher; sie hat ja immer einen ziemlichen Berg davon zusammengetragen, nicht wahr?«

»Ich habe gar nicht gewußt, daß sie hier gewohnt hat«, sagte Elizabeth nachdenklich.

»Ich weiß, daß Sie beide gut befreundet waren. Aber Sie sollten sich nicht übergangen fühlen. Schwester Valentine war so sehr in ihre Arbeit vertieft, daß sie kaum Kontakt nach außen pflegte. Sie war ja immer ein sehr zielstrebiger Mensch, nicht wahr? Sie hat viel Zeit in den Geheimen Archiven verbracht, denn sie hatte ja immer noch sehr guten Einfluß – wie lautet doch gleich der englische Ausdruck?«

»Beziehungen?«

»Richtig. Sie hatte immer noch sehr gute Beziehungen zu hohen Kirchenkreisen.«

»Ich verstehe nicht recht, was Sie damit sagen wollen.«

»Daß Kardinal D'Ambrizzi seinen Einfluß geltend gemacht hat. Er hat ihr ermöglicht, in den Geheimen Archiven arbeiten zu dürfen. Sie konnte sich dort frei bewegen.«

»Darf ich ihr Zimmer sehen?«

»Selbstverständlich. Jetzt, wo Sie schon einmal hier sind, hätte ich Sie ohnehin hinaufgebeten. Kommen Sie, meine Liebe, ich zeige es Ihnen.«

Die Oberin ließ Elizabeth in dem sonnendurchfluteten Zimmer, das Val bewohnt hatte, allein. Elizabeth setzte sich auf einen tief gepolsterten Sessel und sichtete eine halbe Stunde lang Berge von Papieren, Akten, Notizbüchern und losen Blättern. Doch alles schien mit Valentines bereits erschienenen Büchern und Zeitungsartikeln in Zusammenhang zu stehen, sogar mit Reden, die sie zu verschiedenen Anlässen gehalten hatte. Elizabeth seufzte niedergeschlagen und nahm ein kleines Paket auf, das aus Aktenmappen und Notizbüchern bestand, die durch drei Gummibänder zusammengehalten wurden.

Die zuoberst liegende Aktenmappe war mit einem Filzstift beschriftet. Die zwei Worte sprangen Elizabeth förmlich an.

DIE MORDE.

## 2 DRISKILL †

Auf dem Flug New York–Paris–Kairo schluckte ich jede Menge Schmerztabletten und trank dazu Champagner. Allmählich verlor ich jegliches Zeitgefühl; ich schloß die Augen und sah – wie in einem Alptraum – das silberhaarige Phantom wieder auf mich zulaufen und die funkelnde Klinge des Messers in seiner Hand. Soviel zum Thema Schlaf und Entspannung. Die Beerdigung meiner Schwester lag mittlerweile neun Tage zurück. Im Krankenhaus waren meine Wunden an Rücken und Hüfte mit – so kam es mir jedenfalls vor – Hunderten von Stichen genäht worden. Irgendwie schien es so, als wäre die Zeit seit meiner Entlassung aus dem Krankenhaus wie im Zeitraffertempo an mir vorübergezogen. Daß ich mich in Kairo befand, wo ich auf dic Anschlußmaschine der Egyptair nach Alexandria warten mußte, war das erste, das mir wieder so recht zu Bewußtsein kam.

Im Hauptgebäude des Flughafens wimmelte es von Menschen, und es war heiß und stickig und laut, und das Gedränge und Geschiebe war alles andere als gut für meine Messerwunde am Rücken. Dann, eine weitere Schmerztablette und noch einen vorüberhuschenden Alptraum später, blickte ich aus dem Fenster der Maschine und sah, wie ich aus einem klaren blauen Himmel zu stürzen schien, hinunter auf den winzigen Flughafen von Alexandria, den man nach der kriegerischen Auseinandersetzung mit Israel im Jahre 1973 hatte wiederaufbauen müssen. Zuvor hatte ich von meinem Fensterplatz aus auf der einen Seite die Wüste gesehen, eine schier unendliche Weite aus brennendem Sand, und auf der anderen das tiefblaue Mittelmeer. Dann war beides aus meinem Blickfeld verschwunden, und am Horizont tauchte ein langer, dunkler Streifen auf, der in der heißen Luft flimmerte: Alexandria.

Ich winkte eines der geschäftigen kleinen rotschwarzen Taxis heran, die sich geschickt durch das dichte Verkehrsgewühl auf der Delta Road schlängelten, jener Straße, über die man in vier Autostunden in südlicher Richtung nach Kairo gelangen konnte und in westlicher Richtung, in ebenfalls vier Fahrtstunden, nach El Alamein und dann weiter nach Marsa Matruh und schließlich nach Libyen und nach Tobruk, diesem Gespenst aus dem Zweiten Weltkrieg.

Das Gefühl der Zeitlosigkeit, das diese Landschaft vermittelte – nicht der Eindruck der Geschichtsträchtigkeit, sondern vielmehr die vollkommene Zeitlosigkeit der sich seit Äonen ständig verändernden Dünen und des anbrandenden Meeres, die mit so gelassener Gleichgültigkeit der Menschheit und ihren Monumenten und Städten und Königreichen und dem flüchtigen Werden und Vergehen ganzer Kulturen gegenüberstanden – dieser Eindruck war überwältigend, sogar in dem pulsierenden, lärmenden, wimmelnden Verkehr dieser Viermillionenstadt.

Der Taxifahrer bog auf die Suez Canal Street ein, fuhr dann die malerischen Klippen entlang, die den östlichen Hafen, den *alten* Hafen, umrahmten, wo eine kühle Brise vom Meer dafür sorgte, daß die Temperatur in der Stadt gemäßigt blieb, so daß meine Benommenheit allmählich wich. Das Taxi hielt vor dem Cecil Hotel am Sa'd-Zaghlul-Platz. Auf der gegenüberliegenden Straßenseite, neben einer kleinen Rasenfläche, die im grellen Sonnenlicht in seltsam intensivem Grün erstrahlte, bestiegen gerade ausländische Touristen einen Bus mit Fahrtziel Kairo. Die Front des Hotels war dem Osthafen und der Bucht zwischen den sanft auslaufenden Felsen zugewandt, die den Hafen umrahmten, so daß ich dahinter das Mittelmeer in der Sonne glitzern sah. In diesem Augenblick verspürte ich eine nie gekannte innere Heiterkeit, Ruhe, Frieden.

Alexander der Große hatte dreieinhalb Jahrhunderte vor Christi Geburt Ägypten von den Persern erobert. Nach einem triumphalen Empfang in Memphis und der Vergöttlichung als Pharao war er wieder nach Norden gezogen, quer durch das Nildelta zum Mareotis-See, wo er ein kleines, idyllisches Fischerdorf vorfand, an einem hervorragend gelegenen natürlichen Hafen. Wie bereits bei anderen Gelegenheiten befahl er, um diesen Hafen herum eine Stadt zu erbauen, die seinen Namen tragen sollte. Während er selbst wieder ins Binnenland zog, zur Oase Siwa, wo sich das Orakel des Amun befand, ließ er einen Stab von Architekten und Baumeistern zurück. Diese berühmteste alexandrinische Stadtgründung – Alexandria – hat er nie mehr zu Gesicht bekommen.

Alexander starb neun Jahre später. Seinem Letzten Willen gemäß sollte sein Leichnam nach Siwa überführt werden, zu seinem ›Vater‹ Amun, doch Ptolemaios, sein bedeutendster Feldherr, überfiel den Trauerzug und ließ Alexanders Leichnam mit pompösen Feierlichkeiten und unvorstellbarem Prunk in einem eigens errichteten Mausoleum in Alexandria beisetzen. Heutzutage ist das Grab Alexanders längst verschwunden; Überreste davon mögen sich irgendwo unter dem Beton und Asphalt der modernen Metropole befinden, irgendwo unter den Straßen, über die heute all die rotschwarzen Taxis eilen.

In Alexandria entwickelte Euklid neue Grundsätze der Geometrie. Ptolemaios ließ den einhundertzwanzig Meter hohen Leuchtturm auf der Insel Pharos errichten, eines der Sieben Weltwunder. Später konnten die Römer der Verlockung dieser Stadt nicht widerstehen, die sich zum Handelszentrum des Ostens entwickelt hatte, und so kamen sie: Julius Caesar, Marcus Antonius und Octavian, der spätere Kaiser Augustus. Das Schicksal der Kleopatra wurde Legende; Ägypten wurde römische Provinz. Und später brachte der heilige Markus das Christentum nach Ägypten und wurde damit zum Begründer der sich daraus entwickelnden koptischen Kirche. Und noch später kehrten die Perser als Eroberer in dieses Land zurück. Und dann die Araber. Ägypten blickte auf eine lange, lange Geschichte zurück. Im zwanzigsten Jahrhundert schließlich hatten die Briten die Macht und dann, nach Jahrtausenden, wieder die Ägypter selbst...

Ich mußte herausfinden, warum meine Schwester nach Alexandria gekommen war.

Der Fußboden meines Zimmers bestand aus Hartholz und war so gründlich gebohnert, daß er matt schimmerte. Das Mobiliar war ziemlich heruntergekommen, ließ aber noch den Glanz früherer Zeiten erahnen. Vom Balkon hatte man einen herrlichen Blick auf die Klippen und den alten Hafen. Durch das geöffnete Fenster wehte eine erfrischende Brise. Das Zimmer hatte Telefon, aber ich war vorerst zu erschöpft, es zu benutzen. Es gab auch einen Fernseher, aber ich konnte mich nicht mit dem Gedanken anfreunden, mir *Dallas* oder, was wahrscheinlicher war, *Bonanza* auf arabisch anzuschauen. Der Kühlschrank schließlich war leer bis auf das Gefrierfach, das großzügig mit Eiswürfeln bestückt war. Ich bestellte mir eine Flasche Gin, mehrere Flaschen Tonic und Zitronen aufs Zimmer. Dann suchte ich das Fläschchen Tylenol und das Codein in meiner Reisetasche. Ich hatte eine halbe Wagenladung Schmerzmittel und Aspirin bei mir. Mein Arzt in Princeton hatte mir gesagt, ich sollte mich nicht darauf verlassen, in Ägypten Aspirin auftreiben zu können.

Ich ging ins Bad und zog das Hemd aus. Behutsam betastete ich den Verband über der Messerwunde am Rücken. Er war durchgeblutet und verrutscht. Notgedrungen biß ich die Zähne zusammen, riß Pflaster und Mull ab und legte mir einen neuen Verband an, was alles andere als einfach war. Der Anblick der Wunde verursachte mir Übelkeit. Der Arzt hatte mir gesagt, sie ähnele einer altmodischen Operationswunde nach der Entfernung einer Niere. Die Ränder der runzeligen, gelblichen Fleischlappen waren zusammengenäht. Der Arzt hatte mich für verrückt erklärt, hatte mir dringend davon abgeraten, mit der noch so frischen Verletzung eine so lange Reise zu unternehmen. Wahrscheinlich hatte er recht gehabt. Ich wurde das widerliche Gefühl nicht los, daß mir Ströme von Blut über den Rücken flossen. Natürlich war das nur Einbildung, aber es war beunruhigend.

Ich mixte mir einen Gin Tonic mit sehr viel Gin und sehr wenig Tonic und legte mich vorsichtig aufs Bett, schob mir die beiden riesigen, weichen Kopfkissen unter, so daß ich nach draußen auf die unbewegte blaßblaue Fläche des Meeres schauen konnte. Sie wirkte fast wie eine Glasscheibe, die sich bis zum milchigen Horizont erstreckte und die zersplittern würde, wenn ich einen Stein vom Balkon warf. Ich war schrecklich müde. Und erst jetzt wurde mir bewußt, wie weit ich von zu Hause entfernt war.

Ich hatte nur deshalb nicht das Bewußtsein verloren, weil ich mit dem Gesicht auf der Eisfläche lag.

Sandanato war völlig ratlos gewesen. Zuerst hatte er gar nicht richtig begriffen, was passiert war; dann aber hatte er das Blut gesehen, das aus meinen Wunden lief wie Motoröl aus einer alten, kaputten Ölwanne. Ich konnte ihn nur wie aus weiter Ferne sprechen hören, teils mit sich selbst, teils zu mir, und er fragte sich – und mich –, ob er mich hier liegenlassen und ins Haus gehen solle, um von dort telefonisch Hilfe herbeizurufen; oder ob er schreien solle in der Hoffnung, den Polizisten zu alarmieren, den Sam Turner vor dem Haus postiert hatte; oder ob er versuchen solle, mir auf die Beine zu helfen und mich zum Haus hinüberzuführen. Dann muß ich wohl irgend etwas gesagt haben, denn er kniete nieder, und ich packte ihn bei den Schultern und versuchte mich aufzurichten. Die Schmerzen waren gar nicht so schlimm, aber ich verlor sehr viel Blut. Ich stand unter Schock, aber ich wollte um nichts in der Welt hier auf dem Eis, hier draußen in der Kälte das Bewußtsein verlieren.

Schließlich legte sich Sandanato meinen Arm über die Schulter und half mir auf. Wir taumelten die hundert Meter bis zum Haus hinüber. Es schienen Stunden vergangen zu sein, als wir dort anlangten. Turners Wachtposten zog mir die Schlittschuhe aus. Er rief im Krankenhaus an, und Sandanato hockte auf dem Fußboden neben dem Sofa, auf dem ich lag, und redete unaufhörlich auf mich ein. Seine Stimme war das letzte, woran ich mich erinnern konnte, als ich am frühen Abend des folgenden Tages im Krankenbett aufwachte.

Die nächsten Tage waren von körperlichem Schmerz bestimmt und zogen verschwommen an mir vorüber; ich konnte mich nur undeutlich an die Gesichter meiner Besucher erinnern, die ohnehin nur versuchten, mir um jeden Preis die Reise nach Ägypten auszureden. Es erstaunte mich, daß sie allesamt überhaupt nicht verstanden, worum es mir eigentlich ging.

Der silberhaarige Priester, der so kaltblütig Menschen tötete, der meine Schwester ermordet hatte, während sie betete, war aus dem Nichts gekommen, aus der Kälte und der Dunkelheit, und hatte versucht, auch mich zu töten. Es wäre ihm fast gelungen. Wäre die Klinge nur einen oder zwei Zentimeter tiefer in meinen Körper eingedrungen, hätte dieser Hurensohn Erfolg gehabt. Die Ärzte sagten mir immer wieder, was für ein ungeheures Glück ich gehabt hätte. Aber Glück ist wohl immer relativ.

Peaches besuchte mich jeden Tag. Auf seinem Gesicht lag immer der Ausdruck tiefer Betroffenheit, als würde jede neue Katastrophe ihm noch mehr zusetzen als die vorhergegangene. Sein Glaube wurde auf die Probe gestellt. Der Mordanschlag auf mich schien ihn davon überzeugt zu haben, daß wir alle in einem Land der Schatten herumirren, ohne Orientierungspunkte, ohne Karte, und daß wir nur einen Freund haben: Gott. Er sagte, er bemühe sich, ständig beschäftigt zu sein, um auf diese Weise nicht allzuviel darüber nachgrübeln zu müssen, was Val und mir zugestoßen war. Er wollte, daß ich zu ihm nach New Pru kam, sobald ich aus dem Krankenhaus entlassen war. Er hatte damit begonnen, die Kellerräume und die Dachkammer des alten Pfarrhauses zu entrümpeln und wühlte sich nun durch all den Plunder, der sich im Laufe von fünfzig oder sechzig Jahren dort angehäuft hatte. Er machte mir den Vorschlag, ihm ein bißchen dabei zu helfen, mit ihm zu reden, ihm Gesellschaft zu leisten. Ich teilte ihm mit, daß ich Wichtigeres zu tun hätte.

Auch Father Dunn tauchte einige Male auf. Bei seinem letzten Besuch war er unterwegs zum Flugplatz. Er wollte nach Los Angeles, um sich dort mit einem Produzenten zu treffen, der die Absicht hatte, eines seiner Bücher zu verfilmen. »Ich gehe Klammer gewaltig auf die Nerven«, sagte er. »Er ist froh, mich eine Weile los zu sein. Und was Sie betrifft, Driskill... was soll ich sagen?« Er nahm einen Löffel voll von meinem Mittagessen: Tapioca. »Nehmen Sie's nicht so schwer. Ich weiß, eine blöde Bemerkung, aber es grenzt an ein Wunder, daß Sie noch leben. Betrachten Sie's als Warnung. Sie sind kein Superdetektiv. Sie sind weder James Bond noch Superman. Ihnen fehlt ausgerechnet das, was Sie am dringendsten brauchen: ein Stuntman als Double für die Actionszenen. Machen Sie Urlaub auf Antigua oder in St. Thomas oder am Hobe Sound. Dort sind Sie ein Reicher unter Reichen, und Sie werden schnell lernen, die süßen Freuden des Nichtstuns zu genießen. Dort werden Sie jedenfalls nicht ermordet... Sie wären ein Dummkopf, sollten Sie Ihre Nachforschungen weiter betreiben, ein Narr, der sinnlos sein Leben wegwirft. Man wird Sie töten, da können Sie ganz sicher sein. Haben Sie das verstanden, Driskill? Irgend etwas Grauenhaftes ist im Gange, viel schrecklicher als die schrecklichste Szene in meinen schrecklichen Büchern. Überlassen Sie den Fall den Behörden. Die tun, was sie können. Das gilt auch für die Kirche, sie *muß* ihre eigenen Nachforschungen anstellen. Versuchen Sie doch zu begreifen – das ist eine kirchliche Angelegenheit.« In seinen blaßgrauen Augen schien plötzlich ein Feuer zu lodern. »Lassen Sie die Finger von der Sache, Ben. Es nützt niemandem etwas, wenn Sie tot sind. Und Sie können Val nicht wieder zum Leben erwecken.«

Ich lächelte ihn an. »Ich werde dafür sorgen, daß irgend jemand für all diese Schweinereien bezahlt. So etwas kann man mir nicht ungestraft antun. Nicht meiner Schwester, nicht mir, nicht meiner Familie. So einfach ist das.«

»Sie werden allmählich ermüdend, Ben. Mein Gott, Sie sind kein Held. Begreifen Sie doch endlich. Glauben Sie mir.«

»In Zeiten der Verzweiflung werden verzweifelte Männer zu Helden. Driskills Gesetz, Artie.«

Father Dunn schüttelte den Kopf. »Sie begehen einen tödlichen Fehler, wenn Sie weitermachen. Monsignore Sandanato ist übrigens der gleichen Meinung.«

»Vergessen Sie Schwester Elizabeth nicht. Soll ich Ihnen mal verraten, was ich auf die Meinung von zwei Geistlichen und einer Nonne gebe?«

Er lachte auf. »Also gut. Wenn ich Sie schon nicht überzeugen kann, dann wünsche ich Ihnen alles Glück dieser Welt.« Er erhob sich, hielt an der Tür noch einmal inne und wandte sich um. »Ach, übrigens, vor ein paar Tagen habe ich Ihren Vater besucht. Er hat Schlimmes durchgemacht, Ben. Ich habe ihm ein paar meiner Bücher gegeben und mich erdreistet, ihn zum Lesen zu animieren. Meine Werke werden dafür sorgen, daß sein Adrenalinspiegel nicht allzu schnell sinkt.« Er bat mich noch einmal eindringlich, mir meine Pläne aus dem Kopf zu schlagen, verabschiedete sich und ging.

Sandanato bekniete mich geradezu, mich aus der ›ganzen gottlosen Geschichte‹ herauszuhalten. »Sie haben ja erlebt, wozu diese Leute fähig sind. Sie können aus dem Nichts erscheinen und zuschlagen. Es reicht, wenn Ihre Schwester ihr Leben hergegeben hat.«

»Sie hat es nicht gegeben. Jemand hat es ihr genommen.«

»Ihr Vater ringt mit dem Tod, und Sie hätte man um ein Haar

aufgeschlitzt – *basta*! Das ist nicht Ihre Schlacht. Sie sind nicht einmal Katholik!«

Sandanato flog kurz darauf nach Paris, wo Curtis Lockhardt aufgrund irgendwelcher familiärer Verbindungen beigesetzt wurde. Der gute Monsignore war wegen der Morde und des Angriffs auf meine Person seelisch so sehr belastet, daß man den Eindruck bekommen konnte, daß nicht ich, sondern er der Leidtragende war. Mir waren solche Menschen schon früher begegnet. Sie schienen unendlich viel Schmerz, Leid und Anspannung ertragen zu können. Sie weideten sich geradezu daran. Als Sandanato die Aussichtslosigkeit erkannte, mich von meinem Vorhaben abzubringen, bat er mich, zumindest so lange zu warten, bis er festgestellt hatte, was Rom unternahm, um die Morde aufzuklären. Ich sagte ihm, daß es mich nicht kratzte, was Rom unternahm oder nicht. Rom war das Problem.

Mein Vater bereitete mir eine ziemliche Überraschung. Er klammerte sich weder so ans Leben, noch kämpfte er so vehement gegen die Krankheit an, wie ich es erwartet hatte. Die Ärzte ließen mich wissen, daß sein Zustand sich verschlechtert hatte, als er die Nachricht von dem Anschlag auf mich erhielt. Es schien, so erklärten sie mir, als hätte Vater gar nicht mehr den Willen, zu genesen.

Das verblüffte mich, gelinde gesagt: Wenn er den Lebenswillen verloren hätte, als Val ermordet worden war, hätte ich das begreifen können. Aber wegen *mir*? Außerdem hatte ich überlebt.

Doch als ich ihn zu Gesicht bekam, erkannte ich, daß die Ärzte recht hatten. Er war kreidebleich, wirkte eingefallen und seltsam apathisch; die Bücher, die Dunn ihm gebracht hatte, lagen unberührt auf dem Nachttisch. Als ich ihn zum Reden gebracht hatte, bereute ich das sofort. »Manchmal glaube ich, daß ich hier nicht mehr lebend rauskomme, Ben. Ich fühle mich plötzlich so einsam. Ich weiß nicht, wofür ich noch kämpfen soll.«

»Das ist doch lächerlich, Dad, und das weißt du. Du und einsam? Eine ganze Armee von Freunden wartet auf deine Rückkehr. Außerdem... du bist doch ein gläubiger Mensch. Wenn du jemals dein Gottvertrauen gebrauchen konntest, dann jetzt.«

Er schien mich gar nicht zu hören. »Du irrst dich. Einsamkeit hat nichts mit den *Menschen* zu tun. Die Menschen spielen keine Rolle... Ich bin müde, ich habe meine Willenskraft verloren, ich weiß gar nicht mehr, was gespielt wird, ich ... weiß nicht einmal, was ich überhaupt meine. Ach, verdammt, ich versuche, dir irgend etwas klarzumachen, das sich mit Worten gar nicht ausdrücken läßt. Aber es *existiert*. So wie jetzt habe ich mich noch nie gefühlt.« Er sagte nicht ein Wort über den Glauben. Vielleicht wollte er mit seinem gottlosen Sohn gar nicht erst darüber reden.

»Du hast viel Schlimmes hinter dir, Dad. Du kannst nicht erwarten, daß du von heute auf morgen darüber hinwegkommst.«

»Tja, Ben, ich hoffe, du hast recht. Ich hoffe, daß ich es schaffe. Ich würde mich sehr freuen, wenn du eine Weile bei mir bleibst, falls ich doch noch nach Hause komme. Dann könnten wir uns gemeinsam erholen. Ein halbes Jahr vielleicht, so lange kann die Kanzlei dir mindestens Urlaub gewähren... wir könnten eine Kreuzfahrt machen oder nach London fliegen und dort ein Weilchen bleiben, sobald ich wieder auf dem Damm bin...« Schon über diese Pläne zu reden, munterte ihn sichtlich auf. Doch der Rest des Gesprächs verlief nicht ganz so erfreulich.

Er war strikt dagegen, daß ich mich auf die Fährte von Vals Mörder setzte; er wollte gar nicht erst erfahren, was Val herausgefunden hatte und warum sie ermordet worden war. Er nannte mich einen leichtsinnigen Dummkopf, der nicht nur seine Zeit sinnlos vergeudete, sondern dabei auch noch sein Leben aufs Spiel setzte. Ob der Mordanschlag denn nicht Warnung genug gewesen sei? Ob ich mir nicht im klaren darüber sei, wieviel Glück ich gehabt hatte, mit dem Leben davongekommen zu sein? Ob ich denn nicht erkennen könne, daß ich ihn im Stich ließe, jetzt, wo er mich so sehr brauche?

Nie hatte mein Vater mich um einen Gefallen ersucht, erst recht nicht *gebeten*. Ich hatte das Gefühl, einen Fremden vor mir zu haben. Das machte es mir leichter, ihm seine Bitte abzuschlagen. Nicht leicht. Nur leichter. Ich war der Sohn meines Vaters: Ich hatte gelernt, einem anderen die kalte Schulter zu zeigen. Ich sah, wie eine Träne aus seinem geschlossenen Auge kullerte. »Tut mir leid, Dad, ich muß es versuchen. Aber ich komme wieder – vielleicht können wir dann...«

»Du bist besessen, Benjamin. Für dich ist es nur noch ein Schritt bis zum Wahnsinn, und du weißt es nicht mal. Du wirst nicht wiederkommen, Ben.« Er schluckte krampfhaft und blickte zur Seite. »Du wirst nicht wiederkommen«, sagte er noch einmal.

Tränen rannen über seine grauen Wangen. Um wen weinte er? Um sich selbst? Um Val? Vielleicht sogar um seinen Sohn, das schwarze Schaf? Aber nein, das war unmöglich. Ich hatte mich für einen Augenblick täuschen lassen.

In Ägypten existiert eine Vielzahl von Religionen. Die Moslems sind natürlich die stärkste Gruppe, und unter den christlichen Glaubensgemeinschaften sind die Kopten die beherrschende. Aber wie überall gibt es in Alexandria auch römisch-katholische Gemeinden sowie die Jesuiten und den Schwesternorden, dem Val angehört hatte, Mönche und Nonnen, die sich um das Seelenheil der kleinen katholischen Enklave kümmerten.

Nach sechzehn Stunden Schlaf, nur zweimal unterbrochen von den klagenden Gebetsrufen der Muezzins – Gesänge, die man in jedem Winkel der Stadt hören konnte und die laut genug waren, auch durch den Mantel des Schlafs bis in mein müdes, betäubtes Hirn zu sickern –, erwachte ich und rief im Büro des Ordens an, das sich, wie ich feststellte, in einer von diesem Orden geleiteten Schule befand. Ich wurde mit einer gewissen Schwester Lorraine verbunden, die sich als die Oberin herausstellte. Sie konnte sich sofort an Vals Besuch erinnern. Val habe im Gästehaus des Ordens gewohnt. Schwester Lorraine erklärte sich mit ihrer freundlichen, von einem leichten französischen Akzent gefärbten Stimme bereit, mich gern zu empfangen, wann immer ich Zeit fände vorbeizukommen.

Ich nahm ein Taxi und stand eine Viertelstunde später in Schwester Lorraines Büro. Durch die Fenster sah ich auf dem von Palmen gesäumten Schulhof Kinder herumtollen; ihre Rufe und ihr Gelächter drangen bis hier herauf.

Schwester Lorraine war eine kleine, zierliche, dunkelhaarige Frau in den Fünfzigern. Sie trug ein blaues Kostüm mit ausgestellten Schultern und eine cremefarbene Seidenbluse mit Schleife. Auf dem Weg ins Gebäude hatte ich ein paar Nonnen in der üblichen Ordenstracht gesehen. Ihr Boß jedenfalls war eine offensichtlich modern eingestellte Managerin.

Schwester Lorraine hatte bereits von Vals Ermordung gelesen und war ziemlich fassungslos, gerade weil sie sich erst vor so kurzer Zeit kennengelernt hatten. Sie beugte sich über den Schreibtisch, hörte mir zu und und spielte mit einem goldenen Füller herum, während ich ihr erklärte, daß ich versuchen wolle, die letzten Wochen im Leben meiner Schwester zu rekonstruieren.

Sie nickte wissend, noch bevor ich geendet hatte. »Ja, ja, ich verstehe. Ich würde Ihnen wirklich gern mehr darüber erzählen, was Ihre Schwester hier in Alexandria suchte, aber leider weiß ich kaum etwas davon. Sie war mir sehr sympathisch, und ich habe ihre Arbeit bewundert. Aber Ihre Schwester war irgendwie geistesabwesend, von irgend etwas vollkommen in Anspruch genommen. Sie war nervös, erschöpft, und sie war... sehr vorsichtig. Sie war ständig auf der Hut. Verstehen Sie, was ich meine?«

»Sie hatte Angst?«

»*Oui*. Sie hatte eine... ganz bestimmte Angst. Vor irgend jemandem, vor irgend etwas. Bitte, verstehen Sie mich nicht falsch, das war mein ganz persönlicher Eindruck. Ihre Schwester hat mit keinem Wort erwähnt, daß sie Angst hatte. Ich habe sie nur beobachtet und habe mir gedacht, ja, sie ist vor irgend etwas auf der Hut. Als rechnete sie damit, einen Verfolger zu sehen, sobald sie einen Blick über die Schulter warf.«

»Was hat sie von Ihnen gewollt? Nur eine Unterkunft?«

»Sie ist hierhergekommen, um einen Mann namens Klaus Richter zu finden. Sie hat mir gegenüber nur erwähnt, daß sie ihn wegen irgendwelcher Recherchen sprechen müsse. Für ein geplantes Buch. Herrn Richter zu finden war kein Problem. Ich kenne den Mann. Ein guter deutscher Katholik, ein regelmäßiger Kirchgänger.« Sie lächelte. »Er besitzt eine Import-Export-Firma unten am Westhafen und ist ein bekannter und angesehener Geschäftsmann in Alexandria. Ein passionierter Golfspieler; ich habe sein Foto schon öfter in der Zeitung gesehen. Und er ist sehr, sehr *deutsch*. Fleißig und diszipliniert. Er ist ein einflußreiches Mitglied in der German Old Guard – einer Vereinigung von Veteranen des Afrikakorps, die nach Kriegsende und Gefangenschaft nach Ägypten zurückgekehrt sind, um hier zu leben. Richter wird von der ägyptischen Regierung sehr geschätzt, schon seit Nassers Zeiten. Ich glaube, Richter hat ihm vor vielen Jahren mal als Vermittler bei Waffengeschäften geholfen.«

»Und Val ist den weiten Weg nach Ägypten gekommen, nur um sich mit ihm zu treffen?«

»Es hatte den Anschein.« Schwester Lorraine blickte auf die

Uhr. »Wenn Sie mich jetzt bitte entschuldigen, Mister Driskill, ich habe noch andere Verpflichtungen. Aber falls Sie noch weitere Fragen haben...« Sie zuckte die Achseln. »Oder falls Sie einfach nur reden möchten, rufen Sie mich an.«

Sie gab mir die Adresse von Richters Büro. Kaum hatte ich sie verlassen, fühlte ich mich allein. Ich hoffte, daß sich die eine oder andere Frage auftat, um einen Grund zu haben, Schwester Lorraine noch einmal zu besuchen.

Die graue Lagerhalle der Global Egypt Import-Export war eine von vielen ihresgleichen im geschäftigen, lärmenden Handelshafen: riesige Ladekräne rumpelten über die Schienen zu den Frachtschiffen; Zahnräder kreischten; Rufe und Schreie in Arabisch, Deutsch, Französisch und Englisch drangen an mein Ohr, und die Luft war erfüllt vom Geruch nach Öl und Benzin.

Ich schätzte Klaus Richter auf Anfang Sechzig. Er war gebaut wie ein Mercedes – schwer, massig und unverwüstlich. Er trug sein weißes Haar kurz geschoren, wahrscheinlich nicht viel anders als damals im Afrikakorps. Das gebräunte Gesicht wurde von sonnengebleichten gelblichen Brauen beherrscht. Er trug eine alte, makellos saubere Fliegerjacke, ein blaßblaues Baumwollhemd, dessen obere Knöpfe offenstanden, so daß Büschel seines dichten weißen Brusthaares zu sehen waren, sowie Wüstenstiefel und Khakihosen mit messerscharfer Bügelfalte. Außerdem eine goldene Breitling-Armbanduhr, die so ziemlich alles anzeigte bis auf die Ergebnisse der US-Footballmeisterschaft. Als seine Sekretärin mich in Richters Büro führte, war er gerade damit beschäftigt, einen Golfball in einer Vertiefung im grünen Teppichboden einzulochen. Sie und ich stutzten, er schlug in aller Seelenruhe, lochte ein. Ich hörte das leise *ping*, als der Ball in die kleine Blechschüssel fiel.

»Ein Julius-Boros-Schläger«, sagte ich.

Er blickte auf, lächelte breit. »Julie hat mir diesen Putter vor zwanzig Jahren geschenkt. Er ist immer noch der beste, den ich je besessen habe.« Er lächelte immer noch, aber seine Augen nahmen einen fragenden Ausdruck an. »Möchten Sie mich geschäftlich sprechen, mein Freund? Oder sollen wir nur ein wenig über Golf reden?« Er hatte einen deutschen Akzent, aber ich hätte darauf gewettet, daß er mehrere Sprachen beherrschte. Ich stellte mich vor und sagte ihm, daß ich ein privates Anliegen hätte. Er gab seiner Sekretärin mit einem Kopfnicken zu verstehen, das Büro zu verlassen.

Richter durchquerte das riesige, holzvertäfelte Zimmer und schob den Schläger in seine Schutzhülle. »Ich habe schon überall Golf gespielt, sogar in Augusta und Pebble Beach. Und alle großen Turniere in Schottland. Herrliche Plätze, herrlicher Rasen. Und wo lebe ich? Im größten Sandkasten der Welt.« Es war ein eingeübter Spruch, doch Richter lächelte und blickte für einen Moment aus dem Fenster auf die Lastkräne und Frachtschiffe und Fahrzeuge und Arbeiter; dann wandte er sich um. »Was kann ich für Sie tun, Mister Driskill?«

»Wie ich gehört habe, hat meine Schwester Sie vor nicht allzu langer Zeit aufgesucht. Eine Nonne. Schwester Valentine Driskill.«

»Oh, mein Gott! Sie war Ihre Schwester? Ach je, mein lieber Freund, ich habe von ihrem Tod gelesen...«

»Von ihrer Ermordung«, korrigierte ich ihn.

»Ja, ja, natürlich. Welch eine Tragödie – einfach unvorstellbar! Ja, ich habe mich mit ihr getroffen, hier in diesem Büro, erst vor etwa einer Woche, und dann habe ich aus dem Fernsehen und aus den Zeitungen die schreckliche Nachricht erfahren. Eine bemerkenswerte Frau. Sie müssen stolz auf sie gewesen sein.« Er nahm hinter seinem Schreibtisch Platz, der beladen war mit Formularen, Frachtpapieren, Rechnungen, Katalogen, Farbprospekten und Erinnerungsstücken an seine Golfer-Karriere. An den Wänden des Büros hingen Hunderte von Fotos, und alle hatten eins gemeinsam: Sie zeigten Ereignisse aus Klaus Richters Leben. Mir fielen sofort die großen Bilder eines sehr jungenhaft wirkenden Richter auf, der im grellen Sonnenlicht neben seinem Panzer in der Wüste stand; auf einem anderen Foto waren im Hintergrund die Pyramiden zu erkennen; auf wieder einem anderen hielt er einen Golfpokal hoch. Auf dem Schreibtisch stand ein goldgerahmtes Foto, das zwei junge Männer zeigte, vermutlich seine Söhne.

»Warum hat meine Schwester Sie aufgesucht?«

Er hob eine Braue, runzelte die Stirn. Die sonnengebräunte Haut seines Schädels schimmerte durch das kurzgeschorene weiße Haar. »Tja, lassen Sie mich mal nachdenken.« Er lehnte sich in seinem Ledersessel zurück und rieb sich über das wuchtige Kinn. »Ach ja, meine liebe Freundin, Schwester Lorraine, hat mich angerufen und mir gesagt, daß Ihre Schwester mich sprechen wolle, und hat sie dann hierhergeschickt. Ich war überrascht – und ein bißchen geschmeichelt, muß ich gestehen, daß Ihre Schwester sich für einen gewöhnlichen alten Soldaten wie mich interessierte. Wissen Sie, daß sie ein Buch über die Rolle der Kirche im Zweiten Weltkrieg schreiben wollte?«

»Sie hat es mal erwähnt«, sagte ich. »Wollte Sie ein Interview mit Ihnen führen? Ging es ihr darum?«

»Ganz recht. Aber das Gespräch nahm einen für Ihre Schwester unbefriedigenden Verlauf. Ich war einer von Rommels Adjutanten, wissen Sie, noch ziemlich jung, aber ich stand diesem großen Feldherrn von meiner Funktion her recht nahe. Natürlich ging ich davon aus, daß sie etwas über Rommel erfahren wollte. Aber daran war sie überhaupt nicht interessiert, weder an der Person des Feldmarschalls noch am Wüstenkrieg. Es ging ihr um Paris! Paris. Für mich hatte Paris mit dem Krieg überhaupt nichts zu tun. Wir waren eine Besatzungsarmee; Paris war in unserer Hand, in der Stadt herrschten Ruhe und Ordnung – zumindest, bis ihr Yankees gekommen seid. Mein Gott, ich hätte genausogut zur Ostfront geschickt werden können. Na ja, jedenfalls hat Ihre Schwester Material über die Kirche im besetzten Paris gesammelt. Die Zentralfigur war Bischof Torricelli. Ich habe ihn im Rahmen meiner damaligen Verwaltungstätigkeit selbstverständlich kennengelernt – die Kirche und die Besatzungstruppen mußten ja gute, normale Beziehungen pflegen, mußten sich um die anfallenden Tagesgeschäfte kümmern. Und verhindern, daß Résistance-Zellen in die Kirche einsickerten.« Er zuckte die Achseln.

Ich konnte mich an Torricelli erinnern, den alten Mann mit den Bonbons, auf die Val so wild gewesen war. Und an die Geschichte, wie mein Vater aus irgendeinem Kohlenkeller aufgetaucht war – aus dem einer Kirche vielleicht –, und wie ein Neger ausgesehen hatte. Es war seltsam, sich aus der Distanz von vierzig Jahren vorzustellen, daß ein Mann wie Torricelli versucht hatte, sich zwischen den Nazis und der Résistance hindurchzulavieren, einen Mittelweg zu finden; daß er Männer wie Hugh Driskill und Klaus Richter kannte, die auf so unterschiedlichen Seiten gekämpft hatten. Aber wahrscheinlich hatte ein katholischer Bischof damals den größten Bewegungsspielraum besessen, was das Lavieren zwischen Résistance und Besatzung und Kirche betraf. Ich fragte mich, ob mein Vater und Richter in Clubsesseln sitzen und Kriegserinnerungen austauschen würden, falls ihre Wege sich kreuzten.

Ich beobachtete Richter, als er von den alten Zeiten erzählte; dann wanderte mein Blick zur Wand hinter ihm und blieb auf einem Foto ruhen, das einen jugendlichen, aber sichtlich kriegsgestählten Richter mit einigen Kameraden an einem grauen Tag in Paris zeigte; im Hintergrund war der Eiffelturm zu sehen. Sein Gesicht rief irgendeine Erinnerung in mir wach. Dieses Gesicht...

»Sagen Sie«, fragte ich Richter, »ist Ihnen in Paris jemals ein Priester namens D'Ambrizzi über den Weg gelaufen? Er ist inzwischen Kardinal, und...«

Er unterbrach mich mit einem Hauch von Verblüffung in der Stimme. »Also wirklich, Mister Driskill, ich bin Katholik – es ist absolut überflüssig, mir erklären zu wollen, wer D'Ambrizzi ist! Er gehört zu den einflußreichsten Männern in der römisch-katholischen Kirche. Ja, ich weiß, wer er ist. Und ich würde mich ganz gewiß daran erinnern, hätte ich ihn jemals kennengelernt. Aber das ist nicht der Fall. Wieso erwähnen Sie in diesem Zusammenhang seinen Namen? Hat das irgendeine Bedeutung?«

»Überhaupt nicht. Reine Neugier. Meine Schwester hat mir gegenüber mal seinen Namen erwähnt. Ich habe mich nur gefragt, ob Sie und D'Ambrizzi zur gleichen Zeit in Paris gewesen sind.«

»Das ist durchaus möglich, natürlich. Es lebten damals sehr viele Geistliche und ganze Divisionen deutscher Soldaten in Paris. Es mag sich heute vielleicht seltsam anhören, aber wir haben immer versucht, möglichst wenig aufzufallen. Jedenfalls nicht mehr als unbedingt nötig. Wir hatten begriffen, wie sehr die Menschen ihr Paris geliebt haben. Und auch wir haben diese Stadt geliebt. Eins kann ich Ihnen sagen: Hätten wir den Krieg gewonnen, hätte Paris uns verändert, nicht umgekehrt. Aber man hat den Boches ja einen Tritt in den Hintern verpaßt, und mit welchem Erfolg? Wir alle wurden amerikanisiert!« Er lachte rauh; seine Augen warteten auf eine Erwiderung.

»Ich habe manchmal den Eindruck, Ihre letzte Bemerkung ist für viele Menschen so etwas wie eine Standardentschuldigung für alle Mißstände dieser Welt.«

»Kann sein.« Er nickte. »Nun, um auf Ihre Schwester zurückzukommen – ich fürchte, ich war eine große Enttäuschung für sie. Ich kannte Torricelli nur flüchtig, und ich habe weder ein Tagebuch geführt noch irgendwelche Unterlagen oder Briefe aus dieser Zeit aufbewahrt. Und genau darauf haben es Historiker ja so sehr abgesehen...«

Die Gegensprechanlage auf seinem Schreibtisch summte, und seine Sekretärin teilte ihm mit, daß im Vorzimmer irgend jemand auf ihn warte. Er blickte mich an und sagte: »Würden Sie mich einen Moment entschuldigen? Mein Vorarbeiter möchte mich sprechen. Probieren Sie mal den Golfschläger, wenn Sie möchten. Ich bin sofort wieder zurück.« Er nahm einen Stapel gelber Papiere vom Schreibtisch und ging ins Büro seiner Sekretärin.

Ich warf einen genaueren Blick auf die Fotografien, die fast das ganze Leben des Klaus Richter dokumentierten. Ich besah mir eine nach der anderen, eine Wand nach der anderen, und in der dunkelsten Ecke des Zimmers war eine kleine Lücke, nur ein winziges Rechteck. Ein Foto fehlte. In dieser Ecke stand ein langer Bibliothekstisch, der vollgestellt war mit Aktenordnern, Handbüchern, Preislisten, Nachschlagewerken, Wörterbüchern in einem halben Dutzend verschiedener Sprachen und mit halbvertrockneten Zimmerpflanzen – dieser Wirrwarr lenkte das Auge eines Betrachters so sehr auf sich, daß die kleine Lücke zwischen all den Fotos monatelang, jahrelang unbemerkt bleiben mochte, wenn man nicht sehr genau hinschaute. Und das tat ich. Und da war diese Lücke. Irgend etwas aus der Lebensgeschichte des Klaus Richter fehlte. Ich wußte, was es war.

Ich bewunderte gerade den Julius-Boros-Golfschläger, als er wieder ins Büro kam. Er setzte sich auf die Schreibtischkante und sagte: »Wo waren wir stehengeblieben?«

»Paris.«

»Ach, ja. Nun, wie ich schon sagte, ich war Ihrer Schwester keine große Hilfe. Und dabei hatte sie einen so weiten Weg auf sich...«

»Vielleicht haben Sie ihr mehr geholfen, als Sie glauben.«

»Der gute alte Torricelli, ja, er war ein Mann, von dem Historiker nur träumen können. Er hatte eine regelrechte Archivierungswut. Er hat einfach jedes Papier behalten, jede noch so kleine Notiz, jeden Wäschezettel, jede Speisekarte! Sobald ich ihm irgendwelche Papiere brachte, verschwanden sie in seinen Akten. Nach Sachgebieten geordnet, alphabetisiert. Unglaublich. Man muß sich schon für sehr wichtig halten, wenn man so verfährt, nicht wahr?«

Man braucht sich auch nicht über Mangel an Selbstwertgefühl zu beklagen, wenn man sein gesamtes Büro in ein Fotomuseum verwandelt, in dem man sein eigenes Leben ausstellt, dachte ich, sagte es aber nicht. Es war immer einfach, über andere den Stab zu brechen. Schließlich wollte ich selbst nichts weniger als den Mörder meiner Schwester finden, und Leute, die es wissen mußten, hatten mein Vorhaben als unmöglich, ja selbstmörderisch bezeichnet.

»Ihre Schwester mußte sehr viel Geduld mit mir haben, als sie mich besucht hat«, sagte Richter. »Ich mußte an diesem Tag immer wieder das Büro verlassen, mußte jede Menge Verhandlungen führen – sie war ungeheuer verständnisvoll.«

Wir unterhielten uns noch ein paar Minuten, aber ich hatte die Goldmine namens Klaus Richter restlos ausgebeutet. Schließlich sagte er, er habe eine Verabredung zum Golf, und ich dankte ihm, daß er mir seine Zeit geopfert hatte, und verabschiedete mich.

Im Vorzimmer nickte ich der Sekretärin zu. Sie bekam gerade ein Päckchen von einem Boten ausgehändigt. Es war klein und flach, in braunes Papier eingewickelt und verschnürt. Draußen auf der belebten Straße sah ich einen blauweißen Lieferwagen mit laufendem Motor stehen. Die Seitenwände trugen eine Aufschrift in verschiedenen Sprachen. Auf deutsch lautete sie: Kunstgalerie E. LeBecq.

Das Profil mit der ›Bananennase‹. D'Ambrizzi beugte sich vor, als lausche er jemandem, der im Flüsterton zu ihm sprach; der Banditenschnurrbart verlieh seinem Gesicht einen düsteren Ausdruck.

Neben D'Ambrizzi ein junger Mann mit harten, entschlossenen Zügen: trug er eine Uniform? Der steife Kragen sah nach Wehrmacht aus... Und der nächste Mann: schmales Gesicht mit tiefen Furchen um die Mundwinkel; das Antlitz eines Mannes, der Schlimmes durchgemacht hatte; ein Schmutzfleck auf dem Papier, auf der Stirn des Mannes... Dann der vierte Mann, der auf dem

Foto zuerst so unscharf ausgesehen hatte, verschwommen... aber er hatte etwas Vertrautes an sich, *irgend etwas...* zwei Kerzen auf dem Tisch, Weinflaschen; das Foto war mit Blitzlicht aufgenommen worden, sonst wären die scharfen Schatten an der Wand hinter den Männern nicht gewesen; eine Wand aus unverputzten Ziegelsteinen...

Ich saß in einer schmuddeligen kleinen Kantine inmitten von Cola oder Kaffee trinkenden Arbeitern und versuchte, die Eingangs- und Seitentüren des Lagerhauses der Global Egypt Import-Export im Auge zu behalten. Ich trank heißen schwarzen Kaffee, und meine Augen wanderten immer wieder zwischen den Toren des Lagerhauses und dem Foto, das Val mir in der Trommel hinterlassen hatte, hin und her. Ich glättete das zerknitterte Papier, so gut es ging, und dachte über die vier Männer nach. Und ich konnte Schwester Elizabeth sagen hören: *Nein, fünf, es waren fünf Männer.*

Klaus Richter schien wirklich ein sehr einflußreicher Bursche zu sein. Er spielte Golf auf den berühmtesten Plätzen der Welt; er hatte offenbar enge Kontakte zu Torricelli im besetzten Paris gehabt. Er liebte all die Schnappschüsse aus seinem Leben, auf das er offensichtlich mit Stolz zurückblickte. Und Julie Boros hatte ihm höchstpersönlich einen seiner privaten Golfschläger geschenkt. Schwester Lorraine bezeichnete ihn als eine tragende Säule der katholischen Gemeinde Alexandrias. Und er hatte einen feinen Sinn für Humor – bezeichnete Ägypten als größten Sandkasten der Welt... ein verdammt feiner Kerl.

Und ein Lügner.

Er hatte D'Ambrizzi gekannt, damals, im besetzten Paris.

Ich wußte, daß er ein Lügner war, weil ich ein Foto von ihm in der Spielzeugtrommel meiner Schwester gefunden hatte. Er war der Mann, der auf dem Schnappschuß neben D'Ambrizzi saß. Jung, zäh, hart, gefühllos; Augen, die schon zuviel Schlimmes gesehen hatten, als er nach Paris versetzt worden war. Und ich war ziemlich sicher, wie meine Schwester an das Foto gekommen war.

Val war nach Alexandria geflogen, um einen Mann zu suchen, der auf dem Bild zu sehen war, und sie hatte ihn gefunden. Und dann hatte der Mann mit dem silbernen Haar sie ermordet.

Klaus Richter...

Zum erstenmal, seit ich mich auf die Fährte des Mörders gesetzt hatte, verspürte ich wirklich Angst. Ich war allein, allein mit meinen Gedanken, konnte sie nicht mit Schwester Elizabeth oder Father Dunn oder Monsignore Sandanato teilen. Die Sonne schien in die Kantine, und ich trank einen Kaffee, wie ich ihn stärker noch nie getrunken hatte, und den ganzen Tag hatte noch niemand versucht, mich zu töten. Mir liefen plötzlich Schauer über den Rücken. Die Furcht war wie ein Blitz aus heiterem Himmel gekommen. In dem Moment, als ich erkannt hatte, daß Klaus Richter einer der Männer auf dem Foto war... und daß ihm diese Sache wichtig genug war, mich zu belügen. Ich bekam eine Gänsehaut. Ich hatte erneut das Gefühl, warmes Blut würde mir aus der Messerwunde über den Rücken laufen.

Wie ich das haßte.

Wie ich es haßte, Angst zu haben. Auch Val hatte Angst gehabt...

Eine Stunde später kam Klaus Richter aus einer der Seitentüren der Lagerhalle. Er trug seine Golftasche bei sich. Er verstaute sie im Kofferraum eines schwarzen, viertürigen Mercedes, der in einer Seitengasse geparkt war, stieg ein und fuhr los.

Ich steckte das Foto in meine Jackentasche, trat hinaus auf die Straße und ging zur Halle hinüber. Die Sekretärin saß nicht an ihrem Schreibtisch, und die Tür zu Richters Büro stand offen. Irgend jemand machte sich darin zu schaffen. Ich blickte um die Ecke. Die Sekretärin lehnte über dem Bibliothekstisch und schlug einen Nagel in die Wand.

Ich klopfte an die Tür und sagte: »Entschuldigung.« Sie zuckte zusammen, wandte sich, den Hammer in der Hand, zu mir um; ihr Mund stand vor Überraschung offen. »Ich wollte Sie nicht erschrecken«, sagte ich.

»Ich hab' mir auf den Finger gehauen«, sagte sie. »Aber« – die tiefroten, breiten Lippen in ihrem dunklen Gesicht verzogen sich zu einem Lächeln – »das hätte ich auch ohne ihre Hilfe geschafft.« Sie erkannte mich wieder. »Tut mir leid, aber Herr Richter kommt erst morgen zurück.«

»Ich wette, er ist Golf spielen.«

»Natürlich. Kann ich Ihnen vielleicht helfen?«

»Ist nicht so wichtig, aber ich glaube, ich habe meinen Füller liegen lassen.« Schwache Ausrede, aber was sollte es. »Lassen Sie mich den Nagel einschlagen.«

Sie reichte mir den Hammer und zeigte auf den Nagel. Er befand sich genau an der Stelle, wo ich es erwartet hatte. »Was für ein Füller war es denn?« fragte sie.

»Ein Mont Blanc.« Ich trieb den Nagel mit zwei Schlägen in die Wand, fragte: »Und das Bild?«

Sie wickelte das braune Papier vom kleinen Päckchen, und ein gerahmtes Foto kam zum Vorschein. Genau das gleiche Foto, wie es sich in meiner Tasche befand. Ich nahm es ihr aus der Hand, und sie lächelte scheu. »Ein Glück, daß Sie nicht Herr Richter sind. Er ist sehr empfindlich, was seine Bilder angeht. Ich wollte das hier ersetzen, bevor er merkt, daß das alte Foto verschwunden ist.«

»Was ist denn mit dem Original passiert?« Ich hängte das Bild an die Wand. Ich wußte, daß Val das Foto mitgenommen hatte. Richter hatte ja gesagt, daß er sein Büro während ihres Besuchs öfters hatte verlassen müssen. Aber *warum* hatte sie es mitgehen lassen? Was war an diesem alten Schnappschuß so wichtig, verdammt?

Die Sekretärin senkte die Stimme zu einem Flüstern. »Ich würde es Herrn Richter niemals sagen, aber ich bin sicher, daß die Putzfrau es beim Staubwischen heruntergestoßen hat. Wahrscheinlich war das Glas zersplittert, und da hat sie das Bild lieber weggeworfen, als ihr Mißgeschick zuzugeben. Natürlich behauptet sie, nichts davon zu wissen. Glücklicherweise hatte Herr Richter noch einen Abzug in seinem Fotoarchiv. Es kam nur darauf an, den richtigen Zeitpunkt abzuwarten, um die Kopie aufzuhängen.« Sie folgte mir hilfsbereit durchs Zimmer, als ich mich auf die Suche nach meinem Füller machte. Schließlich ließ ich mich auf die Knie nieder, zog den Mont Blanc rasch aus der Innentasche der Jacke und ›fand‹ ihn unter Richters Schreibtisch.

Die Sekretärin atmete sichtlich auf. Alles wieder in Ordnung. Sie dankte mir für meine Hilfe, als ich mich von ihr verabschiedete, und ich sagte, es sei mir ein Vergnügen gewesen. Ich glaubte fast spüren zu können, wie Val mir anerkennend auf die Schulter klopfte und sagte: Du großer, lieber Dummkopf.

Aber die Frage blieb: Was war so Besonderes an diesem Foto? Es bewies jedenfalls, daß Klaus Richter, angesehener Geschäftsmann aus Alexandria, D'Ambrizzi damals im besetzten Paris gekannt hatte. Aber was war so wichtig daran? Warum hatte Richter mich in dieser Hinsicht belogen? Und warum hatte Val dieses

Foto auf eine Weise versteckt, daß nur ich es finden konnte? Was hatte es mit ihrer Ermordung zu tun?

Im Cecil Hotel war eine Nachricht für mich hinterlassen worden. Schwester Lorraine hatte angerufen und um meinen Rückruf gebeten. Ich ging auf mein Zimmer, wusch mir das Gesicht, überprüfte den Sitz des Verbands am Rücken, mixte mir einen Gin Tonic, spülte damit ein paar Schmerztabletten hinunter und trat auf den Balkon. Die ersten Schatten der Dämmerung senkten sich über das Meer und den Platz vor dem Hotel, in dessen Mitte sich eine riesenhafte Statue erhob. Von der Ramli Station drangen die Geräusche der Straßenbahnen und Busse zu mir herüber, und noch immer wehte ein kühler Wind vom Meer. Nach einer Weile flammten auf den Straßen und im Hafen die Lampen auf; zu meiner Linken schimmerten die Lichter eines Jachtclubs über das Wasser. *Warum hatte Richter mich belogen?* Eine einfache Antwort, und vielleicht hätte ich die Toten ruhen lassen, vielleicht hätte ich sogar aufgegeben...

Denn noch immer war ich dem Geheimnis nicht nahe genug gekommen, als daß es gefährlich werden konnte. Noch immer befand ich mich in einer Grauzone relativer Sicherheit. Noch immer konnte ich sagen: zum Teufel damit, flieg zurück nach Hause, laß die Finger davon. Was hatte ich denn schon vorzuweisen? Ein altes Foto und einen verlogenen Deutschen und sonst nichts. Die Reise nach Ägypten hatte bisher nicht viel eingebracht. Sicher, ich konnte zu Richter gehen und ihn wegen des Fotos zur Rede stellen. Ich konnte aus der Grauzone weiter in die Dunkelheit vordringen, vielleicht sogar bis ins Zentrum, bis zu jenem Schwarzen Loch, das meine Schwester verschluckt hatte. Vielleicht waren dort die Antworten auf all die Fragen. Aber wollte ich sie wirklich um jeden Preis erfahren? Würden sie mir die Ruhe wiedergeben, das Glück? Und meiner kleinen Schwester den ewigen Frieden?

Ich rief Schwester Lorraine an.

Sie sagte, ihr sei etwas eingefallen, das vielleicht von Interesse für mich wäre, und erkundigte sich nach dem Fortgang meiner Nachforschungen. Ich unterbrach sie: »Schwester, könnten Sie mir ein gutes Restaurant empfehlen? Und würden Sie einem armen gestrandeten Pilger beim Abendessen Gesellschaft leisten?

Ohne Ihre Hilfe hätte ich eine sehr weite Reise umsonst gemacht.« Das war, wie ich vermutete, sowieso der Fall, aber ich war nicht in der Stimmung, den Abend nur in Gesellschaft einer Flasche Bombay Gin und den Erinnerungen an Silberhaar und seinem im Mondlicht funkelnden Messer zu verbringen. Gott sei Dank nahm sie meine Einladung an. Sie nannte mir den Namen eines Restaurants und beschrieb mir den Weg dorthin.

Das Tikka Grill befand sich in unmittelbarer Nähe des El Kashafa el Baharia Yacht Club, dessen Lichter ich vom Balkon meines Hotelzimmers aus gesehen hatte. Der Speisesaal lag in der ersten Etage. Von unserem Tisch aus konnten wir die weißen Yachten sehen; das Licht, das von den Decks erstrahlte, spielte auf dem Wasser. Es war wie eine Szene aus einem Humphrey-Bogart-Film. Leise Hintergrundmusik, und Schwester Lorraine lächelte mich über die flackernden Kerzen hinweg an. Ich hatte das Gefühl, daß alle Frauen, die ich im Laufe meines Lebens kennengelernt hatte, Nonnen gewesen waren. Ich sagte das Schwester Lorraine, und sie legte den Kopf ein wenig schief und erwiderte: »Vielleicht schützt Gott Sie auf diese Weise vor dem Bösen in Ihrem Innern.«

»Mir wäre es lieber, Gott würde sich über das Böse in meinem Innern nicht so sehr den Kopf zerbrechen.«

»Schämen Sie sich«, sagte sie. »Gott ist überall und in uns allen.« Sie trank einen Schluck französischen Weißwein und bestellte sich, als der Ober kam, ein Fisch-Kebab. Beim Essen unterhielten wir uns, und ich spürte, welch entspannende Wirkung das auf mich hatte, zumal das Essen und der Wein ausgezeichnet und das Lokal zu dieser Jahreszeit nicht von Touristen überfüllt war. Ich erzählte ihr, daß Richter zwar höflich gewesen sei, mir aber nichts über Val erzählt habe, was ich nicht schon vorher gewußt hätte.

Sie legte ihr Besteck auf den Teller. »Mister Driskill, ich kann mir nicht vorstellen, daß Sie eine so weite Reise ohne guten Grund unternommen haben. Ich bin kein Detektiv, aber alle Welt weiß, daß Ihre Schwester ermordet wurde. Sie sind hierhergekommen, weil Ihre Schwester... Ich habe das Gefühl, daß Sie sich entschlossen haben – wie sagt man auf Englisch? Den Stier in die eigenen Hände zu nehmen?«

»Die Sache in die Hände zu nehmen. Den Stier packt man bei den Hörnern.«

»Ah. Na, egal. Darf ich offen mit Ihnen reden?«

»Wenn es um meine Schwester und mich ging, hat das bis jetzt noch jeder getan.«

»Ich glaube, Sie sind ein bißchen zu wagemutig. Ich habe seit gestern über all das nachgedacht und hatte mich fast schon entschlossen, Sie – und was immer Sie vorhaben – einfach zu vergessen. Aber wie ich schon sagte, Sie haben eine sehr weite Reise auf sich genommen. Und Ihre Schwester war eine herausragende Persönlichkeit. Ein Aushängeschild unseres Ordens. Und ich könnte Sie sowieso nicht von Ihren Plänen abhalten, stimmt's?«

»Erzählen Sie mir lieber, an was Sie sich erinnert haben.«

»Schwester Valentine hat hier einen weiteren Mann getroffen. Jedenfalls hatte sie die Absicht. Sie hat es Schwester Beatrice gegenüber erwähnt, und Beatrice hat es mir gesagt – es ist mir erst gestern nacht wieder eingefallen.« Sie seufzte tief, als wüßte sie, daß es besser gewesen wäre, mir niemals von diesem anderen Mann zu erzählen.

»Sagen Sie mir, wie er heißt.«

»Wenn ich Ihnen den Namen nenne, sagen Sie mir dann, was Sie vorhaben?«

»Schwester...« Meine Rückenwunde brachte mich um. Der Schmerz war wie aus dem Nichts über mich hergefallen, wie der Mann mit dem Messer. »Ich... weiß nicht, was ich tun werde.«

»Fühlen Sie sich nicht wohl?« Sie beugte sich vor; in ihren großen Augen stand Besorgnis. »Sie sind auf einmal so blaß.«

»Ich kann es Ihnen nicht sagen.« Ich dachte jetzt wie Val, als Elizabeth sie gefragt hatte, was eigentlich los sei. Ich schützte Schwester Lorraine vor etwas, was ich nicht wußte. »Aber ich brauche den Namen, Schwester.«

»LeBecq. Etienne LeBecq. Er besitzt Kunstgalerien in Kairo und Alexandria. *Très chic.* Ein Landsmann von mir, fürchte ich. Seine Familie ist seit Generationen im Kunsthandel tätig. LeBecq kam anscheinend als junger Mann hierher nach Ägypten, gleich nach Kriegsende.« Sie verzog das Gesicht. »Wissen Sie, die LeBecqs waren... na ja, Vichy, glaube ich.«

»Kennen Sie ihn?« Ich brauchte dringend eine Schmerztablette.

Sie schüttelte den Kopf. »In den Kreisen, in denen Monsieur LeBecq verkehrt, sollte eine katholische Nonne sich nicht bewegen, nicht einmal der Orden.«

»Ist er einer von Richters alten Freunden?«

»Sie meinen, wegen Vichy? Eine Nazi-Marionette? Das weiß ich nicht. Warum fragen Sie?«

»Weil diese Männer zumindest eins verbindet: daß meine Schwester sich für beide interessiert hat. Außerdem habe ich heute vor Richters Lagerhaus einen Lieferwagen LeBecqs gesehen. Ein Bote hat ein Päckchen in Richters Büro gebracht.« Ich verlagerte vorsichtig mein Gewicht im Stuhl, versuchte, den Schmerz zu mildern. Mein Rücken fühlte sich feucht an.

»Was haben Sie, Mister Driskill? Brauchen Sie einen Arzt?«

»Nein, nein, bitte. Ein altes Rückenleiden.«

»Ich glaube, Sie sollten jetzt lieber zu Bett gehen. Ich bringe Sie zum Hotel.« Sie verlangte die Rechnung. Sie wollte das verdammte Abendessen bezahlen, aber ich schaffte es, ihr zuvorzukommen und dem Ober meine Kreditkarte in die Hand zu quetschen.

Schwester Lorraine fuhr ein VW-Cabrio, und der kühle Fahrtwind erfrischte mich ein wenig. Ich stieg vor dem Cecil aus, versicherte ihr, daß es mir gutgehe, dankte ihr für ihre Hilfe und schleppte mich hinauf in mein Zimmer.

In einem von Father Dunns Romanen hätten die Finsterlinge inzwischen mein Zimmer auf den Kopf gestellt oder würden mich mit vorgehaltenen Waffen begrüßen, oder die hübsche Blonde, die auf dem Flug nach Kairo neben mir gesessen hatte, läge jetzt nackt und erwartungsvoll in meinem Bett. Aber Gott sei Dank war nichts von alledem der Fall. Das Zimmer war unversehrt und ruhig, und ich war ganz allein. Sehr allein.

Ich holte das Fläschchen mit den Schmerztabletten und sah mir meinen Rücken an, der, wie sich herausstellte, weder blutete noch sonst einen Grund zur Besorgnis gab. Dann legte ich mich aufs Bett und fragte mich, ob ich nach langer Abstinenz nicht wieder mit dem Beten anfangen sollte.

Die Fassade der Galerie LeBecq lag zum Meer hin; vor den Schaufenstern der beiden Etagen bewegten sich Palmen sanft im Wind und spiegelten sich im Glas wider. Das Innere wirkte sachlich, ja steril: Chrom und Glas und Plexiglas und weiße Mauerwände. In den Schaufenstern im Erdgeschoß zu beiden Seiten der Eingangstür entdeckte ich einen Rauschenberg, einen Noland, einen Diebenkorn, zwei große Gemälde von David Hockney; sie standen auf Dreibeinen aus Chrom.

Ich ging zu einem etwa fünf Minuten von der Galerie entfernten Restaurant, rief von dort aus an und erkundigte mich, ob ich am heutigen Nachmittag Monsieur LeBecq persönlich sprechen könne, da ich mich für die Hockneys interessiere. Zwei Minuten später hatte ich für drei Uhr einen Termin bei LeBecq. Ich aß in dem Restaurant zu Mittag, setzte mich dann draußen auf eine Bank und las in Wodehouses *Leave It to Psmith*; das Buch hatte ich in der Lobby des Cecil Hotel entdeckt und mitgenommen. Ich betrat die Galerie ein paar Minuten früher als verabredet und sah mich ein bißchen um. Die Räume waren sehr groß, sachlich, kühl, luftig, fast atmosphärelos; sie strahlten keine Dichte aus, vermittelten keinen rechten Zugang zu den Gemälden und Plastiken: Kunst für die Sommerhäuser an der Küste, die Zufluchtsorte der Reichen, in die sie sich aus der stickigen Hitze des Nildeltas zurückzogen.

Die junge Frau, die mich in LeBecqs Büro führte, war dieselbe, mit der ich den Termin vereinbart hatte, wie ich an ihrer Stimme erkannte. Sie murmelte irgend etwas und verließ das Büro, als Monsieur LeBecq Sekunden später eintrat. Als ich ihn sah, mußte ich unwillkürlich schlucken.

Er war so blaß, als wäre er gerade einem Sarg entstiegen, gefüllt mit heimatlicher Erde, und er trug einen schwarzen Anzug, ein weißes Hemd mit weiten Aufschlägen und Manschettenknöpfen aus Onyx und Gold und eine grau gemusterte Krawatte. Er war alt, aber auf unbestimmbare Weise alt, hochgewachsen und geradezu erschreckend dünn. Sein Gesicht war hager und eingefallen. Er wirkte wie aus dem Alten Testament entstiegen oder wie ein Richter, der bei Todesurteilen nicht lange fackelt, streng und ernst und düster. Jedenfalls fiel es mir schwer, mir LeBecq vorzustellen, wie er um neureiche Kunden herumscharwenzelte und ihnen ein Gemälde in blassem Grün aufzuschwatzen versuchte, weil es mit dem Bezugsstoff ihrer Couch harmonierte. Er trug eine Brille mit dicken, getönten Gläsern, hinter denen seine Augen wie große, häßliche Käfer in schmutzigem Wasser aussahen.

»Sie haben wegen der Hockneys angerufen?« fragte er. »Eins

vorweg, Mr. Driskill. Es handelt sich selbstverständlich um auserlesene Stücke.«

»Ich habe nicht die Wahrheit gesagt. Ich besitze bereits zwei Hockneys, und da sie mir ans Herz gewachsen sind, reichen sie fürs Leben.«

»Ich verstehe nicht ganz, Monsieur. Sie haben doch wegen der beiden Hockneys im Schaufenster angerufen...«

»Das stimmt. Ich wollte nur sicher gehen, Sie persönlich sprechen zu können. Ich habe gestern Klaus Richter besucht. Er hat Sie nicht zufällig angerufen? Eine kleine Warnung, vielleicht?«

»Herr Richter? Nein, er hat mich nicht angerufen.« Sein dunkler Anzug war eng geschnitten, was ihm bei seiner Figur das Aussehen eines trauernden Storches verlieh. Er sagte: »Wenn ich Sie jetzt bitten dürfte, Ihr Anliegen zur Sprache zu bringen. Ansonsten...« Er wies zur Tür.

»Meine Schwester hat Sie aufgesucht, und ein paar Tage später ist sie ermordet worden. Ich möchte wissen, warum sie zu Ihnen gekommen ist.«

»Wovon reden Sie? Ich kenne Ihre Schwester nicht!«

»Sie war Nonne. Schwester Valentine. Sie ist hierher nach Alexandria geflogen, um mit Ihnen und Richter zu sprechen. Ich will herausfinden, warum.«

Es sah aus, als hätte jemand die Stränge durchschnitten, die seinen Körper zusammenhielten. Seine langen Glieder zuckten nervös, und er zog den Kopf zwischen die Schultern. Er schlich wie ein geprügelter Hund zu seinem Schreibtisch und nahm umständlich dahinter Platz. Er blickte verlegen auf seine Hände.

»Schwester Valentine«, sagte er tonlos. »Ja, ich habe von dem Mord gelesen...« Er redete wie zu sich selbst. »Was wollen Sie von mir? Was erwarten Sie...«

»Warum hat meine Schwester Sie sprechen wollen?«

»Oh...« Er strich sich fahrig mit der Hand übers Gesicht. »Nichts. Sie hat in der Vergangenheit herumgewühlt. Ich konnte ihr nicht helfen.«

»Welche Verbindungen hatten Sie zur Kirche?«

»Zur katholischen Kirche? Ich hatte mit der Kirche nie etwas zu tun. Wie Sie sehen, bin ich Kunsthändler. Das bin ich schon immer gewesen. Das ist meine Familie schon immer gewesen.« Er mühte sich, seine Beherrschung wiederzuerlangen. Er streckte die Hand aus und schob ein gerahmtes Foto gerade, auf dem er neben einem kleinen Privatflugzeug zu sehen war, den Arm auf eine Tragfläche gestützt. Die Maschine stand auf einer Rollbahn. Auch auf dem Foto trug er einen schwarzen Anzug. »Ich kann Ihnen nicht helfen, Monsieur. Bitte, gehen Sie, ich habe viel zu tun.«

»Bevor Sie mir nicht ein paar Antworten gegeben haben, werden Sie mich nicht los.« Ich stützte die Hände auf die Schreibtischplatte und starrte auf ihn hinunter. »Ich habe ein Foto von Ihnen, LeBecq.« Ich zog die zerknitterte Aufnahme aus der Tasche und knallte sie vor ihn auf den Schreibtisch. Er zuckte zurück. Ich jagte ihm Angst ein, aber ich wußte nicht warum. »Sehen Sie sich das Foto an«, sagte ich. Er wandte sich ab. Ich beugte mich über den Schreibtisch und packte seinen Arm. »Sie sollen sich das verdammte Foto ansehen!«

Er nahm die Brille ab und beugte sich zögernd vor, als rechnete er damit, daß ich ihn packen und seinen Kopf auf die Schreibtischplatte hämmern könnte. Ich hielt das Foto an den Rändern fest, und er schaute angestrengt darauf, senkte den Kopf noch tiefer hinab, blinzelte. Ich fragte mich, wie er mit so schlechten Augen ein Flugzeug fliegen konnte.

»D'Ambrizzi, Richter... und Sie«, sagte ich. Der dünne Mann mit dem schmalen Gesicht, den tiefen Falten in den Mundwinkeln und dem Schmutzfleck auf der Stirn. Es lag vierzig Jahre zurück, seit dieser Schnappschuß aufgenommen worden war, aber es war unverkennbar LeBecq. »Erzählen Sie etwas über dieses Bild. Sagen Sie mir, wer der vierte Mann ist.« Ich hielt inne. »Und wer die Aufnahme gemacht hat.« Ich wartete. »Reden Sie!«

»Wie kann ich Ihnen helfen?« murmelte er wehleidig. »Woher soll ich denn wissen, wer Sie sind?«

Meine Faust donnerte auf die Schreibtischplatte. Das gerahmte Foto kippte um.

LeBecq fuhr entsetzt zurück. Seine Lippen bewegten sich, doch er brachte keinen Laut hervor. Dann krächzte er: »Vielleicht haben Sie sie ermordet... Nein, nein, schlagen Sie mich nicht! Rühren Sie mich nicht an!«

»Sagen Sie mir, was das damals für ein Treffen gewesen ist. Sie, Richter und D'Ambrizzi... Sie werden es mir sagen. Je eher, desto besser.«

»Sie sind gekommen, um mich zu töten, nicht wahr?« sagte er

schicksalsergeben und schaute schließlich zu mir auf, als wollte er einem grausamen Schicksal ins Antlitz blicken. In den großen, feuchten Augen schimmerten Hoffnungslosigkeit und Furcht. »Vielleicht werden Sie uns alle töten...«

»Wovon reden Sie?« Ich trat noch näher an ihn heran. Ich mußte dafür sorgen, daß er weitersprach. »Sie alle töten? Wen?«

»Sie ist hier gewesen, Ihre Schwester, sie hat Fragen über die alten Zeiten gestellt, über... Ich wußte, daß es früher oder später geschehen würde. Man wird immer von der Vergangenheit eingeholt, irgendwann... Wer hat Sie geschickt?« Seine wäßrigen Augen blickten mich an. Er tastete nach seiner Brille.

»Ich habe Ihnen gesagt, warum ich gekommen bin.«

»War es Simon? Hat Simon Sie geschickt?«

»Wer, zum Teufel, ist Simon? Der vierte Mann auf dem Foto? Oder der Mann, der die Aufnahme gemacht hat?«

Er schüttelte langsam den Kopf. Er schien furchtbare Angst zu haben. »Sind Sie aus Rom gekommen? Ich habe recht, nicht wahr?« Er leckte sich über die aufgesprungenen Lippen. »Um Himmels willen, töten Sie mich nicht... nicht nach so vielen Jahren... Ihre Schwester ist tot... mein Bruder ist tot... Ist das nicht genug?«

»Ihr Bruder? Was hat Ihr Bruder mit dieser Sache zu tun?«

»Ihr Foto«, sagte er. Er räusperte sich, versuchte, seine Angst abzuschütteln. Er schien in Minuten um Jahre gealtert zu sein. »Der Mann auf dem Foto bin nicht ich. Es ist mein Bruder... Guy LeBecq. *Père* Guy LeBecq. Er war zehn Jahre älter als ich. Ein Priester. Ich weiß nichts über dieses Foto... Bitte, Sie müssen mir glauben.« Jetzt war er nicht mehr ängstlich, sondern mißmutig. »Auch er wurde ermordet, Mister Driskill, wie Ihre Schwester... vor langer Zeit, in Paris. Während des Krieges. Man hat ihn auf einem Kirchfriedhof getötet. Seine Leiche wurde... an einen Grabstein gelehnt aufgefunden. Man hatte ihm das Genick gebrochen...«

Ich nahm das Foto, trat einen Schritt vom Schreibtisch zurück und ließ mich in einen Sessel fallen. »Das tut mir leid«, sagte ich schließlich. »Woher sollte ich das wissen?« Er schwieg und atmete schwer. »Was haben Sie damit gemeint, daß ich gekommen bin, Sie zu töten? Wer ist Simon? Warum soll Rom mich geschickt haben? Ich verstehe nicht, was das alles zu bedeuten...«

»Dann hören Sie mir zu«, sagte er langsam. Er setzte die Brille auf, krampfte die Hände um die Armstützen seines Stuhls. »Man wird auch Sie töten. Da können Sie ganz sicher sein. Sie sind weit fort von zu Hause, und Sie mischen sich in eine Sache ein, die Sie nichts angeht. Es ist die Vergangenheit, und Sie werden niemals begreifen... also fliegen Sie nach Hause, Mister Driskill, vergessen Sie uns, in Gottes Namen, vergessen Sie uns... und vielleicht läßt man Sie dann am Leben – verstehen Sie, was ich Ihnen sagen will? Fliegen Sie nach Hause, trauern Sie um Ihre Schwester – und bleiben Sie am Leben! Sie sind unschuldig, und Ihre Unschuld ist Ihr einziger Schutz. Bewahren Sie sich diese Unschuld! Und jetzt gehen Sie bitte! Ich kann Ihnen nichts mehr erzählen. Nichts.«

Er saß schweigend hinter dem Schreibtisch und starrte auf seine Hände, als ich das Büro verließ.

Ich ging langsam zum Cecil Hotel zurück.

Sein *Bruder?*

Gütiger Himmel! Das Leben ist wie ein Witzblatt, und bei jedem Umblättern gibt's eine nette kleine Überraschung. Ich ging geradewegs durch die Eingangshalle des Hotels zur Bar hinüber. Die Lobby hatte schon bessere Zeiten gesehen, aber das mußten wirklich gute Zeiten gewesen sein. Nun war der Prunk gealtert und verblaßt. Von der Bar hatte man einen Blick auf die Felsklippen und das Meer. Der Strahlenkranz der untergehenden Sonne tauchte alles in schimmerndes Gold.

Ich setzte mich, brachte meinen Rücken in eine bequeme Position und kippte einen Gin Tonic hinunter, bestellte mir noch einen weiteren.

Ich hatte bei LeBecq ein wenig Dampf abgelassen und inzwischen die Neuigkeit, daß der Mann auf dem Foto angeblich sein Bruder war, halbwegs verdaut. Und dieser Bruder war tot. Aber was hatte *ihn* dann so verängstigt? Er hatte geglaubt, ich sei von Rom geschickt worden, von einem Simon Soundso, mit dem Auftrag, ihn zu töten... *uns alle zu töten*. Er mußte Val irgend etwas darüber gesagt haben. *Ihre Unschuld ist Ihr einziger Schutz*. Sollte das bedeuten, daß Val Dinge gewußt hatte, die ich offensichtlich nicht wußte? Jedenfalls hatte ich nicht länger in seinem Büro bleiben wollen, um die Antwort aus ihm herauszuprügeln. Aber ich würde ihm noch einen Besuch abstatten. Er war alles, was ich hatte, und er mußte mit weiteren Informationen herausrücken.

Natürlich war da auch noch Richter, aber der Kerl war eine viel härtere Nuß.

Dennoch fragte ich mich, warum ich Richter nicht über das Foto ausgequetscht hatte. Die Antwort war klar: Weil Val es ihm gestohlen hatte. Es gibt keinen Grund, in Dreck herumzuwühlen, wenn man nicht weiß, was man eigentlich sucht.

Und warum hatte ich weder Richter noch LeBecq gegenüber den silberhaarigen Priester erwähnt, der Val ermordet und mich zu ermorden versucht hatte? Ich wußte keine Antwort darauf, jedenfalls keine, die mich befriedigt hätte. Vielleicht hatte ich Angst, daß sie alle derselben schrecklichen Verschwörung angehörten... vielleicht hatte ich Angst, das silberhaarige Monstrum könnte sich noch einmal an mir versuchen.

»Mister Driskill! Ein Anruf für Mister Driskill!« Ein Page ging durch die Bar und rief meinen Namen. Ich winkte ihn zu mir, und er sagte, daß ich das Gespräch in der Lobby entgegennehmen könne, in Telefonzelle eins.

Ich meldete mich in der Hoffnung, daß Schwester Lorraine mich wieder unter ihre Fittiche nehmen und mich zum Abendessen einladen wollte. Aber dem war nicht so. Am anderen Ende der Leitung vernahm ich eine flüsternde Frauenstimme. Ich vermochte nicht zu sagen, ob die Frau ihre Stimme verstellte oder einfach nur sichergehen wollte, daß dort, von wo immer sie anrufen mochte, niemand mithören konnte.

»Mister Driskill, ich muß Sie heute abend sprechen.«

»Wer sind Sie?«

»Später. Wir treffen uns im...«

»Mit Fremden treffe ich mich nur an ganz sicheren Orten, Madam.«

»An der Sa'd-Zaghlul-Statue. Auf dem Platz direkt vor Ihrem Hotel. Ist Ihnen das sicher genug?«

»Wie soll ich Sie erkennen?«

»Ich werde Sie erkennen. Zwanzig Uhr.«

Sie legte auf, bevor ich noch eine meiner intelligenten Bemerkungen anbringen konnte. Ich schlenderte zurück zur Bar und schluckte mit einem dritten Gin Tonic zwei Schmerztabletten. Dann ging ich auf mein Zimmer, nahm ein Bad, was wegen der Rückenwunde mit ziemlichen Schwierigkeiten verbunden war, legte mir einen frischen Verband an, setzte mich ans Fenster und resümierte, was ich bisher in Ägypten herausgefunden hatte. Das Ergebnis war so übel nicht, aber insgesamt gesehen doch eine Enttäuschung: Nur eine Anhäufung von Informationen, die stimmen konnten oder nicht und die sich nicht recht miteinander verknüpfen ließen. Vielleicht konnte die mysteriöse Anruferin mir weiterhelfen.

Ein paar Minuten vor acht zog ich mir eine weiche Kordsamthose und einen dicken Pullover an und trat nach draußen in den kühlen Wind. Die große Statue beherrschte den gesamten Platz. Die Frau mußte auf mich gewartet haben, denn sie kam schon auf der Straße auf mich zu. Es war die Frau, mit der ich den Termin bei LeBecq vereinbart und die mich in sein Büro geführt hatte. Sie trug eine tabakbraune Bluse, einen farblich dazu passenden Rock, Pumps und eine Lederjacke. Meine Bemerkung, daß ich angenehm überrascht sei, zeigte keine Wirkung: Ihr hübsches Gesicht war zu einer ernsten Maske erstarrt.

»Was soll diese Geheimnistuerei?« fragte ich. »Wie haben Sie mich gefunden?«

»Glück. Das Cecil war das erste Hotel, das ich angerufen habe.« Sie zuckte die Achseln. »Und außerdem hatte ich befürchtet, Sie würden nicht kommen, hätten Sie gewußt, wer ich bin.«

»Und wer sind Sie? Sie arbeiten in LeBecqs Galerie und sind das hübscheste Mädchen in Alexandria – und was sonst noch?«

»Ich bin Gabrielle LeBecq. Die Galerie gehört meinem Vater.« Sie blieb vor der Statue stehen, die über uns in den Abendhimmel ragte. Diese Frau mußte eine außergewöhnlich schöne Mutter gehabt haben.

»Wenigstens sind Sie keine Nonne«, sagte ich.

»Was soll das heißen?« Sie wandte sich um, ging weiter, die Hände in den Taschen der Lederjacke vergraben. »Ich bin nicht mal katholisch. Ich bin Koptin.«

»Sehr gut.«

»Ich verstehe nicht.« Sie bedachte mich mit einem verwirrten Seitenblick.

»Ist nicht so wichtig.«

»Ich bin Ägypterin. Meine Mutter war Koptin.«

»Schon gut. Ist wirklich nicht wichtig. Also, was wollen Sie?«

»Mit Ihnen reden. Kommen Sie, trinken wir einen Kaffee.«

Wir gingen hinüber zum Trianon Coffee Shop.

Sie schwieg, betrachtete mich mit unbewegtem Gesicht. Sie sagte kein Wort, bis der Kaffee serviert wurde.

»Sie müssen meinen Vater in Ruhe lassen. Sie dürfen ihn nicht quälen. Es geht ihm nicht gut.« Sie beobachtete, wie ich an dem schwarzen, heißen Gebräu nippte. »Warum sagen Sie nichts?«

»Ich bin hierhergekommen, um zwei Männer zu treffen. Ihr Vater ist einer davon. Es tut mir leid, wenn ich ihn aufgeregt habe, aber...«

»Ich verstehe nicht, was Sie von ihm wollen. Er hat... geschluchzt, als Sie gegangen waren und ich ins Büro kam. Er hatte schon eine Herzattacke. Er braucht keine zweite. Er hat mir gesagt, wer Sie sind. Er hat mir geschworen, ihrer Schwester alles erzählt zu haben, was er wußte...«

»Und was war das, Miss LeBecq?«

»Keine Ahnung. Er hat mir nur gesagt, er habe getan, was er konnte.«

»Meine Schwester ist ermordet worden, nachdem sie mit Ihrem Vater gesprochen hat. Ich will wissen, was er ihr erzählt hat.«

Sie schüttelte den Kopf. »Mein Vater ist ein anständiger Mann. Die Fragen, die Ihre Schwester ihm gestellt hat, hatten irgendwas zu tun mit – ich weiß nicht, es liegt jedenfalls vierzig Jahre zurück. Was kann das heute noch für eine Rolle spielen?«

»Eine so große Rolle, daß es jemanden veranlaßt hat, meine Schwester zu töten, weil sie darüber Bescheid wußte. Es tut mir leid, ich kann auf Ihren Vater keine Rücksicht nehmen.«

»Aber mein Vater war Kunsthändler. Er hatte mit dem Krieg nichts zu tun. Begreifen Sie doch.« Sie biß sich auf die Lippe, war den Tränen nahe. »Er hatte einen älteren Bruder, der war Priester. Er starb im Krieg. Er war bei der Résistance, glaube ich. Jedenfalls war er Widerstandskämpfer.« Sie rieb sich die Augen. »Mein Vater hat gemeinsam mit meinem Großvater die LeBecq-Galerien geleitet. Nach Kriegsende ist mein Vater aus Frankreich ausgewandert und hat sich hier niedergelassen.«

»Warum? Warum ist er nicht in Paris geblieben?«

»Was macht das für einen Unterschied, Mister Driskill? Er kam hierher und heiratete später meine Mutter. Ich bin 1952 geboren. Er ist ein angesehener Mann, und Sie haben kein Recht, ihn zu quälen!«

»Welche Verbindungen hat er zu Richter?«

»Sie sind Freunde, sie haben zusammen Geschäfte gemacht, sie sind gute Katholiken – aber das ist belanglos. Das ist völlig belanglos. Erst ist Ihre Schwester gekommen, und nun Sie...«

»Jetzt hören Sie mir mal gut zu, Miss LeBecq. Wie kann irgend etwas, das *völlig belanglos* ist, Ihren Vater derart ängstigen? Warum hat er mich dann gefragt, ob ein gewisser Simon mich geschickt hat, um ihn zu töten? Warum hat er mich dann gefragt, ob ich gekommen bin, ›uns alle zu töten‹? Das waren *seine* Worte. Hört sich für mich alles andere als belanglos an. Seien Sie ehrlich, für Sie etwa? Meine Schwester ist tot, und Ihr Vater hat furchtbare Angst. Vor wem? Vor was?«

»Ich weiß es nicht. Ich weiß nur, daß er Angst vor Ihnen hat! Das wissen Sie so gut wie ich, nicht wahr?«

Sie erhob sich abrupt.

»Warten Sie...«

»Bitte. Ich flehe Sie an«, sagte sie. »Lassen Sie ihn in Ruhe. Gehen Sie dorthin zurück, wo Sie hergekommen sind, und mischen Sie sich nicht in unser Leben ein.«

Bevor ich auch nur ein Wort sagen konnte, war sie verschwunden. Als ich den Kaffee bezahlt hatte und auf die Straße trat, war von Gabrielle LeBecq keine Spur mehr zu sehen.

Als ich am nächsten Morgen erwachte, fühlte ich mich wie zerschlagen von den Schlaftabletten, die ich am Abend zuvor genommen hatte. Ich hatte Fieber. Keine Grund zur Besorgnis, sagte ich mir, zumal meine Rückenwunde sich nicht verschlimmert hatte. Doch als es Nachmittag wurde und die Stunden sich dahinschleppten, sah ich mir die Wunde immer wieder an. Dort, wo sie genäht worden war, war sie leicht gerötet, und sie näßte ein bißchen. Ich hatte entsprechende Tabletten dagegen, also fügte ich sie meiner Schmerztabletten-Gin-Mischung hinzu.

Es war ein leerer, sinn- und zielloser Tag, verschwendet. Ich versuchte, nicht an die wirren Informationen zu denken, die ich Etienne LeBecq aus der Nase gezogen hatte. Er war offensichtlich eine wichtige Quelle. Aber wie sollte ich irgend etwas aus ihm herausbekommen, wenn er nicht reden wollte? Jedenfalls hatte ich mit ihm jemanden gefunden, der mir weiterhelfen konnte, auch wenn ich noch keine Ahnung hatte, wie ich ihn dazu bringen sollte. Aber wie sagt man so schön: Auch ein blindes Huhn findet manchmal ein Korn.

Ich ließ mich mit Margaret Korder in Princeton verbinden. Sie erzählte mir, daß die Morde an Val und im Helmsley Palace aus den Schlagzeilen verschwunden seien. Was die Ergebnisse der polizeilichen Ermittlungen betraf, gab es nichts Neues zu berichten. Mein Vater sei deprimiert, schlafe die meiste Zeit und sei Besuchern gegenüber äußerst verschlossen. Er scheine mich zu vermissen, sagte Margaret, und er rege sich jedesmal sehr darüber auf, wenn jemand meine Nachforschungen zur Sprache brachte. Ich bedankte mich bei Margaret Korder und rief anschließend im Krankenhaus an. Doch mein Vater schlief gerade, und die Ärzte hielten es für besser, ihn nicht zu wecken. Ich bat sie, ihm mitzuteilen, daß ich angerufen hätte, daß es mir gutginge und daß er sich keine Sorgen machen solle.

Als die Nacht sich über Alexandria senkte und der Wind draußen übermütig an den Läden rüttelte, klingelte das Telefon. Es war Gabrielle LeBecq.

Ihre Stimme klang aufgeregt und atemlos. Sie habe lange darüber nachgedacht, ob sie mich anrufen solle, ließ sie mich wissen, sei sich dann aber darüber klar geworden, daß ich ein Teil ihrer Probleme sei, und habe sich zum Anruf entschlossen. Ihr Vater werde vermißt, sagte sie. Er habe die Galerie kurz nach dem Gespräch mit mir verlassen und wäre seitdem von niemandem mehr gesehen worden. Er sei nicht nach Hause gekommen, habe auch keine Nachricht hinterlassen.

»Ich habe Angst, daß ihm etwas zugestoßen ist. Nach dem Gespräch mit Ihnen war er so verzweifelt.« Sie holte tief Luft. »Sie sind der Grund, daß er fortgegangen ist... und ich hoffe bei Gott, er kommt zurück... Wenn er sich etwas angetan hat...« Sie unterdrückte einen gequälten Aufschrei. »Warum sind Sie hergekommen? Um was geht es hier denn eigentlich wirklich?«

»Genau das will ich herausfinden... warum meine Schwester sterben mußte.«

»Dann muß ich noch einmal mit Ihnen reden. Kommen Sie zu mir nach Hause. Ich muß Ihnen einige Dinge zeigen. Ich fürchte, Sie sind... das, was mein Vater all die Jahre erwartet hat. Bitte, beeilen Sie sich, Mister Driskill, bevor es zu spät ist.«

Sie gab mir ihre Adresse, und ich ging nach unten; das Fieber und die Schmerzen im Rücken waren für den Augenblick vergessen. Vor dem Hotel nahm ich ein Taxi.

Das Haus lag in Strandnähe und schien aus einer Düne emporgewachsen zu sein: ein flaches, im Mondlicht schmutzigweißes Gebäude. Ich stieg aus dem Wagen und ging die lange Auffahrt zum Eingang hinauf, vorbei an Palmen und Blumen und Sträuchern. Das Haus lag im Dunkeln. Ich warf einen Blick über die Schulter, glaubte ein Geräusch gehört zu haben. Schwester Lorraine hatte eine prophetische Gabe: Ich wurde übervorsichtig. Ich mußte an Val denken, die nicht vorsichtig genug gewesen war. Ich lauschte, hielt Ausschau nach im Mondlicht silbern glänzendem Haar, nach einer funkelnden Messerklinge, aber ich hörte nur das Geräusch der Brandung hinter dem Haus und das leise Rauschen des Windes in den Palmen; nirgends war ein Zeichen von Leben.

Ich suchte im Dunkeln nach der Klingel, als plötzlich die Tür geöffnet wurde. Vor jähem Entsetzen wäre ich fast vom Treppenabsatz gefallen. »Ich wollte Sie nicht erschrecken«, sagte Gabrielle.

»Das haben Sie aber, und wie.«

Sie hatte eine kleine Lampe über der Tür eingeschaltet, und in dem trüben Licht konnte ich ihre geröteten, verweinten Augen sehen. »Bitte, kommen Sie herein.« Sie trat zur Seite, und für einen winzigen Augenblick hatte ich das Gefühl, in eine Falle zu tappen. Aber dann war dieses Aufblitzen von Angst auch schon wieder vorüber.

Sie führte mich durch dunkle Zimmer zu einem Licht am Ende eines breiten, langen Flurs. In den Schatten sah ich einen Rouault, eine byzantinische Ikone und zwei Monets an den Wänden und in den Zimmern die Umrisse schwerer, alter Möbel im blassen Mondlicht.

»Hier herein«, sagte sie. »Ich bin für diese Unordnung verantwortlich. Ich habe versucht, irgendeinen Hinweis zu finden, der die Reaktion meines Vaters erklärt. Vergeblich.« Sie hatte seinen Schreibtisch durchwühlt; sämtliche Schubladen waren herausgezogen. Sie lehnte sich an einen Tisch, strich das dunkle Haar aus der Stirn und zündete sich eine Zigarette an. »Sagen Sie mir alles, was Sie auch meinem Vater gesagt haben – es muß einen Grund dafür geben, daß er spurlos verschwunden ist.« Die Zigarette zitterte zwischen ihren Fingern.

»Ich habe ihm ein Foto gezeigt, das vor vierzig Jahren in Paris aufgenommen wurde. Zur Zeit der deutschen Besatzung. Das hat ihn völlig aus der Fassung gebracht. Er glaubte, ich wäre gekommen, um ihn zu töten. Ich habe gar nichts begriffen. Er hat völlig zusammenhangloses Zeug geredet. Er hatte Angst vor einem gewissen Simon und hat mich gefragt, ob Rom mich geschickt habe... Ich bin ganz Ihrer Meinung: Er fürchtete sich, er hatte furchtbare Angst. Aber dann hat er kein Wort mehr gesagt, hat mich nur noch gebeten zu gehen.«

»Dieses Foto«, sagte sie und verstummte. Ihr Gesicht wirkte verhärmt und müde; unter den verweinten Augen lagen dunkle Ringe. Sie schien kurz vor dem Zusammenbruch zu stehen. Nicht nur das plötzliche Verschwinden ihres Vaters, der inzwischen seit vierundzwanzig Stunden vermißt wurde, ging ihr an die Nieren; es mußte noch mehr dahinterstecken. Sie war um die dreißig, eine erwachsene Frau, aber jetzt war irgend etwas im Gange, mit dem sie nicht fertig wurde. »Darf ich das mal sehen?«

Ich stand neben ihr, legte das Bild auf den Tisch, genau in den Lichtkreis einer Lampe, und sie beugte sich vor, um das Foto zu betrachten. Sie trug eine Kette um den Hals, an der eine Brille befestigt war; sie setzte die Brille auf, beugte sich tiefer hinunter.

»Richter«, murmelte sie. »Und der da ist mein Vater? Ich glaube nicht...«

»Er sagte, es wäre sein Bruder Guy. Ein Priester.«

»Ja, ja, das ist nicht mein Vater, aber es besteht eine große Ähnlichkeit...« Sie tippte mit dem Finger auf einen der Männer und blickte mich fragend an.

»D'Ambrizzi«, sagte ich. »Inzwischen ist er Kardinal. Vielleicht wird er schon bald der neue Papst.«

»Und der hier? Er sieht aus wie Shylock...«

»*Das* ist es!« Ich flüsterte, weil es im Haus so still war. »Ich wußte doch, daß mir das Profil irgendwie bekannt vorkam. Das ist Torricelli! Bischof Torricelli. Ich hab's geahnt – er war während des Krieges ein sehr bedeutender Mann unter den Katholiken in Paris. Ich habe ihn als Junge einmal getroffen. Mein Vater hat unsere Familie nach dem Krieg mal mit nach Paris genommen. Er hat Torricelli gekannt. Ich kann mich erinnern, daß jemand ihm den Spitznamen Shylock gegeben hatte, wegen seiner Nase...« Ich starrte auf das Foto. »Mein Gott«, dachte ich laut, »jetzt kenne ich sie alle. Monsignore D'Ambrizzi, Klaus Richter von der Wehrmacht, Père Guy LeBecq und Bischof Torricelli.«

»Hat dieses Foto irgendeine besondere Bedeutung?« Sie nahm die Brille ab. »Warum haben Sie es meinem Vater gezeigt?«

»Ich dachte, er wäre einer der Männer auf dem Bild. Meine Schwester hatte dieses Foto bei sich, als sie ermordet wurde. Es ist mein einziger Anhaltspunkt. Ich muß herausfinden, welche Bedeutung es für sie hatte. Warum hat das Foto Ihrem Vater eine solche Angst eingejagt, daß er sich aus dem Staub gemacht hat?«

Sie schwieg lange. Ich ging zum Fenster und blickte auf das geisterhaft schimmernde Mittelmeer. Meine Gedanken rasten, ziellos, ergebnislos. Ich brauchte Hilfe, jemanden, dessen Verstand klarer und wacher als der meine war. Als ich mich wieder umdrehte, hatte sie sich nicht von der Stelle gerührt. Sie stand immer noch am Tisch und rauchte die Zigarette auf, starrte mich an.

Ich wies mit einem Kopfnicken auf die Papiere, die sie durchwühlt hatte. »Was ist das alles?«

Sie ging zum Schreibtisch, bewegte sich anmutig und graziös. Sie sah müde und abgespannt und wunderschön aus. Ich verspürte den Wunsch, die Zeit anhalten und diesem Augenblick Romantik verleihen zu können; ich wollte diese Frau berühren, in die Arme nehmen – und schalt mich einen Narren. Jetzt war nicht die Zeit für Gefühle.

»Ich habe sämtliche Unterlagen durchgesehen, die ich finden konnte. Ich habe etwas gesucht, das mir erklären kann, warum schon der Besuch Ihrer Schwester meinen Vater so beunruhigt hat. Er war nicht mehr er selbst, seit sie mit ihm gesprochen hat.« Sie schob einige Akten zur Seite. »Ich habe sein Notizbuch gefunden. Er muß gestern, nachdem er die Galerie verlassen hat, noch hier gewesen sein – ich habe das allerdings erst festgestellt, als ich sein Notizbuch gefunden hatte. Als ich nach Hause kam, war er bereits fort. Er hat ein paar Eintragungen gemacht – *nachdem* er mit Ihnen gesprochen hat. Hier, sehen Sie selbst.«

Es war ein spiralgebundener Terminkalender mit Raum für Notizen. LeBecq hatte irgend etwas in Französisch hineingeschrieben. Ich wollte es ganz genau wissen. »Übersetzen Sie«, sagte ich.

»›Was soll aus uns werden? Wo wird alles enden? In der

Hölle!‹« Ihre Stimme brach. Sie biß sich auf die Lippe, blickte mich an. Tränen liefen ihr über die Wangen. »Mein Onkel ist den Heldentod gestorben... und nun ist mein Vater, vierzig Jahre später... Ich weiß, daß etwas Schreckliches passiert ist... Und ich weiß, daß Sie das nicht gewollt haben...«

»Nein, Gabrielle, das habe ich wirklich nicht gewollt. Ich tappe selbst im dunkeln und brauche Hilfe.« Ich legte meine Hände auf ihre Schultern, und dann kam sie in meine Arme, barg den Kopf an meiner Brust. Ich hielt sie, spürte, wie sie zitterte, und sie schien so zart, so zerbrechlich; gefangen in ihrer Furcht, ihrem Kummer suchte sie Geborgenheit und Trost bei einem Fremden. Ich küßte ihr glattes, seidiges Haar, nahm seinen Duft in mich auf. Ich wollte ihr sagen, daß alles wieder gut werden würde, daß ihr Vater in Sicherheit sei, aber ich konnte es nicht. Zu viele Menschen waren gestorben. Also hielt ich sie nur in den Armen und ließ sie sich ausweinen. Vielleicht war ihr Vater wohlauf. Vielleicht schmorte er auch schon in der Hölle. Ich wollte nicht mit verlogenen, beruhigenden Worten Trost zu spenden versuchen.

Den Kopf noch immer an meiner Brust, sagte sie: »Warum vertraue ich Ihnen bloß?«

»Was haben Sie zu verlieren? Sie wissen sehr gut, daß ich nicht hierhergekommen bin, um jemanden zu ermorden. Für einen älteren Herrn bin ich doch ganz umgänglich, oder?«

Sie grinste schief und zog die Nase hoch.

Dann wagte ich einen Schuß ins Blaue. »Und vielleicht vertrauen Sie mir, weil Sie Dinge wissen, die Sie mir noch nicht erzählt haben... Dinge, von denen Sie wissen, daß *ich* sie wissen sollte. Sie vertrauen mir, weil Sie mir vertrauen möchten.«

Sie löste sich langsam aus meinen Armen. »Hier, es steht noch etwas im Notizbuch.« Sie blätterte es rasch durch, hielt bei einer bestimmten Seite inne. »An diesem Tag hat er sich mit Ihrer Schwester getroffen. Er hat sie mit keinem Wort erwähnt, es fehlt jeder schriftliche Hinweis... aber hier, schauen Sie mal. Er hat eine Namensliste aufgestellt.«

*Simon.*
*Gregory.*
*Paul.*
*Christos.*
*Archduke!*

Sie blickte mich an, als ich die Namen las; dann sagte sie: »Sind das richtige Namen, Mister Driskill? Oder sind es eine Art Decknamen? Archduke...«

Ich nickte. »Und was hat das große Ausrufungszeichen zu bedeuten? Aus welchem Grund ist Archduke so wichtig?«

Sie sagte: »Auf dem Foto sind vier Männer...«

»Und ich bin ziemlich sicher, daß meine Schwester Ihrem Vater dieses Foto gezeigt hat. Er hat sich die Aufnahme angesehen, er hat meine Schwester mit keiner Silbe erwähnt – aber dann hat er diese Namen aufgeschrieben...«

»Aber das paßt doch nicht mit dem Foto zusammen, sehen Sie das denn nicht? Es ist ein Name zuviel!«

»Nein, es paßt. Der fünfte Mann hat die Aufnahme gemacht.«

Wir standen uns gegenüber, starrten uns an, beide erstaunt, verwirrt, verständnislos. Sie sagte: »Sollen wir ein bißchen am Strand spazierengehen, Mister Driskill? Vielleicht sorgt die frische Luft dafür, daß wir einen klaren Kopf bekommen.«

»Warum sagen Sie nicht Ben zu mir?«

Sie griff nach ihrer Lederjacke, die über einer Sessellehne hing, »Dann müssen Sie Gaby zu mir sagen. Okay?« Ich lächelte, nickte. »Kommen Sie.« Sie öffnete eine gläserne Schiebetür. Kalte Luft und der Geruch nach Salz drangen ins Zimmer.

Wir gingen über eine hölzerne Treppe direkt zum Strand hinunter. Der Sand war hart und feucht. Die anrollende Brandung schimmerte silbern im Mondlicht. Im Osten strahlten die Lichter Alexandrias. Eine Zeitlang redeten wir über private Dinge, über mein Leben als Anwalt in New York, über den Tod des Mannes, den sie 1973, während des Krieges gegen Israel, hatte heiraten wollen, über meinen vergeblichen Versuch, mich mit der Kirche im allgemeinen und den Jesuiten im besonderen anzufreunden, über ihr Leben als Einzelkind, das nach dem frühen Tod der Mutter beim Vater aufgewachsen war.

Der Wind hatte aufgefrischt und wehte uns Meerwasser ins Gesicht, als wir schließlich kehrtmachten und zurück zum Haus gingen.

Ich fragte, ob ihr Vater, falls er das Bedürfnis gehabt hatte, nach meinem gestrigen Besuch mit jemandem zu reden, vielleicht seinen Freund Richter angerufen habe.

Sie lachte rauh und ohne eine Spur von Humor. »Richter? Er ist kein Freund meines Vaters, das können Sie mir glauben. Er ist sein Kerkermeister!«

»Was soll das heißen?«

»Gehen wir ins Haus. Mir ist kalt. Ich koche uns einen Kaffee und erzähle ihnen alles über Richter und die Familie LeBecq.«

Nachdem wir in einem Zimmer mit Wandbehängen und alten Perserteppichen, niedrigen Sitzmöbeln und schweren, gedrungenen Lampen, die gedämpftes Licht verbreiteten, Platz genommen hatten, erzählte sie mir eine bemerkenswerte Geschichte, die sie im Lauf der Jahre aus bruchstückhaften Informationen rekonstruiert und noch nie jemandem anvertraut hatte.

Jean Paul LeBecq, der Vater von Guy und Etienne, war ein sehr konservativer Katholik gewesen und hatte während des Krieges mit der Marionettenregierung der Nazis in Vichy und deren Galionsfigur, Marschall Pétain, sympathisiert. Guy war Priester. Etienne arbeitete in der Galerie seines Vaters, die er einst übernehmen sollte. Er stand vollkommen unter der Knute des alten LeBecq und hatte keine andere Wahl, als dessen politische Überzeugungen auch als die seinen auszugeben. Anfang der vierziger Jahre erlitt Jean Paul einen Schlaganfall und konnte das Geschäft nicht mehr weiterführen. Etienne, damals Mitte Zwanzig, übernahm die Leitung der Galerie. Und fand heraus, daß sein Vater als eine Art Diplomat ohne Auftrag versucht hatte, die Beziehungen zwischen der deutschen Besatzungsmacht und der katholischen Kirche in Paris zu verbessern. Der junge Etienne erkannte, daß es wichtig war, die Verbindung zwischen diesen beiden großen Blöcken – Nazis und Kirche – nicht abreißen zu lassen, denn: Sie brauchten einander. In jenen Tagen mußte Etienne Klaus Richter kennengelernt haben, der das gleiche Ziel verfolgte: Verständigung zwischen Besatzungsmacht und Kirche.

Alles, was Gabrielle sagte, paßte in das lückenhafte Bild, das LeBecq mir vermittelt hatte. Sie wußte jedoch nur sehr wenig darüber, wie tief Père Guy LeBecq während der Kriegsjahre in diese Sache verwickelt gewesen war, wiederholte nur immer wieder, daß er den ›Heldentod‹ gestorben sei. Mehr nicht.

Indem sie als engste Mitarbeiterin ihres Vater die Ohren offenhielt – und weil sie ihn einmal, als er eine seiner depressiven Phasen durchlitt, unverblümt danach gefragt hatte –, erfuhr Gabrielle schließlich, daß der alte Jean Paul für die Nazis Beute verschoben hatte, Kunstwerke aus Privatsammlungen, zumeist aus jüdischem Besitz. Als Jean Paul aufgrund seiner Krankheit diese ›Geschäfte‹ nicht mehr abwickeln konnte, hatte Etienne diese Aufgabe übernommen.

»Aber wozu brauchten die Nazis einen Hehler?« fragte ich. »Sie haben sich doch einfach *genommen*, was sie wollten, und sie haben damit gemacht, was sie wollten...«

»Ja«, sagte sie, »aber vergessen Sie die Kirche nicht. Sie wollte ihren Anteil an der Beute – als Gegenleistung für ihre Zusammenarbeit mit den Nazis.«

»Wie sah diese Zusammenarbeit denn aus? Worauf lief sie hinaus? Und wie eng war sie?«

Sie schüttelte den Kopf. »In Kriegszeiten – wer weiß?«

»Aber Sie sind sicher, daß alles andere, was Sie mir gesagt haben, der Wahrheit entspricht?«

»Ich bin ziemlich sicher, ja. Mein Vater hat nie verwinden können, daß er mit den Nazis kooperiert hat. Es hat ihm seit vierzig Jahren zu schaffen gemacht. Es kann keinen anderen Grund dafür geben, daß er zu einem gebrochenen Mann wurde.«

»Wie können Sie so sicher sein?«

»Weil ich es miterlebt habe! Weil ich gesehen habe, was Vater durchgemacht hat!« Sie senkte den Kopf. »Ich habe versucht, zu vergessen, was er getan hat, zu vergeben, aber jetzt haben Sie und Ihre Schwester die alten Wunden wieder aufgerissen. Ich schäme mich für das, was mein Vater getan hat...«

»Gaby, daß die Kirche und die Nazis im Krieg unter einer Decke gesteckt haben, ist zwar eine ziemlich schlimme Vorstellung, aber kaum eine Sensation. Im Krieg hat die Kirche vieles getan, auf das sie alles andere als stolz sein kann. Sie dürfen mit Ihrem Vater nicht zu hart ins Gericht gehen. Damals war Krieg. Wer weiß, welchem Druck er ausgesetzt war. Vermutlich mußte er um sein Leben fürchten, und er war ein noch junger Mann...«

Aber ich dachte: War es *das*, was Val entdeckt hatte? Nein, es lag einfach zu lange zurück. Wen kümmerte das heute noch? Val war nicht wegen Kunstschiebereien im besetzten Paris vor vierzig Jahren ermordet worden.

»Aber nach dem Krieg gingen diese Geschäfte weiter«, sagte Gabrielle. »Darum geht es! Das ist ja das Furchtbare. Mein Vater wurde ihre willenlose Kreatur. Sie haben ihm nach dem Krieg die beiden Galerien in Kairo und Alexandria aufgebaut, um ihn als Werkzeug benutzen zu können, um dieses schmutzige Geschäft weiter betreiben zu können, ohne daß jemand Notiz davon nimmt!«

»Sie? Wer? Der Krieg war vorüber...«

»Für euch Amerikaner ist alles so einfach. Aber nicht für uns, nicht hier. Wir können uns euer naives Weltbild nicht leisten. Denn hier, hier sind die Deutschen wieder aufgetaucht, zuerst in Kairo. Reich, mächtig. Berater der Regierung. Die Nazis, Ben, die Nazis – sie hatten Kunstschätze im Wert von Abermillionen Dollar versteckt: Juwelen, Gold... Aber all das Raubgut war wertlos für sie. Was also tun? Die Beute zu Geld machen, ganz einfach. Oh, die alten Nazis gab es überall – die Legion Condor in Madrid. Die Spinne, all die alten SS-Männer, die sich aus Europa nach Südamerika abgesetzt haben, nach Afrika, nach Ägypten, in eure so hehren Vereinigten Staaten, diese alte Garde, die von einem Vierten Reich geträumt hat – es waren nicht nur Mengele und Barbie und Eichmann, es waren Aberhunderte von Männern, von denen man noch nie gehört hat, und sie alle brauchten Geld. Und die geraubten und gehorteten Schätze zu verkaufen, war eine der Möglichkeiten, sich dieses Geld zu beschaffen, sehr viel Geld. Das größte Problem bestand darin, einen vertrauenswürdigen und verschwiegenen Abnehmer zu finden – also mußte man diese Geschäfte in eine Art Erpressung umwandeln. Und wen konnte man wohl am einfachsten erpressen?«

»Wollen Sie damit sagen, diese Leute haben das Zeug an die *Kirche* verkauft?«

»Die überlebenden Nazis hatten die Kirche im Würgegriff. Kauft uns dieses Zeug ab, oder...« Sie blickte mich an, wartete darauf, daß der Groschen fiel.

»...oder wir werden aller Welt berichten, daß wir euch *während des Krieges* mit Raubgut unterstützt haben. So also sah die Erpressung aus. Aber die Kirche hat tatsächlich diesen schmutzigen Handel mit ihnen betrieben. Seit vierzig Jahren!« Ich seufzte, ließ mich auf dem Sofa zurücksinken. »Großer Gott! Die Kirche hat einen Pakt mit dem Teufel geschlossen.«

»Es war – *ist* – ein schwieriger Balanceakt«, sagte sie. »Die Kirche ist nicht machtlos. Sie könnte die Verstecke vieler Kriegsverbrecher preisgeben. Darum fürchten auch die überlebenden Nazis die Kirche – es ist ein Pakt, der auf gegenseitige Angst gründet. Und mein Vater war zwischen die Mühlsteine geraten. Aber auch er hat von diesem Pakt profitiert. Seine Sünden haben ihn zu einem reichen Mann gemacht. Ich weiß nicht, wie diese Geschäfte technisch abgewickelt wurden, aber sie benutzten meinen Vater als Ankäufer, Verkäufer, Schmuggler. Er verkaufte die Ware nach Übersee und schließlich auch an die Kirche selbst. Und er hat die Bezahlung der Nazis abgewickelt.«

»Über Klaus Richter«, sagte ich.

Sie nickte. »Ich glaube, ja. Ich kann es nicht beweisen, aber mein Vater hat mir genug erzählt, daß ich mir ein ziemlich klares Bild machen konnte. Wegen dieser Geschäfte hatte mein Vater all die Jahre über solche Angst. Vater ist ein schwacher Mann. Er ist nicht skrupellos genug für so etwas. Richter betrachtet ihn als Weichling. Darum hat Richter meinen Vater auch an der Leine. Richter war sein Aufpasser – und jetzt, fürchte ich, ist mein Vater unter der Last seiner Schuld... zerbrochen.« Sie weinte leise.

Ich ging zu ihr, kniete neben ihr nieder. Sie streckte die Hände nach mir aus, und ich nahm sie in die Arme, hielt sie wie ein Kind. Sie weinte und weinte, versuchte zu reden, aber ihre Stimme war unverständlich, ging in ein verzweifeltes Schluchzen über. Dann blickte sie mit tränennassem Gesicht zu mir auf, küßte mich, löste sich von mir, nahm meine Hand und führte mich ins Schlafzimmer, wo wir uns liebten, hungrig, verzweifelt, wie Fremde es tun; wir suchten und fanden für kurze Zeit Schutz und Vergessen in der Leidenschaft.

Als sie schlief, stieg ich aus dem Bett, streifte mir Hemd und Hose über und trat hinaus ins Freie. Ich blieb auf dem Absatz der Treppe stehen, die hinunter zum Strand führte. Der kalte Wind trocknete den Schweiß auf meinem Gesicht, und ich betrachtete das Mondlicht auf den Wellen, lauschte der Brandung und versuchte, meine Schwester zu finden, irgendwo dort draußen, irgendwo in meinem Innern, um sie zu fragen, Val, war es *das*, war das *alles*, kleine Schwester...?

Vielleicht war sie auf die gleiche Weise wie ich selbst auf diesen Ring von Kunstdieben und Hehlern gestoßen, dessen Geschichte sich bis ins Paris der Besatzungszeit zurückverfolgen ließ, einige Geistliche und einige alte, unbelehrbare Naziverbrecher, die sich an irgendwelchen abgelegenen Flecken des Erdballs mit ihren zusammengerafften Schätzen – Bildern und Plastiken und Fabergé-Eiern –, verborgen hielten, den kläglichen Splittern des zerschlagenen Tausendjährigen Reiches. Kein angenehmer Gedanke. Aber wie konnte das mit einer bald bevorstehenden Papstwahl in Verbindung gebracht werden, mit Vals und Lockhardts und Heffernans Ermordung? Und wenn – die Sache hatte nicht genug Gewicht. Nein. Ich hatte einen häßlichen Fleck auf der riesigen Fassade der Kirche entdeckt... mehr aber auch nicht.

Doch da war das Foto. Da war Richter. Er hatte schon damals schmutzige Geschäfte mit der Kirche gemacht. Da waren drei Geistliche. Zwei von ihnen waren tot, und einer wurde vielleicht schon sehr bald auf den Thron des heiligen Petrus gewählt. Da war Gabrielles feste Überzeugung, daß dieser schmutzige Kunsthandel noch immer florierte, daß kirchliche Gelder in die Taschen alter Nazis flossen. Und sollte sie recht haben, dann gab es auch heute noch Kirchenmänner, die in dieses Geschäft verstrickt waren, das sich auf gegenseitige Angst und Erpressung und Geldgier gründete. Dann gab es irgend jemanden innerhalb der kirchlichen Hierarchie, der die Interessen der Nazis vertrat, der vielleicht selbst eine Nazigröße gewesen war.

Vielleicht einer der alten Krieger. Oder ein neuer Mann, smart, clever, geschäftstüchtig, der die Tradition fortführte.

Und was die andere Seite betraf, die Kirche, war D'Ambrizzi das überlebende Bindeglied zur Vergangenheit.

Wie konnte ich sicher sein, daß D'Ambrizzis Karriere nicht zerstört wurde, wenn dies ans Tageslicht kam? Dann war sein Traum vom Papstthron ausgeträumt. Ausgerechnet D'Ambrizzi, mein wunderbarer Spielgefährte aus jenem längst vergangenen Herbst des Jahres 1945...

Val hatte ihm sehr nahe gestanden. Und Schwester Elizabeth war gut mit ihm bekannt.

All diese Tatsachen wirbelten durch mein Hirn; ich konnte die Gedanken nicht unter Kontrolle bringen. Wie paßte das *heutige* Paris ins Bild? Val hatte in den letzten Monaten ihres Lebens viel Zeit in dieser Stadt verbracht, hatte dort Nachforschungen angestellt... welche Nachforschungen? Und was hatte das *besetzte* Paris mit alldem zu tun? Alle mir bis jetzt bekannten Personen, die mit dieser Geschichte zu tun hatten, waren damals ins Paris gewesen.

Ich fragte mich, wohin Etienne LeBecq sich abgesetzt hatte, ob er noch lebte; ich dachte fast wehmütig daran, wie gern ich ihm noch einige wenige Fragen gestellt hätte, als ich ein Geräusch hinter mir hörte. Gaby hatte sich einen Morgenmantel übergestreift und trat zu mir auf den Treppenabsatz.

»Ich könnte mir vorstellen, wo mein Vater sich aufhält«, sagte sie. »Er und Richter haben öfters einen bestimmten Treffpunkt erwähnt. Er muß irgend etwas mit dem katholischen Glauben zu tun haben. Sie haben darüber gelacht, denn Richter sagte immer, dieser Treffpunkt sei zwar nicht am Ende der Welt, aber man könne es von dort aus sehen...«

»Er hat mit dem katholischen Glauben zu tun? Was soll das bedeuten? Ist es eine Kirche? Ein Kloster?«

»Das weiß ich nicht. Aber ich weiß, wie sie diesen Ort nennen.«

»Wie, Gaby?«

*»L'inferno.«*

## 3

Die Aktenmappe, die Elizabeth unter Vals Hinterlassenschaft gefunden hatte, erwies sich als Enttäuschung, enthielt sie doch nichts weiter als etwa zwanzig unbeschrie-bene Seiten. Nur auf dem Umschlag der Mappe waren sechs Namen und Zahlen aufgelistet, die anscheinend Monats- und Jahresangaben waren und die nur hinter dem letzten Namen fehlten.

*1. Claude Gilbert 2-81*
*2. Sebastian Arroyo 8-81*
*3. Hans Ludwig Müller 1-82*
*4. Pryce Badell-Fowler 5-82*
*5. Geoffrey Strachan 8-82*
*6. Erich Kessler*

Was immer Val an Hintergrundinformationen gesammelt hatte – es war verschwunden. Wahrscheinlich hatte sie die entsprechenden Unterlagen in ihrem Aktenkoffer aufbewahrt, den sie mit sich geführt hatte, als sie ermordet worden war.

Nur auf einem einzigen Blatt in der Mappe war eine kurze, handgeschriebene Notiz. Notiz? Es war eine Aneinanderreihung von Großbuchstaben, denen Elizabeth keinerlei Bedeutung entnehmen konnte. Offenbar ein Code, den Val benutzt hatte, und der nicht zu entschlüsseln war. Jedenfalls hatte es den Anschein. Dennoch steckte Elizabeth dieses Blatt ein.

Als sie in ihr Büro zurückkehrte, fand sie dort ein Chaos aus Fernschreiben, Agenturmeldungen, Presseberichten und anderem vor, das es erst einmal aufzuarbeiten galt, doch am folgenden Tag fand sie die Zeit, Schwester Bernadine auf die Seite zu nehmen und ihr die Namensliste zu geben.

»Ich habe einen etwas ungewöhnlichen Auftrag für Sie, Schwester«, sagte Elizabeth. Bernadine nahm, mit einer Zigarette im Mundwinkel, die Fotokopie der Liste entgegen und runzelte die Stirn. »Der eine oder andere Name wird Ihnen wie auch mir sicherlich bekannt sein«, sagte Elizabeth. »Ich wette, alle diese Männer sind tot, wahrscheinlich in den Monaten verstorben, die hinter den Namen angegeben sind. Also in den letzten anderthalb Jahren. Ich möchte Sie bitten festzustellen, in welchen Zeitungen die entsprechenden Todesanzeigen erschienen sind, und ihnen alle Informationen zu entnehmen, die Sie bekommen können. Übersetzen Sie sie ins Englische, damit ich keinen dummen Fehler mache. Okay?«

»Ist schon so gut wie erledigt. Aber es kann eine Weile dauern...«

»Treten Sie jedem, der nicht spurt, mit der ganzen Kraft unserer heiligen Mutter Kirche in den Hintern. Die Sache ist wichtig. Und bitte, behalten Sie es für sich.«

Schwester Elizabeth wußte, daß die Geheimen Archive des Vatikans einzigartig auf der Welt waren.

Vierzig Kilometer Bücherregale voller Kostbarkeiten, voller Geheimnisse, voller Wunder.

Sie wußte, daß die Historiker diesem Archiv den Spitznamen ›Schlüssel zu St. Peter‹ gegeben hatten. Ohne diesen Schlüssel wäre das ›finstere Mittelalter‹ noch immer sehr viel finsterer, was die historischen Forschungsergebnisse betrifft.

Und irgendwo im Labyrinth der Geheimen Archive waren die

Antworten auf Fragen verborgen, die Generationen von Gelehrten beschäftigt hatten. Oder auf Fragen, die schon vor Jahrhunderten so manchem romantischen Studenten schlaflose Nächte bereitet hatten: Ob Prinz Orsini seine Frau Isabella in der Hochzeitsnacht wohl eigenhändig erwürgt hatte? Oder hatte er einen Meuchelmörder beauftragt? War die heilige Katharina mit ihrem langen blonden Haar in Wirklichkeit Lucrezia Borgia gewesen?

Welche düsteren Geheimnisse mochten sich allein in den siebentausend Ablaßbüchern befinden, allesamt gewichtige Folianten? Was hatte die Vergebung von Sünden wie Diebstahl, Ehebruch, Mord gekostet? Was hatte man dafür bezahlen müssen, um sich der kirchlichen Gerichtsbarkeit zu entziehen? Geld und Schätze aller Art, ja. Aber wie sah die Bezahlung aus, wenn sie in Form persönlicher Dienstleistungen für die Päpste und deren Günstlinge entrichtet worden war?

Und wie sahen die Antworten auf jene Fragen aus, die Val Driskill, Ordensschwester aus dem zwanzigsten Jahrhundert, so sehr beschäftigt hatten? Lagen diese Antworten irgendwo hier im Irrgarten der Geheimen Archive verborgen?

Vielleicht in einem der fast fünftausend Bände, in denen sich die päpstlichen Erlasse, Protokolle und Eintragungen sonstiger Art befanden, beginnend mit den Briefen Innozenz' III. aus dem Jahre 1198? All diese einzigartigen Urkunden waren in riesigen Folianten gebunden, und die Tinte, mit denen die uralten Zeilen niedergeschrieben waren, hatte im Laufe der vielen Jahrhunderte eine goldene Farbe angenommen...

Unter allen *fondi*, wie jede einzelne, nach Sachgebieten geordnete und zum Teil katalogisierte Sammlung von Briefen, Dokumenten und Urkunden jeglicher Art genannt wurde – und kein Mensch kannte die genaue Zahl sämtlicher *fondi* –, gab es einen *fondo*, dessen Bestände allein fünfzehn Räume der Geheimen Archive in Anspruch nahm: die sogenannten Miscellanea. Niemals archiviert, seit Jahrhunderten praktisch unangetastet, unerforscht; wissenschaftliches Neuland, *terra incognita*; ein ungeordnetes Sammelsurium einmaliger Kostbarkeiten.

Ungezählte Male hatten Gelehrte gesagt – und das zu Recht –, Gott allein wisse, welche Geheimnisse, welche Wunder, welche Antworten auf welche Fragen noch in den Geheimen Archiven schlummerten.

Die Aufzeichnungen der Inquisitionsverhandlung gegen Galileo Galilei.

Der Briefwechsel zwischen Heinrich VIII. und Anne Boleyn.

Die private Korrespondenz des Borgia-Papstes Alexander mit seinen Mätressen – Lucrezia, Vannoza dei Cattanei und Julia Farnese.

Die Akten der Rota, des obersten Gerichtshofes der römisch-katholischen Kirche, Urkunden voller historischer Brisanz.

Die Archive der Glaubenskongregation.

Die Unterlagen über jene Verhandlungen, die einer Selig- oder Heiligsprechung vorausgehen mußten, und die auch die Berichte der *Advocati diaboli* enthielten, die bei einer Kanonisierungsverhandlung die Gegenargumente vorbrachten.

Die vollständigen Akten des Prozesses gegen Monaca di Monza, welche die vertraulichsten, intimsten Einzelheiten aus dem Leben der Nonne von Monza und ihrer Glaubensgenossinnen offenbarten.

Das *fondo* über die Nuntiatur von Venedig, das nach dem Zerfall der Republik Venedig im Jahre 1835 in den Geheimen Archiven eingelagert wurde und das die Geschichte dreier religiöser Institutionen enthielt, die im siebzehnten Jahrhundert mit unvorstellbarer Grausamkeit verfolgt worden waren. Und so unendlich vieles mehr...

Val hatte Elizabeth gegenüber öfter erwähnt, daß es so gut wie unmöglich sei, in den Geheimen Archiven, in dieser Unermeßlichkeit aus Büchern, Akten, Pergamenten, *buste*, bei der Suche nach bestimmten Unterlagen planmäßig vorzugehen.

Val hatte Elizabeth auch von der *camera meridiani* erzählt, die sich im sogenannten Turm der Winde befand. In diesem quadratischen Raum war eine Sammlung von neuntausend *buste* untergebracht, allesamt noch nicht katalogisiert, unerforscht, unbekannt. Nur um diese neuntausend Aktenmappen zu katalogisieren und zu systematisieren, wären vier Archivare fast hundert Jahre lang beschäftigt. Hundert Jahre...

Das einzige wirklich bedeutsame Findbuch, wie die Archivare den Schlüssel zu den verschiedenen Beständen bezeichnen, war vor langer Zeit von Kardinal Garampi in Auftrag gegeben worden. Allein dieses ›Findbuch‹ umfaßte jedoch eine Bibliothek mittlerer Größe. Zudem war es ungenau, unvollständig und völlig überaltert. Und außerdem in einer verschlüsselten Schrift niedergelegt.

Elizabeth war sich dieser Probleme wohl bewußt. Und sie kannte auch die sogenannte Hundert-Jahre-Vorschrift der Geheimen Archive. Zu Akten, die jünger als einhundert Jahre waren, gab es keinen Zugang. Absolut keinen Zugang.

Sie konnte sich erinnern, was Curtis Lockhardt über die ›Hundert-Jahre-Vorschrift‹ gesagt hatte: »Gäbe es diese Regelung nicht«, hatte er erklärt, »müßte sich die Hälfte all jener Menschen, die die Geschicke der Welt lenken, das Leben nehmen. Gott sei gedankt für diese Vorschrift. Wir Katholiken wissen eben, wie man bestimmte Dinge handhaben muß. Gelobet sei der Herr.«

Die Geheimen Archive wurden von insgesamt sechs Personen verwaltet, deren Vorgesetzter der sogenannte ›Präfekt‹ war.

Elizabeth wollte den derzeitigen Präfekten, Monsignore Petrella, in einer halben Stunde am Cortile del Belvedere treffen, wo sich die Geheimen Archive befanden. Monsignore Sandanato, den mit Petrella beinahe eine Art Freundschaft verband, hatte sich für Elizabeth verwendet, um ihr Zutritt zu den Geheimen Archiven zu verschaffen. Aber nicht einmal Sandanato wußte, welche Absichten sie eigentlich verfolgte.

In einer halben Stunde würde sie die Suche nach jenem Geheimnis aufnehmen, das sich irgendwo in den Gewölben der Archive befinden mußte und das Val in den letzten Monaten ihres Lebens so sehr fasziniert hatte.

Der Petersplatz lag noch im kühlen, klaren Licht der frühen Morgensonne, die harte, scharf konturierte Schatten warf, als Elizabeth den Platz überquerte, dann entlang der Leoninischen Mauer und durch die Porta Angelica die Vatikanstadt betrat; sie ging zielbewußt am Gebäude des *Osservatore Romano* und der Druckerei vorbei und gelangte schließlich zum Cortile del Belvedere, unmittelbar neben der Vatikanischen Bibliothek.

Ihre sämtlichen Papiere, einschließlich ihres Ordensausweises, wurden genauestens überprüft, bis man ihr schließlich Einlaß gewährte. Zumindest hatte Sandanato durch seine Fürsprache – und indem er sich auf seine einstigen engen Verbindungen zu Curtis Lockhardt berufen hatte – das bürokratische Räderwerk geölt und die Dinge erheblich beschleunigt. Andernfalls hätte Elizabeth möglicherweise noch Tage, vielleicht Wochen warten müssen. Sandanato hatte sogar dafür gesorgt, daß ihr in bestimmten Bereichen der Geheimen Archive das Privileg der freien Einsicht in die Bestände eingeräumt wurde, was bislang immer undenkbar gewesen war. Aber Curtis Lockhardt hatte immerhin Millionenbeträge aufgebracht, die dazu verwendet worden waren, neue Lüftungs-, Kühl- und andere Anlagen installieren zu lassen, um die teilweise schon geschädigten Dokumente besser konservieren und vor dem endgültigen Verfall bewahren zu können. »Eines Tages«, hatte Lockhardt scherzhaft gesagt, »werde ich die Archive besuchen und feststellen, daß Petrella den Kopierraum nach mir benannt hat.«

Monsignore Sandanato wartete gleich hinter der Tür zum unpassend modernen Vorzimmer mit dem hellen Marmorfußboden und dem großen Tisch, an dem Elizabeth sich eintragen mußte.

»Ich bin vor etwa einem Monat hier gewesen, um mir die Michelangelo-Briefe anzusehen«, sagte er, als sie durch das Vorzimmer zum Empfangsraum schritten. »Petrella ist ein arroganter Mann, aber er hat seinen Meister gefunden. Er sagte, er könne mir die Michelangelo-Briefe momentan nicht zur Verfügung stellen. Ich wollte den Grund dafür wissen. Es hat sich herausgestellt, daß der Heilige Vater sich die Briefe vor einer Weile ausgeliehen hat! Man hat sie aus den Archiven an sein Krankenbett gebracht, und Petrella hatte Angst davor, seine Heiligkeit anzumahnen, die Briefe endlich wieder zurückzugeben. Natürlich bekommt niemand sonst irgendwelche Unterlagen aus den Archiven sozusagen frei Haus geliefert. Ah, da ist er ja. Tonio, mein Freund!«

Das große Empfangszimmer war mit antiken Möbeln eingerichtet, die Calixtus aus den päpstlichen Gemächern hierher hatte bringen lassen. Auf einem niedrigen Tisch lag ein Gobelin, der Petrus in einem Boot auf sturmgepeitschter See zeigte – als sinnbildliche Warnung an jemanden, der in den Geheimen Archiven seine Arbeit aufnehmen wollte, gar nicht mal so übel.

Monsignore Petrella sah wie ein vornehmer Höfling aus, der ein unbesiegbares, waffenstarrendes Herzogtum regiert. Er war hochgewachsen und blond und trug eine schwarze Soutane. Sein Gesicht war glatt und faltenlos und wirkte für einen Fünfzigjährigen außergewöhnlich jung – und ein bißchen eitel. Er begrüßte

Elizabeth mit einem schmalen Lächeln und einem kräftigen Händedruck. Sandanato, der seine Pflicht nun getan hatte, entschuldigte sich; er müsse zurück zu D'Ambrizzi. Petrella und Elizabeth waren allein.

»Wie Ihnen sicherlich bekannt ist, Schwester«, sagte Petrella in fast akzentfreiem Englisch, »gibt es hier gewisse organisatorische Probleme. Die Sache ist schlichtweg die, daß die Bestände des Archivs niemals vollständig erfaßt und katalogisiert werden können. Sie sind jetzt schon viel zu umfangreich, und sie wachsen ständig weiter. Der Herr hat mir die Aufgabe eines Sisyphus übertragen, und ich kann nur einen bescheidenen Beitrag leisten, um das Beste aus dieser Situation zu machen. Ich hoffe, Sie sind darauf vorbereitet.«

»Ich glaube, ich weiß, welche *fondi* für mich am interessantesten sind, aber Sie können mir wahrscheinlich helfen – wissen Sie, ich führe gewisse Recherchen zu Ende, mit denen Schwester Valentine sich beschäftigt hat...«

»Welch eine Tragödie.« Petrella seufzte. »Welch ein Geheimnis.« Er bedachte sie mit einem neugierigen Seitenblick, in der Hoffnung auf eine Reaktion.

»Sie wissen nicht zufällig, womit sie sich hauptsächlich beschäftigt hat?« fragte Elizabeth. »Es wäre hilfreich...«

»Ah. ja. Die Borgia, glaube ich. Sind immer sehr gefragt, die Borgia. Die Nuntiatur von Venedig... Schwester Valentine hat viele Tage in den Miscellanea verbracht. Hat sich mit einigen der *buste* im Turm der Winde beschäftigt.« Er vollführte eine umfassende Geste mit den Händen, als wollte er sagen: Dort gibt es unendlich viele.

»Ich glaube, ich muß mich erst ein wenig mit den Räumlichkeiten vertraut machen. Ich weiß, daß es ein ziemlich aussichtsloses Unterfangen ist, aber ich möchte zumindest versuchen festzustellen, woran Schwester Valentine gearbeitet hat. Ich bin es ihr schuldig.«

Petrella nickte. »Gut. Eine vernünftige Einstellung. Geduld und keine zu großen Erwartungen sind die einzige Möglichkeit, nicht zu verzweifeln. Die Miscellanea sind weitgehend unerforschtes Gebiet. Kommen Sie bitte mit, dann werde ich Ihnen ein wenig von dem zeigen, was Sie erwartet. Sie sind noch nie in den Geheimen Archiven gewesen, nicht wahr?«

»Nur einmal. Aber das war eher oberflächlich. Wir haben damals in unserer Ordenszeitschrift einen Artikel über die Archive veröffentlicht. Ich war sozusagen als Tourist hier. Diesmal besuche ich die Archive als Forscher.«

Er lächelte, nickte, führte sie weiter.

Sie begannen ihren Rundgang im Lesesaal mit seinen großen schwarzen Schreibtischen, mit Bücherregalen, in denen Bände standen, die zu schwer waren, als daß ein einzelner Mann auch nur einen davon hätte tragen können, mit seiner riesigen Wanduhr und mit dem für den Präfekten bestimmten Thron, von dem aus der ganze Saal zu überblicken war. Doch der Präfekt war meist zu beschäftigt, als daß er diese Aufsicht hätte ausüben können. »Aber was zählt, ist das Symbol«, erklärte Petrella.

Elizabeth folgte ihm durch lange, dunkle Flure, gesäumt von riesigen metallenen Regalen, die Abertausende von Bänden trugen; die Deckenbeleuchtung schaltete sich automatisch ein, sobald man darunter herging, und erlösch einige Sekunden später, so daß die beiden in einem kleinen Boot aus Licht ein Meer der Dunkelheit zu durchfahren schienen. Sie kamen an der Halle der Pergamente vorüber; die uralten Schriftstücke hatten eine leicht purpurne Färbung angenommen, die von einem Pilz herrührte, der sie irgendwann zerstören würde – ein Prozeß, der nicht aufzuhalten war. Im ältesten Teil der Archive sah sie die Kabinettschränke aus Pappelholz, die von den bedeutendsten Kunsttischlern des siebzehnten Jahrhunderts im Auftrag Pauls v. Borghese geschreinert worden waren und die noch immer das Familienwappen dieses Borghese-Papstes trugen. In den Kabinettschränken wurden die Papstregister aufbewahrt.

Sie stiegen die schmale Treppe bis zur Spitze des Turms der Winde hinauf. Tief unter ihnen lagen, wie Miniaturlandkarten, die Gärten des Vatikans. Die *camera meridiani*, der am höchsten gelegene Raum im Turm der Winde, war menschenleer. Zwei Wände waren von Fresken geziert, auf denen die Winde als Göttergestalten mit wehenden Umhängen dargestellt waren. Der Raum war als Observatorium konzipiert worden – »Man kann nur hoffen, daß Galileo, dessen beurkundeter Widerruf seiner Thesen sich unten in den Beständen befindet, eine gewisse Genugtuung darüber verspürt«, bemerkte Petrella. Auf dem Fußboden befand sich ein kreisförmiges Mosaik, das die Tierkreiszeichen darstellte und das so ausgerichtet war, daß die Sonnenstrahlen durch eine schmale Öffnung in einer der mit Fresken bemalten Wände zu bestimmten Zeitpunkten in bestimmten Winkeln darauf fielen. An der Decke hing ein Windmesser, dessen Flügel sich langsam und behäbig drehten.

»In diesem Raum wurde der Gregorianische Kalender entwickelt«, sagte Petrella. »Im Turm der Winde gibt es kein Licht, und das aus gutem Grund. Denn weil es hier nie eine künstliche Beleuchtung gegeben hat, verrät schon der kleinste Lichtschimmer, ob sich ein Unbefugter im Turm aufhält oder ob ein Feuer ausgebrochen ist. Sehr sinnreich.« Er lachte leise.

Am Nachmittag nahm Elizabeth auf einem unglaublich unbequemen Stuhl an einem der riesigen schwarzen Schreibtische im Lesesaal Platz und ließ sich die ersten Unterlagen bringen, die sie durchsehen wollte. Es war das *fondo* über die Nuntiatur von Venedig.

Wie gern hätte sie sich völlig auf die Arbeit in den Geheimen Archiven konzentriert! Aber schließlich war sie Chefredakteurin der Ordenszeitschrift, und so war die Zeit, die sie hier verbringen konnte, knapp bemessen, höchstens drei Stunden täglich, und selbst das bedeutete, daß Schwester Bernadine einen Großteil von Elizabeth' Arbeit in der Redaktion mit erledigen mußte. Und das wiederum hatte zur Folge, daß Bernadines Nachforschungen, was die sechs Namen betraf, die in Vals Unterlagen aufgetaucht waren, noch schleppender vorangingen. Aber endlich hatte Bernadine genug Informationen zusammengetragen, um Elizabeth einen ziemlich ausführlichen und zuverlässigen Bericht vorlegen zu können. Elizabeth, die allmählich besser damit zurechtkam, ihre Arbeitszeit auf die Nachforschungen in den Geheimen Archiven einerseits und auf ihren Job andererseits zu verteilen, gelangte zu der Überzeugung, daß sowohl sie als auch Bernadine sich eine kleine Belohnung verdient hatten, und so aßen sie in einer gemütlichen Trattoria in der Nähe ihres Büros gemeinsam zu Mittag.

Obwohl sie noch nichts entdeckt hatte, das irgendeinen Bezug zu Vals Nachforschungen aufwies, war Elizabeth immer mehr von der Arbeit in den Archiven fasziniert. Sie hatte im *fondo* über die Nuntiatur von Venedig einige erregende Entdeckungen gemacht und war in den Borgia-Unterlagen auf ziemlich brisante Spuren gestoßen: Hinweise auf dieses und jenes, Sex und Gewalt und Verrat und Betrug – all die typischen Merkmale eben jener Epoche. Sie hatte pikante Notizen auf den Rückseiten bestimmter Briefe gelesen, hatte winzige obszöne Zeichnungen an den Rändern gewisser Dokumente gesehen, die von Kopisten stammten, die schon seit drei-, vier- oder fünfhundert Jahren tot waren und die ihre obszönen Zeichnungen gewiß nicht nur aus purer Langeweile hingekritzelt hatten. Sie hatte Unterlagen gesehen, die Entscheidungen widerspiegelten, welche die Kirchengeschichte, ja die Geschichte der abendländischen Zivilisation nachträglich beeinflußt hatten, und sie wußte, daß sie zunehmend der Verführung erlag, Dingen nachzugehen, die nichts mehr mit ihren ursprünglichen Plänen zu tun hatten. Sie wußte, daß sie kostbare Zeit verschwendete, und konnte nichts dagegen unternehmen. Und jetzt, wo sie von einer Art Fieber gepackt worden war, fasziniert von der Vergangenheit, mußte sie sich regelrecht zwingen, sich wieder auf das zwanzigste Jahrhundert und auf das anstehende Mittagessen mit Schwester Bernadine zu konzentrieren.

Bernadine hatte einen etwas abseits stehenden Tisch gefunden und erwartete Elizabeth bereits. Sie bestellten rasch ihr Essen; dann öffnete Bernadine ihren Diplomatenkoffer. »Ich bin noch nicht ganz damit durch«, sagte sie, »aber ich habe einige hochinteressante Biographien zusammengetragen. Sie hatten recht, Elizabeth, die Zahlen hinter den Namen waren Sterbedaten. Falls Sie ein bestimmtes Schema erwartet haben – es gibt eins: Allesamt waren Katholiken, und alle haben das gleiche Schicksal erlitten. Ich komme gleich darauf zu sprechen. Lassen Sie mich chronologisch vorgehen.

Als ersten haben wir Père Claude Gilbert. Ein französischer Landpfarrer, dreiundsiebzig Jahre alt. Man könnte ihn als einen Menschen bezeichnen, dessen Leistungen weit hinter seinen Fähigkeiten zurückgeblieben sind. Er hat sein ganzes Leben als Priester in einer kleinen Gemeinde unweit der bretonischen Küste verbracht. Hat sich sehr für die Erhaltung der bretonischen Sprache eingesetzt. Allem Anschein nach ein braver, harmloser Mann. In den fünfziger Jahren hat er sogar zwei Bücher geschrieben, so etwas wie die Betrachtungen eines bretonischen Landpfarrers. Sie wissen schon, autobiographisches Material, vermischt mit bretonischer Folklore und so weiter...«

»Dann war er also den ganzen Krieg über in Frankreich«, sagte Elizabeth.

Schwester Bernadine antwortete mit einem Kopfnicken. »Ja, es sieht so aus. Kommt auch mit dem Alter hin. Tja, der Mann wurde in der Bretagne getötet, als er bei einem heftigen Regenschauer alleine auf einer Landstraße spazierenging. Verkehrsunfall mit Fahrerflucht. Man hat weder das Fahrzeug noch den Fahrer ermitteln können. Ein paar Bauern haben den Unfall allerdings beobachtet und ausgesagt, der Fahrer habe nicht einmal den Versuch unternommen zu bremsen...«

Elizabeth nickte und tunkte eine Scheibe Brot in die heiße Suppe, die gerade serviert worden war. »Und der nächste?«

»Sebastien Arroyo. Spanischer Industrieller. Lebte im Ruhestand, saß aber noch in verschiedenen Aufsichtsräten. Siebenundachtzig Jahre alt. War vor dem Krieg ein bekannter Playboy, fuhr mit Vorliebe schnelle Wagen. Bedeutender Kunstsammler. Brachte durch seinen Einfluß riesige Geldmittel für die Kirche auf. Ein sehr frommer Mann, hat viel für die Kirche getan, war fast vierzig Jahre mit ein und derselben Frau verheiratet. Lebte in Madrid, hielt sich aber oft an Bord seiner Jacht auf. Er und seine Frau wurden in einer dunklen Straße in Biarritz erschossen, wo seine Jacht vor Anker lag. Niemand hat den Mord beobachtet, niemand hat Schüsse gehört – eine sehr professionelle Arbeit seitens der Mörder. Man war allgemein der Ansicht, daß baskische Separatisten für den Anschlag verantwortlich waren, aber offiziell ist eine solche Behauptung nie erhoben worden.

Hans Ludwig Müller war ein deutscher Gelehrter und Laientheologe. Vierundsiebzig Jahre alt. Typischer konservativer katholischer Intellektueller. Hat sich zu Beginn des Krieges für das Dritte Reich eingesetzt, später aber Kontakte zum Widerstand geknüpft und wurde mehrmals von der Gestapo gefoltert. Darum wurde er in den Nürnberger Prozessen freigesprochen. War aufgrund eines Herzleidens später an den Rollstuhl gefesselt. Müller kam während eines Besuchs bei seinem Bruder in Bayern zu Tode – an einem Abend, als er sich allein im Haus aufhielt. Die anderen besuchten eine Theateraufführung, und als sie zurückkamen, saß Müller friedlich in seinem Rollstuhl – aber jemand hatte ihm die Kehle durchgeschnitten.«

Inzwischen war Elizabeth der Appetit vergangen. »Ein lautloser, rascher Tod«, sagte sie. Ein Messer wie dasjenige, welches Ben Driskill beinahe ins jenseits befördert hätte. »Weiter.«

»Pryce Badell-Fowler, britischer Katholik, Historiker, sechsundsiebzig Jahre alt, Witwer, hatte mehrere Schlaganfälle hinter sich, lebte auf dem Lande, auf einem alten Bauernhof in der Nähe von Bath. Trotz seines Alters noch immer als Forscher und Schriftsteller tätig, war aber schon ziemlich gebrechlich. Arbeitete an irgendeinem großen Werk, bis ihm etwas sehr Unangenehmes zustieß. Er war gerade in der Scheune, die er sich als Büro und Bibliothek eingerichtet hatte, als ein Feuer ausbrach. Das ganze Gebäude wurde ein Opfer der Flammen, ebenso der alte Mann. Doch als die Beamten seinen verbrannten Leichnam fanden, erlebten sie eine große Überraschung. Jemand hatte ihm eine Kugel in den Hinterkopf geschossen. Schön? Schön.« Schwester Bernadine legte Messer und Gabel zur Seite und trank einen Schluck Rotwein.

»Also war das Feuer nicht die Todesursache.« Schwester Elizabeth kaute an ihrem Daumennagel. »Das Feuer sollte irgend etwas vernichten, irgendwelche Unterlagen vielleicht...«

»Ah.« Schwester Bernadine blickte auf. »Interessante Theorie. Wie sind Sie darauf gekommen? Kriminalromane?«

»Ich habe eine lebhafte Phantasie. Was ist mit dem nächsten?«

»Geoffrey Strachan. Wird ›Strawn‹ ausgesprochen. Er war einundachtzig Jahre alt. Wollte sein Schloß in Schottland besuchen, als Gott ihn zu sich rief. Katholik. Hoher Staatsbeamter. Sir Geoffrey. Wurde in den fünfziger Jahren wegen seiner Verdienste im Zweiten Weltkrieg in den Adelsstand erhoben. War während des Krieges beim britischen Geheimdienst, MI-5 oder MI-6; in so was kenne ich mich nicht aus. Hat sich jedenfalls nicht in seinem Bentley chauffieren lassen, sondern ist immer selbst gefahren. Hat damals eine Runde um seinen riesigen Landbesitz gedreht und kannte offenbar seinen Mörder – die Leute im Dorf beschwören, daß sie Sir Geoffrey an jenem Sonntag morgen mit einem Beifahrer gesehen haben. Aber man hat nur den toten Sir Geoffrey und seinen Bentley gefunden, der von der Straße abgekommen war. Den Beifahrer nicht. Sir Geoffrey war über dem Steuer zusammengesackt...«

»...und hatte eine Kugel im Hinterkopf«, vollendete Elizabeth den Satz.

»Richtig geraten!«

»Ich habe nicht geraten, Schwester«, sagte Elizabeth.

Bernadine seufzte. »Dacht' ich's mir doch.«

»Und was ist mit Erich Kessler?«

»Hinter seinem Namen stand ja kein Sterbedatum.« Bernadine zuckte die Achseln. »Vielleicht lebt er noch. Ich bin noch auf der Suche nach ihm.«

»Dann«, sagte Elizabeth, »sollten Sie sich sehr beeilen, Schwester.«

In dieser Nacht fand Elizabeth keinen Schlaf. Sie lag in ihrem großen Bett, hörte den gedämpften Verkehrslärm, der von der Via Veneto bis in ihr Apartment drang, und versuchte, die Eindrücke des vergangenen Tages zu verarbeiten, die Informationen, die sie von Schwester Bernadine bekommen hatte. Sie versuchte, eine Theorie zu entwickeln, ein Muster zu erkennen. Sie war nach dem Mittagessen in die Geheimen Archive zurückgekehrt, aber in Gedanken hatte sie sich weiter mit der Liste der Toten beschäftigt, und mit dem einen Mann, der möglicherweise noch lebte. Val mußte eine Verbindung zwischen den fünf Morden gesehen haben, irgendein Schema erkannt haben, das deutlich genug gewesen war, um der Liste einen sechsten Namen hinzufügen zu können. Oder anders ausgedrückt: einen sechsten Mord vorherzusagen. Aber wer war Erich Kessler? Warum sollte er das nächste Opfer sein? Was verband ihn mit den Ermordeten? Und überhaupt – was hatten diese fünf Männer gemein? Eine Gemeinsamkeit, die sie das Leben gekostet hatte. Und es stellte sich zudem die zwangsläufige Frage: Waren auch Vals und Lockhardts und Heffernans Namen dieser Liste des Todes hinzugefügt worden? Val hatte herausgefunden, daß bereits fünf Menschen ermordet worden waren... Curtis Lockhardt war Vals Geliebter gewesen... Heffernan war mit Curtis befreundet gewesen... war dies der Verbindungsstrang?

Elizabeth konnte nicht schlafen. Sie streifte sich ihren Morgenmantel über und trat hinaus auf den Balkon, sah tief unten die Lichterkette der Autos auf der noch immer belebten Straße, blickte auf das flimmernde, funkelnde spätabendliche Rom. Der Wind war kalt, schneidend. Sie zog den Morgenmantel enger um den Körper, und plötzlich wurde ihr die Einsamkeit bewußt, die sie nicht abschütteln konnte; sie erinnerte sich an das kleine Mädchen im Flugzeug, und an Valentine... Mein Gott, wie sehr sie Val vermißte. Was, fragte sie sich, würde Ben Driskill wohl zu der Namensliste sagen? Welche Schlüsse würde er daraus ziehen? Ben, das spürte sie, war der einzige Mensch, mit dem sie offen über das alles reden konnte, und er war fast so weit weg wie Val.

Wieder einmal wünschte sie sich sehnlichst, sich Ben gegenüber nicht so dumm und abweisend verhalten zu haben. Wie konnte sie den Schaden wiedergutmachen? Oder würde sie gar keine Gelegenheit mehr dazu bekommen? Sie fragte sich, ob ihm inzwischen klar geworden war, auf was er sich eingelassen hatte... und ob er die Jagd auf den Mörder auch mit dem Wissen um Vals Todesliste fortgesetzt hätte.

An den folgenden Tagen verdrängte Elizabeth die Sorgen um Ben Driskill und das Gefühl der Einsamkeit und Trostlosigkeit, das sie beim Gedanken an Val überkam, und versuchte, sich ganz auf ihre Arbeit zu konzentrieren. Sie vertiefte sich wieder in den *fondo* über die Nuntiatur von Venedig, versuchte, etwas wiederzufinden, das ihr schon am ersten oder zweiten Tag, den sie hier in den Archiven verbracht hatte, aufgefallen war. Es war ein ärgerliches Unterfangen, noch einmal die Unterlagen durchzusehen, die sie bereits kannte. Was war es gewesen? Was hatte sie gesehen – und übersehen? Denn es war ihr damals unwichtig erschienen, eine Randnotiz, nichts Besonderes; ihre Augen waren einfach darüber hinweggehuscht. Und dennoch. Irgendwie hatte es sich in ihr Gedächtnis eingeprägt. *Was*, in drei Teufels Namen? Nach dem Mittagessen und dem Gespräch mit Schwester Bernadine erschien es ihr plötzlich ungeheuer wichtig. Sie mußte es finden, doch es war im Wust der Akten und Notizen und Briefe verschwunden.

Als sie es vorerst leid war, ging sie zum Cola-Automaten, der in dieser Umgebung wie eine Requisite aus einem Science-Fiction-Film aussah, zog sich eine Dose und trat damit hinaus auf den Hof. In einer Ecke saßen zwei Priester auf einer Bank, rauchten, unterhielten sich angeregt und ließen die warme Sonne auf ihre blassen Gesichter scheinen. Elizabeth trug Hosen und eine bunte Bluse. Die beiden Geistlichen konnten unmöglich erkennen, daß sie eine Nonne war. Sie betrachteten Elizabeth, lächelten, und sie nickte ihnen zu. Seit sie in den Geheimen Archiven ihre Arbeit aufgenommen hatte, war ihr noch keine andere Frau über den Weg gelaufen. Eine Männerwelt. Und dennoch war eins der Mordopfer eine Nonne – sieben Männer, eine Frau.

Zurück an ihrem Schreibtisch, nahm sie die Arbeit wieder auf. Doch sie wußte, daß ihre Suche zu scheitern drohte. Nein, sie würde niemals herausfinden, auf welches Geheimnis Val gestoßen war. Sie würde sich niemals daran erinnern, was ihr am ersten oder zweiten Tag ihrer Nachforschungen aufgefallen war und woran sie sich so verzweifelt zu erinnern versuchte. Am frühen Nachmittag beschloß sie endgültig aufzugeben.

Und dann fand sie es.

Ein einziges Wort nur.

*Assassini.*

Irgendwie hatte sich dieses hingekritzelte Wort in ihr Gedächtnis eingeprägt, ohne daß sie es bewußt gelesen und in sich aufgenommen hatte. Aber da war es wieder, dieses eine Wort, und schlagartig kehrte die Erinnerung zurück.

*Assassini.*

Es stand in einer Notiz auf der Rückseite einer uralten, handgeschriebenen Menükarte. Es mußte ein sehr erlesenes Menü gewesen sein, aus Anlaß einer glanzvollen Festlichkeit in großem Rahmen, zweifellos. Aber es gab keinen Hinweis auf den Namen des Gastgebers oder den Anlaß der Feierlichkeit. Vielleicht war es gar keine offizielle Menükarte, sondern nur eine Notiz für einen Küchenchef. Egal. Auf jeden Fall war das, was sie gesucht hatte, in italienischer Sprache auf die Rückseite der Menükarte gekritzelt. Und dieses eine Wort war ihr ins Auge gestochen, war ihr haften geblieben.

Sie begann mit der Übersetzung und trug den englischen Text in ihr Notizbuch ein:

*Kardinal S. hat um die Erlaubnis ersucht, sich der Dienste Claudio Tricinos von den toskanischen Assassini zu versichern, der sich der Lösung des Problems annehmen soll, welches dadurch entstanden ist, daß Massaro seine Tochter Beatrice geschändet hat, welche die Geliebte des Kardinals ist. Dies sei hiermit gewährt.*

Was zweifellos bedeutete, daß Tricino diesem Massaro ein Messer in den Leib gestoßen hatte, denn der arme Massaro hatte zwei schlimme Fehler gemacht, und dies auf einen Streich, sozusagen: Er hatte mit seiner Tochter Inzucht getrieben und dadurch dem Kardinal Hörner aufgesetzt.

Die hingekritzelte, verblaßte Notiz hatte rein gar nichts mit dem eigentlichen Archivmaterial des *fondo* zu tun; ebensowenig die seltsame Menükarte. In den anderen Akten fanden sich keinerlei Hinweise auf Kardinal S. oder Massaro oder Tricino. Und dennoch waren Elizabeth diese unscheinbaren Zeilen aufgefallen. *Auch Val?* fragte sie sich jetzt.

Seltsam, daß dieses Wort die Erinnerung wachgerufen hatte. *Assassini.*

Attentäter. Gewaltverbrecher. Mörder. Im Mittelalter, ja noch in der Renaissance ein durchaus gebräuchliches Mittel auch der Kirche, gewisse Probleme aus der Welt zu schaffen, bestimmte Ziele zu erreichen. Jeder, der genug Geld und Macht besaß, konnte sich die Dienste solcher Leute erkaufen, damit das getan wurde, was – jedenfalls in den Augen des Auftraggebers – getan werden mußte: eben dieses Geld und die Macht zu schützen. Ein Adeliger, der von Feinden überfallen wurde, ein Prinz, der einen Rivalen in der Thronfolge zu fürchten hatte, ein reicher Mann mit einer treulosen Gattin und/oder Mätresse, die ihm irgendwelchen Ärger machte... ein Bruder, dessen Schwester zuviel wußte... die versteckten Hinweise, die aus den Briefen und anderen Dokumenten aus dieser Zeit hervorgingen, waren zahllos. Aber es waren immer nur versteckte Hinweise.

Und was die Kirche betraf – nun, die Kirche war sozusagen die unbestrittene Autorität auf dem Gebiet des Blutvergießens. Es ist verschiedentlich behauptet worden, die *Assassini* hätten nur für den Papst und niemanden sonst Mordaufträge erledigt. Das war falsch. Man mußte nicht erst Papst werden, um sich ihrer Dienste versichern zu können. Wenn man Kardinal war, reichte es auch; sogar wohlhabende Priester bedienten sich dieser Killertruppe. Man bezahlte, und irgend jemand segnete das Zeitliche.

Elizabeth hatte sogar einen ihrer Professoren in Georgetown einmal nach den *Assassini* gefragt. Father Davenant hatte lächelnd den Kopf geschüttelt, als wollte er sagen: Warum möchte ein hübsches Mädchen so etwas wissen? Sie hatte den Mund gehalten. Und er hatte gesagt: »Natürlich hat es sie gegeben. Sie waren etwas Alltägliches, als ein Menschenleben noch vergleichsweise billig war. Und eben das ist der Grund dafür, daß es so wenige schriftliche Belege für die Existenz der *Assassini* gibt. Das Verbrechen, insbesondere der Mord, waren damals kein Gegenstand wissenschaftlicher Untersuchungen, sie gehörten zum Leben wie Leid, Krankheit oder Tod. Mein Großvater ist um die Jahrhundertwende aus Italien in die Vereinigten Staaten ausgewandert. Er hat damals noch sämtliche Verbrecher schlicht als *Assassini* bezeichnet. Er hat mir erzählt, daß die Geburtsstunde der Mafia geschlagen hatte, als man zum erstenmal Sizilianer als *Assassini* eingesetzt hat. Aber natürlich gibt es da noch all die anderen Legenden...«

Sie hatte nachgehakt. Welche Legenden?

»Schwester, sind wir nicht Historiker? Sollten wir uns nicht an Tatsachen halten?«

»Sie sind Historiker. Ich bin Studentin. Vieles hat als Legende seinen Anfang genommen...«

»Sehr schön gesagt, aber sachlich nicht ganz zutreffend.«

»Dann verbessern Sie mich, Father.«

»Es sind alte Legenden, mehr nicht. Über verborgene Klöster, über die *Assassini* als private Armee des Papstes... Sie können sich gewiß vorstellen, was für einen Unsinn sich die Leute im Laufe der Jahrhunderte zusammengereimt haben. Die Kirche war immer schon eine beliebte Zielscheibe für Anfeindungen und Unterstellungen.«

»Aber es muß doch irgendeine Grundlage für eine solche Legendenbildung geben – ich meine, entweder gab es diese *Assassini*, oder es gab sie nicht.«

»Es gab eine solche Organisation, ja. Aber was das Quellenmaterial betrifft, wo wollen Sie denn Nachforschungen anstellen?«

»Das ist doch naheliegend. In den Geheimen Archiven.«

Father Davenant hatte gelacht. »Sie sind noch sehr jung, Schwester. Sie können sich nicht vorstellen, was für ein Chaos dort herrscht. Das kann sich niemand vorstellen. Sie wissen doch sicher, wie Archivare sind. Sie können einfach nichts wegwerfen. Also wird alles eingelagert. Versteckt, genauer gesagt. Und in den Geheimen Archiven geschieht das seit Jahrhunderten. Es ist wirklich teuflisch, dort zu arbeiten.«

Father Davenant hatte sich mit Elizabeth nie wieder auf ein

Gespräch über die *Assassini* eingelassen. Aber er hatte ihr gesagt, wie es in den Geheimen Archiven aussähe. Er hatte recht gehabt.

Es war wirklich teuflisch, dort zu arbeiten.

Am folgenden Tag entdeckte Elizabeth in ihrem *fondo* Unterlagen, die sich auf die Bestrafung bestimmter Klöster bezogen. Es war eine Strafaktion, die vom Papst befohlen und von der venezianischen Nuntiatur ausgeführt worden war. Was Elizabeth in den alten Dokumenten über das Schicksal des Klosters von San Lorenzo las, ließ sie erschaudern.

Die Strafmaßnahmen gegen dieses toskanische Kloster Mitte des fünfzehnten Jahrhunderts war mit einer Geschichte verknüpft, in der unglaubliche Vorgänge erwähnt wurden: Hexenzauber, Inzest, Entweihung der Kirche, Schändungen, Brandstiftungen, Mord, Folter, Vergewaltigung sämtlicher Schwestern eines Nonnenklosters, Anbetung heidnischer Gottheiten, Tyranneien jeder nur erdenklichen Art, Betrug und Verrat.

Im Mittelpunkt dieser Scheußlichkeiten stand ein florentinischer Adeliger, Vespasiano Ranaldi Sebastiano, der die Bischofswürde durch Zahlung einer großen Summe Dukaten erlangt hatte. Die Familie des Papstes brauchte Geld, so einfach war das, und niemand scherte sich sonderlich darum, woher dieses Geld stammte.

Als Bischof entschloß Sebastiano sich, die Kirche herauszufordern, zu brüskieren, der Lächerlichkeit preiszugeben, auf jede nur erdenkliche Weise ihre Würde zu beschmutzen, ihre Mission, ihre Heiligkeit. Als Offizier in Sigismondo Malatestas Privatarmee verwüstete er kirchlichen Grundbesitz, fiel mit seinen Landsknechten in Klöster ein und schändete die Nonnen, raubte und plünderte Kirchenschätze. Er hatte es sich zur Gewohnheit gemacht, dabei sein Bischofsgewand zu tragen und seine Meute mit obszönen, brutalen Späßen zu unterhalten; besondere Freude bereitete es ihm, die Unglaubwürdigkeit der jungfräulichen Empfängnis ›nachzuweisen‹. Auf seinem Schloß praktizierte er Hexenzauber widerlichster Natur, dem er neue, eigene Spielarten hinzufügte. Ein in der Nähe seines Schlosses gelegenes Nonnenkloster funktionierte er in ein Privatbordell für sich und seine Spießgesellen um. Folterungen und Verstümmelungen waren an der Tagesordnung. Die wenigen, die von Sebastianos Schloß fliehen konnten, wurden für verrückt erklärt, als sie schilderten, was sie dort erlebt hatten.

Sebastianos Schloß war zudem eine beliebte Zufluchtsstätte der *Assassini*. Als ihre Anzahl zu groß wurde, als daß er sie alle hätte unterbringen können – er stellte sie zahlungskräftigen Kunden zur Verfügung, machte dabei horrende Gewinne und wollte sich aus diesem Grunde die profitable Killertruppe erhalten –, richtete er seine Aufmerksamkeit auf das Kloster von San Lorenzo, nur einen Tagesritt vom Castello Sebastiani entfernt. Dort sollten ein Teil der *Assassini* eine neue Unterkunft finden. Der Gedanke war naheliegend, denn er hatte viele seiner *Assassini* aus Klöstern rekrutiert; schließlich war Sebastiano Bischof, außerdem ein Mann mit Charisma, geradezu verschwenderisch in seiner Gastfreundschaft, außerordentlich gebildet, klug und redegewandt. Und seine Ansichten, was die Kirche betraf, fielen bei nicht wenigen Menschen auf fruchtbaren Boden. Obwohl nur wenige seiner Briefe und Schriften über die Kirche erhalten geblieben waren, ging aus den Unterlagen doch hervor, daß seine Lehren vom toskanischen Adel sowie von vielen Geistlichen, Mönchen und Nonnen zwar als abgrundtief ketzerisch, aber nichtsdestoweniger als begründet und einleuchtend betrachtet worden waren.

Da er zu der Überzeugung gelangt war, daß die Kirche dringend einer ständig in Bereitschaft stehenden Killertruppe bedürfe, überfiel er das Kloster San Lorenzo und ließ all jene töten, die sich ihm nicht anschließen wollten. Das Kloster wurde ein Stützpunkt seiner toskanischen *Assassini*. Sie waren zwar loyal gegenüber dem Bischof und Herzog Sebastiano, aber dennoch von jedermann gegen entsprechende Bezahlung für Mordaufträge zu gewinnen.

Der Papst wußte von den Aktivitäten des Herzog-Bischofs, zeigte aber kein sonderliches Interesse, ihm Einhalt zu gebieten. Der Papst war der Meinung, es sei einfach klüger, Sebastiano nach Gutdünken schalten und walten zu lassen: Einer der *Assassini* würde ihn früher oder später beseitigen und seinen Umtrieben ein Ende setzen. Auf einem vom Papst einberufenen Tribunal wurde die Frage erhoben: Was hatte Sebastiano denn eigentlich getan? War es denn so schlimm gewesen? Er hatte sich eines halb verfallenen, primitiven Klosters bemächtigt; er hatte ein paar ungebildete Mönche beseitigen lassen und einige Nonnen vergewaltigt, die nun wirklich von keinerlei Bedeutung für die Kirche waren. Er hatte sich – vermutlich – in schwarzer Magie versucht, und falls das überhaupt zutraf, hatte er sicherlich nur versucht, sein Sexualleben ein wenig zu würzen. Und er befehligte sowohl ein eigenes Söldnerheer als auch eine eigene Truppe der berüchtigten, unberechenbaren *Assassini*. Es war darum besser, Sebastiano gewähren zu lassen.

Doch es kam, wie es bei einem derart arroganten Größenwahnsinnigen wie Sebastiano kommen mußte: Er überschritt sogar die Grenzen der schier unendlichen Toleranz des Papstes. Ihm war eine Bemerkung zu Ohren gekommen, die ein Kardinal – und Neffe des Papstes –, ein neunundzwanzig Jahre alter Bonvivant aus Florenz, Sebastianos Schwester Celestina gegenüber gemacht hatte; ein anstößiges Angebot, genauer gesagt – ein Angebot, das Celestina nur zu bereitwillig angenommen hatte. Und das wiederum hatte sich anschließend weit herumgesprochen.

Weil er ein sehr praktisch veranlagter Verrückter war, forderte der Herzog-Bischof eine Tributzahlung, die, jedenfalls seiner Meinung nach, in ihrer Höhe dem entsprach, was von der ohnehin schon arg lädierten Ehre seiner Schwester noch übrig gewesen war, als sie dem Drängen des Kardinals nachgegeben hatte. Sebastiano schlug vor, ihn durch ein Reiterstandbild seiner selbst aus massivem Gold zu entschädigen. Der Kardinal wies diesen Vorschlag zurück, und so sandte Sebastiano Bruder Scipione, seinen besten und vertrauenswürdigsten Meuchler, aus, die Sache mit dem Messer aus der Welt zu schaffen. Dem jungen Mann wurde in seinem Schlafgemach der Leib aufgeschlitzt, in seinem Bett, genauer gesagt, das er zu diesem Zeitpunkt unglücklicherweise gerade wieder mit Celestina teilte, die daraufhin das gleiche Schicksal wie ihr Liebhaber ereilte.

Und jetzt endlich, da Sebastianos Boshaftigkeit jemanden aus seiner eigenen Familie das Leben gekostet hatte, sah der Papst keine andere Wahl mehr, als zu drastischen Mitteln zu greifen. Zunächst ernannte er den einundzwanzigjährigen Bruder des Ermordeten zum Kardinal. Dann stellte er ein eigenes Söldnerheer auf, das offiziell in Diensten des neuernannten Kardinalsjünglings stand, der dieses Heer auch sogleich in Marsch setzen und gegen Castello Sebastiani vorrücken ließ, um seinen geliebten Bruder zu rächen. Zuerst jedoch wurde das Kloster von San Lorenzo angegriffen. Sämtliche *Assassini* – bis auf neun, denen die Flucht gelang –, wurden mit dem Schwert gerichtet. Dann rückte das Heer gegen Sebastianos Schloß vor, der sich plötzlich seiner zuverlässigsten und treuesten Freunde und Verteidiger beraubt sah und schnellstens die Friedensfühler ausstreckte. Man trat in Verhandlungen ein. Doch so erfolgreich der Herzog als Lüstling und Orgiast gewesen war, so erfolglos erwies er sich als Diplomat. Sämtliche Bewohner des Schlosses, bis auf den Herzog, wurden in einem Verlies zusammengetrieben und bei lebendigem Leibe verbrannt.

Dem armen Sebastiano wurde in einem gräßlichen Ritual ein Gliedmaß nach dem anderen amputiert, bis nur noch Torso und Kopf übrig waren. Diese – angeblich noch lebenden – Überreste wurden in einem Streifen sandigen, trockenen Ödlandes zurückgelassen, den Krähen zum Fraß.

Der Papst war mit dem Ausgang des Feldzugs zwar insgesamt zufrieden, doch haftete dem Sieg der Makel an, daß neun *Assassini* entkommen waren. Einigen Gerüchten zufolge waren sie nach Spanien geflohen, andere wiederum besagten, sie hätten in einem weltabgeschiedenen, seit langer Zeit verlassenen Kloster irgendwo in der Einsamkeit der Berge Zuflucht gefunden, dessen genaue Lage niemand kannte. Auf jeden Fall hat man nie wieder etwas von ihnen gehört.

Und der Papst verschwendete keinen Gedanken mehr an diese Angelegenheit.

Die Geschichte von Sebastiano und den toskanischen *Assassini* bewegte und erschütterte Elizabeth. Sie fühlte sich erschöpft, deprimiert, und dennoch ließ eine bestimmte Frage sie nicht los.

Was war der Unterschied zwischen dem, was damals, vor fast fünfhundert Jahren, geschehen war und dem, was momentan passierte?

Als sie an diesem Abend in ihre Wohnung zurückkehrte, machten ihr die Greuelgeschichten über die *Assassini*, Sebastiano und den Papst noch immer zu schaffen. Sie hatte höllische Kopfschmerzen und ging früh zu Bett, völlig erschöpft, verwirrt und bedrückt von der Tatsache, daß sie niemanden hatte, mit dem sie all diese Dinge bei einem mitternächtlichen Imbiß und einer Kanne Kaffee durchsprechen konnte.

Welches Ziel verfolgte sie eigentlich bei ihren Nachforschungen? Gab es überhaupt ein Ziel? Es erschien ihr beinahe so, als hätte sie vergessen, warum sie die Arbeit in den Geheimen Archiven überhaupt aufgenommen hatte. Man hatte sie vor der Düsternis, der beklemmenden Atmosphäre, den verborgenen schwarzen Schatten unentdeckter Vergangenheit in diesen endlosen Gängen und zahllosen Räumen gewarnt. Aber niemand hatte sie vor den *Assassini* gewarnt, die jetzt irgendwo in der Dunkelheit ihres Zimmers lauerten, vor dem Gespenst Valentines, vor den Erinnerungen an den Schmerz und den Zorn auf Ben Driskills Gesicht. O ja, sie kannte diese Litanei inzwischen nur zu gut. Und sie mußte sich bald jemandem mitteilen, um nicht den Verstand zu verlieren.

Bald...

Father ›Peaches‹ O'Neale, Pfarrer an St. Mary's in New Prudence, versuchte so gut es ging über den Tod Schwester Vals hinwegzukommen, der einzigen Frau, die er jemals geliebt hatte. Er trug sein gewohntes Lächeln zur Schau, wann und wo immer er an diesen klaren, kalten Tagen des frühen Winters seinen seelsorgerischen Pflichten nachging. Die Dunkelheit kam früh, und an den langen Abenden, wenn der Wind hohl in den Giebeln und Winkeln des alten Pfarrhauses jaulte, wenn das Feuer im Kamin fast niedergebrannt war, wachte Peaches des öfteren irgendwann in seinem Lehnstuhl auf, meist mit von schottischem Whisky umnebeltem Hirn, und auf dem Bildschirm des Fernsehers flimmerte irgendein Spätfilm. Der Scotch war eine Möglichkeit, mit Vals Tod fertig zu werden, aber Peaches war entschlossen, die Trinkerei nicht einreißen zu lassen. Zu viele Priester waren auf dieser einsamen Straße zu weit gewandelt und schließlich verlorengegangen.

Darum hielt Peaches sich an die Kinder- und Jugendgruppen seiner Gemeinde, arbeitete im Frauenverein mit, wenn die Damen für wohltätige Zwecke bastelten oder Bazare veranstalteten; er nahm jede, aber auch jede Einladung an und hielt ständigen Kontakt zu Father Dunn. Er besuchte Hugh Driskill Tag für Tag im Krankenhaus. Er beobachtete, wie die Kraft allmählich in den Körper des alten Mannes zurückkehrte, wie sein eiserner Wille wieder die Oberhand gewann. Es gab keinen Zweifel: Hugh Driskill würde genesen, langsam, aber sicher. Peaches hatte den Eindruck, daß Old Hugh ihn immer mehr als eine Art Ersatzsohn für Ben betrachtete, der Gott weiß wohin gereist war. Er wußte, daß er kein Mann war, wie Hugh Driskill ihn sich wünschte, aber er war besser als nichts, als niemand. Er war vor allem jemand, mit dem Hugh über Ben und Valentine reden konnte. Doch manchmal versank der alte Mann in Schweigen, wenn dieses Thema zur Sprache kam, und dann lag er grübelnd da, in Gedanken an Ben und Val versunken; Gedanken, die tief in seinem Innern waren, verborgen und geheim.

Oft besuchte Peaches auch Vals Grab auf dem kleinen Friedhof neben der Kirche, und er trauerte nicht nur um sie, sondern auch um sein eigenes Leben, das an der Seite Vals in ganz anderen Bahnen verlaufen wäre. Manchmal ging er auch durch das Tor im Zaun zum Grab Father Governeaus außerhalb des Friedhofsgeländes und dachte über dessen Geschichte nach, darüber, was Edna Hanrahan über den jungen, hübschen, in alle Ewigkeit verdammten Priester erzählt hatte. Peaches klammerte sich verzweifelt an seinen Glauben, um diese Wochen und Monate, die schwersten seines Lebens, durchstehen zu können. Und sein Glaube wurde auf eine verdammt harte Probe gestellt.

Aber nichts lenkte ihn besser ab als die Aufräum- und Entrümpelungsarbeiten in dem alten Pfarrhaus, im Keller, auf dem Dachboden, wo sich über Jahrzehnte hinweg in Schränken und Kisten und Pappkartons die Hinterlassenschaften seiner Vorgänger an St. Mary's angehäuft hatten.

Kisten voller Briefe, die bis in die dreißiger Jahre zurückdatierten. Berichte an die Diözese, Rechnungen jeglicher Art, Dutzende von Sammelalben voller Zeitungsausschnitte, eingeklebt oder einfach hineingelegt. Zentnerschwere Kisten voller Bücher: Reiseführer, Romane, Sachbücher, Bücher über religiöse Themen, wissenschaftliche Abhandlungen, in Leder gebundene Klassiker. Und weitere Kisten, weitere Zentnerlasten von Altpapier in Form tausender Zeitungen und Zeitschriften: *Life, Time, National Geographic, The Saturday Evening Post, Collier's, Harper's, The Atlantic, The Saturday Review*, und so weiter, und so weiter. Alte Golfschläger, Tennisschläger, Krocketschläger, Badmintonschläger, Bälle, Netze. Unmengen von vergilbtem Schreibpapier, Notizbücher, Kladden, alte Kalender, Füller, Bleistifte, Büromaterial jeder Art. Es war unglaublich. Edna Hanrahan verbrachte viele

Stunden damit, Peaches zu helfen. Es gab auch genug alte Kleidung, um sie auf einem Bazar für wohltätige Zwecke zu verkaufen. Oder um eine Laienbühne damit zu beglücken. Zum Wegwerfen war das Zeug jedenfalls zu schade. Edna wollte sich darum kümmern, einen Trödelmarkt zu organisieren.

Eines Abends machte Peaches es sich mit einer Flasche Glenfiddich vor dem Kamin gemütlich und begann, sich durch eine Kiste voller Sammelalben zu wühlen, die aus der Zeit kurz nach Ende des Zweiten Weltkriegs stammten. Zwischen zweien dieser Alben stieß er plötzlich auf einen großen Umschlag aus braunem Packpapier, der dick mit Isolierband umwickelt war, das mit den Jahren so festgebacken war, daß man es nicht mit den Fingern lösen konnte. Die Verlockung war unwiderstehlich. Mit einem Schweizer Messer durchtrennte er das Isolierband und zog etwa vierzig lose Seiten aus dem Umschlag, allesamt handbeschrieben; die Tinte auf dem vergilbten, linierten Papier war verblaßt.

Er begann zu lesen. Er las den gesamten Text zweimal durch und trank währenddessen die halbe Flasche Scotch leer. Dann starrte er auf den eingeschalteten Fernseher und versuchte, sich zu beruhigen. Mein Gott, was war jetzt zu tun?

Langsam las er den Text ein drittes Mal.

Du lieber Himmel, wie oft hatte er von Ben und Val die Geschichte zu hören bekommen, wie ihr Vater einen italienischen Geistlichen namens Giacomo D'Ambrizzi nach dem Krieg mit nach Princeton gebracht hatte, wie D'Ambrizzi sich in Hugh Driskills Arbeitszimmer eingeschlossen hatte, um irgendeine Arbeit zu erledigen, bei der niemand ihn stören durfte, von der bis heute niemand gewußt hatte, was für eine Arbeit es gewesen war... und jetzt, um Himmels willen, wußte er, Peaches O'Neale, was sich in Old Hughs Arbeitszimmer abgespielt hatte.

In seinen zitternden Händen hielt er das Testament Giacomo D'Ambrizzis, der schon bald, sehr bald, der neue Papst sein konnte, Oberhirte der römisch-katholischen Kirche, Stellvertreter Christi auf Erden... Hier hatte dieses Schriftstück all die Jahre gelegen, in der Sicherheit seines Verstecks... vergessen. Vergessen? Er wandte sich wieder der ersten Seite zu, der Überschrift. *Tatsachen und Hintergründe im Fall Simon Verginius.* Peaches warf einen Blick auf die letzte Seite, betrachtete die verblichene Unterschrift, das Datum.

Dann, schon weit nach Mitternacht, zog er das Telefon heran, nahm den Hörer von der Gabel und bereitete Father Artie Dunn eine riesige Überraschung.

Father Dunn hatte einige Tage zurückgezogen in seiner Wohnung verbracht, die sich in einem der Wolkenkratzer inmitten Manhattans befand, hoch über der Stadt. Hier war er abgeschlossen von der Welt, von den Nachwirkungen der Morde in den Medien. Er hatte Erzbischof Kardinal Klammers gelegentliche Klagerufe aus dem in der Nähe gelegenen St. Patrick's ignoriert. Er hatte Anrufe von seinem Agenten und seinem Verleger ignoriert. Er beschäftigte sich ausschließlich mit den Mordfällen, und zwar in einer Weise, als wären sie der Aufhänger für einen seiner Romane: Er versuchte, die Geschichte zu entwickeln, in alle Richtungen, zurück, nach vorn und zur Seite, versuchte, einen roten Faden zu erkennen und so herauszuarbeiten, daß er im richtigen Licht erschien – und somit in seiner ganzen Länge zu sehen war. Natürlich war ihm das nicht gelungen, doch es war keine Zeitverschwendung gewesen. Er dachte über Val nach, über Lockhardt und Schwester Elizabeth, Ben, Hugh und Peaches, D'Ambrizzi, Sandanato und den Papst. Er hatte einige Notizen gemacht, verschiedene Unbekannte in dieser Gleichung entdeckt, und er hoffte, daß irgendeine Verbindung ihn das Gesamtbild erkennen und begreifen ließe. Er hatte über Vals Reisen nachgedacht. Wem oder was, bei allen Heiligen, war das Mädchen auf der Spur gewesen? Nun, was immer es sein mochte, die Familie Driskill schien darin verstrickt zu sein, und zwar in jeder Hinsicht...

Der ermordete Father Governeau hatte an einem Baum im Obstgarten der *Driskills* gehangen...

Hugh Driskill war im Zweiten Weltkrieg für Wild Bill Donovans OSS in Europa tätig gewesen...

Und nach Kriegsende tauchte D'Ambrizzi in Princeton auf, und es war Hugh Driskill gewesen, der ihn mit in die Staaten gebracht hatte... aber wußte irgend jemand, warum? Artie Dunn wollte die Antwort darauf erfahren. Gütiger Himmel, der Mann konnte in kürzester Zeit der neue Papst werden...

Und Schwester Val. Sie hatte im zurückliegenden Jahr irgendwelchen Ärger gemacht, hatte irgend jemandem höllische Angst eingejagt... und dann hatte dieser jemand sie ermordet, damit sie mit dem aufhörte, was immer sie getan haben mochte. Aber was hatte sie getan?

Und schließlich Ben Driskill, der einfach nicht aufgeben wollte. Aber er stellte seine Nachforschungen ohne rechte Überlegungen an, plan- und ziellos. Er hatte die Sache nicht gründlich durchdacht, sondern er benahm sich beinahe wie der sprichwörtliche Elefant im Porzellanladen. In seiner Vorgehensweise spiegelte sich nicht der Anwalt wider; es war wie ein Rückfall in seine Zeit als Footballspieler...

Welch ein Durcheinander!

Schließlich entschloß sich Dunn, seine Nachforschungen an einer Stelle anzusetzen, an der es wohl die wenigsten getan hätten. Nachdem er noch einmal seine Notizen durchgesehen hatte und zu der Ansicht gelangt war, daß sie ein zu kompliziertes und verwirrendes Bild ergaben, entschloß er sich, zum Ausgangspunkt zurückzukehren, in den Obstgarten gewissermaßen, wo die Leiche Father Governeaus in einem kalten Winter vor vielen Jahren am Strick gebaumelt hatte.

Er verließ Manhattan an einem sonnigen, windigen Morgen und fuhr zu einem Nonnenkloster, das sich in der Nähe der Hauptstraße befand, die zwischen Princeton und Trenton verlief. Es war ein großes graues Gebäude, ein ehemaliges Herrenhaus, und von einer großen Rasenfläche umgeben; das Gras war braun vom Frost. Die unwirkliche Stille, die Dunn umfing, als er das Gebäude betrat, war er gewöhnt. Sie herrschte in vielen kirchlichen Einrichtungen.

Er wartete in der Eingangshalle, während sich eine alte Nonne auf den Weg machte, Schwester Mary Angelina zu holen. Und dann kam sie, mit einem warmen, freundlichen Lächeln. Aber es war ein Lächeln, dem man nichts entnehmen konnte. Sie trat auf Dunn zu, schüttelte ihm die Hand und führte ihn in ein tristes, freudloses Wohnzimmer, aber das immer noch hübsche Gesicht Schwester Mary Angelinas, strahlend und lebhaft und von innerer Heiterkeit erfüllt, hellte das Zimmer auf.

Sie hatte sich nach ihrer Pensionierung in dieses Kloster zurückgezogen. Vorher hatte sie an der Grundschule unterrichtet, die auch Val und Ben und Peaches besucht hatten, und war schließlich Rektorin geworden. Sie hatte Dunn auf Vals Beerdigung kennengelernt.

»Sie kannten Hugh Driskill und seine Frau Mary schon vor dem Krieg, nicht wahr?«

»Natürlich. Es kommt mir so vor, als wäre es erst gestern gewesen.«

»Sie müssen damals so ziemlich jeden Katholiken in dieser Gegend gekannt haben.«

»Oh, gewiß, ich glaube schon. Das hat mein Beruf mit sich gebracht. Ich war schließlich Lehrerin.«

»Dann müssen Sie auch Father Vincent Governeau gekannt haben.«

»Ganz recht.«

»Ich frage mich nur... welche Erinnerungen haben Sie an Father Governeau?«

Eine Nonne brachte ein silbernes Teeservice ins Zimmer und stellte es auf den Tisch vor dem Sofa, auf dem Dunn und Schwester Mary Angelina Platz genommen hatten. Sie wartete, bis die Nonne gegangen war, und setzte ihr engelhaftes Lächeln auf. »Haben Sie mich deshalb aufgesucht, Father Dunn?«

»So ist es, Schwester. Wegen Father Governeau.«

»Wissen Sie, ich muß gestehen, ich habe Sie erwartet.«

»Wie meinen Sie das? Warum?«

»Ich habe damit gerechnet, daß jemand wie Sie mich aufsucht.«

»Was Sie nicht sagen.«

»Ich habe die Erfahrung gemacht, daß wir, jedenfalls die meisten von uns, irgendwann für die Vergangenheit bezahlen müssen. Glauben Sie das nicht auch? Ich hatte damals nicht den Mut, die Rechnung zu begleichen, als sie mir vorgelegt wurde – das meine ich sinnbildlich, Sie verstehen? Aber ich habe fast ein halbes Jahrhundert auf einen Menschen gewartet, der mich nach Father Governeau fragen würde.«

»Dann bin ich dieser Mensch. Warum haben Sie gewartet?«

»Weil ich weiß, warum er so gestorben ist. Und als sie dann gestorben ist, war ich die einzige...«

»Wer ist ›sie‹?«

»Mary Driskill. Sie wußte es auch...«

»Warum hat er Selbstmord begangen?«

Wieder lächelte sie strahlend. »Bitte, nehmen Sie sich ein Plätzchen, Father Dunn. Machen Sie sich's gemütlich, trinken Sie Ihren Tee, und ich werde Ihnen die ganze Geschichte über Father Governeau erzählen. Möge Gott sich seiner Seele erbarmen...«

## 4 DRISKILL †

Der gemietete Dodge gab sich nach dreihundert heißen, staubigen, windigen, sandigen Meilen geschlagen. Einige davon hatten mich an der Mittelmeer-küste entlanggeführt, der weitaus größte Teil der Fahrt war jedoch durchs Binnenland verlaufen, in Richtung jenes Ortes, den man ›Das Inferno‹ nannte. Ich lenkte den Wagen auf einen großen Platz neben der Straße, wo zwei einsame Tanksäulen standen. Sie wirkten wie Überlebende der Verlorenen Legion, vergessen, aber immer noch auf Posten. Ich sah ein paar sandfarbene Hunde herumstreichen, außerdem vier Ägypter, die sich in süßem Nichtstun zu ergehen schienen, und einen Tankwart, der mir mitteilte, der Keilriemen meines Wagens höre sich wie eine Sirene an. Er trug eine Schirmmütze mit dem Schriftzug *New York Yankees* und einen blauen Overall. Hinter ihm erhob sich wie eine Fata Morgana ein Gebäude, sofern man von einer Fata Morgana nicht allzuviel erwartet; es war eine Art Hotel, das wie ein riesiger Keks von der sengenden Sonne gebacken wurde. Zwei Etagen, schief in den Angeln hängende Fensterläden, kein Namensschild.

Während der Mann mit der Yankee-Kappe einen Blick in den Motorraum warf, um die Quelle des Geräuschs und des Qualms aufzuspüren, begab ich mich in die kühle Dunkelheit des Hotels. Der Empfangsschalter war unbesetzt, die Lobby leer bis auf ein paar vorsintflutliche Plüschsessel, die um dreibeinige Tische herumstanden. Auf dem Fußboden lag eine dünne Sandschicht. Eine Treppe führte auf eine Galerie und zu den wenigen Zimmern. Irgendwo dudelte arabische Musik aus einem Radio. Ein Cola-Reklameschild aus Blech und mit arabischen Schriftzeichen war an eine Wand genagelt. Es war später Nachmittag. Mein Wagen war tödlich verwundet, und ich befand mich hier draußen mitten im Niemandsland auf der Suche nach einem Mann, der sich möglicherweise gar nicht an dem Ort befand, den ich nur noch durch ein Wunder erreichte. Ich hatte Hunger und Durst, und meine Rückenwunde brachte mich um. Vielleicht war es an der Zeit, mich auf die Heimreise zu machen.

Was, fragte ich mich, würde Schwester Elizabeth jetzt an meiner Stelle tun? Ach, zur Hölle mit Schwester Elizabeth und ihrer verlogenen, heuchlerischen Clique, die jetzt zweifellos im Hotel Hassler saß und Cocktails mit einem päpstlichen Nuntius trank, der bis zum Priesterkragen in Intrigen verstrickt war und... ich war offensichtlich ziemlich mit den Nerven fertig wegen der Hitze und den Schmerzen und allen anderen Schwierigkeiten. Nicht gerade in Hochform jedenfalls.

Die Hunde bellten, und die Kerle standen um meinen Dodge herum und lachten über irgend etwas. Eine Frau, ebenfalls in einem blauen Overall, aber ohne Mütze, kam aus einer Tür unterhalb der Treppe und musterte mich von oben bis unten. Sie fragte mich auf englisch, was ich wolle. Eine Cola mit viel Eis, sagte ich. Und etwas zu essen. Sie verschwand und kam zehn Minuten später mit zwei Hamburgern und einem Glas Cola mit Eis zurück. Und so kam es, daß mir mein Leben und mein gesunder Menschenverstand erhalten blieben und ich mich entschloß, doch nicht nach Hause zu fahren.

Inzwischen hatte sich herausgestellt, daß der Keilriemen gerissen war und Lichtmaschine wie auch Wasserpumpe schwer gelitten hatten. Die Reparatur würde zwei bis drei Tage dauern, wurde mir gesagt. Ich stellte fest, daß die Männer wußten, wo sich das uralte Kloster befand, das ›Inferno‹ genannt wurde, und daß alle den Versuch, dorthin zu fahren, als hellen Wahnsinn betrachteten. Aber falls ich eisern entschlossen sei: Ein Lastwagenfahrer namens Abdul käme irgendwann am nächsten Morgen vorbei, und gegen entsprechende Bezahlung würde er mich bestimmt dorthin bringen. Ich könne in einem der Zimmer auf der ersten Etage übernachten. Ich hatte nicht mal mehr die Kraft, auf den Beinen zu bleiben, um mit meinen neuen Freunden ein Schwätzchen zu halten, trank noch zwei Glas Cola und ging dann auf mein Zimmer.

Ich tat für meinen Rücken, was ich konnte, wusch mich und legte mich auf das schmale Bett und spürte den körnigen Sand zwischen mir und der Matratze. Als die nächtliche Kälte über die Wüstenlandschaft kroch, zog ich mir die Decke bis unters Kinn. Aber ich konnte trotz meiner Müdigkeit nicht einschlafen.

Ich dachte noch einmal darüber nach, was Gabrielle LeBecq mir über ihren Vater erzählt hatte, über das Nazi-Raubgut, über die Männer auf dem Foto – über dieses ganze verwirrende Puzzle. Es war zu kompliziert. Ich konnte es nicht zusammensetzen, schon gar nicht in einer Weise, daß sich dabei eine Erklärung für den Mord an meiner Schwester finden ließ. Und darum mußte ich LeBecq aufstöbern, mußte ihn dazu bringen, daß er mir mehr erzählte, notfalls mit Gewalt. Wäre er nicht in die Wüste geflüchtet, hätte ich ihn vielleicht abgehakt. Vielleicht. Aber jetzt, wo er sich abgesetzt hatte, mußte ich ihn schnappen.

Die Straße war vor etwa vierzig Jahren während des Afrika-Feldzugs gebaut worden und war seitdem der Einwirkung von Sonne und Wind ausgesetzt gewesen. Die Spuren, die jedes einzelne Jahr auf dem Straßenbelag hinterlassen hatte, bekam nun mein Rücken zu spüren. Ich biß die Zähne zusammen, hielt mich krampfhaft an dem rostigen Armaturenbrett fest und flehte Gott um Erlösung an. Abduls Lastwagen war von den Italienern auf der Flucht vor den britischen Truppen zurückgelassen worden. Die Italiener mußten sehr wohl gewußt haben, warum sie das Ding in der Wüste hatten stehen lassen, und in den mehr als vierzig Jahren, die seitdem vergangen waren, hatte sich der alte Karren nicht zum Guten verändert. Aber das war nun mal die einzige Möglichkeit, zum Kloster St. Christopherus zu gelangen; es sei denn, ich wollte zu Fuß gehen. Ich spürte, daß mein Hemd auf dem Rücken feucht war, und hoffte inständig, daß die Wunde nicht zu bluten angefangen hatte.

»Ist es noch weit?« rief ich Abdul über das Brüllen des Motors und das Rattern und Klappern und Rasseln der Karosserie zu, doch Abdul schien mich nicht zu hören; er hockte schweigend hinter dem Lenkrad und kaute auf seiner längst erloschenen, von Speichel durchweichten Zigarre herum. Ich blinzelte durch die von Fliegen verklebte, gesprungene Windschutzscheibe, aber die Straße war nicht zu sehen, weil der Wind Unmengen von Sand und Staub darüber hinwegwehte. Ich trug zwar eine Sonnenbrille, aber sogar hinter den dunklen Gläsern wurden meine Augäpfel immer sonnenverbrannter. Windverbrannter. Sandverbrannter. Ich nahm die Feldflasche von der Mittelkonsole, verbrannte mir die Finger am glühenden Aluminium und trank einen Schluck von der warmen, abgestandenen Brühe, damit meine Lippen nicht vor Trockenheit aufplatzten. Ich saß jetzt seit sieben Stunden in dieser Falle von Lkw. Ich war nicht ganz sicher, wie lange ich das noch durchhalten würde. Und ich fragte mich, was für eine Art Mensch sich aus freien Stücken an einen Ort wie diesen begab.

Und ich fragte mich noch etwas: Wenn dieses Museumsstück von Lastwagen seinen Geist aufgab, wie kamen wir hier dann wieder weg? Oder wenn Abdul mich zum Kloster brachte und nicht wieder abholte? Mußte ich dann doch noch Mönch werden, zwangsläufig, sozusagen? Aber vielleicht erwartete mich ja auch der silberhaarige Priester mit seinem Messer; dann brauchte ich mir über die Rückfahrt keine Sorgen mehr zu machen.

Und dann sah ich es hinter einem Schleier aus Sand und hitzeflirrender Luft für einen Moment auftauchen. Ein flaches, gedrungenes Bauwerk, das am Boden zu kauern schien; die Konturen schartig und gezackt; dahinter das endlose Meer der Sanddünen, grau und schmutzigbraun. Und dann war es wieder verschwunden.

Abdul schaltete herunter; das Getriebe krachte furchterregend. Dann wies er nach vorn, grunzte irgend etwas, und betätigte das wenige, was noch von den Bremsen übriggeblieben war. Metall kreischte auf Metall; das Rütteln und Schütteln hörte auf, der Motor erstarb mit einem Röcheln. Ganz langsam löste ich die Hände vom Armaturenbrett, nahm die Sonnenbrille ab, wischte mir mit einem ölverschmierten Lappen, den Abdul mir gegeben hatte, übers Gesicht, und setzte die Sonnenbrille wieder auf.

»Straße hört hier auf«, stellte Abdul fest und klaubte sich ein feuchtes braunes Tabakblatt aus dem Mundwinkel. »Du jetzt laufen, Meister.« Er lachte geheimnisvoll und spuckte durch ein Loch im Lkw, wo eigentlich ein Fenster hätte sein müssen. »Ich morgen wieder hier. Ich nix warten. Du da drüben dann fertig, Meister. Sonst du nix mehr weg hier. Und jetzt gib Abdul Geld für Wiederkommen. Abdul ist geboren vor langer Zeit, nicht gestern.« Er grinste über seine weise Voraussicht, und ich gab ihm die ausgehandelte Summe.

Nach einer schmetternden Fehlzündung brüllte der Motor wieder auf. Ich nahm meine Tasche und blickte zurück über die nur stellenweise sichtbare Straße. Die mahlenden Reifen des Lkws überschütteten mich mit Sand und Staub, als Abdul beschleunigte, aber das war mir verdammt gleichgültig. Ich befand mich hier am absoluten Arsch der Welt, und niemand würde sich für mein Aussehen interessieren.

Das Kloster war eine Ruine. Bewacht vom Gespenst eines Panzers. Er stand in schrägem Winkel zum Haupteingang des von einer niedrigen Mauer umgebenen Klosters. Er trug das Feldabzeichen von Rommels Afrikakorps, verblaßt, die Farbe teilweise abgeblättert; das lange Geschützrohr schien noch immer die Straße und das Gelände in weitem Umkreis zu beherrschen, als wäre noch eine letzte scharfe Granate im Lauf. Es war wie ein Traum, ein Alptraum aus einem letzten Hurra, aus Geschützdonner und Schmerzensschreien, dem Geruch nach Pulver und Blut. Doch das stählerne Ungetüm beherrschte nur noch eine trostlose Öde aus Sand und dürren, sich träge im Wind wiegenden Palmen. Der Feind war schon lange, lange fort. Der Lauf der Geschichte, die Zeit hatten alles hinweggefegt und nur diesen traurigen Veteranen zurückgelassen.

Ein erschöpfter Hund kam aus dem Schatten der Mauer auf mich zu, blieb auf schwankenden Beinen stehen, beäugte mich voller Enttäuschung und schleppte sich dann zurück in den Schatten. Er schüttelte ab und zu den Kopf, um die Fliegen zu verscheuchen, die so groß wie mein Daumennagel waren und von denen einige meine Verfolgung aufnahmen, als ich durch das geöffnete Tor das Klostergelände betrat. Die sengende Hitze, die von den Mauerwänden abgestrahlt wurde, traf mich wie ein Hammerschlag.

Keine Menschenseele war zu sehen. Eine Palme warf ihren Schatten über eine Pfütze schmutzigen, trüben Wassers, ein weiterer Hund stand dort und schlabberte von der Brühe, unterbrochen von tiefem, asthmatischem Hecheln. Doch neben dem feinen Zischen des Sandes, den der Wind beständig gegen die Mauern des Hauptgebäudes wehte, dem leisen Rascheln der Palmblätter und dem Summen der Fliegen, die meinen Kopf umschwirrten, hörte ich noch etwas. Ein tiefes Rumoren, Stimmen, die der sich ständig drehende Wind erfaßte und die mal lauter und dann wieder schwächer zu vernehmen waren. Ich ging in die Richtung, aus der die Stimmen zu kommen schienen, gelangte an die gegenüberliegende Seite der Mauer, die das Kloster umgab, und erreichte ein hölzernes, verwittertes Tor, das schräg in Scharnieren hing, die aus Hanfseil gefertigt waren. Ich trat hindurch, stutzte einen Augenblick, blieb im Schatten der Mauer stehen und beobachtete die Mönche.

Sie begruben jemanden.

Ich verharrte im Schatten, blinzelte, betrachtete die Gestalten, die in der hitzeflirrenden Luft seltsam verzerrt aussahen. Ich versuchte, mit der Hand meinen feuchten Rücken zu betasten, um festzustellen, ob die Wunde aufgebrochen war und blutete. Ich wußte, es war nur Einbildung. Ich wußte, es war nur Schweiß. Aber die Wunde tat höllisch weh. Ich kam nicht an den Verband heran. Also lehnte ich mich gegen die Mauer, beobachtete weiter die Mönche, schaute jeden einzelnen genau an. Ich hielt Ausschau nach einem hochgewachsenen alten Mann mit silbernem Haar und Augen, die so dunkel und tief waren wie die Mündung des Panzer-Geschützrohres draußen vor dem Kloster.

Aber er war nicht da, natürlich nicht. Die Mönche waren allesamt klein und hager, schwerbäuchig oder untersetzt oder bucklig. Einer der Männer stand etwas abseits, ein bärtiger Geselle mit grimmigen Zügen, der wie ein Rächer aus dem Alten Testament aussah. Ich sah, daß er der einzige in der seltsamen Versammlung war, der mich bemerkt hatte. Der Tote lag offenbar in der verschlossenen hölzernen Kiste, die neben einem Loch stand, das man in den lockeren, sandigen Boden geschaufelt hatte. Auf dem kleinen Friedhof waren hier und da schlichte Holzkreuze zu sehen, die krumm und schief aus dem Boden ragten. Während ich da stand, trat der Bärtige an das Grab und begann zu reden. Ich stand zu weit weg, um verstehen zu können, was er sagte, aber das war mir nur recht.

Beerdigungen. Die Toten zogen vor meinem geistigen Auge vorüber, Phantasiebilder, geboren aus meinen Schmerzen, der Hitze und dem Durst. Meine Schwester... Lockhardt... Ich spürte, wie der Wind den Schweiß auf meinem Gesicht trocknete und eine salzige Kruste hinterließ.

Als der Sarg ins Grab gesenkt worden war und die Mönche es zugeschaufelt hatten, kamen sie zu mir herüber. Sie bewegten sich langsam, wie Außerirdische in einem Science-Fiction-Film. Ihre Kutten waren aus grobem Stoff; zwei von ihnen trugen Hosen darunter, die so viele Flicken hatten, daß ihre ursprüngliche Farbe kaum mehr zu bestimmen war; ein anderer Jeans, so ausgebleicht, daß sie beinahe weiß waren. Alterslos, tief gebräunt oder gespenstisch grau, verströmten sie den Geruch nach Schweiß und Sand, der einen ganz eigentümlichen Charakter hat.

Der Mönch mit den grimmigen Zügen, der die Grabrede gehalten hatte, kam auf mich zu und blieb vor mir stehen. »Ich bin der Abt dieses Klosters«, sagte er leise und überraschte mich mit einer Stimme, die überhaupt nicht zu seinem furchterregenden Gesicht paßte. Ich versuchte zu sprechen, doch mein Mund war wie ausgetrocknet. »Sie bluten«, sagte er und blickte auf die Mauer, an der ich gelehnt hatte.

Ich drehte mich um. Die Mauer war blutverschmiert. Ich wollte fluchen, doch meine Zunge war wie am Gaumen festgeklebt.

»Kommen Sie«, sagte er. Ich folgte ihm in das dämmrige Innere des Klosters von St. Christopherus.

Ein großer, schwerfälliger Mönch, den ich bei der Beerdigung nicht gesehen hatte, hieß mich, mich bäuchlings auf einen Tisch im Amtszimmer des Abtes zu legen – ein Raum, dessen meterdicke Wände aus grob behauenem Stein bestanden und in dem es kühl und dunkel war; nur durch die schmalen Fensterschlitze fielen grelle Lichtbahnen. Der Name des hünenhaften Mönchs war Bruder Timothy. Er hatte einen tagealten Stoppelbart, die rote Knollennase und die blutunterlaufenen Augen eines Gewohnheitssäufers und die Hände eines Engels der Barmherzigkeit. Er zog mir das durchschwitzte Hemd aus und nahm mir den klebrigen, blutdurchtränkten Verband ab, säuberte die Wunde und sagte, er habe schon schlimmere Verletzungen gesehen. Dann lachte er vor sich hin und sagte: »Allerdings waren diese Leute tot.« Der Abt stand neben dem Tisch und beobachtete meine Behandlung. »Bruder Timothy«, sagte er, »macht gerne mal einen Spaß. Er bringt ein wenig Freude in unser tägliches Leben.« Ich lag bewegungslos da und wünschte mir nichts sehnlicher, als zu schlafen, während Bruder Timothy einen neuen Verband anlegte und dann mittels breiter Klebestreifen befestigte. Schließlich trat er einen Schritt zurück und begutachtete sein Werk. Er half mir, mich aufzusetzen; dann machte er sich damit zu schaffen, seine medizinischen Utensilien in einer rissigen ledernen Arzttasche zu verstauen. Als das geschehen war, schneuzte er sich in den Ärmel seiner fadenscheinigen Kutte.

Der Abt nahm auf einem Stuhl Platz, auf dessen Sitzfläche ein ausgefranstes, dickes Kissen lag, und legte die Hände auf die Tischplatte. »Wasser für unseren Gast, Timothy.«

Der riesige Mönch schlurfte davon. Der Abt blickte mich an; in seinen Augen stand gleichermaßen Neugier wie Wachsamkeit. »Noch niemand ist zufällig hierhergekommen«, sagte er, »also muß ich annehmen, daß Sie einen Grund für Ihren Besuch haben. Sie haben einen langen Weg hinter sich. Man sieht es in Ihrem Gesicht. Dem Aussehen Ihrer Verletzung nach zu urteilen, waren Sie das Opfer eines Mordversuchs. Und die Tatsache, daß Sie überhaupt hier sind, beweist mir, daß ich einen sehr entschlossenen Mann vor mir habe. Was suchen Sie im Kloster von St. Christopherus?«

»Einen Mann.«

»Das überrascht mich nicht. Nur ein Menschenjäger vermag solche Hindernisse zu überwinden, wie man sie Ihnen offensichtlich in den Weg gestellt hat. Wer ist dieser Mann? Und warum suchen Sie ihn?«

»Sein Name ist Etienne LeBecq. Angeblich hat er hier schon mehrmals Zuflucht gesucht. Vielleicht kennen Sie ihn nur dem Aussehen nach...«

»Falls ich ihn überhaupt kenne.«

Ich zog das Foto aus der Tasche und reichte es ihm. Auf seinem Gesicht war keinerlei Regung zu erkennen. Ich tippte mit dem Finger auf Guy LeBecq, in der Hoffnung, die Ähnlichkeit mit Etienne könne die Erinnerung des Abtes etwas auffrischen. Bruder Timothy kam mit einem Krug Wasser und einem Röhrchen Aspirin zurück. Ich schluckte vier Tabletten und spülte mit kaltem Wasser nach.

Der Abt starrte auf das Foto, auf LeBecqs Gesicht. Die einzigen Geräusche waren das Kratzen des Sandes, der gegen die Außenmauer geweht wurde, und der eigentümliche Gesang des Windes in der Wüste. Er lehnte sich im Stuhl zurück und blickte mich starr an. »Ich frage mich, wer Sie sind«, sagte er, ohne mich direkt zu fragen.

Er war so unnachgiebig und rauh wie die Landschaft hier draußen. Ich wurde das Gefühl nicht los, daß er plötzlich der wichtigste Mann in meinem Leben war. An einem so gottverlassenen Ort wie diesem war ich ohne seine Unterstützung hilflos. Er wartete offensichtlich auf Erklärungen, also gab ich sie ihm, nannte ihm meinen Namen, den Grund für meinen Flug nach Ägypten, berichtete ihm von der Ermordung meiner Schwester, sagte ihm, daß sie LeBecq kurz vor ihrem gewaltsamen Tod gesprochen habe und daß LeBecq so ziemlich mein letzter Hoffnungsschimmer sei, die Fährte weiter verfolgen zu können.

»Dieser Mann hat also mit Ihrer Schwester gesprochen, bevor sie ermordet wurde.« Er schien einen belgischen Akzent zu haben, aber ich war mir nicht ganz sicher. Vielleicht war es auch ein französischer. »Was wollen Sie tun, falls Sie ihn finden?«

»Mit ihm reden.« Ich zuckte die Achseln, fühlte, wie seine ruhigen, kühlen Augen mich mit beinahe wissenschaftlichem Interesse musterten, als gäbe es nichts auf dieser Welt, das bedeutsam genug sein könnte, seine Aufmerksamkeit ernsthaft zu erregen.

»Können Sie mir helfen?«

»Darauf kann ich Ihnen nur schwerlich antworten, Mister Driskill. Mit Hilfe beschäftigen wir uns in diesem Kloster nicht. Hilfe und Hoffnung sind aus diesen Mauern verschwunden. Ich möchte Ihnen sagen, wer wir sind, Mister Driskill, möchte mit Ihnen reden, damit Sie wissen, auf was Sie hier in St. Christopherus gestoßen sind. Wir sind eine Art mönchische Fremdenlegion. Wir sind hier nur neunzehn Brüder, und wir werden dieses Kloster nicht mehr verlassen... *nie mehr* verlassen, bis auf ein paar andere Brüder, die hin und wieder kommen und gehen. Wir beten, wir warten auf den Tod, und Rom verschließt die Augen vor uns. Manchmal sucht jemand wie der von Ihnen erwähnte LeBecq in unseren Mauern Zuflucht, um sein Inneres vom Bösen zu reinigen. Wir alle hier haben dem Bösen in uns ins Antlitz geschaut. Viele von uns haben nicht mehr lange zu leben – manche Brüder sind unheilbar krank und haben sich entschlossen, ihre Krankheit nicht behandeln zu lassen – vielleicht aus Verzweiflung über den Zustand der Menschheit. Ich bin der Abt der Toten, Mister Driskill, und der Vergessenen.«

Das Kloster war im zwölften Jahrhundert von den Zisterziensern gegründet worden, erzählte er mir weiter, genauer gesagt von einem Bischof, der radikale Ansichten vertreten hatte und der Meinung gewesen war, daß die Absage der Zisterzienser den Cluniazensern gegenüber nicht deutlich genug gewesen sei. Denn die Mönche von Cluny hatten eine immer weltlichere Haltung eingenommen, hatten danach getrachtet, ihre politische und wirtschaftliche Macht zu erweitern, so daß die Zisterzienser sich schließlich entschlossen hatten, dieser Welt der Privilegien und des Reichtums zu entsagen. Ein Mönch, zumal ein Zisterzienser, war der asketischen Strenge, der Armut, der Zurückhaltung gegenüber der Welt verpflichtet, nicht dem Leben im Wohlstand. Aber ihr Credo – die Arbeit – führte ihr Streben nach Armut ad absurdum. Täler und Hügel erbrachten unter zisterziensischem Ackerbau reiche Ernte. Armut und Fleiß schienen unvereinbar.

Begonnen hatte die Reformbewegung mit Robert von Molesme, der im Jahre 1075 mit sieben anderen Brüdern das Kloster von St. Michèle de Tonnère verließ und schließlich 1098 in Burgund das Kloster Citeaux gründete, das ›wahre Kloster‹, das unter Bernhard von Clairvaux zum Ausgangspunkt der Zisterzienser Kongregation wurde. Eine andere Gruppe von Mönchen schließlich wagte zu Beginn des zwölften Jahrhunderts die gefahrvolle Reise nach Afrika, hierher in die Einsamkeit der Wüste, wo der Boden keine Früchte hervorbrachte, wo nicht die Gefahr bestand, den Verlockungen der Macht und des Wohlstands zu erliegen. Sie erbauten dieses Kloster und nannten es St. Bernhard. Wann und warum es später in St. Christopherus umbenannt wurde, wußte der Abt nicht.

Hier, in Hitze und Einsamkeit und unvorstellbarer Armut, erblühte die wahre Askese. Fanatischer Eifer, Selbstzucht und eine fast beispiellose Verleugnung des Fleisches waren die Lebensregeln. Doch war dieses Leben von kurzer Dauer. Nur selten erreichte ein Mönch das Alter von dreißig Jahren. Die Verstorbenen wurden außerhalb des Klosters begraben; nur die Seelen der Toten – und Lebenden – durften sich innerhalb dieser Mauern bewegen. Das Fleisch galt nichts. Daher wurde auch nichts, was in der Welt draußen willkommen war, innerhalb dieser Mauern geduldet. Keine Wissenschaft, keine Literatur, keine Kunst. Keine Arbeit. Nichts. Nur das Nichts. Diese Mönche warteten in der Wüste auf das Ende der Welt und glaubten, daß nur durch ihre Gebete und die vollkommene Leere diese Welt vielleicht überdauern könnte.

»Am Ende – nach weniger als einem halben Jahrhundert, einer sehr kurzen Zeit, Mister Driskill – am Ende waren alle verschwunden, tot, und ihre Gebeine bleichten in der Sonne, von niemandem betrauert, von niemandem vermißt, unbemerkt von der

Welt, und es gab keinen mehr, der über die Geschichte dieser Jahre hätte berichten können. Und so geriet das Kloster in Vergessenheit. Es vergingen Generationen, bis wieder ein Europäer seinen Fuß auf diesen Boden setzte und das Wenige fand, aus dem sich die Geschichte dieses Klosters bruchstückhaft rekonstruieren ließ.« Der Abt schlug nach einer Fliege. Bruder Timothy schien in der Ecke des Raums vor sich hin zu dösen. Der Abt hatte lange und ausführlich geredet, als wollte er die Gelegenheit nutzen, sich jemandem mitteilen zu können, der nicht aus der Welt innerhalb dieser Klostermauern kam. Momentan schien er an meiner Person und meiner Geschichte jegliches Interesse verloren zu haben.

»Nach diesen ersten fünfzig Jahren stand das Kloster leer«, sagte er nach einer kurzen Pause. »Jahrhundertelang, konserviert durch Hitze und Trockenheit. Stellen Sie sich nur vor, Mister Driskill: Hunderte von Jahren waren diese Mauern ohne Gebete, ohne Mönche, ohne eine Spur menschlichen Lebens, nur den Elementen Gottes und dem Strom der Zeit ausgesetzt.« Er lächelte dünn, befeuchtete die Lippen, fuhr fort; der geborene Geschichtenerzähler, gefangen in einer Welt ohne Zuhörerschaft.

Schließlich kam das vergessene Kloster – ›des Teufels Kloster‹ oder ›das Inferno‹, wie es nach seiner Wiederentdeckung genannt wurde – unter die unmittelbare päpstliche Amtsgewalt. Es wurde als eine Art Verbannungsort für unbequeme Mönche oder Priester benutzt, weil aufgrund der Unzugänglichkeit dieses Klosters mit ziemlicher Sicherheit davon auszugehen war, daß die Ärmsten, sofern sie nicht schon auf dem Weg hierher ihr Leben ließen, nie mehr von hier zurückkamen. Einige dieser Männer – die wahren Eremiten, die sich der größten und härtesten Prüfung unterziehen wollten, die Befriedigung darin fanden, bis auf Gott allem zu entsagen – baten sogar darum, hierher geschickt zu werden oder machten sich einfach auf den Weg.

Allmählich verblaßten die Lichtbahnen, die durch die schmalen Fensteröffnungen fielen. Dunkelheit senkte sich herab; ich spürte bereits die ersten Vorboten der nächtlichen Kälte, die wie Bodennebel über die Wüstenlandschaft krochen. Der Abt war verstummt. Er betrachtete mich, als erwarte er irgendeine Reaktion.

»Und warum sind Sie selbst hierhergekommen?« fragte ich schließlich, nur um irgend etwas zu sagen.

Zuerst glaubte ich, er hätte mich gar nicht gehört, bis er sich nach vorn beugte, die Ellbogen auf den Tisch stützte und das Kinn auf die verschränkten Hände legte.

»Wir haben hier nur eine einzige Regel«, sagte er mit einer Stimme, die fast schon ein Flüstern war, »nämlich die, uns möglichst aus dem Weg zu gehen. Es gibt Eremiten unter uns, die den größten Teil ihrer Zeit in der Wüste verbringen. Die meisten von uns reden; einige aber sagen niemals ein Wort. Wir alle verstecken uns hier vor irgend etwas, vor unserer Vergangenheit, und wir geben uns nicht der Illusion hin, wieder Frieden mit Gott schließen zu können. Wir machen uns keine falschen Vorstellungen mehr über den Zustand der Gnade. Wir stellen uns nicht mehr die bange Frage, ob wir die Vergebung unserer Sünden finden. Wir alle standen kurz davor, die schlimmste aller Todsünden zu begehen, den Selbstmord. Warum? Ich glaube, es liegt hauptsächlich daran, daß wir Angst davor haben, was uns im Jenseits erwartet... oder wie immer man diesen Ort bezeichnen möchte. Wir verbergen uns hier. Wir verstecken uns hier in Furcht und Scham, weil wir zu Kreaturen der Furcht und Scham geworden sind.«

Seine Stimme war trotz seiner düsteren Worte frei von jeder Gefühlsregung. Ich spürte, wie mich eine Gänsehaut überlief und mein Rücken wieder zu schmerzen begann, und beides hatte nichts mit der allmählich hereinbrechenden nächtlichen Kühle zu tun. Ich hatte das Gefühl, das Gegenstück zu der Leere und den Abgründen gefunden zu haben, die ich in den Augen des silberhaarigen Priesters gesehen hatte.

»Ich bin hierhergekommen«, sagte der Abt, »weil ich es verdient habe, hier zu leben. Ich habe das Böse in meinem Kloster in der Dordogne gesehen, vor vielen Jahren. Sodomie und Korruption und Schändlichkeiten aller Art, also nahm ich Gottes Schwert in die Hände. Ich hatte in meiner Mönchszelle eine Vision... Ich habe die Sünder aus dem Augenwinkel beobachtet, als wir im Stiftshaus die Ordensregel lasen. Sie hatten diesen Ort entweiht. Mitten in der Nacht ging ich zu ihren Zellen, sah, wie sie verkehrten wider die Natur, und ich machte ihrem Treiben mit meinen Händen ein Ende. Meine Kutte war getränkt von ihrem Blut... Ich verließ das Kloster zu Fuß, und niemand folgte mir.

Zwei Jahre darauf hatte ich den Weg bis hierher hinter mich gebracht – und Jahre später mußte ich feststellen, daß Pius XII.

möglicherweise wußte, wo ich mich aufhielt. Es fand ein Briefwechsel statt, und ich wurde zum Abt ernannt.

Er hatte kein Wort über LeBecq gesagt, bis wir im Speisesaal ein karges Abendessen zu uns genommen hatten. Ich war zu müde, um das Thema noch einmal zur Sprache zu bringen, nahm kaum Notiz von meiner Umgebung. Das Aspirin, das ich auf leeren Magen genommen hatte, ließ alles nebelhaft erscheinen. Aber die Schmerzen im Rücken hatten nachgelassen, und die Wunde blutete nicht mehr, dank Bruder Timothy.

»Kommen Sie«, sagte der Abt, »die Abendluft wird ihnen gut tun. Und danach gehen Sie früh zu Bett. Sofern es Ihnen nichts ausmacht, auf der Pritsche eines Toten zu schlafen.« Er blinzelte mir zu.

»Was wollen Sie damit...« Aber er hatte sich bereits erhoben und ging mir voran.

Es war kalt draußen. Wir gingen schweigend unter dem Pop-Art-Mond am schwarzen Himmel dahin. Er sah aus wie ein leuchtendes Loch, das man aus dem Innern einer riesigen Metallkugel sieht.

»Ich kenne Etienne LeBecq«, sagte er.

»Das habe ich mir fast gedacht.«

»Er kommt schon seit vielen Jahren hin und wieder zu uns; ein ziemlich verschlossener Mann, aber ich habe in Augenblicken der Selbstbesinnung mit ihm gesprochen. Er hat einen so starken Glauben, daß er mir den Eindruck vermittelte, ein Schwächling zu sein. Wir haben über die Kirche gesprochen und welche Rolle sie spielt, und daß uns beiden Aufgaben zugewiesen wurden, mit denen wir nicht gerechnet haben. Er hat es nie erfahren, aber es war immer eine große Befriedigung für mich, wenn er meinen Glauben in Frage gestellt hat; sein Vertrauen in unsere Kirche war unerschütterlich, Mister Driskill. Aber irgendwo tief in seinem Innern verbarg er ein schreckliches Geheimnis. Er hat nie mit mir darüber gesprochen.« Einer der alten Hunde war uns hinaus in den Abend gefolgt; er schnüffelte im Sand einer kleinen Senke zwischen zwei Wanderdünen und begann an einer ganz bestimmten Stelle zu scharren. »Vor wenigen Monaten war er wieder hier, nur ein oder zwei Nächte – ich weiß es nicht mehr genau. Er kam und ging. Er stellte keine Fragen. Manchmal, so hatte ich den Eindruck, schien er sich vor sich selbst verstecken zu wollen... Um es klar auszudrücken, Mister Driskill, ich kann Ihnen nicht helfen. Ich kenne weder seine Vergangenheit noch seine Zukunft – ich weiß nichts. Wir Mönche hier haben keinen weltlichen Besitz, nichts, was wir unser eigen nennen können... nur die Vergangenheit, ein jeder für sich. Für die meisten von uns gibt es keine Zukunft bis auf das, was Sie hier sehen. Aber über unsere Vergangenheit wachen wir mit größtem Argwohn. Wenn ein Mensch eine glückliche Vergangenheit gehabt hat, warum sollte er sich dann an einem Ort wie diesem aufhalten? Und wenn seine Vergangenheit unglücklich oder lasterhaft gewesen ist... kein Mensch hätte den Wunsch, darüber zu sprechen.«

Der Hund scharrte immer hastiger, hatte bereits ein Loch in den Sand gebuddelt.

»Er riecht den Tod«, sagte der Abt, ging zu dem Tier hinüber und schob es sacht mit dem Fuß zur Seite. Er bemerkte meinen fragenden Blick. »An dieser Stelle haben wir den Körper eines unserer älteren Brüder gefunden. Ich habe immer nur kurz mit ihm gesprochen, aber er war ein redseliger Mann, fast schon geschwätzig. Eines Morgens war er verschwunden. Ein paar Tage vergingen. Mir war klar, daß er kurz vor dem Ende stehen mußte, doch ich wollte ihm Zeit geben, so zu sterben, wie es sein Wunsch gewesen ist... allein, in der Wüste. Als wir uns zum letzten Mal unterhielten, hat er von grünen Feldern gefaselt. Ich bin sicher, daß er in seiner Vorstellung dort gestorben ist, inmitten dieser grünen Felder. Der Hund hat ihn gefunden. Offenbar ist der Bruder in diese Senke gegangen, hat sich niedergelegt und auf den Tod gewartet. Wir haben seine Entscheidung respektiert. Als der Hund ihn fand, war sein Körper mit Sand bedeckt; nur eine Hand ragte noch hervor. Sie sah aus wie ein winziger Grabstein. Diesen Mann haben wir heute begraben, als Sie hierhergekommen sind.« Er kraulte die struppigen Ohren des Hundes, streichelte sein dünnes, mottenzerfressenes Fell. »Warum hat er einen solchen Tod gewählt? Es war Gottes Wille, und es war ein guter Tod. Mehr werden werden wir nie darüber erfahren, Mister Driskill.«

Er führte mich zu der Zelle, in der ich die Nacht verbringen sollte, und zündete eine Kerze an. Ich sah die Pritsche des alten Mönchs, der vor irgendwelchen dunklen Geheimnissen in seiner Vergangenheit geflohen war und in der Wüste den Tod gesucht hatte. Die Schatten tanzten an den Wänden der winzigen Zelle. Es gab nur die schmale Pritsche, am Fußende eine zusammengefaltete Decke, über der Pritsche ein schlichtes Holzkreuz, den durchdringenden Geruch nach Sand und Nacht – sonst nichts. Der Abt ließ den Blick durch die kahle Zelle schweifen. »Zweckmäßig, wenn nicht sogar luxuriös, Mister Driskill.«

Als er sich zum Gehen wandte, sagte ich: »Eine Frage noch. Über einen weiteren Mann, der vielleicht hierhergekommen und dann wieder gegangen ist. Und der vielleicht von Zeit zu Zeit dieses Kloster aufsucht...«

»Ja?«

»Ich kenne seinen Namen nicht. Ich weiß nicht, ob er ein Priester oder ein Mönch oder vielleicht sogar ein Laie wie LeBecq ist. Aber Sie würden sich an ihn erinnern: hochgewachsen, vermutlich schon über siebzig, aber noch sehr rüstig. Er trägt eine Brille mit runden, goldgefaßten Gläsern und hat silbernes, straff nach hinten gekämmtes Haar... und seltsame Augen, irgendwie... unergründlich tief.«

Der Abt stand im Türeingang; die Schatten der Kerzenflamme geisterten über seine herben Gesichtszüge. Er schwieg lange. Ich wartete, beobachtete ihn, sah eine Spinne die Wand hinaufkrabbeln und plötzlich innehalten, als wollte sie lauschen.

»Ja«, sagte er schließlich. »Ich kenne einen solchen Mann. Bruder August... aber ich weiß nichts über ihn. Falls er der Mann ist, den Sie meinen: Er hat ziemlich lange hier gelebt, zwei oder drei Jahre. Er war sehr hart gegen sich selbst. Er hat klaglos den Tribut bezahlt, den jeder, der hier lebt, zahlen muß. Ein sehr schweigsamer Mann, der die meiste Zeit im Gebet verbracht hat. Dann – und das war höchst erstaunlich – brachte der Gauner, der uns mit seinem Lastwagen die Lebensmittel bringt, einen Brief für Bruder August. So etwas war bis dahin noch nie vorgekommen. Der Brief war aus Rom... und am nächsten Tag war Bruder August verschwunden. Dieser Bandit von Lastwagenfahrer hat ihn mitgenommen.« Er zuckte die Achseln.

»Ob wir wohl ein und denselben Mann meinen...?«

»Woher soll ich das wissen?« sagte der Abt. »Er war anders als die anderen hier. Es ging ihm nicht um Sühne, um Selbstbestrafung, er ging einfach seinen Weg, unbeirrt, als würde er sich auf irgend etwas vorbereiten, körperlich und geistig. Ein verblüffend starker Mann, sehr höflich und freundlich, fast sanft. Und hochgebildet. Manchmal ging er für einige Tage in die Wüste. Die Strapazen schienen ihm nicht das geringste auszumachen... manchmal erschien er mir fast unheimlich. Unverwüstlich. Von übermenschlicher Kraft durchdrungen.«

»Ja. Bruder August«, sagte ich. »Das ist er, ich bin mir ganz sicher.« Meine eigene Stimme kam mir plötzlich fremd vor. Die Erkenntnis, daß Vals Mörder hier gewesen war, daß ich so plötzlich seinen Namen erfahren hatte, war völlig unerwartet gekommen. Ich hatte so gut wie nichts über diesen Mann gewußt, und nun traf mich die Bestätigung wie ein Schlag ins Gesicht. »Wann hat er das Kloster verlassen?«

»Ach, die Zeit«, sagte der Abt grübelnd. »Vor zwei Jahren? Ich weiß es nicht genau.« Wieder zuckte er die Achseln. Zeit war bedeutungslos für ihn.

Ich lag stundenlang wach und dachte nach, jetzt, da ich etwas über *ihn* wußte. Die Finsternis war nicht mehr ganz so undurchdringlich. Bruder August. Zwei Jahre in dieser Hölle. Dann hatte jemand in Rom ihn von hier abberufen... ihn auf seine Mission geschickt. Zwei Jahre später waren meine Schwester und Lockhardt und Heffernan tot. Eine zwei Jahre lange Reise vom Inferno nach New York und Princeton. Obwohl ich hundemüde war, versuchte ich, die neuen Informationen mit dem, was ich wußte, in Verbindung zu bringen. Doch ich war zu müde und zu überrascht über den roten Faden der Geschichte, der sich abzuzeichnen schien, zu neugierig darauf, wo dieser rote Faden enden würde – ich war zu erschöpft und zu aufgewühlt, als daß ich hätte schlafen können, und gleichzeitig zu erschöpft und zu aufgeregt, um mich durch den Berg von Informationen und möglichen Schlußfolgerungen, der sich um mich herum aufgetürmt hatte, hindurchzuwühlen. Schließlich fiel ich in einen leichten Schlaf. Mitten in der Nacht wachte ich auf, da meine Wunde wieder schmerzte. Außerdem fror ich unter der dünnen Decke. Ich drehte mich vorsichtig auf die Seite, darauf bedacht, daß der Verband sich nicht löste. Plötzlich glaubte ich, irgend etwas gehört zu haben, das Geräusch leiser Schritte auf dem hartgebackenen Lehmfußboden. Und dann hörte ich es wieder. Welche Tiere durchstreiften nachts die Wüste? Ich hatte plötzlich panische Angst. Die Schritte verstummten, als hätte das, was immer sich in der Zelle aufhielt, meine Gedanken gelesen. Ich schlug die Augen auf. Es war fast stockdunkel in der Zelle; nur ein blasser, silbriger Streifen Mondlicht fiel durch den Fensterschlitz. Ich konnte so gut wie nichts erkennen. Der Vorhang an der Tür bewegte sich nicht.

Aber ich konnte irgend etwas riechen. Irgend jemanden.

Und die Haare in meinem Nacken stellten sich auf.

Jemand war in meiner Zelle.

All meine Sinne erwachten, aber zu langsam, viel zu langsam; ich hörte das Atmen; jemand versuchte, kein Geräusch zu verursachen. Der Geruch nach schweißgetränktem Stoff kam näher. Der Atem ging schneller. Er hatte es auf mich abgesehen! Die näher kommende Gestalt zeichnete sich jetzt im blassen Mondlicht ab. Ich sah mich wieder auf dem Eis liegen, sah wie in einem Alptraum die Messerklinge funkeln, sah, wie sie auf mich herabfuhr...

»Bleiben Sie stehen, oder ich drücke ab.« Meine Stimme klang krächzend, zitterte vor Angst. Alles hörte schlagartig auf: das Atmen, die Schritte. Er rührte sich nicht von der Stelle. Nur der penetrante Geruch blieb. Ich hatte Angst vor diesem Namenlosen, Gesichtslosen, aber ich wußte, wer es war. Es war der silberhaarige Priester, und er hatte mich die ganze Zeit beobachtet, war mir bis hierher in dieses Kloster gefolgt, und nun war er gekommen, mich zu töten. »Wenn du mich auch nur anrührst, du Bastard, knall ich dich ab...« Ich bluffte um mein Leben. Das alles war ein schlechter Scherz.

»Ich bin's, Bruder Timothy.« Die Stimme war leise, ein wenig schrill. »Ich habe Ihnen den Verband angelegt... Sie haben nichts von mir zu befürchten. Bitte, nehmen Sie die Waffe weg. Ich habe eine Kerze dabei. Darf ich sie anzünden? Ich muß mit Ihnen reden.«

Ich hörte das ratschende Geräusch, als er ein Streichholz anzündete; es flammte nur einen Meter vor meinem Gesicht auf. Die riesige Gestalt wurde angeleuchtet. Bruder Timothy lächelte; sein Doppelkinn sah aus wie nasser Teig. Ich hob die Hand, richtete den Zeigefinger auf ihn und sagte: »Peng.«

Er kicherte wie ein Mensch, der beweisen wollte, daß er nicht vergessen hatte, wie man kichert; dann zündete er die Kerze an. Ich sehnte mich nach der Wärme eines Kaminfeuers. »Sie haben mich halb zu Tode erschreckt«, sagte ich, »was kann ich für Sie tun?«

»Ich mußte Sie allein sprechen. Der Abt würde es nicht gutheißen, daß ich mich in diese Sache einmische, aber ich muß es tun. Was ich Ihnen sagen muß – ich habe es nicht einmal dem Abt erzählt. Aber ich habe gehört, wie Sie ihm die Geschichte über diesen Mann erzählt haben, den Sie LeBecq genannt haben, und ich habe auch sein Gesicht auf dem Foto gesehen... und da wußte ich sofort, daß ich Ihnen sagen muß, was ich gesehen habe...« Er atmete schwer, und sein Gesicht glänzte im Licht der Kerze vor Schweiß, trotz der nächtlichen Kühle. Er leckte sich nervös über die Lippen, ging zum Türeingang, schob den Vorhang zur Seite und steckte den Kopf auf den Flur; dann kam er wieder zu mir ans Bett. »Er ist überall«, sagte er, und es klang wie eine Entschuldigung, »und ihm entgeht nichts. Es gibt Geschichten über den Abt. Man sagt, er habe das Zweite Gesicht... das ist natürlich Unsinn. Aber ich frage mich trotzdem, wo er stecken mag...« Für einen Augenblick war er völlig in Gedanken versunken, dann gab er sich einen Ruck. »Wir dürfen keine Zeit verschwenden.« Er wischte sich mit dem Ärmel über die Stirn, blickte mich dann mit seinen funkelnden kleinen Augen an.

»Weiter«, sagte ich und zog die Decke straff.

»Dieser LeBecq, ich habe ihn gesehen. Er ist draußen in der Wüste. Ich bringe Sie zu ihm. Schauen Sie ihn sich selbst an.«

Ich folgte Bruder Timothy an den Zellen vorüber, in denen die Mönche auf ihren Pritschen stöhnten oder schnarchten oder im Schlaf vor sich hin murmelten; dann verließen wir das Klostergelände. Im Mondlicht sah die Landschaft wie mit Eis überzogen aus. Der Wind hatte aufgefrischt, die Sandkörner prickelten auf meiner Haut, wirbelten mir in die Augen. Draußen vor dem Tor ragte bedrohlich und geisterhaft der alte Panzer auf; sein langes Geschützrohr warf einen seltsamen Schatten im Mondlicht.

Timothy schlug ein flottes Tempo an, hielt sich auf einer Art Trampelpfad, auf dem der Sand ziemlich festgetreten war. Ich konnte die Strecke, die wir zurücklegten, nicht einmal abschätzen, hielt den Kopf gesenkt, um Gesicht und Augen vor dem Sand zu schützen, heftete mich stur an Timothys Fersen und versuchte, die Schmerzen im Rücken zu ignorieren. Wir kamen an wild wuchernden Palmen vorbei, stapften durch die Senken zwischen riesigen Wanderdünen und kamen flott voran. Nach einem halbstündigen Marsch blieb Timothy stehen und zupfte mich am Ärmel. »Gleich da vorn in der Senke, hinter dem nächsten Hügel, da ist es. Ich bringe Sie auf dem schnellsten Wege zu ihm.«

Ich war so erschöpft, daß ich blind hinter ihm her trottete, ohne auf meine Umgebung zu achten, bis ich feststellte, daß wir vom Kamm einer Düne über deren Flanke in eine Senke hinabstiegen und daß ich auf jenes Privatflugzeug hinunterblickte, das ich auf dem Foto im Büro von LeBecqs Galerie gesehen hatte. Die Maschine sah starr und silbern aus, wie eingefroren; der Tau auf der Aluminiumhaut schimmerte im Mondlicht. Von LeBecq war keine Spur zu sehen. Was machte er hier in der Wüste, wo er sich doch im Schutz der Klostermauern hätte aufhalten können? Und was, in Gottes Namen, hatte das Flugzeug hier draußen zu suchen? Timothy hatte die Maschine inzwischen erreicht und stützte sich mit dem Ellbogen auf eine Tragfläche. Er winkte und rief mir irgend etwas zu, doch der Wind verwehte seine Worte.

Dann, ein Stück weiter den Dünenhang hinunter, sah ich LeBecq. Er saß im Sand, den Rücken an das Bugrad der Maschine gelehnt. Er schenkte uns nicht die geringste Aufmerksamkeit. Es war mitten in der Nacht. Gewiß schlief er, und sämtliche Geräusche, die wir verursachten, wurden vom Wind weggetragen.

Erst als Timothy zu LeBecq hinüberging, direkt vor ihm stehen blieb, auf ihn zeigte und mir bedeutete, mich zu beeilen, wurde mir klar, daß irgend etwas nicht stimmte.

Als ich auf dem Grund der Senke angelangt war und das eine Tragflächenende der Maschine umrundet hatte, sah ich, daß LeBecqs Kopf in einem seltsam verdrehten Winkel auf den Schultern saß. An seiner Schläfe war ein schwarzes Loch, ein kleiner, nach innen verlaufender Krater. In der Nähe seiner rechten Hand lag ein Revolver vom Kaliber 22. LeBecqs Mund stand weit offen, zu einem gräßlichen O verformt. Sein Toupet war durch die Einschlagswucht der Kugel etwas verrutscht. Als ich näher kam, schien das Loch in seiner Schläfe sich zu bewegen; das Blut hatte Insekten angelockt. Sein Körper war bereits leicht gedunsen. Hier draußen einen oder zwei Tage in der glühenden Sonne zu sitzen war selbst für eine Leiche nicht ratsam.

Ich beugte mich hinunter, nahm mit spitzen Fingern die Waffe aus dem Sand und ließ sie in die Jackentasche gleiten.

Timothy hatte ihn heute gefunden, als die anderen Mönche ihren verstorbenen Bruder beerdigt hatten. Durch mein Auftauchen hatte Timothy keine Gelegenheit dazu gehabt, mit dem Abt zu sprechen. Darum hatte er die Sache bis jetzt für sich behalten.

»Ihr Freund hat seinem Leiden ein Ende gemacht«, sagte Bruder Timothy. »Es muß schwer auf seiner Seele gelastet haben. Und weil er ein guter Katholik und frommer Mann war, hat er keinen anderen Weg mehr gewußt. Ich muß ihn jetzt ins Kloster schaffen.« Er beugte sich nieder, packte die Aufschläge von LeBecqs Jacke, um sich den Leichnam des Mannes auf die breiten Schultern zu wuchten.

»Ich würde das bleibenlassen«, sagte ich. »Er ist schon ziemlich... nun ja, reif. Es wäre ratsam, morgen mit ein paar Helfern wiederzukommen und ihn in einem Sack zu verstauen oder in eine Kiste zu legen.«

»Sie haben recht.« Er nickte mit seinem großen, runden Kopf. »Dann werden wir ihn beerdigen.«

»Und wer verständigt seine Tochter?«

»Er hat eine Tochter?« Bruder Timothy blickte zum Mond auf. »Der Abt wird wissen, was zu tun ist.«

Wir gingen sehr viel langsamer als auf dem Hinweg zum Kloster zurück. Einer der Hunde strich draußen um die Mauern. Mir ging die ganze Zeit LeBecqs tragisches Ende durch den Kopf. Immer wieder stand mir des Bild der Einschußwunde in seiner Schläfe vor Augen... und das versengte, zu Staub zerfallende Haar meiner Schwester Val...

»Bruder Timothy?«

»Ja, Mister Driskill?«

»Ich habe LeBecq ermordet.«

»Wirklich?«

»So sicher, als hätte ich selbst ihm die Mündung der Waffe an die Schläfe gedrückt. Ich war sein Alptraum, ich habe seine alten Sünden wieder zum Leben erweckt, habe dafür gesorgt, daß sie ihn zu Tode gehetzt haben. Ich war seine Angst und sein Gewissen und seine Sünden und seine Schuld... Ich war Nemesis, die aus dem Nichts kam und ihn um den Verstand gebracht hat, ihn in die Wüste hat fliehen lassen. Und hier hat er erkannt, daß es nur eine Möglichkeit gab, sich von alldem zu befreien...«

»War er ein böser Mensch?«

»Nein.«

»Aber er wird ewig in der Hölle schmoren.«

»Glauben Sie das wirklich, Timothy?«
»So wurde mich gelehrt.«
»Aber glauben Sie es wirklich?«
»Glauben Sie wirklich, daß Sie ihn umgebracht haben?«
»Ich habe ihn ermordet. Ja.«
»Und ich glaube wirklich, daß er für immer in der Hölle schmoren wird.«
»Dann ist es eine Frage des Glaubens?«
»Glaube an Gott, ja. Ein Mensch, der sich selbst tötet, muß auf ewig im Höllenfeuer brennen.«
Die Nacht war endlos. Ich dachte alles wieder und wieder durch, aber wie ich es auch drehte und wendete, ich kam immer zum gleichen Ergebnis. In meinem Herzen würde der arme Kerl auf ewig weiterleben. Vielleicht lag das an meinem katholischen Gewissen. Ich dachte an Schwester Elizabeth und daran, daß sie mein Vertrauen enttäuscht hatte, aber das schien mir plötzlich nicht mehr so schwerwiegend zu sein. *Sie* hatte keinen Menschen getötet. Bevor ich in einen kurzen, unruhigen Schlaf fiel, galt mein letzter Gedanke ihr. Ich wollte ihr sagen, was ich getan hatte.
Ich träumte, daß sie mir die Beichte abnahm.

Ich wartete auf Abdul, sah die Staubwolke am Horizont, die sein Lastwagen aufwirbelte, und hörte das Kreischen und Brüllen und Rüsseln seiner Höllenmaschine, schon bevor ich das Ding tatsächlich zu Gesicht bekam. Die Sonne brannte fast senkrecht vom Himmel, so daß ich dort, wo ich mit meiner Tasche stand, kaum einen Schatten warf. Ich schirmte die Augen mit der Hand ab. Die vergangenen vierundzwanzig Stunden waren wie eine kleine Ewigkeit gewesen. Ich kam mir wie ein Aussätziger vor. Niemand hatte ein Wort zum Abschied gesagt, nicht einmal Bruder Timothy. Ich wußte, es war einfach die Art dieser Mönche und nicht persönlich gemeint, aber es hatte zur Folge, daß ich mich trostloser und einsamer fühlte als je zuvor. Ich warf einen letzten Blick auf das vergessene Kloster, das wie eine Fata Morgana in den Hitzeschlieren flimmerte, so als würde es sich jeden Augenblick in Nichts auflösen. Und niemand würde ihm oder seinen Bewohnern nachtrauern, dieser Gemeinschaft der Verdammten. Dann stieg ich in die Fahrerkanzel, wo Abdul, mein Erlöser, mich bereits erwartete; er grinste so breit, daß er mir seine schiefen, sandfarbenen Zahnstummel präsentierte; die erloschene, durchweichte Zigarre hing wie üblich schlaff im Mundwinkel.

Während der Fahrt fragte ich ihn, ob er sich an einen Mann erinnern könne, den er vor etwa zwei Jahren vom Kloster abgeholt habe, und beschrieb ihm Bruder August. Er nickte, spuckte aus und sagte, daß es nichts umsonst gäbe, am allerwenigsten Informationen. Ich reichte ihm ein paar Scheine, und er stopfte sie in seine Hemdtasche und versicherte mir, was für ein verdammt guter Kumpel ich wäre. Er trug ein schmuddeliges altes Safarihemd und einen Strohhut mit einem Loch, das offenbar auf eine Gewehrkugel zurückzuführen war. Er lachte wie ein Gauner – er war ja auch einer – und kratzte sich die schweißfeuchte Achselhöhle, wobei er fast die Gewalt über sein museumsreifes Gefährt verloren hätte.

Er konnte sich an den silberhaarigen Mann erinnern. Er hatte ihn zu einem Dorf an der Mittelmeerküste gefahren und ihn dort abgesetzt. Seitdem hatte er ihn nie mehr gesehen. Ich hatte mein Geld praktisch zum Fenster hinausgeworfen. Aber das spielte im Grunde keine Rolle. Ich wußte, was ich über Bruder August wissen mußte. Er bekam seine Befehle aus Rom.

## 5

Nachdem Elizabeth sich schaudernd mit den Greueltaten des Geschlechts des Vespasiano Sebastiano und der Vernichtung des toskanischen *Assassini*-Klosters beschäftigt hatte, wandte sie sich in Erwartung neuer Schrecken beinahe furchtsam wieder dem *fondo* über die Nuntiatur von Venedig zu. All das Blutvergießen, das Böse, Grausame, das sich darin widerspiegelte, war derart bedrückend, daß es ihr geradezu Platzangst verursachte; die Wände der Geheimen Archive schienen sie zu erdrücken. Während sie darüber nachdachte, wie sie nun am besten weiter verfahren sollte, entdeckte sie in ihren eigenen Unterlagen jenes Blatt wieder, das sie in Vals Aktenmappe gefunden hatte und das mit einer Aneinanderreihung von Großbuchstaben beschrieben war, die wie ein einfacher, aber schwer zu entschlüsselnder

Code wirkten. Sie hatte diesen Zeichen vorher kaum Beachtung geschenkt, doch nun tat sie es.

AS TW IV SW. TR. PBF.

Elizabeth kritzelte diese Zeichenfolge wieder und wieder auf ein Blatt Papier und versuchte, Vals Gedankengänge nachzuvollziehen. Was konnte sie damit gemeint haben? Elizabeth grübelte so intensiv über diese Frage nach, daß diese Chiffre sie bis nach Hause und in ihre Träume hinein verfolgte. Ihr erster Gedanke nach dem Aufwachen galt wiederum der Frage: Was hatte dieser Code zu bedeuten?

Auf dem Weg in die Vatikanstadt begann sie, aufs Geratewohl ein paar erste Vermutungen anzustellen.

Angenommen, AS stand für ›Archivi Secreti‹, Geheime Archive. Weiter. Was bedeutete TW? Sie glaubte es zu wissen.

Sie wandte sich an den Präfekten, Monsignore Petrella, und bat ihn, sie zum Turm der Winde zu führen.

Als sie in die *camera meridiani* gelangten, jenen Raum, in dem das Tierkreiszeichen-Mosaik im Fußboden eingelegt war, ließ Petrella einen besorgten Blick über die Bücher und Akten schweifen, die hier aufbewahrt wurden. »Sie sind sich doch im klaren darüber, daß es äußerst ungewöhnlich ist, jemanden in diesen *buste* stöbern zu lassen. Ehrlich gesagt, ist das praktisch noch nie der Fall gewesen. Nur für Schwester Valentine hatte man eine Ausnahme gemacht. Ein Freund des verstorbenen Mr. Lockhardt...« Er zuckte mit einer vielsagenden Geste die Achseln. »Der betreffende Freund hatte jedenfalls einen so großen Einfluß, daß diese Ausnahmeregelung getroffen wurde. Nun, ich nehme an, sie wird folglich auch für Sie gelten, Schwester.«

»Ich stehe in ihrer Schuld, Monsignore. Val hat hier oben ziemlich viel Zeit verbracht, nicht wahr?«

»Ja. Sie schien – warten Sie, wie hatte Schwester Valentine sich ausgedrückt? Ach, ja. Sie sei hier oben ›auf eine Quelle gestoßen‹, hat sie gesagt.«

»Dann werde ich diese Quelle anbohren, Monsignore. Sofern ich sie finde.«

Monsignore Petrella nickte, ein dünnes Lächeln auf den Lippen.

Als er gegangen war, sah Elizabeth sich im Raum um und versuchte, Hinweise zu finden, mit deren Hilfe sie Vals Code entschlüsseln konnte. Vielleicht hatte er gar keinen Bezug zum Turm der Winde. Vielleicht aber doch...

AS, TW – aber was war mit IV? Sie konnte diese römische Ziffer jedoch nirgendwo entdecken, und wenn, war sie ohne Bedeutung. Diese Suche beschäftigte Elizabeth eine ganze Weile. Vielleicht war mit der IV das vierte Bücherregal gemeint? Das vierte Regal – von wo aus gesehen? Man mußte erst den Standort von Nummer eins kennen, wollte man die Nummer vier finden...

Mit wachsender Verzweiflung verbrachte sie mehrere Stunden damit, sich durch die Akten hindurchzuarbeiten – ohne Ergebnis. Verschwitzt, durstig und entmutigt hielt sie schließlich inne. Vielleicht befand sie sich auf einer völlig falschen Fährte. Sie fragte sich, ob es Driskill in Alexandria auch so viel Vergnügen bereitete, Vals Spuren zu verfolgen. Vergnügen! Sie mußte kurz an seine Rückenverwundung denken; dann schüttelte sie den Kopf, machte sich wieder auf die Suche.

Sie blätterte unzählige Folianten durch, öffnete verstaubte Aktenmappen, zwang sich, nicht aufzugeben, suchte jetzt blindlings, wahllos nach einem noch so winzigen Hinweis. *Assassini.* Das war ihr Ziel, mußte es sein; das war alles, worauf sie sich stützen konnte. *Assassini* und fünf tote Männer auf Vals Liste. Fünf Tote und ein Lebender: Erich Kessler. Warum war Val davon ausgegangen, daß dieser Mann das nächste Opfer sein würde?

Elizabeth fuhr fort, sich wahllos eine Akte nach der anderen vorzunehmen, und allmählich beschlichen sie Zweifel, hier im Turm der Winde auf irgendeinen Hinweis zu stoßen, der die *Assassini* betraf. Durch Zufall bestimmt nicht. Nein, es war sinnlos, eine geradezu verrückte Hoffnung. Aber noch wollte sie nicht aufgeben. Was machten ein paar vergeudete Tage mehr oder weniger jetzt noch aus? Die Welt würde sich weiter drehen.

Sie erhob sich, klopfte den Staub aus ihrer Kleidung, wie auch Val es getan haben mußte, trat ans Fenster und ließ den Blick über die Vatikanstadt schweifen. Sie war sich auf einmal nicht mehr sicher, welcher Wochentag heute war, wußte plötzlich nicht mehr, ob sie die Messe am heutigen Morgen oder gestern besucht hatte. In diesem unbeobachteten Moment beunruhigte sie die Erinnerung an eine von vielen Fähigkeiten, die Val und ihr gemeinsam gewesen war: Sie beide konnten sich in eine Aufgabe so sehr vertiefen, daß sie darüber die Außenwelt vollkommen vergaßen. Schon als Kind war dies eine bestimmende Charaktereigenschaft Elizabeth' gewesen. Die Arbeit hatte in ihrem Leben immer uneingeschränkte Vorrangstellung besessen. Das war bei Val nicht anders gewesen, doch sie hatte es geschafft, einen immensen Arbeitsaufwand und ein gewisses Maß an Privatleben unter einen Hut zu bringen. Sie hatte eine Laufbahn eingeschlagen, die ihr weit mehr abverlangt hatte als Elizabeth ihr Job als Chefredakteurin, und dennoch hatte Val einen Weg gefunden, Curtis Lockhardt in ihr Leben einzufügen. Aber das war Vals Fähigkeit gewesen, Vals Leben. Elizabeth spürte die sanfte Brise, die durchs Fenster wehte, die wärmenden Sonnenstrahlen. Sie war nicht Val, und sie konnte ihr Leben nicht so führen, wie Val es geführt hatte. Ihr wurde deutlich, welche Beschränkungen sie selbst ihrem Leben auferlegt hatte, Grenzen, die es ihr unmöglich machten... und plötzlich fiel ihr eine Möglichkeit ein, Vals Code vielleicht auf eine andere Weise zu entschlüsseln.

Übergehe die IV, sagte sie sich. Mach weiter mit SW. Elizabeth kannte nur einen einzigen Begriff mit der Abkürzung SW: Südwest. Und dieses Turmzimmer, dieses Observatorium, war nach den Tierkreiszeichen ausgerichtet – und den Himmelsrichtungen. Sie fand die entsprechenden Markierungen auf dem Mosaik, ging hinüber in die Südwestecke des Raumes. Nichts. Berge verstaubter Akten... und dann entdeckte sie, eingeklemmt zwischen dicken Folianten, eine kleine, unscheinbare, mit Lederriemen umwickelte hölzerne Truhe.

TR. Truhe. *Val!*

PBF.

Sie zog die Truhe hervor, stellte sie auf den Boden, löste vorsichtig die Lederriemen und hob den Deckel an.

Im Innern, sorgfältig in einer Pappschachtel verstaut, fand sie das maschinegeschriebene Originalmanuskript, das Pryce Badell-Fowler im Jahre 1934 verfaßt hatte: *Kirchliche Macht und Politik*. Offensichtlich war es seit einem halben Jahrhundert unentdeckt und unkatalogisiert geblieben, war irgendwie durch die Maschen der Hundert-Jahre-Vorschrift geschlüpft, war achtlos in diesem unscheinbaren Holzkästchen verstaut und vergessen worden. Hier hatte es geschlummert, mehr als dreißig Jahre lang, und hatte auf jenen Tag in ferner Zukunft gewartet, an dem ein Gelehrter oder

Besucher oder noch nicht einmal geborener Archivar es zufällig aufstöbern würde.

Sie kniete sich auf den Boden, nahm das Manuskript aus der Truhe und starrte auf den Namen. Pryce Badell-Fowler. PBF. Erst vor einem halben Jahr in seiner zum Büro umgebauten Scheune ermordet. Einer der fünf Männer...

An die Titelseite waren zwei Briefe angeheftet, die vom Verfasser des Manuskripts stammten; der Briefkopf gab außer dem Namen Pryce Badell-Fowler nur *Bath – England* an.

Der erste Brief datierte vom 4. Januar 1931 und war an Papst Paul XI. gerichtet. Er war ein im Grunde nichtssagendes Schreiben an Seine Heiligkeit, in dem Badell-Fowler sich bedankte, daß ihm ›Einsicht in bestimmte Quellen‹ gewährt worden sei, zu denen ›bis dato kein Gelehrter Zugang bekommen‹ habe.

Der zweite Brief, datiert vom 28. März 1948, war an Papst Pius XII. gerichtet. Der Autor hob hervor, daß er nur noch ›einen, zwei abschließende Schritte unternehmen muß, bevor ich schließlich und endlich mein zweites Buch veröffentlichen kann. Wie Eurer Heiligkeit sehr wohl bekannt ist, muß ich mich noch mit der Thematik auseinandersetzen, inwiefern die Kirche in jüngerer Vergangenheit die Dienste berufsmäßiger Attentäter in Anspruch nahm, um ihre berechtigten Interessen durchzusetzen. Ich habe vollstes Verständnis für Eure Zurückhaltung in derlei Angelegenheiten, aber ich möchte auch meiner Dankbarkeit Eurer Offenheit gegenüber Ausdruck verleihen, die Ihr mir in unseren weniger förmlich verlaufenen Gesprächen habt zuteil werden lassen. Ich brauche wohl kaum hinzuzufügen, daß mir durchaus bewußt ist, daß Zurückhaltung und Fingerspitzengefühl notwendig sind, wenn wir das zur Debatte stehende Thema bis in dieses Jahrhundert hinein weiterführen, zum Beispiel im Zusammenhang mit dem verstorbenen Benito Mussolini. So kann ich denn nur hoffen, daß Ihr, Heiligkeit, in Eurer unendlichen Weisheit in gleichem Maße auch Verständnis für mein dringendes Bedürfnis aufzubringen vermögt, meine Recherchen bis zum Ende mit Nachdruck weiter zu verfolgen.‹

Die Briefe waren wie ein Fenster in die Vergangenheit. Wie gebannt von der fast körperlich spürbaren Präsenz des Engländers in dem einsamen Turmzimmer, begann Elizabeth zu lesen, blätterte mit fliegenden Fingern die Seiten um, hoffte inständig auf ihr

Stichwort. Und dann, kurz vor Schluß des Manuskripts, fand sie es...

›...Über die *Assassini* ist nur wenig bekannt oder kann vollständig und wissenschaftlich exakt belegt werden. Doch immer wieder tauchen sie in den dunkelsten Kapiteln des Mittelalters bis in die Renaissance in Quellen verschiedener Provenienz auf wie die mißgestalten wilden Hunde, die dereinst durch die Vororte Roms strichen und von denen man weiß, daß sie sich manchmal am Fleisch der Kranken, Hilflosen, Alten und Schwachen gütlich taten oder diejenigen zerrissen, deren Furchtlosigkeit dem irrigen Glauben an die eigene Unverwundbarkeit entsprang.

Einige von diesen Schurken und Mördern hatten sich mit Leib und Seele den Päpsten verschrieben: Diese Männer waren die Meuchler des Papstes, wie aus den wenigen schriftlichen Quellen hervorgeht, die ungeachtet aller Bemühungen der Kirche, dieselben zu vernichten, bis in die heutige Zeit überkommen sind. Wenngleich gewisse Gerüchte beharrlich besagen, daß eindeutige schriftliche Belege über die Existenz und das Tun dieser Organisation existieren, Urkunden, welche tief in den feuchten, dunklen Gewölben bestimmter weltabgeschiedener Klöster verborgen sein sollen, ist seit Menschengedenken noch niemals ein derartiges Beweisstück vorgelegt worden.

Wie überliefert ist, wurden die päpstlichen Assassini zu jener Zeit ins Leben gerufen, als die Kirche in aller Verborgenheit die Macht des Kirchenstaates errichtete und festigte. Während der Pontifikate der Päpste Sixtus IV., Innozenz VIII. und schließlich Alexander VI., des Vaters von Cesare Borgia, die durch exzessive Korruption und schreckliches Blutvergießen gekennzeichnet waren, erlebten die *Assassini* eine Blütezeit. Feinde des Papsttums wurden gefoltert und ermordet, und das nicht nur in Rom, sondern ebenso in den weit verstreuten Stadtstaaten Italiens.

Die *Assassini* vergifteten, erdolchten oder strangulierten ihre ungezählten Opfer, unter denen sich als die bekanntesten auch die römischen Familien Colonna und Orsini befanden, die den Versuch unternommen hatten, die Autorität der Kirche zu untergraben, um auf diese Weise ihre eigene Macht und ihren Einfluß ausweiten zu können. Beide Familien wurden von den *Assassini* nahezu ausgerottet und schließlich zur Flucht gezwungen, bevor auch die letzten Überlebenden ihrer Geschlechter Mordanschlägen zum Opfer fielen – Männer, Frauen und Kinder.

Verschiedentlich ist behauptet worden, daß es in der Geschichte der westlichen Kultur nie eine schrecklichere Organisation gegeben habe, die zudem geradezu fanatisch auf Geheimhaltung bedacht war, wodurch sich der Mangel an überlieferten Quellen erklärt. Die *Assassini* riskierten buchstäblich alles im Dienste des Papstes. Sie dürfen also unter keinen Umständen mit den gewöhnlichen Straßenräubern und Schlägern auf eine Stufe gestellt werden, die zu jener Zeit nahezu ungehindert durch die Straßen Roms streifen konnten, noch dürfen sie mit den gemeinen Meuchlern verwechselt werden, die gegen gewisses Entgelt Mordaufträge ausführten und deren Dienste sich bis auf die Ärmsten der Armen jedermann erkaufen konnte. Die *Assassini* waren in jeder Hinsicht aus einem ganz anderen Holz geschnitzt: Sie stammten nicht selten aus alten, adligen Familien; es gab mitunter sogar Herzöge und Mitglieder des Klerus in ihren Reihen sowie religiöse Fanatiker, die ihr Tun als höchsten Dienst betrachteten, den ein Mensch der Kirche erweisen konnte.

Einer der historisch interessantesten *Assassini* war, wie aus verschiedenen Quellen hervorgeht, niemand anderer als der uneheliche Sohn des bedeutenden milanesischen Politikers Ludovico Sforza. Als die verschiedenen Stadtstaaten sich mit Rom verbündeten und an dessen Reichtum partizipierten, wuchs die Zahl derjenigen, die der mörderischen Organisation der *Assassini* angehörten – immer unter dem Siegel allerstrengster Verschwiegenheit. Sehr oft waren neue Mitglieder illegitime oder zweite und dritte Söhne ehrwürdiger Geschlechter, und häufig wurden auch Geistliche aufgefordert, bestimmte Aufträge auszuführen. Offenbar wuchs die Zahl der *Assassini* schnell. Der Kirchenstaat mußte um jeden Preis geschützt werden.

Nicht nur Cesare Borgia zog des Nachts mit seinen bewaffneten Schergen in einer Art Blutrausch durch die Straßen und verübte im Namen der Kirche Vergeltungsakte – auch andere folgten seinem Beispiel.

Während des Pontifikats Julius' II., eines gütigen und milden Papstes, schwand die Bedeutung der *Assassini* allmählich, wie aus den versiegenden Quellen zu ersehen ist. Sie versanken im Dunkel der Geschichte. Über mehrere Jahrhunderte hinweg sind nur sporadische Hinweise auf ihre Aktivitäten zu finden, doch war dies immer dann der Fall, wenn die Kirche sich in einer besonders bedrohlichen Lage befand.

Erst während der Jesuitenverfolgungen im mittleren Italien lassen sich wieder eindeutige Hinweise auf die *Assassini* finden, und eine Zeitlang genügte die bloße Nennung dieses Wortes, um unter den Gegnern der päpstlichen Politik Furcht und Schrecken zu verbreiten.

Doch mit dem Ende der Jesuitenverfolgung und der Inquisition verschwanden die letzten Hinweise auf die *Assassini*. Erneut tauchten sie im Dunkel der Geschichte unter, aus dem sie dereinst erschienen waren. Und dort schlummerten sie nun, in Finsternis und Gestank, und warteten...‹

Das war alles, was der Autor über die *Assassini* geschrieben hatte; es gab nur noch diesen kurzen, rätselhaften Hinweis auf die ›baldige Fertigstellung des zweiten Buches‹ in Badell-Fowlers Brief aus dem Jahre 1948, in dem er Andeutungen machte, daß diese Organisation auch im zwanzigsten Jahrhundert tätig geworden sei. Badell-Fowlers Feststellungen und Bemerkungen waren fragwürdig und durch nichts zu belegen, gewiß, doch andererseits: Bei welchem Kirchenhistoriker war das nicht der Fall? Die Kirchengeschichte bestand von Anfang an aus zahlreichen Widersprüchen; bestimmte Sachverhalte wurden im Feuer des Mißtrauens, der Vorsicht, der Vergeltung und dem Abscheu vor eigenen, seit langer Zeit verborgenen Geheimnissen zurechtgeschmiedet. So konnte sich Elizabeth nur schwer vorstellen, daß Cesare Borgia, wie Badell-Fowler behauptet hatte, im ›Blutrausch‹ an der Seite seiner Schergen mordend durch die Straßen gezogen war, war dieser Mann in ihren Augen doch einer der fähigsten, kultiviertesten und fortschrittlichsten Köpfe seiner Zeit gewesen.

Aber was spielte das hier für eine Rolle.

Die offenbar fortdauernde Bedrohung durch die *Assassini* faszinierte Elizabeth viel mehr.

Denn der letzten Seite des maschinegeschriebenen Manuskripts war eine kurze Notiz Badell-Fowlers angeheftet, handgeschrieben mit schwarzer Tinte, in kräftigen, markanten Schriftzügen. Die Aussage war verschleiert, hintergründig; dennoch war klar, worauf der Brite abgezielt hatte.

*1949.*
*Wie viele von ihnen sind dort gewesen? Alle tot? NEIN!*
*Aktivitäten während des Krieges.*
*Simon der Anführer?*
*Pius-Verschwörung...*
*Verraten von...?*

Elizabeth versuchte Ruhe zu bewahren. Sie wußte nicht, was diese Zeilen zu bedeuten hatten, nicht genau, aber sie hatte das Gefühl, als wäre sie plötzlich mitten unter ihnen, den *Assassini*. Auch Val hatte diese Zeilen gelesen.

Ab jetzt galt es, zu überleben. Sie war in einen Mahlstrom hineingeraten, aus dem es kein Entrinnen gab. Es schien jetzt tatsächlich möglich, daß die Kirche Mörder entsandte, *Priester* – Dunn mochte mit seiner These, daß der schwarze Stoffetzen von dem Regenmantel eines Geistlichen stammte, den Nagel auf den Kopf getroffen haben. Der Mann, der Val getötet hatte, der wie ein Schatten aus der Nacht gekommen war, um auch Ben zu ermorden, konnte durchaus ein Priester gewesen sein.

Sie trug die wenigen handschriftlichen Zeilen Badell-Fowlers in ihr Notizbuch ein.

Dann dachte sie lange nach. Nur das leise Flüstern der Belüftungsanlage und das kaum hörbare Rascheln uralten, spröden Papiers in dieser leichten Brise waren zu hören – der Pulsschlag der Geheimen Archive.

Badell-Fowler war wegen seines Wissens über die *Assassini* getötet worden. Die Arbeit eines ganzen Lebens war in den Flammen vernichtet worden. Nein, dachte Elizabeth, sie waren weder 1949 alle tot gewesen, noch waren sie es heute. Aus irgendeinem Grunde hatte sich aber erst vor relativ kurzer Zeit die Notwendigkeit für den Tod dieses alten Mannes ergeben...

Ein nachdenkliches Lächeln legte sich langsam auf Elizabeth' Gesicht.

Sie hatte keine Ahnung, was Ben Driskill inzwischen erreicht hatte, wo immer er sich aufhalten mochte. Aber sie hatte die

*Assassini* nach jahrhundertelangem Schlummer wieder ans Licht gezerrt, aus dem Dunkel der Vergessenheit ins zwanzigste Jahrhundert geholt, in dem sie ihre Arbeit wieder aufgenommen hatten...

Und jetzt, verdammt, konnte sie dieses Wissen an Ben Driskill weitergeben. Sie konnte ihm beweisen, daß sie nicht so war, wie er sie eingeschätzt hatte, daß sie keine treulose, wortbrüchige, starr doktrinäre Papistin war, die brav an ihren theologischen Grundsätzen festhielt und sich um nichts anderes als die Kirche, die Kirche und noch mal die Kirche kümmerte. Ja, sie wollte Ben zeigen, daß ihr genauso wie ihm daran gelegen war, Vals Mörder zu finden. Es war auch ihr Anliegen, ihre Suche, wohin auch immer das führen mochte.

Und wenn es eine billige Entschuldigung sein mochte, ein unbedeutender Triumph – egal. Hauptsache, sie konnte Ben Driskill beweisen, daß er sich in ihr geirrt hatte.

Sie mußte mit jemandem über ihre Entdeckung reden. Und was lag näher, als sich Vals höchstem und engstem Verbündeten in der Kirchenhierarchie anzuvertrauen – Saint Jack.

Elizabeth hatte Sandanato angerufen und ihm berichtet, daß sie eine wichtige Entdeckung gemacht habe, was Vals Nachforschungen betraf, und daß sie mit Kardinal D'Ambrizzi darüber reden müsse. Schon eine Stunde, nachdem Elizabeth in ihr Büro zurückgekehrt war, hatte der Kardinal sich mit ihr in Verbindung gesetzt und ihr mitgeteilt, er wäre hocherfreut, wenn sie ihm beim Abendessen in seiner Privatwohnung im Vatikan Gesellschaft leisten würde.

In den verbleibenden Stunden überlegte Elizabeth, auf welche Weise sie D'Ambrizzi eine derart brisante Sache nahebringen sollte. In einer Männerwelt wie der des Vatikans war sie eindeutig im Nachteil: Sie mußte ihr Anliegen behutsam und wohlüberlegt vorbringen, um es nicht von vornherein zum Scheitern zu verurteilen. Schon der leiseste Anflug weiblicher Geschwätzigkeit, jede Art von Überschwang oder Dramatisierung, und es war aus und vorbei. Nicht etwa, daß D'Ambrizzi und Sandanato ihr mißtrauten oder etwas gegen sie hatten, im Gegenteil; aber sie war eine Frau, eine Nonne, und aus diesem Grund eine Person, die nicht wirklich von Bedeutung war. Diese Haltung, die ihr schon allzuoft begegnet war, machte sie nicht mal ärgerlich. Es war nun einmal so. Man mußte damit leben. Also hatte sie ihre Erkenntnisse gesammelt, den ganzen Scheiß geordnet, wie Val es ausgedrückt hätte, und sich eine sachliche, analytische Strategie zurechtgelegt.

Der Tisch war bereits abgeräumt, und der Kardinal und Sandanato hatten sich Elizabeth' Darlegungen angehört. D'Ambrizzi hatte voller Aufmerksamkeit gelauscht und sie während ihres Vortrags keine Sekunde aus den Augen gelassen. Auch Sandanato hatte schweigend zugehört und dabei kaum einen Bissen von der exzellenten Mahlzeit zu sich genommen, die der Lieblingskoch des Kardinals zubereitet hatte. Nach kurzem Schweigen schnaufte D'Ambrizzi leise, rückte seinen massigen Körper im Sessel zurecht und begann zu reden.

»Ich glaube mich erinnern zu können, Schwester, daß es vor langer Zeit gewisse Kontroversen um den von Ihnen erwähnten Badell-Fowler gegeben hat.« Er ließ seinen Cognac langsam im Schwenker kreisen und hob ihn dann an die Nase, nahm das Bukett in sich auf. Sandanato hatte sich eine Zigarette angezündet und rieb sich über die müden Augen. »Er hatte, soweit ich mich erinnern kann, die Kirche mit Mussolinis Nachrichtendienst in Verbindung zu bringen versucht. Das kann man wohl kaum als Geheimnis bezeichnen! Aber was kann man von einem Engländer erwarten? War er nicht gleichermaßen kritisch, was die Verbindungen Pius' XII. zu den Deutschen betraf? Daß er mit den Nazis Händchen gehalten hat? Daß es Gerüchte über einen schwunghaften Handel mit geraubten Kunstgegenständen gab? Einige Leute hielten das damals für eine hochbrisante Angelegenheit, und Pius wurde wegen der Geschichte in diesen heiligen Hallen ziemlich unbeliebt.« D'Ambrizzi kicherte heiser. »Und dann?« Er zuckte die breiten Schultern. »Schweigen. So lästige Burschen wie dieser Engländer schaffen es irgendwie immer, in der Versenkung zu verschwinden. Jedenfalls ist das alles Schnee von gestern, Schwester. Nichts ist so öde wie ein alter Skandal.«

»Lassen wir einmal außer acht, was die Leute damals gedacht und getan haben, Eminenz«, sagte Elizabeth unbeeindruckt. »Badell-Fowler wurde vor etwa einem halben Jahr ermordet, und seine Arbeit, alles, was er in seinem geplanten zweiten Buch hatte veröffentlichen wollen, dem Buch über die *Assassini*, ist zu Asche verbrannt. Er war ein sehr alter Mann, aber jemand konnte es nicht abwarten, bis er eines natürlichen Todes starb. Er mußte *schnellstens* beseitigt werden.« Sie holte tief Luft, suchte vergeblich nach einem Anzeichen von Herablassung auf D'Ambrizzis Gesicht, und fuhr fort: »Und irgendwann können auch alte Skandale zu Bestandteilen neuer Wahrheiten werden. Heute würde niemand mehr leugnen, daß diese weiß Gott schändlichen Geschichten nicht erfunden waren. Die Kirche war während des Krieges bis über beide Ohren in diese skandalösen Vorfälle verstrickt.«

»Meine Liebe«, sagte D'Ambrizzi höflich, »die Kirche hat immer schon mit einem Fuß im Dreck gestanden. Und dabei war sie in guter Gesellschaft. Aber sie hat immer auch große und gute Menschen hervorgebracht. Manchmal haben das Gute und das Böse sogar in ein und derselben Person gelebt.« Er blickte zu Sandanato hinüber. »Das ist eine interessante Frage, nicht wahr, Pietro? Wir alle haben solche Männer gekannt – und die Kirche besteht nun einmal aus Männern. Und Frauen, natürlich.«

»Niemand weiß, was bei diesem Brand wirklich vernichtet wurde«, sagte Sandanato. »Warum hat der Mann denn so lange mit der Veröffentlichung seines Buches gewartet, wenn er über derart dramatische Erkenntnisse verfügte, wie Sie andeuten, Schwester?«

»Ich habe keine Ahnung. Ich kann nur von dem ausgehen, was ich weiß. Und wir wissen, daß Badell-Fowler eine möglichst vollständige Geschichte der *Assassini* zu veröffentlichen gedachte. Wir wissen, daß er eins der Mordopfer war, und wir wissen, daß seine Arbeit vernichtet wurde. Ich glaube, der Anschlag galt mehr den Unterlagen als dem Mann selbst. Begreifen Sie beide das denn nicht? Oder bin ich verrückt?« Sie schüttelte den Kopf. »Nein, ich bleibe dabei: All diese Männer und Schwester Valentine sind eindeutig ermordet worden. Innerhalb eines Zeitraums von weniger als zwei Jahren. Und da soll keinerlei Verbindung bestehen?«

»So, wie es aussieht, ist es höchst unwahrscheinlich.« Der Kardinal schien das Gespräch dennoch fortsetzen zu wollen. Er sagte: »Es ist diese *Assassini*-Geschichte, die mich so skeptisch macht.«

»Aber«, sagte Elizabeth, »irgend jemand muß *gewußt* haben, daß Badell-Fowler eine Ladung Dynamit in Händen hielt – die dem oder diesen Unbekannten gefährlich werden konnte. Ist das so weit hergeholt? Warum sonst hätte man ihn ermorden und die

Beweise vernichten sollen? Val war viel klüger als ich – wenn ich schon so viel herausgefunden habe, was muß dann erst sie gewußt haben! Sie wurde aus den gleichen Gründen wie Badell-Fowler ermordet – mehr oder weniger. Was gäbe ich dafür zu wissen, welche Informationen dieser Mann gesammelt hatte! Falls er die Spur der *Assassini* bis weit in dieses Jahrhundert hinein verfolgt hat... falls er Namen genannt hat, Namen von Mördern, die aus kirchlichen Kreisen kommen...« Sie ließ sich in dem schweren, mit kunstvollen Schnitzereien verzierten Sessel zurücksinken. »Denken Sie doch einmal darüber nach. Stellen Sie sich das einmal vor! Mordaufträge innerhalb der Kirche, gelenkt und geleitet von jemandem innerhalb der Kirche. Und das führt uns zur entscheidenden Frage, nicht wahr? Gelenkt und geleitet von wem?« Sie trank einen Schluck Cognac, um sich selbst am Weiterreden zu hindern.

»Die armen alten *Assassini*«, sagte D'Ambrizzi grübelnd und schüttelte sein mächtiges Haupt. »Ein unerschütterliches altes Schreckgespenst. Der Prügelknabe der Kirchengeschichte. Ehrlich gesagt muß ich gestehen, daß ich die Existenz von Badell-Fowlers zweitem Buch bezweifle. Ich lebe nun schon sehr lange hier im Vatikan, ich hätte davon erfahren, wenn ein zweiter Band Badell-Fowlers geplant gewesen wäre – ich habe schließlich auch meine Quellen. Nein, Schwester, das Thema *Assassini* ist längst Geschichte und steht deshalb nicht mehr zur Debatte.«

Elizabeth wollte sich nicht auf ein Streitgespräch mit D'Ambrizzi einlassen, aber auf eine Frage hätte sie um keinen Preis der Welt verzichtet. »Aber was ist mit diesem Simon Verginius? Wer war er? Wo hat er gelebt? Oder wollen Sie behaupten, Badell-Fowler sei bloß ein alter Narr gewesen?«

»Er war kein Narr. Aber leichtgläubig, Schwester. Er hat gefunden, was er finden *wollte*. Das ist unter gewissen Historikern eine nicht selten verbreitete Krankheit. Die übrigens auch unter Journalisten grassiert. Was diesen Simon betrifft... da muß ich Sie leider enttäuschen. Ich war damals in Paris. Simon war ein Mythos, eine Art Robin Hood im von den Nazis besetzten Frankreich. Er hatte ein Dutzend verschiedene Identitäten. Hunderte von Husarenstreichen sind ihm zugeschrieben worden. Er war so etwas wie ein Allzweckheld, der nicht einmal ein Zehntel der Wundertaten vollbracht haben kann, die man ihm nachgesagt hat. Simon war kein einzelner Mann, es handelte sich um mehrere. Einige davon waren mutig, einige waren Kriminelle, und alle waren anonym – Männer, die Dinge getan haben, wie sie in Kriegszeiten manchmal getan werden... Ihr Badell-Fowler ist zufällig auf diese alten Geschichten gestoßen und hat sich darüber hergemacht. Wie es viele andere in den vergangenen gut vierzig Jahren getan haben. Glauben Sie mir, Schwester. Ich war dort.«

»Gewiß waren Sie dort«, sagte Elizabeth lammfromm, um dann zu fragen: »Und die *Assassini* waren auch nur ein Mythos?«

»Das ist so lange her, daß es kaum noch eine Rolle spielt.« D'Ambrizzi lächelte wohlwollend.

Sie biß sich auf die Unterlippe und faltete die Hände im Schoß. »Aber die Mordopfer sind kein Mythos. Und die Morde sind nicht lange her«, sagte sie leise, wohl wissend, daß sie diese Gelegenheit vielleicht nie wieder bekommen würde. »Falls – und ich sage ausdrücklich falls – die Geschichte über die *Assassini* kein bloßer Mythos ist, könnten die Morde dann nicht ihnen zugeschrieben werden? Immerhin entsprächen sie ihren... Aufgaben.« Aus dem Augenwinkel sah sie, wie Sandanato angelegentlich den aufsteigenden Rauch seiner Zigarette betrachtete, offensichtlich darauf bedacht, den Unbeteiligten zu spielen, um nicht mit ihrer aberwitzigen Theorie in Verbindung gebracht und von D'Ambrizzi darauf angesprochen zu werden. »Stimmt das nicht mit den Zeugenaussagen überein, daß der Mörder in New York und Princeton ein Priester gewesen ist? Ein Kirchenmann?«

»Ja, ja«, stieß D'Ambrizzi, dessen Fassade aus toleranter Gelassenheit für einen Moment zerbröckelte, mit dröhnender Stimme hervor. »Aber wenn Sie etwas Derartiges *innerhalb* der Kirche ansiedeln wollen, dann muß es von so weit oben kommen, von jemandem, der so viel Macht besitzt, daß... das kann ich nicht glauben, Schwester.«

»Aber könnte es nicht ebensogut irgendeine Splittergruppe sein? Die sich auf die Tradition der alten *Assassini* stützt? Religiöse Fanatiker? Jemand, der sich einer Schreckensherrschaft verschrieben hat, braucht schließlich Männer, die zu töten bereit sind...«

»Wer, Schwester?« fragte Sandanato. »Und wo sollte man solche Männer finden? Und aus welchem Grund sollte jemand ihnen Mordaufträge erteilen? Und warum sollten diese Männer bereit sein, diese Aufträge auszuführen? Diese abstruse Theorie scheint mir eher ein Produkt Ihrer blühenden Phantasie zu sein...«

»Aber die Morde an acht Menschen sind nicht das Produkt meiner blühenden Phantasie«, fuhr sie unbeirrt fort. »Jemand *hat* diese Menschen getötet. Jemand, der wie ein Priester gekleidet war, hat zumindest einige von ihnen getötet, wenn nicht sogar alle.«

»Nehmen wir einmal an, Badell-Fowler ist *tatsächlich* aufgrund der Tatsache ermordet worden, daß er Nachforschungen über die *Assassini* angestellt hat«, sagte Sandanato und richtete den brennenden Blick seiner dunklen Augen auf Elizabeth' Gesicht. Sie hatte fast das Gefühl, als würde er sie körperlich berühren. »Was ist dann mit den anderen vier Männern? Sie hatten keinerlei Verbindungen zu den *Assassini*. Warum wurden sie ermordet?« Er schüttelte den Kopf. »Nein, nein, Sie basteln sich da irgendeine gewaltige Verschwörung zusammen, die jeglicher Grundlage entbehrt. Warum? Worauf zielen Sie ab? Und was soll das mit diesem Simon Verginius und den angeblichen *Assassini* vor vierzig Jahren zu tun haben? Und was konnte so wichtig sein, daß es acht Morde rechtfertigt?«

Elizabeth warf dem Kardinal einen verstohlenen Blick zu.

»Wer weiß?« Verdammt, riskier's, sagte sie sich: »Vielleicht die Wahl eines neuen Papstes...«

Schweigen legte sich wie dichter Nebel über den Tisch, kroch durch das Zimmer. Mutter Gottes, jetzt war sie zu weit gegangen. Es war ausgesprochen dämlich gewesen, diese Bemerkung D'Ambrizzi gegenüber zu machen, dem wahrscheinlich aussichtsreichsten Kandidaten auf den Papstthron. Der Kardinal starrte sie mit versteinerter Miene an.

Schließlich aber erschien das vertraute Lächeln wieder auf seinem Gesicht. »Genau wie Val«, sagte er. »Schwester, ich muß zugeben, Sie sind ein wahrer weiblicher Machiavelli – was Sie übrigens als Kompliment auffassen dürfen. Jetzt begreife ich, warum Schwester Valentine Ihre Freundschaft so geschätzt hat.«

Sandanato schenkte ihnen Espresso nach. Die Kerzenlichter flackerten in einem plötzlichen Windstoß, der durch das geöffnete Fenster drang. Das Gespräch verlagerte sich auf andere Themen, sehr zum Mißfallen Elizabeth'. Sie wußte die Reaktion der beiden Männer nicht so recht zu deuten: Offensichtlich war ihre Skepsis, was Verschwörungs- und Mordtheorien betraf, in deren Mittelpunkt die Kirche stand, auf ihren langjährigen religiösen Drill zurückzuführen. Aber wie tief hatte sie D'Ambrizzi und dessen Schatten Sandanato mit ihrer Bemerkung getroffen? Als das Gespräch sich zunehmend um Belanglosigkeiten drehte, ließ Elizabeth den Blick durch das Zimmer schweifen. Die Wohnung des Kardinals hier im Vatikanspalast war wie der Mensch D'Ambrizzi: barock. Eindrucksvoll die kostbaren Antiquitäten und die Gemälde alter italienischer Meister; unter anderem ein Tintoretto, den Pius ihm für seine Dienste während des Krieges geschenkt hatte.

Die nervöse Anspannung, die sich wegen Elizabeth' Theorien aufgestaut hatte, ebbte allmählich ab. Der Kardinal hatte sich – durch Vals und Elizabeth' Nachforschungen in den Geheimen Archiven – historischen Themen zugewandt und berichtete aus seinem schier unerschöpflichen Wissensschatz über einige der blutigsten Kapitel der Kirchengeschichte.

Während Elizabeth zuhörte, wurde ihr einmal mehr deutlich, wie recht D'Ambrizzi mit seiner These über die zwei Gesichter der Kirche hatte: einerseits mit einem Fuß immer im Dreck, andererseits das Haupt immer den Sternen zugewandt. Der Januskopf, wie Val es genannt hatte, der Januskopf der römisch-katholischen Kirche.

D'Ambrizzi erzählte von Cesare Borgia und den *Assassini*, die Cesare einst erfolgreich eingesetzt hatte, um den Ehemann Lucrezias zu beseitigen; der Arme wurde im Spätsommer des Jahres 1500 in seinem Bett stranguliert. Es war ein Mord aus politischen Gründen gewesen; Cesare hatte das Ziel verfolgt, seiner Schwester eine neue legitime Eheschließung zu ermöglichen, die für die Borgias von größter Bedeutung gewesen war: die Hochzeit Lucrezias mit Alfonso D'Este, dem Erben des Herzogtums Toskana. Das Bündnis kam auf diese Weise erfolgreich zustande, und am Vorabend von Allerheiligen des Jahres 1501 gab Cesare ein außergewöhnliches Abschiedsfest für seine Schwester Lucrezia.

»Welch eine Feier«, sagte der Kardinal mit geschlossenen Augen, als wäre er ein in Erinnerungen versunkener Teilnehmer. »Fünfzig nackte Kurtisanen tanzten im Saal und nahmen mit den Zähnen geröstete Kastanien vom Fußboden auf, während die Männer... nun ja. Alles in allem hatten die Dinge einen erfreulichen Verlauf genommen, außer natürlich für den Exgatten Lucrezias. Cesare hatte sich auf diese Weise die Ländereien der Colonna unter den Nagel gerissen, die Orsini in den Kerker werfen lassen und sich mit den D'Este, den Herzögen von Ferrara, verschwägert.« Er öffnete langsam die Augen. »Ein ernst zu nehmender Mann.«

Schwester Elizabeth dachte noch über die nackten Kurtisanen und die gerösteten Kastanien nach, als ihr der letzte Satz ins Bewußtsein drang.

*Ein ernstzunehmender Mann...*

»Der Priester, der Val getötet und versucht hat, Ben Driskill zu ermorden«, sagte sie und vergaß für einen Augenblick völlig ihre vorsichtige Zurückhaltung. »Der Mann mit dem silbernen Haar und der Brille...«

D'Ambrizzi, aus seinen eigenen Gedanken gerissen, bedachte sie mit einem nachsichtigen Blick. »Ja, Schwester?«

»Er hätte das richtige Alter. Siebzig, vielleicht älter, aber körperlich noch sehr gut in Form. Er ist einer von ihnen... Er hat schon immer zu ihnen gehört. Ich bin sicher, ich fühle es... was Badell-Fowler geschrieben hat, und die Geschichten über die *Assassini* während des Krieges – erkennen Sie es nicht auch? Es paßt alles zusammen... dieser Simon Verginius, den Badell-Fowler für ihren Führer hielt? Das ist dieser silberhaarige Priester! Er ist Simon Verginius! Und das ist noch nicht alles. Die sogenannte Pius-Verschwörung, die Badell-Fowler erwähnt? Sie wissen doch, was für ein Schurke Pius gewesen ist! All die Deutschen, mit denen er verkehrt hat, die schlechten Deutschen, die Nazis, um genauer zu sein... Es war Pius, der die *Assassini* während des Zweiten Weltkriegs eingesetzt hat. Wahrscheinlich sollten sie die Nazis bei der Plünderung von Kunstschätzen unterstützen, die Sie erwähnt haben, Eminenz! Es paßt doch alles zusammen, oder nicht? Diese Theorie ist es doch zumindest wert, daß man darüber nachdenkt, oder?«

Elizabeth lächelte die beiden Männer an. Sie hatte die Grenzen der Schicklichkeit, die sie sich selbst gesteckt hatte, weit überschritten. Aber es war ihr gleichgültig. D'Ambrizzi und Sandanato starrten erst sie an, dann einander, offenbar außerstande, eine passende Antwort zu finden.

Val wäre verdammt stolz auf dich gewesen, dachte Elizabeth bei sich.

Calixtus erwachte weit nach Mitternacht aus einem unruhigen Schlaf. Die Bettlaken waren feucht von seinem Schweiß, und er verspürte leichten Kopfschmerz. Wenn's mehr nicht war – damit konnte er fertig werden, Gott sei Dank. Er betrachtete die silberne Scheibe des Mondes, die mitten im Fensterrahmen zu schweben schien, und ihm wurde die weiße, kalte Ferne dieses Himmelskörpers bewußt, seine vollkommene Gleichgültigkeit gegenüber den flüchtigen Geschehnissen auf dieser Erde, gegenüber seiner, Calixtus' Amtszeit, der Amtszeit aller Päpste, und er dachte einmal mehr an seinen Tod. Doch auch schon vor Ausbruch seiner unheilbaren Krankheit war der Tod Calixtus' ständiger Begleiter in seinem Leben als Priester gewesen. Wie oft hatte er an Beisetzungen Geistlicher teilgenommen? Ungezählte Male.

Vor dreißig Jahren war er ein junger, ehrgeiziger Monsignore im vatikanischen Staatsministerium gewesen, im Epizentrum der politischen und religiösen Erschütterungen, die von der kirchlichen Macht ausgelöst wurden. Damals, 1958, war Pius XII. nach neunzehnjähriger Amtszeit gestorben. Oh, das war in der Tat ein kolossaler, erderschütternder Tod gewesen! In der Stille des Zimmers, das nur vom fahlen Mondlicht erhellt wurde, hörte Calixtus sein leises Lachen. Mein Gott, waren das Zeiten gewesen!

Pius war der letzte in der langen Reihe von Päpsten alter Art gewesen: Arrogant und selbstherrlich, hatte er verächtlich auf das ›gemeine Fußvolk‹ herabgeblickt. In den Augen Salvatore di Monas war dieser Mensch in moralischer Hinsicht verhärtet, auf gewisse Weise sogar moralisch bankrott und mit ziemlicher Wahrscheinlichkeit geisteskrank. Widerwärtig, wenn man sein Verhalten im Zweiten Weltkrieg bedachte. Und geisteskrank auch insofern, als Pius in seinen letzten Jahren immer wieder behauptet hatte, ›Visionen‹ gehabt zu haben.

Nachdem dieser alte Bastard das Zeitliche gesegnet hatte, hatte Monsignore di Mona, ein aufsteigender Stern innerhalb der Kurie, die makaberen Begleitumstände der Beisetzung dieses Papstes erlebt. Das hatte genügt, ihn davon zu überzeugen, daß man nie wissen konnte, wann genau man für seine Sünden bezahlen mußte. Was Pius betraf, wurde ihm die Rechnung schon sehr schnell präsentiert; ein paar Stunden, nachdem er seinen letzten Atemzug getan hatte.

Es war im Vatikan ein offenes Geheimnis, daß Pius seine natürliche Lebensspanne zu verlängern suchte, indem er die Dienste des Schweizer Gerontologen Dr. Paul Niehans in Anspruch nahm – eines Protestanten, bei allen Heiligen! –, der auch König George V., Konrad Adenauer und Winston Churchill zu seinen Patienten zählte. Sie alle wurden von Niehans einer Frischzellentherapie unterzogen und bekamen unter anderem Spritzen verabreicht, die das sorgfältig pürierte, nahezu verflüssigte Gewebe ungeborener Lämmer enthielten. Als Pius dessenungeachtet im Spätsommer 1958 in Castel Gandolfo seine letzten Stunden verbrachte, hatten die Jesuiten es auf wundersame Weise bewerkstelligt, daß man den Todeskampf eines Papstes – normalerweise ein strengstens gehütetes Geheimnis der Kurie – live über Radio Vatikan miterleben konnte, einschließlich der Gebete, die am Bett des Dahinscheidenden gesprochen wurden. Auch Monsignore di Mona hatte an jenem denkwürdigen Abend der Übertragung gelauscht, da der gesamte Betrieb in der Vatikanstadt in Erwartung des Todes seines Oberhaupts ohnehin zum Erliegen gekommen war. Sal und drei befreundete Priester hatten damals einen Jackpot eröffnet, den derjenige bekommen sollte, der mit seiner Schätzung, was den Zeitpunkt des Ablebens Pius' betraf, am besten lag. Um vier Uhr früh am Morgen des 9. Oktober verabschiedete Pius sich von dieser Welt. Sal di Mona hatte den Jackpot zwar nicht bekommen, doch die Tatsache, daß Pius endlich den Geist aufgegeben hatte, war ihm sehr viel mehr wert.

Und dann öffnete das Theater des Absurden die Vorhänge.

Der Leichnam des verstorbenen Pontifex wurde in Castel Gandolfo von Galeazzi Lisi, dem einstigen Leibarzt Pius', sowie von einem Fachmann namens Oreste Nuzzi einbalsamiert. Dann wurde die sterbliche Hülle in einem städtischen Leichenwagen nach Rom überführt, den man allerdings angemessen auszustaffieren versucht hatte: Auf dem Dach waren vier vergoldete Engel befestigt, Girlanden aus weißem Damast flatterten hinter dem Kastenwagen her wie die Schleppe einer Braut im Sturmwind, und eine wacklige, ebenso schäbige wie geschmacklose hölzerne Nachbildung der päpstlichen Tiara krönte das Fahrerhaus und drohte bei jedem Schlagloch vom Dach zu stürzen.

Monsignore di Mona wartete bereits an der Lateranbasilika, als das seltsame Gefährt anrollte. Er und ein gleichgesinnter Freund wußten nicht, ob sie weinen oder lachen sollten. Und dann vernahmen sie plötzlich ein Geräusch, das sich wie ein Pistolenschuß anhörte. Sal di Monas erster Gedanke war: die *Assassini*! Er wollte ihnen zurufen: Ihr seid zu spät gekommen, ihr Schwachköpfe! Der Alte ist schon hinüber! Doch es erwies sich, daß der vermeintliche Pistolenschuß gar keiner gewesen war. Irgend etwas im Innern des Leichenwagens war schiefgegangen. *Im Innern des Sarges.*

Die Bediensteten des Laterans brachen daraufhin in hektische Betriebsamkeit aus. Der Leichenwagen raste mit schwankenden Engeln und wippender Tiara durch die Straßen Roms in die Vatikanstadt, wo der Sarg dann schleunigst in den Petersdom verfrachtet wurde. Als Monsignore di Mona, als offizieller Vertreter des vatikanischen Ministeriums, schließlich dort anlangte und sah, was passiert war, schüttelte er verwundert den Kopf und zog sich rasch wieder zurück. Da es an diesem Tag ungewöhnlich warm für die Jahreszeit war, hatte Pius XII. anscheinend zu gären angefangen, und dabei hatten sich Gase gebildet, die einen solchen Druck erzeugten, daß der Sargdeckel buchstäblich weggesprengt worden war. Die Balsamierer Lisi und Nuzzi mußten sich also wohl oder übel wieder an die Arbeit machen und legten eine Nachtschicht ein, um das Objekt ihrer Bemühungen soweit wieder herzurichten, daß man es der Öffentlichkeit präsentieren konnte, ohne eine Welle von Ohnmachtsanfällen auszulösen. Am 12. Oktober um sieben Uhr morgens war der Verblichene wieder soweit präpariert, daß die Trauerprozession an seinem geöffneten Sarg vorbeidefilieren konnte. Doch wie sich herausstellte, fingen die Probleme jetzt erst richtig an.

Je weiter der Tag fortschritt – die Besucherscharen strömten an dem Dahingeschiedenen vorbei, Kerzen flackerten, und die Überreste Pius' waren gnädigerweise umhüllt von einem roten Kasel; auf dem Haupt trug er eine goldene Mitra – begann der Ärger von neuem. Es war heiß im Petersdom. Zu heiß. Die Totenblässe auf dem Gesicht des Verstorbenen verwandelte sich in ein Giftgrün. Und jeder, der am Sarg vorbeischritt, nahm den ekelhaften Geruch wahr, den der Körper ausströmte. *Jetzt endlich zeigt er sein wahres Gesicht,* dachte di Mona bei sich.

Schließlich siegte der gesunde Menschenverstand. Man legte den Deckel auf, schob den hölzernen Sarg in einen aus Blei gegossenen und ließ das Ganze in einer Gruft in den Grotten neben St. Peter verschwinden.

Die Gründe, die später für diese katastrophalen Vorfälle angeführt wurden, waren verblüffend, gelinde gesagt, und stützten sich weitgehend auf die Aussage Lisis, daß er und Nuzzi veraltete Methoden der Einbalsamierung angewandt, also auf Injektionen, Chemikalien und Organentnahme – die übrigens bereits im Frühchristentum gang und gäbe war und also bei diesem *heiligen* Mann nun wirklich angemessen gewesen wäre – verzichtet hätten. Lisi verkaufte seine Geschichte vom dramatischen päpstlichen Todeskampf jedenfalls für gutes Geld an Illustrierte aus aller Welt, woraufhin die Kardinäle, die während der Interimszeit bis zur Wahl des neuen Papstes die Geschicke der Kirche leiteten, ihm ›für alle Zeiten‹ untersagten, jemals wieder den Fuß auf den geheiligten Boden des Vatikans zu setzen. Auf jede nur erdenkliche Weise war Pius' Ende schmutzig und schmachvoll gewesen.

Und somit ein verdientes Ende – sowohl damals, in Monsignore Sal di Monas Augen, als auch heute, in den Augen Calixtus' IV. Die vielen Jahre, die seither verstrichen waren, hatten seine Meinung nicht ändern können. Er lächelte bei dem Gedanken an die tragikomischen Geschehnisse in diesem längst vergangenen Oktober einerseits und der Erinnerung an die Freundschaften andererseits, die er im Krieg, im besetzten Paris, geschlossen hatte, als ihm bewußt geworden war, was für ein Monstrum in Gestalt Pius' auf dem Papstthron saß.

Paris. Schon der Name dieser Stadt ließ Erinnerungen aufkeimen, ließ die vertrauten Gesichter alter Freunde vor seinem geistigen Auge erscheinen, ließ ihn an Dinge denken, die es wert gewesen waren, sein Leben dafür zu lassen, alles dafür zu geben...

Calixtus rieb sich den Nacken, massierte die pochende, schmerzende Stelle und stieg langsam aus dem Bett. Die Wirkung der letzten Schmerztablette ließ allmählich nach. Dr. Cassoni hatte ihm erklärt, die Wirkung der Substanz sei im wesentlichen mit der von Heroin zu vergleichen, und Calixtus hatte erwidert, er solle in Zukunft sämtliche Informationen dieser Art für sich behalten. Aber D'Ambrizzi hatte recht behalten: Cassoni verstand sein Handwerk.

Calixtus streifte einen dunkelblauen Morgenmantel über seinen scharlachroten Schlafanzug und schlüpfte in die englischen Samtpantoffeln. Er spülte mit einem Schluck lauwarmem Wasser eine weitere Schmerztablette hinunter und zündete sich eine Zigarette an. Der kühle Abendwind sog den Rauch hinter die Vorhänge und durchs spaltweit geöffnete Fenster. Er drückte auf eine Taste des Kassettenrecorders, und *Madame Butterfly* erklang.

Er nahm seinen Gehstock, verließ das Schlafzimmer, nickte dem im Wohnzimmer wachenden Krankenpfleger zu, der im schummrigen Licht einer Tischlampe in einem Buch blätterte, und trat hinaus auf den Flur. Das rhythmische Klicken der Gehstockspitze auf dem marmornen Fußboden hörte sich wie ein Metronom an. Seit die Mordaffäre sich verschärft und die Spannungen in der Vatikanstadt einen vorläufigen Höhepunkt erreicht hatten, seit er Indelicato und D'Ambrizzi die Marschbefehle erteilt hatte, durchstreifte Calixtus die endlosen Korridore seines riesigen Wohnsitzes fast nur noch in den frühen Morgenstunden, als könnten die Stille der Nacht und die Garde, wie er die Nachtschicht bezeichnete, ihm ein Gefühl der Beruhigung vermitteln. Wenn er nur daran glauben könnte, daß alles wieder ins Lot kam.

Er klopfte leise an eine Tür, doch laut genug, daß der Mann im dahinterliegenden Zimmer ihn hören konnte, sofern er noch nicht schlief.

»Bitte, kommen Sie herein, Heiligkeit.« Die Stimme war rauh und tief.

Calixtus öffnete die Tür und trat zögernd ein. »Ich habe Sie doch nicht geweckt, Giacomo?«

»Nein, nein. Ich fürchte, zur Zeit bin ich ein Nachtschwärmer. Treten Sie ein, ich freue mich über Ihre Gesellschaft. Wenn wir ein bißchen plaudern, verfalle ich wenigstens nicht mehr ins Grübeln.«

Zwischen den beiden Männern hatte nicht immer ein so freundschaftlich-vertrautes Verhältnis geherrscht. Jahre zuvor waren Giacomo und Salvatore Rivalen um den Papstthron gewesen, obgleich sie über dieses Thema nie ernsthaft miteinander gesprochen hatten. Zu viele Kardinäle waren damals der Meinung gewesen, D'Ambrizzi wäre zu wichtig für die Knochenarbeit, als daß er hätte Papst werden können... und dann war viel Geld in viele Taschen geflossen. Unersetzlich, hatten die Kardinäle gesagt, D'Ambrizzi wäre einfach unersetzlich, was man von Kardinal di Mona nicht behaupten könne. Das war damals die ›offizielle Version‹ gewesen. Jedenfalls hatte D'Ambrizzi die Zeichen richtig gedeutet und all seine Unterstützung dem jüngeren di Mona zukommen lassen. Ironie des Schicksals: Jetzt bestand durchaus die Möglichkeit, daß Calixtus' Amt und Würden doch noch auf den Älteren, D'Ambrizzi, übergingen.

»Haben Sie große Schmerzen?« D'Ambrizzis Gesicht lag im Halbschatten und wirkte finster, bedrohlich.

»Es geht. Bevor ich zu Bett ging, habe ich ein wenig gebetet. Ungefähr eine Stunde später bin ich aufgewacht und habe über den Tod von Pius nachdenken müssen.«

D'Ambrizzi lächelte. »Eine schwarze Komödie. Ein blasphemischer junger Bühnenautor könnte ein sehr lustiges Stück darüber schreiben.«

»Was halten Sie grundsätzlich vom Beten, Giacomo?« Calixtus ließ sich vorsichtig in einen gepolsterten Sessel sinken.

»Ich wüßte nicht, was schädlich daran sein könnte, wie unser Freund Indelicato es ausdrücken würde. Aber das Beten ist doch eigentlich gar nicht Ihre Art, nicht wahr? Was hat Sie dazu getrieben, Salvatore?«

Seinen alten Namen zu hören, erfüllte Calixtus mit Freude. »Das, was den Menschen zuallererst zum Beten bringt. Angst. Diese Morde...« Er zuckte in einer Geste der Hilflosigkeit die Achseln. »Wo können wir den Hebel ansetzen? Wie können wir dem Morden ein Ende machen? Warum mußten diese Leute sterben? Warum? Das ist der entscheidende Punkt.« Er verlagerte das Körpergewicht, versuchte, eine bequemere Haltung einzunehmen. Die Schmerztablette begann zu wirken. D'Ambrizzi schwieg. Calixtus sagte nachdenklich: »Als ich Sie in Paris kennenlernte, waren Sie ein beinahe gewohnheitsmäßiger Aufrührer. Nein, bitte, lassen Sie mich ausreden. Genau das hat mir nämlich so sehr imponiert, wahrscheinlich, weil mir bewußt war, daß ich nie den Mut dazu aufgebracht hätte. Ich habe die Leute reden hören, habe mitbekommen, was man über Sie gesagt hat. Sie hatten Kontakte zur Résistance, Sie haben Juden aus Deutschland geschmuggelt und vor den Nazis versteckt...«

»Nur mit Hilfe von Reichsmarschall Göring«, sagte D'Ambrizzi. »Seine Frau, diese Schauspielerin, hatte jüdisches Blut in den Adern...«

»Sie haben die Flüchtlinge sogar in den Kohlenkellern unserer Kirchen versteckt!«

»Nur hin und wieder, Salvatore.«

»Ich möchte Ihnen eine Frage stellen, Giacomo. Hatten Sie jemals Angst? Eine solche Angst, daß Sie sich nichts Schlimmeres vorstellen konnten? Und hat der Glaube Ihnen über diese Angst hinweggeholfen?«

»Zunächst einmal – es gibt immer etwas Schlimmeres als das vermeintlich Schlimmste. Immer. Nun, auch ich hatte bisweilen Angst, sicher – aber auf meinen Glauben habe ich mich nie zu stützen brauchen, um diese Angst zu überwinden, Salvatore. Ich war immer zu sehr mit dem Problem beschäftigt, mich aus einer Klemme nach der anderen zu befreien. Angst... Mit dem Alter verblaßt natürlich die Erinnerung. Hatte ich jemals Angst? Wahrscheinlich war ich jung und stark genug zu glauben, daß ich unbesiegbar, unsterblich...«

»Das ist lästerlich, Kardinal!«

»Allerdings! Aber die geringste meiner Sünden. Denken Sie nur an den alten Pius und all seine Spritzen. Er hat alles versucht, einfach alles, um den Tod zu überlisten... Natürlich hatte ich Angst. Es gab da einen deutschen Offizier. Er war schon vor dem Krieg mit Pius bekannt. Ein junger Bursche ohne großen Einfluß, aber ich mußte ihn aus verschiedenen Gründen hin und wieder in seinem Büro aufsuchen. Wie gesagt, kannte er Pius und hat mir immer wieder und wieder erzählt, wie er höchstpersönlich Kardinal Pacelli Herrn Hitler vorgestellt hatte. Und sehen Sie nur, D'Ambrizzi, was aus Pacelli geworden ist! Das konnte er gar nicht oft genug betonen. Pacelli ist jetzt Papst Pius, und Hitler kann sich daran erinnern, wer ihm den damaligen Kardinal vorgestellt hat! Er betrachtete das offenbar als eine Art weltgeschichtliche Leistung. Jedesmal, wenn dieser Mensch mich in sein Büro bestellt hat – vom Fenster aus konnte man den Arc de Triomphe sehen –, mußte ich mich übergeben. Bevor ich zu ihm ging, und nachdem ich sein Büro verlassen hatte. Er hat mir Angst eingejagt.«

»Warum, Giacomo? Was hätte er Ihnen antun können?«

»Mir spukte immer der Gedanke im Kopf herum, daß der junge Richter eines Tages, nur so aus Spaß, die Luger aus dem Halfter ziehen und mich über den Haufen schießen könnte. Daß er eine Waffe auf mich richtet und im nachhinein behauptet, ich hätte versucht, ihn zu töten. Ja, ich hatte Angst, daß Klaus Richter mich töten könnte.« Der Kardinal seufzte. »Nur so aus Spaß. Wissen Sie, man hatte mich in Verdacht, für bestimmte Dinge verantwortlich zu sein, die den Deutschen nicht besonders gefallen haben – aber sie hätten einen Priester exekutieren müssen! Besonders in dieser Zeit war das eine höchst unpopuläre Angelegenheit; schließlich repräsentieren Geistliche in einem besetzten Land die Vernunft, die Menschlichkeit... Später ist mir aufgegangen, daß der junge Richter ein schrecklicher Lügner gewesen sein muß. Er war eigentlich viel zu jung, als daß er Pacelli Hitler hätte vorstellen können. Vielleicht wollte er nur Eindruck auf mich machen. Auf jeden Fall – ja, ich hatte Angst, Salvatore.«

»Dann werden Sie verstehen, was ich empfinde. Ich habe den Eindruck, als stünden wir alle auf einer schrecklichen schwarzen Liste, als würden wir von jemandem verdächtigt, für gewisse Aktivitäten verantwortlich zu sein – ich weiß nicht mehr ein noch aus, Giacomo, ich weiß nicht, wo wir anfangen können, einen Weg aus diesem finsteren Tunnel zu finden... acht Morde...«

D'Ambrizzi nickte. »Gegen die Angst ist man machtlos. Sie sind auch nur ein Mensch.«

»Ich habe Angst, was mit der Kirche geschieht, gewiß. Und ich habe Angst um mich selbst... Angst zu sterben. Nicht immer. Manchmal. Ist das schändlich, Giacomo?« Er hielt inne, fügte dann hinzu: »Wenn ich daran denke, daß es eine Zeit gab, als Sie mein Amt angestrebt haben...«

»Das ist nicht ganz richtig«, sagte D'Ambrizzi. »Ich muß gestehen, daß diejenigen, die im Konklave für mich gestimmt haben, gute, ehrliche Männer waren. Elf an der Zahl. Das war meine Bestmarke, erinnern Sie sich? Dann kamen meine ›unverzichtbaren Talente‹ zur Sprache, und meine Anhängerschaft schmolz dahin wie Schnee in der Sonne. Ich habe dem niemals nachgetrauert, wissen Sie. Ich führe ein zufriedenes Leben, Heiligkeit.«

»Für wen haben Sie damals gestimmt, Giacomo?«

»Für Sie, Heiligkeit.«

»Warum, um alles in der Welt?«

»Ich war der Meinung, Sie hätten es verdient.«

Der Papst lachte laut auf. »Das, mein alter Freund, kann man auf zweierlei Weise auslegen.«

»Mindestens«, sagte D'Ambrizzi lächelnd.

»Sagen Sie mir ehrlich«, fragte Calixtus nach einem Moment des Schweigens. »Welche Absichten verfolgt dieser Driskill? Was *kann* er tun? Weiß er von den anderen Mordopfern?«

»Nein. Je weniger er weiß, desto größer ist die Wahrscheinlichkeit, daß er mit dem Leben davonkommt. Glauben Sie nicht auch?«

»Natürlich. Und wir können keine Laien gebrauchen, die das Innerste der Kirche nach außen zu kehren versuchen. Er muß aufgehalten werden, wenn er weiter so beharrlich...«

»Ganz recht.«

»Vielleicht wird er der Sache bald müde und gibt auf.«

»Genau das hoffe ich. Ich hatte damit gerechnet, daß schon der Anschlag auf sein Leben seinen Enthusiasmus dämpfen würde. Allerdings war eher das Gegenteil der Fall, wie sich herausgestellt hat.«

»Wo ist er jetzt?«

»In Ägypten, soweit ich weiß.«

»Wir können nicht wissen, wann sie wieder zuschlagen werden, oder?«

»Nein.«

»Manchmal kommt es mir so vor, als wäre die Entwicklung stehengeblieben und wir alle hingen in der Schwebe. Wie sieht das Muster aus, Giacomo, das Schema, der übergeordnete Plan? Warum diese acht?«

Kardinal D'Ambrizzi schüttelte den Kopf.

Calixtus blickte aus dem Fenster auf die vom Mondlicht beschienenen vatikanischen Gärten. »Fürchten Sie sich vor dem Tod?«

»Ich kannte mal eine Frau, die jung sterben mußte. Wir unterhielten uns darüber, was sie wohl im Jenseits erwarten mochte. Sie hat mich getröstet, Heiligkeit. Sie nahm meine Hand und sagte mir, ich müsse ihr glauben, daß man den Tod als seinen letzten, besten Freund betrachte, wenn er sich nähert. Ich habe diese Worte nie vergessen.«

»Das sind Worte, die einer Heiligen würdig sind. Diese Frau, wenn auch jung, muß weise gewesen sein. Warum bin ich es nicht?«

Der Papst erhob sich langsam und stand gedankenverloren im Zimmer, verloren im Labyrinth der Erinnerungen an eine andere Zeit. Der Kardinal legte dem kleineren Mann den Arm um die Schultern und führte ihn ans Fenster, wo sie beide in den Nachthimmel blickten. Es bedurfte keiner Worte mehr. Unter ihnen, in der erhabenen Stille der Gärten, ging ein einsamer Priester über die Fußwege, mal in den Schatten, dann wieder geisterhaft im bleichen Mondlicht; in der einen Sekunde dort, in der nächsten hier, wie ein Phantom, wie ein Mörder...

Als er wieder im Bett lag, drehten sich Calixtus' Gedanken unablässig, hartnäckig, ruhelos um Ereignisse aus der Vergangenheit, als wäre sie wie ein Magnet, dessen Anziehungskraft zu groß war, als daß seine verzweifelten Bemühungen Erfolg haben könnten, sich dagegen zur Wehr zu setzen. Paris, immer wieder war es Paris, und nun brachen die Dämme, und die aufgestauten Erinnerungen überfluteten seinen Geist. Über viele, sehr viele Jahre hinweg hatte er sie zurückdrängen können, hatte es irgendwie geschafft, sich das Eingeständnis zu verweigern, daß diese Dinge tatsächlich geschehen waren, damals in Paris. Er hatte die Vergangenheit schlichtweg zu ignorieren versucht, doch nun brach sie sich gewaltsam Bahn, und alles, alles war wieder da, die Tage und Nächte und die Ängste und Sorgen und die Kameradschaft und der Mut und der Verrat – das alles erschien wie eine magische Schrift vor seinem geistigen Auge. Er fragte sich, ob die anderen hatten vergessen können. Hatte D'Ambrizzi vergessen? Und der alte Bischof Torricelli? Hatte auch er alles, was geschehen war, nur so lange zurückdrängen können, bis er auf dem Totenbett gelegen hatte wie jetzt er? Und wie mochte es bei dem spröden, hageren, asketischen Mann aus Rom aussehen, der damals an die Tür von Sal di Monas Wohnung in Paris geklopft hatte, dieser Mann, in dessen Augen sich Zorn und der heiße Wunsch nach Bestrafung gespiegelt hatten. Indelicato, der Inquisitor – konnte auch er sich erinnern oder nicht, jetzt, wo er nur noch einen winzigen Schritt vom Thron des Petrus entfernt stand?

Er wälzte sich unruhig im Bett hin und her, wehrte sich noch immer gegen den Ansturm der Bilder... und dann war sie wieder da, jene Szene, die sich an einem Winterabend auf dem kleinen Friedhof neben der Kirche abgespielt hatte, und Sal di Mona kauerte wieder zitternd vor Angst und Kälte hinter dem schwarzen schmiedeeisernen Zaun. Sie waren drei Mann gewesen, er und Bruder Leo und der hochgewachsene blonde Priester, und sie hatten beobachtet, wie auf dem winzigen Friedhof mit den uralten

Grabsteinen, die krumm und schief aus dem Boden ragten, ein Mord geschah. Sie hatten den Atem angehalten und versucht, das Klappern der Zähne zu unterdrücken, und dann hatten sie gesehen, wie ein Priester einen anderen Priester tötete, jenen Mann, der sie alle verraten hatte, sie hatten gesehen, wie der eine Priester dem anderen mit bloßen Händen das Genick brach, und Sal di Mona hörte noch immer das Geräusch der berstenden Knochen...

Auch Monsignore Sandanato hatte eine unruhige Nacht.

Das Gespräch mit Elizabeth beim Abendessen hatte ihn zornig gemacht, doch er hatte versucht, sich seine Gefühle nicht anmerken zu lassen. Was glaubte sie eigentlich, was sie da trieb? Wer hatte ihr die Erlaubnis erteilt, Schwester Valentines Arbeit zu Ende zu führen? Eine Arbeit, die Schwester Valentine das Leben gekostet hatte. Und sollte sie tatsächlich irgend etwas ans Tageslicht fördern – was hatte sie dann mit diesen Erkenntnissen vor? Sie hatte jetzt schon eine Verbindung zwischen den acht Opfern hergestellt, die die Kirche vor der Öffentlichkeit zu verbergen versucht hatte. Sie hatte bereits all das alte Zeug über die *Assassini* ausgegraben – welche Aufgaben sie wahrgenommen hatten und für wen. Und das heute, zu einer Zeit, in der Skandale um kirchliche Banken und Investitionen und potentielle Kirchenspaltungen und Schismen fast an der Tagesordnung waren. Und Elizabeth glaubte offenbar schon, zwei und zwei zusammenzählen zu können: acht Mordopfer und diese *Assassini*-Geschichte. Und dann? Nach dem Verlauf der Dinge zu urteilen, schien sie den Tod geradezu herauszufordern – und genau das wollte Sandanato verhindern. Die Kirche konnte es sich nicht erlauben, eine Persönlichkeit wie Elizabeth zu verlieren. Abgesehen davon gab es noch all die anderen Gefühle ihr gegenüber, die Sandanato so sorgfältig in seinem Innern verschloß und die ihm dennoch zunehmend Unbehagen und Sorgen bereiteten.

Und dann gab es noch ein weiteres Problem. Ben Driskill.

Bevor er sein Büro im Vatikan verlassen hatte, um an dem Abendessen in der Wohnung des Kardinals teilzunehmen, hatte er einen Anruf von Father Dunn aus New York erhalten. Dunn hatte sich erkundigt, ob Sandanato irgend etwas über Ben Driskill und dessen Reiseroute zu Ohren gekommen sei.

»Nein«, hatte Sandanato schroff und ungeduldig erwidert, »und ich möchte Ihnen hiermit sagen, daß ich nicht die Absicht habe, meine Zeit damit zu verschwenden, mir über Driskill den Kopf zu zerbrechen. Wir haben schon genug Ärger, auch ohne diesen Mann, der in Ägypten Leuten auf die Nerven geht, von denen er annimmt, daß sie etwas mit dem Mord an seiner Schwester zu tun haben könnten. Dieser Driskill muß lebensmüde sein! Er hat eine zwei Wochen alte und zwei Fuß lange Messerwunde im Rücken – Father, ist der Mann verrückt? Kann er denn nicht begreifen, daß das eine kirchliche Angelegenheit ist? Warum kann er es nicht der Kirche überlassen, diese Sache in die Hand zu nehmen?«

»Hat sie das denn? Und wenn – wie? Diese Frage würde ich mir an Ihrer Stelle mal stellen.« Dunn kicherte, was Sandanatos Abneigung und Zorn noch steigerte. »Und lassen Sie sich eins gesagt sein – Ben Driskill schert sich einen Dreck darum, wie die Kirche ihre Probleme regelt. Zumindest, wenn dies auf die übliche Weise geschieht. Er ist vermögend, er ist streitlustig, er ist zu allem entschlossen und geht seinen eigenen Weg, wie die Driskills es schon immer getan haben. Und er ist nicht bloß hartnäckig, er ist in gewisser Weise erbarmungslos gegen sich selbst und andere. Ich habe ein paar Erkundigungen über ihn eingeholt und kann mir allmählich ein Bild von diesem Burschen machen – soll ich Ihnen sagen, was ich glaube? Ich glaube, daß er selbst zu einem Mord fähig ist. Falls Sie sich also Sorgen um Driskill machen, dann möchte ich Ihnen den Rat geben, sich so langsam auch um die anderen Herrschaften Sorgen zu machen.«

»Soll das heißen, er ist durch nichts mehr aufzuhalten, er ist gewissermaßen außer Kontrolle geraten, und wir können nichts dagegen unternehmen?«

»Mir scheint, Sie haben es erfaßt, Monsignore«,

»Dann, fürchte ich«, sagte Sandanato kühl, »wird Driskill den Tod finden – ungeachtet Ihrer persönlichen Meinung, Father.«

»Verstehen Sie mich nicht falsch, ich bin genauso besorgt um ihn wie Sie. Das ist auch der Grund meines Anrufs. Ich wollte mich erkundigen, ob Sie irgend etwas von ihm oder über ihn gehört haben.«

»Das ist nicht der Fall, wie ich schon sagte. Und Sie bleiben dabei? Er ist nicht mehr aufzuhalten?«

Dunn kicherte trocken. »Von mir jedenfalls nicht.«

»Was können wir Ihrer Meinung nach tun, Father?«

»Vielleicht sollten wir's mal mit Beten versuchen, mein Freund.«

In seiner spartanisch eingerichteten Wohnung, die weniger als zehn Gehminuten von der Porta St. Anna entfernt lag, setzte Sandanato sich an einen kleinen, wackligen Tisch am Fenster und blickte auf die stille Straße hinunter, die zwei Stockwerke tiefer am Haus vorbeiführte. Er schenkte sich einen Glenfiddich ein und ließ ihn nachdenklich im Glas kreisen. Er hatte vor vielen Jahren ein Seminar in Glasgow besucht und hatte bei dieser Gelegenheit die Single-Malt-Whiskys kennengelernt. Italiener waren normalerweise keine Scotchtrinker, schon da der Whisky für die meisten zu teuer war, aber das stellte für einen vatikanischen Monsignore kein Problem dar. Der Glenfiddich war einer der wenigen weltlichen Genüsse, die Sandanato sich gönnte. Er spürte, wie sich die wohlige Wärme in seinem Magen ausbreitete und wie schon der erste Schluck seine Nerven beruhigte, und schloß die Augen. Alles lief nicht so, wie es laufen sollte, und sich zu betrinken war die vielleicht einzig vernünftige Antwort darauf. Er hatte eine Schallplatte aufgelegt und lauschte der Musik: *Rigoletto*. Eine phantastische Aufnahme mit Maria Callas, di Stefano und Gobbi.

Sandanato kämpfte schon sein Leben lang gegen die finsteren Armeen der Depression. Und er war auf der Verliererstraße. Wohin er auch blickte – die Düsternis rückte näher, winkte, lockte. Was mit der Kirche geschah, was er jetzt erleben mußte, wühlte schmerzhaft in seinem Innern. Irgendwann würden die Schatten wie eine schwarze Woge über ihm zusammenschlagen – es sei denn, es gab noch irgendeine Möglichkeit, die Kirche rechtzeitig zu retten. Er hatte die Furcht in den Augen des Papstes gesehen, die Verzweiflung, seine Unfähigkeit, das Schicksal abzuwenden. Doch bald würde ein anderer Mann auf dem Papstthron sitzen...

Sandanato beobachtete, wie auf der gegenüberliegenden Straßenseite eine Prostituierte mit einem Freier um die Bezahlung für ihre Dienste feilschte. Schließlich lachte die Frau – ein häßliches, grelles Geräusch wie von einer läufigen Katze –, hakte sich bei dem Mann ein und führte ihn irgendwohin auf ein Zimmer, zu schmutzigen, fleckigen Laken und dem Geruch nach Schweiß und billigem Parfüm. Er erinnerte sich an die Hure, mit der er selbst es vor langer Zeit einmal getrieben hatte, ein einziges Mal, und er trank einen kräftigen Schluck Scotch, um die Erinnerung daran auszubrennen wie eine eiternde Wunde.

Er schenkte sich einen weiteren Drink ein. *Wo war Driskill und was tat er?* Sandanato stand so unvermittelt auf, daß der Stuhl gegen die Wand prallte. Er ging unruhig in dem kleinen Zimmer auf und ab. Die Einsamkeit und Stille drohten ihn zu überwältigen. Er hätte die Nacht im Vatikan verbringen sollen. Das war sein einziges wirkliches Zuhause. Das war sein einziges wirkliches *Leben*: die römisch-katholische Kirche.

Er wußte, wohin seine Gedanken ihn führen würden, doch er wehrte sich nur halbherzig dagegen. Und dann, wie ein Leuchtfeuer in der Einsamkeit und Verzweiflung, erstrahlte der Gedanke an Elizabeth.

Warum? Er war sich nicht ganz sicher, aber es spielte keine Rolle.

Er war noch nie zuvor einer solchen Frau begegnet. Sie hatte eine ungeheuer starke Ausstrahlung, besaß Kraft und Energie, einen hellen, wachen Geist, eine erfrischende Ehrlichkeit. Er fühlte sich zu ihr hingezogen und sehnte ihre Gesellschaft herbei, wünschte sich, jetzt mit ihr zusammenzusein, in irgendeinem anderen Raum als *diesem hier*, der so viel Schmerz und Sehnsucht und Verzweiflung in ihm weckte.

Er wollte ihre Stimme hören, wollte mit ihr reden, diskutieren, ihre geistige Kraft und Schärfe mit der seinen messen, ihre Gedanken mit den seinen austauschen, denn er spürte, daß sie sich ähnlich waren, er wußte, daß sie so dachte wie er: daß immer und überall die Kirche, das Wohl der Kirche Vorrang haben mußte vor allem anderen. Er wußte, daß Elizabeth die gleiche innere Hingabe an die Kirche besaß wie er selbst.

Er war sicher, daß Schwester Valentine Lockhardts Geliebte gewesen war. Kardinal D'Ambrizzi hatte ihn darüber nicht im Zweifel gelassen. Aber was war mit Schwester Elizabeth? Er wußte, daß es irrational war, geradezu verrückt, aber er hatte sich selbst fast in den Wahnsinn getrieben mit dem Gedanken, daß Elizabeth und Ben Driskill... Er bildete sich das alles nur ein, das wußte er. Und dennoch. Er hatte die beiden beobachtet, die Vertrautheit zwischen ihnen. Und es hatte ihn einen Moment lang mit Genugtuung erfüllt, als Ben Driskill ihm von Elizabeth' kühlem Abschied erzählte. Dann aber hatte er gespürt, wie tief Elizabeth'

Verhalten Driskill getroffen hatte, wie schwer sie ihn verletzt hatte, wie wütend das alles ihn gemacht hatte. So reagierte nur ein Mann, der sich verletzt fühlte, der etwas verloren hatte, und dieser Gedanke führte Sandanato wieder vor Augen, welche Blicke die beiden getauscht hatten. So freundschaftlich, so vertraut.

Schon der bloße Gedanke daran quälte ihn. Konnte irgend etwas zwischen den beiden gewesen sein? Driskill hatte ihm erzählt, wie er Elizabeth kennengelernt hatte und wie sehr sie und Val sich gemocht, ja geliebt hatten... War es möglich, daß sie ihr Gelübde gebrochen hatte? Daß sie mit Driskill das getrieben hatte, was dessen Schwester mit Lockhardt getrieben hatte?

Herrgott, er haßte sich selbst ob dieser Gedanken! Es war absurd, was er sich da zusammenreimte. Val war ermordet worden, Elizabeth war nach Princeton geflogen – und er ging sofort davon aus, daß sie mit Driskill ins Bett gestiegen war. Eine pubertäre Phantasievorstellung, mein lieber Pietro. Die widersinnige Furcht und Eifersucht eines einsamen Mannes, eines Priesters – der eine verrückte Hinwendung, nein, Vernarrtheit zu einer Nonne entwickelt hatte, die kaum wußte, daß es ihn gab, die ihn kaum zur Kenntnis nahm.

Und dennoch. Sie, nur sie konnte diese Last von ihm nehmen, ihn von diesen quälenden Zweifeln befreien. Aber er konnte sie ja schlecht fragen, ob sie mit Driskill... Und doch mußte er wissen, ob sie ihrem Leben – und seinem – wirklich und wahrhaftig den Sinn gegeben hatte, wie die Kirche es von ihr erwartete. Er wollte ihr vertrauen können. Er brauchte ihre Hilfe, um aus dem finsteren Kerker seiner trostlosen Einsamkeit entfliehen zu können.

Aber war sie noch achtbar? Unbefleckt?

Allein die Frage war häßlich, aber er konnte sie nicht wegleugnen.

Schließlich konnte er seiner inneren Unruhe keinen Widerstand mehr entgegensetzen.

Er zog das Telefon heran, nahm den Hörer auf, wählte ihre Nummer und wartete, während es am anderen Ende der Leitung läutete und läutete...

Father Artie Dunn stand am Fenster seines Arbeitszimmers und blickte hinunter auf die Carnegie Hall, die siebenundfünfzigste

Straße und den südlichen Central Park, die unter der tristen Decke des Morgennebels lagen. Die Bäume im Park waren blattlos und kahl, die Teiche bleigrau, und hin und wieder flatterten braune und graue Enten mit hektischen Flügelschlägen empor oder landeten im Schilf. Er seufzte, nahm den Feldstecher von den Augen und goß sich eine weitere Tasse Kaffee aus der Thermoskanne auf seinem Schreibtisch ein. Er hatte nur etwa drei Stunden geschlafen und gähnte übernächtigt. Auf Schreibtisch und Beistelltisch lagen Dutzende von handbeschriebenen Seiten; Notizen über die ›Driskill-Affäre‹. Theorien. Gedanken. Querverbindungen. Die Driskills waren überall. Allgegenwärtig. Was für eine außergewöhnliche Familie!

Die ganze Geschichte war außergewöhnlich, gleichermaßen erschreckend wie faszinierend, und übertraf in ihrer Komplexität bei weitem jeden Roman, den er bisher geschrieben hatte. Er bekam das alles einfach nicht in den Griff. Da war, zum Beispiel, diese wilde Schauergeschichte, die Schwester Mary Angelina ihm erzählt hatte, diese alte Nonne mit den großen Augen und den feinen, zarten Gesichtszügen, die man in der Sicherheit und Abgeschiedenheit des Nonnenklosters versteckt hatte – der letzten Station ihres Lebenswegs. Sie hatte ihm diese alte Geschichte ruhig und distanziert dargelegt – na ja, mehr oder weniger ruhig –, eine Geschichte, die sie seit fast einem halben Jahrhundert mit sich herumgetragen hatte. Er hatte sich bei ihr bedankt und war gegangen, nachdem sie geendet hatte. Was hätte er auch sagen sollen? Aber die Frage war: Konnte er ihr glauben oder nicht? Sie machte zwar nicht den Eindruck, schon verkalkt zu sein, aber man konnte ja nie wissen. Denn wie, in Gottes Namen, brachte ein Mensch es fertig, ein solches Geheimnis so lange mit sich herumzuschleppen, um es dann einem Wildfremden wie auf einem silbernen Tablett zu servieren? Er hatte nicht gewußt, was er von der ganzen Angelegenheit halten sollte, darum hatte er sich bei der Schwester bedankt, war losgefahren und hatte in Princeton erst mal Station gemacht und sich im Nassau Inn, wo die ganze verflixte Sache vor etwa einem Monat in dieser gräßlichen Nacht ihren Anfang genommen hatte, einen Hamburger genehmigt. Und dort war er zu der Überzeugung gelangt, daß er sich Gewißheit verschaffen mußte, ob Mary Angelinas Geschichte der Wahrheit entsprach. Was aber nicht so einfach sein würde, denn Mary Driskill war schon lange tot und Father Governeau noch länger. Und er konnte wohl kaum in Hugh Driskills Krankenzimmer hereinplatzen und ihm von Schwester Mary Angelinas Zeitreise in die Vergangenheit berichten, ohne daß die Gefahr bestand, dem Mann einen zweiten Infarkt zu bescheren. Also. Welche anderen Möglichkeiten gab es? Es mußte einen Weg geben.

Als er nach New York zurückkehrte, war es dunkel und kalt gewesen, und er hatte sich darangemacht und versucht, die Geschichte von Father Governeaus Tod in das ohnehin noch unfertige, verzerrte Gesamtbild einzufügen, das er mühsam erstellt hatte. Es hatte sich als unsägliche Schinderei erwiesen, und das Bild war noch unschärfer geworden. Er mußte die Spreu vom Weizen trennen, das Unkraut endlich herausreißen, aber er wußte nicht, wie und wo er damit beginnen sollte.

Schließlich war er todmüde ins Bett gefallen, hatte drei Stunden fest und traumlos geschlafen und war um sieben Uhr morgens aufgewacht, als der Timer den Fernseher zum Leben erweckt hatte und die *Today-Show* über den Bildschirm geflimmert war. Der NBC-Korrespondent in Rom konnte mit zwei Reportagen über den Vatikan aufwarten: Eine behandelte den anhaltenden Skandal um die Bank, der anscheinend eine Welle von Selbstmorden ausgelöst hatte, und die zweite – die mehr ein kurzer Nachsatz war, fast schon ein Abspann – drehte sich um die Gerüchte, daß der Papst möglicherweise erkrankt sei, denn seine öffentlichen Auftritte wären seit dem zurückliegenden Sommer immer seltener geworden, und im vergangenen Monat sei er gar nicht mehr an die Öffentlichkeit getreten. Die offiziell vom Vatikan verbreitete Version – Calixtus leide an einer hartnäckigen Entzündung der oberen Atemwege – forderte den NBC-Mann jedenfalls zu einem zynischen Kommentar heraus. Dunn gähnte, konnte sich aber ein Grinsen nicht verkneifen. Der Gedanke daran, daß die Herren in der Kurie jetzt ihre fetten Hintern bewegen und schleunigst Tretminen zur Abwehr allzu aufdringlicher Medienverteter legen mußten, erheiterte ihn. Es war sowieso überraschend, daß Calixtus' Krankheit so lange hatte geheimgehalten werden können.

Nachdem er seinen Kaffee getrunken hatte, wandte er sich halbwegs aufgemuntert wieder seinen eigenen Problemen zu. Und dann, plötzlich, fiel ihm immerhin eine Antwort auf eine seiner vielen Fragen ein. Er brauchte jemanden, der die Geschichte bestätigen konnte, die Schwester Mary Angelina ihm erzählt hatte. Und ihm war jemand eingefallen.

Drew Summerhays. Hugh Driskills Mentor, Berater, Freund. Wenn er die Wahrheit nicht kannte, dann kannte sie niemand.

Dunn wählte die Nummer der Kanzlei Bascomb, Lufkin und Summerhays und sprach mit der Sekretärin des bedeutenden Mannes. Nein, heute sei Mr. Summerhays nicht zu erreichen, aber morgen um vierzehn Uhr sei noch ein Termin frei. Ob ihm das genehm sei? Dunn beeilte sich, den Termin zu bestätigen.

Erst nach diesem Telefonat stellte er fest, daß er am Abend zuvor so sehr mit Theorien und Spekulationen beschäftigt gewesen war, daß er versäumt hatte, den automatischen Anrufbeantworter abzuhören. Es waren mehrere Anrufe eingegangen, aber der einzige, der ihn wirklich interessierte, war zwei Abende zuvor von Peaches aus New Pru gekommen. Er hatte sich gestern, als Dunn das Nonnenkloster besucht hatte, noch zwei weitere Male gemeldet. Beim dritten Anruf waren Ungeduld und Erregung in Peaches' Stimme so deutlich zu hören, daß Dunn nicht lange fackelte und das Pfarrhaus der Gemeinde St. Mary's anrief.

Er verabredete sich mit Peaches für dreizehn Uhr zum Mittagessen im The Ginger Man, einem Restaurant in der Nähe des Lincoln Center. Father Dunn saß bereits an einem der Tische im Café des Restaurants vor einer der großen gläsernen Wände, durch die man hinaus auf den Gehsteig blicken konnte, und nippte an einem Martini, als Peaches aus dem kalten Regen, der vom Hudson herüberwehte und lautstark gegen die Scheiben prasselte, hereinkam und sich suchend umschaute. Er schüttelte seinen Regenmantel aus und zog die Nase hoch, entdeckte Dunn und ging zu ihm.

»Ich habe den Eindruck«, sagte Dunn und lehnte sich zurück, »als würde Ihnen irgendwas Wichtiges am Herzen liegen, junger Freund.«

»Ha! Wenn das keine Untertreibung ist, habe ich noch nie eine gehört. Sie sollten ihre Anrufer nicht so oft ignorieren. Ich wäre fast durchgedreht.« Er bestellte sich einen Rob Roy und öffnete die Schnappverschlüsse der schwarzen Aktentasche, die er sich auf den Schoß gelegt hatte. Sein Gesicht sah nicht so jungenhaft wie sonst aus. Zum erstenmal, seit Dunn ihn kannte, wirkte er ernst und genauso alt, wie er war. »Artie«, sagte er, »jetzt halten

Sie sich fest. Ich glaube, wir haben hier etwas sehr Interessantes, doch der Teufel soll mich holen, wenn ich sagen könnte, *was* es ist. Aber weil Sie so beharrlich den Eindruck von Intelligenz und Weisheit zu hinterlassen versuchen, möchte ich Ihnen die Chance geben, das endlich unter Beweis zu stellen. Sehen Sie sich das mal an.«

Er reichte Dunn den großen Umschlag, an dem noch die Reste des Isolierbands klebten, über den Tisch. Dunn öffnete ihn behutsam und zog das handgeschriebene Manuskript heraus.

*Tatsachen und Hintergründe im Fall Simon Verginius.*

»Von keinem geringeren als Giacomo D'Ambrizzi«, sagte Peaches O'Neale lächelnd. »Hiermit erkläre ich diese Angelegenheit offiziell zu Ihrem Problem.« Jetzt sah er fast schon wieder wie der alte Peaches aus.

Elf Stunden später, kurz nach Mitternacht, ging das Spiel zwischen den New York Giants und den Philadelphia Eagles in das letzte Viertel – ein Match, das eher eine Schlammschlacht im halb gefrorenen Matsch des Stadions denn ein Footballspiel gewesen war. Peaches lümmelte im Sessel vor dem Fernseher in Dunns Arbeitszimmer und betrachtete niedergeschlagen die traurigen Überreste der Pizza und die leeren Dosen Diät-Cola.

Dunn blickte von dem Manuskript auf und grinste Peaches an. Er tippte mit dem Finger auf die vergilbten Seiten. »Mein lieber Mann, wäre das ein Stoff für einen Film!«

»Sicher, sicher. Und? Was halten Sie davon? Sie haben es jetzt oft genug gelesen, um es auswendig zu können...«

»Ich habe es in gewisser Weise auswendig gelernt. Ich möchte, daß Sie das gute Stück morgen früh wieder in Ihrer Aktentasche verstauen und es zurück nach New Pru bringen und wieder genau dorthin legen, wo Sie es gefunden haben. Wenn das hier an die Öffentlichkeit kommt – dann bewahre uns Gott vor dem Bösen, mein Junge.« Er tippte sich an die Stirn. »Alles, was ich brauche, ist jetzt hier drin.«

»Und? Wer war denn nun dieser Simon Verginius? Und Archduke? All diese Decknamen? Wer waren diese Leute?«

»Ich weiß es nicht. Wirklich nicht. Aber ich werde es herausfinden. D'Ambrizzi stand diesem Simon auf jeden Fall sehr nahe, das ist so sicher wie das Amen in der Kirche. Diesem Simon und auch all den anderen.«

Dunn buchte telefonisch einen Erster-Klasse-Flug für den nächsten Abend. Flugziel: Paris.

Es galt, einen Mann zu finden.

Erich Kessler.

Obwohl es schon sehr spät war, saß Schwester Elizabeth noch an ihrem Schreibtisch in der Redaktion der *New World*, obwohl ihre Gedanken um ganz andere Dinge kreisten als um jene, die mit ihrer journalistischen Arbeit zu tun hatten. Die Nachricht über die Krankheit des Papstes, lange Zeit ein wohlgehütetes Geheimnis auch bei der in Rom vertretenen Presse, breitete sich immer weiter aus; zuerst waren Artikel in römischen Zeitungen veröffentlicht worden, dann waren Fernsehberichte gefolgt. Das konnte nur bedeuten, daß die Krankheit auf keine Behandlungsmethoden mehr ansprach. Die Dinge standen offenbar so schlecht, daß irgend jemand aus der Kurie grünes Licht gegeben hatte: Es war nun an der Zeit, die Welt darauf vorzubereiten, daß sehr bald mit dem Tod Calixtus' IV. zu rechnen war.

Wieder einmal überflog sie die Notizen, in denen sie die Charaktere D'Ambrizzis und Indelicatos umrissen hatte, und dachte darüber nach, ob neben diesen beiden Favoriten im Kampf um den Papstthron gegebenenfalls ein dritter Mitbewerber, ein vielleicht noch unbeschriebenes Blatt, in Frage kommen könnte, als Schwester Bernadine mit allen Anzeichen der Aufregung ins Büro gestürmt kam, die Tür hinter sich zuwarf, sich aufs Sofa fallen ließ und einen tiefen Seufzer ausstieß. Sie hatte gerade eine der üblichen Terminschlachten mit der Druckerei hinter sich und war sichtlich erschöpft.

Sie atmete tief durch und sagte: »Ich habe es trotz allem geschafft, die nächste Folge ihrer biographischen Hitliste zusammenzustellen.« Sie beugte sich vor und schubste die Akte über den Schreibtisch zu Elizabeth hinüber.

Elizabeth schlug die Mappe auf und blätterte die Seiten durch. »Irgend etwas Interessantes dabei?« Sie ließ den Blick über die Zeilen huschen, doch sie konnte nichts Bedeutsames daran entdecken.

»Sie waren alle ziemlich alte Semester...«

»Das ist nichts Neues.«

»Sie waren alle Katholiken.«

»Das wissen wir doch auch schon, Schwester.«

»Sie alle wurden ermordet...«

»Und es waren alles Männer. Also wirklich, Schwester. Was soll...«

»Und«, sagte Bernadine mit einem Lächeln, »sie alle waren während des Krieges in Paris.«

Elizabeth riß die Augen auf. »Ist das wahr?«

Bernadine nickte.

»Und haben Sie auch schon etwas über diesen Kessler herausgefunden?«

Bernadine schüttelte den Kopf. »Wie kann man über ein Gespenst etwas herausfinden?«

Bruder Jean-Pierre war im Sommer 1945 in das kleine Dorf in der Nähe von Hendaye an der französisch-spanischen Grenze gekommen. Es waren damals bewegte Zeiten in Frankreich gewesen, sowohl in den Städten wie auf dem Land, und er hatte die geradezu chaotischen Verhältnisse genutzt, die kurz nach Kriegsende geherrscht hatten, um Paris und alles, was dort geschehen war, fluchtartig hinter sich zu lassen. Zu Fuß hatte er sich auf den Weg gemacht und war bis an die bretonische Küste gelangt, war dann von dort aus weiter nach Süden gewandert, bis er in dieses Dorf gekommen war, wo er sich schließlich niedergelassen und seither sein Leben verbracht hatte. Wenn er darüber nachdachte, was ihm aufgrund seiner sehr gefahrvollen, kräftezehrenden Kriegserlebnisse alles hätte widerfahren können, betrachtete er sich als einen Menschen, dem das Glück hold gewesen war. Er war nun schon seit sehr langer Zeit Faktotum des hiesigen Priesters in dessen armseliger Dorfkirche. Er wurde immer noch rot, wenn die einfachen Leute vom Lande, die hier lebten, ihn mit seinem Titel anredeten: Herr Küster. Er läutete die Glocke, erledigte die Reinigungs- und Reparaturarbeiten und hatte sich im Laufe der mehr als vierzig Jahre, die inzwischen vergangen waren, unentbehrlich gemacht. Er hatte ein stilles, zurückgezogenes, unauffälliges Leben geführt. Sie hatten ihn nicht aufgestöbert – was in Anbetracht seines Aussehens erstaunlich war.

Als er aus Paris geflüchtet war, hatten sie nach ihm gesucht, und ihr Anführer war dieser Priester gewesen, den man aus Rom geschickt hatte, um die Nachforschungen zu leiten. Simon hatte ihm, Jean-Pierre, gesagt, daß man sie betrogen hätte und daß sie deshalb alle schleunigst untertauchen sollten. Jean-Pierre hatte es furchtbar mit der Angst zu tun bekommen, doch Simon hatte ihn beruhigt, hatte ihn daran erinnert, wie tapfer er gewesen war, als sie den Deutschen in die Falle gingen und man sie zum Verhör in die Scheune gebracht hatte. Jean-Pierre hatte genickt, und als er Paris verlassen hatte, da war er geflüchtet, geflüchtet, nur fort von Paris, nur fort von diesem Mann aus Rom, und die animalische Angst schien ihn unsichtbar gemacht zu haben. Wie sonst hätte er es schaffen können?

Zwei Wochen nach seiner Flucht aus Paris war er einen felsigen Hügelkamm entlanggeklettert und hatte tief unten einen schmalen, sanft gewundenen Fluß gesehen und ein Dorf, groß genug, eine eigene Kirche zu besitzen. Der Kirchturm hatte ihn angezogen wie ein Magnet. Am Fuß des Hügels angelangt, hatte er sich in einem Gebüsch versteckt und auf den Einbruch der Dunkelheit gewartet, hatte die Dorfbewohner beobachtet, wie sie bedächtig ihren Geschäften nachgingen – Bauern, Händler, Handwerker. Als in den kleinen Häusern die Lichter aufflammten und die Kirche verlassen zu sein schien, hatte er noch eine Zeitlang im Dunkeln verharrt, bis der Mond hoch am Himmel gestanden und immer wieder zwischen Wolkenlücken hindurchgeblinzelt hatte. Schließlich hatte er sich aufgemacht und war durch den Fluß geschwommen, war an den Häusern am Rande des Dorfes vorbei bis zur Kirche geschlichen und hatte sich ihr von der Rückseite her genähert. An der Tür war ein Vorhängeschloß gewesen. Das Vorhängeschloß an der Tür, die zu den Räumen des Pfarrers führte, hatte er mit bloßen Händen samt dem Türbeschlag langsam aus der Verankerung gerissen und dann den Beschlag mit dem nun nutzlosen Vorhängeschloß auf den Boden gelegt.

Im Innern hatte er jemanden schnarchen hören. Der Priester, ein alter, großer und fetter Mann mit rundem Kopf und struppigem grauem Haar war am Küchentisch eingeschlafen. Jean-Pierre umging die Küche und tastete sich zum Korridor, der zu jener Tür führte, hinter der sein Ziel lag. Sie war leicht zu finden. Auch der fast leere Kleiderschrank. Leer bis auf die Soutane...

Fünf Minuten später, sein Bündel unter den Arm geklemmt,

schwamm er wieder zum anderen Ufer des Flusses hinüber und verschwand in der Dunkelheit.

Fast vierzig Jahre später träumte er immer noch von den Tagen in Paris, den guten wie den schlechten Zeiten. Er erinnerte sich noch an das Ende – wie Bruder Christos getötet worden war und wie man sie alle verraten hatte und wie Simon ihn, Jean-Pierre, fortgeschickt hatte, um sich in Sicherheit zu bringen. Er erinnerte sich und träumte, träumte von jenem Tag, an dem er vielleicht wieder gerufen wurde, weil man seine Dienste brauchte. Aber diese Aufforderung war nie gekommen, und die Jahre waren vorübergezogen, und er hatte an der kleinen Kirche in dem kleinen, ländlichen Dorf seinen Dienst getan, still und vergessen, und auch mit diesem Leben war er zufrieden gewesen. Simon hatte damals ja auch gesagt, alles wäre aus und vorbei, und er hatte recht behalten.

Manchmal träumte Bruder Jean-Pierre auch von den Wochen, die er zusammen mit Simon in jenem letzten Winter in Paris verbracht hatte, versteckt in einem Keller, der durchdrungen gewesen war vom kalten Geruch dichten Kohlenstaubs. Simon hatte ihn gerettet, hatte ihm Trost zugesprochen, hatte ihn gepflegt, als sein Auge allmählich verheilte.

Es war sein Fehler gewesen. Er war unvorsichtig gewesen. Und darum hatten sie ihn zusammen mit der Nonne geschnappt, die als geheimer Kurier für die Résistance gearbeitet hatte. Er hatte die anderen mit vorgehaltener Waffe so lange in Schach halten können, bis die Nonne auf ihrem Fahrrad die Straße hinauf hatte entkommen können, aber dann waren sie über ihn hergefallen, hatten ihn überwältigt und ihn zusammen mit Simon in die Scheune gebracht. Und in dieser Scheune hatten die Deutschen sich dann mit ihm zu ›beschäftigen‹ angefangen, wie sie es genannt hatten. Mit ihm und mit Simon. Sie hatten Simon ausgepeitscht, bis er das Bewußtsein verloren hatte, bis das Fleisch auf seinem Rücken so zerfetzt gewesen war, daß man die Knochen sehen konnte, und dann hatten sie ihre Aufmerksamkeit ihm, Jean-Pierre, zugewandt.

Sie hatten sich zwei Tage lang mit ihm beschäftigt, hatten ihn verschnürt wie eine Rinderhälfte und mit den Armen auf dem Rücken an einem Fleischerhaken aufgehängt, und dann hatten sie schließlich geglaubt, er wäre fertig, erledigt. Ja, als der Gestapomann gekommen war, der Verhörspezialist, und das Messer ins Feuer gehalten hatte, bis es rotglühend gewesen war, und wie sie dann seinen Kopf festgehalten und der Gestapomann ihm mit dem Messer tief ins Auge geschnitten hatte, von oben nach unten und von links nach rechts, ja, da hatten sie geglaubt, Jean-Pierre wäre erledigt, und darum hatten sie ihn vom Seil geschnitten und ihn achtlos liegenlassen, neben der Blutlache, in der Simon gelegen hatte, mehr tot als lebendig...

Aber Jean-Pierre hatte all seine Kraft und seinen Willen zusammengenommen, die ihm noch geblieben waren, und hatte die Heugabel von der Wand gerissen und gewartet, und als sie zurückgekommen waren, hatte er es ihnen gegeben, zuerst dem Corporal, dann dem Gestapomann; er hatte ihnen die Zinken der Gabel in den Leib gerammt, wieder und wieder, das Blut war nur so gespritzt, und er hatte gehört, wie die Rippen brachen und dann, als sie am Boden lagen, das Rückgrat, und dann hatte er es geschafft, Simon aus der Bewußtlosigkeit zu holen, und sie waren aus der Scheune gekrochen, hatten sich immer wieder gegenseitig geholfen, hatten sich bis zu der kleinen Kirche durchgekämpft, wo sie sich immer zur Befehlsausgabe getroffen hatten. Dann hatten sie beide sich im Zwischenboden neben dem Kohlenkeller der Kirche versteckt, in der Kälte und Dunkelheit...

Manchmal träumte er noch von jenen Tagen.

Jean-Pierre polierte gerade die hölzernen Kirchenbänke, als er hörte, wie die Tür in den Angeln quietschte, und er sah, wie vor ihm der sorgfältig gebohnerte Holzfußboden im Licht glänzte, das von draußen hereinfiel. Er stand auf, wandte sich um und sah die Umrisse des Mannes im Gegenlicht.

»Jean-Pierre...«

Er trat einen Schritt auf die Gestalt zu und beschirmte sein gesundes Auge mit der Hand, um im grellen Rechteck des Türrahmens etwas erkennen zu können.

Und dann sah er ihn, den hochgewachsenen Mann, dessen Haar nun silbern geworden war. Seine Augen blitzten klar und kalt hinter den runden Brillengläsern. Er sah, wie sich langsam ein Lächeln auf das Gesicht des Mannes legte.

»August...«

Der Küster ging zu dem Mann hinüber, schloß ihn in die Arme und gewann endlich die Vergangenheit zurück, seine Vergangenheit, ihre Vergangenheit.

»Jean-Pierre, Simon braucht deine Hilfe.«

# Dritter Teil

## 1 DRISKILL †

Ich war viel zu erschöpft, um mir den Kopf darüber zu zerbrechen, welche Maschine ich buchen sollte. Hauptsache, sie flog nach Paris, und ich war an Bord.

Daß ich aus der Wüste, aus dem Kloster der Toten in die wirkliche Welt zurückgekehrt war, bedeutete mehr als einen bloßen Ortswechsel: für mich hatte sich alles total verändert. Meine Gedanken waren wie Messer im Kopf, und die zurückliegenden Ereignisse waren nicht gerade dazu angetan, die Qual zu lindern.

Ich hatte noch einmal kurz mit Gabrielle LeBecq gesprochen und ihr vom Tod ihres Vaters berichtet. Sie hatte daraufhin die Polizei verständigt. Sie wußte, daß ich abreisen mußte, und verstand es. Es kam mir ziemlich schäbig vor, sie mit ihrer Trauer und ihren Problemen allein zu lassen, aber ich hatte keine Wahl. Sie versicherte mir, daß sie mit der Galerie genug zu tun haben würde und daß sie Freunde hätte, die ihr über die schlimmste Zeit hinweghelfen würden. Gott sei Dank gehörte sie nicht zu den Leuten, denen man erst alles groß und breit erklären mußte.

Ich hatte versucht, mich auch noch einmal mit Klaus Richter in Verbindung zu setzen, aber man sagte mir, er sei geschäftlich nach Europa geflogen, und es bestehe keine Möglichkeit, ihn telefonisch zu erreichen. Doch falls ich ihm eine Nachricht hinterlassen wolle, könne ihm diese von seinem Büro in Alexandria übermittelt werden, da er dort jeden Tag anriefe. Nun, alles, was ich für Richter hätte hinterlassen wollen, war nicht unbedingt dafür geeignet, es seinem Büro mitzuteilen. Himmel und Hölle, ich war nicht einmal sicher, *was* ich ihm eigentlich sagen wollte. Ich hätte ihm höchstens gern die Frage gestellt, warum er mich belogen hatte und was er vor vierzig Jahren mit den Plünderungen und

Hehlereien von Kunstgegenständen durch die Kirche zu tun gehabt hatte – und ich hätte auf eine so brisante Frage zweifellos eine entsprechende Antwort bekommen. Ich mußte mir ins Gedächtnis rufen, daß ich Anwalt war: Stelle nie eine Frage, sofern du nicht schon die Antwort weißt. Regel Nummer eins.

Während der ersten Stunde des Fluges schlief ich wie ein Toter, und als ich aufwachte, mußte ich erst einmal meine verworrenen Gedanken ordnen. Ich kam mir wie ein Dummkopf vor, da ich offensichtlich Schwierigkeiten hatte, alles auf die Reihe zu bekommen. Andererseits war so vieles geschehen. Und nichts in meinem bisherigen Leben hätte mich auf irgendeine Art und Weise auf derartige Probleme vorbereiten können.

Immerhin hatte meine Tätigkeit als Anwalt mich gelehrt, zunächst einmal alles in Form kurzer Notizen festzuhalten. Nicht einmal ein Anwalt konnte alles im Kopf behalten, und was ich in den letzten Tagen erlebt hatte, übertraf bei weitem den Inhalt der dicksten Prozeßakten, die je auf meinem Schreibtisch gelandet waren. Also holte ich mein Notizbuch hervor und machte mich an die Arbeit. Ich mußte mir wenigstens darüber klarwerden, wo und bei wem ich nach der Ankunft in Paris an meine bisherigen Erkenntnisse anknüpfen konnte.

Also: Meine Schwester war von Paris nach Alexandria geflogen, um sich mit Klaus Richter zu treffen... und mit Etienne LeBecq. Wobei ich mir nicht ganz im klaren darüber war, wie und wann sie auf LeBecq gekommen war. Im Falle Klaus Richter war die Erklärung naheliegend: Val mußte in Paris, in den Unterlagen Bischof Torricellis, offensichtlich Hinweise auf Richter gefunden haben. Zumal Richter mir gegenüber ja auch zugegeben hatte, er habe Torricelli gekannt, und daß es eine Art Schulterschluß zwischen Kirche und Besatzern gegeben hatte, um die Kirche von Résistance-Zellen sauberzuhalten. Außerdem hatte Richter behauptet, D'Ambrizzi *nicht* gekannt zu haben, doch das Foto hatte ihn zu einem Lügner gestempelt. Und daß er in den Handel mit geraubten Kunstgegenständen zwischen Kirche und Nazis verwickelt gewesen war, hatte er mir wohlweislich verschwiegen. Verständlich. Auch, daß dieses ›Geschäft‹ auf der Basis gegenseitiger Erpreßbarkeit gelaufen war: Wenn du mich nicht verpfeifst, verpfeif ich dich auch nicht. Und anscheinend wurden diese dunklen Transaktionen noch immer getätigt, so daß noch immer die Möglichkeit bestand, sich gegenseitig in die Pfanne zu hauen, da immer noch alte Nazis gutes Geld verdienten, indem sie das Raubgut aus dem Krieg an die römisch-katholische Kirche verkauften... So weit, so schlecht. Das alles war vergleichsweise einfach zu rekonstruieren. Lief dieses Geschäft inzwischen nur noch auf der Basis gegenseitiger Erpreßbarkeit, ohne umständlich als ›Kunsthandel‹ deklariert zu werden? Nein, das erschien mir denn doch *zu* einfach. Vierzig Jahre alte gemeinsame Geheimnisse genügten da nicht; es mußte mehr dahinterstecken. Vielleicht, nur vielleicht, hatte es mit der bald bevorstehenden Wahl von Calixtus' Nachfolger zu tun. Vielleicht, nur vielleicht, zog sich durch die etwa vierzig Jahre irgendein roter Faden, den ich noch nicht entdeckt hatte...

Also weiter. Die Brüder LeBecq. Der eine, Guy, war schon lange tot. Man hatte ihn mit gebrochenem Genick auf irgendeinem Friedhof in Paris während des Krieges aufgefunden. Den anderen, Etienne, hatte ich kennengelernt, wenn auch das Vergnügen nur von kurzer Dauer gewesen war. Und Etienne hatte einen Simon Soundso erwähnt und geradezu panische Angst davor gehabt, daß dieser Simon mich aus Rom geschickt hätte – *mich* –, um ihn zu töten... ›um uns alle zu töten‹. Simon *wer*? Und *wen alle* töten? Richter und Etienne LeBecq?

Hier wurde es problematisch. Wie hatte LeBecq sich noch ausgedrückt? Mein einziger Schutz wäre meine Unschuld. Ja, er hatte gesagt, ich solle mich im Schutz meiner Unschuld verstecken, dann hätte ich die Chance zu überleben...

Und Simon war auch auf der Liste mit Namen beziehungsweise Decknamen aufgetaucht, die Gabrielle und ich im Terminkalender ihres Vaters gefunden hatten. Simon. Gregory. Paul. Christos. Archduke!

Ob ich jemals erfahren würde, wer diese Leute waren? Und was bedeutete dieses rätselhafte, irritierende Ausrufungszeichen? Was war an Archduke so Besonderes? Und waren es die Decknamen der Männer auf dem Foto? Plus dem des Fotografen?

Überhaupt, dieses Foto...

Bischof Torricelli in Straßenkleidung. Klaus Richter in Wehrmachtsuniform mit offenem Kragen; D'Ambrizzi; Father Guy LeBecq. Und der Mann, der die Aufnahme gemacht hatte. Was war das für eine Versammlung gewesen? Hatten sie über Richters

Befürchtung gesprochen, daß die Résistance in die Kirche einsickern könnte? Bestimmt war es Torricellis Aufgabe gewesen, den Deutschen immer wieder den Nachweis zu erbringen, daß die Kirche nicht von Widerstandszellen durchsetzt war. Vielleicht war es bei diesem Gespräch darum gegangen. Oder hatten sie sich darüber unterhalten, wie die geraubten Kunstschätze aufgeteilt werden sollten? Guy LeBecqs Vater und Bruder waren an dieser Sache beteiligt gewesen; vielleicht hatte das auch für Guy selbst gegolten. Aber was hatte D'Ambrizzi in dieser Gesellschaft verloren? Und wer hatte Père LeBecq auf dem Friedhof ermordet? Und warum?

All diese ungelösten Fragen drohten mich in den Wahnsinn zu treiben.

Und was hatte mein Besuch des Klosters in der Wüste erbracht?

Etienne LeBecq hatte sich umgebracht. Ein nicht wegzudiskutierendes, unabänderliches Faktum. Und allein meine Schuld.

Aber ich hatte den Namen des silberhaarigen Priesters mit dem Messer erfahren: *August*.

Und ich wußte, daß er seine Befehle aus Rom bekam.

Das war keine Spekulation, keine Theorie, es war eine Tatsache. Und sie jagte mir eine heilige Furcht ein.

August. Von Rom geschickt. Um zu töten.

Wer war dieser Mann?

Und, in Gottes Namen, wer hatte ihn geschickt?

Stunden später erwachte ich schweißgebadet aus einem äußerst unruhigen Schlaf; meine Augen brannten und meine Kehle war wie ausgetrocknet. Ich hatte wieder jenen Alptraum gehabt, der mich nun schon ziemlich lange verfolgte; nur daß diesmal ein bekanntes Gesicht hinzugekommen war – ein zweites bekanntes Gesicht – das diesen Traum sogar noch erschreckender gemacht hatte: Etienne LeBecq. In meinem Traum lehnte er noch immer am Bugrad seiner kleinen Privatmaschine; Käfer krochen aus dem Loch auf seiner Stirn und aus seinem offenstehenden Mund. Sein Körper war aufgedunsen, die Haut spannte sich; Gase hatten sich gebildet; er sah aus wie eine gräßliche aufgeblasene Puppe, die jeden Moment zu explodieren drohte, aber das war nicht einmal das Schlimmste. Es war die seltsame Neigung des Kopfes, die mich am meisten entsetzte, das angesengte, blutverklebte Haar und die Tatsache, daß er mich anstarrte, aus seinen blutunterlaufenen toten Augen anstarrte. Er sah aus wie die Person aus meinem alten, immer wiederkehrenden Traum oder erinnerte mich zumindest daran; jedenfalls sorgte er dafür, daß das Bild wieder ganz, ganz deutlich zu sehen war.

Er sah aus wie meine Mutter.

Als meine Mutter über das Geländer der Galerie in unserem Haus an der Park Avenue stürzte, hörte ich in meinem Zimmer das Geräusch, als sie aufprallte. Es war eine dreigeschossige Wohnung mit ungefähr zwanzig Zimmern, und das holzgeschnitzte Geländer der Galerie war zu niedrig; jeder sagte, es stelle eine Gefahr dar, und eines Tages würde jemand einen unfreiwilligen Kopfsprung machen. Ich saß also in meinem Zimmer und hörte mir im Radio die Übertragung eines Footballspiels der New York Giants an, was bedeutete, daß es ein Sonntag war. Mein Vater war irgendwo unterwegs, Val besuchte eine Schulfreundin, das Hauspersonal hatte seinen freien Tag, und ich war mit Mutter allein im Haus.

Ich hörte das Geräusch: keinen Schrei, keinen Ruf, nur das Geräusch von zersplitterndem Glas und den Knall, als ihr Kopf auf dem Parkettboden des Foyers aufschlug. Foyer? Eigentlich mehr eine Eingangshalle, die an ein Schloß aus irgendeinem Märchen erinnerte. Zwei riesige Ölgemälde, eins davon ein Sargent, und einige Zwergbäume in großen gehämmerten Übertöpfen, ein Perserteppich unbestimmbarer Herkunft, zwei Büsten, ein bißchen kitschig, und eine durch die unbewegte Luft in die Tiefe stürzende Mutter; sie segelte an Staubflecken in Nischen und an gelben Nikotinstreifen vorbei, die Tausende von Zigarren hinterlassen hatten; sie fiel wie ein Stein, eingewickelt in den dünnen Stoff, aus dem ihre Nachtgewänder bestanden, hauchdünne Gaze, flatternd im Wind, und neben ihr schwebte ein Martiniglas – nein, sie hielt es noch in der Hand –, bei Gott, sie würde doch keinen Tropfen des von ihr so heißgeliebten Drinks verschütten, bloß weil sie Selbstmord beging, nicht, wenn ihre Kraft noch groß genug war, das Glas festzuhalten, als sie fiel und fiel und ihr Körper schließlich auf den Parkettboden schmetterte.

Nun, wir haben niemals zugegeben, daß sie aus eigenem Entschluß in die Tiefe gesprungen war. Es war ein Unfall. Es war dieses verdammte niedrige Geländer. Der Gin. Der Wermut. Eine unglückliche Verkettung unvorhersehbarer Umstände. Niemals nahm jemand das Wort Selbstmord in den Mund. Gott bewahre! Doch kein Driskill! Aber ich wußte, ich wußte...

Schmetterte auf den Parkettboden, hatte den ganzen Weg in die Tiefe das kostbare, fein geschliffene Glas aus Baccarat-Kristall festgehalten, hielt es immer noch, weil man ja nie wissen kann, wann man vielleicht einen kräftigen Schluck braucht, und sei es der letzte kräftige Schluck, und ich stürmte aus dem Zimmer und rannte die Treppe hinunter in die Halle, und dann fand ich sie. Das Glas war zerbrochen; der scharfkantige Stiel hatte sich durch ihre schmale, bleiche Hand gebohrt wie ein Nagel – eine kleine, schüchterne Verbeugung vor dem Katholizismus und seinen Symbolen. Ich mußte das Geräusch gehört haben, als das Glas zerbrochen war, das Geräusch, als ihr Schädel zerbarst, zerplatzte, all die Geräusche, die sich zu jenem Knall vereinigt hatten, als der Körper auf dem Parkett aufgeschlagen war – das Geräusch, das den Tod meiner Mutter so punktgenau markiert hatte. Als ich bei ihr anlangte, lehnte sie mit dem Rücken an einer handgeschnitzten Anrichte. Sotheby's versteigerte sie später, wie ich mich erinnern kann, für fünfzigtausend und ein paar Zerquetschte, das Taschengeld eines arabischen Gentleman. Sie erschien mir unglaublich tot, als gäbe es Abstufungen des Todes. Vielleicht gibt es sie ja auch. Das Parkett war blutverschmiert, ihre Hand sah wie ein Klumpen Teig aus, und noch immer lief ihr Blut aus dem Mund, aus der Nase und über den Schädel. Ihr Haar war blutverklebt. Ihre Gesichtshaut hatte eine zarte bläuliche Färbung angenommen. Ihre Augen standen offen. Im Weiß der Augäpfel waren einige Äderchen geplatzt, so daß es aussah, als würde sie mich von der anderen Seite einer Glasscheibe anstarren, über die jemand Blut gekippt hatte. All diese Gräßlichkeiten waren ihr innerhalb von Sekunden zugestoßen – ja, im wörtlichen Sinne zugestoßen. Irgendwie hatte sie noch genug motorische Energie aufgebracht, oder Instinkt oder was auch immer, erst mit x Kilometern pro Sekunde auf dem Parkett aufzuschlagen und dann ihren zerschmetterten Gliedern den Befehl zu erteilen – obwohl sie schon tot gewesen sein muß, meine arme Mutter –, sich so zu bewegen, daß sie den Oberkörper in eine sitzende Haltung gebracht hatten, damit ihrem Sohn der Anblick eines unfeinen Todes mit weit gespreizten Armen und Beinen und womöglich noch dazu hochgerutschtem Nachthemd erspart blieb.

Mom. Tot. Und da war sie wieder, zuerst diese gespenstische Szene im Flur des Hauses in der Park Avenue oder in Princeton – das war das wirklich einzige, was ich in all den Jahren zu verdrängen, zu vergessen versucht hatte, weil ich wußte, daß die Antwort auf die Frage nach dem *Wo* auch die Antwort auf die Frage nach dem *Warum* beinhaltete, eine Antwort, die zu schrecklich war, als daß ich sie ertragen oder sie mir auch nur hätte vorstellen können, denn es mußte der Grund für ihren Sprung in den Tod gewesen sein. Ja, da war wieder dieses geisterhafte Bild, wie sie mir in irgendeinem Korridor mit ausgestreckter Hand entgegenkam und mir irgend etwas zu sagen versuchte, das ich nicht verstand, und ihr Gesicht – alt oder jung? – war in den Schatten nicht zu erkennen, und ich roch den Duft ihres Parfüms, und so sehr ich mich auch anstrengte, ich verstand nicht, was sie sagte, ich hatte versagt, wie ich mein ganzes Leben versagt hatte; denn ich wußte, das, was sie mir sagen wollte, war so ungeheuer wichtig für uns beide, und trotzdem konnte ich es nicht hören... Und dann – Jahre später? Monate später? – springt sie über das Geländer der Galerie; das Geräusch, die blutigen Augen, die Pfütze aus Gin und Wermut und der Geruch ihres Parfüms, der sich mit dem Geruch nach Blut und Martini und Tod vermischte...

Sie und der arme Etienne LeBecq, *mein* Opfer in dieser ganzen verdammten Sache, tauschten in meinen Träumen die Plätze; ich konnte sie nicht mehr auseinanderhalten; alles war vermischt und verschwommen und unversöhnlich.

Doch aus bestimmten Gefängnissen gibt es nun mal kein Entkommen, sie sind absolut ausbruchssicher, und man ist sein Leben lang darin eingesperrt. Es war an jenem Abend die Wahrheit gewesen, es war immer die Wahrheit gewesen.

Die Driskills wußten alles über den Kerker des eigenen Verstandes.

In Paris war ich sonst immer im *George V* abgestiegen, doch ich hatte eine große Wandlung durchgemacht. Wie meine Schwester war ich mißtrauisch und vorsichtig geworden. Darum nahm ich mir diesmal ein Zimmer in einem unbekannten kleinen Hotel am linken Seineufer, am Boule Miche. Das Zimmer war lang, schmal und sauber und roch nach Möbelpolitur. Es lag in einem Gebäudewinkel und besaß zwei von diesen unzulänglichen französischen Balkonen; vom ersteren aus hatte man einen Blick auf den Boule Miche, und vom anderen, der sich vor dem großen, dreieckigen Badezimmer befand, konnte man hinunter auf die Seitenstraße und ein hellerleuchtetes Pizzarestaurant blicken. Es war ein kühler, diesiger Abend, begleitet vom rollenden Donner eines winterlichen Gewitters. Der Nachthimmel schimmerte rosafarben von den Lichtern der Stadt. Der Verkehrsstrom floß ruhelos den Boulevard entlang, als würden die Einwohner nervös und gespannt auf das Einsetzen des Novemberregens warten. Ich wußte aus Erfahrung, daß am nächsten Morgen die Lichterpracht, die wie ein billiger Schwindel wirkte, verschwunden sein und Paris sich regnerisch, trist und grau präsentieren würde, und so sollte es auch sein, ungeachtet seines Charmes und seiner weltberühmten Sehenswürdigkeiten.

Die Bettlaken waren steif von Stärke, die Daunenkissen schwer und weich, und ich war zu müde, um nachzudenken. Ich schlief über Wodehouses *Leave it to Psmith* ein. Vielleicht würde ich immer ein Unschuldiger bleiben – im Sinne LeBecqs. Ich glaubte, Val aus weiter, weiter Ferne über ihren großen, dummen Bruder lachen zu hören.

Ich wurde erst spät am nächsten Morgen durch leises Klopfen an der Tür geweckt. Ein Schlüssel drehte sich im Schloß, und das Mädchen von der Rezeption kam lächelnd ins Zimmer und brachte mir mein Frühstück, das ich im Bett zu mir nahm. Ich beobachtete, wie die Regenschlieren an den Scheiben der Fenster hinunterliefen, die ich über Nacht einen Spaltbreit offengelassen hatte. Der Himmel war von einem makellosen Perlgrau. Ich hatte auch im Bad das Fenster offengelassen und die Zugluft, die nun durchs Zimmer wehte, streifte kühl und erfrischend über meinen Körper, als ich mich im Spiegel betrachtete: hager, eingefallen, mit einem stoppeligen Dreitagebart und Augen, die so müde und erschöpft waren, daß sie diesen Ausdruck vielleicht für immer beibehalten würden. Ich machte mich daran, die Schäden zu beheben, so gut es ging. Hin und wieder überlagerte widerhallender, krachender Donner das leise, beständige Plätschern des Regens draußen auf dem Balkon. Nachdem ich lauwarm geduscht hatte, wechselte ich den Verband auf dem Rücken. Obwohl mir die letzten Tage körperlich und geistig schwer zu schaffen gemacht hatten, schien die

Wunde allmählich zu verheilen. Ich nahm vorsichtshalber trotzdem ein paar Schmerztabletten. Dann trat ich hinaus auf den kleinen Balkon und blickte hinunter auf die Passanten, die, in Regenmäntel gehüllt, mit ihren Hunden Gassi gingen und sich an Straßenständen die Morgenzeitungen kauften oder in den Eingängen von Cafés standen und ihre allgegenwärtigen Zigaretten rauchten.

Ich wußte jetzt, was ich tun konnte. Ich wußte, wo ich beginnen konnte.

Es waren zehn Jahre vergangen, seit ich Robbie Heywood – schon damals ein alter Mann – das letzte Mal getroffen hatte. Nach Aussage meines Vaters hatte jedermann Heywood immer nur ›Vikar‹ genannt. Heywood mußte jetzt um die siebzig Jahre alt sein. Ich war ziemlich sicher, daß er noch lebte, denn er war ein zäher alter Knochen und gehörte zu den Typen, die nicht so schnell kaputtzukriegen waren. Er war ein alter australischer Journalist, der seit Mitte der dreißiger Jahre über Europa berichtet hatte, von Paris bis Rom.

Mein Vater kannte ihn natürlich schon viel länger, seit 1935, als Dad in Rom für die Kirche Finanzgeschäfte getätigt hatte. Er hatte mich dem Vikar auf jener Reise nach Paris vorgestellt, bei der Val und ich auch Bischof Torricelli kennengelernt hatten. Später dann hatte ich immer wieder mal bei Robbie Heywood hereingeschaut und ihn zum Abendessen in einem guten Restaurant eingeladen, wenn ich beruflich in Paris zu tun gehabt hatte. Die Gespräche drehten sich zumeist um meinen Vater, Robbies alten Freund, und um die Kirche, denn der Vikar fand meinen abenteuerlichen Abstecher zu den Jesuiten außerordentlich erheiternd. Er war, glaube ich, der einzige Mensch, der aufrichtig über diese ganze Geschichte lachen konnte und mir nicht das Gefühl gab, auf den Arm genommen zu werden. Oder mich provozierte, ihm eine runterzuhauen. Und weil er die ganze Sache ehrlich lustig fand, ohne irgendwelche Hintergedanken, konnte auch ich sie in seiner Gegenwart komisch finden, wirklich und wahrhaftig, obwohl sie alles andere als das gewesen war. Robbie war, glaube ich, eine Art Weiser, wie ihn paradoxerweise nur die Kirche selbst hervorbringen konnte, beziehungsweise die Beschäftigung mit der Kirche; ein Katholik, der sich nicht zu sehr ereiferte, wenn es um kirchliche Dinge ging – pro oder kontra. Objektiv, leidenschaftslos, mit einem Schuß Ironie. Robbie hatte im Rahmen seiner langen journalistischen Tätigkeit ausgiebig über die Kirche berichtet. Mein Vater hatte ihn als ›aufmerksamen Beobachter des Vatikans‹ bezeichnet, als alten Kenner der ›vatikanischen Szene‹.

Der Gedanke an Robbie war mir erst auf dem Flug nach Paris in den Sinn gekommen. Ich hätte eigentlich schon eher an ihn denken müssen, hatte ich doch gewußt, daß Val ihre Nachforschungen größtenteils in Paris betrieben hatte. Doch sie hatte Heywood niemals erwähnt, obwohl er sich bei unseren Treffen immer ausführlich nach Val erkundigte. Aber das alles war lange her. Vermutlich hatte Val ihn nur ein einziges Mal gesehen, bei unserer ersten Reise nach Paris, und hatte ihn längst vergessen.

Aber ich nicht. Und mir war plötzlich etwas sehr Wesentliches klar geworden. Robbie war ein weiteres Bindeglied zur Vergangenheit.

Er war während des Krieges in Paris gewesen.

Ich wählte vom Hotel aus seine Nummer, aber niemand hob ab. Ich rief vergeblich im Tabbycats an, einem Café, das Robbie gern und oft besuchte, bis ich mich endlich dazu durchrang, unangemeldet bei ihm hereinzuplatzen und dem alten Knaben eine hoffentlich freudige Überraschung zu bereiten. Der Spaziergang im Regen würde mir guttun. Ich schien die heiße, trockene, einsame Wüste einfach nicht loswerden zu können, nicht in den Augen, nicht im Hals, nicht in den Knochen, nicht im Kopf. Da war mir sogar diese lärmende, übervölkerte, regnerisch-kalte, nasse, nach Abgasen und Schmutz stinkende Metropole noch lieber.

Robbies Wohnung befand sich in einem der heruntergekommenen, halb verfallenen alten Häuser an der Place de la Contrescarpe, wo sich vor fünfhundert Jahren François Rabelais mit Vorliebe herumgetrieben hatte. Der Vikar liebte diese Gegend gerade ihrer rauhen Schäbigkeit, ihrer Vergangenheit, ihrer Geschichtsträchtigkeit wegen. Er hatte mir einmal die Stelle an der Rue Mouffetard gezeigt, wo im Jahre 1939 Bauarbeiter mehr als dreitausend zwanzigkarätige Goldmünzen aus der Zeit Louis' XV. gefunden hatten. Er hatte die Aufregung, die damals geherrscht haben mußte, so lebendig geschildert, als wäre er Zeuge dieser Entdeckung gewesen. Er hatte die Fähigkeit, die Vergangenheit wieder lebendig werden zu lassen, und jetzt wollte ich ihm genau jene Art von Geschichte vorsetzen, die er am meisten liebte: Raub, Erpressung und Mord. Und an all diesen Verbrechen war die römisch-katholische Kirche beteiligt.

Ich verließ das Hotel und entspannte mich ein wenig beim Anblick der mir vertrauten Umgebung. Ich konnte jetzt sogar an den Tod meiner Mutter und den meiner Schwester denken, ohne daß mich gleich das nackte Entsetzen packte. An der Place Maubert überquerte ich den Boulevard Saint-Germain, der, wie ich von Robbie Heywood erfahren hatte, eine unerquickliche Vergangenheit aufweisen konnte, weil hier die öffentlichen Hinrichtungen stattgefunden hatten. 1546 zum Beispiel, während der Regierungszeit Franz' I., war auf der Place Maubert der humanistische Philosoph und Publizist Etienne Dolet als Ketzer den Flammentod auf dem Scheiterhaufen gestorben. Die Henkersknechte hatten Dolets Bücher als Anzünder benützt. Das Johlen und Kreischen des Pöbels, berauscht vom *gros rouge*, müssen das letzte gewesen sein, was Dolet gehört hatte.

Ich ging die Rue Monge hinunter, bog dann nach rechts in die Rue du Cardinal Lemoine ab und folgte ihr bis zur Place de la Contrescarpe. Hier, zwischen den Häusern, wehte kaum Wind, und die feuchten braunen Blätter klebten wie kleine Fußabdrücke auf dem nassen Gehsteig. Die mächtige Kuppel des Pantheon schien über der Stadt zu schweben wie eine Erscheinung. Ich war ein wenig außer Atem, als ich vor dem Haus anlangte, in dem Robbie wohnte. Ich blickte hinauf zu den Fenstern seiner Wohnung im ersten Stock. Die Läden waren geschlossen; der Regen, der vom Dachvorsprung strömte, lief daran herunter. Der Contrescarpe wirkte wie die Kulisse zu einem Film mit Jean Gabin. Auf dem Platz gab es eine kleine Rasenfläche mit einigen Bäumen. Sie sahen erbarmungswürdig aus, triefend vor Nässe und ohne Laub. Auf die Clochards hatte speziell dieser Platz schon seit Jahrhunderten eine besondere Anziehungskraft ausgeübt. Sie hatten sich, gekleidet in dicke Strickjacken und Regenmäntel, unter den Bäumen zusammengedrängt. Zwei besaßen Regenschirme, die wie helle, nasse, glatte Kiesel glänzten. Ein paar andere kauerten unter einem Wetterschutz, den sie aus weggeworfenen Kisten errichtet hatten.

Auch das Tabbycats gab es noch immer: eine Bar und ein Café mit Blick auf den Platz und einer Markise in verblaßtem Grün und Weiß, auf deren Segeltuchstoff sich das Regenwasser in großen

Pfützen sammelte. Ich wagte zu bezweifeln, daß die Markise noch bis zum nächsten Sommer durchhielt. Der einst weiße Außenanstrich des Gebäudes sah schlimm aus und hatte an einigen Stellen Blasen geworfen, die zerplatzt waren, so daß der graue Putz darunter zum Vorschein kam. Ich überquerte den Platz, begleitet von den neugierigen Blicken der Clochards, und betrat die schäbige alte Kneipe, die der Vikar als eine Art Büro benützte.

Eine große getigerte Katze lag in vornehmer Überheblichkeit am Ende des blankgewienerten Tresens; sie blinzelte mit den Augen und starrte mich an; der Schwanz schwang langsam hin und her wie das Pendel einer Standuhr. Entweder war es noch dieselbe Katze, die schon immer hier gewesen war, oder es handelte sich um einen identischen Nachfolger. Das Tier schien jedenfalls nicht zu altern. Claude stand hinter dem Tresen und redete mit einem fast glatzköpfigen Mann mit rundem Kopf und einer riesigen Nase, welche die gesamte obere Hälfte seines Schädels zu beanspruchen schien, wie bei einem Maulwurf. Eine Brille mit schwarzer Fassung hing bedrohlich schief auf diesem viel zu breiten Ungetüm. Der Mann trug einen schwarzen Anzug, ein weißes Hemd und eine schwarze Krawatte. Der Barkeeper war unverkennbar immer noch der gute alte Claude, nur Bart und Haar waren grau geworden. »Es ist zwar eine Spelunke«, hatte Robbie mir gesagt, als ich ihn zum erstenmal ins Tabbycats begleitet hatte, »aber es ist mein Büro. Claude, der Barmann, ist Australier, darum kann ich ihm vertrauen. Er ist kein verdammter Franzmann. Es ist die Müllkippe eines ehrlichen Mannes, Euer Gnaden, die einzige in dieser Stadt, die diesen Namen wirklich verdient.«

Claude kam vom anderen Ende des Tresens zu mir herüber; die Katze schlich an seiner Seite, verhielt dann und fauchte mich an. »Mister Driskill«, sagte Claude, »es ist lange her, Sir.«

»Fast zehn Jahre«, sagte ich. »Sie haben ein gutes Gedächtnis. Aber die Katze scheint sich nicht an mich zu erinnern.«

»Oh, Sie haben Balzac noch gar nicht kennengelernt. Er ist erst im sechsten Lebensjahr. Und ein räudiger Bastard. Eigentlich hat er bei mir nur einen einzigen Job. Er bewässert den Bananenbaum da vorn an der Tür.« Die alte Katze war also den Weg allen Fleisches gegangen; diese hier war neueren Datums. Sie machte einen Buckel. Ihr Umfang war geradezu furchteinflößend. »Balzac erledigt das für mich. Er pinkelt an den Baum. Zweimal täglich, und er gedeiht wirklich prächtig. Vor lauter Angst.« Er seufzte, und ich bestellte mir ein Elsässer Bier.

»War der Vikar heute schon hier? Eigentlich wollte ich ihn überraschen.« Es donnerte, und Balzac legte den Kopf schief. Claude stellte das Glas vor mich hin.

»O je«, seufzte er. »O je, o je, o je.« Er blickte zur anderen Seite des Tresens hinüber, zu dem Mann mit dem Maulwurfsgesicht, und nickte ihm zu. »Clive, komm doch mal her. Das hier ist Ben Driskill. Du hast ja oft genug gehört, wenn der Vikar von ihm erzählt hat.«

Der Mann kam zu mir herüber. Er humpelte und benutzte einen Gehstock. Er streckte die Hand aus. Ich schüttelte sie. »Clive Paternoster, zu Ihren Diensten. Robbie war sehr niedergeschlagen, als er die traurige Nachricht vom Tod ihrer Schwester bekam. Ich glaube, Sie können sich vorstellen, wie er reagiert hat. Er hat sich diesen Sommer ein paarmal mit ihr getroffen, wie Sie sicher wissen. Bei dieser Gelegenheit habe ich sie auch kennengelernt. Ach ja, der gute alte Vikar...«

»Wo steckt er?« fragte ich. »Erzählen Sie bloß nicht, er arbeitet.« Ich lächelte, aber die beiden lächelten nicht zurück.

»Sie kommen drei Tage zu spät, mein Freund«, sagte Clive Paternoster, und er blinzelte. »Der Vikar ist nicht mehr, Mister Driskill. Dabei war er noch so gut beieinander. Hatte zwar siebzig Jahre auf dem Buckel, aber er war noch sehr rüstig. Ich selbst bin auch schon dreiundsechzig.« Er schob die schwere Brille auf seiner riesigen Nase gerade. »Der Vikar ist tot, Mister Driskill, in der Blüte seiner Jahre dahingerafft.«

»Tut mir leid, das zu hören«, sagte ich und konnte mein Entsetzen nicht verbergen. »Er war ein feiner Kerl.« Und ich dachte: Er hat sich mit Val getroffen! Aber warum? Worüber haben die bei den geredet? War es von Bedeutung? Er war während des Krieges in Paris gewesen...

»Woran ist er gestorben?«

»Oh, es ging schnell«, sagte Claude bitter und streichelte die Katze. »Er hat nicht lange leiden müssen.« Er warf Paternoster einen traurigen Blick zu.

»Nun, das meinte ich ja... ganz plötzlich vom Tod dahingerafft.«

»Ich verstehe nicht...«

»Sie kennen das aus Ihrer Heimat. Gewalt auf den Straßen«,

sagte Clive Paternoster leise. »Jemand hat ihn erstochen.« Er warf einen Blick auf seine schwarze Digitaluhr. »Wenn Sie Zeit haben, kommen Sie mit zum Begräbnis. In einer Stunde haben wir den Vikar schon unter die Erde gebracht.«

Robbie Heywood wurde auf einem kleinen, abgelegenen Friedhof in einem tristen Viertel der Stadt beigesetzt, unweit eines Knotenpunkts mehrerer Eisenbahnlinien. Der Sarg war schlicht, der Priester nicht sonderlich bei der Sache und außerdem erkältet und das Erdloch dunkel und matschig. Der Kiesweg war braun und naß, das Gras zu kurz geschnitten und so braun und naß wie der Kies. Wir waren sechs Trauergäste; niemand weinte oder rang vor Kummer die Hände. Der Pfad, der zum Grab führte, war links und rechts von immergrünen Bäumchen gesäumt; die perfekte Symmetrie erschien sehr pariserisch. In dieser Umgebung also trat der Vikar seinen letzten Weg an, und das zeigte einmal mehr, daß nur die Lebenden zählten, nicht die Sterbenden.

Als wir das Friedhofsgelände verlassen hatten, zündete Clive Paternoster sich eine Gauloise an und schob die Hände tief in die Taschen seines schwarzen Regenmantels. »Robbie und ich waren in den letzten fünf, sechs Jahren Zimmergenossen«, sagte er. »Die Leute nannten uns das ›seltsame Pärchen‹, wissen Sie, aber wir kamen prima miteinander aus. Zwei alte Knacker, gemeinsam unterwegs auf dem letzten Abschnitt des Lebensweges – ich habe Sie vorhin belogen, ehrlich gesagt, ich bin selbst fast siebzig –, zwei alte Knacker, die gern daran zurückdachten, wie es gewesen ist, als man noch jung und voller Saft und Kraft war. Ich kann's noch gar nicht glauben, daß Robbie nicht mehr da ist. Uns beide hat viel mehr verbunden als gemeinsam erlebte Kriege, Morde, Skandale, Regierungen... Mein kaputtes Bein ist ein kleines Andenken aus dem Koreakrieg. Hab's einem schlitzäugigen Scharfschützen zu verdanken.« Er nahm einen tiefen Zug an seiner Zigarette. »Aber man könnte sagen, daß es hauptsächlich die Kirche gewesen ist, die dafür gesorgt hat, daß unsere Wege sich kreuzten. Interessanter Mechanismus, die Kirche. Natürlich ein perfekter Zufluchtsort für Halunken aller Schattierungen.«

»Erzählen Sie mir, wie er gestorben ist. Alles was Sie wissen.«

Er blickte mich verwundert an, zuckte dann die Achseln. Er

konnte der Versuchung nicht widerstehen, eine offenbar interessante Geschichte loszuwerden. »Jemand hat ihn ungefähr fünf Minuten von unserer Wohnung entfernt überfallen. Ich hab' ihn auf dem Treppenabsatz vor unserer Wohnungstür gefunden. Robbie lag auf dem Bauch. Er muß mit dem Gesicht noch auf die Kante des Geländers gestürzt sein, der arme Kerl. Sie können sich vorstellen, wie das ausgesehen hat. Also, der Reihe nach. Als ich das Haus betrat, da hab' ich dieses komische Geräusch gehört, irgendwo von oben. Wie das Ticken einer Uhr. Immer ging's tick, tack, tick, tack. Ich hatte das vorher noch nie bei uns gehört. Ich stand also unten im dunklen Treppenhaus und frag' mich noch, was das sein kann, als ich plötzlich was gerochen habe, und diesen Geruch kannte ich, aus einer Gefängniszelle in Algerien nämlich, in der Gefangene gefoltert wurden. So was gab's damals oft, beim Algerienkrieg. Da war ich auch dabei, wissen Sie.« Wieder ein Zug an der Zigarette. »Es war der Geruch nach Blut. Als ich dann einen Schritt nach vorn mache, da klatscht mir irgendwas auf den Hut, tock, tock, tock, und als ich ihn abnehme, war er obendrauf ganz naß und rot, und dann kriege ich auch schon einen dicken, fetten Tropfen auf die Glatze... Blut, natürlich, Blut, das vom Treppenabsatz tröpfelte, und ich nichts wie rauf, und da liegt der alte Robbie und ist hinüber, na ja, fast hinüber. Er hat irgendwas von grünen Feldern gebrabbelt, wie der alte Falstaff, wissen Sie... hat was über den Sommer gesagt, ja, ich glaube, da war er mit seinen letzten Gedanken, auf einer grünen Wiese an irgendeinem Sommernachmittag...«

Er zündete sich an der Kippe der ersten Zigarette gleich die nächste an. Wir kamen trotz seiner Gehbehinderung gut voran. »Tja, ich also der Blutspur hinterher wie ein alter indianischer Fährtensucher. Der Schweinehund hatte Robbie das Messer in den Bauch und den Brustkorb gestoßen, es war ein Wunder, daß er sich noch mehr als drei Meter hatte fortbewegen können – aber der Vikar war ein sehr kräftiger Mann... Ich folgte also der Blutspur, Gott sei Dank hatte es an diesem Tag nicht geregnet, also war es nicht schwer. Die Blutspur endete an der Ecke Rue Mouffetard und Rue Ortolan, dort muß es passiert sein. Wahrscheinlich die Tat eines übergeschnappten Clochards...«

»Ist Robbie ausgeraubt worden?«

»Nein, das war ja das Verrückte. Ich könnte mir vorstellen, daß der Mörder einfach durchgedreht hat...«

»Ja, wahrscheinlich.« Es gab nichts mehr zu sagen. Vielleicht war Heywood tatsächlich von einem Verrückten ermordet worden; vielleicht gab es keinerlei Verbindungen zu den Morden, mit denen ich mich beschäftigte, und vielleicht bestand der Mond aus Schweizer Käse. Und vielleicht war ich mit meinen Nachforschungen am Ende der Fahnenstange.

Wir nahmen schließlich ein Taxi und fuhren zurück bis zur Place de la Contrescarpe. Clive Paternoster zeigte mir die Straßenecke, an der Robbie niedergestochen worden war. Wir gingen den gleichen Weg, den Paternoster vor ein paar Tagen genommen hatte, als er der Blutspur gefolgt war, betraten das Haus, in dem sich die Wohnung der beiden befand, und stiegen die Treppe bis zu dem Absatz hinauf, auf dem Robbie verblutet war. Paternosters Reinemachefrau hatte den schäbigen alten Teppich abgeschrubbt; dennoch waren einige dunkle Flecke zu erkennen.

Paternoster bat mich in die Wohnung, in der die beiden alten Junggesellen ihren gemeinsamen Erinnerungen gelebt hatten. Es war ein beinahe chaotisches Sammelsurium. Der hölzerne Propeller eines englischen Kampfflugzeugs, zwei überkreuzte Ruder von einer Henley-Regatta, ein Kricketschläger, mit dem Robbie einst an einem Spiel auf dem heiligen Rasen von Lord's im Norden Londons teilgenommen hatte, ein Foto vom Vikar mit Adolf Hitler, dem Vikar mit Papst Pius, Clive Paternoster mit Pius und Torricelli, mit de Gaulle beim Diner, Jean Paul Belmondo und Clive Paternoster mit Brigitte Bardot auf dem Schoß, dann Yves Montand, Simone Signoret und Clive Paternoster, schließlich Hemingway und der Vikar, der eine den Arm auf die Schulter des anderen gelegt, vor dem Hintergrund des Arc de Triomphe. Zwei ziemlich bewegte Leben, die einst bunt und vielfältig gewesen waren, Teil der Geschichte ihrer Zeit, doch jetzt verkümmert, dahingewelkt, geschrumpft zu diesem Museum aus Erinnerungen. Paris, Place de la Contrescarpe, Tabbycats, die blutige Straßenecke, die dunklen Flecken auf dem Teppich vor der Wohnungstür, diese kleine Wohnung mit ihren Souvenirs, die wohl eines Tages auf einem Flohmarkt in irgendeiner Seitenstraße verhökert werden würden...

Die Clochards hatten ein Lagerfeuer entfacht und ignorierten den ungemütlichen Nieselregen. Ich konnte zwei riesige Bratpfannen über den Flammen erkennen, in denen Würstchen, Zwiebeln, Paprika und Kartoffelscheiben brutzelten. Flaschen mit billigem Rotwein und Baguettes machten die Runde. Es schien sich um eine Art Clochard-Treffen zu handeln. Der Duft war gar nicht mal so übel, als er sich mit dem Geruch nach Regen und Spätherbst und Autoabgasen vermischte. Einer der Männer goß Wein in beide Pfannen. Es zischte laut, und eine weiße Rauchsäule schoß in die Höhe.

Clive Paternoster und ich saßen an dem einzigen Fenstertisch im Tabbycats. Balzac schien zu überlegen, ob es an der Zeit war, den Bananenbaum zu wässern. Wir aßen zu Abend, *pot au feu*, nachdem wir zuvor mit viel Knoblauch gewürzte Pastete mit Pilzen verspeist hatten, und tranken dazu einen sehr guten Margaux. »Ich will ja nicht behaupten, daß der Vikar keine Fehler und Schwächen hatte«, sagte Paternoster und tunkte ein Stück Brot in die dicke Soße, »aber ich vermisse den alten Knaben. Wir hatten im Leben so ziemlich die gleichen Erfahrungen gemacht, wir konnten miteinander reden, ohne uns gegenseitig auf den Wecker zu fallen. Es ist gut, wenn man jemanden hat, mit dem man gemeinsame Erinnerungen austauschen kann, vor allem, wenn man ein bißchen älter wird. Er war kein Heiliger, aber er war ein feiner Kerl.«

»Worüber hat meine Schwester mit ihm gesprochen?«

»Über den ganzen alten Hokuspokus aus dem Zweiten Weltkrieg. Sie wollte irgendwas über Torricelli wissen und...« Er hielt plötzlich inne, blickte mich an und zuckte die Achseln.

»Und? Was? Erzählen Sie weiter.«

»Sie hat sich für alles, einfach alles interessiert, was damals gewesen ist. Alles, woran wir uns erinnern konnten. Ich war damals ja auch hier in Paris. Torricelli! Na, das war vielleicht ein Prachtexemplar. Ein schlüpfriger, gewiefter alter Teufel. Er wußte genau, was Sache war. Nazis, Résistance, Kirche... war doch gar nicht unter einen Hut zu bringen. Hat aber so getan, als ob, der alte Heide! Aber was blieb ihm anderes übrig, nicht wahr? Er stand zwischen den Fronten und wollte sich keinen zum Feind machen. Die Nazis auf der einen Seite, die Kirche auf der anderen. Er hatte die Wahl zwischen dem Feuer und der Bratpfanne über diesem Feuer. Ganz schlimm wurde es für ihn, als D'Ambrizzi aus Rom hierher geschickt wurde. Das war ein anderes Kaliber als der gute alte Torricelli.« Er schüttelte grinsend den Kopf. »D'Ambrizzi hat den alten Knacker in den Wahnsinn getrieben.«

»Was habt ihr beide meiner Schwester denn erzählt?«

»Alles weiß ich auch nicht. Ihre Schwester hat sich ein- oder zweimal mit Robbie allein getroffen, als ich keine Zeit hatte.« Er zuckte die Achseln. »Aber es ging Ihrer Schwester, glaube ich, hauptsächlich darum, daß er Philippe Bloody Tramonte wegen der Papiere anrief...«

»Was für Papiere?«

»Tramonte ist Torricellis Neffe. Er ist ein schmieriger kleiner Blödmann, ein Schwuler, wenn Sie mich fragen. Er ist derjenige, der Torricellis Nachlaß verwaltet. Akten, Akten, Akten. Tramonte nennt den Kram das ›Archiv‹. Also wirklich. Na ja, wenn Sie wissen möchten, hinter was Ihre arme Schwester her war, dann werden Sie einen Blick in diese Rumpelkammer werfen müssen.« Er lachte herablassend. »Wenn Sie wollen, rufe ich Tramonte morgen früh an und mache einen Termin für Sie aus.«

Wir tranken unsere zweite Tasse Kaffee, als ich ihm endlich die Frage stellte, die mir schon so lange auf der Zunge brannte. »Wissen Sie, ob der Vikar in letzter Zeit Besuch bekommen hat? Von einem Priester? Ein hochgewachsener Mann, gepflegte Erscheinung, silbernes Haar, ungefähr in Ihrem Alter...«

Paternoster legte seine Maulwurfsnase in Falten und riß die Augen auf. »Du kriegst die Tür nicht zu! Darf ich fragen, woher Sie das wissen?«

Das Blut gefror mir in den Adern, tausend Alarmglocken schrillten, aber ich hielt mich eisern unter Kontrolle. Da war es, das nächste Bindeglied, da war die neue Fährte. »War nur ein Schuß ins Blaue. Dieser Priester war einer der letzten, die meine Schwester vor ihrem Tod getroffen hat.«

»Ein Unglücksbote also.«

»Was hat er vom Vikar gewollt?«

Wieder zuckte Paternoster die Achseln. »Er ist eines Tages ganz plötzlich aufgetaucht. Robbie und ich standen hier draußen vor dem Tabbycats. Muß an irgendeinem Morgen in der letzten Woche gewesen sein. Verdammt noch mal, es war am Tag, bevor Robbie ermordet wurde! Genau! Also, dieser Priester mit dem Silberhaar stand ganz plötzlich da – es war richtig unheimlich. Dann hat er sich dem Vikar vorgestellt; er hat seinen Namen genannt, warten

Sie mal... August Horstmann, glaub' ich. Ja, genau, August Horstmann. Und der Vikar guckt auf einmal so überrascht aus der Wäsche, als würde ein Gespenst vor ihm stehen. Und dann hat er was Komisches gesagt. Er sagte: ›Ich werd' verrückt, August! Ich hab' gedacht, du bist seit vierzig Jahren tot!‹ Und dann hat er mich diesem Priester vorgestellt, und ich hab' mich wieder an die Arbeit gemacht, und die beiden sind zusammen abmarschiert: zwei alte Kameraden.«

»Alte Kameraden?« wiederholte ich.

»Am Abend habe ich ihn nach diesem Burschen gefragt, aber der Vikar hatte nicht viel über ihn zu sagen. Soviel ich mitbekommen habe, hat Robbie Father Horstmann während des Krieges gekannt...«

»In Paris«, sagte ich leise. »Während des Krieges.«

Und am nächsten Tag war der Vikar tot. Vier Tage war das jetzt her.

Ich hatte das Gefühl, daß Clive Paternoster nur mit sehr viel Glück davongekommen war.

Und August Horstmann hatte gewußt, daß mein Weg mich zu Robbie Heywood führen würde.

Nach einer weiteren höllischen Nacht – höllisch deshalb, weil ich die Furcht jetzt einfach nicht mehr abschütteln konnte – war es geradezu eine Erleichterung, nach dem Erwachen das trübe graue Tageslicht über dem belebten Boulevard Saint-Germain durch das Fenster meines Hotelzimmers zu sehen. Zwei Schwalben saßen auf dem Geländer des Balkons und beäugten mich. Ich war müde, und die innere Spannung, die von der Angst herrührte, von August Horstmann beobachtet zu werden, hatte die Schmerzen im Rücken, diese glühenden Nadelstiche, wieder verstärkt. Doch wach und auf den Beinen zu sein war immer noch besser, als sich mit Alpträumen im Bett herumzuwälzen.

Am späten Vormittag befand ich mich etwa zehn Gehminuten von meinem Hotel entfernt und drückte auf einen Klingelknopf neben einer alten, verzogenen hölzernen Tür mit Scharnieren so groß und schwer wie Anker. Links und rechts von ihr erstreckten sich hohe, lange Mauern, welche die Sicht auf das dahinter liegende Haus versperrten. Nachdem ich fünf Minuten gewartet hatte, schellte ich noch einmal. Ein alter Hausmeister, der wie aus dem siebzehnten Jahrhundert entsprungen wirkte, öffnete die Tür. Sie mußte geölt werden. Der Tag war grau und diesig. Der Putz an den Mauern war mit feuchten Flecken gesprenkelt. Der nasse Kies auf dem Hof knirschte unter den Sohlen und erinnerte mich an den kleinen Friedhof in Clichy am gestrigen Tag. Der Hausmeister knallte die Tür zu, spuckte aus, wischte sich über seinen Schnäuzer und wies auf das Gebäude. Dann schlurfte er mit hochgezogenen Schultern davon, eine Harke in der Hand, und als ich den Blick von ihm wandte und hinüber zum dunklen Türeingang schaute, sah ich dort einen Mann in einer purpurnen Samtjacke stehen, der auf mich zu warten schien.

Philippe Tramonte sah aus wie eine Illustration von Aubrey Beardsley: dünn, blaß, hochgewachsen; zu seiner purpurnen Jacke trug er eine perlgraue Hose mit Bügelfalten, die mit einem Lineal gezogen zu sein schienen, und schwarze Slipper mit Troddeln. Die ausgeprägte Hakennase erinnerte an seinen Onkel, den Bischof. An seinem kleinen Finger steckte ein riesiger Ring mit einem goldgefaßten Amethysten – wie eine stumme Aufforderung an jeden Fremden, das Ding zu küssen. Seine Stimme war hoch und dünn, sein Englisch passabel, aber von einem starken Akzent gefärbt, und seine Seufzer – ungeheuer, ausdrucksvoll, überwältigend – begleiteten uns auf dem Weg bis zum Archiv wie Hintergrundmusik von Maurice Jarre. Er wollte mir zu verstehen geben, daß seine Aufgabe als Archivar eine sehr strapaziöse und verantwortungsvolle war. Ich hatte Verständnis dafür. Wir alle haben ja unser Bündel zu tragen.

Er führte mich durch einen langen Flur in ein Zimmer, das einst ein sehr nobler Salon gewesen sein mußte, sich jetzt aber in einem fortgeschrittenen Stadium des Verfalls befand. Die kunstvollen Stuckverzierungen waren teilweise abgebröckelt. Ein riesenhafter, ziemlich abgenutzter Teppich in der ungefähren Größe von Atlantis, aber eindeutig älter, bedeckte den größten Teil des Fußbodens. In der Mitte des Zimmers standen zwei Zeichentische. Eine Staffelei von gewaltigen Ausmaßen erhob sich in einer Ecke des Zimmers neben einem Gobelin, der den altbekannten Ritter zeigte, der dem altbekannten feuerspeienden Drachen mit dem Schwert zu Leibe rückt, als dieser sich mit der altbekannten blonden Walküre aus dem Staub machen will. Manche Dinge ändern sich einfach nie, nicht mal über Jahrhunderte hinweg. Die Staffelei war leer, aber vor meinem geistigen Auge erschien für einen Moment das Gemälde meines Vaters von Konstantin und seiner Vision, welche die Kirche und das Abendland auf ewig umgeformt hatte. Mein Vater hatte schon immer große, bedeutsame Motive bevorzugt. Keine Ritter, Drachen und Blondinen.

Tramonte führte mich zu einer Wand mit Bücherschränken und sagte mir, ihm sei zu Ohren gekommen, daß ich mich für jene Unterlagen interessiere, die meine Schwester sich angesehen habe. Er war natürlich viel zu sehr mit seinen eigenen Problemen belastet, als daß er mir sein Beileid über ihren Tod hätte aussprechen können. Er wies gelangweilt auf die entsprechenden Kartons in den Regalen. Sie trugen die Aufschrift: 1943, 1944, 1945. Ein offenbar hochkompliziertes System der Archivierung. Diese Dokumente, sagte er, habe meine Schwester sich angesehen. Er seufzte, daß seine Hühnerbrust erbebte, und bat mich, um Gottes willen vorsichtig mit den Unterlagen umzugehen und darauf zu achten, daß sie in der ursprünglichen Reihenfolge blieben, und die Kartons nach der Durchsicht wieder ins Regal zu stellen. Ich beteuerte, wie sehr ich mich ihm ob seiner Freundlichkeit zu Dank verpflichtet fühle. Er nickte, nahm seinen Obulus und den ihm zustehenden Respekt entgegen und schlurfte davon. Ich nahm den ersten Karton mit Papieren, trug ihn zu einem der langen, auf Hochglanz polierten Zeichentische, holte mein Notizbuch hervor und machte mich an die Arbeit.

Ich verbrachte zweieinhalb Tage damit, mich durch die alten Papiere des Bischofs zu wühlen. Die meisten waren in italienischer und französischer Sprache abgefaßt, ein paar in Deutsch, einige in Englisch, wieder andere in Latein, und als ich schließlich das Handtuch warf und mich in den unbequemen Stuhl mit der kerzengeraden Lehne zurücksinken ließ, hatte ich eine Migräne, und in meinem Kopf drehte sich alles. Da hatte ich mich nun durch Berge von Papier hindurchgekämpft, und außer Kopfschmerzen war bislang wenig dabei herausgekommen. Draußen prasselte der Novemberregen weiter gegen die hohen Flügelfenster.

Ich hatte Tagebücher studiert, Terminkalender, Notizen, Rechnungen durchgesehen, einige nichtssagende Berichte an Torricelli und andere, Briefe, die er geschrieben und Briefe, die er bekommen hatte. Es war, als wollte man ein Puzzle zusammensetzen, ohne zu wissen, wie es eigentlich aussehen soll, wenn es fertig ist. Ich dachte immer wieder an Val, versuchte, mich in ihre Lage zu versetzen, versuchte mir vorzustellen, was sie gesucht haben könnte – aber was hatte sie *gewußt*? Mir wurde allmählich klar, daß ich höchstwahrscheinlich nie erfahren würde, was in ihrem Kopf vorgegangen war. Bruchstücke, ja, aber nie das Gesamtbild. Das Problem, mich in ihre Gedankengänge zu versetzen, wurde zusätzlich erschwert durch die Tatsache, daß ich ihre Spur zurück verfolgen mußte, zurück bis zu jener Entdeckung, die sie bewogen hatte, ihre Nachforschungen aufzunehmen, aus welchen Gründen auch immer. Aber ich bezweifelte, jemals bis zu diesem Punkt vorzudringen. Es war wie ein Herumirren im Dschungel auf der Suche nach der Quelle des Nil.

Jedenfalls ging aus den Unterlagen hervor, daß eine permanente Auseinandersetzung zwischen Torricelli und dem entschlossenen Emporkömmling Giacomo D'Ambrizzi stattgefunden hatte, was die Frage der Unterstützung der Résistance durch die Kirche betraf. D'Ambrizzi hatte Saboteuren aus dem französischen Widerstand seine Hilfe gewährt, und das brachte Torricelli auf die Palme, weil er derjenige war, der darauf achten mußte, nicht vom Drahtseil zu stürzen, auf dem er zwischen den Vertretern der deutschen Besatzungsarmee und der Kirche hin und her balancierte. Torricelli mußte mit der Abwehr verhandeln, mit der Gestapo, mit Wehrmachtsoffizieren und weiß Gott wem. In den Augen des Bischofs hatte D'Ambrizzi sich wie ein bösartiger Einzelgänger verhalten; Torricelli hielt ihn für einen ungestümen Hitzkopf, der sich eher von moralischen Erwägungen leiten ließ, als sich mit der Realität abzufinden; er spürte deutlich, daß D'Ambrizzi es riskierte, den Zorn der Deutschen heraufzubeschwören, die dann möglicherweise über die Kirche in Frankreich herfielen, vielleicht über die Kirche in ganz Europa. Torricelli hatte seine Befürchtungen Papst Pius sogar schriftlich mitgeteilt, und der Papst hatte in scharfem Tonfall erwidert, daß der Bischof besser daran täte, dafür zu sorgen, daß weder D'Ambrizzi noch sonst ein Kirchenmann der Résistance auf irgendeine Weise helfe. Ich zweifelte keinen Augenblick daran, daß Pius diese unausgesprochene Drohung sehr, sehr ernst gemeint hatte. Meine Schwester mußte begeistert gewesen sein, als sie auf diese außergewöhnlichen historischen Quellen gestoßen war.

Es gab einige Hinweise auf Richter, auf die Familie LeBecq, auf Kunstschätze und die Frage, wohin sie verschoben werden sollten. Richter war offenbar in das miese Geschäft verwickelt gewesen, sowohl Kunstgegenstände enteigneter Juden für Görings Privatsammlung zu erstehen als auch bestimmte Werke an die Kirche zu verkaufen. Diese Entdeckungen waren offensichtlich der Grund für Vals Entschluß gewesen, nach Alexandria zu reisen. Torricelli erwähnte außerdem einen gewissen ›Collector‹, der von Rom geschickt worden war, um aus den zusammengeraubten Schätzen diejenigen auszuwählen, die dann von der Kirche angekauft wurden. Wer, fragte ich mich, war dieser Collector? Eine Frage mehr auf meiner Liste.

Und es gab quälende Hinweise auf Simon.

Etienne LeBecq hatte panische Angst gehabt, Simon könnte mich aus Rom geschickt haben, um ihn zu töten – eine solche Angst, daß er schließlich die Flucht ergriffen und Selbstmord begangen hatte. Simon, einer der Decknamen. Und hier tauchte er wieder auf. Simon dies, Simon das. Allerdings nur in den Jahren 1943 und 1944. Ende August 1944 war Paris von den Alliierten befreit worden; das Leben hatte sich geändert; die Deutschen waren wieder verschwunden.

Ich hatte meine liebe Not, jene Hinweise zu übersetzen, die Simon betrafen. Da war zum einen das Sprachproblem und zum anderen Torricellis schlechte Handschrift, die besonders immer dann zum reinsten Gekrakel wurde, wenn er sich über Simon ausließ, als hätte schon dieser Name ihn nervös gemacht. Jedenfalls ging aus den Hinweisen hervor, daß im Winter 1944/45, als die Ardennenschlacht tobte, Torricelli offenbar am Rande des Zusammenbruchs stand, nachdem er ›eine Verschwörung‹ entdeckt hatte, die ›so verabscheuenswürdig ist, daß mir nichts anderes übrigbleibt, als Archduke zu einem geheimen Treffen zu bitten. Nur er kann Simon unter Kontrolle halten! Was kann ich anderes tun? Vielleicht bringt er mich um, wenn ich etwas gegen ihn unternehme. Ich kann Archduke davon berichten und beten, daß er es aufhalten kann. Wird Simon auf ihn hören? Ich kann es nicht wagen, auch nur noch ein einziges Wort über diese Sache zu Papier zu bringen. Wie immer meine politischen Überzeugungen sein mögen – und habe ich in einer Welt wie dieser überhaupt noch politische Überzeugungen? –, ich kann nicht billigen, was Simon beabsichtigt. Was wird Archduke sagen? Und Simon – ist er ein guter oder ein schlechter Mensch? Was ist, wenn Archduke hinter dieser Sache steckt und Simon nur sein Werkzeug ist? Wird Archduke sich gegen mich wenden, wenn ich mich gegen Simon wende? Aber ich *muß* es tun, oder das Blut unseres Opfers wird auch an meinen Händen kleben!‹

An diesem Abend ging ich allein aus und aß in einer kleinen Pizzeria. Die Pizza, mit zwei Spiegeleiern und Anchovis in einer dünnen Schicht Olivenöl auf Tomatensoße mit Knoblauch und Oregano, schmeckte gut. Ich versuchte, mich auf das Essen zu konzentrieren, denn die Alternative bestand nur darin, sich dem brutalen Konflikt zwischen Verstand und Information zu stellen. Natürlich war ich in meinem Beruf als Anwalt oftmals auf ähnliche Schwierigkeiten gestoßen. Einmal war ein Klient in meine Kanzlei marschiert und hatte mir eine Tonne von Schriftstücken auf den Schreibtisch gekippt – von den eidesstattlichen Erklärungen des Vortages bis hin zu fünfundsiebzig Jahre alten Vorgängen. Die Aufgabe besteht in einem Falle wie diesem darin, die nackten Fakten in eine solche Form zu bringen, daß man sie verarbeiten, ordnen, formen kann, um schließlich ein Bild zu bekommen, das einen Sinn ergibt. Man muß das Unwichtige über Bord werfen und dann Tage, Wochen, Monate nach Informationen Ausschau halten, bis sich die ersten Andeutungen zeigen, die ersten Hinweise zur Erstellung eines Gesamtbildes. Nur ein Hinweis, und man kann die Sache anpacken. Ein einziger Hinweis.

Nun, ich hatte jetzt eine Menge Hinweise. Und eine Menge von Informationen, die kurz vor jener Grenze standen, hinter der sie Gestalt annehmen konnten.

Also war es an der Zeit, sich eine Pizza und jede Menge Fischer-Bier zu gönnen, einen Spaziergang entlang des Zaunes zu machen, hinter dem sich der Jardin du Luxembourg befand, und sich vom Novemberregen berieseln zu lassen. Es war an der Zeit, einmal nicht über all das nachzudenken, was ich in Erfahrung gebracht hatte. Es war an der Zeit, ein wenig abzuwarten, bis sich der erste Bodensatz gebildet hatte.

Später an diesem Abend änderte sich meine Stimmung. Ich war sicher, daß August Horstmann mir folgte und nur auf die günstigste Gelegenheit wartete, mich zu töten. Ich tat schließlich genau das, was auch Val getan hatte. Und er hatte sie ermordet. Er hatte Robbie Heywood ermordet, als er festgestellt hatte, daß ich entschlossen war, Vals Weg weiter zurückzuverfolgen, ein Weg, der auch bei Heywood vorbeigeführt hatte. Ich war sicher, daß ich auf Horstmanns Abschußliste stand.

Aber vielleicht war er zu der Überzeugung gelangt, daß mit der Beseitigung des Vikars der Fall abgeschlossen war, daß Vals Fährte endete. Vielleicht war ich in Sicherheit. Vielleicht hatte er nicht damit gerechnet, daß Clive Paternoster so viel wußte...

Aber wieso, in Gottes Namen, hatte Paternoster den Vikar und Horstmann als alte Kameraden bezeichnet?

Ich rief meinen Vater im Krankenhaus in Princeton an.

Seine Stimme war schwach, aber klar und deutlich. Er wollte wissen, wo ich mich aufhielt, was ich tat, mit wem ich mich getroffen hatte. Ich sagte ihm, daß ich Vals Fußstapfen folgte, daß ich einige Leute aufgesucht hatte, die aus dem Paris des Zweiten Weltkriegs übrig geblieben waren: Richter, LeBecq, Clive Paternoster und den unsäglichen Torricelli-Neffen, der die letzte Erinnerung an den Bischof verkörperte. Ich erzählte ihm, daß Robbie Heywood von demselben Mann ermordet worden war, der auch Val, Lockhardt und Heffernan auf dem Gewissen hatte – jemand mit Namen August Horstmann, ein Priester, den der Vikar von früher gekannt haben mußte.

Mein Vater sagte leise und traurig: »Oh, nicht Robbie... nicht den Vikar... Gottverdammt...«

»Hör mal, du warst doch während der deutschen Besatzung auch mehrfach in Paris. Hast du jemals diese Decknamen gehört?« Ich erzählte ihm von Simon und Archduke. Daß auch mein Vater eine Informationsquelle war, wurde mir erst jetzt so recht bewußt. Er war ja nur immer so verschlossen gewesen, was seine Dienstzeit bei der OSS betraf. Aber vielleicht konnte er sich an irgend etwas erinnern und rückte mit der Sprache heraus.

Aber erst einmal stieß er ein scharfes Lachen aus, das in einen Hustenanfall überging. »Benjamin, ich kann mich praktisch nur an eins erinnern. Daß ich Angst hatte, von irgendeinem schießwütigen Boche eine Kugel verpaßt zu bekommen. Daß ich Angst hatte, einen Fehler zu machen und meine Zyanidkapsel schlucken zu müssen, bevor die Gestapo mich in die Mangel nehmen konnte. Ich will dir mal was sagen. Torricelli hatte sicher recht, wenn er behauptet, D'Ambrizzi habe mit der Résistance zusammengearbeitet. Es hat Torricelli fast um den Verstand gebracht. Aber mit diesen Geschichten hatte ich nichts am Hut, ich habe nur davon gehört. Und ich habe D'Ambrizzi wegen meiner Kontakte zur Résistance kennengelernt. Ich hatte nur eine Aufgabe: immer wieder nach Paris hereinzukommen – meistens durch Fallschirmabsprünge, manchmal auf dem Landweg, nachdem ein Fischerboot mich an der bretonischen Küste abgesetzt hatte. Dann habe ich meinen jeweiligen Job getan und versucht, heil aus Paris herauszukommen und lebend über die Grenze in die Schweiz zu gelangen...«

»Ich kann mich an den Film erinnern«, sagte ich.

»Film!« Er hustete erneut. »Komm nach Hause, Sohn. Bitte, Ben, dein Leben ist in Gefahr, was immer sich da abspielen mag...«

»Ich werde vorsichtig sein.«

»Vorsichtig«, sagte er verächtlich. »Begreifst du denn nicht? Deine Vorsicht ist keinen Pfifferling wert!« Er bekam erneut einen längeren Hustenanfall. Dann hörte ich die Stimme einer Krankenschwester, die mir erklärte, daß alles in Ordnung sei, daß mein Vater nur eine leichte Lungenentzündung habe, daß ich mir aber keine Sorgen zu machen brauche, man habe alles fest im Griff. Das Husten im Hintergrund war verstummt. Ich bat die Schwester, meinem Vater auszurichten, daß ich mich bald wieder melden würde, und legte auf.

»Sie haben mir erzählt, daß meine Schwester Nachforschungen über Torricelli angestellt hat – und noch andere. Welche? Für was hat sie sich noch interessiert?«

Ich saß in einem tiefen Lehnstuhl zwischen dem hölzernen Propeller und einem Tisch voller gerahmter Fotos und beschäftigte mich mit dem Inhalt eines Glases Scotch, das Clive Paternoster mir eingeschenkt hatte. Mein Gastgeber lehnte am Kaminsims und rauchte eine altehrwürdige Pfeife, mit der er sich immer wieder an der Nase kratzte.

»Oh, wirklich, alter Junge, da kann ich ihnen auch nicht weiterhelfen.« Er trank einen kräftigen Schluck Scotch, wobei sein ausgeprägter Adamsapfel hüpfte.

»Erzählen Sie mir nichts. Da muß noch irgendwas gewesen sein – Sie wollen's mir nur nicht sagen. Kommen Sie schon. Sie war meine Schwester.«

»Und sie wollte etwas erfahren über das Land der Feen und der Kobolde und der kleinen Männer mit den grünen Hüten und den spitzen Schuhen...«

»Was reden Sie da?«

Vom Fenster aus konnte ich hinunter auf die kahlen Bäume vor der alten Markise und den Lichtern im Innern der Tabbycats schauen. Dort unten war Horstmann ›zufällig‹ auf seinen alten Freund Heywood gestoßen, der ihn seit vierzig Jahren tot geglaubt hatte.

»Tja, also, Ihre Schwester kommt zum Vikar und bestürmt ihn mit Fragen über die Kriegsjahre, über Torricelli und...«

»Und was?«

»Und die *Assassini*! So, sind Sie jetzt zufrieden? Der alte Clive hört sich wie ein Verrückter an, nicht?« Er paffte nervös an der Pfeife, und das würzige Aroma des Tabaks erfüllte das Zimmer.

»*Assassini*? Was soll das? Wo liegt das Problem? Es ist das italienische Wort für Attentäter. Was ist daran Besonderes, Clive? Ich habe dieses Wort sogar in einem von Torricellis Tagebüchern gelesen.«

Wieder rieb er mit dem Pfeifenkopf über seine riesige Nase. »Sie haben es in seinen Tagebüchern gelesen? Wirklich? Na, das ist ja interessant, das muß ich wirklich sagen. Eine Sache, die Robbies Theorie stützt. Auf jeden Fall.«

»Clive«, sagte ich mit erzwungener Geduld, »erklären Sie's mir.«

Er gehörte nicht zu den alten Trotteln, die man zur Eile treiben konnte. Er ließ sich gern Zeit mit der Pointe.

»Die *Assassini*, Mann! Sie haben mir gesagt, Sie sind Katholik, und dennoch behaupten Sie, nichts über die *Assassini* zu wissen? Sie versetzen mich in Erstaunen. Ihre katholische Erziehung ist aber schwer vernachlässigt worden.« Er schüttelte den Kopf.

»Dann helfen Sie ihr nach. Bitte.«

»Leicht gesagt« – Clive grinste und entblößte dabei seine

großen, fleckigen, kaninchenartigen Schneidezähne –, »die *Assassini*, mein Sohn, waren die Bengel, die für den Papst gemordet haben, damals, in den alten Zeiten, während der Renaissance, unter den Borgia, als Giftmorde sozusagen der letzte Schrei gewesen sind. Sie waren ein Instrument zur Durchsetzung der päpstlichen Politik. Nun, der entscheidende Punkt hat nichts mit der Renaissance zu tun, wie Sie vielleicht annehmen. Nein, der entscheidende Punkt, an dem Ihre Schwester sich festgebissen hatte, waren gewisse Gerüchte, daß die *Assassini* wieder zum Leben erweckt worden sind – hier in Paris, während des Krieges. Ein Gerücht. Was mich betrifft, ich hab' nie so recht daran geglaubt, es gab damals so viele Gerüchte, aber der Vikar, oh, er schon, er hat sich mit solchen Dingen sehr viel ernsthafter beschäftigt als ich. Der Vikar war von Intrigen und Machenschaften fasziniert. Er war in Wien, als dieser Film gedreht wurde, *Der dritte Mann*, er konnte sich an dem Streifen gar nicht satt sehen, hat niemals eine Wiederholung versäumt. Er liebte Intrigen, wissen Sie – eine Verschwörung in jeder dunklen Ecke –, darum hat er mit Vorliebe über die Kirche berichtet, und sie hat ihn, was Intrigen betrifft, auch nie enttäuscht, hat ihm immer etwas bieten können. Robbie hat mal gesagt, im Vergleich zur Kirche wären die einstige Reichskanzlei oder der Oberste Sowjet der reinste Kindergarten; die Kirche bestünde nur aus Ränkeschmieden, Verschwörungen, verstohlenem Geflüster in dunklen Fluren, Stimmen in leeren Zimmern und Intriganten, die sich hinter geschlossenen Fensterläden träfen... Tja, er hielt diese *Assassini*-Geschichte eben deshalb für glaubwürdig, sie paßte zu gut in sein vorgefaßtes Bild... Der Vikar hat behauptet, daß jemand die *Assassini* reaktiviert hat, daß sie hier in Paris operiert haben – als hätten wir damals in dieser Stadt nicht schon genug um die Ohren gehabt!« Paternoster lachte beim Gedanken an die alten Zeiten und stopfte seine Pfeife. »Robbie sagte, sie hätten die Dreckarbeit für die Kirche verrichtet, aber ich weiß beim besten Willen nicht, was für eine Arbeit das gewesen ist. Wen haben sie ermordet? Der Vikar konnte es nicht herausfinden. Und falls er's gewußt haben sollte, hat er's mir nie gesagt. Aber er wußte, daß die *Assassini* im besetzten Paris aktiv gewesen sind, und er war todsicher, einige von ihnen gekannt zu haben...«

»Persönlich?« fragte ich. »Er hat sie persönlich gekannt?«

»Ja, er hat sie *gekannt*. Wenn ich ihn recht verstanden habe, waren es alles geistliche Herren, diese *Assassini*. Darum hat Ihre Schwester, als sie ihm über die *Assassini* Fragen gestellt hat, bei Robbie voll ins Schwarze getroffen – sie hat sein altes Lieblingsthema angesprochen, sein Steckenpferd sozusagen. Er hat mir alles über die Gespräche mit Ihrer Schwester berichtet... kann ich ihm nicht zum Vorwurf machen. Sie doch auch nicht, oder? Daß er's ihr erzählt hat? Er sah für Ihre Schwester keine Gefahr darin. Warum auch? Das alles lag schließlich vierzig Jahre zurück. Darum hat er ihr von einem anderen seiner alten Freunde erzählt, von Bruder Leo.«

»Und wer war Bruder Leo?«

»Tja, ich habe ihn nie kennengelernt, aber der Vikar hat gesagt, er sei einer von ihnen – einer von den *Assassini*.« Er zog die Nase hoch und schneuzte sich in ein großes, schmutziges Taschentuch. »Ich weiß nicht, ob ihre Schwester, das arme Mädel, sich auf die Suche nach diesem Mann gemacht hat – es hätte ihr bestimmt nicht viel genützt, aber der Vikar war der Meinung, es könnte für Ihre Schwester interessant sein, wegen ihres neuen Buches.«

»Warum hat sie diesen Bruder Leo nicht aufgesucht? Ist er tot?«

»Nein, soviel ich weiß, lebt er noch. Aber in einem gottvergessenen kleinen Kloster an der irischen Küste; ich glaube, es heißt St. Sixtus. Ich bin allerdings ziemlich sicher, daß ihre Schwester dort nicht sehr willkommen gewesen wäre...« Er blickte mich erwartungsvoll an, rieb sich mit dem Taschentuch die Nase.

»Es ist seltsam, Clive«, sagte ich, nachdem ich einige Augenblicke über all das nachgedacht hatte. »Was ist so schlimm daran, daß Robbie meiner Schwester nach gut vierzig Jahren von diesen *Assassini* erzählt hat? Was konnte es ihr schaden? Nichts. Absolut nichts. Aber ich werde Ihnen sagen, was passiert ist. Ich glaube, meine Schwester ist vielleicht auf den Gedanken gekommen, daß die *Assassini* immer noch existieren. Ich habe mir immer wieder den Kopf darüber zerbrochen, was sie gewußt haben könnte. Ein Geheimnis, das ihr den Tod gebracht hat. Und ich konnte mir einfach nicht vorstellen, was es gewesen ist – wie kann etwas, das vierzig Jahre zurückliegt, *heute* über ihr Schicksal entscheiden? Nun, vielleicht ist das die Antwort. Sie hatte einen Zirkel von *Assassini* gefunden – oder vielleicht auch nur einen einzigen – und das mag genügt haben. Es mag genügt haben, daß sie sterben mußte. Dieser verfluchte Horstmann!« Paternoster blickte mich stirnrunzelnd an; er begriff nicht. »Horstmann ist einer von ihnen, Clive. Der Vikar hat ihn schon vor vierzig Jahren gekannt, wie auch Bruder Leo. Aber Horstmann ist noch immer bei der Arbeit, erledigt noch immer Aufträge. Er hat den Vikar getötet, er ist den weiten Weg aus den Staaten hierher nach Paris gekommen, um ihn zu beseitigen, weil er befürchtet hat, daß auch ich vom Vikar erfahre, was meine Schwester erfahren hatte. Und darum hat er meine Schwester getötet, darum hätte er um ein Haar auch mich getötet, darum hat er Robbie getötet. Aber er hat es vermasselt, Clive, denn er hat nicht an Sie gedacht!« Ich erhob mich und klopfte ihm leicht auf die Schulter.

»Also, ich muß schon sagen«, murmelte er und versuchte, die Flut der neuen Informationen zu verdauen.

»Meine Schwester hat irgendwas über die *Assassini* herausgefunden, und irgend jemand betrachtete das als zu großes Risiko, und darum mußte sie sterben, bevor sie ein Wort darüber verlieren konnte. Und darum hat Horstmann versucht, auch mich zu töten...«

»Ich kann Ihnen nicht ganz folgen, alter Junge.«

»Und das Schönste ist: Horstmann bekommt seine Anweisungen von irgend jemandem aus Rom.«

»Und er hat versucht, auch Sie umzubringen? Das hatten Sie mir gar nicht erzählt...«

Ich sagte ihm alles, was er noch nicht wußte, trank noch einen Scotch und konnte nicht ahnen, daß fast alles, was ich sagte, sich noch als falsch erweisen sollte. Aber an diesem Abend hörte es sich schlüssig an, und außerdem hatte ich zumindest teilweise recht.

Bevor ich ihn verließ, nahm Clive Paternoster seinen alten Atlas über die Britischen Inseln aus dem Bücherregal. Und dann tippte er mit einem schmutzigen, rissigen Fingernagel auf jenen ungefähren Punkt, an dem sich das Kloster St. Sixtus befand.

## 2

Father Dunn bekam am Morgen des Tages, an dem sie sich für vierzehn Uhr verabredet hatten, einen persönlichen Anruf von Drew Summerhays. »Gehe ich recht in der Annahme«, sagte Summerhays mit seiner dünnen, durchdringenden Stimme, »daß Sie eine persönliche – jedenfalls nicht ausschließlich berufliche – Angelegenheit mit mir besprechen möchten?«

Father Dunn kicherte. Er stand am Fenster und versuchte, die Enten im Central Park auch ohne die Hilfe seines Feldstechers zu beobachten. »Ich darf mal so sagen: Ich verlange keine Rechnung zum üblichen Stundensatz.«

»Also gut, dann möchte ich Ihnen vorschlagen, daß Sie zu mir kommen, damit wir diese persönliche Angelegenheit im Rahmen eines altmodischen geselligen Beisammenseins in meinem bescheidenen Heim besprechen – wäre Ihnen das möglich, Father?«

»Es wäre mir ein Vergnügen.«

»Gut.« Er nannte Dunn seine Adresse an der Fifth Avenue, in der Nähe des Washington Square. »Wir sehen uns also um vierzehn Uhr.«

Dunn stieg vor Summerhays' Haus, das in helles, kaltes Sonnenlicht getaucht war, aus dem Taxi. Es war ein kleines Gebäude mit makelloser Außenfassade in Gelb, Weiß und Oliv; die Farben wirkten so frisch, als wäre das Haus erst gestern gestrichen worden. Die gelben Blumenkästen waren zu dieser Jahreszeit mit kleinen Tannen und Fichten bepflanzt, die wie die Wipfel ausgewachsener Nadelbäume aus der schwarzen Blumenerde ragten. Dunn betätigte den Türklopfer, eine aus Messing gefertigte Nachbildung eines der Wasserspeier von Notre Dame. Das häßliche, mißgestalte Gesicht schien ihn zur Begrüßung anzulächeln.

Summerhays' Privatsekretär, Edgecombe, öffnete die Tür und geleitete Dunn in ein helles Wohnzimmer mit riesigem Dachfenster, das mit Sofas und Sesseln mit gelben und weißen Schonbezügen möbliert war und eine heitere, freundliche Atmosphäre ausstrahlte. Bücherregale, ein kleiner, schmuckloser Kamin mit sorgfältig aufgeschichteten Holzscheiten, dazu Vasen mit frisch geschnittenen Blumen und durch die Glastür am gegenüberliegenden Ende des Zimmers der Blick auf einen winzigen, winterfest gemachten Garten, der im grellen Sonnenlicht lag. Aus verborgen angebrachten Lautsprechern erklang eine Aufnahme von Eric Saties *Gymnopédies*; jeder einzelne Ton schien wie ein kostbarer Stein in einen schimmernden See aus vollkommener Lautlosigkeit zu tropfen. Dunn fragte sich, wer eine so perfekte Harmonie aus Licht und Schatten, Farben und Geräuschen geschaffen hatte; vielleicht war es auf diese Umgebung zurückzuführen, daß Summerhays trotz seines hohen Alters körperlich und geistig so überaus präsent wirkte.

Er blickte hinaus auf den kleinen Garten, als er in seinem Rücken die dünne, präzise klare Stimme sagen hörte: »Father Dunn. Wie schön, daß Sie gekommen sind.«

Summerhays stand kerzengerade da, eine gepflegte, distinguierte Erscheinung in einem grauen Anzug mit Fischgrätmuster, gestärktem blütenweißem Hemd, einer rot und olivfarbenen Clubkrawatte und Schuhen aus weichem Korduanleder. Alles war so perfekt aufeinander abgestimmt, daß Dunn lächeln mußte und sich eine kurze Notiz im Hinterkopf machte: Dieser Aufzug würde in seinem nächsten Buch Erwähnung finden.

Summerhays nahm in einem der hellen Sessel Platz; Dunn, der sich ungewöhnlich befangen und unsicher fühlte, setzte sich in eine Sofaecke. An der weißgekalkten Wand hinter Summerhays hing ein großes Gemälde von Jasper Johns: amerikanische Flaggen, die den Besucher, falls er es vergessen haben sollte, daran erinnerten, daß dies das Haus eines Patrioten war.

Edgecombe brachte ein silbernes Kaffeeservice, stellte es auf dem niedrigen Tisch zwischen den beiden Männern ab und zog sich diskret zurück.

Drew Summerhays sagte: »Father, ich bin hocherfreut, Sie als meinen Gast begrüßen zu dürfen, aber ich muß zugeben, daß ich außerordentlich neugierig bin, was Sie vorzubringen haben. Ich vermute, daß wir ein gemeinsames Interesse an dieser Angelegenheit haben. Und momentan verbindet uns die Sorge um die Familie Driskill. Liege ich mit dieser Vermutung sehr weit daneben, Father?«

»Nein, Volltreffer. Wissen Sie, ich will nicht lange um den heißen Brei herumreden. Darf ich sofort zur Sache kommen, ohne zuvor Jasper Johns Bewunderung zu zollen?«

Die Lachfalten um Summerhays' Augen vertieften sich. »Mister Johns wird nie davon erfahren.«

»Also gut. Stimmt es, daß Sie seit langem mit Hugh Driskill befreundet sind? Und auch mit seiner verstorbenen Frau Mary befreundet waren?«

»Das stimmt.«

»Ich habe vor kurzem eine bemerkenswerte Geschichte gehört, Mister Summerhays. Allerdings bin ich mir nicht sicher, ob sie den Tatsachen entspricht. Mit anderen Worten: Ich brauche jemanden, der mir diese Geschichte bestätigen kann. Sie hört sich nämlich ziemlich weit hergeholt an.«

»Weder in Ihrem noch in meinem Beruf gibt es weit hergeholte Geschichten.« Summerhays lächelte frostig.

»Nun, da bin ich mir nicht mehr ganz so sicher. Die Geschichte handelt von einem Priester, der seit fünfzig Jahren tot ist, von einer Frau, die seit dreißig Jahren tot ist, und von einem Ihrer engsten Freunde...«

Summerhays Lächeln zeigte plötzlich einen Anflug von Resignation. »Wissen Sie, es überrascht mich ganz und gar nicht, daß diese Sache aufs Tapet kommt. Es hat lange gedauert.« Er beugte sich vor und schenkte zwei Tassen Kaffee ein.

»Milch?«

»Danke, nein. Ich werde ihn heute schwarz trinken.« Dunn verbrannte sich die Zunge an dem starken, heißen Gebräu. »Es ist seltsam... so ähnlich hat sie sich auch ausgedrückt. Sie sagte, sie hätte ein halbes Jahrhundert darauf gewartet, daß wegen dieser Geschichte jemand zu ihr kommen würde.«

»Von wem reden Sie, bitte?«

»Von einer alten Ordensschwester, einer Freundin der Familie Driskill. Sie hat Val und Ben unterrichtet und hatte ein sehr enges, freundschaftliches Verhältnis zu Mary Driskill. Schwester Mary Angelina...«

»Ah, ja. Natürlich. Ich bin ihr einmal begegnet. Eine außergewöhnlich attraktive Frau.«

»Darf ich fragen – ich habe mir diese Frage in letzter Zeit oft gestellt –, wie sah Mary Driskill eigentlich aus?«

»Mary war eine bezaubernde Frau, hochgewachsen, schlank, würdevoll, von großer natürlicher Anmut. Hellbraunes Haar, heller Teint. Hatte einen eigenwilligen Sinn für Humor. Schloß nicht schnell Freundschaften, war immer ein wenig zurückhaltend. Das war Mary. Sie hatte nur eine wirkliche Schwäche, den verdammten Alkohol. Sie war so korrekt, so distinguiert, so zurückhaltend, daß einige Leute vielleicht den Eindruck gewonnen haben, sie sei ein wenig unnahbar.« Er trank einen Schluck Kaffee, hielt die Untertasse mit der anderen Hand, stellte dann beides auf die Armlehne des Sessels. »Hugh und Mary paßten in vielerlei Hinsicht gut zusammen. Allerdings waren sie nicht gerade überschäumend, was ihre Gefühle füreinander betraf.«

»Aber sie haben sich geliebt?« fragte Dunn.

»Na ja, Liebe ist in einer Ehe zwischen zwei solchen Menschen nicht immer das Wesentliche. Hughs und Marys Ehe war mehr eine freundschaftliche Allianz, ein großes Vermögen – das der Driskills – hat sich ein etwas kleineres einverleibt. Ich würde es eher als Vernunftehe bezeichnen.«

»Hinter der sich eine Art Fusion versteckte, eine geschäftliche Übernahme?«

»Wie immer Sie es bezeichnen wollen, Father. Sie sind der Schriftsteller. Aber wohin führt uns das alles? Sie sagten, Schwester Mary Angelina hat damit gerechnet, daß jemand wegen einer alten Geschichte zu ihr kommt – um was handelt es sich?«

»Um den Tod von Father Governeau.«

»Ah. Das.«

»Schwester Mary Angelina hat Mary Driskill sehr nahe gestanden. Sie war ihre Vertraute. So etwas wie ein weiblicher Beichtvater. Jemand, dem sie auch intime Dinge anvertrauen konnte.«

»Ich habe mir sagen lassen, daß heutzutage viele Frauen die Behandlung durch weibliche Gynäkologen bevorzugen. Ich nehme an, das war bei diesen beiden Frauen im Prinzip der gleiche Mechanismus.«

»Mary Driskill hat Schwester Mary Angelina einige Jahre nach dem Tod von Father Governeau aufgesucht. Er wurde, wie Sie sich gewiß erinnern können, an einem Baum im Obstgarten der Driskills erhängt aufgefunden.«

»In der Tat, ich kann mich noch gut daran erinnern. Ich glaube, ich war damals der erste, den Hugh angerufen hat. Schließlich war ich sein Anwalt und sein Berater.« Ein frostiges Lächeln legte sich auf sein Gesicht. »So was wie sein unverschuldeter, vor dem Gesetz nicht strafbarer Mitverschwörer.«

»Hat jemals irgend jemand eine Erklärung zu liefern versucht, warum Father Governeau sich das Leben genommen hat?«

»Aus Gründen, die in solchen Fällen immer wieder zu beobachten sind«, sagte Summerhays. »Depressionen, Glaubenskrise, Alkoholismus. Ein Teufelskreis.«

»Dann haben Sie also auch an die Selbstmordgeschichte geglaubt?«

»Was soll das heißen, Father Dunn?«

»Daß Sie damit zufrieden waren, daß der Fall als Selbstmord zu den Akten gelegt wurde.«

»Ich verstehe nicht. Der Mann hatte sich offenkundig erhängt, und...«

»Warum habe ich bloß das Gefühl, daß Sie sehr wohl wissen, daß Father Governeau ermordet wurde?«

»Das weiß ich nicht, Father. Vielleicht haben Sie eine meiner Äußerungen falsch interpretiert.«

»Nein. Sie sind ein viel zu erfahrener, einflußreicher und kenntnisreicher Mann, und darum kennen Sie die Wahrheit. Father Governeau wurde ermordet und anschließend aufgehängt. Und weil Hugh Driskill eben Hugh Driskill war und immer noch ist, kam die Wahrheit nie ans Licht. Ich habe mit dem Polizeibeamten gesprochen, der diesen Fall untersucht hat. Es besteht kein Zweifel daran, daß es Mord war. Als Schwester Valentine nach Hause kam, nach Princeton, an dem Tag, als sie getötet wurde, hat sie den jetzigen Polizeichef angerufen und ihn mit Fragen über die Governeau-Geschichte bestürmt. Bedenken Sie, Mr. Summerhays: Sie hat monatelang Nachforschungen in Europa betrieben, sie hat den Kopf voll mit tausend anderen Dingen, sie ist gerade erst nach Hause gekommen – und es sind nur noch ein paar Stunden bis zu ihrer Ermordung –, und da ruft sie wegen Governeau bei der Polizei an! Seltsam, nicht wahr? Warum hat sie das getan? Ich werde Ihnen sagen warum. Ich gehe jede Wette ein, daß auch Schwester Valentine nicht an die Selbstmordgeschichte geglaubt hat. Also, Sie sind viel zu genau im Bilde, als daß Sie immer noch auf der alten Selbstmordtheorie herumreiten könnten...«

»Gut, dann lassen Sie uns vorerst davon ausgehen, Father, daß Sie recht haben, was die Umstände von Father Governeaus Tod betrifft«, sagte Summerhays mit einem schmalen Lächeln. »Ich habe das Gefühl, daß wir andernfalls keinen Schritt weiterkommen, was unser Gespräch betrifft. Lassen Sie uns also zunächst einmal wieder das Umfeld von Schwester Mary Angelina zur Sprache bringen.«

»Zehn Jahre nach Father Governeaus Tod«, fuhr Dunn fort, »nach Ende des Zweiten Weltkrieges, als Mary Driskill zwei nette, aufgeweckte Kinder hatte und einen Mann, der es bis auf die Titelseite der *Time* gebracht und bestimmte Leute dazu angeregt hatte, einen Film über seine Kriegserlebnisse zu drehen, als Mary Driskills Leben also seinen absoluten Höhepunkt erreicht haben sollte, was Glück und Zufriedenheit betrifft, hat sie sich Abend für Abend in den Schlaf getrunken, sie hat höchstwahrscheinlich einen furchtbaren Nervenzusammenbruch erlitten. Können Sie sich auch daran erinnern?«

Summerhays legte den Kopf ein wenig schief. »Gewiß. Hugh hat sich große Sorgen um sie gemacht. Mary war so empfindsam. Für die Kinder war es hart – sie hatten ein Kindermädchen nach dem anderen, und die arme Mary, sie hat nur noch unzusammenhängendes Zeug geredet, hat Val und Ben Furcht eingejagt. Sie war nach dem Zusammenbruch psychisch sehr labil, und kurze Zeit später...« Er zuckte fast unmerklich die Achseln. »Ist sie gestorben.«

»Ich wette, *das* war wirklich ein Selbstmord«, sagte Dunn.

»Die Wette würden Sie verlieren. Sie war volltrunken, Alkoholvergiftung, sie ist gestürzt, und der arme junge Ben hat sie gefunden. Er war damals vierzehn oder fünfzehn, glaube ich. Es war ein Unfall. Es bestand kein Grund, ihr ein Grab in geweihter Erde zu versagen.«

»Sie meinen damit die Kirche?«

»Wen sonst?«

»Also gut, kommen wir noch einmal auf Mary Driskill zu sprechen. Sie hatte schwere Depressionen durchgemacht, sie hatte einen Nervenzusammenbruch erlitten, und sie war nicht imstande, sich an die Kirche zu wenden. Jedenfalls nicht offiziell. Sie brachte es einfach nicht über sich, bei einem Priester die Beichte abzulegen. Nicht bei dem, was sie bedrückte. Aber sie war mit einem Menschen befreundet, von dem sie wußte, daß sie ihm alles anvertrauen konnte. Einer *Frau*, die außerdem die *Kirche* repräsentierte – Schwester Mary Angelina. Also hat sie sich mit Schwester Mary Angelina verabredet. Sie trafen sich im Driskillschen

Haus in Princeton. Die Kinder lagen an jenem Abend bereits im Bett, Hugh war geschäftlich unterwegs, und Mary Driskill erzählte der Nonne, was mit Father Governeau passiert war.«

»Und nun«, sagte Summerhays, »hat die Schwester es Ihnen erzählt.«

»Genau. Und ich möchte in Erfahrung bringen, ob das, was sie erzählt hat, der Wahrheit entspricht. Und ich kenne nur einen Menschen, der die Geschichte möglicherweise bestätigen kann. Nämlich Sie. Also, wollen Sie mir weiter zuhören?«

»Mit dem größten Interesse.« Summerhays' Lächeln war verschwunden; seine Augen blickten kühl und klar.

»Mary Driskill hat Schwester Mary Angelina anvertraut, daß sie Father Governeau schon vor dem Krieg kennengelernt hat, als Hugh in Rom für die Kirche arbeitete. Governeau war ein paarmal nach Princeton gekommen, um in der Kapelle der Driskills die Messe zu lesen. Er war ein zurückhaltender, ernster, ehrenwerter Mann, ein Mann Gottes. Mary faßte Vertrauen zu ihm. Er aber verliebte sich in die hübsche junge und einsame Frau... das muß etwa 1936, '37 gewesen sein, ich kann Zahlen so schlecht behalten...«

»Das spielt keine Rolle, Father. Nur weiter.«

»Nach kurzer Zeit wurden sie ein Liebespaar. Offensichtlich wurden sie beide von Schuldgefühlen geplagt. Aber die sexuelle Begierde war stärker. Es war eine verzweifelte Liebesaffäre. Mitternächtliche Besuche Governeaus im Haus in Princeton und dergleichen... zwei tiefgläubige Katholiken, die sich vor schlechtem Gewissen selbst – und gegenseitig – zerfleischten. Als Hugh Driskill dann aus Rom in die Staaten zurückkehrte, gelangten Mary und Father Governeau zu der Einsicht, daß es besser sei, ihr Verhältnis zu beenden; es gab keine andere Möglichkeit. Und beide hatten die Absicht, mit ihrem Leben, ihrem Glauben wieder ins reine zu kommen; beiden war bewußt, wie schwierig das sein würde, aber sie wollten es versuchen. Nun, es erwies sich nicht als schwierig, es erwies sich als unmöglich. Jedenfalls für Father Governeau. Er konnte Mary einfach nicht vergessen. Er rief sie immer wieder an, doch sie wollte nicht mit ihm sprechen, versuchte ihm aus dem Weg zu gehen. Und dann kam es zur Katastrophe.

Eines Abends, als Hugh geschäftlich unterwegs war – und Hugh war übrigens kaum einen Abend zu Hause –, kam Father Governeau zum Driskillschen Haus. Mary versuchte, ihn zum Gehen zu bewegen, sie sagte ihm, es sei vorbei, doch Governeau ließ sich nicht abweisen, und so redeten sie den ganzen Abend über diese Sache, bis Governeau schließlich durchdrehte. Er stieß Mary Driskill zu Boden, riß ihr das Kleid vom Leib und vergewaltigte sie. Nun, Hughs geschäftliche Besprechung endete eher als geplant, und er kam unerwartet früh nach Hause zurück – um mit ansehen zu müssen, wie seine Frau von Governeau vergewaltigt wurde, von einem ihm bekannten Priester... Hugh sah rot. Er nahm den erstbesten Gegenstand – einen Bären aus massivem Silber, wie Schwester Mary Angelina mir sagte – und schlug Father Governeau den Schädel ein! Gemeinsam tüftelten Mary und Hugh dann die Sache mit dem angeblichen Selbstmord aus: Hugh hängte den Leichnam an einen Baum im Obstgarten... Und die Vertuschungsgeschichte nahm ihren Lauf, und jetzt kommt das Verrückte an der Sache. Was Mary Driskill schließlich um den Verstand brachte war nicht die Tatsache, daß ihr Mann Father Governeau ermordet hatte, nein, nein – aber daß Governeau als Selbstmörder in ungeweihter Erde, außerhalb des Friedhofs, beigesetzt wurde, trieb sie in den Wahnsinn! Das war es, was sie Schwester Mary Angelina anvertraute, die all die Jahre darauf gewartet hat, sich wiederum jemandem anvertrauen zu können.« Dunn trank die Tasse Kaffee leer. »Also, Mister Summerhays, ich möchte nur eines wissen: Stimmt diese Geschichte?«

Summerhays starrte Dunn eine ganze Weile schweigend an. Schließlich seufzte er und setzte sich im Sessel auf.

»Nein«, sagte er leise, »so ist es nicht gewesen. Nein, sie hat es völlig mißverstanden. Also gut, warum sollen Sie nicht die Wahrheit erfahren. Ich lasse uns von Edgecombe frischen Kaffee bringen, und dann werde ich Ihnen erzählen, was wirklich passiert ist...«

Eine weitere Nacht in dem kleinen, trostlosen, kahlen Zimmer mit dem schmalen Bett, dem Bücherschrank, den beiden alten Messinglampen; eine der Glühbirnen war schon seit zwei Monaten kaputt. Eine weitere Nacht allein in diesem Zimmer mit dem abgestandenen Geruch nach getragener Kleidung und Scotch. Der winzige Kühlschrank in der Kochnische brummte laut. Dichte Wolken von Zigarettenrauch hingen in der feuchten Luft. Die Fenster waren geöffnet. Der Regen prasselte unaufhörlich auf den Gehsteig der schmalen Straße; die Wassermassen strömten durch den Rinnstein in Richtung Tiber, verschwanden gluckernd und gurgelnd in den Gullys. Die ungepflegte Hure stand wie üblich im Türeingang auf der anderen Straßenseite; sie rauchte lustlos und ohne viel Hoffnung auf Kundschaft eine Zigarette.

Monsignore Sandanato stand am Fenster und starrte hinaus in die Dunkelheit, doch mit den Gedanken war er ganz woanders. Er hatte D'Ambrizzis Büro heute erst spät verlassen, lange nachdem der Kardinal sich in seine Gemächer zurückgezogen hatte. Sandanato war durch den strömenden Regen müde in seine schäbige Wohnung zurückgekehrt, hatte aber nicht gewagt, sich hinzulegen, weil er sich vor dem fürchtete, das er vielleicht sehen mochte, wenn er die Augen schloß. Also hatte er, statt ins Bett zu gehen, eine Flasche Glenfiddich geöffnet, sein Glas gefüllt und den gewohnten Platz am Fenster eingenommen.

Er wußte nicht mehr, wie oft er in Gedanken das Gespräch durchgegangen war, das er und D'Ambrizzi beim Abendessen in der Wohnung des Kardinals mit Elizabeth geführt hatten. Es ließ ihn einfach nicht los. Diese Theorie über die Morde, die Elizabeth auf der Grundlage von Schwester Valentines Entdeckungen entworfen hatte; ihre Theorie über die Identität des silberhaarigen Priesters, den Elizabeth für ›Simon‹ hielt. Und schließlich ihre Theorie, welche die Bedeutung der geheimnisvollen Wendung ›Pius-Verschwörung‹ erklären sollte, die in den Torricelli-Papieren aufgetaucht war – eine Verschwörung, die vom Papst selbst angezettelt worden war, indem er die *Assassini* als Helfershelfer der Deutschen im besetzten Paris wieder zum Leben erweckt hatte.

Das alles hörte sich schlüssig an, zugegeben. Sie hatte es gründlich und gut durchdacht. Doch als er sie gefragt hatte, *warum*, aus welchem Grund jetzt und heute Menschen ermordet wurden, warum Val auf der Todesliste gestanden hatte und all die anderen, die sie ausfindig gemacht hatte – bei dieser Frage hatte sich Elizabeth nicht äußern wollen.

*Die Wahl des Papstes* – was sonst könnte so viel Blutvergießen wert sein?

Sandanato schenkte sich einen weiteren doppelten Scotch ein

und seufzte. Er rieb sich die blutunterlaufenen Augen. Wohin führte das alles noch, und wo würde es enden? Er hatte das plötzliche Verlangen, die Wohnung zu verlassen: Irgendwie fühlte er sich auf der Straße sicherer, unter den Touristen, den Einheimischen, den vielen Priestern auf den Straßen Roms. Aber sicherer vor was? Vor den finsteren Abgründen seiner Psyche, wahrscheinlich.

Selbst in den Mauern des Vatikans verspürte er zunehmend Furcht und Unsicherheit, seit die Probleme – die Morde, die Angst, die Unsicherheit und Verwirrung – sich wie Tentakel um das Herz der Kirche legten und sie zu ersticken drohten. Und was seine Wohnung betraf – er haßte ihren Geruch nach Einsamkeit und Schmerz, nach inneren Kämpfen und Trauer. Er verlor zunehmend die Orientierung. Er wünschte, einfach fortgehen und sich in eines der alten Klöster zurückziehen zu können, wo allein die Ordensregeln zählten, wo man wußte, was geschah und was es bedeutete...

Doch er verwarf diesen Gedanken sofort wieder. Später. Das hatte Zeit.

Er riß sich aus seinen trüben Gedanken und griff zum Telefon.

Als er die Stimme am anderen Ende der Leitung vernahm, erschauderte er.

Schwester Elizabeth hatte noch gearbeitet, als Monsignore Sandanato sie anrief. Sicher, sagte sie, kommen Sie ruhig her, warum nicht. Aber sie gab ihm auch deutlich zu verstehen, daß sie für ein längeres Gespräch zu müde war.

Er brauchte ihre Gesellschaft. Er brauchte sie so dringend, daß er sich nicht einmal für seinen späten Anruf entschuldigt hatte. Und nun saß er auf der Couch in ihrer Wohnung und beobachtete, wie sie es sich im Sessel bequem machte, das Glas Wein vom Couchtisch nahm, der unter Terminkalendern und Notizen und Aktenordnern erstickte, und einen Schluck trank, und lauschte dazu den Klängen von *Rigoletto*, die aus den großen Lautsprechern in den Zimmerecken drangen. Die Schiebetüren zum Balkon waren geöffnet, und der Regen trommelte auf die Gartenmöbel. Die Vorhänge bewegten sich im Wind. Elizabeth trug Kordjeans und einen dicken Wollpullover.

»Sie haben also den ganzen Abend Trübsal geblasen«, sagte sie mitfühlend. »Tja, das Gefühl kenne ich. Ich hatte in letzter Zeit viele solcher Abende. Und Sie haben unter großem Druck gestanden, kann ich mir vorstellen. Die da drüben müssen ja am Rande der Verzweiflung stehen.« Sie wies mit dem Kopf in die ungefähre Richtung der Vatikanstadt. »Wer leitet eigentlich die Untersuchungen der Mordfälle?« Sie lächelte verschmitzt.

»Raten Sie mal«, sagte er.

»D'Ambrizzi?«

»Er ist einer der gewissenhaftesten Männer, wenn es um solche Aufgaben geht. Aber in diesem Falle hat Indelicato die Leitung übernommen.«

Elizabeth schlug sich an die Stirn. »Natürlich, ich hätte es wissen müssen. Das ist sein Fachgebiet!«

»Aber wir stehen vor einem Rätsel«, sagte er. »Niemand weiß, was wirklich zu tun ist – oder ob irgend etwas getan werden kann. Nicht einmal Indelicato. Aber er ist der richtige Mann für diese Aufgabe. Es war die logische Entscheidung, ihn damit zu betrauen. Ein zusätzliches Problem ist allerdings, daß keine einhellige Meinung darüber besteht, wie weitreichend dieses Problem ist.« Er runzelte die Stirn. »Aber lassen Sie sich nur nicht davon täuschen, wie D'Ambrizzi über diese Sache redet – er weiß sehr genau, daß irgend etwas im Busch ist und daß es sich dabei um ein innerkirchliches Problem handelt.«

»Tja, aber Frage Nummer eins in diesem Zusammenhang muß lauten: Auf welche Weise wird das alles die Wahl des neuen Papstes beeinflussen?«

»Sie greifen wieder mal zu weit vor, Schwester. Seine Heiligkeit kann durchaus noch ein Jahr leben...«

»Oder schon morgen tot sein. Nehmen Sie mich doch nicht auf den Arm, mein Freund.«

»Was soll ich dazu sagen? In der Kurie wächst die Besorgnis, daß Calixtus ein zu nachgiebiger Papst gewesen sein könnte, daß er nicht genug Ellbogen bewiesen hat, und es macht sich eine gewisse Erbitterung breit, daß sich alles nur deshalb so zugespitzt hat, weil eine Art liberaler Fäulnisprozeß innerhalb der Kirche eingesetzt habe. Es gibt Stimmen, die behaupten, daß die Dinge aus dem Ruder gelaufen sind, Stimmen, die nach einem starken Mann rufen, der die Ordnung wiederherstellt...« Er zuckte die Achseln. »Sie können es sich vorstellen.«

»Dann hat man also eingesehen, daß Vals Theorie richtig ist.

Daß die Morde Teil eines bestimmten Planes sind. Warum will D'Ambrizzi das mir gegenüber nicht zugeben?«

»Na, hören Sie, Schwester, er gehört einer anderen Generation an. Und Sie sind Nonne. Er würde mich für verrückt erklären oder Schlimmeres, wenn er wüßte, daß ich über alle diese Dinge mit Ihnen rede. Sie sind so etwas wie eine...« Er druckste herum, suchte die richtigen Worte.

»Wie wär's mit ›ein aufdringliches Weibsstück‹?«

Offensichtlich überrascht, bedachte er sie mit einem seiner seltenen Lächeln.

»Sie sind zu scharfsinnig. Ja, scharfsinnig. Das ist eher das richtige Wort. Sie sind einfach zu klug. Und Sie sind Journalistin. Und beides weiß D'Ambrizzi.«

»Was könnte ich denn schon tun? Skandalöse Theorien und Beschuldigungen in der Zeitschrift veröffentlichen? Oder mich an die *New York Times* wenden? Na, kommen Sie, Sandanato, bleiben Sie auf dem Boden der Tatsachen.«

»Und er macht sich Sorgen um Sie. Sie sind zu scharfsinnig und zu hartnäckig. Genau wie Schwester Valentine. Er kann nicht vergessen, was ihr zugestoßen ist.«

»Aber was hätte Val denn tun sollen? Sie entdeckt, daß innerhalb der Kirche Massenmorde verübt werden – daß gläubige Katholiken getötet werden, daß die *Assassini* im Zweiten Weltkrieg reaktiviert wurden und vielleicht immer noch existieren – was hat man denn von ihr erwartet? Daß sie es vergißt? Verschweigt? Ignoriert? Weil es sich vielleicht als lästig erweisen könnte?«

»Sie hätte zu uns kommen sollen. Zum Kardinal. Und uns berichten sollen. Sie hätte es uns überlassen sollen, und wir hätten die nötigen Maßnahmen ergriffen. Es ist ein kirchliches Problem, Schwester, und Valentine wäre noch am Leben.« Er hatte mit fester Stimme gesprochen, die letzten Worten klangen jedoch leise und bedrückt. »Das ist jedenfalls D'Ambrizzis Standpunkt.«

»Und wie ist Ihrer?«

»Ich weiß nicht...«

»Ach, hören Sie doch auf. Eure Bevormundung mag für euch ja eine schöne Sache sein, aber es ist ein schrecklicher Antagonismus. Frauen schreiben und denken und handeln und... verdammt noch mal, wir sind doch keine Menschen zweiter Klasse, auch nicht in der Kirche. Val findet heraus, daß Leute abgeschlachtet werden, und dann erwartet man von ihr, daß sie zum Herrn Lehrer rennt! Schon der Gedanke macht mich krank.«

»Sie hat sich aber auch nicht an die Polizei gewandt – und müßten das Frauen nicht tun, die sich in der Rolle verantwortungsbewußter Bürger sehen? Aber Schwester Valentine hatte sich entschlossen, auf eigene Faust herauszufinden, was gespielt wurde. Und warum hat sie das getan? Weil sie Nonne war, weil sie Teil der Kirche war! Ich sehe gar keinen so großen Unterschied in dem, was sie getan hat und dem, was sie hätte tun *sollen* – zum Lehrer rennen, wie Sie es ausdrücken. Entweder wendet man sich an die Polizei – und öffnet ihr dabei sozusagen weit die kirchlichen Pforten für gewisse schmerzhafte und tiefgreifende Nachforschungen, oder man wendet sich an die geistliche Obrigkeit und beläßt die Angelegenheit in kirchlichen Händen. Natürlich hat Schwester Valentine den zweiten Weg gewählt. Aber sie hätte sich jemandem mit Einfluß anvertrauen müssen. Zumindest ihren Ordensoberen – auch diese hätten gewußt, was zu tun ist.« Sandanato beugte sich vor. »Ich glaube, ich kann Ihren Standpunkt nachvollziehen, Schwester, aber er reicht nicht tief genug, ist nicht umfassend genug – die Kirche ist nicht die Welt. Die Welt ändert sich schneller. Was Schwester Val getan hat, beweist, daß sie den Unterschied zwischen Kirche und Welt gekannt hat. Wäre sie den Weg gegangen, den ich aufgezeigt habe, hätte sie die Hierarchie nicht übergangen, dann hätte sie nicht sterben müssen, hätte ihre Arbeit sogar fortsetzen können.«

Er stand auf, strich sich mit den Fingern durch das regenfeuchte Haar. Sein durchnäßter Regenmantel lag über einer Stuhllehne. Er schüttelte den Kopf, hob die Hände in einer Geste der Ratlosigkeit, wagte nicht fortzufahren. Er befürchtete, dann weiter und weiter zu reden, nicht mehr enden zu können und dabei seine geheimsten Ängste und Träume preiszugeben. Und Elizabeth besaß die Fähigkeit, mit einem einzigen Satz, einer einzigen Bemerkung, völlig unerwartet ins Innere der Dinge vorzustoßen, selbst dann, wenn ihr dies nicht einmal bewußt war. Er brauchte Zeit, um nachzudenken, nur: Es schien nicht mehr genügend Zeit zu geben. Wieviel konnte er ihr anvertrauen? Wieviel konnte er riskieren?

Sie beobachtete ihn, als er im Zimmer auf und ab ging, und sagte: »Wissen Sie, ich will ja gar nicht versuchen, Ihnen bei dieser Sache hereinzureden. Sie müssen Ihre Arbeit tun, und ich die meine, und das galt auch für Valentine. Jeder muß seine eigenen Entscheidungen treffen und bereit sein, die Konsequenzen zu tragen.«

»Ich weiß.« Er stand am Fenster, hatte ihr den Rücken zugekehrt und blickte hinunter auf die regennasse Via Veneto. »Sie sind eine hilfsbereite Freundin. Ich habe mich ihnen heute abend aufgedrängt, und es ist sehr nett von Ihnen, mir Ihre Zeit zu opfern. Wissen Sie, ich habe nur wenige Freunde, Schwester. Ich habe meine Arbeit, meine Vorgesetzten. Ich bin es nicht gewöhnt, mit Freunden zu verkehren – darum nutze ich Sie in gewisser Weise aus...«

»Ach, Unsinn. Ich hatte den Eindruck, Sie und Ben Driskill kamen gut miteinander aus«, sagte sie. »Haben Sie irgend etwas von ihm gehört? Ich wollte, wir wüßten...«

Er schüttelte den Kopf. »Nein, kein Wort. Er wird sich schon melden.« Er überging dieses Thema rasch. »Verstehen Sie denn nicht, Schwester? Meine einzigen Freunde – ach was, ich habe keine Freunde. Ich habe praktisch nur mit Menschen aus dem Vatikan zu tun. Und Sie wissen, daß der Vatikan ein von hierarchischer Autorität geprägter Ort ist, an dem selbst die sogenannten zwischenmenschlichen Beziehungen Zwängen und Regeln unterworfen sind. Um ehrlich zu sein, ich bin ein einsamer Mensch. Wir Geistlichen, wie auch immer wir uns nach außen hin geben mögen, sind zutiefst einsame Geschöpfe. Das gilt doch gewiß auch für Ordensschwestern wie Sie...«

»Das sehe ich anders, um ehrlich zu sein. Viele Nonnen – und auch Priester – verkehren freundschaftlich und kollegial miteinander. Wie auf dem College. Hausgemachte Freunde, könnte man sagen.«

»Für einige gilt das vielleicht.« Er zuckte die Achseln.

»Priester kamen mir eigentlich immer wie Menschen mit besonders ausgeprägtem Herdentrieb vor – die eingebildeten Arschlöcher ausgenommen, natürlich.«

Wieder lächelte er ob ihrer profanen Ausdrucksweise. »Sie kennen doch sicher den alten Spruch. Tagsüber treten wir Priester deshalb oft in Rudeln auf, weil wir schon nachts immer allein sind.« Er trat vom Fenster weg, kam in die Mitte des Zimmers. Er blickte ihr in die glänzenden, klugen grünen Augen, die seinen Blick erwiderten. »Wie die meisten alten Sprüche hat dieser überlebt, weil er der Wahrheit entspricht. Wir sind anders... und ich habe festgestellt, daß mir bei manchem, was ich in letzter Zeit empfinde, die nötigen Kenntnisse fehlen, um damit fertig zu werden. Und nun muß ich mich natürlich fragen, warum ich gerade zu Ihnen gekommen bin. Sie haben keinerlei Veranlassung, und schon gar nicht die Verpflichtung, sich meine Probleme anzuhören, Ihre Abende zu opfern, damit ich mich bei Ihnen ausweinen kann, und dennoch komme ich zu Ihnen...«

»Vielleicht bin ich ein Einfaltspinsel, der sich gern rührselige Geschichten anhört.« Sie grinste ihn an. Er war zu empfindsam. Jemand mußte ihm von Zeit zu Zeit mal einen kräftigen Tritt geben.

»Ich bin zu Ihnen gekommen, weil ich wußte, daß Sie mir zuhören.«

Sie nickte. Ihre Augen waren plötzlich wieder ernst, und ihr Gesicht zeigte Offenheit, Aufmerksamkeit, Mitgefühl. Und dieser Ausdruck brach das Eis. Sandanato begann zu reden, und es war ihm gleichgültig, daß es spät am Abend war, gleichgültig, was sie von ihm denken mochte. Er redete über den sich verschlechternden Gesundheitszustand des Papstes, über seine enge Beziehung zu D'Ambrizzi, über D'Ambrizzis enge Beziehung zu Calixtus. Er redete über die Morde und Driskills blinde Entschlossenheit, sich in den Kampf zu stürzen, und welche Konsequenzen das nach sich ziehen konnte. Er war sich bewußt, daß er sich in einen Ausbruch zorniger Hilflosigkeit und Enttäuschung hineinsteigerte, doch es war ihm gleichgültig, so gleichgültig, und dann spürte er eine Hand auf seinem Arm, und er blickte Elizabeth an, als würde er sich ihrer Gegenwart erst jetzt bewußt, und sie führte ihn zurück zur Couch und sprach ihm leise, tröstende, beruhigende Worte zu.

»Sie sind erschöpft«, sagte sie sanft. »Sie sind mit den Nerven runter. Sie brauchen Ruhe.«

Er setzte sich, legte den Kopf in die Hände und zwang sich, nicht noch weiter zu gehen, nichts mehr preiszugeben. Nichts mehr. Kein einziges Wort. Sie würde ihn für verrückt halten, wenn er noch weiter redete. Sie brachte ihm ein Glas Brandy. Er nahm den Drink dankbar entgegen und stürzte ihn hinunter.

»Verzeihen Sie mir«, sagte er. »Bitte. Sie haben recht. Ich bin übermüdet. Vergessen Sie das alles.«

»Natürlich. Es ist ja sowieso nicht meine Sache.«

»Aber ich habe es wie ein Dummkopf zu Ihrer Sache gemacht! Sie müssen versuchen, mir zu verzeihen.«

»Glauben Sie mir, es ist alles in Ordnung.«

»Die Mörder...« Er verzog das Gesicht hinter den vorgelegten Händen. »Sie kommen aus kirchlichen Kreisen. Es *gibt* sie. Es ist sinnlos, sich da etwas vorzumachen.« Warum konnte er nicht den Mund halten, warum konnte er nicht einfach aufstehen und gehen? Doch er schaute sie an und nahm ihren frischen Duft in sich auf, den Duft nach Shampoo, Badeöl und Körperpuder, und er blieb. Er saß ruhig da und hörte ihr zu, als sie nun über Schwester Valentine redete, wie nahe sie sich gestanden hätten und wie unterschiedlich sie dennoch gewesen wären, und wie seltsam es sei, daß nun sie, Elizabeth, Vals Arbeit weiterführe. Sie warf ein, wie leid es ihr tue, mit Ben Driskill im Streit auseinandergegangen zu sein. Als er den Namen Ben Driskill hörte, schrie in Sandanatos Innerem irgend etwas auf, und er kämpfte verzweifelt, sich seine Furcht, seinen Neid, seine Eifersucht nicht anmerken zu lassen.

»Aber die Kirche«, sagte er dann, »muß die notwendigen Schritte ergreifen, um sich selbst zu schützen. Stimmt's nicht, Schwester? Ist es nicht das Wohl der Kirche, was zählt? Und ist es nicht unsere Pflicht, zum Wohle der Kirche beizutragen?«

Sie nickte nachdenklich. »Die Kirche ist in ihrem Wesen gut. Das ist eine Tatsache, selbstverständlich. Alles andere, auch unser Leben, ist irrelevant.«

»Wenn also diese Morde von kirchlichen Kreisen veranlaßt wurden – und das wurden sie –, dann besteht doch die Möglichkeit, daß die Kirche sich durch diese Morde selbst zu reinigen versucht. Die *Möglichkeit*. Das wäre doch denkbar, Schwester, nicht wahr?«

»Rein theoretisch«, sagte sie kühl, »könnte die Kirche solche Maßnahmen als Selbstschutz sanktionieren. Theoretisch betrachtet. Als abstrakter Gedanke. Aber Sie haben diese Theorie zu einer Absurdität reduziert.«

»Habe ich das? Sind Sie sicher?«

»In der Realität, in der Welt, wäre es an Abscheulichkeit nicht zu überbieten...«

»Aber die Kirche ist nicht die Welt.«

»Aber wie könnte denn die Ermordung dieser Menschen – die Ermordung Vals und Curtis Lockhardts – die Kirche reinigen?

Dieser Gedanke ist geradezu krankhaft, da müssen Sie mir zustimmen, Monsignore.«

»Ja, ja, es wäre gräßlich, gewiß. Aber ich frage mich trotzdem: Falls die Mörder aus kirchlichen Kreisen kommen, in kirchlichem Auftrag handeln, und wenn die Morde von Männern abgesegnet werden, die die Kirche über alles andere stellen – handeln diese Männer dann nicht nach ihrem Verständnis gerechtfertigt?« Seine Augen brannten. Er spürte den Schweiß auf der Stirn, das wütende Fieber in den Adern, das ihn vorantrieb, nach Antworten suchen ließ.

Elizabeth schüttelte heftig den Kopf. »Das ist völlig absurd. Das wäre moralisch einfach nicht zu vertreten. Nicht der Mord an Schwester Val. Nicht sie... wie können Sie an so etwas überhaupt denken?«

»Ich muß gestehen, Schwester, daß diese Fragen auch mich quälen. Aber besteht nicht die Möglichkeit, daß diese Morde eine Art Buße darstellen, die wir nicht begreifen können, die aber Teil eines Planes sind, der zum Wohl der Kirche...«

»Das könnte ich niemals begreifen! Außerdem wäre mir das scheißegal!«

»Als Nonne müßten Sie wissen, daß man die Wahrheit nicht immer begreifen...«

»Die Wahrheit? Die Morde sind die Wahrheit!« Elizabeth funkelte ihn zornig an. »Mir scheint, Sie *wagen* es nicht, die Wahrheit einzugestehen.«

»So?« Er lächelte sie an, wischte sich über die Stirn.

»Daß solche Dinge früher schon passiert sind. Die Selbstreinigung, die Buße, die Beseitigung von Andersdenkenden, Nonkonformisten, Unruhestiftern – alles zum Wohl der Kirche, natürlich.« Sie konnte die beißende Ironie in ihrer Stimme nicht unterdrücken.

»Nun, das war doch eher Schwester Valentines Gebiet, nicht wahr? Gewalt als politisches Mittel – dieses Thema hat sie fasziniert.«

»Sie hat mit Ihnen darüber gesprochen?«

Er nickte. »Das bedeutet aber nicht, daß Val es gutgeheißen hat«, sagte sie. »Weder Val noch ich hätten auch nur den Versuch unternommen, Gewalt als Mittel zur Durchsetzung politischer Ziele zu rechtfertigen. Sie war Historikerin, keine Anwältin. Erst recht keine Advokatin des Teufels.«

»Sie wissen sehr wohl, daß Schwester Valentine in gewisser Weise Advokatin gewesen ist. Sie hat Rechtsstandpunkte vertreten, die...«

»Aber nicht solche!«

»Dennoch. Ich frage mich... das moralische Dilemma muß ihr doch Kopfzerbrechen gemacht haben. Das Böse im Dienste des Guten.«

»Ich halte das für einen vollkommen unergründlichen moralischen Widerspruch. Und mir fehlt die Weisheit, diesen Widerspruch zu klären.«

»Aber Sie könnten eines Tages in die Situation geraten, diesen Widerspruch klären zu *müssen*. Begreifen Sie denn nicht? Sie folgen Valentines Fußstapfen, ihren Schatten, Sie setzen ihre Arbeit fort. Was geschieht, wenn Sie einmal vor derselben Wahl stehen, Schwester?«

»Vor welcher Wahl?«

»Wenn die Kirche, personifiziert durch den Mörder, Ihnen sagt: ›Geben Sie diese Arbeit auf, vergessen Sie, was Schwester Valentine getan hat – und leben Sie! Denn falls Sie weitermachen, wird man sich ihrer entledigen, zum Wohle der Kirche.‹ Dann müßten Sie sich entscheiden.«

»Also, erstens einmal: Warum machen Sie mir angst?«

»Damit Sie am Leben bleiben.«

»Dann lassen Sie sich zweitens gesagt sein, daß ich versuchen werde, eine solche Konfrontation zu vermeiden.«

»Ich verstehe, Schwester. Ich hoffe aufrichtig, daß Ihnen das gelingt. Aber meine Wünsche und Gebete könnten nicht genügen. Das Böse im Dienste des Guten – wird es dann nicht selbst zum Guten? Wir bräuchten die Weisheit und den Scharfblick des Magus...«

Sie lachte. »Sie meinen D'Ambrizzi, nicht?«

»Magus«, wiederholte er. »Der Mann mit dem Januskopf, der sowohl in die Zukunft als auch in die Vergangenheit blicken kann. Vielleicht kennt er die Antwort. Er ist voller Geheimnisse.« Sandanato erhob sich. »Nun, die *Assassini* mögen früher einmal ihren Zweck erfüllt haben – aber heutzutage? Wer vermag zu sagen, wozu die Probleme, die wir besprochen haben, die Kirche noch zwingen werden? Zur Anwendung welcher Mittel? Dies ist wahrlich das Herz der Finsternis, Schwester.«

Er streifte seinen Regenmantel über. Elizabeth half ihm hinein. Er hielt inne, als sie plötzlich einen Finger auf die Lippen legte und ihm bedeutete, der *Rigoletto*-Aufnahme zu lauschen.

Eine der schönsten Szenen hatte gerade begonnen, das Duett von Rigoletto und Sparafucile. Die Melodie war melancholisch, ernst, düster, aber stimmungsvoll: nur zwei Bässe, begleitet von einem einzelnen Cello.

Sparafucile gibt Rigoletto eine Beschreibung seiner Person.

*Ich, der für einen kleinen Lohn befreit Euch von dem Feinde – den Ihr wohl habt.*

Sparafucile zieht sein Schwert aus der Scheide...

*Dies ist mein Werkzeug. Darf ich Euch zu Diensten sein?*

Sparafucile war einer der *Assassini*.

Der Schmerz kam in der Dunkelheit der Nacht über Papst Calixtus, wie so oft. Er raffte sich auf, stieg aus dem Bett und ging im Schlafzimmer auf und ab; der Schweiß lief ihm übers Gesicht; er biß gepeinigt die Zähne aufeinander und wartete verzweifelt darauf, daß der Schmerz verebbte. Früher oder später, das wußte er, kam jene schwarze Stunde, da er vergebens auf Linderung wartete – und dann würde schnell das Ende kommen. Aber, fragte er sich, konnte er so lange durchhalten, bis das Schicksal sein grausames Urteil vollstreckt hatte?

Dann ließen die Schmerzen endlich nach, und Calixtus entspannte langsam die verkrampften Muskeln, noch immer von der Furcht erfüllt, der Schmerz könnte zurückkehren, würde ihn nur zum Narren halten. Er blieb an seinem Schreibtisch stehen, nahm den kostbaren florentinischen Dolch in die Hand, den ihm Kardinal Indelicato anläßlich seiner Erhebung auf den Thron des heiligen Petrus geschenkt hatte, und betrachtete ihn. Calixtus hatte den Dolch zweckentfremdet und als Brieföffner benützt, und nun, da er die meiste Zeit in seinem Schlafgemach verbrachte, hatte das wertvolle Stück ihn hierher an seinen kleinen, behelfsmäßigen Schreibtisch begleitet. Eine wundervoll gearbeitete Antiquität aus Gold und Stahl, sehr alt. Er betrachtete die im matten Licht der Lampe über dem Tisch schimmernde Klinge. Er sah sein verzerrtes Spiegelbild darauf und fragte sich, wie viele Männer durch diesen Dolch wohl schon den Tod gefunden hatten.

Als der Schmerz völlig nachgelassen hatte, rieb er sich über die Augen; dann nahm er das Handtuch, das am Fußende des Bettes lag, und wischte sich den Schweiß vom Gesicht. Er legte sich vorsichtig nieder und wartete darauf, daß Erschöpfung und Müdigkeit ihn wieder einschlafen ließen. Er wußte, daß ihm eine sehr lange Wartezeit bevorstehen konnte. Erst jetzt stellte er überrascht fest, daß er noch immer den Dolch in der Faust hielt. So etwas passierte ihm in letzter Zeit immer häufiger – er konnte sich nicht mehr erinnern, was er noch Augenblicke zuvor getan hatte. Wieder betrachtete er ihn, dachte daran zurück, wie Indelicato ihm erzählt hatte, daß der Dolch schon sehr, sehr lange im Besitz seiner Familie gewesen sei, seit Jahrhunderten, und daß dieses kostbare Stück Mut und Rücksichtslosigkeit verkörpere – beides Eigenschaften, die er brauchen würde, nun, da seine Existenz als Kardinal di Mona erloschen und Papst Calixtus geboren sei.

Er dachte in letzter Zeit ohnehin mehr und mehr an Kardinal Indelicato, daran, daß dieser Mann im KGB oder in der CIA oder im MI5 besser aufgehoben wäre oder – er lächelte schmerzlich bei der Erinnerung an diese Zeit – bei der Gestapo. Indelicato brachte alle Eigenschaften mit, die man brauchte, um es in einer solchen Organisation bis ganz nach oben zu bringen; es lag Indelicato im Blut, es entsprach seinem Charakter, seinem ganzen Wesen. Und jetzt ließ er seinen alten Feind D'Ambrizzi bespitzeln. Weiß Giacomo eigentlich, daß er unter ständiger Beobachtung steht, fragte sich Calixtus. Er mußte zugeben, daß Indelicato von seinen Gefolgsleuten erstklassige Informationen in die Hand gespielt wurden. Der gute Manfredi kannte D'Ambrizzi schon sehr lange: Es war mit Sicherheit Indelicato, der hinter dieser Bespitzelung steckte, und kein anderer. Doch wer blieb da noch, Indelicato seinerseits überwachen zu lassen? Der Papst ließ seinen Gedanken freien Lauf. D'Ambrizzi war Indelicato schon immer gleichwertig gewesen, all die Jahre schon, war ihm in jeder Hinsicht gewachsen gewesen – und war ihm vielleicht sogar überlegen.

Was ihr Äußeres und ihr Wesen betraf, hätten diese beiden Männer unterschiedlicher kaum sein können: Indelicato kaltblütig, reptilienhaft mit seinem starren, kalten Blick und dem ausdruckslosen Gesicht. D'Ambrizzi laut, gesellig, voller Wärme und Leben. Doch wenn es angebracht war, konnten beide gleichermaßen erbarmungslos sein, unversöhnlich, brutal... und beide haßten einander abgrundtief. Sie hatten beide körperlich und geistig weitaus bessere Voraussetzungen für das Amt des Papstes mitgebracht als er, Calixtus, und doch war er es gewesen, der im Konklave gewählt worden war – ein Beweis mehr für das vielstrapazierte Zitat: Gottes Wege sind unerforschlich.

Doch was eine andere alte Redensart betraf, entdeckte Calixtus einen Irrtum: Er stellte fest, daß das ganze Leben nicht wie ein Film an einem vorüberlief, wenn man im Sterben lag. Nein. Alles, was er vor seinem geistigen Auge sah, war die Zeit in Paris, besonders jene Nacht, als er sich hinter dem eisernen Zaun zusammengekauert und beobachtet hatte, was sich auf dem kleinen Friedhof abspielte. Jene Winternacht, als er und die beiden anderen, zitternd vor Kälte, den hochgewachsenen, hageren Priester mit dem ernsten, dreieckigen Gesicht beobachtet hatten, Père LeBecq, Père Guy LeBecq, dessen Vater der bekannte Kunsthändler an der Rue du Faubourg-St.-Honor, gewesen war... es war Guy LeBecq gewesen, der sie verraten hatte. Und nun waren sie die einzigen Überlebenden ihrer Gruppe; alle anderen lagen tot am Schienenstrang, und das war Père LeBecqs Werk... LeBecq, der Verräter in ihren Reihen... und das alles war wegen der Pius-Verschwörung geschehen, wie sie später in gewissen Kreisen genannt wurde, alles hatte bei der Pius-Verschwörung auf dem Spiel gestanden.

Simons Verschwörung. Simon, den niemals jemand zu Gesicht bekommen hatte, Simon, der sie geführt und geleitet und geschützt hatte, Simon Verginius, der Anführer, der sie nie im Stich gelassen hatte...

Durch die halb geschlossenen Lider hindurch sah er den Dolch, drehte ihn langsam in der Hand. Manchmal, wenn die Qualen überwältigend waren, wenn er nur einen roten wehenden Schleier aus Schmerz vor Augen hatte, dann dachte er hin und wieder an den Dolch, an dessen scharfe Klinge... Dann überlegte er, wie leicht es doch wäre, dem Schmerz und den Qualen ein Ende zu machen; ein Schnitt über die Kehle, das Handgelenk, oder ein Stoß ins Herz, und dann war Friede, für immer Friede, Ruhe, Kühle...

Eis...

In jener Nacht war es auf dem Friedhof klirrend kalt gewesen; er sah wieder die gefrorenen Pfützen, die dünne Eisschicht auf den Grabsteinen... den stämmigen, kräftig gebauten Mann in der Soutane, der auf dem Friedhof auf Père LeBecq wartete, und draußen, hinter dem Zaun, saßen sie, zusammengeduckt, mit angehaltenem Atem, Sal di Mona, Bruder Leo, und der blonde Holländer... und dann trafen die beiden Männer auf dem Friedhof zusammen; Sal und die anderen hörten den gedämpften Wortwechsel zwischen den Grabsteinen, und plötzlich sprang der stämmige Mann mit den langen, muskulösen, mächtigen Armen auf den Hochgewachsenen zu, packte ihn wie einen riesigen, mißgestalten Hund, rang mit ihm, umklammerte ihn, drückte zu, zerquetschte ihn, preßte das Leben aus ihm heraus, brach ihm mit seiner gewaltigen Kraft die Knochen und warf ihn wie eine zerbrochene Marionette zu Boden... und dann stand der Killer reglos da, und seine Lungen pumpten schwere weiße Wolken aus seinem mächtigen Brustkasten in die frostkalte Nachtluft, und das trübe Licht einer Straßenlaterne beleuchtete sein Profil, sein Gesicht... jenes Gesicht, das Calixtus so gut kennenlernen sollte, das ihm für den Rest seines Lebens so nahe sein sollte...

Am folgenden Tag ging es Seiner Heiligkeit Papst Calixtus gesundheitlich gut genug, um ein Treffen in seinem Büro einzuberufen. Es war dieselbe Gruppe wie beim letzten Mal – D'Ambrizzi, Indelicato und Sandanato; im Vorzimmer warteten zwei von Indelicatos jungen Mitarbeitern, die der Kardinal ins Vertrauen gezogen hatte und die bestimmte Teilaufgaben im Rahmen der Nachforschungen über die Morde wahrnahmen. In einer Ecke des Büros stand ein transportables Sauerstoffzelt, in dem sich auch ein kleiner Schrank mit verschiedensten medizinischen Utensilien befand. Inzwischen hatte sich Calixtus' Zustand so verschlechtert, daß man kein Risiko mehr eingehen durfte.

Der Gewichtsverlust des Papstes zeigte sich bereits deutlich im Gesicht, in das sich neue, tiefe Kummerfalten eingegraben hatten, die ihm fast das Aussehen eines traurigen Clowns verliehen. Sein Gesicht, in aller Welt so gut bekannt, verfiel, alterte – unwiderruflich. Zur Abwechslung trug er heute seine Kontaktlinsen, und eine davon bereitete ihm Schwierigkeiten. Er zog immer wieder das Augenlid ein Stück vor und entschuldigte sich bei seinen Gästen. Schließlich gab er es auf, ließ sich in den Sessel zurücksinken und spielte mit dem florentinischen Dolch herum, den er nun fast ständig bei sich trug, ohne sich dessen so recht bewußt zu sein.

»Also« sagte er, »an die Arbeit. Ich wünsche einen Zwischenbericht.« Er brauchte diese Aufgabe nicht näher zu umreißen. Er interessierte sich jetzt nur noch für eine einzige Sache.

Kardinal D'Ambrizzi ließ sich von Sandanato eine Aktenmappe reichen. Das Sonnenlicht, das durch die hohen Fenster fiel, ließ den dunkel gekleideten Monsignore noch düsterer erscheinen, unterstrich die Hohlwangigkeit seines Gesichts, die tiefen Augenhöhlen. Er schien noch angespannter und nervöser zu sein als üblich. Die Hände des Papstes zitterten, bis er sie auf den Tisch legte, den Dolch, von seinen Besuchern stirnrunzelnd betrachtet, noch immer in der Rechten. Auch D'Ambrizzi sah müde und alt aus, wie ein Mann, der hinter seinen großen, vorstehenden Froschaugen zu viele häßliche Geheimnisse verbirgt. Angst und Unruhe erfüllten das Zimmer wie ein giftiges Gas.

»Wir haben die letzten Wochen in Schwester Valentines Leben zurückverfolgt, Heiligkeit«, sagte D'Ambrizzi. »Wo sie gewesen ist, was sie möglicherweise getan hat. Wir haben versucht, die Ereignisse so zu ordnen, daß sie uns vielleicht zu ihrem Mörder führen. Wir haben festgestellt, daß Ben Driskill die Reiseroute seiner Schwester nachvollzieht, um ihren Mörder ausfindig zu machen. Vor ungefähr einer Woche ist er in Alexandria gewesen. Während seines dortigen Aufenthalts hat er sich mit unserem alten Freund Klaus Richter getroffen...«

»Sie scherzen«, sagte der Papst abrupt. »Richter? Unser Richter? Aus den alten Zeiten? Sie haben mir gesagt, daß er derjenige gewesen sei, der Ihnen Angst eingejagt hat!«

»So ist es, Heiligkeit. Er *hat* mir Angst eingejagt, das kann ich Ihnen versichern.«

»Ihre Offenheit ehrt Sie, Giacomo«, murmelte Indelicato.

»Und«, fuhr D'Ambrizzi fort, »er hat sich mit einem weiteren Mann getroffen, der daraufhin Selbstmord verübt hat.«

»Wer?«

»Etienne LeBecq, Heiligkeit. Ein Kunsthändler.«

Calixtus' Augen weiteten sich; er spürte, wie eine Woge Adrenalin in seine Adern schoß. Sein Herz begann unregelmäßig zu schlagen. Er dachte bei sich: LeBecq, der Bruder von Père Guy, der mich in meinen Träumen verfolgt: Jetzt, vierzig Jahre später, sind beide tot; alle Sünden fallen auf die zurück, die sie begangen haben. Ist es das? Wir alle waren tief in die Pius-Verschwörung verwickelt. Hat uns das allesamt zu Sündern gemacht, denen jetzt, nach so langer Zeit, die Rechnung präsentiert wird?

D'Ambrizzi blätterte in der Aktenmappe und fuhr fort: »Uns ist außerdem ein Bericht aus Paris übersandt worden, daß ein Journalist, ein alter Herr namens Heywood...«

»Robbie Heywood«, unterbrach Calixtus ihn leise. »Sie können sich doch an ihn erinnern, Giacomo? Trug immer schrecklich grelle Jacken. Er war eine fürchterliche Quasselstrippe, und er konnte jeden unter den Tisch trinken. Gott, ja, ich kann mich gut an ihn erinnern... nun, was ist mit ihm?«

»Er ist tot, Heiligkeit«, sagte D'Ambrizzi. »Von einem Unbekannten ermordet. Die Behörden haben natürlich noch keinerlei Hinweise.«

Calixtus versuchte sich zu erinnern, wann er Heywood zum letzten Mal getroffen hatte. »Aber was hatte er mit dieser schmutzigen Geschichte zu tun?«

»Schwester Valentine hat ihn in Paris besucht, im Rahmen ihrer Nachforschungen. Und jetzt, kurze Zeit später, wurde er ermordet. Vielleicht gibt es eine Verbindung...«

»Sie werden sicher Besseres zu tun haben, als wilde Vermutungen anzustellen, Giacomo«, sagte Indelicato. Seine Stimme klang mechanisch, unbeteiligt. »Ich werde jemanden nach Paris schicken, der dieser Sache nachgeht.«

»Dann wünsche ich diesem Jemand viel Glück«, sagte D'Ambrizzi zweideutig und zuckte betont die Achseln. »Vielleicht war es ein reiner Zufall. An einer Straßenecke erstochen. So was soll ja vorkommen.«

»Unsinn.« Indelicatos Gesicht zeigte Unmut. »Die Kirche wird angegriffen, und Heywood war ein Opfer. Das ist offensichtlich.«

»Alles führt wieder zurück nach Paris«, flüsterte Calixtus. Er drehte den Dolch langsam in den Händen. »Und wo hält sich unser Freund Ben Driskill momentan auf? Und wie geht es seinem Vater?«

»Sein Vater ist auf dem Wege der Besserung. Es ist aber ein langwieriger Prozeß. Und was Ben Driskill betrifft: Es sieht so aus, als hätten wir seine Spur verloren. Er ist nach Paris geflogen. Normalerweise ist er immer im George V. abgestiegen, aber... nun, dort ist er nicht. Er ist irgendwo in Paris. Es sei denn, er hat die

Stadt schon wieder verlassen.« Er wandte sich an den bleichen, hageren Kardinal, der regungslos mit übereinandergeschlagenen Beinen dasaß. »Fredi, Fredi, Sie sind so still. Ich habe immer ein ungutes Gefühl, wenn Sie so still sind.«

Indelicato lehnte sich zurück, legte die Hände vor die Brust und tippte die Fingerspitzen aneinander. »Ich erbebe in Ehrfurcht angesichts Ihrer Quellen. Der gute Monsignore dort« – er wies mit einer Kopfbewegung auf Sandanato –, »ist er für diese erstaunliche Informationsflut verantwortlich?«

»Diesmal nicht. Der arme Pietro ist ohnehin völlig überarbeitet. Nein, ich habe einfach meine Privatarmee von der Leine gelassen – oh, nun schauen Sie nicht so besorgt drein, Fredi. War doch nur ein Scherz. Ich habe meine Fühler ausgestreckt, einige Fragen gestellt...«

»Der silberhaarige Priester«, sagte Calixtus plötzlich. »Wer ist dieser Mann?«

D'Ambrizzi schüttelte den Kopf. »Ich weiß es nicht.«

»Ihr Informantennetz versetzt mich immer wieder in Erstaunen«, sagte Indelicato, an D'Ambrizzi gewandt. »Aber, sagen Sie, wo ist Driskill?«

»Sie sind ein Könner auf dem Gebiet der Observierung«, konterte D'Ambrizzi. »Vielleicht haben Sie zuviel Zeit damit verschwendet, mich beobachten zu lassen, Fredi.« Er lachte tief grollend in der mächtigen Brust.

Indelicato lächelte schief. »Offensichtlich nicht gut genug.«

Calixtus ignorierte die Sticheleien der beiden alten Rivalen. Er sagte: »Also haben wir neun Morde – und einen Selbstmord?«

»Nun, wer weiß, Heiligkeit?« sagte Indelicato. »Es ist eine Schreckensherrschaft. Niemand kann sagen, wie viele es gibt... und wie viele es noch geben wird.«

Plötzlich erhob sich Calixtus; er krümmte sich wie in Krämpfen, rang nach Atem und tastete Halt suchend durch die Luft; sein Mund verzerrte sich, und weißer Schaum trat auf seine blutleeren Lippen. Ohne einen Laut von sich zu geben, stürzte er mit dem Oberkörper auf den Tisch.

Jean-Pierre, der Mann, den August Horstmann in dem kleinen Dorf an der französisch-spanischen Grenze aufgesucht hatte, trug eine lange schwarze Soutane, die am Saum ein bißchen ausgefranst war, sowie den alten flachkronigen Hut mit breiter Krempe, der für Geistliche aus ländlichen, bäuerlichen Gegenden typisch war. Er trug sein Mittagessen in einer braunen Papiertüte mit sich, die oft zusammengefaltet, wieder geglättet und fleckig von Fett geworden war. Im Zug hatte ihm niemand besondere Beachtung geschenkt, mit Ausnahme eines kleinen Mädchens mit blonden Zöpfen, das ihm mit einer Mischung aus Faszination und Entsetzen ins Gesicht geblickt hatte, in die leere, dunkle Augenhöhle rechts, vor der Jean-Pierre keine Klappe trug, und in das linke Auge, das von so intensivem, strahlendem Blau war wie die Augen des Mädchens. Er hatte ihr ein Lächeln geschenkt, doch sie hatte ihn nur angestarrt und am Daumen gelutscht, und er hatte den Wunsch gehabt, aus dem Zug steigen zu können, bevor er Rom erreichte. Aber das konnte er nicht. Natürlich nicht.

Als er um die Mittagszeit in Rom aus dem Zug stieg, war es heiß und schwül. Zu heiß für die Jahreszeit. Er schwitzte in seiner dicken Unterwäsche. Er hatte sich in mehr als vierzig Jahren an das kühlere Klima der rauhen, stürmischen, ländlichen Gegend an der Atlantikküste gewöhnt, wo sein Dorf lag, an die Berge und die Bäche und den ruhigen, stillen Tagesablauf, der von immer der gleichen Arbeit bestimmt war.

Und nun stand er draußen vor dem Bahnhof in dem sich drängelnden, schubsenden Durcheinander aus Touristen und Einheimischen und fühlte sich unsicher, unbehaglich. Er fragte sich flüchtig, ob er seine kleine ländliche Kirche jemals wiedersehen würde. Und würde er jemals wieder den silbernen Mond aus dem Fenster seines kleinen Zimmers sehen, die frische, reine Luft riechen und die Brise auf dem Gesicht spüren, die vom Meer herüberwehte und einen Hauch von Weite und Einsamkeit mit sich trug? Würde er noch einmal das leise Rauschen des Baches hören, der hinter dem Haus vorüberfloß?

Er machte sich auf die Suche nach einer Telefonzelle. Er war geheißen, bei seiner Ankunft im Vatikan anzurufen.

Als er seine Anweisungen erhalten hatte, war noch reichlich Zeit für einen ausgedehnten Spaziergang.

Er konnte sogar die vatikanischen Gärten besuchen. Es war sehr lange her, seit er sie gesehen hatte. Er war gerade den Kinderschuhen entwachsen gewesen, als er das letzte Mal in Rom gewesen war.

Ja, jetzt, wo er den Anruf erledigt hatte, war noch viel Zeit, in der Stadt herumzuschlendern.

Er wollte für den Augenblick nicht daran denken, aus welchem Grund er nach Rom gekommen war.

## 3 DRISKILL †

Ein weiterer Mietwagen, ein weiterer regnerischer, stürmischer Nachmittag mit tiefhängenden, düsteren Wolken, die sich über die gezackten Gipfel der Bergkette an der Küste nordwestlich von Donegal legten und sich wie Gletscherzungen aus Watte die steilen Hänge hinunter erstreckten. Die Berge schienen mich voran zu treiben, hinunter zum Atlantik, schienen mich abzuschotten von all dem, was hinter mir lag, schienen mich wie durch einen riesigen Trichter vorwärts zu schleusen in Richtung der tobenden See. Donegal war eine Gegend von wilder Schönheit, Erhabenheit und Einsamkeit, ein Küstenstreifen, den Gott als natürliches Versteck vor der Zivilisation erschaffen zu haben schien – die weiten, stillen Buchten, von steilen Bergketten umrahmt, die felsigen Hochplateaus, die Atmosphäre der Düsternis, die diese Landschaft ausstrahlte. Zudem gaben Land und Meer nicht mehr genug her, um der Bevölkerung den Lebensunterhalt zu sichern; mit jedem Jahrzehnt wurde das Durchschnittsalter der Bewohner in den Dörfern und auf den einsamen Höfen höher, die Besiedlungsdichte geringer. Es war eine Landschaft der Zwiespältigkeit: schön und wild und doch unbarmherzig den hier lebenden Menschen gegenüber. Sie verleugnete ihre eigene Erhabenheit. Typisch katholisch. Wie hätte es auch anders sein können.

Trotz der schlechten Straßen und des unwirtlichen Wetters verlief die Fahrt ruhig und gemächlich. Mein Rücken machte kaum noch Probleme. Vor mir lag ein weiteres Kapitel voller Schrecken, doch ich wurde durch die kraftvolle Verbindung von Furcht und unstillbarem Zorn vorangetrieben. In mein persönliches Schrekkenskabinett war nun auch der arme alte Robbie Heywood eingetreten, in die Falle gelockt und abgeschlachtet von August Horstmann, vermutlich auf Befehl von irgend jemandem in Rom.

Ich nahm den Geruch des frisch gestochenen Torfs in mich auf, und den Duft des Heidekrauts und des Geißblatts. Ich hätte fast alles dafür gegeben, nur für ein paar Augenblicke die Morde und die *Assassini* und die Intrigen in Rom vergessen zu können. Ich war zufrieden, ja glücklich, auf die Landschaft blicken zu können, auf die einsame Straße vor mir, die schimmernden Pfützen in den Bodenwellen, zufrieden, die feuchte Erde riechen zu können und fast so etwas wie inneren Frieden zu finden beim Anblick der vereinzelten alten, weiß getünchten Gehöfte und der schwachen, orangefarbenen Glut der Sonne hinter den blauen und purpurfarbenen Regenwolken.

Doch es war unmöglich: Ich hatte das unbehagliche Gefühl, daß diese geheimnisvolle Gegend, die sich schon bei einer kurzen Drehung des Kopfes von einer lieblichen Heidelandschaft in eine unwirtliche, bedrohliche Welt aus schroffen Felszacken und wild anstürmender Brandung verwandeln konnte – ich hatte das Gefühl, daß diese Welt mich verschlucken und vielleicht nie wieder freigeben würde.

Während der langen, einsamen Fahrt hatte ich wieder und wieder an Schwester Elizabeth denken müssen.

Warum? Es war sinnlos, über sie nachzudenken, mir zu wünschen, daß sie neben mir saß und mir versicherte, daß ich richtig handelte. Ich mußte mich immer wieder daran erinnern, daß sie mir nichts bedeutete. Mein letzter Eindruck von ihr, der Streit, ihr Eintreten für die Kirche, ihre Weigerung, mir zu helfen – das alles war in meinen Augen irrelevant geworden. Und dennoch mußte ich den Gedanken an sie immer wieder gewaltsam verscheuchen, und vor allem die unabänderliche Wahrheit: Sie war eine von *ihnen*, eine Nonne, jemand, dem man kein Vertrauen schenken durfte. Sie betrachtete alles und jeden durch die rosarote kirchliche Brille, sowohl deren geistiges Regelwerk wie auch den ganzen anderen faulen Zauber. Wie man es auch drehte und wendete: Solche Menschen konnten keine Hilfe sein.

Sieh dir nur den alten Torricelli an, sagte ich mir; jawohl, das ist ein typisches Beispiel. Der arme Torricelli, Inbegriff des Kirchenmannes, eingeklemmt in einen Schraubstock: zwischen den Nazis, den Katholiken, der Résistance. Keine Entscheidungs- und Bewegungsfreiheit für den alten Bischof. Für ihn war es ein Drahtseilakt, lavieren, lavieren, immer nach der Pfeife anderer tanzen, sich ja nicht festlegen, nicht Partei ergreifen, sich weder zum einen bekennen noch zum anderen, die Augen verschließen, wenn es galt, sich eingestehen zu müssen, was richtig und was falsch, was gut und was schlecht war. Wenn man als Geistlicher in einer von Nazis beherrschten Welt nicht mehr zwischen Gut und Böse entscheiden *darf*, dann hat man ein Problem. Ein gottverdammtes Problem. Schwester Elizabeth hätte sicher begriffen, in welcher moralischen Zwickmühle der alte Bischof gesteckt hatte, o ja.

Es ist wie eine Amputation, der man sich unterziehen muß, bevor man in die Kirche eintreten darf: Die Kirche schneidet einem die eigenen Moralvorstellungen heraus und ersetzt sie durch eine künstliche Schöpfung, durch etwas Unnatürliches und Zurechtgebogenes und Verordnetes. Und dann gibt es keinen Platz mehr für Unkompliziertheit, keinen Platz mehr für falsch und richtig. Zweckdienlichkeit ist die neue Moral, und damit hat man sich abzufinden. Schluß, aus.

Es kam mir wie eine Ewigkeit vor, seit ich Elizabeth das letzte Mal gesehen hatte. Und kurz darauf hatte Horstmann mich aufgeschlitzt; ich war mir nicht darüber im klaren gewesen, daß ich selbst zu einem potentiellen Mordopfer geworden war; damals hatte ich mich noch nicht in einen Jäger verwandelt, war noch nicht in den Krieg gezogen. Damals hatte ich noch keine Waffe bei mir gehabt. Es *war* eine Ewigkeit her, seit ich Elizabeth gesehen hatte. Ich wäre seitdem fast ums Leben gekommen. Ich hatte in Ägypten einen verängstigten kleinen Mann in den Selbstmord getrieben, den Namen des silberhaarigen Priesters herausgefunden, das Kloster in der Wüste besucht und einen weiteren Mord in Paris erleben müssen. Ich war ein völlig anderer geworden. Aber sie hatte sich bestimmt nicht verändert. Sie war noch immer ein Geschöpf – ein Produkt – der Kirche, ihr Eigentum; sie bekam ihre Befehle von diesem monströsen Gebilde, arbeitete als Lieferantin vorgefertigter Geschichtchen für ihre Zeitschrift. Sie wähnte sich in dem Glauben, etwas Besseres, Edleres zu sein, ein Mensch wie meine Schwester, aber sie irrte sich. Sie war nicht wie Val. Sie glaubte, so vieles zu wissen und zu kennen, aber sie kannte nur das gottverdammte eingefahrene Regelwerk der Kirche. Sie war noch gefangen in jenem Netz, aus dem Val sich wunderbarerweise hatte befreien können. Das war der Unterschied.

Das alles war mir klar, nur: Es spielte immer dann keine Rolle mehr, wenn ich daran zurückdachte, wie wir uns unterhalten und gemeinsam gelacht und den Inhalt des Kühlschranks inspiziert hatten, um ihren gesegneten Appetit zu stillen, und wie wir ein winziges Stück von dem geheimnisvollen Rätsel lüfteten, das Val hinterlassen hatte, damals, als wir den alten Polizisten in seinem Haus an der Küste besuchten und erfuhren, daß Father Governeau ermordet worden war und daß man diesen Mord vertuscht hatte... Das alles war schön gewesen. Und gut und richtig. Und dann hatte die Vorstellung geendet, und die wahre Elizabeth war auf die Bühne getreten.

Sie war Nonne. Und das war so ziemlich das letzte auf diese Welt, womit ich zu tun haben wollte. Mit Elizabeth' Einstellung, wegen ihres verdammten Gelübdes, würde ich diesen Kampf niemals gewinnen können, nicht, wenn der Gegner die Kirche war. Das konnte ich nicht riskieren. Ich wußte alles über Nonnen. Ich hatte es schon immer gewußt, seit jenem Tag, da ich den toten Vogel aufgespießt am Zaun des Schulhofs gesehen hatte... Man konnte nie sicher sein, was sie dachten. Man vertraut ihnen und macht sich von ihnen abhängig und urplötzlich sagen sie einem, daß sie keine Frauen sind, daß sie nicht einmal menschliche Wesen sind, sondern Nonnen. Ich hatte mich von Elizabeth einlullen lassen. Sie hatte die Grenzen, die ich vorher so gut kannte, verwischt, hatte die Warnsignale verlöschen lassen, hatte den Unterschied zwischen Nonne und Frau auf ein Minimum reduziert. Und dann hatte sie mir weh getan.

Weh getan. Das war der andere Grund, der schwerwiegendere, der die ganze Grübelei über Elizabeth so sinnlos machte. Ich hatte meine Schwester geliebt, und die Kirche hatte sie getötet. Hätte ich mich nicht dagegen gesperrt, mich in Elizabeth zu verlieben, hätte die Kirche auch sie getötet. Irgendwie, irgendwann, irgendwo. Dann wäre ein weiterer Unschuldiger gestorben. Ich wußte es.

Natürlich hätte sie mich für verrückt erklärt, hätte sie gewußt, daß ich in solch weltlichen Kategorien dachte. Schließlich war sie Nonne, wie sie ja zur Genüge bewiesen hatte. Sie hatte mein Vertrauen enttäuscht.

Ich fuhr durch einen plötzlich einsetzenden Sturm; Regen peitschte mir aus dem dichten Nebel entgegen. Ich spürte die nasse Kälte des Atlantiks durch die Türritzen dringen; der Wagen wurde durchgeschüttelt, und dann sah ich die ersten, niedrigen, bienenstockartig errichteten Mönchszellen auftauchen, tausend Jahre alt, und die verfallenen Ruinen steinerner Mauern und die Umrisse eines riesigen, grauen, bemoosten Gebäudes auf den Klippen...

Das Kloster St. Sixtus.

Ich hatte über solche Bauwerke schon gelesen, aber noch nie eines gesehen. Ich hatte überhaupt noch nie etwas Vergleichbares gesehen. Es schien mir, als wäre ich plötzlich um Jahrhunderte zurückversetzt, bis in die graue Vorzeit des sechsten nachchristlichen Jahrhunderts, als St. Finian seinen Mönchen eine derart strenge Askese zur Ordensregel gemacht hatte, daß sie der Atmosphäre der Trostlosigkeit und Verlassenheit entsprach, die von der kargen, von Felsbrocken übersäten Küstenlinie und den schroffen Klippen ausging – es war eine archaische Landschaft, die sich vor mir ausbreitete. St. Sixtus war in der Tat ein Kloster, das wie ein riesiger Bienenstock wirkte, eine Schöpfung, die dieser irischen Küstenlandschaft naturhaft verbunden war, ihr Wesen widerspiegelte, die Kraft des unaufhörlich anbrandenden, wütenden, gischtenden, donnernden Meeres. Die untersten Zellen, errichtet aus mörtellos aufgetürmten Steinbrocken, wirkten geradezu verloren angesichts der Urgewalt der See und der hohen, gezackten Klippen; sie waren offensichtlich der Grundstock für die jüngeren, bewohnten Gebäudeteile im Innern des Klosters, in verschiedenen Bauphasen errichtet, die sich wahrscheinlich über mehr als ein Jahrtausend erstreckt hatten.

St. Finian und seine Nachfolger hatten ihren Mönchen eine fast unmenschlich harte, entsagungsvolle Askese auferlegt: Sie mußten mit einem Minimum an Schlaf und Nahrung bei härtester Arbeit überleben, sich schrecklichen Spielarten der Selbstzüchtigung unterwerfen und endlos lange Messen erdulden. Den Mönchen war untersagt, bei der Bestellung des harten, felsigen Bodens die Hilfe von Tieren – Maultieren, Pferden oder Ochsen – in Anspruch zu nehmen. Statt dessen spannten sich die Mönche zum Beispiel beim Pflügen selbst ins Geschirr. Die Askese war die allbeherrschende Ordensregel, ob ein Mönch nun ein Leben als Einsiedler wählte oder das Gelübde ablegte, auf ewige Wanderschaft zu gehen. Dies alles war Ausdruck beispielloser irischer Härte und Duldsamkeit. Nie zuvor in der Geschichte christlicher geistiger Orden hatte es eine derart tiefe Selbstverleugnung gegeben.

In diesem Zusammenhang hatte mich schon immer ganz besonders St. Columban fasziniert. Sein Pönitenzbuch – das Verzeichnis der Bußübungen auch für die kleinste fleischliche Versündigung – gehörte zu jenen Dingen, die einen Betrachter in Erstaunen versetzten, was die Heiligen im allgemeinen und Columban im besonderen betraf. Seine Gedanken über die Sodomie und die Masturbation trieben ihn paradoxerweise zum Sadismus. Eine Abbildung aus seinem Bußbuch war mir seit jenem Augenblick, da ich es als Seminarist betrachtet hatte, bis heute in Erinnerung geblieben: ein nackter Mönch, der allein im aufgewühlten Meer stand; nur der Kopf schaute aus dem Wasser. Es war ein Küstenstreifen ähnlich diesem hier, einsam, rauh und unwirtlich, und der Mönch verharrte Tag und Nacht auf dem Fleck und sang Psalmen, bis seine Stimme brach, bis sein Blut gefroren war und seine Glieder taub, bis er den Kampf aufgab, unter Wasser glitt und ertrank... wofür? Gab es dafür irgendeine Erklärung? Lag es einfach daran, daß sie allesamt verrückt gewesen waren und mit ihrem Wahn nichts besseres anzufangen wußten? Manchmal fiel ihnen ein Feind der Kirche in die Hände, ein Ungläubiger oder ein Päderast: Er wurde am felsigen Kiesstrand gekreuzigt, und das Kreuz wurde verkehrt herum im Sand eingegraben, so daß er vielleicht ertrank, wenn die Flut kam, noch bevor er am Blutverlust starb oder erstickte... Ich konnte diese alten Bilder und Geschichten, die ich vor einem Vierteljahrhundert gesehen und gelesen hatte, nicht vergessen, und nun, da ich einen solchen Ort zum erstenmal mit eigenen Augen sah, stand dies alles wieder ganz deutlich vor mir.

Ich lenkte den Wagen vom schmalen, holperigen Fahrweg, hielt an und stieg aus, spürte das Prickeln der salzhaltigen, beißenden Gischt auf dem Gesicht, die der heftige Wind bis hierher trug. Die irische Küste war der ideale Ort für diese fanatischen, ja wahnsinnigen Mönche, die sich gar nicht schlimm genug quälen konnten, bis sie endlich Befriedigung in der Buße fanden. Spitze, nackte Felszacken ragten in der Bucht aus dem Wasser, und die schroffen Klippen, die sich unmittelbar hinter dem schmalen Uferstreifen erhoben, waren so zersplittert und gezackt, als wären sie mit einem riesigen Hammer bearbeitet worden. Schründe und Senken und Schluchten durchzogen die Felswände wie häßliche Narben; auf Überhängen und Felsleisten standen hier und da verkrüppelte, verkümmerte Bäume, deren Holz in der Feuchtigkeit faulte und zerbröselte. In den Felsspalten wucherte ein wildes Gewirr aus Dorngestrüpp und Stechginster. Doch gerade das Unbewohnte und Unbewohnbare bot diesen Mönchen ›zahlreiche Verlockungen, den Schmerz und die Qualen zu finden, die sie im irdischen Leben suchten‹; so hatte ich es vor langer Zeit einmal in einem Buch gelesen.

Vielleicht war es ein Atavismus, jedenfalls hatte ich das Bedürfnis, zwischen den Überresten dieser versunkenen Welt umherzuwandern; ich mußte erfahren, wie sich das alles aus der Warte eines unbedarften Pilgers dargestellt hatte, den ein launisches Schicksal und unberechenbare Stürme vor vielleicht fünfhundert Jahren an diese Küste verschlagen hatte. Hinter mir donnerte jetzt das Meer, gischtete über den Küstenstreifen, der blaß und hilflos zwischen den anrennenden Wellen und den aufragenden Felswänden lag. Und wie verloren wirkte das Kloster, umgeben von der unversöhnlichen See und dem öden, trostlosen Marschland: Höhlen und dunkle Fensterreihen starrten wie unergründliche schwarze Augen auf mich hinunter. Diese längst vermoderten Hundesöhne hatten ihre Klöster so gebaut, als wollten sie sich nicht nur vor der Welt verstecken, sondern sogar vor Gott, darauf hoffend, übersehen zu werden, vergessen... vergeben.

Das große ausgedehnte Klostergebäude war aus aufeinandergeschichteten, unbehauenen Steinen errichtet; die unteren waren von einer dicken, feuchten, dunkelgrünen Moosschicht bedeckt, die oberen mit blaßgrünen Moosflecken und ausgetrockneten Flechten, die eine matte braune Farbe angenommen hatten. Ein Turm mit einem Kreuz auf der Spitze erhob sich in den wolkendunklen Himmel; nur das hohle Jaulen des kalten Windes und das Donnern der Brandung waren zu vernehmen.

Ich ging an den bienenstockartigen Mönchszellen vorüber, welche die Außenmauer des Klosters bildeten und offenbar der älteste und inzwischen unbewohnte Teil waren, und achtete darauf, nicht über Felsbrocken und Steine zu stürzen, die sich schon vor Jahrhunderten aus der Wand des Gebäudes gelöst hatten. Ich warf einen Blick ins Innere, in die Dunkelheit, sah jedoch keinerlei Anzeichen von Leben, nahm nur den Geruch nach Meeresvögeln und Salzwasser wahr. Wie hatten die Mönche nur in solchen Gemäuern, an solchen Orten leben und gleichzeitig jene ornamentale Kunst hervorbringen können, vor der wir noch heute staunend stehen, die prachtvoll illustrierten Bücher und die Goldschmiedekunst, die an die Arbeiten aus der keltischen und germanischen Vorzeit anknüpften? Was für schöpferische Menschen, ja Genies waren das nur gewesen? Ich kannte die Antwort nicht und wußte, daß ich sie nicht einmal würde erahnen können, doch das half mir wahrscheinlich zu erklären, warum ich selbst vor so langer Zeit vom Pfad des Glaubens abgekommen war.

Schließlich ging ich zum Wagen zurück, schwer atmend, weil ich mich gegen die nicht eine Sekunde nachlassende Kraft des wütenden Windes stemmen mußte. Ich wußte, warum diese Mönche hier es anderen Brüdern nicht gleich getan hatten, was die architektonische Gestaltung des Klosters betraf. Ich hatte Klöster gesehen, die mit den prächtigsten Schlössern hätten wetteifern können, aber St. Sixtus war die Trostlosigkeit selbst. Es war das Irische in jenen Männern gewesen, ihr Mißtrauen gegenüber allem, was überdauern mochte, ihre Abneigung gegen alles, was den Anspruch auf Schönheit und Unvergänglichkeit erheben mochte. Sie hatten es vorgezogen, auf ewige Wanderschaft zu gehen oder ihr Leben in einer dieser kargen Zellen zu fristen, sich darin zu verbergen, bis sie schließlich starben, vergingen, den Platz räumten für diejenigen, die nach ihnen kamen und den gleichen Weg gingen, zwanzig, dreißig Jahre lang, und die dann wieder den Platz räumten für die, die nach ihnen kamen und den gleichen Weg gingen...

Ich bog auf den schmalen Pfad ein, der zum Kloster führte, und schleifte die Vergangenheit wie einen riesigen Leichnam hinter mir her.

Ich mußte mich freimachen von allen störenden Gedanken. Ich hatte eine Aufgabe zu erledigen.

Ich fand Bruder Leo in einer Art Garten, einem kleinen Fleckchen Erde ganz oben auf dem Felsen, unmittelbar hinter der vor Jahrhunderten verfallenen steinernen Mauer, die St. Sixtus wie ein

Wall umgab. Er kniete auf der schwarzen, feuchten Erde, auf der ein paar Gemüsesorten und einige wenige Blumen gediehen, und jätete Unkraut. Er blickte kurz zu mir hinunter, als ich mich gegen den heulenden Wind zu ihm hinaufarbeitete. Er winkte mir fröhlich zu, als wäre ich ein alter Bekannter, und wandte sich dann wieder seiner Gartenarbeit zu. Ich kämpfte mich den Hang hinauf, stieg über die Mauerreste hinweg, glitt beinahe auf dem schlüpfrigen Moos aus und stellte fest, daß ich schon wieder völlig außer Atem war, als ich schließlich bei ihm anlangte. Er blickte zu mir auf und sagte irgend etwas, das ich nicht verstand, weil der Wind die Worte fortriß, und lächelte. Sein Gesicht war alt und rund und verschrumpelt, liebenswürdig, aber ein wenig abweisend, denn er war offensichtlich mit großem Ernst bei der Sache, wollte zu Ende führen, was immer er in seinem kleinen Garten machte. Er trug eine schwarze Hose, fleckig von der klebrigen feuchten Erde, eine schwarze Windjacke und darunter einen schwarzen Rollkragenpullover, dessen Kragen schlaff um seinen dünnen, faltigen Hals lag. Er trug keine Handschuhe, und seine Hände waren schwarz von der feuchten Erde; auch über seine Wange zog sich ein schwarzer, eingetrockneter Streifen Schlamm. Er beendete schließlich seine Arbeit, klopfte die Erde um die Stengel einiger ziemlich dürftig aussehender Pflanzen herum fest, stand auf und wischte sich an einem schmutzigen Stück Tuch die Hände ab.

»Bruder Leo«, sagte ich. »Mein Name ist Driskill. Ich bin von Paris hierhergekommen, weil ich Sie sprechen möchte. Robbie Heywood hat mir Ihren Namen genannt.«

Er blinzelte mich an. Er hatte eines jener unschuldigen Gesichter, auf denen sich immer der Ausdruck von Überraschung und naiver Neugierde zu spiegeln schien. Er richtete einen schlammverkrusteten Finger auf mich, als hätte ich gerade eine Zauberformel ausgesprochen, die ihm einfach nicht hatte einfallen wollen. »Ah, Robbie«, sagte er. »Wie geht es ihm?« Sein Englisch hatte keinen irischen Akzent, obwohl es eindeutig seine Muttersprache war. Diesen Akzent konnte ich einfach nicht unterbringen. Vielleicht war er in Irland aufgewachsen und hatte den größten Teil seines Lebens in einem fremden Land verbracht. Ich erzählte ihm, daß Heywood tot sei, und beließ es vorerst dabei, ging nicht auf Einzelheiten ein. Er hörte mir zu, beschäftigte sich aber dabei weiter, indem er einen Jutesack voll Düngemittel zuschnürte, ein paar kleinere Gartengeräte einsammelte, einen Spaten aus der Erde zog. Zwischendurch nickte er immer wieder. Ich konnte nicht erkennen, was meine Worte für ihn bedeuten mochten.

»Paris«, sagte er, als ich geendet hatte. »Sie sind also den weiten Weg von Paris gekommen. Und Robbie ist tot. Wir haben ihn immer nur ›Vikar‹ genannt. Er hat Sie zu mir geschickt? Da bin ich aber ziemlich erstaunt, muß ich zugeben. Ich kann's eigentlich gar nicht recht glauben. Nach so vielen Jahren. Wir sind hier ziemlich weit vom Schuß, wie man so sagt. Aber«, er redete jetzt mehr zu sich selbst, »sehe ich nicht den Beweis direkt vor meinen Augen? So, so, der Vikar. Es wäre mir ein Vergnügen gewesen, ihn noch einmal zu sehen.« Er riß die Augen auf, als wüßte er genau, was mir vorhin, als ich über das Kloster nachgedacht hatte, alles durch den Kopf gegangen war. »Oh, Vergnügungen sind hier schon lange nicht mehr verboten. Eine große Erleichterung. Ein Segen. Robbie. Er war ein aufsässiger, lärmender Mensch, aber damals ein guter Freund in dunklen Tagen. Herr im Himmel.« Er schüttelte den Kopf; der Wind zerzauste seine buschigen Augenbrauen. »Tot. Die alten Zeiten. Die Schatten versammeln sich, werden tiefer.« Er lächelte mich glücklich an.

»Er ist keines natürlichen Todes gestorben«, sagte ich. »Robbie Heywood wurde vor einer Woche in Paris ermordet.«

»Aber wer sollte denn so etwas tun?«

»Ein Mann aus der Vergangenheit. Er ist aus einer Zeit gekommen, die vierzig Jahre zurückliegt. Robbie hat diesem Mann vertraut, doch der Mann hat ihn in eine Falle gelockt und hat ihm keine Chance gegeben. Vor weniger als einem Monat wurde meine Schwester, eine Nonne, Schwester Valentine, von demselben Mann ermordet. Robbie Heywood war der Meinung, daß Sie ein wenig Licht in das Dunkel bringen könnten, das diesen Killer umgibt... wer er ist, woher er gekommen ist, warum er tötet. *Wieder* tötet.«

»Darf ich fragen«, sagte er ruhig, »warum er Ihre Schwester ermordet hat?«

»Weil sie Nachforschungen für ein Buch angestellt hat, das offenbar auch einige Geschehnisse im Paris des Zweiten Weltkriegs behandeln sollte. Torricelli, die Nazis, die R,sistance, die sogenannte ›Pius-Verschwörung‹, wie Robbie es bezeichnet hat. Und einen Mann, ein Phantom, namens Simon...«

»Halt. Bitte.« Er lächelte mich so freundlich an, als wäre er bereits den irdischen Dingen entrückt, der Schuld und der Sünde und dem Mord. »Sie scheinen sehr gut über gewisse Dinge informiert zu sein, die schon sehr lange der Vergangenheit angehören und sehr geheim gewesen sind. Ich weiß wirklich nicht, was ich von Ihnen halten soll, Mister Driskill.«

»Ich bin hierhergekommen, von weit her, um mir Ihre Geschichte anzuhören. Menschen haben sterben müssen...«

»O ja, ich weiß«, sagte er leise und gedankenversunken.

»...angefangen mit Père LeBecq, der vor vierzig Jahren auf einem Friedhof in Paris ermordet wurde – nein, natürlich bedeutete LeBecqs Ermordung *nicht* den Anfang. Wer weiß, wann es wirklich angefangen hat. Meine Schwester und ihr alter Freund Heywood sind die jüngsten Opfer auf einer Liste, die lange in die Vergangenheit zurückreichen muß. Ich habe Codenamen entdeckt, die Sie vielleicht identifizieren können, und...« Die Worte, Fragen und Andeutungen waren zu schnell aus mir herausgesprudelt, und Bruder Leo wich einen Schritt zurück. Er konnte das alles nicht auf einmal verkraften. Ich sah es in seinen Augen, die sich verdüstert hatten. Also schwieg ich und wartete.

Er ließ den Blick über das Meer schweifen, in die Ferne, als suche er dort Ruhe und Vergessen. »Ich habe ziemliche Angst vor Ihnen, Mister Driskill – falls das Ihr richtiger Name ist. Wissen Sie«, er winkte ab, als ich protestieren wollte, und fuhr mit nun fester Stimme fort: »Ich habe gewußt, jemand würde kommen. Ich habe gewußt, daß man mir eine Art Schuldschein vorlegen würde. Weil damals Dinge geschehen sind... Dinge, die nicht vergessen werden können, gleichgültig, wie lange wir alle auch überleben sollten, jeder einzelne von uns, der die ganze Geschichte kennt... oder auch nur Teile davon. Ich fürchte, ich gehöre zu denen, die alles wissen. Und das ist ganz gewiß zuviel, viel zuviel, um am Leben bleiben zu dürfen, falls irgend jemand sich entschließt, die Vergangenheit zuzuschütten, auszulöschen. Ich wußte, irgend jemand würde sich eines Tages die Frage stellen, ob Bruder Leo noch lebt und wo, und daß dieser Jemand es herausfinden würde.« Er kreuzte die Arme vor der Brust, rieb sich das Kinn. »Es hat länger gedauert, als ich erwartet habe. Und nun frage ich mich, sind Sie dieser Mann? Wenn Sie es sind – wer hat Sie geschickt?«

Er senkte den Blick, beobachtete die Wellen, die mit zunehmender Wildheit gegen den Fuß der Klippen anrannten. Ich rief seinen Namen, aber der Wind und das Donnern der Brandung übertönten jedes Geräusch. Ich streckte den Arm aus und packte ihn an der Schulter. Er wandte sich langsam um.

»Ich brauche Ihre Hilfe«, sagte ich. Dieser kleine Mann war einer der Schlüssel zu der ganzen Sache. »Bitte. Sie müssen mir erzählen, was damals passiert ist... die Wahrheit.«

»Sie möchten meine Geschichte hören. Ich verstehe.« Er sprach leise, als wäre er selbst verwundert über eine geheime Enthüllung, die ich nicht kennen konnte, von der ich nichts wissen konnte, aber irgendwie hörte ich ihn dennoch, konnte jedes einzelne Wort verstehen. »Das alles ist so lange her.« Er legte den Kopf schief, blickte mir in die Augen. »Sie werden mich überzeugen müssen – die schönen und sinnvollen Jahre meines Lebens mögen vorüber sein, aber ich habe nicht das Bedürfnis, früher zu sterben als nötig. Verstehen Sie? Ich habe schon gesagt, daß Sie mir angst machen. Wenn Sie gekommen sind, um mich zu töten – wenn Sie in Wirklichkeit von *ihnen* gekommen sind –, wenn Rom Sie geschickt hat, mich zu ermorden, dann kann ich nur wenig dagegen ausrichten. Aber falls Sie auf der Suche nach der Wahrheit gekommen sind, wie Sie behaupten, dann werde ich Ihnen meine Geschichte erzählen. Also, kommen Sie, gehen wir ein Stück, und dann werden Sie mir erzählen, wer Sie sind. Lassen Sie uns Geschichten tauschen, die Ihre gegen die meine.« Er lächelte wieder. Er behauptete zwar, Angst zu haben, aber das stimmte nicht. Er hatte nicht die Spur von Angst. »Und sollten Sie doch von *ihnen* gesandt sein, kann ich Sie vielleicht davon überzeugen, daß ich nur ein harmloser alter Mann bin, der keine Gefahr für Sie und diejenigen darstellt, die Sie geschickt haben. Wer weiß?«

»*Sie*«, sagte ich. »Wer sind *sie*?«

»Wer immer Sie auch sein mögen, junger Mann, Sie wissen sehr genau, wer *sie* sind. Warum sonst hätten Sie eine so weite Reise unternehmen sollen? Kommen Sie, kommen Sie, lassen Sie uns ein wenig über die Klippen wandern. Lassen Sie uns ehrlich zueinander sein. Ich werde Ihnen die Gelegenheit geben, mich zu töten.« Er kicherte in sich hinein, als hätte er mir irgendwie einen Streich gespielt. Er marschierte los, und ich hielt mich an seiner Seite.

Während des Zweiten Weltkriegs mußte die katholische Kirche wie jede andere große Institution in Europa verzweifelt um ihr

Überleben kämpfen. Die Amtsgeschäfte mußten, entsprechend der jeweiligen Kriegslage, mit größter Vorsicht und äußerster Behutsamkeit geführt werden, mußten immer wieder dem schwankenden, sich ständig verlagernden Gewicht von Einfluß und Macht der gegnerischen Parteien angepaßt werden, mußten, kurz gesagt, den Gesetzen der *Realpolitik* gehorchen. Erschwerend kam hinzu, daß viele Gläubige aus diesem Grunde an der Aufrichtigkeit der Kirche zu zweifeln begannen; ihre eigenen Moral- und Glaubensvorstellungen wurden von denen der ›angepaßten‹ Kirche unterlaufen, wie Bruder Leo mir darlegte. Somit wandelte sich die Rolle der Kirche, wurde zunehmend doppeldeutig, was auch auf die Tatsache zurückzuführen war, daß die Kirche kaum Verteidigungsmöglichkeiten besaß, keine Machtmittel, um ihre politischen und gesellschaftlichen Vorstellungen durchzusetzen und ihre Unabhängigkeit gegenüber dem Einfluß außerkirchlicher Interessengruppen zu wahren. Zum einen mußte ständig dem Kriegsverlauf Rechnung getragen werden; zum anderen durften die Augen nicht vor den unverhohlenen Greueltaten, die von den Nazis systematisch verübt wurden, verschlossen werden – das *durfte* man nicht ignorieren, wie gern man dies auch getan hätte, ohne nicht den Rest von Glaubwürdigkeit zu verlieren; und nicht zuletzt mußte der Tatsache Rechnung getragen werden, daß ein Mann wie Pius das Amt des Papstes innehatte, der enge, tiefe und im Grunde geheimnisvolle Verbindungen zum Dritten Reich besaß, was unberechenbare Konsequenzen für die Kirche zur Folge hatte.

Dieses Bild der Verwirrungen und Verirrungen – was Moralvorstellungen, Ziele und Auswirkungen betraf – wurde noch deutlicher, als eine seltsame Antwort seitens der Kirche auf den Naziterror erfolgte: Das plötzliche Auftauchen eines Kaders, der sich aus katholischen Pariser Aktivisten zusammensetzte – Priester, Mönche, einige Laien –, die von einem Geistlichen rekrutiert wurden, der bei diesen Männern nur unter dem Namen ›Simon Verginius‹ bekannt war – eben jener Simon, auf den ich gestoßen war. Er schweißte diese Gruppe zusammen: durch einen heiligen Schwur, bis ans Ende des Lebens Stillschweigen zu bewahren. Nie gaben diese Männer preis, daß sie einer Bruderschaft angehörten, niemals verriet einer von ihnen das Geheimnis seiner wahren Identität an jemanden von außerhalb. Solange sie eine derart eingeschworene Gruppe blieben, waren sie sicher vor Verrat und Enttarnung.

Aber natürlich konnten trotz all dieser Schutzmaßnahmen auf längere Sicht Probleme nicht ausbleiben, wie Bruder Leo mir mit einem schwachen Achselzucken versicherte. »Ich möchte zuerst einmal einige Fragen in den Raum stellen und die Antworten noch offenlassen«, sagte er. »Zunächst einmal die Frage, wessen Idee es gewesen ist, diesen Kader zu bilden. Simons Idee gewiß nicht. Die Befehle wurden von irgend jemandem in Rom erteilt – jedenfalls war das meine Vermutung, damals, als junger Mann, der in bestimmte... Geschehnisse verwickelt war, der eine Rolle spielen wollte. Irgend jemand führte von irgendwoher Simons Hand. Das ließ sich gewissermaßen indirekt beweisen, denn es kam zum Konflikt. Simon widersetzte sich einigen Befehlen. Und das war unser Verderben.«

Die erklärten Ziele der Gruppe waren der Schutz der Kirche vor den Schäden, die der Krieg verursachte, die Bereicherung der Kirche durch Anteile an der Kriegsbeute und der Versuch, die Kraft und Stärke der Kirche zu wahren und zu mehren, so daß sie sich bestmöglich gegen einen ›inneren Flächenbrand‹, gegen die ›Feuerstürme der Begierde und des Wahnsinns‹ zur Wehr setzen konnte, mit anderen Worten: gegen den Krieg als solchen. In einem Staat, in einer großen Stadt, die von den Nazi-Invasoren beherrscht wurde, waren die mit solchen Zielvorstellungen verbundenen Implikationen offensichtlich und standen somit fast unvermeidlicherweise im Widerspruch zu den moralischen Grundsätzen einiger Mitglieder der Gruppe. Bruder Leo legte eine kurze Pause ein, ließ dies alles auf mich einwirken.

Die Mitglieder der Gruppe, fuhr er fort, kannten einander nur unter Decknamen. Leo sagte, er habe diese Namen vergessen; ein Ergebnis harter Bemühungen, sie aus dem Gedächtnis zu verdrängen, sie zu begraben. Er behauptete beharrlich, sich auch nicht mehr daran erinnern zu können, wie viele Männer der Gruppe angehört hatten, und er *wolle* sich auch nicht mehr daran erinnern. Christos, ja, ein gewisser Christos sei dabeigewesen. Er gab zu, sich an diesen Decknamen entsinnen zu können – ich sollte bald herausfinden, warum. Damals seien sie, sagte Leo, eine ›perfekte katholische Gruppe‹ gewesen: streng und autoritär geführt; niemand habe es gewagt, offen und geradeheraus Fragen zu stellen, nicht einmal laut darüber nachzudenken – allenfalls in einem verborgenen Winkel des eigenen Verstandes. Befehle wurden erteilt, Befehle wurden ausgeführt. Entscheidungen wurden anderen überlassen. Die Männer betrachteten sich ausschließlich als Waffen im Dienst der Kirche. Es herrschte Krieg, und die Kirche war kaum je zuvor dem Kampf mit weltlichen Armeen aus dem Weg gegangen. In ihrer langen Geschichte hatte die Kirche nicht selten eigene Armeen ausgehoben, ihre eigenen Soldaten in die Schlacht geschickt – wenn nötig, um zu sterben, wenn erwünscht, um zu töten. In Paris, so fuhr er fort, hatte die Kirche nach langer Zeit wieder eine eigene Armee aufgestellt, eine neue Armee, und die Männer taten, was von ihnen verlangt wurde. Bruder Leo blickte ostentativ aufs Meer, aber ich hatte auch so begriffen: Sofern der Befehl zum Töten gegeben worden war, dann *hatte* man getötet.

»Die Zeit hatte es notwendig gemacht, Befehle auszuführen«, sagte er. »Jede Art von Befehl. *Alle* Befehle. Sagen Sie's nicht, Mister Driskill – ich stimme Ihnen zu: Daß wir Befehlen gehorcht haben, ist ein fade Rechtfertigung für die damals begangenen Morde. Es ist immer eine fade Rechtfertigung. Ob für einen SS-Mann im KZ von Treblinka oder einen durch die Elendsviertel von Paris schleichenden Priester bei der Verfolgung eines Opfers...« Bruder Leo zuckte die Achseln, blickte wieder aufs Meer hinaus. Die Schatten wurden länger, der Wind eisig. »Ich will mich oder die anderen ja gar nicht rechtfertigen. Ich will Ihnen nur erzählen, wie es gewesen ist, mehr nicht. Manchmal lautete der Befehl eben, einen Menschen zu töten. Zum Wohl der Kirche, natürlich. Alles geschah zum Wohl der Kirche. Wir haben geglaubt, die Kirche zu retten.«

Aber meistens waren die Befehle anderer Natur gewesen. Normalerweise ging es um Handel. Den Handel mit Loyalität, den Handel mit bestimmten Aufträgen, welche die Gruppe ausführen konnte – ein Handel zum Wohle der Kirche. Handel mit den Nazis, mit der Wehrmacht, der SS, der Gestapo. Und als Gegenleistung profitierte die Kirche davon: Ein beträchtlicher Anteil geraubter Kunstschätze fand auf die eine oder andere Weise den Weg nach Rom; es waren vor allem Beutestücke, die jüdischen Familien geraubt worden waren, Menschen, die dann spurlos verschwanden. Falls es notwendig war, behielt Simons kleine Gruppe auch die Résistance genauestens im Auge – eine Aufgabe, bei der Christos oft die Verantwortung trug. Nicht selten wurden sie in eine Lage gedrängt, in der sie keine andere Wahl hatten, als ihre französischen Freunde zu hintergehen, um den Nazis etwas zum Fraß vorwerfen zu können, um das empfindliche Gleichgewicht aufrecht zu erhalten, so daß es möglich war, hier mal mit der Résistance zusammenzuarbeiten, dort mal mit den Nazis, aber immer für die Kirche, von der sie ja *wußten*, daß sie die Résistance-Kämpfer, die Nazi-Invasoren und den Krieg überdauern würde.

Doch es gab auch Zeiten, da ihre Aktivitäten sich nicht auf bloßen Handel beschränkten, nicht auf die simple Tatsache, einerseits die Résistance zu verraten und andererseits die Nazis zu sabotieren. Bei manchen Gelegenheiten verlangten die Nazis, daß ein Mensch beseitigt werden sollte. Warum hatten sie diesen Menschen dann nicht selbst getötet? Über diese Frage hatte Bruder Leo nach eigener Aussage lange und gründlich nachgedacht. War es eine Art Test, mit der die Bereitschaft von Simons Gruppe, mit den Invasoren zusammenzuarbeiten, auf die Probe gestellt werden sollte? Oder wollten die Nazis der Gruppe dadurch einfach nur ihren Willen aufzwingen?

Bruder Leo erinnerte sich an ein Ereignis, als der Bruch zwischen Simon und Christos für alle deutlich wurde. Und das bedeutete, daß es früher oder später in den Reihen der Gruppe zu Flügelkämpfen kam, da war Leo sicher gewesen. Die ganze Sache hatte mit einem Priester begonnen, welcher der Résistance angehörte...

Père Devereaux war ein Geistlicher, der als Résistance-Kämpfer zu gefährlich geworden war. Ein SS-Offizier war entführt worden, und kurze Zeit später hatte man seine Leiche auf der Müllkippe eines Dorfes in der Nähe von Paris aufgefunden. Die Täter waren unbekannt, aber man wußte, daß die Dorfbewohner mit der Résistance sympathisierten, was zum großen Teil auf den Einfluß von Père Devereaux zurückzuführen war.

Die SS verlangte eine Antwort auf den Mord. Der Priester sollte sterben, und den von Simon geführten Katholiken wurde der Befehl erteilt, Devereaux zu töten. Simon erklärte der Gruppe, daß dies nicht möglich sei und daß er der SS übermitteln wolle, ihre Antwort laute nein. Aber Christos, der hochgewachsene, durchgeistigte Priester aus Paris, hielt ihm entgegen, daß die Aufrechterhaltung guter Beziehungen zu den Nazis wichtiger sei als das Leben eines aufsässigen Geistlichen. Es herrsche schließlich Krieg, erklärte er, und in Kriegszeiten müßten selbstverständlich Männer sterben. Zum Wohl der Kirche müsse Père Devereaux getötet werden, wie die SS es befohlen hatte.

Christos argumentierte, man müsse auf lange Sicht denken. Hier und da ein Mord - was bedeute das schon, verglichen mit der Kirche, mit der Existenz der Gruppe. »Wissen Sie, Mister Driskill«, sagte Bruder Leo leise, als das Rauschen des Meeres für einen Moment schwächer wurde, sagte es so beiläufig, als wäre es vollkommen belanglos, »wir waren die wiedergeborenen *Assassini*, wir hatten den Kampf für die Kirche wieder aufgenommen...«

Ein paar Morde wogen nicht schwer. Und die Opfer wurden ja nicht einmal ermordet! Es waren Verluste in der Schlacht, gefallene Soldaten. Christos bezeichnete sich selbst als Realist, als Pragmatiker. Einige Mitglieder der Gruppe hielten ihm vor, brutal und rücksichtslos zu sein. Doch er beharrte auf seinem Standpunkt, und schließlich lenkten die meisten anderen ein, schlossen sich ihm sogar an.

Simon wartete ab. Er hielt die anderen nicht auf. Und darum hatte er mit den Geschehnissen in dem kleinen Dorf nichts zu tun, in jener Nacht, als Devereaux ermordet wurde. Christos hatte gewissermaßen eine Splittergruppe gebildet, bemerkte Bruder Leo, hatte sich einige von ihnen unterworfen. »Aber nicht Simon, nicht mich und nicht den Holländer. Wir nahmen nur von Simon unsere Befehle entgegen. Wir standen nicht auf Christos', sondern auf Simons Seite...«

Doch es gab noch andere Geschehnisse, scheußliche Aufträge mit tödlichen Folgen, und die Männer erfüllten weiterhin ihre Pflichten, taten, was von ihnen verlangt wurde. Simon und alle anderen. Und gleichgültig, wie der Krieg enden mochte: Die Kirche mußte darauf vorbereitet sein, sich mit dem Sieger zu verbünden. Die Kirche mußte überleben.

Wußte man in Rom, was in Paris geschah?

Wußte Papst Pius davon?

Unvorstellbare, unbeantwortbare, ungebetene Fragen. Aber Simon war aus Rom nach Paris gekommen...

Bruder Leo redete bedächtig, leise, rieb sich über die Wangen, die vom kalten Wind rauh und gerötet waren, strich den Kranz borstiger weißer Haare glatt, der seine Glatze umgab, nur damit der Wind sie wieder zerzauste.

Dann kam jene letzte, entscheidende Nacht gegen Ende des bitterkalten Winters 1944.

Wieder sollte ein Mann getötet werden.

Aber die Nazis wußten nichts darüber. Auch nicht die Résistance. Keine Menschenseele wußte, daß ein sehr wichtiger Mann getötet werden sollte – nur die *Assassini.*

Zum Wohl der Kirche. Zur Rettung der Kirche.

Simon führte das Kommando. Es war das riskanteste und schwierigste Unternehmen, das die Gruppe je gewagt hatte. Es erforderte mehr Vorbereitungs- und Planungsarbeiten als je zuvor, mehr Transportmöglichkeiten, bei denen man auf die Hilfe der Résistance angewiesen war, und mehr Ausrüstungsgegenstände, die man ebenfalls von der Résistance bekam.

Dynamit. Zwei Maschinengewehre. Handgranaten.

Dieses Unternehmen würde den Lauf der Geschichte ändern und die Kirche durch einen einzigen, verwegenen Coup retten.

Die Männer mußten sich in einer Holzfällerhütte verschanzen, die auf einer Hügelflanke lag, von der aus man einen Teil des Schienenstranges überschauen konnte, der an dieser Stelle durch dicht bewaldete Hänge vor Blicken von außen geschützt war. Im Zug reiste ein bedeutender Mann nach Paris, um dort Gespräche mit hochrangigen Nazis zu führen. Gerüchte besagten, daß auch Reichsmarschall Göring an dieser Gesprächsrunde teilnahm.

Sie wollten den Zug in die Luft jagen. Und wenn der Mann, auf den sie es abgesehen hatten, bei der Explosion nicht ums Leben kam, wollten sie ihn erschießen – und jeden, der sich ihnen in den Weg stellte.

Doch es ging alles schief.

Die Deutschen wußten Bescheid. Der bedeutende Mann war rechtzeitig gewarnt worden. Jemand hatte es ihm, hatte es den Deutschen verraten. Jemand aus den Reihen der *Assassini.*

»Der große Mann war nicht mal im Zug«, sagte Bruder Leo. »Wir waren verraten und verkauft worden. Es war eine schreckliche Katastrophe, ein Gemetzel, das nur einige wenige von uns überlebten. Viele wurden schon an der Bahnlinie getötet, andere wurden verfolgt und später in Paris enttarnt und ermordet, nachdem ein Mann in der Stadt eingetroffen war, den wir ›Collector‹

nannten und der die Aufgabe hatte, die Überlebenden aufzuspüren... Tja«, sagte er, schüttelte den Kopf und wischte sich mit der Hand über den Mund, »das alles war vor langer Zeit. Simon wußte, daß alles vorbei war, aber er wußte auch, wer uns verraten hatte. Wir alle hatten schreckliche Angst, fürchteten um unser Leben. Simon wollte sich um uns kümmern – wir wußten nicht wie, aber wir wußten, er würde Wort halten. Wir glaubten an ihn, vertrauten ihm... und er hat sich unser angenommen, hat uns gesagt, was wir tun mußten, und dann ging er, um sich mit dem Verräter zu treffen... Christos, Christos war derjenige... er hatte schon immer mehr auf seiten der Nazis gestanden, er war selbst einer... Der Holländer, Little Sal und ich sind Simon in jener Nacht gefolgt, wir wollten an Ort und Stelle sein, falls er uns brauchte, wir wußten, daß Christos immer eine Pistole bei sich trug.«

Die Nacht war kalt; ein wütender Wind peitschte Wolken von Schnee und Eiskristallen vor sich her. Februar 1944. Ein kleiner, von Unkraut überwucherter Friedhof in einem schäbigen Viertel von Paris, neben einer halb verfallenen Kirche. Ein geöffneter Fensterladen wurde vom Wind auf und zu geschlagen; es hörte sich an wie Pistolenschüsse. Die Grabsteine waren von Eis überzogen. Verdörrte braune Grasbüschel ragten aus zugefrorenen Pfützen. Mäuse, halbtot vor Hunger und Kälte, huschten zwischen den Füßen der Männer umher.

Simon und Christos standen sich zwischen den Grabsteinen gegenüber.

Leo, der Holländer und Little Sal duckten sich in den Schatten hinter dem Zaun, der den Friedhof umgab. Leo schlotterte vor Angst und Kälte; Little Sal murmelte leise Gebete: Sein Leben als Priester hatte einige unerwartete Wendungen genommen und ihn bis hierher, zu diesem einsamen, nächtlichen Friedhof geführt, umgeben von Kälte und Dunkelheit und Furcht.

Christos beschwor Simon, daß er niemanden verraten habe, daß Simon gar nicht begreife, was geschehen sei. Ja, es müsse einen Verräter gegeben haben, aber er, Christos, wisse nicht, wer dieser Mann sei...

Simon erwiderte, daß es aus und vorbei sei, Christos wäre ein Nazi, wäre immer ein Nazi gewesen, und daß in dieser Nacht alles ein Ende haben würde. »Du hast den Résistance-Priester Devereaux ermordet und uns an deine Nazi-Freunde verraten...«

»Devereaux war ein Risiko, eine Bedrohung für uns alle. Er mußte sterben!«

Simons Antwort darauf war nicht zu verstehen, aber Christos wich vor ihm zurück. Dann erklang wieder Simons Stimme, laut und deutlich: *Du hast einen anständigen, ehrbaren Mann ermordet.*

Der Wind peitschte ihnen ins Gesicht. Leo blickte den Holländer an, aber der schüttelte nur den Kopf und legte einen Finger auf die Lippen. Eine Katze sprang hinter einem der Grabsteine hervor; ihre Augen waren wie gelbe Lichter, und eine Maus starb rasch und lautlos.

*Nein*, sagte Simon, *das war nicht zum Wohl der Kirche, keiner Kirche. Es war sinnlos. Es kann nicht Gottes Wille sein...*

*Und was du, Simon, mit dem Mann im Zug machen wolltest – sollte das Gottes Wille sein?*

*Du hast mit den Nazis kollaboriert, diesen gottlosen Heiden, und dennoch sagst du, es ist zu unser aller Wohl, zum Wohl der Kirche. Also gut – vielleicht stimmt das.* Simon sprach langsam, leise, stand ganz dicht vor Christos, doch Leo konnte jedes Wort verstehen. *Aber daß du Père Devereaux getötet hast, das war Verrat an der Kirche. Verrat an Gott. Verrat an uns allen. Und jetzt hast du wieder verraten. Der Mann im Zug hatte den Tod verdient... statt dessen mußten unsere Männer sterben. Durch deine Schuld... und nun ist es vorbei, heute ist die letzte Nacht...*

Christos zog eine Waffe aus der Tasche seines abgetragenen Mantels, den er über der Soutane trug. Leo wich vom Zaun zurück, trat auf die Katze.

Hätte die Katze nicht gekreischt und sich auf eine weitere unglückliche Maus gestürzt, die in diesem vermeintlich günstigen Moment davonhuschen wollte, dann hätte Christos seinen Gegner Simon vielleicht auf der Stelle erschossen, hätte die Welt vielleicht auf seine Weise verändert.

Aber die Katze kreischte und sprang. Christos war für den Bruchteil einer Sekunde abgelenkt, und dann war Simon auch schon bei ihm, mit einer Schnelligkeit und Behendigkeit, die bei einem so massig und schwer gebauten Mann überraschten.

Ungeheuer starke Arme legten sich um Christos' Körper, nervige Hände verschränkten sich in seinem Nacken, und dann sah es so aus, als würden die beiden Männer einen ungelenken, makabren, heidnischen Tanz zwischen den Grabsteinen vollführen, sie schienen sich zu umarmen, und ihre Gesichter waren sich ganz nahe, Gesichter, glänzend von Schweiß. Schließlich erklang ein knirschendes Geräusch, ein Bersten und Krachen, ein Röcheln, als Luft aus zerquetschten Lungen entwich. Christos war tot.

Der untersetzte Mörder atmete nur wenig schneller, zeigte kaum Anzeichen von Erschöpfung.

Er schleifte den Körper zum Zaun hinüber, klemmte ihn zwischen einen Grabstein und einen dunklen, kahlen Strauch, schob die Beine des Toten mit dem Fuß vom Gehweg und ging langsam davon, wurde verschluckt von der Dunkelheit und der kalten, windigen Nacht.

Mit Christos' Tod starben auch die *Assassini*. Jedenfalls, soweit Bruder Leo es wußte. Im darauffolgenden Sommer wurde Paris befreit, der Ausgang des Krieges stand fest, sein Ende war nur noch eine Frage der Zeit, obwohl den Alliierten noch finstere Tage bevorstanden. Aber für die kleine Truppe war der Krieg vorüber.

Leo reckte im letzten Tageslicht die Arme über dem Kopf, wie ein Mann bei einer gymnastischen Übung. Die Wolkendecke, purpur und blau und am Horizont in Schwarz übergehend, schloß sich mit den letzten Sonnenstrahlen.

»Nach jener Nacht habe ich Simon nie wiedergesehen.«

Bruder Leo ging an den verwitterten Grabsteinen entlang, kniete hier und da nieder, um einen Korb mit Blumen geradezurücken oder verdorrte Blüten zu entfernen, die er ›Totenköpfe‹ nannte, oder um Unkraut auszurupfen. Die Sonne ging unter, der Wind frischte auf, ließ die Temperatur noch weiter sinken. Ich schauderte, aber nicht nur wegen der Kälte, Simon nahm in meiner Vorstellung immer deutlicher Gestalt an, erwachte allmählich zum Leben. Und ich wußte jetzt, was mit Christos geschehen war. Christos, der Nazi-Priester. Aber für mich würde der Mann, der in jener Nacht gestorben war, immer einen anderen Namen tragen.

»Was haben Sie dann getan? Nachdem Christos tot und Simon verschwunden war, meine ich. Ach ja, übrigens, ich tappe nicht völlig im dunkeln. Ich weiß zum Beispiel, daß Christos in Wahrheit Guy LeBecq hieß und der Sohn eines Kunsthändlers war, der sowohl mit der Kirche als auch mit den Nazis zusammenarbeitete. Aber Simon... wer war Simon?«

Er ignorierte die Frage, fuhr mit seiner Arbeit fort und sagte schließlich: »Nach dieser Nacht habe ich in Paris meine gewohnte Tätigkeit wiederaufgenommen, und damit war dieses Kapitel abgeschlossen. Eine Zeitlang jedenfalls. Bis der Collector aus Rom gekommen ist.«

»Ah, ja. Der Collector. Wie war sein richtiger Name?«

»Sie sollten nicht so ungeduldig sein, Mister Driskill. Wir haben hier sehr viel Zeit. Wenn schon kaum etwas anderes, so doch jede Menge Zeit.«

»Sie können mir meine Neugierde nicht zum Vorwurf machen«, sagte ich. »Wer war denn dieser Holländer, den Sie erwähnt haben? Und Little Sal, dessen priesterliches Leben so unerwartete Wendungen genommen hat? Was ist mit ihm geschehen?«

»Ich nehme an, auch sie sind in ihr früheres Leben zurückgekehrt. Das heißt, zumindest eine Zeitlang, bis...«

»Ich weiß, ich weiß. Bis der Collector kam.«

»Ganz recht. Er hat uns aufzuspüren versucht, wissen Sie.« Bruder Leo erhob sich, stützte sich auf einen der alten Grabsteine. Verdorrte, einst gelbe Blumen lagen auf dem Grab verstreut. »Simon war der einzige wirklich große Mann, den ich jemals gekannt habe. Verstehen Sie? Für ihn zählte nur die Treue zu Gott und der Kirche. Vielleicht könnte ich heute rückblickend sagen, daß wir Dinge getan haben, die wir nicht hätten tun sollen, aber es war für jedermann eine schlimme Zeit, ein Kampf auf Leben und Tod. Simon aber war anders als die anderen – und sogar die Heiligen haben Fehler gemacht und Schwächen gehabt, nicht wahr?«

»Das ist aber sehr vorsichtig ausgedrückt«, sagte ich.

»Simon war genauso. Aber er war ein großer Mann. Sein Mut war schier grenzenlos.«

»Nun sagen Sie schon. Wer war dieser Mann?«

»Mister Driskill, *bitte*.«

»Aber Sie haben ihn gekannt. *Wirklich* gekannt...«

»Sagen wir mal so: Ich habe ihn beobachtet. Wir haben uns einige Nächte zusammen versteckt. In Scheunen, zum Beispiel. Er hat mit mir geredet. Er hat sich gefragt, ob wir richtig handeln, ob es wirklich um das Wohl der Kirche geht. Er hat dieses Problem von allen Seiten betrachtet, und ich habe ihm zugehört. Er war weitaus intelligenter als ich. Er war ein profunder Kenner der Vergangenheit. Er hat sich eingehend mit geschichtlichen Fragen beschäftigt. Und es war Simon Verginius, der mir vom Geheimkonkordat der Borgia erzählt hat.«

Bruder Leo führte mich vom Friedhof, schlenderte langsam zu den Klippen hinunter.

»Wovon?« rief ich, um eine plötzliche, donnernde Explosion der Brandung zu übertönen, die gegen die Felsen schlug.

Er lehnte sich an einen verkrüppelten Baum, schob die Hände in die Taschen seiner schmutzigen Hose. Wieder klang seine Stimme so, als würde er von etwas völlig Belanglosem reden, einem unbedeutenden Kapitel der Kriegsgeschichte. Er sprach leise, denn die See hatte sich wieder beruhigt.

»Simon sagte, es handle sich um ein geheimes Konkordat, ein schriftliches Abkommen zwischen Papst Alexander, dem Borgia, und jener Vereinigung von Männern, welche die – wie hat Simon es noch bezeichnet – ja, die ›schwierige Arbeit‹ erledigt haben. Seine Mordaufträge. Simon hat uns als die Nachfolger dieser Männer bezeichnet, die vor fünfhundert Jahren gelebt haben. Er hat uns einen lebendigen Bestandteil der Kirchengeschichte genannt. Er hat mir erzählt, daß er dieses Geheimkonkordat mit eigenen Augen gesehen habe...« Leo hielt inne und blickte hinunter auf die schäumende Brandung; auf seinem Gesicht spiegelte sich tiefer Ernst.

»Hat er es beschrieben? Existiert es noch?«

Er blickte auf, lächelte ob meiner Ungeduld. »Während des Krieges und in den Wirren danach ist so vieles zerstört worden oder verlorengegangen. Aber was das Konkordat betraf – Simon war wie besessen von dieser Urkunde, von ihrer Geschichte, ihrem Schicksal. Er hat behauptet, es enthalte nicht nur die Namen jener getreuen Männer, die Papst Alexander gedient haben, sondern all ihrer Nachfolger, über die Jahrhunderte hinweg, in ungebrochener Folge. Die Liste wurde immer wieder ergänzt, seit Alexander sie erstellt hat. Ich habe Simon nicht so recht geglaubt, es erschien mir zu phantastisch... aber andererseits – in der Kirchengeschichte gibt es mehr als genug sagenumwobene, geheimnisvolle Dokumente, nicht wahr? Nun, Simon hatte Angst, das Konkordat könne den Nazis während des Krieges in die Hände fallen – dann nämlich, so fürchtete er, hätten sie für alle Zeiten ein Druckmittel gegen die Kirche besessen.«

»Wollen Sie damit sagen, er hatte diese Urkunde damals bei sich?«

Leo nickte.

»Wie ist er an ein so unglaubliches Dokument gekommen?«

»Das hat er mir nie erzählt.«

»Vielleicht hat er Sie belogen, vielleicht wollte er...«

»Simon? Gelogen? Niemals!«

»Aber wie können Sie da so sicher sein?«

Er blickte mich mit einem schlauen Ausdruck an, in dem alle Weisheit und Erfahrung seines Alters stand. »Ich *weiß* es. Ich kannte Simon. Und darum kann ich sicher sein.«

»Erzählen Sie mir, was dann geschehen ist. Sie hatten ja das Schicksal der Kirche in Händen, im wahrsten Sinne des Wortes.« *Eine Liste der Assassini...*

»Das möchte ich bezweifeln, Mister Driskill. Das ist jesuitisches Geschwätz.«

Ich wollte gar nicht erst den Versuch unternehmen, ihn davon zu überzeugen, wie wichtig dies alles für mich war und was ich alles hatte durchmachen müssen. Er hatte Schlimmeres hinter sich, und jetzt war sein Kampf mit der Vergangenheit, mit dem Leben vorüber, und ich würde ihn weder überreden noch beeindrucken, noch zwingen, noch kniefällig zu irgend etwas bewegen können, wozu er nicht von sich aus bereit war. »Ich war mal Jesuit«, bemerkte ich.

Er lachte lauthals. »Driskill«, sagte er, »was sind Sie für ein Halunke! Sind Sie zufällig auch ehrlich?«

»Mehr oder weniger«, sagte ich. In meiner Welt würde niemand eine derartige Frage stellen. Was sollte ich schon darauf antworten?

»Na ja.« Er seufzte. »Was das Konkordat der Borgia betrifft – als Simon den Friedhof verließ, nachdem er den Verräter LeBecq beseitigt hatte, konnte er sich darauf berufen. Verstehen Sie, was ich meine? Es war eine Art Freibrief. Die Geschichte dieses Dokuments hat Simons Handeln gerechtfertigt, finden Sie nicht auch? Wenn die *Assassini* gebraucht werden, wenn sie der Kirche dienen können, erstehen sie wieder auf.« Er blickte mich fest an. »Aber die Entscheidung, wann das der Fall ist, möchte ich nicht treffen müssen. Sie etwa, Mister Driskill?«

»Erzählen Sie mir, was mit dem Konkordat geschehen ist.«

»Oh, Simon hat es nach Norden geschickt. In sichere Verwahrung. Um ehrlich zu sein...« Sein Gesicht war heiter, fast glücklich. »Ich selbst habe es nach Norden gebracht. Er hatte Vertrauen zu mir, wissen Sie.« Er bleckte die kleinen weißen Zähne, was irgendwie bedrohlich wirkte. »Ja, Simon hat das Konkordat nach Norden geschickt – mit mir und einem Gefährten. Dem Holländer, der damals in der letzten Nacht mit mir und Sal draußen vor dem Friedhof gewesen ist. Er ist in Paris mit einem Brief und einem Päckchen zu mir gekommen. Der Brief war von Simon. Und darin schrieb er, daß ich mich mit diesem Päckchen und dem Holländer schnellstens nach Norden absetzen sollte... Oh, ich kann Ihnen sagen, das war eine abenteuerliche Reise! Wir haben uns als bretonische Fischer getarnt und sind über den Ärmelkanal nach England. Bei Nacht und Nebel. Aber wir haben es geschafft. Es muß Gottes Wille gewesen sein, daß wir Simons Auftrag zu Ende führen konnten.« Er blickte aufs Meer hinaus, über das sich die Dunkelheit senkte, und schien diesen Triumph noch einmal zu durchleben.

»Und so kam es«, fuhr er fort und wandte sich mir wieder zu, »daß wir es vor den Nazis gerettet haben. Das Konkordat ist hier in St. Sixtus. Wie viele andere irische Klöster war es schon immer ein sicherer Aufbewahrungsort für kirchliche Dokumente, seit dem frühen Mittelalter. Das ist Tradition. Die Urkunden bleiben hier über Jahrhunderte konserviert, werden bewahrt und behütet. Weitab von der Welt und damit in Sicherheit.«

»Dieses Dokument ist *hier*?« Das Blut dröhnte in meinem Schädel. *Eine Liste der Assassini...*

»Ja, gewiß. Der Archivar, Bruder Padraic – er ist ein sehr alter Mann, dessen Tage gezählt sind, fürchte ich –, er weiß, wo es ist. Es ist hier versteckt, irgendwo in den Archiven von St. Sixtus. Im Laufe der vierzig Jahre, die ich nun schon hier lebe, sind Padraic und ich sehr gute Freunde geworden. Nun ist es für uns beide an der Zeit, diese Sache aus dem Bewußtsein zu verdrängen. Das war eigentlich nicht unsere Absicht, aber jetzt, da Sie gekommen sind – vielleicht sind Sie Gottes Antwort auf unsere letzten Zweifel an der Richtigkeit all dessen, was damals in Seinem Namen geschehen ist. Padraic und ich, wir werden bald sterben... aber vielleicht sind Sie die Antwort auf unsere Gebete. Wir sind nur zwei einfache alte Männer.« Er seufzte. »Ich glaube, ich sollte Ihnen das

Dokument aushändigen, es Ihnen zur Verfügung stellen. Es liegt schließlich bei mir, was damit geschehen soll, nicht wahr?« Er breitete die Hände aus, zuckte die Achseln. »Der Mann, der damals mit mir nach Norden ging, der Holländer, ist schon lange verschwunden. Und Simon? Tja.« Wieder zuckte er die Achseln.

»Wissen Sie, ob Simon noch lebt?«

»O ja, Simon lebt noch. Und auch der kleine Salvatore.« Der Anflug eines Lächelns legte sich auf sein rundes, rosiges Gesicht. »Sehr hohe Tiere heute«, sagte er geheimnisvoll.

»Warum sagen Sie mir dann nicht, wer sie sind?« Meine Stimme zitterte vor Verbitterung und vor Kälte. »Wer war Simon? Wer, zum Teufel, *ist* Simon?«

»Wenn ich Ihnen das Konkordat nicht übergebe, wird es möglicherweise für alle Zeiten verloren sein. Padraic und ich werden sterben; das Konkordat wird noch ein, vielleicht zwei Jahrhunderte in den Gewölben verborgen sein und dann zu Staub zerfallen. Aber wenn ich es Ihnen gebe... sagen Sie, würden Sie mir, würden Sie der Kirche einen Gefallen erweisen?«

»Welchen?«

»Ich werde Ihnen das Konkordat der Borgia aushändigen, wenn Sie es mitnehmen und an meiner Statt zurückbringen – wäre Ihnen das möglich?«

»Wohin zurückbringen? Zu wem?«

»Zu wem schon! Zu Simon, natürlich. Es gehörte damals ihm. Bringen Sie es an meiner Statt zu Simon zurück.«

»Dann werden Sie mir sagen müssen...«

»Offensichtlich. Zu wem und wohin.«

»Sie sind mir wirklich ein Rätsel, Bruder Leo.«

»Bin ich das?«

»Sie alle waren Killer. Einer wie der andere.«

»Ich war sicher, Ihnen die damaligen Umstände deutlich gemacht zu haben. Der Krieg, all die Verrücktheiten...«

»Und jetzt sind die *Assassini* wieder am Werk.«

»Ich nicht, wie Sie sehen. Was die anderen betrifft – wer immer von ihnen noch am Leben sein mag – so müssen sie diese Frage für sich selbst beantworten.«

»Sie werden mir also sagen, wer Simon ist?«

»Ja. Zu gegebener Zeit.« Er blickte mir lange forschend in die Augen. »Irgend jemand tötet noch immer«, sagte er nachdenklich.

»Tötet für die Kirche. Ach, Mister Driskill, mein Herz ist schwer, wenn ich an meine Sünden denke.« Er stand reglos da; es schien eine Ewigkeit zu vergehen, bis er sagte: »Tötet noch immer, um die Kirche zu retten. Aber warum Robbie Heywood? Und Ihre Schwester?« Sein Gesicht wirkte plötzlich müde und bekümmert. »Gütiger Himmel«, sagte er, »ich bin wirklich nicht mehr auf dem laufenden.«

Ich mußte Ruhe bewahren. Ich durfte nicht das Risiko eingehen, dem alten Mann Angst einzujagen. Aber ich platzte fast vor lauter Aufregung. Ich stand so dicht davor, einige entscheidende Antworten zu erhalten. Simon lebte noch; ich würde seinen Namen erfahren, ich würde erfahren, wer er war... aber Zeit und Ort und alles andere lag in Bruder Leos Händen.

Es wunderte mich nicht weiter, daß mir erst jetzt, als wir die grob in den Fels gehauenen Stufen im Steilhang hinunterstiegen, bewußt wurde, daß ich bis auf die Haut durchnäßt war. Ich war in zwei Klöstern gewesen, seit ich mich auf diese Reise ins Ungewisse begeben hatte, und ich sehnte mich nach etwas anderem. Sanfte grüne Rasenflächen, Ligusterhecken, ein Vogelbad in einem sonnigen Hof, eine leise läutende Glocke. Das hatte ich vor Augen, wenn ich an Klöster dachte. Ruhe, Beschaulichkeit und Zeit zur Besinnung. Mehr nicht.

Wir hatten gerade die halbe Strecke hinunter zum Kloster zurückgelegt, als dunkle, schwere Regenwolken vom Meer auf uns zu rasten, an der Felswand zerfaserten und eine wahre Sintflut auf uns niedergehen ließen. Schlagartig wurde es nahezu stockfinster. Leo, der voranging, wandte den Kopf und blickte zu mir herauf. Wasser strömte über sein Gesicht; er rief irgend etwas wie: »Kurzer Wolkenbruch! Wir sind hier so etwas gewöhnt!«, und ich zog den Kopf zwischen die Schultern und folgte ihm vorsichtig. Hinunter, steil hinunter, durch Sträucher und Gestrüpp, vorbei an scharfkantigen Felszacken und über feuchte, schlüpfrige Stufen und loses Geröll, bis wir schließlich auf einem von Gesteinsbrocken übersäten Sandstreifen standen, den man von oben nicht hatte sehen können. Eigentlich war es eine schmale Bucht, geschützt durch riesige Felsbrocken, die in etwa vierzig Meter Entfernung zu beiden Seiten aus dem Wasser ragten; die Brandung rollte hier beinahe sanft an den Strand, zischte und gischtete zwischen den Gesteinstrümmern, die sich vor Urzeiten aus dem Fels gelöst hatten und hier, am Fuß der Steilwand, auf dem schmalen Strand zur Ruhe gekommen waren. Leo winkte mir, ihm zu folgen, und wir gingen über den feuchten, hartgebackenen Sand und folgten dann einem Pfad entlang der Felswand, der moosbewachsen und glitschig und Schritt für Schritt tückisch war.

»Sehen Sie die Höhle?« rief Leo und streckte den Arm aus, um die Richtung zu weisen.

Wir legten im Eingang der Höhle eine Verschnaufpause ein. Leo zog eine winzige Pfeife und einen zerknitterten Beutel aus Öltuch, in dem sich noch ein paar Krümel Tabak befanden, aus der Brusttasche seiner Windjacke. Er stopfte die kleine Pfeife, zündete sie an, paffte und rieb sich die Hände. Während der Regen draußen vor dem Eingang, nur wenige Meter entfernt, in wahren Sturzbächen niederging, erklärte er mir, daß die Felsen von ähnlichen Höhlen und Gängen wie diesem hier regelrecht durchlöchert seien und daß sie alle zum Kloster gehörten. Sie seien früher, so Leo, verborgene Schlupfwinkel für die Einsiedler gewesen, denen das Leben in einer Mönchszelle zu bequem gewesen sei. Einige Höhlen, wie zum Beispiel diejenige, in deren Eingang wir uns jetzt aufhielten, führten durch die Felsen bis ins Kloster hinein. Doch wie sich herausstellte, gab es einen ganz bestimmten Grund, daß er mir gerade diese Höhle zeigte.

Er sagte, die Höhle führe in jene verborgenen Kammern, in denen in speziell gefertigten Schatullen die geheimen Dokumente aufbewahrt würden. Das Reich des Archivars, Bruder Padraic.

»Können Sie diese Höhle wiederfinden?« fragte Leo mich und versuchte, seine Handflächen am Pfeifenkopf zu wärmen. »Können Sie im ersten Tageslicht auf dem gleichen Weg, den wir gerade genommen haben, die Wand hinunter steigen? Es ist nicht ungefährlich.«

Ich meinte, daß ich das wohl schaffen würde.

»Gut. Seien Sie vorsichtig. Mit dem ersten Tageslicht also. Bruder Padraic und ich werden Sie hier erwarten. Wir werden Ihnen das Konkordat aushändigen und Ihnen einige Anweisungen erteilen, was Sie mit der Urkunde tun sollen, und das wird's dann auch schon sein. Ich vertraue Ihnen, Mister Driskill. Ich vertraue dem lieben Gott, der Sie zu mir geschickt hat. Und dann werde ich endlich, nach so vielen Jahren, das alles hinter mir haben, werde frei sein von den Erinnerungen...« Er paffte an der Pfeife, blickte hinaus in den windgepeitschten Regen vor dem Höhleneingang. »Wir alle tragen an unseren Sünden, nicht wahr? Einige sind groß, andere klein. Und wir können nur bereuen, beichten, um Gottes Gnade beten. Wir haben Menschen das Leben genommen, im Namen der Kirche.«

Jetzt, da Leo dieses Thema wieder aufgegriffen hatte, konnte er nicht mehr aufhören zu reden. Ich fragte mich, ob er sich in den gut vierzig Jahren, die er hier in St. Sixtus lebte, schon einmal jemandem hatte anvertrauen können. Bruder Padraic vermutlich. Aber sonst? Es mußte sich in ihm aufgestaut haben, bis endlich ich gekommen war, ein Fremder, auf den er nun seine Hoffnungen setzte.

»Ist das eine Sünde oder sind es zwei? Wir haben getötet und der Kirche die Verantwortung dafür gegeben. Ich glaube, es sind zwei Sünden. Ich möchte Ihnen etwas sagen, Mister Driskill. Es wird oft behauptet, daß wir die Kirche verzehren, sobald wir die erste Kommunion erhalten haben. Das ist eine Lüge, mein Freund. Die Kirche verzehrt uns.«

Der Regen hatte aufgehört. Die Gewitterwolken aber lagen noch wie dichter Nebel über dem Meer und hüllten den unwirtlichen Küstenstreifen und das Kloster in fast nächtliche Dunkelheit, als Bruder Leo mich auf jenem Weg zurückführte, den wir gekommen waren. Er entschuldigte sich für die Geheimnistuerei um meinen Besuch im Kloster, aber er betonte, daß es besser sei, wenn niemand sonst mich zu Gesicht bekäme. Je weniger Fragen, desto besser für uns. Ich sagte, daß einige Mönche mich bereits aus dem Hauptgebäude beobachtet hätten, als ich mir das Kloster und dessen Umgebung angeschaut hatte, aber er tat es mit einem Achselzucken ab. »Dann werde ich eben lügen«, sagte er, »und werde ihnen sagen, daß Sie ein Vetter aus Amerika waren, der schon wieder abgereist ist. Falls überhaupt jemand fragt.« Die kleinen Sünden wogen nicht so schwer.

Er sagte mir, ich könne die Nacht in einer der bienenwabenartigen Zellen an der Außenseite des Gebäudes verbringen. Er wollte mir Käse, Wein, Brot und ein paar Decken bringen. Als er sich auf den Weg machte, um die Sachen zu holen, fuhr ich den Wagen an der Böschung neben der Straße ein Stück weiter hinunter und stellte ihn hinter der Umfassungsmauer des Klosters ab, dort, wo einige dichte Sträucher zusätzlichen Sichtschutz boten. Man mußte schon, zumal in der Dunkelheit, sehr genau hinschauen, um den Wagen erkennen zu können. Dann ging ich zu den bienenstockartigen Fensterreihen hinüber und wartete auf Leos Rückkehr.

Leo kam mit der Verpflegung und einigen Decken zurück sowie mit zwei dicken Kerzen. Wir kauerten uns in einer Zelle in der Mitte des steinernen Bienenkorbs auf den Boden. Ich versuchte, nicht an die glitschigen, moosbewachsenen, feuchten Wände zu denken. Leo entkorkte die Flasche roten Landwein, und ich aß frisches Sauerteigbrot und scharfen weißen Käse und spülte die Mahlzeit mit dem Wein hinunter. Leo gab mir noch einige Instruktionen für unser Treffen am nächsten Morgen. Als er sich schließlich verabschiedet hatte und sich zum Gehen wandte, nannte ich einen Namen.

»August Horstmann«, sagte ich.

Er hatte sich gerade geduckt, um die Zelle durch die niedrige Öffnung in der Wand zu verlassen, und die Hände erhoben, um in der Dunkelheit den oberen Rand des bogenförmigen Ausgangs zu ertasten, als er abrupt innehielt. »Was haben Sie gesagt?« Er stand stocksteif da, hielt mir den Rücken zugekehrt.

»August Horstmann. War er der Mann, den Sie den Holländer genannt haben?«

Er wandte sich langsam um und betrachtete mich mit einem Ausdruck der Enttäuschung. »Ich mag es nicht, wenn jemand mich zum Narren hält, Mister Driskill. Ich erwarte von einem Mann, daß er ehrlich zu mir ist und sich nicht hinter meinem Rücken über mich lustig macht...«

»Wovon reden Sie?«

»Sie wußten es schon die ganze Zeit und haben mich zum Narren gehalten wie einen alten Trottel.«

»Unsinn. Ich habe nur geraten.« Ich sagte ihm nicht, daß Horstmann den Vikar getötet hatte.

»Horstmann war derjenige, der mich damals nach Norden begleitet hat. Der Holländer. Wir haben das Konkordat hierher gebracht, nach St. Sixtus. In der ersten Nacht ist er wie ein Schatten verschwunden... und ich bin geblieben. Er war ein tapferer Mann. Furchtlos.«

Ich war ziemlich erschöpft, aber die Kälte und die klamme Luft waren alles andere als gut für meinen Rücken. In der Zelle war es feucht und stickig; der Verband war kalt und steif und fühlte sich wie nasser Zement an. Innere Erregung und die wiedererwachten Schmerzen ließen mich nicht einschlafen. Ich hatte mich in die Decken eingewickelt, die Leo mir gebracht hatte, und meinen Trenchcoat darübergezogen, trotzdem zitterte ich vor Kälte. Die Wachskerze flackerte im Durchzug; der schwarze Rauch zerfaserte im Nichts. Das Meer brüllte und donnerte in der Stille so laut, als würde es gegen die Klostermauern anrennen. Und in meinen Kopf herrschte ein fürchterliches Durcheinander.

Die Verbindungen und Verästelungen wurden immer komplizierter. Horstmann und Leo. Diese beiden hatten das Konkordat der Borgia aus Paris hierher an die Nordwestküste Irlands gebracht. Vor vierzig Jahren. Simon Verginius hatte die beiden beauftragt, es vor den Nazis in Sicherheit zu bringen. Paris. *Assassini.* Simon. Konkordat. Horstmann... LeBecq auf dem Friedhof, sein Bruder mit einem Loch im Schädel am Bugrad seines Flugzeugs irgendwo in der ägyptischen Wüste, vierzig Jahre später; die beiden Todesfälle mußten in irgendeinem Zusammenhang stehen. Meine Schwester Val... Richter, Torricelli, D'Ambrizzi und LeBecq, von einem unbekannten fünften Mann vor langer Zeit fotografiert... der Collector ... Little Sal, der Holländer und Leo, am Zaun vor dem Friedhof in Paris kauernd... Father Governeau, der meine Schwester am Tag ihres Todes am meisten interessiert zu haben schien...

Und Leo. Es gab keinen Grund, ihm zu erzählen, daß sein ehemaliger Kamerad alles andere als verschwunden war, sondern sich wieder auf den Weg gemacht hatte wie der Geist des Bösen.

Horstmann. Immer wieder drang er in meine Gedanken ein, eroberte sie schließlich, besetzte sie wie eine siegreiche feindliche Armee. Ich hatte plötzlich das Gefühl, in dieser uralten Mönchszelle nicht allein zu sein. Horstmann war hier, war neben mir. Er war in Paris gewesen, war mir zuvorgekommen, hatte mich erwartet, hatte Heywood getötet, damit ich nichts über die *Assassini* herausfinden konnte, und hatte versagt. Er hatte versucht, mich in Princeton zu töten, und ich wußte, daß er es wieder versuchen würde... und ich fragte mich in der Trostlosigkeit dieser stürmischen, regnerischen Nacht, ob ich überhaupt eine Chance gegen ihn hatte.

Ich gähnte, schauderte, zog die Decken noch enger um den Körper. Ich war sicher in dieser Zelle. Horstmann konnte unmöglich wissen, wo ich mich aufhielt... und doch war er hier gewesen, vor vierzig Jahren war er genau hier gewesen, im Kloster St. Sixtus.

Ich mußte mich zusammenreißen. Ich mußte aufpassen, daß die Furcht vor Horstmann sich nicht so sehr in meinem Innern festsetzte, daß sie mich aus der Bahn warf. Aber er war ein so unerbittlicher Killer, so entschlossen, so gnadenlos; er tötete, um seine Geheimnisse zu wahren, Simons Geheimnisse, und ich konnte ihn spüren, konnte seinen Atem hören, seine sich nähernden Schritte...

Konnte ich unsere Rollen jetzt vertauschen? fragte ich mich. Konnte ich zum Jäger werden und ihn hetzen, bis ich ihn gestellt hatte? Wie konnte ich einen Unsichtbaren jagen? Konnte ich ihn jagen und in die Enge treiben und ihn töten, aus Rache für Val und Lockhardt und Heywood und Heffernan? Brachte ich es überhaupt fertig, jemanden zu töten? Nun, falls ich es konnte, dann wußte ich jedenfalls, wen ich töten würde.

Doch er war in seinem Wahnsinn so übermächtig, so überwältigend, weit jenseits meines Begriffsvermögens wie alle großen Geheimnisse der Kirche. Ich kam mir wie ein Mann vor, der von einer mystischen Bestie verfolgt wurde, die sich unsichtbar machen konnte, wann immer sie wollte, um dann in einer Säule aus Rauch und Flammen urplötzlich wieder zu erscheinen, gerade lange genug, daß ich mich auf sie stürzen konnte – um dann von einem Moment zum anderen wieder zu verschwinden, während ich Hals über Kopf in mein Verhängnis lief. Aber ich hatte keine Wahl. Ich mußte weitermachen, mit aller Kraft, bis es vorüber war.

Was Leo betraf, waren meine Gefühle widersprüchlicher Natur. Er verunsicherte mich. Er war ein netter, anständiger alter Mann, und doch stieß mich die Geschichte ab, die er mir über die *Assassini* in Paris erzählt hatte. Der eigennützige Verrat an der Résistance, um es sich nicht mit den Nazis zu verderben... andererseits war dies wohl ein ziemlich genaues Spiegelbild der Haltung der Kirche in jener Zeit. Pius wäre nicht mal auf den Gedanken gekommen, Hitler zu exkommunizieren! Und dann war da Leos Reaktion, was Simon betraf. Leo schien ihn für eine

Art Heiligen zu halten. Dieser Simon, der – mit welchen Mitteln auch immer – in den Besitz des Geheimkonkordats gekommen war, schien mir ein mindestens so gnadenloser Killer wie Horstmann zu sein, vielleicht noch Schlimmeres. Aber die Verhältnisse damals waren schrecklich kompliziert gewesen, und wer war ich denn, daß ich mich zum Richter aufschwingen konnte – ich, der ich selbst einen Mann finden und ihn töten wollte?

Was war nach dem Krieg mit Simon geschehen?

Wer war er? Und war er derjenige, der Horstmann jetzt wieder die Befehle erteilte?

Bevor ich endlich einschlief, galten meine letzten Gedanken Val, und ich fragte mich, ob sie und Schwester Elizabeth all diese Informationen zu einem Bild hätten zusammenfügen können...

Das erste Mal fuhr ich aus dem Schlaf, als mir bestimmte Erinnerungen mit geradezu beängstigender Deutlichkeit vor Augen standen: Ich sah Val tot in der Kapelle liegen; ich hörte meinen Vater – später in jener höllischen Nacht – im Long Room mit mir reden, als er versucht hatte, seinen Schmerz und seinen Kummer zu bezähmen; dann das Geräusch, als er am Morgen die Treppe hinuntergestürzt war – alles in einem wirren Kaleidoskop aus Bildern und Geräuschen. Als ich das zweite Mal erwachte, fror und schwitzte ich gleichzeitig; mein Magen war völlig verkrampft. Ich schüttelte den Kopf im Versuch, die Traumbilder zu verscheuchen. Dann sah ich Elizabeth im Türeingang des Hauses in Princeton stehen, als sie so unerwartet dort eingetroffen war und ich sie zuerst für Val gehalten hatte.

Später sah ich das im Mondlicht blitzende Messer, spürte den Stich, den Schmerz, das kalte Eis auf meinem Gesicht, hörte die Stimme Sandanatos wie aus weiter Ferne.

Ich fand keinen Schlaf mehr, und das erste graue Tageslicht kam früh.

Als ich die Mönchszelle verließ, trieb der kalte Wind dichte, fast undurchdringliche Nebelschwaden vor sich her, die sich wie ein nasses Handtuch auf mein Gesicht legten. Die Sichtweite betrug nicht mehr als eine Armlänge. Innerhalb kürzester Zeit war ich naß bis auf die Haut, während ich über das unebene Gelände stolperte und das Gipfelplateau des Felsens zu erklimmen versuchte.

Ich kam mir vor wie auf der Flucht durchs Moor vor Conan Doyles ›Hund von Baskerville‹ – ein Fehltritt, und ab ging's in die Ewigkeit. Ich war weder Sherlock Holmes, noch war dieser Köter hinter mir her, aber ich hatte eine so gut wie schlaflose Nacht hinter mir und versuchte krampfhaft, meine Furcht in Schranken und meine fünf Sinne wachzuhalten.

Ich arbeitete mich langsam Schritt für Schritt voran, aber wohin ich auch blickte, ich sah nichts als dichten Nebel. Kein Kloster, keinen schroffen Felsabsturz, der irgendwo zu meiner Linken sein mußte, keine gegen die Felswand anstürmende Brandung tief unter mir.

Endlich gelangte ich zu der verfallenen Umfassungsmauer des Friedhofs und versuchte mich zu erinnern, welche Richtung ich jetzt einschlagen mußte. Wo ging es zu den glitschigen Stufen, die Bruder Leo mich gestern hinuntergeführt hatte? Ich tastete mich am Rand der Klippe entlang, bis ich den Beginn des Abstiegs fand. Ich hatte das Gefühl, schon seit Stunden unterwegs zu sein, war durchnäßt, taub vor Kälte, erschöpft von der Suche im Nebel und hatte Angst vor dem Abstieg. Ja, ich hatte Angst.

Ich hielt mich an Büscheln von Stechginster, an bröckeligen Felsvorsprüngen und an alten, vorstehenden Wurzeln fest und betete, daß nichts von alldem sich löste oder abriß, als ich mich an den Abstieg machte, Schritt für Schritt, Stufe für Stufe den Weg in die Tiefe ertastend, die Felswand hinunter. Der Nebel wirkte wie ein Filter, das Donnern und Rauschen der Brandung klang nur gedämpft zu mir hinauf. Gleichzeitig aber machte er mich blind, sorgte dafür, daß ich immer wieder die Orientierung verlor; andererseits schien er den Tastsinn zu schärfen: Ich glaubte, immer dann eine leichtes Erbeben des Felsens unter den Fingern und den Füßen spüren zu können, wenn eine Welle donnernd gegen die Wand angerannt war.

Dann, irgendwo zwischen dem höchsten Punkt der Wand und dem Sandstrand, packte mich urplötzlich das nackte Entsetzen: Ich hatte für einen Augenblick das Gefühl gehabt, auszugleiten, mich nicht mehr halten zu können und kopfüber in das graue Nichts unter mir zu stürzen. Ich hing stocksteif und keuchend in der Wand, mit brennenden Muskeln, und wartete, bis das Schlimmste vorüber war; dann setzte ich vorsichtig den Fuß auf die nächste Stufe. Rutschte aus. Packte mit der Rechten blitzschnell ein neben mir aus dem Fels hängendes Büschel dünner Wurzeln – und zog sie durch mein Körpergewicht langsam aus dem Felsspalt, in dem sie steckten. Ich hörte mich aufschreien, als ich fiel und mich in der Luft wie eine Katze drehte, Gesicht zur Wand, als ich mir die Hände am Gestein zerkratzte beim Versuch, noch Halt zu finden, Rettung – doch es gab keine.

Ich prallte schmerzhaft auf den Sandstrand, auf allen vieren, verharrte mit hängendem Kopf wie ein geprügelter Hund und rang nach Atem, vom Schock noch wie gelähmt. Ich war höchstens fünf Meter tief gestürzt. Ich hatte also schon fast den Fuß der Felswand erreicht gehabt. Ich keuchte, setzte mich auf, lehnte mich mit dem Rücken an den Fels und wischte mir den Schweiß aus dem Gesicht.

Durch den verdammten Nebel konnte ich noch immer rein gar nichts erkennen. Am liebsten hätte ich den Kram hingeschmissen. Ich hatte die Nase endgültig voll von all diesen gottverfluchten Greueln.

Ich werde wohl niemals sagen können, was ich getan hätte, wäre es mir nicht doch noch gelungen, den Nebel zu durchdringen. Vielleicht wäre ich einfach am Fuß der Felswand sitzen geblieben, katatonisch, eine leere Körperhülle, die einst einen Menschen enthalten hatte. Aber überraschenderweise drehte der Wind, wehte nun vom Meer herüber; Regen setzte ein und riß Löcher in den Nebel, und ich sah zu meiner Rechten für einen Augenblick einen Streifen Sandstrand und wußte wieder, wo ich mich befand.

Ich stand auf; meine Knie schmerzten höllisch vom Sturz, und meine Händflächen waren aufgerissen und blutig. Der Regen peitschte mir ins Gesicht, und ich ging auf wackligen Beinen zu der Felsspalte hinüber, wo ich Leo und Bruder Padraic antreffen würde. Ich fluchte lauthals auf die beiden Alten, denen ich diese unmögliche Kletterpartie zu verdanken hatte. Lang aufgestaute Wut und Schmerz trieben mich voran. Wäre ich in diesen Minuten dem schwarzgewandeten Schreckgespenst aus meinen Alpträumen begegnet, hätte ich es mit bloßen Händen in Stücke gerissen, ungeachtet seines Schlachtermessers und ob ich hätte selbst dran glauben müssen. Wobei letzteres, wie ich vermutete, sehr viel wahrscheinlicher war.

Die Flut ging allmählich zurück. Zwischen den Nebelfetzen sah ich geisterhaft Möwen flattern. Ich erreichte den Eingang der

Höhle, blieb an jenem Felsvorsprung stehen, auf dem Leo gesessen und seine Pfeife geraucht und gesagt hatte, die Kirche verzehre uns alle, nicht umgekehrt. Aber Leo war nicht da. Das machte mich mißtrauisch. Ich hatte eine halbe Ewigkeit gebraucht, um hierherzugelangen. Leo und Padraic hingegen hatten vom Kloster aus durch einen der Felsentunnel kommen wollen. Sie hätten schon längst hier sein und auf mich warten müssen.

Ich sah keinen Sinn darin, stehenzubleiben und zu warten. Also trat ich in das Innere der Höhle, ging durch das dunkle Gewölbe, wobei mir klar war, daß ich nur so weit gelangen konnte, wie das trübe Licht reichte, das von draußen hereinfiel. Wie sich herausstellte, brauchte ich nicht weit zu gehen.

Auf einer Felskante saß ein Mann und wartete auf mich. Er wirkte fast, als wäre er eingeschlafen.

Doch seine Augen waren weit aufgerissen und tief in die dunklen Höhlen gesunken. Ich sah das Weiße der Augäpfel, wie zwei trübe, starre Halbmonde, und ich wußte, daß es schon wieder passiert war, daß es auch hier passiert war. Ich blieb wie angewurzelt stehen, wie erstarrt, wie ein Mann, der weiß, daß er schon so gut wie tot ist; ich wartete nur auf den alles auslöschenden Schmerz, lauschte, wann endlich die Schritte hinter mir erklingen würden, wann das silberhaarige Monstrum wie ein Alptraum aus der Dunkelheit heranschweben würde, das funkelnde Messer in der Faust, um allem ein Ende zu machen...

Doch niemand kam. Ich blickte zum Höhleneingang, ob ich dort die Umrisse eines Mannes im Gegenlicht erkennen konnte. Aber es war niemand zu sehen. Niemand war hier unten. Niemand kam.

Ich trat näher an den Felsvorsprung heran, betrachtete den alten Mann in der Soutane. Das Blut an seiner Kehle war noch feucht und klebrig; ein scharlachroter Streifen. Ich spürte es an den Fingerspitzen. Bruder Padraic...

Ich lehnte mich an die glitschige Felswand und würgte den bitteren Geschmack der Todesangst herunter. Ich konzentrierte mich auf den Schmerz in meinen Knien, in den Handflächen, im Rücken. Ich versuchte vergeblich, einen klaren Gedanken zu fassen. Mein Kopf war wie betäubt. Ich wollte raus aus dieser Höhle, nur raus. Aber was mochte draußen auf mich warten?

Ich ging mit langsamen, im seichten Wasser auf dem Höhlenboden leise platschenden Schritten zum Höhleneingang zurück, spähte hinaus in den trüben grauen Nebelvorhang und versuchte, mich zu orientieren.

Wo war Bruder Leo?

Wo war das Konkordat der Borgia?

Ich mußte zum Kloster zurück. Sich hier noch aufzuhalten war sinnlos und zudem gefährlich. Ich wankte ins Freie, hinaus auf den Sandstrand, taumelte durch die wehenden Nebelfetzen, wußte, daß ich es niemals schaffen würde, die Steilwand hinaufzuklettern, wußte, daß ich mich in Richtung Strand wenden mußte.

Die riesigen Felsbrocken, welche die kleine Bucht umgaben, tauchten erschreckend plötzlich in einer Nebellücke auf, und da war irgend etwas im Wasser, etwa auf halber Strecke zwischen den Felsen und meinem Standort. Dann zog der graue Vorhang sich wieder zu, und ich ging in die Richtung, wo ich dieses Etwas gesehen hatte, und strengte die Augen an, versuchte, die Gestalt wiederzuentdecken. Irgend etwas stimmte da nicht.

Ich watete ins Wasser. Dann sah ich es wieder.

Ein großes Kreuz, tief in den Sand getrieben wie ein Pfahl. Es schien mir durch Regen und Nebel zuzuwinken, schien mich anzulocken wie der Wal einst Ahab...

Was immer da vor mir war – es wollte und wollte in den wirbelnden Nebelschwaden einfach nicht deutlicher werden. Der Regen trübte mein Sichtfeld, und das Salzwasser, vom Wind gepeitscht, brannte mir in den Augen. Irgendwo in der Ferne, hinter dem Schleier aus Nebel und Regen, strahlte die Sonne und bleichte den dampfenden grauen Dunst um mich herum.

Dann erkannte ich es.

Zehn Meter entfernt, als ich im eiskalten Wasser stehenblieb, das an meinen Schuhen leckte und meine Füße bis zu den Knöcheln näßte.

Ein primitives, grob gezimmertes Kreuz, das verkehrt herum in den Sand getrieben und von den an- und abflutenden Wellen leicht zur Seite gekippt worden war.

Ein auf den Kopf gestelltes Kreuz. Die älteste Warnung des Christentums.

Und an dieses Kreuz war der Leichnam von Bruder Leo genagelt; ein Arm hatte sich gelöst und bewegte sich im Rhythmus der Wellen hin und her, das Gesicht war blau angelaufen; der Leib aufgetrieben vom Wasser, an dem er ertrunken war.

Ich geriet in Panik. Das entsetzliche Bild schlug wie ein Blitz in mein Bewußtsein, lähmte jeden klaren Gedanken, verhinderte jede Möglichkeit, die eigene Situation einzuschätzen. Ich verlor völlig die Kontrolle über mich selbst. Ich dachte nicht an die Waffe in meiner Jackentasche, LeBeqcs Waffe, kam gar nicht auf den Gedanken, mich auf die Jagd nach dem verfluchten, dreckigen Hurensohn zu machen. Ich dachte nicht daran, mich auf dem schnellsten Weg zum Kloster zu begeben und dort zu berichten, was der Wahnsinnige hier angestellt hatte. Ich dachte überhaupt nicht nach. Ich rannte einfach davon, wie von tausend Teufeln gehetzt.

Du hast wirklich erstklassige Arbeit geleistet, seit du deine Schwester Val ermordet aufgefunden hast, schoß es mir durch den Kopf. Und ich rannte, stolperte, rappelte mich wieder auf, taumelte weiter, immer das gräßliche Bild des gekreuzigten alten Mannes vor Augen, das sich in mein Hirn eingebrannt hatte; ich rannte und stolperte den Strand entlang, eine Karikatur des Schreckens. Irgendwie, irgendwann gelangte ich an die bienenstockartige Außenmauer des Klosters, fand die Zelle, in der ich die Nacht verbracht hatte, schnappte meine Siebensachen, warf sie auf den Rücksitz des Wagens, stieg ein, fuhr überstürzt los, schrammte mit einem Kotflügel einen scharfkantigen Markstein und jagte die Böschung hinauf auf die schmale Straße. Ich handelte rein instinktiv, in blinder Hast, gab Gas, als wäre mir etwas Entsetzliches auf den Fersen, ganz dicht hinter mir, irgend etwas, dem ich nicht entkommen konnte, egal wohin ich mich auch wandte. Ich erlebte die Wiedergeburt der schlimmsten Kindheitsängste, die völlige Hilflosigkeit, die Verwundbarkeit, und tatsächlich war ich in diesen Augenblicken das Kind, das ich einst gewesen war, das sich vor den Ungeheuern fürchtete, die in der Finsternis lauerten.

Ich fuhr zwei Stunden, so schnell die Wege und Straßen es erlaubten, bevor ich mich so weit beruhigt hatte, daß ich neben der Straße halten und die letzten Reste von Brot und Käse verzehren konnte, die vom vergangenen Abend übriggeblieben waren. Hier im Binnenland war es ein wenig wärmer als an der Küste, doch auch hier regnete es ununterbrochen. Ich schenkte weder der Gegend Beachtung noch dem Dorf, in dem ich schließlich hielt, um einen Kaffee zu trinken. Es blieb nicht bei dem einen Kaffee.

Ich trank eine ganze Kanne und aß dazu Eier, Würstchen, geschmorte Tomaten und Toast. Mein Hungergefühl war völlig außer Kontrolle, als würde die schlichte Tatsache, Nahrung in mich aufzunehmen, meinen Verfolger abwehren können. Dann setzte ich mich in einem kleinen, in der Nähe gelegenen Park auf eine Bank in die Sonne, die plötzlich durch die Wolken gebrochen war, und beobachtete ein paar Kinder, die auf einem kleinen Rasenstück Fußball spielten, beobachtete, wie junge Mütter ihre warm eingepackten Babys in Kinderwagen spazierenfuhren. Ganz allmählich beruhigte sich mein rasender Pulsschlag, und ich war wieder fähig, einen klaren Gedanken zu fassen.

Es mußte Horstmann gewesen sein, und niemand anderes. Horstmann. Er hatte vor vierzig Jahren das geheime Dokument nach Norden gebracht, und nun war er wiedergekommen und hatte dieses gräßliche Gemetzel veranstaltet. Er war meiner Fährte gefolgt. Er hatte gewußt, daß ich Bruder Leo im Kloster St. Sixtus aufsuchen wollte. Er hatte sicher noch einiges von Robbie Heywood erfahren, bevor er ihn ermordete. Und möglicherweise hatte er dann abgewartet, hatte mich beobachtet, war mir gefolgt... und hatte Leo aus dem Weg geräumt, der mir noch so viel hatte erzählen wollen.

*Aber warum hatte er mich nicht getötet?*

Horstmann war beim Kloster gewesen, hatte uns wahrscheinlich beobachtet, und nachdem er die beiden alten Männer getötet hatte, war er im Nebel verschwunden...

Der Fußball rollte mir vor die Füße. Ich kickte ihn zu einem Mädchen mit Zöpfen hinüber, das ihn aufnahm und mir ein Dankeschön durch die Lücke zulispelte, wo einst ihre Schneidezähne gewesen waren.

Horstmann hatte jetzt das Borgia-Konkordat. Also konnte ich diese Urkunde gewissermaßen abhaken. Es sei denn, ich fand heraus, an wen er sie weitergeben wollte.

Aber warum hatte er nicht einfach in der Höhle auf mich gewartet und mich ebenfalls abgestochen wie den alten Padraic? Warum hatte er die Arbeit, die er begonnen hatte, nicht zu Ende geführt? Diesmal wäre es doch so einfach für ihn gewesen. Aber er hatte mich leben lassen... Lag es daran, daß er nun im Besitz des Konkordats war? Wie wichtig war diese Urkunde? Waren dort auch die Namen von Simons *Assassini* aufgelistet? Oder führte das alles darüber hinaus? Wollten sie gar noch Namen hinzufügen?

Nein. Das war verrückt.

War ich für sie bedeutungslos geworden? Jetzt, da die beiden alten Männer beseitigt waren, die die Antwort auf das Rätsel der *Assassini* gewußt hatten, jetzt, da sie das Konkordat an sich gebracht hatten – war meine Wenigkeit jetzt nur mehr ein nutzloses, harmloses Anhängsel? Aber warum hatte Horstmann dieses Anhängsel dann nicht abgeschnitten?

War es möglich, daß jemand mich schützte? Hatte Horstmann von irgend jemandem den Befehl bekommen, mich *nicht* zu töten? Aber wer konnte das sein? Bis jetzt hatte es nur einen einzigen Menschen gegeben, der Horstmann Befehle erteilt hatte: Simon Verginius. Und das war lange her.

Andererseits – Horstmann hatte ja bereits versucht, mich zu ermorden. Warum sollte er jetzt einen anderslautenden Befehl erhalten haben? Und selbst wenn ich jetzt bedeutungslos geworden sein sollte, warum hatte man mich, den Störenfried, nicht ein für alle Male aus dem Weg geräumt? Ob er zwei oder drei Menschen tötete, machte für Horstmann – und seine Auftraggeber – gewiß keinen Unterschied.

Vielleicht hatte ich einfach nur Glück gehabt. Vielleicht war mir dadurch, daß ich zu spät zu meiner Verabredung mit Bruder Leo gekommen war, ein Rendezvous mit dem Messer erspart geblieben. Möglicherweise hatte Horstmann die Höhle verlassen, um im Nebel nach mir Ausschau zu halten; vielleicht waren wir nur wenige Meter entfernt aneinander vorbeigegangen, ohne daß einer den anderen gehört oder gesehen hatte, und ich hatte nur deshalb überlebt... Aber warum hatte er dann Leo, wie als Warnzeichen für mich, am Strand gekreuzigt?

Himmel noch mal, das führte doch alles zu nichts.

Und dann ertappte ich mich dabei, daß ich an Schwester Elizabeth dachte und mir wünschte, ihr die ganze Geschichte erzählen zu können, alles, was ich hinter mir hatte, daß ich mir wünschte, ihr Gesicht und ihre grünen Augen zu sehen, daß ich mir wünschte – Gott stehe mir bei –, sie in die Arme zu schließen, mich an ihr festzuhalten.

Ein verrückter Gedanke. Sicher auf den Schock zurückzuführen.

Ich blieb noch ein Weilchen im Park sitzen. Hinter der braunen

Rasenfläche, auf der die Kinder, in dicke Parkas gehüllt, Fußball spielten, befand sich der Bahnhof. Ein kleines Ziegelsteingebäude, ein schmuckloser Vorposten für einsame Reisende, mit den Jahren rußig und schäbig geworden. Ich beobachtete, wie ein Zug einfuhr, ein oder zwei Minuten hielt und dann schnaufend und ratternd wieder abfuhr.

Ein Mann trat aus dem Bahnhofsgebäude und ging in meine Richtung. Er kam zwischen den fußballspielenden Kindern über den Rasen genau auf mich zu. Er blieb vor mir stehen und stellte seine Reisetasche auf den Boden.

»Man hat mir gesagt, hier hält der Bus nach St. Sixtus.« Er wandte sich um, blickte die Straße hinunter. »Sie sehen noch schlimmer aus, als ich es für möglich gehalten hätte.« Er drehte sich wieder zu mir, betrachtete mich naserümpfend. »Ihr Schneider sollte Sie mal so sehen. Sie sind eine wahre Schande für die privilegierte Klasse.«

»Father Dunn«, sagte ich.

## 4

Er saß im Erster-Klasse-Abteil und betrachtete den verwaschenen Fleck der Sonne hinter den dichten Regenwolken, das Spiel aus Licht und Schatten, das die Landschaft plastisch hervorhob. Der Zug war nur mäßig besetzt. Zwei weitere Priester im Abteil aßen Sandwiches und anschließend Äpfel, die sie vorher an ihren schwarzen Soutanen polierten.

Horstmann beobachtete sie eine Zeitlang und ließ dabei seinen alten Rosenkranz durch die Finger gleiten, den Papst Pius vor dem Krieg bei einer Audienz höchstpersönlich gesegnet hatte. Dann schob er ihn zurück in die Tasche und setzte die Brille auf, nachdem er zuvor sanft seinen Nasenrücken massiert hatte, auf dem der Bügel eine rötliche Kerbe hinterlassen hatte. Er schloß die Augen. Es war eine lange Nacht gewesen, in der er sich mit Bruder Leo über die alten Zeiten unterhalten hatte, über jene längst vergangene, kalte Nacht, als sie aneinandergeklammert den Ärmelkanal in einem offenen Boot überquert und im Heulen des Sturms laut gebetet hatten.

Bruder Leo war verständlicherweise höchst verwirrt gewesen, als sein alter, totgeglaubter Kamerad mitten in der Nacht unangekündigt in seinem Zimmer erschienen war. Der Verwirrung waren dann rasch zuerst Unsicherheit und dann Angst gefolgt. Doch Horstmann hatte den alten Freund beruhigt und ihm die Geschichte aufgetischt, daß er im Auftrag der Geheimen Archive geschickt worden sei, um das Konkordat der Borgia endlich zurück nach Rom zu bringen, an jenen Ort, an den es gehöre. Ja, er sei von Simon persönlich geschickt worden, ja, das Konkordat sei in Rom nun sicher aufgehoben, nach all den Jahren im Exil. Horstmann hatte ein Märchen zusammengesponnen, das der Wahrheit hätte tatsächlich entsprechen können, und Bruder Leo hatte ihm schließlich glauben *wollen*. Horstmann hatte ihm erzählt, ein betrügerischer Journalist aus New York habe sich auf die Fährte dieses einzigartigen Dokuments gesetzt, da er über die Geschichte ihrer geheimen Bruderschaft gestolpert sei, und daß es sich nun um eine Art Wettlauf handle, einen Wettlauf zwischen der Kirche und der *New York Times*, die alles im denkbar schlechtesten Licht hinstellen und einen Skandal provozieren wolle, welcher der Kirche großen Schaden zufügen würde. Und dann hatte Horstmann diesen Journalisten beschrieben. Ben Driskill.

Bruder Leo hatte mit sichtlichem Mißtrauen auf diese Geschichte reagiert, doch die Furcht ob Horstmanns gespenstischem Auftauchen hatte in Leo den Wunsch geweckt, seinem alten Freund zu glauben. Dennoch hatte Horstmann – mit einem Anflug von Bedauern – die Zweifel in den Augen des kleinen alten Mannes gesehen... *Kleiner alter Mann.* Dabei waren sie fast gleichaltrig.

Was am darauffolgenden Morgen in der Höhle geschehen mußte, war eine traurige Aufgabe gewesen.

Bruder Leos Zweifel waren wieder zum Leben erwacht; er hatte gespürt, daß sein alter Kamerad nicht aufrichtig war – und das war sein Verderben gewesen. Der andere, Bruder Padraic, schien sich gar nicht bewußt gewesen zu sein, daß er schon ein toter Mann war, als Horstmann ihm mit einem raschen Schnitt die Kehle aufschlitzte: Er war auf dem Felssims sitzen geblieben und hatte mit seiner Greisenstimme noch irgend etwas vor sich hin gebrabbelt, bevor er plötzlich verstummt war. Leo hingegen war ein Problem gewesen. Er hatte zu entkommen versucht, hatte Driskills Namen gebrüllt, und Horstmann hatte ihn mit einem schnellen, fast zornigen Schnitt getötet, was sonst gar nicht seine Art war, und dann hatte er das Ritual ausgeführt. Er hatte dieses alte Holzkreuz gefunden, das von irgendeiner Zeremonie übriggeblieben sein mußte, die vor langer Zeit am Strand abgehalten worden war, vielleicht sogar eine andere Kreuzigung; das Holz war morsch und wurmstichig, und es war ihm wie ein Omen erschienen, als er das uralte Kreuz an einer Wand der Höhle hatte lehnen sehen: Simon hätte diese Geste verstanden, diese Kreuzigung. Er hatte ja selbst einmal eine solche Strafe vollzogen, damals in Frankreich, irgendwo auf dem Lande, an einem Priester, der versucht hatte, sie an die SS zu verraten...

Bruder Leo war um keinen Deut besser als jener Mann, der sie *alle* damals zum Schluß verraten, ihre Gruppe zersprengt und die wenigen Überlebenden in alle Winde verstreut hatte. Leo hatte um das Geheimnis des Konkordats gewußt und dennoch die Absicht gehabt, es einem Fremden zu geben. Simon aber hatte vor langer Zeit keinen Zweifel an der geheiligten Notwendigkeit gelassen, Verschwiegenheit zu wahren, was dieses Dokument betraf. Doch Leo hatte es Driskill geradezu aufgedrängt.

Unbegreiflich.

Rasch zu sterben war nicht Strafe genug.

Das Ritual – so uralt wie martialisch – war notwendig gewesen, die angemessene Bestrafung für einen in alle Ewigkeit Verdammten, und Gott hatte ihm, Bruder August Horstmann, die Kraft gegeben, dieses Ritual zu vollziehen...

Doch der Nebel hatte Driskill verborgen. Und Horstmann hatte nicht auf ihn warten wollen.

Driskill.

In Horstmanns Augen war er ein Höllenhund. Ja, Driskill war eine Kreatur des Satans. Teufelswerk. Der Nebel hatte ihn gerettet, sonst hätte er Leos Platz am Kreuz eingenommen.

Warum entkam er immer wieder? Würde er denn niemals sterben?

In jener eisigen Nacht in Princeton hatte Horstmann ihn getötet. Aber Driskill war nicht gestorben. Es schien, als sollte sein Leben bewahrt bleiben, als wäre ihm ein anderes Schicksal bestimmt.

Aber warum? Wie war das möglich? Und wo hielt er sich jetzt auf? Was hatte er getan, nachdem er Bruder Leo im Nebel gefunden hatte, blutüberströmt und blau vor Kälte?

Ob er wohl Angst verspürt hatte?

Nein. Horstmann glaubte nicht, daß Driskill ängstlich war. Driskill war ein unbarmherziger, gottloser Mensch, aber er hatte keine Angst. Er hatte keine Angst zu sterben, obwohl seine Seele schwarz von Sünde war. Eigentlich müßte er den Tod doch fürchten, Gottes Strafe für sein sündenvolles Leben, müßte Furcht haben vor dem, was in der ewigen Verdammnis auf ihn lauerte. Aber er hatte keine Angst.

Es machte alles keinen Sinn.

Wo war Driskill jetzt? Welcher Spur folgte er? Wer, fragte sich Horstmann, jagt wen? Der Gedanke verwirrte ihn. Aber Gott war schließlich auf seiner Seite.

Horstmann schob seine Brille zurecht und sagte sich, daß es keinen Grund zur Besorgnis gab. Kein Mann konnte mehr Wachsamkeit und Umsicht besitzen als er. Kein Mensch.

Er schloß die Augen, legte die Hände auf die Aktentasche auf seinem Schoß. Das Konkordat der Borgia war nun in Sicherheit. Für Horstmann war es ein lebender Gegenstand, wie ein pulsierendes, entkörperlichtes Herz, welches das Blut und die Hingabe der wahren Gläubigen durch die Adern der Kirche pumpte, um sie endlich zu reinigen... Er erinnerte sich an die Nacht in Paris, als Simon ihm und Leo das Konkordat anvertraut und sie auf ihre Mission geschickt hatte, eine Mission, die Leo in einen stillen Einsiedler verwandelt hatte und ihn, Horstmann, in einen rastlosen Wanderer; er erinnerte sich, wie Simon gesagt hatte, daß sie auf jenen Tag warten sollten, da sie wieder zum Kampf für die Rettung der Kirche gerufen würden...

Die Spulen des Kassettenrecorders drehten sich langsam und gleichmäßig, und die Stimmen erfüllten das Zimmer, ein bißchen dünn, weil die Bässe zu schwach waren, aber die Aufnahmequalität spielte keine Rolle.

*Vor ungefähr einer Woche ist er in Alexandria gewesen. Während seines dortigen Aufenthalts hat er sich mit unserem alten Freund Klaus Richter getroffen...*

*Sie scherzen. Richter? Unser Richter? Aus den alten Zeiten? Sie haben mir gesagt, daß er derjenige gewesen sei, der Ihnen Angst eingejagt hat.*

*So ist es, Heiligkeit. Und er* hat *mir Angst eingejagt, das kann ich Ihnen versichern.*

*Ihre Offenheit ehrt Sie, Giacomo.*

Die Vorhänge waren zugezogen, so daß das graue Licht des Morgens nicht ins Zimmer fiel. Am Horizont, hinter dem von Pinien begrenzten Rasen, hätte man den braunen Smogschleier sehen können, der wie ein riesiger Deckel auf Rom lag. Ein Gärtner schien die Hecken mit einer Art Kettensäge zu stutzen, dem Geräusch nach zu urteilen. Das an- und abschwellende Heulen drang durch die geöffneten Fenster und die dicken Vorhänge. Es hörte sich wie das Summen einer riesigen, bösartigen Wespe an.

*Und er hat sich mit einem weiteren Mann getroffen, der daraufhin Selbstmord verübt hat.*

*Wer?*

*Etienne LeBecq, Heiligkeit. Ein Kunsthändler.*

Eine lange Pause.

*Uns ist außerdem ein Bericht aus Paris übersandt worden, daß ein Journalist, ein alter Herr namens Heywood...*

*Robbie Heywood. Sie können sich doch an ihn erinnern, Giacomo? Trug immer schrecklich grelle Jacken. Er war eine fürchterliche Quasselstrippe, und er konnte jeden unter den Tisch trinken. Gott, ja, ich kann mich gut an ihn erinnern... nun, was ist mit ihm?*

*Er ist tot, Heiligkeit. Von einem Unbekannten ermordet. Die Behörden haben natürlich noch keinerlei Hinweise.*

»Antonio! Das ist ja phantastisch! Unglaublich! Wie sind Sie an diese Tonbänder gekommen?«

In der Bibliothek der Villa Antonio Kardinal Polettis saßen fünf Männer beim Frühstück. Auf dem Tisch standen Tabletts mit Plätzchen und Früchten. Die fünf Männer hatten gewaltige Probleme.

Poletti war neunundvierzig, ein kleiner, glatzköpfiger Mann mit geradezu erschreckend behaarten Armen und Beinen, wie jeder wußte, der ihn schon mal in seinem Tennisdress gesehen hatte. Einer seiner Brüder war italienischer Diplomat in Zürich; ein anderer Bruder produzierte in London gewisse fragwürdige Filme für einen kleinen, aber bedarfsträchtigen Markt. Unter den Anwesenden war ferner Guglielmo Kardinal Ottaviani, sechzig Jahre alt; er wurde von vielen als derjenige hohe Geistliche mit den extremsten Ansichten im gesamten Kardinalskollegium betrachtet, aber er war ein Mann, dessen ausgeprägter Jähzorn ihm Einfluß und Überzeugungskraft verliehen. Mit anderen Worten, man fürchtete ihn. Dann war da Gianfranco Kardinal Vezza, einer der ältesten der Alten im Klerus, ein Mann, der sorgsam darauf bedacht war, seinen Ruf als zunehmend milder Kirchenmann aufrechtzuerhalten, weil er auf diese Weise die Unvorsichtigen um so leichter zwischen die stählernen Kiefer seiner intriganten Fallen locken konnte; weiterhin Carlo Kardinal Garibaldi, ein rundlicher Bonvivant, der geborene Politiker, der vieles von dem, was er am besten beherrschte, von Kardinal D'Ambrizzi gelernt hatte; und schließlich Federico Kardinal Antonelli. Diese Herren saßen in dunkelroten, ledernen Sesseln, umgeben von hohen Bücherwänden – einige der Werke in den Regalen stammten aus Kardinal Polettis Feder. Garibaldis Frage nach der Herkunft der Bänder blieb unbeantwortet im Raum stehen. Statt dessen erklangen wieder die Stimmen aus dem Lautsprecher.

*Aber was hatte er mit dieser schmutzigen Geschichte zu tun?*

*Schwester Valentine hat ihn in Paris besucht, im Rahmen ihrer Nachforschungen. Und jetzt, kurze Zeit später, wurde er ermordet. Vielleicht gibt es eine Verbindung...*

*Sie werden sicher Besseres zu tun haben, als wilde Vermutungen anzustellen, Giacomo. Ich werde jemanden nach Paris schicken, der dieser Sache nachgeht.*

*Dann wünsche ich diesem Jemand viel Glück. Vielleicht war es ein reiner Zufall. An einer Straßenecke erstochen. So was soll ja vorkommen.*

*Unsinn. Die Kirche wird angegriffen, und Heywood war ein Opfer. Das ist offensichtlich.*

Kardinal Poletti beugte sich über den Couchtisch und drückte auf die Stop-Taste. Er ließ den Blick langsam von einem Gesicht zum anderen schweifen.

»Das war der entscheidende Punkt«, sagte er. »Haben Sie es gehört? ›Die Kirche wird angegriffen.‹ Darum, meine Herren, habe ich Sie zu mir gebeten. Damit Sie diese Aussage Indelicatos mit eigenen Ohren hören. Er betrachtet es als das, was es ist. Als

Angriff.« Poletti verzog das Gesicht, als er einen Schluck von seinem inzwischen kalten Kaffee trank. »Es ist besser, unsere Pläne jetzt schon in die Tat umzusetzen, als bis zur letzten Minute zu warten, wenn wir bis über beide Ohren von Ausländern umgeben sind – Polen und Brasilianern und Amerikanern. Geben Sie diesen Leuten ein Seil, das lang genug ist, und sie werden uns alle damit aufhängen. Sie werden die Kirche aufhängen! Sie, meine Herren, wissen, daß ich recht habe.«

Kardinal Garibaldi meldete sich zu Wort; seine wulstigen Lippen bewegten sich beim Sprechen fast unmerklich, wie bei einem Bauchredner. »Sie behaupten also, dies wären die Stimmen von Calixtus, D'Ambrizzi und Indelicato, ja? Nun, das ist ein Geniestreich, Antonio, aber mit einem häßlichen Beigeschmack. Wie haben Sie sich die Bänder verschafft? Wo hat dieses Gespräch stattgefunden?«

»Im Büro seiner Heiligkeit.«

»Wie interessant. Sie haben eine Wanze ins Büro des Papstes geschleust. Oh, schauen Sie nicht so verdutzt drein. Ich bin mit den modernen Techniken durchaus vertraut.«

»Das muß am Einfluß ihres Herrn Bruder liegen«, murmelte Kardinal Vezza. Er rieb sich über die weißen Bartstoppeln am Kinn. In letzter Zeit vergaß er des öfteren, sich zu rasieren.

»Stellt sich nur die Frage, welchen Bruder Sie meinen«, sagte Ottaviani mit einem verzerrten Lächeln. »Den Diplomaten oder den Pornographen?« Er kicherte leise vor sich hin, als er den Unmut auf Polettis Gesicht sah.

»Sie erinnern mich von Tag zu Tag mehr an ein altes Waschweib«, sagte Poletti verächtlich.

Kardinal Vezza, ein hochgewachsener Mann, der genauso langsam sprach, wie er sich bewegte, beugte sich mühsam im Sessel vor. Wie üblich hatte er Schwierigkeiten, sein Hörgerät richtig einzustellen. »Was diesen Diplomaten betrifft – ich hatte selbstverständlich schon einmal Kontakte zu ihm. Werden Botschaften nicht immer von dem einen oder anderen ausspioniert? Also dürfte er sich doch mit solchen Dingen auskennen.«

Garibaldi wiederholte seine Frage. »Nun? Wie haben Sie das mit den Bändern gemacht?«

»In der medizinischen Abteilung des Vatikans arbeitet ein entfernter Vetter von mir. Er hat eine auf die menschliche Stimmfrequenz eingestellte Apparatur unter dem Wägelchen befestigt, mit dem das Sauerstoffgerät seiner Heiligkeit transportiert wird.« Poletti zuckte beiläufig die Achseln, als wollte er zu verstehen geben, daß solche Dinge für ihn alltäglich waren. »Er ist absolut vertrauenswürdig...«

»Kein Mensch«, rief Vezza plötzlich mit erhobener Greisenstimme, da sein Hörgerät offensichtlich zu leise eingestellt war, »ist *dermaßen* vertrauenswürdig!« Dann begann er zu husten; ein trockener Husten, erworben in einer siebzig Jahre währenden Laufbahn als Kettenraucher. Auch jetzt hielt er eine Zigarette zwischen den nikotingelben Fingern mit den rissigen Nägeln.

Antonelli, ein großer, blonder Mann Anfang Fünfzig, der zehn Jahre jünger aussah, räusperte sich, um den anderen zu verstehen zu geben, ihre kindischen Zänkereien bleibenzulassen. Antonelli war gelernter Anwalt; eine ruhige, zurückhaltende Führungspersönlichkeit im Kardinalskollegium, ungeachtet seines vergleichsweise niedrigen Alters. »Ich nehme an, es ist noch mehr auf dem Band. Dürften wir es hören?«

Poletti nickte, beugte sich vor und drückte die Wiedergabetaste. Aufmerksames Schweigen breitete sich aus, als die dünnen Stimmen wieder aus dem Lautsprecher drangen.

*Der silberhaarige Priester... wer ist dieser Mann?*

*Ich weiß es nicht.*

*Ihr Informantennetz versetzt mich immer wieder in Erstaunen. Aber, sagen Sie, wo ist Driskill?*

*Sie sind ein Könner auf dem Gebiet der Observierung. Vielleicht haben Sie zuviel Zeit damit verschwendet, mich beobachten zu lassen, Fredi.*

*Offensichtlich nicht gut genug.*

*Also haben wir neun Morde – und einen Selbstmord?*

*Nun, wer weiß, Heiligkeit? Es ist eine Schreckensherrschaft. Niemand kann sagen, wie viele es gibt... und wie viele es noch geben wird.*

Wieder eine Pause, das gedämpfte Geräusch eines Aufpralls, Stimmengewirr.

Poletti schaltete den Recorder aus.

»Was war das zum Schluß für ein Gepolter?« wollte Vezza wissen.

»Seine Heiligkeit hat einen Kollaps erlitten«, sagte Poletti.

»Wie steht es überhaupt um die Gesundheit des Heiligen Vaters?« fragte Ottaviani. Er wußte natürlich bis ins Kleinste Bescheid; seine Quellen waren hervorragend. Er wollte nur erfahren, ob Poletti ebenfalls Bescheid wußte.

»Er liegt im Sterben«, sagte Poletti, und ein dünnes Lächeln huschte über sein Gesicht.

»So viel weiß ich auch, aber...«

»Zur Zeit erholt er sich von seinem Zusammenbruch. Aber wir sind nicht hier, um uns über Calixtus' Gesundheitszustand den Kopf zu zerbrechen – das ist nicht mehr von Belang! Es ist zu spät, sich um Calixtus noch irgendwelche Gedanken zu machen, sollte dies einem der verehrten Anwesenden entgangen sein. Wir sind hier zusammengekommen, um uns über den *nächsten* Papst zu unterhalten...«

»Und«, sagte Ottaviani – er war ein kleiner, verhärmt aussehender Mann mit verkrümmtem Rücken, den Poletti als eine Art Kainsmal betrachtete –, »ich vermute doch wohl richtig, daß Sie Klarheit über die Chancen Ihres persönlichen Kandidaten auf den Papstthron haben möchten.« Er lächelte schief, was irgendwie zu seinem mißgestalten Körper paßte.

Poletti betrachtete die Gruppe; dann faßte er Ottaviani ins Auge. Er preßte die Lippen zusammen, denn am liebsten hätte er dem Buckligen gegenüber seine tiefe Abneigung zum Ausdruck gebracht und ihm ins Gesicht gesagt, daß er ihn für einen unausstehlichen alten Krüppel hielt, der sich und anderen keinen größeren Gefallen erweisen könnte, als sich eine Kugel in den Kopf zu jagen. Dann betrachtete er sich selbst in dem goldgerahmten Wandspiegel. Es war zwar eine bedauerliche Feststellung, aber auch er selbst war nicht gerade eine Schönheit mit seinem kleinen, haarlosen Kopf, der wulstigen Oberlippe und dem fliehenden Kinn: ein tennisspielender Kirchenfürst, der aussah wie ein Affe. Er nahm rasch den Blick vom Spiegel. Ein Mann konnte an einem einzigen Morgen nur ein gewisses Maß an traurigen Wahrheiten vertragen.

»Wir werden angegriffen, wie Kardinal Indelicato es ausdrückt«, sagte er. »Das ist die Situation, der wir ins Auge schauen müssen, meine Herren, nun, da bald die Wahl des neuen Papstes ansteht! Wir müssen schließlich berücksichtigen, daß der Mann, den wir unterstützen werden...«

»Sie reden wie ein Politiker«, sagte Vezza ein wenig traurig. Er hatte sein Hörgerät diesmal offenbar zu laut eingestellt, denn seine Stimme war kaum zu vernehmen.

»Mein lieber Gianfranco«, sagte Garibaldi geduldig, »es *ist* Politik. Was sollte es denn sonst sein? Göttliche Eingebung?«

»Wenn man es recht betrachtet, ist letzten Endes alles Politik«, meinte Antonelli.

»Gut gesagt.« Poletti nickte. »Und Politik ist so alt wie die Menschheit.«

Ottaviani tippte die Fingerspitzen aneinander. »Mein lieber Freund«, fragte er Poletti, »hat dieses alte Waschweib recht« – er wies mit einem Kopfnicken auf Garibaldi –, »wenn es behauptet, daß Sie die Rolle des Wahlkampfmanagers für einen bestimmten Kandidaten übernehmen wollen? Und daß Sie von uns anderen erwarten, daß wir diesen Mann ebenfalls unterstützen?«

»Ich möchte einen Kandidaten vorschlagen, das ist richtig.«

»Dann spannen Sie uns nicht länger auf die Folter«, sagte Vezza. »Wer ist es? Raus damit.«

»Sie alle haben das Tonband gehört«, sagte Poletti. »Unter anderem eine herrische, befehlsgewohnte Stimme, eine entschlossene und selbstsichere Stimme, eine Stimme, der man entnehmen kann, daß derjenige, dem sie gehört, den Ernst der Lage erkannt hat, in der die Kirche...«

»Aber er *ist* doch schon Papst!«

»Nein, verdammt noch mal, ich meine doch nicht *ihn*! Vezza, alter Freund, manchmal mache ich mir wirklich Sorgen um Sie.«

»Aber er hat es doch als Schreckensherrschaft bezeichnet, Tonio...«

»Das war Indelicato«, sagte Poletti, mühsam beherrscht. »Er war auch derjenige, der gesagt hat, daß wir, die Kirche, angegriffen werden.«

»Sind Sie da so sicher?« beharrte Vezza. »Die Stimme hat sich angehört wie die von...« Er begann wieder an seinem Hörgerät herumzufummeln.

»Gianfranco, glauben Sie mir, es *war* Indelicato«, sagte Poletti flehentlich.

»Wenn schon, dann hätte Ihr Vetter einen Videorecorder am Sauerstoffgerät anbringen sollen«, sagte Vezza mürrisch. »Nur diese körperlosen Stimmen... das könnte doch Gott weiß wer sein, oder nicht? Kann er nicht eine Videokamera anbringen? Was meinen Sie? In diesem Falle hätten wir wirklich etwas...«

»Wir *haben* wirklich etwas. Ich muß schon sagen, Ihr kleinliches Gemeckere war so ziemlich das letzte, was ich von Ihnen erwartet habe.«

»Tut mir aufrichtig leid, Tonio«, sagte Vezza blasiert. »Ich wollte nicht undankbar sein.«

»Es hat sich aber sehr danach angehört, als würden Sie meine Bemühungen nicht zu würdigen wissen, und ich bin, ehrlich gesagt, überrascht...«

Antonelli unterbrach ihn mit ruhiger Stimme. »Sie haben uns außerordentlich wertvolle Informationen geliefert, Tonio, und wir alle stehen tief in Ihrer Schuld. Das ist gar keine Frage. Nun, gehe ich recht in der Annahme, daß Sie uns vorschlagen möchten, ebenfalls Kardinal Indelicato zu unterstützen?«

»*Sie* haben mich voll und ganz verstanden«, sagte Poletti erleichtert. »Und ich danke Ihnen für Ihre Freundlichkeit, Federico. Indelicato ist der richtige Mann in Zeiten wie diesen.«

»Wollen Sie damit sagen«, fragte Ottaviani leise, »daß nur ein einziger Mann es wert ist, als Kandidat in Erwägung gezogen zu werden? Daß wir uns in einer Art Belagerungszustand befinden? Und daß nichts anderes zählt? Wollen Sie uns das wirklich glauben machen? Ich würde gern wissen, was Sie sich dabei gedacht haben, Eminenz.«

Poletti konnte nie sicher sein, ob Ottaviani ihn zum Narren hielt oder nicht, also antwortete er: »Das habe ich bereits zum Ausdruck gebracht.«

Vezza meldete sich zu Wort. »Indelicato? Wäre das nicht so, als würden wir den Chef des KGB auf den Thron Petri erheben?«

»Und? Macht dieser Gedanke Ihnen Probleme?« fragte Poletti und musterte ihn abfällig. »Ich halte es für die einzig richtige Antwort auf die gegenwärtigen Herausforderungen. Wir befinden uns im Kriegszustand.«

Garibaldi – in jeder Situation der gelassene, selbstsichere Bonvivant – gab zu bedenken: »Krieg? Wenn das der Fall ist, sollten wir dann nicht lieber einen General wählen? Wie Saint Jack, zum Beispiel?«

»Bitte«, seufzte Poletti, »könnten wir die Heiligsprechung nicht auf später verschieben und ihn einstweilen einfach D'Ambrizzi nennen?«

»Dann eben D'Ambrizzi«, sagte Ottaviani und verzog vor Schmerz das Gesicht, als er seinen krummen Rücken in eine bequemere Sitzposition brachte. »Er ist meines Erachtens auch ein Mann, der in Betracht gezogen werden muß. Ein Mann mit Weitblick...«

»Ein Liberaler«, sagte Poletti. »Nennen Sie's doch beim Namen. Ist es etwa nach Ihrem Geschmack, wenn er öffentlich kundtut, daß Kondome unter den Gläubigen verteilt werden sollten wie der Segen von der Kanzel?«

»Was?« Vezzas Kopf schoß in die Höhe.

»Kondome. Pariser. Gummis«, sagte Garibaldi mit dünnem Lächeln.

»Großer Gott«, murmelte Vezza. »*Was* ist mit den Dingern?«

»Wenn D'Ambrizzi Papst wäre, müßten wir sie nach der Messe draußen vor den Kirchen wie die Hostien an die Menschen verteilen. Und es gäbe Unmengen weiblicher Priester, homosexuelle Priester...«

»Na ja, ich habe im Laufe der Jahre sehr viele schwule Priester kennengelernt.« Vezza zog ein zweifelndes Gesicht. »Aber glauben Sie wirklich, daß D'Ambrizzi so etwas gewissermaßen absegnen würde? Sicher, sicher, Giacomo hat einige Dinge gesagt, die auch in mir gewisse Zweifel geweckt –«

Vezza wurde von Antonelli unterbrochen, mit dem gebührenden Respekt dem Älteren gegenüber; dennoch ließen Tonfall und Gebaren Antonellis keinen Zweifel daran, daß er sich für denjenigen hielt, der in dieser Sache das letzte Wort hatte: »Kardinal Poletti hat sich in seiner verständlichen Erregung ein wenig zu Übertreibungen hinreißen lassen, wenn ich mal so sagen darf. Er hat nur klarzustellen versucht, daß D'Ambrizzi gewisse Neigungen besitzt, die zu derartigen Auswüchsen führen *könnten*, wie Kardinal Poletti sie zu schildern versucht hat. Ich habe Sie doch richtig interpretiert, nicht wahr, Tonio?«

»Absolut, mein Freund, absolut. Sie haben meine Einstellung, was diese Probleme angeht, mit bewundernswerter geistiger Schärfe begriffen.«

»Vielleicht«, sagte Antonelli, »könnten wir eine Analyse des Problems vornehmen, wenn wir das auf dem Tonband Gehörte sowie Tonios Ausführungen zugrunde legen. Was würden Sie alle dazu sagen, wenn wir Indelicato als gemeinsamen Kandidaten unterstützten – ohne der Entscheidung vorgreifen zu wollen, natürlich?«

Garibaldi sagte: »Er könnte genau der richtige Mann für eine schwere Aufgabe sein. Er schrickt nicht davor zurück, drastische Mittel zu ergreifen, er hat keine Angst, sich Feinde zu machen. Ich könnte Ihnen Geschichten über diesen Mann erzählen...«

»Die wir alle erzählen könnten«, sagte Vezza schläfrig. »Er hat nicht besonders viel Sinn für Humor...«

»Woher wollen Sie das wissen?« warf Poletti ein und starrte den in Zigarettenrauch gehüllten alten Mann zornig an.

»...aber er nimmt seine Arbeit sehr ernst, das steht fest. Ich könnte mit ihm leben. Immer noch besser als die Horden von Kriminellen und Schwachköpfen, die ich in meiner langen Laufbahn den Kardinalspurpur habe tragen sehen.«

»Und Sie, Ottaviani?« fragte Antonelli. »Wie stehen Sie dazu?«

»Wie wär's mit einem Afrikaner?« sagte Ottaviani verschmitzt. »Oder einem von den Japanern, vielleicht? Oder einem Amerikaner, wo wir gerade dabei sind?«

»Heilige Mutter Gottes!« sagte Poletti. »Nun bleiben Sie doch wenigstens einmal ernst.«

»Ich wollte nur mal sehen, ob Vezza noch erkennt, wenn ein Kardinal einen kleinen Scherz zu machen versucht«, sagte Ottaviani und bedachte den Greis mit einem raschen Lächeln.

»Was?« krächzte Vezza.

»Alles in allem«, sagte Ottaviani, »halte ich Manfredi Kardinal Indelicato für eine kaltblütige Maschine, die nur oberflächlich betrachtet menschliche Züge aufweist. Er hat etwas an sich...«

»Nur nicht so schüchtern«, sagte Antonelli. »Was halten Sie wirklich von ihm?«

»Ich würde ihm nie den Rücken zukehren. Er wäre der geborene Großinquisitor gewesen... kurz und gut, er ist der ideale Mann für den Thron des heiligen Petrus.«

Polettis Kopf ruckte herum; er starrte Ottaviani an. »Soll das heißen, Sie würden seine Kandidatur unterstützen?«

»Ich? Habe ich das gesagt? Nein, ich glaube nicht. Ich würde seine Ermordung unterstützen, nicht seine Erhebung. Nein, ich neige viel eher zu D'Ambrizzi. Er ist ein durch und durch korrupter und weltlicher Mann, ein Gefangener seines eigenen Pragmatismus, der zweifellos ein vielgeliebter Volkspapst werden würde... so was wie ein Filmstar. Ein Gedanke, von dem jeder wahre Zyniker, wie ich einer bin, geradezu hingerissen sein muß.«

Das Treffen der Fünfergruppe ging dem Ende zu. Schließlich waren Ottaviani und Garibaldi von ihren Fahrern abgeholt worden, und Antonelli hatte den anderen zum Abschied aus seinem Lamborghini Miura zugewinkt – eine glänzende, in klerikalem Schwarz lackierte Rennmaschine. Vezza humpelte mit Hilfe seines Gehstocks über die leicht geneigte Veranda und hörte Poletti zu, der über dieses und jenes redete. Vezza hatte die Empfangsstärke seines Hörgeräts während des Treffens fast die ganze Zeit über niedrig eingestellt, weil er schon vorher gewußt hatte, was jeder aufgrund seiner Persönlichkeit und seines Werdegangs von sich geben würde. Er war vierundsiebzig Jahre alt, ein Mann mit gutem Gedächtnis und weit zurückreichenden Erinnerungen, der über beinahe alles und jeden im Vatikan Bescheid wußte. Indelicato, D'Ambrizzi: Es war ihm wirklich vollkommen gleichgültig, welchen Verlauf die Dinge nahmen, da er die Meinung vertrat, daß jene Gruppe, deren zahlendes Mitglied er nun schon seit vierzig Jahren war – die Kurie –, letztendlich sowieso ihren Willen durchsetzte. Das hatte sie immer schon getan. Er hatte nie einen Papst erlebt, der genügend Rückgrat besaß, sich nicht früher oder später dem Druck der Vatikan-Intrigen zu beugen. Was er vorhin im Halbschlaf miterlebt hatte, war nichts weiter als eine kleine Verschwörung. Er hatte an sehr vielen solcher Treffen teilgenommen, hatte in viele brodelnde, blubbernde Kessel voller klerikaler Begierden geblickt. Dieser hier hatte wegen Antonellis Beteiligung allerdings besonderes Gewicht. Falls diese Männer sich tatsächlich entschließen sollten, Indelicato zu unterstützen, dann hatte der Mann die allerbesten Aussichten, Papst zu werden. Was Vezza betraf, so war er nicht mehr sonderlich daran interessiert. Er hatte vor drei Monaten erfahren, daß seine Nieren ihn im Stich ließen. So wie die Dinge lagen, konnte sogar Calixtus ihn überleben. Der Name des neuen Papstes stand ziemlich weit unten auf der Liste seiner Sorgen, doch eine Sache ging ihm nicht aus dem Kopf.

Vezza und Poletti standen am Rande des Zufahrtsweges in der kühlen Brise, die über den Kamm des Hügels wehte, und warteten auf den schwarzen Mercedes. Vezza erhöhte die Empfangsstärke seines Hörgeräts.

»Sagen Sie mal, mein guter Tonio«, wandte er sich an Poletti, »auf den Bändern, die Sie sich beschafft haben, redet jemand von neun Morden – habe ich das richtig verstanden?«

»Das war seine Heiligkeit.«

»Ich bin zwar ein alter Mann, der Probleme mit dem Gehör hat, darum habe ich vielleicht einiges nicht ganz mitbekommen. Aber lassen Sie uns versuchen, die Mordfälle zu rekapitulieren, um Klarheit zu schaffen: Da waren Andy Heffernan und unser alter Freund Lockhardt in New York, die Nonne Schwester Valentine in Princeton und der Journalist Heywood in Paris. Dann der Selbstmord dieses LeBecq in Ägypten, obwohl ich zugeben muß, daß dieser Name mir nichts sagt. Vier Morde und ein Selbstmord. Und nun möchte ich Sie um Hilfe bitten, falls mir irgend etwas entgangen ist. Wenn ich richtig gerechnet habe, fehlen noch fünf Morde. Wie erklären Sie sich das? Wer waren die fünf anderen?«

Poletti sah den schwarzen Mercedes zwischen den hohen Hecken heranrollen, die vom Tor aus den Zufahrtsweg säumten. Gott sei Dank konnte dieses Gespräch nur noch wenige Augenblicke dauern. Vezza hatte die Gabe, urplötzlich die heikelsten Fragen zu stellen.

»Na, kommen Sie schon«, sagte der alte Mann. »Helfen Sie einem alternden Kollegen. Wer waren die fünf anderen?«

»Ich weiß es nicht, Eminenz«, sagte Poletti schließlich. »Ich weiß es einfach nicht.«

Ganz am Rande der Sinneswahrnehmung hörte Calixtus die Standuhr schlagen, die auf der anderen Seite des Schlafzimmers stand, aber das Geräusch schien irreal. Irgendwo in den Tiefen seines Bewußtseins war ihm klar, daß er im Bett lag, daß es zwei Uhr morgens war und daß diese Uhr zur Nachtwache läutete. In letzter Zeit schien er nachts lebendiger zu sein als tagsüber, schien sich in der Dunkelheit zu Hause zu fühlen. Sein zu neunzig Prozent schlafendes Gehirn ließ ihn seufzen, und er konnte es hören, konnte ziemlich deutlich hören, wie der vom Wind vorangepeitschte Schnee am Dach und an den Wänden rüttelte, jener eisige Wind, der durch den Engpaß fegte, durch die Kiefern raste, die von der Last des Schnees gebeugt waren.

Er, Sal di Mona, stand in der Tür der Holzfällerhütte; ein dicker Schal schützte seinen Hals und bedeckte die untere Hälfte seines Gesichts. Der Wind, der von den Bergen kam, schien ohne Unterlaß zu wehen. Als er den im Mondlicht liegenden Hohlweg hinunter blickte, hatte er das Gefühl, seine Augäpfel würden einfrieren. Kein einziger Farbtupfer war mehr zu sehen; die Landschaft schien wie ausgeblutet. Der Schnee war weiß, alles andere pechschwarz. Die Bäume, die Felsbuckel, die Schatten, die Fußabdrücke, die wie Nadelstiche im Schnee auf der Bergflanke aussahen und hinunter zum schwarzen Band der Schienen führten, die er und Simon eine Stunde zuvor noch überprüft hatten. Der Fluß verlief in Kurven und Wendungen entlang der Schienenstrecke.

Zurück in der Hütte, betrachtete er die sechs anderen Männer. Einige dösten mit flatternden Lidern, andere lasen bei Kerzenlicht. Einer betete lautlos den Rosenkranz; nur seine Lippen bewegten sich. Simon erhob sich von einem einfachen Stuhl, schob das Buch, in dem er gelesen hatte, in die Tasche seines Mantels, und zündete sich eine Zigarette an. Er blickte Sal di Mona in die Augen und lächelte. »Eine lange Nacht«, sagte er und schob sich an dem kleineren Mann vorbei. Er trat hinaus ins Freie und blieb vor der Tür stehen, massig, wuchtig, unerschütterlich wie ein Felsblock; er starrte hinüber zu dem klaffenden Einschnitt zwischen den Berghängen; der Rauch seiner Zigarette wehte hinter ihm durch die Tür.

Der harzige, feuchte Geruch in der Hütte hatte sich nach der Ankunft der Gruppe verändert. Jetzt roch es nach frisch eingefetteten Maschinengewehren, nach warmen, schwitzenden Körpern und brennendem Feuerholz, das inzwischen zu glühenden Kohlen zusammengesackt war. Es war gleichzeitig heiß und kalt. Nichts war normal, nichts war wirklich. An dem Plan, der den Männern zuvor so heroisch erschienen war, war nun nichts Heldenhaftes mehr. Jetzt waren sie nur noch eine Gruppe angsterfüllter Männer, die alles aufs Spiel setzen wollten, um einen Mann zu töten, der am nächsten Morgen in aller Frühe mit dem Zug durch den Engpaß kommen würde. Nein, keine Spur mehr von Heldentum. Nur noch Beklemmungen und dunkle Ahnungen, Angst, Knoten im Magen und zitternde Knie.

Sal di Mona hatte noch nie einen Menschen getötet. Er würde auch den Mann im Zug nicht töten. Man hatte ihm keine Waffe gegeben. Seine Aufgabe bestand darin, mit Hilfe der Handgranaten die Schienen zu sprengen und den Zug zum Halten zu zwingen. Drei von den anderen – der Holländer und ein weiterer Mann, unter Simons Führung – würden die Gewehre benützen. Sal di Mona konnte draußen das Geräusch von Schritten hören, das Knirschen von Schnee unter Stiefelsohlen, als Simon die Hütte umrundete; dann machte Sal sich auf den Weg zu seinem Beobachtungsstand, den sie auf einem Felsvorsprung eingerichtet hatten und von dem man ein paar hundert Meter Schienenstrang ungehindert übersehen konnte. Es würden noch mehr als zwei Stunden vergehen, bevor die verräterische Rauchsäule der Dampflokomotive auftauchte, aber Simon wie auch Sal di Mona konnten nicht schlafen, konnten einfach nicht mehr stillsitzen.

Eine Stunde später waren alle eingeschlafen – bis auf Simon, der im Innern der Hütte an einer Wand lehnte und eine Zigarette rauchte, und Little Sal, der im Kerzenschein auf sein Brevier starrte, ohne auch nur ein Wort in sich aufzunehmen.

Plötzlich duckte sich Simon, schlich zu Sal hinüber und drückte die Kerzenflamme zwischen Daumen und Zeigefinger aus.

»Draußen ist jemand«, flüsterte er. »Da bewegt sich jemand.«

Er packte Sals Arm und zog ihn zu der niedrigen Hintertür der Hütte hinüber, wo das schräge, nach hinten geneigte Dach fast die steile Flanke des Hügels berührte. Der Holländer war ebenfalls aufgewacht und folgte ihnen. Die drei Männer krochen nach draußen, tasteten sich unter dem Dachvorsprung entlang bis in den Schatten eines Holzstapels.

In der Stille drangen Geräusche an ihre Ohren. Soldaten. Das leise Klicken von Metall auf hölzernen Gewehrkolben und kalten stählernen Läufen, das leise Knirschen von Schritten im Schnee, das gedämpfte Flüstern. Sie waren irgendwo zwischen den Bäumen. Und dann kam ein Dutzend von ihnen langsam zum Vorschein, als sie den Hügel hinunterkamen, um sich der Hütte von vorn zu nähern. Sie wußten augenscheinlich nichts von der Hintertür. Sie schienen es nicht eilig zu haben.

»Deutsche«, flüsterte Simon. Sal di Mona sah, wie das Licht des Mondes von den runden Gläsern der Brille eines der Soldaten reflektiert wurde.

»Aber wie...«

»Na, wie schon? Wir sind verraten worden.«

Simon kroch das kurze Stück zur Hütte zurück, um die anderen zu wecken, aber die schattenhaften Gestalten hatten sich inzwischen so weit voran bewegt, daß sie nicht mehr zu sehen waren; sie mußten sich jetzt schon ziemlich nahe an der Hütte befinden. Sal di Mona versuchte zu begreifen, was vor sich ging, doch alles lief zu schnell ab. Er hatte zwei Handgranaten in den Taschen seines Mantels. Der Holländer hielt das Maschinengewehr in den Fäusten.

Er wies den Hügel hinauf, zum dichten Baumbestand, und stieß Sal an der Schulter, flüsterte etwas. Sie gingen los. Kaum hatten sie zwanzig Meter im mondbeschienenen Schnee zurückgelegt, hörten sie wieder die Geräusche, das metallische Klicken, diesmal lauter und deutlicher. Dann donnerte irgend etwas gegen die Vordertür der Hütte, Rufe in deutscher Sprache. Geschrei.

Das Krachen von Gewehrfeuer, das Rattern automatischer Waffen, und völlig außer Atem warfen der Holländer und Sal sich in die Deckung der Bäume.

Alles, aber auch alles ging schief.

Sal di Mona durchzuckte zum tausendsten Mal der Gedanke, daß er nicht aus dem richtigen Holz für diese verdammte Kriegsscheiße geschnitzt war.

Er hörte eine Explosion, dann noch eine, Rufe und Schreie der Überraschung und des Schmerzes.

Die untersetzte Gestalt Simons erschien hinter der Hütte; er strauchelte im Schnee. Dann drehte er sich zur Hütte um; sein Arm beschrieb einen weiten Bogen; etwas flog durch die Luft, polterte auf das Dach, rollte über die vordere Kante und verschwand. Dann folgte das Geräusch einer Explosion; wieder erklangen Schreie, noch mehr Schreie, und Simon kämpfte sich den Hügel hinauf.

Er rang nach Atem, als er Little Sal und den Holländer erreichte. »Sie sind alle tot oder liegen im Sterben«, keuchte er. »Auch ein paar Deutsche.« Er ließ sich von Sal die Handgranaten geben, entsicherte sie und warf sie den Hügel hinunter zur Hütte. »Los, los, wir müssen weg hier.« Die Granaten explodierten; der hintere Teil der Hütte flog in die Luft.

Niemand folgte ihnen, aber sie konnten die deutschen Soldaten noch lange rufen und schreien hören.

Im ersten Tageslicht hatten sie die Straße erreicht, an der sie nervös auf den ramponierten alten Lastwagen warteten, der sie dort abholen sollte. Sie waren gerade rechtzeitig gekommen.

Vier ihrer Gefährten waren tot. Sie drei lebten noch, aber alles war aus und vorbei.

Er hatte den Explosionsgeruch in der Nase, konnte die Bilder nicht aus dem Kopf verdrängen.

Als sie am folgenden Tag wieder in Paris waren, erfuhren sie, daß die hochgestellte Persönlichkeit, die sie hatten töten wollen, gar nicht im Zug gewesen war.

Als er im päpstlichen Schlafgemach erwachte, war er schweißgebadet und zitterte wie vor Kälte, und er konnte noch immer die explodierenden Handgranaten riechen, konnte noch immer das Mondlicht auf den runden Brillengläsern des deutschen Soldaten sehen und Simon, wie er sich den Hügel hinaufkämpfte, zu ihm und dem Holländer, nachdem er die Granate über das Dach der Hütte hinweg geschleudert hatte...

»Giacomo? Sind Sie das? Was machen Sie hier? Wie lange sind Sie schon hier?«

Eine graue Morgendämmerung zog über der Vatikanstadt auf, drohend und düster wie der Vorbote eines Unwetters, aber Calixtus wußte, daß dies nur ein Überbleibsel des Traumes war, der Erinnerungen. Denn der Morgen nach der Nacht in den Bergen war ebenfalls düster und stürmisch gewesen; mit regenglatten, fast vereisten Straßen. Aber der heutige Morgen war nur einer von vielen anderen vier Jahrzehnte später, ein weiterer Morgen auf dem nur noch kurzen Weg von Papst Calixtus.

»Ich konnte nicht schlafen«, sagte D'Ambrizzi. »Ich brauche jede Nacht nur noch drei oder vier Stunden Schlaf. Manchmal weniger. Ich bin vor ungefähr einer Stunde zu Ihnen hereingekommen. Ich habe über sehr vieles nachgedacht, Heiligkeit. Wir müssen darüber reden.« Er saß, gekleidet in einen gestreiften, seidenen Morgenrock und Pantoffeln, in einem Armsessel neben dem Fenster und hatte die Füße auf das unterste Regal des Rollwägelchens gestellt, auf dem sich die Medikamente und medizinischen Apparaturen befanden, die der Papst im gegenwärtigen Stadium seiner Erkrankung benötigte. »Wie fühlen Sie sich?«

Calixtus setzte sich auf, schwang die Beine über die Bettkante und blieb schwer atmend sitzen. Seine Schlafanzugjacke war so durchgeschwitzt, daß sie ihm am Rücken klebte. D'Ambrizzi sah, wie er gegen den Schmerz ankämpfte.

»Wie *ich* mich fühle? Wie *ich* mich fühle?« Calixtus kicherte, hustete. Er wußte, daß D'Ambrizzis Frage sich auf den Zusammenbruch bezog, den Schwächeanfall oder was immer es gewesen war, den Calixtus vor einigen Tagen in seinem Büro erlitten hatte. »Erleichtert, weil es keine Herzattacke gewesen ist – obwohl ich nicht weiß, warum ich mich noch ans Leben klammere, als gäbe es irgendeine sinnvolle Zukunft... Wahrscheinlich war der Zusammenbruch auf eines der Medikamente zurückzuführen. Das alles ist mir so verleidet, Giacomo.«

»Aha. Die Heilung ist schlimmer als die Krankheit.«

»Es gibt keine Heilung, mein Freund. Das macht diesen ganzen Zirkus zu einem sehr schlechten Scherz. Auf meine Kosten. Was meinen Zustand betrifft, stelle ich nicht mehr viele Fragen. Wen kümmert es denn? Verstehen Sie? Wen, in Gottes Namen, kümmert das noch? Wer möchte es wissen? Es ist ganz einfach unwichtig, völlig unwichtig.« Er lächelte ironisch. »Jedenfalls unwichtig in den Augen Gottes und seines Planes.«

»Ach, Sie glauben, Gott hat einen Plan? Nein, das glaube ich nicht.« D'Ambrizzi schüttelte sein mächtiges Haupt. »Nein. Er muß improvisieren. Niemand, nicht einmal Gott – wer immer er oder sie auch sein mag – könnte einen so erbärmlichen Plan entworfen haben.« Er zündete sich eine seiner schwarzen Zigaretten an. »Aber ich bin zu Ihnen gekommen, um genau darüber mit Ihnen zu reden...«

»Daß Gott keinen Plan verfolgt? Oder über die Frage, ob Gott männlichen oder weiblichen Geschlechts ist? Wenn er überhaupt eins besitzt?«

»So unterhaltsam dieses Thema auch sein würde«, sagte D'Ambrizzi, »das Problem, das mir am Herzen liegt, hat rein gar nichts mit Sex zu tun. Es hängt damit zusammen, daß Sie noch gebraucht werden, Heiligkeit, dringend gebraucht, gleichgültig, wie viel oder wie wenig Zeit Ihnen noch verbleibt. Wir müssen miteinander reden.«

Calixtus erhob sich und verzichtete bewußt auf den Gehstock, als er langsam hinüber zum Fenster ging. Er war – idiotischerweise, dachte er bei sich – froh zu leben. Dankbar für diesen kleinen Segen, mochte die Welt, in die er bald hinüberwechseln sollte, noch so wundervoll sein. Froh, obwohl die Nächte und die Tage, die Träume und all seine Erinnerungen von Gedanken an den Tod erfüllt und verpestet waren. All die Opfer, all die Toten aus ferner Vergangenheit, all diejenigen, die erst vor kurzer Zeit ermordet worden waren, die neun Menschen... und wie vielen stand dieses Schicksal noch bevor? Wer konnte dieser Schreckensherrschaft ein Ende setzen? Wer konnte den Sinn ergründen, ihn herauskristallisieren, und den Kristall zerschmettern? Jede Nacht kreisten seine Gedanken, seine Träume um die Toten; jeden Morgen stand er auf und betete, quälte sich dann zur Morgenandacht und erledigte seine alltäglichen Aufgaben – immer unvollkommener, wie ihm sehr wohl bewußt war.

Die Welt gewöhnte sich an den Gedanken, daß seine Tage gezählt waren. Nun, warum auch nicht? Er war Calixtus, aber seit er wußte, daß er unheilbar krank war, kletterte er mit jedem Tag ein kleines Stück vom hehren päpstlichen Thron weiter zurück in die Realität, schlüpfte wieder mehr und mehr in die Identität des Salvatore di Mona...

»Sie möchten also mit mir reden«, sagte Calixtus. »Wissen Sie, Giacomo, manchmal wird mir bewußt, daß ich in Wirklichkeit Kardinal D'Ambrizzi gegenübersitze und mit ihm rede, einem der großen Männer der Kirche, einem der bedeutendsten Männer unserer Zeit, Saint Jack, und das macht mich betroffen, ehrlich gesagt. Wer bin ich schon, Ihnen die Zeit zu stehlen, Sie davon abzuhalten, sich um ihre schwierigen Aufgaben, die dringenden Pflichten zu kümmern – lächeln Sie nicht, Giacomo. Das ist mein voller Ernst. Sie sind *D'Ambrizzi*... und ich bin...«

»Der Boß«, sagte D'Ambrizzi. »Ja, Heiligkeit, ich möchte mit Ihnen reden.«

»Ist Ihnen nicht klar, Giacomo, daß wir in gefährlichen und menschenverachtenden Zeiten leben?«

D'Ambrizzi lachte. »Nicht besonders. Alle Zeiten waren gefährlich und menschenverachtend. Und das waren die guten Zeiten.«

»Da mögen Sie recht haben. Aber ich hatte mit meiner Bemerkung eher darauf abgezielt, daß wir uns in Ihrer Wohnung unterhalten sollten, falls es Ihnen recht ist. Es ist durchaus möglich, daß gewisse Herrschaften hier Abhörgeräte – Wanzen, wissen Sie –

angebracht haben. Aber Sie abzuhören werden diese Leute gewiß nicht wagen.«

»Welche Leute?«

»Raten Sie mal.« Er nahm seinen Morgenmantel vom Fußende des Bettes, streifte ihn über und griff schließlich widerwillig zum Gehstock. »Kommen Sie, gehen wir zu Ihnen.«

D'Ambrizzi erhob sich, um ihm durch die Tür ins Vorzimmer zu folgen, als Calixtus stehenblieb. »Ich glaube, wir sollten es nicht riskieren, mein Sauerstoffgerät hier zu lassen.« Er wies mit dem Kopf auf das Wägelchen. »Würden Sie so freundlich sein, den Wagen zu schieben? Es ist eine Zumutung, aber ich fürchte, es bleibt uns nichts anderes übrig. Die Ärzte würden mich umbringen, würde ich das Ding hier lassen.«

Die beiden Giganten der Kirche boten ein seltsames Bild, als sie mit dem Wägelchen im Schlepptau in ihren eleganten Morgenmänteln über die Flure des Vatikans zogen, an unschätzbar wertvollen Gemälden und Gobelins, an erstauntem Wachtpersonal und anderen Bediensteten der Frühschicht vorüber.

Als sie die Tür zu D'Ambrizzis Wohnung hinter sich geschlossen hatten, blieb der Kardinal neben dem schweren, mit kunstvollen Schnitzereien verzierten Eßtisch stehen, dessen Beine aus geschnitzten, sitzenden, grimmigen Löwen bestanden, auf deren Köpfen die große Tischplatte aus poliertem Edelholz ruhte. Er rückte einen Sessel mit gerader Lehne und Armstützen, wie der Papst ihn bevorzugte, vom Tisch ab, und Calixtus nahm langsam darin Platz.

Die ersten trüben Sonnenstrahlen fielen ins Zimmer, bildeten bleiche Lachen auf dem Aubusson-Teppich, auf der glänzenden Tischplatte. Die Gemälde – darunter ein Tintoretto – trugen zur barocken Ausstrahlung des Zimmers bei, das dennoch nicht überladen, sondern klar gegliedert wirkte – eine Atmosphäre, die Calixtus trotz aller Bemühungen in den päpstlichen Gemächern nicht zustande gebracht hatte.

»So, Giacomo, ich höre. Oder vielmehr das, was von mir übrig ist. Und ich bin neugierig. Was macht Ihnen Kummer? Sie lassen sich nur selten Sorgen anmerken, was kirchliche Probleme betrifft.«

»Ich glaube, das ist nicht ganz gerecht...«

»Stimmt. Sie lassen sich auch sonst nur selten Sorgen anmerken.

Aber diesmal kann ich es von Ihrem Gesicht ablesen. Was ist es? Hat es mit den Morden zu tun? Geht es darum?« In Calixtus flammte Hoffnung auf. Er wollte noch erleben, wie dieser Sache ein Ende gemacht wurde. Aber wieviel Zeit blieb ihm noch? Er hatte schreckliche Angst davor, daß der Hirntumor seinen Geist verwirrte, daß er in seinen letzten Tagen nicht mehr in der Lage sein würde, zwischen Träumen, Erinnerungen und der Realität zu unterscheiden.

»Bevor ich beginne, Heiligkeit...«

»Bitte, Giacomo, lassen Sie diese Anrede. Wir wissen beide sehr genau, wer wir sind. Zwei alte, von vielen Schlachten gezeichnete Veteranen.« Er streckte den Arm aus und gab D'Ambrizzi einen freundschaftlichen Klaps auf die Hand. »Also los. Erzählen Sie.«

»Ich möchte mit Ihnen über eine Angelegenheit reden, die dazu dienen kann, Ihre Arbeit auf Erden erfolgreich abzuschließen. Soviel Zeit bleibt Ihnen gewiß. Darum verzeihen Sie mir, wenn Ihnen das, was ich einleitend sagen werde, sinnlos erscheint. Wir werden bald zum Kern der Sache kommen. Aber es ist wichtig, daß Sie erfahren, wie ich zu meiner momentanen Einstellung gelangt bin. Seien Sie nachsichtig, Salvatore. Denken Sie daran: Sie sind *il papa*. Denken Sie daran, wer Sie sind, und denken Sie an die Macht und den Einfluß, an die Würde und Erhabenheit, die Sie durch Ihr Amt innehaben.«

Calixtus lehnte sich im Sessel zurück, begann sich zu entspannen und den Schmerz zu vergessen, der sein ständiger Begleiter geworden war. Er kannte D'Ambrizzi schon sehr, sehr lange, und er wußte, was der Kardinal beabsichtigte. Sie würden eine Reise in die Vergangenheit unternehmen, eine Reise zurück in der Geschichte ihrer Kirche, und D'Ambrizzi würde ihn führen und leiten. Calixtus bezweifelte zwar, daß ihm eine erfreuliche Reise bevorstand, aber er wußte, daß sie instruktiv sein würde. Er hatte allerdings nicht die leiseste Ahnung, wohin D'Ambrizzi ihn führen und wozu er ihn anspornen würde.

»Sie wissen, wie sehr ich die Stadt Avignon liebe«, sagte D'Ambrizzi. »Und über diese Stadt möchte ich reden – allerdings nicht über ihre Schönheit und ihre Reize, die wir beide kennen. Stattdessen möchte ich, daß wir uns in das vierzehnte Jahrhundert zurückversetzen, als der Papst seinen Amtssitz von Rom nach Avignon verlegte. Damals lag unsere Welt in Trümmern, wir waren von sich bekriegenden Familien umgeben. Unmittelbar nach seiner Wahl zum Papst, im Jahre 1303, verließ Benedikt XI. fluchtartig Rom, floh buchstäblich um sein Leben und starb bereits im darauffolgenden Frühjahr in Perugia – keines natürlichen Todes, das kann ich Ihnen versichern. Er wurde vergiftet. Das Corpus delicti war eine Schüssel Feigen, falls man Benedikts Biographen Glauben schenken kann. Ein Menschenleben bedeutete der Kirche damals vergleichsweise wenig. Reichtum, Macht, Einfluß – so viel stand auf dem Spiel. Das nächste Konklave dauerte ein Jahr. 1305 wurde Klemens V. in Lyon gekrönt. Aber er wagte nicht, in das von Kriegen und Fehden erschütterte Rom zurückzukehren. Statt dessen ließ er sich in Avignon nieder.

Auf diese Weise ging das Papsttum nach Frankreich über. Es wurde zu einem Mittel der französischen Politik und weltlicher, als es je zuvor gewesen ist – die Kirche war nun wirklich zu einem politischen Wesen geworden, das spirituell vom Weg abgekommen war. Rom war Petrus' Bischofssitz, und die Päpste seine Nachfolger, nun aber hatte die Kirche Rom den Rücken zugewandt, hatte es aufgegeben. Und die Heilige Stadt war in Verfall geraten. Sie war von Mördern, Schmugglern, Entführern, Dieben geplündert und geschändet worden. Die Kirchen wurden entweiht; der Marmor, die Skulpturen, die Gemälde – alles wurde geraubt. Um 1350 kamen an einem bestimmten Tag fünfzigtausend Pilger nach Rom, um an der Gruft des heiligen Petrus zu beten. Sie fanden Kühe vor, die das Gras abweideten, das in der Apsis wuchs, und der Boden war bedeckt mit Dung.

Johannes XXII., Benedikt XII., Klemens VI. ... Klemens hat Avignon für achtzigtausend Goldflorint *gekauft*! Er ließ den päpstlichen Palast errichten, und die Kardinäle stopften ihre prunkvollen Villen mit Kunstgegenständen voll und lebten in Saus und Braus. Sie waren weltliche Prinzen... Als Urban V. starb, betrug sein Privatvermögen zweihunderttausend Goldflorint. Die Kirche war nicht mehr die Kirche des heiligen Petrus, sie war von innen zerfressen worden. Sie war verrottet und verfault wegen der Gier nach Luxus und Reichtum, von der Lasterhaftigkeit, der Dekadenz und der Weltlichkeit; der Materialismus hatte triumphiert. Die Kirche führte nun ein Leben, als gäbe es keine Ewigkeit mehr, kein Jüngstes Gericht, keine Erlösung, kein Seelenheil, nur noch die ewige Leere und die unendliche Dunkelheit.«

Die Stimme des Kardinals war zu einem Flüstern herabgesunken, und er verstummte, senkte das Kinn auf die Brust. Calixtus wagte nicht, etwas zu sagen und damit den Zauber zu lösen. Er wußte nicht, wohin D'Ambrizzis Darlegungen führen sollten, aber er stand wie unter einem Bann. Er beobachtete, wie der Kardinal sich aus seiner Erstarrung löste, die Hand nach einem Becher und einer Karaffe ausstreckte, die auf einem silbernen Tablett standen. Bedächtig schenkte er ein Glas Wasser ein und reichte es Calixtus, der sich die Lippen befeuchtete. Die Medikamente hatten bei ihm ein ständiges Durstgefühl zur Folge, wie D'Ambrizzi wußte.

»Petrarca«, sagte D'Ambrizzi, »hat Avignon als Festung der Qualen bezeichnet, als Wohnsitz des Hasses, als Lasterhöhle, als Kloake dieser Welt, als Schule der Irrlehren, als Tempel der Ketzerei, als verderbtes, sündenhaftes Babylon, als Wiege der Lügen, als Jauchegrube.«

Calixtus murmelte: »Die babylonische Gefangenschaft.«

D'Ambrizzi nickte; seine Lippen waren trocken, und er hatte die Augen weit aufgerissen. »Petrarca hat außerdem geschrieben, Avignon sei das Heim des Weines, der Weiber, der Gesänge und der Priester, die soffen und fraßen und hurten, als würden sie nur zwei Göttern dienen: der Völlerei und der Unzucht. Von der heiligen Katharina von Siena ist der Ausspruch überliefert, daß sie am Gestank der Hölle von Avignon fast erstickt wäre.«

»Ich weiß diese Geschichtsstunde wirklich sehr zu schätzen, Giacomo, aber warum erzählen Sie mir das alles?«

»Weil möglicherweise die Zeit drängt, Heiligkeit«, erwiderte D'Ambrizzi mit plötzlich rauher Stimme. »Und das beziehe ich nicht nur auf ihre Krankheit. Die babylonische Gefangenschaft... sie bahnt sich wieder an. Und Sie, *papa*, stehen einer Kirche vor, die sich selbst in diese Gefangenschaft führt. Einer Kirche, die sich willentlich, ja bereitwillig in einen Sündenpfuhl verwandelt hat!« D'Ambrizzi sah das plötzliche Funkeln in Calixtus' Augen; alle Mattheit war verflogen. »Jetzt ist es an Ihnen, die Kirche wieder in Sicherheit zu bringen, zurück auf den rechten Weg... sie wieder in den Dienst der Menschheit und Gottes zu stellen.« Er grinste, zeigte die gelben Zähne. »Solange Sie noch Zeit haben, Salvatore.«

»Ich verstehe nicht...«

»Ich werde es Ihnen erklären.«

Der Papst schluckte einen blutdrucksenkenden Beta-Blocker. Ohne sich dessen recht bewußt zu sein, zog er den florentinischen Dolch aus der Tasche und drehte ihn langsam in den Händen. Seine Hände waren faltig, die Haut papierdünn, und sie zitterten leicht, doch sein Gesichtsausdruck war wach und aufmerksam. Als D'Ambrizzi vorschlug, eine Pause einzulegen, winkte der todgeweihte Mann entschieden ab, und in seiner Stimme lag ein wenig Unmut.

»Nein, nein, nein, ich kann Ihnen durchaus noch folgen. Wenn Sie fertig sind, kann ich lange genug ruhen, Giacomo.«

»Also gut. Nun, wenden wir uns wieder einigen unbequemen Wahrheiten zu«, fuhr D'Ambrizzi mit tiefer, rauher Stimme fort, verlieh seinen Worten Nachdruck. »Unsere Kirche ist erneut gefangen. Sie ist zum Sklaven der nichtkirchlichen Welt geworden – der profanen Welt und ihrer niedrigsten Begierden. Begreifen Sie, was ich sagen will? Begreifen Sie es wirklich? Wir sind Gefangene rechtsgerichteter Diktaturen, linksgerichteter Befreiungsbewegungen, Gefangene der CIA und der Mafia und des KGB und der bulgarischen Geheimpolizei und der Propaganda Due und des Opus Dei und von Banken überall auf der Welt, Gefangene zahlloser ausländischer Geheimdienste, der selbstsüchtigen Interessen in der Kurie, all unserer ungezählten Besitztümer in Immobilien und Beteiligungen – kurz gesagt, wir sind Gefangene unserer Gier nach Macht, Macht, Macht! Wenn ich mir die Frage stelle, was die Kirche will, dann denke ich an eine Zeit zurück, als die Antwort auf diese Frage vielschichtig gewesen sein mag, weil sie Urteilskraft, Entscheidungsfähigkeit und einer klaren Definition von Gut und Böse bedurfte – aber heute weiß ich die Antwort schon, bevor ich mir die Frage überhaupt stelle: Die Kirche will *mehr*, immer mehr!«

Der Papst spürte einen plötzlichen Druck in der Brust und warf einen raschen Blick zum Sauerstoffgerät hinüber. Es war seit seinem Zusammenbruch sein ständiger Begleiter geworden. Jetzt war das Gerät vielleicht von Nutzen... Dann aber verschwanden der Druck, das Gefühl der Beklemmung. Falscher Alarm. Er wischte sich mit einem Taschentuch ein Speichelbläschen aus dem Mundwinkel, bevor er antwortete.

»Aber Sie, Giacomo, haben doch mehr als jeder andere lebende Mensch der Kirche einen so weltlichen Stempel aufgeprägt. Sie haben sie der modernen Welt anzupassen versucht, der *wirklichen* Welt. Denn auf dieser Ebene müssen wir unsere Entscheidungen treffen, dort müssen wir ums Überleben kämpfen. Sie, *Sie* haben Ihren Einfluß geltend gemacht, um *Ihre* Vorstellungen durchzusetzen. Im Westen, im Ostblock, in den Staaten der Dritten Welt. Sie, Giacomo, haben das finanzielle Geschick der Kirche geleitet und ihr Vermögen auf eine so schwindelerregende Höhe gebracht. Sie waren es, der bei den heikelsten Problemen mit all den verschiedenen Machtgruppen verhandelt hat. Das ist unbestreitbar. Also – was soll ich mit dem, was Sie mir erzählen, anfangen?«

Ein schmales Lächeln spielte um Calixtus' ausgetrocknete Lippen. Sein Gesicht war weiß wie ein Laken. Die Haut war fast durchsichtig, ließ die Struktur des Schädels erkennen.

»Nennen Sie es die hart erworbene Weisheit eines alten Mannes, Salvatore. Als Ergebnis vieler Jahre Arbeit auf Gebieten, wie Sie sie gerade beschrieben haben. Sie haben aber die Möglichkeit, von dem zu profitieren, was ich jetzt, am Ende meiner Laufbahn, zu verstehen beginne. Noch ist Zeit genug. Darum *müssen* Sie mir zuhören und begreifen. Wir haben ein Zeichen bekommen, Salvatore – für mich war es das erste Mal in meinem Leben. Ein Zeichen, das uns warnen sollte, führen sollte... wir aber haben seine wahre Bedeutung ignoriert!« Seine Faust fuhr herunter, krachte auf die Tischplatte. Calixtus betrachtete D'Ambrizzi mit einer Mischung aus Erschrecken und Neugierde.

»Die Morde«, flüsterte D'Ambrizzi. »Ich bete, daß Sie begreifen, Heiligkeit. Die Morde – ein Zeichen wie das Kreuz, das Konstantin in der Abenddämmerung am Himmel erschienen ist. Sie, Heiligkeit, haben eine so große Chance, die Kirche wieder zum Guten umzuformen, wie sie kein Papst vor Ihnen besessen hat. Sie können die Kirche wieder ihren ursprünglichen Aufgaben zuführen, ihren wahren Aufgaben... wenn Sie nur das Zeichen erkennen, die Wahrheit *hinter* den Morden.

Es sind keine *heiligen* Morde, Salvatore. Es sind keine *kirchlichen* Morde, sie sind nicht das, was sie zu sein schienen, nicht das, was wir vielleicht vermutet haben. Wir sind Narren gewesen, blind gegenüber dem, was wir hätten sehen können. Wir haben uns in die schützenden Mäntel unserer Selbstüberschätzung gehüllt. Diese Morde, von denen wir uns in Schrecken haben versetzen lassen, sind keine Herausforderung, die von innerhalb der Kirche ausgeht – gleichgültig, wer dahintersteckt! *Sie sind Teil der Welt, die wir selbst geschaffen haben.*

Sie waren nicht zu verhindern, weil wir uns in die Hände unserer Feinde gegeben haben. Es sind weltliche Morde, weil wir zu einem von vielen anderen Rädchen im Getriebe der weltlichen Maschinerie geworden sind... und die Morde sind der Tribut, den die Welt von uns eingezogen hat. Wir verstricken uns in gewissenlose finanzielle Machenschaften, in Verbrechen und Politik und die raffgierige Anhäufung von Reichtümern, und wir müssen den Preis bezahlen!

Oh, einige mögen hinter vorgehaltener Hand von den *Assassini* reden, aber sollten wir diesen Leuten glauben, dann machen wir uns selbst etwas vor. Wir sind blind gewesen, und die *Assassini* sind nichts weiter als ein Symbol, ein Werkzeug, das wir geschaffen haben, um uns selbst zu geißeln. Aber Sie, Heiligkeit, können das wache Auge der Kirche werden, Sie können das alles aufhalten... nur Sie...«

»Aber wie, Giacomo? Was soll ich tun? Was kann ich tun?« Calixtus, der keine Ader für Mystizismus besaß, fragte sich ernsthaft, ob ihm in Gestalt D'Ambrizzis eine Art Prophet gegenübersaß. Sprach Gott zu ihm? Hatte dieser alte Mann, der einst sein Mentor gewesen war, göttliche Eingebungen? Calixtus hatte keine Antenne für Wunder – weder göttlicher noch anderer Natur. Er war schon immer voll und ganz Pragmatiker gewesen, Bürokrat, und wie sollte ein Bürokrat eine derartige Situation verarbeiten? Dennoch; er war so viele Jahre Schüler des Kardinals gewesen... Die Kraft von D'Ambrizzis Persönlichkeit wirkte fast körperlich auf ihn ein. Sie strahlte hell wie eh und je unter der rauhen Schale dieses alten Mannes, war wie der Extrakt seines Geistes, die Quintessenz des Menschen D'Ambrizzi.

»Denken Sie einfach daran, wer Sie sind.«

»Aber wer bin ich, Giacomo?«

»Sie sind *Calixtus*. Denken Sie an den ersten Papst zurück, der diesen Namen trug, dann wird Ihnen Ihre Aufgabe klarwerden.«

»Ich weiß nicht...«

Die riesige Pranke D'Ambrizzis umklammerte plötzlich wie ein Schraubstock Calixtus' Arm.

»Hören Sie mir zu, Calixtus... und seien Sie stark!

Schwester Elizabeth lehnte sich in ihrem Bürostuhl zurück und legte die Füße auf den Schreibtisch. Die Redaktionsräume waren leer und dunkel. Es war zehn nach zehn; sie hatte vergessen, zu Abend zu essen, und ihr Magen fühlte sich an, als hätte der Kaffee ein Loch hineingefressen. Toter Punkt. Pause. Sie warf den billigen Kugelschreiber, dessen Mine ohnehin zu Ende ging, in Richtung Papierkorb, verfehlte ihn aber und hörte den Stift in irgendeine Ecke rollen. Großartig. Diesen Drei-Punkte-Basketballwurf bekam sie einfach nicht hin.

Wer, um alles in der Welt, war Erich Kessler? Warum stand sein Name auf Vals Liste?

Elizabeth hatte alles versucht. Fast alles. Bis auf den Besuch bei einem Wahrsager und der Befragung einer Alphabettafel. Wäre der Name Erich Kessler irgendwo anders aufgetaucht als auf Vals Liste, würde sie inzwischen davon ausgehen, daß dieser Mann gar nicht existierte. Aber Val war zu sorgfältig gewesen, zu akribisch. Daß der Name in ihren Unterlagen stand bedeutete, daß es einen Erich Kessler geben mußte und daß er auf irgendeine Weise mit den Ermordeten in Verbindung gebracht werden konnte. Die Tatsache, daß hinter seinem Namen kein Datum stand, bedeutete mit ziemlicher Sicherheit, daß er noch lebte, da die Monats- und Jahresangaben hinter den anderen Namen Sterbedaten gewesen waren. Aber wo steckte der Mann, verdammt noch mal?

Toter Punkt. Sackgasse. Was konnte sie tun?

Sie erwachte gegen Mitternacht, die Füße noch immer auf dem Schreibtisch.

»Das«, murmelte sie, »ist bescheuert.«

Sie verließ die Redaktion, ging zu ihrer Wohnung in der Via Veneto, konnte dort aber nicht mehr schlafen. Bevor es ihr recht bewußt wurde, war es Zeit fürs Joggen.

Dann begann der Tag, und sie wußte, was sie als nächstes tun würde.

»Hier ist Schwester Elizabeth, Eminenz. Es tut mir schrecklich leid, daß ich Sie stören muß...«

»Reden Sie keinen Unsinn, meine Liebe. Was kann ich für Sie tun, Schwester?«

»Ich muß Sie sprechen, Eminenz. Ich brauche nur eine Viertelstunde...«

»Verstehe. Also gut, heute nachmittag. Vier Uhr. In meinem Heim.« Er bezeichnete den Vatikan immer als ›mein Heim‹. Saint Jack.

D'Ambrizzi erwartete sie in seinem Büro. Er war in vollem Ornat, und als er sah, wie ihre Augen sich bei seinem Anblick weiteten, legte sich ein breites Lächeln über sein derbes Gesicht. »Ein Auftritt«, erklärte er, »für die Touristen. Ich fürchte, man hat mich als den passenden Ersatz für den Heiligen Vater betrachtet. Nehmen Sie Platz, Schwester. Was haben Sie auf dem Herzen?« Er öffnete eine geschnitzte Zigarettenkiste, grub mit seinen kurzen, dicken Fingern darin herum und brachte schließlich eine seiner schwarzen Zigaretten zum Vorschein. Er schob sie in den Mundwinkel und riß am Daumennagel ein Streichholz an.

»Es geht um die Morde«, sagte sie. »Die Namen der Männer auf Schwester Valentines Liste, von denen wir festgestellt haben, daß sie alle ermordet worden sind.«

»Verzeihen Sie, Schwester, aber darüber haben wir uns bereits ausführlich unterhalten. Es sei denn, Sie haben etwas Neues vorzubringen...« D'Ambrizzi zuckte die mächtigen Schultern.

»Bitte, Eminenz! Denken Sie doch auch einmal an Val. Sie hat wegen dieser ganzen Geschichte ihr Leben hergeben müssen. Versuchen Sie, sich in ihre Lage zu versetzen. Sie muß kurz davorgestanden haben, irgend etwas aufzudecken, das von so großer Bedeutung war, daß man sie töten mußte...«

»Meine liebe junge Frau, Sie brauchen mir keine Belehrungen zu erteilen, was meine Gefühle für Schwester Valentine betrifft. Ich war schon vor dem Krieg eng mit der Familie Driskill befreundet. Ich habe Hugh Driskill hier in Rom kennengelernt, als er für die Kirche gearbeitet hat. Wir haben des öfteren gemeinsam Konzerte besucht. Bei einer solchen Gelegenheit bin ich ihm übrigens vorgestellt worden. Ich kann mich daran erinnern, als wäre es erst gestern gewesen, Schwester. Beethoven. Trio Nummer sieben, B-Dur, Opus 97. Eins der Lieblingswerke von Hugh. Es war das erste Thema, über das Hugh und ich uns unterhalten haben... aber das tut hier nichts zur Sache. Schwester, ich liebe diese Familie, jeden einzelnen von ihnen, wobei ich zugeben muß, daß sie alle ganz schön dickköpfig sind. Hugh und seine OSS-Aufträge, diese Fallschirmabsprünge und Gott weiß was sonst noch. Valentine und ihr Herumstochern in Dingen, die sie das Leben gekostet haben... und Ben, der offenbar mit dem Kopf durch die Wand will, was immer er vorhat. Ich will den Mann finden, der Valentine getötet hat. Ich leite meine eigenen Nachforschungen, auf meine eigene Weise, und offen gestanden möchte ich sie gern allein und ungestört fortsetzen, Schwester. Ohne mir Sorgen machen zu müssen, daß auch Sie ermordet werden könnten, oder Ben Driskill... Begreifen Sie überhaupt, worauf ich hinaus will, Schwester? Oder drücke ich mich mißverständlich aus? Ich möchte, daß Sie sich völlig von dieser Sache zurückziehen. Sie haben keinen Auftrag, kein Recht, keinen Grund, diese Angelegenheit weiterzuverfolgen. Keinen. Keinen einzigen. Schauen Sie mich an, Schwester Elizabeth, und sagen Sie mir, daß Sie mich verstanden haben.«

»Ich habe Sie verstanden«, sagte sie leise.

»Habe ich ein ›Aber‹ in Ihrer Stimme gehört, Schwester?«

»Mit allem gebotenen Respekt, Eminenz, ich verstehe nicht, wieso ich kein Recht dazu habe, den Versuch zu unternehmen, Vals Arbeit zu beenden. Ich habe das Gefühl, als hätte ich nicht nur das Recht dazu, sondern geradezu die Pflicht. Ich... ich... ich kann meine Gefühle schließlich nicht verleugnen, Eminenz.«

»Ich verstehe etwas von Gefühlen, Schwester. Sogar ich hatte in meinem langen Leben Gefühle. Was ich jedoch nicht verstehe, ist Ihr Tun. Überlassen Sie das Handeln anderen.«

»Aber, Eminenz, die anderen – das sind diejenigen, die Menschen töten! Diese anderen kommen aus kirchlichen Kreisen, und...«

»Sie sollten keine bloßen Vermutungen anstellen, Schwester. Lassen Sie die Finger von der Sache. Es ist ein kirchliches Problem, also überlassen Sie die Lösung dieses Problems bitte auch der Kirche.«

»Wie können Sie so etwas sagen?«

D'Ambrizzi lächelte und zündete sich eine weitere Zigarette an. »Weil ich den Kardinalspurpur trage, nehme ich an. Das ist, was Sie betrifft, *Schwester*, sicherlich das beste Argument.« Er blickte auf seine Armbanduhr. »Ich muß mich jetzt wirklich auf den Weg machen, meine Liebe«, sagte er und erhob sich ein wenig schwerfällig, als würde das Gewicht seines Kardinalsgewandes auf seine Schultern drücken.

»Erich Kessler«, sagte sie. »Wer ist Erich Kessler?«

D'Ambrizzi starrte sie an.

»Sein Name ist der letzte auf Vals Liste. Der einzige Name, hinter dem kein Todesdatum vermerkt ist. Aber diesen Mann scheint es gar nicht zu geben. Wer ist er? Ist er das nächste Opfer im Rahmen irgendeines Planes?«

D'Ambrizzi betrachtete sie durch seine halb geschlossenen Krokodilsaugen. »Ich habe keine Ahnung, Schwester. Keine. Also, bitte, hören Sie damit auf! Lassen Sie die Finger davon!« Seine Stimme war leise, kaum mehr als ein Flüstern, aber die Ausrufungszeichen bedurften keiner Lautstärke.

»Falls Erich Kessler als nächstes Opfer ausersehen ist, dann muß er wissen, warum die anderen ermordet wurden... und das bedeutet, daß Erich Kessler alle Antworten kennt.« Ihre Hände zitterten, und sie stand kurz davor, in Tränen auszubrechen, »Ich werde nach Paris fliegen. Val war dort. Sie hat dort gearbeitet.«

»Auf Wiedersehen, Schwester.«

Er öffnete ihr die Tür.

Im Vorzimmer saß Monsignore Sandanato an seinem Schreibtisch. Er blickte auf. »Schwester«, sagte er.

Dann war sie auch schon an ihm vorbei und eilte den Flur hinunter und wünschte sie alle zum Teufel, jeden einzelnen von diesen Kerlen!

Kardinal D'Ambrizzi wandte sich an Monsignore Sandanato.

»Haben Sie auf der Suche nach Erich Kessler schon irgend etwas in Erfahrung gebracht, Pietro?«

»Nein, Eminenz, noch nicht. Wie sich herausgestellt hat, ist dieser Mann sehr schwer zu finden.«

»Bleiben Sie dran, Pietro.«

An diesem Abend nahm Schwester Elizabeth an einem Essen im großen Speisesaal des Ordenshauses teil, zu dem sie schon vor längerer Zeit von Kolleginnen eingeladen worden war. Die Tafel war gedeckt mit Wedgwood-Geschirr und altem Tafelsilber, die Atmosphäre war locker und entspannt – genau das, was ihre zerrütteten Nerven momentan brauchten. Das Kerzenlicht brach sich in den kristallenen Gläsern; leise Stimmen; ruhige Gespräche; hin und wieder ein gedämpftes Lachen. Es war eine

Umgebung, wie Elizabeth sie aufgrund ihres Berufes als Journalistin nicht mehr häufig antraf, die sie auch nicht sonderlich vermißt hatte, doch nun wurde sie von ihrer Ausstrahlung und ihrer inneren Harmonie umfangen und gab sich ihr hin. Sie erinnerte sich seit längerer Zeit zum erstenmal wieder daran, daß dies einer der Gründe gewesen war, die sie dazu bewogen hatten, Nonne zu werden. Die Gemeinschaft des Ordens war ein ruhiger Hafen inmitten der Welt dort draußen, die wie eine tobende, aufgewühlte See war.

Der Abend war ein Wunder der Entspannung: freundschaftliche Höflichkeit, gebildete Menschen, kultivierte Gespräche über kirchliche Fragen, die jedoch von Ironie und deutlichen Seitenhieben durchdrungen waren. Diese Frauen machten es der Kirche nicht leicht, waren ihr sogar ein Dorn im Auge, denn einige der schärfsten Kritiker am starren Dogmatismus und Konservativismus kamen aus den Reihen dieser Nonnen. So saßen sie also in ihren traditionellen schwarzen Ordensgewändern zusammen – für einige, wie Elizabeth, waren derartige Zusammenkünfte der einzige Anlaß, diese Kleidung zu tragen – und unterhielten sich. Der Abend und die Gesellschaft machten Elizabeth wieder bewußt, daß eine kirchliche Welt jenseits der des Vatikans und der huschenden Schatten der *Assassini* existierte. Es war der Beweis, daß es eine Welt der Ordnung und Frömmigkeit, Zucht und Geistlichkeit gab, auf der kein unerträglicher Druck lastete, in der es keine Zwänge gab wie für jene Männer, die ihr Leben im Vatikanpalast verbrachten. Jetzt, da sie inmitten ihrer Schwestern saß und den zwanglosen Gesprächen lauschte, den Berichten von Erlebnissen, Gedanken, Gefühlen, die sie so leicht nachvollziehen, nachempfinden konnte, erschien ihr das wie eine Oase des Friedens, weit weg von Schrecken und Blut und Angst.

Als sie später im Salon mit den alten, goldgerahmten Gemälden bei einer Tasse Espresso saß, dachte sie an Val und daran, wie viele Stunden sie beide in diesem Zimmer verbracht und mit ihren Schwestern Kaffee getrunken und geplaudert hatten... Arme Val. Was hätte sie getan, wenn D'Ambrizzi ihr eine derartige Abfuhr erteilt hätte? Die Frage war nicht leicht zu beantworten. Und wie, fragte sie sich, hätte Ben Driskill reagiert? Sie biß sich auf die Lippen, rang sich ein Lächeln ab. Ben hätte zu D'Ambrizzi gesagt, er solle sich zum Teufel scheren...

Schließlich rüsteten die ersten Schwestern zum Aufbruch, und auch Elizabeth verabschiedete sich. Die entspannende Wirkung der vergangenen Stunden schwand bereits, verblaßte wie die dunkle Erinnerung an ein vergessenes Foto aus der Kindheit.

Nachdem sie ihre Wohnung an der Via Veneto betreten hatte, versuchte sie vergeblich, ihre innere Ruhe wiederzuerlangen. Und sie verspürte auch wieder den heiligen Zorn, der seit der Konfrontation mit D'Ambrizzi in ihr wütete. Noch nie zuvor hatte sie D'Ambrizzi so voller Unwillen, so ohne jegliches diplomatisches Fingerspitzengefühl erlebt.

Irgendwie, versuchte sie sich zu trösten, würde sich alles von selbst lösen, irgendwie würde sie das alles schon noch durchschauen.

Durchschauen? Von selbst lösen? Was für törichte Gedanken! Es gab kaum noch einen Funken Hoffnung.

Sie beschloß, ein heißes Bad zu nehmen, zog sich aus, ließ Wasser in die Wanne laufen, stieg hinein und beobachtete, wie das Kondenswasser langsam die glänzenden Kacheln trübte.

Die Tür zum Badezimmer hatte sie offen gelassen. Im Spiegel draußen auf dem Flur konnte sie die zur Seite gezogenen, im Abendwind wehenden Vorhänge sehen. Beim Nachhausekommen hatte sie die Schiebetüren zum Balkon halb geöffnet. Auf dem Balkon stand ein schmiedeeiserner Tisch; die Zipfel der Tischdecke flatterten im Wind. Vor zwei Tagen hatte eine Freundin ihren Besuch angekündigt, und Elizabeth hatte die entsprechenden Vorbereitungen getroffen. Dann, in letzter Minute, hatte die Freundin abgesagt. Jetzt standen die Kristallgläser und der schwere silberne Kerzenleuchter wie verloren draußen auf dem Balkon, der von den Lichtern der Straße tief unten, von der noch immer regen Stadt, den Scheinwerferketten der Autos, den Leuchtreklamen, den Straßenlaternen in dämmriges, flackerndes Licht getaucht wurde...

Elizabeth' müde Muskeln entspannten sich im heißen Wasser; auch die innere Verkrampfung fiel von ihr ab. Sie spürte die Müdigkeit wie eine Woge in sich aufsteigen, und sie sehnte sich, hinabzutauchen in den Schlaf...

Träge beobachtete sie im Spiegel, wie eine Wolke langsam an

der Scheibe des Mondes vorüberzog. Plötzlich vermeinte sie in der fast dunklen Wohnung eine Bewegung zu sehen.

Als sie die Augen aufriß, genauer hinschaute, sah sie nur die Vorhänge, die sich im Abendwind bauschten, den gespenstisch beleuchteten Balkon und das gedämpfte Schimmern des Kerzenleuchters auf der gläsernen Tischplatte.

Sie behielt den Spiegel im Auge. Wartete.

Eine Fledermaus? Sie hatte panische Angst vor Fledermäusen. Hatte sich eine durch die Balkontür ins Zimmer verirrt und flatterte nun durch die Wohnung?

Wieder huschte ein Schatten über den Spiegel. Zu schnell, um etwas erkennen zu können. Ein Schemen.

Da war etwas.

Sie spürte, wie sich die Härchen in ihrem Nacken aufrichteten, wie eine Gänsehaut sie überlief. Langsam, ohne den Blick vom Spiegel zu nehmen, richtete sie sich in der Wanne auf, streckte, nackt und triefend, die Hand nach ihrem Bademantel aus und stieg aus der Wanne. Ihre Knie zitterten plötzlich, und ihr Herz klopfte bis zum Hals.

Kurz dachte sie daran, sich im Badezimmer zu verbarrikadieren. Nein, nein, dann würde sie sich nur selbst eine Falle stellen. Gleiches galt für das Schlafzimmer, das den Flur hinunter lag. Sogar ein Halbwüchsiger konnte das dünne Holz der Tür mit einem Fußtritt zerschmettern. Und eine innere Stimme sagte ihr, daß sie im Spiegel keine Fledermaus hatte vorbeihuschen sehen – und auch keinen Halbwüchsigen.

Es blieb nur ein Fluchtweg: die Eingangstür. Wenn es im Bad doch nur ein Telefon gäbe...

Mein Gott, sie phantasierte.

Ihre Nerven waren überreizt, das war alles; der Kummer, die *Assassini*, die Eingeständnisse Monsignore Sandanatos, hier, in dieser Wohnung, die Angst um Ben Driskill und die Erinnerungen an Val, die Auseinandersetzung mit D'Ambrizzi. Das alles war einfach zuviel gewesen.

Sollte sie Licht anmachen? Nein, lieber nicht.

Einbildungen. Schatten? Tod?

Elizabeth ging langsam durch den Flur in Richtung Wohnzimmer. Sie wußte nicht, was sie zu ihrer Verteidigung tun konnte, falls... falls was? Sie wollte jedenfalls nicht hier, im hinteren Teil der Wohnung, wie in einer Falle sitzen. Und bis zur Küche – bis zu den Messern – war es ein weiter Weg.

Das Wohnzimmer lag im Halbdunkel, die Umrisse von Möbeln, Lampen, Topfblumen hatten etwas Gespenstisches. Nichts rührte sich. Sie hörte nur den Wind am Geländer des Balkons rütteln, außerdem die schwachen Geräusche des Straßenverkehrs. Aber die Schatten waren tief und schwarz und drohend.

Sie ging bis zur Mitte des Zimmers, blieb stehen, lauschte.

Vielleicht hatte der Spiegel sie getäuscht. Die Vorhänge bewegten sich immer noch leicht. Der Abendwind war kalt, schneidend.

Es war niemand im Zimmer. Natürlich nicht.

Sie ging auf den Balkon zu. Die Schiebetür war immer noch halb geöffnet; nichts hatte sich verändert. Es war alles Einbildung gewesen, ein Produkt ihrer überreizten Nerven.

Sie öffnete die Schiebetür ganz, blickte hinaus auf den Balkon, auf den Tisch, hörte, wie der Straßenlärm, der von der Via Veneto heraufdrang, schlagartig lauter wurde. Sie holte tief Luft, seufzte vor Erleichterung und trat hinaus auf den Balkon. Tief unten auf der Straße sah sie die Lichterschlangen der Autos. Passanten. Leben. Realität. Niemand schlich durch ihre Wohnung, Blödsinn, nein, dort unten strömten Menschenmassen über die Gehsteige, dort unten waren Hunderte von Nachtschwärmern unterwegs, um sich irgendwo zu amüsieren. *Das* war die Realität. Sie drehte sich um, wollte zurück ins Wohnzimmer.

Er stand im Türrahmen.

Fünf Meter entfernt.

Ein hochgewachsener Mann. Regungslos starrte er sie an.

Er trug eine schwarze Soutane wie viele Tausende andere, die man täglich auf den Straßen Roms sehen konnte. Er stand ganz ruhig da, als erwartete er, daß sie irgend etwas sagte. Dann bewegte er die Lippen, doch er gab keinen Laut von sich.

Warum gab er ihr noch Zeit, warum hatte er seinen Auftrag nicht schon im Bad erledigt, als sie in der Wanne gelegen hatte, oder im Wohnzimmer, als sie hinaus auf den Balkon geblickt und ihm den Rücken zugekehrt hatte? Jetzt konnte sie ihn deutlicher sehen.

Er trat ins Licht. Sie sah die gräßliche leere Augenhöhle, sah das Weiß darin schimmern. Sie schrie.

Instinktiv bewegten sich beide im gleichen Augenblick.

Er kam auf sie zu, und sie trat zur Seite, packte den schweren silbernen Kerzenleuchter.

Seine Hand grub sich in den Stoff ihres Bademantels. Sie riß sich von ihm los, schrie und spürte, wie der Gürtel sich öffnete, der Mantel auseinanderklaffte. Das eine Auge musterte sie starr.

Ein totes Auge...

Durch ihre gellenden Schreie und den Anblick ihres nackten Körpers für einen Moment aus dem Konzept gebracht, hielt der Mann – der Priester – inne, die kräftigen Arme ausgestreckt, mit denen er sie über das Geländer hatte schleudern wollen.

In diesem Sekundenbruchteil erlangte Elizabeth die Fassung wieder, wappnete sich für den nächsten Angriff, und dann kam der Mann auch schon, trat auf sie zu, und sie schmetterte ihm den Kerzenleuchter zwischen seinen vorschießenden Armen hindurch ins Gesicht, zielte auf das weiße Auge, spürte, wie der Glaszylinder zerbrach und das Silber durch Haut und Fleisch drang und knirschend auf Knochen traf.

Er stieß einen gedämpften Schrei aus. Sie stützte sich am Tisch ab und schlug erneut zu, legte diesmal ihr gesamtes Körpergewicht hinein. Er warf die Hände hoch; sein Gesicht war nur mehr eine blutüberströmte Maske. Er tastete mit vorgestreckten Armen nach ihr, tappte nach vorn, und sie stieß ihn in den Rücken. Er taumelte, stolperte gegen das Geländer, konnte sich halten, wandte sich um, und sie sah, daß sein Gesicht verschwunden war unter einem Meer aus rubinrotem Blut, in dem Glassplitter glitzerten wie unechte Diamanten, und sein Mund war geöffnet, doch kein Laut drang daraus hervor...

Sie trat zurück, starrte ihn an, beobachtete seinen Todeskampf.

Noch einmal straffte sich sein Körper; er schien sie anzublicken. Seine Arme waren ausgebreitet wie in einer flehentlichen Geste.

Dann kippte er langsam nach hinten über das Geländer.

Sie sah ihn stürzen, die Arme ausgestreckt; die Soutane blähte sich im Wind, flatterte, und er drehte sich langsam, während er fiel und fiel, lautlos, und das letzte Bild, das sie sah, war das eine gräßliche Auge, wie eine leuchtend rote Flamme...

# Vierter Teil

# 1 DRISKILL †

Father Dunn brachte mich in die Realität zurück, in die Sicherheit. Es war, als reichte mir jemand die Hand und zöge mich hinauf, während ich an einem bröckeligen Felsvorsprung über einem Abgrund schwebte.

Schon als ich ihn durch den kleinen Park, in dem die Kinder unter den aufmerksamen Blicken ihrer Mütter Fußball spielten, hatte kommen sehen, die Pfeife im Mundwinkel, war mir ein Stein vom Herzen gefallen, verkörperte Dunn doch die Welt der Vernunft, der Rationalität; sein Anblick riß mich aus dem Strudel der Gewissensbisse, der mich zu verschlingen drohte.

Ich hatte versagt. Ich hatte versagt und mich aus dem Staub gemacht, und es gab keine Möglichkeit, dies jemals wieder rückgängig zu machen. Ich, *ich* hatte Horstmann zu Bruder Leo geführt und zu Bruder Padraic, und die beiden hatten für meine Unvorsichtigkeit mit dem Leben bezahlt. Ich war für ihre Ermordung genauso verantwortlich wie für den Tod LeBecqs, doch irgendwie war ich selbst bis jetzt immer wieder von den Folgen meiner Torheiten verschont geblieben. Ich hatte einen Schutzengel, während alle anderen sterben mußten.

Die Erlebnisse im Kloster St. Sixtus hatten eine beschämende Veränderung bei mir herbeigeführt, hatten mir das Gefühl vermittelt, wie ein verängstigtes Tier zu handeln, das blindlings durch ein blutbesudeltes Labyrinth flüchtet; ich war mir nicht mehr sicher, welche Rolle ich spielte: Jäger oder Opfer. Das spielte auch keine Rolle, denn beide würden am Ende sterben. Es gab immer einen weiteren Jäger. Meine Stimmung war wieder und wieder umgeschlagen; mal hatte ich mich wie auf der Jagd nach Horstmann gefühlt, mal wie seine Beute. Jedenfalls hatte ich meine Pistole verloren. LeBecqs Pistole – ob sie mir nun von Nutzen hätte sein können oder nicht. Sie war verschwunden.

Wäre Artie Dunn nicht so plötzlich aufgetaucht, hätte ich mich vermutlich ziemlich lange am Rand eines Nervenzusammenbruchs bewegt. Vielleicht hätte ich mich sogar irgendwann über diesen Rand in die Tiefe fallen lassen. Es war nicht bloßes Selbstmitleid, das mich quälte; so einfach war das nicht. Ich ertrank regelrecht in Angstschweiß, drohte an meiner Furcht zu ersticken. Kein Alptraum – weder Mutter, wie sie die Hand nach mir ausstreckt und mir irgend etwas sagen möchte, noch meine Erinnerungen an Val mit dem versengten, blutverschmierten Haar – war mit dem zu vergleichen, was ich heute morgen am Strand gesehen hatte. Solange ich lebte, würde das Bild Bruder Leos mich verfolgen, wie er blutüberströmt und mit aufgedunsenem Leib und blauem Gesicht an das auf den Kopf gestellte Kreuz genagelt war; die Füße in der Luft, die eine Hand in der Brandung hin und her schwingend...

Aber nun war Artie Dunn wie gerufen aus dem Nichts im Land der Geister und Dämonen erschienen und führte mich wieder zurück in die diesseitige Welt.

Wir fuhren mit meinem Mietwagen nach Dublin, um von dort aus weiter nach Paris zu fliegen, und redeten und redeten. Es war wie bei einem alten Radioquiz, das ich als Junge immer heimlich gehört hatte: *Can You Top This?* Was ich von Dunn zu hören bekam, erweiterte endlich mein Blickfeld und öffnete mir die Augen für neue Perspektiven. Ich hatte, seit ich aus Princeton abgereist war, das Gefühl gehabt, völlig allein zu sein, völlig auf mich selbst gestellt wie ein Astronaut auf der erdabgewandten Seite des Mondes. Als ich nun Dunn zuhörte, wurde mir allmählich bewußt, daß sich auch außerhalb meines Gesichtskreises etwas bewegt hatte.

Was hatte Artie Dunn nach Irland verschlagen, wollte ich von ihm wissen.

Nun, er war nach Paris geflogen, um dort Robbie Heywood aufzusuchen – eine Antwort, die mich stutzig machte, gelinde gesagt. Wie sich herausstellte, hatte Dunn, als er gegen Ende des Krieges als Feldgeistlicher nach Paris gekommen war, Heywood kennengelernt. Dunn hatte natürlich erfahren, daß Horstmann den Vikar ermordet hatte, und er war – wie ich auch – auf Clive Paternoster gestoßen. Der arme Paternoster mußte sich inzwischen fragen, wer, in drei Teufels Namen, im Gefolge der Driskills wohl noch alles bei ihm auftauchen würde.

Jedenfalls hatte Paternoster Father Dunn berichtet, daß ich in Paris gewesen war, und hatte ihm eine ziemliche Überraschung bereitet, als er ihm erzählte, daß ich mich auf den nach Weg nach Irland gemacht hatte und aus welchem Grunde. Daraufhin hatte Dunn die ursprünglichen Ziele seiner Paris-Reise vorerst hintangestellt und sich auf die Suche nach mir gemacht. Warum? Weil Paternoster ihm erzählt hatte, daß ich wußte, wer Robbie Heywood getötet hatte: Horstmann.

Clive hatte Dunn außerdem von meinem Interesse an den *Assassini* berichtet. Artie war sich sofort im klaren gewesen, in welcher Gefahr ich schwebte, seit irgend jemand Horstmann von der Leine gelassen hatte. Ich beglückwünschte ihn ob seiner Weitsicht und fragte ihn, warum er denn ursprünglich nach Europa gekommen sei und warum er Robbie Heywood hatte aufsuchen wollen.

»Ich mußte Erich Kessler finden«, sagte Dunn. »Ich habe intensiv über die ganze Geschichte nachgedacht und bin immer wieder auf Kessler gekommen. Wenn es jemanden gibt, der die Antworten auf all unsere Fragen kennt, dann höchstwahrscheinlich dieser Mann. Als ich D'Ambrizzis Testament gelesen hatte – und dabei auf diese verdammten Decknamen gestoßen bin –, war mir klar, daß ich Kessler finden mußte. Vorausgesetzt, er lebt noch.«

Wir waren noch auf der Fahrt nach Dublin, als buchstäblich aus heiterem Himmel ein heftiger Landregen einsetzte; die Scheibenwischer mühten sich redlich, die Wassermassen zu bewältigen. Aus dem Autoradio erklang Volksmusik in gälischer Sprache, die ich jedoch besser verstand als das, was Father Dunn eben erklärt hatte: Wer, zum Teufel, war Erich Kessler?

»Robbie Heywood«, fuhr er fort, »hätte ein Ansatzpunkt auf der Suche nach Kessler sein können. Wenn es um Katholiken ging, schien er immer alles zu wissen...«

»Dieser Kessler ist Katholik?« fragte ich.

»Nein«, er blickte überrascht zu mir hinüber, »nein, nicht, daß ich wüßte.«

»Ehrlich gesagt, Artie, ich verstehe überhaupt nichts mehr.«

»Es geht mir nicht viel anders«, sagte er, »aber ich arbeite daran. Früher oder später finden wir es heraus.« Er lächelte aufmunternd, doch seine ausdruckslosen grauen Augen, die wie Kiesel in seinem rosigen Gesicht wirkten, waren so abweisend und kühl wie immer.

»D'Ambrizzis Testament«, sagte ich, »und dieser Kessler – wovon reden Sie eigentlich? Als nächstes werden Sie mir wohl erzählen, Sie wüßten alles über das geheime Konkordat der Borgia...«

»Den Teufel werd' ich ihnen erzählen.« Er seufzte. »Wir müssen noch viele unbeschriebene Seiten füllen, Ben.« Er kuschelte sich in seinen gefütterten, imprägnierten Mantel und zog sich den olivgrünen Filzhut tief in die Stirn, bis dicht über die buschigen grauen Augenbrauen, die aussahen, als wären sie von einem stümperhaften Maskenbildner angeklebt worden. »Können Sie die Heizung in dieser Klapperkiste nicht etwas höher stellen?« Er schauderte, rieb sich die behandschuhten Hände. »Warum erzählen Sie mir nicht, was Sie erlebt haben, seit Sie aus Princeton abgereist sind? Zum einen interessiert es mich brennend, zum anderen bewahrt es Sie davor, hinter dem Steuer einzuschlafen. Sie sehen wie ein Mann aus, der seit Wochen kein Auge zugetan hat.«

Also begann ich zu berichten, erzählte ihm von meinem Treffen mit Klaus Richter und der winzigen Lücke in der mit Fotos tapezierten Wand seines Büros – jene Lücke, in der sich die Aufnahme befunden hatte, die Val dann in ihrer alten Spielzeugtrommel versteckte, so daß nur ich sie finden konnte: dem Schnappschuß mit Richter, LeBecq, D'Ambrizzi und Torricelli; ich berichtete ihm von Gabrielle LeBecqs Geschichte, daß ihr Vater und Richter in den Schmuggel und die Hehlerei mit geraubten Kunstgegenständen verwickelt waren, in die gegenseitige Erpressung zwischen Kirche und Nazis, die im besetzten Paris begonnen hatte und noch immer andauerte. Plötzlich unterbrach er mich.

»Wer ist der jetzige Verbindungsmann im Vatikan?«

»Das weiß ich nicht.« Mir fiel auf, daß Dunn diese Frage gestellt hatte, als wüßte er über das schmutzige Geschäft zwischen Kirche und Nazis Bescheid.

Ich erzählte ihm von meiner Reise zu dem Kloster in der Wüste und meinem Gespräch mit dem Abt, der mir Horstmanns Namen genannt hatte; daß Horstmann sich zwei Jahre im ›Inferno‹ aufgehalten und dann seinen Marschbefehl aus Rom bekommen hatte, und daß diese Tatsache den Mord an meiner Schwester mit

Rom in Verbindung brachte. Und ich erzählte ihm vom Schicksal Etienne LeBecqs, von dessen Selbstmord in der Wüste und daß ich diesen armen Teufel in den Tod getrieben hatte, daß er furchtbar verängstigt gewesen war, weil er geglaubt hatte, ich wäre aus Rom geschickt worden, um ihn zu töten; ich erzählte Dunn, wie Gabrielle und ich LeBecqs Terminkalender durchgesehen hatten, worin seine Furcht schwarz auf weiß zu lesen gewesen war, die Decknamen, alles...

*Was wird aus uns werden? Wo wird alles enden? In der Hölle!*

Die Decknamen. *Simon. Gregory. Paul. Christos. Archduke!*

Die Männer auf dem Foto. Nur Richter und D'Ambrizzi lebten noch. Genügte diese Aufnahme, um D'Ambrizzis Chancen auf den Papstthron zunichte zu machen? Was hatten die vier Männer damals besprochen? Und wer hatte sie fotografiert?

Dunn hörte mir aufmerksam zu, während ich ihm berichtete, bis hin zu meiner Reise nach Paris, wo ich hatte feststellen müssen, daß Robbie Heywood drei Tage zuvor ermordet worden war, mich dann durch die Torricelli-Papiere hindurchgearbeitet hatte, in denen ich wieder auf den geheimnisvollen Simon und die *Assassini* und eine ›verabscheuungswürdige Verschwörung‹ gestoßen war, um was immer es sich dabei handeln mochte, und wie Paternoster mir dann von Bruder Leo erzählt hatte und daß Leo einer von *ihnen* gewesen sei. Ich hatte Vals Fährte so genau verfolgt, daß ich in etwa das gleiche erfahren haben mochte wie sie damals.

»Was bedeuten könnte, daß Sie jetzt ebenfalls schlachtreif sind«, sagte er mürrisch. »Gut, daß ich Sie gefunden habe. Sie brauchen einen Beschützer, mein Sohn.«

»Heute morgen am Strand hätte ich Sie gebrauchen können.«

»Für solche Dinge bin ich zu alt. Sie werden schon noch dahinterkommen, daß ich ein viel zu gewiefter Mensch bin, als daß ich mich derart scheußlicher Methoden bedienen müßte. Ich werde zur Stelle sein, wenn Sie mich *wirklich* brauchen und kein anderer Ihnen helfen wird. Verlassen Sie sich darauf.« Er gähnte. »Tja, das alles ist ziemlich rätselhaft. Was für ein Pech, daß Leo nicht mehr lange genug gelebt hat, um Ihnen zu verraten, wer dieser Simon ist. Was wäre uns das für eine Hilfe gewesen! Hätte uns vielleicht auch zu Archduke geführt. Aber«, sagte er nachdenklich, »vielleicht sind diese Leute ja schon längst tot...« Er räusperte sich wie jemand, bei dem eine Erkältung im Anzug ist. »Ist Ihnen eigentlich schon klar geworden, Ben, daß irgend jemand bei dieser ganzen Geschichte lügt? Da liegt das Problem. Wir wissen nur nicht, wer dieser jemand ist. Er weiß über alles Bescheid, über Simon und alles andere, aber er belügt uns...«

»Da irren Sie sich, Father«, sagte ich. »Wir haben es hier mit Katholiken zu tun, und die lügen alle. Jeder lügt, was seine eigenen kleinen Versündigungen betrifft. In seinem eigenen Interesse. Es sind eben Katholiken, das ist die ganze Erklärung.«

»Aber ich bin doch auch einer«, sagte er.

»Ich werd's mir sehr gut merken, Artie.«

»Also, wirklich, Sie sind ein dreister Bursche.«

»Ich weiß, was es bedeutet, Katholik zu sein. Nur sehe ich das nicht durch eine rosarote Brille. Schließlich war ich auch mal einer...«

»Sie sind es immer noch, mein lieber Junge. Tief in Ihrem Innern gehören Sie noch zu den Schäfchen. Sie sind einer von uns. Und werden es immer bleiben.« Er streckte die Hand aus und tätschelte meinen Arm. »Sie machen nur eine kleine Glaubenskrise durch. Kein Grund zur Sorge.«

»Eine kleine Glaubenskrise, die schon fünfundzwanzig Jahre dauert«, erwiderte ich gereizt.

Father Dunn lachte, bis er von einem Niesen unterbrochen wurde. Er zog sein Taschentuch hervor, schneuzte sich. »Nur keine Panik. Sie haben noch viel Zeit, für Ihr Seelenheil zu sorgen. Das kommt alles wieder in Ordnung. Aber bevor ich jetzt zu predigen anfange – Sie haben die Borgia erwähnt?«

Ich berichtete ihm, was Bruder Leo mir über das seltsame Dokument erzählt hatte, bei dem es sich, sollte es existieren, um eine Art Geschichte der *Assassini* handeln mußte: Namen, Orte – die blutige Spur dieses Geheimbundes durch einige Jahrhunderte Kirchengeschichte.

Dunn nickte. »Hört sich für meinen Geschmack ein bißchen theatralisch an. Vielleicht eine Fälschung aus dem neunzehnten Jahrhundert, um jemanden davon überzeugen zu können, daß er ruhigen Gewissens etwas Schreckliches tun darf.« Wir hatten nun fast den Flughafen erreicht; der Regen hatte aufgehört; Jets donnerten über uns hinweg. »Dennoch«, sagte Dunn, »stimmt es mit dem überein, was mir bekannt ist.«

»Sie wissen etwas über dieses Geheimkonkordat?«

»Ich habe in D'Ambrizzis Testament davon gelesen. So nenne ich es jedenfalls. Sein ›Testament‹. Oder klingt das zu bombastisch?«

»Was *ist* dieses Testament eigentlich?«

»D'Ambrizzi hat es im Arbeitszimmer Ihres Vaters niedergeschrieben, als Sie und Val Tag für Tag draußen vor der Tür gestanden haben und es gar nicht erwarten konnten, bis er wieder rauskam und mit euch beiden spielte.« Er wies auf das Büro der Autovermietung, wo ich den Leihwagen zurückgeben konnte. »Kommen Sie, wir nehmen die nächste Maschine nach Paris und führen uns ein paar Drinks zu Gemüte. Und dann werde ich Ihnen alles darüber erzählen.«

»Das also haben Sie die ganze Zeit gemeint! Woher wissen Sie davon?«

»Immer mit der Ruhe, Ben.« Er blickte mich mit seinen kühlen grauen Augen an. »Ich hab's gelesen.«

»Sie haben *was*?«

Ich konnte es kaum fassen. Father Dunn war immer für eine Überraschung gut, weiß Gott.

D'Ambrizzi hinter den verschlossenen Türen des Arbeitszimmers im Hause der Driskills in jenem Sommer und Herbst des Jahres 1945. Draußen vor dem Fenster tollten Val und ich herum und schnitten Grimassen, versuchten, unseren Spielkameraden herauszulocken. Vergeblich. Erst mußte das tägliche Arbeitspensum erledigt werden. Es war eine Arbeit, in die er sich aus rein persönlichen Gründen vertiefte, als eine Art rückschauende Betrachtung. Vielleicht hatte er sein Gewissen von Dingen reinigen wollen, von denen er am liebsten gar nichts gewußt hätte, die aber nun einmal geschehen waren und die er nicht vergessen konnte. Was immer seine Gründe gewesen sein mochten, er hatte sich offensichtlich verpflichtet gefühlt, die Geschichte seiner Erlebnisse im besetzten Paris niederzuschreiben. Dort hatte er in jenen verschwommenen Grenzbereichen operiert, die zwischen der Kirche und den Nazis und der Résistance lagen; es hatte keine andere Wahl für ihn gegeben, keinen Ausweg. Als offizieller Mitarbeiter von Bischof Torricelli hatte er alles mit ansehen müssen, was vor sich gegangen war, und nicht gewußt, was er dagegen unternehmen konnte. Also hatte er im Hause seines amerikanischen Freundes alles niedergeschrieben – was hatte er überhaupt in Princeton zu suchen gehabt, bei Hugh Driskill, seinem alten Kumpel und Lebensretter –, und dann war er verschwunden. Eines Morgens war er plötzlich fort gewesen, und Val und ich hatten uns gefragt, was eigentlich los war, wer er in Wirklichkeit gewesen war. Und nun erfuhr ich, daß er sein ›Testament‹ geschrieben und in die Obhut des Pfarrers an St. Mary's in New Pru gegeben hatte, mit der Bitte, es sicher aufzubewahren. Und dort hatte es versteckt gelegen, in einem vierzigjährigen Schlummer, und war in Vergessenheit geraten. D'Ambrizzi hatte beträchtliche Anstrengungen unternommen, das Manuskript zu schreiben und dann zu verstecken – nur um es dann, wie es den Anschein hatte, zu *vergessen*? Wo war der Haken an der Sache? Warum konnte ich bei dieser ganzen verdammten Geschichte nie das Wesentliche erkennen? Laufend deckte ich irgendwelche Geheimnisse auf, trug neue Informationen zusammen, aber das alles schien mir niemals Antworten auf meine Fragen geben zu können. Jetzt war wieder so eine Bombe geplatzt – die Geschichte von D'Ambrizzis ›Testament‹ – mit dem Erfolg, daß sich eine ganze Menge neuer Fragen ergeben hatte.

Monsignore D'Ambrizzi hatte bereits ein beträchtliches Stück auf der Karriereleiter des Vatikans erklommen, als Papst Pius ihn nach Paris entsandte und Bischof Torricelli zur Seite stellte, als Verbindungsmann des Bischofs nach Rom. Das Einrücken der deutschen Besatzungsmacht bedeutete eine völlig neue, andere Ebene des Aufgabenbereichs und der Verantwortlichkeiten. D'Ambrizzis diplomatisches Geschick wurde auf eine harte Probe gestellt, als er nun versuchen mußte, einen halbwegs tragbaren Kompromißfrieden zwischen Torricelli, der Résistance und den Nazis herzustellen. Er arbeitete hart, gab sich redliche Mühe. Und dann kam jener Tag, als alles sehr viel schwieriger wurde.

Ein vom Heiligen Vater entsandter Priester traf in Paris ein. Offiziell übte dieser Mann die Funktion eines Privatsekretärs Torricellis aus, doch in Wahrheit war seine Mission das düsterste Geheimnis, mit dem D'Ambrizzi sich jemals konfrontiert sah: Er wurde in diese Sache nur deshalb hineingezogen, weil Torricelli sich entsetzt über die Geschichte zeigte, die dieser jüngst in Paris eingetroffene Priester ihm berichtete, und so wandte der Bischof sich unter dem Siegel allerstrengster Geheimhaltung an D'Ambrizzi.

Der neue Priester, den D'Ambrizzi in seinen Memoiren immer nur unter dem Decknamen *Simon* erwähnte, hatte aus dem Vatikan ein Dokument mit nach Paris gebracht, das all seine Aktionen für rechtmäßig erklärte. Dem Dokument war ein Begleitschreiben beigefügt, in dem erklärt wurde, daß es sich bei der besagten Urkunde um eine geheime historische Liste oder Akte über die kirchlichen *Assassini* handle – die getreuen Männer, welche für die Kirche mordeten, jene Killer, die von den Päpsten seit Jahrhunderten eingesetzt wurden. Die Liste datierte bis in die Renaissance, ja noch weiter zurück. Das Dokument war nur wenigen Menschen unter dem Namen bekannt, den es zu jener Zeit bekommen hatte, als aus einem der vornehmsten und bedeutendsten italienischen Geschlechter ein Papst hervorgegangen war, der mit dieser Urkunde eine Art schriftliche Übereinkunft zwischen ihm selbst und einem Kader von Killern getroffen hatte, die von innerhalb und außerhalb der Kirche rekrutiert worden waren – es war das geheime Konkordat der Borgia. Diese Urkunde war somit im Endeffekt eine Art Lizenz, die von Papst zu Papst auf die *Assassini* übertragen worden war und die es diesen Männern erlaubte, auf päpstlichen Befehl hin zum Wohle der Kirche zu töten. In dem Konkordat war eine lange Reihe von Namen aufgelistet, beginnend mit den ersten *Assassini*, sowie die Namen von Klöstern, in denen sie in Krisenzeiten Zuflucht finden konnten; das Konkordat – die Liste – war erst in den zwanziger und dreißiger Jahren des zwanzigsten Jahrhunderts auf den neuesten Stand gebracht worden, als die Kirche sich bemüht hatte, die Lateranverträge unter Dach und Fach zu bringen, was jedoch ein Bündnis mit Benito Mussolini erforderlich gemacht hatte; als Gegenleistung diente der Vatikan als eine der wichtigsten Quellen für die Sicherheits- und Geheimdienste der italienischen Faschisten.

Im Begleitbrief, der das päpstliche Siegel trug, wurde Torricelli die Anweisung erteilt, die *Assassini* gewissermaßen wieder zum Leben zu erwecken und sie auf eine Weise einzusetzen, daß ein ›gutes Verhältnis zwischen den Nazis (in erster Linie) und der Résistance‹ aufrechterhalten blieb. Außerdem sollten die *Assassini* als Werkzeug dienen, der Kirche bei Plünderungen seitens der

Nazis ihren Anteil zu sichern – bei der Anhäufung von Schätzen verschiedenster Art, Kunstgegenständen, Gemälden und so weiter zum Wohle der Kirche. Als Gegenleistung wurden von den *Assassini* bestimmte Aufträge für die Besatzungstruppen ausgeführt.

D'Ambrizzi schrieb in seinem Testament, daß ihm nicht entgangen sei, wie widerwillig und nervös Torricelli sein Einverständnis erklärt hatte, als Simon ihm darlegte, welche Aufgaben für sie beide damit verknüpft seien; D'Ambrizzi hatte verfolgt, schrieb er, wie Simon die *Assassini* rekrutierte und wie er sich dann bei den Besatzern zunehmend unbeliebt, ja verhaßt machte – Simon verabscheute alles, wofür die Nazis eintraten, alles, was sie von ihm und seinen Männern verlangten. D'Ambrizzi hatte beobachtet, wie Simon sich mehr und mehr der Sympathien Papst Pius' für die Sache der Nazis bewußt wurde, Pius' Feindschaft den Juden und allen anderen Opfern der Nazis gegenüber, Pius' Weigerung, mit der ganzen Macht des ihm übertragenen päpstlichen Amtes der Welt die moralischen Standpunkte der Kirche deutlich zu machen und die Nazi-Tyrannei, die barbarischen Übergriffe, die Menschenverachtung anzuprangern. So konnte es nicht ausbleiben, daß Simon die *Assassini* zu seiner eigenen Streitmacht umfunktionierte, während er den erleichterten Torricelli in dem Glauben ließ, so zu handeln, wie der Papst es verlangt hatte. Simon kappte schließlich die Verbindungsstränge zwischen Torricelli und den *Assassini* – und somit auch die Verbindung zwischen den *Assassini* und Papst Pius, ja, zwischen den *Assassini* und der Kirche allgemein. Die Priester und Mönche und Laien, die sich zusammengeschlossen hatten, um für das Wohl der Kirche zu kämpfen, wurden zu einer rein weltlichen Streitmacht, zu Simons Privatarmee, die er nach eigenem Ermessen einsetzte.

Im Laufe der Zeit verwandelte Simon seine kleine Streitmacht nach und nach zu einer Anti-Nazi-Truppe, die nur noch hin und wieder Aufträge der Besatzer ausführte, um wenigstens den Schein zu wahren. Völlig entgegen ihrer vom Papst übertragenen Aufgaben und Ziele begannen die *Assassini* mit der Ermordung von Nazi-Sympathisanten und -informanten innerhalb kirchlicher Kreise; sie versteckten Juden und Résistancekämpfer in Kirchen und Klöstern.

Dann kam jener Tag, als die Nazis sich mit einem direkten

Befehl an Bischof Torricelli wandten, den sie jedoch auf ihre typische, bewährte und gekonnte Art und Weise verschleiert überbrachten. Ein Priester, der der Besatzungsmacht beträchtlichen Schaden zufügte, sollte getötet werden. Zwischen Simon und Torricelli kam es zum offenen Konflikt. Und dem Bischof wurde klar, daß Simon seine, Torricellis, und die kirchlichen Befehle unterlief, ihnen sogar zuwiderhandelte.

Etwa zur gleichen Zeit entdeckte Torricelli auf ungeklärte Weise, daß Simon ein Attentat auf eine sehr bedeutende Persönlichkeit plante. Als Simon erfuhr, daß Torricelli über die geheime Verschwörung informiert war, gab es für ihn nur eine Erklärung: Verrat. Es mußte in den Reihen der *Assassini* einen Verräter geben: Einer jener Männer, denen er bisher so blind hatte vertrauen können, war abtrünnig geworden.

Simon versuchte dennoch, das Attentat auszuführen: Er hatte keine Wahl; alles war vorbereitet, das Räderwerk lief bereits; der Anschlag konnte nicht mehr auf einen späteren Zeitpunkt verschoben werden. Der Mann sollte in einem Sonderzug nach Paris kommen, über eine ganz bestimmte Alpenstrecke. Alles war vorbereitet. Als dann der Überfall auf den Zug stattfand, stellte sich heraus, daß die Deutschen längst informiert und darauf vorbereitet waren. Das Kapitel über diese Katastrophe in D'Ambrizzis Testament war nur kurz und oberflächlich. Der größte Teil von Simons Truppe wurde getötet; einigen wenigen gelang die Flucht nach Paris, unter anderem auch Simon. Und dort fand er heraus, wer sie verraten hatte.

Torricelli, zur Rede gestellt und zu Tode geängstigt, konnte Simon davon überzeugen, daß er niemals die Verantwortung für eine so abscheuliche Sache übernommen hätte, gleichgültig, wie sehr er Simons Verschwörung auch mißbilligt habe. Er wisse auch nicht, wer der Verräter gewesen sei. Simon gelang es schließlich, den Betreffenden aufzuspüren – es war jener Priester, dessen Ermordung Leo, wie er mir erzählt hatte, auf dem kalten, winterlichen Friedhof in Paris miterlebte: Guy LeBecq. Nachdem Simon LeBecq getötet hatte, löste er die *Assassini* auf, weil – so schrieb D'Ambrizzi – Gerüchten zufolge ein vatikanischer ›Spürhund‹ auf dem Weg nach Paris gewesen sei. Soweit D'Ambrizzi wußte, war Simons letzte Amtshandlung als Befehlshaber der *Assassini* die Entsendung von einem oder zweien seiner Männer an die nordirische Küste, zum Kloster St. Sixtus, wo sie das Konkordat der Borgia in Sicherheit bringen sollten.

Wir hatten uns nach dem Abendessen einen Cognac im Passagierraum Erster Klasse der 727 genehmigt, als Dunn mit seinen Erläuterungen an diesem Punkt der außergewöhnlichen Memoiren D'Ambrizzis angelangt war. Zwei weitere Fragen hatten sich in meinem Hirn festgesetzt. Sie gründeten darauf, daß D'Ambrizzis Testament, wie es den Anschein hatte, jene Flut von Informationen zu bestätigen schien, die Bruder Leo mir gegeben hatte.

Erstens: Wer war der Mann im Zug gewesen? Wessen Leben hatte der Verräter Christos – alias Père Guy LeBecq – gerettet?

Und zweitens: Warum hatte D'Ambrizzi diese ganze Geschichte zu Papier gebracht? Und woher wußte er soviel über die *Assassini*? Sicher, er war ein hoher Geistlicher, und er war damals in Paris gewesen. Aber um solche Details zu kennen, bedurfte es mehr. Und er mußte einen Grund gehabt haben, das alles niederzuschreiben! Welchen? Und warum hatte er dieses Schriftstück dann in den Staaten zurückgelassen und, wie es den Anschein hatte, schlichtweg vergessen?

Gewiß, ich war erstaunt über die Tatsache, daß dieses ›Testament‹ überhaupt existierte. Aber ich mußte mir eingestehen, daß dessen Inhalt nicht viel Neues zu dem beitrug, was ich bereits von Bruder Leo und von Gabrielle LeBecq erfahren hatte. Das sollte nicht heißen, daß ich Father Dunns Enthüllungen herabwürdigen wollte, aber es entsprach nun mal der Wahrheit. Die einzig wirklich neue Erkenntnis für mich war die Tatsache, daß D'Ambrizzi damals verfolgen konnte, wie die ›Pius-Verschwörung‹ in die Tat umgesetzt worden war – indem die *Assassini* auf Pius' Geheiß reaktiviert worden waren.

Dunn hörte mir geduldig zu, legte den Kopf ein wenig schief, als ich geendet hatte, und bedachte mich dann mit einem langen Blick aus halb geschlossenen Augen.

»Immer schön langsam, junger Freund. Hab' ich gesagt, das ist schon alles?«

D'Ambrizzi blieb nach den Geschehnissen noch eine Zeitlang in Paris und wurde Zeuge, wie das Schicksal der abtrünnigen *Assassini*, die nun vom Vatikan und den Nazis verfolgt wurden, seinen

Lauf nahm. Das Frühjahr 1944 ging vorüber, der Sommer; im August wurde die Stadt von den einrückenden Truppen der Alliierten befreit, und die deutschen Besatzer waren verschwunden, wenngleich der Krieg in Europa noch ein Dreivierteljahr dauern und einen hohen Blutzoll fordern sollte.

Das Leben in Paris war chaotisch. Lebensmittel, Medikamente und sonstige Versorgungsgüter waren knapp, und unter den Einwohnern grassierten tiefe Verbitterung, Haß und Mißtrauen. Diejenigen, die mit den Besatzern kollaboriert hatten, mußten in ständiger Furcht vor Vergeltungsmaßnahmen durch rachsüchtige Vigilantenkomitees leben. Morde waren in Paris und Umgebung an der Tagesordnung.

In dieser vergifteten Atmosphäre stellte der vom Vatikan entsandte und inzwischen längst eingetroffene Mann seine Nachforschungen an – was den Mord an Père Guy LeBecq betraf, den Ungehorsam der von Simon geleiteten Killertruppe, und den gescheiterten Versuch, jenen Mann zu töten, der mit dem Zug in Paris eintreffen sollte, mit anderen Worten: Er sollte herausfinden, auf welche Art und Weise die *Assassini* die ihnen vom Heiligen Vater übertragenen Aufgaben und Befehle mißachtet hatten.

Der vatikanische Ermittler, der verdeckt arbeitete, dessen Identität nur wenigen Eingeweihten bekannt war und der seine Berichte nur an Bischof Torricelli leitete (der sich, wie Dunn und ich vermuteten, jedoch zumindest D'Ambrizzi anvertraut haben mußte – denn woher hätte dieser sonst seine Informationen beziehen sollen?), war ein kaltschnäuziger, rücksichtsloser und gefühlloser Monsignore, der, wie D'Ambrizzi schrieb, bald nur noch als der ›Collector‹, der ›Sammler‹ bezeichnet wurde, vermutlich aufgrund seiner Tätigkeit, die der eines Geheimdienstlers vergleichbar war, wobei er beharrlich das Ziel verfolgte, Beweise zu sammeln, Fakten, Hinweise. In D'Ambrizzis Augen war der Collector mit den *Assassini* vergleichbar, nur daß dieser Mann den Haß des Papstes auf die einst von Simon geleiteten *Assassini* verkörperte, da diese sich geweigert hatten, mit den Nazis zusammenzuarbeiten. Die Verachtung und die Abneigung, mit der D'Ambrizzi den Collector behandelt hatte, war, zumindest in seinen Memoiren, deutlich zu spüren. jedenfalls nach Aussage Dunns, der D'Ambrizzis Manuskript ja gelesen hatte.

Monatelang sprach der Collector mit jedem, der Père LeBecq

gekannt hatte; er stellte seine Fragen ganz offen, sozusagen am hellichten Tag; doch auch in der Nacht, im geheimen; er stieg hinab in die Unterwelt zu Menschen, die ihm möglicherweise Hinweise auf die *Assassini* und deren gescheiterten Versuch geben konnten, den Mann im Zug zu ermorden.

Es stellte sich heraus, daß Simon eine schwer zu knackende Nuß war; er behauptete steif und fest, nichts von einer geplanten Verschwörung gewußt zu haben, und schaffte es schließlich tatsächlich, daß seine Person nicht mehr mit dem Attentatsversuch in Zusammenhang gebracht wurde, so daß nur noch der Vorwurf bestehen blieb, den Befehl des Vatikans unterlaufen zu haben, mit den deutschen Besatzern zu kooperieren. In dieser Sache ließ der Papst nicht locker. Er berief den Collector nicht zurück, ließ die Angelegenheit nicht auf sich beruhen.

Auch D'Ambrizzi blieb aufgrund seines profunden Wissens über die Aktivitäten der *Assassini* und seiner engen Kontakte zu Torricelli nicht vor den Nachstellungen des Collectors verschont. Ein dutzendmal, wenn nicht öfter, wurde er scharfen Verhören unterzogen, die manchmal bis zu sechs Stunden dauerten und in denen jede auch noch so kleine Begebenheit während der Kriegsjahre in Paris wieder und wieder durchgekaut wurde. Im Spätherbst des Jahres 1945 erkannte D'Ambrizzi immer deutlicher, daß der Vatikan – der Papst – den Collector unter zunehmenden Erfolgsdruck setzte: Der vatikanische Spürhund griff zu immer drastischeren Mitteln, den Mörder LeBecqs zu finden und die Hintergründe des fehlgeschlagenen Attentats aufzudecken. Wenn nötig, mußte die Schuld eben irgend jemandem in die Schuhe geschoben werden. Hauptsache, man konnte einen ›Verschwörer‹ vorweisen, der dann nach Rom gebracht werden sollte, wo ihn ein höchst ungewisses Schicksal erwartete.

Und dann verschwand Simon ganz plötzlich, von einem Tag auf den anderen. D'Ambrizzi bekam ihn nie wieder zu Gesicht.

Als der Collector einsehen mußte, daß ihm ein Strich durch die Rechnung gemacht worden war, setzte er Bischof Torricelli unter Druck, dem vom Heiligen Vater ja schließlich die Verantwortung für die *Assassini* übertragen worden war, als der Papst Simon von Rom nach Paris entsandt hatte. D'Ambrizzi wußte allerdings, daß der Bischof ein höchst gewiefter kirchlicher Veteran war, mit allen Wassern gewaschen, gerissen und argwöhnisch und mit einer ausgeprägten Fähigkeit, sich in sein Schneckenhaus zurückzuziehen und abzuwarten, bis der schlimmste Sturm sich gelegt hatte, um dann unversehrt wieder zum Vorschein zu kommen. Und er war ein Mensch, dem es ziemlich gleichgültig war, *wie* er seine Haut rettete, und auf wessen Kosten, und *wer* letztendlich den Kopf für das Versagen der *Assassini* hinhalten mußte.

Diese Eigenschaften Torricellis wurden D'Ambrizzi besonders deutlich, als der Bischof begann, nach einem geeigneten Sündenbock Ausschau zu halten, um endlich die beharrlichen Rufe Roms nach ›Vergeltung‹ verstummen zu lassen und den unbequemen, hartnäckigen Collector loszuwerden. Und D'Ambrizzi erkannte immer klarer, wem Torricelli den Schwarzen Peter zuspielen wollte: seiner rechten Hand, seinem langjährigen, bewährten und engen Mitarbeiter... D'Ambrizzi. Der sein Vertrauter gewesen war. Der fast soviel wußte wie er selbst. Dem er seine Ängste und Sorgen anvertraut hatte, was den Einsatz von Simons Truppe entgegen den Befehlen aus Rom betraf. D'Ambrizzi war der ideale Sündenbock.

Und darum machte D'Ambrizzi den ersten Schachzug, bevor der Bischof ihn dem Collector zum Fraß vorwerfen konnte.

Er wandte sich an jenem Abend, als er eine Aufforderung erhielt, zum ›Rapport‹ nach Rom zu kommen, an einen amerikanischen Geheimdienstoffizier. Der Rückruf nach Rom kam ihm wie ein Rückruf nach Moskau vor, wie er es in seinem Manuskript ausdrückte, und solchen Aufforderungen sollte ein halbwegs kluger Mann lieber nicht nachkommen. Der Amerikaner war ein alter Freund, der während der Besatzungszeit ziemlich verwegene Spionageaufträge für den militärischen Geheimdienst der Vereinigten Staaten ausgeführt hatte; ein Mann, dem er vertrauen konnte. Und mit Hilfe dieses Geheimdienstmannes – D'Ambrizzi erläuterte die Vorgänge vergleichsweise detailliert – gelang es ihm, unterzutauchen und den bereits zuschnappenden Klauen des Collectors doch noch zu entkommen. Wie vorher schon Simon, verschwand nun auch D'Ambrizzi urplötzlich von der Bildfläche.

Sein amerikanischer Freund schleuste ihn mittels gefälschter Papiere – D'Ambrizzi schlüpfte in die Identität eines verstorbenen Geistlichen – aus dem vom Krieg zerstörten Europa und brachte ihn nach Princeton, New Jersey.

Der amerikanische Freund war natürlich Hugh Driskill.
Und in Princeton verfaßte D'Ambrizzi sein ›Testament‹.

Als Father Dunn geendet hatte, grübelte ich über die ganze Geschichte nach und versuchte zu ergründen, ob sie mehr war als nur eine interessante Episode und ob sie irgendwie weiterhelfen konnte. Ich wußte es nicht. Jedenfalls stand nun fest, daß Kardinal D'Ambrizzi sehr viele Antworten wußte, auch auf einige meiner brennendsten Fragen. Aber wie ich oder irgend jemand anderer ihn dazu bringen konnte, über die Vergangenheit zu reden – noch dazu über eine Killertruppe, die von der Kirche als Helfershelfer der Nazis rekrutiert worden war –, und ob er bereit war, die geheimnisvollen Codenamen aufzudecken, das stand auf einem anderen Blatt.

Mir wurde deutlich, daß Dunn und ich aus zwei verschiedenen, voneinander unabhängigen Quellen – oder sogar drei, sofern man Gabrielle LeBecq dazurechnen konnte – eine Geschichte über das besetzte Paris erfahren hatten, welche die Kirche aus naheliegenden Gründen nicht an die Öffentlichkeit dringen lassen wollte. Und Val hatte sie aufgedeckt, hatte den Mantel des Schweigens lüften wollen.

Oder steckte noch mehr dahinter? War das Grund genug, dafür zu töten?

Und wer *waren* diese Leute?

Der Collector?

Der Mann im Zug?

Was war wirklich mit Simon geschehen?

Und warum tauchte in D'Ambrizzis Testament eine geheimnisvolle Gestalt überhaupt nicht auf: Archduke? Für Etienne LeBecq schien dieser Unbekannte noch bedeutsamer als Simon gewesen zu sein. Warum sonst hätte er ein Ausrufungszeichen hinter diesen Namen setzen sollen? Und selbst für Torricelli war Archduke wichtig genug gewesen, sich in der allergrößten Verzweiflung an ihn zu wenden. *Nur er kann Simon unter Kontrolle halten...*

D'Ambrizzi hatte fast alles erwähnt. Nur nicht diese schattenhafte Gestalt...

Archduke.

Plötzlich erstrahlte weit vor uns das Lichtermeer von Paris, und die Maschine ging langsam in den Sinkflug über.

Am nächsten Morgen entdeckten wir ein Straßencafé mit Blick auf Notre-Dame und setzten uns in Korbstühle an einem Tisch mit Glasplatte, über uns flatterte die mit einer Cinzano-Reklame bedruckte Markise im Wind. Es war ein Morgen mit strahlend blauem Himmel, und die Temperatur war für Mitte November recht mild; dennoch schien der Tag unsere eigene Situation widerzuspiegeln: täuschend, trügerisch vielversprechend. Hohe weiße Wolken, aufeinandergetürmt und ineinander verschachtelt, ragten wie ein Gebirgsmassiv hinter der riesigen Kathedrale auf. Das Sonnenlicht ließ die Fratzen der Wasserspeier an der Fassade der Kirche plastisch hervortreten; es sah aus, als würden sie auf den Rest der Welt hinuntergrinsen.

Wir aßen zum Frühstück Omelettes mit viel Butter und Kräutern und Käse. Der *café au lait* war heiß und süß, und ich lehnte mich zurück, um das friedliche Bild in mich aufzunehmen, während Father Dunn – unsichtbar hinter den aufgeblätterten Seiten der *Herald Tribune*, die er erhoben vor sich hielt – sich durch gelegentliche Grunzer bemerkbar machte. Ich war dankbar für die Ruhe, für die Atempause des Augenblicks. Ich konnte es noch immer nicht so recht glauben, daß ich erst am gestrigen Morgen, vor vierundzwanzig Stunden, schockiert und wie gelähmt auf den gekreuzigten, blutüberströmten Leichnam Bruder Leos gestarrt hatte, auf dessen einen Arm, der in der Brandung hin und her schwang und mich zu sich zu winken schien, und daß ich dann von Panik erfüllt geflüchtet und um mein Leben gelaufen war, mit einem Schreckgespenst auf den Fersen – mochte es nun wirklich oder unwirklich gewesen sein. Bei diesem Gedanken, der in der vergangenen Nacht immer wieder an die Oberfläche meines Bewußtseins gestiegen war wie ein Scheusal, das sich aus stinkendem Schlamm erhebt, schien mein Herz wieder zu einem Klumpen Eis zu gefrieren.

Schließlich, als der Morgen schon fortgeschritten und der Wind, der von der Seine herüberwehte, kälter und schneidender geworden war, ließ Father Dunn die Zeitung sinken und faltete sie ordentlich zusammen. Er schniefte. »Ich habe mir eine schlimme

Erkältung und einen rauhen Hals geholt. Haben Sie gut geschlafen?«

»Besser als gestern nacht. Aber wenn ich ohne Lungenentzündung davonkomme, ist es ein Wunder.«

»Hier, lutschen Sie eine davon.« Er reichte mir eine Dose Hustenpastillen. Ich schob mir eine in den Mund. Es war nicht gerade die ideale Beilage zum *café au lait*.

»Also, wer ist Erich Kessler?«

Dunn betrachtete mich über den Rand seiner Kaffeetasse hinweg, schwieg.

»Warum ist er so wichtig?« fragte ich.

»Tja, Erich Kessler... Er war immer schon ein Mann, der im Verborgenen lebte. Er kannte viele Geheimnisse, er behielt diese Geheimnisse, er war selbst ein Geheimnis. Er war das Wunderkind des deutschen Nachrichtendienstes im Zweiten Weltkrieg.«

Eine solche Auskunft hatte ich nicht erwartet – aber was hatte ich überhaupt erwartet? Wie paßte dieser Mann in unsere Geschichte? »Ein Nazi?«

»Oh, ich habe keine Ahnung. Er war nur sich selbst gegenüber loyal. An erster Stelle, an letzter Stelle, immer. Aber er war der klügste Kopf in der geheimnisumwitterten Organisation Gehlen. Kessler war der persönliche Protegé General Reinhard Gehlens, des Geheimdienstchefs.« Er blickte mich an, ließ die Information in mich einsickern. »Gehlen hat für Hitler gearbeitet, für den OSS, die CIA und den Bundesnachrichtendienst der BRD, in dieser Reihenfolge. Ein sehr cleverer, gewundener, opportunistischer Bursche – und Kessler hat bei Gehlen seine Lektionen gut gelernt.« Dunn winkte dem Kellner, uns noch Kaffee zu bringen; dann wärmte er die Hände an dèr Tasse.

»Was ist mit ihm geschehen?«

»Nun, er hat überlebt, soviel steht schon mal fest. Wie Gehlen hatte Kessler frühzeitig erkannt, auf welche Weise der Krieg enden mußte. Er hat es sozusagen schwarz auf weiß gesehen, in den Akten und Unterlagen über die Leistungsfähigkeit der feindlichen Rüstungsindustrie und den Schätzungen der Truppenstärke, der Kapazität der Treibstoffproduktionsanlagen und so weiter – er dürfte schon von Anfang an gewußt haben, daß der Krieg nicht zu gewinnen war, spätestens ab 1942, nach dem Angriff der Japaner auf Pearl Harbor. Er wußte, daß die Kriegsmaschinerie der Staaten nun ins Rollen kam. Und er wußte auch, daß der Krieg jetzt nichts anderes mehr war als ein Egotrip Hitlers... ein Denkmal der Psychopathologie. Nun, Erich war sich einer Sache sicher: Hitlers Götterdämmerung, sein Abgang von der Weltbühne, würde auch ihn, Kessler, in den Strudel des Abgrunds reißen. Darum traf er schon frühzeitig Vorkehrungen, um seine Zukunft zu sichern. Sein ganzes Wissen und Können als Geheimdienstmann war nur auf ein Ziel gerichtet: die bevorstehende Apokalypse zu überleben...«

Mit äußerster Vorsicht und Gerissenheit gelang es ihm, Kontakte zum Geheimdienstnetz der Alliierten in Frankreich und der Schweiz zu knüpfen; er entschied sich gegen die Briten und Franzosen, weil diese beiden Nationen emotional zu belastet waren und einen zu großen Haß auf das Dritte Reich und diesen Krieg besaßen, Hitlers Krieg, so daß Kessler möglicherweise unter die Räder gekommen wäre, wenn er den englischen oder französischen Geheimdienst kontaktiert hätte. Er wandte sich statt dessen an die Amerikaner. Es gelang ihm, mit Hilfe eines Jugendfreundes Verbindungen zu einem OSS-Agenten aufzunehmen, einem von Wild Bill Donovans Cowboys, wie Gehlen sie bezeichnete. Der OSS-Mann akzeptierte Kesslers Wünsche, weil er dessen Aufrichtigkeit und Nützlichkeit erkannte, und wurde in der Folgezeit sein Kontaktmann.

Ab 1943 lieferte Kessler den Alliierten über den Amerikaner Informationen über die Arbeitsweise und die Schwerpunkte der deutschen Geheimdiensttätigkeit sowie über die gesammelten Erkenntnisse; für die Alliierten allerdings noch interessanter – zumal der Ausgang des Krieges nicht mehr in Frage stand – waren Kesslers profunde Kenntnisse über die Russen und deren Zusammenarbeit mit den Geheimdiensten *ihrer* Verbündeten. Kesslers Kontaktleute wußten schon 1943, daß nach dem Krieg der wirkliche Feind die gottlosen kommunistischen Bastarde sein würden und daß sich daher die westliche Geheimdienstarbeit entsprechend darauf vorbereiten mußte. Und Kesslers Informationen über die Russen konnten hier dienlich sein. Aus diesem Grunde verbrachte Kessler die meisten Kriegsjahre damit, für seine eigene Zukunft zu sorgen, wie übrigens auch Gehlen, der zum besten Kenner des sowjetischen Geheimdienstes in der Nachkriegszeit wurde und die CIA mit ausgezeichneten Informationen versorgte.

Nach Kriegsende wurde Kessler ein sozusagen offizieller amerikanischer Agent, der überall in Europa arbeitete, allerdings verdeckt. Was ihn jedoch grundlegend von anderen einstigen deutschen Agenten unterschied, die von den Siegermächten nun für ihre eigenen Zwecke eingespannt wurden, waren seine herausragenden Kenntnisse auf einem ganz bestimmten, für einen Geheimdienstmann recht ausgefallenen Gebiet: der katholischen Kirche. Man vermutete – wohl nicht zu Unrecht –, daß Kessler mehr über die Aktivitäten der Kirche während der Kriegsjahre wußte als irgendein anderer lebender Mensch. Die Akten, die er über die Kirche im Krieg zusammengestellt hatte, waren in gewissen Kreisen unter dem Namen Kessler-Codex bekannt. Und diese Unterlagen sorgten für eine ziemlich heftige Auseinandersetzung zwischen dem Vatikan und den Amerikanern. Kessler hatte die Akten in einem Safe in einer Schweizer Bank deponiert, nachdem er sie auf Mikrofilm hatte verkleinern lassen und sie, versteckt in einem Musterkoffer mit Damenunterwäsche, von einem Handelsvertreter nach Zürich hatte einschmuggeln lassen. Dort ließ Kessler sie für einige Jahre auf Eis liegen, bis er sie dann zum Verkauf anbot. Verständlicherweise machte die Kirche ihm das höchste Angebot: Der Vatikan *mußte* die Akten haben, während sie für die Amerikaner nicht sonderlich von Interesse waren.

Kurz nachdem der Vatikan die Unterlagen erworben hatte, wurde Kessler in seinem Maserati auf der Grand Corniche zwischen Nizza und Monaco von einem anderen Fahrzeug von der Straße gedrängt. Wie durch ein Wunder kam er mit dem Leben davon. Wer hatte versucht, ihn zu ermorden? Der Vatikan? Um den Mann für immer zum Schweigen zu bringen? Oder die CIA, für die Kessler inzwischen nutzlos geworden und der zudem verstimmt war, weil er die Unterlagen an den Vatikan verkauft hatte? Selbst Kessler war sich nie ganz sicher. Aber er bedauerte zutiefst die Tatsache, daß er aus unerklärlichen Gründen keine Sicherheitskopie seines ›Codex‹ angefertigt hatte. Er hatte sich selbst einen kräftigen Tritt in den Hintern verpaßt, und nun hätte er nichts lieber getan, als dem Schuldigen in den Arsch zu treten – was aber ironischerweise nicht mehr möglich war.

Der Autounfall hatte ihn nämlich zum Krüppel gemacht. Er war für den Rest seines Lebens an den Rollstuhl gefesselt. Er verbrachte mehr als ein Jahr in einem französischen Krankenhaus.

Nach seiner Genesung verlegte er seinen Wohnsitz nach Brasilien, wollte sich in Rio zur Ruhe setzen; dann aber zog er nach Buenos Aires weiter, wohin sich viele alte Nazis abgesetzt hatten; Kessler aber konnte ihr Gerede von einem Vierten Reich und der glorreichen Rückkehr der teutonischen Ritter auf die Weltbühne nicht lange ertragen. Also verlegte er ein weiteres Mal seinen Wohnsitz und siedelte nach Australien über, nach Brisbane. Dort aber kam er sich wie auf dem Mond vor. Also ging es wieder weiter. Die nächste Station war Japan, wo er einige Jahre verbrachte.

Jedenfalls war er immer auf seinen Schutz bedacht. Und jedesmal, wenn er weiterzog, schien er sich tiefer in den Nebel der Vergangenheit zurückzubewegen, wurde mehr und mehr zu einer Legende, zu einer schillernden Erinnerung, verlor mehr und mehr die Konturen, während die Zeit ihn einhüllte wie der Umhang eines Straßenräubers. Aber noch immer gab es Menschen, die ihn nur allzu gern ins Jenseits befördert hätten. Obwohl sie schließlich seine Spur verloren, wurde gemunkelt, Kesslers Verfolger würden die Suche niemals aufgeben, weil sie nicht aufgeben durften. Vielleicht waren sie aber der Überzeugung, schon ihre Entschlossenheit, ihn aufzuspüren und zum Schweigen zu bringen, würde genügen, daß Kessler in dem Loch blieb, in dem er sich verkrochen hatte...

»Er ist mir nach dem Krieg in Paris über den Weg gelaufen«, sagte Dunn und lutschte eine weitere Hustenpastille. Er zog seinen Schal enger um den Hals und streifte seinen gefütterten, imprägnierten Mantel über. Die Wolken hatten sich vor die Sonne geschoben; es war merklich kühler geworden. Notre-Dame wirkte plötzlich geduckt und düster, nicht mehr so hoch aufragend und erhaben. »Denn es war fast unmöglich, Kessler *nicht* über den Weg zu laufen. Er war allgegenwärtig. Ich habe ihn ein paarmal getroffen, meist auf ein paar Drinks in einem Bistro. Der Mann hat mich fasziniert. Er vertrat einen interessanten Standpunkt, was den Krieg betraf, obwohl man erst viele kleine Bruchstücke zusammenfügen mußte, um ein ungefähres Bild seiner Weltanschauung zu bekommen. Ich war ihm sympathisch, ich, der pietätlose Priester, der im Grunde nicht mehr als ein klugscheißerischer junger Schnösel war. Er hat mich offenbar als einen Menschen betrachtet, der die geistigen Verrenkungen des Vatikans, sich nach Kriegsende moralisch aus der Affäre zu ziehen, nicht sonderlich ernst genommen hat.

Habe ich übrigens auch nicht. Aber ich mache mir gar nichts vor: Nicht *ich* habe ihn geistig bestohlen, was Informationen über die Kirche betraf, sondern er mich. Erich war mir voraus. Er hat mich ausgenommen wie eine Weihnachtsgans. Tja, jedenfalls habe ich ihn irgendwann aus den Augen verloren. Aber er gehörte zu jenen Menschen, die man nicht so schnell vergißt. Ich habe noch lange an ihn denken müssen. Und ich habe mir im Laufe der Jahre jede noch so beiläufige Bemerkung, jeden Verdacht, jeden Hinweis auf sein Schicksal eingeprägt. Immerhin war er ja von besonderem Interesse für uns Katholiken. Daß er angeblich nach Europa zurückgekehrt ist, war die letzte Information, die ich über ihn bekommen habe. Und dann habe ich D'Ambrizzis Testament gelesen, all das Zeug über die *Assassini* – eine wirklich heiße Sache. Die Kirche würde zweifellos jeden beseitigen lassen, der diese Angelegenheit an die Öffentlichkeit bringen will. Tja, und dann habe ich versucht, mir einen Reim auf die ganze Geschichte zu machen. Val und Lockhardt und Heffernan sind getötet worden, ein Priester war der Mörder, soweit wir wissen. Jedenfalls... man braucht kein Genie zu sein, um dahinterzukommen, aber was mich stutzig gemacht hat, ist die erstaunliche Verbindung zwischen zwei so völlig unterschiedlichen Epochen, zwischen denen außerdem ein Zeitraum von gut vierzig Jahren liegt. Und es gab nur eine einzige Person, mit der ich mich gern über die alten Zeiten unterhalten hätte, nämlich Erich Kessler. Er wußte von allen Beteiligten das meiste, und er war kein Priester oder Mönch, er war nicht mal Katholik, er hatte kein persönliches Interesse daran, all seine Geheimnisse für sich zu behalten. Im Gegenteil, er hatte verdammt gute Gründe, der Kirche mit seinem Wissen eine so tiefe und schmerzhafte Wunde zu reißen, wie er nur konnte, falls er glaubte, die Kirche habe ihn damals zum Krüppel gemacht, als sie versuchte hatte, ihn in seinem Wagen zu ermorden.

Aber wie sollte ich ihn finden?

Nun, wie ich schon sagte, sind mir Gerüchte zu Ohren gekommen, daß er nach Europa zurückgekehrt sei, daß sein Gesundheitszustand sich verschlechtert habe. Aber stimmte das? Oder handelte es sich nur um den Versuch Erich Kesslers, eine falsche Fährte zu legen? So etwas hätte ihm ähnlich gesehen. Na ja. Jedenfalls hatte ich mir überlegt, daß der Vikar, Robbie Heywood, vielleicht Genaueres wußte, daß er möglicherweise sogar noch Verbindungen zu Kessler hatte. Also bin ich nach Paris geflogen, wo mich diese schreckliche Neuigkeit erwartete. Der Killerpriester hatte den Vikar ermordet... und Sie waren vor mir hier in Paris gewesen. Ich hatte die Befürchtung, daß Sie der nächste sein könnten. Alles war schiefgegangen, es wurde schlimmer und schlimmer... aber Gott hatte in seiner unendlichen Weisheit den guten alten Clive Paternoster verschont, der das meiste von dem wußte, was auch Robbie gewußt hat. Ich habe Clive auf die Suche nach Kessler geschickt, während ich selbst mich auf die Jagd nach Ihnen gemacht habe... Mann, o Mann, so eine Heidenangst hatte ich noch nie im Leben – ich war der festen Überzeugung, daß ich in Irland nur noch Ihre Leiche finden würde...«

Es hatte zu regnen angefangen. Der Tag, der so strahlend schön begonnen hatte, hatte keines seiner Versprechen eingelöst. Über Paris hatte sich eine graue Wolkendecke gelegt. Die Stadt wirkte trist, bedrückt, trostlos.

Wir gingen am Seine-Ufer entlang, hielten hier und dort an einem der Stände und blätterten Bilderbücher und Folianten mit alten, eselsohrigen Lithographien und zerfledderte Romane durch. Der Regen rauschte in den herbstlichen Blättern und kräuselte die Wasseroberfläche des Flusses.

Wir warteten.

In einem abseits gelegenen kleinen Restaurant aßen wir Pommes frites mit Würstchen und tranken dazu ein paar Glas Bier. Im Labyrinth der schmalen Straßen hinter dem riesigen Gebäude der Buchhandlung Gilbert Jeune, in der sich vor allem die Studenten der Sorbonne mit Büchern eindeckten, blieben wir vor dem Schaufenster eines Spielwarengeschäfts stehen. Das Sonderangebot der Woche war die Nachbildung einer Waffe, allem Anschein nach eine Smith and Wesson Police Special, wie Father Dunn meinte. Das Ding sah täuschend echt aus, ganz und gar nicht wie ein Spielzeugrevolver.

Dunn wies mit dem Finger auf den Spielzeugrevolver. »Unglaublich, nicht wahr? Mit so einer Kanone könnte man glatt eine Bank ausrauben.«

»Vermutlich. Dillinger ist aus dem Gefängnis von Greencastle, Indiana, mit Hilfe einer Waffe ausgebrochen, die er selbst geschnitzt und mit Schuhcreme eingefärbt hatte. In der Angst glauben die Leute einem alles.«

»Das mag wohl stimmen.«

»Natürlich stimmt das«, sagte ich. »Wenn es anders wäre, dann wären Sie arbeitslos, Father. Die Kirche ist der beste Beweis für meine Theorie.«

»Sie sind wirklich ein dreister Bursche, Ben.«

»Jetzt reden Sie wie mein Vater. Und ich will Ihnen sagen, was ich ihm geantwortet hätte. Wer's glaubt, wird selig.«

»Sie haben Ihre Waffe in Irland verloren, wenn ich mich recht entsinne?« Ich nickte.

»Das alles ist eine heikle, verwickelte Angelegenheit.«

»Ich weiß. Die Leute lügen. Jeder lügt. Ich weiß bisher nur eins, und das nicht einmal mit Sicherheit: Horstmann ist nicht Simon. Und dabei war ich mir fast sicher.«

»Ehrlich gesagt, ich glaube, wir sollten uns bewaffnen, Ben. Was meinen Sie?«

»Damit?« Ich wies mit einem Kopfnicken auf den Spielzeugrevolver.

»Diese Dinger sind hervorragend. Man kann sich damit nicht selbst verletzen.«

»Hervorragende Waffen, ja. Sofern man nicht in die Verlegenheit gerät, damit auf jemanden schießen zu müssen.«

»Gütiger Himmel. Wer denkt gleich an so was?«

»Ich, zum Beispiel, Father. Man sollte nie eine Waffe ziehen, wenn man nicht auch bereit ist, sie zu benutzen. Und man sollte sie nie benutzen, wenn man nicht auch die Absicht hatte, jemanden ins Grab zu befördern.«

»Diesen sinnigen Spruch haben Sie sich gerade ausgedacht, nicht wahr, Driskill?«

»Nein. Ein bekanntes Sprichwort. Und ich glaube daran.«

»Das hört sich ja an wie Billy the Kid.«

»Ja. Vielleicht stammt das Zitat sogar von ihm.«

»Bill Bonny.«

»Ganz recht. William Bonny.«

»Tja, aber er war ein leichtsinniger, sündiger Mensch und ist sehr, sehr jung gestorben.«

»Er wäre noch sehr viel jünger gestorben, wenn er so ein Ding wie das da im Schaufenster benützt hätte, Father.«

»Kommen Sie, Ben.« Er öffnete die Tür des Spielwarengeschäfts.

Im Laden redete er in passablem Französisch zu der jungen Verkäuferin.

»Wir hätten gern zwei davon«, sagte er auf französisch zu der Verkäuferin und wies auf die Vitrine im Schaufenster, in der sich die Spielzeugwaffe befand.

»Zwei Revolver?« fragte sie auf englisch.

Dunn nickte.

»Möchten Sie auch eine Schachtel Platzpatronen?«

»Ach, wissen Sie, wir wollen eigentlich keinen Lärm machen. Oder, Driskill?«

»Ich bestimmt nicht.«

»Also«, sagte er zu dem Mädchen. »Nur die Waffen. Keine Munition.« Er lächelte, als hätte er einen guten Witz gemacht.

Als wir das Geschäft verließen, war der Regen stärker geworden. Dunn reichte mir meine Spielzeugwaffe. »Stecken Sie den Ballermann in die Tasche. Für alle Fälle.« Er blinzelte mir zu. Ich schob den Revolver in die Tasche meines Regenmantels. »Fein. Fühlen Sie sich jetzt besser?«

»Sie sind mir ein Rätsel, Sie Mann Gottes«, murmelte ich.

Er schob eine Hand in die Tasche seines Burberry. Ich hörte, wie der Schlagbolzen leise klickte. Ein kindliches Grinsen legte sich auf sein rosiges Gesicht. Er hatte sich das Mundstück seiner Pfeife verkehrt herum zwischen die Lippen geschoben, so daß der Pfeifenkopf nach unten wies, damit der Regen nicht hineintropfen konnte.

»Der Pistolero-Padre. Gefällt mir. Vielleicht bin ich doch aus dem Stoff, aus dem Mythen entstehen.«

»Es ist nur ein Plastikspielzeug.«

»Ach, junger Freund, die Grenzen zwischen Illusion und Wirklichkeit sind verschwommen.« Dunn warf einen Blick auf seine Uhr. »Es ist gleich vier. Kommen Sie, wir müssen uns auf den Weg zu Clive machen.«

Das Taxi, ein alter Peugeot, kämpfte sich mühsam und mürrisch den Hügel zur Place de la Contrescarpe hinauf. Der Platz stand beinahe unter Wasser, doch die Clochards hockten, wie schon ein paar Tage zuvor, um ihr Lagerfeuer. Durch die Fensterscheiben des Tabbycats fiel weiches, warmes Licht.

Clive Paternoster hatte es sich an einem Tisch am Fenster gemütlich gemacht. Die Brille schwankte bedenklich auf seiner Maulwurfsnase, als er sich kräftig in ein Taschentuch schneuzte. Die Erkältungssaison hatte Hochkonjunktur. Clives schäbiger, alter Mackintosh hing an einem Haken neben dem Fenster, und als wir zu ihm traten, erhob er sich halb aus dem Stuhl und schüttelte uns die Hände.

Wir bestellten eine Runde Cognac. Die beiden pafften mit ihren Pfeifen um die Wette und hüllten den Tisch in eine dichte Nebelwolke aus Tabaksqualm.

»Sie haben ihn also in Irland aufgestöbert«, sagte Paternoster zu Father Dunn.

»Und ihn lebend zurückgebracht«, sagte Dunn.

»Erzählen Sie«, wandte Paternoster sich an mich. »Haben Sie Bruder Leo gefunden? Geht's ihm gut?«

»Oh, ja«, sagte ich. »Ich habe ihn gefunden...« Ich hielt inne, plötzlich unschlüssig geworden, was ich auf Clives Frage antworten sollte. »Es geht ihm gut«, sagte ich schließlich. »Na ja, einigermaßen gut.« Die Lüge war einem wiedererwachten Schutzbedürfnis entsprungen, das ich Paternoster gegenüber empfand. Ich wollte ihn nicht noch tiefer in die ganze Sache hineinziehen.

»Und?« fragte Father Dunn. »Hatten Sie ebenfalls Glück bei Ihrer Suche?«

»Manchmal geschehen noch Zeichen und Wunder, würde ich sagen.« Paternoster blickte stolz zwischen Dunn und mir hin und her. »Es sieht so aus, als hätte ich meine Verbindungen doch noch nicht verloren. Der Vikar wäre stolz auf mich gewesen. Ich habe alte Kontakte geknüpft und so viel Druck gemacht, bis die Drähte zu glühen anfingen. Nein, nein, kein Grund zur Sorge – das sind die verschwiegensten Menschen der Welt. Ich habe ihnen eine wüste Geschichte aufgetischt, sämtliche Informationen zusammengekratzt... ja, Father, ich weiß, wo Erich Kessler sich befindet.«

»Gute Arbeit, mein Freund.« In Dunns sonst so kalten irischen Augen lag ein Lächeln. »Und? Lassen Sie hören.«

»Ich weiß, wo er ist und wer er *geworden* ist.«

Erich Kessler hatte den Namen *Ambrose Calder* angenommen.

Er lebte in der Nähe von Avignon.

Er war bereit, sich mit uns zu treffen, da er sich an Artie Dunn erinnern konnte.

Er hatte genaue Anweisungen erteilt, wie wir uns verhalten sollten.

Ambrose Calder ging nicht das kleinste Risiko ein.

Father Dunn war in New York der Gedanke gekommen, daß Curtis Lockhardt vielleicht eine Wohnung oder ein Haus in Paris besaß, das er Val möglicherweise zur Verfügung gestellt hatte, als sie dort ihre Nachforschungen betrieb. Ich wußte auch nicht, warum ich nicht selbst auf diesen Gedanken gekommen war. Aber ich war davon ausgegangen, daß Val im Pariser Ordenshaus ein Zimmer bewohnt hatte. Glücklicherweise hatte Dunn sich noch in New York mit Lockhardts Büro in Verbindung gesetzt und die Situation so überzeugend wie nur möglich dargestellt, und dort war man dann so freundlich gewesen, ihm Lockhardts Adresse in Paris zu nennen und ihm sogar den Schlüssel auszuhändigen. Die Wohnung lag – nicht verwunderlich, wenn man Lockhardts Geschmack und seine finanzielle Potenz berücksichtigte – in einem der vornehmsten und teuersten Wohngebiete von Paris, in unmittelbarer Nähe der Rue du Faubourg-St.-Honoré, nur einen Steinwurf vom Elysée-Palast entfernt, den die französischen Staatspräsidenten ihr Zuhause nennen dürfen, und unweit der Amerikanischen Botschaft und dem unvergleichlichen Bristol-Hotel. Vor langer Zeit hatte mein Vater einen Streit mit der Geschäftsführung des Bristol gehabt, und daraufhin hatten wir unsere Sympathien und unser Geld dem George V. zukommen lassen; dennoch hegte ich noch immer eine stille Liebe zum Bristol, einem Hotel, das es sich leisten konnte, einen Gast wie Hugh Driskill zu verlieren, ohne ihm auch nur eine Träne nachzuweinen.

Wir wußten nicht, ob Val Lockhardts Haus jemals bewohnt hatte, aber wir würden es wohl bald erfahren. Wir winkten ein Taxi heran und nannten dem Fahrer die Adresse. Kurz hinter der Kreuzung mit der Rue La Boétie überquerten wir die Seine. Ich konnte mich erinnern, daß Bischof Torricelli Val und mir damals, als wir mit unseren Eltern Paris besucht hatten, in der Rue La Boétie Nummer 19 unsere ersten echten französischen Croissants spendiert hatte. Für uns waren sie das leckerste gewesen, was man sich überhaupt vorstellen konnte, dick mit Butter bestrichen und mit eingebackenen süßen Fruchtstücken. Wir haben sie dann jeden Tag gegessen, und wir tranken auch unseren ersten *café au lait* dort. Der Bischof hatte uns erklärt, daß vor langer Zeit ein späterhin berühmter Schriftsteller im Alter von dreizehn Jahren hier in der Rue La Boétie Nummer 19 ebenfalls Bekanntschaft mit diesen Croissants gemacht und unsere Begeisterung geteilt hatte. Ich war dieser Aussage später mal nachgegangen, in der Annahme, daß es sich bei dem Schriftsteller um irgendeinen Franzosen handeln mußte, von dem ich noch nie etwas gehört hatte. Wie sich herausstellte, hatte der Dreizehnjährige in den Jahren 1856 und 1857 Paris besucht, und er war keineswegs Franzose gewesen, sondern Amerikaner, dessen Werke ich später zu lesen mir gelobte. Ich habe es dann aber nicht ganz geschafft, sämtliche Bücher von Henry James zu lesen. Henry James. Nummer 19, Rue La Boétie. Croissants. Val. Dies alles war mir während der Fahrt durch den Kopf gegangen, und als die Taxe schließlich hielt, stieg ich aus, schlug den Mantelkragen zum Schutz gegen Wind und Regen hoch und blickte auf das Straßenschild. Wehmütige Erinnerungen an einen fernen Sommertag überkamen mich, an den alten Bischof, an die Croissants und meine kleine Schwester in ihrem rosafarbenen Kleidchen. Das lag jetzt gut dreißig Jahre zurück, und sie war tot und ich folgte ihren letzten Spuren, und das einzige, das vielleicht noch übriggeblieben war, mochten die Croissants von Nummer 19 sein, nachdem ich auch in Henry James' *The Golden Bowl* ungefähr in der Mitte des Buches steckengeblieben war. Gott, o Gott, wie sehr ich meine kleine Schwester vermißte.

Wir standen vor einem stillen, grauen Gebäude, umgeben von einer Aura aus Würde und Vornehmheit. Und sehr viel Geld. Dieses Haus hinter dem großen, eisernen Tor hätte einen Kronprinzen beherbergen können. Oder Geheimnisse, die mit Geld nicht zu bezahlen waren. Das Gebäude schien irgendwie erhaben zu sein über die Zeit, den Tod und das Finanzamt. Aber Lockhardt war tot und Val war tot, und vielleicht hatte sie in diesem Haus gewohnt.

Dunn öffnete Tor und Eingangstür. Er sagte der Concierge Bescheid und kam kurz darauf, leise vor sich hin summend, zu mir zurück und führte mich zum Lift, einem altmodischen Gitterkasten. Die Wendeltreppe führte darum herum in die Höhe und bildete gewissermaßen den Aufzugsschacht. Eine luftige Angelegenheit. »Penthouse«, sagte Dunn und drückte den Knopf für die oberste Etage.

Oben angelangt, stiegen wir aus der Kabine. Ein Tisch mit frischen Schnittblumen, flauschige graue Teppiche, ein großer Wandspiegel. Nobel. Stilvoll. Gedämpfte Atmosphäre. Es gab zwei Wohnungen hier oben; eine davon hatte Lockhardt gehört.

Unerklärlicherweise stand die Tür zu seinem Apartment etwa zehn Zentimeter weit offen. Dunn warf mir einen raschen Blick zu und zuckte die Achseln, legte den Zeigefinger auf die Lippen. Ich stieß die Tür auf und trat als erster ein. Im Flur wehte mir kalter Wind entgegen, und man konnte den Regen hören und riechen. Irgendwo stand ein Fenster offen. Wir gelangten in ein großes, geschmackvoll eingerichtetes Wohnzimmer mit einem Kronleuchter, einem Kamin im Rokoko-Stil, goldgerahmten Spiegeln, einigen alten Gemälden und niedrigen Möbeln, die mit Tüchern verhängt waren. Ich hatte das Zimmer etwa zur Hälfte durchquert, als ich mattes, graues Licht durch einen Türspalt fallen sah. Ich blieb stehen, lauschte.

Jemand weinte, leise, gedämpft, von gelegentlichem schwerem Schluchzen unterbrochen. Es war ein unsäglich trauriges, einsames Geräusch, untermalt vom leisen, beständigen Rauschen und Tröpfeln des Regens. Ich ging zur Tür hinüber, öffnete sie langsam. Dahinter lag ein Arbeitszimmer. Durch die geöffneten Fenster konnte ich in der Ferne, schemenhaft in Dunst und Dunkelheit, die flirrenden Lichter des Eiffelturms erkennen. Die Vorhänge bewegten sich träge im Wind. In einer Ecke des Zimmers stand ein Schreibtisch, von einer schwachen Lampe in trübes Licht getaucht. Und hinter diesem Tisch saß jemand, die Hände vors Gesicht geschlagen, und weinte leise, nahm seine Umgebung gar nicht wahr.

Ich mußte irgendein leises Geräusch verursacht haben, weil die Person die Hände vom Gesicht nahm und zu mir hinüberblickte. Es war keine plötzliche, hektische Bewegung, sondern geschah langsam, als würde diesem Menschen alles gleichgültig sein, als könnte ihn nichts mehr erschrecken.

Für einen Augenblick glaubte ich, eine Halluzination zu haben, so unerwartet traf mich der Anblick dieses Gesichts.

Es war Schwester Elizabeth.

Wie kann ich schildern, welcher Aufruhr widerstreitender Gefühle in meinem Innern entbrannte, in dem Moment, als ich Elizabeth erkannte? Ich hatte oft, sehr oft an sie gedacht, seit ich sie zum letztenmal gesehen hatte; manchmal hatte ich die Erinnerung an sie herbeigesehnt und manchmal versucht, jeden Gedanken an sie zu verscheuchen. Und jetzt traf ich sie hier wieder, völlig unerwartet, und die Erinnerung an den Zorn, den ich in Princeton auf sie verspürt hatte, wurde verdrängt von einem Gefühl der Wärme und Zuneigung – doch nur für einen Augenblick; dann wurde mir wieder die rauhe Wirklichkeit bewußt, Elizabeth' Haltung und ihre Weigerung, mir zu helfen.

Sie trug das traditionelle Ordensgewand, und ihr langes, braunes Haar war streng nach hinten gekämmt und durch Spangen festgehalten, so daß ihre hohe Stirn und ihre gerade Brauen und die großen grünen Augen betont wurden. Sie hatte ihren Regenmantel achtlos auf die ansonsten leere Schreibtischplatte geworfen. Ihr Gesicht war tränenüberströmt.

Es wäre so einfach gewesen, die alten Streitigkeiten zu vergessen, zu vergeben, zu ihr hinüberzugehen und sie in die Arme zu schließen, gleichgültig, wer oder was sie war... *was sie war*, nur das zählte, das gab den Ausschlag... doch sie war so unglaublich schön, so hilflos, so traurig, und sie wandte den Kopf leicht zur Seite und wischte sich mit den Knöcheln über die verweinten Augen wie ein kleines Mädchen, und dann blickte sie mich an und lächelte, und die Freude, mich wiederzusehen, war so deutlich auf ihrem Gesicht zu erkennen, so greifbar, so aufrichtig – ich *wollte* zu ihr gehen, sie berühren, aber ich wußte, daß ich dann endgültig verloren war, unwiderruflich. Nein, sie war für mich gestorben, sie war so tot wie Val. Mein ganzes Leben, alles, was ich hatte erfahren und erleben müssen, war der Beweis.

Ich starrte sie immer noch an, als Father Dunn ins Zimmer kam, mit einem Blick die Situation erfaßte und sagte: »Himmel und Hölle, was steht uns denn *noch* alles bevor?«

Father Dunn kannte ein ruhiges kleines Restaurant in der Nähe, eine Querstraße weiter an der Rue St.-Philippe-du-Roule. Die Einrichtung war rustikal, die Wände aus Fachwerk, die hölzerne Decke von dicken Balken getragen. Kerzen standen auf den

Tischen, ein Kaminfeuer warf flackernde Schatten an die Wände. Es roch nach Knoblauch und Gewürzen und aromatischen, nach Wein duftenden Soßen. Die Baguettes waren frisch und warm, und der *vin du pays* charaktervoll und rassig. Der Wein machte mich einerseits wieder munter, stieg mir andererseits aber in Rekordzeit zu Kopf und betäubte die Überraschung und das Unbehagen ob Elizabeth' so plötzlichem und unerwartetem Auftauchen.

Sie sagte, sie habe den ganzen Tag noch keinen Bissen zu sich genommen, und sie sah aus, als hätte sie seit einer Woche nicht geschlafen. Ihr Gesicht hatte die frische, gesunde Farbe verloren, und sie hatte rote Ringe unter den Augen. Weder sie noch ich hatten nach unserer plötzlichen Begegnung viel geredet, also trug Dunn die Hauptlast des Gesprächs. Es schien ihm nichts weiter auszumachen. Er führte uns zu besagtem Restaurant, wies uns die Plätze an, wählte den Wein aus, probierte ihn und stellte ganz allgemein den Fahrplan für einen Abend auf, der sich noch lange ausdehnen sollte. Er forderte Elizabeth auf, zu berichten, was sie nach Paris vorschlagen hatte, und das tat sie dann auch, wenngleich sie die Geschichte erst nach längerer Anlaufzeit und ungewohnt stockend und sprunghaft erzählte, zudem immer wieder unterbrochen durch die verschiedenen Gänge: Zwiebelsuppe, Champignontoast mit Knoblauch, Pastete mit Knoblauch und grünen Pistazien, Rinderbraten mit Kräuterbutter nach Art des Hauses. Dazu tranken wir zweieinhalb Flaschen Wein. Eine bemerkenswerte Mahlzeit, doch Elizabeth' Geschichte war noch weitaus bemerkenswerter.

Während ich ihr zuhörte, mußte ich aufpassen, daß das Puzzle, welches ich aus meinen bisher gesammelten Informationen notdürftig zusammengesetzt hatte, nicht wieder in seine Einzelteile zerfiel. Es war wie der Versuch, ein instabiles, mühsam ins Gleichgewicht gebrachtes Gebilde davor zu bewahren, den Schwerpunkt zu verlagern, in sich zusammenzufallen und dabei ein völlig neues Muster zu bilden. Doch Elizabeth' Informationen veränderten ständig das Aussehen des Bildes, und ich mußte es immer wieder umformen, um die neuen Teile dem bisherigen Muster einfügen zu können. Während mir der Kopf rauchte, wurde Elizabeth wieder mehr und mehr die alte, schaufelte das Essen mit ihrem gewohnten Appetit in sich hinein, gewann allmählich ihre Sicherheit zurück, ihre Energie, ihre geistige Schärfe. Während einer nachdenklichen Pause ertappte ich mich wieder einmal dabei, wie sehr ich mich zu ihr hingezogen fühlte. Ich mußte darauf achten, meine Gefühle in Schach zu halten, durfte mich um Gottes willen nicht auf Gedeih und Verderb einer Nonne ausliefern. Denn hinter dieser schönen Fassade krümmte und wand sich die Kirche.

Jedenfalls begann ihre Geschichte damit, wie sie die Namen von fünf Mordopfern auf einem Aktenumschlag unter Vals Hinterlassenschaft im Ordenshaus in Rom entdeckt hatte. Claude Gilbert. Sebastien Arroyo. Hans Ludwig Müller. Pryce Badell-Fowler. Geoffrey Strachan. Sie alle waren tot. Sie alle hatten Verbindungen nach Paris gehabt, entweder während des Krieges und/oder nach Kriegsende. Sie alle hatten auf die eine oder andere Weise mit der katholischen Kirche zu tun gehabt. Und sie alle waren aus irgendeinem Grunde für Val von Bedeutung gewesen.

Elizabeth war gewissermaßen in Valentines Fußstapfen getreten und hatte, wie Val, die Existenz der *Assassini* entdeckt. Und dann hatte sie die Spur dieses Geheimbundes durch die Jahrhunderte hinweg verfolgt, bis in die zwanziger Jahre, als die Organisation im Zusammenhang mit Mussolini erwähnt worden war. Sie hatte eine ziemlich schlüssige Verbindung zwischen dem Zweiten Weltkrieg einerseits und den fünf Mordopfern und ihren Mördern andererseits hergestellt. Sicher, man konnte gewisse Ungereimtheiten in ihrer Theorie nicht leugnen, aber es gab nun mal die Morde und die Akten und die Begleitumstände, die förmlich danach schrien, miteinander in Verbindung gebracht zu werden. Elizabeth' Theorie war fundiert – bis auf eine entscheidende Frage: Wo lagen die Motive für die Morde?

Elizabeth nickte, als ich ihr diese Frage stellte, und erklärte, genau diese Ungereimtheit hätten auch D'Ambrizzi und Sandanato erkannt.

»Und was haben Sie ihnen geantwortet?«

»Liegt das nicht ziemlich klar auf der Hand? Was geschieht momentan in der Kirche, im Vatikan, daß man dafür sogar Menschen töten würde? Was ist in absehbarer Zeit das große Gewinnspiel? Die Wahl von Calixtus' Nachfolger...«

»Aber was sollten diese fünf Mordopfer mit der Wahl des neuen Papstes zu tun haben?« Dunn lächelte sie freundlich an.

»Ich habe nicht behauptet, die Antwort darauf zu wissen.« Elizabeth war voller Ungeduld. »Ich habe einige Fragen aufgeworfen, die einer Antwort bedürfen – und ohne die richtigen Fragen zu haben, ist man aufgeschmissen, völlig ratlos. Val hat das immer und immer wieder gesagt. Die Fragen sind entscheidend, weil die Antworten darin verborgen liegen, wie sie sich gern auszudrücken pflegte. Ich möchte noch mal auf Vals Liste zurückkommen. Es stand ein sechster Name darauf. Aber dieser Mann scheint gar nicht zu existieren. Wir können nichts über ihn herausfinden. Aber hinter diesem Namen steht kein Sterbedatum. Ist Val vielleicht davon ausgegangen, daß dieser Mann schon tot war, bevor die anderen ermordet wurden? Oder glaubte sie, er sollte das nächste Opfer werden? Erich Kessler. Sein Name ist Erich Kessler...«

»Sie machen wohl Witze!« Das war mir einfach herausgerutscht. Ich blickte Dunn an. »Wie hat Val seinen Namen herausgefunden, bei allen Heiligen?«

»Sie *hat* ihn herausgefunden«, sagte Dunn, »das allein zählt.« Er schaute Elizabeth an, dann mich. »Und was Kessler betrifft, wissen wir, warum man versucht hat, ihn ebenfalls zu ermorden. Teufel noch mal, vielleicht kennt er die ganze Wahrheit...«

»Moment mal!« Elizabeth bedachte uns mit einem fassungslosen Blick. »Soll das heißen, ihr wißt, wer er ist?«

Und damit nahm ein langer Abend seinen Lauf. Wir mußten versuchen, das, was wir jeweils herausgefunden hatten, in Einklang zu bringen. Ich bat Elizabeth, ihre Geschichte noch einmal detailliert zu erzählen, bevor ich über meine Erlebnisse berichtete, damit wir uns nicht hoffnungslos verzettelten. Sie erfüllte mir meinen Wunsch nur zu bereitwillig. Sie war wieder voller Leben, voller Begeisterungsfähigkeit, voller Aufregung ob der neuen Entdeckungen. Elizabeth, Dunn und ich – die nächtliche Diskussionsrunde am Küchentisch des Driskillschen Hauses in Princeton schien wieder aufzuleben.

Elizabeth hatte D'Ambrizzi und seinem getreuen Schatten Sandanato von ihren Entdeckungen berichtet. Sie hatte den beiden die ganze Geschichte deshalb anvertraut, weil Val den Kardinal von allen Kirchenmännern am längsten gekannt und am meisten respektiert und geschätzt, ja geliebt hatte, schon seit ihrer Kindheit. Aber – und hier funkelten ihre grünen Katzenaugen plötzlich zornig – die beiden hatten sie gar nicht ernst genommen, hatten die Theorie über die *Assassini* als Hirngespinst abgetan und diesen Geheimbund als alte, antikatholische Gruselgeschichte bezeichnet, die jeder Grundlage entbehre. Sie hatte aber nicht locker gelassen und D'Ambrizzi ein zweites Mal darauf angesprochen, worauf er ihr offenbar eine ungewohnt heftige Abfuhr erteilte. Daraufhin hatte Elizabeth sich wutentbrannt entschlossen, nach Paris zu reisen, um sich in Lockhardts Wohnung umzuschauen, die Val während ihres Aufenthalts in Paris bewohnt hatte. Aber dann hatte sich, erst vor ein paar Tagen, eine dramatische Wendung eingestellt, an einem Abend in Elizabeth' Apartment in Rom. Und plötzlich hatte D'Ambrizzi sie ernst nehmen *müssen*.

Ich fragte: »Was ist denn an diesem Abend so Bedeutsames passiert?«

Aber Dunn unterbrach mich. Er wollte von Elizabeth wissen, was genau D'Ambrizzi über diese mystische Bestie, die *Assassini*, gesagt hatte.

Sie erwiderte, D'Ambrizzi habe ihr gesagt, all diese Geschichten seien nichts weiter als Hirngespinste, die auf einem Funken Wahrheit beruhten. Aber dieser Funke sei schon vor Hunderten von Jahren erloschen. D'Ambrizzi habe Badell-Fowler als alten Trottel bezeichnet, den sowieso nie jemand ernst genommen habe. Der Kardinal habe all ihre Theorien zurückgewiesen, was den Mord an den fünf Männern betraf, die Vernichtung von Badell-Fowlers Unterlagen – das alles sei geschehen, gewiß, aber es sei nichts Geheimnisvolles daran. Reine Unglücksfälle. Keine Verbindungen zueinander. Keine mysteriösen Hintergründe. Keine *Assassini*. Und von einem Mann namens Erich Kessler habe D'Ambrizzi noch nie etwas gehört.

Dunn seufzte, schob seinen leeren Teller zur Seite und tupfte sich mit der Serviette die Mundwinkel ab. »Tut mir sehr leid, das alles zu hören. Tut mir wirklich sehr leid. Aber Sie persönlich respektiert er doch? Er nimmt Sie doch ernst, oder?«

Sie nickte. »Er nimmt mich ernst. Und wenn nicht – Val hat er auf jeden Fall ernst genommen. Und er weiß, daß ich Vals Vorgaben folge, was meine Nachforschungen betrifft.«

»Vielleicht hat er nur versucht, Sie davor zu bewahren, ermordet zu werden«, sagte ich.

Sie zuckte die Achseln. »Ich weiß es nicht. Vielleicht, aber das war bestimmt nicht der einzige Grund. Ich kenne ihn. Ich glaube, er würde mir die Wahrheit sagen und erst *dann* versuchen, mich davon zu überzeugen, daß es besser ist, die Finger von der Sache zu lassen. Er würde mich niemals belügen. Er respektiert mich, und was ich tue, und was ich bin...«

»Schwester«, sagte Father Dunn, »ich möchte Sie nicht kränken, aber Sie irren sich. D'Ambrizzi ist Kardinal. Wir unterhalten uns hier über die Kirche von Rom. Den Vatikan.« Er lächelte onkelhaft, und sein rosiges Gesicht legte sich in tausend Falten. »Was ich jetzt sage, meine ich als Priester und Kenner der Kirche. Kann sein, daß D'Ambrizzi Sie mag. Es ist ja auch nicht schwierig, Sie zu mögen. Aber er respektiert weder Sie noch Ihre Arbeit. Sie sind eine Frau, und das ist schlecht. Sie sind Nonne, und das ist noch schlechter. Und Sie sind Journalistin, voller Fragen und Prinzipien und festgefügter Maßstäbe, mit denen Sie gewöhnt sind, Menschen einzuschätzen... und viele Menschen mögen es nicht, eingeschätzt zu werden. Dann flackern bei diesen Menschen die roten Warnlichter auf, Schwester. Und daß Sie Amerikanerin sind, macht die ganze Sache noch schlimmer – weil Amerikaner sich nämlich nichts vorschreiben lassen. Er hat Sie belogen, als reine Vorsichtsmaßnahme. Er hat Sie ganz bewußt belogen. Glauben Sie mir, für Männer wie D'Ambrizzi sind Sie so etwas wie der natürliche Feind. Aber ich liebe den alten Hundesohn...«

Elizabeth zuckte nicht mal mit der Wimper, blickte ihm fest in die Augen. »Das mag ja alles sein. Nur – *belügen* würde er mich nie.«

»Das hat er schon getan, Schwester.«

»Dann beweisen Sie's.«

»Sind Sie bei Ihren Nachforschungen mal auf den Namen Simon gestoßen? Simon Verginius?«

»Ja. In Badell-Fowlers Manuskript.«

»D'Ambrizzi weiß viel über die *Assassini*. Sehr viel. Er und Simon Verginius standen sich damals in Paris sehr nahe, hatten eine sehr enge Beziehung, und D'Ambrizzi hatte auch mit den *Assassini* zu tun... Simon Verginius war ein Priester, den Papst Pius aus Rom geschickt hatte...«

»Die Pius-Verschwörung«, murmelte sie.

»...den Pius zu Bischof Torricelli nach Paris geschickt hatte mit dem Auftrag, einen Trupp *Assassini* zu rekrutieren, die mit den Nazis zusammenarbeiten sollten. Die helfen sollten, die Verbindungen zwischen Kirche und Résistance im Auge zu behalten. Die dabei helfen sollten, der Kirche ihren Anteil an den Kunstschätzen zu sichern, die die Nazis den französischen Juden geraubt hatten. Doch Simon, wer immer er auch gewesen sein mag, hat sich dagegen gesperrt, für die Gestapo und die SS Menschen zu töten...«

»Woher wissen Sie das alles?« Ihre sonst so feste Stimme schwankte plötzlich ein wenig.

»Weil D'Ambrizzi es niedergeschrieben hat. Kurz nach dem Krieg, in Princeton. Das ist eine Geschichte, kann ich Ihnen sagen. Wir wissen nicht, warum er sie zu Papier gebracht hat, aber an der Authentizität besteht kein Zweifel. Er hat alles aufgeschrieben, und ich hab's gelesen, Schwester. Darum weiß ich es.«

Als Elizabeth uns die Geschichte erzählte, was in der fraglichen Nacht in Rom geschehen war, kam sie ein wenig ins Stocken, aber sie riß sich zusammen, zwang sich, ruhig zu bleiben und keine Einzelheit auszulassen. Doch als sie über den Mann erzählte, den Priester in der abgetragenen Soutane, zitterte ihre Stimme wieder: der Priester mit der milchig-weißen, leeren Augenhöhle, die sich in einen flüssigen Rubin verwandelt hatte, als sie den Glaszylinder des Kerzenleuchters hineinstieß; sie schluckte, als sie berichtete, wie er versucht hatte, sie zu töten, und wie sie sich gewehrt hatte und wie er dann rücklings über das Geländer des Balkons ihrer Wohnung an der Via Veneto in die Tiefe gestürzt war...

Sie biß sich auf die Lippe, als sie geendet hatte, mehr nicht. Keine Tränen, kein Gefühlsausbruch, kein Zorn, kaum merkliches Bedauern. Zum erstenmal an diesem Abend blickte sie mich fest an. »In diesem Augenblick«, sagte sie nach einer Pause, »habe ich nur eins gedacht: Warum hatte Val nicht auch so eine Chance? Warum habe ich überlebt, und Val mußte sterben? Warum hat sie nicht auch die Gefahr gespürt und sich in eurer Kapelle gegen den Mann gewehrt, Ben?«

»Weil der Mann in der Kapelle ein anderer war«, sagte ich. »Wäre Horstmann in Ihre Wohnung eingedrungen, wären Sie jetzt ebenfalls tot. Glauben Sie mir.« Ich schluckte krampfhaft, so trocken war meine Kehle plötzlich geworden. »Sie wissen ja gar nicht, was für ein Glück Sie gehabt haben.«

»Horstmann?« sagte sie.

»Rein zufällig«, fuhr Elizabeth fort, »ging Monsignore Sandanato gerade unten die Straße entlang, als...«

»Ich glaube eher, daß er aus Liebeskummer schmachtend auf die Fenster Ihrer Wohnung gestarrt hat«, sagte ich.

Sie wurde rot. »Diese Bemerkung halte ich für höchst unpassend. Die Sache ist viel zu ernst, um dumme Witze zu machen.«

»Ich mache keine Witze«, sagte ich. »Aber was soll's. Ist sowieso unwichtig. Erzählen Sie weiter. Nur weiter.«

Dunn sagte: »Bitte keinen Streit, Kinder.«

»Sandanato war unten auf der Straße, als es passiert ist. Er war völlig aufgewühlt wegen all der Geschehnisse in den Tagen und Wochen zuvor. Ihm gingen tausend Dinge durch den Kopf – die Morde, die Krankheit des Papstes, die häufigen Treffen D'Ambrizzis mit dem Papst, Tag und Nacht, das ganze Gerangel unter den *papabili* um die beste Ausgangsposition für die Papstwahl. Sandanato sieht zu Tode erschöpft aus. Manchmal habe ich den Eindruck, er steht das nicht mehr lange durch. An diesem Abend ist er ziellos durch die Straßen geirrt und hat dann festgestellt, daß er sich in der Nähe meiner Wohnung befand. Er wollte daraufhin bei mir vorbeischauen, um sich ein wenig mit mir zu unterhalten. Er hatte mir ein paar Tage zuvor schon einige seiner Gedanken über die Kirche anvertraut, und daraus hat sich eine lange Diskussion zwischen uns beiden entwickelt, wie ich sie damals oft mit Val geführt habe, bis tief in die Nacht...«

»Ich könnte mir vorstellen«, sagte ich, »daß Val eine größere intellektuelle Herausforderung gewesen ist.«

Elizabeth ignorierte meine Bemerkung. »Jedenfalls hat er einen Schrei gehört. Er wußte zuerst nicht, wer es war. Dann hat er eine Frau gesehen, die in der Nähe stand und schrie und mit dem Finger nach oben in die Dunkelheit wies. Der Priester, der Mann, der versucht hat, mich zu ermorden, stürzte in die Tiefe... Er schlug auf dem Dach eines geparkten Wagens auf, wurde dann auf die Straße geschleudert...« Sie erschauderte. »Wo zwei oder drei Autos ihn überfuhren. Es ... blieb nicht viel von ihm übrig. Man konnte ihn nicht identifizieren... Es ist sogar möglich, daß er gar kein Priester war. Sandanato ist dann sofort zu mir heraufgerannt, er war völlig außer sich...«

Ich schüttelte den Kopf. »Ich frage mich nur, woher er wissen konnte, daß der Priester ausgerechnet von Ihrem Balkon stürzen würde.«

»Das konnte er nicht wissen«, sagte sie. »Er wollte nur sicher gehen, daß mir nichts zugestoßen war...«

»Man kann sich nicht vor ihnen verstecken«, sagte ich. »Bis jetzt war ich der Meinung, daß sie nur Horstmann auf die Jagd geschickt haben. Daß allein Horstmann die Verbindungspersonen tötet, bevor ich an sie herankommen und mit ihnen reden kann. Aber jetzt wissen wir, daß sie nicht nur mich beobachten, sondern uns beide.«

»Vergessen Sie mich nicht, alter Junge«, sagte Dunn. »Ich stecke genauso in der Sache drin wie Elizabeth und Sie. Vielleicht läßt man mich auch beobachten.« Er winkte dem Ober und bestellte Kaffee und Cognac.

»Also ist anzunehmen«, sagte ich, »daß mehrere Killer ausgeschickt wurden. Aber wer gibt ihnen die Befehle? Wer erteilt ihnen den Auftrag zu töten? Wer war der Meinung, Schwester Elizabeth wisse zu viel und müsse deshalb sterben? Wem kann Ihr Tod, Father, von Nutzen sein? Und was hat das alles mit Calixtus' Nachfolge zu tun?«

Elizabeth wollte wissen, was wir über den mysteriösen Erich Kessler herausgefunden hatten. Dunn erzählte ihr, was er wußte, berichtete, daß ein Bekannter ihn in Avignon aufgestöbert hätte und daß wir ihn aufsuchen wollten. Da war sie wieder, die Verbindung zu den Nazis, und Dunn sagte: »Aber er war einer von den guten Nazis, meine Liebe.«

»Gute Nazis, schlechte Nazis...« Sie schüttelte mit geschlossenen Augen den Kopf. »Ich dachte, das alles läge schon tausend Jahre zurück.«

Als wir schließlich in Schweigen verfielen, hatte sich das Restaurant fast geleert; die Kellner standen in einer Gruppe am Tresen und beobachteten uns, gähnten ostentativ. Das Kaminfeuer war zu einem Haufen schwach glühender Kohlen heruntergebrannt. Es war kurz vor Mitternacht.

Wie sich herausstellte, war Schwester Elizabeth im Hotel Bristol abgestiegen, das ein Stück die Straße hinunter lag. Es war das vermutlich teuerste Hotel in ganz Paris, in herrlicher Lage an der Rue du Fauborg-St.-Honoré. Als wir den überdachten Eingang des Bristol fast schon erreicht hatten, glitt eine große, schwarze, glänzende Limousine die Zufahrt zum Hotel hinauf und hielt dort. Die Regentropfen schimmerten auf dem polierten Lack.

»Wartet«, sagte Elizabeth und bedeutete uns, stehenzubleiben. Ein kaum merkliches Lächeln legte sich auf ihre Züge, als verberge sie ein Geheimnis.

Zwei Männer stiegen hinten aus dem Wagen, während der Fahrer ihnen die Tür aufhielt und der Portier sie mit einem großen schwarzen Regenschirm in Empfang nahm. Der erste Mann trug einen schwarzen Regenmantel und einen schwarzen Schlapphut. Er drehte sich um und reichte dem zweiten Fahrgast die Hand, einem untersetzten, kräftigen Mann in einer Soutane und schweren Schuhen. Das Licht aus der Eingangshalle fiel auf sein Gesicht, ein breites Gesicht mit einer Bananennase und Hängebacken. Als er ausgestiegen war, schnippte er den Stummel einer schwarzen Zigarette in den gurgelnden Rinnstein.

Kardinal D'Ambrizzi und Monsignore Sandanato.

Ich hielt Elizabeth am Arm fest, drehte sie zu mir herum. »Verdammt noch mal, was geht hier vor?«

»Ich habe den beiden von meiner Absicht erzählt, nach Paris zu reisen und den Versuch zu unternehmen, mehr darüber herauszufinden, was Val hier vor ihrer Ermordung getan hat. D'Ambrizzi, wütend wie er war, machte mir den Vorschlag, ihn zu begleiten, weil er hier Gespräche mit verschiedenen EG-Beamten und europäischen Finanzministern führen wird. Nachdem man versucht hat, mich zu ermorden, bestand er darauf, daß ich Rom verlasse. Er selbst will versuchen, den auf mich angesetzten Killer zu identifizieren und... und einige andere Dinge herauszufinden. Also habe ich sein Angebot angenommen. Wir sind zusammen im Bristol abgestiegen.«

»Um Himmels willen, Elizabeth, seien Sie vorsichtig mit Ihren Äußerungen. Der liebe alte Saint Jack ist nicht der Mann, für den wir ihn bisher gehalten haben...«

»Bis jetzt wissen wir nur eins«, erwiderte sie. »Daß er mich, was die *Assassini* betrifft, vielleicht belogen hat – und wenn, dann nur, um mich zu schützen ... mich von der Fährte abzubringen und dafür zu sorgen, daß ich den Kram hinschmeiße. Sie selbst haben doch diese Erklärung geliefert, Ben. Und Sie« – sie blickte Dunn an –, »Sie haben mir von diesem Testament erzählt, das D'Ambrizzi in Princeton hinterlassen hat – und das ist in meinen Augen nur der Versuch eines Mannes, für seine Schuld zu sühnen. Wirklich, was sollte er denn Ihrer Meinung nach mit seinem Wissen anfangen? Weinend zum Papst rennen? D'Ambrizzi selbst behauptet doch, die ganze schmutzige Angelegenheit habe erst mit dem Papst ihren Anfang genommen! Darum hat er mich vielleicht belogen, wollte dafür sorgen, daß ich aufgebe. Na und? Ich würde es tun, wenn ich könnte, hätte es schon getan, wenn ich gewußt hätte, auf was ich mich einlasse, aber ich bin jetzt so weit auf Vals Fährte vorgedrungen – ich kann einfach nicht mehr zurück. Und irgendein mieser Dreckskerl hat versucht, mich umzubringen.« Sie hielt abrupt inne, nachdem die Worte zornig und hastig aus ihr hervorgesprudelt waren.

D'Ambrizzi und Sandanato hatten das Hotel betreten.

Dunn war ein paar Schritte zur Seite gewichen und winkte ein Taxi heran, so daß Elizabeth und ich für einen Moment unter uns waren.

»Ich möchte Ihnen eine Frage stellen«, sagte ich. »Als wir uns das letzte Mal unterhalten haben, sagten Sie mir, daß wir die Finger von der Sache lassen und in die Wirklichkeit zurückkehren sollten. Und als ich die Kirche beschuldigt habe, mit dem Mord an Val zu tun zu haben, da haben Sie sie in Schutz genommen... Es war kein besonders erfreuliches Gespräch, Schwester. Und jetzt frage ich mich, ob Sie immer noch so denken. Ist die Kirche in Ihren Augen immer noch so erhaben über all diese Dinge?«

Während ich redete, blickte sie um sich, als suchte sie irgendwo in der Dunkelheit nach Hilfe. »Ich weiß es nicht. Was wollen Sie von mir? Ich kann die Kirche nicht so leicht mit Schmutz bewerfen wie Sie. Die Kirche ist mein Leben. Das werden Sie sicher verstehen, nicht wahr?« Ihre Stimme klang nicht sehr hoffnungsvoll. »Ja, gut, es sieht so aus, als hätten Sie recht. Aber versuchen Sie zu begreifen, wie schwer mir dieses Eingeständnis fällt. Wir sind noch immer auf der Suche nach Männern, die schreckliche Dinge getan haben, und diese Männer könnten Kirchenleute sein, ja, aber das bedeutet doch nicht, daß man deshalb gleich die ganze Kirche verteufeln muß, nicht wahr? Ben« – sie streckte die Hand aus, um mich am Arm zu berühren, zog sie dann aber rasch wieder zurück –, »glauben Sie mir doch, ich möchte nicht mit Ihnen streiten. Wir beide haben Val verloren... und jetzt muß ich erst einmal zu überdenken versuchen, was Sie mir heute abend alles erzählt haben. Aber, bitte, seien Sie nicht mehr wütend auf mich, haben Sie ein wenig Verständnis...«

Das Taxi rollte an den Bordstein. Dunn stieg ein und ließ die Tür für mich offen. Ich wandte mich von Elizabeth ab.

»Ben«, sagte sie, und es hörte sich an, als hätte sie gerade erst meinen Namen erfahren und würde ihn gern aussprechen.

»Ja?«

»Ich kann den Gedanken an Father Governeau nicht loswerden. Wissen Sie inzwischen mehr über ihn? Was ist mit ihm passiert? Warum hat Val am letzten Tag ihres Lebens an ihn gedacht? Wie kann das mit der anderen, viel größeren und komplizierteren Geschichte in Verbindung gebracht werden? Hinter was war Val her?«

»Das weiß ich nicht«, sagte ich. »Bis jetzt habe ich nicht die leiseste Ahnung.«

»Und Ihr Vater – wie geht es ihm?«

»Er ist... ich weiß es nicht. Er kommt wieder auf die Beine. Ich kenne ihn. Er wird wieder gesund. Einen solchen Bastard kann so schnell nichts umbringen.« Ich stieg in die Taxe. Father Dunn faltete seinen Regenschirm zusammen.

Schwester Elizabeth stand auf dem Gehsteig und schaute uns nach.

»Was hat sie gesagt?« fragte Dunn.

»Sie hat nach Father Governeau gefragt. Aber was sollte ich ihr sagen? Vielleicht werden wir niemals mehr erfahren, als wir bisher wissen. Val hatte sich für das Schicksal Governeaus interessiert, aber was spielt das noch für eine Rolle?«

Father Dunn saß still da und starrte aus dem Fenster in den Nebel und den Regen. Pariser Nächte.

»Mein rauher Hals bringt mich um«, sagte er.

Meine Mutter kehrte wieder in meine Träume zurück, so erfolglos wie immer. Sie streckte die Arme nach mir aus, sagte etwas zu mir, ganz leise, und ich mühte mich, ihre Worte zu verstehen. Ich hatte den Eindruck, daß ich sie würde hören können, wenn ich mich ein wenig mehr anstrengte, mich ein bißchen mehr konzentrierte. Es war nicht bloß ein Traum, das wußte ich mit Bestimmtheit. Ich erinnerte mich an irgend etwas, das tatsächlich geschehen war. Warum konnte ich die Botschaft nicht verstehen? Warum nicht?

Ich erwachte schweißgebadet, schaudernd; mein Rücken war verkrampft und schmerzte. Ich hatte am vergangenen Morgen einen neuen Verband angelegt; er war schweißgetränkt. Im Zimmer war es kalt, die Fenster waren geöffnet. Ich stand auf und legte einen neuen Verband an. Die Wunde war gut verheilt, juckte bereits und schien nicht mehr zu nässen.

Ich weiß nicht, wieviel Zeit vergangen war, als mir das Trommeln des Regens gegen die Fensterscheiben und das Klingeln des Telefons bewußt wurden.

Ich nahm den Hörer ab und fragte mich, was Dunn wohl so Dringendes auf dem Herzen hatte, daß er nicht damit warten konnte.

Aber es war Schwester Elizabeth, und sie hielt sich unten in der Lobby auf. Sie teilte mir mit, daß sie uns nach Avignon begleiten wolle, auf unserer Suche nach Erich Kessler alias Ambrose Calder. Sie sagte, sie habe die älteren Rechte. Sie habe länger als ich versucht, ihn aufzustöbern. Sie werde ein Nein nicht hinnehmen.

## 2 DRISKILL †

Avignon lag wie in einem Flickenteppich aus Sonnenlicht, das zwischen den weißen Schäfchenwolken hindurchfiel. Es war ein warmer Novembernachmittag, und der Geruch nach Sauberkeit und Frische, wie man ihn nach heftigen Regenfällen antrifft, verstärkte noch die Atmosphäre dieses herrlich klaren Tages.

Die Hauptstadt der Vaucluse lag dicht am Ostufer der Rhône. Avignon selbst erschien mir irgendwie klein und unbedeutend, weil die Festung mit ihren acht Türmen, welche auf einem mächtigen, fast hundert Meter hohen Felsen errichtet war, die Stadt wie ein allbeherrschendes Merkmal überragte. Das war der päpstliche Palast, der aus der Zeit der babylonischen Gefangenschaft der Kirche stammte. Er kauerte wie ein riesiger, schläfriger Despot auf einem ungeheuren Felsenthron, der seinen trägen Blick über die ergebenen, verängstigten, sich duckenden Untertanen schweifen ließ. Die Mauern schimmerten im Licht der untergehenden Sonne in einem blassen, sandfarbenen Beige.

Ich hatte Avignon vor vielen Jahren als Tourist besucht. Heute war ich mit gänzlich anderen Dingen beschäftigt gewesen: Seit Tagen dachte ich über die Komplexität von D'Ambrizzis Persönlichkeit nach, die in so krassem Gegensatz zu Horstmanns schlichter Wesensart stand. Außerdem beschäftigten mich meine widerstreitenden Gefühle für Schwester Elizabeth. Nun aber, da ich diese Stadt wiedersah, erinnerte ich mich daran, was ich damals über ihre Geschichte gelesen und gehört hatte. Es war nicht leicht, sich ein so schönes Fleckchen Erde als ›Kloake der Verderbtheit und Bestechlichkeit‹ vorzustellen, wie Petrarca es bezeichnet hatte, aber natürlich spiegelte sich darin der Haß der Römer auf ein französisches Papsttum wider. Dennoch waren die Anschuldigungen gewiß nicht völlig aus der Luft gegriffen. Die Italiener konnten die regelmäßige Heimsuchung der Stadt durch verschiedene Seuchen in der Zeit der babylonischen Gefangenschaft gar nicht groß genug herausheben und bezeichneten die Epidemien als die gerechte Strafe eines zornigen Gottes. Und wenn es mal keine Seuche war, die dieser Stadt zu schaffen machte, dann waren es die *routiers*, Truppen arbeitsloser Söldner, die auf ihren Raubzügen über die weiten Ebenen von Nîmes aus in die Stadt einfielen und sowohl Gold – und davon gab es reichlich – als auch den päpstlichen Segen forderten – und davon gab es sogar noch reichlicher, weil die Söldner sich als Gegenleistung auf die Plünderung Avignons beschränkten und dann abzogen, um irgendeine andere Stadt dem Erdboden gleichzumachen.

Als wir in die Innenstadt gelangten, stellten wir fest, daß dort festliche Stimmung herrschte; Menschenmassen strömten durch die Straßen. Der Festungswall, den die Päpste hatten errichten lassen, umgab noch immer die Stadt: Türme, Tore, Zinnen. Die andere berühmte Touristenattraktion war die St.-Bénézet-Brücke, die nie fertiggestellt worden war und bis etwa in die Mitte der Rhône ragte. Dort, wo die Bauarbeiten im Jahre 1680 eingestellt worden waren, endete die Brücke wie mit dem Messer abgeschnitten. Der Strom hatte sich als zu stark erwiesen. Die vier Bögen der Brücke führten ins Nichts, nur zurück in die

Geschichte, und sie waren in einem Lied verewigt, das jedes Kind in Frankreich kennt.

An all das erinnerte ich mich jetzt wieder, als ich durch das gute alte Avignon schlenderte. Mir fiel sogar wieder ein, daß John Stuart Mill *On Liberty* während jener Jahre geschrieben hatte, die er hier in Avignon verlebte, und daß er es irgendwie fertiggebracht hatte, seinem Wunsch entsprechend auf dem *Cimetière de Saint-Véran* beigesetzt zu werden. Aber diesmal war ich nicht als Tourist in dieser Stadt, wenngleich mir der Gedanke kam, daß ich Mill möglicherweise schon bald auf dem Friedhof Gesellschaft leisten würde, falls Horstmann mir immer noch im Nacken saß.

Ich hatte mich verwandelt, von einem Touristen in... *was*? Ich zögerte, der Sache einen Namen zu geben.

Einen Jäger mit einem Spielzeugrevolver?

Ein Opfer, das nur noch auf das Ende wartete?

Vielleicht brauchte die Sache gar keinen Namen.

Wir drei schlugen unsere Zelte in einer unbeschreiblichen Absteige auf, da die Stadt von Touristen wimmelte, und Father Dunn tätigte einen Anruf, um Ambrose Calder oder seinen Bevollmächtigten davon in Kenntnis zu setzen, daß wir in Avignon angekommen seien und weiteren Anweisungen folgen würden. Dann kam er wieder hinunter zu uns in die Lobby und teilte uns mit, daß alle Vorbereitungen für ihn getroffen seien – und nur für ihn –, jenen Mann zu treffen, der einst Erich Kessler gewesen war. Dunn wollte aber versuchen, Kessler dazu zu bewegen, daß er auch Elizabeth und mich zum Treffpunkt nachkommen ließ. »Er hat das Sagen«, erklärte Dunn. »Ich kann ihn nur darum bitten.«

»Wo hält er sich auf?« fragte Elizabeth.

»In der Nähe der Stadt. Mehr hat er nicht gesagt. Ich werde mit einem Wagen abgeholt. Ihr könnt ja in der Zwischenzeit einen Stadtbummel machen. Kommt dann hierher zurück und fragt, ob eine Nachricht für euch hinterlassen wurde.« Er sah den bekümmerten Ausdruck auf Elizabeth' Gesicht. »Mir wird schon nichts passieren. Unser Kessler gehört zu den braven Jungs.« Er blickte mich an und grinste. »Ich hoffe es zumindest.«

»Es sei denn, er ist Archduke«, murmelte Elizabeth, aber Dunn hörte sie schon nicht mehr.

Ich fühlte mich äußerst unbehaglich in Schwester Elizabeth' Nähe. Durch Dunn und die Umstände plötzlich mit ihr allein, kam ich mir vor wie mitten im Lager des Feindes ertappt. Mir war bewußt, wie schlecht ich mich ihr gegenüber benahm, wie kalt und abweisend ich ihr erscheinen mußte, aber ich konnte nichts dagegen tun. Es ging um nichts weniger als um mein Überleben. Ich hatte Angst vor ihr, Angst vor der Macht, die sie besaß und mit der sie mir Wunden schlagen konnte, und Angst vor meinen Gefühlen ihr gegenüber. Ich sprach kaum ein Wort mit ihr, konnte aber den Blick nicht von ihr nehmen. Sie trug einen grauen Rock mit Fischgrätenmuster, einen dunkelblauen Pullover, lederne Stiefel und eine Windjacke. Ich wußte, daß Dunn und ich sie irgendwie hätten davon abhalten müssen, mit uns hierherzukommen. Aber sie war so leicht nicht aufzuhalten. Allenfalls durch Mord, wie Val.

Leicht gereizt und atemlos vom Gewühle, fanden wir uns auf einem Platz unterhalb der gewaltigen Festungsmauer des päpstlichen Palasts wieder, auf dem es von Menschen nur so wimmelte. Die Sonne war hinter dem Horizont verschwunden, und es wurde schlagartig kalt. Die Mauern des Palasts erhoben sich wie Felswände. Bunte Lichter fielen über den Platz, denn an den Mauern hingen Lampen in verschiedenen Farben, und wir wurden von der Woge aus Leibern beständig hin und her, vor und zurück getragen. Im Gelächter der Menschen lag fast etwas Bedrohliches, und es schwang auch in ihrer kindlichen Fröhlichkeit mit.

An einer Seite des Platzes war eine Bühne errichtet worden. Dort fand eine turbulente, derbe Commedia-dell'-arte-Vorstellung statt; *il dottore* und all die anderen Figuren brüllten und hüpften und tollten improvisierend vor dem dichtgedrängten Publikum herum. Das Gelächter krachte und rollte wie Gewitterdonner, spontan, orgiastisch, sinnlich, aber ich nahm nur die Masken der Schauspieler in mich auf, die ihnen ein außerirdisches, raubtierhaftes, entstelltes Aussehen verliehen. Riesige Fackeln loderten an beiden Seiten der Bühne; Schatten hüpften und sprangen wie Mörder aus einem ganz anderen Stück durch die abendliche Dämmerung. In meinen Gedanken war nichts als Unheil und Gefahr. Ich sah nichts, über das ich hätte lachen können.

Schwester Elizabeth entdeckte einen kleinen, freien Tisch auf einer leicht erhöhten Plattform vor einem Café, unter blauen und roten und gelben Lampen, die an Drähten hingen, die zwischen den nassen, laublosen Bäumen gespannt waren – Gespenster aus dem längst vergangenen Sommer. Wir setzten uns, schafften es, die Aufmerksamkeit eines Kellners auf uns zu lenken, und warteten schweigend, als er sich einen Weg durch das Labyrinth der voll besetzten Tische bahnte. Wir bekamen beide einen Becher heißen Kaffee, an dem wir uns die Hände wärmten, während wir der Aufführung zuschauten.

»Sie machen einen so hoffnungslosen Eindruck, Ben. Steht die Sache so schlecht für uns? Sind wir den Antworten auf unsere Fragen denn nicht schon sehr nahe gekommen?« Elizabeth trank einen Schluck von ihrem Kaffee, auf dem eine dicke Schicht Sahne schwamm. Ich wußte schon vorher, daß ein kleiner Schnäuzer aus Schaum auf ihrer Oberlippe zurückbleiben und daß sie ihn langsam und genüßlich ablecken würde. Sie hatte ihre Fragen ganz unverfänglich gestellt, den Blick von mir genommen und die schattenhafte Menge betrachtet, all die Köpfe, die auf und nieder hüpften, um einen Blick auf die lärmenden, herumtollenden Schauspieler zu erhaschen.

»Ich weiß es nicht. Hoffnungslos? Herrgott, ich bin müde, und ich habe Angst. Angst, getötet zu werden, und Angst vor dem, was ich herausfinden werde, falls ich lange genug überlebe. Ich bin in Irland noch mal davongekommen, gerade noch mal davongekommen, und was ich dort erlebt habe...« Ich ging zu weit, war im Begriff, die Mauer, die ich um mich herum errichtet hatte, niederzureißen. »Aber es besteht kein Anlaß, näher darauf einzugehen. Es war sehr, sehr schlimm. Und Sie haben recht, irgend etwas stimmt nicht mit mir.«

»Sie haben zuviel durchgemacht«, sagte sie.

»Das ist es nicht allein. Sie wären beinahe ermordet worden, Elizabeth, und ein Mann ist ums Leben gekommen... aber Sie sind nicht voller Angst und Verzweiflung wie ich. Irgend etwas in meinem Innern ist zerstört. Ich kann den Anblick Bruder Leos nicht vergessen... aufgedunsen und blutüberströmt... und dieser Arm, der mich heranzuwinken schien. Je näher ich dem Ende zu kommen glaube, dem Herzen der Finsternis, in dem alle Antworten verborgen sind – und das ist Rom, Schwester, Rom –, je näher ich diesem Ende komme, desto größer wird meine Angst. Ich weiß nicht, ob ich mich wirklich noch davor fürchte, getötet zu werden. Ich glaube nicht. Aber ich habe schreckliche Angst vor dem, was ich herausfinden könnte. Val hatte es herausgefunden, ich weiß es. Sie hatte alles herausgefunden...« Ich schüttelte den Kopf und trank einen Schluck von dem heißen Kaffee. Es war mir egal, ob ich mir den Mund verbrannte, Hauptsache, ich hörte mit dieser Beichte auf. Verdammt, was war nur mit mir los?

»Sie sind erschöpft. Geistig und körperlich. Und nun fordern all die Strapazen ihren Tribut. Sie brauchen jetzt eines, Ben: Ruhe«, sagte sie.

»Er ist hier, wissen Sie. Er *ist* hier. Das wissen Sie doch, oder?«

Sie blickte mich verdutzt an. »Wer?«

»Horstmann. Ich weiß, daß er hier ist.«

»Sagen Sie das nicht. Bitte.«

»Es stimmt aber. Er weiß über jeden meiner Schritte Bescheid. Sehen Sie das doch ein. Irgendwie gewährt Ihre hehre Kirche ihm Unterschlupf. Versorgt ihn ständig mit den neuesten Informationen. Er hat nicht einfach Glück, Schwester. Ihm wird alles *mitgeteilt*. O ja, er ist hier. In diesem Augenblick. Irgendwo hier.«

Sie hatte meinem Ausbruch schweigend zugehört und streckte nun über den Tisch hinweg die Hand aus, legte sie auf die meine. Als ich die Berührung spürte, zog ich die Hand zurück. »Und wer steckt dahinter, Ben?«

»Das weiß ich nicht. Vielleicht der Papst, in Gottes Namen. Woher soll ich das wissen? D'Ambrizzi ist ein Lügner, vielleicht ist es D'Ambrizzi...«

Sie schüttelte den Kopf.

»Sie sind voreingenommen, Schwester. Sie können nicht objektiv urteilen. Verzeihen Sie, aber Sie sind schließlich eine von denen.« Ich schlug im Dunkeln um mich, und ich wußte es. Machte meinem hilflosen Zorn Luft. Ich wußte aber nicht, was eigentlich mit mir los war. Ich hatte nicht die leiseste Ahnung.

Wir saßen schweigend am Tisch, wie zwei völlig Fremde; beide eingeschlossen in unserer eigenen Welt und nicht fähig, sich dem anderen mitzuteilen, eine Verbindung herzustellen, zu reden.

»Warum hassen Sie mich?« fragte Elizabeth schließlich. »Was habe ich Ihnen getan? Ich habe Ihre Schwester geliebt und Himmel und Erde in Bewegung gesetzt, um herauszufinden, warum sie ermordet wurde und von wem. Ich verstehe wirklich nicht, warum Sie eigentlich so sauer auf mich sind.«

Das kam völlig überraschend. Und mir fiel nichts Besseres ein, als die übliche Erwiderung eines Feiglings. »Wovon reden Sie eigentlich? Ich habe weiß Gott andere Sorgen, als Sie zu hassen, Schwester.«

»Vielleicht bin ich nur eine Nonne, wie Dunn es ausgedrückt hat. Aber ich bin auch eine Frau, und als Frau spürt man...«

»Schon gut, schon gut. Ersparen Sie mir die Einzelheiten ihrer weiblichen Intuition.«

»Ben, was ist los? Können Sie sich denn nicht mehr daran erinnern, wie es gewesen ist, als wir in Princeton ein Team gebildet haben?«

»Natürlich kann ich mich erinnern. Aber was soll das? Sie waren es doch, die unser verdammtes Team gesprengt hat! Wenn ich nur an unser letztes Gespräch vor Ihrer Abreise denke...«

»Ja, ich weiß. Aber ich kann mich auch an schöne Tage erinnern.«

»Ich habe Sie wie ein menschliches Wesen behandelt, wie eine Frau. Das war mein Fehler. Ich nehme an, ich sollte mich entschuldigen...«

»Für was? Ich bin ein menschliches Wesen. Ich *bin* eine Frau!«

»Sie sind nur Nonne. Nichts weiter. Nur das zählt für Sie. Belassen wir's dabei.«

»Warum? Warum sollten wir's dabei belassen? Warum können wir nicht darüber reden? Ihre Schwester war auch Nonne, oder haben Sie das schon vergessen? War sie in Ihren Augen keine Person? Keine Frau? Ich verstehe nicht, wo hier das Problem für Sie liegt. Haben Sie Val auch gehaßt? Hat sich bei ihrem Anblick auch Abscheu in Ihren Augen gespiegelt wie jetzt? O ja, so was kann man bei Ihnen verdammt leicht erkennen.«

»Val war meine Schwester. Sie bewegen sich auf dünnem Eis. Gehen Sie lieber wieder runter.«

Sie seufzte, starrte mich an. Ihre Augen waren brennende grüne Flammen; ihr sinnlicher Mund war verkniffen; ihr Gesicht zeigte Unnachgiebigkeit. »Ich will darüber reden. Ich will, daß wir dies alles aus der Welt schaffen, damit wir die Probleme aus einem anderen Blickwinkel betrachten können, nämlich als Ben und Elizabeth... als Freunde, als zwei Menschen, die sich mögen...« Sie biß sich auf die Unterlippe. »Mit welchen Augen wir uns auch betrachten mögen.«

»Also gut«, sagte ich. »Das Problem ist Ihre Kirche, die Tatsache, daß Sie Nonne sind, daß die Kirche – wie heimtückisch sie auch sein mag – Ihr ein und alles ist, daß nur die Kirche für Sie zählt.« Ich wollte dieses Gespräch nicht führen. Es war sinnlos. Ich wollte, daß sie verschwand, aus meinem Leben, aus meiner Erinnerung. »So einfach ist das. Ich kann nicht plötzlich umdenken. Ich habe meine Lektion vor langer Zeit gelernt, aber ich habe sie vergessen, und dafür haben Sie gesorgt. Ich habe vergessen, wie Sie sind, ihr alle... ihr, die Kirche, ihr seid wie eine ansteckende Krankheit. Wie kann man einem solchen Monstrum dienen? Wie kann man sich ihm mit Leib und Seele hingeben? Die Kirche ist nicht edel, o nein, nicht selbstlos – sie hat einen unersättlichen Hunger, sie verzehrt die Menschen, sie saugt sie aus wie ein riesiger Vampir, sie frißt das Leben aus ihnen heraus, bis nur noch eine leere Hülle übrig bleibt, sie kann nur fordern, niemals geben, und sie fordert alles, sie ist erbarmungslos... Wie können Sie Ihr Leben einem so gottverdammten, verlogenen Verein hingeben, wo doch das wirkliche Leben außerhalb der Kirche liegt, ein sinnvolles Leben, ein Ort, an dem man der Mensch sein kann, der man sein möchte? Ich habe Ihre Persönlichkeit gespürt, doch Sie sind dabei, sie im Namen Ihrer Kirche zu töten...«

Ich weiß nicht, wie sie es schaffte, während meiner Tirade so gelassen zu bleiben. Ich hatte nur eine Erklärung dafür: Vielleicht lag es eben daran, daß sie Nonne war – einer der kleinen Scherze, wie Gott sie schon so oft mit mir getrieben hatte. Vielleicht gab ihre Kirche ihr die Kraft, das alles so unbewegt zu schlucken. Sie war klug genug, mit ihrer Antwort zu warten, bis uns der Kellner frischen Kaffee und Sandwiches gebracht hatte. Vielleicht wartete sie auch deshalb so lange, damit ich Zeit genug hatte, mir wie ein Dummkopf vorzukommen und mich womöglich sogar für meine Anwürfe zu entschuldigen. In diesem Falle hätte ich ihr allerdings gesagt, daß sie bis in alle Ewigkeit hätte warten können – über den Tag des Jüngsten Gerichts hinaus.

»Ich hatte nicht von Anfang an die Absicht, Ordensschwester zu werden. Es ist einfach irgendwie... so gekommen. Nein, falsch. Das hört sich so an, als würde ich es als eine Art Unfall betrachten, und so war es ganz und gar nicht. Im Gegenteil, es war beinahe unvermeidlich, wenn man meine Lebensumstände und meine Persönlichkeit berücksichtigt. Die Entscheidung, ob ich Nonne werden und mich in den Dienst der Kirche stellen soll oder nicht, habe ich mir lange und reiflich überlegt. Einige der näheren Einzelheiten möchte ich Ihnen nicht schildern. Ich werde Ihnen nur eine Art Abriß geben...

Ich bin in der Eisenhower-Ära aufgewachsen – das ist so etwas wie ein Schlüsselbegriff, meinen Sie nicht auch? Meine Eltern waren gläubige Katholiken und ziemlich betucht. Vater war Arzt, und Mutter hat jede freie Minute für kirchliche Arbeit geopfert. Meine Großeltern und meine Vettern und Cousinen und Freunde und... na ja, jeder, den ich kannte, war Katholik. Mein Bruder, Francis Terhune Cochran – das ist übrigens unser Familienname, Cochran –, hat öfters erwähnt, daß er Priester werden wolle. Das haben natürlich alle Jungen getan, genauso, wie alle Mädchen eine, na ja, Nonnenphase durchlebt haben. Aber für gewöhnlich war das eine vorübergehende Erscheinung. Natürlich.

Als ich zehn war, wurde John F. Kennedy, ein Katholik, zum Präsidenten gewählt. Mein Gott, war das eine Freude! Wir haben damals in Kenilworth gewohnt, in der Nähe von Chicago, und Bürgermeister Daley hatte die Wahl für Kennedy gewonnen – oder gestohlen, hat man damals gesagt –, und das machte die ganze Sache noch viel schöner. Es war, als hätten wir *unsere* Schlacht um die Bürgerrechte gewonnen. Ein Katholik im Weißen Haus – Sie und Ihre Familie müssen damals doch genauso gejubelt haben, zumal Ihr Vater ja ziemlich gute Beziehungen zum Weißen Haus besitzt, wie ich annehme, während mein Dad ja nur Arzt war. Was für eine wunderbare neue Welt schien sich anzubahnen. Aber dann kam die Katastrophe, und alles zerbrach in tausend Stücke, alles änderte sich.

Ich war dreizehn, als Kennedy ermordet wurde. Damals kamen die Beatles groß heraus und stellten die ganze Musikwelt auf den Kopf – ziemlich tolle Eindrücke für ein dreizehnjähriges Mädchen. Die Rolling Stones, die Auflehnung der Jugend gegen das sogenannte Establishment, und Haschisch und Marihuana, und dann die Zeit von *Hair* und den Hippies und Vietnam, und ich kam in das Alter, wo man für die Jungs die Beine breitmacht und sich betatschen läßt. Ein katholisches Mädchen, du lieber Himmel. Ich kann Ihnen sagen – besonders, wenn es einem Spaß gemacht hat, was die Jungs mit einem machten und was man auch mit ihnen gemacht hat –, wir guten katholischen Jugendlichen kamen in ziemliche Gewissenskonflikte. Und dann die Geschichte mit Bobby Kennedy, die Fernsehbilder, wie er am Boden liegt und ins grelle Scheinwerferlicht starrt, während ihm das Blut aus der Kopfwunde strömt, und Martin Luther King auf dem Balkon des Motels und Kent State und Woodstock und Bob Dylan und die Polizeiausschreitungen in Chicago '68, wo ich auch was aufs Maul bekam und mir die Unterlippe aufgeplatzt ist...

Vielleicht war ich ein Trottel oder zu empfindsam oder wurde genau zur rechten Zeit erwachsen – oder genau zur falschen. Jedenfalls blickte ich auf mein damaliges Leben zurück, und dann wurde mir sehr deutlich bewußt, daß ich mich nach Sicherheit sehnte, nach einem Halt, nach Glaube, nach Vertrauen und – entschuldigen Sie, wenn sich das ein bißchen dick aufgetragen anhört – ich wollte das tun, was man ganz allgemein als gute Werke bezeichnen kann. Ich habe die Kirche geliebt – ich war ein junges Ding, voller Schuldgefühle und Enttäuschungen wegen meiner kleinen, jämmerlichen sexuellen Gehversuche, und ich war verängstigt wegen des steigenden Rauschgiftkonsums, verwirrt wegen der Leck-mich-Einstellung, die damals so viele junge Leute hatten, wegen der sexuellen Freizügigkeit... Wenn ich heute zurückblicke, dann habe ich das Gefühl, meine Welt ist mit den fünfziger Jahren untergegangen, die sechziger habe ich nur... beobachtet. Sicher, manche haben diese wilden Jahre gemocht, die Zeit der Veränderung, der Auflehnung. Ich nicht. Ich konnte mich einfach nicht hineinfinden – ich war nie der Typ, der rebelliert. Für Veränderungen zu *arbeiten* ist ganz etwas anderes, und so bin ich dann zur Bürgerrechtsbewegung gekommen, aber was das betrifft, war Kenilworth nicht gerade eine der Hochburgen in den Staaten. Aber, wie gesagt, Auflehnung war nie meine Sache. Val war ein solcher Mensch. Von ihrem ganzen Wesen her.

Was mich angeht – mir wurde klar, daß ich mich nach der Sicherheit und Geborgenheit meiner ersten zehn Lebensjahre zurücksehnte. Was nach 1963 geschehen ist, hat mir angst gemacht. Oh, ich habe das damals nie zugegeben, aber nichts von all dem hat meinen Glauben an die Güte meiner Eltern beeinträchtigen können oder an die Kirche. Viele meiner Freunde haben sich damals von der Kirche losgesagt, einige sind in der Drogenszene gelandet, sie sind vor dem Leben davongelaufen und haben die Schuld für ihr Versagen der Gesellschaft und ihren Eltern zugeschoben... aber ich nicht. So war ich nicht.

Ich sah eine Welt, die aus den Fugen zu geraten drohte. Alle Wertvorstellungen, die man mir anerzogen hatte, schienen in gewisser Weise in Verruf zu kommen, die ›normalen‹ Pfade, auf denen man früher gewandelt war, schienen versperrt. Und mein Bruder Francis, der Idealist in unserer Familie, der in den Krieg gezogen war, um seinem Vaterland zu dienen, fiel während der Tet-Offensive in Vietnam, und es war eine lange und schreckliche Zeit, bis ich seinen Tod verwunden hatte. Und auch wegen Francis' Beispiel hätte manch anderer vielleicht behauptet, daß ein so sinnloser Tod der Beweis dafür ist, daß es keinen Gott gibt, und hätte sich von der Kirche abgewandt. Aber ich nicht. Ich mußte damit fertig werden, mußte selbst eine Erklärung dafür finden. Ich konnte und wollte nicht bloß weinen und jammern und trauern und Lyndon Johnson oder jemandem, der mir gerade zupaß kam, die Schuld am Tod meines Bruders geben. Für mich war Francis' Tod nicht der Beweis, daß die menschliche Existenz sinnentleert oder bedeutungslos ist. Das Leben hat eine Bedeutung, es gibt Recht und Unrecht und Gut und Böse, und es gibt letztendlich eine Bestrafung für all jene, die sie verdient haben. Gott hat dem Leben seine Bedeutung verliehen – und ich habe mich immer an die Kirche gewandt, wenn ich Antworten brauchte. Die Kirche konnte mir einfach mehr bieten als die anderen möglichen Alternativen. Und daß die Kirche in einer Welt, in der sich alles in einem rasenden Wirbel dreht, zeitlos war und ist und bleibt, hat mich... überwältigt. Im Vergleich zur Kirche erschien mir alles andere trivial. Höre ich mich jetzt wie ein Jesus-Jünger an, Ben? Ich hoffe nicht. Weil ich nämlich keiner bin. Aber die Kirche konnte ich *ernst nehmen,* nicht aber die Hippie-Subkultur oder Popmusik oder eine Rebellion, die gar keine gewesen ist. Ich habe den Vietnamkrieg abgelehnt, und ich habe das Verantwortungsbewußtsein und die Bereitwilligkeit befürwortet, die Konsequenzen für unser Tun zu tragen. O ja, auch ich habe Rockmusik gehört und mir Schallplatten gekauft und mich gekleidet wie die Mädchen damals und bin auf die Straße gegangen, um zu demonstrieren, aber das alles schien so flüchtig... Verstehen Sie, was ich damit sagen will? Die Kirche gibt es seit zwei Jahrtausenden, die Kirche hat *Bedeutung*.

Ich kannte ein paar sehr nette Priester und eine außergewöhnliche Nonne, eine ältere Dame mit einem so wißbegierigen und wachen Geist, daß ich sie nur bewundern konnte... du meine Güte, sie war ein besessener Elvis-Fan, und sie war eine wirklich glückliche Frau. Ihr Leben war so erfüllt, sie hat es wahrhaft genossen. Sie war Lehrerin, Schulleiterin, sie hatte keine Angst davor, politisch aktiv zu sein, und sie hat immer gesagt, den Bonzen im Vatikan müsse man mal gründlich die Meinung sagen. Sie war einfach großartig, sie hat mich inspiriert, sie hat mir vor Augen geführt, daß ich es vielleicht schaffen kann, den einmal eingeschlagenen Weg weiterzugehen und ein Leben ohne die Vergnüglichkeiten des Sexuallebens zu führen, wenn ich nur will und wenn auch alles andere auf diesem Weg gut verläuft – können Sie das verstehen? Ich wußte, es würde kein wundervolles Leben werden, aber ein gutes, sinnvolles Leben...

Na ja, entweder Sie verstehen's, oder Sie verstehen's eben nicht. Das Kloster war auch ein Zufluchtsort für mich, das will ich gar nicht leugnen. Wenn manchmal behauptet wird, daß Nonnen und Priester nach einem Ort suchen, an dem sie sich verstecken können, dann stimmt das. Sicher. Und warum auch nicht? Jeder Mensch möchte einen Ort, an dem er sich verstecken kann, Ben, jeder – und die meisten finden auch den ein oder anderen Platz.

Ich habe mich eine Zeitlang im Kloster verborgen gehalten. Und meine Eltern waren stolz auf mich. Sie kennen sicher diese Mischung aus Stolz und Sorge, die man auf allen Gesichtern katholischer Eltern sehen kann, wenn ihre Tochter sich für die Kirche entscheidet statt für einen Ehemann und Kinder und eine Hypothek aufs Häuschen – aber sie waren stolz auf mich, stolz, neugierig, voller Zweifel. *Unser kleines Mädchen, o heilige Mutter Gottes, bedeutet das, unsere kleine Liz wird nun immer Jungfrau bleiben?* Jedenfalls so was in der Richtung. Mein Gott, es ist komisch, wenn ich daran zurückdenke...

Ich wollte Gott dienen. Der Menschheit dienen. Und ein Leben führen, das mich erfüllt und mir Freude macht.

Damals hatte es den Anschein, als würde die Kirche sich in eine Richtung bewegen, in der sie die Frau als solche und ihre Rolle im Dienst der Kirche neu definiert, als würde sie eine liberalere Haltung einnehmen...

Tja, aber man kann nicht alles haben, Ben, stimmt's?
Das wissen Sie, nicht wahr, Ben?«

»Ihr seid so etwas wie Außerirdische, *das* ist die Wahrheit. Kreaturen vom Jupiter oder von irgendwo dort draußen. Ihr habt nur humanoide Gestalt angenommen, bewegt euch unter den Menschen auf dem Planeten Erde, scheint zu uns zu gehören... aber das alles ist nur Illusion, es ist eine Lüge, und ihr versucht sie zu verbergen, so gut ihr nur könnt. Ihr seid wie ein geruchloses, farbloses Gas, das den Geist umnebelt und die Sinne verwirrt.

Es ist eine Illusion, weil ihr zurückschreckt, weil ihr euch die Schleier vors Gesicht zieht und in eure Klöster und Kirchen flüchtet, wenn ihr wirklich mit dem Leben konfrontiert werdet. Dann versteckt ihr euch hinter eurem scheinheiligen Scheißdreck, benützt ihn, um alles zu rechtfertigen, alles zu verzeihen, jede Art von Betrug... ›Ich bin Nonne‹, sagen Sie, ›haben Sie vergessen, daß ich Nonne bin? Die Kirche ist mein Erretter, und verdammt soll ich sein, wenn ich auch mal an mich selbst denke.‹ Das können Sie scheint's gar nicht oft genug betonen... ›Ich bin Nonne, ich bin aus reinerem und feinerem Stoff als ihr anderen, und ich weiß auch sonst, wo meine Vorzüge liegen‹... und, Himmel, war ich froh, als Sie eben gesagt haben, Sie hätten mit Männern nichts am Hut! Was für eine Erleichterung.

Schwester, Sie haben Angst, Sie sind eine Schwindlerin und eine Lügnerin und ein Quatschkopf...«

»Und Val? War sie eine Schwindlerin und Lügnerin und ein Quatschkopf?«

»Nein, war sie nicht. Sie stand mit beiden Beinen im Leben, traf ihre eigenen Entscheidungen, hat ihr Leben riskiert...«

»Wenn ich ermordet worden wäre, wenn der Mann mich von dem verdammten Balkon gestoßen hätte – wäre ich dann auch so bewundernswert wie Val? Liegt da der Hase im Pfeffer? Hassen Sie mich, weil ich nicht auch ermordet wurde?«

»Ich hasse Sie nicht.«

»Sie haben Probleme, Ben, große Probleme. Mir scheint, Sie hassen mich, weil Sie die Kirche hassen, und Sie hassen die Kirche, weil Sie sich selbst hassen, und Sie hassen sich selbst, weil Sie glauben, daß Sie die Kirche enttäuscht haben, daß Sie Ihren

Vater enttäuscht haben, enttäuscht und enttäuscht und enttäuscht... Sie sind verrückt, noch viel verrückter, als ich es bin. Sie haben nicht versagt, weder vor der Kirche noch vor sich selbst! Es war einfach nicht ihr Leben, damals als Jesuit, aber Sie scheinen daran zerbrochen zu sein. Und nun lassen Sie Ihren Zorn an mir aus – warum? Val war Nonne, und ich war ihre beste Freundin. Wir hatten unterschiedliche Auffassungen, aber wir haben auf derselben Seite gestanden... Was ist nur mit Ihnen los? Warum geben Sie mir keine Chance? Warum können Sie mir nicht verzeihen? Ich gebe ja zu, daß ich einen Fehler gemacht habe – darum, bitte, vergessen Sie, was ich in Princeton gesagt habe. Bitte. Val und ich – sind wir so unterschiedlich? Was ist denn so schwierig an der ganzen Sache? Lassen Sie doch die Schwarzweißmalerei.«

»Ich liebe Sie, das ist das Problem... ja, ja, ich hab' mich in Sie verliebt... Sie haben recht, Elizabeth, ich muß verrückt sein. Und Sie sind meiner Liebe nicht einmal würdig... Sie erinnern sich doch bestimmt noch, was ich in Princeton gesagt habe. Sie und Sandanato – *das* ist die wahre Liebe. Ihr beide habt einander irgendwie verdient, nicht wahr?«

Sie sprang wutentbrannt auf, warf ihren Stuhl um und starrte mich mit funkelnden Augen an. »Schön! Sie machen einen Fehler, und Sie werden für den Rest Ihres Lebens damit fertig werden müssen! Sie haben sich in mir getäuscht, und Sie haben sich wie ein gemeiner Mistkerl benommen. Von mir aus – herzlich gern! Sie können mit Ihren Fehlern und Ihrem Haß selig werden und sterben... aber Sie haben sich geirrt! Sie haben geirrt, was die Kirche betrifft, was mich betrifft, und – das ist das traurigste – was Sie selbst betrifft...«

Sie wirbelte herum und schubste und stieß sich wütend einen Weg durch die Menge, die gerade wieder der Schauspielertruppe applaudierte. Ich konnte immer noch ihren Hinterkopf sehen, als sie abrupt stehenblieb und aufschrie und versuchte, sich von irgend jemandem oder irgend etwas abzuwenden. Ich konnte ihr nicht zu Hilfe kommen. Der Wall aus menschlichen Leibern hatte sich zwischen uns geschlossen.

Dann sah ich, wie Arlecchino, der Harlekin aus der Commedia-Truppe, plötzlich vor sie hin sprang und posierte, wild und ungestüm und grotesk, mit zuckendem Becken und einem lüsternen Grinsen hinter seiner Maske. Wieder wandte sie sich von ihm ab, versuchte, sich an ihm vorbeizudrängen, während er die Hände nach ihr ausstreckte. Endlich ließ er von ihr ab und gab in ihrem Rücken ein obszönes Geräusch von sich. Während die Menge in brüllendes Gelächter ausbrach und sie verhöhnte und verspottete, kämpfte sich Elizabeth durch die wogenden Leiber voran und verschwand in der Dunkelheit.

Das alles schien in Sekunden an mir vorübergehuscht zu sein, während ich reglos wie eine Statue dasaß und mich fragte, ob es zutraf, was sie über mich gesagt hatte. Jedenfalls stand jetzt fest, daß ich bei ihr verspielt hatte. Vielleicht hatte ich harte Selbstvorwürfe redlich verdient, aber die brachten mich jetzt auch nicht weiter. Ich konnte mir über meine Dummheit noch lange genug den Kopf zerbrechen, sollte ich mit heiler Haut davonkommen. Wie sie gesagt hatte: Ich hatte den Rest meines Lebens Zeit, jene Kette straff zu ziehen, mit der ich bei den Jesuiten Bekanntschaft gemacht hatte.

Die Schauspieler bewegten sich wieder zurück zur Bühne, vor die man einen großen, geschlossenen Karren mit hölzernen Aufbauten gezogen hatte, die in grellen Farben gestrichen waren, einen Pferdekarren, wie ihn umherziehende Schauspieltruppen schon seit Jahrhunderten benutzten. Einige der Fackeln, die die Menge beleuchtet hatten, erloschen allmählich, und das Stimmengewirr und gelegentliche Lachen der Touristen und Einheimischen wurde leiser. Ich ließ den Blick über das Meer von Hüten und Mützen und zuckenden Blitzlichtern und klatschenden Händen hinwegschweifen. Bühnenscheinwerfer wurden langsam auf den bunten Karren geschwenkt, und von irgendwoher erklang Musik. Die nächste Vorstellung würde bald beginnen.

Ich erhob mich und trat von dem kleinen Tisch weg und stieg die Plattform hinunter, schlängelte mich durch die Menschenmenge und schenkte meinem inneren Monolog die gleiche Aufmerksamkeit wie der Suche nach Elizabeth. Was für ein idiotischer Gefühlsausbruch: *Ich liebe Sie...* Was für ein schwachsinniges Gefasel. Und was für ein außergewöhnlich galanter Bursche ich doch gewesen war! Sie hatte mich auf eine unerwartete und sehr persönliche, ja, intime Art und Weise ins Vertrauen gezogen und mir erklärt, wie sie zu dem Entschluß gekommen war, Nonne zu werden, und ich hatte mich entschlossen, diese ›ideale‹ Gelegenheit beim Schopf zu packen und meine Wut und Angst und Enttäuschung loszuwerden, auf Elizabeth' Kosten... Sie hatte recht. Ich war verrückt. Ich mußte sie finden und sie um Verzeihung bitten und dann versuchen, sie zu vergessen. Jawohl, gib's auf, Ben, alter Junge, sie ist Nonne, um Gottes willen.

Das waren meine Gedanken, während ich mir einen Weg durch die Menge bahnte und ihr wieder aufbrandendes Gelächter vernahm, und das unaufhörliche, lärmende Geschnatter der Schauspieler und das Säuseln des aufgefrischten Windes in den nackten Ästen der Bäume. Wohin war Elizabeth gegangen?

Zuerst wurde mir gar nicht bewußt, was ich plötzlich sah, vielleicht, weil es so völlig unerwartet kam wie ein Blitz aus heiterem Himmel. Ich suchte Elizabeth, aber...

Am Rande der Menschenmenge sah ich Drew Summerhays.

Ich hatte nicht die geringste Erklärung für sein plötzliches Erscheinen. Was trieb er hier in Avignon? Für gewöhnlich verbrachte Summerhays die Wintermonate zum Teil in seinem Haus an der Fifth Avenue, umgeben von seinen Katzen und seinen katholischen Freunden und den plätschernden Springbrunnen und bei gepflegten Drinks vor dem Kamin, zum Teil in seiner Villa auf den Bahamas, die sich im Lauf der Jahre einen Platz in den Geschichtsbüchern erobert hatte. Mehr als ein Staatspräsident hatte mit seiner Yacht die Anlegestelle vor Summerhays' Villa angelaufen, um ihm seine Aufwartung zu machen.

Aber da stand er, in seiner typischen kerzengeraden Haltung. Hier in Avignon.

Er drehte den markanten Kopf ein wenig zur Seite und sagte irgend etwas zu einem anderen Mann. Er war kleiner als Summerhays und trug einen dieser grünen Tiroler Filzhüte mit einer Feder an der Seite sowie einen Trenchcoat, dessen Kragen er hochgeschlagen hatte. Mehr konnte ich nicht von ihm sehen.

Drew Summerhays...

Ich überdachte kurz die Möglichkeit, ob dies ein bloßer Zufall sein könnte, aber die Chancen waren geradezu lächerlich gering. Daß Summerhays ausgerechnet nach Avignon gekommen war, wo Dunn und Erich Kessler und ich uns hier aufhielten, konnte kein Zufall sein. Niemals. Was also war der Grund?

Ich bewegte mich am Rande der Zuschauermenge entlang in Summerhays' Richtung, um ihn besser beobachten zu können. Aber was brachte mir das eigentlich ein? Warum ging ich nicht direkt zu ihm, redete mit ihm? Ich weiß es selbst nicht. Vielleicht hoffte ich zu erkennen, daß es sich doch nicht um Summerhays handelte, daß ich mich geirrt hatte, daß die ganze verfluchte Geschichte nicht *noch* komplizierter wurde.

Alle lachten und applaudierten, und ich wühlte und schubste und stieß mich voran, trat einigen Leuten auf die Füße und erntete manch unfreundlichen Blick. Ich gelangte schließlich bis auf fünfzehn Meter an Summerhays und seinen Begleiter heran, und nun gab es keinen Zweifel mehr. Summerhays trug einen anthrazitfarbenen Chesterfield mit samtenem Kragen. Er lachte nicht, und er applaudierte nicht. Er war so ruhig und gelassen und unbeteiligt, als schlummere tief in seinem Innern die Essenz des Todes, die ewige Ruhe. Er wirkte wie jemand, der die Schranken des Alters durchbrochen hatte und zu mehr als einem bloßen Menschen geworden war. Der Mann mit dem Hut bewegte sich langsam, exakt, mit Bedacht; er ließ den Blick über die Menge schweifen, als suchte er irgend jemanden oder irgend etwas. Ganz spontan entschloß ich mich, zu Summerhays hinüberzugehen und ihn anzusprechen. Herrgott, es war Summerhays, mein väterlicher Freund, mein Vertrauter, mein Mentor! Ich setzte mich kurz entschlossen in Bewegung, bevor ich es mir anders überlegen konnte, und kämpfte mich durch die Masse aus Leibern.

Ich hatte mich den beiden Männern bis auf etwa acht Meter von hinten genähert, als ich abrupt innehielt. Ich konnte förmlich spüren, wie meine Entschlossenheit mit einemmal schwächer und schwächer wurde und dann erstarb.

Wieder stieg die bohrende Frage in mir auf: Warum war Summerhays hier? Warum sollte ich ausgerechnet ihm vertrauen? Warum sollte ich irgend jemandem vertrauen? Die Überraschungen nahmen einfach kein Ende. Ich kam mir vor, als stünde ich in einem Abwasserkanal, als schäumte und gischtete die dreckige Brühe um mich herum, und in den dunklen Nischen, zum Greifen nahe, pfiffen die Ratten – und ich konnte mich nicht von der Stelle rühren.

Der andere Mann hatte den gefiederten Hut abgenommen und fächelte sich damit Luft zu. Dieses Metronom aus Filz schwang ungefähr in Summerhays' Schulterhöhe hin und her. Die Feder spreizte sich rhythmisch vor dem dunkelgrünen Stoff. Dann wandte der Mann sich um, und ich sah sein Gesicht. Er hatte einen Schnäuzer, trug eine Brille und besaß einen olivfarbenen Teint. Eine Wange sah so aus, als wäre sie vor langer Zeit als Wurfscheibe benutzt worden. Noch augenfälliger war das gräßliche, schartige, vernarbte und verzogene Gewebe, das sich zwischen dem Kinn und dem Knoten der Krawatte erstreckte. Vielleicht hatte die Wange, diese Wurfscheibe, als Objekt einer Art Aufwärmübung gedient mit dem Ziel, diesem Mann später die Kehle durchzuschneiden. Herrgott noch mal, Drew... Dieser verunstaltete Bursche stand da mit Drew Summerhays, einem der mächtigsten kirchlichen Laien der Welt, als wären sie alte Kumpel.

Ich beobachtete die beiden aus dem Innern meines Alptraumtunnels und verspürte wieder jenes Gefühl, das mich an der irischen Küste beim Anblick des gekreuzigten Bruder Leo so tief erschüttert hatte. Eine Art konservierte, tiefgekühlte Furcht, die mir in die Adern gespritzt wurde. Aber da war noch etwas, das jenseits aller Ängste lag. Der winkende Arm des alten Mannes... die sich bauschende Feder an diesem verrückten Hut... ich konnte den Sinn nicht erkennen, ich wußte nicht, wo es gewesen war und wohin es führen mochte, aber ich wollte nicht dorthin gehen...

Ich wartete zu lange.

Summerhays drehte sich um. Unsere Blicke trafen sich, und er erkannte mich sofort. Ich sah, wie der andere Mann schlagartig aufhörte, sich mit dem Hut Luft zuzufächeln, denn Summerhays hatte ihn am Ärmel seines Trenchcoats gepackt; seine Augen waren noch immer starr auf mich gerichtet. Diese wenigen Sekunden schienen eine Ewigkeit zu dauern. Ich war wieder in einem Niemandsland gefangen, starrte auf die Hand, die den Ärmel hielt, sah das Nicken Summerhays', während ich zu begreifen versuchte. Aber ich konnte es nicht. Irgend etwas war im Gange, aber ich wußte nicht was. Hatte Summerhays meinen Namen gerufen? Ich konnte nicht hören. Nicht begreifen. Nichts mehr. Aber eins war mir klar: Ich mußte hier weg. Und zwar schleunigst.

Ich löste mich aus meiner Erstarrung, warf mich herum, kämpfte mich durch die dichte Menschenmenge und schubste und stieß einige Leute, denen ich kurz zuvor schon auf die Füße getreten war. Jemand beschimpfte mich wütend und versetzte mir einen Schlag mit der Hand, die eine Flasche Wein hielt, der über den Ärmel meines Mantels spritzte, aber dann war ich an ihm vorbei, durchbrach schließlich die Mauer aus menschlichen Körpern und rannte fort von den Lichtern und in die Dunkelheit.

Ich mußte weg hier. Ich warf einen raschen Blick über die Schulter, sah, daß die Unruhe unter den Zuschauern noch andauerte. Der Mann mit dem komischen Hut war hinter mir her.

Ich spürte eine Ausbeulung an meiner Manteltasche. Die Spielzeugpistole.

Weg hier, nur weg.

Atemlos, mit klopfendem Herzen, hielt ich in einer schmalen Straße an, blickte mich gehetzt um und verschwand in einer Gasse, drückte mich eng an die Mauer. Sogar über die Seitenstraßen strömten Massen von schnatternden, bunt kostümierten Touristen. Ich versuchte mich zu entspannen, wieder zu Atem zu kommen, schloß für einen Moment die Augen. Ich hörte ein Geräusch direkt vor mir, und als ich die Lider öffnete, blickte ich in die funkelnden Augen eines Mannes, in ein Gesicht, das von einer Kapuze verdeckt und ganz dicht vor dem meinen war. Ich konnte den fauligen, widerlichen Atem riechen, als er ein grunzendes Geräusch von sich gab und die zu Krallen geformten Hände nach mir ausstreckte wie der Tod. Seine Finger streiften mein Gesicht, und ich zuckte zurück, prallte mit dem Hinterkopf gegen die Mauer und beschimpfte den Kerl.

Wieder stieß er dieses Grunzen aus, griff mit der Hand nach mir; ein Bettler, der sich als Mönch verkleidet hatte. Nicht der Tod, noch nicht. Ich schlug den Arm des Mannes zur Seite und stieß ihn zurück. Ich mußte ihm Angst eingeflößt haben, denn er verharrte für einen Moment bewegungslos auf der Stelle, wippte auf den Fersen; dann wich er zum Gasseneingang zurück, das Gesicht noch immer von der Mönchskutte verdeckt.

»Geh mir aus dem Weg! Verschwinde!«

Er blickte auf die Straße. Er war nicht allein. Ein paar andere Gestalten in Mönchskutten beobachteten uns. Wir alle standen reglos da, lauernd. Dann kam mir plötzlich der Gedanke, daß diese Kerle vielleicht wirklich Mönche waren, *pénitents noirs*, die in dieser Stadt angeblich noch immer in zwei alten Kapellen hausten. Ich hatte sie damals, als Tourist, schon einmal zu sehen bekommen: finstere Gestalten, die barfüßig und mit Kutten, die ihre

Gesichter völlig verhüllten, durch die Straßen von Avignon zogen; Nachfolger jener *pénitents noirs* aus dem vierzehnten Jahrhundert, Laien, Flagellanten, die sogar französische Könige in ihren Reihen gehabt hatten. Jetzt starrten sie mich an, diese Commedia-Schauspieler oder Mönche oder Diebe, und warteten.

Ich schubste den Kerl, der mich hatte packen wollen, zur Seite und ging auf die anderen zu, die mir den Weg verstellten. Ich sagte etwas sehr Unfreundliches zu ihnen, und daraufhin bildeten sie widerwillig, doch in völligem, gespenstischem Schweigen eine Gasse. Ich blickte auf meine rechte Hand hinunter und bemerkte erst jetzt, daß ich die Waffe in der Faust hielt, die in den Schatten kaum zu sehen war. Die Kerle wichen ein paar Schritte weiter zurück, starrten mich an, die Waffe. Dann war ich an ihnen vorbei und stieß das dämliche Plastikding in die Tasche meines Mantels.

Wieder auf der Straße, begann erneut mein Kampf gegen die Touristenflut. Ich hielt nach dem kleinen Mann im Tirolerhut Ausschau. Ein Jongleur, der brennende Keulen durch die Luft wirbeln ließ, zog meinen Blick auf sich. Das zuckende Licht der Flammen huschte über die Hauswände. Wo war Elizabeth? Was war hier los?

Der Mann mit dem Tirolerhut stand in der Nähe des Jongleurs; sein Gesicht wurde urplötzlich durch eine wirbelnde, flammende Keule aus den Schatten gerissen. Er versuchte angestrengt, die rauchige Dunkelheit auf der Straße mit den Blicken zu durchdringen. Seine Augen wanderten in meine Richtung, blieben auf mir ruhen.

Ich war sicher, daß er mich erst in dem Moment erkannte, als ich losrannte und dabei Stühle und Tische auf dem Gehsteig umstieß, an denen Leute saßen, die das Treiben auf der Straße bei einer Tasse Kaffee oder einem Glas Wein beobachteten. Ich stürmte an einem Blumenwagen vorbei, an einer weiteren Gruppe von Schauspielern; die gebogenen Nasen ihrer Masken fuhren zu mir herum wie die Schnäbel bösartiger Vögel, die auf mich einhacken, mir das Blut aus den Adern saugen wollten. Wieder warf ich einen Blick über die Schulter und sah, daß der Mann, der meine Verfolgung aufgenommen hatte, in diesem Augenblick von den *pénitents noirs* aufgehalten wurde. Ich bog um eine Straßenecke, duckte mich und beobachtete, wie der Mann sich zu befreien versuchte, rannte dann weiter die enge Straße hinunter, in die ich eingebogen war, wandte mich wieder um, schlitterte dabei über das glatte Kopfsteinpflaster, wäre beinahe ausgeglitten, stürzte weiter, versuchte, den Mann abzuschütteln.

Ich mußte nachdenken. Ich brauchte einen Unterschlupf, mußte für eine Weile zur Ruhe kommen. Und ich mußte Elizabeth finden.

Summerhays. Ausgerechnet...

Was hatte ihn nach Avignon verschlagen? Was wußte er? Was hatte dieser kleine Mann mit ihm zu tun? Wußte Summerhays über Kessler alias Ambrose Calder Bescheid? Wußte er, daß jemand versucht hatte, Elizabeth zu ermorden? Wußte er von Horstmann?

Drew Summerhays schien immer schon alles gewußt zu haben.

Das hatte mein Vater immer gesagt.

Im Türeingang, in dem ich stand, spürte ich, wie der Boden unter meinen Füßen erbebte, und dann hörte ich einen gewaltigen Knall, sah ein riesiges Muster aus Kometen und Meteoren vom schwarzen Himmel regnen, blau und weiß und rosa, die ein sich ständig veränderndes, grelles Licht ausstrahlten. Ich sprang zurück und stieß mir den Kopf an einem niedrigen, grob behauenen Türsturz, spürte ein erneutes Erzittern des Bodens unter den Füßen und hörte wiederum den schmetternden Knall und die Ooohs! und Aaahs! der Menschen auf den Straßen.

Die beiden Explosionen waren jedoch nur die Eröffnungssalven des nicht enden wollenden Gewitterdonners eines Feuerwerks, das oben auf den Höhen des Palastes gezündet wurde. Erst jetzt fiel mir ein, daß ich die Ankündigung auf dieses *son et lumière*-Spektakel schon vorher auf Handzetteln und Plakaten gesehen hatte. Der Himmel zuckte und bebte jetzt unaufhörlich in Gold, Grün, Silber, Rot, Orange, begleitet von einem pausenlosen, ohrenbetäubenden Geschützdonner.

Ich wußte nicht, wo der kleine Mann sich befand, aber ich fürchtete mich vor ihm, als wäre er ein riesiger, bissiger Hund, der mich unaufhörlich durch enge, unbekannte, verwinkelte Straßen jagte. Als ich aus meiner kleinen, dunklen Höhle spähte, sah ich schon wieder eine Gruppe *pénitents noirs*, die sich vor einer kleinen Kirche drängten, die sich auf der anderen Seite eines kleinen Platzes erhob, in dessen Mitte ein Springbrunnen plätscherte. Kinder in gefütterten Jacken starrten, wie auch die vermummten Mönche, in die Richtung, in der sich der laute, grelle Feuerzauber am Himmel abspielte.

Der kleine Platz war von Menschen übersät. Heute abend war in Avignon jeder auf den Straßen unterwegs, um die Geräusche und Gerüche des Festes in sich aufzunehmen, um sich das Feuerwerk anzuschauen, die zahllosen Aufführungen der Schauspieltruppen oder die Gaukler.

Ich konnte weder den kleinen Mann sehen noch die Feder auf seinem Hut. Ich begann, nach Schwester Elizabeth Ausschau zu halten, und fragte mich, wohin sie gegangen sein mochte. Ich kämpfte gegen die Panik an, die ich in Irland kennen und fürchten gelernt hatte, gegen den Anblick von Bruder Leos winkendem, lockendem Arm.

Ich trat aus dem Hauseingang und ging über den Platz zu der kleinen Kirche hinüber. Sie wirkte traurig und verlassen, dunkel; sie konnte mit den maskierten Schauspielern und der Artillerie, die von den Höhen des Palastes abgefeuert wurde, nicht mithalten.

Ich bewegte mich langsam und möglichst unauffällig durch die faszinierten Zuschauer, tastete mich von Schatten zu Schatten, stieg die wenigen Stufen zur kleinen Kirche hinauf und zog die schwere Holztür mit den eisernen Beschlägen gerade so weit auf, daß ich hindurchgleiten und ins Innere der Kirche gelangen konnte, wo ich schwitzend und keuchend in der Dunkelheit verharrte und die Tür leise hinter mir schloß. Von innen erschien die Kirche größer als von außen, und die Luft war vollkommen unbewegt, gleichzeitig kalt und stickig, trocken und feucht, durchdrungen vom Geruch nach Kerzentalg und Weihrauch. Einige Kerzen brannten; ruhig, friedlich, winzig, und der Widerhall der Explosionen schien die steinernen Wände ganz sanft zu streicheln. Ich tastete mich an einer Wand entlang in Richtung Altar. Die Säulen waren, wie ich im schwachen Licht der Kerzen erkannte, ausladend und wuchtig, die Oberfläche zerfurcht und rissig. Schließlich nahm ich auf einem Stuhl Platz, von denen Hunderte in mehreren Reihen hintereinander auf dem glatten Steinfußboden standen. Ich atmete tief durch. Verdammt. Wieder stellte ich mir die alte Frage: Bist du Jäger oder Gejagter? Zumindest heute abend war die Antwort leicht.

Ich wußte nicht mehr, was ich tun sollte. Ich war erschöpft, naßgeschwitzt. Am Ende. Ich hatte ein Gefühl, als hätte ich soeben die

Schlacht aufgegeben. Die Spielzeugwaffe in meiner Manteltasche prallte dumpf gegen den Stuhl neben mir. In der Stille hörte es sich an, als wäre eine der Säulen umgestürzt. Alles glitt mir aus den Händen; ich verstand weniger als je zuvor. In was war ich eigentlich hineingeraten? Wer jagte wen? Wer würde den Sieg davontragen? Nein, diese letzte Frage sollte ich mir lieber nicht stellen.

Ich konnte mir vor allem auf das plötzliche Erscheinen von Summerhays keinen Reim machen; jedenfalls genügte die Tatsache, daß er mit dem kleinen Mann bekannt zu sein schien, dessen Kehle aussah, als wäre sie unter einen Rasenmäher geraten, um mein Mißtrauen Summerhays gegenüber aufflammen zu lassen – väterlicher Freund oder nicht. Das reichte, um in mir den Gedanken an eine verborgene, geheime Welt aufkeimen zu lassen, an einen scheußlichen Versammlungsort von Totenbeschwörern, die intrigierten, mordeten... Was hatte Summerhays vor? Er verfolgte immer irgendwelche Ziele, warum nicht auch jetzt? Ein Papst lag im Sterben, das große Spiel stand bald bevor...

Mir schien fast, als könnte ich beobachten, wie die Fäden einer Geschichte zusammengezogen wurden, die so alt war wie die Zeit, und die sich zu einem Netz verdichteten, in dem ich mich verstrickte, Fäden, die sich zu einem Seil zusammenzogen, das sich um meinen Hals legte und mir den Atem abschnürte...

Hatte ich ein Geräusch hinter mir gehört?

Ein leiser, verhaltener Laut, vom gedämpften Krachen des Feuerwerks fast übertönt?

Großer Gott, litt ich schon unter Halluzinationen?

Hatte der Mann mit dem Hut mich sogar in der lärmenden, wogenden Menschenmenge draußen auf dem kleinen Platz entdeckt? War er jetzt hier drin? Hier, bei mir, in der Kirche? Warum *wußte* ich, daß der kleine Mann ein Messer bei sich trug? Lag es daran, daß seine Kehle sich in eine Kraterlandschaft aus Narben verwandelt hatte?

Die Eingangstür der Kirche wurde blitzschnell geöffnet, dann geschlossen. Ich wußte es. Ich hatte für einen Moment die Geräusche von draußen auf dem Platz aufbranden und dann abrupt wieder verstummen hören.

Jemand war in der Kirche.

Es herrschte tödliche Stille. Ich tastete nach dem Spielzeugrevolver. Eine verrückte Reflexbewegung. Als ich ihn aus der

Tasche ziehen wollte, verhedderte er sich, rutschte mir aus den Fingern und fiel scheppernd auf den steinernen Boden. Ich hob ihn auf, wartete. Der Schweiß tropfte mir von der Nasenspitze. Ich fror.

Nichts.

Ich glitt vom Stuhl und zog mich tiefer in die Schatten neben einer der Säulen zurück. Die Härchen in meinem Nacken hatten sich aufgestellt. Irgendwie, trotz der Menschenmassen auf den dunklen, verwinkelten Straßen, hatte der kleine Hundesohn mich gefunden, hatte mich in dieser Kirche aufgestöbert.

Großartig.

Wer immer er sein mochte, er verstand es ausgezeichnet, sich vollkommen lautlos zu verhalten. Ich hörte nur mein eigenes Atmen und das *Sssst-bum* der Feuerwerkskörper. Sobald eine Rakete explodierte, sah ich das grelle Aufleuchten, gedämpft und verzerrt durch die bunten Bleiglasfenster, und ein gespenstischer Engel schien durch schweres Flak-Abwehrfeuer vom Himmel herabzuschweben.

Dann vernahm ich das kaum wahrnehmbare Tappen von Schritten, aber ich konnte die Quelle des Geräuschs nicht ausmachen. Es hätte von überallher kommen können, von irgendwo zwischen den Stuhlreihen oder aus der Dunkelheit hinter mir. Dann wieder die Schritte, diesmal lauter. Das Geräusch huschte die Wände entlang, wisperte zwischen den Säulen. Er hatte sich ein Stück voranbewegt, leise, vorsichtig, auf der Suche nach mir.

»Mister Driskill?«

Das Blut gefror mir in den Adern. Ich krampfte die Hand um den Griff der Waffe, preßte meinen Körper an eine Säule. Aus welcher Richtung war die Stimme gekommen? Ich brauchte nur meine Nasenspitze zu zeigen, und schon war ich ein toter Mann.

»Also bitte, Mister Driskill, seien Sie vernünftig. Ich muß mit Ihnen reden.«

Er kam. Er kam auf Schuhen mit Kreppsohle, lautlos, so, wie Nebel in der Dämmerung herankriecht. Ich bewegte mich zurück, hinüber zum Seitenschiff, tastete mich mit der freien Hand die Wand entlang. Als ich dort angelangt war, stieß ich einen winzigen Seufzer aus. Ein wabernder Fleck aus trübem Licht lag zu meiner Linken; irgendwo in einer Bleiglasscheibe über mir waren ein, zwei Stücke aus der Fassung gebrochen und ließen das zuckende

Leuchten der Feuerwerksraketen ungedämpft auf den Fußboden fallen. Wenn ich es schaffte, diesen kleinen Tümpel aus Licht zu durchqueren, bevor er mich entdeckte, dann konnte ich mich weiter vorantasten und versuchen, einen Nebeneingang zu finden, eine Hintertür, durch die ich aus dieser Falle zu entrinnen vermochte, die ich mir selbst gestellt hatte.

Ich mußte hier raus. Irgendwie. Wie hatte er mir nur folgen können? Ich war so sicher gewesen, ihn abgehängt zu haben... und doch war er hier.

Wer war der Kerl? Und was hatte er mit Summerhays zu tun?

Die Fragen dröhnten in meinem Schädel wie die Explosionen der Feuerwerksraketen. Ich kam mir wie ein hilfloser armer Teufel vor, der in eine tiefe Schlangengrube gestürzt war.

Ich spürte eine Bewegung, unsichtbar, lautlos, und dann war mir alles egal. Ich hielt den Atem an und durchquerte mit drei, vier schnellen Schritten den Lichtfleck und hielt sofort wieder inne, den Rücken an die Wand gepreßt, die Hand um den Griff der Waffe gekrampft, und blickte zurück. Nichts.

Die Hand schoß aus der Finsternis hervor, klammerte sich wie ein Schraubstock um meinen Unterarm. Sein leises, ruhiges Atmen war ganz dicht neben meinem Ohr.

»Mister Driskill, es ist höchste Zeit, daß Sie vorsichtiger werden. Ich habe ein sehr scharfes Messer... hier.« Ich spürte, wie die kalte Spitze der Klinge durch Jacke und Hemd drang und in meinen Rücken stach. Er zog meinen Arm langsam zu sich heran, weg von der Tasche des Trenchcoats. »Geben Sie mir die Waffe, Mister Driskill.«

»Wissen Sie, es ist nur eine...«

»Pssst.« Er zog mir die Waffe aus den Fingern. »Oh, Mister Driskill... das ist ein... Spielzeug.« Er reichte mir das Ding zurück.

»Seien Sie vorsichtig«, sagte er leise.

Er stieß mich sacht in den Tümpel aus flackerndem, buntem Licht, und ich drehte mich um, sehr langsam und sehr vorsichtig, um ihn anzuschauen, die Narbe und den komischen Hut.

Aber ich hatte einen Fehler gemacht. Ich hatte den falschen Mann erwartet.

Wieder ein leichter Stich mit der Messerspitze.

»Gehen Sie nach Hause, nach Princeton, Mister Driskill. Gehen Sie nach Hause, und ich werde für Sie beten. Gehen Sie dorthin, wo Sie etwas Gutes tun können. Ich möchte Ihnen kein Leid zufügen. Ihnen nicht, der Nonne nicht. Gehen Sie einfach... fort.«

Er starrte mich aus seinen unergründlichen, bodenlosen Augen an; das schwache Licht spiegelte sich auf den flachen Gläsern seiner Brille.

Horstmann.

Dann war er verschwunden.

Ich war allein in der Kirche.

## 3 DRISKILL †

Ich stand am Ende eines schlammigen, zerfurchten und glitschigen Feldwegs und lauschte den Hunden, die den Mond ankläfften, der hin und wieder zwischen den vorüberziehenden Wolken hindurchlugte. Ich hatte den Citroën-Mietwagen auf dem nassen, aufgeweichten Bankett geparkt, so, wie Dunn mich angewiesen hatte. Er hatte mich kurz nach meiner Rückkehr ins Hotel angerufen.

»Aber woher soll ich denn wissen, daß es der richtige schlammige Feldweg ist?« Ich versuchte, meinen Zorn im Zaum zu halten. Ich hatte ein paar schwere Stunden hinter mir.

»Fühlen Sie sich nicht wohl? Sie hören sich ein wenig angegriffen an...«

»Sie würden ohnehin nicht glauben, was mir passiert ist.«

»Sie müssen sich wohl oder übel zur Ruhe zwingen. Die Sache duldet keinen Aufschub. Ist Schwester Elizabeth bei Ihnen?«

»Nicht direkt. Also, sagen Sie mir, welcher schlammige Feldweg?«

»Parken Sie einfach den Wagen dort, wo ich gesagt habe«, hatte er geantwortet, »und dann steigen Sie aus und spitzen die Ohren. Sie werden die Hunde hören. Wenn nicht, haben Sie die falsche Stelle erwischt. Und ziehen Sie Ihre Gummistiefel an, mein Junge.«

Jetzt konnte ich die Hunde hören. Ich drehte mich um und blickte zurück auf den seltsam geformten kleinen Wagen, in dem Elizabeth schweigend saß und auf die Bodennebel starrte, die über den feuchten Feldern aufstiegen. Wir hatten nur wenige Worte gewechselt, seit ich sie in der Lobby des Hotels gefunden – angetroffen – hatte. Es gab nichts zu sagen. Ich war es ihr schuldig, sie um Verzeihung zu bitten, aber ich brachte es nicht fertig. Ich wußte, daß ich recht hatte, was meine Meinung über sie und die Kirche und deren Vorrangstellung betraf: Ich konnte meine Meinung nicht einfach deshalb ändern, weil sie ein menschliches Wesen war, das mir vertraut, sich mir anvertraut hatte. Das stand nicht zur Debatte.

Ich wollte ihr erzählen, was ich vor gerade erst zwei Stunden erlebt hatte. Von Summerhays. Von dem Mann mit der furchtbar zugerichteten Kehle. Und von Horstmann, der auf mich gewartet hatte, Horstmann, der seine Hand um meinen Arm geklammert hatte...

Horstmann.

Als mir bewußt geworden war, daß er die Kirche verlassen hatte, war es zu spät gewesen, ihn wiederzufinden. In der Menge auf dem Platz hatte ich keine Spur mehr von ihm gesehen. Und keine Spur mehr von Summerhays und seinem Begleiter.

Das alles hätte genausogut ein Traum sein können. Aber es war keiner. Natürlich nicht. Ich kam mir wie Basil Fawlty an einem schlechten Tag vor, wenn er den Kopf auf die Schreibmaschine rammte, in der Hoffnung, aus einem Alptraum zu erwachen, um dann erkennen zu müssen: nein, nein, es ist Realität. Nein, nein, es war Realität, es war Summerhays gewesen, und es war Horstmann gewesen, und ich wünschte, ich hätte es Elizabeth erzählen können, aber ich konnte es nicht.

Ich konnte mit dem, was in den vergangenen zwei Stunden passiert war, fertig werden. Aber das, was nicht passiert war, konnte ich nicht begreifen.

Ich lebte noch.

Horstmann hatte mich in der Kirche erwischt, als ich ganz allein gewesen war.

Aber ich lebte noch. Ich konnte keine Erklärung dafür finden. Die Bühne dieses Dramas war von Leichen bedeckt. Warum war jetzt nicht auch meine darunter?

Was hätte Elizabeth dazu gesagt? Ich wollte es ihr erzählen, konnte aber nicht.

Also stand ich im Schlamm, ohne Gummistiefel natürlich, und blickte etwa hundert Meter durch Nebel und Dunkelheit eine sehr schlechte Straße hinunter auf die Umrisse eines großen, unregelmäßig angelegten Gebäudes. Wir waren einunddreißig Kilometer von Avignon entfernt, und es fing wieder an zu regnen. Meine Schuhe versanken im Schlamm. Aber ich hätte eine noch viel schlechtere Strecke in Kauf genommen, um mit Erich Kessler reden zu können.

Dunn hatte mir am Telefon ein bißchen mehr über diesen Mann erzählt, unter anderem, daß er darauf bestand, ausschließlich mit seinem neuen Namen angeredet zu werden: Ambrose Calder. Er war, alles in allem, noch in guter Verfassung und in den vergangenen Jahren aktiver gewesen, als Dunn es erwartet hatte. Seit längerer Zeit beschäftigte er einen geheimen Agentenring, dessen Mitglieder gewissermaßen seine Angestellten waren und deren Bezahlung er über Konten abwickelte, die er während seiner Zeit bei der CIA auf die Namen von Strohmännern hatte eintragen lassen. Seine Agenten arbeiteten vor allem in den dunkleren, verborgeneren, beengteren Winkeln Europas. Bis zu einem gewissen Maß sorgte Kessler dafür, daß seine früheren Arbeitgeber und Gegner wußten, daß er bestimmte geheimdienstliche Aktivitäten betrieb, doch er ließ sie über Einzelheiten im unklaren, und eben dieses Nichtwissen, diese Unsicherheit machte Kesslers Gegenspieler vorsichtig, hielt sie davon ab, allzu genaue Nachforschungen anzustellen. Und von Zeit zu Zeit statteten ihm geheime Abgesandte aus Langley oder dem Vatikan einen Besuch ab, um ein ernstes Gespräch mit ihm zu führen, aber er wußte, sie alle wußten, daß Calder absolut sicher war. Sie hielten ihm einerseits eine Strafpredigt, und sie ersuchten ihn andererseits um bestimmte Informationen. Seine Existenz wurde wie ein düsteres Geheimnis gewahrt, von dem niemand etwas zu wissen brauchte. Vor allem war es einfach zu gefährlich, Ambrose Calder zu beseitigen. Er konnte sogar noch aus dem Grab vernichtend zurückschlagen. Ich fragte mich: Hatte Elizabeth mit ihrer Bemerkung recht gehabt, was Kessler/Calders mögliche dritte Identität betraf? Archduke?

Niemand wußte mit Sicherheit, was er in bestimmten Schließfächern auf Zürcher Banken deponiert hatte, aber ebensowenig wollte irgend jemand das Risiko eingehen, Calder zu töten, um dieses Geheimnis zu lüften, denn der Schuß konnte sehr leicht nach hinten losgehen. Aus all diesen Gründen konnte Calder sich in völliger Sicherheit wiegen. Denn einige der mächtigsten

Geheimdienste der Welt garantierten ihm praktisch, daß er eines Tages friedlich in seinem Bett sterben konnte.

Allenfalls ein Überläufer würde ihn töten – und dabei riskieren, daß höchst brisante Informationen publik wurden. Aber warum stand er dann auf Vals Liste?

Ich ging zum Wagen zurück und klopfte gegen die Windschutzscheibe.

»Machen wir uns auf den Weg«, sagte ich. »Da vorne ist es.«

Ambrose Calder war ein großer schlanker, kräftiger Mann mit faltigem Gesicht und Hals, sehnigen, riesigen Händen und einem grauen, stoppeligen Dreitagebart und Augenbrauen, die aussahen wie Stahlwolle. Es war das Gesicht eines Mannes, der sich oft im Freien aufhielt, was bei ihm sicher auf die Notwendigkeit zurückzuführen war, sich um seine Hundemeute zu kümmern: ein von Wind und Wetter gerötetes Gesicht mit hohen, ausgeprägten Wangenknochen. Einer der Haushunde beäugte ihn mit schiefgelegtem Kopf, als wollte er sein Herrchen fragen, ob er wegen des Eindringens der drei Fremden knurren und bellen sollte oder nicht. Das Kläffen der anderen Hunde draußen war verstummt; nur noch gelegentliches Jaulen und Winseln waren zu vernehmen. Calder trank seinen Sliwowitz wie Wasser, als wollte er irgendwelchen Kummer ersäufen.

»Also«, sagte er, »Sie sind zu mir gekommen, um herauszufinden, ob ich weiß, wer Ihre Katholiken ermordet.«

»Wir möchten noch einiges mehr wissen«, sagte Elizabeth.

»Ja, ja«, sagte er und wischte ihre Bemerkung mit einer unwilligen Handbewegung beiseite. »Sie wollen wissen warum. Und Sie wollen wissen, wer Simon war. Father Dunn hat mir das alles schon deutlich genug erklärt. Was für ein neugieriger Verein ihr doch seid, kann ich da nur sagen! Und unverschämt! Warum sollte ich Ihnen irgend etwas darüber erzählen? Wo sind die Daumenschrauben und die Elektroden? Schon gut, schon gut. Ich werde Ihnen sagen, was ich weiß, und dafür gibt es einen ganz einfachen Grund – Sie haben nicht die kleinste Chance, auf andere Weise an diese Informationen zu gelangen. Und ich werde auf meine alten Tage sentimental, ich habe Mitleid mit Kindern, die in Angelegenheiten hineingestolpert sind, die nur Erwachsene etwas angehen. Verstehen Sie? Ich werde Ihnen helfen, weil ich einen ehrlichen Kampf wünsche – und ich frage mich, ich bin wirklich gespannt, was für Verwüstungen Sie anrichten werden! Die Kirche und ihre Selbstüberschätzung erheitern mich... also werde ich mich Ihrer annehmen wie streunenden Katzen in der Höhle des Löwen. Werden Sie gefressen? Oder werden Sie die Tauben aufscheuchen, werden Sie sogar den Löwen mit ihren großen, blutigen Krallen Angst einjagen? Aber halt. Warten Sie erst einmal ab, was Ihnen meine Informationen nützen, bevor Sie sich bedanken.« Er streckte seine große Hand aus. Sein Butler schob ihm eine Zigarre von der ungefähren Größe eines Baseballschlägers zwischen die knorrigen, riesigen Finger. Calder riß an seinem schmutzigen Daumennagel ein Streichholz an, beobachtete, wie die Flamme explodierte. Er zündete die Zigarre an, inhalierte tief und stieß eine gewaltige Rauchwolke aus.

»Antworten, wie Sie sie suchen, sind niemals schlicht und einfach«, sagte er. »Oh, manchmal sind sie zumindest problemloser zu finden als andere, zum Beispiel, wenn Sie es mit dem guten alten Kreml zu tun haben. Dort arbeitet man immer noch reichlich durchsichtig und ungeschickt, mögen die Russen sich noch so viel Mühe geben. Bei den Engländern muß man aufpassen – sie sind die gerissensten, abgebrühtesten Teufel auf diesem Gebiet. Die zweitbesten Lügner der Welt. Platz, Foster«, sagte er zu dem Hund. »Das ist ein braves Hundchen. Habe ihn nach John Foster Dulles benannt. Trotzdem ist er ein treues und anhängliches Tier. Nun ja, aber nicht mal die Briten, obwohl sie unglaublich verschlagen sind, können mit der Kirche, dem Vatikan mithalten. Dort sind die größten Lügner der Welt versammelt, die gewieftesten Verschwörer, die wahren Profis. Ihre ganze Welt ist ein Kartenhaus, und ein einziger kräftiger Windstoß würde genügen, das verdammte Ding ins Jenseits zu befördern – aber das schafft niemand. Sie halten es im Gleichgewicht, durch Macht, durch Geld, sie geben ihrem Lügengebilde Gestalt und Gewicht. Es ist die große Täuschung... im Vergleich dazu ist das mächtigste Weltreich schwach und hilflos. Ich bewundere diese ausgekochte Schweinebande. Verzeihung, Father Dunn, aber wir alle, die wir in dieser Branche tätig sind, jedenfalls professionell, müssen Schweinehunde sein.« Sein Lächeln war sehr breit, sehr schmal und bemerkenswert humorlos.

»Sie«, sagte er zu mir, »haben Ihre Hausaufgaben übrigens ausgezeichnet gemacht, wie mir scheint. Sie sind auf Torricellis Papiere gestoßen, Sie haben seinen schwachsinnigen Neffen erduldet – der könnte eigentlich abgestochen werden; für mein Empfinden ist dieses Individuum eine Beleidigung für den guten Geschmack... Sie haben den alten Paternoster aufgestöbert, ein großartiger Kerl... dann Bruder Leo... und auch Sie, Schwester, alle Achtung. Ihre Arbeit in den Geheimen Archiven, das war geradezu bewunderungswürdig. Mein Gott, wie man dort die Frauen haßt! Und daß D'Ambrizzis freimütige Memoiren in Father Dunns Hände geraten sind – das ist fast schon ein Beweis dafür, daß irgendeine höhere Macht Sie ausersehen hat, diese Sache voranzutreiben, muß ich zugeben. Hätten Sie bis jetzt nicht so viel Arbeit investiert, hätte ich Ihnen diese Audienz heute abend versagt, müssen Sie wissen. Und Father Dunn hat ihre Sache sehr überzeugend vertreten. Ich trinke auf Ihr Wohl. Prost.«

»Mister Calder«, sagte ich. »Es geht um meine Schwester. Verstehen Sie das? Darum bin ich hier. Die Kirche bedeutet mir nichts. Die Kirche hat meine Schwester getötet. Sie war eine ihrer treuen, ergebenen Dienerinnen, und die Kirche hat sie ermordet. Und nun bin ich auf der Suche nach dem Schweinehund, der ihr eine Kugel in den Kopf geschossen hat. Aber irgendwie ist die Ermordung meiner Schwester in diesem ganzen dreckigen Sumpf untergegangen. Ich habe den Stein beiseite gewälzt, unter dem das Wesen der Kirche liegt, und dort wimmelt es und windet sich und zuckt; ich selbst stehe mittendrin in dieser Schlangengrube – Sie haben es beim Namen genannt, D'Ambrizzi und Torricelli und die Nazis. Ich stecke in dieser stinkenden Brühe fest – aber ich will den Kerl, der meine Schwester ermordet hat. Er heißt Horstmann, und ich...« Ich hob die Hände und stand auf. Der Hund war offenbar zu der Einsicht gelangt, daß man mich – obwohl ich überreizt war – im wesentlichen akzeptieren konnte. Er kam zu mir herüber und stubste seine feuchte, kalte Nase in meine Handfläche. »Na, wie geht's, Foster?« murmelte ich.

Ambrose Calder beobachtete mich durch dichte Tabakswolken. Er trug eine Smokingjacke. Sein Rollstuhl war ein altmodisches Modell mit Rückenlehne und Seitenverkleidungen aus Bastgeflecht. Er wurde von einem jungen Mann geschoben, der wie ein Vernehmungsbeamter der Staatssicherheitsbehörde aussah. Nachdem Calder sich die Zigarre angezündet hatte, war der junge Bursche lautlos verschwunden.

»Ich verstehe, Mister Driskill. An Ihrer Stelle würde ich genauso empfinden, nehme ich an. Aber Tatsache ist, daß Sie die Konsequenzen tragen müssen, wenn Sie den Mörder Ihrer Schwester suchen. Sie *haben* das Wesen der Kirche aufgedeckt, um Ihr Bild zu zitieren. Sie stehen bis zu den Knien in der Scheiße. Man kann es auch auf andere Weise umschreiben – es ist wie ein Flaschengeist. Sobald er aus der Flasche raus ist, bekommt man ihn nie wieder hinein. Und erst wenn Sie sich durch diesen Sumpf hindurchgearbeitet haben, sofern Sie es *schaffen*, erst dann werden Sie vielleicht Ihr eigentliches Ziel erreichen... wer weiß?« Er trank einen Schluck Sliwowitz. »Jetzt aber gibt es kein Zurück mehr für Sie. Sie stehen auf einem Drahtseil über einem gähnenden Abgrund, Mister Driskill. Aber ich bin sicher, daß Ihnen das alles bereits klar geworden ist. Es kommt jetzt darauf an, daß Sie nicht das Gleichgewicht verlieren.«

»Darum bin ich hier«, sagte ich.

Calder lachte auf, wandte sich an Father Dunn und begann mit ihm über die Kriegsjahre zu reden, ganz zwanglos, als wären Elizabeth und ich für den Augenblick vergessen.

Das Haus war riesig, seltsam verschachtelt; eine Art exzentrischer, verrückter Prachtbau, sehr alt und von Fichten umstanden. Die Zentralheizung war so niedrig eingestellt, daß sie das große Zimmer, in dem wir saßen, nicht erwärmen konnte, doch das Feuer im prunkvoll verzierten Kamin vertrieb allmählich die Kälte aus meinen Gliedern. Auf dem Tisch standen ein Kästchen mit Davidoff-Zigarren, eine uralte, staubige Flasche Cognac, schwere, kristallene Schwenker und große, geschliffene Aschenbecher. Calder nahm eine weitere von den riesigen Zigarren, knipste das Endc ab, schob einen der Ascher zu mir hinüber, reichte mir die Zigarre und sagte: »Bitte sehr. Nur rauchen müssen Sie sie schon selbst. Also, kommen wir jetzt auf unseren Freund Simon Verginius zu sprechen.«

Kabalevskys Cellokonzert drang leise und romantisch aus überdimensionalen Lautsprechern, als wir endlich zur Sache kamen.

Elizabeth schilderte zuerst, wie sie Vals Aktenmappe mit den Namen der fünf Mordopfer gefunden hatte. Calder hörte aufmerksam zu, die Zigarre fest in den Mundwinkel geklemmt. Er füllte sein Glas Sliwowitz nach, leckte sich über die Lippen.

»Claude Gilbert«, sagte sie. »Sebastien Arroyo. Hans Ludwig Müller. Pryce Badell-Fowler. Geoffrey Strachan. Sie alle sind in den letzten zwei Jahren ermordet worden. Sie alle waren Katholiken mit engen Bindungen zur Kirche. Einflußreiche, bedeutende Männer. Sie alle waren während des Krieges oder nach dem Krieg in Paris. Aber – was hatten sie gemeinsam? Und warum mußten sie sterben... warum hat man sie ermorden müssen? Und warum vor so vergleichsweise kurzer Zeit?«

»Zunächst einmal handelt es sich hier um eine Liste mit vier Namen sowie einem weiteren, den man mit den anderen nicht in Verbindung bringen kann – jedenfalls nicht auf die gleiche Weise, wie die anderen vier in Zusammenhang stehen. Badell-Fowler wurde vermutlich aufgrund seiner Arbeit ermordet, seiner Studien über die *Assassini*, wie Sie ja selbst herausgefunden haben. Er wußte von den *Assassini*, und deshalb mußte er sterben.« Calders Stimme war sehr präzise und sachlich geworden. Er bewegte sich jetzt auf seinem ureigensten Gebiet und kannte jeden Fußbreit Boden. »Die vier anderen – ich habe fast die Befürchtung, Sie haben die Sache falsch verstanden, was diese Männer betrifft. Ja, es gibt Verbindungen, nur sehen sie anders aus, als Sie annehmen, Schwester. Sie waren Katholiken, ja, aber Katholiken, die entscheidende Unterschiede persönlicher Natur aufwiesen. Der Industriemagnat aus Madrid, Yachtbesitzer, bedeutender Mann in der Kirchenwelt – Arroyo. Aber wußten Sie, daß er ein enger Vertrauter von Generalissimo Francisco Franco gewesen ist? O ja, sie waren dicke Freunde, die beiden. Arroyo hat den Generalissimo auf vielen Gebieten beraten.

Müller, der Deutsche. Gelehrter. Hat während des Krieges in Diensten des Dritten Reiches gestanden – in der Abwehr. Ich habe ihn ziemlich gut gekannt. Aber er war einer von den Furchtsamen – drehte seine Fahne immer nach dem Wind. Eine Zeitlang hieß es, er sei an einer Verschwörung gegen Hitler beteiligt gewesen. Jedenfalls ist es ihm erspart geblieben, von der Gestapo an einem Fleischerhaken aufgehängt zu werden. Er hat den Krieg überlebt und seine Karriere als Herr Professor Doktor wieder aufgenommen. Er war Katholik, ja, natürlich. Hat später einen schweren Schlaganfall erlitten. Aber das Interessanteste an der Verschwörung gegen Hitler war die Tatsache, daß Müller ein Spitzel gewesen ist! Jawohl, ein Spitzel der Gestapo inmitten der wirklichen Verschwörer. Er war ein sehr bereitwilliger freier Mitarbeiter, ein Abwehr-Mann, der an einer Säuberungsaktion der Gestapo teilgenommen hat. Er hat die Verschwörung natürlich auffliegen lassen, hat die Beteiligten verraten, das war ja sein Job, und er hat einen Orden dafür bekommen. Einige Zeit darauf wurde ich sein Vorgesetzter. Ich wußte von der ganze Geschichte. Müller hat später einige Zeit im von den Deutschen besetzten Paris verbracht.

Weiter... Claude Gilbert, der bretonische Priester. Seine braven Gemeindemitglieder hätten ihn kurz nach der Landung der Alliierten an der Küste der Normandie beinahe umgebracht. Er war kein Kämpfer, das war sein Problem. Hat sich gedacht, es wäre besser, sich den Jungs anzuschließen, die das Sagen hatten. Doch als die Boches die Hucke vollgekriegt hatten und getürmt waren, haben einige von Gilberts bretonischen Landsleuten seine Aktivitäten während des Krieges in einem ziemlich düsteren Licht betrachtet. Kollaborateur haben sie ihn genannt. Und einige wollten ihm mit Bootshaken und Hackmessern an den Kragen gehen. Aber er hatte einen Schutzengel. Ein paar Bauern haben ihn geteert und gefedert und ihn mit einem Arschtritt davongejagt. Er hat sich ein Jahr in Rom erholt. Als er wieder einigermaßen auf dem Damm war und eine etwas ruhigere Gemeinde zugeteilt bekommen hatte, hat er sich der Schriftstellerei gewidmet und moralistisch angehauchte Bücher geschrieben, so was wie imaginäre Memoiren, die Tagebücher eines Landpriesters. Und das meiste von dem Geld, das er mit den Schmökern verdient hat, ist seinen Beschützern in die Taschen geflossen, der Legion Condor, der *Spinne* und ähnlichen Leuten. Den alten Nazis.

Und Geoffrey Strachan, der MI-5-Mann. Sir Geoffrey. Mit Ehrungen überhäuft, ist er in relativ jungen Jahren aufs Abstellgleis geschoben und eiligst auf sein Familienschloß in Schottland geschickt worden. Über seine letzten dreißig Lebensjahre ist kaum etwas bekannt. Warum dieser plötzliche Rückzug, haben manche sich gefragt. Tja, es hatte da ein kleines Problem gegeben, das man unter den abgetretenen Teppich gekehrt hat. Strachan war vor dem Krieg in Berlin gewesen und kam dann zurück nach London, um

Premierminister Chamberlain zu beraten. Er hat ihn nach München begleitet. Das Problem war nur: Strachan war Agent des Dritten Reiches, besaß sehr enge Kontakte sowohl zu Dönitz als auch zu Canaris. Er ging häufig mit Göring auf Wildschweinjagd. Die Engländer kamen Strachan schon '41 auf die Schliche, spannten ihn für ihre eigenen Zwecke ein, hielten die ganze Geschichte streng geheim und haben den Mann schließlich ohne Prozeß, ohne den Hauch eines Skandals, ohne Aufsehen in den Ruhestand geschickt. Die Sache ist nie wieder aufgerollt worden, denn in den fünfziger Jahren war man zu sehr mit den sowjetischen Spionen beschäftigt, da war ein alter Nazi allenfalls nur noch ein Kuriosum, wissen Sie.«

Die Asche seiner Zigarre war inzwischen fünf Zentimeter lang, und er betrachtete sie liebevoll, als würde er sich nur widerwillig davon trennen. Er rollte sie langsam bis zur Einkerbung des Aschenbechers, stippte sie ab und schob sich die Zigarre wieder in den Mundwinkel.

»Also«, sagte er. »Begreifen Sie allmählich? Versuchen sie sich klarzumachen, was für eine komplizierte Welt das ist. Diese Männer waren nicht bloß bedeutende Katholiken und kirchliche Gönner, sie waren Teil einer umfassenderen Welt, einer Welt voller widersprüchlicher Ziele und Methoden und Motive. Ja, diese Männer waren allesamt Katholiken, sie alle waren in den vierziger Jahren zeitweise in Paris. Wußten sie von den *Assassini*? Schon möglich. Einige wußten es bestimmt, da bin ich sicher. Aber das ist keine Erklärung, warum sie miteinander in Verbindung gebracht wurden, jedenfalls nicht im Sinne von... jemandem, der sie für immer zum Schweigen bringen wollte.

Der Schlüssel zur Lösung dieses Rätsels, meine Freunde, ist die Tatsache, daß diese Männer allesamt Nazis gewesen sind. Darum mußten sie sterben. Katholiken, die für die Nazis gearbeitet haben. Ich weiß es. Ich weiß es aufgrund meines damaligen Aufgabenbereichs. Verstehen Sie? Natürlich verstehen Sie. Sie haben es ja selbst herausgefunden. Durch die Aussage von LeBecqs Tochter und die Torricelli-Papiere sind Sie auf die Verbindung gestoßen, die damals zwischen der Kirche und dem Dritten Reich bestanden hat. Ich füge Ihren Informationen lediglich einige Details hinzu. Die vier Männer wußten von dieser Verbindung, ihnen war bekannt, was Mademoiselle LeBecq als Erpressung auf Gegenseitigkeit bezeichnet hat – und darum mußten sie sterben.«

Aus welchem Blickwinkel man diese Geschichte auch betrachtete – und zu welchem Zeitpunkt –, immer wieder verschob sich das Bild. Man hatte nie genug Zeit, sich auf eine bestimmte Situation einzustellen, so wie sie sich zu einem bestimmten Zeitpunkt darzustellen schien, weil sie immer nur ein Teilaspekt des sich ständig verändernden Gesamtzusammenhanges war. Aus den Mordopfern auf Vals Liste waren zuerst Märtyrer geworden, dann hingemetzelte Unschuldige und nun verräterische Dreckskerle, deren Lebensuhr schon vor dreißig und mehr Jahren abgelaufen war. Sie waren ausradiert worden, weil irgend jemand seine eigene Vergangenheit ausradierte und seine Lebensgeschichte umzuschreiben versuchte.

»Sie wollen damit doch wohl nicht andeuten, daß auch Lockhardt eine Art Nazi gewesen ist?« Das war wieder Elizabeth.

»Natürlich nicht, Schwester. Er war zwar verschlagen, gewiß, eine Art Buchmacher großen Stils, ein Mann, der es gehaßt hat, auf Verlierer zu setzen. Darum hat er manchmal auf mehrere Kandidaten gleichzeitig gesetzt. Aber der Grund für seine Ermordung liegt meines Erachtens klar auf der Hand.« Er schob einen Finger unter den gestärkten weißen Kragen seines Hemdes und lockerte ihn ein wenig. Das Kaminfeuer strahlte jetzt eine bullige Hitze ab. »Er stand Schwester Valentine zu nahe. Sie mußte sterben, weil sie Dinge wußte, die sie nicht wissen durfte. Lockhardt mußte sterben, weil sie ihm möglicherweise anvertraut hatte, was sie wußte... und das war höchstwahrscheinlich auch der Grund für den Mordanschlag auf Sie, Mister Driskill. Jemand hatte Angst, daß Ihre Schwester Ihnen die Geschichte erzählt hat. Und Sie, Schwester Elizabeth, sollten vom Balkon gestürzt werden, weil Sie Ihre Nase bereits zu tief in diese Sache gesteckt haben und nicht die geringste Bereitschaft zeigten, zur Vernunft zu kommen.« Sein Gesicht war sowohl von der Hitze als auch vom Sliwowitz gerötet, aber sein Vortrag schien ihm Vergnügen zu bereiten. Hin und wieder blinzelte er Father Dunn zu, der dies mit einem geduldigen Lächeln erwiderte.

»Aber was mir Kopfzerbrechen macht«, sagte ich, »ist Vals Liste. Warum ist Ihr Name als Nummer sechs aufgeführt? Ihr früherer Name, meine ich. Auch Sie haben mit den Ermordeten vieles gemein. Bis auf den entscheidenden Punkt – Sie leben noch. Warum hat man Sie nicht auch getötet?«

Draußen begannen die Hunde zu bellen. Der Wind hatte aufgefrischt. Calder bewegte den Rollstuhl zum Fenster und starrte hinaus in die Dunkelheit.

»Manchmal werden die Tiere nervös«, sagte er.

Ich konnte den Gedanken einfach nicht abschütteln.

*Jemand radiert seine eigene Vergangenheit aus ... Menschen werden ausradiert, die Vergangenheit wird umgeschrieben... jemand... jemand, der Papst werden will.*

Calders Butler kam ins Zimmer, schob mit einem Schürhaken die glühenden Kohlen im Kamin zusammen, legte Feuerholz nach und reichte seinem Herrn und Meister einen Schal, den dieser sich um die Schultern legte.

»Mein Kreislauf ist auch nicht mehr das, was er mal war«, murmelte unser Gastgeber und wandte ich dann an seinen Diener. »Kümmern Sie sich um die Hunde. Und sorgen Sie dafür, daß Karl seinen Rundgang macht. Um das gesamte Gelände. Veranlassen Sie, daß alles wie üblich gehandhabt wird.«

»Könnten Sie sich jetzt der Frage zuwenden«, sagte ich, »wer Simon Verginius gewesen ist? Was es mit dieser Pius-Verschwörung auf sich hatte? Wer der bedeutende Mann im Zug war, auf den Simon ein Attentat...«

»Und welcher Hund in welcher Nacht gebellt hat? Jetzt hören Sie sich wie Sherlock Holmes an, Mister Driskill.«

»...und kennen Sie die Identität eines Mannes, der den Decknamen Archduke getragen hat?«

»Ich komme mir wie ein Kellner vor, der eine Bestellung entgegennimmt. Aber, aber« – Calder hob seine grobknochige Hand und winkte ab, als er sah, daß ich mich entschuldigen wollte –, »denn wenn wir nicht über die alten Zeiten reden – warum hätten wir uns dann treffen sollen? Und es geht nur um *damals*, das kann ich Ihnen versichern. Tja, wo sollen wir anfangen? Ich erzähle Ihnen einfach, was ich weiß... einverstanden, Father?« Er blickte zu Dunn hinüber, und der nickte.

»Alles beginnt mit Simon Verginius«, sagte ich.

»Und hört vielleicht auch mit ihm auf, ja? Also gut... Die Einsatzbesprechung des Ambrose Calder, ehemals Diener des Dritten Reiches, wird fortgesetzt.« Plötzlich knallte er die Handfläche auf die Tischplatte. »Achtung!« Zum erstenmal hörte er sich wie ein Deutscher an. Vorher hatte in seiner Stimme auch nicht der Hauch eines Akzents gelegen, allenfalls ein unbestimmbarer mitteleuropäischer Einschlag. Aber jetzt klang er wie ein Preuße. »Wirrr haben Mittel und Wege, Herrschaften, Leute zum Reden zu brrringen...« Er lachte. »So was hat man den Deutschen in den alten amerikanischen Spielfilmen immer gern in den Mund gelegt... Ich war einer dieser Deutschen.« Er seufzte. »Vor langer Zeit. Also, kommen wir zu Simon Verginius...«

Dunn konnte der Verlockung nicht mehr widerstehen und nahm sich eine der Davidoffs. Elizabeth saß am Kamin, die Beine übereinandergeschlagen, die Hände um die Knie gelegt. Ihre grünen Augen schienen sich nicht von Calders außergewöhnlichem Gesicht lösen zu können. Sie war offenbar von der bulligen Kraft und Energie dieses Mannes fasziniert.

»Sie wissen ja bereits, daß Simon auf Geheiß von Papst Pius nach Paris gekommen war, mit einem speziellen Auftrag... um eine Gruppe *Assassini* zu rekrutieren. Keine leichte Aufgabe, aber in Kriegszeiten leichter als in Zeiten der Ruhe und des Friedens. Der Begriff ›Pius-Verschwörung‹ bezieht sich gewiß nur darauf, daß der Heilige Vater die *Assassini* dazu benutzen wollte, geheime kirchenpolitische Vorstellungen durchzusetzen. Simon Verginius hat seine Aufträge über Bischof Torricelli erhalten, der sozusagen als Mittelsmann fungierte. Der Bischof hat sowohl die Kontakte zur Besatzungsmacht aufrechterhalten als auch zum Maquis, der Résistance. Pius wollte auf Nummer Sicher gehen, daß die Kirche ihren Anteil an der Beute erhielt, insbesondere an den Kunstschätzen, aber auch an Gold, Juwelen, was weiß ich. Aber vor allem ging es um Kunstgegenstände. Der Gedanke, daß Pius und Göring sich beim Streit um einen Tiepolo in die Haare gerieten, hat mich immer irgendwie erheitert. Die beiden waren ausgesprochene Gierhälse. Sie hätten das Gemälde eher auseinandergerissen, als es dem anderen zu überlassen.

Simon hat sich in der Folgezeit immer stärker von den Nazis abgewandt. Das haben wir gewußt. Das habe *ich* gewußt. Ehrlich gesagt, ich glaube nicht, daß Simon jemals mit ganzem Herzen bei der Sache war, was seinen ursprünglichen Auftrag betraf. Es lag einfach nicht in seiner Natur, nach Paris zu kommen und für die Nazis Dreckarbeit zu erledigen. Pius hat da einen Fehler gemacht – der alte Bastard hat nicht viele Fehler gemacht, aber dieser hier hatte noch jahrelange Nachwirkungen. Er hat sich den falschen Mann ausgesucht.«

»Das war ein großer Fehler«, sagte Elizabeth.

»Ein großer Fehler« wiederholte Calder. »Die Plünderungen, die Morde, die Verbindungen zwischen Nazis und Kirche – das alles bildete eine ideale Basis für die Möglichkeit der gegenseitigen Erpressung. Sie konnten einander als ehrlich hinstellen, oder unehrlich, falls Ihnen das lieber ist, solange die Beteiligten beider Parteien am Leben blieben und sich an die Abmachungen hielten. Nun, einige leben noch und haben sich an die Abmachungen gehalten, und Simon kennt sie alle...«

»Also lebt Simon noch? Mit Sicherheit?« Dunn räusperte sich, um zu zeigen, daß er auch noch bei der Sache war.

Calder lächelte. »Simon hat sie damals alle gekannt, nicht wahr? Torricelli, LeBecq, Richter, Bruder Leo und August Horstmann und noch viele andere. Simon kannte jeden, aber nur eine erlesene kleine Schar Auserwählter hat gewußt, wer der legendäre Simon war. Jener Simon, von dem D'Ambrizzi behauptet, daß sich unter diesem Decknamen mehrere Männer verborgen haben.«

Ich griff in die Innentasche meiner Jacke, zog einen Umschlag hervor und legte ihn auf den Tisch, was Calders Aufmerksamkeit erregte. »Sie haben mir eine Gage mitgebracht!« rief er aus. »Sehr gut, Mister Driskill. Ich bin früher als Laiendarsteller aufgetreten. Ist lange her. Während meiner Zeit in der Armee. Ich habe schon immer gesagt, daß ein Schauspieler nur so gut ist wie seine Gage. Wieviel ist in dem Umschlag?«

Ich seufzte, öffnete den Umschlag und zog das alte Foto heraus, mit dessen Entdeckung meine Suche begonnen hatte. Ich glättete es mit der Handkante auf der Tischplatte und schob es dann zu Calder hinüber. Er nahm es auf und betrachtete dieses eselsohrige, zerknitterte Relikt aus einer anderen Zeit, einer anderen Welt.

»Meine Schwester wußte, daß sie in schrecklicher Gefahr schwebte«, sagte ich. »Das ist der einzige Hinweis, den sie mir hinterlassen hat.«

»Mehr nicht?«

»So ist es.«

»Sie hatte viel Vertrauen zu Ihnen, Mister Driskill.«

»Ich war ihr Bruder. Sie hat mich sehr gut gekannt. Sie wußte, daß ich sie geliebt habe. Sie wußte, daß schon dieses Foto mich dazu bringen würde, die Suche aufzunehmen...«

»Und bis jetzt ziemlich erfolgreich«, sagte er.

»Torricelli, Richter, LeBecq und D'Ambrizzi«, sagte ich, als würde ich eine Litanei herunterbeten. »Die ganze Zeit schon habe ich mich gefragt, wer dieses Foto wohl aufgenommen hat. Es war Simon, nicht wahr?«

Calders dichte graue Brauen hoben sich; er sah vom Foto auf und suchte meinen Blick, starrte mich an. Dann brach er plötzlich in schallendes Gelächter aus; ein herzhaftes Lachen, als hätte ich gerade einen besonders guten Witz gemacht. Ich blickte zu Father Dunn hinüber. Er zuckte die Achseln.

»Nein, nein.« Calder zwang sich, wieder ernst zu werden. Seine Augen tränten. »Nein, Mister Driskill. Eines kann ich Ihnen mit Sicherheit sagen: Dieses Foto hat Simon Verginius nicht aufgenommen.«

»Und was ist so verdammt lustig daran?«

Calder schüttelte den Kopf. »D'Ambrizzi hat die Geschichte Simons in seinen Memoiren erzählt, wie Sie mir gesagt haben, nicht wahr? In diesem ›Testament‹, das er in Amerika zurückgelassen hat. Das stimmt doch, oder? Ja. Aber er hat peinlich vermieden, die Identität Simons preiszugeben. Und Horstmann hat Bruder Leo getötet, bevor er Ihnen erzählen konnte, wer sich hinter dem Decknamen Simon Verginius verbirgt... Da liegt doch die Vermutung nahe, daß Simon, weil er ja noch lebt, Wert darauf legt, anonym zu bleiben. Denn er ist ein *einzelner* Mann.« Er lächelte breit. »Und Sie wissen wirklich nicht, wer Simon ist...?«

»So hören Sie doch endlich mit dem Quatsch auf«, sagte ich grob. »Wer ist er?«

*»D'Ambrizzi natürlich!* Simon ist der gute alte Saint Jack! Der gerissene alte Bastard! Sie müssen verstehen, D'Ambrizzi möchte der nächste Papst werden! Und er war Simon... er ist ein Mörder... er hat mit den Nazis kollaboriert... und nichts von all dem durfte jetzt oder später ans Tageslicht kommen, also mußte er wieder zum Mörder werden. Und wer bot sich für diese Dienste besser an als jener Mann, der schon damals D'Ambrizzis Mordaufträge erledigt hat?« Calder seufzte, und das Korbgeflecht der Rückenlehne

des Rollstuhls ächzte unter dem Gewicht seines Körpers. »Ein Alptraum für einen Mann, der im Scheinwerferlicht der Öffentlichkeit steht, Mister Driskill, da werden Sie mir gewiß zustimmen«, fügte er hinzu und begann wieder zu lachen.

»Sie haben mir gesagt, daß es offenbar nicht die geringsten Fortschritte bei den Nachforschungen des Vatikans gibt, was die Mordfälle betrifft, Schwester«, sagte er dann zu Elizabeth. »Wie denn auch? Diese Nachforschungen sind ein schlechter Scherz! D'Ambrizzi behauptet, daß die *Assassini* schon immer nichts weiter als eine Legende gewesen sind und daß Simon Verginius nur eine Art Sagengestalt war – das ist doch ganz klar! Simon – oder nennen Sie ihn D'Ambrizzi – stellt schließlich Nachforschungen über sich selbst an. Es geht ihm einzig und allein darum, jede noch so kleine Spur zu verwischen. Der Papst liegt im Sterben – *er* kann bei diesen sogenannten Nachforschungen kein Wort mehr mitreden. Die Verantwortung liegt allein bei D'Ambrizzi. Sobald er mit seinem... Arbeitsplan durch ist, werden die Morde ein Ende haben. Der Schläfer, Horstmann, wird wieder in Schlaf versetzt. Überlegen Sie doch mal – wann haben die Morde begonnen, die Schwester Val aufgelistet hat? Wann hat D'Ambrizzi von Calixtus' unheilbarer Krankheit erfahren! Beides geschah vor zwei Jahren, und letzteres hat ersteres ausgelöst! Lassen Sie mich offen reden – sofern Sie an die Macht des Gebets glauben, möchte ich Ihnen vorschlagen, daß Sie für sich selbst beten. Dann werden Sie das alles vielleicht lebend überstehen.«

»Archduke«, sagte ich. Mir schwirrte der Kopf, aber ich wollte diesem Mann, dieser einzigartigen Quelle, jede Information zu entlocken versuchen.

»Ah, ja, Archduke. Tja, da bin ich überfragt. Der Mann ist ein einziges Geheimnis. Ich kannte ihn nur unter seinem Decknamen. Ich habe ihn niemals zu Gesicht bekommen, nie ein Wort mit ihm gewechselt. Das heißt, mit einer Ausnahme. Ein einziges Mal habe ich mit ihm gesprochen, in einem ausgebombten Keller in einem Berliner Vorort. Ich weiß nicht, wie er dorthin gekommen ist und wie er sich wieder abgesetzt hat. Er mußte sich persönlich mit mir treffen. Es ging um eine Lagebesprechung. Er hatte einen Hang zum Dramatischen. Er hat mich in einem Beichtstuhl empfangen. Sehen konnte ich ihn nicht. Aber ich kann mich noch erinnern... Es war ein regnerischer, kalter Tag. Das Dach der Kirche war beim

Einschlag der Bombe weggesprengt worden, und es stank erbärmlich nach verkohltem, nassem Holz... Archduke. Was er mit Torricelli zu tun gehabt hat, warum in LeBecqs Notizbuch hinter seinem Namen ein Ausrufungszeichen stand, was LeBecq und die anderen mit ihm zu tun gehabt haben – ich weiß es nicht. Keine Ahnung. Archduke. Jedenfalls war er einer der geheimnisvollsten Männer, die mir je über den Weg gelaufen sind... viel undurchsichtiger als ich. Er gehörte zu jenen Menschen, die ihr ganzes Leben im verborgenen verbringen.«

*Wie Drew Summerhays... wie Kessler selbst* – wenn ich daran zurückdachte, was Dunn mir in Paris über diesen Mann erzählt hatte.

Es hatte lange gedauert, aber endlich nahm alles Gestalt an.

Father Dunn sagte: »Eine letzte Sache. Vielleicht hat es nichts zu bedeuten, aber es will mir nicht aus dem Kopf, es würde mir keine Ruhe lassen, wenn ich es nicht weiß. Wer war der Mann im Zug, auf den Simon es abgesehen hatte? Ich habe D'Ambrizzis Manuskript über Simons Aktivitäten gelesen, und nun, da Sie behaupten, daß D'Ambrizzi und Simon ein und derselbe sind – na ja, vielleicht, vielleicht auch nicht...«

»D'Ambrizzi *ist* Simon«, sagte Calder leise.

»Aber wer war der bedeutende Mann im Zug?«

Calder hob die breiten Schultern. »Könnte ein hohes Tier aus Berlin gewesen sein. Ich persönlich vermute es jedenfalls. Göring oder Himmler, eins von diesen Kalibern. Oder ein wichtiger Verbündeter... aber ich wette, es war ein hochrangiger Nazi. Aber das war nach meiner Zeit, und außerdem nicht mein Metier. Und überhaupt, warum sollte das jetzt noch von Wichtigkeit sein? «

»Guy LeBecq hielt die Sache für wichtig genug, sie zu verraten«, sagte ich. »Wissen Sie, wo Archduke stationiert war?«

»In London. Dann in Paris.«

Schwester Elizabeth sagte: »Und der Mann, den der Vatikan nach Paris geschickt hat, um Simon aufzustöbern... oder den Beweis zu erbringen, daß Simon sich geweigert hat, die Befehle des Vatikans auszuführen – wir haben erfahren, daß dieser Mann ›Collector‹ genannt wurde. Wissen Sie, wer er war? Glauben Sie, daß er eine entscheidende Rolle gespielt hat? Daß er die ganze Wahrheit wußte? Oder fast die ganze Wahrheit? Und daß er das Vertrauen des Papstes besaß?«

»Das alles dürfte zutreffen, ja«, sagte Calder. »Aber zu dieser Zeit war mein Leben schon äußerst kompliziert geworden. Der Kampf ums Überleben, genauer gesagt. Die Organisation Gehlen war in Auflösung begriffen, der Krieg neigte sich dem Ende zu. Es war ein schwieriges Problem, unbemerkt zu den Amerikanern überzulaufen. Ich habe versucht, Archduke ausfindig zu machen. Er hätte mir die Sache erheblich erleichtern können. Aber er schien dauernd auf Achse zu sein. London, Paris, die Schweiz... Ich habe Blut und Wasser geschwitzt. Und es war mir, mit Verlaub, scheißegal, was ein paar abtrünnige Katholiken in Paris getrieben haben. Und was diesen Collector betrifft – ich habe keine Ahnung, wer der Mann gewesen ist. Der Vatikan hatte damals einige... na ja, Vollstreckungsbeamte, könnte man sagen, die genau wußten, was zu tun war. Er war einer von diesen rauhen Burschen, nehme ich an... Vermutlich ist er tot, wenn man alles in Betracht zieht. Auch Archduke dürfte inzwischen tot sein. Aber mit Sicherheit wissen wir nur eins: Simon lebt noch.«

Er hob ruckartig den Kopf, als wäre ihm plötzlich ein Gedanke gekommen. »Sollte auch Archduke noch leben, dann steckt er vielleicht hinter D'Ambrizzis Plan, Papst zu werden. Vielleicht zieht der alte Archduke noch immer seine Fäden. Oder... *oder* man könnte es auch auf andere Weise betrachten: Archduke kennt die Wahrheit über Simon, seine Identität. Vielleicht muß Archduke als nächster sterben... und vielleicht weiß er das und ist darauf vorbereitet.«

Der Gedanke schien ihn zu amüsieren.

Ich kutschierte uns drei zurück nach Avignon. Es war vier Uhr morgens, als wir das Hotel erreichten. Die Straßen waren leer bis auf ein paar Straßenfeger, die den Unrat zusammenkehrten, den die Feierlichkeiten des vergangenen Abends hinterlassen hatten.

Schwester Elizabeth sagte kaum ein Wort. Sie schien tief bedrückt zu sein, als wären so viele schlechte Nachrichten auf sie eingestürmt, daß sie nicht damit fertig werden konnte. Sicher, die Enthüllungen über D'Ambrizzi hatten sie schwer getroffen. In aller Stille mußte sie ihre Welt ordnen: die Kirche.

Father Dunn fragte mich, ob ich einen Schlummertrunk mit ihm nehmen wolle. Er zog einen silbernen Flachmann aus der Jackentasche und wies mit dem Kopf auf einen Tisch in einer Ecke der Lobby. Eine Tischlampe verbreitete trübes, bernsteinfarbenes Licht, und draußen schwankte eine Straßenlaterne leicht im Wind. Er nahm einen Schluck aus dem Flachmann, reichte ihn dann mir, und ich spürte, wie der Brandy in meiner Kehle brannte. In meinem Magen explodierte er wie eine Bombe. Von einem Augenblick zum anderen fühlte ich mich benommen.

Ich erzählte ihm, daß ich Summerhays in der Menschenmenge entdeckt hatte. Dunn runzelte die Stirn, blickte mich verdutzt an.

»Was wissen Sie über Summerhays, Ben?«

»Eine ganze Menge... warum schauen Sie so?«

»Ich habe nur nachgedacht. Er ist wie eine ältere Ausgabe von Lockhardt, nicht wahr?« Beiläufig, als wäre er gar nicht recht bei der Sache, sagte er: »Ich frage mich, was er während des Krieges getan hat.«

»Welchen Krieg meinen Sie? Den Bürgerkrieg? Den Spanisch-Amerikanischen Krieg?«

»Ja, mein Sohn, er ist alt.« Seine Miene war mürrisch und nachsichtig zugleich. »Ihre Witze mögen vielleicht wohlbehütete Nonnen erheitern, aber nicht kultivierte alte Kleriker.«

»Warum machen wir uns nicht auf die Suche nach einem kultivierten alten Kleriker und fragen ihn, Artie? Ich habe in letzter Zeit nicht viel zu lachen.«

»Oh, wie schade für Sie. Dem müssen wir eines Tages Abhilfe schaffen. Aber ich hatte mit meiner Bemerkung vorhin eigentlich mehr auf den Zweiten Weltkrieg abgezielt.«

»Jetzt denken Sie, was auch ich denke. Ja, wenn mich mein Gedächtnis nicht trügt, war Drew Summerhays – ich weiß nicht recht, es war ziemlich seltsam; man kann das nicht so richtig einordnen. Er war jedenfalls einer von Wild Bill Donovans Rittern der Tafelrunde, wissen Sie. Katholik. Yale-Absolvent. Wie geboren für die OSS. Aber er war mehr Stratege denn aktiver Agent. Wissen Sie, ich bin mir da nicht so ganz sicher. Er hat ein Leben voller Geheimnisse geführt; bei ihm weiß man immer, daß man nur die Spitze eines Eisberges sieht. Aber er *war* während des Krieges in London. Mein Dad hat hin und wieder mal eine Bemerkung über ihn fallen lassen... Summerhays hat OSS-Mitarbeiter ins besetzte Europa eingeschleust. Auch nach Deutschland. Er war der Vorgesetzte meines Vaters, da bin ich sicher. Vielleicht war sogar er derjenige, der meinen Vater dazu gebracht hat, in die OSS einzutreten.« Ich wartete, bis Dunn das alles in sich aufgenommen hatte. »Er hat Pius gekannt. Vielleicht kannte er auch Bischof Torricelli. Er hat seit langer Zeit die Finger im Spiel – Artie, ganz ehrlich, er hat *immer noch* die Finger im Spiel, und Sie wissen verdammt genau, daß sein Deckname...«

»...Archduke war«, sagte Father Dunn.

»Er ist der einzig logische Kandidat«, sagte ich. »Es sei denn, Kessler wollte sich uns vom Leibe halten und hat gelogen. In diesem Falle ist Kessler Archduke. Dann sitzt er in seinem Rollstuhl wie eine fette Spinne in ihrem Netz...«

»Aber was hat Summerhays gestern abend in Avignon getrieben?«

»Tja, das ist der Knackpunkt, nicht wahr? Es spricht viel mehr dafür, daß Summerhays mit Archduke identisch ist... aber ich habe Ihnen die Geschichte des gestrigen Abends erst zur Hälfte erzählt.«

»Ach, wirklich?« sagte Father Dunn erstaunt.

»Schwester Elizabeth und ich hatten gestern abend ein kleines Problem, eine Meinungsverschiedenheit...«

»Irgendwie hatte ich heute auch den Eindruck.«

»Die Sache ist die. Ich stand also allein in der Menschenmenge, als ich Summerhays und seinen Begleiter gesehen habe. Als die beiden mich bemerkten, wurde mir plötzlich klar, daß ich mich schleunigst aus dem Staub machen mußte, denn irgendwas stank da zum Himmel. Jetzt paßte aber auch rein gar nichts mehr zusammen. Ich renne also los und schaue mich immer wieder um, ob dieser kleine Kerl mit der Hackfleischkehle und der Feder am Hut hinter mir her ist... und dann, tja, dann hat jemand *anderer* mich schließlich aufgestöbert. Als hätte er gewußt, wo ich mich versteckt hielt, als hätte er mich nie aus den Augen verloren, als hätte er – und das ist kein Witz – sogar auf mich gewartet...«

»Nun sagen Sie schon, wer's war, Ben.«

»Horstmann. Es war Horstmann, hier in Avignon. Wir alle... sie alle sind hier in Avignon...«

»Wollen Sie damit etwa sagen, Summerhays steckt mit Horstmann unter einer Decke?«

»Wer weiß? Gibt es überhaupt jemanden, der diese ganze Scheiße noch durchschauen kann?«

»Heilige Maria. Horstmann. Was ist dann passiert? Wie sind Sie ihm entkommen?«

»Er hat mir gesagt, ich soll nach Hause gehen. Er hat mich nicht getötet. Er hat mich beinahe angefleht, nach Hause zu gehen. So, und jetzt machen Sie sich mal einen Reim darauf.«

»Nehmen wir einmal an, Archduke ist mit Summerhays identisch, und Simon mit D'Ambrizzi«, sagte Dunn grübelnd. »Diese beiden Männer kennen Ihren Vater, Ihre ganze Familie, seit Jahrzehnten und haben allen Grund, sie zu respektieren, zu lieben. Aber wenn diese beiden hinter der ganzen Sache stecken, dann arbeitet – tötet – Horstmann in ihrem Auftrag. Das könnte eine Erklärung für die Warnung Horstmanns an Sie sein. Summerhays und D'Ambrizzi wollen um jeden Preis, daß Sie sich aus der Sache heraushalten...«

»Aber wenn diese beiden die Hintermänner sind, dann hätten sie meine Schwester auf dem Gewissen«, sagte ich.

Dunn nickte langsam. »Vielleicht haben sie Ihre Schwester ermorden lassen. Sollte das der Fall sein, haben sie Val töten lassen, um sich selbst zu schützen. Und das wiederum ist ein Grund mehr, Ihr Leben zu schonen, Ben... als Ausdruck ihrer Reue, oder um ein gewisses Maß an Schuld abzutragen. Ihr Vater, Ben, hat D'Ambrizzi nach dem Krieg das Leben gerettet. Er hat ihn in die Staaten geschleust, als D'Ambrizzi der Boden unter den Füßen zu heiß wurde. Und Summerhays war und ist der väterliche Freund Ihres Vaters, sein Lenker und Leiter auf dem Weg zur Macht. Gott allein weiß, welche Aufträge Ihr Vater im Krieg für Summerhays erledigt hat, aber ich bin sicher, daß Summerhays deshalb in seiner Schuld stand. Wenn D'Ambrizzi und Summerhays also Ihre Schwester ermorden ließen, die Tochter jenes Mannes, dem beide zu tiefem Dank verpflichtet sind – um Himmels willen, können Sie sich vorstellen, welche Höllenqualen die beiden jetzt erdulden müssen? Sie wollen nicht auch noch Hugh Driskills Sohn töten lassen.«

Ich hatte seit fünfundzwanzig Jahren nicht mehr gebetet, aber was in diesen schrecklichen Augenblicken leise über meine Lippen kam, war ein Gebet.

»Möge Gott mir die Kraft geben«, sagte ich, »und ich werde sie alle töten...«

Am Morgen verließen wir Avignon.

Drei verängstigte Pilger auf dem Weg nach Rom.

# Fünfter Teil

## 1

Auf dem Rasen vor der Villa ihres Amtskollegen Poletti spielten die Kardinäle Boccia. Ottaviani hatte gerade die schwere, mit Kreuzmuster versehene Kugel geworfen, und nun rollte sie mit treffsicherer Zielgenauigkeit über das perfekt gemähte grüne Gras, stieß Vezzas Kugel zur Seite und blieb dicht neben dem ›Spot‹ liegen, dem kleinen, leuchtend weißen Ball, dem man so nahe wie möglich kommen mußte, um zu siegen. Vezza schleppte sich schwerfällig zu einem hölzernen Gartenstuhl und ließ sich vorsichtig darin nieder, wie ein altes Gebäude, das nach einer Sprengung langsam in sich zusammenbricht. Er hustete und wischte sich den Speichel von den trockenen, aufgesprungenen Lippen. »Gibt es eigentlich keine Ehrfurcht vor dem Alter mehr?« sagte er. »Warum laßt ihr den Ältesten nicht auch mal gewinnen? Habt ihr keinen Anstand?« Er ließ sich mit einem schweren Seufzer im Stuhl zurücksinken, fummelte in der Tasche seiner ausgebeulten Flanellhose herum und brachte eine Schachtel Zigaretten und ein billiges Wegwerffeuerzeug zum Vorschein. »Ich hab' jetzt genug von diesem blöden Spiel. So was kann einen umbringen, ist mir mal gesagt worden.«

Poletti verdrehte die Augen und sagte: »Von Zigaretten weiß man auch nicht erst seit neuestem, daß sie ein Gesundheitsrisiko darstellen.«

»Aber doch nicht die Zigaretten, Sie dummer Kerl. Das *weiß* ich. Höchstens diese Wegwerffeuerzeuge. Die können nämlich explodieren, habe ich mal gehört. Und dann wird man vom Feuer verschlungen. Achtung, jetzt.« Er zündete sich die Zigarette an und blickte auf das Feuerzeug. »Diesmal war Gott noch mit mir.« Er wies mit dem Kopf auf Ottaviani. »Guglielmo mogelt. Er hat immer schon gemogelt. Warum habe ich das nie gelernt?« Vezzas Socken waren ihm bis auf die Knöchel heruntergerutscht und gewährten einen Blick auf haarlose, dürre Waden, die es völlig unmöglich erscheinen ließen, daß sie einen so großen Körper zu tragen vermochten. »Aber er glaubt, er darf mogeln. Wegen seines verkrüppelten Rückens. Kein Ehrgefühl, dieser Mensch.«

Antonelli, der mit Ottaviani ein Team bildete, setzte sich ins Gras. Hinter einer Smogwolke leuchtete die Sonne trübe an einem ansonsten wolkenlosen Himmel; es war sehr warm für einen Tag Ende November. »Gianfranco«, sagte er zu Vezza, »beim Boccia kann man nicht mogeln. Das kann niemand. In dieser Hinsicht ist es ein völlig abstraktes Spiel, ganz anders als das Leben.«

Ottaviani sagte: »Laßt Vezza nur meckern. Es stört mich nicht. Er ist ein schlechter Verlierer. Das war er schon immer. Er hat darin sehr viel Erfahrung gesammelt. Man sollte eigentlich davon ausgehen, daß er es so gut vertuschen kann, daß nicht einmal ich es merke...«

»Wenn ich verliere, dann nur bei solchen Spielen, mein Freund. Im wirklichen Leben gewinne ich immer.« Vezza lächelte und zeigte dabei seine häßlichen, nikotingelben Zähne.

»Im wirklichen Leben!« sagte Poletti verächtlich. »Sie haben das wirkliche Leben doch niemals kennengelernt. Es ist Ihnen so fremd wie der Geschlechtsver...«

Poletti wurde von Kardinal Garibaldi unterbrochen, dem Bonvivant. Die funkelnden kleinen, runden Augen in seinem feisten Gesicht waren voller Aufmerksamkeit. »Wo wir gerade vom wirklichen Leben sprechen – wie steht's eigentlich um die Geschichte mit der ermordeten Nonne?«

»Sie ist nicht ermordet worden«, murmelte Antonelli. »Der Mann, der sich als Priester verkleidet hatte, ist ums Leben gekommen.«

»Oh, jetzt reden wir aneinander vorbei. Ich habe die Nonne in Amerika gemeint, nicht die in Rom. Aber es steckt ja wohl die gleiche Geschichte dahinter, nicht wahr? Also, was ist mit der Nonne, die *beinahe* ermordet wurde? Gibt es da schon etwas Neues zu berichten?«

Kardinal Poletti trat die Boccia-Kugeln zu dem großen Jutesack hinüber, in dem sie aufbewahrt wurden. »Es gibt nichts Neues. Die

Behörden konnten bis jetzt nicht einmal feststellen, wer der Priester gewesen ist – falls er Priester war. Offenbar hatte er nur noch ein Auge...«

»Das überrascht mich nicht«, sagte Vezza, »nach einem solchen Sturz!«

»Nein, nein, er hatte schon vor dem Sturz nur ein Auge.« Poletti seufzte müde. »Aber er wurde durch den Sturz schrecklich entstellt.«

»Nein, nein, nein, wirklich, jetzt irren Sie sich.« Vezza wedelte mit der gichtigen, gekrümmten Hand. »Er wurde nicht durch den Sturz entstellt. Er wurde durch die Landung entstellt. Und durch den Lastwagen oder Bus, der ihn überrollt hat.«

»Die einzige Frage, die mich wirklich interessiert«, sagte Antonelli und seufzte unter dem flachen Hut, der seine Augen beschattete, »diese Frage lautet: Warum hat er versucht, die Nonne zu ermorden, diese Schwester Elizabeth? Natürlich, wir wissen, daß sie die beste Freundin von Schwester Valentine gewesen ist – und somit haben wir die Verbindung zu Driskill und seiner Familie, wie ich annehme. Aber warum sollte man sie deshalb gleich ermorden? Im übrigen spielen die Amerikaner eine viel zu große Rolle in dieser ganzen Angelegenheit. Das kann ja zu nichts Gutem führen.«

»Na ja, *so* schlechte Menschen sind sie nun auch wieder nicht«, sagte Garibaldi diplomatisch, »wenn man sie erst mal näher kennengelernt hat.«

»Mann Gottes!« sagte Ottaviani mit verzerrtem Gesicht, denn fast ständig plagten ihn Schmerzen. »Sie sind wirklich ein entsetzlich einfältiges Menschenkind. Wie haben Sie es eigentlich geschafft, Kardinal zu werden? Die Amerikaner waren schon immer die Schlimmsten von allen. Benehmen sich wie die Elefanten im Porzellanladen, kümmern sich einen Dreck um die Tradition und die Etikette... und deshalb mag ich dieses Volk. Sie sorgen für frischen Schwung. Und uns halten sie für saftlose, kraftlose alte Ziegenböcke, die nur eins im Kopf haben: Ränke zu schmieden... was meines Erachtens noch geschmeichelt ist. Ich habe seit zwanzig Jahren keinen wirklich ausgekochten und hinterhältigen Kardinal mehr erlebt. Verglichen mit unseren Vorgängern, sind wir allesamt unschuldige Kinder. Und die Amerikaner haben so herrlich wenig Selbsterkenntnis. Sie begreifen gar nicht, was für bösartige, kaltblütige Schweinekerle sie sind. Ja, ich mag sie *wirklich.*«

»Dann werden Sie sicher entzückt sein zu hören«, sagte Garibaldi, »daß sich kein geringerer als Drew Summerhays hier in Rom aufhält.«

»Großer Gott«, sagte Poletti. »Der Heilige Vater ist vielleicht schon entschlafen, und Summerhays weiß es eher als wir!« Seine Miene verriet, daß diese Bemerkung nicht ganz so ernst gemeint war.

»Warum schnüffelt er denn hier herum?« fragte Vezza mürrisch.

»Weil er ein berufsmäßiger Aasgeier ist«, sagte Poletti. Er kniete im Gras und legte die Bocciakugeln zurück in den Jutesack.

»Wir etwa nicht?« Ottaviani lächelte dünn.

Poletti nahm keine Notiz von ihm. »Sobald ein Papst im Sterben liegt, ist Summerhays zur Stelle. Er ist hierhergekommen, um auf irgend jemanden Druck auszuüben und seinen eigenen Kandidaten in den Vordergrund zu schieben ... übrigens, *wer* ist dieser Kandidat?«

Ottaviani zuckte stellvertretend für alle anderen die Achseln. »Das werden wir noch früh genug erfahren.«

Poletti sagte: »Indelicato hat mich gebeten, die Kopfzahl festzustellen, was seine Wählerstimmen betrifft. Zuverlässige Wähler, wie ich betonen möchte. Wähler, die auch andere davon überzeugen können, daß Indelicato der richtige Mann für den Papstthron ist.« Er ließ den Blick über die Gesichter der anderen schweifen. Die Sonne schien ihm in die Augen. Er schirmte sie mit der Hand ab wie ein indianischer Späher.

»Na ja«, murmelte Vezza, »es wäre aber ein Gebot des gesunden Menschenverstandes, sich erst einmal anzuhören, was Summerhays zu sagen hat, bevor wir uns auf einen Kandidaten festlegen...«

Ottaviani grinste wölfisch. »Die Habgier stirbt erst dann, wenn auch der Mensch stirbt, der diese Eigenschaft besitzt. Und sie nimmt mit zunehmendem Alter nicht ab. Beweisstück A: unser alter, *sehr* alter Freund Vezza. Das Wort hat die Verteidigung.«

»Wie ich gehört habe, versucht Fangio, die Ausländer zu einem Wählerblock zusammenzuschweißen«, sagte Garibaldi. Wie ein rundlicher Schwamm schien er immer eine erstaunliche Fülle überraschender Neuigkeiten in sich aufzusaugen. »Er gewährt ihnen Audienzen und macht ihnen Versprechungen, ob es sich nun um Marxisten, Afrikaner, Japaner, Eskimos, Südamerikaner, Fidschi-Insulaner, Methodisten oder Axtmörder handelt. Und D'Ambrizzi – er ist natürlich die Gelassenheit in Person. Er gibt sich nicht die geringste Blöße; er behauptet, noch gar nicht ernsthaft über die Möglichkeit nachgedacht zu haben, Papst zu werden... aber in Wahrheit weiß er eine Menge, und er kann sehr viele Schulden eintreiben. Er könnte sich durch Erpressung und Großzügigkeit den Thron Petri erobern. Und wenn Summerhays hinter ihm steht, dann wissen wir, woher das Geld stammt, sollte D'Ambrizzi es tatsächlich schaffen.«

»Wer unterstützt ihn denn von außen? Können wir sicher sein, daß es Summerhays ist?«

Antonelli schlug die Beine übereinander, inspizierte seine Freizeitschuhe, zupfte ein paar Grashalme von der Sohle, seufzte und sagte: »Jetzt, wo Lockhardt tot ist, gehe ich mit ziemlicher Sicherheit davon aus, daß die Amerikaner hinter ihm stehen. Summerhays, Driskill...«

»Driskill ist ein kranker Mann«, sagte Poletti, »und Summerhays ist zweihundert Jahre alt. Vielleicht«, fügte er hoffnungsvoll hinzu, »können sie nicht mehr so viel Gewicht in die Waagschale werfen wie einst...«

»Geld«, sagte Vezza, »wiegt immer schwer.«

»Aber Driskill geht es wirklich nicht gut, glauben Sie mir«, beharrte Poletti. »Seine Tochter ist ermordet worden. Sein Sohn steht offenbar kurz davor, den Verstand zu verlieren – Indelicato ist und bleibt unser heißestes Eisen im Feuer. Er wird wissen, wie man die derzeitige Krise beheben kann.«

»Driskill«, sagte Ottaviani, »wird Summerhays Handlungsvollmacht geben und zu Hause bleiben. Wir müssen in Erfahrung bringen, auf wessen Seite Summerhays steht.«

»Driskill ist so zerbrechlich wie ein dürres Blatt!« sagte Poletti. »Woher sollen wir denn wissen, welche Ziele *er* verfolgt?«

»Es stimmt schon«, warf Ottaviani mürrisch ein, »er trägt schließlich kein Schild um den Hals mit der Aufforderung: ›Stellen Sie sich bitte in einer Reihe auf, wenn Sie D'Ambrizzi unterstützen, und nehmen Sie nacheinander Ihr Honorar in Empfang‹... nein, das läuft sehr viel komplizierter ab. Übrigens, Summerhays war in Paris.«

»Und D'Ambrizzi ist gerade aus Paris zurückgekehrt.«

»Genau. Die haben sich verschworen, dafür lege ich meine Hand ins Feuer.« Poletti blickte in die Ferne auf die Smogglocke, die über Rom lag. »Und wie stehen wir jetzt da? D'Ambrizzi oder Indelicato? Jeder von uns repräsentiert eine Vielzahl von Stimmen.«

»Ich werde mich nicht festlegen«, sagte Vezza und schüttelte den Kopf. »Nicht, wenn Summerhays im Spiel ist.«

»Sind irgendwelche Kandidaten im Rennen, die keinen Dreck am Stecken haben?«

»Was, um alles in der Welt, reden Sie denn da? Schon wenn man sich zu diesem Rennen anmeldet, macht man sich schmutzig. Seien Sie nicht albern.«

»Aber sind irgendwelche Kandidaten schmutzig genug, um ihnen bei der Wahl Schaden zuzufügen?«

»Also wirklich, *so* schmutzig ist keiner.«

»Wie geht es dem Heiligen Vater?«

»Es geht abwärts«, sagte Poletti. »Aber er macht's wohl noch ein Weilchen.«

»Wird er in dieser Sache ein Wort mitreden können?«

»Wer weiß?«

»Indelicato hat für die Party einen wunderbaren Zeitpunkt gewählt.«

»Vielleicht wird diese Feier die Spannungen ein bißchen lockern.«

»Unsinn. Sie wird die Atmosphäre anheizen. Indelicato blüht unter Spannung erst richtig auf. Der Mann hält jedem Druck stand. Er ist nicht kleinzukriegen.«

»Aber wenn er erwartet, D'Ambrizzi kleinzukriegen... da kann er höllisch lange warten.«

»Es kommt jetzt darauf an, daß jemand damit beginnen muß, tüchtig Druck auf die Leute auszuüben.«

»Es kommt vielmehr darauf an, daß entweder Indelicato oder D'Ambrizzi aus dem Rennen geworfen werden muß – oder daß einer der beiden seine Unterstützung jemand anderem zukommen läßt. Sonst kann es passieren, daß plötzlich ein Niemand auf dem Papstthron sitzt... wir haben das schon mal erlebt. Und wir haben gewußt, was getan werden mußte.«

»Jemand muß damit anfangen, Druck auf die Leute auszuüben?

Was reden Sie denn da? Indelicato übt schon Druck genug auf uns aus. Auf *mich*!« Poletti erhob sich. »Ich möchte, daß Sie sich noch eine Bandaufnahme anhören. Das zweite Gespräch zwischen D'Ambrizzi und dem Heiligen Vater.«

»Ehrlich gesagt, diese ganze Abhörgeschichte bereitet mir *Unbehagen...*«

»Garibaldi, Sie sind aus edlem Holz geschnitzt. Wenn es Ihnen Unbehagen bereitet, dann bleiben Sie selbstverständlich hier draußen. Üben Sie noch ein bißchen Boccia, und besudeln Sie Ihre Ohren nicht.«

»Mein Gott, ich habe doch nur gesagt, es bereitet mir Unbehagen... drehen Sie mir nicht das Wort im Mund herum! Beruhigen Sie sich!« Garibaldi zuckte die schmalen Schultern. »Gehen wir. Es ist unsere Pflicht, uns diese Bänder anzuhören, so verwerflich das auch sein mag.«

»Wie tapfer Sie doch sind, mein Freund.«

In der verdunkelten Bibliothek des Kardinals nahmen die Herren ihre gewohnten Plätze am runden Tisch ein. Der Kaffee wurde serviert, und sie warteten, bis Poletti mit seinen kurzen, behaarten Fingern die Kassette eingeschoben und zurückgespult hatte. Dann drückte er die Start-Taste, und die Stimme Kardinal D'Ambrizzis ertönte.

*Sie sind Calixtus. Denken Sie an den ersten Papst zurück, der diesen Namen trug, dann wird Ihnen Ihre Aufgabe klar werden...*

*Ich weiß nicht...*

*Hören Sie mir zu, Calixtus... und seien Sie stark!*

*Aber wie, Giacomo?*

*Der erste Calixtus lebte in einer Welt, in der die Kirche sich zahllosen Herausforderungen stellen mußte, die wie Unkraut aus dem Boden schossen – von den Katzengöttinnen Ägyptens bis zu den heidnischen Riten der Kelten. Dennoch hielt Calixtus an der wahren Bedeutung der Kirche fest. Das römische Weltreich stand vor dem Zerfall, das Chaos drang von allen Seiten auf ihn ein. Calixtus aber erkannte, daß die Aufgabe der Kirche die Errettung war... wie Jesus gezeigt hatte, die Errettung aller Sünder. Aller sündigen Seelen. Sogar unserer Seelen, wenn wir gesündigt hatten. Calixtus erklärte damals, die Zeit sei gekommen, Buße zu tun, um errettet zu werden, doch Hippolytus erhob seine Stimme gegen ihn, nannte ihn einen Hurenbock, weil Calixtus verkündet hatte, auch Prostituierten und Ehebrechern könnten ihre Sünden vergeben werden, sofern sie mit dem Herzen bereuten. Hippolytus, der erste selbsternannte Gegenpapst. Aber Calixtus hatte recht. Errettung – sie stand und steht über allem anderen... und als er auf offener Straße ermordet wurde, war es Pontian, der sein Werk fortsetzte...*

*Was willst du mir damit zu verstehen geben?*

*Errette unsere Kirche. Führe sie wieder den Aufgaben zu, die ihr von Gott erteilt wurden. Befreie sie von der Herrschaft der weltlichen Mächte, fordere sie von ihnen zurück, trenne sie von der Politik, reinige sie von der Gier nach Geld und Macht. Mache sie zur Stimme der Moral! Forme sie wieder zum Werkzeug der Menschlichkeit um. Biete den Gläubigen das ewige Seelenheil, nicht Reichtum und Macht... und die Morde, durch welche die weltlichen Mächte uns beherrschen, werden enden, und diese Kirche... diese Kirche, Heiligkeit, wird gerettet sein!*

*Sag mir wie, Giacomo...*

Als das Band endete, die Stimme D'Ambrizzis leiser wurde, zu einem schwachen, undeutlichen Flüstern herabsank und schließlich verstummte, herrschte Stille im Zimmer. Ein Windstoß bauschte die schweren Vorhänge.

Schließlich sagte Vezza: »Wer von den beiden ist verrückter? Das scheint mir die Frage zu sein, oder nicht?« Er spähte auf die Kontrollanzeige seines uralten Hörgeräts und tippte mit einem langen Fingernagel darauf.

»Bei D'Ambrizzi kann man nie sicher sein«, sagte Antonelli leise. »Wie immer seine Pläne aussehen mögen – und ich bin absolut sicher, daß nichts von dem, was wir ihn gerade haben sagen hören, damit zu tun hat –, verrückt ist D'Ambrizzi ganz gewiß nicht. Was er dem Heiligen Vater wirklich zu verstehen gegeben hat, bleibt abzuwarten. Aber vergessen Sie eins nicht: Niemand versteht es besser, Gedanken und Herzen zu beeinflussen, als Saint Jack... Calixtus wird zu seinem Werkzeug – aber für welche Aufgabe D'Ambrizzi dieses Werkzeug benutzen möchte, das bleibt sein Geheimnis.«

»In diesen Räumen können wir ganz offen miteinander reden«, sagte Poletti.

»Wie können Sie so sicher sein, daß D'Ambrizzi oder Indelicato Sie nicht abhören lassen?«

Garibaldis Frage riß Poletti aus seinen Gedanken. Garibaldi lächelte; seine Zungenspitze huschte über die wulstigen Lippen.

»Jetzt haben Sie ihm angst gemacht«, sagte Antonelli. »Keine Sorge, Poletti, es ist alles in Ordnung. Fahren Sie fort.«

»Ich wollte gerade sagen, daß das Gespräch der beiden mich irgendwie an die Verrücktheiten erinnert, die wir damals von Johannes XXIII. gehört haben. Johannes wollte alles mögliche reformieren, erneuern, verändern. Auch er hatte sich zum Ziel gesetzt, die Kirche ihrer weltlichen Macht und ihres Vermögens zu berauben. Ich brauche wohl niemanden von Ihnen daran zu erinnern, welchen Schritt wir damals unternehmen mußten. Eine unselige Aufgabe. Gott sei Dank war ich damals noch nicht Kardinal...«

»Sie Glücklicher«, murmelte Vezza. »Es war Mord...«

»Aber was mit Johannes Paul I. geschehen ist, das *habe* ich als Kardinal erlebt«, sagte Poletti. »Dieser arme, fehlgeleitete Narr...«

»Alte Kamellen, alte Kamellen«, sagte Vezza mit mürrischer Stimme. »Was schlagen Sie denn vor? Mord, nehme ich an. Blut, Blut, immer ist der Schrei nach Blut zu hören.« Er starrte vor sich hin, schien mit sich selbst zu reden. »Aber Calixtus ist ein todgeweihter Mann. Warum sollte man einen Mord begehen, wenn man schon die Stunden zählen kann? Wenn die Zeit einem die Arbeit abnimmt?«

Das darauf folgende Schweigen dehnte sich zu Minuten. Jeder der Anwesenden grübelte über seine eigenen Pläne nach – und über seine eigenen Moralvorstellungen. Jeder wich dem Blick des anderen aus.

Schließlich brach Ottavianis schneidende, scharfe Stimme das Schweigen.

»Was Calixtus betrifft, gut und schön«, sagte er, »aber Saint Jack erfreut sich bester Gesundheit...«

Peaches O'Neale erreichte das Haus der Driskills im schwindenden grauen Licht des Spätnachmittags. Hugh Driskill hatte ihn im Pfarrhaus angerufen. Die Stimme des mächtigen Mannes hatte schwach und dünn geklungen, jedoch kräftiger, als Peaches erwartet hatte. Driskill hatte gesagt, daß er seit achtundvierzig Stunden wieder zu Hause sei und daß ihm die Decke auf den Kopf falle. Er hatte Peaches gebeten, vorbeizuschauen. Driskill hatte außerdem irgend etwas auf dem Herzen, worüber er mit Peaches persönlich sprechen wollte.

Margaret Korder, Hughs Privatsekretärin und Allzweck-Schutzschirm gegen die Außenwelt, öffnete Peaches die Tür. Hinter Margaret stand eine hochgewachsene Krankenschwester in gestärktem weißem Kittel und mühte sich, sowohl die Tür als auch den Long Room nicht aus den Augen zu lassen. Sie schien an einer unsichtbaren Leine zu zerren, die sie daran hinderte, den Long Room zu betreten.

»Ach, Father«, sagte Margaret Korder leise, »er ist in gar nicht guter Stimmung, fürchte ich. Ich glaube, er braucht ein wenig männliche Gesellschaft, aber all seine anderen Freunde haben nichts als die Arbeit im Kopf und... na ja, Sie wissen schon. Sie sind genau der Mensch, den er jetzt braucht. Jemand, mit dem er *reden* kann, statt geschäftliche Dinge zu besprechen. Und er will diese arme Krankenschwester einfach nicht ins Zimmer lassen. Er ist längst noch nicht auf dem Damm, aber er kann schon wieder einen schlimmeren Wirbel veranstalten als jeder andere Mensch, den ich kenne.« Peaches half ihr in ihren Nerzmantel, den sie sich bei ihrem Gehalt spielend leisten konnte. »Ich bin immer noch im Nassau Inn zu erreichen. Inzwischen fast rund um die Uhr.«

»Sie sind ein Goldstück.« Peaches lächelte.

»Das ist mein Beruf. Meine Berufung, Father. Mein Lebenswerk. Obwohl ich heute abend nur Blech rede.«

»Ach was, Mrs. Korder. Sie sind seine engste Vertraute. Sie wissen, wo die meisten Leichen im Keller liegen. Ich muß mich wundern, daß man noch nie versucht hat, Sie zu kidnappen.«

»Father!«

»Ein Scherz, nur ein Scherz. Was meinen Sie – wird er es mir sehr schwer machen?«

»Lassen Sie sich bloß nicht auf einen Streit mit ihm ein.« Sie seufzte. »Er trinkt, er raucht seine Zigarren, wir können ihn nicht daran hindern. Als wir es versucht haben, ist er im Gesicht rot angelaufen, und es sah so aus, als würde er jeden Moment an die Decke gehen – und das wäre für ihn noch schlimmer als ein paar Drinks und Zigarren. Miss Wardle, die Krankenschwester, ist hier draußen auf dem Flur oder in der Küche oder sonstwo in der Nähe und immer in Bereitschaft, falls Sie sie brauchen. Und wo Sie mich erreichen können, wissen Sie ja. Ich lasse mir vom Zimmerservice eine Flasche Wein bringen und werde es mir mit einem guten Buch gemütlich machen. Haben Sie jemals eins von Father Dunns Büchern gelesen?«

»Sicher. Ich bin mit ihm befreundet.«

»Ich verschlinge seine Bücher geradezu. Er hat so herrlich gewundene Gedankengänge. Wie kann ein Priester eigentlich so viel über Sex wissen?«

Peaches errötete wie ein Sechzehnjähriger. »Die wunderbare Kraft der Phantasie. Was sollte es sonst sein?«

»Tja, da *müssen* Sie wohl recht haben...«

Hugh Driskills Gesicht wirkte ausgezehrt. Die Falten in den Augenwinkeln waren tiefer geworden. Als Peaches sich dem Sofa näherte, legte Driskill eines von mehreren in dunkelgrünes Leder gebundenen Fotoalben zur Seite. Peaches blickte auf ein Bild von Val, eine Farbaufnahme, die sie auf einem Tennisplatz zeigte; ihre Beine waren gerade und gebräunt; der Tennisrock wurde vom Wind in die Höhe geweht und gewährte den Blick auf ihr knappes weißes Höschen. Sie lächelte, blinzelte in die Sonne; mit einer Hand beschattete sie die Augen. Vor zwanzig... ach was, vor fünfundzwanzig Jahren. Es war unaussprechlich schmerzhaft für Peaches, als er jetzt wieder daran denken mußte, daß sie tot war.

»Setzen Sie sich, Father. Nehmen Sie sich einen Drink. Und bringen Sie mir bitte auch einen mit.« Der Laphroaig und ein Krug mit Soda sowie ein silberner Eiskübel standen auf dem Couchtisch. »Nur zu, Peaches, füllen Sie die Gläser. Ich werde Sie für ein Weilchen mit Beschlag belegen. Sie sollen hören, wenn ich mich darüber beklage, welche Wendungen die Dinge hier zum Schluß genommen haben. Gießen Sie mir nur kräftig ein, ich bin völlig ausgetrocknet.« Er beobachtete, wie Peaches sich erst selbst einen Drink einschenkte und dann das andere schwere, gedrungene Glas nachfüllte. »Die Ärzte, die Krankenschwestern, dieses aufdringliche Individuum, das sich jetzt hier in meinem Haus herumtreibt – sie alle behandeln mich, als läge ich im Sterben. Aber was spielt es denn für eine Rolle, wann man den Löffel abgibt? Margaret ist ein Lebensretter. Aber es ist nicht gut um mich bestellt, wie Sie vielleicht schon bemerkt haben. Wissen Sie, ich finde das Leben nicht mehr lebenswert. Aber ich muß noch einige Dinge erledigen, bevor ich mich von dieser Welt verabschiede – mein Gott, wo ist die Zeit geblieben, Peaches? Das ist wohl das Klagelied jedes Menschen, der bald sterben muß, nehme ich an. Na ja, sei's drum. Meine Tochter ist tot; ich habe Grund zu der Annahme, daß die Kirche nicht ganz unschuldig daran ist; mein Sohn treibt sich Gott weiß wo herum, bereitet der Kirche Unannehmlichkeiten und macht sich selbst zum Narren... Ich habe Freunde in Rom, wissen Sie, mir kommt immer noch das ein oder andere zu Ohren. O ja, ganz gewiß...« Peaches glaubte zu hören, daß Driskills Stimme vom Alkohol schon leicht schleppend klang, war sich jedoch nicht ganz sicher. Aber er war erstaunt über Hugh Driskills Redefluß. Er hatte ihn noch nie so freimütig reden hören. Hugh Driskill war immer ein verschlossener Mensch gewesen, der nicht viele Worte machte, und wenn, waren sie ausgesprochen reserviert und unpersönlich. Der alte Mann trug einen Morgenmantel in dunklem Scharlachrot mit königsblauer Paspelierung; in die Brusttasche waren seine Initialen eingestickt. Er wies mit dem Glas zum gegenüberliegenden Ende des Long Room, wo die hünenhafte Krankenschwester Wardle auf verlorenem Posten stand; das Eis klirrte gegen die Wandung des Glases. »Sie fürchtet sich vor mir. Sie hat mich durchschaut. Armes, unglückliches Mädel. Ich war unfreundlich. Habe ihr gesagt, sie bräuchte eine Rasur. Ich weiß auch nicht, was in mich gefahren ist...«

»Vielleicht«, sagte Peaches, »wäre eine Geschlechtsumwandlung angebracht.«

Hugh Driskill lachte; ein kraftloses, hohles Geräusch. »Peaches, nehmen Sie's mir nicht übel, aber ich glaube nicht, daß Gott besonderen Gefallen daran findet, daß Sie sein Diener geworden sind.«

»Hin und wieder sind auch schon andere Leute zu diesem Schluß gekommen.«

»Sie sind ein Unschuldslamm. Nicht aus dem Holz, aus dem man Geistliche schnitzt. Aber ein netter Kerl. Sie *sind* ein netter Kerl. Meine Tochter hat Sie geliebt... schon als Kind. Sagen Sie mal, haben Sie Val geliebt, Peaches? Körperlich, meine ich?«

»Ja.«

»Val hat es mir erzählt. Und sie hat mir erklärt, Sie seien ein vertrauenswürdiger Mann...«

»Wann war das, Sir?«

»Sir? *Sir*? Aber, aber. Nicht so förmlich, Peaches. Sie hat es mir bei unserem letzten Gespräch erzählt. Kurz bevor sie starb.«

»Wirklich?«

Hugh Driskill starrte auf das Foto des jungen Mädchens im Tennisdress, das in die Sonne blinzelt. Dann blätterte er langsam die Seiten des Albums um. Peaches schaute zu und sah vieles aus der Familiengeschichte der Driskills an sich vorüberziehen, weiter und weiter zurück in die Vergangenheit. »Hier sind Sie, als kleiner Knirps neben Val unter dem Weihnachtsbaum... Glückliche Zeiten. Längst vergangen. Wir konnten ja nicht in die Zukunft blicken, stimmt's, Father?«

»Und das war gut so«, sagte Peaches. »Sonst wären uns diese glücklichen Tage gründlich verdorben worden.«

»Hier, sehen Sie mal. Hier ist meine Frau mit Kardinal Spellman... war kurz vor ihrem Tod. Sie war eine unglückliche Frau, meine Mary, aber Sie haben sie ja gekannt, nicht wahr?«

»Ehrlich gesagt, nur flüchtig, Sir. Ich war zu jung damals.«

»Sie haben nicht viel versäumt, um ehrlich zu sein. Mary hatte ein sehr zurückhaltendes Wesen. Sie konnte auch nicht besonders gut mit Kindern umgehen. Ich weiß nicht... um die Wahrheit zu sagen, sogar ich kann mich nur noch verschwommen an sie erinnern – ist das nicht schändlich? Aber mein Gedächtnis läßt mich in letzter Zeit ohnehin mehr und mehr im Stich. Und die Wahrheit ist nicht immer ein gerngesehener Gast. So habe ich mir zum Beispiel sagen lassen, daß der Heilige Vater bald ins Gras beißen wird.«

»Darüber wissen Sie mehr als ich. Sie haben Beziehungen. Kardinal D'Ambrizzi...«

»Ja, da haben Sie wohl recht. Sogar in meinem jetzigen erbärmlichen Zustand kann ich noch einiges bewegen. Saint Jack hat mich ein paarmal angerufen. Also gut, Peaches, warum soll ich Ihnen nicht sofort die gräßliche Wahrheit gestehen. Ich habe dafür gesorgt, daß Sie hierher versetzt wurden, um Ihnen die Daumenschrauben anzulegen, mein Junge. Betrachten Sie mich als die Inquisition...« Er lächelte schief. »Können Sie sich an einen Ihrer Vorgänger drüben in New Pru erinnern? Father John Traherne? Erinnern Sie sich an ihn?«

»Father Traherne. Sicher. Natürlich.«

»Wissen Sie, ich habe ihn ziemlich gut gekannt. Er wurde mit den Jahren zu einem krankhaft neugierigen alten Knacker, der gute Father John. Ich möchte Ihnen eine Geschichte über ihn erzählen, Peaches. Heute abend übernehmen Sie die Rolle meines Sohnes... des Sohnes, den ich nie gehabt habe, eines Sohnes, der Priester werden sollte, eines Sohnes, der sich statt dessen erst mit Football und später mit Rechtsverdreherei beschäftigt hat, dieser... nun, ich möchte ihn nicht in Gegenwart eines seiner alten Freunde schlechtmachen...« Er hielt Peaches das Glas zum Nachfüllen hin.

Als er bemerkte, in welche Richtung die Dinge sich bewegten, wurde Peaches verlegen und unruhig zugleich. Von seinem Sessel aus konnte er den beleuchteten Vorderhof überblicken. Kurz nach seiner Ankunft hatte Schneefall eingesetzt, und die weiße Pracht bedeckte mittlerweile gnädig den matten Lack seines zerbeulten, alten Wagens. Der Wetterfrosch des Radiosenders hatte erklärt, daß die ersten heftigen Schneefälle des Winters bevorstünden, da sich eine feuchte Kaltfront aus Richtung Ohio und den Staaten des mittleren Westens nähere. Es schneite zwar heftig, aber es war fast windstill, und das Bild war so friedlich wie auf einer Weihnachtskarte. Peaches füllte Hugh Driskills Glas mit Whisky, Soda und Eis.

»Father Traherne und ich haben hin und wieder gemeinsam tüchtig einen zur Brust genommen. Er hatte sehr oft einen in der Krone. Er wußte, daß ich sein Gehalt drüben in New Pru bezahlte. Aber er war Ire, darum wünschte er mich wegen dieser Sache natürlich zum Teufel. Er hat immer nach einer Möglichkeit gesucht, mir eins auszuwischen, er wollte immer ein größerer Mann sein als ich, wollte mir beweisen, daß er nicht auf mich angewiesen war... Sie kennen diesen Typ: Kleine Männer, die sich darüber ärgern, daß sie leben. Er hat sich zu Tode getrunken, was für mich keine Überraschung war. Sie trinken nicht viel, Peaches, stimmt's?«

»Stimmt, Sir. Ich habe nie viel getrunken.«

»Ich kann mich an eine Gelegenheit erinnern, als Traherne hierherkam, angesäuselt und daher besonders von irischem Mut beseelt, und mir dann erzählt hat, daß Monsignore D'Ambrizzi – das war damals noch sein kirchlicher Rang – am vorhergehenden Tag nach New Pru gekommen sei, um ihm einen Besuch abzustatten. Das war zu der Zeit, als D'Ambrizzi hier bei mir zu Gast war, kurz nach Kriegsende. Jedenfalls hat Traherne mir mit stolz geschwellter Brust erzählt, daß er und D'Ambrizzi nun ein großes Geheimnis teilten. Irgend etwas, von dem ich nichts wüßte, nur die beiden. Ein kleingeistiger Mensch, der alte Traherne.« Driskills Hand krampfte sich um das Glas, als er einen Schluck trank. Er hatte Gewicht verloren, nicht nur im Gesicht, dessen Haut fast durchscheinend wirkte, sondern sogar an den einst so kräftigen Händen. Die Adern hatten sich in knotiges Wurzelgeflecht verwandelt; die Haut war grau und schlaff. »Nun, er konnte vor lauter Stolz einfach nicht das Maul halten, Sie kennen diesen Typ. War gar nicht so einfach zu erkennen, was Wahrheit und was trunkenes Gefasel gewesen ist. Jedenfalls erzählt er mir, daß D'Ambrizzi nach New Pru gekommen sei und ihm diese Papiere gegeben habe, wichtige Papiere zur Aufbewahrung... und er solle die Papiere an einem sicheren Ort verstecken, bis D'Ambrizzi, sein guter Freund, sie brauche... Traherne sagt, D'Ambrizzi habe ihn gebeten, sie niemandem, *niemandem* zu zeigen. Aber der alte Traherne – und das ist jetzt viele Jahre später, als D'Ambrizzi schon Kardinal war und praktisch die gesamte Kirche befehligt hat –, also, der alte Traherne hatte von irgend jemandem einen Tritt in den Hintern bekommen und sich wieder mal besoffen, und dann kam er zu mir gerannt, um den dicken Mann zu markieren und Dampf abzulassen.« Driskill lachte, schüttelte den Kopf. Die Krankenschwester hatte es aufgegeben und war in die Küche gegangen. Der Schnee fiel immer dichter. Peaches wünschte sich weit, weit fort. Egal wohin.

»Können Sie sich das vorstellen, Peaches? Der alte Trottel hatte sein Geheimnis über all die Jahre hinweg bewahrt, und was macht er? Er läßt sich vollaufen und muß mir wieder mal beweisen, was für ein wichtiger Mann er doch ist. Und dann hat er mir von diesem Manuskript erzählt... hat gesagt, es sei furchtbar wichtig und ob ich nicht mal einen Blick reinwerfen wolle. Der dämliche alte Säufer. Ich habe ihm gesagt, daß D'Ambrizzi das Manuskript in meinem eigenen Haus verfaßt habe. Wenn er den Wunsch gehabt hätte, daß ich es lese, hätte er mich sicher darum gebeten. Aber weil er das nicht getan hat, hatte ich nicht die Absicht, die Papiere auf den Vorschlag eines alten Trunkenbolds hin zu lesen, und genau das habe ich ihm auch gesagt.« Er trank einen Schluck Scotch und zog den Morgenmantel enger um die Schultern, als würde ihn frösteln. Sein Gesicht war blaß, seine Augen jedoch wachsam, lebendig, ruhelos. »Aber die Zeiten ändern sich. Meine Tochter ist ermordet worden, der Mann, den sie vielleicht geliebt hat, ebenfalls... irgend jemand, vielleicht derselbe Kerl, der die beiden getötet hat, hat versucht, auch meinen Sohn zu ermorden... und möglicherweise ist die Kirche auf irgendeine verrückte Art und Weise in diese Geschichte verwickelt – woher, zum Teufel, soll ich das wissen? Und der Papst liegt im Sterben; D'Ambrizzi ist einer der ersten Anwärter auf den Thron Petri... das alles schien sich in meinem Kopf zu vermischen, als ich in diesem verdammten Krankenbett gelegen habe. Das Verrückte daran war, Peaches, daß ich immer wieder an die Zeit denken mußte, als D'Ambrizzi hier bei uns gewohnt hat... wie er im Arbeitszimmer gesessen und geschrieben und geschrieben hat... und dann mußte ich wieder an Traherne denken und daran, daß D'Ambrizzi ihm das Manuskript zur Aufbewahrung gegeben hat. Und er ist wegen dieser Papiere nie wieder hierhergekommen oder hat je nach ihnen gefragt... Peaches, hören Sie mir überhaupt noch zu?«

Peaches war ans Fenster getreten und blickte hinaus in die wirbelnden Schneeflocken, die den beleuchteten Hof langsam in ein weißes Wintermärchen verwandelten und weiche, mitternachtsblaue Schatten entstehen ließen. Er stieß die Hände in die Taschen seiner ausgebeulten Cordhose und ballte sie zu Fäusten. Er wünschte, nie etwas von dem verdammten Manuskript gehört zu haben.

»Sicher, ich höre Ihnen zu, Sir. Aber...«

»Nichts aber. Kommen Sie her, Peaches, ich kann Sie da drüben nicht richtig sehen.« Er beobachtete, wie Peaches sich vom Fenster abwandte, zurückkam und vor ihn hintrat. »Also, raus damit, Junge. Hat Traherne Ihnen jemals von diesen Papieren erzählt? Oder Father Kilgallen, Ihr unmittelbarer Vorgänger? Hat er Sie jemals zur Seite genommen und gesagt, hör mal zu, mein Freund, es gibt da ein kleines Geheimnis, von dem ich dir erzählen muß...?«

»Ganz und gar nicht, Sir.« Peaches spürte, wie er errötete; eine heiße Woge wischte über sein Gesicht wie ein vorüberhuschender, feuriger Schatten.

»Also haben Sie die Papiere selbst gefunden – war es nicht so? Sie sind zufällig auf das Manuskript gestoßen und haben sich gefragt, was das wohl sein mag, und dann haben Sie der Versuchung nicht widerstehen können, einen Blick hineinzuwerfen... war es nicht so? Das ist doch kein Verbrechen, Junge. Er hat es vor vierzig Jahren geschrieben.«

»Mister Driskill, ehrlich, ich weiß nicht, was...«

»Father, Father.« Hugh Driskill lächelte gequält. »Ihnen geht die wichtigste Fähigkeit ab, die ein Priester haben muß. Sie können nicht lügen. Sie haben es nie gekonnt. Sie sind ein ehrlicher Mann. Sie wissen von den Papieren, nicht wahr, Peaches?«

»Mister Driskill, es war reiner Zufall, das schwöre ich bei allen Heiligen...«

»Ich verstehe, mein Sohn. Glauben Sie mir, ich verstehe. Gut. Ich habe noch ein paar Fragen an Sie. Entspannen Sie sich jetzt. Sie fühlen sich doch wohl, Peaches, oder?«

»Ich weiß nicht, Sir. Und das ist die Wahrheit.« Peaches fragte sich flüchtig, wo Father Dunn jetzt sein mochte, welchen Rat er ihm gegeben hätte.

Eine halbe Stunde später saß Peaches hinter dem Steuer seines verbeulten, alten Wagens und wünschte sich, Winterreifen aufgezogen zu haben, als er in Richtung New Prudence fuhr. Er hatte seine Anweisungen erhalten. Hol das Manuskript D'Ambrizzis und bring es her. Heute abend noch. Widerrede war zwecklos. Zur Hölle mit dem Schnee. Irgend etwas war mit Hugh Driskill los. Er hatte absolut nicht mit sich reden lassen.

Am ersten Abend in Rom nach ihrer Rückkehr aus Avignon ging Schwester Elizabeth zu ihrer Wohnung an der Via Veneto, nachdem sie kurz mit dem Mutterhaus des Ordens an der Spanischen Treppe telefoniert hatte. Driskill und Dunn hatten versucht, sie zu überreden, ihnen beim Abendessen im Hotel Hassler Gesellschaft zu leisten, aber Elizabeth hatte erwidert, sie sei zu müde und müsse sich außerdem erst im Ordenshaus zurückmelden. Die beiden hatten ihr nachgeschaut, als sie gegangen war, allein, und sie hatte ihre Blicke förmlich im Rücken gespürt. Elizabeth hatte auch den Vorschlag Driskills abgelehnt, sie gemeinsam mit Father Dunn in ihre Wohnung zu begleiten, um diese rasch zu durchsuchen – als Vorsichtsmaßnahme gegen einen möglichen erneuten Mordanschlag. Elizabeth wollte nichts davon wissen; sie wollte ihre Ruhe haben. Sie hatte bereits einen Mann getötet; sie würde auch einen weiteren töten, falls nötig: Elizabeth hatte versucht, ihre Stimme kühl und abweisend klingen zu lassen, als sie den beiden Männern dies erklärt hatte. Sie wußte, daß ihre Vorstellung lächerlich gewesen war, aber sie hatte ihren Zweck erfüllt, und das war die Hauptsache. Elizabeth legte weder Wert auf Driskills noch auf Dunns Gesellschaft.

Doch als sie schließlich allein im Flur vor der Wohnungstür stand, klopfte ihr das Herz bis zum Hals. Sie riß die Tür auf und knipste so schnell wie möglich das Licht an. Helles Licht, keine Schatten – darauf kam es ihr an. Und als sie hinüber zur Tür des Badezimmers ging, wußte sie, daß ein geruhsames Bad heute abend nicht in Frage kam. Kein entspannendes Rekeln im heißen Wasser, kein Abdriften in einen Zustand der trägen Unaufmerksamkeit. Nein. Sie wollte hellwach bleiben, die Sinne geschärft. Also ging sie nur kurz unter die Dusche und ließ dabei die Türen der Duschkabine geöffnet, damit sie den gesamten Flur und den Spiegel im Auge behalten konnte.

Als sie sich ihren Morgenmantel übergestreift hatte, schenkte sie sich ein Glas Wein ein, kochte sich Linguine und bereitete eine Soße dazu; dann machte sie es sich auf dem Sofa im Wohnzimmer bequem und legte eine Schallplatte mit Filmmusik von Ennio Morricone auf. Aber nichts konnte sie ablenken, nichts konnte verhindern, daß sie wieder und wieder über die Szene mit Ben Driskill und deren Auswirkungen nachgrübelte.

Sie war vor Wut wie benommen gewesen, als sie aufgesprungen war, den Stuhl umgeworfen und ihren theatralischen, lächerlichen Abgang gemacht hatte. Sie war fast blind gewesen von Tränen des Zorns und der Demütigung und wegen der tiefen, überwältigenden Enttäuschung über diesen Mann und dessen verrücktem, wildem, unergründlichem Haß auf die Kirche und deren Diener im allgemeinen und auf sie, Elizabeth, offenbar im besonderen – was sie gesehen und gehört hatte, war Beweis genug. Sein Haß war so tiefsitzend, so unversöhnlich, so unverständlich. Sie schüttelte den Kopf. Wie hatte er ihr nur auf eine so rücksichtslose Weise weh tun können? Zudem in einem Moment, als sie ungeheuer verletzlich gewesen war – hatte sie ihm doch über ihr Leben und ihre Gefühle soviel anvertraut wie kaum einem anderen Menschen zuvor. Warum hatte er sich so verhalten? Nur, um ihr weh zu tun?

Sollte es tatsächlich nur der Wunsch nach Grausamkeit gewesen sein, dann war Ben Driskill nichts weiter als ein Schwein.

Aber das war nicht der Fall. Das wußte sie.

Sein Schmerz und seine Qualen, wie tief sie auch in seinem Innern verborgen sein mochten, waren stärker. Stärker als die Schäden, die er ihrem Ich zugefügt und die Wunden, die er ihrem Stolz geschlagen hatte. Es war fraglich, ob sie ihm überhaupt helfen konnte.

Unwahrscheinlich.

Doch er hatte gesagt – du lieber Gott, hatte sie ihn überhaupt richtig verstanden –, er hatte gesagt, daß er sie liebe...

Und was sollte jetzt werden?

Was immer sie auch tat, sie machte alles nur schlimmer. Sie war voller Aufrichtigkeit auf Ben zugegangen, hatte ihm ihr Vertrauen angeboten, und sie war sicher gewesen, daß er dankbar darauf eingehen würde. Aber was immer sie auch tat, sie machte alles nur noch schlimmer.

Unsinn. Nicht *alles*. Immer nur dann, wenn es mit diesem verdammten Driskill zu tun hatte.

Bei der Unterredung mit Kessler hatte Driskill blaß und erschöpft gewirkt, hatte einen fast gebrochenen Eindruck gemacht. Dunn hingegen war so undurchsichtig gewesen wie immer. Auf wessen Seite, fragte sie sich, stand er wirklich?

Ambrose Calder. Na, das war vielleicht ein Schätzchen. Dr. Seltsams älterer Bruder. Wieviel von seinem Geschwafel mochten Ben und Dunn wohl auf Anhieb als wertvolle Informationen betrachtet haben?

D'Ambrizzi als Simon Verginius? Blödsinn.

Aber wer stand hinter den *Assassini*? D'Ambrizzi konnte es einfach nicht sein, denn das, worüber die drei Männer geredet hatten – sowohl in der Gegenwart, als auch in der Vergangenheit –, war abgrundtief böse. Sie kannte D'Ambrizzi. Ein solcher Mensch war er nicht, konnte er niemals sein...

Wer war es dann?

Die Kurie selbst? Oder eine Verschwörergruppe in der Kurie? Oder doch eine Einzelperson? Ein Mann mit Macht und Einfluß: Fangio? Ottaviani? Indelicato? Oder war es jemand, den sie gar nicht kannte? Vielleicht jemand, der nicht unmittelbar dem kirchlichen Machtgefüge angehörte, einer der mächtigen Laien? Irgendein verdrehtes, verrücktes Äquivalent zu Curtis Lockhardt? Archduke? Oder der Collector? *Wer waren sie?*

Konnte es, fragte sie sich schläfrig, gar der Papst selbst sein?

Vielleicht zog eine unsichtbare Hand die Fäden, jemand, der niemals entdeckt werden konnte; eine Art Seuche, eine Pest, ein Symbol... und vielleicht erreichte er oder es sein Ziel oder ließ den Dingen ihren Lauf, und irgendwann würden die Morde enden und das Geheimnis langsam verblassen, und Generationen würden vergehen, bis die *Assassini* dereinst aus ihrem Schlaf geweckt und wieder morden würden, um die Geschicke der Kirche nach dem Willen ihrer geheimen Hohepriester zu lenken.

Elizabeth saß vor dem leeren Teller und dem leeren Weinglas und starrte hinaus auf den Balkon, wo der Mann sie zu ermorden versucht hatte. Sie sah ihn vor sich, sah die milchig-weiße tote Augenhöhle; sie spürte wieder das Gewicht des Kerzenleuchters in der Hand, die Wucht des Stoßes, als der Glaszylinder ihn im Gesicht traf... Wie konnte man die Erinnerung töten?

Sie hatte alles auf so schreckliche Weise zerstört.

Vielen Leuten ist überhaupt nicht bewußt, wie wichtig für eine Nonne oder einen Priester die Beziehungen zu Menschen sind, die nicht unmittelbar zur Kirche gehören. Die Leute konnten nicht wissen, welche Bedeutung solche Beziehungen hatten, welche Verästelungen sie beinhalteten, welche Hoffnungen sie in manchen Fällen darstellen konnten.

Ja, sie mußte der Tatsache ins Auge sehen, daß sie damals in Princeton die Beziehung zu Ben Driskill durch ihre Selbstsucht und Angst und die Weigerung, ihm zu helfen, kaputtgemacht hatte. Sie hatte sich hinter dem Schutzwall der Kirche versteckt, hatte dort Zuflucht vor einer Welt gesucht, mit der sie nicht fertig werden zu können glaubte – doch die Welt hatte sie hinter den Mauern hervorgezerrt, hatte sie ihres Schutzes beraubt. Und sie hatte Ben Driskill bewundert, hatte ihn gemocht, hatte sich zu ihm hingezogen gefühlt: Sie hatte sich ihm nicht deshalb anvertraut, weil er ihr einen Grund dazu gegeben hätte, sondern ihrer eigenen Fehler wegen, ihrer Zweifel und Ängste, was den Lebensweg betraf, den sie eingeschlagen hatte. Und nun ließ sie ihn für ihre Fehler bezahlen, ließ ihn die Zeche begleichen, während sie sich in Selbstzweifeln erging und sich unter den Rockschößen des Ordens versteckte.

Der Orden. In gewisser Weise hatte er ihr zu wenig abverlangt, und sie hatte ihm nur soviel gegeben, wie nötig gewesen war – anders als Val, die dem Orden sehr viel mehr geschenkt hatte, die ihn bereichert hatte, geistig, moralisch, und die ihm durch ihre Entschlossenheit und Hingabe zu einem neuen Selbstverständnis verholfen und ihn zu etwas Besserem geformt hatte, als er es vorher gewesen war. Bei diesen Gedanken fühlte Elizabeth sich der Freundschaft Vals nicht mehr würdig.

Wie konnte sie Ben jemals ihre eigene verschlungene Logik erklären, wo er doch nur ihre abweisende Kälte und die Demütigung durch ihr ganzes Verhalten vor Augen haben mußte, damals in Princeton? Sie wußte, daß er recht gehabt hatte: Seine Schwester war erst kurz zuvor ermordet worden, und sie, Elizabeth, hatte ihm sozusagen die Hand gereicht, doch als er sie ergreifen wollte, hatte sie sich von ihm abgewandt. Vielleicht waren sie jetzt, nach Avignon, quitt.

Und nun, zurück in Rom, wollte sie nichts als schlafen. Vielleicht war alles vorbei, wenn sie wieder aufwachte.

Doch der Schlaf erwies sich als unzuverlässiger Freund.

»Würden Sie die Güte haben, mir zu erklären, was mit der Nonne geschehen ist?«

»Er hat sie nicht töten sollen, Eminenz, bitte glauben Sie mir. Ich habe es ihm ausdrücklich gesagt, ich habe versucht...«

»Nicht nachdrücklich genug! Die ganze Sache war ein Reinfall, und alles wird dadurch nur noch schlimmer!«

»Horstmann hat gesagt, man könne dem Mann vertrauen.«

»Horstmann hatte ihn seit dreißig Jahren nicht mehr zu Gesicht bekommen! Horstmann ist alt und fanatisch. Er muß schon vor Jahren den Verstand verloren haben. Vielleicht war er schon immer verrückt. Jedenfalls müssen wir nicht die Nonne töten lassen, sondern Driskill...«

»Halten Sie das für klug, Eminenz? Jetzt, da er sich hier in Rom aufhält?«

»Sie erdreisten sich, mir sagen zu wollen, was klug ist und was nicht? Und darf ich Sie daran erinnern, daß Sie die Schuld daran tragen, daß wir die Kontrolle über Driskill verloren haben?«

»Wir brauchen ihn jetzt, er braucht uns. Wir müssen auf ihn hören. Verzeihen Sie, aber so ist es nun mal...«

»Horstmann hätte Driskill in Paris töten müssen – oder im Kloster St. Sixtus. Die Zeit wird knapp. Der Heilige Vater kann jede Stunde sterben. Wir müssen sicher sein, daß alles wie geplant läuft, bevor es soweit kommt.«

»Besteht die Möglichkeit, daß der Heilige Vater seinen Wünschen noch Ausdruck verleiht, bevor er...?«

»Ein zweischneidiges Schwert, offensichtlich. Falls ich seinen Segen bekomme – gut. Doch sollte es jemand anderer sein, könnte mir nichts Schlimmeres passieren. Besser, er stirbt vorher. Also, was ist nun? Was ist mit Horstmann?«

»Eminenz?«

»Es könnte sein, daß wir seine Dienste noch einmal in Anspruch nehmen müssen.« Er zuckte die Achseln.

»Das... ist jetzt gefährlich, gefährlicher als je zuvor. Fast jeder hohe geistliche Würdenträger befindet sich bereits in Rom. Darf ich fragen, wen Horstmann... ?«

»Nein. Es würde Ihnen nicht gefallen. Aber es wäre die Lösung aller Probleme...«

Er glaubte, den Namen des Opfers zu wissen. »Das würde Horstmann niemals tun, Eminenz.«

»Er tut alles, was man ihm sagt. Er wurde vor langer Zeit zu bedingungslosem Gehorsam erzogen, noch dazu von einem Fachmann. Er ist kein Mensch. Er ist eine Maschine.«

»Verzeihen Sie, Eminenz. Aber er *ist* ein Mensch.«

»Seien Sie jetzt kein Feigling. Wir stehen kurz vor dem Ziel. Denken Sie immer daran – die Kirche muß gerettet werden.«

Für Papst Calixtus spielte es mittlerweile keine Rolle mehr, ob es Tag oder Nacht war, hell oder dunkel. Die Finsternis – die ewige Finsternis – rückte heran, kam mit jedem Atemzug, jedem Herzschlag näher. Er spürte, wie der letzte Widerstand seines Körpers erlahmte. Vielleicht war sein Leben zu kurz gewesen, aber für ihn hatte es gerade lange genug gewährt. Er fragte sich, was ihn wohl hinter dem dunklen Vorhang des Todes erwarten mochte. Er war sehr müde. Und sehr besorgt.

Er lebte mehr und mehr in der Vergangenheit; sein Geist tauchte in die Schatten ein und stieg wieder daraus hervor, brachte immer neue Erinnerungen mit und neue – vertraute – Gesichter. Doch auch die gewohnten Bilder wurden wieder und wieder lebendig: die Nacht des Wartens am Schienenstrang in den verschneiten Bergen, der anrollende Zug, und Horstmann, Little Sal, der sterbende LeBecq auf dem Friedhof, Simon... sie alle versammelten sich um sein Sterbebett, verbeugten sich, bezeugten dem Oberhaupt der Christenheit ihren Respekt; die Lebenden und die Toten wollten ihm helfen, bis zum Ende durchzustehen...

Doch es war zu spät, ein anderer, neuer Calixtus zu werden. Zu spät, um D'Ambrizzis Plan in die Tat umzusetzen. Er hatte dem Kardinal gesagt, daß die Zeit nicht reichen würde, und dieser hatte bedächtig genickt.

»Kämpfen Sie. Halten Sie nur noch ein bißchen durch«, hatte D'Ambrizzi gesagt.

Calixtus murmelte im Halbschlaf, als sein Sekretär ihn sacht an der Schulter berührte.

»Ja, ja«, sagte er; sein Mund war trocken, und die Worte kamen ihm nur schwerfällig über die Lippen. »Was ist denn? Ist Cassoni da?«

»Nein, Heiligkeit. Ich soll Ihnen dies überbringen.« Calixtus betrachtete den schlichten Briefumschlag.

»Von wem?«

»Das weiß ich nicht, Heiligkeit. Der Brief wurde am Portal von einem Boten abgegeben.«

»Also gut. Machen Sie bitte die Lampe an.« Er wies mit einer schwachen Kopfbewegung auf den Nachttisch. »Danke sehr. Ich läute nach Ihnen, sollte ich Sie brauchen. Danke.«

Als er allein war, griff er in die Tasche seines Morgenmantels, der über einem Stuhl neben dem Tisch hing, tastete nach dem florentinischen Dolch und stach sich die rasiermesserscharfe Spitze in den Finger. Er zog den Dolch aus der Tasche, sah den Blutstropfen auf der Fingerkuppe, leckte ihn ab, nahm den Umschlag vom Tablett und schlitzte die Lasche mit der Klinge des Dolches auf.

Im Umschlag befand sich ein einzelnes, in der Mitte gefaltetes Blatt Papier. Er strich es glatt und blickte auf die wenigen, handgeschriebenen Worte. Noch bevor er den Sinn der kurzen Notiz in sich aufnahm, erkannte er die altvertraute Handschrift. Und während er las, legte sich ein leises Lächeln auf sein Gesicht.

*Du bist noch immer einer von uns. Vergiß es nicht...*
*Simon V.*

## 2 DRISKILL †

Es war eine seltsame Stille, als würde die Welt den Atem anhalten und darauf warten, daß die nächste Überraschung über mich hereinbrach. Aber natürlich war die Welt über derlei unbedeutende Dinge erhaben. Dennoch hatte ich das Gefühl, als würden wir uns im Auge eines Hurrikans befinden, der über uns hinwegzog – eine kurze Ruhepause, bevor der Sturm wieder zu wüten begann. Es hatte irgendwie den Anschein, daß die Ruhe so lange andauern würde, wie D'Ambrizzi mit dem Papst unter Ausschluß der Öffentlichkeit blieb. Ich fragte mich, ob er wirklich im Sterben lag, dieser arme alte Mann, der Oberhaupt einer Kirche war, die so viele Anzeichen zeigte, sich selbst in Stücke zu reißen. Oder war ich nur auf ein weiteres Märchen hereingefallen, das noch mit einem überraschenden Ende aufwarten sollte? Was konnte man bei dieser Geschichte denn schon vorhersehen? Jahrelang war mein Leben in geordneten Bahnen verlaufen: eine Akte nach der anderen, ein Klient nach dem anderen, eine besorgte Miene nach der anderen, die unaufhörlichen Streitereien zwischen meinem Vater und mir, meine nächtlichen Schweißausbrüche, wenn ich von den Jesuiten und meinem kleinen Problem mit der Kette träumte, die mir um ein Haar eine Beinamputation beschert hatte, die Gesichter der Frauen, die ich auf der ein oder anderen Wohltätigkeitsveranstaltung kennengelernt und mit denen ich eine kurze, flüchtige, halbwegs befriedigende Affäre gehabt hatte. Aber jetzt – jetzt war gar nichts mehr voraussagbar. Ich schien nicht mehr die kleinste Kleinigkeit vorhersehen zu können. Ich war völlig verunsichert. Noch nie im Leben war ich mir dermaßen naiv vorgekommen. Ich stand bis zu den Knien in Leichen. Und ich war mit einem Spielzeugrevolver bewaffnet. Und alles, was ich tun wollte – was ich tun *konnte*, genauer gesagt –, war, über eine Nonne nachzudenken.

Irgendwann brach mein Widerstand zusammen. Ich verwarf den Entschluß, mich von ihr fernzuhalten und mich nur noch um meine eigenen Angelegenheiten zu kümmern. Es war unvermeidlich, nehme ich an. Ich war einfach nicht imstande, die Dinge zwischen uns so zu belassen, wie sie nach unserem Streit in Avignon immer noch standen. Wie denn auch? Ich hatte dieser Frau gesagt, daß ich sie liebe. *Was* hatte ich mir nur dabei gedacht, als ich das vom Stapel gelassen hatte? Nun, wahrscheinlich hatte ich mir dabei gedacht: Du liebst diese Frau. Offensichtlich. Es sah ganz so aus, als hätte ich mich zum erstenmal wirklich verliebt. In eine Nonne. Und nun vergaß ich plötzlich alle Ängste, die mich bis jetzt vor ihr in Sicherheit gebracht hatten. Mir war endlich ein Licht aufgegangen. Das war die einzige Erklärung. Die Sache war schlichtweg die, daß die Gedanken zweier Menschen sich nicht in gesegneter unwissender Abgeschlossenheit voneinander bewegen konnten, wenn diese beiden Menschen aufgrund bestimmter äußerer Umstände ein Stück ihres Weges gemeinsam gehen mußten – ob einer davon Nonne war oder nicht. Sie war eine lebende, denkende, fühlende Frau.

Ich rief sie an, voller Gewissensbisse, voller Bedauern und unausgesprochener Entschuldigungen. Ich schlug ihr vor, mit mir einen Spaziergang in den Gärten der Villa Borghese zu machen. »Ich muß mit Ihnen reden, bevor diese ganze Geschichte auch nur einen Schritt weitergeht«, sagte ich. »Wir werden einen Spaziergang machen, ja? Und dann werde ich Sie bitten, sehr aufmerksam zuzuhören, was ich zu sagen habe. Ich möchte Sie um Verzeihung bitten. Das bin ich Ihnen schuldig. Aber da ist noch etwas.«

»Also gut«, sagte sie. Ich hörte den Zweifel in ihrer Stimme.

In den Gärten der Villa Borghese fühlte ich mich sicher – was immer das auch bedeuten mochte. Ja, hier im Freien, mitten unter den staunenden und lachenden und in Reiseführern blätternden

Touristen, die noch nie etwas über die *Assassini* gehört hatten, und den Frauen, die ihre Babys in den Armen trugen oder Kinderwagen vor sich herschoben, fühlte ich mich sicher. Die Villa Borghese in den Gärten war im siebzehnten Jahrhundert für einen Kardinal der gleichnamigen Familie erbaut worden. Der Park war riesig, der Rasen grün und gepflegt; eine Landschaft aus sanft gewellten, fichtenbestandenen Hügeln, kleinen Seen, Pavillons, stillen, beruhigenden Bildern, Wiesen und Auen. Die gewaltige Promenade der Piazza di Siena strahlte majestätisch im Sonnenlicht.

Wir liefen über den Rasen, am Ufer eines der Seen entlang. Das helle, glückliche Lachen einiger Kinder drang an unsere Ohren. Elizabeth lächelte ihnen zu. Kinder. Als ich mir all die adretten, dunkelhäutigen Italiener in ihrer schicken, modischen Kleidung ansah, die Mäntel lässig über die Schultern geworfen, einige mit Sonnenbrille, kam ich mir mehr denn je wie ein frisch verprügelter, arg lädierter Halbschwergewichtsboxer vor, der seit einer halben Ewigkeit keinen Kampf mehr gewonnen hatte. Ich hatte mein Gesicht im Spiegel betrachtet. Dunkle Ränder um die müden Augen, die Wangen eingefallen, die Haut grau, als hätte ich schon seit Jahren schrecklichen Ärger gehabt, nur daß das volle Ausmaß der Schäden erst jetzt, auf einen Schlag, sichtbar wurde. Was für ein hinreißender Bursche. Ein echter Frauentyp.

»Also«, sagte sie, »was ist so wichtig, daß ich sehr aufmerksam zuhören muß?«

»Wissen Sie, Schwester, ich möchte Ihnen etwas beichten.« Ich versuchte zu lächeln, und sofort wandte sie den Kopf zur Seite und blickte auf den See hinaus. »Als ich diese scheußliche Geschichte in Irland erlebt habe, bin ich Hals über Kopf in einige Dinge hineingestolpert, die ich Ihnen erzählen muß. Sie betreffen uns beide. Es war nicht gerade der leichteste Entschluß meines Lebens, bis ich mich dazu durchgerungen hatte, ihnen davon zu berichten...«

»Dann hätten Sie vielleicht besser darauf verzichten sollen«, sagte sie. »Überlegen Sie sich's noch einmal, Ben.«

»Ich habe es mir tausendmal überlegt. Und dadurch fiel mir der Entschluß nicht gerade leichter. Tja, also... zuerst einmal, ich habe da oben in Irland die Nerven verloren. Ich habe es kommen sehen, und es war abscheulich. Es war, als hätte ich wie ein Außenstehender beobachten können, wie irgendein armer, verängstigter Teufel drauf und dran ist, den Verstand zu verlieren. Nur daß ich selbst dieser arme Teufel war. Der alte Ben Driskill war fix und fertig. Ich habe auch schon so manche Schläge einstecken müssen, glauben Sie mir, aber was ich dort erlebt habe, was im Kloster St. Sixtus passiert ist...« Ich wollte mich ihr anvertrauen, so, wie sie sich mir anvertraut hatte, wollte ihr etwas mitteilen, was ich niemandem sonst gesagt hätte, irgend etwas, das mich verwundbar machte. Ich wollte ihr zeigen, daß ich Vertrauen zu ihr hatte und Vertrauen in sie setzte. Das war meine Entschuldigung. »Ich hatte mich im Nebel verirrt, und die Brandung war so heftig, daß sie den Boden erbeben ließ. Dann habe ich diesen kleinen alten Mann mit durchgeschnittener Kehle in der Höhle gefunden, und ich hatte Angst, wieder nach draußen zu gehen, ins Freie... aber dann bin ich schließlich doch gegangen. Ich wollte aus der Höhle raus, so schnell wie möglich, aber ich hatte Angst, daß Horstmann draußen auf mich wartete. Er würde mich sehen, wenn ich die Höhle verließ, ich aber ihn nicht, und ich wußte, daß er mich töten wollte. Ich wußte, ich war verloren. Trotzdem bin ich rausgegangen, obwohl ich sicher war, daß das den Tod bedeutete. Ich war in der Höhle noch bei Verstand geblieben, und jetzt war es mir egal, ich war bereit, allem gegenüberzutreten, was auch immer draußen auf mich warten mochte.

Ich bin dann im Nebel herumgeirrt, bis ich irgendwas im Wasser sah, und als ich näher kam, da habe ich gesehen, daß es Bruder Leo war. Er war gekreuzigt worden, mit dem Kopf nach unten, und sein Gesicht war blau angelaufen, sein Körper aufgedunsen und blutüberströmt. Ein Arm hatte sich vom Kreuz gelöst und schwang im Wasser hin und her, als würde er mich zu sich winken. In diesem Moment habe ich erkannt, wozu Horstmann fähig ist, und ich wußte, wie hoffnungslos unterlegen ich ihm bin. Und er war dort irgendwo, ich sollte der nächste sein... Es war nicht bloß Angst, Elizabeth. Es war etwas viel, viel Schlimmeres. Ich war wie ausgehöhlt, ich war sicher, nicht mehr weiterkämpfen zu können, nie mehr.« Für einen winzigen Moment trafen sich unsere Blicke. Ich wollte, daß sie verstand, ich wollte, daß sie mich lossprach von der entsetzlichen Sünde des Schreckens. »Ich hatte das Gefühl, eins mit ihm geworden zu sein, Mörder und Opfer zugleich, zwei Unterzeichner ein und desselben Vertrages – er würde töten und ich würde sterben.

Ich rannte los. Rannte wie ein Kind, das sich vor dem

Schwarzen Mann fürchtet. Horstmann war in meinem Innern, wir waren eine Wesenheit. Und ich rannte, rannte, rannte, bis ich – ich weiß nicht wie – den Wagen erreichte, mein Herz schlug wie verrückt, bis ich endlich Meilen und Meilen weit fort war – ich wußte nicht, daß es eine *solche* Angst gibt.«

Ich ging neben ihr her, die Hände in den Taschen, und starrte zu Boden, als wäre ich allein mit meiner Feigheit. Und genau in diesem Augenblick war ich allein.

»Ich verstehe«, sagte sie. »Sie brauchen sich keine Vorwürfe zu machen. Sie haben auf die einzig vernünftige Weise reagiert.« Sie wollte die Hand ausstrecken, meinen Arm berühren; ich fühlte es. Doch im allerletzten Augenblick unterdrückte sie diese spontane Regung.

»Ich hatte nicht einfach nur Angst«, sagte ich. »ich hatte die Hoffnung und den Willen zu überleben verloren. Ich wußte nicht, ob ich beides je wiedererlangen konnte. Ich wußte nicht wie. Wo. Ich wußte nicht, wozu das überhaupt noch gut sein sollte. Leben, Hoffnung. Die Angst ist immer noch da, ich kann sie nicht loswerden...«

»Sie werden schon wieder zu sich selbst finden«, sagte sie. »Sie sind stark. Sie werden es schaffen. Sie sind wie Ihr Vater. Unerschütterlich.« Die Worte waren ihr spontan über die Lippen gekommen, bevor sie sie hatte zurückhalten können. Sonst hätte sie den Vergleich mit meinem Vater vermieden.

»Das ist die zweite Sache, die mir klar geworden ist. Ich *bin* wie mein Vater. Er hat mich zu dem gemacht, was ich bin, wissen Sie. Geschaffen, geprägt, geformt. Nicht durch Liebe. Nicht durch sein Beispiel. Nicht durch Ermutigung... sondern durch Verachtung. Er hat das verachtet, was er als meine Schwäche betrachtete, und er hat mich in einen rohen, unversöhnlichen Mistkerl verwandelt. Ich kann einfach nichts dagegen tun. Ich *bin* der Sohn meines Vaters. Das ist mir bewußt geworden, nachdem ich aus Irland zurückgekehrt war – ich habe mich vor mir selbst geekelt, aber ich wußte, was ich wollte. Ich weiß, was ich will. Ich weiß, was ich zu tun habe, und ich werde es tun... aber in meinem Innern ist nichts mehr geblieben. Und es gibt nur eine Möglichkeit, diese Leere zu füllen...«

»Ben«, unterbrach sie mich, »Sie haben schon damit angefangen. Sie werden wieder Sie selbst. Sie haben doch schon gezeigt, daß Sie wissen, was Sie tun müssen, um zu sich selbst zu finden.« Sie versuchte zu lächeln, doch es gelang ihr nicht. Sie sah die Schwierigkeiten, die auf sie zukamen. Ich hatte mich nicht nur deshalb mit ihr getroffen, um mich für meine verbalen Ausfälle in Avignon zu entschuldigen, um einen winzigen Schritt zurück in Richtung Freundschaft zu machen. Sie erkannte, daß ich noch immer eine Gefahr für ihr Selbstverständnis als Ordensschwester bedeutete, daß ich jetzt unbequem werden würde – und bei der Nonne blinkten sämtliche Warnsignale auf. »Wissen Sie...«

»Ich weiß. Das ist das Problem. Es gab nur einen Menschen, bei dem ich sein wollte, als Horstmann...«

»Bitte, Ben, hören Sie auf.« Sie trat ein paar Schritte von mir weg. »Bitte, sagen Sie nicht...«

»Das waren Sie«, sagte ich. »Ich wollte bei Ihnen sein. Ich wollte nur deshalb nicht sterben, weil ich bei Ihnen sein wollte. Dieser Wunsch war sogar noch viel stärker als der, Horstmann zu töten. Ich wollte bei Ihnen sein, Elizabeth, und ich weiß bei Gott nicht, was ich dagegen tun soll. Zwischen uns beiden ist alles schiefgegangen, aber ich habe mich daran erinnert – ich wußte, daß ich es wieder in Ordnung bringen konnte, wenn ich... wir wieder miteinander ins reine kommen. Aber ich habe mich vor Ihnen gefürchtet und dadurch alles nur noch schlimmer gemacht. Alles, was ich sage oder tue, ist falsch, ich scheine der Vergangenheit nicht entkommen zu können, den Katholiken...«

Sie wandte sich um und ging davon.

»Verflucht noch mal«, sagte ich, ohne ihr zu folgen, und es kam mir so vor, als spräche ich in einer mir fremden Sprache. »Ich liebe dich, Elizabeth.«

Sie warf mir einen kurzen Blick über die Schulter zu. Ich glaubte zu sehen, daß sie weinte. Sie war leichenblaß. Auch sie sah verzweifelt aus, wie innerlich ausgebrannt.

Ich folgte ihr, nahm ihren Arm. Sie schüttelte meine Hand ab. Sie bemühte sich, mich nicht anzublicken. Ein einsamer Priester schaute uns im Vorübergehen freundlich an und nickte uns zu.

»Schwester«, sagte ich, »Sie überraschen mich. Ich hätte damit gerechnet, daß Sie das alles inzwischen längst wissen.«

Vor uns stand ein kleiner Junge und hielt mit beiden Händen eine Funkfernsteuerung, mit der er eine Modellyacht über den See lenkte und sie in eine Richtung zu drehen versuchte, daß der Wind in die kleinen weißen Segel blies. Elizabeth beobachtete das Schiff und sah, wie die Segel sich plötzlich blähten.

Ich setzte mich auf den Hang, nahm ihre Hand und zog sie mit sanftem Nachdruck zu mir hinunter. Sie setzte sich neben mich. Ich wußte, ich konnte nichts sagen. Ich hatte schon zu viel gesagt. Ich wartete schweigend. Sie nahm die Augen nicht von den kleinen weißen Segeln.

»Ich habe das ernst gemeint«, sagte ich schließlich. »Es gibt keinen Grund, die Augen vor der Wahrheit zu verschließen. Ich kann das alles nicht erklären. Ich habe mich in Sie verliebt... Ich mußte erleben, wie ich die Nerven verloren habe, meinen Willen, und habe endlich erkannt, wer ich bin – meines Vaters Sohn. Aber ich habe Sie gefunden. Es ist, als hätte ich einen verborgenen Schatz gefunden.«

»Hören Sie auf. Sie müssen damit aufhören«, sagte sie mit stockender, schwankender Stimme. Sie war den Tränen nahe. »Bitte, Ben...« Sie blinzelte; ihre Augen schimmerten feucht. »Das alles ist falsch, Sie hätten das alles nicht sagen sollen. Ich bin keine Frau für Sie. Wie sollte ich auch! Für mich kann es keinen Mann geben. Ich bin immer noch Ordensschwester...« Sie weinte jetzt, wischte hilflos die Tränen fort. »Das alles tut so furchtbar weh...« Sie konnte nicht mehr reden.

»Bitte, hören Sie mir zu...«

»Nein, ich werde Ihnen nicht zuhören!« Ihr Zorn flammte auf wie ein Leuchtfeuer. »Wenn ich Ihnen etwas bedeute, wie Sie behaupten, dann hören Sie damit auf. Sie werden nicht mehr so mit mir reden. Sie werden daran denken, wer und was ich bin... und Sie werden respektieren, was ich bin.«

Unsere Blicke trafen sich. In ihren Augen lagen Trotz und Herausforderung; die Tränen auf ihrem Gesicht trockneten. Für einen winzigen Augenblick hatte ich die wirkliche Elizabeth gesehen. Aber jetzt verwehte sie wieder, wie ein flüchtiger Hauch. Ich hatte alles falsch gemacht. Ich hatte sie wieder einmal verscheucht, als ich sie berührt hatte. Ihr Gesicht war weiß vor innerer Anspannung; ihre Lippen zitterten; in den Augen lag jetzt Schmerz. Ich dachte nicht nach. Ich legte die Hände auf ihre Schultern und zog sie zu mir heran und küßte sie, und ihre Lippen waren so weich, und alles war fremd und neu für sie, und ich spürte, wie ihr Widerstand erlahmte, spürte, wie sie in meinen Armen zitterte, als wären der

Zorn und der Trotz nur leere Gesten gewesen, und ich küßte ihren Mund und ihre Wangen, schmeckt das Salz ihrer Tränen, nahm den Geruch ihres Haars in mich auf, spürte ihre Brüste. *Elizabeth...*

Langsam, sanft, löste sie sich von mir. Ich lächelte sie an, hoffnungsvoll, und sah dann voller Unglauben, wie sie den Kopf schüttelte. *Nein, nein, nein.* Ich konnte es in ihrem Gesicht lesen: Angst. Sie hatte Angst vor mir. Angst wie die Nonne, die Hexe, vor der Inquisition, vor der Folter und dem Feuertod.

Leichenblaß starrte sie mich an. Ich sah alles in ihrem Gesicht. Alles. Ihre Ablehnung. Und in meinem Innern hörte ich eine Stimme flüstern. *Vielleicht hätte ich wissen müssen, daß ich dir nicht vertrauen kann. Du bist eine von ihnen, und du bleibst eine von ihnen, und wenn ich dir dennoch vertraut habe, so ist es meine Schuld, nicht deine.* Sie starrte mich an, durch mich hindurch, als wären wir beide wahrhaftig in einem endlosen Alptraum von sinnloser, unmöglicher Liebe gefangen. *Du bist, was du bist, aber keine Frau.*

»Ich wollte nicht reden«, flüsterte sie. »Sie haben mich dazu gebracht.«

Ich schwieg. Ich wußte nichts mehr zu sagen.

»Driskill...« Ich konnte sie kaum mehr hören. »Bitte, schauen Sie mich nicht so an, Ben.«

Ich erhob mich. »Kommen Sie, Schwester?« Ich hielt ihr die Hand hin.

Sie schüttelte den Kopf. Ich ging. Ich lief ziellos durch die Gruppen der Touristen und Priester. Die Priester waren allgegenwärtig. Die Neuigkeit hatte die Runde gemacht. Der Papst lag im Sterben. Und sie alle strömten nach Rom.

Die Modellsegelyacht des kleinen Jungen pflügte durch das Wasser des Sees, vorangetrieben vom Wind, der die kleinen weißen Segel blähte. Der Vater stand an seiner Seite. »Das machst du prima, Tony! Das machst du wirklich prima!«

Als ich zurückblickte, starrte sie hinaus auf den See. Ihre Schultern zuckten. Ein Priester beugte sich zu ihr nieder, bot ihr Hilfe an.

Ich schlug irgendeine Richtung ein. Es war mir egal, wohin ich ging oder was ich tat. Ich mußte mich wieder unter Kontrolle bekommen, mußte versuchen, mit dem fertig zu werden, was vorhin in der idyllischen Umgebung der Gärten so katastrophal danebengegangen war. Und ich mußte mich darauf besinnen, warum ich nach Rom gekommen war.

Die Vernunft sagte mir, daß ich meinen Zorn nicht allein auf Elizabeth richten durfte: Sie war, was sie war. Wo bei anderen Menschen Wärme und Verlangen lebten, war sie geschützt, verschlossen, einsam. Und ich hatte mich schrecklich geirrt, hatte einen armseligen Narren aus mir gemacht. Es wurde langsam zur Gewohnheit.

Das Seltsame war nur, daß ich mich jetzt, nachdem ich mir diese Abfuhr geholt hatte, entschlossener, lebendiger fühlte. Ich gelangte wieder an jenen Punkt zurück, an dem ich mich befunden hatte, bevor sie nach Paris gekommen war. Jetzt war ich wieder frei, hatte wieder mal nichts mehr zu verlieren. Auf eigenartige Weise war ich irgendwie vom Weg abgekommen, als mir meine Gefühle für Elizabeth deutlich geworden waren. Ich hatte mich der Angst ausgeliefert, weil ich plötzlich wieder allen Grund gehabt hatte, mich ans Leben zu klammern: Ich liebte jemanden, unerwarteterweise, verrückterweise, aber so war es nun mal. Indem sie mich mit einem Messer aus Emotionen wie ein weiblicher Horstmann aufgeschlitzt hatte, hatte sie die Stränge durchschnitten, mit denen ich ans Leben gebunden war, an Elizabeth. Sie war innerlich tot, jedenfalls für mich, und darum war ich wieder frei. Vielleicht hatte sie mich gerettet. Jetzt wollte ich nur noch eines: Horstmann töten.

Als sich der Aufruhr in meinem Innern ein wenig gelegt hatte, wurde ich mir meiner Einsamkeit bewußt. Ich wollte mit jemandem reden, und da gab es nur einen Menschen.

Ich traf Father Dunn auf seinem Zimmer an, das er in einer kleinen Pension gemietet und der Eleganz des Hassler vorgezogen hatte, in dem ich abgestiegen war. Er hatte gesagt, das Hotel sei ein Teil des Vatikans: »Können Sie denn nicht den Nebel von Lug und Trug unter jeder Türritze sehen? Nein, Ben, das Hassler ist nichts für mich. Diesmal nicht.«

Er saß an einem schlichten Tisch am Fenster seines Schlafzimmers, von dem aus er die schmale Straße überschauen konnte. Er rauchte eine Zigarre und starrte auf ein großes, in Öltuch gewickeltes Paket, das vor ihm auf dem Tisch lag.

»Ich habe Sie kommen sehen«, sagte er hinter dem Rauchschleier. »Und ich habe gehofft, Sie schauen bei mir vorbei.«

Ich wies mit dem Kopf auf das Paket. »Ein Sonderangebot für unterbezahlte Geistliche, die in kleinen Pensionen absteigen müssen?«

»Nicht ganz.« Er wickelte das Paket aus, schlug erst das Ölpapier zurück und dann ein Tuch, das schwarze Flecken von Schmierfett aufwies und nach Maschinenöl stank.

Auf dem Tisch lag eine automatische Pistole vom Kaliber .45. Sie wirkte schwer, wuchtig, bedrückend – und war eindeutig kein Spielzeug.

»Was für eine Sorte Priester sind Sie eigentlich?« Mein Mund wurde trocken, als er die Waffe aufnahm und in der rechten Hand wog. In den letzten Wochen schien meine Menschenkenntnis mich verlassen zu haben: Niemand war so, wie ich ihn vorher eingeschätzt hatte.

»Ein Priester, der die Absicht hat, die anderen zu erledigen, bevor sie ihn erledigen. Das habe ich schon mal gesagt. Was immer hier vor sich geht – es werden Menschen ermordet. Horstmann hat sich von Ihrer Waffe nicht beeindrucken lassen. Also hätte er wahrscheinlich auch vor meinem Plastikrevolver keinen sonderlich großen Respekt gehabt.«

Dunn lachte leise, wickelte die Waffe wieder in das Tuch und legte sie in die Schachtel zurück, warf noch einen Blick darauf und schob sie unter das Bett.

»Lassen Sie uns einen Spaziergang machen«, sagte er. »Wir müssen einiges bereden. Übrigens, ich hasse es, schlechte Nachrichten zu überbringen, aber Sie sehen aus, als wären Sie ganz schön unter die Räder gekommen. Vielleicht sollten Sie mir lieber sagen warum, mein Junge. Wenn mein Leben in Gefahr ist, möchte ich gern über alles Bescheid wissen. Tun Sie mir den Gefallen?«

Dunn kannte die geheimnisvolle Geographie von Trastevere so gut wie die Stationen des Leidenswegs Christi. Er hätte fast einen Seufzer der Erleichterung ausgestoßen, als wir eine Brücke überquerten und in diesem Stadtteil Roms anlangten, so als wäre das Gewirr aus Straßen und Gassen und Ecken und Winkeln ein Äquivalent seiner Psyche. Er kannte sich hier so gut aus, daß er mich über Sehenswürdigkeiten aufklärte, die es gar nicht mehr gab.

»Das hier ist die Piazza San Apollonia. Dort drüben, auf der anderen Seite des Platzes, hat einst die Kirche San Apollonia gestanden. Längst verschwunden, natürlich. Aber sie war einmal ein Heim für reuige Frauen. Im August des Jahres 1520 suchte die Tochter eine Bäckers, ein Mädchen namens Margherita, in der Kirche Trost und Zuflucht. Margherita... heute kennt alle Welt sie. Sie war Raffaels Geliebte, das Mädchen auf einem seiner schönsten und berühmtesten Gemälde, ›Fornarina‹ – die Tochter des Bäckers. Sie hat ihm auch für seine Sixtinische Madonna Modell gestanden. Und für die ›Frau mit Schleier‹. Sie kam vier Monate nach Raffaels Tod zu den Nonnen von San Apollonia. Sogar auf seinem letzten Werk, der ›Verklärung Christi‹, das man heute in der Vatikanischen Galerie bewundern kann, ist sie zu sehen. Er hat das Bild dort drüben gemalt, auf diesem Platz.« Er ging weiter, wies auf das eine oder andere Gebäude oder Denkmal, erzählte und erzählte, bis wir schließlich in die Via della Lungaretta einbogen. Er war ein meisterhafter Psychologe. Er brachte mich auf andere Gedanken, gab mir Trost, besänftigte den Schmerz.

An der Piazza di San Maria setzten wir uns auf ein Glas Orvieto in ein Straßencafé. Der Brunnen auf dem Platz plätscherte und glitzerte in der Sonne, die Kinder spielten, und der Wein brachte mich vollends ins Leben zurück.

»Sie erzählen doch so gern Geschichten, Artie«, sagte ich, »erzählen Sie mir die über Ihre Waffe.«

»Oh, ja, sie ist eine Art Talisman. Ein Andenken aus meiner Zeit in der Armee. Ich habe nach dem Krieg in Rom studiert und die Waffe damals hiergelassen, bei einem guten Freund, der in Rom geblieben ist. Gestern habe ich mal bei ihm vorbeigeschaut, um ein bißchen über die alten Zeiten zu plaudern. Und ich hab' mir gedacht, ich könnte bei der Gelegenheit ja auch mal nachsehen, wie es der alten Donnerbüchse noch so geht. Und ich habe festgestellt, daß mein Freund sich gut darum gekümmert hat.« Er zuckte die Achseln. »Aber machen Sie aus einer Mücke keinen Elefanten, Ben.« Er winkte dem Ober, uns noch zwei Glas Wein zu bringen. »Und jetzt sollten Sie mir mal ein bißchen was erzählen. Warum haben Sie vorhin, als Sie zu mir aufs Zimmer kamen, so ausgesehen, als wären Sie von einem Lkw angefahren worden? Wo liegt das Problem?«

Mir fiel es irgendwie leichter, mit Artie zu reden, als mit anderen Menschen. Vielleicht lag es daran, daß ihn nichts zu überraschen schien. Und außerdem wollte ich mir den Kummer von der Seele reden. Also erzählte ich ihm von Schwester Elizabeth und mir, die ganze Geschichte, angefangen mit jenem Abend im verschneiten Gramercy Park, als Val noch gelebt hatte, und wie es dann in Princeton zwischen uns beiden gewesen war, wie sie mir über Vals Tod hinweggeholfen hatte. Ich erzählte ihm, wie frisch und lebendig und klug sie gewesen war und wie sie es geschafft hatte, den *Assassini* auf die Spur zu kommen, wie sie unserem Feind eine Identität gegeben hatte, als er noch nichts weiter als der flüchtige Schatten eines alten Mannes mit silbernem Haar und einem Messer gewesen war. Sie hatte das uralte, verblaßte Muster richtig gedeutet. Sie hatte die Fährte gefunden, die zu Badell-Fowler geführt hatte – und damit auch die Fährte bis in die heutige Zeit. Selbst als alles in einer Sackgasse zu enden schien, hatte sie nicht aufgegeben, sondern die Arbeit vorangetrieben... und sie hatte recht gehabt. Das alles erzählte ich ihm. Ich erzählte ihm, daß ich mich in sie verliebt hatte, und ich erzählte ihm von unserer Unterredung im Park der Villa Borghese.

Er hörte geduldig zu und nippte am Wein, während der Wind auffrischte und ein bißchen nach Regen roch, weil er winzige Wassertropfen vom Springbrunnen zu uns herüberwehte.

»Lassen Sie den Kopf nicht hängen«, sagte er. »Sie ist eine Frau. Lord Byron hat einmal etwas sehr Kluges über die Frauen geschrieben, wie ich meine. ›Läßt man sich mit Frauen ein, ist es so, als ließe man sich von den Gezeiten tragen. Wenn erst die Flut kommt, wird man Gott weiß wohin gespült.‹ Das sagt wohl alles, fürchte ich.«

»Lord Byron kann mir gestohlen bleiben«, sagte ich. »Sie ist Nonne, und ich bin ein Schwachkopf. Da liegt das Problem.«

»Quatsch. Blödsinn. Unsere Schwester Elizabeth ist eine moderne Frau. Sie hat nur zufällig einen Beruf gewählt, der bestimmte ungewöhnliche Anforderungen stellt. Alles andere können Sie getrost vergessen. Die Kirche von heute ist nicht mehr die Kirche Ihrer Kindheit. Nicht einmal mehr die Kirche Ihrer Zeit bei den Jesuiten. Alles hat sich verändert. So sehr, daß man es kaum noch wiedererkennt.«

»Bei ihr ist der Beruf Berufung«, bemerkte ich hartnäckig.

»Mein lieber Freund«, sagte Dunn kühl, »wir reden hier über eine gebildete, niveauvolle, kultivierte Frau – nicht über die Tochter ungebildeter Bauerntrampel, nicht über eine unbelesene Hinterwäldlerin, die Jesus in einem Baum hat sitzen sehen und sich daraufhin entschlossen hat, ihm ihr Leben zu widmen und seine Braut zu werden. Sie hat die übliche Sollstärke an Zweifeln, wahrscheinlich nicht nur, was ihre religiöse Einstellung betrifft, sondern auch ihre Lebensführung als solche und die Fähigkeit und den Spielraum, eigenständige Entscheidungen zu fällen.« Er betrachtete mich mit einem nachsichtigen Lächeln. »Sie ist eine ausgesprochen modern eingestellte Frau, und das bedeutet nichts anderes, als daß sie verwirrt, schwankend, desorientiert ist – und ein bißchen schwierig zu nehmen. Das alles würde auch dann auf sie zutreffen, wäre sie Geschäftsfrau, Professorin oder Hausfrau – nur ist sie eben Nonne, und das ist ein kleiner Unterschied. Ein *kleiner* Unterschied, wohlgemerkt, nicht so groß, wie er früher einmal war. Sie ist keine hysterische Ziege, die Gottes Stimme vernimmt. Du liebe Güte, diese Sorte Frau tritt nicht in diesen Orden ein. Solche Frauen gehen ins Kloster, in die Abgeschlossenheit. Der Orden hat sich auf Aktivistinnen spezialisiert. Die Asse. So sieht's aus, Driskill, und ich brauche Ihnen das alles wirklich nicht zu sagen – Sie sind schließlich ein cleverer Bursche.«

Er zündete sich eine Zigarre an, was ein Weile dauerte, und ich versuchte das, was er über Elizabeth gesagt hatte, in das Bild einzufügen, das ich mir von ihr gemacht hatte.

»Die Frauen, die sich vom Orden angezogen fühlen... tja, im Orden weiß man, daß sie nicht alle Nonnen bleiben werden. Das Spiel wird nach neuen Regeln gespielt. Und Schwester Elizabeth sieht sich allen Herausforderungen der heutigen Zeit ausgesetzt. Sie macht sich Gedanken über die Liebe, Männer, Kinder, ihr Versprechen gegenüber Gott und der Kirche, ihr Gelübde, über die Angst vor der eigenen Schwäche und Verletzlichkeit, über die Möglichkeit, vor sich selbst und in den Augen der Kirche zu versagen. Herrgott, Ben, Sie haben vieles von dem doch selbst durchgemacht. Denken Sie zurück. Und machen Sie sich klar, mein Junge – heutzutage ist es nicht leicht, eine Frau zu sein. Sie sind ein halbwegs intelligenter Bursche, Sie sollten die richtigen Schlüsse daraus ziehen können.« Er rauchte, betrachtete mich wie ein Lehrer, der einem Schüler eine Frage gestellt hat und nun auf die Antwort wartet.

»Wie sind Sie eigentlich zu einem solchen Fachmann geworden, was Frauen betrifft, wenn ich mal fragen darf? Das ist ja fast so, als würde eine Nonne die Leute über Verhütungsmittel und Ehe und Abtreibung aufklären. Oder wissen Sie vielleicht gar nicht, was Sie da von sich geben?«

»Soll ich Ihnen eine Geschichte erzählen? Ja. Ich werde Ihnen eine Geschichte über Priester und Frauen erzählen. Wir müssen ein paar Spinnweben aus Ihrem armen alten Hirn fegen, mein Freund.« Dunn blies einen perfekten Rauchring aus und stieß die Zigarre durch das dahinschwebende Loch. »Trinken Sie lieber noch einen kräftigen Schluck Wein.«

Er erzählte mir eine außergewöhnlich ergreifende Geschichte über eine Liebesaffäre, die er kurz nach dem Krieg mit einer verheirateten Französin in Paris gehabt hatte. Er hatte diese Frau geliebt und sie ihn, und die Frau hatte eine Tochter gehabt, die ihm sehr viel bedeutete. Doch dann nahm alles ein sehr trauriges Ende. Die beiden Frauen kamen auf tragische Weise ums Leben, und Father Dunn durchlitt höllische Wochen und Monate.

Das alles war lange her, und darum erzählte er die Geschichte mit ruhiger Stimme, während der Brunnen plätscherte und der Wein floß und die Zigarre bis auf einen kurzen Stummel herunterbrannte.

»Priester sind alles andere als vollkommen«, sagte er. »Sie sind auch nur Männer. Wir müssen uns mit denselben Verlockungen herumschlagen wie die anderen. Wir müssen uns an gewisse Machtbefugnisse gewöhnen, und an die Einsamkeit. Auch uns führen die Frauen in Versuchung, der Alkohol, das Geld, sämtliche Begierden in all ihren Verkleidungen. Salvatore di Mona hat seiner Familie aus finanziellen Schwierigkeiten geholfen, als er Kardinal wurde, und als er Papst Calixtus geworden war, hat er ihr gewisse... Vorteile verschafft. Es ist alles andere als erheiternd, wenn man weiß, wie viele Männer die Bischofs- oder Kardinalswürde aus Gründen anstreben, die mit Religion rein gar nichts zu tun haben. Im Kardinalskolleg sitzen zahlreiche Alkoholiker, Schürzenjäger, Pleitegeier, Verräter – wie in jeder anderen Organisation, die sich aus Männern zusammensetzt, die starkem Druck ausgesetzt sind. Wir beide könnten eine ganze Reihe von Namen nennen...« Er zuckte die Achseln. »D'Ambrizzi ist nur einer davon.«

»D'Ambrizzi?«

»Wollen Sie etwa sagen, es hat Sie überrascht, was Kessler uns erzählt hat? Es paßt doch alles zusammen. D'Ambrizzi ist durch und durch weltlich. Ein wahrer *Fürst* der Kirche. Er ist mächtiger, als Sie auch nur ahnen können, glauben Sie mir. So mächtig wie Lockhardt oder Ihr Vater oder Summerhays, nur daß er von der anderen Seite des Zaunes aus arbeitet. Sie alle sind vom gleichen Schlag. D'Ambrizzi liebt nur eins aus vollem Herzen: das Intrigieren, das Manipulieren. Macht. Geld.«

»D'Ambrizzi«, sagte ich mehr zu mir selbst. War es wirklich möglich, daß er die Ermordung meiner Schwester befohlen, daß er seine alte, silberhaarige Waffe losgeschickt hatte, um Val zu töten, Lockhardt und Heffernan, Bruder Padraic und den armen Leo?

Wir verließen das Straßencafé. Ein feiner Nebeldunst lag in der Luft, und der Geruch nach Früchten und Blumen und Kochdünsten aus den Restaurants war überwältigend wie auf einem orientalischen Bazar.

Dunn zeigte mir die Kirche Santa Maria und sagte, sie sei die älteste Kirche Roms, weil zu den Zeiten, da das Römische Imperium noch fast die gesamte damals bekannte Welt beherrscht hatte, Trastevere ein Zentrum des jüdischen Lebens gewesen sei. Ein Treffpunkt für die immer größer werdende Anhängerschaft Christi sei erforderlich geworden, und ein anderer Papst Calixtus, der erste dieses Namens, hatte ihn hier gefunden. Ich folgte Dunn um eine Straßenecke und auf die winzige Piazza di San Callisto, die durch den Palazzo di San Callisto unmittelbar mit der Kirche Santa Maria verbunden war. Dunn sagte mir, der Palazzo sei Eigentum des Vatikans.

»Hat der Heilige Vater sich nach dem ersten Calixtus benannt?«

»Wenn er das getan haben sollte, war es eine unglückliche Namenswahl.« Father Dunn führte mich über den Platz und blieb vor dem Palazzo stehen. »Wo heute dieser Palast steht, befand sich einst das Gebäude, in dem der arme Calixtus am Ende seiner Laufbahn eingekerkert und gefoltert wurde. Man hat ihn schließlich aus einem Fenster geworfen, in einen Brunnen auf dem Hof. Das alles ist lange, lange her. Ich glaube, es war im Jahre 222.«

Wir standen auf einer Brücke und blickten auf den Tiber hinunter. Der Nebel hatte sich inzwischen zu Nieselregen verdichtet. Dunn redete über D'Ambrizzi und Simon.

»Während des Krieges war er wirklich in seinem Element«, sagte er. »D'Ambrizzi war genau der richtige Mann, um in einer Krisensituation eingesetzt zu werden. Er war von einem Unternehmen darauf vorbereitet worden, dem es ums Geschäft ging: der Kirche. Und man war sich offenbar sicher, daß er seinen Auftrag erfüllte. Aber irgendwie glaube ich jetzt nicht mehr so recht daran, daß er mit Simon identisch ist. Das paßt einfach nicht zu ihm. Ich weiß nicht, Ben.« Er starrte hinunter in die schwarzen Fluten des Tiber. In weiter Ferne donnerte es. Dunn klopfte mir auf die Schulter.

»Kommen Sie«, sagte er. »Ich möchte Ihnen noch etwas zeigen.«

Zehn Minuten später befanden wir uns vor einem schäbigen Gebäude. Zur Hälfte war es Lagerhalle, zum anderen Lebensmittelgroßhandlung mit angeschlossenem Restaurant. Es war inzwischen dunkel geworden, und der Wind, der vom Tiber herüberstrich, war kalt. Dunn erklärte: »Auch dieses Gebäude gehört der Kirche. Der ganze Häuserblock, um genauer zu sein. Das *ristorante* ist gar nicht mal so übel. Der Pächter war früher mal Priester in Neapel. Kommen Sie.«

Ich folgte ihm eine Gasse hinunter und dann bis zur Rückseite des Gebäudes. Dort stand einsam und verloren ein Auto, das seine besten Jahre hinter sich hatte und auch keinen Hehl daraus machte. Der Wagen war vor einer eisernen, einen Spaltbreit geöffneten Tür geparkt. »Na los«, sagte Dunn. »Nur nicht so schüchtern.« Er stieß die Tür auf und trat in einen schmalen, spärlich beleuchteten Flur, in dem es nach Spaghettisauce, Muscheln, Oregano und Knoblauch roch. In einem Zimmer am Ende des Flurs waren hinter der geschlossenen Tür Geräusche zu vernehmen. Jemand schleuderte Wurfpfeile auf eine Zielscheibe aus Kork. Die dumpfen Laute waren unverwechselbar. Vor der Tür blieben wir stehen. »Machen Sie schon, gehen Sie rein«, sagte Father Dunn.

Ein Mann hatte gerade die Pfeile aus der Scheibe gezogen. Er drehte sich um.

Ich hatte ihn seit langer, langer Zeit nicht mehr leibhaftig zu Gesicht bekommen. Als ich ihn das letzte Mal gesehen hatte, war ich ein Junge in Princeton gewesen, der mit seiner kleinen Schwester Val ungeduldig auf dem Flur des elterlichen Hauses auf diesen Mann gewartet hatte, bis er endlich Daddys Arbeitszimmer verließ und mit uns spielen ging. Er trug einen dunkelgrauen Anzug und ein weißes Hemd mit dunkler Krawatte; der gestärkte Kragen verschwand beinahe in den Speckfalten seines Halses.

Als er mich sah, erhellte ein breites Lächeln sein derbes Gesicht. Er trat auf mich zu und blickte zu mir auf.

Dann packte er meine Schultern und umarmte mich.

»Mein Gott, ist das lange her, Benjamin. Ihr wart noch so kleine Kinder.« Er schüttelte mich wie eine riesige Stoffpuppe. Er hatte immer noch Bärenkräfte. »Benjamin.«

Er hielt mich umarmt, beugte den mächtigen Kopf ein Stück zurück. Ich blickte in die Augen von Giacomo Kardinal D'Ambrizzi.

Warum hatte Artie Dunn mich meinen Feinden in die Hände gespielt?

## 3

Schwester Elizabeth saß mit geschlossenen Augen hinter dem Schreibtisch in ihrem Büro; die Hände ruhten auf einem Stapel Druckvorlagen. Sie war aus dem Park direkt hierher ins Büro gekommen, und Schwester Bernadine hatte sie schnell und präzise über den Stand der Dinge unterrichtet, was Herstellungstermine, redigierte Pressetexte und alles weitere betraf. Am Schluß ihres kurzen Vortrags hatte Bernadine sich an einen Aktenschrank gelehnt, hatte eine im Weg befindliche Schublade mit einem Hüftschwung zugestoßen und gesagt: »Es geht mich ja nichts an, Elizabeth, aber fühlen Sie sich nicht wohl? Sie sehen ein wenig mitgenommen aus – haben Sie geweint?«

Schwester Elizabeth hatte den Kopf gehoben und leise gelacht. »Aaah«, sagte sie nachdenklich. »Ich glaube, nicht mehr als üblich.« Als sie die besorgte Miene ihrer Chefin vom Dienst sah, fügte sie hinzu: »Nein, nein, alles in Ordnung. Aber Sie haben recht, ich bin hundemüde.«

»Der Schock, als dieser Verrückte in Ihre Wohnung eingedrungen ist, kommt sicher erst jetzt so richtig durch.«

»Wahrscheinlich.«

»Sie sollten wirklich mal Urlaub machen, Liz.«

»Ach was. Keine Sorge. In ein paar Tagen bin ich wieder voll auf der Höhe.«

Und jetzt saß sie allein am Schreibtisch in ihrem abgedunkelten Büro. Aus dem kleinen, tragbaren Sony-Radio erklang leise Popmusik. Elizabeth öffnete widerwillig die Augen und blickte auf den Bildschirm ihres Textcomputers.

Sie hatte die kurzen, skizzenhaften Charakterisierungen eingelesen, die sie vor einigen Wochen über D'Ambrizzi und Indelicato erstellt hatte, und nun starrte sie auf deren Lebensgeschichten – auf wenige Zeilen reduziert – und dachte über diese beiden so unterschiedlichen Männer und die Wege nach, die sie jetzt so dicht an den Papstthron geführt hatten. Sie fragte sich, welche Wege die beiden während des Krieges gegangen sein mochten. Jetzt schien es keinen Zweifel mehr daran zu geben, daß D'Ambrizzi in einer geheimen vatikanischen Mission im besetzten Paris gewesen war – wie gern würde sie jetzt sein mysteriöses ›Testament‹ lesen, das er in New Prudence zurückgelassen hatte –, aber in diesem Moment interessierte sie fast noch mehr, welche Aufgaben Indelicato damals wahrgenommen hatte. Er war in Rom gewesen. Als Pius' rechte Hand...

Sie versuchte, sich die beiden Männer als Feldherren vorzustellen, die ihre jeweiligen Anhänger wie feindliche Armeen versammelten, um gegeneinander zu marschieren und die Entscheidungsschlacht um das große Ziel zu schlagen, das sie beide schon jahrzehntelang verfolgten: der erbitterte Wettstreit um den Thron Petri. D'Ambrizzi und Indelicato, der Bauer und der Edelmann, untrennbar verbunden durch viele Jahre gemeinsamen Weges, den sie Schritt für Schritt gegangen waren; ein Miteinander, ein Gegeneinander, Feinde und Brüder des geistlichen Standes.

Elizabeth zog eine Schublade auf und tastete im Dunkeln nach der sechs Monate alten, halb leeren, angestaubten Schachtel vertrockneter Zigaretten. Aus irgendwelchen unerklärlichen Gründen rauchte sie durchschnittlich zwei Zigaretten im Monat, und jetzt war wieder mal eine fällig. Ihre Hände zitterten, und als Elizabeth die Schachtel fand, stellte sie fest, daß sie leer war. Nur noch ein paar Krümel Tabak lagen zwischen Gummibändern und Büroklammern und Radiergummis und Bleistiften. Bernadine war ihr zuvorgekommen. *Lieber Gott, darf ich für einen Moment um deine Aufmerksamkeit bitten? Ich habe ganz schön was durchgemacht, nicht wahr? Darum möchte ich jetzt eine Zigarette, nur eine einzige, ja? Ist das zuviel verlangt? Du willst wissen, was man so über dich redet? Die Leute könnten recht haben.* Elizabeth knallte die Schublade zu und sah ihre Hände, konnte den Blick nicht von ihren Händen nehmen...

Runzelig, knochig, kalt, die Haut pergamentartig, so daß die blauen Adern durchschimmerten – die Hände einer alten Nonne...

Sie schluchzte.

Sie erinnerte sich an Vals Hände. Stark und fest, gebräunt und geschmeidig. Jetzt würde Val niemals alt werden, niemals eine vertrocknete und unfruchtbare und kraftlose alte Frau werden, die ihrem Leben nachtrauerte und den Kindern und der Liebe, die sie nie gehabt hatte...

Elizabeth starrte durch einen Schleier aus Tränen auf ihre Hände.

Das Telefon klingelte.

Sie wischte sich mit einem Papiertaschentuch über die Augen, versuchte, die Tränen versiegen zu lassen und ihre trübe Stimmung zu verdrängen.

Sie nahm den Hörer ab, und dann drang eine Stimme an ihr Ohr, die sie kannte und die sie in diesem Augenblick beinahe erwartet hatte. Monsignore Sandanato.

»Bitte, hören Sie mir genau zu, Schwester. Bleiben Sie, wo Sie sind. Verlassen Sie Ihr Büro nicht. Mit niemandem. Warten Sie auf mich. Haben Sie mich verstanden? Sie sind in Gefahr. Ich muß mit Ihnen reden. Ich mache mich sofort auf den Weg zu Ihnen.«

Sandanato traf weniger als eine Viertelstunde später bei ihr ein. Er war außer Atem, sein Gesicht feucht und glänzend von einer dünnen Schweißschicht. Sein dunkler Teint war einer ungesunden Blässe gewichen. Er setzte sich auf die Schreibtischkante; seine wie im Fieber brennenden Augen suchten ihren Blick. »Wo sind Sie gewesen? Sie waren in Paris plötzlich verschwunden. Ich habe mir unvorstellbare Sorgen gemacht.«

»Das tut mir leid«, sagte sie. »Ich habe in Paris zufällig Ben Driskill und Father Dunn getroffen...«

»Oh, mein Gott.« Er seufzte leise. »Bitte, erzählen Sie weiter.«

»Ich bin mit den beiden nach Avignon gefahren.«

»Warum denn das?«

»Warum denn nicht?« Sie konnte ihre Erbitterung nicht verbergen. »Wer gibt Ihnen eigentlich das Recht, mich hier zu verhören? Die beiden sind... nette Männer, das wissen Sie. Sie und der Kardinal mögen die *Assassini*-Theorie vielleicht nicht ernst nehmen wie ich, aber Driskill und Dunn haben einen Mann ausfindig gemacht, der ein bißchen mehr Licht in die ganze Geschichte bringen konnte...«

»Welchen Mann? Was reden Sie da überhaupt?« Sandanato beugte sich vor und nahm ihre Hand. »Schwester, verzeihen Sie mir – ich führe mich wie ein Verrückter auf –, aber Sie müssen mir jetzt die Wahrheit sagen. Wir stehen kurz vor dem Ende dieser schrecklichen Sache. Wir werden die Kirche reinigen und läutern, Schwester, und wir werden es sehr bald tun. Aber Sie müssen mir von diesem Mann in Avignon erzählen. *Bitte.*« Er drückte ermutigend ihre Hand.

Elizabeth seufzte unwillkürlich und erzählte ihm dann die Geschichte ihres Besuchs bei Kessler/Calder. Als Elizabeth ihm anvertraute, daß Kessler behauptet hatte, D'Ambrizzi und Simon Verginius wären identisch, blickte sie Sandanato an und wartete auf den Widerspruch.

Doch er blieb aus. Sandanatos Schultern sanken herab. Er stand auf und ging im Büro auf und ab, die Hände in den Taschen, und schüttelte den Kopf.

»Schwester, Sie und Driskill müssen sich ab sofort aus dieser Sache heraushalten. Unbedingt. Sie beide gehören nicht dazu, Sie sind keine *Akteure*, Sie sind Zuschauer, und ich möchte nicht, daß Sie zwischen die Mühlsteine geraten. Verstehen Sie?«

»Nein. Ich verstehe bis jetzt fast nichts und niemanden. Sie nicht, Driskill nicht, keinen von Ihnen. Aber ich kann nicht glauben, daß Kardinal D'Ambrizzi ein Mörder...«

»Sie *müssen* mir versprechen, sich herauszuhalten. Bitte!«

»Den Teufel werde ich tun! Wer gibt Ihnen eigentlich die Befugnis, mir das alles so plötzlich anzutragen? Und warum sind Sie wegen Kesslers Behauptung nicht an die Decke gegangen, um Himmels willen? Der Kardinal ist doch Ihr väterlicher Freund.«

»Also gut, also gut«, sagte Sandanato und machte übertrieben beschwichtigende Gesten, zwang sich mit äußerster Willenskraft zur Ruhe. »Ich bin deshalb nicht an die Decke gegangen, weil Kesslers Geschichte wahr sein könnte. Es ist möglich, daß D'Ambrizzi und Simon identisch waren. Ja.«

»Was sagen Sie da? Ist er Simon oder nicht? Das allein zählt doch. Pietro, Sie lieben diesen Mann, Sie stehen ihm näher als sonst jemand...«

»Es geht hier nicht um persönliche Beziehungen, Schwester. Inzwischen geht es um unendlich viel mehr, nämlich um die Zukunft der Kirche. Es geht um den Mann, der vielleicht bald der neue Papst ist. Aber nun stehen wir kurz davor, all dem ein Ende zu setzen. Die Morde, die Schwester Valentine in Verbindung gebracht hat, der Mord an ihr selbst, der Angriff auf Sie...«

»Wir? Wer ist *wir*?«

»Kardinal Indelicato und ich! Ja, Sie können mir ruhig glauben. Seine Eminenz und ich haben zusammengearbeitet, um endlich die Wahrheit ans Licht...«

»Sie und *Indelicato*? Mein Gott, er und D'Ambrizzi sind eingeschworene Todfeinde! Sie hassen sich. Was hat das alles zu bedeuten? Wann haben Sie sich auf Indelicatos Seite geschlagen? Warum, in Gottes Namen?« Die Gedanken wirbelten in ihrem Hirn. D'Ambrizzi und sein Schützling Sandanato waren für sie immer so etwas wie Orientierungspunkte in der von Wirren und Machtkämpfen geschüttelten Kirche gewesen. Was war geschehen?

»Seit... seit ich erkannt habe, daß D'Ambrizzi die Kirche vom rechten Weg zu führen droht. Seit ich bemerkt habe, daß er *nichts* unternimmt, um dem Wunsch des Heiligen Vaters nachzukommen und den Mörder Schwester Valentines ausfindig zu machen... den Mörder all der anderen Opfer. Im Gegenteil, D'Ambrizzi hat versucht, die Wahrheit zu verschleiern, die Spuren zu verwischen... Weil er – er selbst – für das alles verantwortlich ist. Kardinal Indelicato und ich, wir haben beide mit ansehen müssen, was für ein Spiel er mit dem Heiligen Vater treibt. Er kapselt ihn ab, er macht ihm Vorschriften, er täuscht ihn, weil er weiß, daß Calixtus nicht mehr die Kraft hat, die Kirche nach seinem eigenen Willen zu lenken. Wir haben D'Ambrizzis geheime Pläne aufgedeckt... und wir waren entsetzt! » Er blickte sie an; sein Gesicht verriet unsägliche Qual.

»Wie lange ist das her?«

»Das spielt keine Rolle, Schwester. Mir geht es jetzt erst einmal darum, daß Sie einsehen, wie schwer mir das alles gefallen ist. Sie wissen, daß er wie ein Vater für mich war... aber die Kirche steht an erster Stelle. Da stimmen Sie doch mit mir überein? Ich habe immer schon gewußt, daß ich Ihnen früher oder später die Wahrheit sagen muß. Darum habe ich vor einigen Tagen versucht, Ihnen deutlich zu machen, aus welchem Grunde die Kirche geläutert werden muß... und wie das Gute dem Bösen entspringen kann. Und die Zeit drängt, Schwester. Die Zeit drängt.« Das trübe Licht der Schreibtischlampe warf schwarze Schlagschatten auf Sandanatos Gesicht, ließ es wie gemeißelt erscheinen, betonte die hervortretenden Wangenknochen, die tiefen Augenhöhlen. Er war zu Tode erschöpft. Die Verkörperung der Seelenqual, ein Märtyrer, ein Mensch, der sein Leben für seine Kirche hingeben würde.

Elizabeth mühte sich verzweifelt, all das in sich aufzunehmen, was er gesagt hatte. Versuchte, die Welt ganz spontan neu zu ordnen. So lange war D'Ambrizzi für sie die einzige Gewißheit innerhalb der Kirche gewesen, die einzige feste Größe, das einzige unfehlbare Leuchtfeuer der Vernunft, des gesunden Menschenverstandes, der Anständigkeit: der Mann mit dem größten Überblick, der alles in die richtigen Relationen zu rücken vermochte. Saint Jack, der Mann, der Papst hätte werden sollen.

»Dann hatte Kessler also recht?« fragte sie leise. »Wollen Sie mir das zu verstehen geben? Dann war alles richtig, was Ben gesagt hat?«

»Ich habe keine Ahnung, was Driskill gesagt hat, aber ich möchte, daß Sie sich von ihm und Father Dunn fernhalten. Driskill kann sehr gut auf sich selbst aufpassen...«

»Sie sagten doch, er und ich sollten uns aus dieser Sache heraushalten!«

»Es interessiert mich nicht, was mit Driskill geschieht, Schwester. Sie sind es, um die...«

»Ich kann nicht auf mich selbst aufpassen? Wollen Sie das andeuten?«

Er ignorierte ihren plötzlichen Zorn. »Was immer ich Ihnen anvertraut habe, Sie müssen damit fertig werden. Es ist sinnlos, sich darüber zu streiten. *Sie* stellen für D'Ambrizzis Plan eine gefährliche Bedrohung dar. Er wird Sie ohne mit der Wimper zu zucken beseitigen lassen, wenn Sie ihm nicht schleunigst aus dem

Weg gehen. Sie mögen vielleicht noch immer an ihn glauben, aber alles, was Sie tun, alles, was Sie in den letzten Wochen getan haben – es kann ihn vernichten!«

»Das kann ich einfach nicht glauben«, sagte sie.

»Meinen Sie denn, mir ginge es anders?«

»Falls Sie recht haben – wie sehen seine Pläne aus? Was soll geschehen?«

Sandanato zog eine Zigarette aus der Tasche seines Mantels und zündete sie an; die Rauchschwaden zogen zur Schreibtischlampe hinüber. Elizabeth war der Appetit auf eine Zigarette vergangen. Er hustete, schnippte einen Tabakskrümel von seiner Zunge.

»D'Ambrizzi«, sagte er dann, »will sich die gesamte Kirche unterwerfen... und er beginnt mit ihrem Herzen. Er hat seine Macht gebündelt, hat einen kompakten, zuverlässigen Block von Anhängern unter den Kardinälen, steht bei der Presse hoch im Kurs, hat das amerikanische Geld im Rücken, steht mit einem Bein fest in der wirtschaftlichen und politischen Welt und mit dem anderen im Vatikan. Die Presse liebt ihn, Schwester. Ich liebe ihn noch immer, wie auch Sie und wie auch Valentine ihn geliebt haben. Aber der Mann, den wir lieben und dem wir vertrauen, hat uns benutzt, um seine eigenen Pläne schneller vorantreiben zu können. Er ist der einzige Mensch, dem der Heilige Vater noch Gehör schenkt. Er hat den Papst völlig in seiner Gewalt. Calixtus' Geist, seinen Willen. D'Ambrizzi entscheidet, wer Zugang zu seiner Heiligkeit hat. Er richtet es so ein, daß der Heilige Vater mit möglichst vielen Kardinälen sprechen kann, um ihnen D'Ambrizzi als Nachfolger seiner Wahl zu empfehlen – D'Ambrizzi will Papst werden, und er hat es geschafft, seine eigene Vergangenheit für immer auszulöschen. Er muß aufgehalten werden, Schwester!«

»Und Sie und Indelicato können ihn aufhalten«, sagte sie.

»Wenn es überhaupt noch jemand kann.«

»Dann sind Sie und Driskill Verbündete.«

»Nein, nein. Begreifen Sie denn nicht? Dunn ist Driskills engster Vertrauter geworden. Sie sind fast schon Freunde.«

»Und was ist daran so schlimm? Dunn ist...«

»Was daran schlimm ist? Elizabeth, Dunn ist ein alter Gefolgsmann D'Ambrizzis! Verstehen Sie jetzt? Nur darum war Dunn bei dieser ganzen Geschichte dabei, vom ersten Tag an. Er war derjenige, der Driskill und seine tote Schwester in der Familienkapelle entdeckt hat. Ben Driskill hat nie die Gelegenheit gehabt, irgendwelche Schritte zu unternehmen, was die Aufklärung von Valentines Ermordung betraf, ohne Dunns Einfluß ausgesetzt zu sein. Immer war Dunn an seiner Seite, hat ihn geleitet, gelenkt, ihm Trost zugesprochen.« Sandanato hustete erneut und trat ans Fenster, blickte hinunter auf die Straße. »Dunn muß gewußt haben, daß Schwester Val ermordet werden sollte. Sie war der Wahrheit über D'Ambrizzi zu nahe gekommen. Sie hat ihn mit den Nazis im besetzten Paris in Verbindung gebracht. Sie kannte seine Vergangenheit, und darum mußte sie beseitigt werden. Und D'Ambrizzi hat Dunn auf Driskill angesetzt, um ihm über den Tod seiner Schwester hinwegzuhelfen, um irgendwelchen gefährlichen Spekulationen sofort einen Riegel vorzuschieben – und um sicherzustellen, daß der Mord reibungslos über die Bühne geht.«

»Aber man hat doch versucht, auch Ben zu töten, als Sie mit ihm Schlittschuh...«

»Kein Wunder. Ben hatte Dunn ja auch deutlich genug zu verstehen gegeben, daß er sich mit Vals Vergangenheit beschäftigen wollte. Mit dem, was sie getan hatte, um so vielleicht auf eine Spur zu stoßen, die ihre Ermordung erklären konnte...«

Die Sätze kamen wie Hammerschläge. Eine Ungeheuerlichkeit folgte der anderen, wie Zeitbomben, die vor Wochen und Monaten scharf gemacht worden waren und nun in den Tiefen von Elizabeth' Psyche detonierten. Die gesamte katholische Kirche wurde in die Luft gejagt. Dunn war ein Verbrecher, D'Ambrizzi war ein Verbrecher, der Heilige Vater war D'Ambrizzis Gefangener... und alles nur, um Saint Jack den Weg zum Papstthron freizuräumen. Welch ein langer Weg! Vierzig Jahre, vom *Assassini* bis zum Papst.

Sandanato bat Elizabeth, mit ihm zu kommen; er wollte sie zum Ordenshaus bringen, in dem sie dann bleiben sollte, bis alles vorüber war. Aber sie wies diesen Vorschlag zurück. Er jedoch beharrte darauf, und wieder stiegen Wut und Enttäuschung in ihr auf, und sie reagierte ihre Verzweiflung und Hoffnungslosigkeit an ihm ab. Das alles war verrückt, war schier unglaublich. Hinter alldem steckte also D'Ambrizzi, alles war seinem brillanten, verderbten Intellekt entsprungen. Der Papst war unheilbar krank; die Kirche würde in sogar noch höherem Maße verweltlicht werden, denn D'Ambrizzi war ein Könner auf diesem Gebiet, ein Experte.

Als Papst konnte er die Kirche der Zukunft in eine Weltmacht umfunktionieren. Aber es gab Männer und eine Frau – und später eine weitere Frau –, die zuviel über seine Vergangenheit wußten, denen bekannt war, was er mit den Nazis und den *Assassini* zu tun gehabt hatte... und darum hatte er begonnen, die Hindernisse aus dem Weg zu räumen. Das alles war nicht schwer zu begreifen, wenn man es auf diese Art und Weise betrachtete, auf die *richtige* Art und Weise.

Sie schickte Sandanato fort. Er verließ nur höchst widerwillig ihr Büro und warnte sie noch einmal: Sie solle sich von Driskill, Dunn und D'Ambrizzi fernhalten, bis alles vorüber sei.

Driskill. Nichts in ihrem bisherigen Leben war so gründlich gescheitert. Wenn sie nur an ihn dachte, fühlte sie sich bedrückt, verängstigt, aller Entscheidungsfreiheit beraubt. Hoffnungslos.

Eine Stunde später verließ sie die Redaktion. Der Novemberwind fuhr ihr schneidend kalt ins Gesicht. Auf der Straße war es dunkel und still. Sie strebte mit forschen Schritten der Straßenecke zu, als ein schwarzer, glänzender Mercedes an den Bordstein rollte und neben ihr anhielt.

Ein Geistlicher in einem schwarzen Regenmantel, unter dessen Aufschlägen der Rand des Priesterkragens hervorlugte, öffnete die Beifahrertür und stieg aus.

»Schwester Elizabeth?«

»Ja?«

»Der Heilige Vater läßt Ihnen diesen Wagen schicken. Bitte.« Er öffnete ihr die hintere Tür.

*»Der Heilige Vater?«*

»Bitte, Schwester. Es ist sehr eilig.«

Er nahm ihren Arm, und sie setzte sich auf die dunkle Rückbank der Limousine. Der Wagen fuhr an.

»Der Vatikan liegt in der Gegenrichtung. Würden Sie mir das bitte erklären?«

Er drehte den Kopf, blickte sie an und nickte ernst. »Tut mir leid, aber unser erstes Ziel liegt woanders, Schwester.«

»Wo?«

»Trastevere, Schwester«, sagte er, während der Wagen an Geschwindigkeit gewann. Sie hielten sich auf leeren, dunklen Nebenstraßen und fuhren in Richtung Tiber.

Der Fahrer hupte, und ein Knäuel sich balgender Katzen war für einen Augenblick im Licht der Scheinwerfer zu sehen, bevor sie in wilder Flucht in den Schutz einer Gasse huschten.

## 4 DRISKILL †

Ich versuchte immer noch zu ergründen, warum man mich hierhergelockt hatte, als Schwester Elizabeth in das große, offenbar erst im Rohbau fertiggestellte Zimmer geführt wurde. Es war kalt und staubig und weitgehend leer, abgesehen von Dunn, D'Ambrizzi und mir. Und einem Schreibtisch sowie einigen Stühlen, die in wirrer Unordnung an einem langen Tisch mit verkratzter Platte standen. Bisher hatte keiner von uns viel geredet. Und es war kein Wort gefallen, das mir eine Erklärung hätte liefern können.

Elizabeth war in Begleitung eines Priesters, der dann das Zimmer verließ und die Tür hinter sich schloß. Sie trug ihren Trenchcoat und hatte eine Schultertasche umgehängt. Sie blickte Dunn und mich ängstlich an, öffnete den Mund, um etwas zu sagen, hielt aber urplötzlich inne, als sie D'Ambrizzi sah. Er ging über den kahlen Betonfußboden auf sie zu, lächelte, blickte zu ihr auf und führte sie zum Tisch. Sie sträubte sich einen Moment, doch er war unnachgiebig.

»Bitte, setzen Sie sich«, sagte er. In dem grauen Nadelstreifenanzug sah er seltsam fremd aus. Alles an ihm schien sich irgendwie verändert zu haben. Seine Haltung – wie immer wippte er leicht auf den Fersen und hielt die Hände in onkelhafter Weise vor dem stattlichen Bauch verschränkt – war unsicher, als wüßte er nicht recht, was er mit Händen und Füßen anfangen sollte. Es ließ ihn unschlüssig und unschuldig erscheinen, wirkte regelrecht entwaffnend. Ein Lächeln huschte über Father Dunns Gesicht, als er meinen Blick auffing. Du Bastard, dachte ich.

»Es tut mir leid, meine Freunde«, sagte D'Ambrizzi, »daß ich Sie auf so unziemliche Weise habe hierherbringen lassen, ohne Vorwarnung, ohne Erklärung. Aber die Zeit drängt, und ich werde Ihnen die Gründe für meine Handlungsweise noch darlegen. Ich brauche Sie wohl kaum daran zu erinnern, daß wir in – nun? –

ungewöhnlichen Zeiten leben. Die, gelinde gesagt, ungewöhnliche Maßnahmen erfordern. Bitte, nehmen Sie meine aufrichtige Entschuldigung an.« Während wir anderen bereits am Tisch Platz genommen hatten, stapfte er durchs Zimmer zum Schreibtisch hinüber und zog den Stuhl über den rauhen Betonfußboden; die Stuhlbeine gaben ein lautes, kratzendes Geräusch von sich. Man merkte D'Ambrizzi irgendwie an, daß es ungewohnt für ihn war, seinen ständigen Begleiter diesmal nicht an seiner Seite zu haben. Sandanato war nirgendwo zu sehen. »Und Sie müssen mir außerdem vergeben, daß ich allein diese Maßnahmen veranlaßt habe. Ich habe Ihnen viel zu sagen. Ich werde versuchen, Ihren Fragen zuvorzukommen. Sie werden sicher Verständnis dafür haben, denn meine Zeit ist äußerst knapp bemessen. Obwohl es sehr viel zu berichten gibt.« Er warf einen widerwilligen Blick auf seine Armbanduhr wie ein Schauspieler, der eine ungewohnte Rolle spielen muß. Zweifellos war Sandanato sein angestammter Zeitnehmer. Er lehnte sich im Stuhl zurück und starrte auf die leere Schreibtischplatte. »Also gut. Fangen wir an.

Father Dunn ist ein guter alter Freund von mir. Wir sind enger befreundet, als Sie auch nur erahnen können. Er hat mich in den letzten Wochen ständig über Ihre Aktivitäten auf dem laufenden gehalten, Benjamin. Ägypten, Paris, Irland, Avignon. Er hat mir auch von dem Manuskript berichtet, das man in New Prudence gefunden hat. Ich weiß außerdem, daß Sie der Meinung sind, daß August Horstmann der Mörder Ihrer Schwester ist. Und natürlich hat er mich darüber in Kenntnis gesetzt, daß Erich Kessler Ihnen erklärt hat, ich wäre mit Simon Verginius identisch, der bei der Aufdeckung dieser ganzen Geschichte eine so wichtige Rolle gespielt hat. Ja, ich glaube schon, daß ich recht gut informiert bin.

Ich bin der Meinung, daß ich Ihnen bestimmte Erklärungen schulde. Sie haben sie sich verdient. Warum ich *verdient* sage? Nun, Benjamin, Sie haben es deshalb verdient, die Wahrheit zu erfahren, weil ihre Schwester tot ist. Und Sie, Schwester Elizabeth, weil Sie beinahe ermordet worden wären. Sie beide haben es verdient, die Wahrheit zu erfahren, weil Sie so viel Entschlossenheit bewiesen haben, die Entschlossenheit von *Narren*, eine Entschlossenheit, die an Wahnsinn grenzt – und das nur, weil Sie die Wahrheit über Ereignisse aufdecken wollten, die tief unter dem Schutt und dem Staub der Zeit begraben sind. Offen gestanden hätte ich nie damit gerechnet, daß unter solchen Umständen eine derart erfolgreiche Detektivarbeit überhaupt möglich gewesen wäre. Aber Sie haben nicht aufgegeben.« Er schüttelte den Kopf in gespieltem Kummer. »Und das wiederum hat es mir sehr viel schwerer gemacht, all die Rätsel zu lösen, hat es mir sehr erschwert, den Morden ein Ende zu setzen und, um die Worte meines getreuen Sandanato zu benutzen, ›die Kirche zu retten‹.«

Er legte eine Pause ein, als suchte er nach einer Antwort, die uns alle zufriedenstellen konnte; dann gab er es auf. Er holte tief und rasselnd Luft und verlagerte das Gewicht seines massigen Körpers in dem bedrohlich klapprigen Stuhl.

»Ja«, sagte er aus den Tiefen seiner mächtigen Brust. »Ich war Simon Verginius. Ich war der Mann, den Papst Pius nach Paris geschickt hatte, um als Torricellis Verbindungsmann zu arbeiten, um eine Gruppe von Untergrundkämpfern aufzustellen, die die Interessen der Kirche schützen sollten – um den Nazis zu helfen, zu dienen, um ihr Vertrauen und ihre Unterstützung zu gewinnen und der Kirche ihren Anteil an geraubten Schätzen zu sichern. Es war keine leichte Aufgabe, das kann ich Ihnen versichern, weil Männer wie Göring oder Goebbels alles für sich selbst beansprucht haben. Auf jeden Fall war es eine schändliche, abscheuliche Aufgabe, wie ich gestehen muß, aber andererseits müssen Sie bedenken, welcher Druck, welche Macht hinter einem Befehl stand, den Papst Pius persönlich erteilt hatte – diese Mission war zur damaligen Zeit das dunkelste Geheimnis der Kirche. So jedenfalls hat Pius es mir gegenüber ausgedrückt. Er hat mir gesagt, daß er mir eine Aufgabe anvertraue, die für das Überleben der Kirche von entscheidender Bedeutung sei. Sie können sich nicht einmal vorstellen, welche innere Kraft Pius verströmte, wie zwingend seine Persönlichkeit war... und er hat damals einen Mann gesucht, den er für fähig hielt, seine Befehle auszuführen. Die Wahl fiel auf mich. Glauben Sie mir, es tut weh, das sagen zu müssen! Er war von Natur aus Pragmatiker und ein Mensch, der den Charakter der Geschichte erkannt hat. Und die Geschichte ist kein sehr schöner Ort, wissen Sie. Sie müssen die Geschichte – wenn Sie eine Weile überleben wollen – als Wohnsitz der Pragmatiker betrachten. Als das Zuhause der weltlichen Kirche. Und ich war schon damals eher weltlich eingestellt. Kein besonders frommer Mensch, wissen Sie. Na ja, vielleicht doch, vielleicht auch nicht. Aber ich war der richtige Mann für diesen Auftrag. Was immer der Kirche nutzen konnte – ich war bereit, es zu tun.

Nun, ja. Verzeihen Sie, wenn ich in meinem Vortrag etwas sprunghaft bin. Ich will versuchen, die wichtigsten Punkte deutlicher zu machen –

Ja, ich habe Father LeBecq auf dem Friedhof getötet. Ich kann mich kaum noch an sein Gesicht erinnern, es ist so lange her. Er war ein so mieser Schweinehund. Ihn zu töten war eine Kriegshandlung, die Exekution eines Verräters, die Hinrichtung eines Mannes, der uns den Nazis ausgeliefert hat.« Er hob ruckartig den Kopf, und in seinen schwerlidrigen Krokodilsaugen lag ein forschender Ausdruck. »Warten Sie jetzt darauf, daß ich Reue zeige? Daß ich Gott um Verzeihung anflehe? Dann, so fürchte ich, warten Sie vergeblich. Wie Sie ja schon aus Ihren verschiedenen Quellen erfahren haben, war ich – als Simon – immer dagegen, den Nazis auf irgendeine Weise zu helfen. Es war meine Aufgabe, gewiß, und ich habe sie eine Zeitlang erfüllt – aber es hat nicht lange gedauert, bis ich in erster Linie mit der Resistance zusammengearbeitet habe. Ich habe die Kontakte mit den Nazis auf das Notwendigste beschränkt, damit sie mir nicht auf die Schliche kamen und die Kirche unter ihren Stiefeln zertraten. Das war Torricelli natürlich ein äußerst schmerzhafter Dorn im Auge. Armer Kerl. Er wollte leben und leben lassen, er wollte überleben, die Augen einfach vor der Wahrheit verschließen. Alles, was ich getan und gesagt habe, schien ihm schreckliche Angst einzujagen. Er war eingekeilt zwischen den Nazis, der Kirche, die ich repräsentierte, und verschiedenen amerikanischen Spionen, die nach Paris hinein und wieder hinausschweben konnten wie gefährliche Viren.« Er blickte auf die Uhr und legte die verschränkten Hände vor sich auf den Schreibtisch.

»Es trifft auch zu, daß ein Attentatsversuch auf einen bedeutenden Mann stattgefunden hat, einen *wichtigen* Mann. Er sollte mit dem Zug nach Paris kommen. LeBecq wußte darüber Bescheid; er war dabei, als wir den Plan für das Attentat ausgearbeitet haben, aber er war dagegen. Es war jedoch nicht seine Entscheidung. Als der Plan verraten und sehr viele von meinen Leuten in den Bergen getötet wurden, war ich sicher, daß LeBecq die Nazis vorgewarnt hatte. Darum habe ich ihn liquidiert. Auf meine Weise.« Er bewegte die ineinander verschränkten, riesigen Wurstfinger und ließ zur Untermalung die Knöchel knacken. »Und es trifft auch zu, daß Pius einen Mann aus Rom geschickt hat, der Nachforschungen über uns anstellte und der genug Beweise sammeln sollte, um mich unter Anklage stellen zu können – er sollte herausfinden, ob ich tatsächlich derjenige gewesen war, der LeBecq getötet und das Attentat auf den Mann im Zug geplant hatte... und der grundsätzlich versagt hatte, was die Befehle Pius' betraf, sofern sie in irgendeiner Weise mit den Nazis zu tun hatten. Der Mann, den der Vatikan geschickt hatte, wußte, daß zumindest der letztgenannte Anklagepunkt zutraf. Um die Wahrheit zu sagen – Pius hatte die Nase gestrichen voll von mir. Die Nazis hatten sich wegen meiner Widerspenstigkeit, ihren Wünschen nachzukommen, bei ihm beschwert. Und es trifft auch zu, daß dieser aus Rom entsandte Mann in gewissen Kreisen unter dem Namen ›Collector‹ bekannt war, der ›Sammler‹. Er hat Informationen gesammelt, Beweise... wer weiß, was er sonst noch alles gesammelt hat. Aber es war eine schwierige Aufgabe für ihn, weil ich die *Assassini* inzwischen aufgelöst hatte, die wenigen, die von uns am Leben geblieben waren, und kein Mensch wußte, wo sie sich aufhielten. Nur meine Wenigkeit und die Männer selbst. Und ich war der einzige, der sie alle gekannt hat – das heißt, mit einer Ausnahme. Es gab da noch einen Mann. Sein Deckname war Archduke. Und es stimmt ebenfalls, daß ein Dokument existierte, das aus der Zeit der Borgia stammte, ein Verzeichnis mit Namen von Männern, die allem entsagt hatten, die im Dienst für die Kirche alles riskiert hatten – Männer, die getötet hatten, für die Päpste, für die Kirche. Ich habe das Dokument nach Norden bringen lassen, nach Irland, von zweien meiner Männer, von Bruder Leo und meinem allerbesten Kämpfer, meinem selbstlosesten Mann, dem ich mehr als allen anderen vertraut habe... August Horstmann.

Nachdem die beiden sich auf den Weg nach Irland gemacht hatten, habe ich nichts mehr von ihnen gehört. Ich hatte meine eigenen Probleme in Paris, mit dem Collector. Und als er mich fast schon in die Enge getrieben hatte, da habe ich es gespürt, mit jeder Faser meines Körpers gespürt. Ich wußte, daß er methodisch und peinlich genau die Beweise gegen mich zusammenfügte, und er hätte Pius sicherlich eine Anklageschrift vorgelegt, die den Papst mehr als zufriedengestellt hätte. Ich wußte, daß Pius zu jedem Mittel greifen würde, mich zu bestrafen, zu *jedem* Mittel... Und dann,

Benjamin, habe ich mich an Ihren Vater gewandt, meinen alten Waffengefährten, einen jener OSS-Agenten, die sich damals wie Gespenster kreuz und quer durch Europa bewegten und auf jede nur erdenkliche Art und Weise Informationen für die Alliierten sammelten. Und es war Hugh Driskill, der seinen beträchtlichen Einfluß geltend machte, um mich aus Paris herauszuschaffen, bevor der Collector zuschnappen konnte – im letzten Moment. Hugh hat mich nach Princeton mitgenommen, und dann haben er und sein großer Freund Drew Summerhays Verhandlungen mit Pius aufgenommen, um mir die Rückkehr nach Rom zu ermöglichen. Eine sichere Rückkehr.«

D'Ambrizzi zündete sich eine seiner schwarzen Zigaretten an und ließ einen müden Blick über uns schweifen; seine schwerlidrigen Augen schienen wie in Zeitlupe zu blinzeln. Er gab uns in der Tat eine außergewöhnliche Vorstellung.

»Und schließlich noch das Manuskript. Was habe ich die ganze Zeit über getan, als Sie, Ben, und die kleine Val draußen auf dem Flur vor meinem Zimmer herumzappelten und darauf warteten, daß ich herauskam, um mit euch Ball zu spielen oder im Garten mit euch und eurer Mutter zu arbeiten? Warum habe ich das alles niedergeschrieben? Weil ich *mehr* brauchte, als euer Vater und Summerhays bei den Verhandlungen mit Pius jemals erreichen konnten, denn Pius hatte sehr persönliche Gründe, mich zu hassen, mich zu fürchten. Ich brauchte eine sehr gute Rückversicherung, um Priester bleiben zu können und vor allem: zu überleben. Und darum habe ich mir meine persönliche Lebensversicherungspolice ausgestellt. Erst als ich das Manuskript dem Pfarrer im Nachbarort zur Aufbewahrung gegeben hatte, wußte ich, daß ich in Sicherheit war. Ich hatte eine Durchschrift angefertigt, die ich Pius vorlegen konnte – ich konnte ihm sagen, daß im Falle meines Todes die Welt sich an der Geschichte der *Assassini* ergötzen könne und an Pius' Entschlossenheit, mit den Nazis bei der Plünderung der Kunstschätze Europas zusammenzuarbeiten. Ja, ich habe im Manuskript Decknamen benutzt, weil ich mich davor schützen mußte, daß der alte Pfarrer in New Prudence der Versuchung nicht widerstehen und mal einen Blick hineinwerfen und zuviel erfahren würde. Indem ich die Decknamen benutzte, wurden die Personen der Geschichte sozusagen verschlüsselt. Aber die Einzelheiten, sie standen dort, waren schwarz auf weiß zu lesen, sie konnten nachgeprüft werden, das alles war tatsächlich geschehen.

Als das Manuskript fertig war und Ihr Vater und Summerhays mir den Weg zurück nach Rom geebnet hatten – und das hatten sie großartig gemacht; Pius mußte eine sehr, sehr bittere Pille schlucken –, kehrte ich in den Vatikan zurück und machte meinen Weg, meine Karriere, denn ich konnte ja jederzeit die Keule über Pius' Kopf schwingen. Also« – er ließ den Blick von einem Gesicht zum anderen schweifen – »damit wäre das Thema Vergangenheit wohl abgehakt, oder nicht?«

Ich hatte der ganzen Geschichte schweigend zugehört und versucht, mir einen Reim darauf zu machen. Als D'Ambrizzi nun innehielt, ergriff ich das Wort. Die Luft im Zimmer war mittlerweile stickig geworden, denn bei unserer Ankunft hatte D'Ambrizzi die Heizung eingeschaltet. Jetzt war es zu warm, und ich hörte die schwachen Geräusche aus der Restaurantküche durch den Deckenboden dringen. Meine Stimme klang gestelzt, unnatürlich laut.

»Was immer Sie auch in der Vergangenheit getan haben mögen, geht mich nichts an. Und welche Schändlichkeiten die Kirche angestellt haben mag, das alles sind keine Überraschungen für mich. Ein mit den Nazis sympathisierender Papst paßt da wunderbar ins Bild. Und wenn Sie uns die Wahrheit gesagt und LeBecq umgebracht haben – bitte sehr. Das sind alte Geschichten. Von mir aus können Sie Papst werden. Ich bin nur deshalb hier, weil jemand meine Schwester ermordet hat...«

»Sie sind hier, Benjamin, weil ich nach Ihnen geschickt habe. Aber reden Sie weiter, mein Sohn. Wenn ich Sie so anschaue, dann sehe ich den kleinen Jungen, der Sie einmal waren. Ungeduldig, begierig darauf, spielen zu gehen. Der kleine Junge steckt immer noch in Ihnen. Sie haben sich nicht verändert. Sie möchten, daß Ihre Fragen geklärt werden, und...«

»Ich will wissen, wer meine Schwester ermordet hat. Wer dahintersteckt. Horstmann hat auf den Abzug der Waffe gedrückt – Ihr Kumpel Horstmann, der beste Kämpfer, den Sie damals hatten –, und er hat mir den Rücken aufgeschlitzt, Bruder Padraic die Kehle durchgeschnitten und Bruder Leo ans Kreuz genagelt, aber wer hat ihn geschickt? Mir scheint, Sie kommen zuallererst dafür in Frage.

Für mich sind Sie nichts weiter als ein fetter alter Mann, der auf Teufel komm raus Papst werden will. Sie sind kein großer Mann, und die Tatsache, daß Sie Kardinal sind, beeindruckt mich nicht im geringsten. Und daß man Sie Saint Jack nennt, darüber kann ich nur lachen!«

D'Ambrizzi lächelte und nickte höflich, als wollte er mir meine Bemerkungen verzeihen. Dunn blickte angelegentlich zur Zimmerdecke. Schwester Elizabeth schien wie hypnotisiert und starrte auf ihre Hände, die sie im Schoß gefaltet hatte. Abwartend. Schweigend.

»Ich sehe ein«, sagte D'Ambrizzi, »wie verdächtig ich in Ihren Augen erscheinen muß. Aber bedenken Sie, daß ich Sie hierher habe holen lassen, um Ihnen zu erklären, was ich tue und was ich getan habe. Wäre ich der Mann, für den Sie mich halten, warum habe ich Sie dann nicht einfach beseitigen lassen? Wenn ich schon für so viele Morde verantwortlich bin, wie Sie glauben, dann wäre es mir auf ein paar mehr nicht angekommen.«

»Ich könnte Ihnen eine Million Gründe nennen«, sagte ich.

»Aber nur einer zählt – ich habe niemanden ermorden lassen, Benjamin. Ich *war* Simon. Aber ich war nicht derjenige, der Horstmann nach vierzig Jahren reaktiviert hat. Seit ich ihn mit dem Konkordat der Borgia, das Pius mir gegeben hatte, aus Paris nach Irland schickte, habe ich nichts mehr von ihm gehört oder gesehen.« D'Ambrizzi betrachtete mich durch den Rauch seiner Zigarette. »Und das wirft die entscheidende Frage auf, nicht wahr? Die Frage, auf die wir eine Antwort finden müssen. *Wer hat Horstmann wieder an die Arbeit geschickt?*« Er lehnte sich zurück. Der Stuhl quietschte unter seinem Gewicht. Er verschränkte die Arme vor der Brust und betrachtete mich aus schmalen Augen.

»Wer?« sagte ich. »Nun, erstens muß es jemand sein, der genau gewußt hat, wo Horstmann sich versteckt hielt. Zweitens wußte dieser Jemand davon, daß Horstmann ein Killer im Dienst der Kirche gewesen ist. Und drittens muß es jemand sein, von dem Horstmann Befehle entgegennimmt. Und Horstmann nimmt wahrscheinlich nur von einem Mann Befehle entgegen – von Simon. Also spricht alles dafür, daß Sie, als Simon Verginius, Ihren alten Kameraden wieder in Marsch gesetzt haben...«

»Zugegeben, es spricht alles dafür«, sagte D'Ambrizzi. »Sie sind Anwalt, Sie denken in logischen Kategorien. Aber ist nicht genau das der Schwachpunkt Ihres Gedankengebäudes, Herr Anwalt? Daß irgend jemand versucht, Simon eben deshalb als Alibi zu benützen, weil *alles* dafür spricht, daß er der Hintermann ist? Sie können natürlich glauben, was Sie wollen, Benjamin. Sie hatten schon immer die Neigung, sich von anderen nicht in Ihrer Meinung beeinflussen zu lassen. Aber lassen Sie mich kurz eine andere Theorie entwickeln, was Simon und Horstmann betrifft.« Er beugte sich vor, stützte die Ellbogen auf den Tisch. »Jemand lenkt Horstmann, gibt ihm Informationen, Anweisungen. Dieser Unbekannte ist der wirkliche Killer. Wir sind uns darüber einig, daß...«

»Deswegen ist Horstmann noch lange nicht freigesprochen! Er hat meine Schwester erschossen!«

D'Ambrizzi nickte, fuhr aber unbeirrt fort: »Warum sind all diese Leute ermordet worden? Ich bin geneigt, Herrn Kessler in diesem Punkt zuzustimmen: um diejenigen zu beseitigen, die gewußt haben, was während des Krieges in Paris geschehen ist. Um jeden aus dem Weg zu räumen, der die Wahrheit über die Kirche und die Nazis und die *Assassini* und die Rolle unseres Unbekannten wußte. Diese Leute waren eine Gefahr für diesen Mann, und darum mußten sie sterben. Nun, wen hätte es am schlimmsten getroffen, wenn die Vergangenheit ans Licht gezerrt worden wäre?«

»Jemanden, der in Paris Menschen getötet hat und töten ließ«, sagte ich. »Womit wir wieder bei Simon Verginius angelangt wären. Er ist derjenige, der am meisten zu befürchten und am meisten zu verlieren hat, steht er doch unmittelbar vor dem Papstthron. Auf niemanden trifft das alles besser zu als auf Sie, Saint Jack...«

»Aber«, sagte D'Ambrizzi mit ruhiger Stimme, »ist der alte Saint Jack denn der einzige Verdächtige? Was ist, wenn hinter all diesen Schrecken noch ein anderes Motiv steht? Denken Sie mal an die Wahl, die *Auswahl* des neuen Papstes. Sie müssen berücksichtigen, daß es sich um einen sehr kleinen Wählerkreis handelt – das Konklave der Kardinäle. Und der noch amtierende Papst ist ein Mann, der großen persönlichen Einfluß besitzt. Es gibt viele Möglichkeiten, diese Wahl zu beeinflussen. Geld, natürlich, ist auch eine dieser Möglichkeiten. Ebenso gewisse Versprechungen. Oder sich Gehör beim Papst zu verschaffen. Und schließlich das wahrscheinlich älteste und wirksamste Mittel, Einfluß auf andere Menschen auszuüben: Angst verbreiten. Ich will Ihnen sagen, was die Kirche und der Vatikan und das kirchliche Establishment am meisten fürchten – den schlimmsten aller Flüche, nämlich die Zerstörung der Ordnung. Das Chaos. Es gibt nichts Schrecklicheres als das Chaos. Und die Kirchenhierarchie wird sich dagegen wehren, seien Sie versichert. Mächtige Männer werden ihren ganzen Einfluß geltend machen, um dies zu verhindern. Sie werden es vernichten, zerstampfen, zerschmettern, und glauben Sie mir, sie werden sich durchsetzen. Sie werden sich an einen Mann mit eiserner Faust wenden, verstehen Sie? Falls erforderlich, wird die Kirche eine Reise in die finstere Vergangenheit ertragen, in die Dunkelheit, in die Zeiten, als Andersdenkende Repressalien ausgesetzt waren, wenn nötig, sogar zu einer anderen Form der Inquisition. Es gibt hohe geistliche Würdenträger, die ohnehin der Meinung sind, daß das Wiederaufleben der Inquisition längst überfällig ist. Seine Heiligkeit Papst Calixtus haßt das Chaos genauso wie jeder andere vernünftig denkende Mensch – auch er wird nach einem starken Mann Ausschau halten, nach einem rücksichtslosen Rohling, der alles niederwalzt, was der Kirche im Wege steht. Nun sollten wir uns einmal die Frage stellen: Wer könnte den größten Nutzen aus Angst und Chaos und Verfall ziehen? Die Antwort lautet natürlich: der Mann, der es geschaffen hat! Er ist die Antwort auf all unsere Fragen.«

Schließlich meldete sich Schwester Elizabeth zu Wort; ihre Stimme zitterte vor Furcht und innerer Verkrampfung. »Warum machen Sie uns hier etwas vor? Wie sollen wir denn herausfinden, wer dieser Mann ist? Wie lange soll dieser Wahnsinn noch dauern? Und was ist, wenn *Sie selbst* dieser Mann sind? Wenn Sie von Angst und Chaos profitieren? Sie sind derjenige, der dem Papst am nächsten steht... Mein Gott, Sie stellen das alles so dar, als gäbe es keinen Unterschied zwischen dem Vatikan und der Mafia, dem KGB, dem CIA – es ist die Kirche! Die Kirche ist doch keine Verbrecher- und Spionageorganisation!«

D'Ambrizzi hörte ihr mit geschlossenen Augen zu; er nickte bedächtig und offenbar zustimmend zu ihren Worten. Er räusperte sich. »Die traurige Wahrheit ist, daß der Unterschied zwischen der Kirche und den von Ihnen genannten Organisationen kleiner ist, als Sie glauben, wenn das, was auf dem Spiel steht, wichtig genug ist und wenn es zu einem Kampf um Einfluß und Macht kommt. Das lehrt uns schon die Geschichte. Ihre Freundin, Schwester Valentine, hatte das begriffen. Sie hat das düstere Gesicht der Kirche besser gekannt, als Sie alle auch nur ahnen können. Sie hatte aber auch begriffen, daß die Ziele der Kirche, so wie wir sie verstehen, sich grundlegend von denen jener Organisationen unterscheiden, die Sie aufgezählt haben, Schwester Elizabeth. Nun, wie lange wird das alles noch dauern? Nicht mehr lange, glauben Sie mir. Wir stehen kurz vor dem Ende. Und der Vorwurf, daß ich Ihnen nur etwas vormache, ist unberechtigt. Ich *weiß*, wer hinter alldem steckt. Aber wenn ich es Ihnen sage – würden Sie mir glauben? Wahrscheinlich nicht. Noch nicht. Aber bald, sehr bald... Zuerst jedoch steht nun Kardinal Indelicatos festlicher Empfang auf dem Programm. Sein Taktgefühl läßt zu wünschen übrig, gelinde gesagt, wenn man bedenkt, daß Seine Heiligkeit im Sterben liegt. Ich möchte Sie dennoch dringend bitten, die Feierlichkeit nicht zu versäumen.«

»Feier?« fragte ich, aus meinen Gedanken gerissen. »Wovon reden Sie eigentlich?«

»Nun, Ben, Fredis Partys sind geradezu legendär. Mir ist leider entfallen, was er diesmal eigentlich feiert, aber es wird ein unvergeßlicher Abend werden, das kann ich Ihnen garantieren. Und ich bin sicher, daß Fredi Sie unter seinen Gästen erwartet.« Die schweren Lider senkten sich über die Reptilienaugen. »Sie dürfen das Fest nicht versäumen. Sie würden es bereuen, glauben Sie mir. Ich habe eine Überraschung für Sie – auf der Party.« Er kratzte sich am Hinterkopf. »So, mein Fahrer wird mich schon sehnlichst erwarten. Ich muß wieder an meine Arbeit...«

»Eine Frage«, unterbrach ich ihn. »Sie sagten, daß Pius Sie gehaßt hat. Warum?«

Schwester Elizabeth hielt es nicht mehr auf dem Stuhl. »Und wer war der ›große Mann‹ im Zug? Und was hat es mit der Pius-Verschwörung auf sich? Hat dieser Begriff sich auf die *Assassini* bezogen? Darauf, daß Pius sie reaktiviert hat?«

D'Ambrizzi, bereits auf dem Weg zur Tür, hielt inne und wandte sich um. Er blickte Schwester Elizabeth an, und der Ausdruck von Verwunderung huschte über sein derbes Gesicht. »Nun, das alles war gewissermaßen ineinander verzahnt. Pius hatte – das muß ich ehrlich gestehen – allen Grund, mich mit äußerstem Mißfallen zu betrachten. Wissen Sie... es war Papst Pius, der im Zug sitzen sollte.«

»Sie wollten den Papst ermorden!« Grelles Entsetzen und Unglaube lagen in ihrer Stimme.

»Wir hatten die Absicht, den Papst zu eliminieren, ja. Schockierend, nicht wahr? Aber eine alte und edle Tradition, wie ich hinzufügen möchte. Und natürlich bezieht sich der Begriff ›Pius-Verschwörung‹ auf unseren Versuch, ein Attentat auf den Papst zu verüben. Wenn man erst die Antwort kennt, ist alles ganz einfach, nicht wahr? Viele Erklärungen sind schlüssig, aber nur eine ist richtig. Behalten Sie das im Kopf. Wie ich schon sagte, wir nähern uns dem Ende.«

»Moment. Halt.« Elizabeth schüttelte langsam den Kopf, als könnte sie die Situation nicht richtig erfassen. »Sie wollten... Papst Pius ermorden?«

»Es wäre für ihn die beste Lösung gewesen. Für uns alle.«

»Und Guy LeBecq hat Sie und Ihre Leute verpfiffen, hat den Vatikan gewarnt. Daraufhin hat Pius die Bahnreise gar nicht erst angetreten, und darum haben Sie dann LeBecq getötet...«

»Ja. Wie ich schon sagte, ich habe ihn getötet. Er hatte, davon war ich überzeugt, den Tod meiner Kameraden verschuldet. Aber da gibt es ein kleines Problem. Einige Zeit später hat mir jemand, der es wissen muß, gesagt, daß es gar nicht LeBecq gewesen ist, der den Vatikan gewarnt hat. Ich hatte den falschen Mann getötet. Allerdings war es kein großer Verlust für die Menschheit.«

Schwester Elizabeth rang nach Atem. »Mein Gott...«

D'Ambrizzi trat auf sie zu und nahm ihre Hand, hielt sie fest, als Elizabeth sie ihm entziehen wollte. »Arme Schwester, armes kleines Mädchen. Sie haben wegen dieser Geschichte Schlimmes durchgemacht. Es tut mir schrecklich leid. Aber ich kann nur eins tun: diesem Alptraum ein Ende bereiten.«

»Wer hat versucht, mich zu ermorden?« Sie war jetzt den Tränen nahe.

»Bald, bald ist alles vorüber. Ich kann Ihre Sorgen verstehen, Ihren Zorn. Sie haben recht, es ist in gewisser Weise Wahnsinn. Ein Priester, der versucht hat, den Papst zu töten, und der einen anderen Priester mit bloßen Händen ins Jenseits befördert hat... doch dieser Priester ist andererseits auch ein Mann, den Sie schon lange kennen und dem Sie vertraut haben. Es ist verwirrend, ich weiß. Was soll ich Ihnen raten? Nun, ich habe es schon vor vielen Jahren aufgegeben, mir über die moralischen Aspekte der damaligen Geschehnisse den Kopf zu zerbrechen, und ich glaube, das war recht gehandelt. Ich habe getan, was getan werden mußte und was ich für angebracht hielt. Gewiß nicht die richtige Einstellung, wenn man ein guter Priester sein möchte. Aber es hat mich nie sonderlich gekümmert, ob ich ein guter Priester war oder nicht. Ich wollte ein guter Mensch sein.« Er blickte auf die Uhr. »Morgen abend um diese Zeit in Indelicatos Villa – und der letzte Akt beginnt. Bis dahin, guten Abend.« Er blieb noch einmal in der Tür stehen, blickte zu uns hinüber. »Seien Sie vorsichtig.«

An diesem Abend saß ich auf meinem Zimmer im Hassler und dachte über D'Ambrizzis Geständnis nach. Father Dunn war kurz nach dem Kardinal gegangen, um sich irgendwelchen privaten Dingen zu widmen; er hatte kein Wort über seine »enge, freundschaftliche Beziehung« zum Kardinal verloren, wie dieser es ausgedrückt hatte. Ich spielte gar nicht erst mit dem Gedanken, Schwester Elizabeth aufzusuchen. Ich hatte mich ihr gegenüber schon dämlich genug benommen und nicht die Absicht, in dieser Disziplin einen olympischen Rekord anzustreben.

Also saß ich auf meinem Zimmer und versuchte mir vorzustellen, wie D'Ambrizzi in den Bergen auf den Zug gewartet hatte, der Papst Pius nach Paris bringen sollte. Die Kühnheit seines Plans war atemberaubend. Was wohl geschehen wäre, hätte er Erfolg gehabt? Hätte die Kirche dann einen großen Mann gefunden, einen wirklich großen Papst, der die Nazis als diejenigen bloßgestellt hätte, die sie wirklich gewesen waren? Hätte die innere Entwicklung der Kirche einen anderen Verlauf genommen? Wäre sie als wahre, glaubwürdige moralische Führungsinstanz aus den Trümmern Europas auferstanden? Und wäre die Kirche eine andere geworden – wäre ich selbst ein anderer Mensch geworden? Wäre ich Priester in einer verwandelten Kirche geworden, die – weil Pius mit dem Leben davongekommen war – nie existiert hatte?

Mein Leben war nicht so verlaufen, wie es hätte verlaufen sollen, und ich hatte den Preis dafür bezahlen müssen. Ich hatte die Kirche verloren, und ich hatte die Liebe meines Vaters verloren, und irgendwann hatte ich sogar beide zu hassen begonnen. Wie wäre wohl alles gekommen, hätten D'Ambrizzi und seine kleine Bande es tatsächlich geschafft, Pius zu ermorden? Hätte ich die Kirche und meinen Vater dann nicht verloren?

Ich gelangte zu der Einsicht, daß ich mir die Antwort auf diese Frage nicht leisten konnte.

Aber eines ließ mir keine Ruhe. Wer hatte die Pius-Verschwörung verraten?

Meine Rückenwunde war fast völlig verheilt. Die Narbe war glatt und trocken, die Wundränder zusammengewachsen. Der Schmerz, den ich hin und wieder noch verspürte, war kein quälendes, scharfes Bohren mehr, nur noch ein dumpfes Pochen. Ich ließ Wasser in die Wanne laufen, so heiß, daß die Spiegel im Bad augenblicklich beschlugen. Ich öffnete eine Flasche Scotch, die Dunn in einem Lokal aufgestöbert hatte, das vor allem von durstigen Briten besucht wurde. Er hatte einen beinahe süßen Geschmack, war aber dennoch gehaltvoll, kräftig und rauchig. Einen so guten Scotch hatte ich noch nie getrunken. ›E'Dradour‹ stand auf dem Etikett. Dunn hatte mir gesagt, daß dieser Scotch aus der kleinsten Brennerei Schottlands komme. Father Dunn. Ich konnte mir beim besten Willen keinen Reim darauf machen, welche Rolle er in dieser ganzen verdammten Geschichte eigentlich spielte, aber wenn es um geistige Getränke ging, wußte der Mann, was Sache war. Dann lag ich in der Wanne, mit einem Glas E'Dradour on the rocks und noch einem und noch einem. Irgendwann war die halbe Flasche leer und ein Teil meiner Sorgen in weite Ferne gerückt.

Ich war sehr müde, und vielleicht spielte es gar keine so große Rolle, daß nichts mehr das war, was es zu sein schien, und niemand der, für den ich ihn hielt. Rom, römische Winkelzüge, römische Intrigen, sie verschluckten mich, verschlangen mich gänzlich, in einem Stück, und ich wußte, daß niemand mich vermissen würde. Es war ein seltsames, beunruhigendes, aber auch tröstliches Gefühl. Vielleicht zählte ich selbst gar nicht mehr so viel. Ich wäre kein großer Verlust... Tja, in Rom machte man eben alles anders. Wenn man in Rom war, erwartete man von einem, das zu tun, was die Römer taten. Aber wer konnte jemals wissen, was sie taten?

Mein Gott. D'Ambrizzi hatte versucht, den Papst zu ermorden.

Und er hatte LeBecq getötet – den falschen Mann, wie sich später herausgestellt hatte.

Das alles schien ihn nicht sonderlich zu berühren.

Was für ein Mensch tat so etwas?

Muß am Krieg gelegen haben, das war die Erklärung. Damals hatte ein Krieg gewütet, und das hatte alles verändert. Alle Regeln waren außer Kraft gesetzt...

Schließlich stieg ich aus der Wanne, taumelte zum Bett und legte mich hinein und dachte an Gabrielle LeBecq, an ihren warmen, weichen, anschmiegsamen Körper, die dunkle Haut. Ich schauderte. Ich wußte, ich würde sie nie wiedersehen, doch ich wollte noch einmal ihre Schenkel auf meinem Rücken spüren und mich in sie hineindrängen, dorthin, wo ich sicher war... ich wollte in Sicherheit sein. Das wenigstens schien mir nicht zuviel verlangt.

Ich fragte mich, ob ich auf Kardinal Indelicatos Feier in Sicherheit war. Wahrscheinlich nicht. Seine offiziellen Einladungen an Elizabeth, Dunn und mich waren bereits ergangen. Er würde sich geehrt fühlen, uns als seine Gäste begrüßen zu dürfen. In seiner Villa.

Morgen abend.

In meinen Träumen wartete meine Mutter auf mich.

Es war der gleiche alte Traum.

Nur kam sie diesmal näher, als drängte sie irgendein seltsamer Zwang voran, als wäre es von ungeheurer Wichtigkeit. Sie trug immer noch das dünne Nachthemd; es war die gleiche Szene, die ich in den vielen Jahren immer und immer wieder im Traum gesehen hatte... die Erinnerung daran, wie sie die Hand nach mir ausstreckte, an ihr wirres Haar, die funkelnden Ringe an ihren langen Fingern mit den lackierten Nägeln; aber diesmal war sie deutlicher zu erkennen, als würde ein dünner Vorhang, der sonst immer zwischen uns gewesen war, zur Seite geweht.

Ich verspürte ein intensives Gefühl der Scham; das alles war mir so peinlich, als hätte ich sie in einer sehr intimen Situation überrascht. Ich hätte nicht dort sein dürfen, wo ich war, und dennoch streckte sie die Hand nach mir aus, redete mit mir, und ich konnte ihr Parfüm riechen – es duftete nach Gardenien, es war jene Art

Duft, den man nie mehr vergißt, wenn man ihn als Kind in sich aufgenommen hat –, aber ich konnte auch den Gin riechen, den Martini in ihrem Atem... und das alles zum erstenmal; es waren völlig neue Eindrücke in diesem alten Traum... sie kam aus dem Schlafzimmer, und hinter ihr leuchtete gelbes Licht; es war Nacht, und ich stellte fest, daß ich meinen Schlafanzug und den rotkarierten Morgenmantel trug; ich mußte zehn oder zwölf Jahre alt sein, und zum erstenmal konnte ich ihre Stimme ziemlich deutlich vernehmen...

Ich hatte sie im Traum nie sprechen hören – Worte, richtige Worte –, doch ich wußte, es war eine Erinnerung; ich erinnerte mich an irgend etwas, das tatsächlich passiert war, das ich aber vergessen, verdrängt hatte, und die Worte wehten aus weiter, weiter Ferne an mein Ohr; sie rief mich, wiederholte meinen Namen, *Ben, Ben, hör mir zu, bitte, Ben*, die Stimme meiner Mutter klang flehentlich, *hör mir zu...*, und ich wich vor ihr zurück, ich sah meine Mutter nicht so, wie ich sie sonst sah, sie war nicht gepflegt und beherrscht und distanziert, diese Frau hatte geweint und getrunken und ihre Stimme war stockend, beinahe ein Schluchzen. Sie hielt ein Taschentuch in einer Hand, sie bettelte, sie wollte, daß ich näher kam, aber irgend etwas an ihr war beängstigend, vielleicht war es bloß der *Unterschied*, innerlich und äußerlich... ihre Stimme war kratzig, rauh... *Ben, lauf nicht weg, bitte, Schatz, hör mir zu...*

Ich ging langsam auf sie zu, näher und näher, so flehentlich war ihr Bitten. Ich spürte, wie ihre Hand sich um die meine schloß, mit kräftigem Druck, wie die Krallen eines Raubvogels, und ich sah den Vogel, aufgespießt auf einer Spitze des eisernen Zauns, vor so langer, langer Zeit, ich sah, wie die verängstigten Augen meiner Mutter mich anstarrten, und in meinem Traum vermischten sich die Bilder und Geräusche, der Vogel, der Zaun, die rauhe Stimme meiner Mutter; ich spürte ihre krallenähnliche Hand wie eine Klaue um die meine, wie bloße, bleiche Knochen... Dann erwachte der Vogel zum Leben und zappelte am Zaun, sterbend, kreischend, seine Beine zuckten, seine Flügel flatterten wild und hilflos, hoffnungslos, und dann verwandelte der Vogel sich in eine andere Gestalt – warum? warum? ich glaube, weil es ein Traum war. Der Vogel war jetzt ein Mann, dessen Füße in der Luft hingen, strampelten. Er war schwarz, so schwarz wie der sterbende Vogel, und auch er starb, dieser Schemen eines Mannes, schwarz vor weißem

Hintergrund, und dann wußte ich, wer er war... sterbend... schon tot, und pendelnd im Wind...

Father Governeau.

Draußen im Obstgarten; ein Anblick, der mir bisher erspart geblieben war.

Jetzt aber sah ich ihn, in meinem Traum. Warum? Ich wußte nicht, warum. Es war ein Traum, verdammt! Ein Traum und noch mehr, natürlich.

Dann hörte ich meine eigene Stimme. *Der Priester im Obstgarten...*

Ich hatte das noch nie zuvor gesagt, nicht zu meiner Mutter: es war ein Tabu, aber jetzt schrie ich es ihr ins Gesicht, und die Tränen stürzten aus ihren Augen, schienen in ihren Augen zu explodieren, als wären diese geplatzt, und die Tränen liefen über ihre Wangen, schienen all ihr Leid aus ihrem Innern zu spülen und ihr Gesicht zu zerschmelzen; ich schien meine Mutter auf diesem dunklen Flur für immer zu verlieren... und ich hörte ihre Stimme...

*Du, du, du warst es... du hast es getan... du allein, du hast es getan, immer warst du es, von Anfang an... du... nur du ... ich konnte nichts dagegen tun... es war zu spät... du hast es getan... der arme Priester...*

Dann wandte sie sich um, ging mit schwankenden Schritten ins Schlafzimmer zurück und schloß die Tür.

Ich stand allein im eiskalten, dunklen Flur und zitterte am ganzen Körper...

... und ich erwachte in meinem Bett in Rom, naßgeschwitzt, erschöpft und von Entsetzen und Angst erfüllt. Mehr als dreißig Jahre hatte ich diesen Traum nun durchlitten, und all die Jahre hatte ich mich verzweifelt bemüht, die Worte meiner Mutter zu verstehen und sie deutlicher zu sehen und zu begreifen, was das alles zu bedeuten hatte.

Und nun wußte ich es.

Ich wünschte mir, es wäre mir erspart geblieben.

Es hatte sich so angehört, als wollte meine Mutter mir die Schuld daran geben, was mit Father Governeau passiert war.

Alles hing miteinander zusammen. Father Governeau und Val und alles andere. Warum hatte Val sich kurz vor ihrer Ermordung für Father Governeau interessiert?

Und wieso gab Mutter mir die Schuld an seinem Tod?

Gegen drei Uhr morgens klopfte jemand an die Tür meines Zimmers. Ich lag im Bett und hatte Mühe, mir darüber klarzuwerden, ob ich träumte oder nicht. Als ich schließlich aufstand und zur Tür ging und öffnete, hatte Schwester Elizabeth gerade wieder die Faust erhoben, um erneut anzuklopfen. Ich fragte sie, ob sie wisse, wie spät es sei.

»Das spielt keine Rolle. Wie spät ist es denn?«

»Drei Uhr morgens. Kurz nach drei.«

»Sie sind zäh. Sie werden es überleben. Na los, lassen Sie mich rein.« Ihr Trenchcoat war triefend naß, und ihr Haar schimmerte feucht vom Regen. Sie rauschte an mir vorbei ins Zimmer. Sie wirkte so aufgedreht, als hätte sie ein Aufputschmittel genommen.

»Was wollen Sie hier? Was ist denn los?«

»Ich werde mit dem Kampf und der Ungewißheit nicht mehr fertig. Zwischen uns beiden, meine ich. Wir müssen reden, bevor alles zusammenbricht. Es ist meine Welt, Ben, sie bedeutet mir alles – aber wohin ich auch blicke, überall springen die Räder aus den Gleisen. Nein, nein, unterbrechen Sie mich jetzt bitte nicht. Wir würden uns nur wieder streiten, und dann wäre alles noch schlimmer, als es jetzt schon ist, darum lassen Sie mich einfach erzählen, was mir auf dem Herzen liegt, und sagen Sie kein Wort, es sei denn, ich stelle Ihnen eine direkte Frage.«

Ich nickte.

»Ich habe Angst, daß mein Leben verrinnt, ohne daß ich es richtig gelebt habe. Ich glaube, Val wäre über kurz oder lang aus dem Orden ausgetreten und hätte Lockhardt geheiratet. Ich weiß, was sie für ihn empfunden hat – ich glaube, das haben wir beide gespürt. Es tut mir sehr, sehr leid für Val. Und mein Glaube an die Kirche ist in tausend Stücke zersprungen – denn was bedeutet es, wenn die Kirche in diese ganze Sache verstrickt ist? Was ist mit der Kirche geschehen?«

»Ich betrachte das als direkte Frage. Und die Antwort lautet, daß nichts mit der Kirche geschehen ist. Sie ist so wie eh und je, nur haben Sie die Augen davor verschlossen. Die Kirche ist nicht besser und nicht schlechter, als sie schon immer gewesen ist.«

»Dann weiß ich nicht mehr, was ich überhaupt noch glauben soll. *Meine* Kirche ist plötzlich ein Geheimnis. Ich weiß nicht mehr, ob ich noch an irgend jemanden glauben kann, der ihr angehört. D'Ambrizzi hat mehr Gesichter als eine Gemäldegalerie

– und ich brauche jemanden, an den ich glauben kann. Darum habe ich über Sie nachgedacht...«

»Wissen Sie, ich...«

»Das war keine Frage. Ben, ich bin normalerweise ein sehr disziplinierter Mensch, in meinem Beruf und meinem Terminkalender und mit meinem methodischen Verstand. Vielleicht halten Sie das für eine Lüge, aber es ist keine. Ich bin jetzt schon ziemlich lange Nonne, und ich gebe zu, daß ich bestimmte Denkkategorien entwickelt habe – was mein Leben betrifft, meine Gefühle, meinen Glauben, das Bild, das ich von mir selbst habe. Ich habe nicht die Absicht, Sie mit alldem zu langweilen, aber Sie müssen verstehen, daß es einfach übermächtig ist, wie ich zu denken und zu reden und zu glauben gelernt habe. Und jetzt komme ich ausgerechnet zu Ihnen – zu einem verrückten ehemaligen jesuitischen Novizen, der kompliziertere Beweggründe für seinen Haß auf die Kirche und schärfere Abwehrmechanismen entwickelt hat als jeder andere, der mir bis jetzt über den Weg gelaufen ist. Aber das bedeutet nicht, daß ich Sie nicht mag und mir keine Sorgen um Sie mache, auch wenn Sie sich keine Gelegenheit entgehen lassen, mich wie das letzte Stück Dreck zu behandeln. Na ja, aber wenn ich Sie so ansehe, dann sag' ich mir, Mädchen, der Junge ist gar nicht so dumm, aber paß auf, daß er dich nicht hereinlegt... Also, ich möchte von Ihnen nur eins, und zwar die Antwort auf eine einzige Frage. Dann brauchen Sie nur noch zu warten und darüber nachzudenken, ob Sie vielleicht nicht ganz so voller blindem, hirnlosem, abgrundtiefem Haß gegen die Kirche sein sollten, die, weiß Gott, ihre Fehler und Schwächen hat...«

»Worauf soll ich warten?«

»Ob Sie herausfinden, was ich als nächstes tun werde, nehme ich an.«

»Wie lautet die Frage, Schwester?«

»Haben Sie ehrlich gemeint, was Sie mir gesagt haben?«

»Ich habe sehr viel zu Ihnen gesagt. Einiges habe ich so gemeint, wie...«

»Sie wissen ganz genau...«

»Also, wenn Sie nur hierhergekommen sind, um einen neuen Streit vom Zaun zu brechen...«

»Sie haben gesagt, daß Sie mich lieben. Und jetzt möchte ich...«

»Sicher habe ich das zu Ihnen gesagt. Sie möchten wissen, ob ich den Verstand verloren habe, nicht wahr? Die Frage habe ich mir auch schon gestellt. Ist es die Sache wert? Was hat es für einen Zweck, mich wieder der Kirche zu opfern? Wer braucht den verrückten Glauben an diesen ganzen Hokuspokus?«

»Auf einen Klugscheißer legt erst recht niemand Wert, Ben.«

»Ich habe nie behauptet, daß Sie oder sonst jemand mich bräuchten.«

»Ich möchte wissen, was Sie damit gemeint haben, als Sie mir sagten, daß Sie mich lieben.«

»Hat das schon mal jemand zu Ihnen gesagt? Ich meine, ein Mann?«

»Ja. Aber es gibt die Liebe in einem Kabrio, wenn man siebzehn ist, und es gibt die *Liebe*. Was haben Sie mit ›Liebe‹ gemeint?«

»Ich bin um einiges älter als siebzehn. Liebe, Schwester. Ich habe *Liebe* gemeint. Tut mir leid, ich mache es Ihnen nicht gern schwer, aber ich hatte damit gemeint, daß ich Sie *liebe*. Also, wenn Sie noch eine weitere Frage haben, dann hoffe ich inständig, daß Sie nicht wissen möchten *warum*. Ich weiß es nämlich nicht. Liebe, die *Liebe* passiert einfach, Schwester. Vielleicht ist diese blöde Erklärung der Beweis, daß ich verrückt bin. Vielleicht ist sie aber auch der Beweis dafür, daß es doch jemanden gibt, den ich lieben kann. Und das auch noch jetzt, wo ich schon alle Hoffnung aufgegeben hatte. Was wollen Sie noch von mir? Es ist mitten in der Nacht!«

»Keine weiteren Fragen. Ich muß nachdenken. Es kann eine Weile dauern. Lassen Sie mich wissen, wenn Sie Ihre Meinung ändern.«

Und dann war sie verschwunden, bevor ich so recht wußte, wie mir geschah. Ich wußte es sowieso nicht mehr. Ich stand in meinem Schlafanzug da und starrte auf die Tür.

Auf was hatte ich mich da eingelassen?

Es war schlicht unglaublich, ganz einfach.

Eine Nonne.

## 5 DRISKILL †

Es müssen Tausende von Kerzen gewesen sein, die im Foyer der Villa Indelicato flackerten, im Ballsaal an den Wänden der düsteren Flure. Die Villa war im sechzehnten Jahrhundert erbaut worden und seitdem Stammsitz dieser Adelsfamilie gewesen. Kardinäle, Staatsmänner, Wissenschaftler, Bankiers, Gauner, Dichter, Lebemänner, Generäle, Diebe – das Indelicato-Blut hatte im Laufe der Jahrhunderte die verschiedensten schillernden Gestalten hervorgebracht. Die Villa hatte nur einen kleinen Teil dieser langen Ahnenreihe erlebt, die letzten sieben, acht Generationen. Sie war prunkvoll und riesig, hervorragend instandgehalten von einem Stab, der nie weniger als dreißig Personen festangestelltes Hauspersonal umfaßt hatte. Und jetzt war dieses Herrenhaus das Heim von Manfredi Kardinal Indelicato, der in den Augen der römischen Buchmacher, die sich zumeist aus Presseleuten rekrutierten, eine sehr große Chance hatte, der erste Indelicato-Papst zu werden.

Das Arrangement der Feier war schlichtweg perfekt. Das Kerzenlicht tanzte auf pfirsichfarbenem Marmor; das Kammerorchester spielte Musik von Vivaldi; der Parkettfußboden schimmerte an jenen Stellen, die nicht von schweren, kostbaren Teppichen bedeckt waren; der Duft von Fichten drang durch die geöffneten Türen; ich sah Gruppen hoher und höchster Geistlicher mit allen Insignien ihrer Ämter, mondäne Frauen in eleganten Modellkleidern, die meisten mit einem so tiefen Ausschnitt, daß sehr viel sonnengebräunter, wohlgeformter Busen zu sehen war; grauhaarige Männer, die sich solche Frauen leisten konnten; Filmstars und Kabinettsminister. Leise Konversation; das Raunen vermischte sich mit den Klängen der Musik; dennoch war deutlich zu spüren, daß sich die hier Versammelten in einem Zustand gespannter Erwartung befanden, näherte sich das Drama doch seinem Ende: In einem abgeschiedenen Zimmer irgendwo in den Katakomben des Vatikans lag der Papst im Sterben. Es herrschte jene Spannung, die beinahe sexueller Natur ist – wie oft, wenn eine solche Gesellschaft der Reichen, Schönen und Mächtigen versammelt ist.

Schwester Elizabeth, Father Dunn und ich wurden von einer Limousine zur Villa gebracht, die uns aufmerksamerweise von

Kardinal D'Ambrizzi zur Verfügung gestellt worden war. Wir stiegen die lange Treppe mit den flachen Stufen hinauf und wurden schnell von der Menge aufgesogen, denn das Fest war bereits im Gange. Elizabeth wurde sofort von irgendwelchen Bekannten mit Beschlag belegt, Dunn von vatikanischen Freunden begrüßt, und darum schlenderte ich allein weiter. Champagner, erlesene Speisen auf langen Tischen; Bedienstete in Gesellschaftsanzügen bewegten sich geschickt mit silbernen Tabletts durch die Menge, boten verschiedene Getränke an. Das Kerzenlicht, nur ganz sanft durch elektrische Beleuchtung verstärkt, tauchte alles in traumhaften, roséfarbenen Schimmer.

Die Villa war ein Wohnhaus, gewiß, doch an Abenden wie diesem offenbarte sie ihre zahlreichen Sehenswürdigkeiten; sie war so etwas wie ein Privatmuseum. An den Wänden, fast zehn Meter hoch, hingen eine Unzahl kostbarer Gobelins sowie Gemälde großer Meister, deren Wert schlichtweg unschätzbar war. Im Laufe der Jahrhunderte hatte die Familie Indelicato offensichtlich viele ebenso begeisterte wie begüterte Sammler hervorgebracht, und die Ernte war reichlich ausgefallen: Raffael, Caravaggio, Reni, Rubens, Van Dyck, Baciccio, Murillo, Rembrandt, Bosch, Hals und so weiter und so fort. Es war beinahe schon unwirklich, so viele Kunstschätze, soviel Reichtum regelrecht zusammengedrängt in einem einzigen Privathaus bestaunen zu können. Ich schlenderte langsam durch die Räume, was sich wegen der vielen Gäste nicht ganz einfach gestaltete, und bewunderte ein Gemälde nach dem anderen, trank Champagner und vergaß beinahe, warum ich mich hier aufhielt.

Keiner von uns wußte, was uns erwartete. Zuerst einmal stellte sich die Frage: Warum waren wir überhaupt eingeladen worden? Dunn, der sich immer noch nicht zu D'Ambrizzis überraschender Eröffnung geäußert hatte, er sei einer der engsten Freunde des Kardinals, hatte Elizabeth und mir erklärt, er glaube, daß wir deshalb eingeladen worden seien, weil der Papst Indelicato und D'Ambrizzi gemeinsam mit der Aufgabe betraut habe, Vals Mörder zu finden. Indelicato habe uns schon lange kennenlernen wollen. Warum aber hatte D'Ambrizzi so sehr darauf gedrängt, daß wir diese Feier besuchten, hatte ich wissen wollen. Die Antwort Father Dunns hatte sich auf ein Achselzucken beschränkt. Doch offensichtlich verfolgte D'Ambrizzi seinen eigenen Plan: Er hatte gesagt, daß am Ende dieses Abends alles vorüber sei. Irgend etwas würde passieren. Wir wußten nur nicht, was. Und wann und wem.

Schwester Elizabeth sah hinreißend aus in einem schwarzen Samtkleid mit viereckigem Ausschnitt; sie trug ein Kameehalsband, das Val ihr geschenkt hatte; ihr Haar war nach hinten gekämmt und mit einer schwarzen Schleife zusammengebunden. Sie lächelte mich an, als wir uns im Hassler trafen; ein Lächeln, wie ich es noch nie zuvor bei ihr gesehen hatte. Es war ein Lächeln, als wäre kein Streit mehr zwischen uns, als wären alle Probleme bereits aus der Welt geschafft. Unsere Blicke trafen sich, und sie nahm meine dargebotene Hand, als ich ihr in den Wagen half. Wir hatten durch unser kurzes nächtliches Gespräch in meinem Hotelzimmer einen Waffenstillstand erzielt. Jetzt fühlte auch ich mich ruhig, fast heiter. Nun standen wir wenigstens auf der gleichen Seite; ungeachtet, in welchen Kategorien wir dachten, auf welche Entwicklung der Dinge jeder von uns hoffen mochte.

Wir standen auf einer weit geschwungenen Treppe und blickten auf die rastlose, wogende Menschenmenge hinunter. Elizabeth blickte mich an. »An welche Geschichte glauben Sie?« Sie hatte mir von ihrem Gespräch mit Sandanato erzählt, von dessen Behauptung, D'Ambrizzi sei der Mann im Hintergrund, derjenige, der für alles, was geschehen war, die Verantwortung trage. Derjenige, der die Kirche in seine Gewalt bringen wolle und sie zerstören werde, da er rücksichtslos gegen alles vorgehen werde, was seinen Überzeugungen im Wege stehe. »Entweder ist D'Ambrizzi der Böse oder der Gute. Die Frage ist nur: Wie sollen wir das herausfinden?«

»Keine Ahnung. Die hohen Geistlichen sind durch die Bank üble Zeitgenossen. Und gerade D'Ambrizzi bringt dafür die besten Voraussetzungen mit. Wir haben nur sein Wort, daß er kein schlechter Kerl ist.«

»Wir haben auch Father Dunns Wort«, sagte sie.

»Wie beruhigend. Was ist sein Wort wert? Ich weiß es nicht.«

»Und was sagt Ihnen Ihre innere Stimme?«

»Daß ich mich erst mal mit Herrn Horstmann befassen sollte. Dann werde ich mich um denjenigen kümmern, der Horstmann geschickt hat. Und es spricht alles dafür, daß Simon es war, der *wirkliche* Simon... D'Ambrizzi.«

»Aber der Mord an Val – D'Ambrizzi hätte niemals den Befehl erteilt, Val zu ermorden...«

»Und was ist mit dem Mordversuch an Ihnen? An mir? Hätte er die befehlen können?«

Sie blickte zur Seite, schwieg.

Ein Priester mittleren Alters mit einem blasierten, humorlosen Gesicht kam vom oberen Teil der Treppe zu uns herunter. »Schwester Elizabeth«, sagte er, »und Mister Driskill. Seine Eminenz Kardinal Indelicato möchte Sie gern sehen. Bitte, folgen Sie mir.«

Wir stiegen hinter ihm die Stufen hinauf, folgten ihm über einen Treppenabsatz und dann einen Flur mit grün-goldener Brokattapete entlang, vorüber an einigen Rokokostühlen, Dutzenden von Gemälden und Tischen, auf denen Vasen mit frischen Blumensträußen standen.

Der Priester blieb vor einem Türeingang stehen und bedeutete uns mit einer Handbewegung, in das dahinterliegende Zimmer zu treten. Es war lang und schmal, mit hohen Fenstern, schweren, bodenlangen Vorhängen, einem Teppich, der ein paar hundert Jahre alt sein mochte, einem antiken Schreibpult und einem riesigen Gemälde von Masaccio, das eine der Wände beherrschte. Ich hatte bis zu diesem Zeitpunkt nicht die leiseste Ahnung gehabt, daß solche Werke in Privathäusern hingen.

Im Zimmer hielt sich außer uns niemand auf. *»Momento«*, murmelte der Priester und verschwand durch eine reich geschnitzte Tür, die sich hinter dem Schreibpult befand.

Ich nickte. Mein Blick wurde von einem kleinen Gemälde angezogen, das neben einem Fenster und über einem Ultraschall-Luftbefeuchter hing, der sein Bestes tat, die Kunstgegenstände davor zu bewahren, zu Staub zu zerfallen. Auf dem Gemälde war eine gespenstische Gestalt in einem wehenden Umhang zu sehen, die im Raum zu schweben schien und einen langen Arm in Richtung des Betrachters ausstreckte. Bei näherem Hinsehen stellte ich fest, daß das Gesicht der Gestalt ein grinsender, bleicher Totenschädel war. Im trostlosen, öden Hintergrund waren kahle Bäume zu erkennen; schwarze Vögel erhoben sich in einen blaßroten Himmel, als würden hinter dem Horizont die Feuer der Hölle lodern. Ich war von dem Anblick des Gemäldes betroffen, denn die Gestalt im Umhang besaß eine große Ähnlichkeit mit meiner Mutter in meinem immer wiederkehrenden Traum. Ich hörte das Rauschen schwerer Vorhänge und wandte mich genau in dem Moment um, als Kardinal Indelicato langsam ins Zimmer trat.

Sein Gesicht war hager und bleich. Sein schwarzes Haar glänzte wie Schellack und war straff zurückgekämmt, und sein Schädel war lang und schmal. Er schüttelte Schwester Elizabeth die Hand; dann kam er zu mir herüber und begrüßte auch mich mit einem Händedruck – so steif und förmlich, daß ich jeden Moment damit rechnete, daß er die Hacken zusammenschlug. Ein schweres Kreuz aus Silber, das an einer langen silbernen Halskette hing, lag auf seiner Brust. Es war mit funkelnden grünen und roten Steinen besetzt; offenbar Smaragde und Rubine. Er bemerkte, daß dieses Schmuckstück meine Aufmerksamkeit auf sich zog.

»Dieses Kreuz gehört nicht zu meinem üblichen Aufzug, Mister Driskill. Ein Familienerbstück – dazu geeignet, den flinken Vampir abzuwehren, wie ich mir habe sagen lassen. Auch diese übertrieben prunkvolle Kleidung trage ich nur zu übertrieben prunkvollen Anlässen. Was auf den heutigen Abend zutrifft, fürchte ich. Die Kirche zollt den Anforderungen moderner Medien wie dem Fernsehen ihren Tribut. Ein amerikanischer Fernsehsender hat einen Mehrteiler gedreht, in dem enthüllt wird, ›wie der Vatikan wirklich arbeitet‹. Sie können sich die erste Sendung im Rahmen des heutigen Empfangs bereits ansehen. Wie ausgesprochen amerikanisch diese Idee doch ist, nicht wahr? Informationen aus erster Quelle – ich glaube, die Amerikaner sind fasziniert von solchen Inside-Storys, um diesen Begriff zu benutzen. Und sie werden – entschuldigen Sie, wenn ich das so kraß ausdrücke – alles glauben, was man ihnen vorsetzt. Aber ich schweife ab, verzeihen Sie. Ich möchte die Gelegenheit nutzen, Ihnen persönlich mein tief empfundenes Beileid auszusprechen, daß Ihre Schwester auf so tragische Weise ums Leben gekommen ist. Ich habe sie nur flüchtig gekannt, aber aufgrund ihrer Reputation war sie in der gesamten christlichen Welt und darüber hinaus bekannt. Und Sie, meine liebe Schwester Elizabeth, welch entsetzliches Erlebnis Sie doch hatten.« Er schüttelte den schmalen, markanten Kopf, hob seine dünne, langfingrige Hand in einer beredten Geste. »Doch wir stehen kurz vor dem Abschluß unserer Nachforschungen. Ich kann Ihnen versichern, daß es keine weiteren Morde mehr geben wird. Die Kirche ist wieder auf den Weg des Heils zurückgekehrt.« Ein dünnes, kaltes Lächeln huschte über sein Gesicht.

»Das ist tröstlich«, sagte ich. »Denn alles scheint sich in die Richtung zu bewegen, daß wir alle bald wieder an unseren Platz zurückkehren können. Was besonders meine Schwester Val sehr freuen wird. Und Robbie Heywood und Bruder Leo und all die anderen, die von August Horstmann ermordet wurden...«

»Ja, ja, ich kann Ihre Gefühle durchaus nachempfinden.« Nach meinem ziemlich kampflustigen Ausbruch wandte sich der Kardinal zu Schwester Elizabeth, die ihn auf eine Weise ansah, als studiere sie ein besonders interessantes Exemplar des *Cardinalus Romanus*; vielleicht suchte sie nach Anzeichen von Panik – nach irgendeinem Hinweis, der Schuld oder Unschuld offenbarte, die Wahrheit oder Unwahrheit von Sandanatos Version.

»Aber«, fuhr er fort, »Sie dürfen nicht aus den Augen verlieren, daß es sich hier um eine kirchliche Angelegenheit handelt. Es geht nicht nur darum, daß die Kirche selbst derartige Probleme am besten zu lösen versteht. Sie können *nur* von der Kirche selbst gelöst werden. Sehr bald werden Horstmann und sein Auftraggeber bloßgestellt und auf eine Weise zur Rechenschaft gezogen werden, wie nur die Kirche es vermag. Bis das geschieht, möchte ich Sie beide bitten, sich in dieser Sache strengste Zurückhaltung aufzuerlegen und keinerlei weitere Nachforschungen mehr anzustellen. Der Heilige Vater hat sich endlich doch noch entschlossen, in der fraglichen Angelegenheit tätig zu werden. Halten Sie beide sich davon fern, wie immer auch Ihre persönlichen Gefühle sein mögen. Darf ich annehmen, daß ich Ihre Zusicherung habe?«

»Sie dürfen annehmen, was immer Sie wollen«, sagte ich schroff.

»Sie machen alles nur schwieriger«, sagte Indelicato. »Ihr Verhalten beweist, daß Sie genau der Mensch sind, vor dem man mich gewarnt hat. Aber Sie sind für Ihr Tun selbst verantwortlich. Doch seien Sie versichert, daß Sie den Ausgang dieser Angelegenheit in keiner Weise mehr beeinflussen können. Ich danke Ihnen, daß Sie gekommen sind.« Wieder lächelte er auf seine unpersönliche, mitleidlose Weise. »Genießen Sie den Abend. Und versäumen Sie nicht die Vorführung des Filmes. Vielleicht erfahren Sie in der Tat etwas darüber, wie der Vatikan wirklich arbeitet. Ich glaube, er wird als geradezu entwaffnend schlichter und heiterer Ort dargestellt.« Er neigte den schmalen Kopf.

»Sie behaupten, es ist D'Ambrizzi, nicht wahr?« sagte ich und wich nicht von der Stelle, als er uns zur Tür führen wollte. »Sie müssen der Meinung sein, das beweisen zu können... aber zu wessen Nutzen, wenn Sie die Behörden nicht einschalten? Nicht die römische Polizei, nicht die Polizei in Princeton. Es soll eine rein kirchliche Angelegenheit bleiben? Der Papst liegt im Sterben und weiß vielleicht gar nicht, was Sie planen. An wen wollen Sie sich denn wenden? Wem wollen Sie Ihre Beweise vorlegen? Wie sollen die Schuldigen bestraft werden?«

Nach einem knappen Achselzucken erwiderte der Kardinal: »Genießen Sie den Abend. Und nun, bitte, müssen Sie mich entschuldigen.« Er ging an mir vorbei, blieb vor der Tür stehen, wandte sich noch einmal um und starrte mich an. Zu meiner Überraschung sagte er nichts, sondern öffnete die Tür und ging.

Die *papabili* waren offenbar fast vollzählig vertreten. Sie waren überall. Es gab auch noch ein paar andere Gesichter, die ich kannte, aber sie gehörten Männern, die sich nicht um die Papstwürde rangelten.

Ich stand auf dem Balkon und beobachtete die Menge unter mir.

Auch Kardinal Klammer war den weiten Weg aus New York angereist. Ich sah Kardinal Poletti, einen der einflußreichsten Drahtzieher innerhalb der Kurie, und Kardinal Fangio, dem man nachsagte, er sei von allen der schlimmste Wolf im Schafspelz und trüge den Mantel der Unschuld so geschickt, daß es beinahe glaubwürdig aussähe. Auch Kardinal Vezza gab sich die Ehre, ebenso Kardinal Garibaldi und der bucklige Kardinal Ottaviani sowie Kardinal Antonelli mit seinem langen, noch immer blonden Haar. Und ich sah einige andere, deren Namen mir entfallen waren, die ich aber wiedererkannte: ein Holländer, der sich mit Hilfe zweier Krücken bewegte und die Füße beim Gehen nachschleifte, ein Deutscher mit Bürstenhaarschnitt; ein Farbiger, der nach meiner vorsichtigen Schätzung zwei Meter zehn groß war – Gesichter, die Fernsehzuschauern und Zeitungslesern vertraut waren. Ich entdeckte auch Drew Summerhays und an seiner Seite den kleinen Mann, der ihn schon in Avignon begleitet hatte; der kleine Kerl mit den gräßlichen Narben an Hals und Kehle. Und unter einem Bogengang stand ein Mann, auf dessen Gesicht Licht und Schatten tanzten. Ich kannte auch dieses Gesicht, aber es hier zu sehen, überraschte mich. Ich hatte nicht damit gerechnet, Klaus Richter unter den Gästen zu finden. Er trug einen schwarzen Straßenanzug, trank Champagner und unterhielt sich mit einem Geistlichen. Alles war noch an Ort und Stelle: die Nazis, die Kunst, die Kirche. Richter. Der alte, golfspielende Nazi; einer der Männer auf dem Foto, das Val aus seinem Büro gestohlen hatte. Ob er sich in Rom aufhielt, um seinem alten, zum Spezialgebiet entwickelten Geschäft nachzugehen, fragte ich mich. Dem Geschäft mit der Erpressung? Sehr wahrscheinlich.

Father Dunn tauchte neben mir auf und murmelte irgend etwas, und als ich ihn anblickte, sah ich im Augenwinkel flüchtig einen markanten silberhaarigen Kopf und runde Brillengläser, in denen sich das Kerzenlicht brach; ein Mann, der sich eilig durch die unter uns wogende Menge wand. Ich zuckte herum, aber der Mann war verschwunden. Dunns Augen folgten meinem Blick. »Was ist?«

»Nichts. Ein Trugbild«, sagte ich. »Ich glaubte, Horstmann gesehen zu haben.«

»Warum sollte es ein Trugbild gewesen sein?« Dunn lächelte verzerrt. »Gibt es überhaupt noch etwas, das Sie überraschen kann? *Das* würde *mich* überraschen.«

»Sie haben recht. Ich scheine wirklich niemals zu begreifen.«

»Natürlich tun Sie das. Übrigens machen Sie unter den gegebenen Umständen einen erfreulich heiteren Eindruck auf mich. Der Erfolg der Entspannungspolitik zwischen Ihnen und Schwester Elizabeth?«

Ich nickte.

»Aber vergessen Sie ja nicht«, sagte er, »daß sie es ihnen nie leichtmachen wird. Sogar wenn Sie's versucht, wird es nicht leicht sein.«

Ich nickte wieder und fragte mich, ob der Mann, den ich gesehen hatte, tatsächlich Horstmann gewesen sein könnte. Vielleicht war er hier, um von Simon neue Befehle entgegenzunehmen. Soweit mir bekannt war, hatte er seit immerhin einer Woche keinen Menschen mehr ermordet.

»Sehen Sie mal, dort hinten«, sagte Dunn und wies auf einen plötzlichen, blitzlichterhellten Tumult in der Menge, der auf der gegenüberliegenden Seite der Halle entstanden war.

Kardinal Indelicato begrüßte Kardinal D'Ambrizzi. Hochgewachsen und hager und distinguiert; klein, fett, lächelnd. Die beiden hätten die besten Freunde sein können. Andere Kardinäle schienen unwiderstehlich von ihnen angezogen zu werden wie von starken Magneten. Und so etwas Ähnliches waren diese beiden herausragenden Persönlichkeiten ja auch.

»Was für ein spannendes Spiel das alles ist«, sagte Dunn. »Heute abend sichert Indelicato sich sein Anrecht, für alle Eingeweihten deutlich zu erkennen. Er sagt in ihrer Geheimsprache: *Ich werde Papst!* Und jeder hier – fast jeder – versucht, sich bei ihm lieb Kind zu machen. Das muß man einfach genießen.«

Eine Stunde später zog die Menge nach und nach in den Ballsaal hinüber, wo das ausgewählte Publikum die Vorabaufführung der Fernsehsendung über den ›Vatikan, wie er wirklich ist‹ miterleben konnte. Kardinal Indelicato hielt eine kurze, einleitende Rede. Er stellte seinen Gästen den berühmten amerikanischen Produzenten der Sendung vor; er nahm den Beifall der Menge entgegen, während die Lichter im Ballsaal langsam erloschen. Er ließ sich sichtlich von der Woge der Begeisterung tragen – eine der sehr seltenen Gelegenheiten, bei denen er sich solche weltlichen Ausschweifungen erlaubte.

D'Ambrizzi hatte die Gunst des Augenblicks genutzt und sich abgesetzt. Er gesellte sich in den Schatten eines aus riesigen Palmen gebildeten Haines zu uns. Dunn bemerkte ihn zuerst. »Eminenz«, sagte er.

Der Kardinal hatte Schwester Elizabeth im Schlepptau. »Diese junge Dame« – er legte den Kopf schief und nickte in Elizabeth' Richtung – »hält an der Meinung fest, daß ich nicht Jack the Ripper bin. Ich hoffe, auch Ihnen das im Laufe der nächsten Stunden beweisen zu können, Benjamin. Was meinen lieben Freund Indelicato betrifft – er glaubt, der Karriere des alten Saint Jack noch heute abend ein Ende zu machen.« Er zuckte die Achseln. »Und wenn es ihm gelingt? Wäre das eine solche Tragödie? Nun... ja, doch, es könnte für die Kirche tragisch enden.«

»Was wünschen denn *Sie* der Kirche?« fragte ich.

»Was ich der Kirche wünsche? Daß sie nicht den Inquisitoren in die Hände fällt, würde ich sagen – so nenne ich sie jedenfalls. Die alte Garde. Die Ultrakonservativen. Ich würde gern verhindern, daß Indelicato das Ruder in die Hand bekommt und die Kirche in eine Art fürstliches Jagdrevier für sich und seinesgleichen zurückverwandelt. Das ist der entscheidende Punkt.«

»Indelicato macht heute abend einen sehr zuversichtlichen Eindruck«, sagte ich.

»Warum auch nicht? Er hat mich in der Hand, wie er meint. Horstmann war Simons Kreatur, da stimmen alle überein... und ich war Simon... Ich habe versucht, einen Papst zu ermorden, ich habe eine Bande von Killern angeführt, und alles spricht dafür, daß ich Horstmann reaktiviert habe. So etwas hat in der langen, düsteren Geschichte der Kirche durchaus Tradition, und Indelicato glaubt, genug Beweise gegen mich erbringen zu können. Wie, um alles in der Welt, kann ich ihn daran hindern, mich durch Erpressung aus dem Rennen zu werfen? Um das zu verhindern müßte – wenn ich mal so sagen darf – Gott seine Hand gegen ihn erheben. Natürlich glaube ich an Gott.« Er lächelte breit und fingerte behutsam an dem elfenbeinernen Kreuz auf seiner Brust herum. »Und Gott ist schließlich dafür bekannt, daß er denen hilft, die sich selbst helfen. Nun gut, hat jemand von Ihnen die Absicht, sich diese Fernsehsendung anzusehen?« Hatten wir nicht, wie wir einmütig zu verstehen gaben. »Ich auch nicht. Kommen Sie mit mir. Rasch. Ich möchte Ihnen etwas zeigen.«

Er führte uns einen verlassenen Flur entlang und dann eine Treppe hinunter, die in einem Bogen in die dunklen, höhlenartigen Kellerräume führte, die nur hier und da von Deckenlampen spärlich beleuchtet wurden. Er drückte auf einen Schalter an der Wand, und die großen, plumpen Schemen entpuppten sich im aufflammenden Licht als Weinregale, in denen Tausende von Flaschen lagerten, in schier endlos langen Reihen, die sich in der Düsternis des Gangs verloren. Dunn murmelte: »Ich habe mir sagen lassen, das hier ist der bestbestückte Weinkeller in ganz Rom.«

D'Ambrizzi zuckte die Achseln. »Ich bin kein Kenner edler Tropfen. Wenn der Wein herb ist und die Farbe von Blut hat, bin ich's zufrieden. Ich bin eben ein Bauer.« Er ging zwischen den Regalen hindurch. »Man wird uns hier unten nicht stören. Der gute Manfredi bewahrt hier etwas auf, das Sie einfach sehen müssen.«

Elizabeth sagte: »Wie können Sie sicher sein, daß wir nicht gestört werden?« Sie warf einen Blick über die Schulter, als würde sie jeden Moment damit rechnen, daß ein Einsatztrupp der Schweizergarde erschien. »Gehen wir nicht zu weit?«

»Schwester, ich kenne Manfredi Indelicato seit mehr als fünfzig Jahren. Der eine weiß so gut wie alles über den anderen. Er läßt mich permanent von seinen Spionen überwachen. Aber er betrachtet mich als einen Elefanten im Porzellanladen, und einen naiven noch dazu. Er glaubt, was er glauben möchte, was meine Person betrifft. Jedenfalls käme er nie auf den Gedanken, daß ich meine Spione unter seinen eigenen Angestellten habe, einige Damen und Herren seines Hauspersonals. Manchmal macht er sich Informationen zunutze, die er nur von seinen eigenen Spionen erhalten haben kann. Auf diese Weise verrät er sich selbst – und die Identität seines Spions noch dazu. Ich hingegen benutze niemals, was meine Leute über ihn in Erfahrung bringen. Ich beschränke mich auf das Sammeln von Informationen für den späteren Gebrauch.« Er grinste sein Krokodilsgrinsen. »Ich nutze mein Wissen nur indirekt, verstehen Sie. Ich bin der Verschlagene, nicht Manfredi.« Er strahlte über das ganze Gesicht. »Er ist darauf vorbereitet, mich heute abend zu töten. Wenn er es muß, wird er es tun... oder glaubt es jedenfalls. Aber mache ich einen ängstlichen Eindruck auf Sie? Also, Schwester, keine Sorge – wir sind hier ziemlich sicher. Ich bin schon mal hier gewesen. Was ich Ihnen gleich zeigen werde, habe ich bereits mehrere Male gesehen, nur um mir immer wieder zu versichern, daß es wirklich und wahrhaftig existiert. Folgen Sie mir bitte!«

Der Staub auf den Weinflaschen, der leicht modrige Geruch, die stille Kühle des Kellers – das alles nahm ich in mich auf und fragte mich gleichzeitig, warum D'Ambrizzi uns hier heruntergeführt hatte. Als er am letzten Regal anlangte, reckte sich der Kardinal und bewegte es vorsichtig zur Seite. Ich vernahm ein surrendes, leise knirschendes Geräusch, und das Regal sowie die ganze Wand glitten auf unsichtbaren Führungsschienen zur Seite und gaben den Eingang zu einem dahinter liegenden Raum frei. D'Ambrizzi winkte uns, ihm zu folgen.

»Manfredi ist ein überheblicher Mensch. Jeder andere, der unter seiner Villa einen solchen geheimen Raum besäße, hätte eine Alarmanlage anbringen lassen oder Überwachungskameras – wir leben im Zeitalter der Technisierung. Aber schließlich könnten die Monteure, würden sie hier unten derartige Geräte anbringen, ja darüber reden und irgend etwas durchsickern lassen, und es könnte ihm nichts Schlimmeres passieren. Manfredi ist sich seiner Unantastbarkeit sehr sicher, er ist so herrlich egozentrisch, er hält sich für völlig unangreifbar. Er ist sicher, daß niemand von dieser Gruft weiß – daß niemand weiß, was hier versteckt ist. Aber da irrt er sich. Giacomo D'Ambrizzi weiß es...«

Zwei Stufen führten hinunter in den Raum. Er besaß nicht die romantisch-düstere Atmosphäre des Weinkellers; die Luft hier war rein und sauber, beinahe steril, was wohl auf die beiden großen Luftbefeuchteranlagen und das Luftfiltersystem zurückzuführen war. Außerdem war der Raum mit Temperaturmeßgeräten sowie damit gekoppelten automatischen Sprinkleranlagen ausgestattet – für den Fall, daß ein Feuer ausbrach. Ich sah Unmengen von Kisten verschiedenster Größe und Form. Der Raum hatte die ungefähren Ausmaße zweier Tennisplätze.

»Dies, meine Freunde«, sagte D'Ambrizzi, »ist die Beute aus dem Zweiten Weltkrieg. Kommen Sie, sehen Sie sich diese Kisten an. Kommen Sie nur.« Er bedeutete uns, ihm zu folgen, führte uns die Stufen hinunter und trat dann an einige Kisten heran. »Schauen Sie... schauen Sie nur!«

Die Kisten waren mit schwarzen Reichsadlern und Hakenkreuzen bemalt – Symbolen des Dritten Reiches. Einige trugen in verblaßter schwarzer Aufschrift die Namen bedeutender Künstler. Ingres. Manet. Giotto. Picasso. Goya. Bonnard. Degas. Raffael. Leonardo. Rubens. David. Es nahm kein Ende. Auf die meisten Kisten war in roter Farbe das Wort *Vaticano* gekritzelt.

»Das alles ist hier sicher aufgehoben«, sagte D'Ambrizzi. »Manfredi hat sich, was die Konservierung betrifft, wirklich Mühe gegeben. Er ist ein wahrer Kunstliebhaber. Liegt in der Familie. Schließlich soll das alles ja noch sehr lange Zeit hier unten aufbewahrt werden, weil die meisten dieser Stücke eine kunsthistorisch recht genau bekannte Vorgeschichte haben. Von den meisten weiß man, in welchen Museen oder Privatsammlungen sie sich befunden haben. Vielleicht müssen sie noch hundert Jahre hier unten versteckt bleiben. Sollte Fredi Papst werden, wird er gewiß dafür sorgen, daß diese Werke in kirchlichen Besitz übergehen. Gegen gute Bezahlung, versteht sich...«

»Und was geschieht damit, wenn Sie Papst werden?« fragte ich.

»Daran habe ich bis jetzt kaum einen Gedanken verschwendet. Ich kann jedenfalls nicht, wie Manfredi, als Makler auftreten, was diese Kunstschätze angeht. Nun ja, ich würde mir schon irgend etwas einfallen lassen. Aber Indelicato wird, sollte ihm der Papstthron versagt bleiben, vermutlich versuchen, die Stücke im Familienbesitz zu behalten.« Er seufzte. »Tja, ich wollte Ihnen die Freude machen, das hier bestaunen zu können. Und sich davon zu überzeugen, was Indelicato damals getrieben hat. Würden Sie sich die Kisten genauer anschauen, könnten Sie feststellen, daß einige für Göring oder Himmler oder Goebbels oder Hitler selbst bestimmt waren. Aber Indelicato hat sie sich unter den Nagel gerissen – gelegentlich mit meiner Hilfe, gebe ich zu.«

»Aber warum Indelicato?« fragte Elizabeth. »Er war während des Krieges in Rom, er hatte mit den *Assassini* in Paris nichts zu tun... Sie waren doch derjenige, der dafür gesorgt hat, daß die Kirche ihren Anteil an der Beute bekommt...«

»Na ja, ich hab's nicht übers Herz gebracht, mich zu bereichern, wissen Sie. Aber Fredi war Pius' rechte Hand, als die ganze *Assassini*-Geschichte ausgetüftelt wurde. Es war nicht allein Pius' Idee, daß mir diese unangenehme Aufgabe übertragen wurde, nach Paris zu reisen, um dort die Dreckarbeit zu verrichten. Pius hat Indelicato damals gebeten, ihm einen geeigneten Mann vorzuschlagen. Und Indelicato erkannte die Möglichkeit, mich auf diese Weise loszuwerden. Schon damals waren wir die geborenen Feinde. Er hielt meine Chancen, lebend aus Paris zurückzukehren, für verschwindend gering. Er ging davon aus, daß die Nazis irgendwann genug von meinem streitsüchtigen Wesen hätten und mich kurzerhand beseitigen würden. O ja, Indelicato hat mich und meine Arbeit sehr genau beobachtet.«

»Wußte er von Ihrem Plan, Pius zu ermorden?«

»Du meine Güte, ja, natürlich. Indelicato höchstpersönlich hat den Nazis den Hinweis gegeben, wann und wo das Attentat stattfinden sollte. Dadurch hat er sein Verhältnis zu Pius weiter gefestigt. Immerhin hatte er dem Papst ja ›das Leben gerettet‹. Pius hat ihm das nie vergessen.«

»Und wer hat Indelicato den Tip gegeben? Wer hat Sie und Ihre Männer verraten?«

»Jemand, dem ich vertraut habe. Jemand, der alles wußte. Es hat sehr lange gedauert, bis ich erfahren habe, wer der wirklich Schuldige war. Zu Anfang war ich natürlich sicher, daß LeBecq der Verräter gewesen ist. Aber er war es nicht.«

»Wer dann?«

D'Ambrizzi schüttelte den Kopf. Er wollte nicht antworten.

Elizabeth fragte: »Aber wie ist Indelicato an all diese Beutestücke gekommen?«

»Pius war ein dankbarer Mensch, sofern es ihm von Nutzen war. Er gab diese Kostbarkeiten als Belohnung für treue Dienste in Fredis Obhut. Weil er die päpstliche Haut gerettet hatte. Kann aber auch sein, daß Indelicato ihn erpreßt hat. Was weiß ich.« Bei diesem Gedanken mußte er lächeln.

»Jedenfalls«, sagte Father Dunn, »war es eine sinnreiche Geste des Papstes. Die Familie Indelicato war schon immer stolz auf ihre Sammlung. Sie haben schon seit Generationen gesammelt.«

Schlagartig ging mir ein Licht auf.

»Der ›Collector‹ – der Sammler«, sagte ich leise.

D'Ambrizzi nickte. »Ja. Es war Indelicato, den der Papst nach Paris geschickt hatte, um mich aufzuspüren... das heißt, um Beweise gegen mich zu sammeln. Die Anklage lautete auf Ungehorsam, Mord an LeBecq, Verschwörung gegen den Papst mit dem Ziel, ihn zu ermorden. Aber wir hielten zusammen, schwiegen wie ein Grab, trotzten seinen Nachforschungen. Bis mir schließlich klar wurde, daß er mich in jedem Fall würde töten lassen – um mich für immer los zu sein. Ja, Pius nannte ihn den ›Collector‹. Es war ein kleiner Scherz, ein Wortspiel. Fredi wurde nach Paris geschickt, um *mich* einzusammeln. Wie dem auch sei – es war Indelicato, der nach Kriegsende den Vatikan bei dem Geschäft vertreten hat, das Sie als ›gegenseitige Erpressung‹ zwischen der Kirche und den überlebenden Nazis bezeichnen. Fredi webte wie eine Spinne sein Netz – aus Blut und Angst und Selbstgefälligkeit. Zwischen den Nazis, der Kunst und der Kirche. Diese Jahre waren der Schlüssel zu seinem unaufhaltsamen Aufstieg zur seriösesten, asketischsten Persönlichkeit unter den Kardinälen, zum König der Kurie. Indelicato ist ein sehr fleißiger Mann gewesen. Ich vermute, einer von uns beiden muß sterben, damit der andere vielleicht Calixtus auf den Thron des Heiligen...«

»Unsinn, Giacomo! Ihre Hirngespinste und Ihr Sinn für das Melodramatische haben Sie verblendet!« Es war Seine Eminenz Kardinal Indelicato, der im Türeingang hinter uns erschienen war. »Was habe ich von Ihnen zu befürchten? Oder Sie von mir? Und was soll dieses Gerede vom Sterben? Sind nicht schon genug Menschen ermordet worden?« Seine dunklen Augen, die so sehr denen Sandanatos ähnelten, huschten von einem Gesicht zum anderen; die Andeutung eines Lächelns lag auf seinen dünnen Lippen. In diesem Augenblick erinnerte er mich in seiner ganzen Erscheinung an Sandanato: ein religiöser Fanatiker, der nur noch einen Schritt vom Martyrium entfernt war. Elizabeth' Behauptung, daß Sandanato nach jahrzehntelanger Loyalität gegenüber D'Ambrizzi in Indelicatos Lager übergeschwenkt war, erschien mir plötzlich glaubwürdig. Selten waren zwei Männer mit dem gleichen Ziel unterschiedlicher gewesen als diese beiden Kardinäle. Ausgenommen vielleicht, was ihre Verschlagenheit betraf.

D'Ambrizzi blickte uns mit einem väterlichen Lächeln an. »Ich glaube, ich muß meine Freunde um Verzeihung bitten. Ich wußte natürlich, daß Sie mich beobachten lassen, Fredi, und ich wollte, daß Sie hierherkommen. Meine Freunde wären niemals mit hierhergekommen, hätte ich sie nicht dazu gedrängt – aber ich wollte ihnen durch die Besichtigung Ihrer Schatzkammer einen bestimmten Beweis erbringen.«

»Welchen Beweis? Ich fürchte, Sie haben bei Ihren Freunden einen falschen Eindruck erweckt. Es handelt sich hier um Geschenke, die der Kirche während und nach dem Krieg von verschiedenen Staaten gemacht wurden. Ich habe der Kirche dieses Gewölbe als Lagerraum vermietet. Das ist alles vertraglich festgehalten und vollkommen rechtmäßig.«

D'Ambrizzi lachte. »Was erzählen Sie mir denn da, Fredi? Ich war doch derjenige, dem die Deutschen erlaubt haben, das alles hier zu *stehlen*. Manchmal können Sie ein richtiger Spaßvogel sein, Fredi. Man sollte es nicht für möglich halten.«

»Sie sind zu freundlich, mein Lieber, wie immer. Aber Sie müssen sich darüber klar werden, daß unsere Feindschaft – so wie Sie das sehen – ein Ende haben muß. Wir sind alte Männer. Wir müssen die Vergangenheit hinter uns lassen. Gewiß werden wir dann unsere verbleibenden Tage in Frieden verbringen...«

»Glauben Sie das wirklich, Fredi?«

»Natürlich. Unser langer Krieg ist beendet. Ich bin mittlerweile im Besitz Ihrer Memoiren, jener Geschichte, die Sie vor so vielen Jahren in Amerika niedergeschrieben und dort zurückgelassen haben... jedenfalls werden die Papiere sich bald in meinen Händen befinden. Ich werde das Manuskript vernichten. Und dann sind Ihre Krallen stumpf, mein Freund. Sollten Sie weiterhin darauf beharren, die damalige Tragödie ans Licht zu zerren – was immer

Sie behaupten, man wird es als belangloses Geschwätz abtun.«

»Und nach vierzig Jahren haben wir unseren zweiten Nazi-Papst!« D'Ambrizzi konnte nicht verhindern, daß er bei diesen Worten leise lachte. »Was für ein Witz! Wer beschafft ihnen eigentlich meine Memoiren, wie Sie die Papiere nennen?«

Indelicato starrte ihn nur an, ließ die Frage unbeantwortet. »Sie leben, weiß Gott, eindeutig in der Vergangenheit. Das Wort *Nazi* hat nun keinerlei Bedeutung mehr.«

»Vielleicht gehört das zu den vielen Dingen, derer Gott sich noch annehmen muß. Für mich wird dieses Wort immer eine Bedeutung haben, das kann ich Ihnen versichern.«

»Sie sind durch die Vergangenheit gelähmt. Für Sie gibt es immer einen Krieg, sind immer Morde zu begehen. Nun aber, Simon, hat Ihr Morden endlich ein Ende. Jetzt sollten Sie sich über das Schicksal Ihrer unsterblichen Seele Gedanken machen. Ihre Hände sind rot vom Blut Ihrer ungezählten Opfer. Sie haben so vieles aus der Vergangenheit getötet. Aber mich, Giacomo, haben Sie nicht getötet!«

»Ich nehme an, das alles war mehr an meine Freunde als an mich gerichtet«, sagte D'Ambrizzi zu uns gewandt. »Nun, vielleicht haben Sie sie überzeugt. Ich aber weiß, daß Sie es sind, Fredi. *Sie* sind die Vergangenheit. Solange Sie leben, wird auch das Böse aus jenen Tagen noch leben. Sie sind der Geist des Bösen, das unsere Kirche vergiftet. Die Verderbtheit, die Sünde, das abgrundtief Schlechte...«

»Ach, mein armer Giacomo. Sie stehen bis über den Hals im Blut. Der Mann, der den Papst ermorden wollte, bezeichnet mich als das Böse! Sie sollten sich lieber einen Beichtvater suchen, falls Sie noch keinen haben. Solange noch Zeit ist...«

Sie starrten sich an. Schweigend, mit steinernen Mienen, wie zwei urzeitliche, längst ausgestorbene Wesen, bereit, einander zu zerfleischen. Nach allem, was diese beiden Männer erlebt und getan hatten, hatte die Vernichtung ihren Schrecken für sie verloren.

Ich brach das Schweigen, blickte Indelicato an. »Wer hat Ihnen damals verraten, daß ein Attentat auf Pius verübt werden sollte?«

»Das will ich Ihnen sagen. Es war...«

»Nein!« rief D'Ambrizzi. »Dazu gibt es keinen Grund!«

»Archduke. Es war der Mann, den wir Archduke genannt haben.

Er wußte, wo die wahre Hoffnung für die Kirche lag. Er wußte es damals. Er weiß es heute.«

Kardinal Indelicato führte unsere seltsame kleine Gruppe zurück nach oben, wo das Fest noch in vollem Gange war. Er und D'Ambrizzi gingen Seite an Seite. Father Dunn, Elizabeth und ich folgten ihnen, beobachteten diese beiden Männer, die sich nach außen hin wie gute alte Freunde bei einem eingeübten Ritual gaben. Vielleicht war das die ganze Erklärung: Es war alles ein Ritual, eine Gavotte, die sie seit einem halben Jahrhundert tanzten. Vielleicht spielten Gefühle für sie gar keine Rolle mehr. Vielleicht waren ihre Gefühle schon vor langer Zeit gestorben und nur noch der nackte Mechanismus des Intrigierens und Taktierens übriggeblieben. Wie immer die Wahrheit aussehen mochte – ich wollte erleben, wie dieser Tanz endete.

Die Vorführung der Fernsehsendung war gerade zu Ende gegangen, als wir im leeren Foyer vor dem Ballsaal ankamen. Der Applaus war immer noch zu hören, als zwei Lakaien die Türen öffneten und die Menschenmenge herausströmte. Der amerikanische Produzent trieb in der Woge der Leiber dahin, bis er Kardinal Indelicato entdeckte und sich zu ihm gesellte. Während die beiden sich im Blitzlichtgewitter der Fotografen unterhielten, wurden Rufe laut, wie ausgezeichnet die Sendung gewesen sei. Auf Indelicatos Gesicht lag wieder das dünne Lächeln; er hielt den Kopf leicht zur Seite geneigt, und seine Finger berührten das juwelenbesetzte Kruzifix auf seiner Brust. Wir schlenderten im Gefolge D'Ambrizzis davon.

Ich wandte mich an Father Dunn. »Lassen Sie uns hier so schnell wie möglich verschwinden. Ich kann das alles nicht mehr ertragen. Es sollte doch heute abend ein Ende finden, oder nicht? Der große Blitz und Donnerschlag... die Wahrheit. Und was geschieht? Für die Halunken hier ist es eine Feier wie alle anderen. Aber was hat Indelicato gemeint, als er behauptet hat, bald D'Ambrizzis Memoiren in die Hände zu bekommen? Sie haben doch gesagt, Peaches hätte diese verdammten Unterlagen...«

Ich spürte D'Ambrizzis Hand auf meinem Arm, bevor Dunn antworten konnte.

»Gehen Sie noch nicht. Der Abend hat erst angefangen.«

Monsignore Sandanato war gerade in der Menge erschienen und kämpfte sich den Weg zu jenem Mann frei, der im Mittelpunkt der zuckenden Blitzlichter stand.

D'Ambrizzi zog mich herum, wies auf Indelicato. »Sehen Sie?«

Sandanato war außer Atem; sein eingefallenes Gesicht glänzte vor Schweiß.

»Eminenz, bitte, entschuldigen Sie.«

Indelicato wandte sich langsam um; seine Miene wurde herrisch, und sein dünnes Lächeln schwand. »Ja, Monsignore?«

»Ich komme geradewegs vom Heiligen Vater, Eminenz. Er möchte Sie sehen. Sofort.« Sandanato konnte seine innere Spannung und Erregung kaum im Zaum halten.

Indelicato nickte, wandte sich von all den Gratulanten und Fernsehleuten ab. Der Produzent fragte: »Eminenz, bedeutet das, die Wahl des Papstes ist auf Sie gefallen?«

Indelicato starrte den Amerikaner erstaunt an, flüsterte: »Der Heilige Vater hat kein Stimmrecht«, und schob sich rasch an ihm vorbei, hielt vor D'Ambrizzi kurz inne. »Haben Sie gehört, Giacomo? Warum sichern nicht auch Sie mir Ihre Unterstützung zu?«

»Sie sollten sich lieber beeilen, Fredi. Er könnte seine Meinung ändern.«

»Sie finden sich wohl besonders witzig.«

»Leben Sie wohl, Fredi.«

Sandanato, darauf bedacht, D'Ambrizzis Blicken auszuweichen, zupfte Indelicato am Ärmel, als dieser vorbeirauschte. »Wünschen Sie, daß ich Sie begleite, Eminenz?«

Indelicato blieb kurz stehen und schüttelte langsam den Kopf, als verkünde er ein geheimes Urteil. »Nicht nötig, Monsignore.«

Die Neuigkeit hatte sich in Windeseile in der Menge verbreitet. Das Stimmengewirr war erregt, hatte jene beinahe hysterischen Untertöne, die der Größe des Augenblicks entsprangen – eines Augenblicks von historischer Bedeutung. Endete Calixtus' Amtszeit heute abend? Wurde man Zeuge, wie der sterbende Papst in den letzten Stunden seines Lebens den eigenen Hoffnungen Ausdruck verlieh, was seinen Nachfolger betraf? Würde sein Letzter Wille Gewicht haben? Was würde der Morgen bringen?

D'Ambrizzis schwere Hand legte sich auf Sandanatos Schulter. »Das haben Sie gut gemacht, Pietro. Ich hatte damit gerechnet, daß Calixtus noch heute abend einen Boten braucht. Nun... so sei es. Und jetzt müssen Sie uns ein bißchen Gesellschaft leisten. Keine Widerrede.«

## 6

Schwester Elizabeth stand neben den Doppeltüren des privaten Speisezimmers und versuchte zu ergründen, welche Überraschungen Kardinal D'Ambrizzi noch auf Lager haben mochte. Das Zimmer war klein, gemütlich und stimmungsvoll. Das Licht zweier Kristallüster fiel auf den gedeckten Tisch; die Kellner gehörten zum Personal des Hassler. Daß D'Ambrizzi dieses Hotelzimmer gewählt hatte, schien eine Art Zugeständnis an sie und Driskill zu sein: Es befand sich nur wenige Etagen von Bens Zimmer entfernt, und das Mutterhaus von Elizabeth' Orden lag direkt auf der gegenüberliegenden Seite des Platzes. Aus irgendwelchen Gründen – und Elizabeth hatte den Eindruck, daß es sich um recht gewichtige Gründe handeln mußte – hatte D'Ambrizzi ihr das Versprechen abgenommen, die Nacht im Ordenshaus zu verbringen, statt in ihre Wohnung in der Via Veneto zurückzukehren.

Im Moment redete der Kardinal mit einem Mann, der eine riesige Maulwurfsnase hatte. Driskill stand bei Drew Summerhays, den Elizabeth auf Vals Beerdigung kennengelernt hatte, und hörte ihm zu. Bens Gesicht war unbewegt, zeigte keinerlei Regung, doch in seinen Augen lag ein seltsamer Ausdruck: eine Mischung aus Erschöpfung und Erstaunen.

D'Ambrizzi war bis jetzt bemerkenswert souverän aufgetreten. Er hatte sie alle – Elizabeth, Dunn, Driskill – den ganzen Abend geführt, geleitet, hatte fast alles für sie arrangiert und inszeniert – genaugenommen schon, seit sie in Rom eingetroffen waren. Sie dachte an seinen Auftritt bei Indelicatos Fest und dann an den geheimnisvollen Abstieg in Indelicatos Unterwelt; sie versuchte immer noch, mit dem Anblick der unermeßlichen Nazi-Schätze fertig zu werden. Der Wert des Dollars hatte sich in den letzten vierzig Jahren erhöht um – wieviel? Um das Zehnfache? Das Hundertfache? Wie auch immer, in diesem Kellerraum verbargen sich unbezahlbare Schätze.

Drew Summerhays stand nun mit einem Glas Sherry in der Hand bei einem kleinen, stämmigen Mann, dessen Hals und Kehle vor langer Zeit mit einem Kartoffelschäler oder einer scharfen Feile bearbeitet worden zu sein schienen. Ein grauhaariger Herr mit breiten, nach vorne geneigten Schultern, großen, wäßrigen Augen und dunklen Tränensäcken unterhielt sich mit Monsignore Sandanato. Elizabeth war ihm vorgestellt worden; es war Dr. Cassoni. Als sie im Zimmer umherging, wechselte sie ein paar Worte mit dem Mann mit der Maulwurfsnase, einem alten Journalisten aus Paris namens Paternoster. *Vater Unser..* Clive Paternoster.

Sie fragte sich, ob sich auch Archduke unter den hier Versammelten befand. Es wäre typisch für D'Ambrizzi, Archduke, den Verräter, mitten in die Arena dieses kleinen Zirkus zu bringen. D'Ambrizzi, der todesmutige Hochseilartist, der immer ohne Netz arbeitete.

Father Dunn schlängelte sich durch die Reihen der Gäste, wechselte ein kurzes Wort hier, ein kurzes Wort da, bis er schließlich mit einem Glas Sherry in der Hand bei D'Ambrizzi anlangte. Ihr Gespräch drehte sich um allgemeine Themen, wie Elizabeth feststellte, als sie sich zu den beiden gesellte. Wie so oft war sie die einzige Frau in einer Männergesellschaft. Sie hörte, wie D'Ambrizzi sich über die Fernsehsendung und Indelicatos ungewohnten Ausflug in die Welt der Werbung lustig machte. Es wurden Vermutungen über den Gesundheitszustand des Heiligen Vaters angestellt wie sicherlich auf jeder Gesellschaft in Rom an diesem Abend. Und es fielen Bemerkungen über den Rummel, der nach Calixtus' Tod beginnen würde, wenn die Kardinäle aus allen Ecken der Welt anreisten, um seinen Nachfolger zu wählen. Father Dunn konnte der Versuchung nicht widerstehen und berichtete von Erzbischof Kardinal Klammers Ambitionen, der erste Papst amerikanischer Herkunft zu werden.

Auch das Abendessen verlief in gelockerter Atmosphäre, bis die Gäste sich zu fragen begannen, aus welchem Grunde der Kardinal gerade sie in diesen erwählten Kreis aufgenommen hatte. Unvermeidlicherweise kam auch Indelicatos plötzlicher Ruf in den Vatikan zur Sprache, und leichte Unruhe breitete sich aus. D'Ambrizzi jedoch lächelte nur und betonte, es bestehe kein Anlaß, ihn derart gespannt zu mustern; er habe keine Ahnung, was dem Papst am heutigen Abend auf dem Herzen liegen mochte. Nach dieser

Bemerkung kicherte er – was eher einem tiefen Grollen in seiner mächtigen Brust ähnelte –, und die Gäste wandten sich wieder unverfänglichen Themen zu.

Elizabeth hatte sich einen Stuhl an der Seite Bens erobert, was dieser mit einem dankbaren Lächeln quittierte. In seinen Augen lag immer noch der seltsam bedrückte Ausdruck. Schließlich fragte sie ihn, ob mit ihm alles in Ordnung sei.

»Ja, sicher«, sagte er und dann: »Nein, natürlich nicht. Soll das alles *so* einfach enden? Ist das hier schon das Ergebnis? Nichts?« Er sprach leise, und seine Stimme war bar jeder Nervosität. Niemand sonst konnte ihn hören. Sein Gesicht blieb leer und ausdruckslos. »Gut, vielleicht werden keine weiteren Morde verübt. Aber erwartet man, daß wir damit zufrieden sind? Was ist mit Val? Was ist mit Ihnen und mir? Es ist ein Wunder, daß wir noch leben, Sie und ich, und jetzt verläuft das alles im Sande, kommt einfach zum Stillstand... War das etwa alles?«

Elizabeth nickte. Sie wußte, wie er sich fühlte. »Man schließt uns aus der Sache aus. Aber was sollen wir denn tun?«

Ben zuckte die Achseln. »Ich weiß es nicht. Ich will herausbekommen, wer Horstmanns Auftraggeber ist. Aber plötzlich sind alle die besten Saufkumpane. Vielleicht ist das alles zu hoch für mich, aber ich will nun mal wissen, wer auf die Idee gekommen ist, Sie vom Balkon stürzen zu lassen, wer Horstmann die Liste mit den Namen der Mordopfer gegeben hat, wer dieser Bastard ist... ich will Simon töten, und ich will auch Horstmann finden und ihn töten. Ich weiß, ich rede wie ein Irrer, aber auch manche verrückten Ideen sind es wert, daß man daran festhält. So darf es nicht enden.« Sie hatte bei ihm noch nie so tiefe Bitterkeit erlebt. »Was ich von anderen einstecken muß, zahle ich mit gleicher Münze heim. So war ich als Footballspieler. So bin ich als Anwalt. Und so werde ich jetzt als Vals Bruder handeln. Man hat versucht, uns zu töten, ohne daß wir die Gelegenheit hatten, zurückzuschlagen. Aber nicht mit mir. Ich will meine Chance, zurückzuschlagen.« Er grinste sie plötzlich an. »Ich habe sie mir verdient.«

Elizabeth streckte den Arm aus und legte ihre Hand auf die seine, wie selbstverständlich, als hätte sie das schon tausendmal getan. Jetzt, da sie ihren ganzen Mut zusammengenommen und ihn in seinem Hotelzimmer aufgesucht und ihren dummen Stolz und die Selbstgefälligkeit und Überheblichkeit und die starren

Grundsätze über Bord geworfen hatte, war alles anders. Jetzt konnte sie seine Hand nehmen und sie streicheln, ohne das Gefühl zu haben, sich dafür tadeln zu müssen, sich den Vorwurf machen zu müssen, daß die Kirche, und nur die Kirche, Richtschnur ihres Lebens sei. Damals in Princeton, ja, da hatte sie noch an diesen tugendhaften Unsinn geglaubt. Aber jetzt, hier in Rom, wußte sie nicht mehr, woran sie glauben sollte.

D'Ambrizzi bat die Versammelten mit erhobener Stimme um ihre Aufmerksamkeit. Erst jetzt wurde Elizabeth bewußt, daß das Abendessen vorüber war. Sie hatte nicht die leiseste Ahnung, was sie eigentlich gegessen hatte. Ihr gegenüber am Tisch straffte sich Sandanato, versuchte, die letzten Energien zu mobilisieren. Seine Augen schienen kaum noch fähig, die Umgebung wahrzunehmen. Auf seiner Stirn standen große Schweißtropfen. Er wischte sich mit dem Handrücken über die dunkel umrandeten, blutunterlaufenen Augen. Sein Blick huschte über Elizabeth hinweg und blieb auf D'Ambrizzi ruhen. D'Ambrizzi. Sandanatos gestürztes Idol.

»Ich möchte Ihnen allen danken, daß Sie meiner Einladung gefolgt sind.« D'Ambrizzi hatte sich erhoben und sprach mit ruhiger Stimme, offenbar vollkommen gelassen. »Vielleicht werden Sie sich fragen, warum ich so großen Wert darauf gelegt habe, heute abend Ihr Gastgeber sein zu dürfen. Nun, es gibt mehrere Gründe. Ich möchte Ihnen sagen, warum Sie alle hier sind. Schwester Elizabeth, Sie waren Schwester Valentines engste Freundin. Ben Driskill, Val war Ihre geliebte Schwester. Somit ist Schwester Valentine der Grund, daß Sie heute abend zu meinen Gästen zählen. Und Father Dunn, mein alter Freund, Vertrauter und Verbündeter seit sehr vielen Jahren, dessen Hilfe und Unterstützung ich in Krisenzeiten ganz selbstverständlich erbitte – und die Mordserie, die vor anderthalb Jahren begonnen hat, ist in den Augen dieses alten Schurken eine solche Krise. Und Drew. Drew Summerhays, seit fünfzig Jahren kenne ich Sie, habe mit Ihnen zusammengearbeitet, habe mich in Kriegs- und Friedenszeiten mit Ihnen und gegen Sie verschworen – und in Krisenzeiten sind Sie ein brillanter Mann. Clive Paternoster, Sie haben sehr viel düsteres Wissen sehr lange in Ihrem Innern getragen, Sie und Robbie Heywood, so daß es eine himmelschreiende Ungerechtigkeit wäre, Sie das letzte Kapitel dieser langen, langen Geschichte nicht miterleben zu lassen... ich wünschte nur, auch Robbie könnte heute abend unter uns sein – der Abschluß dieses Melodrams hätte ihn gewiß sehr erheitert. Mein Freund und Leibarzt, Dr. Cassoni – Sie sind auch Leibarzt des Heiligen Vaters, und Sie haben mir bereitwillig Ihre unschätzbar wertvolle Hilfe gewährt, indem Sie mich ständig über den Krankheitsverlauf des Papstes informiert haben. Und genau das, nämlich der Gesundheitszustand Seiner Heiligkeit, steht im Mittelpunkt dieser ganzen Geschichte – denn erst als seine unheilbare Krankheit einem engen Personenkreis bekannt wurde, begannen die Morde.

Und schließlich Sie, Pietro, Monsignore Sandanato, mein getreuer Mitstreiter in so vielen Schlachten, der Sie so oft meine wichtigste Stütze waren. Kein anderer Mensch glaubt mit solcher Überzeugung an die Notwendigkeit, daß die Kirche vor ihren Feinden gerettet werden müsse. Darum müssen auch Sie heute abend unter uns sein.« Er lächelte, ließ den Blick über die Gesichter der Anwesenden schweifen.

Ben Driskill sagte: »Sie haben einen von uns vergessen. Der Kleine da drüben. Ich habe ihn schon einmal gesehen... er hat mich durch die Straßen von Avignon gejagt. Aber wir sind einander noch nicht vorgestellt worden.«

D'Ambrizzi sagte: »Drew?«

»Marco Victor«, erklärte Summerhays. »Er ist, um ganz offen zu sein, mein Leibwächter. Er begleitet mich auf meinen Reisen, Ben. Ich wünschte, Sie wären an jenem Abend in Avignon nicht vor mir davongelaufen. Sie wissen, daß Sie niemals etwas von mir zu befürchten hätten... das wissen Sie ganz gewiß.«

»Natürlich«, sagte Driskill. »Wir alle sind ja Verbündete.«

Schwester Elizabeth wußte genau, was in diesem Moment in Bens Kopf vorging: Summerhays ist Archduke, dieser eiskalte Hurensohn. Wach auf, Saint Jack, das ist der Mann, der Verräter...

»Gut«, sagte D'Ambrizzi, »Sie wissen nun, warum Sie heute abend hier sind. Und ich werde Ihnen jetzt eine Geschichte erzählen, die Sie alle zu erfahren nicht nur einen Grund, sondern auch das Recht haben. Ich möchte Sie um Geduld bitten, meine Freunde, denn es ist eine Geschichte, die den Borgia würdig wäre. Es ist eine Geschichte, die jenen ähnelt, wie sie unsere Kirche schon in früheren Zeiten überlebt hat und auch in Zukunft überleben wird.«

Elizabeth war sich bewußt, daß D'Ambrizzi die Bemerkung,

sich in Geduld zu fassen, vor allem auf sie münzte. Es war die zweite Lektion, die der Kardinal ihr innerhalb sehr kurzer Zeit erteilte: Sie war zu ungeduldig, zu übereifrig. Aber die Rüge war ihr gleichgültig. Nie war sie so voller gespannter Erwartung gewesen wie in diesen Augenblicken. »Jetzt kommt's«, flüsterte sie Ben Driskill zu.

»Hoffen wir's«, murmelte er. »Die Vorrede hat ja lange genug gedauert.«

»Für uns alle, die wir heute abend hier versammelt sind, ist es von entscheidender Wichtigkeit, in welcher Verfassung der Heilige Vater sich befindet.« Das gewohnte Lächeln war plötzlich von D'Ambrizzis Lippen verschwunden. »Sehr bald wird das nächste Kapitel der Kirchengeschichte aufgeschlagen. Ein neuer Papst wird gewählt werden. Ein Mann, welcher der Kirche nicht nur dienen, sondern sie den Aufgaben der Zukunft entsprechend formen muß, unserer Zukunft und der Zukunft dieser Welt. Der Heilige Vater wird sterben. Wir sind gute alte Freunde, Salvatore di Mona und ich, und nun hat es den Anschein, daß er – der jüngere – mir im Tod vorangehen muß. Ich wußte von seiner Krankheit, noch bevor er selbst davon erfahren hat. Dr. Cassoni hat den Hirntumor und die besorgniserregende Verschlechterung seiner Herztätigkeit festgestellt. Er hat sich aus Gründen der Menschlichkeit zuerst an mich gewandt, wie ich betonen möchte. Er bat mich um Rat, wann und wie er dem Heiligen Vater mitteilen solle, daß dieser unheilbar erkrankt ist. Ich erfüllte ihm diese Bitte. Calixtus ist ein Mann von großem Mut und innerer Kraft. Ich bat Dr. Cassoni, ihm die Wahrheit zu sagen. Das liegt nun zwei Jahre zurück. Calixtus und ich haben seither viele Abende, viele Nächte die Situation überdacht und haben ebenso über die alten Zeiten geredet wie über die Zukunft... über Dinge, die wir gemeinsam getan haben, Dinge, von denen wir gehofft haben, sie tun zu können, und Dinge, deren Ausführung uns nun auf ewig versagt bleiben wird.

Die meisten der hier Versammelten wissen über meine Arbeit während der Kriegsjahre Bescheid, darüber, was ich in Erfüllung einer ungewöhnlichen päpstlichen Mission in Paris getan habe. Ich habe Dinge getan, die eine Welt, die sich im Krieg befindet, erforderlich macht. Dinge, die ich zu anderen Zeiten als entsetzlich und verabscheuungswürdig betrachtet hätte. Und dennoch – ich habe diese Dinge damals getan. Salvatore di Mona hat davon gewußt. Er hat alles gewußt. Er war damals an meiner Seite, lange bevor irgend jemand auch nur im Traum daran gedacht hätte, daß Little Sal dereinst *il papa* werden sollte...

Kurz nachdem ich von seiner Krankheit erfahren hatte, mußte ich mich mit einem weiteren Problem auseinandersetzen. Männer, die von meinem damaligen päpstlichen Auftrag gewußt haben, starben in einem relativ kurzen Zeitraum. Ich ließ geheime Nachforschungen anstellen und fand heraus, daß diese Männer ermordet worden waren. Das konnte kein Zufall sein. Jemand hatte einen Grund gehabt, diese Männer töten zu lassen, und den mußte ich herausfinden...

Schließlich wandte Schwester Valentine sich mit den Ergebnissen ihrer eigenen Nachforschungen an mich – sie, und nur sie, hatte das Muster erkannt, in das diese Morde eingefügt werden konnten. Sie brachte die Verbrechen zuerst rein hypothetisch in Verbindung, ohne zu wissen, wie oder warum ein Zusammenhang bestand. Aber sie verfügte über die Fähigkeit, die richtigen Quellen aufzuspüren, und besaß eine brillante Kombinationsgabe. Sie entdeckte die Torricelli-Papiere in Paris, sie suchte Robbie Heywood auf, sie durchforstete die Geheimen Archive nach historischen Präzedenzfällen, sie fügte die bruchstückhaften Informationen zu einem vorläufigen Bild zusammen, sie folgte der Fährte der geraubten Kunstschätze, der Fährte der Nazis und der jenes ›Simon‹ – ein Deckname, auf den sie bei ihren Recherchen gestoßen war. Alle diese Spuren führten sie nach Alexandria, wo sie herausfand, daß die Kirche und die überlebenden Nazis einen profitablen Kunsthandel betrieben, der sich auf gegenseitige Erpreßbarkeit gründete. Valentine hatte die verschütteten Geheimnisse von vier Jahrzehnten und mehr ausgegraben, und sie hatte in Klaus Richters Büro einen vergilbten Schnappschuß entdeckt, auf dem unter anderem ihr alter Freund Giacomo D'Ambrizzi zu sehen war...« Er faltete die Hände vor der Brust, fast wie im Gebet. »Unsere Vergangenheit stirbt nicht. Sie schlummert nur. Und sie kann zum Leben erwachen und zum Schlag gegen uns ausholen, wenn wir es am wenigsten erwarten. Einer der kleinen Scherze Gottes. So sorgt der Herr dafür, daß wir bescheiden und demütig bleiben.

Schwester Valentine hat mir von ihren Entdeckungen berichtet. Sie war zu der Überzeugung gelangt, daß die *Assassini* ihre Arbeit wieder aufgenommen hatten. Sie kannte die alten Decknamen, und sie hatte Theorien entwickelt, wer sich hinter diesen Namen verbergen mochte. Wußte sie, daß ich Simon gewesen bin? Sie hat es mir nie verraten... aber sie legte Wert darauf, daß ich erfuhr, auf welche Weise sie vieles von dem aufgedeckt hatte, was während des Krieges geschehen war. Und nun geschähe dies alles aufs neue, sagte sie, die *Assassini* seien reaktiviert worden, mordeten und töteten wieder. Sie wollte wissen warum... und ich mußte sehr vorsichtig sein. Ich mußte alles leugnen, mußte ihr sagen, daß sie einem Irrglauben verfallen sei, daß dies alles nur alte Märchen seien, bloße Vermutungen, die jeder Grundlage entbehrten – genau das, was ich später auch Schwester Elizabeth gegenüber erklärt habe, nachdem sie in Valentines Fußstapfen getreten war. Natürlich habe ich meinen getreuen Sandanato in dies alles eingeweiht. Und er half mir denn auch dabei, diese beiden brillanten Detektivinnen in die Irre zu leiten, obwohl er sehr viel über meine früheren Heldentaten in Paris wußte. Er war mein Protegé, er war jener junge Mann, den ich so erzogen zu haben glaubte, daß er meine Anschauungen teilte, was die Kirche betraf, er war derjenige, der einst mein Erbe antreten sollte, dem ich all meine Erfahrung geschenkt habe, all mein Wissen. Doch ich habe mich auch an einen alten Freund gewandt, mit der Bitte, einigen speziellen Fragen nachzugehen, was die fünf letzten Morde betraf. Dieser Freund sollte sich außerdem bemühen herauszufinden, welche Absichten Valentine eigentlich verfolgt hatte – diese heikle Aufgabe fiel dem getreuen Father Dunn zu. Und das Ergebnis seiner Bemühungen war, daß er mir sämtliche Behauptungen Valentines bestätigen konnte. Aber wer verübte die Morde oder ließ sie verüben? Und aus welchem Grund?

Wie gesagt, begann die Mordserie kurz nach der Erkrankung von Calixtus. Je intensiver ich über einen möglichen Zusammenhang nachdachte, desto deutlicher wurde mir, daß es sich hier um Ursache und Wirkung handeln mußte. Auch Schwester Elizabeth hat das erkannt, doch als sie es mir darlegte, habe ich mich über sie lustig gemacht – und dafür möchte ich sie im nachhinein um Verzeihung bitten. Aber Valentine war wegen ihres Wissens ermordet worden, und ich wollte Schwester Elizabeth das gleiche Schicksal ersparen. Gut. Ich bin dann zu der Einsicht gelangt, daß auch die Wahl des nächsten Papstes irgendwie mit dieser ganzen Angelegenheit zusammenhängen muß. Aber auf welche Weise?

Nun, was hatten die Mordopfer gemeinsam? Welches Muster verbarg sich hinter all dem? Die Tatsache, daß sie alle im von den Nazis besetzten Paris gewesen sind. Die Tatsache, daß diese Männer gewisse Dinge wußten, oder gewußt haben könnten... und daß sie alle ermordet wurden. Und schließlich, daß offensichtlich ich der Mörder sein mußte, wie Father Dunn mir auf seine gewohnt zurückhaltende Weise zu verstehen gegeben hat. Immerhin war – und bin ich – ja einer der Anwärter auf den nun bald vakanten Thron Petri, und somit lag die Vermutung nahe, daß ich durch die Morde meine sündenbefleckte Vergangenheit reinwaschen wollte – und weil ja auch ich zu denen zählte, die wußten, was damals alles geschehen war, nur mit dem Unterschied, daß ich nicht getötet worden bin! Eine ausgezeichnete, logische Theorie, die nur einen Fehler hat. Sie ist falsch. Ich bin weder für die Morde verantwortlich, noch habe ich einen der Männer getötet.

Dann wurde Schwester Valentine ermordet. Father Dunn berichtete mir, daß der Täter ein silberhaariger Priester gewesen ist. Er beschrieb mir noch einige weitere Äußerlichkeiten dieses Mannes, und ich erkannte sehr schnell, daß es sich um meinen ehemaligen Kameraden August Horstmann handeln mußte, den ich nach Kriegsende völlig aus den Augen verloren hatte. Woher war Horstmann gekommen? Ich wußte nur noch, daß er früher in einem Kloster in seiner Heimat gelebt hatte, den Niederlanden. Aber wem war das ebenfalls bekannt? Und wie war August – eine friedfertige Seele – in einen Killer zurückverwandelt worden?

Auf die letzte Frage gab es nur eine Antwort, denn es existiert nur ein einziger Mensch, von dem er Befehle entgegennehmen würde. Von mir... *Simon*. Aber ich hatte ihm die Mordaufträge nicht erteilt. Jemand hatte Horstmann befohlen, Schwester Valentine zu töten, die ich seit ihrer Kindheit gekannt habe und die die Tochter meines alten Freundes Hugh Driskill war. Wer kam nun als Auftraggeber in Frage? Wer würde so etwas fertigbringen? Wer kannte Simons Vergangenheit?

Monsignore Sandanato weiß sehr viel über meine Vergangenheit, das trifft zu. Aber es gibt jemanden, der *alles* weiß... jemanden, der in den zwei Jahren, die nunmehr seit Ausbruch von Calixtus' Krankheit vergangen sind, meinen getreuen, fanatischen Sandanato auf seine Seite gezogen hat – nein, Pietro, keine Widerrede, es spielt keine Rolle...«

Sandanato war plötzlich aufgesprungen, hochrot im Gesicht, schwitzend, und wies mit einem zitternden Zeigefinger auf D'Ambrizzi. »Sie sind das Übel! Sie sind derjenige, der die Kirche zerstören will! Sie, Sie und Ihr Curtis Lockhardt, der mit Ihrer so kostbaren, unersetzlichen Schwester Valentine gehurt hat, mit Ihrer geliebten Schwester Val, die unsere Kirche mißachtet und besudelt hat, alles, worauf die Kirche sich gründet und was sie lehrt... Sie *mußte* sterben, das müssen Sie einsehen. Sie müssen einsehen, daß sie unserer Kirche das Ende zu bringen drohte, indem sie deren Grundsätze verkehrte und verdrehte, indem sie kommunistische Priester unterstützte, indem sie die Lehrsätze der *Humanae Vitae* bekämpfte; sie beschimpfte und entweihte alles, was geheiligt ist; sie war ein Idol der Schwachen und Ungehorsamen und Sündigen, die das Fundament unserer Kirche untergraben und sie zum Einsturz bringen wollen! Sie, und alle Menschen wie sie, zerstören die christliche Kirche! Und, so wahr mir Gott helfe, *die Kirche muß gerettet werden!*«

Elizabeth spürte, wie Driskills Muskeln sich spannten, wie er jeden Augenblick die Beherrschung zu verlieren und sich auf Sandanato zu stürzen drohte. Sie hielt ihn zurück. »Ben, bitte...«

Tödliche Stille hatte sich ausgebreitet. Sandanato stand hoch aufgerichtet da und starrte D'Ambrizzi an, doch seine Augen schienen durch ihn hindurch in weite Fernen zu blicken. Hin und wieder durchlief ein Zittern seinen Körper wie ein Kälteschauer. Dann erklang seine Stimme erneut, leise, monoton, als wäre er allein, als redete er zu sich selbst. »Sie wollte ein Buch über die Nazis und die Kirche schreiben – sie hätte Sie vernichtet, Eminenz. Sie hätte einen Regen aus Feuer und Glut über uns niedergehen lassen und das Chaos entfacht. Ihr mußte Einhalt geboten werden. Die Ordnung mußte wiederhergestellt werden. Und ich habe gewußt, wer die letzte Hoffnung für die Kirche ist...«

»Pietro«, sagte D'Ambrizzi leise, »setzen Sie sich wieder, mein Sohn.« Er wartete, bis Sandanato sich in seinen Stuhl hatte sinken lassen. In seinem gequälten, ausgemergelten Gesicht arbeitete es; Tränen liefen ihm über die Wangen: Er kannte die Wahrheit und wußte, daß er ans Rad geflochten und zerbrochen worden war – von Händen, die sehr viel stärker waren als die seinen.

Er hatte es nicht begriffen. Er war nur benutzt worden.

D'Ambrizzi nahm den Blick von Sandanato, als hätte er ihn in genau diesem Moment voller Bedauern verstoßen – wohl wissend, daß er ihn damit der Finsternis preisgab. »Wer könnte meinen armen jungen Freund vom rechten Weg geführt haben? Nur jemand, der genauso viel über die Vergangenheit weiß wie ich selbst. Der Mann, den Papst Pius nach Paris geschickt hatte, der Mann, der später als der ›Collector‹ bezeichnet wurde. Er war derjenige, der auf der Suche nach den Spuren der *Assassini* den Trümmerschutt des Zweiten Weltkriegs durchwühlt hat. Er hat sich auf meine Fährte gesetzt, hat mich aufgespürt, hat mich verhört, hat mich bedroht, aber nur bis zu einem gewissen Punkt... denn ihm war bekannt, daß ich eine Lebensversicherungspolice besaß. Ich wußte, was er und Pius getan hatten, was diese beiden befohlen hatten, so wie sie wußten, was ich getan hatte – nämlich das, was einige von Ihnen als die ›Pius-Verschwörung‹ bezeichnen.

Manfredi Kardinal Indelicato will Papst werden. Ihm ist bewußt – und war es immer –, daß ich seine größte Herausforderung darstelle. *Er* mußte seine Vergangenheit auslöschen, die Zeugen aus den Kriegsjahren, und er hat das Problem auf konsequente, logische Weise gelöst. Er hat jene Männer beseitigen lassen, die zuviel wußten. Aber warum hat er nicht einfach mich aus dem Weg geräumt? Es wäre doch so viel einfacher gewesen – ein Unfall, eine Herzattacke – so viel einfacher... wäre da nicht ein Problem gewesen. Die Waffe, die er benutzen wollte, war jener Mann, der vor gut vierzig Jahren auf *meinen* Befehl hin getötet hat. Horstmann. Und Horstmann würde sich niemals gegen mich stellen. Aber Indelicato hatte recht – Horstmann würde wieder für *Simon* töten... *für mich*. Also bestand Indelicatos Aufgabe zuerst einmal darin, Horstmanns Aufenthaltsort zu ermitteln, was für ihn kein Problem war, hatte er doch nach dem Krieg alle überlebenden *Assassini* aufgespürt. Aber Indelicato mußte Horstmann nicht nur finden – er mußte ihn auch davon überzeugen, daß Simon ihn wieder zum Kampf für die Kirche aufrief.

Also blieb Indelicato keine Wahl – er mußte Sandanato verführen. Eine geistige Verführung, die auf Pietros fanatisch-religiöse Seele zielte. Sie war Pietros einzig verwundbare Stelle. Pietro hat mich geliebt, hat meine Fähigkeiten bewundert, die

Reichtümer der Kirche zu mehren und ihre Macht zu stärken. Aber ich bin kein frommer Mensch. Ich habe durch Worte und Taten Gott gelästert, und Pietro hat oft für das Heil meiner Seele gebetet. Indelicato hat ihn schon früh auf seine Seite gezogen, kurz nachdem wir die Wahrheit über Calixtus' Gesundheitszustand erfahren hatten und wußten, daß es in absehbarer Zukunft einen neuen Papst geben würde. Und so wurde der arme Pietro zum Spion, zum Komplizen schmutziger Morde. Pietro wurde für August Horstmann zur Stimme Simons. Schließlich wußte jedermann, daß Pietro mein ›Schatten‹ war, mein engster Vertrauter. Darum konnte Pietro Horstmann alles mögliche erzählen, und Horstmann würde ihm glauben. Es war wie eine... eine Fernsteuerung. Als Sandanato mir erzählte, daß Driskill in Princeton beinahe von Horstmann ermordet worden wäre, war ich fast sicher, daß, ja, Sandanato mit Indelicato unter einer Decke steckte... und nicht nur er...«

Driskills flammender Blick war immer noch auf Sandanato gerichtet, der zusammengesunken im Stuhl saß, als strömte alles Leben, aller Wille aus seinem Körper. Er hatte sich seit seinem Ausbruch nicht mehr gerührt. Auch Ben Driskill schien sich in einer Art Trance zu befinden.

Elizabeth fragte: »Hat Horstmann das alles auf irgendeine Weise bestätigt? Oder sind das nur Spekulationen Ihrerseits?«

»Sie können sicher sein, Schwester, ich habe mich in den letzten beiden Tagen ausführlich mit August unterhalten. Er hat mir die Geschichte erzählt... er hat mir alles erzählt, was er wußte... auch wie er jenen Mann gefunden hat, der Ihnen diesen spätabendlichen Besuch abgestattet hat, Schwester, dieses arme Geschöpf, das Sie abschrecken sollte und statt dessen über das Geländer des Balkons gestürzt ist. Er war ein einfacher Mann. Er ist einst ein braver, tapferer Mann gewesen, der mir vor langer Zeit das Leben gerettet hat, ein Mann, der die Folterungen der Gestapo erleiden mußte, ein Mann, der ein Zuhause gefunden hatte und der es verdient gehabt hätte, sein Leben in Frieden zu beschließen. Ja, Schwester, darum konnte ich Ihnen auch versichern, daß das Morden mit dem heutigen Abend ein Ende hat.«

Ein fürchterlicher, beinahe tierischer Schrei der Verzweiflung und der Seelenqual kam über Sandanatos Lippen; es war der Schrei eines Mannes, der die Schrecken des Wahnsinns gesehen hatte, eines Mannes, der spürte, wie die Nägel durch seine Handflächen getrieben wurden und der erkannt hatte, daß er sein Leben für einen Götzen opferte. Er sprang auf, warf dabei den Stuhl um, stieß einen undefinierbaren Laut aus und taumelte zur Tür.

Auch Driskill war aufgesprungen; sein Gesicht war weiß vor Zorn. »Bleiben Sie hier!« Driskills Stimme peitschte durchs Zimmer. Die anderen saßen wie erstarrt.

D'Ambrizzi hob die Hand, als Sandanato taumelnd an der Tür verharrte. Auf seinem Kinn glitzerte Speichel. Seine Blicke huschten gehetzt und verwirrt von einem zum anderen, als könnte er nicht glauben, was hier vor sich ging, doch er war noch immer Pietro Sandanato, und dies hier war Realität. Schließlich blieben seine Augen auf Elizabeth' Gesicht ruhen. Sie schrak innerlich zusammen, erwiderte jedoch fest seinen Blick.

»Sie«, flüsterte Sandanato, »Sie verstehen mich... wir haben uns doch unterhalten... wir waren einer Meinung, daß die Kirche geläutert werden muß... das Böse im Dienst des Guten – Sie erinnern sich doch, Schwester... können Sie ihnen nicht klarmachen, was getan werden muß, um...« Seine Stimme brach. Er wischte sich mit dem Ärmel über den Mund. Sein Gesicht glänzte vor Schweiß. »Sagen Sie es ihnen... um Himmels willen!«

»Wir haben nie darüber... nicht, was Sie getan haben...« Sie schüttelte den Kopf. »Nein, das ist allein Ihre Verrücktheit.«

»Gehen Sie, Pietro«, sagte D'Ambrizzi. Die Tür schloß sich leise hinter ihm. Er war fort.

»Nun, Eminenz«, sagte Drew Summerhays mit seiner trockenen, nüchternen Stimme. »Was wünschen Sie jetzt von uns? Was ist mit Indelicato? Er hat diese blutige Maschinerie in Gang gesetzt... und nun ist er beim Heiligen Vater. Geben Sie uns einige Orientierungshilfen.«

»Alle Spekulationen über die Person des nächsten Papstes sind müßig. Der Wille Gottes und der Menschheit wird sich bald offenbaren.« D'Ambrizzi war plötzlich sachlich und gelassen.

»Zum Teufel mit Gottes Wille! Verschonen Sie mich mit Ihrem ganzen scheinheiligen Dreck!« Driskills Stimme zerriß die immer noch betretene Stille. »Nicht Gott hat meiner Schwester eine Kugel in den Kopf gejagt. Nicht Gott hat Bruder Leo die Kehle durchgeschnitten. Diesmal wäscht Gott seine Hände in Unschuld. Diesmal sind Menschen verantwortlich! Der Verrückte, der hier gerade frei wie der Wind herausmarschiert ist, und der psychopathische Killer, der die Waffe abgefeuert und mit dem Messer zugestoßen hat, und dieser beschissene Größenwahnsinnige, der gerade mit dem Papst ein Plauderstündchen hält, während wir hier untätig herumsitzen – was, in drei Teufels Namen, sollen wir gegen diese Mistkerle unternehmen?«

»Was schlagen Sie vor, Mister Driskill?«

»Wo ist Horstmann? Sie haben mit ihm gesprochen...« D'Ambrizzi schüttelte sein massiges Haupt. »Er ist fort. Ich habe ihn zurück in sein anonymes Leben geschickt. Ich habe ihn von seinen Sünden freigesprochen, so gut ich konnte, ich habe ihm die Beichte abgenommen. Er wurde betrogen. Er hat das getan, wofür er ausgebildet wurde. Seine Seelenqual und seine Schuld sind Strafe genug.«

»Für Sie vielleicht. Aber Sie können nicht für mich sprechen. Niemand kann für mich sprechen. Und Sie haben uns noch nichts über Archduke erzählt. Welches große Geheimnis umgibt Archduke? Haben Sie eine logische Schlußfolgerung anzubieten, wer sich hinter diesem Namen verbirgt? Er hat Sie verraten, und genau wie Sie und Indelicato, hat auch Archduke alles gewußt... und er hat Sie an Indelicato verraten. Nun, wie läßt Archduke sich in Ihr Muster einfügen? Er gehört nicht zu den Kerlen auf dem Foto, und er wurde nicht ermordet – folglich hat Indelicato Horstmann nicht auf ihn angesetzt. Soll ich Ihnen sagen, was ich glaube? Ich glaube, Archduke hat eine bestimmte Funktion in Indelicatos Plan... Ich glaube, daß Archduke schon Ihr Feind und Indelicatos Verbündeter war, seit er damals die Pius-Verschwörung aufgedeckt hat. Ich glaube, Archduke und Indelicato haben sich zusammengetan, um Ihnen den Weg zum Papstthron zu versperren, weil den beiden die Richtung nicht gefällt, in welche die Kirche sich bewegt. Sie wußten, daß Sie und meine Schwester auf der gleichen Seite standen, und sie haben die Nase voll gehabt. Ein paar Menschenleben sind ein niedriger Preis, wenn man auf diese Weise die Kurie und den Vatikan in Angst und Schrecken versetzen und die Kardinäle scharenweise Indelicato in die Arme treiben kann. Warum also Ihr seltsames Schweigen, was Archduke betrifft?«

Driskill verstummte atemlos, starrte D'Ambrizzi an.

»Ich habe zum Thema Archduke nichts zu sagen«, erklärte der

Kardinal schließlich. »Das ist vorbei. Lassen Sie es ruhen, vergessen Sie's.« Er ließ den Blick über seine Gäste schweifen. »Damit wäre alles gesagt. Ich vertraue darauf, daß Sie alle Stillschweigen bewahren. Diese schmerzhafte Episode in der Geschichte unserer Kirche ist vorüber. Calixtus' Lebensweg geht zu Ende, bald wird ein neuer Papst sein Amt antreten. Das Leben wird weitergehen und die Kirche weiterbestehen, und sehr bald werden wir und all diese Geschehnisse in Vergessenheit geraten sein.«

Das Ende von D'Ambrizzis Abendgesellschaft verlief in eher gedrückter Atmosphäre. Es gab nichts mehr hinzuzufügen. Niemand schien so recht zu wissen, was zu tun war. Erwartete der Kardinal, daß sie alle jetzt zu Bett gingen, um ruhig und erholsam zu schlafen? Er stand an der Tür, verabschiedete jeden mit einem Händedruck und ein paar persönlichen Worten: Männer, die er schon sehr lange kannte, und mit denen er gute und schlechte Zeiten durchlebt hatte. Er ging zwanglos mit ihnen um, wie immer.

Schwester Elizabeth stand neben Ben, der tief in Gedanken versunken schien; sein Gesicht war eine undurchdringliche Maske. Father Dunn gesellte sich zu den beiden. »Sie sehen nicht gerade glücklich aus«, sagte er.

»Überrascht Sie das?« fragte Driskill.

»Natürlich nicht. Aber vielleicht müssen Sie sich mit dem Ergebnis zufriedengeben. Vielleicht haben Sie fast alles hinter sich gebracht, was vor Ihnen gelegen hat. Und Sie sind jetzt, was diese Geschichte betrifft, so gut wie über alles informiert.«

»Was ich herausgefunden habe, gefällt mir aber nicht.«

»Haben Sie denn damit gerechnet? Ich war der Meinung, Ihre schlimmsten Vermutungen hätten sich bestätigt. Ist das nicht recht zufriedenstellend?«

Driskill starrte ihn an.

Dunn sagte: »Haben Sie denn erwartet, daß Horstmann und die anderen wie an einem Schießstand für Sie aufgestellt werden? Na, hören Sie mal, mein Freund, jetzt nehmen Sie aber Vernunft an...«

»Artie?«

»Ja, mein Sohn?«

»Halt's Maul.«

»Ah«, sagte Dunn. »Es geht doch nichts über eine gesunde Überzeugungskraft.«

»Was ist mit Sandanato?« Trotz der Neuigkeiten, die Elizabeth vorhin über ihn erfahren hatte, versuchte sie, nicht übermäßig betroffen auszusehen. »Mir gefällt der Gedanke nicht, daß er in seinem jetzigen Zustand allein durch die Straßen Roms irrt.«

»Sie haben recht«, sagte Driskill, und ein Muskel unterhalb seines Wangenknochens zuckte. »Vielleicht sollte ich versuchen, ihn ausfindig zu machen.«

»Vergessen Sie ihn«, sagte Father Dunn.

»Er könnte sich etwas antun«, meinte Elizabeth.

»Er ist Priester«, erwiderte Dunn.

»Jesus, Maria und Josef«, sagte Driskill. »Er ist ein Mörder. Ist Ihnen das noch immer nicht aufgegangen?«

»Im Sinne des Wortes ist er kein Mörder«, sagte Dunn.

»Lassen Sie die Haarspalterei, Artie. Er ist der Komplize eines Mörders. Er hat mich an dem Abend, als wir in Princeton Schlittschuh gelaufen sind, offensichtlich in die Falle gelockt. Wo hatte ich nur meinen Verstand? Er sagte, das Eislaufen würde mir guttun... du lieber Himmel.«

»Ich glaube, er ist tatsächlich verrückt«, sagte Schwester Elizabeth. »Wenn ich daran denke, was er mir gesagt hat... ich glaube, er wollte mir begreiflich machen... aber es hat sich alles so theoretisch angehört.« Sie wandte den Kopf, als D'Ambrizzi sich ihnen näherte. Sie war erschöpft. Sie sagte: »Ich werde heute im Ordenshaus übernachten. Auf seinen Wunsch hin.« Sie wies mit einem Kopfnicken auf den Kardinal.

»Meinen herzlichsten Dank«, sagte D'Ambrizzi, »daß Sie so viel Zeit geopfert haben, sich meine lange... Beichte anzuhören. Ich wollte reinen Tisch machen.«

»Wobei Sie allerdings Indelicato vergessen haben.«

»Das ist nicht ganz richtig, Benjamin. Schwester, ich möchte mit den beiden Herren ein Wort unter vier Augen sprechen. Ich habe Drew Summerhays und seinen Leibwächter gebeten« – er genehmigte sich ein schmales Lächeln –, »Sie zu eskortieren.« Er nahm sie bei der Hand und führte sie zur Tür. »Schlafen Sie gut, meine Liebe. Wir sehen uns morgen.«

Nachdem sie in Summerhays' Obhut war, kehrte D'Ambrizzi zu Driskill und Dunn zurück.

»Ich möchte Sie bitten, mich zu begleiten.«

Dunn sagte: »Einverstanden.«

Driskill sagte: »Warum? Wohin?«

D'Ambrizzi seufzte, blickte auf seine Armbanduhr. Es war zwei Uhr morgens.

»In den Vatikan. Wir werden den Heiligen Vater aufsuchen.«

Monsignore Sandanato irrte ziellos durch die Nacht. Es hatte leicht zu regnen angefangen, aber er bemerkte es nicht. Seine Augen brannten. In seinen Ohren war ein Brausen; das Blut pochte so heftig in seinen Adern, als könnte sein Herz jeden Moment zerspringen. Er war nicht imstande, auch nur einen klaren Gedanken zu fassen. Sein Hirn war umnebelt wie in einem Fiebertraum.

Er blieb oberhalb der Spanischen Treppe stehen, um wieder zu Atem zu kommen. Er bemerkte den hochgewachsenen Mann im schwarzen Regenmantel nicht, der in den Schatten stand und den Hut tief ins Gesicht gezogen hatte.

Und als Monsignore Sandanato den Abstieg über die lange Treppe begann, hörte er auch die Schritte nicht, die ihm folgten.

Calixtus war hellwach, als ihm mitgeteilt wurde, daß Kardinal Indelicato im Vorzimmer darauf wartete, eingelassen zu werden. »Führen Sie ihn herein. Und legen Sie sich dann zur Ruhe. Ich werde heute niemanden mehr brauchen.«

Der Kardinal stand vor ihm, hochgewachsen, hager und düster. Ein schweres, mit Juwelen besetztes Kruzifix hing an einer Kette mitten auf seiner Brust. Ein kleiner, kleiner Teil des Familienschmucks, dachte Calixtus und mußte innerlich lächeln.

»Heiligkeit«, sagte Indelicato. »Ich stehe Ihnen zu Diensten.«

»Sie sehen so betrübt aus!« Calixtus ließ das innere Lächeln an die Oberfläche dringen. Er lag auf dem Bett, mit dem Rücken an das riesige, mit seinem Monogramm gezierte Kopfkissen gelehnt. »Machen Sie ein fröhlicheres Gesicht. Eine traurige Miene ist das letzte, was ein Sterbender sehen möchte.«

»Bitte nehmen Sie meine Entschuldigung an, Heiligkeit. Was kann ich für Sie tun, Heiligkeit? Sie brauchen es nur zu sagen.«

»Ach, Fredi, was habe ich da nur über Sie gehört?«

»Ich verstehe nicht...«

»Mir wurde gesagt, Sie wären der Antichrist, Fredi.« Der Papst kicherte leise. »Sollte das etwa stimmen?«

»Es tut mir leid, Heiligkeit, ich kann Sie nicht verstehen.«

Calixtus war sich seiner Umgebung plötzlich mit kristallener Klarheit bewußt. Der gegen die Fenster trommelnde Regen, der Brief auf seinem Bett, das gewichtige, uralte Dokument, das daneben lag, das schwache Licht der Nachttischlampe, die lautlosen, flimmernden Bilder eines Fußballspiels auf dem Bildschirm des Fernsehens. Er spürte den Stoff der Bettlaken, spürte, wie seine Hand sich unter der Decke um den kühlen Griff eines Gegenstands krampfte. Mit einem Teil seines Geistes war er sich all dessen bewußt, hörte das Rascheln von Indelicatos Kleidung, und mit einem anderen Teil des Hirns, der nun sehr bald für immer verschlossen bleiben würde, erinnerte er sich noch einmal, sah und hörte, jene Nacht in der verschneiten Hütte, der kalte Wind, die wartenden Männer, Simon, der ihnen Mut zu machen versuchte, und der schimmernde Schnee, der Geruch nach Waffenöl...

»Kommen Sie näher, Fredi, damit Sie mich verstehen können. Es geht um etwas Wichtiges.« Er hielt das Schriftstück zwischen den Fingern. Das Pergament fühlte sich an, als würde es jeden Augenblick zu Staub zerfallen. »Hier. Ich habe etwas für Sie.«

Manfredi Kardinal Indelicato trat an das Bett.

Er beugte sich über den Körper des Heiligen Vaters, um das Dokument entgegenzunehmen. Er sah das uralte Siegel.

Der Heilige Vater richtete sich leicht auf; eine kaum merkliche Bewegung unter dem Bettlaken, und dann zog er die verborgene Hand hervor.

## 7 DRISKILL †

Im Herzen des Vatikans, im Apostolischen Palast, befand ich mich an einem Ort, an dem ausgerechnet ich rein gar nichts zu suchen hatte. Es war höllisch gespenstisch hier, die stillen Korridore, das trübe Licht, unsere gedämpften Schritte. Auf einigen Gobelins waren historische Szenen abgebildet: Bilder von Gewalt und Blut und marschierenden Armeen und Scharen von Engeln und Gott weiß was sonst noch zogen die Aufmerksamkeit des Betrachters auf sich – die Darstellungen waren voller Wildheit und Ungestüm, Farben und Klängen, Schlachtrufen und schmetternden Trompeten himmlischer Provenienz, nur schien jemand die Lautstärke heruntergedreht zu haben. Vielleicht aber hatten die Instrumente einfach nicht mehr die Kraft, noch irgendein Geräusch von sich zu geben.

D'Ambrizzi hatte in jeder Hinsicht die Führung übernommen, und Dunn und ich folgten ihm wie zwei Höflinge. Vor der Tür zum päpstlichen Schlafgemach saß ein Priester an einem Schreibtisch und hielt die Nachtwache. D'Ambrizzi sagte ein paar leise, aber eindringliche Worte zu ihm, und der Priester blieb an seinem Schreibtisch sitzen.

Wir betraten das Schlafzimmer. Seltsam. Keine Formalitäten, keine Kontrollen. Kein Anklopfen. Keine Ankündigung. Nichts. Einfach die Tür auf und rein. Wie sich herausstellte, hätte ohnehin niemand im Zimmer auf irgend etwas reagiert.

Kardinal Indelicato lag bäuchlings auf dem Bett, mit ausgebreiteten Armen und Beinen, völlig regungslos. Selbst auf die zehn Meter, die ich von ihm entfernt stand, hätte ich zehn zu eins darauf gewettet, daß er tot war. Diese schlichte Tatsache wurde mir schlagartig bewußt. Was die Folgerungen betraf, dauerte es ein Weilchen länger. Father Dunn bekreuzigte sich flüchtig und seufzte. »Jesus Christus«, murmelte er.

D'Ambrizzi sagte: »Wohl kaum.« Er beugte sich über den anderen Mann, den ich für den Augenblick vollkommen vergessen hatte. Calixtus lag unter der Bettdecke und wurde von Indelicatos Körper niedergedrückt. Ich trat näher heran. D'Ambrizzi sagte: »Heiligkeit? Können Sie mich hören? Sal... ich bin's, Simon.« Er wartete, lauschte, drückte dann den Finger auf die päpstliche Halsschlagader. »Er lebt noch. Bewußtlos, aber er lebt noch. Helft mir, den hier auf den Rücken zu drehen.« Er meinte Indelicato. Dunn beobachtete, wie D'Ambrizzi und ich den Körper des verblichenen Kardinals umdrehten.

Das Licht war gedämpft. Der Fernseher lief; der Ton war abgestellt. Die Schatten schienen die Wände in Nichts aufzulösen. Wir hätten genausogut auf einer Bühne stehen können.

D'Ambrizzi schaltete zu der trüben Funzel auf dem Nachttisch zwei Deckenlampen an. Dann stellte er sich vor das Bett, die Hände in die Hüften gestemmt, und starrte darauf nieder. Schließlich blickte er erst mich, dann seinen getreuen Father Dunn an.

»Dieser Mann ist an einer Herzattacke gestorben.«

Aus Indelicatos Brust ragte der goldene, kunstvoll verzierte Griff eines Dolchs. Dunn und ich wechselten einen Blick.

»In gewisser Weise«, sagte Dunn, »trifft das zu.«

»Jawohl«, bemerkte D'Ambrizzi todernst, »dieser Mensch hat einen folgenschweren Infarkt erlitten.« Er zog den Dolch langsam aus Indelicatos Brust. Er nahm mehrere Papiertaschentücher aus einer Schachtel, die auf dem Nachttisch stand. Mit den Tüchern wischte er die Klinge ab. Er ging durchs Zimmer, zog eine Schublade des Schreibtisches auf und legte den Dolch hinein. »Florentinisch. Eine sehr schöne Arbeit. Hervorragende Qualität.« Er schob die Lade zu.

»Man bekommt nicht oft einen derart blutigen Herzinfarkt zu sehen.«

»Benjamin, Sie sind kein Arzt, also tun Sie nicht so, als würden Sie etwas von Dingen verstehen, die Sie nicht wissen können.« Er nahm den Hörer auf. »Eine nicht amtliche Verbindung«, erklärte er uns beiden. »Die Gespräche laufen nicht über das vatikanische Telefonnetz.« Er wählte eine Nummer und wartete. »Dr. Cassoni, hier D'Ambrizzi. Haben Sie schon Ihren Schlafanzug an? Nein? Gut. Ich bin beim Heiligen Vater. Er ist bewußtlos. Atmung normal. Sie sollten sich ihn besser mal ansehen. Und noch etwas, Cassoni. Ich habe hier außerdem eine Leiche. Herzanfall. Alles weitere sage ich Ihnen, sobald Sie hier sind. Beeilen Sie sich. Und kommen Sie allein. Haben Sie verstanden? Braver alter Junge.« Er legte auf und warf einen Blick auf den Leichnam seines Amtskollegen. »Wir mögen vielleicht nicht wissen, wen der Heilige Vater gern als seinen Nachfolger sehen möchte. Aber sein Verhalten Fredi gegenüber läßt einen gewissen Mangel an Sympathie erkennen, finden Sie nicht auch?« Er ging zu seinem alten Feind hinüber und betrachtete dessen langes, ausgemergeltes Gesicht. »Tja, Fredi, ich werde dir keine Träne nachweinen. Du warst hier auf Erden ein elender Hurensohn und hast genau das bekommen, was du verdient hast. Jetzt, fürchte ich, wird auch der Herrgott dir einen Tritt in den Hintern geben.«

Er wählte eine weitere Nummer und wandte mir den Rücken zu, als ich nun um das Bett herumging und versuchte, mir einen Reim darauf zu machen, was hier eigentlich geschehen war. Natürlich, ich wußte sehr genau, daß dies immer noch zu dem großen Spiel gehörte, an dem wir alle beteiligt waren: D'Ambrizzi, Indelicato,

Calixtus, der einst Sal di Mona gewesen war, Horstmann, Summerhays, sogar Dunn und ich.

In den Falten der Bettdecke sah ich ein vergilbtes Papier oder Pergament sowie ein Teil von einem roten wächsernen, brüchigen Siegel. Ich streckte gerade die Hand danach aus, als ich auf irgend etwas trat, das offenbar vom Bett gerutscht war. Es war ein einzelnes Blatt Papier, mit nur ein oder zwei handgeschriebenen Zeilen.

Ich las, was dort stand, und die Farce, die sich in diesem Zimmer abspielte, nahm schlagartig Gestalt an. Ich faltete das Blatt zusammen und ließ es rasch in der Hosentasche verschwinden.

D'Ambrizzi sagte in den Hörer: »Mein lieber Kardinal Vezza, bitte, entschuldigen Sie, daß ich Sie zu so nachtschlafener Stunde störe. Ja, Eminenz, ich fürchte allerdings, daß es sich um eine Angelegenheit von größter Wichtigkeit handelt. Fredi Indelicato ist von uns gegangen... Nein, Sie haben mich mißverstanden, ich wollte damit sagen, er ist *tot*, Vezza, mausetot... O ja, gewiß, eine schreckliche Tragödie. Welch ein Verlust, ganz recht. In jungen Jahren? Ach so, ja, in Ihren Augen schon, sicherlich.« D'Ambrizzi kicherte leise. »Ich glaube, es wäre klug, wenn Sie uns ein wenig Gesellschaft leisten. Wir sind im Schlafzimmer des Heiligen Vaters. Ich habe Cassoni bereits angerufen. Nein, sonst weiß niemand... je eher, desto besser, mein lieber Vezza.«

Als er den Hörer aufgelegt hatte, fragte ich: »Warum Vezza?«

»Einer meiner Verbündeten. Er ist mein Spion im feindlichen Lager. Ein Mitglied von Kardinal Polettis kleiner Gruppe von Indelicato-Sympathisanten. Vezza ist unbezahlbar, wirklich. Wissen Sie was? Diese Herrschaften sind sogar so weit gegangen, eine Wanze am Sauerstoffgerät des Heiligen Vaters anzubringen, so daß sie dessen Gespräche mit meiner Wenigkeit mithören konnten. Nein, also wirklich. Einerseits habe ich Calixtus motiviert, ihm einen Schubs nach dem anderen gegeben... und habe dadurch gleichzeitig Polettis Bande aufgestachelt. Es ist eine verrückte Welt, Benjamin.«

Während ich wartete und den Atemgeräuschen Seiner Heiligkeit lauschte, bemerkte D'Ambrizzi das Pergament, das auf der Decke lag. Er beugte sich über das Bett und hob es auf. »Das hier hat sehr viel Leid und Ärger verursacht.« Er hielt inne, schürzte die wulstigen Lippen. »Nein, das stimmt nicht. Jedenfalls ist es eine Art... Akte der Heimsuchungen. Dies ist das geheime Konkordat der

Borgia. Wie könnten wir es noch bezeichnen? Beinahe als eine *Charta der Assassini*, würde ich sagen. Pius hat mich damit nach Paris geschickt. Er hat behauptet, diese Urkunde würde mir Recht und Macht verleihen, würde mir die richtigen Entscheidungen eingeben, das zu tun, was für die Kirche getan werden müsse. Ich habe es mit Leo und Horstmann nach Norden geschickt und nun ist es hier. Eine Namensliste.«

»Wie ist das Dokument hierher gekommen?« fragte ich.

»Horstmann hat es mir gestern ausgehändigt, und ich habe es Calixtus gegeben. Er hat es noch nie zu Gesicht bekommen. Ich wollte, daß er seinen Namen darauf sieht. Nun – was sollen wir damit anfangen? In den Geheimen Archiven verstecken?« Es war eine rein rhetorische Frage. »Nein, ich glaube nicht. Es ist ein Relikt. Wir alle können auch ohne dieses Stück altes Pergament leben, meinen Sie nicht auch?«

Er ließ das Konkordat der Borgia in einen großen Ascher fallen, der auf dem Schreibtisch stand, und holte sein goldenes Feuerzeug hervor. Die Flamme zuckte auf, und er führte sie an eine Ecke des jahrhundertealten Pergaments. Ein langes, dunkles Kapitel Kirchengeschichte verwandelte sich in Sekundenschnelle in Asche und Rauch.

Dunn beobachtete die Szene kopfschüttelnd. D'Ambrizzi blickte zu ihm hinüber. »Wer hätte es denn noch brauchen können, Father? Niemand. Es hat nur wenig Gutes bewirkt.«

Während wir auf das Eintreffen des Arztes warteten, schauten wir uns die Videoaufzeichnung des Fußballspiels an.

Dann trat Dr. Cassoni ins Zimmer und machte sich daran, sehr spezielle Vorbereitungen zu treffen.

Einige Zeit später sah es tatsächlich so aus, als wäre Kardinal Indelicato völlig unerwartet einem schweren Herzanfall erlegen.

Man einigte sich, die Nachricht von Kardinal Indelicatos Ableben sechsunddreißig Stunden später an die Medien zu geben. Bis dahin wollte ich mich schon in einer Maschine Richtung Staaten befinden. Ich wollte nach Princeton, zurück in eine Welt, die ich begreifen konnte. Ich brauchte jetzt nur eins, das wußte ich: Erholung. Und ich wollte meinen Vater sehen. Ich hatte vieles erlebt, vieles erfahren, seit ich Princeton verlassen hatte, aber daß ich mit dem Ergebnis zufrieden war, konnte ich nicht behaupten. Nichts war so ausgegangen, wie ich es mir erhofft hatte. Vor allem: Horstmann lebte noch, der Mörder Vals, der nun sogar als armes, irregeleitetes Opfer in Indelicatos großem Plan hingestellt wurde. Und wer, in Teufels Namen, war Archduke? Vielleicht war das alles Indelicatos und Archdukes gemeinsamer Plan gewesen; ich wußte es nicht. Und Horstmann war verschwunden, war zurückgeschickt worden in die Finsternis, aus der er gekommen war. Ich hatte keine Chance mehr, Val zu rächen.

Und dann war da noch die Sache mit Monsignore Pietro Sandanato. Ich wurde nicht recht schlau aus ihm. Sicher, er war ein überdrehter religiöser Fanatiker, ein Zelot oder schlicht und einfach ein Verrückter. Was mochte er jetzt tun? Wie konnte er sich noch selbst in die Augen blicken, nachdem er seinen Freund und Mentor verraten hatte und sein Komplize und neuer Förderer tot war? Ich ging davon aus, daß D'Ambrizzi in seiner Weisheit und offenbar gottgleichen Macht innerhalb der Kirche die Blamage vertuschen würde, über viele Jahre hinweg einen mörderischen kleinen Dreckskerl an seinem Busen genährt zu haben. Er würde Pietro auf einen verborgenen Posten an einem noch verborgeneren Platz abschieben.

Vielleicht hätte ich überraschter oder schockierter oder sogar bestürzter darüber sein sollen, daß Calixtus Indelicato ermordet hatte, aber im Gesamtzusammenhang betrachtet erschien mir der Mord irgendwie folgerichtig. Calixtus war einer der *Assassini* gewesen; er war seinem Anführer in die verschneiten Berge gefolgt, um einen Papst zu töten. Und nun, vierzig Jahre später, erinnert derselbe Anführer ihn daran, daß er einst zu den *Assassini* gezählt und daß sie zwar damals ihren Papst nicht erwischt hatten – aber wer sollte sie nun daran hindern, einen Möchtegern-Papst ins Jenseits zu befördern? Denn wenn man erst mal zu der Einsicht gelangt ist, überhaupt fähig zu sein, einen Menschen töten zu können, dann ist eine entsprechende Tat später nur noch eine Frage der passenden Umstände und einer überzeugenden Motivation. Vierzig Jahre waren vergangen, und Calixtus, einst Salvatore di Mona, hatte immer noch das Zeug zu einer solchen Tat gehabt. Nun ja, er war nicht der erste sterbende Papst gewesen, der zum Mörder geworden war. Und meinen Segen hatte er. Die Kirche würde von weiteren so hochrangigen Mördern zweifellos nur profitieren können.

Am späten Nachmittag bat mich Kardinal D'Ambrizzi zu sich. Noch wußte, von ein paar Eingeweihten abgesehen, niemand von Indelicatos folgenschwerem Herzanfall. D'Ambrizzi hatte mich gebeten, in die vatikanischen Gärten zu kommen. Dort wurde ich von einem lächelnden, rundgesichtigen Priester in Empfang genommen und eskortiert, der sich in den höchsten Tönen darüber ausließ, was für ein schöner Tag heute doch sei.

Der Kardinal schlenderte über einen der Gehwege; die Ärmel seiner schlichten Soutane flatterten im kühlen Wind, der unter den Palmen entlangstrich. Gärtner waren bei der Arbeit. D'Ambrizzi hielt den Kopf gesenkt, als ruhten seine Augen auf den knolligen, gewölbten Kappen seiner altmodischen Stiefel.

Als ich bei ihm angelangt war, hakte er sich bei mir ein, und so schritten wir eine Weile wie gute alte Bekannte durch die Parklandschaft. Ich fühlte mich ihm in der Tat seltsam nahe, wie ein vertrauter Freund – was natürlich bloße Einbildung war. Ich schob meiner Erschöpfung die Schuld für dieses Hirngespinst zu. D'Ambrizzi hielt an und sah einem Gartenarbeiter zu, der eine Schubkarre voller schwerer schwarzer Erde vor sich herschob.

»Schauen Sie, dieser Mann dort«, sagte er zu mir. »Sie könnten sagen, er habe Schmutz an den Händen. Nun, Benjamin, ich habe heute meine Hände betrachtet – in einem der seltenen Augenblicke, in denen ich Gewissenserforschung betreibe, verstehen Sie –, und meine Hände kommen mir sehr viel schmutziger vor. Ich habe sie viele Jahre mit Dreck beschmiert. Von Zeit zu Zeit muß ich an diese Metapher denken, und, bei Gott, immer, *immer* tut es weh. Schmutzige Hände, saubere Hände, was macht das schon aus, sollte man meinen, nicht wahr? Aber es macht etwas aus, und ich werde Ihnen sagen warum, Benjamin. Soll ich es Ihnen sagen?«

»Da bin ich mir nicht so sicher«, erwiderte ich.

Er grinste, zuckte die Achseln. »Weil es dabei immer um Menschen geht, Benjamin. Um Menschen. Ich vermisse zum Beispiel Sandanato jetzt schon... ich werde ihn nie im Licht der letzten beiden Jahre sehen können, als Komplize eines Mörders. Er wird für mich immer der ernste junge Pietro bleiben, der treu zu mir stand... ja, ich werde ihn für den Rest meines Lebens vermissen.«

»Was haben Sie mit ihm gemacht? Ihn abgeschoben?«

»Ich habe gar nichts gemacht. Mein alter Freund August Horstmann hat ihn letzte Nacht getötet. Weil Pietro mich verraten hat, wissen Sie. Als Horstmann erfahren hatte, daß Pietro die Rolle Simons gespielt hat – oh, damit hatte er sich etwas Schlimmes eingebrockt. August hat hin und wieder Botschaften an mich geschickt in der festen Überzeugung, daß sie an jenen Simon weitergeleitet würden, den er von früher her kannte. Aber Pietro hat die Nachrichten zuerst gelesen und den armen August glauben gemacht, daß er für mich arbeite. Er hat ihn betrogen, und darum hat August das getan, was er für recht und billig hielt: Pietro getötet. Die Polizei war vorhin bei mir, um mich davon zu unterrichten. Eine einzige Kugel. In den Hinterkopf. Ich habe Sie daraufhin sofort hierherrufen lassen.«

»Genauso ist meine Schwester ermordet worden.«

»Tja, jetzt *ist* es vorbei. Horstmann ist verschwunden. Sandanato ist tot. Calixtus liegt im Koma, und Dr. Cassoni meint, er wird nicht mehr daraus erwachen. Benjamin, was würde wohl passieren, wenn uns die Priester ausgingen?«

»Das möchte ich wirklich zu gerne erleben«, sagte ich.

D'Ambrizzis Lachen dröhnte in der stillen Weite des Gartens. »Das würde Ihnen gefallen, nicht wahr? Aber der arme Pietro hätte das nicht für sonderlich witzig gehalten.« Er blickte mich scharf an. »Er hatte keinen Sinn für Humor. Vielleicht war das sein großer Fehler.« Er zuckte die Achseln.

»Er hatte noch andere große Fehler.«

»Sie haben recht.« In der Stimme des alten Mannes lagen wehmütige Erinnerungen und ein wenig Trauer.

»Da ich nun mal ein ausgesprochener Heide bin...«

»Sie haben schon wieder recht.«

»...und da ich nicht den gebotenen Respekt vor Klerikern habe, darf ich Ihnen eine unverschämte Frage stellen. Wenn ich das nächste Mal etwas von Ihnen höre, ist es dann die Nachricht, daß Sie der neue Papst geworden sind?«

»Kann sein. Falls ich es wünsche, wird Summerhays mir wahrscheinlich den Papstthron kaufen. Aber ich werde alt. Braucht die

Kirche jetzt auf lange oder auf kurze Sicht einen Oberhirten? Das ist die Frage, nicht wahr?«

Wir gingen zum Tor, durch das ich den Garten betreten hatte. Der Groschen war gefallen: Vergib Archduke... weil er dir vielleicht den Papstthron kaufen kann!

»Ich glaube, ich werde noch eine Weile spazierengehen, Benjamin.« D'Ambrizzi schaute mich aus seinen schwerlidrigen Augen an. Es schien, als spähte ein anderes Wesen in diesem gealterten, massigen Körper heraus, gerissen, intrigant, hin und wieder aber auch voller Gefühle – ein Wesen, das sich schlecht und recht durchgeschlagen hatte und sich nun wieder in seine schützende Hülle zurückzog. »Aber ich möchte Ihnen einen kleinen Rat mit auf den Weg geben. Wann machen Sie sich auf die Heimreise?«

»Morgen«, sagte ich und blickte zum Horizont. Die Sonne ging unter, und die Palmen wirkten vor dem Hintergrund der sich allmählich verdüsternden, grauen Kuppel des Himmels einsam und trist. Ich legte keinen sonderlichen Wert auf D'Ambrizzis Ratschlag, aber er war ein knorriger alter Bastard, der sehr viel mehr überlebt hatte, als mir jemals widerfahren würde. Vielleicht war es doch besser, ihm Gehör zu schenken.

»Vergeben Sie sich selbst, Benjamin.«

»Wie bitte, Eminenz?«

»So lautet mein Rat. Vergeben Sie sich selbst. Sie sollten sich an mir ein Beispiel nehmen. Ich weiß nicht, was Sie getan haben, aber Sie haben in letzter Zeit gewiß die Erfahrung gemacht, daß es immer sehr, sehr viel schlimmer kommen kann, als man glaubt. Das gehört meiner Meinung nach ganz einfach zum Leben. Einem jeden widerfährt einmal etwas Schlimmes... und ein jeder *tut* auch mal etwas Schlimmes.« D'Ambrizzi versuchte, sich in der frischen Brise eine seiner schwarzen Zigaretten anzuzünden, was ihm schließlich auch gelang. Er nahm einen tiefen Zug, sagte: »Vergeben Sie sich selbst ihre Fehltritte, ihre Schuld, Ihre Sünden... Und das meine ich nicht als Geistlicher, nicht einmal als Katholik, sondern als ein Mensch, der sein Leben gelebt hat. Vergib dir selbst, mein Sohn.«

Artie Dunn ließ mich wissen, daß er noch ein paar Tage in Rom bleiben wolle – zweifellos, um mit D'Ambrizzi noch irgendein gottloses Komplott auszuhecken –, und so nahmen wir an diesem Tag unser letztes gemeinsames römisches Abendessen ein. Er schien irgend etwas auf dem Herzen zu haben, konnte oder wollte aber nicht damit herausrücken. Jedenfalls kamen wir irgendwie auf meine Eltern und Vals Tod und auf die alte Selbstmordgeschichte zu sprechen – auf Father Governeau, der seine ewige Ruhe außerhalb der Friedhofsmauern in ungeweihter Erde verbringen mußte. Ah, Gott ist groß, Gott ist gut. Artie bat mich, meinem Vater die besten Genesungswünsche zu überbringen und ihm ordentlich Dampf zu machen, doch mal die Romane zu lesen, die er ihm ans Krankenbett gelegt hatte. Er sagte, er würde sich telefonisch melden, sobald er wieder in New York sei.

Über das Ableben Indelicatos und Sandanatos tauschten wir nur einige wohlüberlegte, zurückhaltende Bemerkungen aus. D'Ambrizzi hatte auch Dunn von Sandanatos Tod unterrichtet. Wir wußten, daß es besser war, diese Dinge ausführlicher zu erörtern, sobald der Staub sich ein wenig gelegt hatte.

»D'Ambrizzi hat heute nachmittag etwas gesagt... also, das war ein ziemlicher Knüller.« Wir waren auf dem Rückweg zum Hotel Hassler und stiegen die Spanische Treppe hinunter.

»Ich habe ihn gefragt, ob er glaubt, zum Papst gewählt zu werden...«

»Das haben Sie ihn einfach so gefragt?« Dunns buschige Brauen hoben sich; seine Augen blinzelten verschmitzt.

»Es geht darum, was *er* gesagt hat...«

»Und das wäre?«

»Sollte er sich entschließen, Papst zu werden, steht Summerhays schon mit dem nötigen Geld bereit, ihm dieses Amt zu kaufen. Summerhays.«

»Das kann man nicht gerade als Sensationsmeldung bezeichnen, Ben. Die Kirche, der Vatikan, ist eine Wachstumsindustrie, nicht wahr? Betätigungsfeld vieler einflußreicher Männer. Summerhays, Ihr Vater, Heffernan... und andere, da bin ich sicher.«

»Sie haben mich mißverstanden. Es geht um Summerhays. Archduke. Erkennen Sie denn nicht, wie mies diese... Transaktion ist? Archduke hat D'Ambrizzi vor vierzig Jahren an Indelicato und den Papst verraten... und jetzt deutet D'Ambrizzi an, daß Archduke ihm den Papstthron kaufen wird. Das kann ich nur als ausgesprochen schmutzig bezeichnen.«

»Und ich als brillante Ausnutzung menschlicher Ressourcen«, sagte Dunn. Er blinzelte mir zu.

Ich war nicht ganz sicher, wie ich mich von Elizabeth verabschieden sollte. Ich würde sie vermissen, aber die Tür zwischen uns blieb geöffnet. Das war die Hauptsache. Ich rief sie kurzerhand an.

»Ich muß Ihnen noch einiges erzählen, bevor ich abreise«, sagte ich. »Wichtige Dinge. Haben Sie den Kardinal schon gesehen oder gesprochen?«

»Ja, ja, hab' ich.« Sie war seltsam hektisch. »Sagen Sie jetzt nichts mehr, Ben. Ich weiß nicht, ob jemand zuhört – wir müssen uns treffen. Wann reisen Sie ab?«

Ich sagte es ihr.

»Also gut.« Ich hörte, wie sie ihren Terminkalender durchblätterte. »Also, ich könnte mir die nächsten beiden Stunden freinehmen. Haben Sie Zeit? Sind Sie im Hotel?«

»Ja. Ich habe Zeit, was immer Sie auch...«

»Ich erwarte Sie unten an der Spanischen Treppe. In einer Viertelstunde.«

Und dann stand ich unten an der Spanischen Treppe. Und wartete. Und dann hörte ich sie meinen Namen rufen. Sie war völlig außer Atem. Ich legte ihr die Hände auf die Schultern. »Keine Bewegung«, sagte ich. Sie blickte mich erwartungsvoll an. »Es kommt mir so vor, als hätte ich Sie seit einem Monat nicht mehr gesehen.« Sie lächelte, und ich küßte sie zärtlich auf den Mund. Es schien die natürlichste Sache der Welt zu sein. Obwohl sie einen Blazer mit dem Rosettenemblem des Ordens am Revers trug.

»Kommen Sie«, sagte sie und zog mich am Ärmel hinter sich her. »Wieviel wissen Sie?«

»Mehr, als ich glauben kann«, sagte ich.

»Wissen Sie schon, daß Indelicato tot ist?«

»Wissen? Elizabeth – D'Ambrizzi und ich, wir haben seine Leiche... auf den Rücken gedreht. Und dann haben wir das Messer gesehen...«

»Messer? Was für ein Messer? Wovon reden Sie?«

»Von einem florentinischen Dolch, um genau zu sein.«

Sie starrte mich an wie einen Verrückten. Sie blieb für einen Augenblick stehen und führte mich in einen kleinen Park. Eine Gruppe Kinder hatte sich um eine winzige Puppenspielbühne versammelt. Es war eine seltsame Vorstellung. Pinocchio war in ein Priestergewand gekleidet und spielte die Rolle eines lügnerischen Geistlichen, der sich einem hübschen Mädchen gegenüber brüstete, was für ein tapferer Kerl er doch sei. Während er von seinen vernichtenden Siegen über das Böse schwafelte, tauchte in seinem Rücken ein riesiger schwarzer Ritter in schimmernder Rüstung auf einem Pferd auf. Das schöne Mädchen mit dem blonden Haar wußte nicht, wie sie den Redefluß ihres Helden unterbrechen oder ihn warnen sollte. Für mich hatte es ganz den Anschein, als hätte Pinocchios letztes Stündchen geschlagen. Für die Kinder offenbar auch, denn ihre schrillen, warnenden Schreie machten jede vernünftige Unterhaltung unmöglich. Wir schlenderten ein Stück weiter und setzten uns auf eine Bank unter Bäumen, in deren kahlen Kronen der Wind wisperte.

»Ben, Kardinal Indelicato ist an einer Herzattacke gestorben.« Sie bedachte mich mit einem ernsten Blick. »D'Ambrizzi hat mich heute morgen angerufen. Er hat mir gesagt, daß Indelicato einen tödlichen Herzinfarkt erlitten hat, als er mit Calixtus gesprochen hat. Er ist noch im päpstlichen Schlafzimmer gestorben. Man will die Nachricht allerdings erst morgen an die Medien freigeben...«

»Hat er erwähnt, wie Calixtus es aufgenommen hat?«

»Nein, aber...«

»Elizabeth, diesmal müssen Sie mir vertrauen. Indelicato ist erstochen worden. Von – glauben Sie mir, *ehrlich* – von Calixtus.«

»Sie wollen doch nicht etwa behaupten...«

In dieser Weise verlief das Gespräch noch eine Zeitlang. Nicht, daß Elizabeth die Geschichte anzufechten versuchte; schließlich wußte sie auch sehr vieles, und sie hätte nicht die Zeit damit verschwendet, sich gegen die Wahrheit zur Wehr zu setzen. Aber es ist wohl müßig zu erwähnen, daß sie die Neuigkeiten nur schwer verdauen konnte.

Am Ende meines Berichts waren Pinocchio und der schwarze Ritter verschwunden, und die Kinder – teils Schüler in Uniformen, teils kleinere Kinder – zerstreuten sich, schlenderten mit ihren Müttern oder Kindermädchen langsam davon. Der sonnige Himmel hatte sich mit einer grauen Wolkendecke überzogen. Der Wind wehte kalt aus rasch wechselnden Richtungen. Weihnachten war nicht mehr fern.

»Seltsam, aber ich kann Ihre Geschichte nur aus der Sicht einer

Journalistin betrachten«, sagte Elizabeth nachdenklich und blickte mit ihren grün gesprenkelten Augen versonnen in den Park. Sie strich sich mit gespreizten Fingern durch das dichte braune Haar. Ihre Finger waren lang und schlank. »Was für eine Story das wäre.« Sie konnte sich ein Grinsen nicht verkneifen. »Mein Gott... welch ein Ende. Der Papst ermordet einen...«

»Nicht der Papst. Salvatore di Mona hat Indelicato erstochen.«

»Ja, wahrscheinlich haben Sie recht. Und jetzt liegt er im Koma. Tja, dann hat D'Ambrizzi mich also belogen.« Sie erhob sich.

»Da ist noch etwas. Simon hat ihm den Befehl gegeben, Indelicato zu töten.«

»Simon... D'Ambrizzi?«

»Ja. Er hat Calixtus eine Nachricht zugespielt. Er hat ihn daran erinnert, daß er einer der *Assassini* gewesen ist und einen Auftrag zu erledigen hat. Ich habe das Schreiben gesehen. Es lag neben Calixtus' Bett, als wir ihn gefunden haben.«

»D'Ambrizzi betrachtet mich als Vertreterin der Presse. Offensichtlich«, sagte sie. »Darum hat er mir nicht die Wahrheit gesagt. Aber er muß gewußt haben, daß Sie sie mir sagen werden.«

»Natürlich. Und er wußte, daß Sie sein Vertrauen nie mißbrauchen würden.«

»Tja«, sagte sie, »was hätte das auch für einen Sinn? Wie sollte ich irgend etwas beweisen? Wo ist die Waffe, die noch nach Pulverdampf riecht?«

Wir machten uns auf den Rückweg zu ihrem Büro.

»Wenn ich daran denke, wie viele Menschen wegen dieser Sache haben sterben müssen«, sagte sie. »Wie viele es wohl wirklich gewesen sein mögen? Ob wir alle Opfer kennen?«

»Wer weiß. Das werden wir wohl nie erfahren.« Ich blickte sie an. »Mein Gott, Elizabeth, ich werde Sie vermissen.«

»Das hoffe ich doch sehr. Schließlich haben Sie gesagt, Sie lieben mich, Ben.«

»He. Machen Sie sich über meine Gefühle lustig?«

»Ich mache mich über Ihr trauriges Gesicht lustig.«

»Ich werde mich wegen dieses Gesichts nicht entschuldigen. Es hat in letzter Zeit viel durchgemacht. Alles in allem hat es Grund genug, traurig auszusehen. Aber da Sie gerade davon reden – ich liebe Sie wirklich.«

»Dann seien Sie nicht traurig. Liebe ist etwas Erfreuliches. Val hätte das auch so ausgedrückt.«

»Nicht, wenn es eine einseitige Liebesgeschichte ist.«

»Und was soll das mit dieser ganzen Sache zu tun haben?«

Ich lächelte. »Ja, allerdings. Was?«

»Lassen Sie uns hier und jetzt Abschied nehmen, Ben.« Wir standen an einem kleinen Platz, über den dichter Verkehr hinwegflutete.

»Aber eins läßt mir keine Ruhe. Die Sache mit Summerhays. Nicht, weil er D'Ambrizzi den Papstthron kaufen könnte, aber...«

»Wovon reden Sie da eigentlich?«

»Warum war er in Avignon? Er hat kein Wort darüber verloren. Was wollte er dort? Und warum hat dieser Marco ihn begleitet?«

»Das ist doch Schnee von gestern. Was spielt das jetzt noch für eine Rolle?«

»Aber es hat niemals ein Ende, begreifen Sie denn nicht? Nicht, wenn Summerhays und Archduke ein und derselbe sind...«

Es hatte keinen Sinn, sich noch weiter darüber auszulassen. Ich würde sie nur aufhalten. »Tja, dann, Elizabeth, machen Sie's gut – ich weiß nicht, was ich sonst sagen soll.« Es war Zeit, sich auf den Weg zu machen.

»Richten Sie Ihrem Vater bitte aus, ich wünsche ihm ein gesegnetes Weihnachtsfest, Ben. Und was Sie betrifft – immer mit der Ruhe, mhm? Ich brauche... wir beide brauchen Zeit, um uns über einiges klar zu werden. Sie verstehen, was ich meine?«

»Sicher.«

»Und wir werden bald darüber reden.«

»Wann?«

»Das ist es ja gerade, Ben. Haben Sie Geduld mit mir.«

Ich bedachte sie mit einem Blick, der ihr sagen sollte: Ich hoffe du weißt, was du tust.

Ich sah ihr nach, als sie über den Platz ging.

Sie hob die Hand über die Schulter und winkte mir kurz zu, ohne sich noch einmal umzublicken.

Ich stieg in die Maschine in Richtung Heimat und ließ mich in den Sitz sinken. Die Erschöpfung traf mich wie ein Hammerschlag. Ich schwebte in der nebelhaften Zone zwischen Schlaf und Schlaflosigkeit, und was das betraf, hatte ich jede Menge Gesellschaft. Und eben diese anderen Fluggäste sorgten dafür, daß ich nicht unterging und hinabtauchte in die Finsternis, wo das Gespenst lauerte.

Ich war von allen nur möglichen Gestalten umgeben – denen aus der Vergangenheit und denen aus der Gegenwart; die Männer auf dem Foto aus Vals Trommel erwachten zum Leben, doch derjenige, der die Kamera hielt, verbarg sich immer noch im Schatten; seine Identität war ein Geheimnis... und ich sah Richter und fragte mich, wer nun, da Indelicato tot war, sein neuer Geschäftspartner im Vatikan werden würde... und ich sah LeBecq in seiner Kunstgalerie in Alexandria, sein Gesicht eine Maske des Entsetzens, als ich ihn mit meinen Fragen bedrängte, wie auch meine Schwester es getan hatte... Die wunderschöne Nonne, die mir in Ägypten den Weg zu Richter und LeBecq gewiesen und mit der ich zu Abend gegessen hatte, es schien so lange her zu sein, und die hübsche Gabrielle, die ich nie wiedersehen würde... all die Gesichter, der Torricelli-Neffe, dieser Lackaffe, und Paternoster mit seiner unglaublichen Nase und die *clochards*, wie sie auf dem Place de la Contrescarpe im Regen ihr Mittagessen kochten... ich sah Leo und erlebte die Stunden im Nebel, den steilen Felsabstieg und die Brandung – und das Gefühl, als meine Seele starb, in Angst ertrank... und Artie Dunn mit seiner Geschichte von den D'Ambrizzi-Memoiren, Artie Dunn, der so urplötzlich in Irland aufgetaucht war, beinahe wie ein dienstbarer Geist in einem Blitz aus Feuer und Rauch... und Schwester Elizabeth, schluchzend am Schreibtisch in Arbeitszimmer von Lockhardts Wohnung an jenem regnerischen Abend in Paris... Avignon, Erich Kessler, Summerhays und sein kleiner Beschützer, die sich wie Gestalten in einem Traum bewegen... Horstmann, der mich in der kleinen Kirche findet, sich über meinen Plastikrevolver lustig macht und sagt, ich solle nach Hause gehen... Elizabeth, wie sie mir in Avignon ihre Geheimnisse anvertraut... und dann meine Wut und mein Haß auf die Kirche, der beinahe alles zerstört hätte, alles, was ich brauchte... und dann Rom...

Das Rouleau neben meinem Sitz in der Maschine war zugezogen und ließ die endlose Weite und ließ das strahlende Licht über den Wolken nicht durch das Fenster fallen, während wir in Richtung Westen flogen. Ein paar Drinks, eine Kleinigkeit zu essen, und schließlich konnte ich keinen Widerstand mehr entgegensetzen und ließ mich in den dunklen Teich des Schlafs fallen.

Und da war sie. Wartete.

Meine Mutter in der Rolle des Schreckgespenstes, das in den verborgenen Tiefen meines Ichs auf mich lauerte.

Sie rief mich und redete auf mich ein, ließ wieder jenen Augenblick zum Leben erwachen, den mein Wachbewußtsein nie als Wirklichkeit hatte akzeptieren wollen. Sie redete immer noch über Father Governeau, den armen Hundesohn...

*Du hast es getan... Du warst es! Du, du hast es getan...*

Ihr Finger zeigte auf mich.

# Sechster Teil

## 1 DRISKILL †

Die Kürbislaternen, die Hexen auf Besenstielen und die Kobolde mit Nixon-Masken waren allesamt verschwunden. An ihre Stelle waren fröhliche, plumpe Weihnachtsmänner, Schneemänner, Elfen und Rentiere mit roten Nasen getreten. Das Universitätsgelände lag unter einer tiefen, verharschten Schneedecke begraben, über die der Wind fegte, und das große Tor an der Nassau Street war von einer schimmernden Eisschicht überzogen. Es war ein ungewöhnlich früher und eigentümlich frostiger Winter. Der gefrorene Schnee auf der Straße war von tiefen Reifenspuren durchzogen, und ein klirrend kalter Wind pfiff durch die kahlen Kronen der Bäume. Aus Außenlautsprechern erklangen Weihnachtslieder. Glöckchen über den Eingangstüren von Geschäften klingelten fröhlich, und die Geschenke glitzerten und funkelten in den festlich dekorierten Schaufenstern. Es war kurz vor Weihnachten – jenen Tagen im Jahr, an denen die Familien zusammentrafen, sofern das Schicksal es ihnen erlaubte. Tage im Jahr, sich selbst ein fröhliches, gesegnetes Fest im Kreis seiner Lieben zu bescheren.

Ich lenkte den Mercedes die Auffahrt hinauf, parkte den Wagen und betrat das Haus. Es schien niemand dazusein. Im Innern des Hauses war es kalt, dunkel und still. Ich ging ziellos durch die Räume und fragte mich, was los war. Kein Zettel für mich, keine Nachricht sonstiger Art. Aber jede Menge Hinweise darauf, daß mein Vater sich hier aufgehalten hatte, daß er aus dem Krankenhaus entlassen worden war. In mir erwachte die Angst, daß er einen zweiten Infarkt erlitten hatte. Ich rief Margaret Korder in ihrem Büro in Manhattan an, sagte ihr, daß ich zu Hause sei, und fragte nach meinem Vater.

»Ach je, Ben, Sie hätten uns vorher benachrichtigen sollen. Er ist in euer Ferienhaus in die Adirondacks gereist. Und wenn ich offen sein darf«, sagte sie gereizt, »er stellt uns vor verdammte Probleme. Er benimmt sich einfach unmöglich, Ben. In den letzten paar Tagen hat sich eine Krankenschwester dort oben um ihn gekümmert, aber sie hat mich gestern unter Tränen angerufen – er hat sie rausgeworfen. Auf die herrischste und unhöflichste Art und Weise. Jetzt weiß nicht einmal ich mehr so recht, was wir tun sollen.«

»Wie ist er denn in die Adirondacks gekommen, Margaret? Und geht es ihm gut genug, um dort allein zu sein?«

»Das soll wohl ein Witz sein. Er glaubt, es geht ihm gut genug, aber er macht sich etwas vor, Ben. Natürlich geht es ihm nicht gut genug. Aber versuchen Sie mal, ihm irgendwelche Ratschläge zu geben. Er war einfach unausstehlich. Ach ja, Ihr junger Freund, Father O'Neale – er hat Ihren Vater zum Ferienhaus gefahren und ist einige Tage bei ihm geblieben, aber er hat ja schließlich auch noch etwas anderes zu tun...« Sie hielt inne, um Atem zu holen.

»Ich denke, ich werde bei dem alten Knaben vorbeischauen, Margaret. Es gefällt mir nicht, daß er dort oben ganz allein ist. Ich fahre gleich morgen los.«

»Gut, aber seien Sie vorsichtig. Es soll in den nächsten Tagen schwere Schneestürme geben. In Chicago liegen fünfzig Zentimeter Neuschnee. Wann sind Sie eigentlich zurückgekommen, Ben? Und was ist auf der anderen Seite vom großen Teich alles passiert?«

»O je, Margaret, das ist eine viel zu lange Geschichte. Jedenfalls bin ich gestern in New York angekommen.«

»Ist denn alles zu Ihrer Zufriedenheit verlaufen?«

»Nennen Sie mir einen Menschen, bei dem alles zur Zufriedenheit verläuft. So etwas gibt es überhaupt nicht, oder sehen Sie das anders?«

»Die Nachricht, daß Kardinal Indelicato gestorben ist, hat hier einen ziemlichen Schock ausgelöst. Haben Sie ihn kennengelernt?«

»Ja«, sagte ich. »Sein Tod kam wirklich sehr überraschend.« Ich sagte ihr, daß ich noch einige Vorbereitungen treffen müsse, und Margaret warnte mich noch einmal vor den angekündigten Schneestürmen. Ich legte den Hörer auf und dachte darüber nach, wie lange es wohl dauern mochte, bis ich mich daran gewöhnt hatte, so viel zu wissen, daß ich es für immer verschweigen mußte, daß ich nie mit jemandem darüber reden durfte. Das wäre ein Thema für ein Gespräch mit Val gewesen!

Schon beim Mittagessen sah ich mich mit diesem Problem konfrontiert.

Ich rief Peaches an, und wir verabredeten uns im Nassau Inn, wo wir uns das letzte Mal an jenem ebenso kalten, verschneiten Abend getroffen hatten, nicht wissend, daß Val tot in der Kapelle lag. Er kam von New Pru herüber und platzte schier vor lauter Fragen, was ›drüben‹ denn alles passiert sei.

Ich sagte, daß es sich um eine unglaublich komplizierte Geschichte handle, machte ihm aber deutlich, daß es sich tatsächlich um eine grundsätzlich kirchliche Angelegenheit drehe, so daß ich aus diesem Grunde nicht über die genauen Hintergründe informiert sei. Und so weiter und so fort. Er bedachte mich mit einem seltsamen Blick und blinzelte, als wollte er mir zu verstehen geben: Ich weiß, wie die Dinge in Rom gelaufen sind.

»Aber sag mir eins«, – er beugte sich vor – »hast du herausgefunden, wer Val ermordet hat?« Da war sie, die tiefe, schmerzhafte Wunde, die weder bei ihm noch bei mir je verheilen würde. Er war der Meinung, daß ich ihm die Antwort auf diese Frage schuldig sei. »War es derselbe Kerl, der dich und diesen Monsignore aus Rom angegriffen hat?«

»Derselbe Mann. Jedenfalls sieht's nach dem momentanen Stand der Dinge so aus. Ein verrückter alter Priester. Wer weiß, was mit ihm passiert ist. Ich rechne nicht damit, daß wir ihn jemals finden werden oder ihn noch einmal zu Gesicht bekommen. Hör mal, Peaches, das alles hat mich ganz schön mitgenommen. Wir reden ein andermal darüber, ja? Aber im Moment – es ist ein Irrgarten, das alles widert mich an, und ich brauche endlich etwas Ruhe.«

»Ich kann dich gut verstehen, alter Junge.« Er lächelte sein jungenhaftes Lächeln, wie in alten Zeiten, doch sein Gesicht war müde und gezeichnet. Es war drei Uhr nachmittags, und wir aßen schweigend unsere Cheeseburger mit Bratkartoffeln. Draußen heulte der Wind um das Gebäude. Schließlich fragte Peaches:

»Wie ist jetzt eigentlich deine Einstellung gegenüber der guten alten römisch-katholischen Kirche?«

Fast wäre ich bei dieser unerwarteten Frage in Gelächter ausgebrochen. »Es ist seltsam, Peaches. Es ist mir völlig unerklärlich. Aber die Kirche ist mir nie menschlicher erschienen als zur Zeit. Sie ist so unvollkommen, daß man diese arme alte Dame beinahe lieben muß.«

Ich fragte ihn, wie es meinem Vater ginge. Er berichtete mir alles, was er wußte, und kam auch darauf zu sprechen, wie er D'Ambrizzis Manuskript gefunden und es Artie Dunn gegeben hatte.

»Mir ist Dunn in Europa zufällig über den Weg gelaufen«, sagte ich. »Er hat mir von dem Manuskript erzählt.«

»Tatsächlich? Du hast ihn getroffen? Himmel, das ist vielleicht ein Kerl! Als ich das Zeug gefunden hatte, haben Artie und ich uns eine ganze Nacht lang die Köpfe darüber zerbrochen. Du müßtest mal seine Eigentumswohnung sehen, sag' ich dir. An einem klaren Tag hast du einen Ausblick bis nach Princeton... er sagt, manchmal fliegen Hubschrauber *unter* dem Fenster seiner Wohnung vorbei.«

»Er hat mir in groben Zügen erzählt, was in D'Ambrizzis Manuskript steht«, sagte ich. »Das alles war ganz schön geheimnisvoll. Ich weiß, daß dieses Testament D'Ambrizzis Lebensversicherung war, aber das sind ziemlich olle Kamellen.« Ich sah keinen Sinn darin, Peaches einen Grund zu geben, sich näher mit der ganzen Geschichte auseinanderzusetzen. Es war besser für ihn, wenn ich ihn völlig heraushielt.

Seine Augen funkelten, und seine Wangen waren gerötet. »All diese Decknamen, überhaupt diese ganze Räuberpistole. Und das Verrückte – lassen wir mal die ganze Geheimnistuerei um das Manuskript außer acht, vergessen wir mal, daß es vierzig Jahre lang versteckt war –, das Verrückte ist, daß dein Vater über das alles Bescheid wußte! Er hat gesagt, es sei ihn nichts angegangen und daß er sich auch nie darum gekümmert habe; aber er wußte, daß D'Ambrizzi die Papiere diesem alten Plappermaul von Priester zur Aufbewahrung gegeben hatte. Und jetzt, vor zehn Tagen, fällt ihm das alles plötzlich wieder ein. Wirklich gespenstisch, wie der Verstand manchmal arbeitet, Ben, wirklich gespenstisch.«

Peaches berichtete mir, was mein Vater ihm über den betrunkenen, geltungssüchtigen, geschwätzigen Priester erzählt hatte, dem D'Ambrizzi sein Manuskript anvertraut und der meinem Vater mit dieser Tatsache hatte imponieren wollen. Ich sah keinen Grund, daran zu zweifeln.

»Er schien fast alles zu wissen«, sagte Peaches und wischte mit der letzten Bratkartoffel die letzte Pfütze Ketchup vom Teller, »was auch ich gewußt habe. Es war richtig unheimlich. Ich hab' ihm das Manuskript aus New Pru geholt. Er wollte es lesen.«

»Hast du ihm gesagt, daß du es Dunn gezeigt hast?«

Er zuckte die Achseln. »Ich glaube nicht. Ich glaube, ich wollte ihm nicht auch das noch erklären müssen. Jedenfalls hat er mich überredet, ihn zu eurem Ferienhaus zu fahren. Überredet ist gut – du kennst ja seine Art. Ich kam mir eher wie ein Lakai vor. Er kann ein richtiger Despot sein.«

»Nicht wahr?« sagte ich.

»Ich habe dann fast eine Woche dort oben verbracht und mich den Teufel um meine Gemeinde gekümmert. Es war großartig in den Bergen, das will ich gar nicht abstreiten. Tolle Gegend. Und dann erst das Haus. Ich bin viel gewandert...«

»Was noch?«

»Ich hab' einen Schneemann gebaut! Bin nach Everett gefahren und hab' dort eingekauft, um die Speisekammer aufzufüllen. Hab' mir die Gegend angesehen. Hab' zwei Romane gelesen. Hab' gekocht, geangelt und deinen Vater durch die Gegend kutschiert.«

»Und was hat mein Vater getan?«

»Er hat ein paarmal D'Ambrizzis Manuskript gelesen. Hat aber kaum ein Wort darüber verloren. Er hat jede Menge Schallplatten und Skizzenblöcke mitgenommen. Die Platten hat er die ganze Zeit gespielt. Wir haben nicht sehr viel geredet. Er wollte seine Ruhe haben, war aber freundlich zu mir. Es waren schöne Tage. Wir haben über dich gesprochen und was du wohl treibst. Er erholt sich ziemlich gut, Ben. Aber er hat sich große Sorgen um dich gemacht. Er war der Meinung, daß du Ärger hast, weil du in kirchlichen Angelegenheiten herumschnüffelst. Er hat gesagt, du würdest die Kirche gar nicht begreifen. Ich hab' bloß immer genickt und ihn reden lassen. Er nimmt sich Vals Tod sehr zu Herzen, Ben. Eines Nachts habe ich ihn weinen hören. Ich bin auf sein Zimmer gegangen, habe ihn gefragt, ob alles in Ordnung ist, und er sagte, er habe von Val geträumt und sei dann aufgewacht, und dann sei ihm klar geworden, daß sie tot ist. Er hat mir leid getan, Ben. Das kann ich dir sagen.«

»Ich fahre morgen zu ihm rauf«, sagte ich. »Nachdem du abgereist warst, hat man ihm eine Krankenschwester geschickt, aber er hat sie rausgeworfen. Ich möchte nicht, daß er da oben allein ist.«

»Soll ich dich begleiten? Als Beifahrer? Es soll einen schweren Schneesturm geben.«

»Danke, Peaches, aber ich komme schon klar. Kümmere du dich um deine Schäfchen.«

»Meine Schäfchen«, sagte er. »Arme Teufel.«

Als ich am Abend allein im Haus war, konnte ich keinen Schlaf finden. Über Indelicatos Tod wurde im Fernsehen landesweit berichtet, zumeist im Zusammenhang mit Spekulationen, die Calixtus' Gesundheitszustand betrafen. Immerhin war der Papst seit zwei Monaten nicht mehr an die Öffentlichkeit getreten. Weitere Meldungen über kirchliche Dinge wurden in den Spätnachrichten nicht verbreitet, bis auf den Hinweis, daß Erzbischof Kardinal Klammer in Rom zu bleiben beabsichtige, um an den Beisetzungsfeierlichkeiten für Indelicato teilzunehmen. Ich saß im Long Room und nippte an einem doppelten Laphroaig on the rocks und lauschte dem Wind, der an den Fensterläden rüttelte.

Ich versuchte, nicht ständig darüber nachzugrübeln, was seit Vals Ermordung alles geschehen war, aber das war ein sinnloses Unterfangen. Ich konnte an nichts anderes denken: es schien, als wäre ich erst an jenem Tag, als sie gestorben war, zum Leben erwacht. Schließlich leerte ich mein Glas, streifte meinen alten Schaffellmantel über, zog ein Paar Gummistiefel an und ging nach draußen in den klaren Abend.

Die kalte Luft füllte meine Lungen und sorgte dafür, daß mein Kopf klar wurde. Ich ging zum Obstgarten hinüber, in dem – vielleicht in einer Nacht wie dieser – jemand den toten Father Governeau an einen Ast des Apfelbaums gehängt hatte. Es war so lange her. Ich schlug den gleichen Weg ein, den ich damals mit Sandanato genommen hatte, die Schlittschuh in den Händen. Der zugefrorene Teich schimmerte zwischen den Sträuchern und Büschen im Mondlicht. Einige Schlittschuhläufer glitten lautlos über das Eis; die Kufen blitzten und funkelten wie poliertes Silber.

Ich wurde unvermeidlich, unwiderstehlich von der Kapelle angezogen. Nicht wegen irgendwelcher Gefühlsregungen: Ich wußte nicht warum, bis ich mich im Innern befand. Die Treppenstufen waren überfroren und spiegelglatt, die Tür der Kapelle unverschlossen.

Ich schaltete das Licht ein. Was wollte ich hier? Was erwartete ich? Es gab kein Gespenst hier drinnen, keine Stimme aus der Dunkelheit.

Ich setzte mich auf jene Bank, vor der Val gekniet hatte, als Horstmann ihr die Mündung der Waffe an den Hinterkopf hielt und abdrückte.

Und dann tat ich etwas, das ich seit fünfundzwanzig Jahren nicht getan hatte.

Ich kniete nieder, senkte den Kopf und betete für die unsterbliche Seele meiner kleinen Schwester. Und im Dämmerlicht, die Augen geschlossen, flüsterte ich, der ich noch immer Katholik war, beichtete meine Sünden und bat um Vergebung.

Später am Abend lag ich in meinem alten Bett unter dem Foto Joe DiMaggios und lauschte dem Wind und spürte den eisigen Hauch, der durch die Ritzen drang, und hörte das gewohnte Rascheln und Trippeln kleiner Füße auf dem Dachboden. Hin und wieder fiel ich in einen kurzen, unruhigen Schlaf. Ich sah Val, wie sie das Foto in der Trommel versteckte, so daß nur ich es finden konnte, und dann stand ich oben an der Treppe, die in die Eingangshalle des Hauses führte, und beobachtete, wie Vater hinunterstürzte...

Dann lag ich wach und wünschte, meine Mutter würde mich wenigstens in dieser einen Nacht verschonen. Ich war nun an einem Punkt angelangt, an dem ich fast schon Angst vor dem Schlaf hatte, vor den Träumen, in denen sie immer auf mich wartete, um mich anzuklagen.

Als ich mich hin und her wälzte, das Kopfkissen drehte und wendete und versuchte, eine bequeme Lage zu finden, erinnerte ich mich plötzlich daran, wie Val vor langer Zeit in mein Zimmer gekommen war, in dieses Zimmer. Sie war noch ein junges Mädchen gewesen, und sie trug ein rotes Nachthemd aus Flanell, und sie weinte und rieb sich die Augen. Sie war gerade oben im Badezimmer gewesen, und Mutter hatte auf dem Flur gewartet, hatte ihr aufgelauert, könnte man sagen, und war über sie hergefallen. Ich erinnerte mich jetzt wieder an diesen Vorfall, Gott weiß warum, aber da war das Bild, da war die Erinnerung an Val, tränenüberströmt, verängstigt, zitternd, und ich hatte sie gefragt, was denn geschehen sei.

Sie sagte, Mutter sei gemein zu ihr gewesen.

Ich fragte sie, was sie damit sagen wolle.

»Sie hat gesagt, ich hätt's getan, Ben«, hatte Val schluchzend erwidert, »und da hab' ich sie gefragt, was ich denn getan haben soll, und sie hat immer wieder nur gesagt, ich wär's gewesen, ich hätt's getan...«

»Erzähl mir genau, was sie gesagt hat.«

»›Du, du hast es getan, du hast es getan, du warst es... draußen im Obstgarten... du hast ihn genommen, du hast es getan...‹« Dann fing sie wieder an zu weinen und sagte: »Aber ich habe es nicht getan, Ben, ich schwöre, ich war's nicht«, und ich nahm sie in die Arme und sagte ihr, sie könne diese Nacht bei mir im Bett schlafen.

Ich erklärte ihr, daß Mutter einen Alptraum gehabt habe, daß es nicht ihre Schuld sei und daß sie keine Angst vor Mutter haben müsse – und ich konnte mich erinnern, daß wir später nie wieder auch nur ein Wort über diese Geschichte verloren haben. Vielleicht, weil es etwas mit der schlimmen Sache zu tun hatte, die im Obstgarten passiert war, jene Sache, über die wir nicht reden sollten, über das... Ding, das da am Ast gebaumelt hatte...

Und jetzt, Jahrzehnte später, war Mutters Alptraum noch immer lebendig, war er der meine geworden.

## 2 DRISKILL†

Die Fahrt zum Ferienhaus zog sich ziemlich hin, da ich wegen des Schnees und des dichten Nebels nur im Schneckentempo vorankam; zudem wehte ein heftiger Wind, der hohe Wehen auftürmte und den Wagen durchschüttelte. Der Schneefall hatte sich geradezu beängstigend verdichtet, als ich endlich in Everett anlangte – und am Straßenrand das Umleitungsschild sah. Die Brücke war nach einer Sicherheitsprüfung durch das Straßenbauamt gesperrt worden, und der Verkehr wurde durch eine kleine Stadt namens Menander umgeleitet. Ich folgte den Hinweisschildern und fuhr die lange, gewundene Steigung zum Hügel hinauf und unter einer steinernen Brücke hindurch und bog dann nach links in Richtung Menander ab. Auf dieser Strecke war die Steigung noch größer. Eine Zeitlang hatte ich die Befürchtung, die Reifen würden auf dem Eis und dem Schnee die Bodenhaftung verlieren und mir ein Weiterkommen unmöglich machen. Die bewaldeten Hügel waren nur mehr ein Labyrinth aus dunklen, kahlen Ästen und Zweigen am Straßenrand, die sich verängstigt und hoffnungslos aneinander zu klammern schienen. Ich sah ein paar Kinder aus Menander, die zwischen den Bäumen einen Abhang hinunter Schlitten fuhren. Die Kämme der Hügel waren in Nebelschleier gehüllt. Der Schnee wurde immer tiefer, je höher ich kam, und unter der Schneedecke war blankes Eis. Hätte ich mich nur eine Stunde später auf den Weg gemacht, wäre ich möglicherweise in ernste Schwierigkeiten geraten.

Menander war für Weihnachten festlich geschmückt. Sterne aus kleinen Glühbirnen hingen an den Laternenpfählen, und ein über die Straße gespanntes Transparent wünschte ›Ein gesegnetes Fest!‹. Vor der Kirche stand eine große, von Scheinwerfern angestrahlte Krippe; auf dem Dach der Scheune hatte sich eine bedrohlich hohe Schneehaube gebildet. Josef, Maria und die Heiligen Drei Könige wirkten schrecklich fehl am Platz. Ich hielt vor einem Drugstore, das einst von einem Geschwisterpaar namens Potterveld geführt worden war, jetzt gehörte es der Rexall-Ladenkette an. Von dort rief ich im Ferienhaus an und vernahm meines Vaters Stimme, die sich sehr viel kräftiger anhörte als bei den Übersee-Gesprächen. Ich sagte, daß ich die Absicht hätte, ihm einen Besuch abzustatten.

»Na, die Zeit ist ja auch reif«, sagte er. »Ich hätte wissen müssen, daß du Weihnachten zu Hause auftauchst, um deine Geschenke abzuholen. Ich kenne dich, Ben.« Er lachte, um mir zu verstehen zu geben, daß diese Bemerkung als Scherz und nicht als Vorgeplänkel unserer altbekannten, verbalen kriegerischen Auseinandersetzungen gemeint war. »Du solltest dich beeilen. Hier oben wird's schon dunkel, und es schneit hundserbärmlich.«

»Ich bin in einer knappen Stunde bei dir«, sagte ich.

Als ich weiterfuhr und den Wagen noch vorsichtiger über die zunehmend tückische, schmale gewundene Straße lenkte, freute ich mich zum erstenmal seit langer Zeit aufrichtig, meinen Vater wiederzusehen. Ich empfand sogar ein Gefühl, das echter Zuneigung gleichkam; ich mußte aus irgendwelchen Gründen an jenen Tag vor vielen Jahren zurückdenken, als Gary Cooper und mein Vater auf der sonnenbeschienenen Veranda unseres Hauses gesessen und über das Filmprojekt gesprochen hatten. Und dann, im Kino, waren Daddys OSS-Abenteuer für mich zum Leben erwacht. Ich hatte auf der Leinwand seine waghalsigen, heldenhaften Spionageeinsätze erlebt, wie er auf der Flucht vor den Nazis über eine behelfsmäßige Landebahn stürmte und wie die Kugeln seiner Verfolger Zentimeter hinter seinen Fersen den Staub aufwirbeln ließen... Ich dachte an den Sommertag zurück, als die kleine Val unter den Strahlen der Rasensprenganlage herumgetollt war, und wie Gary Cooper sie und mich und Dad gezeichnet hatte... märchenhaft. Diese Bilder, die an meinem geistigen Auge vorüberzogen, besaßen einen rosaroten Schimmer. Aber Cooper war schon lange tot, Val war tot, die heroischen OSS-Tage meines Vater waren nur noch Erinnerung... eine Geschichte... ein Film... längst zu Staub zerfallen, wie alles einmal zu Staub zerfällt.

Das Ferienhaus erhob sich auf einem Bergplateau vor einem steilen Hügel, umgeben von kahlen Bäumen und stacheligen, immergrünen Pflanzen, Tannen und Fichten. Das trübe Licht der Sonne, die sich hinter düsteren Wolken versteckte, schwand zusehends, als ich von der Straße abbog. Der Wagen wühlte sich mühsam den verschneiten Zufahrtsweg hinauf. Die ganze Umgebung lag unter einer tiefen Schneedecke begraben. Zarte, perfekt geformte Flocken wirbelten um den Wagen herum, ließen die ohnehin schon hohe Schneedecke weiter und weiter wachsen. Unser Ferienhaus war ein klobiges Holzgebäude, das den Eindruck vermittelte, aus den gewaltigen Stämmen von Mammutbäumen gezimmert zu sein. Auf dem Giebeldach lag der Schnee gut dreißig Zentimeter hoch. Aus einem der Kaminschornsteine, die aus dieser weißen Wüste ragten, stieg kräuselnd Rauch auf. Eine der Dachschrägen reichte fast bis zum Boden und besaß ein riesiges, nach Norden gerichtetes Panoramafenster, das einen Ausblick gewährte, den mein Vater für seine Landschaftsgemälde nutzte. Hinter den Fenstern des doppelgeschossigen Wohnzimmers brannte Licht, und als ich den Wagen auf den breiten, mit Platten ausgelegten Weg lenkte, der zum Eingang führte, wurde auch schon die Vordertür geöffnet, und mein Vater stand im Türrahmen, ein Schemen im Gegenlicht, das hinter ihm aus dem Flur drang. Er war mager geworden, aber unter seinem dunkelblauen Pullover waren seine Schultern noch immer breit und kräftig. Er winkte mir zu. Ich konnte mich nicht erinnern, irgendwann zuvor auf diese Weise von meinem Vater begrüßt worden zu sein.

An diesem Abend war Dads Verhalten mir gegenüber wenn auch nicht überschwenglich herzlich, so doch zumindest nicht aggressiv. Zweifellos hatte seine Krankheit einiges von seiner Griesgrämigkeit und seiner Gefühlskälte schwinden lassen, die er mir gegenüber immer an den Tag gelegt hatte; so keimte die Hoffnung in mir, daß unser Verhältnis möglicherweise in eine neue Phase eintreten konnte. Besser spät als gar nicht.

Wir bereiteten zusammen das Abendessen. Wir ließen uns jede Menge Zeit, als wir die gegrillten Steaks, die Pellkartoffeln und den Salat verspeisten und dazu einen kräftigen Bordeaux und anschließend einen starken Kaffee tranken. Die Fragen, die ihm auf dem Herzen lagen, waren nur zu verständlich, aber wir übereilten nichts und näherten uns behutsam, langsam den verwickelten Ereignissen, die mit Vals Ermordung ihren Anfang genommen hatten. Ich erklärte ihm in wohlüberlegten Worten Schritt für Schritt, was und wie sich alles entwickelt hatte. Es war das erste Mal, daß ich den Versuch unternahm, die ganze Geschichte zusammenzufügen. So wurde es ein langer Abend, an dem Vaters Interesse und Aufmerksamkeit jedoch nicht für einen Augenblick erlahmten.

Einige der Namen, die ich nannte, brachten sein Gedächtnis in Schwung, und er erzählte mir einige Anekdoten über Torricelli und Robbie Heywood und Klaus Richter, vor allem aber über D'Ambrizzi und die Kriegsjahre und die Erlebnisse mit der Résistance. Er erzählte mir Geschichten, die ich vorher noch nie von ihm gehört hatte: wie er ins besetzte Frankreich gelangt war, indem er mit dem Fallschirm absprang, zum Beispiel; die Maschine war dabei immer in einem Grenzbereich geflogen: in so geringer Höhe, daß man gerade noch sicher sein konnte, daß der Fallschirmspringer nicht schon durch die Wucht des Aufpralls ums Leben kam. Manchmal war er auch von einem U-Boot abgesetzt worden und dann mit einem Schlauchboot an der französischen Küste gelandet, hatte deutschen Patrouillen ausweichen müssen, hatte unter den haarsträubendsten Umständen Verbindung mit der Résistance aufgenommen, hatte sich an den ausgefallensten und gefährlichsten Orten mit D'Ambrizzi getroffen. Das alles war wie ein erregendes Spiel für ihn gewesen, ich hörte es aus seiner Stimme heraus, ein zumeist lebensgefährliches Spiel mit dem Tod, aber schließlich seien sie damals allesamt noch junge Burschen gewesen, und es habe Krieg geherrscht, und man habe eben das Seine tun müssen...

»Du hast Richter gekannt? Er war *deutscher* Offizier...«

»Sieh mal, mein Sohn, er hat in Paris mit D'Ambrizzi zusammengearbeitet, und ich wiederum mit D'Ambrizzi. Da kann es zu solchen Konstellationen kommen. Aber ich habe, zugegeben, eine ziemlich ungewöhnliche Rolle gespielt.«

»Hat Richter gewußt, daß du OSS-Agent gewesen bist?«

»Natürlich nicht, Ben. Wie stellst du dir das denn vor? D'Ambrizzi hat ihm wahrscheinlich erzählt, daß ich ein harmloser amerikanischer Staatsbürger war, der in Paris vom blitzschnellen Vormarsch der deutschen Truppen überrascht wurde und dann dort in der Falle saß. Ich weiß es nicht...«

»Aber du hättest doch von jedem, der deine wahre Identität kannte, verraten werden können.«

»Na ja, gut, aber nicht an Klaus Richter; ihm war völlig egal, wer ich in Wirklichkeit war oder wer den Krieg gewinnen würde. Er hatte seine eigenen Dinge zu erledigen. Jeder war damit beschäftigt, seinen eigenen kleinen Krieg zu führen. Männer wie LeBecq und all die anderen...«

»Du hast auch LeBecq gekannt?« Es war beunruhigend zu erfahren, daß mein Vater sich genau zu jener Zeit in Paris aufgehalten hatte, als sich die entscheidenden Dinge ereigneten, daß er Richter gekannt hatte, und LeBecq, und daß ich gut vierzig Jahre später seiner Fährte gefolgt war. »Hast du auch gewußt, daß D'Ambrizzi LeBecq getötet hat, weil er die Pius-Verschwörung verraten hatte?«

»Sicher.« Mein Vater schenkte sich Kaffee nach und zündete sich eine Zigarre an. »Die ›Pius-Verschwörung‹, o ja, das war eine verrückte Idee...« Er paffte ein paarmal an der Zigarre. »Wenn es je eine verrückte Idee gegeben hat – das war eine. D'Ambrizzi hat mit dem Feuer gespielt. Es war der helle Wahnsinn.«

»War es wirklich so verrückt?« Wir gingen hinüber in jenen Teil des Wohnzimmers, in dem sich das riesige Panoramafenster in der fast bis zum Boden reichenden Dachschräge befand. Der Wind jagte den Schnee darüber hinweg. In dem aus rauhen, grob behauenen Feldsteinen gemauerten Kamin loderte ein Feuer. Wir setzten uns in tiefen Sesseln einander gegenüber. Auf der anderen Seite des Zimmers stand ein gewaltiger, ausgestopfter Kodiakbär, aufrecht, in Angriffshaltung, die mächtigen Vorderpranken zur tödlichen Umarmung ausgebreitet. »D'Ambrizzi hat mir ziemlich überzeugend dargelegt, daß Pius ein Nazi-Sympathisant gewesen ist, eine Art Kriegsverbrecher.«

»D'Ambrizzi wollte den Papst kaltblütig ermorden. Erscheint dir dieser Plan nicht auch ein klein wenig verrückt? Pius war kein Kriegsverbrecher. Er mußte auf einem Kontinent, der vollständig von den Achsenmächten beherrscht wurde, sehr vorsichtig taktieren. Das Schicksal von Millionen Katholiken lag in Pius' und Hitlers Händen. Und daß Pius nicht die gleichen Entscheidungen getroffen hat, wie D'Ambrizzi es an seiner Stelle getan hätte, weil die beiden moralisch unterschiedliche Standpunkte vertreten haben was soll's? D'Ambrizzi hat Tag für Tag mit Nazis verkehrt.« Mein Vater starrte in das Kaminfeuer.

»Auf Pius' Befehl.«

»Hör mal, Ben. D'Ambrizzi war eine herausragende Persönlichkeit, das will ich ja gar nicht bestreiten. Aber er hatte die Neigung, hin und wieder den wilden Mann zu markieren. Den Papst töten, mein Gott... Aber es ist ja nicht so weit gekommen, und darum...«

Er zuckte die Achseln. Auf eine solche Art und Weise hatte mein Vater sich noch nie mit mir unterhalten: Er zog mich ins Vertrauen, redete von Mann zu Mann mit mir, wie ich es mir immer gewünscht hatte.

»Es ist nie so weit gekommen«, sagte ich, »weil Archduke den ganzen Plan verraten hat. Und D'Ambrizzis Leute sind allesamt getötet worden...«

»Nicht alle.«

»Hattest du jemals mit Archduke zu tun?«

»Ich war nicht in Frankreich, als der Anschlag auf Pius geplant wurde, aber mir sind natürlich gewisse Dinge zu Ohren gekommen. Dann wurde D'Ambrizzi der Boden unter den Füßen zu heiß, und ich mußte ihn schleunigst aus Paris herausschaffen. Ich habe den Burschen gemocht, er war ein fähiger Mann. Der Vatikan war ihm auf den Fersen, also habe ich ihn in Sicherheit gebracht.« Er betrachtete mich durch den Zigarrenrauch.

»Was weißt du über Archduke?«

»Ich habe den Mann nie getroffen.«

»Kennst du seine Identität?«

»Woher sollte ich? Außerdem, das alles ist lange her. Wem würde es nützen?«

»Es ist deshalb wichtig, weil die Geschichten von damals mit Ereignissen von heute verknüpft sind... auch mit dem Mord an Val...«

»Du verwechselst Gegenwart und Vergangenheit, Ben.«

»Nein. Ich habe die Verbindungen zwischen Vergangenheit und Gegenwart *fast* begriffen, Dad. Ich habe fast alles herausgefunden. Ein Mann, nein, zwei Männer haben Vergangenheit und Gegenwart miteinander verknüpft. Der eine war Indelicato. Der andere ist Archduke. Meines Erachtens lebt dieser Mann noch, und ich glaube, daß er derjenige war, der D'Ambrizzi damals an den Vatikan und die Nazis verraten und sich schon vor vierzig Jahren mit Indelicato verbündet hat... und ich glaube, daß er auch jetzt wieder mit Indelicato verbündet gewesen ist, um dafür zu sorgen, daß nicht D'Ambrizzi Papst wird, sondern Indelicato. Nur war das für Archduke ein Schlag ins Wasser, jetzt, wo Indelicato tot ist.«

»Du traust diesem Archduke ja eine Menge zu«, sagte er. »Hast du denn einen Verdacht, wer dieser Mann sein könnte?«

»Ich bin sogar sicher, daß ich es weiß.«

»Und?«

»Es wird dir nicht gefallen.« Ich holte tief Luft. »Summerhays.«

»Was?« Er schlug mit seiner riesigen Hand auf die Sessellehne. »Summerhays? Warum, in Gottes Namen, Summerhays?«

»Er war damals doch dein Vorgesetzter? In London stationiert, nicht wahr?«

Mein Vater nickte, und ein erstauntes Lächeln legte sich auf sein breites Gesicht.

»Er hatte eine Vielzahl von Informationsquellen zur Verfügung. Dich und weitere Agenten sowohl in Frankreich als auch in

Deutschland. Er hatte Zugang zu allen geheimdienstlichen Nachrichten, die vom Kontinent nach London kamen. Er war schon damals tief in innerkirchliche Angelegenheiten verwickelt. Er hat Pius gekannt, bevor dieser Papst wurde und nachdem er Papst geworden war. Er ist, was kirchliche Belange angeht, ein Konservativer. Er hat dich und Lockhardt gelehrt, wie der Hase läuft – sieh den Tatsachen ins Auge, Dad, Summerhays ist die logische Schlußfolgerung, wenn man sich die Frage nach der Identität Archdukes stellt, ob's dir gefällt oder nicht.«

»Und du willst mir weismachen, daß Drew hinter dieser ganzen schmutzigen Geschichte steckt? Das ist aber verdammt schwer zu glauben, Ben.«

»Es ist verdammt schwer zu glauben, was in den letzten achtzehn Monaten passiert ist, weil jemand seine schmutzige Vergangenheit säubern wollte. Dad, du kannst mir bei dieser Sache helfen, du kannst mir helfen, es zu beweisen. Summerhays vertraut dir.«

»Ach, Ben, mein Junge, ich weiß doch nichts darüber. Mein Gott, Drew Summerhays... ich habe seit langer Zeit nicht mehr an diese alten Geschichten gedacht.«

»Aber du hast deine Erinnerungen auffrischen können. Du hast doch das Manuskript D'Ambrizzis gelesen, das er zurückgelassen hat, bevor er aus Princeton verschwunden ist.«

Er nickte, lachte leise. »Sicher, sicher, aber Summerhays – also ehrlich, du überraschst mich, Ben. Du bist auf der falschen Fährte. Es kann nicht anders sein. Ja, ich habe D'Ambrizzis Aufzeichnungen gelesen. Peaches hat mir davon erzählt...«

»Wobei du ihm ein bißchen Dampf unterm Hintern gemacht hast, wie ich gehört habe.«

»Aha. Dann hast du also mit dem jungen Peaches darüber gesprochen. Hat er dir die Geschichte von dem Pfarrer erzählt, der immer das Bedürfnis hatte, mir gegenüber den großen Mann zu markieren?«

Ich nickte.

»Na ja, gut, ich habe den armen Peaches ein wenig bearbeitet, und er hat schließlich zugegeben, die Papiere gefunden zu haben. Ich habe sie gelesen. Eine interessante Geschichte, das muß ich gestehen, aber was kann man damit schon noch anfangen? Ich weiß es nicht. Die Kirche hat eine Art Résistancegruppe gefördert, es war Diebstahl im Spiel, ein paar Morde, jede Menge Decknamen... ziemlich alte Kamellen, nicht wahr? Was hast du dir eigentlich für einen Reim darauf gemacht?«

»Ich habe eine ganze Reihe von Beweisen gefunden, daß D'Ambrizzis Angaben der Wahrheit entsprechen«, sagte ich. »Hast du jemals Wind davon bekommen, daß Indelicato und der Collector identisch waren? Hast du gewußt, daß Indelicato derjenige gewesen ist, an den Archduke die Pius-Verschwörung verraten hat?«

»Kann sein, Ben. Wen interessiert das heute noch? »Mein Vater blickte auf, als eine plötzliche Sturmbö eine Seite des Gebäudes wie ein Hammerschlag traf. Ein eisiger Windhauch wischte über den Fußboden. »Aber es stimmt. Ich habe herausgefunden, daß Indelicato der Mann war, den der Vatikan D'Ambrizzi auf den Hals gehetzt hat. Natürlich. Schließlich war ich derjenige, der ihn aus Europa herausgeschleust hat, als Indelicato ihn fast schon erwischt hatte.«

»Und es war Horstmann, der die Morde begangen hat. Ist er dir dort drüben jemals über den Weg gelaufen?«

Die Erinnerungen schienen meinen Vater zu erschöpfen. Sein Gesicht wirkte müde und eingefallen, seine Augen aber waren klar und wach, und er schien unser Gespräch noch nicht beenden zu wollen. »Nein, ich glaube nicht, daß ich ihm je begegnet bin. Aber das ist nicht verwunderlich. D'Ambrizzi hatte seine Männer sehr gut abgeschirmt...«

»Die *Assassini*«, sagte ich.

»Nenn sie, wie du willst. Es war ein regelrechter Geheimbund. Ich hatte damals ganz andere Aufgaben und weiß daher so gut wie gar nichts über die Aktivitäten D'Ambrizzis und seiner Truppe, Ben. Ich könnte einen Brandy gebrauchen. Keine Widerrede. Er ist gut für mein Herz.«

Ich schenkte uns beiden ein und reichte ihm ein Glas. Er nippte daran und bettete den Kopf an die Rückenlehne des Sessels.

»Denk bitte darüber nach, Dad. Wie wir Summerhays als den Mann bloßstellen können, der er in Wahrheit ist: der Verbündete des Mörders Indelicato... selbst ein Mörder, der Drahtzieher in diesem schmutzigen Spiel; er hat betrogen, gelogen, verraten, getötet...«

»Ben, ich bin auf einmal sehr müde. Laß uns morgen weiterreden. Ich möchte den Rest der Geschichte wirklich hören, nur... jetzt kann ich nicht mehr.« Er erhob sich mühsam, aber ich half ihm nicht auf, da ich wußte, daß er meine Hilfe nicht wollte. Er ging zum Fuß der Treppe, die hinauf zur Galerie und zu den Schlafzimmern im ersten Stock führte. Der Wind rüttelte an dem Panoramafenster, und ich konnte sehen, welch gewaltige Schneemassen sich draußen aufgetürmt hatten. »Ben, ich habe eine Idee. Du wirst uns morgen einen Weihnachtsbaum besorgen, ja?« Er seufzte. »Ich vermisse deine Schwester. Oh, verdammt.«

Als ich erwachte, war es bereits Vormittag, und Dad briet Eier mit Speck. Wir setzten uns an den Eßtisch, und ich verzehrte eine ungeheure Portion, was mich unwillkürlich an Schwester Elizabeth erinnerte. Dad stellte die Kaffeekanne auf den Tisch und sagte, er wolle nun den Rest der Geschichte hören – bis zum Ende.

Also erzählte ich ihm von D'Ambrizzis Geständnis auf seiner kleinen Abendgesellschaft im Hotel Hassler. Warum auch nicht? Wenn D'Ambrizzi all seine Geheimnisse den damals Versammelten preisgegeben hatte, dann konnte ich sie meiner Meinung nach auch seinem ehemaligen Waffengefährten Hugh Driskill anvertrauen. Mein Gott, sogar Drew Summerhays war an jenem Abend dabeigewesen. Darum erzählte ich meinem Vater alles. Ich brauchte seine Hilfe, falls wir irgendeinen Weg finden wollten, Summerhays bloßzustellen. Ich verschwieg ihm nur, warum Val hatte sterben müssen: weil sie die Wahrheit entdeckt, alle Fäden verknüpft und sämtliche Verbindungen hergestellt hatte und dann nach Hause gekommen war, um ihrem Vater und ihrem Bruder davon zu berichten...

Ich wollte sichergehen, daß er mit der Flut der Informationen fertig werden und die brutale Wahrheit verdauen konnte. Darum wartete ich, schwieg. Er stellte keine Fragen über Val, Gott sei Dank.

Doch ansonsten verschwieg ich ihm nichts. Ich erzählte ihm, wie Indelicato gestorben war, wie wir ihn gefunden hatten, wie D'Ambrizzi gewissermaßen mit der Stimme der Vergangenheit gesprochen hatte, als Simon, und Salvatore di Mona seinen letzten Befehl erteilte: die Ermordung von Kardinal Indelicato.

Mein Vater blickte mich über den Rand der Kaffeetasse hinweg an. Seine Augen hatten einen stumpfen Ausdruck und waren von so tiefen Rändern umgeben, als wäre er die ganze Nacht über wach gewesen. »Weißt du, für einen Menschen, der sich eingehend mit der Kirchengeschichte beschäftigt hat wie ich, ist es keine so erschütternde Neuigkeit zu erfahren, daß ein Papst zum Mörder geworden ist. Nicht einmal, wenn er seinen wahrscheinlichsten Nachfolger getötet hat – das alles ist zu früheren Zeiten auch schon geschehen. Die Geschichte des Vatikans ist lang und düster.« Der Blick aus seinen müden Augen wurde stechend. Verglichen mit dem gestrigen Abend hatte er sich irgendwie verändert. Zwar waren wir nicht wieder zu Feinden geworden, aber wir waren auch keine Verbündeten mehr. Es schien, als hätte jemand in der Dunkelheit der Nacht mit List und Tücke eine Mauer zwischen uns errichtet.

Ich erzählte ihm, wie Sandanato D'Ambrizzi hintergangen und sich auf Indelicatos Seite geschlagen hatte, als mein Vater plötzlich wieder das Wort ergriff.

»All diese Menschen haben geglaubt, richtig zu handeln, nicht wahr? Das ist das Tragische an dieser Geschichte, Ben. Das war schon immer die eigentliche Tragik der Kirche. Indelicato und Sandanato und Archduke wollten nur das Beste für die Kirche... D'Ambrizzi... deine kleine Schwester... sogar Peaches, wenn ich mich nicht irre – sie alle wollen oder wollten das Beste für die Kirche. 1943 war Calixtus bereit, für die Kirche zu töten, und nun, vierzig Jahre später, hat er für die Kirche getötet. Das ist ein Aspekt ihrer bleibenden Macht über die Menschen. Verstehst du, was ich damit sagen will, Ben? Hast du jemals so sehr an irgend etwas geglaubt, daß du dafür zum Mörder geworden wärst?«

»Das weiß ich nicht. Ich habe noch keinen Menschen umgebracht.«

»Ich glaube, die meisten Menschen würden letztendlich für irgend etwas zu Mördern werden. Nur kommen die wenigsten in eine solche Situation.«

»Das Herz der Kirche«, sagte ich, »ist das Herz der Finsternis. Ich bin dort gewesen. Ich komme gerade von dort zurück. Und ich glaube nicht, daß sich an diesem Ort viele edle Menschen aufhalten, die versuchen, das Richtige zu tun.«

»Du bist nicht im Herzen der Finsternis gewesen, Sohn. Du bist ihm nicht einmal nahe gekommen. Ich bin dort gewesen. Sogar deine Mutter ist bis dorthin gelangt. Du aber nicht. Es gibt keinen schlimmeren Ort. Man vergißt ihn nie.«

Ich erzählte ihm, wie Sandanato gestorben war.

Mein Vater trat ans Fenster und starrte in den noch immer dichten Schneefall.

»Horstmann«, sagte er, »gehört offenbar zu jenen Menschen, die glauben, jede Rechnung begleichen zu müssen. Auch wenn der Preis ein Leben ist.«

Am Nachmittag zog ich den alten Schaffellmantel über, holte mir ein Beil und eine Säge und ging hinaus in die Winterlandschaft. Es schneite noch immer; große, schwere, feuchte Flocken schwebten langsam und lautlos zu Boden. Ich ging hinter dem Haus an dem riesigen Panoramafenster vorbei und blickte hinunter ins Wohnzimmer. Auf der von innen erwärmten Scheibe schmolz der Schnee, während er sich rundum aufgetürmt hatte, so daß nur die Glasfläche zu sehen war. Ich sah meinen Vater am Plattenspieler stehen; er zog eine Langspielplatte nach der anderen aus dem Regal und blickte auf die Hüllen. Seine Schultern hingen herab, und als er eine Platte aufgelegt hatte, ging er mit Hilfe eines Stocks langsam zu seinem Sessel am Kamin zurück. Er ließ sich vorsichtig nieder und starrte dann in die Flammen. Jetzt, da er sich unbeobachtet glaubte, stellte ich fest, wie sehr er sich verändert hatte. Er sah wie ein Mensch aus, der nicht mehr lange zu leben hatte – plötzlich alt und gebrechlich. Ich wünschte mir, ihn nicht so gesehen zu haben.

Der bewaldete Hügelhang stieg auf etwa hundert Meter ziemlich steil an; hier und da ragten Felsbuckel oder dichte, schwarzgrüne Sträucher zwischen den dünnen Stämmen der Eichen, Ulmen und Pappeln hervor. Dann lief der Hang sanft aus, um, wie ich wußte, ein Stück weiter auf ebener Strecke bis zu einem kleinen See zu führen. In dem See hatte ich Schwimmen gelernt; auf ihm war ich zum erstenmal Segelboot gefahren. Das Wasser war auch im Sommer erbärmlich kalt, wie ich mich erinnern konnte, jetzt war der See mit Sicherheit zugefroren. Ich machte mich an den Aufstieg und stellte fest, daß der Wind heftiger wehte, als ich erwartet hatte. Die wattigen Schneeflocken schienen plötzlich kleiner und scharfkantiger zu werden und piekten auf der Haut.

Was den Weihnachtsbaum betraf, so entdeckte ich ein paar mögliche Kandidaten, als der Hügelkamm bereits in Sicht kam. Ich hatte diesen Weg, wie ich vermutete, wohl deshalb gewählt, weil ich ihn als Junge oft gegangen war. Es war schon einige Jahre her, seit ich das letzte Mal hier gewesen war. Nach weiteren zwanzig Metern Aufstieg hielt ich an und lehnte mich gegen einen Baumstamm, um wieder zu Atem zu kommen. Genau in diesem Augenblick nahm ich einen Geruch wahr, der mich hier oben, in dieser Einsamkeit, überraschte. Scharf, durchdringend, wie ein niedergebranntes Feuer aus Ästen und Kiefernzapfen.

Es dauerte nicht lange, bis ich die Stelle gefunden hatte: Unter einem Felsvorsprung sah ich einen schwarzen, feuchten Aschehaufen, der halb von Schnee bedeckt war, den jemand darübergetreten hatte. Irgend jemand, der hier in der vergangenen Nacht ein Feuer entfacht und sich daran gewärmt hatte. Ich blickte die gut achtzig Meter bis zum Ferienhaus hinunter. Zwischen den Baumstämmen, im trüben grauen Dunst des Spätnachmittags, war das große Panoramafenster deutlich zu sehen: ein gelb leuchtendes Rechteck. Der Rauch stieg kräuselnd aus den Schornsteinen. Der Wind kam von hinten und blies mir Schneeflocken unter meinen Kragen. Ich schwitzte vom Aufstieg.

Jemand hatte hier die Nacht über an einem Lagerfeuer gekauert, sich gewärmt, gewartet – aber worauf? Um mich herum waren nur verschneiter Wald und tief unten unser Ferienhaus.

Ich begann, nach Spuren zu suchen. Aus welcher Richtung war der Unbekannte gekommen, und wohin war er gegangen? Ich stieß auf ein paar Abdrücke von Schuhen im Schnee, die nach rechts wegführten, aber schon nach einigen Metern immer unkenntlicher wurden und schließlich nicht mehr zu sehen waren, weil der Wind sie verweht und frisch gefallener Schnee sie zugedeckt hatte. Eine andere Spur ließ darauf schließen, daß der Unbekannte von weiter oben, aus Richtung See, heruntergekommen war. Ich folgte auch diesen Fußabdrücken und mußte feststellen, daß diese zweite Spur ebenfalls immer undeutlicher wurde. Am Hügelkamm angelangt, sah ich ein Stück voraus die zugefrorene Oberfläche des Sees. Weit und breit war kein Mensch zu sehen. Der Wind war klirrend kalt und beißend. Meine Augen schwammen in Tränen, und meine Gesichtshaut war taub vor Kälte. Ich wandte mich um und stieg den Hang wieder hinab, im tiefen Schnee zwischen den Bäumen.

Das Tageslicht schwand jetzt rasch.

Ich mußte trotzdem noch einen Baum fällen, mochte sich jemand hier oben herumtreiben oder nicht, mochte er mich beobachten oder nicht. Welcher normale Mensch kam auf eine derart verrückte Idee, in einer so einsamen Gegend, so weit weg von der Straße, von *jeder* Straße, eine Nacht in dieser schneidenden Kälte zu verbringen? Kein normaler Mensch, lautete selbstverständlich die Antwort. Allein der Gedanke war absurd. Doch wer immer die Nacht unter dem Felsvorsprung verbracht hatte: Er hatte sie nur *dort* verbringen wollen und nirgendwo anders. Aber warum? Und wer war dieser Jemand? Hatte er aus irgendwelchen Gründen meinen Vater beobachten wollen? Oder etwa mich? Hatte man nach mir Ausschau gehalten? Auf meine Ankunft gewartet?

Ich kämpfte erfolgreich gegen die Versuchung an, einen Blick über die Schulter zu werfen, und suchte mir eine der kleinen Tannen aus, nahm das Beil, um die untersten Äste abzuhacken, und machte mich dann mit der Säge an die Arbeit. Ich rechnete fast damit, plötzlich hinter mir das leise Knirschen von Schnee zu vernehmen und dann einen Schlag auf den Hinterkopf zu spüren... und dann nichts mehr. Aber nichts geschah. Ich hatte wohl zuviel Phantasie.

Als der Baum schließlich am Boden lag, erhob ich mich und blickte mich um, zerrte den Baum zu dem Felsvorsprung, lockerte den dicken wollenen Schal am Hals und setzte mich auf den Stein, den der unbekannte Camper in der letzten Nacht dicht ans Feuer gerollt und als Sitzplatz benutzt hatte. Unter mir, in der sich verdichtenden Dunkelheit, erstrahlte das Panoramafenster immer heller. Und mein Vater lauschte nach wie vor seiner Musik, versuchte, mir den Unverwüstlichen vorzuspielen, dachte an seinen Weihnachtsbaum und philosophierte über seine Vorstellungen, was das Herz der Finsternis betraf.

Ich blieb ziemlich lange auf dem Stein sitzen und dachte über jenes dunkle Land nach, in dem ich gewesen zu sein glaubte, was mein Vater jedoch bestritten hatte. Daß er selbst dort gewesen war – an diesem verborgensten, finstersten Ort, wo es keine Hoffnung mehr gab, keine Vernunft –, hatte ich nie bezweifelt. Aber warum hatte er gesagt, daß auch meine Mutter dort gewesen sei? Was hatte meine Mutter, die ein Leben in Reichtum und Luxus und

Bequemlichkeit geführt hatte, darüber wissen können? Viel, wie ich bald erkannte. Sehr viel.

Meine Mutter hatte sich selbst getötet. Gleich zweimal. Zum einen dadurch, daß sie ihren Kummer in Alkohol ertränkt hatte, und zum anderen, als sie von der Galerie unseres Hauses gefallen war... sich hatte fallen lassen. Vermutlich war sie tiefer ins Herz der Finsternis vorgedrungen als wir alle.

Warum, fragte ich mich, hatte sie das getan? Das war eine Frage, mit der ich mich nie besonders intensiv beschäftigt hatte. Sie war meine Mutter, und einige Mütter taten verrückte Dinge. Auch Mütter von Schulfreunden hatten etwas ähnliches getan, Mütter und Väter. Alkoholismus, Selbstmord – diese Dinge waren einigen Kindern, meinen Freunden von damals, durchaus geläufig gewesen. Sie gehörten zum Leben. Man stellte keine Fragen darüber.

»Mutter...«

Als ich dieses Wort schluchzte, beinahe, ohne mir dessen bewußt zu sein, hörte ich so deutlich ihre Stimme, als stünde sie neben mir. Ich starrte auf die letzten noch erkennbaren Fußabdrücke des Unbekannten, die mittlerweile auch schon fast vom Schnee bedeckt waren, und Mutter hätte tatsächlich in den Schatten hinter mir zum Leben erwacht sein können. Die Fußabdrücke gehörten nicht hierher, ebensowenig wie meine Mutter, doch ich konnte ihre Stimme hören, wie es in meinen Träumen der Fall war, nur daß es diesmal anders war, ich hörte sie ganz klar und deutlich, es war nicht die gedämpfte Stimme auf einem nächtlichen Korridor, nein, diesmal hörte ich deutlich, was sie zu Val gesagt hatte und was sie mir schon seit so vielen Jahren sagte, und es war anders, es waren nicht jene Worte, die ich so gut kannte, es war anders und bedeutete auch etwas völlig anderes als das, was ich sonst immer gehört hatte.

*Es war Hugh...*

*Hugh, du hast es getan...*

Hugh. Nicht *du*, wie Val und ich verstanden hatten.

Wir waren Kinder. Wir hatten geglaubt, irgend etwas Furchtbares getan zu haben.

Und unsere Mutter hatte uns gesagt, daß unser Vater der Mörder Father Governeaus gewesen war.

Auch Val mußte sich daran erinnert haben. Das war es, was ihr auf dem Herzen gelegen hatte, als sie nach Princeton zurückgekehrt war und begonnen hatte, Fragen über Father Governeau zu stellen...

Familiengeschichte, Familienlügen.

Ich wußte beim besten Willen nicht, was ich tun sollte, als ich langsam zum Ferienhaus hinunterstieg und den Baum hinter mir her schleifte. Erst als ich schon fast am Haus angelangt war, erinnerte ich mich wieder an die Spuren des Feuers und fragte mich erneut, ob wir beobachtet wurden.

Ich schleppte den Baum ins große Wohnzimmer. Er war zwei Meter hoch, von regelmäßigem Wuchs, die Äste dicht mit Tannennadeln bewachsen – mit anderen Worten: perfekt. Mein Vater hatte einige Schachteln mit Christbaumschmuck aus der Abstellkammer geholt, in denen sich Lametta, Kugeln, Sterne und anderes befanden; außerdem ein Kabel mit Dutzenden elektrischer Kerzen in Rot, Grün und Blau. Er beobachtete, wie ich mich abmühte, den Stamm in den Ständer zu bugsieren; schließlich erhob er sich und hielt den Baum fest, während ich das abgesägte Ende des Stammes in dem verdammten Ständer festschraubte. Er gab sich sehr viel Mühe, den Anschein zu erwecken, sich wohl zu fühlen, Freude zu zeigen, als wäre es ein ganz normales Weihnachtsfest. Doch er mußte häufig pausieren; sein Atem ging rasselnd, und als er uns beiden einen Drink einschenkte, zitterte die Flasche in seiner Hand. Er blickte mit wäßrigen Augen zu mir herüber – Augen, die einst einen so harten Ausdruck haben konnten, daß sie das Wasser im Glas zu Eis hätten gefrieren lassen.

*Hugh, du hast es getan...*

Als der Baum endlich stand und es draußen völlig dunkel geworden war, ging mein Vater mit dem Glas in der Hand in die Küche, um uns zum Abendessen Spaghetti zu kochen. Ich hörte seine schlurfenden Schritte, das blecherne Scheppern von Töpfen und Pfannen.

Ich ging in mein Schlafzimmer und holte den Umschlag aus dem Koffer. Ich hatte ihn zwischen die Hemden und die Unterwäsche und die anderen Sachen gelegt, die ich mit ins Ferienhaus genommen hatte. Ich setzte mich auf die Bettkante und zog das eselsohrige Foto aus dem Umschlag, und dann hockte ich dort und drehte das Bild langsam zwischen den Fingern und versuchte mir einmal mehr klarzumachen, daß meine Schwester Val tot war, wirklich und wahrhaftig, daß sie nie wieder in mein Zimmer platzen würde, daß ich nie wieder ihr Lachen hören würde, und daß ich jetzt mit all den Erinnerungen, die nur wir beide hatten, ganz allein auf der Welt war. Es fiel mir nicht leicht, mich selbst davon zu überzeugen, daß es Val nicht mehr gab.

Ich starrte auf das Foto.

Wer hatte diese Aufnahme von Torricelli, Richter, D'Ambrizzi und LeBecq gemacht?

Archduke. Nur unter dieser Voraussetzung nahm alles eine Gestalt an, die erkennbar war.

Summerhays. Das hatte meinen Vater überrascht. Natürlich, was denn sonst. Wie hätte es anders sein können?

Summerhays, Indelicato und Sandanato hatten sich verschworen, um die Kirche zu retten, *ihre* Kirche, auf *ihre* Weise, und dazu hatte auch der Mord an meiner Schwester gezählt...

Bei ihrer Rückkehr nach Princeton hatte ihr vieles auf dem Herzen gelegen. Sie hatte Vater und mir davon erzählen wollen, was sie über das Krebsgeschwür herausgefunden hatte, das in der Kirche wucherte – es konnte gar nicht anders sein. Aber sie hatte sich auch daran erinnert, was meine Mutter gesagt hatte. *Hugh, du hast es getan...*

Und jetzt war es an mir, bestimmte Entscheidungen zu treffen. Was konnte ich meinem Vater sagen? Gab es irgendeinen Grund, ihm zu erzählen, was meine Mutter gesagt hatte? War es die Wahrheit? Und falls mein Vater Father Governeau ermordet haben sollte – was natürlich erklären würde, weshalb die Sache damals vertuscht worden war –, warum hatte er es getan?

Also gab es selbstverständlich Gründe, ihn darauf anzusprechen. Aber das half mir nicht weiter bei der Antwort auf die Frage, ob ich es tun sollte.

Und irgend jemand war dort draußen in der Kälte und dem Schnee und der Dunkelheit und beobachtete uns. Sollte ich ihm wenigstens das sagen? Ob er wohl einen Verdacht hatte, wer dieser jemand sein konnte? Ich wünschte mir sehnlichst zu wissen, wer der Unbekannte war...

Das Abendessen verlief schweigend. Mein Vater stocherte in den Spaghetti herum, als wäre er mit den Gedanken ganz woanders. Schließlich erzählte er mir ein paar Anekdoten über seine diversen Krankenschwestern, über Peaches, über Margaret Korders mütterliche Besorgnis und über Artie Dunns Bücher, die dieser ihm ins Krankenhaus mitgebracht hatte. Vater hatte versucht, einige davon zu lesen, und festgestellt, daß sie nicht nach seinem Geschmack waren, aber ›die Einbandgestaltung ist gar nicht so übel‹. Das entsprach der Vorstellung, die mein Vater von einem Witz hatte. Dann blickte er mich an und sagte: »Dich beschäftigt doch irgendwas, Ben...«

»Genauso wie dich«, sagte ich.

»Dann laß uns darüber reden. Daß du dich vor mir verschließt, schlägt mir auf den Magen. Es sei denn, ich bekomme einen weiteren Herzinfarkt. Und wenn das der Fall ist, mußt du mir eins versprechen – versprich mir, daß du mich sterben läßt.« Er schob seinen Stuhl zurück. »Ich bin so ziemlich bereit, meinen Abgang von dieser Welt zu machen. Komm, laß uns jetzt den Baum schmücken.«

Ich mußte das verdammte Kabel mit den elektrischen Kerzen um den riesigen grünen Leib wickeln. Dann reichte mein Vater mir die farbigen Christbaumkugeln, die winzigen Rentiere und Schneemänner und das Lametta. Während ich versuchte, mir einen Plan zurechtzulegen, wie ich ihm das sagen konnte, was ich ihm sagen mußte, begann er zu reden. Und als er so vor sich hin redete, wurde mir klar, daß alles sehr viel einfacher gewesen wäre, hätte mein Vater nicht den Herzinfarkt erlitten. Ich war es gewohnt, diesen Mann zu hassen. Er hatte beinahe mein Leben ruiniert. Er hatte mir einmal gesagt, es wäre besser gewesen, wenn ich mit meinem Selbstmordversuch Erfolg gehabt hätte. Alles, was ich je getan hatte, war ihm gegen den Strich gegangen, hatte ihn beschämt, verärgert, in Wut gebracht. Ich hatte es nicht geschafft, Priester zu werden, und seitdem war ich in seinem Herzen und seinem Kopf nicht mehr erwünscht gewesen. Vielleicht hatte D'Ambrizzi mir das zu verstehen geben wollen: Vergib dir, daß du deinen Vater enttäuscht hast. Das war zweifellos ein guter Rat, der nur den Fehler hatte, daß man ihn sehr viel einfacher annehmen als in die Tat umsetzen konnte. Und nun hatte mein Vater mir auch noch die letzte Ungerechtigkeit zugefügt: Er war alt geworden und krank und wäre beinahe gestorben, und der Haß war aus ihm gewichen.

Und ich war jetzt allein gelassen mit dem Gefühl, meinen Vater enttäuscht zu haben, allein gelassen mit *meinem* nagenden, schuldbeladenen Haß auf ihn. Ich wußte, daß es ein Fehler war, so zu denken, denn das Ergebnis war nur, daß mein Haß sich gegen mich selbst richtete. Ich blickte hinunter auf das, was von meinem Vater übriggeblieben war, und ich sah die Erinnerung an seine eisige, abweisende Kälte und an seine Verachtung und die brutalen, unversöhnlichen Vorwürfe mir gegenüber, und ich sah, wie dies alles vor meinen Augen schwand...

»Ich habe nachgedacht, Ben«, sagte er und reichte mir einen winzigen Weihnachtsmann, der auf einem grünen Schlitten saß, der mit Geschenkpaketen beladen war. »Ich habe über diese ganze Geschichte mit den Nazis und der Kirche nachgedacht, über die Pius-Verschwörung, über diesen geheimnisvollen Archduke. Diese Generation wird bald verschwunden sein. Diese Männer sterben aus, das ist nun mal der Lauf der Dinge. Ist das alles heute denn wirklich noch so wichtig?«

»Nein. Wenn man von den Morden absieht. Wenn man davon absieht, daß der Keller von Indelicatos Villa angefüllt ist mit Kunstschätzen. Diese Geschichte ist noch lange nicht zu Ende.«

»Gut. Die Kirche wird davon profitieren. Die Nazis haben nicht überdauert. Aber die Kunst. Das ist ein Punkt für die Kirche.«

Soweit ich das beurteilen konnte, war er auf dem Weg in eine Sackgasse, die genau von dem wegführte, worauf es wirklich ankam. »Hör mal, Dad, möchtest du denn nicht endlich auf die Gründe zu sprechen kommen, die zu Vals Ermordung geführt haben? Bin ich nicht allein deshalb hierhergekommen?«

»Ich dachte, du wärst gekommen, um zusammen mit deinem Vater die Weihnachtsfeiertage zu verbringen...«

»Val hat alles gewußt, fast jede Einzelheit...«

»Nein, nein, ich glaube nicht, daß wir jetzt über diese Sache reden sollten, Ben.«

»Moment mal, einen kleinen Augenblick.« Ich befestigte eine weitere winzige weihnachtliche Verzierung an einem Zweig und stieg von dem Hocker, auf dem ich gestanden hatte. Vater warf Lametta über die Zweige. »Wir reden über Val. Willst du denn nicht wissen, warum Horstmann ihr den ganzen Weg bis nach Princeton gefolgt ist? Warum er sie ermordet hat? Wer den Befehl dazu gegeben hat? Interessiert es dich nicht, warum er Lockhardt, Heffernan und deine Tochter töten mußte?«

»Ben...«

»Weil Indelicato und Archduke sie gefürchtet haben. Weil sie Angst vor dem hatten, was Val herausgefunden hatte, weil sie Angst hatten, Val könnte dir oder mir oder Lockhardt etwas darüber erzählen... darum hat man versucht, auch mich zu ermorden, wobei man Sandanato dazu benutzt hat, mich in die Falle zu locken. Denn Val hätte mir die Geschichte ja schon erzählt haben können, bevor Horstmann sie ermordet hat. Man hätte auch dich töten lassen, aber dann hast du ja den Infarkt bekommen, und darum haben die anderen sich entschlossen, abzuwarten, ob du dich davon erholst und was mit dir geschieht... Doch seit ich in Irland gewesen bin, hat man keinen Versuch mehr unternommen, mich zu beseitigen, und vielleicht ist die Entscheidung, mich am Leben zu lassen, sogar schon früher gefallen. Vielleicht hat Horstmann den Befehl erhalten, mich nach dem gescheiterten Mordversuch in Princeton in Ruhe zu lassen. Aber warum? Warum? Ich wollte, ich wüßte die Antwort. Ich wollte, ich wüßte, wie tief Archduke in die ganze Sache verwickelt ist. Indelicato und Archduke haben sich entschlossen, sämtliche Menschen ermorden zu lassen, die ihnen gefährlich werden konnten, aber *ich bin verschont worden*! Warum?«

Mein Vater schenkte zwei Whiskys ein, gab Eiswürfel dazu und reichte mir einen. »Tod unseren Feinden«, sagte er und stieß sein Glas gegen das meine, daß es leise klirrte.

Ich wartete darauf, daß er irgend etwas sagte, doch statt dessen ging er zum Baum hinüber und warf noch ein paar glitzernde Lamettastreifen über die Zweige.

»Hast du dir eigentlich nie die Frage gestellt, warum Val sich nach Father Governeau erkundigt hat?« Ich mußte deutlicher werden, ihn aufrütteln, ihn zu Antworten zwingen. »Ist dir das nicht von Anfang an seltsam vorgekommen? Am letzten Tag ihres Lebens stellt sie Fragen über den Mord an Father Governeau – denn es *war* Mord. Du brauchst es gar nicht erst zu bestreiten, es steht völlig außer Zweifel. Ich konnte einfach keine Verbindung erkennen – der Grund für ihre Heimreise waren ihre Entdeckungen über die Machenschaften des Vatikans in der Vergangenheit und der Gegenwart... aber was tat sie, als sie hierher kam? Sie stellte Fragen nach Father Governeau. Es *muß* eine Verbindung geben. Val hat niemals dumm und grundlos gehandelt. Es hat ziemlich lange gedauert, aber ich habe diese Verbindung herausgefunden, zumindest teilweise...«

»Hast du das? Du mußt sehr klug sein, Ben. Der Teufel soll mich holen, wenn ich weiß, was du da eigentlich redest. Warum trinkst du nicht endlich deinen Scotch und schmückst den Baum weiter?« Er hatte sich gegen den Kaminsims gelehnt und ließ den Whisky im Glas kreisen. Die Flammen, die sich im geschliffenen Kristall wie in einem Prisma brachen, zogen meinen Blick auf sich. So müde und eingefallen Vaters Gesicht auch erschien – jetzt bot er wieder ein Bild der überheblichen Selbstzufriedenheit in seiner grauen Hose, dem gelben Hemd und der perlgrauen Kaschmirjacke. In seinen stumpfen Augen war wieder Leben. Das alles war darauf zurückzuführen, daß mein Verhalten sich geändert hatte. Ich sah, wie sich meine Gefühle plötzlich in seinem eisigen Blick widerspiegelten. Er genoß meine Aggressivität. Er konnte sie fühlen. Er sog sie in sich auf, gewann neue Kraft daraus.

»Val hat die Fragen über Governeau deshalb gestellt, weil sie sich an etwas Bestimmtes erinnerte, das Mutter sowohl Val als auch mir gesagt hat. Ich habe das, was unsere Mutter gemeint hat, erst vor wenigen Stunden begriffen, nachdem ich sie jahrelang nicht...«

»Deine Mutter? Du ziehst ihre arme Seele in diese Sache hinein? Tust du das bewußt? Oder stehst du unter dem Einfluß ihrer Dämonen?« Das Feuerholz in Kamin prasselte, und der Wind jaulte hohl durch den Schornstein. »Bist du sicher, daß du nicht auf dem Holzweg bist?«

»Du hast Father Governeau ermordet«, sagte ich. »Das war es, was Val auf dem Herzen lag.«

»Also gut«, sagte mein Vater nach einer langen Pause, »er *wurde* ermordet.« Seine Stimme war so ruhig und leise, wie ich es nur ein-, zweimal im Leben erlebt hatte. »Du bist auf der richtigen Fährte. Aber es war nicht dein frommer Vater. Wenn ich den erbärmlichen Schweinehund getötet hätte, dann hätte ich es zugegeben, und ich wäre ein Held gewesen. Ein Held, Ben. Aber ich habe ihn nicht ermordet – ich habe nur einen Narren aus mir gemacht und mir selbst eine Menge Ärger bereitet. Aber es blieb mir keine andere Wahl. Ich mußte es tun. Ich habe seine Leiche hinten im Obstgarten aufgeknüpft – du mußt wissen, ich war halb verrückt und halb betrunken. Die ganze Sache hatte die Atmosphäre eines Halloween-Spuks angenommen... Ich habe jeden verdammten Hebel in Bewegung gesetzt, den ich in die Hand bekommen konnte, um die Wahrheit zu vertuschen. Du kannst mir glauben oder nicht. Es gibt Risiken, die ein Mann eingehen muß, Ben.« Er nippte am Scotch und blickte mich an.

»Was soll das heißen? Warum sollte man etwas vertuschen, wenn man nichts zu befürchten hat? Und warum wärst du ein Held geworden, wenn du ihn ermordet hättest?«

»Ritterlichkeit. Stell dich nicht so dämlich an, Ben. Deine Mutter hat Governeau ermordet. Sie hat das übrigens sehr gründlich erledigt.«

Meine Knie zitterten plötzlich. Der Weihnachtsbaum schien zu schwanken. Er stahl sich vor mir davon, dieser Mann, den ich so lange gehaßt hatte. »Was faselst du da?«

»Deine Mutter war eine seltsame Frau – mein Gott, wie schrecklich und prosaisch sich das anhört! Sie war krank, und das sehr lange Zeit. Es war nicht bloß ihre Trinkerei – aber ich habe nicht die Absicht, dieses spezielle Thema im Gespräch mit dir, ihrem Sohn, zu vertiefen. Sie hätte es verdient gehabt, in Würde zu ruhen, doch alles, was ich dir jetzt noch sagen werde, wird nicht mehr viel von ihrer und anderer Menschen Würde übriglassen. Als Father Governeau der Schädel eingeschlagen wurde... also gut, ich werde dir erzählen, was passiert ist, weil ich Augenzeuge war.« Er seufzte, machte ein finsteres Gesicht. »Es wäre mir lieber gewesen, du hättest dieses Thema nicht aufgebracht. Weiß Gott, das wünschte ich. Du bist mein Sohn, aber du bist eine Art Ungeheuer, Ben – du weißt nie, wann es dir gutgeht, das liegt in deiner Natur. Was ist nur in dich gefahren? Du kannst dich einfach nicht benehmen. Val hat es auch nie gekonnt. Es muß ein entartetes Gen in eurer Erbmasse gegeben haben, nehme ich an.« Er schenkte sich einen weiteren Scotch ein. »An jenem Abend hat man mich nicht zu Hause erwartet. Ich hatte eine Besprechung in New York. Das alles liegt ein halbes Jahrhundert zurück, aber ich kann mich noch an jede Einzelheit erinnern. Die Besprechung wurde in letzter Minute auf einen späteren Termin verschoben. Ich fuhr zurück nach Hause. Kam gegen halb zehn abends in Princeton an. Es war Winter. Es schneite. Es war kalt. In der Auffahrt stand ein alter Chevrolet, und in der Kapelle brannte Licht. Ich habe mir nichts weiter dabei gedacht. Ich habe meinen Wagen in die Garage gefahren, habe dabei den üblichen Lärm gemacht und bin ins Haus gegangen... Tja, sie hörten mich kommen. Was sich dann im Haus abspielte, verlief ziemlich tragikomisch. Father Governeau trug nur sein Unterhemd und Strümpfe, und deine Mutter war nackt – erinnere dich, Ben, du hast mich des Mordes beschuldigt, und ich erkläre dir jetzt, was wirklich geschehen ist. Du hast es nicht anders gewollt, und nun mußt du selbst damit fertig werden. Sie stieß ihn von sich – sie wehrte sich zum Schein gegen ihn, alles um meinetwillen, weißt du, und er stand im Long Room, sexuell erregt und sehr verwirrt, als er mich plötzlich in der Tür stehen sah. Er hat mir genau in die Augen gesehen. Er stand wie versteinert da, wie ein Kaninchen vor der Schlange. Sie hatten es offensichtlich auf dem Fußboden getrieben, vor dem Kamin... und während er mich noch anstarrt, kreidebleich – bestimmt hat er verzweifelt darüber nachgedacht, was er dem Bischof sagen sollte, wenn der Wind von der Sache bekam –, während er mich also anstarrt, hat deine Mutter ihm von hinten mit einer sehr schweren Sherry-Karaffe auf den Kopf geschlagen ... hat einem sehr überraschten Lustmolch von Priester den Schädel zertrümmert. Du siehst so aus, als könntest du noch einen Drink gebrauchen, Ben.«

Ich nickte, füllte mein Glas nach und trank. Der Wind jagte Schneemassen über das Panoramafenster.

»Sie hat versucht, mich davon zu überzeugen, daß er sie vergewaltigt hatte. Er lag da wie eine Jagdtrophäe, und sie war nackt und schwatzte unverständliches Zeug vor sich hin. Es war aber gar nicht komisch. Ich sagte ihr, sie solle sich anziehen und vergessen, daß sie Governeau jemals die Tür geöffnet hatte – sie hatten es natürlich schon seit längerer Zeit miteinander getrieben. Ich sagte ihr, sie solle das Maul halten und sich einen Drink nehmen. Dann habe ich Drew Summerhays in New York angerufen und ihm gesagt, er solle so schnell wie möglich nach Princeton kommen. Drew hat sich sofort was übergezogen und sich in seinen Packard gesetzt und war um kurz nach ein Uhr morgens hier. Deine Mutter lag sturzbetrunken im Bett, und ich habe Drew erzählt, was passiert war. Ich hatte bis zu seiner Ankunft nichts angerührt. Wir haben alles besprochen und waren beide der Meinung, das Wichtigste sei, daß deine Mutter nicht in diese Geschichte verwickelt werden durfte – sie war schon empfindsam genug, und wenn eine Schweinerei wie diese an die Öffentlichkeit gedrungen wäre, dann wäre sie daran zugrunde gegangen, gleichgültig, ob sie nun eine Affäre mit einem Priester gehabt hatte oder von ihm vergewaltigt worden war, und gleichgültig, ob sie oder ich ihn getötet hatte. Also zogen wir dem Leichnam seine Kleider an – das war eine widerliche Angelegenheit, kann ich dir sagen. Dann haben wir uns gefragt, was wir mit dem Toten anfangen sollten. Drew schlug vor, ihn in einem See oder Fluß zu versenken, aber das ist nicht so einfach, wie man sich das vorstellt. Außerdem hätten wir dann keinen Einfluß auf die polizeilichen Nachforschungen mehr nehmen können, und das konnte für deine Mutter gefährlich werden, falls irgendeine Spur zu ihr führen sollte...

Drew und ich waren beide ein bißchen groggy. Wir haben bei einer Flasche Whisky weiter überlegt, was wir mit der Leiche anfangen sollten, haben eine Idee nach der anderen erwogen und verworfen. Tja, und dann waren wir beide schon ziemlich angesäuselt, fürchte ich, als mir plötzlich ein Gedanke kam. Ich sagte zu Drew, daß es mir eine Freude wäre, Governeau Selbstmord begehen zu lassen, und Drew erwiderte, warum nicht, und dann haben wir den Toten in den Obstgarten getragen. Es schneite wie verrückt, und dann haben wir ihn aufgeknüpft, um später behaupten zu können, wir hätten ihn so gefunden... Es hört sich verrückt an, aber es gibt keinen Grund, mir jetzt vorzuwerfen, ich hätte wie ein Narr gehandelt, Ben, denn es hat funktioniert! Drew hat den alten Chevy auf irgendeine abgelegene Landstraße gefahren und ihn dort stehen lassen. Ich bin ihm in seinem Packard gefolgt und habe ihn wieder mitgenommen, und dann ist Drew nach Hause gefahren. Er hat mich aus New York angerufen und gesagt, die Sonne sei gerade aufgegangen, als er nach Hause kam. Und mehr brauchst du über diese Sache nicht zu wissen.

Deine Mutter und ich haben nie wieder – ich wiederhole, nie wieder – darüber gesprochen. Solche Menschen waren wir nun mal, gottverdammt! Und was ich dir jetzt erzählt habe, ist die Wahrheit. Ich weiß nicht, wie du darüber denkst, aber sieh es mal folgendermaßen: Deine Mutter war eine einsame Frau, und ich war kein sonderlich guter Ehemann, darum hat sie sich mit einem Süßholz raspelnden jungen Priester eingelassen. Und er hat dafür bezahlt. Governeau war der Schuldige, nicht deine Mutter – jedenfalls wollte ich nicht, daß der Hurensohn in geweihter Erde beigesetzt wurde! Na ja, das ist alles lange her.« Wieder warf er eine Handvoll Lametta an den Baum. »Nimm es dir nicht so zu Herzen. Eine Leiche im Wandschrank der Driskills. Na und?«

Er kam zu mir herüber, ein zufriedenes Lächeln auf dem ausgezehrten Gesicht, und wandte sich dann um, betrachtete den Baum aus ein paar Metern Entfernung. »Es fehlt noch ein bißchen Lametta.« Ich spürte seine Hand meinen Rücken tätscheln. Ich konnte in einem verborgenen Winkel meines Gedächtnisses, in dem alles Schändliche ruhte, die feuchte Wolle von Schwester Mary Angelinas Jacke riechen, und fühlte wieder die Erleichterung, als sie die Arme ausgestreckt und mich an sich gedrückt hatte, die alte Verführung, die so grausam war, so verhängnisvoll – ich war wieder der kleine Junge von damals. »Du bist überrascht, nicht wahr, Ben?«

»Ja«, sagte ich. »Ich glaube schon.« Mit der Geschichte, die mein Vater mir gerade erzählt hatte, hatte er mich zum erstenmal im meinem Leben ins Vertrauen gezogen. Ich kam mir wie ein Idiot vor, als ich spürte, wie mir die Tränen in die Augen stiegen, und wandte mich ab. Ich wollte nicht, daß er mich so sah.

Wir schmückten den Baum mit dem restlichen Lametta, als irgendwo draußen ein Geräusch ertönte, ein lautes Krachen, ein trockener, spröder Laut, den der Wind aus einiger Entfernung mit sich trug. Ich zuckte zusammen.

»Der Sturm hat einen Ast abgebrochen«, sagte er.

»Hatte ich recht, was Val betrifft? War sie zu dem gleichen Schluß gekommen?«

Er nickte. »Seltsam. Meine beiden Kinder halten mich für einen Mörder. Meine beiden Kinder denken zuviel, und wenn sie mir dann erzählen, zu welchen Ergebnissen sie gekommen sind, stellt sich heraus, daß sie nicht einmal wissen, wovon sie eigentlich reden.« Seine Stimme schwankte plötzlich, und ich fragte mich, ob das am Scotchpegel lag oder an etwas anderem. Dann fing er sich, und ich spürte, wie der Zorn sich erneut in seinem Innern aufstaute. Vielleicht lag es wirklich am Scotch. Vielleicht lag es an der Erinnerung an jene schreckliche Nacht vor einem halben Jahrhundert. Vielleicht lag es an mir.

»Du hast mit Val geredet? Wann hat sie dir denn von ihrem Verdacht erzählt?«

»Ben, ich brauche das alles wirklich nicht noch einmal mit dir durchzukauen. Ich habe meine Tochter verloren, und was meinen Sohn betrifft... ich habe oft gedacht, daß ich ohne einen Sohn besser dran gewesen wäre. Himmel noch mal, du kommst hierher und beschuldigst mich des Mordes! Aber ich glaube, in deinem Falle hätte ich wohl damit rechnen müssen.« Er murmelte einen Fluch. Dann glätteten sich die Wogen des Zorns, und er sagte: »Wir könnten ein wenig Musik gebrauchen, Ben.« Er winkte mich zur Stereoanlage hinüber. »Leg das Beethoven-Trio auf. Das ist die passende Musik für den heutigen Abend. Weißt du, mit diesem Stück verbinden sich Erinnerungen. Ich habe D'Ambrizzi in den dreißiger Jahren in Rom kennengelernt. Wir kamen von Anfang an gut miteinander aus, zwei junge, aufstrebende Männer. Eines Abends hatte einer von uns beiden Eintrittskarten für ein Konzert besorgt. Es war ein wirklich großartiger Abend. Wir haben das Konzert gemeinsam besucht, und es war phantastisch, ein wunderbares Orchester. Es war D'Ambrizzis Lieblingsstück. Seitdem liebe auch ich diese Musik. Er hat mir eine Schallplattenaufnahme davon geschenkt, eine von diesen alten, großen, schweren Platten mit achtundsiebzig Umdrehungen die Minute. Beethovens Trio Nummer Sieben in B-Dur.« Er hob sein Glas an die Lippen.

Ich ging zum Regal mit den Langspielplatten hinüber und fand das Gesuchte fast auf Anhieb. Es war die zweite Platte; sie stand neben dem Kabalevsky-Cellokonzert.

Es war der absolut erschütterndste, herzzerreißendste Augenblick plötzlicher Erkenntnis in einem vergeudeten Leben. Es war so ähnlich wie jener Moment, als ich hinunter auf Vals leblosen Körper gestarrt und ihr Blut und ihr verbranntes Haar gerochen hatte. In diesen furchtbaren Sekunden wehte mir wieder der stinkende Odem der Hölle ins Gesicht, sah ich wieder das Fegefeuer, den Antichristen. Damals, als ich Val fand, war es ein Schock gewesen – jetzt war es anders, schlimmer. Damals hatte ich das Gefühl gehabt, jemand hätte mir eine Kugel in den Kopf gejagt. Dies hier war anders und komplexer und um so vieles verderbter und widerlicher und schändlicher... es gab keine Umschreibung dafür. Anders und schlimmer und unaussprechlich, weil es mir durch den Körper fuhr wie ein Messerschnitt, weil es mein Innerstes aufschlitzte, und weil die Dämme brachen und mein Haß aus mir strömte und sich mit dem Haß meines Vaters vermischte, und ich wußte, daß heute der Abend gekommen war, da wir beide in unserem Haß ertrinken würden.

Die Schallplatte stammte aus dem Jahre 1966. Es war eine Aufnahme mit Josef Suk, Josef Chuchro und Jan Panenka.

Obwohl das Stück gemeinhin unter der Bezeichnung Trio Nummer Sieben in B-Dur Opus 97 bekannt war, besaß es noch einen weiteren Namen. Es war das Stück, das mein Vater und D'Ambrizzi damals an jenem Abend in Rom mit so großer Begeisterung gehört hatten, lange vor dem Krieg, bevor die beiden Männer ihren Weg gegangen waren, ihren jeweiligen Bestimmungen entgegen – das Stück hatte zwei Namen. Und der zweite Name stand klar und deutlich auf der eselsohrigen Schallplattenhülle. Es war das ›Erzherzog‹-Trio.

*Das ›Archduke‹-Trio.*

Schließlich legte ich die Platte auf, schaltete das Gerät ein. Der Tonarm schwebte bis zum Plattenrand, senkte sich. Meine Hände zitterten.

Ich drehte mich zu meinem Vater um.

»Val hatte die ganze Wahrheit herausgefunden, nicht wahr?«

»Ich habe es dir schon gesagt, Ben. Deine Schwester war völlig im Irrtum...«

»Val wußte, daß du es warst. Irgendwie hatte sie es herausgefunden. Sie kannte die ganze verfluchte Geschichte...« Ich atmete so heftig, daß es mir unglaublich schwer fiel, zu sprechen. »Sie wußte, daß du Archduke bist.«

»Was redest du da?«

»Sie wußte, daß du Archduke bist. Sie wußte, daß du dich mit Indelicato verbündet hattest, um D'Ambrizzi den Weg zum Papstthron zu versperren...«

»Du Narr! Du begreifst überhaupt nichts!«

»Sie ist hierhergekommen, nach Hause, um dich zu warnen. Sie hat dir gedroht, an die Öffentlichkeit zu gehen – du hast an dem Tag, als sie ermordet wurde, mit ihr gesprochen. Dein Alibi ist mir scheißegal, dein Treffen in New York... ob das der Wahrheit entspricht, ist niemals nachgeprüft worden, und du bist Hugh Driskill, um Himmels willen, du hättest dir als Alibi sogar einen Termin beim Präsidenten beschaffen können... Val hat versucht, dich dazu zu bewegen, sie davon zu überzeugen, daß sie sich geirrt hat, daß das alles nicht wahr sein konnte... und du, du gottverfluchtes Monstrum, hast dafür gesorgt, daß Horstmann sie ermordet! Du mußtest die ganze dreckige Verschwörung retten, sie durfte nicht auffliegen... und darum« – ich erstickte fast an meiner Wut, und in meinem Schädel schien ein rotglühender Feuerball zu toben und mein Hirn zu zerschmelzen –, »darum mußte Val sterben.«

Die Musik drang durchs Zimmer, und das Glas fiel meinem Vater aus der Hand, prallte auf den Steinfußboden und zerplatzte klirrend.

»Ich mußte die Kirche retten!« Er taumelte zurück, mit aschfahlem Gesicht, und stürzte schwer auf die Glassplitter. Er blickte auf seine Hand, die blutverschmiert war, denn Splitter waren ihm in die Handfläche gedrungen. »Ich mußte opfern, was ich auf der Welt am meisten geliebt habe! Es ging um die Kirche, Ben. Die Kirche! «

## 3 DRISKILL †

Man sagt, die Beichte ist gut für die Seele, doch als ich meinem Vater zuhörte, begann ich mir ernsthaft Gedanken über seine Seele zu machen. Er hatte sie vor so langer Zeit verkauft, daß ich mir keine Beichte vorstellen konnte, mit der er sie hätte zurückgewinnen können. Seine Seele war verschwunden, was immer die Seele sein mochte, und was ich vor mir sah, war nichts weiter als ein Wrack, ein Mensch, in dessen Innern sich nur noch Kummer und Sorge und eine nie erlahmende Fähigkeit zu Verrat und Niedertracht befanden, alles im Namen seines Gottes und seiner verdammten unvergänglichen Kirche. Es war, als hätte er sich einem Raubtier verschrieben, ihm gehuldigt, ihm gedient, für diese Bestie getötet und ihr Nahrung verschafft, um am Ende selbst verschlungen zu werden.

Er saß auf dem steinernen Sims neben dem Kamin, an die Wand gelehnt, und redete, wobei er seine blutigen Hände fest in den Schoß drückte, der große Hugh Driskill, der einst beinahe ins Weiße Haus eingezogen wäre, der ein immenses Vermögen besessen und verwaltet hatte, der die Macht gehabt und sie genutzt hatte, seinen Reichtum zu mehren wie auch seinen Einfluß in der politischen und kirchlichen Welt – der große Hugh Driskill, der dafür gesorgt hatte, daß seine Tochter getötet worden war, der seinen Freund verraten und der, bei Gott, einem Papst das Leben gerettet hatte. Hugh Driskill, der einen Mord vertuschte, den seine Frau begangen hatte, der dafür gesorgt hatte, daß das Opfer nicht in kirchlicher Erde begraben, sondern außerhalb des Friedhofs verscharrt wurde. Hugh Driskill, der sich so sehr der römisch-katholischen Kirche verschrieben und nur zu ihrem Besten gehandelt hatte... zum Wohle der Kirche. Und der dabei so viel Scheußliches getan hatte, damit die Kirche auf einem Strom aus Blut und Tränen immer in die Richtung trieb, die er wollte. Er hatte seinen Sohn verachtet, und jetzt saß er in einer Pfütze seines eigenen Blutes; seine Handflächen gespickt mit schartigen, glitzernden Glassplittern, während er nun dem verachteten Sohn beichtete, der seines Vaters Haß in all seiner verzehrenden Kraft erwidert und der sich soeben gefragt hatte, ob er den Mut aufbringen konnte, den schmiedeeisernen Schürhaken zu nehmen und seinen Vater damit zu Tode zu prügeln...

»Indelicato sagte, Val wisse zuviel.« Die Stimme meines Vaters war leise. Während er redete, wanderte sein Blick immer wieder zwischen seinen Händen und mir hin und her, als könnte ich eine plausible Erklärung dafür liefern, was mit ihm geschehen war. Sein Gesicht war blutverschmiert.

»Indelicato«, sagte ich. Der Dolchgriff, der aus seiner Brust ragte, der prächtig verzierte goldene Griff. Ich sah ihn wieder vor mir, wie so vieles andere auch, während ich in die Flammen starrte und das Kaminholz prasselte und knisternd Funken sprühte. Mein Vater schwitzte. Er schien es nicht zu bemerken. Er hatte Probleme mit seiner Beichte. Er hatte Schwierigkeiten, das alles in die richtigen Worte zu kleiden.

»Indelicato und ich, wir waren alles, was von den alten Zeiten noch übriggeblieben war. Und D'Ambrizzi, natürlich, aber... er war... ist... verdorben, er begreift die Kirche nicht. Er glaubte, sie sich unterwerfen zu können... Manfredi und ich, wir haben die Kirche begriffen, wir wußten, wie sie war... wie sie ist. Ihr Wesen ist unwandelbar – Wir dienen der Kirche, nicht die Kirche uns. D'Ambrizzi hat das nie verstanden. Und sein Geist hat den Vals infiziert – Indelicato hat mich wissen lassen, daß Val die Kirche, unsere Kirche, zugrunde richten wollte, sie und D'Ambrizzi und

Calixtus, der D'Ambrizzis Kreatur war, doch Gott hat eingegriffen und sich Calixtus' angenommen, er ist dem Tode geweiht. Aber die anderen... die Zeit arbeitete gegen uns, wir mußten fertig sein, sobald Calixtus starb...«

Er redete und redete, und ich starrte ihn an, dieses von Blut und Schweiß glänzende Gesicht. Zwischendurch blickte ich in die Flammen und versuchte, gar nicht erst dem Geschwätz dieses alten Mannes zuzuhören, sondern lauschte dem Jaulen des Windes und dem Zischen und Rauschen der Schneemassen, die über das Panoramafenster gepeitscht wurden. Der Weihnachtsbaum erstrahlte im Lichterglanz wie ein Kindertraum, still und friedlich und voller Wunder.

»Val hat alles herausgefunden, hat es rekonstruiert. Es war eine Leistung, wie man sie nicht für möglich halten sollte, aber Val, du weißt ja, sie war immer für Überraschungen gut, das war sie ihr Leben lang...«

»Du brauchst mir nichts über Val zu erzählen«, sagte ich.

»Morde. Morde im Krieg, Morde in letzter Zeit. Sie hat die richtigen Schlüsse daraus gezogen, sie ist auf D'Ambrizzi und Simon und Indelicato und den Collector und mich gekommen, den Mann, der den Papst gerettet hat, nur daß sie mich als etwas anderes betrachtet hat – das hat sie, o ja, das hat sie. Die Kirche hat so viele Angriffe überstanden... Indelicato und ich haben wieder und wieder nach Mitteln und Wegen gesucht, eine andere Lösung zu finden – aber Vals Geschichte, die Beweise, die sie gesammelt hatte, es war zuviel... zuviel in diesem Zeitalter der sensationslüsternen Medien, diesem Zeitalter des Fernsehens und des Enthüllungsjournalismus. Wenn Reporter sich heute erst einmal festgebissen haben, lassen sie nicht mehr los. Sie rütteln und schütteln so lange, bis sie... du mußt das verstehen, Ben, zum erstenmal in der Geschichte gab es jemanden, der die Kirche vernichten konnte, der sie zu einer Unterhaltungssendung degradieren konnte, über jeden Fernsehschirm auf dieser Erde – eine Nonne, die wegen ihrer guten Taten, ihrer Intelligenz und ihrer geistigen Fähigkeiten, ihrer Bücher und Veröffentlichungen weltbekannt war, sie hatte die Möglichkeiten.

Erinnere dich, das Fernsehen hat deine Schwester vergöttert. Sie hätte dafür gesorgt, daß die Geschichte kein Ende mehr genommen hätte, es wäre immer weitergegangen, weiter und weiter, die

Reporter hätten vor nichts mehr haltgemacht, sie hätten das Innere der Kirche nach außen gekehrt, und ein verhängnisvoller Auflösungsprozeß wäre in Gang gesetzt worden, siehst du das denn nicht ein? Der Papst liegt im Sterben, und nach seinem Tod wären all die Geschichten über die Ermordung von Johannes XXIII. und Johannes Paul I. ans Licht gezerrt worden, und diesmal hätte man nicht mehr locker gelassen, diesmal wäre alles aufgedeckt worden, auch der Skandal um die Vatikan-Bank, die nicht ganz sauberen Geschäfte, die Selbstmorde und Morde und Betrügereien, das alles hätte für Zündstoff gesorgt, nur daß diesmal deine Schwester Val die Lunte entzündet hätte, und alles wäre aus den Fugen geraten...« Er wischte sich den Schweiß aus dem Gesicht, und einige der Splitter in seinen Handflächen hinterließen blutige Schnittwunden auf seiner Stirn. Dieser Symbolismus hätte ihm gefallen, die blutende Stirn, die Dornenkrone, der Märtyrer, der für seinen Glauben, seine Kirche, sein Blut gibt. »Es war der Triumph des Antichristen, das Ende der römisch-katholischen Kirche... und es war meine Tochter, Ben, es war der Mensch, den ich am meisten geliebt habe, solange ich lebe... und ich habe ihr das alles gesagt, aber ich konnte sie nicht aufhalten, sie hatte alles bloßgelegt, alle Verbindungen hergestellt. Ich weiß nicht, wie sie herausgefunden hat, daß ich Archduke gewesen bin, aber sie hatte dieses erbärmliche Foto bei sich, das sie aus Richters Büro gestohlen hat, und sie sagte, ›Ich weiß, daß du Archduke bist. Ich weiß, daß du es die ganze Zeit gewesen bist, du, der alte OSS-Agent, der Kriegsheld, der ewige Diener der Kirche...‹.« Ich hörte zwar ihm zu, aber ich hörte Vals Stimme. Sie hatte hart sein können, eine Kämpferin, die sich durchboxt, die niemals aufgab, die Schläge austeilen konnte, die dem Gegner die Luft nahmen. Sie hatte den Killerinstinkt besessen, um dieses häßliche Wort zu benutzen; er hatte ihr im Blut gelegen, und ich konnte spüren, wie sie zum tödlichen Schlag ausholte. »Sie sagte, ›Und du, Daddy, hast das Foto aufgenommen, stimmt's? Und du hast deinen Freund D'Ambrizzi an diesen Schleimscheißer Indelicato verraten.‹ Sie hat Manfredi Indelicato einen Schleimscheißer genannt – was geschieht mit dieser Welt, Ben? Wenn eine Nonne solche Ausdrücke benutzt, was bedeutet das?«

»Es bedeutet, daß Indelicato ein Schleimscheißer gewesen ist. Sie hatte recht.« Ich fragte mich, ob ich lächelte, als meine Gedanken in diesem Augenblick bei Val waren. Ich glaube, ich habe gelächelt. »Und dabei ist sie nicht einmal allzu streng mit ihm ins Gericht gegangen«, sagte ich, »gewiß aus Respekt vor deinem Zartgefühl.«

»Sie hat nicht begriffen, daß Männer wie Indelicato und Pius – ich habe ihn gekannt, Ben, ich habe diesen Mann gekannt –, daß diesen Männern nur das Wohl der Kirche am Herzen gelegen hat, und keine flüchtigen Launen, keine billigen, opportunistischen Abweichungen von ihren Moralvorstellungen, um die Kirche über eine bestimmte Epoche zu retten... mein Gott, Ben, D'Ambrizzi wollte den Papst ermorden! Er mußte aufgehalten werden. Aber er war ein guter Freund. Ich hätte ihn töten können! Aber ich habe ihn geliebt... Darum habe ich, wie Val es hingestellt hat, die Verschwörung verraten. Verraten! War es etwa Unrecht, daß ich dem Papst das Leben gerettet habe? Sie war verrückt, Ben, und sie war umgeben von Verrückten! Nichts war ihr mehr wichtig, sie hat ihr Gelübde gebrochen. Sie war Lockhardts *Hure*! Sie war drauf und dran, alles zu zerstören – du begreifst es nicht, oder? Du begreifst überhaupt nicht, was ich dir sagen will... aber ich habe getan, was ich konnte. Als ich an jenem Nachmittag das Haus verließ, hat Horstmann an der Straße nach Princeton gewartet. Meine Abfahrt war das Zeichen für ihn... » Er weinte. »Es war der schlimmste Augenblick meines Lebens. *Das* war das Herz der Finsternis, Ben, und du kannst dir nicht einmal vorstellen, wie es gewesen ist...«

»Ach Gott, das war sicher hart für dich, Dad. Du mußt durch die Hölle gegangen sein...« Tödlicher Haß brodelte in meinem Innern, überflutete mein Hirn.

»Ich *bin* in der Hölle! Mein Gott, siehst du das denn nicht? Ich bin in der Hölle, und es führt kein Weg mehr hinaus!«

»Und da sagen die Leute, es gibt keine Gerechtigkeit auf Erden. Ich möchte nur noch ein paar Dinge klargestellt bekommen: Du hast Horstmann oder Indelicato grünes Licht gegeben, deine Tochter zu ermorden. Wann und wo, interessiert mich nicht – aber was war ihr Verbrechen? Hatte Val jemanden ermordet? Wen hat sie totgeglaubt am Straßenrand liegen gelassen? Oder draußen in der Kapelle? Sie war eine Nonne, die ihre Kirche geliebt hat, die daran glaubte, daß sie in ihrem Wesen gut ist und daran, daß sie die Macht hat, Gutes zu bewirken. Sie wollte die Kirche vom Bösen befreien – und sie war keine religiöse Fanatikerin oder eine Verrückte, sie hatte Beweise. Das ist der große Unterschied zwischen dir und Val. Du glaubst nicht an das Wesen der Kirche, wie sie es getan hat. Sie hat an die Güte und die Ehrlichkeit und die Milde und die Kraft der Kirche geglaubt. Sie wußte, daß die Kirche überleben und wieder aufblühen und gedeihen würde, sobald sie geläutert war...«

»Aber ich habe dich gerettet, Ben! Man wollte dich töten – ich lag noch im Krankenhaus... wollte sterben, wegen Val... und dann wurde der Mordanschlag auf dich verübt... und ich habe Indelicato erklärt, daß ich an die Öffentlichkeit gehe, falls man dich auch tötet, weil mir außer dir nichts mehr geblieben war... zumal ja auch die Kirche in den Abgrund gestürzt wäre, hätte ich alles auffliegen lassen... Verstehst du? Ich habe dich gerettet, und ich habe die Kirche gerettet!«

»Herzlichen Glückwunsch, Dad.«

»Und dann, dann fing sie von Governeau an. Sie sagte, Mord wäre doch mein Metier... und es würde alles herauskommen, sagte sie... die Finsternis hatte sie umfangen, und sie zog mich mit hinab...«

»Ich weiß jetzt alles über das Herz der Finsternis. Ich schaue in diesem Moment hinein.« Ich sah Val, und das Sonnenlicht spielte auf ihrer Haut; ich sah das kleine Mädchen in seinem roten Badeanzug unter dem Rasensprenger herumtollen, und die Sonne badete ihren kleinen Körper, auf dem die Wassertropfen wie winzige Brillanten funkelten, und ich bewegte mich auf meinen Vater zu. Es war an der Zeit, dem Elend ein Ende zu machen. Es war an der Zeit, diesen tollwütigen Hund totzuschlagen.

Er wich zurück. Er wußte, was ihm bevorstand. Und ein Vatermord hätte sich sehr schön in unserer Familiengeschichte ins Bild gefügt. Er hob die Hand, um sich zu verteidigen. Seine Hemdsärmel und sein Pullover waren blutdurchtränkt.

Ich hörte ein Geräusch. Ein Klopfen, und einen gedämpften Schrei, der das Heulen des Windes übertönte. Ich blickte über die Schulter. Außer uns beiden war niemand im Zimmer. Der Weihnachtsbaum schien mich mit seinen hellen Lichtern und dem funkelnden Lametta zu verspotten. Das bunte Licht der elektrischen Kerzen spiegelte sich in den gläsernen Augen des Bären, als wäre er zum Leben erwacht. Ich hörte, wie das Klopfen sich in ein lautes Hämmern verwandelte, und dann hörte ich ein Krachen. Das Geräusch kam von oben.

Ein Mann lag auf der Schräge des Panoramafensters, die Arme ausgestreckt; er schlug mit den Fäusten kraftlos auf das Glas, und der Rahmen und die riesige Scheibe gaben unter seinem Gewicht langsam nach.

Dann stürzte der Himmel ein. Das Panoramafenster schien beim Aufprall zu explodieren. Der Aluminiumrahmen verbog und verdrehte sich, zerplatzte an einigen Stellen; scharfkantige Splitter sirrten durch die Luft, Metall kreischte, Glas knirschte, klirrte ohrenbetäubend, und der schimmernde Regen aus Scherben und Metallfetzen wurde vom Licht der bunten elektrischen Kerzen und den Flammen des Kaminfeuers erfaßt, und ein eisiger Windstoß fegte Myriaden von Schneekristallen ins Zimmer, und irgendwo im Hintergrund schrie mein Vater, und inmitten des Scherbenregens und der zerrissenen Metallstücke und der wirbelnden Schneemassen stürzte ein Mann auf uns herunter wie ein Meteorit in einer kosmischen Lightshow.

Der Körper prallte auf die Rückenlehne eines Sofas und wurde von dort auf einen Beistelltisch geschleudert. Dann lag der Mann mit dem Gesicht nach unten auf dem Boden, genau vor dem Weihnachtsbaum. Seine behandschuhten Finger zerrten verzweifelt an seiner schwarzen Skimütze, als würde er Gefahr laufen zu ersticken.

Ich kniete neben ihm nieder und drehte ihn auf den Rücken.

Die vordere Seite seines weißen Parkas war blutdurchtränkt. Dicht über der Hüfte sah ich ein sauberes kleines Einschußloch, und als ich ihn wieder auf den Bauch wälzte, sah ich das große zerfaserte Loch, wo die Kugel ausgetreten war. Es blutete schrecklich. Das Geräusch, das mein Vater und ich gehört hatten, war kein vom Sturm abgebrochener Ast gewesen.

Der Mann zerrte immer noch an seiner Skimütze. In den Parka und die Mütze hatten sich Dutzende Glassplitter gebohrt. Er hustete und versuchte, etwas zu sagen.

Ich half ihm, die Mütze abzustreifen, zog sie ihm über den Kopf. Sein Gesicht war zerkratzt und blutüberströmt. Es war Artie Dunn.

Er blickte zu mir auf, leckte sich Blut von den Lippen.

»Was für ein Scheißtag«, flüsterte er. Seine Brust bebte leicht, als er kicherte. »Der Mistkerl... hat auf mich geschossen. Auf mich!... Ich habe versucht, Sie zu beschützen... Ich wußte, daß er hinter Ihrem Vater her war... Er ist hier...«

»Sie *wußten* es?«

»Ich wußte, daß Summerhays nicht Archduke ist, um Himmels willen... wußte, daß Ihr Vater es ist, er mußte es sein, und ich wußte, daß Sie niemals dahinterkommen würden... o Gott, tut das weh... tut mir leid, das mit dem Fenster... ich mußte Sie warnen... »Seine sonst so wachen Augen waren glasig. Er blickte sich um, bewegte langsam den Kopf; es fiel ihm unendlich schwer. »Ihr Vater sieht nicht besonders gut aus... und Sie brauchen jetzt einen Beschützer, Ben, in Gottes Namen.« Er hustete, leckte sich wieder die blutigen Lippen. Sein Speichel war hellrot. Vielleicht lag es an den Schnittwunden an Mund und Lippen. »Hab' mich schon besser gefühlt... Hören Sie zu – er ist hier. Er ist zurückgekommen, und er ist da draußen... Ich wußte, er würde kommen, ich habe gewartet, ihn gesehen...« Er schwitzte. Ich hatte ihm den Arm um die Schultern gelegt, hielt ihn fest und stützte seinen Kopf. Seine Kraft ließ immer schneller nach.

Mein Vater saß vor dem Kamin, die Hände vors Gesicht geschlagen, und wischte sich immer wieder über die Augen, schmierte sich das Blut von den Händen über Stirn, Wangen, Schläfen. Das bißchen Haut, das ich noch sehen konnte, war grau wie nasser Zement. »Was sagt er? Sagst du mir, was er da redet? Wer ist er? Woher ist er gekommen?«

Eine Stimme erklang in meinem Rücken; eine Stimme, die ich erst zweimal gehört hatte. Ich hatte sie auf dem zugefrorenen Teich hinter unserem Haus in Princeton vernommen und dann wieder in der kleinen Kirche in Avignon, als er mir gesagt hatte, ich solle nach Hause gehen. Jetzt wußte ich, warum er mich nicht getötet hatte, als er die Gelegenheit dazu besaß. Weil mein Vater vom Krankenbett in Princeton aus Sandanato gedroht hatte – Sandanato, der sich als Simon ausgegeben hatte. Nur mich hatte mein Vater übriggelassen.

Ich wandte mich um und blickte auf, in die unergründlichen Augen von August Horstmann. Er trug einen langen schwarzen Mantel und einen schwarzen Filzhut mit einer nach unten gebogenen Krempe. Seine Augen starrten mich hinter den runden Gläsern seiner Brille an. Um den Hals hatte er sich einen scharlachroten Schal geschlungen. Auf Hut und Mantel glitzerten Schneeflocken.

»Du willst wissen, was er sagt, Archduke? Er sagt, ich bin deinetwegen gekommen. Du wußtest, daß ich kommen mußte.« Er stand genau vor dem riesigen Bären. Es sah aus, als würde das Raubtier ihn jeden Moment von hinten anfallen, ohne daß er sich der Gefahr bewußt war. Der Bär schien die Vorderpranken auszustrecken, um Horstmann in seine tödliche Umarmung zu nehmen.

Ich öffnete den Mund, um etwas zu sagen, doch er hob die Hand. Die freie Hand. In der anderen hielt er eine 9mm Walther. »Ich bin nicht wegen Ihnen gekommen«, sagte er ruhig. Seine Augen ruhten immer noch auf meinem Gesicht. Ich sah, wie sich das Licht der bunten elektrischen Kerzen in seinen Brillengläsern spiegelte. Dann drehte er sich zu meinem Vater um. Ich spürte, wie Father Dunn sich langsam hinter mir bewegte. Er hustete leise. Horstmann sagte: »Die Zeit ist gekommen, Archduke. Daß ein Judas seinen Lohn erhält, ist so unausweichlich wie der Tod. Eines Judas Lohn *ist* der Tod.« Mein Vater starrte ihn mit einem ungläubigen Ausdruck an, der sich dann langsam in eine Art Trance verwandelte. »Du hast Simon verraten. Du trägst die Schuld daran, daß viele Männer sterben mußten. Und nun hast du auch mich noch irregeleitet, die Unschuldigen abzuschlachten... Ich bin gekommen, sie zu rächen, Archduke. Es sind so viele. Sie alle sind jetzt hier. Sie alle sind um uns herum versammelt. Schließ die Augen, und du wirst ihre Gesichter sehen.«

Mein Vater erhob sich langsam vom Kaminsims. Dann stand er Horstmann zugewandt und blickte ihn an. Er schloß die Augen.

»Kannst du sie sehen, Archduke?«

Er schoß meinem Vater eine Kugel in den Kopf. Mein Vater wurde zurückgeschleudert, und sein Kopf und seine Schultern prallten auf die brennenden Scheite im Kamin; Funken stoben; das Feucrholz zerbarst krachend unter seinem Gewicht. Die Flammen loderten wieder auf, streichelten seinen Kopf, und die wabernden Hitzeschleier schienen sein Gesicht schmelzen zu lassen. Seine Füße zuckten, schlugen auf den Boden, ein Paroxysmus, sinnlose Nervenimpulse, ein Tanz des Todes.

Dunn seufzte. Ich fühlte, wie er mir irgend etwas in die Hand schob, etwas Kaltes, Schweres. Dann ließ er sich wieder kraftlos auf den Rücken rollen, rosafarbenen Schaum auf Mund und Kinn. Er atmete langsam, und unter seinem Körper breitete sich dort, wo die Kugel ausgetreten war, eine kreisförmige Blutlache aus. Meine

Hand krampfte sich um den Griff des 45er Colt, und ich richtete den Lauf auf Horstmann.

Er wandte sich vom Kamin ab, vom faszinierenden Anblick meines toten Vaters, dessen Fleisch in den Flammen briet, und starrte mich an. Aus dem Kamin drang ein Zischen.

»Ich habe keinen Streit mit Ihnen«, sagte er zu mir. Der Lauf der Walther war auf mich gerichtet. Er schien die riesige Waffe in meiner Faust kaum wahrzunehmen.

»Das will ich auch nicht hoffen«, sagte ich. »Ich habe Ihnen nichts getan. Sie aber haben meine Schwester erschossen, und meinen Freund Father Dunn... überrascht es Sie, daß Ihre Entschuldigungen mir gleichgültig sind? Sie wurden irregeleitet – das alles habe ich schon gehört. Und Sie bereuen. Aber ich kann nicht sagen, daß Sie mir deshalb leid tun.«

»Ich habe getan, was ich konnte, um meine Schuld zu tilgen.«

Ich schüttelte den Kopf. »Es war nicht genug. Sie haben meine Schwester nicht gerächt. Das können Sie gar nicht. Ich bin derjenige, der meine Schwester rächen kann. Sie haben sie ermordet, und ich habe mir geschworen, Sie zu finden. Und jetzt werde ich Sie töten. Ich habe keine andere Wahl.«

Er lächelte mich an. »Wieder eine Spielzeugwaffe, Mr. Driskill?«

»Nein«, sagte ich. »Die ist echt.«

Die erste Kugel riß ihm den Brustkorb auf und schmetterte ihn zurück in die geöffneten Pranken des Bären. Seine Brille segelte durch die Luft, und dann hing er in der Umklammerung des Raubtiers, hilflos, nicht fähig, Schock und Schmerz zu überwinden, und seine Augen traten groß und rund aus den Höhlen. Vielleicht hatte schon diese erste Kugel ihn getötet, oder sie hätte es sehr bald getan, aber das Gift des Hasses brannte noch immer in meinen Adern. Ich wartete, ich wartete sehr lange, und ich wünschte mir, ein Publikum zu haben, weil ich das Gefühl hatte, eine Art Erklärung abzugeben, nur daß die Waffe das Reden übernahm. Sie löschte Haß und Wut, löste die Verkrampfung, befreite mich. Katharsis. Epiphanie mit einem 45er.

Die zweite Kugel ließ die eine Hälfte seines Kopfes in einer Wolke aus Gewebe und Knochensplittern explodieren und fetzte dem Bären ein großes Büschel Haare aus der Schulter. Das Geräusch war unerträglich.

Die dritte Kugel riß ihm das Kinn ab und durchschlug seinen Kehlkopf und warf ihn mitsamt dem Bären um.

Ich hörte Dunns leise Stimme hinter mir.

»Ich glaube, Sie haben ihn erwischt, Ben.«

Ich rief die Polizei und die Feuerwehr in Menander an und überließ es ihnen, einen Unfallwagen zum Ferienhaus zu schicken. Dann zerrte ich den rauchenden, verkohlten Körper meines Vaters aus dem Kamin. Ich roch sein verbranntes Fleisch. Für Artie Dunn konnte ich nicht viel tun. Entweder kam er durch oder nicht. Ich hielt ihn in den Armen, redete auf ihn ein, damit er nicht einschlief und vielleicht nie mehr erwachte. Ich sagte ihm, er solle sich den Weihnachtsbaum anschauen, der über uns aufragte. Ich spürte den eisigen Wind und den nassen Schnee, die mir aus der Dunkelheit durch die riesige Öffnung, wo einst das Panoramafenster gewesen war, ins Gesicht fegten.

Irgendwann begann ich leise zu singen, Weihnachtslieder, und ich spürte, wie Father Dunn sich schwach in meinen Armen bewegte, und hörte ihn flüstern.

*Gott schenk euch Frieden, liebe Herrn*
*auf daß euch nichts mehr schrecke...*

Und so fand man uns.

Der Schnee rieselte auf uns nieder, die Kerzen am Baum leuchteten friedlich und sanft auf drei in Stücke geschossene Männer, einen am Boden liegenden Bären und einen Heiden, dessen Geist auf eine lange Wanderung gegangen war und nun ziellos in der Finsternis umherirrte, die uns alle verschlungen hatte.

# Ruhe in Frieden

# I

Der Tod meines Vaters hatte auf den Titelseiten der Zeitungen gegen einen mächtigen Rivalen zu kämpfen, denn Seine Heiligkeit Papst Calixtus war verstorben. Ungefähr zwölf Stunden, nachdem Horstmann meinen Vater erschossen hatte, war die päpstliche Uhr abgelaufen, sofern mich mein Gedächtnis nicht trügt. Als ich die ganze Geschichte aus einiger Distanz etwas später Revue passieren ließ, nahm sie die Gestalt eines dieser englischen Theaterstücke aus dem neunzehnten Jahrhundert an, in denen dem letzten Überlebenden die ganze fette Beute zufällt. Es hatte den Anschein, als wäre Kardinal D'Ambrizzi der letzte Krieger, der nicht auf dem Schlachtfeld geblieben war. Würde seine Beute der Thron des heiligen Petrus sein?

Um außerordentlich unbequemen, ja unbeantwortbaren Fragen aus dem Weg zu gehen, die sich als unmittelbare Nachwirkungen der Vorfälle dieses letzten Abends im Ferienhaus ergeben mochten, mußte eine beträchtliche Anzahl übler Tricks angewandt werden. Mir kam gar nicht erst der Gedanke, mich an jemand anderen als an Drew Summerhays zu wenden. Drew mußte jedoch, wie ich vermute, seinen ganzen Einfluß geltend machen, um die Informationen so weit zu unterdrücken, daß die Erschütterungen wenigstens nicht bis Rom zu spüren waren. Er zerrte Erzbischof Kardinal Klammer aus dem Bett, um ihn als ersten dazu zu benutzen, seine Beziehungen spielen zu lassen, und dann sponn Drew sein Netz immer enger und weiter – und der Rest war praktisch ein Kinderspiel, zumindest, soweit es meine Person betraf. Ich weiß nicht, welche hohen Tiere er sonst noch zu Rate zog, jedenfalls erreichte er sein Ziel. Er errichtete ein uneinnehmbares Bollwerk aus Entstellungen, Verzerrungen, Vertuschungen. Es hatte sich zwar herausgestellt, daß er nicht Archduke gewesen war, doch in seinen Adern floß das Blut sowohl eines Herkules als auch eines Machiavelli.

Als ich ihn fragte, warum er in Avignon gewesen war, versuchte er, die Frage mit einem Achselzucken abzutun. Als ich jedoch nicht lockerließ, sagte er nur, er habe befürchtet, daß irgend etwas im Herzen der Dinge verrottet sei, aber sei nicht sicher gewesen, wer dahintersteckte. Er habe alles versucht zu verhindern, daß ich zwischen die Mühlsteine geriete: »Ben, es tut mir leid, welch hohen Preis Sie bezahlen mußten.« Er hatte tatsächlich versucht, mich zu *schützen*.

Der Tod meines Vaters wurde, wie nicht anders zu erwarten, in sämtlichen Medien auf das ›Versagen seines schwachen Herzens‹ zurückgeführt. *Sic transit. Einen wie ihn wird es nie mehr geben. Held des Krieges, Diplomat des Friedens, zeit seines Lebens Diener der Kirche.*

August Horstmann wurde in aller Stille auf einem kleinen Friedhof einer großen, mehrheitlich von Katholiken bewohnten Stadt im Kohlenrevier von Pennsylvania beigesetzt, unweit eines Altersheims für in Pension gegangene, mittellose Priester. Father Artie Dunn wurde in ein Privatkrankenhaus gebracht, das sich darauf spezialisiert hatte, die sehr Reichen, sehr Berühmten und sehr Mächtigen diskret zu behandeln und gesund zu pflegen. Innerhalb von vierundzwanzig Stunden wußten wir, daß Artie Dunn mit dem Leben davonkommen würde.

Da die Kleinstadt Menander auch eine nicht unwesentliche Rolle in dieser von Drew Summerhays so kunstvoll inszenierten Farce gespielt hatte, wurden der Verwaltung und der Gemeinde gewisse feste Zusagen finanzieller Natur gemacht. Die Gelder sollten aus kirchlichen Säckeln sowie aus den Taschen anonymer katholischer Millionäre fließen – jener Kategorie von Männern, an deren Großzügigkeit man appellierte, wenn sehr spezielle Gefälligkeiten erwiesen werden mußten. Es lag auf der Hand, daß man von mir, als dem Erben des väterlichen Vermögens, einen ebenfalls nicht unbeträchtlichen Betrag erwartete, der zur Errichtung unter anderem einer neuen Feuerwehrstation, eines neuen Hockey-Platzes und für den Ausbau des örtlichen Gymnasiums Verwendung fand. Applaus, Applaus, Applaus, und Drew Summerhays sagte mir, daß mein Vater sogar noch im Tod gute Werke getan habe.

Das Staatsbegräbnis – ich bezeichne es deshalb so, weil es genau das gewesen ist, nur ohne die offizielle Bezeichnung – für Hugh Driskill fand seinen Höhepunkt in der St. Paul's Cathedral an der Fifth Avenue. Die Straße war von Nobelkarossen verstopft und gesäumt von den berittenen Polizisten in ihren auf Hochglanz gebrachten blauen Uniformen und glänzend polierten Stiefeln; die Sonne schien wie das klare, reine Licht des Herrn; die Fernsehleute verfolgten mit ihren Kameras jede Ankunft und machten auch Kardinal Klammer glücklich, weil er in den Abendnachrichten einen Nachruf verlesen durfte; der riesige Weihnachtsbaum im Rockefeller Center ragte über der Kunsteisbahn auf, und die Geschäftsinhaber mußten sich mit der bedauerlichen Situation abfinden, daß die Straße am Morgen des Heiligen Abend für ein paar Stunden abgesperrt war. Als jeder Ehrenredner seinen Sermon und seine abgedroschenen Phrasen zum besten gegeben hatte, wurde mein Vater fortgeschafft und von ein paar engen Freunden der Familie auf seinem letzten Weg begleitet, und die Reichen und Mächtigen kehrten zur Wall Street zurück und nach Albany und Washington und London und Rom. Sehr viele würden sich einige Tage später wieder in Rom versammeln, um der pompösen Bestattung von Calixtus und dem ganzen Drumherum beizuwohnen. Wir anderen hatten nicht die Absicht, so weit zu reisen. Unser Weg führte nur bis zur St. Mary's Church in New Prudence.

Ich vermißte Artie Dunn, der mich mit seinem Humor, seiner Intelligenz und kristallenen Klarsicht durch diese Stunden und Tage hätte leiten können. Ich vermißte Val – aber das war eine Wunde, die niemals mehr heilen und auf immer schmerzen würde. Ich mußte für den Rest meines Lebens damit fertig werden. Und natürlich vermißte ich Schwester Elizabeth. Aber sie war in Rom, sie gehörte nach Rom, und dennoch sah ich sie vor meinem geistigen Auge, stellte mir ihre Geschäftigkeit vor, jetzt, nach Calixtus' Tod, da das große Spiel sich seinem Ende näherte, da die letzten Spielzüge gemacht wurden, bis man den Sieger krönte, den neuen Papst. Ich stand auf dem tristen, kleinen Friedhof, in Gedanken und Erinnerungen versunken. Es wehte ein eisiger Wind; der Himmel war klar und tiefblau; die Sonne tauchte in einen Hügelkamm aus silberglänzenden Wolken ein, wie schimmerndes Eis am fernen Horizont. Die Schatten auf dem verharschten Schnee wurden rasch länger. Peaches bereitete sich auf die Beisetzung vor. Margaret Korder war unter den Anwesenden sowie einige alte Freunde meines Vaters, ein ehemaliger Innenminister, ein pensionierter Intendant eines Fernsehsenders, einige der langjährigen Geschäftspartner meines Vaters und Drew Summerhays, der erlebt hatte, wie so viele seiner Kameraden gefallen und unter die Erde gebracht worden waren.

Während wir darauf warteten, daß der Sarg vom Leichenwagen zum Grab getragen wurde, stand Summerhays neben mir. Er sah ein wenig selbstzufrieden aus, als würden wir ein anrüchiges Geheimnis teilen. Und das, würde ich sagen, traf ja auch zu, wenngleich ich nicht wußte, wieviel er von der *ganzen* Geschichte wußte. Er lächelte mich an, mit seinem altbekannten winterlich-frostigen Gesichtsausdruck, der jede Jahreszeit überlebte.

»Ich weiß nicht, was ich sagen soll«, flüsterte ich ihm zu. »Sie haben sich um alles gekümmert, um jede Kleinigkeit. Das kann ich niemals gutmachen. Ich wollte, ich könnte es.«

»Oh, das können Sie, Ben, das können Sie.« Der Sarg wurde an uns vorbeigetragen. Peaches redete auf Margaret Korder ein. Summerhays schien nur mit Mühe den Impuls unterdrücken zu können, die sterblichen Überreste meines Vaters mit einem militärischen Gruß zu verabschieden. Dann sagte er: »Sehr bald schon bin ich an der Reihe. Ich habe einen Brief hinterlassen mit der Anweisung, daß Sie die Abwicklung der Formalitäten übernehmen. Das sollte keine allzu großen Schwierigkeiten machen, aber es wird ein paar Leute geben, die darauf bestehen werden, dabei zu sein und die einer Sonderbehandlung bedürfen. Wie gesagt, ich habe Ihnen bestimmte Instruktionen erteilt. Sie werden dafür sorgen, daß alles reibungslos über die Bühne geht. Ich werde von da oben ein Auge auf Sie haben.« Er hakte sich bei mir ein, als wir zum frisch ausgehobenen Grab gingen. Mein Vater wurde zwischen Val auf der einen und Mutter auf der anderen Seite zur Ruhe gebettet. »Vergessen Sie das alles, alles, was wir seit dem Tod Ihrer Schwester erlebt haben... Hören Sie mir zu, Ben?«

»Was wollen Sie damit sagen? Wovor fürchten Sie sich denn jetzt noch?«

»Mein Weg war viel zu lang, als daß ich noch irgend etwas fürchte. Was ich Ihnen zu verstehen geben möchte? Folgendes –

falls Unwissenheit ein Geschenk des Himmels ist, dann ist es Torheit, klug zu sein.«

»Ah. Nun, sofern es um die Kirche geht, in der Vergangenheit oder der Gegenwart, ist es die Unwissenheit, nach der ich strebe. Es ist seltsam, Drew. In letzter Zeit habe ich oft an... den Glauben denken müssen.«

»Unwissenheit und Glaube. Sie sind füreinander geschaffen. Das haben wir seit Jahrhunderten bewiesen. Die Kirche ist noch längst nicht am Ende, wissen Sie.«

»Genau das läßt mich so oft an den Glauben denken. Wenn die Kirche das alles überleben kann...«

»Ihr Vater«, sagte er nach einer Pause. »Sein Leben, seine Persönlichkeit... es ist sehr verwickelt, greift ineinander über. Und alles entsprang seiner Hingabe an die Kirche.«

»Es ist nur dann kompliziert, wenn man darüber nachdenkt«, sagte ich. »Ich werde für den Rest meines Lebens versuchen, es nicht zu tun.«

»Dann verurteilen Sie sich selbst dazu, einen Fehler zu begehen, Ben. Ihr Vater war ein großer Mann. Und in allen Belangen, auf die es im Leben ankommt, sind Sie ihm sehr ähnlich.« Der Wind war so eisig, daß meine Haut sich spröde anfühlte. »Er hat sich niemals verziehen, wie er Sie behandelt hat. Aber er wußte nicht, wie er seine Fehler wiedergutmachen konnte.«

»Es spielt kein Rolle, Drew. Wir sind, wer wir sind, ein jeder von uns, die Summe unserer eigenen Vergangenheit.«

Wir standen am Grab, und ich dachte an meine Schwester, an Mutter, Vater, meine Familie. Sie alle waren tot. Ich war der einzige Driskill, der noch lebte. Es war ein seltsames Gefühl, jetzt die Reihe der Gräber zu sehen, und jene Stelle neben meiner kleinen Schwester, an der auch ich eines Tages meine letzte Ruhe finden würde.

Ich zitterte plötzlich vor Kälte, und dann hörte ich das Geräusch eines Wagen, der am Straßenrand hielt, in der Nähe von Father Governeaus Grab. Ich hörte, wie eine Tür zugeschlagen wurde; es war ein sattes, dumpfes Geräusch. Peaches sprach gerade über meinen Vater, über die Driskills.

Ich spürte, wie mir die Tränen über die Wangen liefen, und ich war zu aufgewühlt, als daß ich genau hätte wissen können, warum ich weinte.

Peaches' Trauerrede endete, der Sarg wurde ins Grab gesenkt, und jeder schritt an mir vorbei, reichte mir die Hand, berührte mich am Arm, an der Schulter, und murmelte jene Worte, die Leute bei solchen Anlässen zu murmeln pflegen. Dann stand ich allein vor dem Grab, und um mich herum senkte sich rasch die Dunkelheit nieder.

»Ben...«

Ich erkannte die Stimme, natürlich, und ich drehte mich um und spürte, wie mein Herz heftig gegen die Rippen schlug.

Sie kam auf mich zu; der Wind spielte mit ihrem Cape und verlieh ihr das Aussehen eines Freibeuters. Die Spitzen ihrer Stiefel ließen winzige Schneefontänen aufspritzen. Mit langen Schritten kam sie von der Straße, wo ihr Wagen geparkt stand, über das Friedhofsgelände zu mir herüber. Der Wind wehte ihr das lange, dichte Haar ins Gesicht, und sie strich es mit der Hand zurück. Sie schaute mir ruhig und fest in die Augen.

»Es tut mir leid, daß ich zu spät gekommen bin. Ich hatte mich verfahren... » Ich war völlig in den Anblick ihrer Augen und ihres Gesichts versunken. Ich war mir dessen bewußt, aber ich konnte nichts dagegen tun. »Es kommt mir wie gestern vor, daß wir hier gestanden haben... für Val...« Sie streckte den Arm aus und nahm meine Hand. »Wie geht es Ihnen, Ben?«

»Es geht mir gut, Elizabeth. Sie hätten diese weite Reise nicht zu machen brauchen.«

»Ich weiß.«

»Sie müssen bewegte Tage in Rom erlebt haben... Calixtus' Tod, der Wirbel um die bevorstehende Papstwahl, das ganze Drumherum. Wie stehen denn die Wettquoten?«

Sie lächelte. »D'Ambrizzi führt das Feld mit drei zu fünf an. Indelicatos Truppen sind zerschlagen und in Auflösung begriffen. So, wie die Sache aussieht, glauben die meisten, daß D'Ambrizzi unmittelbar vor der Wahl wohl der Favorit sein wird.«

»Saint Jacks ganz große Chance.«

Sie zuckte die Schultern, immer noch lächelnd. »Es spielt eigentlich keine Rolle mehr, nicht wahr? Keine wesentliche Rolle, oder?«

»Wirklich nicht? Seltsam, daß gerade Sie das sagen. Wie lange können Sie bleiben?« Ich sah sie schon zurück zum Wagen gehen, um zum Kennedy-Flughafen zu fahren, jetzt, da sie ihren Beileidsbesuch hinter sich hatte.

»Das hängt stark von Ihnen ab«, sagte sie.

»Wie meinen Sie das?«

»Ich bin, wo ich sein möchte, Ben. Ich bin hier.«

»Sie haben... es sich überlegt?« Es dauerte ziemlich lange, bis ich die Worte hervorbrachte. Ich hatte Angst.

»Ben, das ist eine sehr dumme Frage.« Sie hakte sich bei mir ein und drückte mich an sich. »Jetzt habe ich nur noch Angst, daß *du* es dir anders überlegt hast.« Wieder ein Lächeln, diesmal schüchtern und scheu, doch mir erschien es wie ein heiterer, sonniger Morgen.

»Also... da soll mich eher der Teufel holen«, sagte ich mehr zu mir selbst als zu ihr.

Sie zog mich mit sich. Ihre Wangen waren von der Kälte gerötet. Ich hörte den Wind in meinen Ohren pfeifen. Inmitten des Todes schien ich wieder zum Leben zu erwachen. Hatte ich eben Vals freudiges Lachen im Wind gehört?

»Ich habe dir viel zu erzählen«, sagte ich.

Wir gingen hinüber zu den Lichtern und der Wärme, hinüber zu der kleinen Kirche.

ENDE

**»Thomas Giffords bestes Buch.« (DAILY NEWS)**

1940: Hitlers Armeen überrennen Europa und Nordafrika. Der britische Premierminister Winston Churchill setzt alles auf eine Karte. Er startet ein geheimes Kommandounternehmen und erteilt den möglicherweise kriegsentscheidenden Auftrag, den deutschen Generalfeldmarschall Erwin Rommel zu töten.
Max Hood, Mitarbeiter des britischen Nachrichtendienstes, soll die gefährliche Mission leiten. Unterstützung erfährt er vor allem von seinem langjährigen Freund Rodger Godwin, einem amerikanischen Journalisten, für den der Auftrag die Story des Lebens bedeutet. Zwischen den beiden steht Priscilla DewBrittain – Hoods Frau und Godwins Geliebte. Für die drei wird das Unternehmen zu einer Tour de force...

Thomas Gifford, Autor der Weltbestseller ASSASSINI und GOMORRHA, legt mit PROTECTOR einen Thriller vor, der Maßstäbe setzt.

ISBN 3-404-14249-7

BASTEI LÜBBE

US-Präsident Charles Bonner hat den Geheimdiensten, die ein bedrohliches Eigenleben entwickelt haben, den Kampf angesagt. Sein schärfster Gegner ist dabei Bob Hazlitt, der republikanische Herausforderer um das Präsidentenamt, Multimilliardär und Kopf des ›Heartland‹ genannten Kommunikationsimperiums, das für zivile und militärische Zwecke Satelliten baut.
Die Situation spitzt sich für den amtierenden Präsidenten zu, als sein persönlicher Anwalt tot aufgefunden wird. Er bittet daher seinen Freund aus Studientagen, Ben Driskoll, sich der Sache anzunehmen. Alle Spuren führen nach ›Heartland‹, und Driskoll stößt auf ein geheimes Rüstungsvorhaben von ungeahnten Ausmaßen.

THOMAS GIFFORD, Autor des weltweiten Bestsellers ›Assassini‹, hat mit ›Gomorrha‹ seinen zweiten Polit-Thriller um die Figur des Ex Jesuiten Ben Driskoll geschrieben. Und die Macht der amerikanischen Geheimdienste ist nicht weniger bedrohlich als die des Vatikans …

ISBN 3-404-13985-2

BASTEI
LÜBBE

Drei ominöse Todesfälle, die scheinbar in keinem Zusammenhang miteinander stehen: 1994 wird in Berlin ein politischer Aktivist auf offener Straße erschossen; in Asunción kommt ein Schmuggler bei einer Verfolgungsjagd ums Leben, während ein reicher Geschäftsmann in der paraguayischen Hauptstadt Selbstmord begeht. Als der Journalist Rudi Hernandez vor Ort den vermeintlichen Suizid unter die Lupe nimmt, stößt er auf eine Gruppe deutscher Immigranten, die einen perfiden Plan verfolgt. Dieses Unternehmen könnte die politische Landkarte Europas verändern und das wiedervereinigte Deutschland um sechzig Jahre zurückwerfen...

Nach OPERATION SCHNEEWOLF hat Glenn Meade mit UNTERNEHMEN BRANDENBURG einen Thriller geschaffen, ›den Alfred Hitchcock sofort verfilmt hätte, ohne ein einziges Detail zu ändern‹.
*THE SUNDAY TELEGRAPH*

ISBN 3-404-14190-3

BASTEI LÜBBE

Seit ihrer Scheidung hat die 34jährige Computerexpertin ihr Leben unter Kontrolle. Niemand wird Susan Harris jemals wieder fremdbestimmen. Und niemand wird ungebeten in ihr abgeschiedenes Leben eindringen. Dafür sorgt schon *Alfred*. So nennt sie ihren unsichtbaren Diener: ein ausgetüfteltes computergesteuertes Überwachungssystem, das jede Veränderung in ihrer Villa registriert. Eines Nachts schlägt das Security-System Alarm. Susan fährt aus dem Schlaf hoch. Die Kameras zeigen keine Veränderungen in und um das Haus herum. Als sie *Alfred* nach dem Grund des Alarms fragt, erklingt immer die gleiche Antwort: *Es ist alles in Ordnung, Susan.* Aber sie spürt, daß nichts in Ordnung ist. Irgendwo im Haus lauert eine Gefahr ...

ISBN 3-404-14218-7

BASTEI
LÜBBE